国家清史编纂委员会·文献丛刊

中国荒政书集成

主编 李文海
夏明方
朱浒

天津古籍出版社

第十册

国家清史编纂委员会出版编委会

本书被列为国家古籍整理出版"十五"重点规划

本书出版得到国家古籍整理出版专项经费资助

高等学校全国优秀博士学位论文作者专项资金资助项目

教育部人文社会科学重点研究基地重大项目清代灾荒研究

中国人民大学"十五""二一一工程"清史子项目

晋饥编

清光绪年间刻本

（清）佚 名 辑

邵永忠 点校

晋饥编目录 *

山西省舆图

（每方二百里）

蒙古东路各旂

蒙古

丰镇厅

直隶

大同府

归化厅

萨拉齐厅

托克托厅

和林格尔厅

宁远厅

清水河厅

朔平府

蒙古

雁门

宁武府

太原府

汾州府

河南

潞安府

沁州府

陕西

平阳府

蒲州府

河南

晋饥编首卷[*]

上 谕[*]

光绪十九年三月初九日奉上谕：前因山西被灾较重，赏发部库银十万两赈济。旋据张煦覆奏冬春赈抚及筹款购粮情形。该省已发银二十五万两、米数万石。嗣复据徐桐等奏捐米二万石，李鸿章奏陆续筹捐银二十余万两，总计各项银米源源解往，谅可稍资接济。惟闻该处灾民众多，嗷嗷待哺，为日方长，殊深轸念。加恩著将湖南、湖北本年应解正耗漕米六万五千余石，迅速核实变价，同水脚运费等款一并核扣，径解天津，交李鸿章发交办赈各员，确查灾区，妥速散放，毋得稍有弊混，用副轸念民艰、有加无已至意。该部知道。钦此。

节录内阁恽学士折 (见三月初五日京报)

窃查山西边外七厅及近边之大同、朔平等府，去岁始则亢旱，继则霪雨，又复风、雹、霜、雪，遂致颗粒无收。被灾处所，以丰镇、归化等厅及大同之阳高、怀仁、应州、山阴、朔平之朔州、右玉等州县为尤重。该处民贫土瘠，户鲜盖藏，壮者流离转徙，弱者就死沟壑。现值青黄不接，若不亟筹春抚，则关内外千有余里灾民难望更生。可否仰恳天恩，谕令山西抚臣速即查明，详晰具奏，并乞敕拨巨款，俾得一面筹办。道路荒远，挽运维艰，早得一斗之粮，即多全一人之命。

节录江西道王侍御折 (见三月初五日《京报》)

窃臣采访乡论，山西去岁六月下旬始沾普雨。乃北路则严霜早降，晚禾尽枯；南路则霪霖为灾，嘉谷被害。通计灾荒州县有五十余处之多。入冬以后，饥寒交迫，流离满目，归绥七厅食赈者至五十二万余口。困苦情状，实有不忍睹闻者。查光绪三、四年间，晋省仍岁大祲，讵意元气未复，又遭奇灾。灾区甚广，赈务方长。南路尚有麦秋可冀，北路向不种麦，直待秋成，方能补救万一。惟有吁恳天恩，发给巨款，敕下山西巡抚派员购粮，源源接济，庶灾黎可苏而隐患亦弭。

节录李中堂折 (见三月初六日《京报》)

据天津县绅士三品衔户部候补郎中李士铭等联名呈称，山西边外七厅及大同府属被灾极重，前经派人往查，饿莩相望于途，存者朝不保夕，弃男鬻女络绎不绝。边外须至四月草木始得萌芽，现在草根、树皮掘食已尽。仰体朝廷轸念灾区德意，共集银十万两，即自带同司事人等携赴晋边灾重地方，核实散放，呈请具奏前来。臣查此次边外受灾之重，为光绪三四年以后所未有。已饬李士钰带同妥靠司事，迅速驰往山西边境被灾极重之处，会同各官绅确查散放。

又片（见三月初六日《京报》）

再，前奉谕旨，以山西灾情甚重，饬令筹款派员协赈等因。钦此。遵经督饬筹赈局司道电商南省义绅劝募银五万两，另行运司季邦桢、津海关道盛宣怀筹捐银五万，两共计银十万两，派委山东候补知州潘民表等，解往直晋毗连灾重之区，查户散放。兹据潘民表等来禀，历陈被灾地方道殣相望，小民困苦流离，惨难言状。非续筹接济，不足以拯垂毙灾黎。又饬该司道在赈捐内设法凑拨银三万两，解交潘民表等妥筹赈济，广救民命。昨准协办大学士吏部尚书臣徐桐、户部尚书臣翁同龢咨会，酌拨京城义仓积谷二万石，奏派修撰黄思永、编修李士鉁等运赴灾区，分投赈济。窃念晋北猝遭奇荒，属在邻疆，义难膜〔膜〕视。此次续拨赈款及办运粮米、筹京仓运费等项，共又合银七万余两，系将现收各省赈捐尽数拨用。

节录晋抚张中丞折（见三月初六日《京报》）

遵查上年阳曲等厅、州、县报勘成灾者四十七处，北路则以大同府属之应州、大同、山阴、怀仁四处为重，朔平之右玉、朔州及代州次之。口外以丰镇厅为最重，归化、宁远次之。萨拉齐、托克托、和林格尔、清水河等厅又次之。地方辽阔，饥黎众多。大同府属之应州、大同、怀仁、山阴四处，本年春抚，拨应州、岢岚各处谷米一万四千石零，并拨三万两右玉，以储济、丰备等仓谷七千余石拨放朔州，拨给岢岚兵米三千石，本地捐款钱六千余串。代州拨给岢岚州、五台县谷米共八千石。至阳高、天镇稍形歉收，就各该县仓存米谷，天镇，动放三千石，阳高动放六千石。此大同各属现办春抚之大概情形也。其口外最重之丰镇厅陆续报买杂粮，已有二万五千余石，于正月初六日提前散给春抚一个月口粮，拟二三月再放两次，并加籽种一次。宁远厅拨给赈银二万三千两，丰镇厅粮五千石，归化厅拨银三万两，购买杂粮一万余石，预备春抚。此外萨拉齐、托克托、和林格尔、清水河，均由归绥道分拨赈款暨本地捐项仓存谷石，灾重地广，分十六路随查随放。综计归、萨、和、托、清五处，小口折合大口，共计灾民五十余万名口，丰镇、宁远尚不在内。此口外各厅现办春抚之大概情形也。三月以后，抚局恐难遽停，加以各厅辖境周迥二千余里，向多客民，闻赈续来，在所难免，现查户口亦难据为定数，为日方长，需款更巨。兹接上海善绅施善昌等来电，以晋省灾重，议由该绅等筹银五万两，津海关道垫银五万两，前来查放。兹复渥荷天恩，颁发银十万两，俾资赈济。臣伏念晋省丁戌大祲以来，元气迄未尽复，嗣经汾水为灾，工赈需款并历年捐协各省赈银，统计多至五六十万，绅富捐输势成弩末。现值省北口外振抚，接连办理，颇匪容易。

节录义绅潘君民表函（三月初一日由二道口发）

二月初八日，出西洋河口入山西境。一路贩载妇女，络绎于途。询其情形，在家即须饿死，不得已卖以求生。年轻妇女亦不过值钱六七千文，其余年稍长以及女孩等不过一二千文。路过山岭，见有尸赤身仰卧，无人掩埋。各村房屋拆毁者不计其数。晚宿高庙，本系大村，铺户亦均闭歇，房屋大半折毁。男者饿死，女者出卖，约有一百余人。初九日起身，又见尸骸在地，下身已犬食，仅存一腿及足。及至二道河村，见幼孩、壮男乞丐甚多，形容枯瘦，奄奄待毙。闻去冬至正初，街上人口死者每日不下数十人。村外开两大坑，均皆填满。遍视村中，有隔日一食，或一二日不食者。土人云渠处已三年歉收。去年夏旱，颗粒无收，秋来补种荞麦，霜降过早，尽皆冻死。即有田数十亩之家，亦皆卖男鬻女。又冬雪过大，天气严寒，穷人拆屋以易食。箱、柜、桌、凳，劈卖木料，每斤不过一文。人皆食荞麦花及秸梗，和糠秕以为食。下户并此无之。现在荞花、麦梗亦均食尽，中等之户亦均卖人。昨截回一妇，云渠出门时，伊夫卧病在床，现在不知生死。且遍地苦寒，寸草不生，四月底方能有野菜。二、三、四等月，正在无可生活之时。昨闻穷僻村庄已有食死人肉者。二道河巡检楚筱山云，丰镇厅所辖甚广，大小村三四千，灾民约有八九十万，除去冬今春死亡逃卖外，约尚有六十万人。即竭力核减，以对半计之，约亦须放三十万口。若每口大钱一千，总须二十万金。刻下所带之款仅四分之一，万分焦灼，通夜不能成寐。务求速赐设法借垫十五万金，以救此数十万灾黎。晋省之灾，以边七厅为最苦。七厅之中，又以丰镇、萨拉齐之西堡头一带山后各村为最重，归化左近一带灾情稍轻。后山亦甚重，惟路途遥远，不知其详。宁远之东半县与丰镇接壤，困苦情形，大略相同。如果款项有余，即当接办。赐信时祈分誊两函，一排寄宣化，托宣化县陈立斋大令专马驰送，一排寄丰镇厅，嘱其转交。此处银价，大钱一千四百八十文。口外粮价昂贵，然有钱亦尚有买处。丰镇尚未能到，想必大略相同。

节录义绅严君佑之函（二月二十四日山东小清河发）

顷接小儿自张家口来信，云原议赴归化一带办赈。行至宣化，已属不堪入目，白面卖大钱八十文一斤。及至张家口，卖男鬻女成市。出口至二道河一带，饿莩载途，人皆相食。振翁不忍见死不救，故从此处下手，局设丰镇，俟褚敦翁到后即步步办向前去。口外面卖大钱百文一斤，为日甚长，非一二赈所能了事。必俟七八月油麦收成，始有转机。若不急集巨款，源源接济，恐前此之数十万金尽付东流，不过苟延残喘，终归于死。窃念人生不过数十寒暑，转瞬即逝，功名富贵莫非幻境，惟此救人之事，一息尚存，此志不容少懈。况我辈食毛践土，无可报效，当此灾祲之余，辽阔重地，藉赈抚以安众心，隐患弭于无形，是则区区之忱所仰望于大善长者也。弟虽年近六旬，精力尚健。此间工赈，三月杪四月初可以完事。倘能速备巨款，弟仍可勉力一行。天下之大，急公好义者不乏其人。名公钜卿退归林下者，闻之当必有毁家纾难，以报国恩者，上可以纾朝廷宵旰之忧，下可以造子孙无穷之福。

节录潘君振声信

三月十一日在二道河专马递信，想早到十二三日。分四路下乡，二台子各庄房屋拆尽，但见残垣破壁，不见有人情形。更苦于二道河至张皋儿一带，死者每日不断。过石头沟等处，村屋拆毁，人面浮肿。至八九道沟等处，情形更苦。有一人连食死人七个，而身仍死者。柳巡检云，五六沟等处路多饿莩，股及腿肉皆如刀削，人食无疑。刘子仪司马云，丰镇阖境被灾灾民约在五六十万。即有地数顷之家，亦有饿死及卖妻女者。官赈三十万口，义赈不能少于此数。以每大口一千计之，至少二十万金。前求续解十五万金，必不可少。穷民迫命正在此时，遗黎朝不保暮，后此欲救无人。所到之款不日放完。灾民日有死亡，片刻不能稍缓，终夜焦思，目不交睫。欲停查待款，恐民命不能久延；欲撒手先查，恐款来不能如数。

节录杨君光第函（三月初一日由二道河发）

关外七厅连年荒歉，去岁颗粒无收，粮价增昂四倍。莜麦面每斤钱十二文，现增至五十二文。丰镇为出产杂粮之所，现存无多。阳高、山阴等县，粮无颗粒，民不堪命。草根、糠皮无处搜罗，卖妻鬻女接踵于途。年轻妇女，价仅大钱五六千文；十二三岁之女孩，仅一二千文。中年妇女、十数岁之男孩，以之送人亦无受主。每因鬻女貌陋，买主不中，合家痛哭，云难活矣。各村房屋拆毁殆尽。遥望一村，约有数十户，及查至该处，仅存四五家，甚至有仅存一家者，有绝无一人者。惟见尸骨纵横，狼吞狗噬。拆屋以丰镇为尤甚，门窗柱木劈碎成柴，负至市镇，始能变价，一屋之木仅值钱二三百文。查历各村，既无鸡犬之声，难觅升合之粟。即有数顷田地之家，现以荞花、禾梗、草根、糠皮煮而食之。今日之极贫，即从前之富户。次等之家，甚至食马粪、食死人肉，面目浮肿，不似人形。丰镇之西曰火烧胡同一带，情形最惨。妇女不能下炕，衣不蔽体者甚多，鹄面鸠形，奄奄垂毙。再下之户，去冬尽填沟壑。路过阳高，灾情相等，去冬食死人肉者已不一而足。阳高城外见有十余坑，每坑约填五六十人。丰镇南门外四十一坑，每坑掩埋四五十人。今街上尚日见死亡。昨过石头沟，见有卖男孩者，因数天无人受主，回家后竟将此孩残食。管颂生兄查户过高庙地方，见庙旁两人倒卧，一人将尸火烤，割腿上之肉而食，斥之不去。并闻九道沟有一人连食死人肉七个，而自身仍死。每到市镇，妇女老幼纷纷环跪车前求乞，哭无泪而号无声。皆云屋已无存，出门求乞已数月未归矣。振翁先在正觉寺将此等垂毙穷民七千余人，每名每天给钱三十文，以冀苟延残喘。每怪前人告灾求赈书，必有意辅张灾况，冀以动人听闻。今次晋灾，较丁戊年几于复见，而无以复加也。

节录李嗣香太史上令兄书（三月十六日自山西阳高发）

弟现住阳高，分人半查阳高，半查丰镇南路，殊觉忙迫之至。外面灾情以丰镇、萨拉齐为最重，天津赈款自应专办萨拉齐。弟自怀安西洋河出口至张家口，所属地方灾已极重。至二道河、张皋、丰镇，则尤重。各村除大镇店外，其余多将房屋拆毁，仅留土壁。

有一村去一半者，有一村去八成者，并有一村无一家者。凄凉景况，观之惨极。人民逃者一分，死者一分，其奄奄待毙者一分。弟查赈之时，有一家卧炕不起，有一家炕上一半已死者。有气息仅属，不能出声者。所食之物，以吃糠者为最上，其余皆吃榆皮、草子、荞麦花、荞麦梗、油麦茎、苇把子，皆猪犬不食之物。近来荞麦花论斤买，白草子论升买，甚则掺和牛马粪食之，用滚水浇数次，研极细末，掺荞面花，捏作饼子。更有数处竟食人肉，有一家食过小孩数个者，有一人食过九个人肉，随亦自死者。路上死人往往将肉剔尽，有骨无皮，可惨之甚。路上流氓极多，城关更不计其数。囚首垢面，东倒西歪，日日皆有倒毙，掩埋所不能尽。其村庄居民有面黑如墨者，有面黄如蜡者，有面红如火者，不知食何物件，或云系食人肉所致，不知确否。各村妇女卖出者不知其数，价亦甚廉。尤可惨者，妇人卖出，不能带其年幼子女，同去贩子立将其子女撂在山涧之中，生生碰死。其男子既将其妻卖出，仅得数串铜钱，稍迟数日，即已净尽，便甘心填沟壑矣。弟在阳高收养无主小孩数十名，皆是母嫁父死，流离困苦，昼夜啼号，无人看视，诚可伤也。弟经过各处，环跪求食，涕泣不已。许以早晚放赈，而彼皆苦苦哀告，云但求先舍些微，稍迟便不能待矣。往往查赈之时有此人，放赈之时即无此人。弟查赈之时，必带钱米，令其稍为度命。更可惨者，各人皆如醉如痴，询伊苦况，伊便详述，或父死，或夫死，或妻女已卖，家室无存，而毫无悲痛之状。盖亦自知其不能久存矣。稍好之家，尚有生望，一谈苦况，泪便涔涔而下。又有一家七人死二人者，五人死三人者，互相叹息，云死去是有福也。盖彼亦无生人之乐矣。阳高一带差轻，然饥死已不少。口外则不可诘问，问其生路，则茫然无以对。知有今日不知来日，知有今月不知来月，彼亦不敢远虑。盖田园既荒，房屋拆毁，器具尽卖，妻子无存，纵有赈济，而一两银仅买米二斗，但敷一月之食，一月之外，仍归一死，况银赈并不及一两乎？潘振声兄欲独办丰镇，约十八万口，每口大钱一千文，据弟看，仍归无济。故必欲仓谷佐之也。振声兄欲将仓谷一万石运赴宁远，伊认脚价并代请款二万两，未知行否？刻下施钱数百文，可暂救一命；施钱数串文，可暂救一家。生死人而肉白骨，其功德超越寻常万万矣！

书《晋饥编》后

山西口外七厅，东南曰丰镇，迤西曰宁远、曰和林格尔、曰托克托、曰清水河，西北曰萨拉齐，迤东曰归化，皆隶朔平府。特建军府于绥远城，以镇守之。北即蒙古东路各旗，又北即俄罗斯境。呜呼！地接强邻，人虞走险，此而不恤，何以实边？潘、严两君所由仰体圣君贤臣之心，为之大声疾呼，不能自已也。观夫恽学士彦彬之疏，曰晋灾以丰镇、归化及大同所属阳高、怀仁、山阴、朔平所属朔州、右玉为最重。王侍御效之疏曰：灾荒州县五十余，归绥七厅食赈者五十余万口。潘君民表之书曰：丰镇一厅，已有三四千村，八九十万灾民。则合七厅两府计之，人数之众可知矣。又观夫李傅相、张中丞诸疏，并恭读谕旨而综计赈恤之数，蒙颁大帑银十万两、米六万五千石，晋省自筹银二十五万两、米数万石，李傅相协拨银七万余两，徐翁两尚书拨谷二万石，长芦津关合筹银五万两，上海各所合筹银五万两，天津绅商筹银十万两，都为银以两计者六十二万，米谷以石计者十余万。以此摊给夫七厅两府之灾民，其数又可知矣。自来筹边之策，先求安内，饥寒之祸，流为盗贼，史册所载，千古一辙。我朝列圣相承，德泽深厚，虽如十五年间江浙霑霖，视今山西之灾轻重悬绝，无不发帑蠲征，视之加厚，故值三四年间，西北各省仍岁大祲，亦晏然以无事。凡有血气之伦，化宇优游，感恩图报，亦视前代之民为倍奋。溯自光绪三年，迄今十有五载，综计各省义赈逾五百万金，要皆里巷父老、乡曲、妇稚从数十文、数百文累积而成者也。泽竭无渔，其来有自。顾严广文作霖之言曰：天下之大，无谓无人。上纾朝廷之忧，下贻子孙之福，当必有毁家纾难，以报国恩者。揆时度势，晋赈其犹可图乎？方今江浙两省春水未来，蝻生雪后，天若以祸晋者祸我江浙，将坐视同室之死乎？抑将求邻封之助乎？以此系彼，更不容已。犹忆光绪三年江苏旱蝗，适助东赈，赈友抵之〔芝〕罘之夜，吴中大风拔木，蝗以尽歼。四年二月中旬雨，至三月上旬不止，适助豫赈，赈友抵汴，苏州雨止。五年秋，江浙苦旱，适助晋赈，赈友甫入晋境，江浙同时得雨。是三年中，江浙皆未成灾。功难贪天，事当其会，则或者救灾恤邻，行道有福。古人本非为一身一家计，而天人感应之理，为古圣贤所不废欤？况当神京右辅，地重边防，脱有忧患，江浙同之，欲坐视而不救，其可乎？其不可乎？因有所触，遂书其后。

一、蒙赐捐款，掣奉收条为凭，按旬将收解清单登申沪各报。事竣刊造《征信录》，以昭信实。所有托收捐款之处，开列于左：

苏州藩署邓从善堂

苏州桃花坞大营门五亩园内电报公寓

苏州阊门内天库前电报局王君

苏州马大箓巷江苏赈奖分局宋君

苏州阊门内中市复昌钱庄徐君

上海昼锦里信昌珠宝号内长元和公所陈君

杭州湖墅公信纸行彭君

杭州焦旗杆晋义钱庄周君

泸州电报局王君

一、捐款尽数汇解潘振声、严佑之两君散放，不归津关认筹五万、上海认筹五万之内。

一、办公之费，同人自备，不在捐项中开支分文。

一、捐款概不请奖，同人亦不列保，免碍官中筹赈之路。先应禀明立案。如为父母请坊及有志显扬者，亦当代为接收，专批禀解上宪咨奏，以期迅速。不列《征信录》内，以清界限。

一、同人各有本业，仅能收解三个月，以应至急之需。如蒙赐款，务祈于六月分以前交到；过此以往，应请将捐款移交别处代解。此次捐单各编字号，无论有无捐款，幸勿遗失。

晋饥编上卷

苏抚宪奎奏苏浙善绅募解山西振银一万二千两片_{（五月初二日奏）}

再，前因山西省水旱成灾，准护抚臣等函请协济，业经饬由苏沪两厘局合筹银一万两，交商汇解济赈，附片奏报在案。兹据苏浙两省筹办义赈绅士戴荣等，以晋省灾重，经善士潘民表等先后赴赈，计长芦、津关、上海赈所合解银十万两，不敷散放。兹续于各处劝募捐款，凑集规平银五千两，声明毋庸核奖。又据禀报，经电报局员谢家福交到借垫规平银七千两。计两次筹集共银一万二千两，分批汇解津海关道，转发潘民表等查收散放等情，由苏州藩司邓华熙转详请奏前来。查该绅等竭力募捐，救灾恤邻，实属勇于为善。除饬仍劝募接续解济，并咨山西抚臣查照外，理合附片陈明，伏乞圣鉴。谨奏。光绪十九年六月初九日，差弁赍回原折。奉朱批：户部知道。钦此。

苏抚宪奎奏苏浙善绅共解山西振银十一万五千两片_{（七月二十六日奏）}

再，山西省灾区甚广，需赈孔急。除饬苏沪二厘局合筹银一万两外，续据苏浙两省筹办义赈绅士戴荣等筹集银一万二千两，汇晋济赈。业经先后附片奏报在案。兹据各该义赈绅士谢家福等禀报，续于各处劝募并该善绅借垫共规平银十万三千两，先后总计合银十一万五千两，分批汇交津海关道，转发善士潘民表等查收散放。此后各处所来捐款，应除抵还借垫外，余归山东顺直义赈之用等情。由苏州藩司邓华熙转详请奏前来。查该绅等凡遇各省灾荒，无不竭力劝募，用赈饥黎。此次山西义赈，不数月间共集银十一万五千两，洵属勇于为善。除咨山西抚臣查照外，理合附片陈明，伏乞圣鉴。谨奏。光绪十九年八月二十九日差弁赍回原片。奉朱批：户部知道。钦此。

江浙义赈公所职员戴荣、王永坊、彭煜南、陈宗浩、金应鸿、吴韶生徐俊元、宋治基、吴文清、谢家树上苏藩宪筹解山西义赈第一批规银五千两恳请咨报立案禀_{（光绪十九年三月三十日）}

敬禀者：窃职等闻山西边关两府七厅旱荒。为光绪三四年以后各省灾区所未见，义赈绅士潘民表、严作霖先后赴赈。长芦、津关暨上海赈所合解银十万两，不敷散放。宪台暨各大宪义重恤邻，筹款协济，士民向风慕义，咸知为国保民。职等承诸善士募交捐款，化见规银五千两，本应禀请宪台附便咨解。因捐数甚微，兼图便速起见，径将前项第一批规银五千两交托轮船招商局，汇解天津关宪兑收，转发潘、严两绅散放。所有前项捐款，皆由闾阎父老、乡曲妇穉仰体朝廷暨仁宪德意，从数十百文所凑集，不合核奖之例。且经事者转辗劝募，人数颇多，亦无可择尤开保。合无仰恳宪台分别咨报，奏明立案，实为公便。

苏潘宪邓批：山西上年被灾甚重，苏省已拨厘捐银一万两汇往济赈在案。今经该绅士等募集第一批捐款规平银五千两，交招商局轮船解津转发，洵属勇于为善，深堪嘉尚。除详请抚宪分别奏咨立案外，希仍分投劝募，接续解济，随时具报。此复。三月三十日。

直隶协赈局宪季批（方、盛）：来牍聆悉。贵绅等体念晋边旱荒，不待恳劝，先行集捐规银五千两，列作第一批汇解来局，足征贵绅等义重恤邻，深堪敬佩。当将银两照数兑收，克日转解丰镇、宁远，交潘绅民表散放。候即详请汇案奏报。该处积年成灾，甚至食人之肉。潘绅等飞函请款，势甚岌岌。仍希多方劝募，多得一金，即可多活一命。盼甚祷甚。此复。四月初八日。

江浙义赈公所职员王综等上苏藩宪续解山西义赈第二批规银七千两恳请咨报立案禀（四月初十日）

敬禀者：窃职等前经筹解山西义赈第一批规银五千两，恳请咨报立案。仰荷宪恩，饬呈捐册，分劝协济，草偃仁风，共深鼓舞。旋经电报总局谢董交到借垫规银七千两，声明另由发款抵补，不与职等所筹捐款相涉。除由职等续筹速解外，合先将前项规银七千两作为第二批，于四月初十日汇解天津关宪兑收，转发潘、严两绅散放。合无仰恳宪台分别咨奏，实为公便。

苏藩宪邓批：据称电报总局谢董交到借垫规银七千两，作为第二批汇津转发等情，已详请抚宪分别奏咨立案暨移山西藩司查照矣。希仍分投劝募，接续解济，随时具报。此复。四月十三日。

直隶协赈局宪季批（方、盛）：据禀续解山西义赈第二批规银七千两，已由谢董借垫，转解到局。近接晋边南北员绅来函，七厅地方辽阔，赤地二千余里，照官赈所查，小口折算大口，已有极贫八十九万余口。义赈尚须加增。归化一带，初赈每口仅发钱四百文，不足糊口，遑论籽种？若不接济，仍必饿死。日内正在设法筹解，几至无法罗掘。得此七千两一款，明日即可搭解，足可活万人。苏藩台及贵董等胞与为怀，谅必能源源解济。本司道惟有切嘱潘绅等速查速放，多救民命，庶不负后路筹捐之苦衷也。四月十六日。

江浙义赈公所职员宋治基等上苏藩宪续解山西义赈第三批规银五千两恳请咨报立案禀（四月二十三日）

敬禀者：窃职等前经筹解山西义赈两批共规银一万二千两，禀恳宪恩咨报在案。兹于四月二十三日，又承诸善士募交捐款，化见规银五千两，相应作为第三批，循案汇解天津关宪兑收，转发潘绅民表散放。所有前项捐款，或由零星集募，或且隐姓潜名，均不合核奖之例。经募者转辗相托，不仅职等人数既多，亦难择尤开保。合无仰恳宪台分别咨报，奏明立案，实为公便。

苏藩宪邓批：据禀募捐第三批规银五千两汇津转发等情，已详请抚宪分别奏咨立案暨移山西藩司查照矣。希仍分投劝募，接续解济，随时具报。此复。四月二十五日。

直隶协赈局宪方季盛批：据禀续行汇解山西义赈第三批规银五千两到局，已照数兑收。于五月初八日转解丰镇、宁远，交潘绅民表查收散放，候汇案详请奏报。正值青黄不接，仍希多方劝募，源源解济，是所盼祷。五月初七。

江浙义赈公所职员陈宗浩等上苏藩宪续解山西义赈第四批规银五千两，恳请咨报立案禀(四月二十八日)

敬禀者：窃职等前经筹解山西义赈三批共规银一万七千两，禀恳宪恩咨报在案。兹截至四月底止，由电报局董交到云南谭抚宪募款银一千两，又垫解苏省续募银三千两，合诸诸善士募交捐款，凑足规银五千两，相应作为第四批，汇解天津关宪，转交潘绅民表、严绅作霖散放。合无仰恳宪台分别咨奏立案，实为公便。

苏藩宪邓批：据称电报局董等交到规银五千两，作为第四批，汇津转发等情，已详请抚宪分别奏咨立案暨移山西藩司查照矣。希再分投劝募，接续解济，仍将续解批数银数，汇开清折，禀候转请奏咨立案可也。此复。四月二十九日。

直隶协赈局宪方季盛批：据禀电报局董交到云南抚宪谭募款银一千两，又垫解苏省续募银三千两，合诸善士募交捐款，凑足规银五千两，作为第四批汇解到局。已照数兑收，即当转解潘绅民表查收散放，并候汇案详请奏报。晋边赈务正值青黄不接，需款甚殷，仍希多方劝募解济，是所盼祷。此复。五月十三日。

江浙义赈公所职员徐俊元等上苏藩宪续解山西义赈第五批规银五千两并辟瘟丹、太乙丹两箱，恳请咨报立案禀(五月初五日)

敬禀者：窃职等前经筹解山西义赈四批共规银二万二千两，禀恳宪恩咨报在案。兹截至五月初五日止，由电报局董交到川东道台黎捐廉五百两，云南矿局捐银一千两，连同诸善士募交捐款，凑足规银五千两，又邱姓助辟瘟丹一箱，计六千五百七十九块，估值六百五十七千九百文，桂姓助太乙丹一箱，计三千丸，估值六十千文，相应作为第五批，循案赍解天津关宪，转发潘绅民表、严绅作霖散放。合无仰恳宪台分别咨奏立案，实为公便。

苏藩宪邓批：据称电报局董等交到规银五千两、辟瘟丹一箱、太乙丹一箱，作为第五批汇津转发等情，已详请抚宪分别奏咨立案暨移山西藩司查照矣。希再分投劝募，接续解济，仍将续解批数、银数汇开清折禀候转请奏咨立案可也。此复。五月初八。

直隶协赈局宪方季盛批：据禀续解第五批规银五千两，并辟瘟丹、太乙丹两箱，具见济物之诚，四达无间。近接晋边查赈诸官绅来函，边外七厅极贫九十余万口，五六月内尚须续振一次。而关内大同、朔平两属官振甚微，因不得义振，民多垂毙。现已驰请诸绅分款前往，赶紧分振。潘绅亦已派吴绅睿分振关内各县。除将苏捐四五批汇解外，尚望多方劝募，及时接济，迟则无甚裨益矣。五月十五日。

江浙义赈公所职员杨廷杲等上苏藩宪续解山西义赈
第六批规银一万两，恳请咨报立案禀（五月初十日）

敬禀者：窃职等前经筹解山西义赈五批共规银二万七千两，禀恳宪恩咨报在案。兹截至五月初十止，由电报局董交到陕西张藩宪发到义赈银三千两、川东道重庆府宪发到义赈银六千两、巴县周令捐银五百两，合诸诸善士另星捐款，凑足规银一万两，作为第六批，循案汇解天津关宪，转发潘绅民表、严绅作霖散放。合无仰恳宪台分别咨奏立案，实为公便。

苏藩宪邓批：已照案转详抚宪汇存，分别奏咨立案，并移山西藩司查照矣。希仍分投劝募，接续解济，以竟全功。是所厚望。此复五月初十日。

直隶协赈局宪方季盛批：第六批规银一万两如数兑收，即日汇解晋边潘绅等查放。昨据潘绅太原来电及专函，均称丰宁一带须再续放，每口钱六百文。关内朔平、右玉等处未得义赈，而官赈所得无几，不足救命。现已由褚绅及天津顾绅分往补查，但恐人数众多，尚须接济巨款。只在此两月内赶办，迟则不及。应请贵公所迅速筹解，俾得及时补救。是所跂望。五月二十四日。

江浙义赈公所职员彭煜南等上苏藩宪续解山西义赈
第七批规银五千两，恳请咨报禀（五月十三日）

敬禀者：窃职等前经筹解山西义赈六批，计规银三万七千两，禀蒙宪台咨报在案。兹截至五月十三日止，又承各处善士交到规银五千两，相应作为第七批，循案禀解津海关宪，转交潘绅民表等散放。前项银两，或另星集募，或隐姓潜名，不合核奖之例。可否仰乞仁恩，分别咨奏立案，实为公便。

苏藩宪邓批：所禀第七、第八两批共集规银一万两，汇津转发等情，已转详奏咨并移山西藩司查照矣。希仍分投劝募，接续解济可也。此复。另禀黏还。五月十七日。

直隶协赈局宪方季盛批：第七批规银五千两，已由电报总局收支所电汇来津，即日汇解丰镇，仍交潘绅易钱散放。接潘绅初七来函，已派吴绅季常往赈山阴、应州，顾绅孟臣分赈左云、朔州等处。粮价日见昂贵，外间贩卖之人尚未能绝迹。当此青黄不接，正穷民无计谋生之日，断不能少此续赈等语。查天津协赈局已解过银七十八万余两，无如地广人多，杯水车薪，实苦无可再筹。尚希迅筹接济，迟则无所用矣。五月二十五日。

江浙义赈公所职员王炽昌等上苏藩宪续解山西义赈
第八批规银五千两，恳请咨报禀（五月十六日）

敬禀者：窃职等前经筹解山西义赈七批，计规银四万二千两，禀蒙宪台咨报在案。兹截至五月十六日止，蒙吉林军宪长捐银一千两，川盐总局道台文捐垫银一千两，永宁道台周捐银二百两，连同各善士交到另星集募之款，凑足规银五千两，作为第八批，循案禀解津海关宪，转发潘绅民表等散放。可否仰乞仁恩分别咨奏立案，实为公便。

苏藩宪邓批：见前。

直隶协赈局宪季^方_盛批：第七批捐款甫经起解，顷又解到第八批规银五千两，即当凑解潘绅民表，克日起行。此时关内关外同时并办义赈，需款只在此际。粮价愈涨，银价愈贱，无法挽回。每口续发钱数百文，无甚大益。惟盼秋收丰稔，方有转机耳。此答。五月二十五日。

江浙义赈公所职员俞书祥等上苏藩宪续解山西义赈第九批规银五千两，恳请咨报禀（五月二十二日）

敬禀者：窃职等前经筹解山西义赈八批，计规银四万七千两，禀蒙宪台咨报在案。兹截至五月二十二日止，蒙宪台发到各州县厘局募款洋二千二百二十七元另一分九厘，四川龚藩宪发到捐银二千四百两，泸州李直刺捐三百两，富顺县陈令捐五百两，及诸善士另星募款，凑成规银五千两，作为第九批，循案禀解津海关宪，转发潘、严绅散放外，可否仰恳仁宪分别咨奏立案，实为公便。

苏藩宪邓批：所禀第九批共集规银五千两，汇津转发等情，已先由司移知山西藩司查照，并遵抚宪批示，存俟事竣汇详请奏矣。仰仍分投劝募，接续解济可也。此复。五月二十五日。

直隶协赈局宪季^方_盛批：贵公所解到各批义赈捐款，均经随时转解潘绅民表查收赶放。兹准解到第九批规银五千两，即当凑款汇解潘绅，速在灾重之区赶紧接续查放义赈，以救民命。约计关内朔平、大同两府款尚不敷，仍希贵所迅赐筹济，俾得及时补救。是所盼祷。此答。六月初三日。

江浙义赈公所职宋治基等上苏藩宪续解山西义赈第十批规银一万三千两、药丸三箱，恳请咨报禀（五月二十九日）

敬禀者：窃职等前经筹解山西义赈九批，计规银五万二千两，禀蒙宪台咨报在案。兹截至五月二十九日止，又蒙宪台批发到邢绅传经捐规银一万两，四川^司_道宪龚文延、承安钟公捐银一千两，盐局文道台捐垫银五百两，云南电局李道台募捐银一千两，合诸各善士另星捐款，凑足规银一万三千两，又痧药、辟瘟丹等五千九百五十四服，装作三箱，作为第十批，循案禀解津海关宪，转发潘、严绅散放外，可否仰恳仁宪分别咨奏立案，实为公便。

苏藩宪邓批：据解第十批赈捐规银一万三千两，并药丸三箱，已由司移知山西藩司查照，并遵抚宪批示，存俟事竣汇详请奏矣。希仍分投劝募，接续解济可也。此复。五月二十九日。

直隶协赈局宪季^方_盛批：贵公所解到第一批至九批义赈捐款，均经随时转解潘绅民表查收赶放，兹准解到第十批规银一万三千两，又痧药、辟瘟丹等五千九百五十四服，装三箱，已照数兑收汇解。仍希贵公所迅筹接济，以资转解，及时补救。此答。六月初八日。

江浙义赈公所职员张嘉瑞等上苏藩宪续解山西义赈
第十一批规银五千两，恳请咨报禀(六月初八日)

敬禀者：窃职等前经筹解山西义赈十批，计规银六万五千两，禀蒙宪台咨报在案。兹截至六月初八日止，蒙宪台第二、三次发到各州县厘局募款共洋六千另三十三元六角四分八厘，合诸各善士另星捐款，凑足规银五千两，作为第十一批，循案禀解津海关宪，转发潘、严绅散放外，可否仰恳仁宪分别咨奏立案，实为公便。

苏藩宪邓批：据解第十一批赈捐规银五千两，已由司移知山西藩司查照，并遵抚宪批示，存俟事竣汇详请奏矣。希仍分投劝募，接续解济可也。此复。六月初十日。

直隶协赈局宪季批方盛：贵公所解到第一批至十批义赈捐款，均经随时转解潘绅民表查收赶放。兹准续解到第十一批捐款规银五千两，已照数兑收候解，续筹接济。此答。六月二十四日。

江浙义赈公所职员方仁坚等上苏藩宪续解山西义赈
第十二批规银五千两，恳请咨报禀(六月十五日)

敬禀者：窃职等前经筹解山西义赈十一批，计规银七万两，禀蒙宪台咨报在案。兹截至六月十五日止，蒙云南抚宪发到银四百两，川东道重庆府续发银二千两，叙州府发到银一千两，连同各善士另星捐款，凑足规银五千两，作为第十二批，循案禀解津海关宪，转发潘、严绅散放外，可否仰恳仁宪分别咨奏立案，实为公便。

苏藩宪邓批：据解第十二批赈捐规银五千两，已由司移知山西藩司查照，并遵抚宪批示，存俟事竣汇详请奏矣。仍分投劝募，接续解济可也。此复。六月十七日。

直隶协赈局宪季批方盛：贵公所解到第一批至十一批捐助晋赈银两，业经先后兑收，转解灾区济赈。兹准续解到第十二批规银五千两，亦已照数提取，存候汇解。仍希续筹解济，是所翘盼。此答。六月二十三日。

江浙义赈公所职员桂蔚章等上苏藩宪续解山西义赈
第十三批规银五千两、药茶膏一箱，恳请咨报禀(六月十八日)

敬禀者：窃职等前经筹解山西义赈十二批，计规银七万五千两，禀蒙宪台咨报在案。兹截至六月十八日止，荷蒙宪台发到第四次洋二千一百三十八元三角四分，四川盐厘局文观察发到第四次银五百两，兰州电局谈令先后来银一千两，富顺县陈令续捐银五百两，合诸各善士另星募款，凑足规银五千两，又药茶膏二千四百服，作为第十三批，循案禀解津海关宪，转发潘、严绅散放外，合无仰恳仁宪，分别咨奏立案，实为公便。

苏藩宪邓批：据解第十三批赈捐规银五千两、药茶膏二千四百服，已由司移知山西藩司查照，并遵抚宪批示，存俟事竣汇详请奏矣。希仍分投劝募，接续解济可也。此复。六月二十日。

直隶协赈局宪方季盛批：贵公所解到第一批至十二批捐助晋赈银两，业经先后兑收，转解灾区济赈。兹准续解到第十三批规银五千两、药茶膏一箱，当将银两提取，照数收存晋边义赈项下兑收，茶膏存候济用。此答。六月二十七日。

江浙义赈公所职员王炽昌等上苏藩宪续解山西义赈
第十四批规银五千两，恳请咨报禀（六月二十三日）

敬禀者：窃职等前经筹解山西义赈十三批规银八万两，禀蒙宪台咨报在案。兹截至六月二十三日止，荷蒙川东道重庆府宪发到第五批银二千两，富顺县陈大令交到自流井厂商捐银二千两，连同各善士募交另星捐款，凑足规银五千两，作为第十四批，循案禀解津海关宪，转发潘、严绅散放外，可否仰恳仁宪分别咨奏立案，实为公便。再，第二批内电报总局谢董交到借垫规银七千两，第四批内电报局董垫解苏省续募银三千两，均已由职等募捐归垫，合并陈明。

苏藩宪邓批：据解第十四批赈捐规银五千两，已由司移知山西藩司查照，并遵抚宪批示，存俟汇详请奏矣。希仍分投劝募，接续解济可也。此复。六月二十五日。

直隶协赈局宪方季盛批：来牍阅悉。贵公所解到第十四批规银五千两，当即查照兑收，转解济赈。惟查现在晋边七厅、口内大朔两府，经办义赈之后，民困顿苏，已得透雨，可望有秋。现奉傅相谕饬，本年直境复患水灾，比十六年尤甚。晋边协赈可以停办，属劝义赈各绅移缓就急，以救畿辅灾黎。并据严绅电称，山东黄河南岸漫决，被灾亦重，转劝义赈公所接续办理，分济直东。素谂诸绅急公好义，见善勇为，应请暂将公所展设数月。以后劝收义赈捐款，分解直东两省，仍归义绅严、潘诸董分头查放，以济官赈之所不到，实为莫大功德。再，潘绅已函调，克日来查；严绅仍留山东，并以附答。七月初一日。

江浙义赈公所职员张嘉瑞等上苏藩宪续解山西义赈
第十五批规银五千两，恳请咨报禀（六月二十八日）

敬禀者：窃职等前经筹解山西义赈十四批，规银八万五千两，禀蒙宪台咨报在案。兹截至六月二十八日止，荷蒙宪台发到第五次洋四千五百六十元六角八分七厘，合诸各善士另星募款，凑足规银五千两，作为第十五批，循案禀解津海关宪，转发潘、严绅散放外，可否仰恳仁宪分别咨奏立案，实为公便。

苏藩宪邓批：据解第十五批赈捐规银五千两，已由司移知山西藩司查照，并遵抚宪批示，存俟汇详请奏矣。希仍分投劝募，接续解济可也。此复。七月初二日。

直隶协赈局宪盛季方刘批：来牍阅悉。贵公所解到山西义赈第十五批规银五千两，当即照数兑收拨解矣。此答。七月十九日。

江浙义赈公所职员严作霖、宋治基、王炽昌、张嘉瑞、陈宗浩、桂蔚章、彭煜南、金应鸿、王综、方仁坚、杨廷杲、王永坊、徐俊元、吴韶生、俞书祥、吴文清上苏藩宪续解山西义赈第十六批规银五千两，恳请咨报并陈明另解规银二万两及截数停解禀（七月初三日）

敬禀者：窃职等前经筹解山西义赈十五批规银九万两，禀蒙宪台咨报在案。兹截至六月三十日止，续收各处劝募规银五千两，相应作为第十六批，循案禀解津关宪，转发潘绅民表等散放。再，职作霖前经先后借垫规银二万两，另托谢绅汇解津关宪，转发潘绅查放，早奉批复转发在案。一切收捐归垫等事，先经商同职等经理，理合归案禀报，合计共解规银十一万五千两。此后各处所来捐款，除已报解在途留抵垫款外，其余尾找之款，由职治基经收汇解，职作霖等查放山东顺直义赈之用。可否仰恳仁宪分别咨奏立案，实为公便。

附呈清折：

一、已故职员戴荣等禀解第一批规银五千两。

一、职王综等禀解第二批规银七千两。

一、职宋治基等禀解第三批规银五千两。

一、职陈宗浩等禀解第四批规银五千两。

一、职徐俊元等禀解第五批规银五千两，并药两箱。

一、职杨廷杲等禀解第六批规银一万两。

一、职彭煜南等禀解第七批规银五千两。

一、职王炽昌等禀解第八批规银五千两。

一、职俞书祥等禀解第九批规银五千两。

一、职宋治基等禀解第十批规银一万三千两，并药三箱。

一、职张嘉瑞等禀解第十一批规银五千两。

一、职方仁坚等禀解第十二批规银五千两。

一、职桂蔚章等禀解第十三批规银五千两，并药一箱。

一、职王炽昌等禀解第十四批规银五千两。

一、职张嘉瑞等禀解第十五批规银五千两。

一、职严作霖等禀解第十六批规银五千两。

一、职严作霖另批垫解规银二万两。

共解规银十一万五千两。

苏藩宪邓批：据解山西义赈连前十五批，共集规银十一万五千两之巨。洵属勇于为善，力顾灾区，深堪敬佩。希候录折详请院宪奏咨立案，并候移知山西藩司查照可也。此复。七月初五日。

直隶协赈局宪^{盛季方刘}批：兹承截至六月底止，续募集解山西义赈第十六批捐款规银五千两，当即照数兑收拨解矣。此答。七月十九日。

江浙义赈公所职员宋治基等上苏藩宪续解晋边寒衣捐款
规银九千、另三十七两四钱七分一厘，恳请咨报禀（九月十三日）

敬禀者：窃职等会同严绅作霖，于六月底禀解晋边义赈第十六批规银五千两，并陈明另解规银二万两，先后共解十一万五千两，及截数停解后改拨山东顺直等情，荷蒙宪台暨津关宪批咨请奏在案。旋于七月初八等日接潘绅民表来电，云秋收甚好，无须再赈。现设南北两局，专收孤寡极贫之未种地者，令织羊毛口袋营生。边地苦寒，非皮衣难过冬，袄裤约二金左右，请筹一二万金。表续电云，衣款九月初托丰镇练军哨官王音亭送幼孩至天津，可令带回表各等情。时适各处捐款大半指解山西，并声明顺直东赈已经另解，此款如不解晋，务即汇还等语。业将可以改拨之款，改解顺直山东外，兹自七月初一日起八月三十日止，计收指解晋赈归还六月以前垫款后，净得规银九千另三十七两四钱七分一厘，均已与捐户约定，竟作晋边寒衣之用。合即循案禀解津关宪，转发丰镇哨官王音亭带解潘绅民表应用外，可否仰恳仁宪分别咨奏立案，实为公便。

苏藩宪邓批：已据禀咨会山西藩司，并呈明抚宪查考矣。仰即知照缴。九月十六日。

直隶协赈局宪^盛季方^刘批：来牍接准潘绅民表先后电称，现设南北两局，专收孤寡极贫之未种地者，令织羊毛口袋营生。边地苦寒，非皮衣难以过冬。现适各处捐款大半指解山西，计收指解晋赈，除归还六月以前垫款外，净得规银九千另三十七两四钱七分一厘，均与捐户约定，充作晋边寒衣之用。循案解局，属转发潘绅民表应用等因。具征诸善绅利济为怀，顾恤边民，深堪敬佩。当将前项银两照数兑收寄库，一俟王哨官音亭抵津，即当如数交其带解潘绅民表查收应用。嗣后诸善绅续筹捐款指拨何处，自当照嘱转拨。此答。十月十二日。

江浙义赈公所职员宋治基等上苏藩宪禀领到义赈
第六次洋九百八十五元六角，并报解山东义赈
第一批规银三千两禀（七月初三日）

敬禀者：窃于七月初三日奉到谕开，山西边境被灾极重，前经函饬各属劝募义捐，以济赈需一案，兹续据各厅县局募捐批解，计共收洋九百八十五元六角，应即就数放交济赈，希填收照备案等因，并蒙将前款如数发到。奉此，除领到时先经缮奉收据，上呈钧案外，职员等于月前接奉津海关道来函，已邀在晋义赈绅士移赈顺直等因。又接现在山东义赈绅士严作霖来电，郭家寨水灾等因。准此。职等公同商酌，晋赈无可再解，东赈方当急切，合将宪发前项捐洋并各善士募款化合规银三千两，作为山东义赈第一批，交由电报局收支所，汇解严绅作霖兑收散放。理合禀报，伏乞俯赐备案，实为德便。

苏藩宪邓批：来牍阅悉。已备案查考矣。此复。七月十三日。

严佑翁来电，云东赈三千两，子萱已解东海关道署。弟复电致赈抚局汤方伯请提存。俟振翁回，交放冬春义赈。霖。八月十二日。

江浙义赈公所职员宋治基等上苏藩宪禀领到义赈
第七次洋二千三十八元六角六分，并报解顺直义赈
第一批规银三千两禀（七月二十四日）

敬禀者：窃奉谕开，山西边境实灾极重，前经函饬各属劝募义捐，以济赈需一案，兹又据各厅县局募捐批解，改归顺直义赈洋二千三十八元六角六分，应即应数放交济赈，希填收照备案等因，并蒙将前款发到。奉此，除领到时先经缮奉收据上呈钧案外，即于七月二十四日连同各善士募款，凑足规银三千两，由协成乾汇号电汇京都，交由陆绅润庠兑收，转交义赈绅士妥为查放，以副宪仁，理合禀报。伏乞俯赐备案，实为德便。

苏藩宪邓批：来牍阅悉。已备案查考矣。此复。八月十二日。

陆凤翁函复，云所解顺属规银三千两，合计京足银二千八百八十两。当分交王少农水部八百金，专赈通州；夏厚庵、连聪肃两君八百金，专赈东安等县僻偏之处；张君揖琴六百八十金，专赈宝坻；潘君少南六百金，专赈武清。皆被灾至重之地，各取收条、印票附呈。乞核收。八月十四日。

江浙义赈公所职员宋治基等上苏藩宪禀领到义赈
第八次洋三千四百七元一角三分三厘，并报解顺直
义赈第二批规银三千两禀（九月初二日）

敬禀者：窃奉谕开，山西义捐赈款，兹据各厅县局募捐批解，改归顺直义赈洋三千四百七元一角三分三厘，应即就数放交，解直济赈，并希填掣收照，送司备案等因。奉此，除将前款如数领到，先经缮具收据上呈钧案，即于八月十八日凑足规银三千两，禀请津海关宪，转发义绅褚成炜等妥为散放，以副宪仁外，兹奉前因，理合禀报，伏乞俯赐备案，实为德便。

苏藩宪邓批：来牍阅悉。已备案查考矣。此复。九月初六日。

津关宪盛电：佑之月底来津，专办文、大、宁、河、静海义赈，需款甚巨。子萱汇来三千金，及以后尊处捐款，均交佑之。乞广劝助宣。九月初十日。

解严佑翁第三批规银七千两书（十一月十五日发）

近惟善祺增绥，勋祉晏福，式如遥颂。前于八月十八日弟等会解杏苏观察直赈规银三千两，知经拨交尊处散放。兹又托杨子萱观察续解上第三批规银七千两。前后合成万金，宜直宜东，悉听尊裁。一俟奉到玉复，再行登布征信录也。天气严寒，伏惟为道自重。

盛方伯覆电（十一月十九日）

七千已电汇佑翁。余面谈。宣。

解严佑翁第四批规银二千五百四十一两六钱五分二厘书

（光绪二十年二月十七日发）

近惟勋劳倍万，功德无涯，佩颂无极。去年八月十八日，弟等与诸同人会解杏荪观察转交尊处直东赈款第二批规银三千两。又于十一月十四日，托杨子萱观察径解尊处第三批规银七千两，并解信一封。均尚未奉复示，无任悬系。兹又托杨子翁径解尊处第四批规银二千五百四十一两六钱五分二厘，系指捐直东赈款，即祈察收给复。至盼至祷。

严佑翁来电（四月二十一日）

宋培翁前后三批共收到规银一万二千五百四十一两六钱五分一厘，均归东省。谨为东民叩谢。新河虽成，善后事甚多。现修筑南堤上下三百五六十里缺口，津贴京三百文一方，令民自做残基修补。即贴百文一方，亦需十数万串，奈何！霖叩。

赈 友 来 函

潘君振声来函云：表经办丰镇一带，昨将二道河各庄放完，每大口合给钱四百七十文。即日赴火烧胡同散放，每大口米六升，丰钱二百文。其隆盛庄、张皋等处，月内亦可放完。即接放第二次灾民，得此可延一月之命。惟所给赈钱，买粮食则无籽种，买籽种则无粮食，前吃后空。即使果能下种，果有收成，亦须六月底方能见新。如果停赈，全功尽弃。丰境每赈放一千文，极少须十四万，三个月便须四十万。倘官赈按月接放，则协赈可以减半。盛观察来谕续解六万，仅敷此次之用。务祈从速筹济，先行电示，以定行止。毗连之宁远，由顾梦臣兄往赈，带银二万及大米一千石，奄奄待毙者七八万人，次贫之户计有十万口，所短尚巨。李嗣香太史、刘性安部郎议以米一万石运往宁远，与梦兄合办，又以一万石赈阳高等处。黄慎之同年，李幼香兄拟往西路最重之包头、后山等处查放。褚敦翁经办归化，款项支绌万分，亦已弛书告急矣。五月初四日到。

查赈同人来函云：大同府所属丰镇厅，官赈放过银八万余两。义赈由南绅潘振翁办，四路分查，计折实极贫大口二十万口，两次共放每口一千文。所领义赈银十一万两、漕折银二万五千两，可敷此两次之用。田已得雨，下种者约十分之六，惟须七月中方有收成。五六两月正在吃紧之时，必须再放一次，方能接济。至七月，极少再须银十万两。天镇县去岁尚报五分收成，民皆折屋材，鬻妻子。自去冬至今，民死最多。义赈由南绅黄慎翁认办，拨京仓积谷四千石、漕拆银四千两。慎翁现尚未到。阳高县去岁亦报五分秋成，曾经开征，现已停止。灾民八万余口。义赈由南绅黄慎翁办，拨京谷六千石、漕折银六千两查放。此两县路毙甚多，野犬争食，籽种全无，秋成绝望。大同县去年办赈较早，官赈设厂两处。关外饥民群集，厂不能容，冻饿死者三千余人。今春始为掩埋。现在已种之田将及一半。朔平府所属宁远厅官赈两次，灾民八万五千余口。义赈由北绅李嗣翁拨米一万、南绅潘振翁处顾梦翁携银二万两、大米一千石合办。又拨到漕折银二万两。四月分放，款可以支持。五六两月拟每口再放一千文，尚无着。萨拉齐厅以堡头镇为最重，官赈灾民二十二万九千余口，已放两次。义赈由北绅李嗣翁办，每口放六百文。津委刘观察现派秦君于五月初补放，每口四百文。该处银价只一千一百文。归化厅官赈灾民十九万三千余口，以后山为最重。义赈由北绅李幼翁、南绅褚敦翁合办。褚带银四万两，查放两次，每口共给六百文。李又加给四百文。雨水亦透，已种之田，禾苗已高数寸。前山灾稍轻，未得透雨。义赈现由李幼翁承办两厂，津委刘观察承办四厂，计十万口，每口四百文，五月初可以放毕。该处银价一千四百文，面每斤大钱一百五六十文，油每两二三十文。清水河厅官赈四万五千余口。义赈由津委刘观察派成君查放。因本地无钱可换，买米二千四百石运往查放。托克托厅官赈八万八千余口，现尚苦旱。义赈由津委刘观察派李君查放。该处银价一千二百文。和林格尔厅官赈六万七千余口，内有物阜民丰，四里灾状与宁远相同。官赈放过二次。义赈由津委刘现察派王君查放。该处银价一千三百八十文。以上西五厅，刘观察处拨拟漕折八万两。右玉县官赈虽发银四千，县令并未查放。左云县尚未报灾。朔州及平鲁县去岁报秋收五成，赈款仅派一二千两。其实此四县饿莩累累，死亡不绝，残黎均食马粪及榆树皮，面目肿涨，田地多半未种。现由津委刘观察请褚敦翁于五月初四前往。顾梦翁放完宁远，亦即前往分办。义赈约计须银七八万两以上。丰镇、宁远两厅，右玉、左云、平鲁、朔州四州县，五月分皆无款可放。其余各厅州县，六月分皆无款可放矣。一路所见，贩卖女人甚多，有被乡人讹索者，有被路人扣其驴者，有被人劫去女子者。高山城隍庙中见有女人煮草汤两碗，吃其一，留其一，为明日果腹计。灾民稍得赈钱可以敷衍者，恃有草与野菜搭和充食。店肆所弃败葱残韭，争取生啖，拾得者诩为巧遇，不得者自恨来迟，真可怜也。五月二十二日到。

潘君振声来电云：巨款频颁，感铭无既。边灾奇重，幸赖仁施迭沛，起死回生。地已十种六七，盼至七月有秋。一朝不获，一朝不食。现正青黄不接，收成未卜，粮价日昂，归化、萨拉、托克、清水未闻透雨。应州、山阴、怀仁、大同并须兼筹，待哺情殷，哀鸣未已。救人救澈，是所望于群公。五月二十三日到。

潘君振声来函云：前接电函，当经奉复。承筹巨款，源源而来。第一、二批已由津门解到，三批至六批当已起解在途。边氓食德，没齿难忘。计自去冬至春，死绝逃卖十去二三。弟初到时，死亡载道，贩鬻盈途，情形几不忍寓目。幸赖诸大君子多筹巨款，始敢尽力办去，与官捐相辅而行，灾民大有裨益。现在田虽耕种，秋收必须七月，嗷嗷待哺，为日正长。壮夫为人力作，每日工钱不过五文，而雇者寥寥，即一饱亦殊不易。妇女掘食野菜，和以粟面，方能免病，而妙手空空，欲求升合亦觉为难。现在官赈已将停止，若义赈亦截然而停，穷民必仍填沟壑。是以五六两月，拟并给每口丰钱八百文，合制钱六百五十六文，俾灾黎买粮食和野菜度命，以待秋收。惟丰、宁两属灾民总在二十七八万，计现在津门所解之款，不为不多，然尚短数万金。现已致书相催，如果款项即日到齐，六月中旬当可放毕。应州、山阴、怀仁、大同等邑灾况亦重，尚未放过义赈，必须并济，俾免向隅。惟赈款必须早到，方可应急。宋大善长未知雅篆，钦佩莫名；桂公蔚章，系何处人、何号，亦望示及。六月初二日到。

潘君振声来函云：久疏函告，抱歉殊深。六月初九奉到五月初四赐书，日前又接电示，已解七万金，功德何可言量？此间灾民已得赈钱，勉强种地者，若不为人佣工，不能存活。每日为人耘地，除吃饭外，日得工钱五文，仍致自己之地杂草丛生，将来安望有收？来款甚为得力，现放第三次赈钱，糊口有资，便可自耘其地。宁远之沧波、石浪等处山水陡发，冲坏人口，淹伤田禾。张皋之巡检衙署被冲，田地亦多受害。二道河之榆树洼，冰雹所伤，绵长四十里，此时已不及补种，其余立秋后再得一次透雨，收成便有可望。惟有田之户已有生机，无田之家尚难存活。去岁极贫之户，田地均已卖完，房屋都已拆尽。昼则沿门乞食，夜则路宿庙旁。秋风一起，野草无可掘食，乞邻亦无肯与，必致仍填沟壑。慎之同年及诸同人相商，拟于丰、宁两属中分投四局留养之。第三次赈钱月底月初当可竣事。乡间患泻痢而死者甚多，药丸均已告罄。现值伏中，棉衣不能离体。秋来疟痢必多，如有正气丸治痢药，多多运寄为祷。正拟发信，连接二号三号信，一批至九批银五万二千两，柳少翁一信，均由津关解到，并知尊处尚有续解三四万金，边氓受惠无穷。三次赈钱，虽共放每人一千五百文，已将次第用竣。无力种田之户，御冬无具，不免死亡。丰、宁两境人数颇多，正忧乏款。现已函请津局尽数速解，俾若辈转死回生，过此隆冬，不填沟壑。七月十二日到。

潘君振声来函云：昨匆匆函复，略陈无田无家极贫之户，拟就丰镇、宁远两属设局留养，计已入照。表初到时，田房业已拆卖，风餐露宿者日有死亡。因于二道河等处，择其朝不保暮者，日给钱三十文；更于丰镇设立粥厂，专收不似人形者，各共二三千人。其中受病已深死者颇众，逐渐养好者陆续遣散，有地者酌给籽种，无田者壮男酌给衣服、锄刀为人耕作，老弱、妇女无可遣散，现在掘菜割草尚可果腹，入冬必填沟壑。统计两属人数尚多，现与黄慎之诸君商酌，设厂四处，结屋千间，专收孤寡极贫之田无半亩、屋无寸椽者，令其栖止。边地羊毛最多，另雇织匠教织羊毛口袋，并织毛毡。初则每口给钱四十文，令其足食。学成后再日贴钱二十文，专留妥友经理其事。养至明春四月，即行停给，令彼倚此为生。所有房屋等件，即行给为己产。如此则此辈方有生路。惟结屋千间，即须万金给发，器具、津贴、工食，大约非二万余金不办。在诸大君子救人救澈，功德可谓无量。救命之钱，必作救命之用，表亦决不敢以来源不竭，稍形宽滥。惟无家无田之人随处皆有，款项不可不宽为预备。现已函请杏翁观察将尊处续款全行解丰，以资普救。七月十四日到。

潘君振声来电云：归化以北丰宁一带，秋收甚好，粮价亦贱，无须再赈。现盖屋三百余间，并租屋分设南北两局，专收孤寡极贫之未种地者不过万人，令学织羊毛口袋营生。边地苦寒，非皮衣难过冬，袄裤约二金左右，倘来一二万金制给，赤体贫民便可共登衽席。八月初九日到。

潘君振声来电云：衣款功德无量。九月初拟托丰镇练军哨官王音亭送幼孩至天津，款可令带回，汇不易。弟十月方能回津。九月初三日到

潘君振声复盛观察电云：王弁回读钧谕，九千两收到。东灾本当遵命速往，奈丰镇东西两局事经初创，诸事纷如，一时实难脱身。当此冬雪严寒，正东民待命之时，如早一

日，早救一日民命，求速另约高贤前往拯救，或请严佑翁赶速往东，早为拯济。民表禀。
十二月初十日到。

筹振琐记

桃坞义振公所自光绪六年停撤，后江浙同人天各一方。近闻晋边两府七厅野无青草，人将相食，灾况之重驾乎六年以后各灾区上，遂复恻然动念，刊册募捐，分收合解悉依桃坞故事。三月二十八日，首解规银五千两。天下有心人其将同声相应乎？

柳堂、王君存恕、桂君，皆桃坞旧侣也。柳堂闻振事起，率其僚友，合捐三百元为倡。存恕适购英四月吕宋票两股，盟于心，曰明日得采，当助赈。翌日，报至头标也。悉数解津，转界潘君。外史氏曰：中国得头标者夥助赈，自存恕始。存恕得头标助振，柳堂助振得头标异己。

绍兴陈君光德二月二十日自张家口致书其家云：正月在宁远发一信，想早到。二月初八日到此，托庇粗安。前娶邢氏，到此后盘知嫁过李氏，因又娶谷氏，年十六岁。上祖知县出身。其妹十三岁亦识字，将来配与老三，身价共八千五百文。去年之荒与光绪三年一式，西路人口贩来者络绎不绝，小儿大半抛离，口外多吃死人之肉，饿死者已有十分之三。粮石均从陕西口外运来，价涨两倍。此间情形比山西好多。

新安程君佐卿，己丑病将不起。其友代祷于天，许助振五十元，果获痊愈，家贫今始筹凑了愿。外史氏曰：助振诚疗疾奇方，医药亦死生所寄。慎矣哉！毋偏废。

光绪五年三月，下浣设江浙协晋振所于桃坞，撤止于是岁十月，收解十万六千金。忽忽至今，已越十五寒暑。旧时同事亡去者半，衰老者半。抚今追昔，感慨系之。一二旧交，灵光巍然，驰书相助。策画远大，云天高谊，敢不钦承。硁硁下怀，窃愿有辞。始昔治振。辄誓于神：不奖保以与官长争权，不垄断以与沪扬争长，守小题小做之法，安民捐民办之常。斤斤此心，今犹如昨。所窃冀于天下善士者，惟在分册众多，尽人传览，广种薄收，人弃我取。至若奖捐巨款，虽遗于此，必达于彼，同归晋振，何分畛域？敢布腹心，慰我良友。

存恕主人助太乙丹三千服，邱荆记集助辟瘟丹六千五百余服，即代起解。灾区所需药丸，以辟瘟丹、太乙丹、纯阳正气丸三种为最。赐助者须每服一包，外加仿单，以免分送时罔知所用。更须装入马口铁箱，用锡焊口，外加木箱，以免舟车沾水。若药茶及粗杂丹丸，加之运费，既不合算，亦不合用也。

前随粤闽江浙诸君，在上海文报局收解粤苏直东振捐，自光绪十一年五月至十三年终，共银五十八万八千余两，已刻《征信录》第二卷。又在上海电报总局收解豫皖振捐，自光绪十三年八月至十五年正月止，共银五十五万余两，已刻《征信录》第三卷。兹交上海书锦里赈所陈君养泉代为分送。

鉴湖补拙子函云：年届大衍，尚无子息。窃思命中无子，纳妾无益；命中有子，室甫三旬，尚可生育。因以纳妾洋二百元移振其款，由陈养翁经收，杨子翁经募。仆为之贺曰：必定生男。试观陈、杨两君之台篆，便冠着"养子"两字。

袖海山房书肆重望：披晋饥之捐册，念灾民而神伤，乃印书兮分售，且悉数兮分振荒。三十四家同业，四百又四捐洋。我纪其名，其名斯扬。点石、鸿宝、博文、百宋之斋，扫叶、步月、文苑、文玉之房，文瑞、文选、万选、万卷之楼，千顷、著易、文盛之堂，宏文、纬文、古香、文贤之阁，江左、蜚英、倪氏、鸿记、积山、和记之坊，同文、洪文、鸿文、珍艺、文宜之局，宛委、焕文、汉记、慎记、熙记之庄，结善缘于翰墨，具一念之慈祥。获千百倍利于今岁，赶二十三省之乡场。

江阴代劳子书友人，邀与一会，每月一举。因见《晋饥编》，默许得会即助钱三千。果以先摇得会，殆神助也。寄洋三元，请附晋振。云天人感应之理，往往有不可解者，谓助赈必可获采。则与为持捐册而告募四方，何如挂招牌以包摇大会？谓助赈必不获采，则前有存恕之头标一万，后有代劳之捐会三元。

接津关电：归化、萨拉齐如再不得雨，请佑之往云云。管窥所及，无论有雨无雨，有秋无秋，六月以前为急振，六月以后为常振。无秋固不能停振，有秋亦不能停振。世岂有拆屋卖人死亡枕藉之际，遂能服田力穑家给人足之理乎？惟官振如汛兵难于应急，急则助以义振。义振如营勇难于持久，久必持以官振。若久任营勇，不令归农，暮气视汛兵尤甚。况常令酣战，不图蓄养，有急无应募之才。此所以三月为期，不可淹滞也。老于荒政者，当不河汉欺言。

清节堂创于苏州。嘉庆间陈封翁某尽割家产，创设是堂，以养青年节妇之无告者。兹承诸女士集捐洋二元、钱八百。是捐也，必从一二十文所集腋。羡分恤嫠，无非清白银钱；解向灾区，定有神明监察。寄语振友，好为区分；申告同仁，无惭扬励。

藩宪邓公自莅官滇鄂以来，筹劝义振逾十万金。兹又遍令州县厘局广为劝募。灾区值青黄不接之时，贤者体饥溺由己之仁。父母欺民，何分畛域？痌瘝在抱，各尽恫忧。属在部民，自风行而草偃；瞻彼沟瘠，若雨降而苗兴矣。

武昌汉镇间，为各省绅商荟萃地。每届灾振，分棗速宾覶缕一曲，珍错杂陈。客既尽欢，主者有请爰解杖头之钱，以助救命之费，由来久矣！今承方允符、王仲云、赵莲塘诸君在江苏会馆演古集捐，先以五百金见贻。君子曰：是乃仁术也。

清夏主人问于吟梅先生曰：因病助振，或效或否，为我晰其疑。先生曰：死于正命者，未必生；死于非命者，未必死。大抵正命而死，视死如归，不必回生起死，以顺受其正也。非命而死，命本未绝，大可出死入生，挽回补救，犹不立岩墙下也。予韪其言，笔之于简。

丁丑戊寅间，首倡义振，居者推费裒庵、延厘为长，忽忽十五年矣。四月九日，偶感中风。十四夜，语予曰：车马来迎，逝将去汝。又顾左右曰：为我壁手，版于使者。具衣冠见之，使随我行。左右泣予挽之，则大呼李令尹、李提督者再。又阅三日而绝。予挽以楹帖云：天下事何尝一日去诸怀，蒿目时艰，易箦犹呼李都督；乡里中难得几辈真知已，伤心终古，游仙莫挽费长房。又阅一月，戴善士理卿荣亦以中风卒。时方四出劝振，日无停趾也。张君旭亭挽以短章云：清节堂中叙旧明，卅年虎皋每同登。白头老友飘零甚，客岁除陵（谓徐君宗德）今戴凭。孤寒无命哭声同，况复筹边局未终。君自悬崖猛撒手，几人日暮叹途穷。

故友丁君镜斋君平，一流人也。卖卜高邮以自给。曩西北振事起时，以钱千远致之苏。读其书，忠义悱恻，心异之。事以乡先生礼，请就地筹捐。君设振捐所于武帝庙，以昭神鉴。累年以来，无役不从。今者落月屋梁，感深宿草。嗣君承志，方广集振赀，而君不及见。悲夫！虽然有子象贤君，亦可少慰也夫。

或问予曰：移忏助振、移实镪助振，幽明一理，毋乃向隅？予曰：经忏得资实福，非轻忏之力，饭僧之功也。饭不饥之僧，何如饭调饥之民尤为功乎？幽明既一其理，孤魂亦必有济。如必藉生人之力兼振孤魂，则交易而退，将使地下善士助予筹振，夫亦不可以已乎？

杏庐先生隐于杏村，予尝赠以诗云：高文凌碧汉，清节比黄花。顷以书来，割所藏《朱兰坡宫詹手选》、《古文汇钞》助振。且谓留与子孙，未必能读。有愿出资四十元者，即以相赠云。我侪寒酸，以书为田。君竟卖田助振，视古之毁家纾难者，何多让焉？

光绪五年夏，方筹晋振，吴农望雨綦切，遂分用作霖雨捐册，縢以小启，云：册随雨去，捐共雨来。嗣蒙薛方伯饬属劝捐，捐册悉编雨字，所到之处，甘霖普沛。今岁底水之枯，近三十年来所未见，岌岌有旱干之虑。又值晋灾，又蒙邓方伯饬属劝捐，又得连日好雨，良苗怀新，冀为丰收之象。芃黍膏雨，敢忘郇伯之劳？诸葛君五旬诞辰，哲嗣适当，吉席喜庆，大来宾朋四集。因悯晋饥，未忍款客，移宾筵费五十元为诸君积无量德。他年寿届百龄，元孙亦当授室，倘再移筵助振，便当捐洋一百。

陈洛君大令锡鬯，令四川之富顺，有政声。悯晋灾奇惨，倡捐千金。所属自流井绅商曰：我侯疏财，民之表也。以四千金为助。君子德风于斯，益信。

苏州护龙街南有丐妇焉，日夕西向朗诵佛号，末一字必高唱入云。询其故，曰：佛在西方，故向西朝礼；道途遥远，故尾声必高。闻者皆笑之。顷接沙市夔州、重庆泸州来电，振款云集，足为后劲。雄师之四处者，经度距苏州偏四八度至十六度，宜乎诵佛号之丐妇，必向西方顶礼且高大其尾声也。

今所振大同、怀仁、应州、山阴、阳高、天镇诸邑，皆隶大同府；朔州、右玉、左云、平鲁诸邑，皆隶朔平府。两府皆冀州雁门之域。今所为大同者，即唐云州、宋云中、辽金元西京也。今所为朔平者，即后魏善无郡、唐朔州、明右云卫也。边外七厅，丰镇隶大同府、宁远隶朔平府。若归化，若和林格尔，若托克托，若清水河，若萨拉齐，均隶绥归道，与察哈尔及西土默特相错处，经度距京师偏西三度至六度。纬度距赤道四十度至四十三度，其北三百里为瀚海，隶内蒙古。又北一千四百里，尽外蒙古之车臣汗、土谢图汗境，即恰克图互市地，飞骑飙忽，无可设险。又北即俄罗斯国，悉毕尔省。近方开金矿，设戍兵，建铁道，通电线，十年之间顿成重镇。彼亦自诩为中路要区者也。按：察哈尔即明时插汉出元裔小王子，后嘉靖间□赤驻牧其地。归顺以来，编驻四旗于杀虎口外。若西土默特，尚在杀虎口北二百里。元以前隶大同，明嘉靖间俺答筑城居之。隆庆间名其城曰归化。自入本朝，设官如内地，不复知其为前代百战之区矣。昔者赵肃侯筑长城，从云中以北至代北。魏增筑于长川之南，起自赤城，西至五原，延袤二千余里。北齐自西河总秦戍筑长城，东至于海。又于长城内筑重城，自库洛拔东至乌纥戍，凡四百里。明成化间，余子俊筑长城，起大同中路，至偏头关六百里。嘉靖中，增筑三百余里。又自丫角山以东至阳和靖橹堡，次第修筑。今之环亘于大同、天镇、阳高、左云、右玉、平鲁之北者，东起直隶宣化，西沿黄河而接宁武，固巍然其如昨起，视喀尔喀四部七十四旗，已非复旧时强盛。长城瀚海，果足恃为险要乎？北方安则天下宁，边隅实则邻衅弭。东起混同江，西尽哈萨克，横览七千里之间，晋当其中，远则恰克图，近则绥远城，宜必屯重戍而左右顾。今有此百万哀鸿，飞鸣绝塞，实边不足，走险有余，治晋振者，谅不仅以一振为毕乃事也。

归化城客致张家口客号书云：山前山后得雨，种地者不及一半，因妻离子散。有田未种及向来趁佣者，目前得振，并割青草和食，尚可度命。一经停振，不问可知。口外库伦、恰克图一带，大伙贩卖子女至外邦者，仍络绎不绝。蒙部亦连年被旱。

胡贾氏、胡君少甫德配客腊，少甫谢世，遗腹未产，嗣续尚虚。五月间，晋振告匮，氏以忭资三十千文助赈。次日遂产一男，今届弥月。又以三十千文助赈。自来遗腹多亢宗子，盖天所以报节妇者，理自有在。况贾氏识超庸俗，不愧女中丈夫。贤母必生令子，节妇每产忠臣。谓予不信，拭目俟之。

同人议举晋振，三月十七日始，月在丙辰，日在己亥。推算至七月朔，月在庚申，日在辛巳，似难再办。故预定六月杪止。事会之来，不可思议。官振既奏，六月后酌核停止。义振诸君又因直东水灾，七月中均拟移振。虽欲不停，乌得不停。

归来捐册，雅有题诗，河南蜉蝣散人两首传作也。其辞曰：雁门有书来，愀然不忍读。边漠地苦寒，生计莳油麦。十室九室虚，本无余粮蓄。前年闻旱荒，昨又岁不熟。升斗巢千钱，掇噉枯苜蓿。草根树皮尽，马粪杂人肉。初毁旧衣襦，再拆新庐屋。硗薄养生田，都入饿夫腹。卖女复卖儿，弃婴满岩谷。一妇易一餐，仓皇妇他宿。伤心生别离，无语惟痛哭。骨肉尽流亡，孑身难自鬻。尪瘠鬼形容，痴迷远奔逐。十步五步间，僵卧鸟雀啄。废壁没荆榛，荒墟积枯髑。道路惨见闻，言之怆心目。望绝天雨粟，迫待官施粥。无米难为炊，谁与共年谷？晋饥秦粟输，汛舟美秦伯。功德重救灾，人天报施速。广绘灾民图，飞电传急牍。人生同此躯，浩劫哀茕独。铸钟投一钱，指困分万斛。不徒活众生，且种儿孙福。浮生若大梦，百年一须臾。胡为役名利，戚戚劳奔趋。仕宦万钟禄，田园千顷租。长筵列彝鼎，广庑吹笙竽。紫绶黄金印，绛纱绣谷襦。入驺拥大纛，千乘从后车。一切富贵境，畴能长欢娱。浮云倏变幻，瞥眼皆空虚。丰碑樵牧卧，故墅亭台芜。麦饭酹抔土，华屋成邱墟。念此憬然悟，大声为疾呼。时哉不可失，勤修惜居诸。仁政利百世，恩泽流九区。大事安社稷，小善福乡间。置身天壤间，伟然称丈夫。杰士不虚生，自待当何如。圣贤论胞与，贵贱本无殊。要知关痛痒，岂不哀蚩愚。苟能假势力，起死而嘘枯。宝山莫空返，斯语良非迂。寸念救饥溺，片言保孀孤。尽其心所至，勉其力能扶。万钱供一箸，余粒分半盂。稍节宴游费，好为拯济储。豪华轻货币，勤俭轻锱铢。援手解危厄，见义毋越趄。因循或中辍，遗憾徒嗟吁。来去赤条条，悯兹血肉躯。万物非所有，一身终亦无。未来与过去，当前暗消除。东施报勿爽，积善庆有余。不朽惟功德，千秋慎自图。

畴昔郑州之役，与陈君竹坪、李君秋坪相从事。越明年，两君谢世，而予亦丁艰归矣。又明年，两君蒙天子恩，建坊立传。李君在官处分，悉予开复；陈君交部议恤。比奉恩旨，恤赠光禄寺卿衔。

圣恩隆大，侪辈分荣，倚欤盛哉！犹忆陈君殁时，予丁艰未及期。越礼往吊，哭之恸，为书楹帖挽之，云：天下皆称为善士，海上不可无其人。李君先殁，予挽一联，云：把酒话生平，多君独具英豪气，通家留凤诺，异世还偿车笠盟。一转瞬间，墓门宿草矣！

晋饥编下卷

是编所载收解之数，始光绪癸巳三月下旬，讫甲午正月下旬。自癸巳七月后，间及直东，为数无多，不再分晰。甲午二月后，专归直东，不入兹编。

收捐之处九，为苏州藩署，为苏州电报公寓，为苏州电局，为泸州电局，为苏州复昌钱庄，为苏州赈奖分局，为上海平江公所，为杭州公信行晋义庄。部分类叙，以便查核。

捐户细数已列旬单登报，或掣按户收据者，是编总列某人共募几户，某册共捐若干。

逐次解款，或奉批牍，或凭收函，诸可核对。潘君振声留办晋边。

江浙协赈公所桃坞同人收解晋边义赈总数

收 款

一、收光绪十九年三月下旬苏电寓解到规银一千五百三十八两；又，苏复昌解到规银六百零二两二钱七分五厘；又，苏赈局解到规银三两六钱七分五厘。〇共收规银二千一百四十三两九钱五分。（照清单结数，漕平五百六十一两四钱一分五厘，规银一千五百三十八两。合见此数。）

一、收四月上旬苏电寓解到规银三百八十九两九钱；又，苏复昌解到规银八十二两一钱八分；又，苏赈局解到规银一百八十五两四钱八分五厘；又，沪信昌解到规银二百七十三两三钱四分一厘。共收规银九百三十两零九钱零六厘。（照清单结数，漕平八百六十二两五钱五分合见此数。）

一、收四月中旬苏电寓解到规银一千九百五十一两六钱零七厘；又，苏复昌解到规银四百九十两零六钱四分七厘；又，苏赈局解到规银一百五十两零九钱三分三厘；又，沪信昌解到规银二百三十七两一钱九分七厘；又，杭公信解到规银二百七十六两八钱四分八厘。〇共收规银三千一百零七两二钱三分二厘。（照清单结数，漕平二千三百七十九两四钱五分七厘，规银五百三十九两零八分。合见此数。）

一、收四月下旬苏电寓解到规银二千四百三十八两九钱五分七厘；又，泸电局解到规银二百二十一两六钱二分五厘；又，苏电局解到规银三百四十二两六钱九分三厘；又，苏复昌解到规银一千一百四十八两二钱三分；又，苏赈局解到规银五百六十七两七钱五分五厘；又，沪信昌解到规银三百零九两零三分五厘；又，杭公信解到规银九十七两七钱九分三厘。〇共收规银五千一百二十六两零八分八厘。（照清单结数，漕平四千七百四十九两三钱七分七厘。合见此数。）

一、收五月上旬苏电寓解到规银一万二千九百八十二两二钱三分六厘；又，苏电局解到规银二百五十二两三钱八分五厘；又，苏复昌解到规银四千零六十两零三钱二分四厘；

又，苏赈局解到规银五百五十三两六钱八分八厘；又，沪信昌解到规银九百八十九两三钱零三厘。○共收规银一万八千八百三十七两九钱三分四厘。（照清单结数，漕平一万七千四百四十九两一钱九分二厘。合见此数。）

一、收五月中旬苏电寓解到规银六千零九十三两四钱三分六厘；又，泸电局解到规银二千一百零六两；又，苏电局解到规银六十九两九钱零四厘；又，苏复昌解到规银一百二十两零一钱一分二厘；又，苏赈局解到规银一千零十二两七钱零四厘；又，沪信昌解到规银二千零二十六两五钱一分五厘；又，杭公信、晋义解到规银一百七十九两八钱八分一厘。○共收规银一万一千六百零八两五钱五分二厘。（照清单结数，漕平一万零四百五十七两三钱二分六厘，规银三百二十三两九钱八分。合见此数。）

一、收五月下旬苏藩署发到洋，合规银四千三百八十一两零六分八厘；又，苏电寓解到规银七千五百十四两二钱五分二厘；又，苏电局解到规银一百五十三两二钱零六厘；又，苏复昌解到规银四百九十八两三钱六分二厘；又，苏赈局解到规银一万零一百七十三两三钱九分三厘；又，沪信昌解到规银一千二百八十五两四钱七分九厘；又，杭公信、晋义解到规银一百八十五两八钱二分八厘。○共收规银二万四千一百九十一两五钱八分八厘。（照清单结数，漕平二万二千四百十七两八钱七分八厘。合见此数。）

一、收六月上旬苏藩署发到洋，合规银一千六百五十二两零四分六厘；又，苏电寓解到规银二千七百十二两八钱八分六厘；又，泸电局解到规银一千零五十四两；又，苏电局解到规银五十二两零九钱九分三厘；又，苏复昌解到规银三百二十二两四钱一分七厘；又，苏赈局解到规银三百七十四两四钱六分八厘；又，沪信昌解到规银五百三十两零 ·钱二分八厘；又，杭公信、晋义解到规银一百七十一两一钱零二厘。○共收规银六千八百六十八两零四分。（照清单结数，漕平六千三百六十三两九钱零五厘。合见此数。）

一、收六月中旬苏藩署发到洋，合规银一千五百七十两零五钱七分七厘；又，苏电寓解到规银一万二千七百九十九两四钱八分；又，泸电局解到规银四千二百十六两；又，苏电局解到规银三十六两二钱八分一厘；又，苏复昌解到规银四十三两二钱八分一厘；又，苏赈局解到规银一百五十七两八钱零四厘；又，沪信昌解到规银一千零六十二两三钱四分五厘；又，杭公信、晋义解到规银一百十一两二钱五分。○共收规银一万九千九百九十七两零一分八厘。（照清单结数，漕平一万一千四百八十六两八钱二分，规银七千五百九十九两九钱四分。合见此数。）

一、收六月下旬苏藩署发到洋，合规银三千三百五十两零三钱七分二厘；又，苏电寓解到规银六千一百四十八两六钱二分二厘；又，泸电局解到规银三千一百六十两；又，苏电局解到规银四十五两七钱五分三厘；又，苏复昌解到规银三百零二两八钱一分五厘；又，苏赈局解到规银一千二百四十八两三钱五分七厘；又，沪信昌解到规银一千四百六十八两零四分四厘；又，杭公信、晋义解到规银六十九两八钱五分二厘。○共收规银一万五千七百九十三两八钱一分五厘。

一、补收六月分苏复昌解到○规银二十一两九钱。（此款原因误算在庄息项下，今划出补收。）

一、收七月分苏电寓解到规银四千八百三十三两另四分；又，泸电局解到规银五千二百六十两。○共收规银一万零零九十三两零四分。

一、收八月分苏电寓解到规银五百六十二两六钱七分五厘；又，泸电局解到规银四千七百三十四两。○共收规银五千二百九十六两六钱七分五厘。

一、收庄息项下○规银二十两零七钱三分三厘。

以上全系晋赈，共收规银十二万四千零三十七两四钱七分一厘。

一、收七月上旬苏藩署发到洋，合规银七百二十五两一钱零五厘；又，苏复昌解到规银四十四两零四分六厘；又，苏赈局解到规银一千零五十一两五钱二分八厘；又，沪信昌解到规银一百二十四两一钱四分七厘。○共收规银一千九百四十四两八钱二分六厘。

一、收七月中旬苏复昌解到规银二百二十两零三钱七分九厘；又，苏赈局广东、江宁解到规银二百零八两四钱四分；又，沪信昌解到规银二百零八两三钱九分五厘。○共收规银六百三十七两二钱一分四厘。

一、收七月下旬苏藩署发到洋，合规银一千五百零一两二钱一分四厘；又，苏复昌解到规银二百四十九两零五分九厘；又，苏赈局广东、江宁解到规银四百四十九两八钱一分三厘；又，沪信昌解到规银六十两零六钱一分九厘。○共收规银二千二百六十两零七钱零五厘。

一、收八月上旬苏复昌解到规银二百九十五两六钱九分二厘；又，苏赈局广东、江宁解到规银五百二十三两二钱九分六厘；又，沪信昌解到规银六十四两六钱七分三厘；又，杭公信解到规银四十六两九钱九分。○共收规银九百三十两零六钱五分一厘。

一、收八月中旬苏藩署发到洋，合规银二千五百零二两零二分七厘；又，苏复昌解到规银三十八两一钱七分一厘；又，苏赈局广东、江宁解到规银一百六十二两六钱二分七厘。○共收规银二千七百零二两八钱二分五厘。

一、收八月下旬苏赈局江宁解到规银三百二十九两八钱零九厘；又，沪信昌解到规银九十四两零八分八厘。○共收规银四百二十三两八钱九分七厘。

一、收九月上旬苏复昌解到规银十四两七钱五分一厘；又，苏赈局广东解到规银一百三十八两五钱八分。○共收规银一百五十三两三钱三分一厘。

一、收九月中旬苏复昌解到规银五十六两五钱六分六厘；又，苏赈局解到规银一百五十四两零四分五厘；又，沪信昌解到规银一百十九两三钱一分。○共收规银三百二十九两九钱二分一厘。

一、收九月下旬苏复昌解到规银一百三十二两九钱二分；又，苏赈局广东、江宁解到规银二百八十两零五钱九分四厘；又，沪信昌解到规银七十三两三钱七分八厘；又，杭公信解到规银三百八十三两二钱六分五厘。○共收规银八百七十两零一钱五分七厘。

一、收十月上旬苏复昌解到规银一百二十五两八钱一分七厘；又，苏赈局江宁解到规银一百二十五两二钱四分四厘。○共收规银二百五十一两零六分一厘。

一、收十月中旬苏复昌解到规银八两七钱八分一厘；又，苏赈局广东解到规银一百三十二两四钱零六厘；又，沪信昌解到规银一百六十五两八钱九分。○共收规银三百零七两零七分七厘。

一、收十月下旬苏复昌解到规银十七两七钱一分二厘；又，苏赈局解到规银五十六两七钱五分一厘；又，沪信昌解到规银二千一百八十两零八钱五分九厘；又，泸电局解到规银三百七十八两七钱二分。○共收规银二千六百三十四两零四分二厘。

一、收十一月上旬苏复昌解到规银九十一两九钱八分三厘；又，苏赈局解到规银二百二十两零零五分一厘；又，沪信昌解到规银一千二百二十五两五钱四分二厘。○共收规银一千五百三十七两五钱七分六厘。

一、收十一月中旬苏复昌解到规银一百十二两六钱三分九厘；又，苏赈局江宁解到规银五十一两五钱三分九厘。○共收规银一百六十四两一钱七分八厘。

一、收十一月下旬苏赈局广东解到规银十七两六钱七分三厘；又，沪信昌解到规银二十九两四钱六分一厘。○共收规银四十七两一钱三分四厘。

一、收十二月分苏复昌解到规银二十五两四钱四分七厘；又，苏赈局江宁解到规银三百八十九两六钱四分三厘；又，沪信昌解到规银二千三百六十一两二钱零九厘；又，杭公信解到规银七两二钱七分六厘。○共收规银二千七百八十三两五钱七分五厘。

一、收光绪二十年正月分苏复昌解到规银八十四两九钱零四厘；又，苏赈局解到规银四十两零一钱四分；又，沪信昌解到规银四百三十八两四钱三分八厘。○共收规银五百六十三两四钱八分二厘。

以上晋直东赈，共收规银一万八千五百四十一两六钱五分二厘。

两共收规银十四万二千五百七十九两一钱二分三厘。（内计：苏藩宪邓发款汇合规银一万五千六百八十二两四钱零九厘；电报公寓收款汇合规银五万九千九百六十五两零九分一厘；苏州电局收款汇合规银九百五十一两二钱一分五厘；泸州电局收款汇合规银二万一千一百三十两零三钱四分五厘；复昌庄收款汇合规银九千二百十一两四钱一分；赈捐局收款汇合规银一万八千七百六十两零四钱三分九厘；上海信昌收款汇合规银一万五千三百二十七两三钱九分六厘；抗州公信晋义收款汇合规银一千五百三十两零零八分五厘；庄息项下收款规银二十两零七钱三分三厘；以上九项细数及捐户姓名分列在后，合并声明。）

解　款

一、光绪十九年三月廿七日，解潘振翁第一批规银五千两。

一、三月三十日，严佑翁划解潘振翁规银一千五百三十八两。（连五月廿九日、六月十五日、七月十五日三款，共计规银二万两。实由佑翁借款先解，随后归还。合并声明。）

一、四月初十日，解潘振翁第二批规银七千两。

一、四月廿三日，解又第三批规银五千两。

一、四月廿八日，解又第四批规银五千两。

一、五月初四日，解又第五批规银五千两。

一、五月初八日，解又第六批规银一万两。

一、五月十三日，解又第七批规银五千两。

一、五月十六日，解又第八批规银五千两。

一、五月廿二日，解又第九批规银五千两。

一、五月廿九日，解又第十批规银一万三千两。

一、同日，严佑翁划解潘振翁规银八百六十三两零六分。

一、六月初一日，解又第十一批规银五千两。

一、六月十二日，解又第十二批规银五千两。

一、六月十五日，解又第十三批规银五千两。

一、同日，严佑翁划解潘振翁规银七千五百九十八两九钱四分。

一、六月十八日，解又第十四批规银五千两。

一、六月廿五日，解又第十五批规银五千两。

一、同日，严佑翁划解潘振翁规银一万两。

一、七月初三日，解又第十六批规银五千两。

一、九月十二日，解又寒衣款规银九千零三十七两四钱七分一厘。

以上共解晋赈规银十二万四千零三十七两四钱七分一厘。

一、七月初五日，解严佑翁第一批山东赈规银三千两。

一、七月廿四日，解陆凤石祭酒转交顺天赈规银三千两。

一、八月上旬，解严佑翁第二批直东赈规银三千两。

一、十一月上旬，解严佑翁第三批直东赈规银七千两。

一、光绪二十年二月十七日，解严佑翁第四批直东赈规银二千五百四十一两六钱五分二厘。

共解顺直东赈规银一万八千五百四十一两六钱五分二厘。

两共解规银十四万二千五百七十九两一钱二分三厘。

苏藩宪邓经收细数

一、五月下旬止，共收洋五千九百九十三元九角一分九厘，汇合规银四千三百八十一两零六分八厘。

一、六月上旬止，共收洋二千二百六十六元七角四分八厘，汇合规银一千六百五十二两零四分六厘。

一、六月中旬止，共收洋二千一百三十八元三角四分，汇合规银一千五百七十两零五钱七分七厘。

一、六月下旬止，共收洋四千五百六十元零六角八分七厘，汇合规银三千三百五十两零三钱七分二厘。

一、七月上旬止，共收洋九百八十五元六角，汇合规银七百二十五两一钱零五厘。

一、七月下旬止，共收洋二千零三十八元六角六分，汇合规银一千五百零一两二钱一分四厘。

一、八月中旬止，共收洋三千四百零七元一角三分三厘，汇合规银二千五百零二两零二分七厘。

共收洋二万一千三百九十一元零八分七厘，汇合规银一万五千六百八十二两四钱零九厘。细户列后：

昆山县葛印培义解两次，共四百零四元六角。新阳县苏印品仁解两次，共七百七十二元。常熟县周印相辅解七百元。昭文县梅印崇诰解三百零八元。吴江县李印汾解两次，共五百七十四元。震泽县唐印德峻解一百六十二元一角。太仓州程印其珏解三百元。镇洋县吴印镜沅解二百元。崇明县黄印傅祁解三次，共六百五十七元二角九分。嘉定县张印枢解一百元。宝山县马印海曙解三百元。松海防厅刘印元楷解三百五十元。川沙厅郭印廷沛解一百元。华亭县王印用鯀解两次，共三百九十五元三角。奉贤县金印烺解两次，共四百四十一元六角。娄县夏印书绅解两次，共三百四十元。金山县刘印元诚解四百七十五元。上海县黄印承暄解三百元。南汇县汪印以诚解四百元。青浦县钱印志澄解两次，共四百元零零六角。武进县吴印炳解四次，共六百零八元八角八分四厘。阳湖县叶印怀善解十次，共二千九百十一元二角四分一厘。无锡县陈印家熊解两次，共三百九十六元三角。金匮县王印念祖解两次，共三百六十二元三角一分三厘。宜兴县万印立钧解两次，共八百七十元。

靖江县张印嘉言解三次，共六百元。镇江府王印仁堪解三次，共一千七百九十七元。貊貔司陈印义解五十元。锡金厘局刘印葆源解两次，共三百四十七元七角零一厘。苏城厘局孙印诒绅解五百十六元。钓船捐局宝马印镇山霍恩解两次，共三百六十元。车坊厘局许印肇基解一百六十五元。吴淞江厘局傅印瀚解两次，共一百七十六元六角。树木捐局赖印丰熙解一百二十二元。盛泽厘局陈印德喆解四次，共三百十八元。吴淞货捐局吴印熙解八十元。闵行厘局陈印德浚解四百元。五库厘局蔡印世濂解两次，共一百十九元五角四分八厘。内河厘局黄印琪解一百六十元。上海糖捐局刘印诰解两次，共三百十三元。奔牛厘局蒯印光华解一百九十二元五角一分。严家桥厘卡樊印炳煦解一百零九元。上海货捐局朱印宜振解两次，共八百零七元。江阴厘局吴印受颐解四十元。布捐局郑印本诚解一百元。闽广货捐局高印彦冲解一百四十五元。常昭海口厘局曹印日新解二百零六元。木渎厘局陈印叔谦解一百二十四元。丝茶北卡陈印香祖解一百元。宜荆厘局黄印灿解一百二十二元。江震丝捐局周印文泰解二百元。崇明厘局麟印恒解一百二十元。刘河厘局周杨印煦山昌荣解一百二十三元。绸捐分局朱印家瓖解一百四十六元。南渡厘局王印石麟解一百八十五元五角。同里厘局许印之祜解二百元。上游厘局李印玉方解一百十七元。以上共收洋二万一千三百九十一元零八分七厘。

苏州西大营门五亩园内电报公寓经收细数

严佑之作霖、杨子萱廷杲、方子厚仁坚、俞隶云书祥、桂恕斋蔚章、吴清农文焕、郭琴孙光溥、张鲁孙恭钊、谢宿岩尧星、王幼梅葆桢、谢绥之家福经理

一、三月下旬，收佑册规银一千一百两又洋六百元，汇合规银一千五百三十八两。

一、四月上旬，收锐册漕平二十两零五钱，又洋五百零一元，汇合规银三百八十九两九钱。

一、四月中旬，收锐册漕平三百八十五两二钱，又洋一千三百五十五元五角，又佑册规银五百三十九两零八分，汇合规银一千九百五十一两六钱零七厘。

一、四月下旬，收锐册漕平二百两，又规银一千一百五十六两，又洋一千四百五十元，汇合规银二千四百三十八两九钱五分七厘。

一、五月上旬，收锐册规银一万一千零五十八两四钱二分，又洋二千六百三十二元，汇合规银一万二千九百八十二两二钱三分六厘。

一、五月中旬，收锐册规银四千六百三十九两六钱五分二厘，又洋一千五百四十一元一角四分，又钱二千九百七十文，又佑册规银三百二十三两九钱八分，汇合规银六千零九十三两四钱三分六厘。

一、五月下旬，收锐册宝银一百三十四两三钱七分，又规银六千三百十七两九钱，又洋一千四百四十五元五角，又钱三百四十五文，汇合规银七千五百十四两二钱五分二厘。

一、六月上旬，收锐册规银九百六十六两零七分二厘，又洋二千三百八十三元五角二分七厘，又铜洋四十六元，汇合规银二千七百十二两八钱八分六厘。

一、六月中旬，收锐册规银四千零五十二两三钱一分，又洋一千五百五十七元八角，又铜洋四十七元，又钱四千五百八十文，又佑册规银七千五百九十八两九钱四分，汇合规

银一万二千七百九十九两四钱八分。

一、六月下旬，收锐册漕宝银十四两一钱一分，又规银三千四百九十八两零七分一厘，又洋三千五百九十六元一角七分八厘，又铜洋九元，又钱八百三十四文，汇合规银六千一百四十八两六钱二分二厘。

一、七月分收佑册规银三千五百九十二两五钱九分五厘，又洋一千六百零一元八角九分四厘，汇合规银四千八百三十三两另四分。（泸州款另列。）

一、八月分收佑册汇合规银五百六十二两六钱七分五厘。（泸州款另列。）

共收漕宝银七百五十四两一钱八分，合规银八百十三两一钱四分七厘。规银四万五千四百另五两六钱九分五厘。洋一万八千六百六十四元五角三分九厘，合规银一万三千七百二十一两六钱五分四厘。铜洋一百零二元，合规银十八两四钱六分三厘。钱八千七百二十九文，合规银六两一钱三分二厘。大共汇合规银五万九千九百六十五两另九分一厘。细户列后：

各省发款：

吉林军宪长发，由吉林电局汇到吉平，合规银一千零五十两。

四川督宪刘发，由龚方伯汇到，合规银二千一百两。

云南抚宪谭发，由李兰荪观察汇到（一次六十户，二次七十三户），合规银一千四百七十八两四钱。

陕西^{抚宪鹿}_{藩宪张}发到，合规银三千一百五十两。

广西抚宪张发到，合规银一千零三十九两七钱七分五厘。

河南^抚_藩宪发到，合规银二千一百九十二两。

四川^藩_道宪^龚_延捐，合规银四百二十两。

四川^司_道宪龚文、延承安钟公捐，合规银一千零五十两。

云南盐宪普捐规银二百两。

川东道宪黎捐，合规银五百二十六两。

^{川东道}_{重庆府}宪^黎_王发六次，合规银一万零五百零一两四钱二分。

共收规银二万三千七百零七两五钱九分五厘。

锐字册：

二册施拥翁募三户一百元。又募十户五十一元。（详五月上旬单。）又倪在和等三户十三元。又祝椿寿二元。四册陈寅翁募四户一百元。六册^{谢筠亭}_{吴养臣}翁募廿八户二百元。（详五月下旬单。）七册谢筠翁募卅三户六十五元五角。（详四月中旬单。）又募三户十元。（详五月中旬单。）又募十户二十四元五角。（详六月下旬单。）

十二册黄公度方伯十三元七角。

十六册魏左翁募十户五十七元五角。（详五月中旬单。）

十八册^{杨礼}_{倪钧}翁募三户五十元。

十九册^{吴润}_{汪卓}翁募十四户五十元。（详四月下旬单。）

二十册^{唐凤}_{陈辉}翁募十四户一百六十八元。

二十一册王春翁手五户七元。（详五月中旬单。）

二十三册钱仲翁募十二户洋七十元、铜二元。（详六月上旬单。）

二十六册庞赉翁募三户一百元。（详六月下旬单。）

二十七、二十九册又募五户洋四百元、规银十两。（详五月中旬单。）

二十八册又募十户一百五十元。（详六月中旬单。）

三十册又募三户六十元。（详六月中旬单。）

三十一册王晋翁募陆贻安等六户二元零五分。

三十二册又募藕香室等十七户十元零七角八分。

三十三册又募唐孙五元。

三十四册又募留记等十户二十元。

三十五册又募黄秋记等五户一元四角七分。

三十六册陆镕翁募五户五元。

三十七、三十八、三十九、四〇册又募十九户二十元零五角。

四十一册汪^{少瀛}翁募十三户十元。

四十二册镇洋县吴募八十八户。（洋五十一元一角，铜一元。）

四十三册又募五十七户。（洋五十一元七角，铜五元。）

四十四册汪^{少瀛}翁募十八户十三元七角。

四十五册又募廿户十七元。

四十六册姚柳翁募廿四户三十元。（详五月中旬单。）

四十七册又募十五户二十三元。

四十八、四十九、五十册又募廿七户洋二十一元、铜一元。

五十五册邱荆记募四户二百元。（详五月中旬单。）又涤斋主人四十元。

五十八册朱兰翁募朱福同四十元。

五十八、五十九册又募补过斋十人一百元。

五十九册又募葛盛氏六元。

七十一册苏静翁募三户一百二十元。

七十三册又募廿户十元。

七十四册又募十二户二十元。

七十五册又募九户四十五元。

七十六册华子翁募蒋玉洲、永泰兴三十元。又林少翁募十六户四十七元。

七十八册刘云翁募一善堂等三户三十二元。

七十九册郑茂翁募七户三十四元。

八十册又募廿户十八元。

八十三册顾寅翁募章张润资醮资二户二十二元。

八十六册徐承庆十元。又徒阳赈票变钱二十二元。又华子翁募卅二户一百元。

八十七册又募寿萱培兰室、徐度斡、徐渔记、东海隐名一百八十元。又华瑶翁募廿户一百元。

九十六、九十七、九十八、九十九、一〇〇册姚彦翁募十四户一百十元。（详六月下旬单。）

一〇六册闵胡沈托许松翁募廿三户十二元。

一〇七册辅德堂张蕴翁募十五户十二元五角。

一〇八册闵胡沈托许松翁募十五户四十八元。又钱恒记金戒兑洋九元、钱三百四十五

文。

一〇九册辅德堂黄渊翁募五户十五元。

一一〇册辅德堂募五户十四元五角。

一一一册周子翁募廿三户三十九元。

一一二册又募卅户四十二元。

一一三册达源单蓉翁募廿二户十一元。

一一四册又募十二户七元。

一一八册谢心翁募三户六元。

一二〇、一二一册金山同仁堂黄^丁君_程募十五户二十六元。

一二二册陈伯翁募六户六元。

一二四册杨叔翁募三户二元。（详七月清单。）

一二七册其顺堂募十三户六百零三元。（详五月上旬单。）

一二九册松江全节堂^宋甘君募十户八元。

一三五册张蓉翁募保安居士十元。^张又魏左翁募九户二十五元。

一三六册张蓉翁募石室一元。

一三七册张叔翁募嘉记寿萱延龄四十元。

一三七、一三八册又募五户三十四元。（详六月下旬单。）

又募五户洋六元、钱七百文。

一三九册程松翁募十三户六十元。

一五一册戴子翁募三户二十二元。

一五二册沈燕翁募卅二户九十二元。（详六月中旬单。）

一五三、一五四册戴子翁募七户一百零二元。（详六月下旬单。）

一五六册复茂恒募卅户宝银十四两一钱一分。

一五八册又募十七户十五元。

一五九册又募十三户二十二元五角。

一六二册张心翁募无名氏二户二元。又募唐丑牛二元。又募四户六元。（详六月下旬单。）

一六三册又募三户四十二元。（详五月下旬单。）

一六四册彭寿翁募五户十三元。（详六月上旬单。）

一七一册志承堂一百元。又宗载翁募三户八元。（详六月下旬单。）

一七三册邱少翁募十九户十二元。

一七四册江子翁募十六户十二元。

一七五册邱少翁募三户十二元。

一七六册又募九户十二元。

一七七册又募十户十元。

一七八册又募十三户洋十五元、铜七元。

一七九册又募廿户二十七元。

一八三册王幹翁募十九户二十元。

一八四册盛巽翁募十三户三十五元。

一八五册又募^{陆衡}堂二元。（详六月下旬单。）

一八六册又募九户十三元。

一八七册^{李叔}_{盛巽}翁募十户八元。

一八八册孙桂翁募十二户二十五元。

一八九册盛巽翁托李耕翁募七户十一元。

一九〇册姚威翁手廿二户四十八元。

一九一册盛巽翁募七户十一元。

一九二册王颂翁募六户十一元。又郭伯翁募十二户十七元。

一九三册朱修翁募十四户三十一元。

一九五册张菊翁募八户十元。

一九七、一九八册陈绎翁募十五户四十二元。（详五月中旬单。）

二一一册钱福翁募十四户十九元。（详五月下旬单。）

二一二册张心翁募十户十一元。（详五月下旬单。）

二一四册祈合家平安五元。

二一九、二二〇册沈贽翁募十户五元。（详四月下旬单。）

二二三册聂宝善堂、金桢玉幹堂二户五百元。

二二四册钱君翁募十四户规银一百三十两、洋一百元。（详五月上旬单。）

二二五册陶幼翁募廿二户（洋二十七元、铜二十八元。）

二二七册张旭翁募五户七元。（详五月中旬单。）

二二九、二三〇册梁焕翁募廿户三十二元。

二三一册申江书局卅四家四百零四元。

二三四册陈润翁募六户二十六元八角。（详五月上旬单。）

二三六、二三七册顾蓉翁募七户一百三十元。（详五月中旬单。）

二三八册李沪生五元。

二四二册桂少翁募二户十四元。

二四二册沈蕖翁募十户（洋二百二十六元，铜四十四元。）详六月上旬单。

二四四册黄春翁募十三户。（洋二十六元，铜十二元。）

二四五册又募十八户五十一元。

二四八册王紫翁募二户二十一元。

二五〇册源丰润申号十元。

二五一、二五二、二五三、二五四册黄梅翁募四十八户六十元。

二五六册曹智翁募廿七户四十五元。（详六月上旬单。）

二五七册陈佐翁募十户洋九元、钱五百文。

二五八册又募二户二元。

二五九册黄筑曾肖翁募十七户洋九元、钱四千零八十文。

二六一册苏静翁募漕银一百两。

二六二册又募四户五元。

二六四册又募十八户二十八元。

二七〇册又募赵翰德十元。

共收洋六千八百九十三元八角、规银一百四十两、漕宝银一百十四两一钱一分、铜洋一百元、钱五千六百二十五文。

另捐：

诸元翁、徐伯荣、蒋新记、黄锺记、益记、钱椿记、钱青记马小记、大记、程寿记、周荣记、吴汪氏、沈维记、叶慕周、管城子十四户，各一元，共十四元。师竹轩、乾大、芸兰阁、谢柏森、镜如禅师、吴永康六户，各两元，共十二元。濮文琴记、赵募无名两户，各三元，共六元。耕畬堂、黄筱记、沈传沛、庆祝四方、谢送黄春翁礼、颍川病愈、祈资先严冥福、阜东隐名八户，各四元，共三十二元。唐戚王张王傅陈四元五角。赵增、赵焯、何记三户，各五元，共十五元。兰溪万通典友七元。沈达翁募柳明记等七户，详五月上旬单。莱安堂两户，各八元，共十六元。陈佐翁、曾小翁募五户，详五月中旬单，八元八百文。勤廉堂、秀邑古缘、孙廉记、顾宝善、姚清绶、程积章、丛过斋、鹿记、祈病速痊、善之长、汪明球来、延寿堂十二户，各十元，共一百二十元。孙仰翁募无名十四元、七百文。孙广记十五元。凝香仙馆、张圣源、朱尹翁、孙仰翁募无名、谢益斋、宜辅善六户，各二十元，共一百二十。方允翁募六户二十一元。虎邱陈募十一户，详五月中旬单，二十五元、一千四百七十文。三善堂二十六元。宜留芳记二十六元五角。陈谔记二十八元一角六分七厘。正记二十八元三角八分六厘。紫藤仙馆、燕贻堂、集腋居士、徐氏一门三鼎甲、王永泉母愈、郑竹舟父愈六户，各三十元，共一百八十元。秦梅翁募无名氏南货捐三十二元。刘来常州所捐三十三元。明远堂、梯云阁、养记、朱福谦、诸杏庐鬻书五户，各四十元，共二百。振宜堂、常州董、芝荫堂、资敬堂主、诸葛君移寿喜筵五户，各五十元，共二百五十元。汪惺翁募卅九户，详六月上旬单，五十九元五角。九记六十一元。驻崎华商十八户，详六月上旬单，六十四元。佑安堂永安康记、奚二户，各七十元，共一百四十元。树德堂、棣萼堂、魏用和、诒经郑、邱少翁募梦锦等四君，详五月下旬单；又募敬义堂等四君，详六月上旬单；又募同春等五君，详六月中旬单。七户各一百元，共七百元。蔡介翁募两君一百十元。神户理事劝康泰等一百三十一元一角四分。彝训堂一百三十五元。徐雨翁募一百三十六元。孙荆翁募十三户，详六月下旬单，一百四十一元。振宜堂一百五十元。恭寿主人二百元。安记二百零三元四角四分七厘。永康氏、时宗氏、桐荫阁、居仁堂四户，各三百元，共一千二百元。庆永堂五百元。庞京堂一千元。

共收洋六千一百六十四元六角四分、钱二千九百七十文。

杨辅卿规二十两零四钱三分九厘。永安康记漕二十两零五钱。备利记规二十七两八钱四分。淮山堂规三十两零六钱三分三厘。黄祝程军门福寿宝三十四两三钱七分。女求父病好漕四十九两八钱五分。张太尊曼规五十两。二女保父病好漕五十两。钱璞儒规七十两。无名氏皮衣规七十二两七钱五分二厘。全记、浣花亭旧主、蒋亦树观察、仁记、义记、礼记、智记、信记、明远堂九户，各规一百两，共九百两。退修堂漕一百两。补过斋规一百三十六两九钱。桂林同人募六十七户，合规一百五十五两。邓尉山人合漕一百八十五两三钱五分。长春馆、寿萱室、香溪渔隐、兴记、林屋山人五户，各规二百两，共一千两。裕厚堂漕二百两。怡怡堂、双桐书屋两户，各规三百两，共六百两。刘春、王绍、蒋亦、蒋亦、朱明四户，规三百二十三两九钱八分。朱明翁募合规四百七十八两一钱六分三厘。武汉绅商演古集规五百两。镇江公所柳少翁交来规六百两。张太守振 规一千两。张君心泰合规三千一百十九两三钱二分五厘。

共收规银九千零八十五两零三分二厘、漕宝银六百四十两零零七分。

各电局经劝：

电报学堂募学堂五元。郭嵩翁募锐八册廿八户，六十二元九角。详五月上旬单。周翼翁募锐十五册廿一户四十八元。吴芳翁募锐十册廿九户六十三元。王星翁募锐九册十户十二元。方恺翁募锐十一册力绌氏十元。托汉口招商局施紫翁募电九十五册两户二百十元。又九十六、九十七册廿六户规五十二两九钱五分七厘。○共洋四百十元零九角、规五十二两九钱五分七厘。

兰州电局谈梦翁募一批规五百廿五两。彭颂鼎手五百廿五两。三批规五百廿五两，细户详八月单。○共规一千五百七十五两。

厦门电局叶亮翁募电三十五、三十六、三十七、三十八、三十九册一百十一户规四百两。又找规二百四十四两五钱八分一厘。○共规六百四十四两五钱八分一厘。

广东电局盛荔翁募一批规五百两，电一二一、一二四、一二五册六户二百十元。○共洋二百十元、规五百两。

汉口电局王乃翁募廿户，○共洋四十二元。

吉林电局吴芸翁吉林军辕幕员六公合规八十六两一钱。三江会馆同人一批规三百十五两，又二批规三百十五两，又三批规三百十五两。又局募规三百十五两。○共规一千三百四十六两一钱。

（共募一号册银三百二十七两，二号册吉林府募银二百另九两六钱，三号册宾州募银四百三十七两二钱三分三厘，四号册阿什河募银一百十九两另八分，五号册伊通州募银六十四两四钱三钱，六号册五常厅募银三十一两。又三江会馆募九百两。共计吉平银二千另八十八两二钱二分三厘。除收此款外，由信昌公所代收银八百四十六两五钱三分三厘。合讫）

天津电局周少翁、王伯翁募寒泉斋，○共洋一百元。

重庆电局张应翁募周毓芝规四百念两零八钱。电四十九、五十册廿户四十五两九钱五分一厘。巴县正堂周规五百念六两。共规九百九十二两七钱五分一厘。安庆电局彭省翁募电八十五、八十六册、信二一二册十户，○共规三十六两九钱三分五厘。

台北电局林仲翁募锐六十一、六十二、六十六、六十七册六十七户一百四十三元五角。六十四、六十五、六十八、六十九、七十册一百三十户二百十四元。廿八户规五十两。○共洋三百五十七元五角、规五十两。

嘉兴电局宗子翁募电八、九廿三户，○共洋七十六元。

南昌电局韩引翁募汪宝金金镯兑规九十二两。王书臣募信一一四册四十四户规一百念七两八钱七分。新喻县署募电七十八册廿一户规四十两零九钱四分五厘。王晋源募电八十册五户规十五两零一分。蔚长厚募电七十六册三十六户规八十三两二钱三分。新喻县张寿筵午席规四十二两零九钱四分五厘。信一一三、一一七、一二三册三十八户规一百零二两二钱七分一厘。○共规五百零九两二七钱分一厘。

大通电局孙清翁募电八十七册，○共规十一两零三分六厘。

成都电局周书翁募一批规六百三十两，二批前后共一百廿九户合规四百念两。○共规一千零五十两。

济宁电局杨乐翁募廿一户规六十八两七钱零五厘。金乡土药局刘募一百四十三户规六十三两五钱五分。○共规一百三十二两二钱五分五厘。

云南电局李兰翁募矿务公司规一千两。第三批一百六十户规一千零五十六两。○共规二千零五十六两。

吉安电局吴葭翁募电八十一、八十二册五十一户，○共规二百念三两四钱六分三厘。

襄阳电局孙屿翁募一批一百元，二批洋合规七十三两四钱，三批一百元，四批一百元，五批蒯博斋军门募一百零一户规三百三十八两四钱九分，六批规一百念七两二钱八分五厘。详八月单。○共洋三百元、规五百三十九两一钱七分五厘。

烟台电局谢佩翁来电一四五、一四六、一五一、一五二、一五三、一五四、一五五册共六十八户，○共洋三百五十元零一角二分七厘。

上海电局募陈沁翁募锐二十三册沁香阁五十元。又锐二十四册托褚和翁募九户七十四元。陈祝翁募程景亭念元。又募锐十四册三十户三十一元。张静翁募锐十三册四户六十二元，详月下旬单。○共洋二百三十七元。

泉州电局桂恕翁募锐二十五册五户廿三元。详五月中旬单。电二十三、二十四册卫颂翁募三十五户规一百七十六两七钱三分九厘。○共洋念三元、规一百七十七六两七钱三分九厘。

夔州电局徐一翁募电五十三、五十四册一批，○共规四百十六两五钱一分。（细户详八月单。前后共募七十九户，合银七百八十一两六钱六分。除收此数外，续由泸州电局收三百两，信昌公所经收银七十二两一钱三分。合讫。）

朝鲜电局李仲翁募锐五十一册、信五十五、五十六册五十二户一百零七元。锐五十二册九户，四十九元，详七月单。○共洋一百五十六元。

建宁电局史润翁募电二十六、二十七册四十二户，○共洋九十元。

浦城电局陆厚翁募电二十四、二十五册四十一户，○共洋一百零八元。

镇江电局陆馨翁募电二、三、呈册十七户，○共洋五十元、钱一百三十四文。

扬州电局盛我翁募信二〇五册五户三十二元。补缺斋同人十元。电一一五册三十二户洋合规念七两零六分六厘。○共洋四十二元、规念七两零六分六厘。

芜湖电局王叔宇翁募电一〇六册廿户五十三元。电九十四册三户五十元。○共洋一百零三元。

武昌电局赵莲翁募电六十四、六十七、六十八册十八户五十九元八角四分。信二〇七册程少农五元。电五十八册安陆府史规念八两五钱三分。○共洋六十四元八角四分、规念八两五钱三分。

清江电局晏莲翁募电一一一、一一二、一一三、一四九、一五十册廿五户，○共洋四百六十四元六角三分八厘。

兰溪电局俞定翁募电二十二、二十三册三十七户，○共洋五十四元。

沙市电局黄筱翁募一批沙平合规一千三百六十二两九钱二分八厘，详七月清单。二批沙平合规四百四十五两五钱七分一厘。○共规一千八百零八两四钱九分九厘。

万县电局徐成翁募电五十一、五十二册一批，○共洋二百六十五元四角四分。（共募五十五户，计银二百十四两，又钱八十三千二百文。除收此款外，续由信昌经收规银六十二两九钱四分。合讫。）

绍兴电局经凤翁募电十五、十六册二户，○共洋七元。

奉天电局马晋翁募电一三六、一三七册四户，○共合规一百念六两。

赣州电局郑济翁募电八十三、八十四册廿一户，○共洋一百四十两元四角五分四厘。

庐州电局李叔翁募信九十二、九十三册一百五十三户本英洋五百念四元。又一百廿九户规七十两。○共洋五百念四元规七十两。

开封电局巢汾翁募电一四七、一四八册三十三户，○共合规一百两零零二钱。

杭州电局巢梧翁募电十一、十四册、信一三二、一三三、一三四、一三五册五十八户，○共二百零一元。

共收规一万二千四百七十三两零六分八厘、洋四千三百八十二元零九分九厘、钱一百三十四文。

代收各册：

信七十四册张雪翁募廿一户一百元。（详七月单）。

信一八二册辅仁庄募无名氏三十元。

缬二册王缬翁募六户三十元（详五月下旬单）。

步十二册崇厚堂李十元。

步二十四册补缺斋募六十六户洋四十一元、铜二元。

报二十六册林少翁募六户十三元。

绍（一至五十）册水澂巷徐氏义赈公所募洋一千元。（内计：会稽石帆樵子一百元。陈芳畦七十元。吕六皆、梁樵伯诸君就城中集捐，董镜吾、胡梅荪三户各五十元，共一百五十元。遗经堂钱三十三元。荆茂堂田三十元。前任建德县儒学钱二十八元。王翼二十四元。陈王氏二十元。会稽息庐叟、徐吉孙、徐显民、徐文臣、徐武承、徐世保、徐世佐、徐杜氏、徐杜氏、徐祝氏、徐杜氏、徐蒋氏、徐名钿、徐名婉十四户，各十二元六角二分八厘，共一百七十六元七角九分二厘。马鹤祥十二元。余春生、迎恩堂孙、树德堂孙、燕贻堂孙、思补过斋马、无名氏、嵊县典史、启源典、宝善典、陈鹿平、裘万祖十一户，各十元，共一百十元。马蓉祥九元。徐懿贞、徐嫩贞、徐缃贞、徐穌贞、徐玲贞、徐晓贞、徐熙贞七户，各六元三角一分四厘，共四十四元一角九分八厘。昌厚堂、竺云龙两户，各六元，共十二元。维经堂王、马炜轩、裘清十三、长庆典、裘清六五户，各五元，共二十五元。孙枚生、安吾拙马、济美堂尹、陈日新、启源典众友五户，各四元，共二十元。马修龄、五有堂、竺风虎、竺德林四户，各三元，共十二元。余端卿、马允生、顾康侯、钟芝轩、周来宾、周锦庭、单连泰、张泉记、张徐氏、蔡康侯堂、潘邃庐、陈孟氏、竺国治、鹤年堂、姚蔓香、楼香山、同和荫记、寅春、清辉、傅章、森辉、庆泮、茳皋、秀金廿四户，各二元，共四十八元。同和姓记一元五角。钟吉轩、钟芝麓、周裘氏、薛茂珊、陈竹生、宋子云、王瑞昌、陈蔡氏、陈启才、王梦记、顿邱子、赵思敬堂、裘廷佐、吴元章、王用宾、丁尚义堂、沈宗寿、杨树芬、李启森、高芝瑞、王仁兴、楼同泰、杨元益、丁同盛、紫金楼、宝成、惠康、允福春、介川、省轩、允福秋、张久香、无勇人、潘子尊、竺松月、姚述堂、姚文荣、姚雨轩、瑞丞、新恒裕、益泰、涌盛、协盛、大丰、风山、无名氏、周懋德、标华、男宾、仁高、家财老、德卿、旺钧五十三户，各一元，共五十三元。陈又新六角。老瑞昌、沈永源、薛步云、尹肇莘、王际泰、王廷瑞、沈承裕、竹秀青、郑汝廉、李梦庚、郑会仁、倪奉孝、李昌熙、潘翰章、李桂芬、沈承燮、贺青莲、葛王氏、俞陈氏、陈金氏、芝龄堂、茂盛、义兴、顺兴、一大、瑞昌、信昌、永森、裕丰、绪和、和招、大亨、海波、衡斋、菊如、艺渊、瑞春三十七户，各五角，共十八元五角。无名氏、章祁氏两户，各二角，共四角。春兴、源昌、阿棠、明松四户，各五百文，共二千文。恒丰一百六十四元。）

共收洋一千二百二十四元、铜洋二元。

大共洋一万八千六百六十四元五角三分九厘、规银四万五千四百零五两六钱九分五厘、漕宝银七百五十四两一钱八分、钱八千七百二十九文、铜洋一百零二元。

清节堂李小姐助绉纱梅边女袄一件。（存留马大簜巷赈所待售）。

南浔邱荆记募辟瘟丹六千五百七十九服。（附五批银款起解）。

存恕主人太乙丹三千服。（附五批银款起解）。

金菊翁万和药茶二千四百块。（附十三批银款起解）。

苏州天库前电报局经收细数

王晹丹综经理

一、四月下旬收漕银二百二十二两七钱一分五厘，又洋一百三十九元，汇合规银三百四十二两六钱九分三厘。

一、五月上旬收洋三百四十四元，汇合规银二百五十二两三钱八分五厘。

一、五月中旬收洋九十五元，又钱四百文，汇合规银六十九两九钱零四厘。

一、五月下旬收洋二百十元，汇合规银一百五十三两二钱零六厘。

一、六月上旬收洋七十元，汇合规银五十两零九钱九分三厘。

一、六月中旬收洋四十九元，又钱五百文，汇合规银三十六两二钱八分一厘。

一、六月下旬收洋六十二元，又铜洋一元，汇合规银四十五两七钱五分三厘。

共收漕银二百二十二两七钱一分五厘，又洋九百六十九元，又铜洋一元，又钱九百文，汇合规银九百五十一两二钱一分五厘。细户列后：

报字册：

朱允元五角。无名氏八角。胡捷三、陶端一、刘璋伯、无名氏、永宁书屋、介福堂王、仲圭、李豫岩、李述记、华德记、华硕记、华纯记、李嵋修、李静涵、秦鉴远、无名氏，又吴钰琪、宋义、贾胡氏、乐记、受记、王保滋、丁善记、朱怡丰、尤金兰、吴玉书、任子芳、周锦镛、杨诵蘐、张存仁、启秀斋、侯景记三十三户，各一元，共三十三元。南华震大一元二角。洛阳贾一元五角。朱正谊一元、五百文。顾又山、贾庆元、介福堂王、崇礼堂、三槐堂、凝庆堂、绍义堂、延庆堂、昼锦堂、慎昶堂、惇远堂、赋梅堂、宝善堂、振宜堂、娱养堂、重义堂、秀芝堂、云成堂、锟宝、有求子、厚记、春记、益记、啸霞轩沈、呈耕堂、遹成氏、丁成章、源义、隆大、尤德昌、于鸣春、恒大、冯寄村、无名氏、母子平安、敦厚堂、养俭和、养云轩三十八户，各两元，共七十六元。陆润号两元四百文。汝南东海、韵琴楼王、秦炯生、润生、吴子淇、杨睫庵六户，各三元，共十八元。蒋子晖、味默斋李、秦杨氏、咎己士、谢熙、张潘氏、张免过、无名氏、河贾会利、守默居士、青藜书屋、周光复十二户，各四元，共四十八元。胡席珊、招小姐、再生氏、杨守记、吴源寿、面行公捐、张兰舟、廉宝纶、朱盘记、吴寿余十户，各五元，共五十元。吴悟心、无名氏、成根福三户，各八元，共念四元。周小堂、平安氏、张家辅、赵连茹、聪听斋、冯寿记、求志堂薛、王季霞、吴邹氏、谢涣、无力子、顾雨生、顾省臣、梁溪堂、刘福官、诚一后人、顾子瑞、顾王氏、敦厚堂、种梅逸史念户，各十元，共二百元。协心氏十五元。梅竹轩王、詹鋆两户，各念元，共四十元。无名氏四十元。思补斋王、娱萱室王两户，各一百元，共二百元。全乐居漕平二百念二两七钱一分五厘。

共洋七百五十一元、漕平二百念二两七钱一分五厘、钱九百文。

代收各册：

电八、九文册嘉兴电局募十五户一百五十五元。（详五月下旬单）。

理六十三册孙孝友五元。

锐二六五册苏静翁募四户十一元。（详五月中旬单。）

锐二六三册高义和一元。

锐七十二册苏静翁募十户十五元。（详六月上旬单。）

锐二十八册苏静翁募九户三十一元、铜洋一元。（详六月下旬单。）

共二百十八元、铜洋一元。

大共洋九百六十九元、漕平二百念二两七钱一分五厘、铜洋一元、钱九百文。

不书名助辟瘟丹九百五十四粒、痧药三十七两，均附十批银款起解。

泸州电报局经收细数

王柳堂炽昌经理

自四月下旬至九月底止，共收九七银一万九千零六十二两一钱二分八厘；又钱一千四百零六千五百七十文，合九七银八百九十七两一钱一分七厘；又洋三百元，合九七银二百十两；又电报局同人垫解九七银八两四钱一分。开除贴水废银三十七两八钱，又除天顺祥汇费渝平合九七银七十一两八钱五分五厘，实解九七银二万零零六十八两。

一、四月下旬收解洋三百元，合九七银二百十两，汇合规银二百二十一两六钱二分五厘。

一、五月中旬收解渝平一千两，合九七银九百九十八两；又九七银一千两。汇合规银二千一百零六两。

一、六月上旬收解九七银一千两，汇合规银一千零五十四两。

一、六月中旬收解九七银四千两，汇合规银四千二百十六两。

一、六月下旬收解九七银三千两，汇合规银三千一百六十两。

一、七月分收解九七银五千两，汇合规银五千二百六十两。

一、八月分解九七银四千五百两，汇合规银四千七百三十四两。

一、十月下旬收解九七银三百六十两，汇合规银三百七十八两七钱二分。

共收银洋钱化合九七银二万零零六十八两，汇合规银二万一千一百三十两零三钱四分五厘。所有原捐九七银一万九千零六十二两一钱二分八厘，又钱一千四百零六千五百六十文，又洋三百元，细户列后：

盐务总局宪文观察发到一、二、三、四次倡捐筹垫，共九七银二千两。

永宁道宪周发到：

倡捐二百两。

富顺县陈洛翁捐五百两。又募自流井绅商二千两。

资州高怡翁捐一百两（小二钱）。又二、三、四次共募八百两。

内江县曾寿翁捐一百两（大九钱二分）。

又募濂字念八、念九、三十册三百六十九户，三百八十二两九钱二分。

资阳县沈子翁捐五十两。又募濂字十五、十六册四百九十九户，二百十七两七钱六分。

江安县沈幼翁捐十六两（大一钱五分）；又筹垫二次三百两（小二钱）。又募濂字二册钱合银十两。

合江县黄海翁捐五十两（大一钱）；又募濂字十一、十二册二百卅一户，八百六十七两六钱一分（大八两一钱一八分）。又念七册房班公捐三十七两一钱七分。

纳溪县许午翁捐三十两（大一钱七分）。又募濂字一册一百六十户钱，合银二十两。又十九、二十册一百八十八户二十七两一钱五分。

南溪县李浣翁捐五十两。又筹垫二百两。又募濂字念一、念二册十四户一百两零零零六分。又续募一百五十两。

长宁县邓纯翁捐二十四两（大一钱）。又募濂字四册、泸城外两保五册、南柱保六册、文锦保七册、星拱保八册、星朗团九册、仁寿保十册、小市余甘保共钱三百十五千九百八十文；又十七、十八册九十五户一百二十三两七钱七分。

井研县叶大令捐二十两。又募一百另五户四十三两一钱四分。又募九十七户八十七两八钱七分（小一钱五分）。

永宁县彭玉翁捐二十两。又募濂字卅三、卅四册一百零九两零六分（大三分五厘）。

隆昌县乐智翁捐五十两。又募濂字十四册二百十二户，二百四十两零八钱三分。

仁寿县何履翁募濂字卅三、卅四、卅五册，四百八十一户，九十四两四钱三分。

纳溪盐局周兰翁募三册、念六册五十二户，四十八两零八分。

叙永分府范松翁捐一百两。又募濂字卅一、卅二册五十八户，一百二十一两零五分六厘（大一两一钱一分二厘）。

共九七银七千三百零一两一钱二分三厘、钱三百十五千九百八十文。

叙州府宜宾县发到：

府宪王倡捐续捐四百两。又筹劝一千两（大五两五钱四分）。

宜宾县国达翁倡捐二百两。又筹垫一、二次一千六百两。

富顺县陈洛翁续捐五百两。又募自流井绅商续捐二千两。

共九七银五千七百零五两五钱四分。

泸州署马仲翁交到：

泸州李听翁直刺三百两。

马仲翁募十一户一百零九两（大四钱八分）。又仲字册第一次钱六百零九千六百文，又银九十七两八钱二分（大三钱九分）。

第二次银一百十六两六钱五分（大五钱七分五厘）。又钱二百十五千六百四十文。

第三次银九十二两九钱六分（大三钱六分）。又钱合银二百零二两八钱四分（大八钱一分）。

第四次银一百三十三两五钱四分（大六钱四分）。又钱合银三十两零二钱四分。

第五次银五十六两三钱一分（大二钱二分六厘）。又钱合银一两九钱二分五厘。

共九七银一千一百四十四两七钱六分六厘、钱八百二十五千二百四十文。

径交各款：

永宁营佟湘翁参戎募五次，共银八百十一两六钱八分一厘（共大九两四钱八分）。

泸州电局同人捐三百元。

孟仲笙翁十两。

邹成寿等二十二两。

王林姚张诸公、槐茂堂共念千，道署众家人共十千，合九七平二十两。

宋子和翁二十两。

刘伯海太尊三十两（大一钱四分）。

王咏卿太尊友人公助一百一十五两（大四钱二分），又募咏字一册、三册七十五户，三十一两；又募金女饰重三钱，兑五两二钱二分。

福集场雷张匡屈募电字七、九册九十七户，银二十九两六钱（大一钱二分）。又钱二十一千八百三十文。

纯捷翁都阃二十两，又募电字五、六册合营公捐三十六两（大一两六钱二分）。

嘉明镇甘宸翁募电字八册，银三十九两六钱（大一钱六分）。又钱五千二百六十文。

刘元丞万福翁募电字二册二十两。

邵镜湖翁募两次，三十一两八钱六分（大一钱二分）。

夔州局徐一翔兄募三百两（小四两五钱九分）。

张暄翁募电字十五册隆昌、荣昌六十八户，银一两。又钱一百六十千零七百文。又募电字十四册九姓乡三十八户，七两七钱七分五厘。

宋子和翁募和字一、二、三七册三百四十四户，银十一两六钱。又钱六十三千六百六十文。

庆符县唐荫翁募三百两（大一两二钱）。

长宁县邓纯翁募一百两（大一两零五分）。

陈寿松翁募寿字一册十五户，十五两二钱五分。

徐书田翁募四十四户，十三千九百文。

永川县许景翁募一至十册一百六十两。

刘甸翁募电字十一册五十五户，十九两九钱五分五厘。

陈周西翁募电字四册四两三钱九分。

合江善绅颜玉楼翁募十册共六百七十五户，三百五十七两三钱四分。

许午翁来刘世林手九两六钱六分。

陶蓉卿翁一两二钱八分。

魏仲笙翁三十两（大一钱）。

屏山县谭尧翁募十五户，十四两四钱九分。

泸州分州李募电字十二、十三册六十六户，四十九两（大五钱五分）。

黄俊翁手綦岸娄子材翁募俊字一册三十二户，六十五两。又邓井、蔡粟两君募俊字三册一百六十户，四十四两三钱七分八厘（小三钱五分五厘）。又荣县孟引翁募俊字二五册十两。又简州蒋笠翁募俊字十册三十三户，三十六两四钱二分（大三钱三分）；又莲溪县何又翁募俊字六七册一百四十九户，一百十两零八钱五分五厘。

共九七银二千九百十两零六钱九分九厘＼钱二百六十五千三百五十文＼洋三百元。

大共九七银一万九千零六十二两一钱二分八厘；钱一千四百零六千五百七十文，合九七银八百九十七两一钱一分七厘；洋三百元，合九七银二百十两。

苏州中市复昌经收细数

徐乾斋俊元经理

一、三月下旬收洋八百二十元，汇合规银六百零二两二钱七分五厘。

一、四月上旬收洋一百十二元，汇合规银八十二两一钱八分。

一、四月中旬收洋六百六十七元，汇合规银四百九十两零六钱四分七厘。

一、四月下旬收洋一千五百六十元，又钱三千九百五十文，汇合规银一千一百四十八两二钱三分。

一、五月上旬收宝银十四两，又洋五千五百二十元零五角，又钱五百文，汇合规银四千零六十两零三钱二分四厘。

一、五月中旬收洋一百六十一元四角，又钱二千七百八十文，汇合规银一百二十两零一钱一分二厘。

一、五月下旬收规银十五两，又洋六百五十七元五角，又病洋两元，又钱三千一百三十文，汇合规银四百九十八两三钱六分二厘。

一、六月上旬收洋四百四十元零九角，汇合规银三百二十二两四钱一分七厘。

一、六月中旬收洋五十九元，汇合规银四十三两二钱八分一厘。

一、六月下旬收洋四百零八元五角，又病洋五元，又钱三千一百文，汇合规银三百零二两八钱一分五厘。

一、六月分补收洋三十元，汇合规银二十一两九钱。

一、七月上旬收洋六十元，汇合规银四十四两零四分六厘。

一、七月中旬收洋二百九十九元三角二分，又铜洋一元，汇合规银二百二十两零三钱七分九厘。

一、七月下旬收宝银二百两，又洋四十五元又铜洋一元，又钱一千零五十五文，汇合规银二百四十九两零五分九厘。

一、八月上旬收洋四百零二元，汇合规银二百九十五两六钱九分二厘。

一、八月中旬收洋五十二元，汇合规银三十八两一钱七分一厘。

一、九月上旬收洋二十元，汇合规银十四两七钱五分一厘。

一、九月中旬收洋七十一元，又病洋二十元，汇合规银五十六两五钱六分六厘。

一、九月下旬收洋一百八十一元，汇合规银一百三十二两九钱二分。

一、十月上旬收规银十五两，又洋一百五十一元六角，汇合规银一百二十五两八钱一分七厘。

一、十月中旬收洋十二元，汇合规银八两七钱八分一厘。

一、十月下旬收洋二十四元，汇合规银十七两七钱一分二厘。

一、十一月上旬收洋一百二十五元，汇合规银九十一两九钱八分三厘。

一、十一月中旬收洋一百五十三元，汇合规银一百十二两六钱三分九厘。

一、十二月分收洋三十五元，汇合规银二十五两四钱四分七厘。

一、二十年正月分收洋一百十六元，汇合规银八十四两九钱零四厘。

共收宝银二百十四两，又规银三十两，又洋一万二千一百八十三元七角二分，又病洋铜洋二十九元，又钱十四千五百十五文。汇合规银九千二百十一两四钱一分。细户列后：

复字册：

一册高阳氏五十元。

二册恒记二元。

四册新盛恒募愈记等三户一千元。（详四月下旬单。）又徐叔翁募留余堂等六户四百六十元。（详四月中旬单。）

五册鲍晋义五十元。又潘静澜五十元。

六册求补过五十元。

七册裕源庄等六户二十元。（详四月下旬单。）

八册瑞丰五元。

九册鼎记胡氏求平安三户二十二元。

十册来青室第五户二十元。（详四月中旬单。）

十一册张源泰十元。

十二册姚岐山十元。

十三册隐名氏、沈陂影、承寄生三户，共六十元。（详五月上旬单。）

十四册亿馨庄十元。

十五册达记等二户十元。

十六册养云等二户十二元。

十七册王希记、王叶氏三十元。

十八册公和勿药琴香联获品记械三等六元。

十九册陆同兴募七户七十元。（详四月下旬单。）

二十册心真子五十元。

二十一册恒裕和募六户三十元。（详六月下旬单。）

二十二册鉴始集等三户宝银十四两。

二十三册义隆庄等四户十一元四角。（详五月中旬单。）

二十四册永德庄募念户三十元。（详六月上旬单。）

二十五册永益庄等五户六元。（详六月中旬单。）

二十六册强至善二十元。

二十七册瑞号诸友等八户二十三元。（详五月中旬单。）

二十八册徐守翁募马凝香等十户二十六元。（详五月中旬单。）

永字册：

十册王忆翁募十户四十元。（详六月下旬单。）

十二册又募十一户三十八元。（详四月下旬单。）

共收洋二千二百二十一元四角、宝银十四两。

另捐：

邓岙山二百文。丁无名凑钱人五百文。道耕石泉玉如洁如合八百五十五文。孙耀记、冯履记、姚院课三户，各五角，共一元五角。沈退思、福山氏、养真氏、有心无力人、无名氏不书名、桐荫居士、知愧轩、恒松记、周筠记、陆渊记、不书名、冯竹记、万顺兴、汪云卿、无名氏、单蓉记、陈川吉、叶瑞之、寿萱堂、无名氏、怀德堂、潘姓、黄寿平、杨陆院课、让会者、三杨春合徐永森、恒永盛、无名氏、无名氏、十驾斋、孙杨氏、李志记、张同记、刘永记、吴景记、李国记、徐庚寅、沈子善、卢玉清、庄锡记、李星记、缪隆发恒远号合、求安堂、福生、衍昌、震记、豫丰、信昌、义顺、不留名、吴大宝、吴福贞、吴汪氏、苏海堂五十四户，各一元，共五十四元。吴增寿一元、六百文。李叔华、无姓氏、福来康益记、无名氏、无名氏、不书名孙、无名氏、吴政修、钦记、徐庆余、嘉吉堂、不敢列名、恳省斋、宣怡堂、胡留余、既翁堂、大昌、江小姐、莱安堂、集庆堂、毕寿芝、龚英伯念二户，各二元，共四十四元。代劳子、瑞信泰、养和居士、松溪渔人、缉记、鸣记、杨陈公、永德锦、纨扇价九户，各三元，共二十七元。让会提捐三元八角二分。沈居易三元、铜一元。常州无名子、保赤子、松荫子、无名氏、江芳泉、江夏肖子六户，各四元，共二十四元。赵德记、维则堂、三经堂、无名氏、隐名氏、尹敦本、补过氏、张尔常、永泰昌公记、朱鹤瑾、张廷圭、木渎无名、侯也耕十三户，各五元，共六十五元。汪霞曙记、益父寿、同善书屋、一路平安四户，各六元，共二十四元。虞友堂、松柏轩、毕寿芝三户，各八元，共二十四元。伍松荫、京兆氏、王槐记、药师庵、无名杨、龚省记、徐子培、簪杏轩洪、无名氏、无名氏、有心无力、四龄凤女、徐桢、再穮庐、有心无力、德寿生、求病愈、苏源、锡山无名字、感莪氏、启盛公记、伍松荫、无名氏、耕荫各友酒席、张耕余仓酒、一粟居、同安居念七户，各十元，共二百七十元。醉经书屋十一元。济大当众友十二元。双英书屋十四元六角。隐名氏十八元。福昌庄病洋二十元。无名氏、强意诚、心照、张凤翔、汤尹臣募、慎斋居、杨念宸、颜荣珺八户，各二十元，共一百六十元。松荫室二十四元。何学铭、永安堂二户，各二十八元，共五十六元。庚生氏、锡山无名、镇江无名氏、无名氏四户，各三十元，共一百二十元。厚生庄、颂椒、怀善居士三户，各四十元，共一百二十元。怡志仲氏、沙子承、兰芬书屋、无名氏、无名氏、无名氏求愈、求是堂、徐仲儒八户，各五十元，共四百元。福记六十元。胜意轩、成安堂合九十元。求子易养、程锺缙、全仁堂陈、程杨氏、无名氏大小平安、敬省子、松陵陆胡氏、费母大庆八户，各一百元，共八百元。汪小安一百三十七元。程徐氏、年记、益记、城北、汪筱安五户，各二百元，共一千元。延寿主人三百元。寿记、福记、缘记、善记、庆记五户，各五百元，共二千五百元。延记、程徐氏二户，各一千元，共二千元。张鸿彬、顾王氏二户，各规十五两，共规三十两。蒋亦溪宝三十两。蒋亦溪手宝一百七十两。

共收宝银二百两、规银三十两、洋八千三百六十三元九角二分、病铜洋二十一元、钱二千一百五十五文。

理字册捐（理翁谢世时间有已出票未收之捐亦有未出票已收之捐兹照登报清单实收数开列）：

戴理卿荣、孙谨亭铸经理。

姚寿山、隐居士、无名氏、松竹林、徐氏、金氏六户，各一百文，共六百文。钟全、嘉坪氏、黄梅村、黄怀瑾、杨荣升五户，各二百文，共一千文。无名氏二百四十文。孙芝山、瑟坞氏、董骏人、张世远四户，各三百文，共一千二百文。无名氏三百九十文。华如煜、谢渭生、不书名、谈春甫四户，各四百文，共一千六百文。无名氏四百八十文。无名氏、陈在榜、不书名、不书名、月珠、冯桂庭、蔡恒茂、杨子卿八户，各五百文，共四千文。胡观澜六百文。汪炳如六百五十文。接省余、不书名二户，各八百文，共一千六百文。孙锦文一角。无名氏、不留名颜、不留名颜、叶庆祉、刘廷照、苏酉生六户，各二角，共一元二角。无名氏、无名陶、陈家恩、沈锡九、无名氏、协隆六户，各三角，共一元八角。孙德耀、杭芝生、周兰仁、不书名、不书名、不书名、

不书名、陈昌庆、胡少圃、项馥涵、朱仰伯、吴浦记、陆永源、生记、不书名汪、信隆坊、涵雅堂伍、不书名陈、马叙贤、不书名汪、程豫江、焕记庄、郑敬业、程大经、俞一泉、顾瀛生、养拙轩、不留名何、无名子谢、无名子程、泰来德、茂昌祥、谢元钿、薛逸卿、金裕生、袁六记三十六户，各五角，共十八元。黄芝轩、陈康侯 杨承志合、高松岑、公益兴、生禄、朱宝生、狄镜涵、永泰、无名氏、孙其纯、王芝瑜、赵颂眉、毕慕韩、祥泰典、赵子犟、震源德泰丰、晋和义隆、朱小卿无名氏、恒镒怡昌、肇宏余儒卿、永德益康、沈禹门、李谱梅、顾影氏、吴卫氏、卫丁氏、隐名氏、义成和、王庆顺、卫子良、沈子威、曹恒源、朱韩氏、浩昌庄、钱应记、诸祥源、陈德星、钱正茂、朱正茂、沈万茂、王泰源、沈继安、亦政堂、求明子、帮尹姓余、益大、协记、泰来、范明钦、不书名袁、不书名、不书名、张香田、怡泰、俞顺兴、安吉、正泰、和丰、孙和记、蔡兰溪、啸霞居、周兰记、沈伯门、吴品山、竹林居、汪秉礼、润记、沈景涛、沈君植、雪樵子、育和堂叶、青莲书屋、永源泰、陆石卿、李惠卿、万成同、浦泰隆、涂万顺、逊之孙、嘤溪碗成士、孙菊山、葆元延生、守分居、袁四本堂、俞银记、钱廷钧、还读庐、颁昙那室、伍际记、邹太、补拙山房、夏俊卿、武记、李德记、钱蓉初、施俊记、孙孝友、友记、费菊生、鉴记、源丰成、龚有记、萱寿堂、德暖堂、清真书屋、静怡书屋、汪子记、无名氏、爱莲室一百另九户，各一元，共一百另九元。福祥瑞、诸成瑞、余义大 万润 昌盛三户，各一元五角，共四元五角。吴应瞻、长养斋、安泰分典、济成典、永隆、陈安泰、时亨典、元兴、时丰、同吉祥强晋昌、义大晋源、吴读画、善记、嚣记、秋雨读书庐、余生居、沈恒和、廉源茂裕、荣章裕、祥泰、恒隆、合大、鸿章、朱新号、柏岩、合宅康安、平安居士、汪俊明、协裕、幸未窃去、邹敬斋、顾仁兴、无名氏、程仲山、查挹峰、双桂轩、朱仁寿、产芝阁、曾无名、吴吟梅、映水轩、江南一善姓程、倪兆祺、立成祥、一阳子、袁少兰、黄仲梅、王继廷、俞嘤溪居、时泰、钱畹记、五伍漱记、伍秉记、吴至善、合记、顾晋卿、沈蓉记、耕心堂五十八户，各二元，共一百十六元。仁昌病洋二元。协大宝昌两元一角。不留名二户、无名氏三户、无名氏、廉洪茂、不书名兄弟、迎风馆、修竹居士、沈蓉记手八户，各三元，共二十四元。德善堂金三元七角。延桂庐、添昌庄、周纯一三户，各四元，共十二元。无间小庄、雪堂、华章、丽和、薛叙风、思源堂六户，各五元，共三十元。退思子铜洋五元。无名氏四户六元。雨吴记七元。杨大小姐、黄明远、日章堂程三户，各八元，共二十四元。马凝香、联记、求平安、方氏、协和、薛杏初、蔡门郁氏、朱丽记八户，各十元，共八十元。事有误九元、铜一元。康雪堂、无名氏、容膝庐胡、又求子息、有心无力子、不书名、不书名、观孝八户，各二十元，共一百六十元。赵太太四十元。奔走积、小月轩、金寿堂三户，各五十元，共一百五十元。戴陈氏、夫子系、行素堂三户，各一百元，共三百元。戊戌生五百元。

　　共收病铜洋八元、洋一千五百九十八元四角、钱十二千三百六十文。

　　大共宝银二百十四两、规银三十两、洋一万二千一百八十三元七角二分、病铜洋二十九元、钱十四千五百十五文。

　　周颜氏碧霞蓝宝帽花两朵、汉玉掏指一只、翠挂件一块、翠唵两只。（存留马大箓巷账所，待售。）

苏州马大箓巷赈捐分局经收细数

宋培之治基、张莼溪良栋经理

一、三月下旬收洋五元，汇合规银三两六钱七分五厘。

一、四月上旬收洋二百五十三元，汇合规银一百八十五两四钱八分五厘。

一、四月中旬收洋二百零五元，汇合规银一百五十两零九钱三分三厘。

一、四月下旬收洋七百六十九元五角，又钱一千零四十文，汇合规银五百六十七两七钱五分五厘。

一、五月上旬收洋七百三十元，又铜洋十一元，又宝银六两二钱，又钱十三千五百七十三文，汇合规银五百五十三两六钱八分六厘。

一、五月中旬收洋一千三百八十三元五角五分，又铜洋一元，又钱三千五百零一文，汇合规银一千零十二两七分零四厘。

一、五月下旬共收规银一万两，又洋小洋二百三十五元一角，又铜洋四元五角，又钱一千一百三十文，汇合规银一万零一百七十三两三钱九分三厘。

一、六月上旬共收漕平五钱，又洋五百零四元五角，又铜洋一元，又钱七千二百九十文，汇合规银三百七十四两四钱六分八厘。

一、六月中旬共收洋二百十二元、又铜洋七元、又钱六百文，汇合规银一百五十七两八钱零四厘。

一、六月下旬共收洋一千六百四十一元三角，又铜洋五元，又规银四十一两零四分，又钱七百九十文，汇合规银一千二百四十八两三钱五分七厘。

一、七月上旬共收洋一千零二十九元，又规银三百两，又钱三百文，汇合规银一千零五十一两五钱二分八厘。

一、七月中旬共收洋二百二十九元五角，又铜洋一元，又钱二千七百九十六文；又广东捐规银十九两九钱六分八厘；又江宁捐洋二十元，又钱五千一百文。汇合规银二百零八两四钱四分。

一、七月下旬共收洋四百九十八元三角；又广东捐规银十五两一钱二分；又江宁捐洋九十一元，又钱二千零七十文。汇合规银四百四十九两八钱一分三厘。

一、八月上旬共收洋四百六十二元，又铜洋一元，又钱一百六十千零二百四十四文；又广东捐规银十四两四钱；又江宁捐洋七十八元一角，又钱一千文。汇合规银五百二十三两二钱九分六厘。

一、八月中旬共收洋一百十八元，又铜洋五元，又钱二十千零八百八十四文；又广东捐规银十七两二钱三分；又江宁捐洋三十三元，又宝银四两零三分，又钱二十千零三百六十文。汇合规银一百六十二两六钱二分七厘。

一、八月下旬共收洋八十七元，又宝银九十三两，又八六串钱一百十一千五百文，又足钱二十二千五百文，又江宁捐洋八十一元，又钱二十八千七百零九文。汇合规银三百二十九两八钱零九厘。

一、九月上旬共收洋一百四十一元，又库平二十两，又钱二千二百文；又广东捐规银十一两九钱五分四厘。汇合规银一百三十八两五钱八分。

一、九月中旬共收洋二百零二元，又铜洋四元，又钱六千二百五十五文，汇合规银一百五十四两零四分五厘。

一、九月下旬共收洋二十八元，又铜洋六元，又规银七十九两零六分；又广东捐规银一百六十二两一钱七分；又江宁捐洋十九元一角，又钱三千三百十文。汇合规银二百八十两零五钱九分四厘。

一、十月上旬共收洋六十一元，又钱一百千零零八百六十文；又江宁捐洋十二元。汇合规银一百二十五两二钱四分四厘。

一、十月中旬共收洋一百六十五元；又广东捐规银十一两六钱零八厘，汇合规银一百三十二两四钱零六厘。

一、十月下旬共收洋七十七元，又铜洋一元又钱一千零八十九文，汇合规银五十六两七钱五分一厘。

一、十一月上旬共收洋二百九十七元，又钱一千五百八十文，汇合规银二百二十两零零五分一厘。

一、十一月中旬共收洋五十元；又江宁捐洋二十元。汇合规银五十一两五钱三分九厘。

一、十一月下旬共收洋十元；又广东捐规银十两零二钱九分六厘。汇合规银十七两六钱七分三厘。

一、十二月分共收洋五百十四元一角，又铜洋一元，又宝银七两四钱，又钱一千五百二十一文；又江宁捐洋六元，又钱一千一百五十文。汇合规银三百八十九两六钱四分三厘。

一、二十年正月分共收洋五十五元，汇合规银四十两零一钱四分。

共收库平银二十两、漕宝银一百十一两一钱三分、规银一万零六百八十二两八钱四分六厘、洋一万零三百二十三元零五分、铜洋四十八元五角、钱五百二十五千三百五十二文。汇合规银一万八千七百六十两零四钱三分九厘。细户列后：

培字册：

一册朱静翁募十四户二十三元、五百文；（详五月上旬单。）又募五户十一元；（详六月下旬单）又募无名一元。

三册孙惠陆一百元。

四册光州最乐堂吴三十元。

七册新阳县苏等五户三十九元、一千零四十文。（详四月下旬单。）

九册陈小翁募三户七元。（详五月中旬单。）

十册金陵老广和堂募念五户二十五元五角。（详又）

十一册王鉴堂十元。

十二册无名氏目疾愈二十元。

十三册游艺居四元。

十五册缪绪翁募十七户七元、三千六百文。（详六月上旬单。）

十七册顾翔霄三十元。

十八册程赓翁募十户四千文。（详五月上旬单。）

十九册但求平安子一元。

二十册程怡善二十元；又许桂生一元。

二十二册陈丽翁念户十一元五角。（详四月下旬单。）

二十三册徐翰翁、张莼翁募三户十七元。（详四月中旬单。）

二十四册彭振翁募八户三十三元。（详四月上旬单。）

二十五册各善姓二十元。

二十八册钱迪翁募三户十元。（详五月中旬单。）

二十九册严丽翁募五户二十元。（详四月中旬单。）

三十册黄蔚翁募念五户铜十元、九十三元、宝五两。（详五月上旬单。）

又黄蔚邹惠翁募念三户五十七元五角。（详六月上旬单。）

三十一册潘隽蔡久朱少吕友翁募十户六十二元。（详五月上旬单。）

三十三册沈侍香一元。

三十四册蒋挹翁募八户十元。（详七月中旬单。）

三十五册陆永翁募三户三元五角。（详五月下旬单。）

三十六册吴树翁募四户六元。（详七月中旬单。）

三十七册朱润吴殿翁募五户六元。（详又。）

四十一册马景翁募六户六元。（详四月中旬单。）

四十二册刘润翁募八户八元、三百文。（详五月中旬单。）

四十三册张翁募三户十三元。（详四月中旬单。）

四十四册王兰记九元。

四十五册胡润翁募三户八元。（详又。）

四十六册沈秋翁募五户二十四元。（详五月中旬单。）

四十七册刘兰翁募六户七元。（详六月下旬单。）

四十八册陆宝甫四十元。

五十册侯冠翁募十一户十元。（详五月上旬单。）

五十一册金松翁募三户五元。（详十一月上旬单。）

五十二册尤鲁翁募三户五元。（详七月上旬单。）

五十三册吕友翁募二户三元。（详四月中旬单。）

五十四册沈载翁募十七户二十二元、五百文。（详五月中旬单。）

五十五册吴锄赵庚翁募三户十六元。（详五月下旬单。）

五十六册吴悌翁募五户四十元。（详四月下旬单。）

五十七册吴锄董岭翁募十户三十元。（详六月下旬单。）

六十八册吴寄翁募四户三元、六百文。（详十月下旬单。）

六十九册杨承吕友翁募十一户铜一元、二十一元、五千六百文。（详五月上旬单。）

七十一册谈子翁募三户二十元。（详四月中旬单。）

七十二册吴兰毛彦翁募十九户四十二元、铜二元。（详六月中旬单。）

七十六册程纬翁募十七户十七元。（详七月上旬单。）

七十八册李近翁募十五户二十一元。（详四月下旬单。）

八十册陈稚翁募五户宝一两二钱、三元。（详五月上旬单。）

八十二册张子翁募七户二十元。（详六月上旬单。）

八十三册又募六户二十元。（详又。）

八十五册又募六户二十五元。（详又。）

八十六册范尚德四元。

八十七册张子翁募十四户三十元。（详又。）

八十八册又募四户二十五元。（详又。）

八十九册又募四户三十元。（详又。）

九十册又募三户四十元。（详又。）

九十四册沈居易四元。

九十五册卢俊翁募十户九元五角。（详六月下旬单。）

九十六册又募十三户五十五元。（详又。）

九十七册又募九户十四元。（详又。）

九十八册又募八户七元。（详又。）

九十九册又募七户九元五角。（详又。）

一〇二册江兆昌四元。

一〇三册程容斋八白文；又信诚泰等三户十一元；（详又。）又不书名二元。

一〇四册金陵同善堂六十元。

一〇五册荣泰庄募九户五元、一千八百文。（详六月上旬单。）

一〇七册厚丰庄募十户三十五元。（详又。）

一二二册盐巡道胡募二户五十元。（详六月下旬单。）

一二三册又募二户六十元。（详又。）

一二五册又募十六户八十元。（详又。）

一二六册又募十八户三百元。（详又。）

一二八册又募二户一百六十元。（详又。）

一二九册又募八户一百八十六元八角。（详又。）

一三一册虞东义贾四元；又顾绥陈蔚翁募念户三十四元。（详五月上旬单。）

一四十册李星翁募十六户二十六元；（详四月下旬单。）又顾锺秀堂五十元。

一四一册李星翁募十户四十九元。（详又。）

一四二册程质翁募七户七十一元、二百三十二文。（详六月上旬单。）

一五五册吴符翁募八户二十二元。（详五月下旬单。）

一五六册又募二户十二元。（详五月中旬单。）

一五七册又募二户十一元。（详十一月上旬单。）

一五九册又募无名五元。

一六六册周小翁募十三户十一元、五百文。（详八月中旬单。）

一六七册项琴翁募十户二十元。（详四月下旬单。）

一六九册吴咏恂翁募念户二十六元。(详五月下旬单。)

一七一册朱润翁募二户一百元。(详四月下旬单。)

一八十册孙祥翁募无名氏二元。

一九三册邢厚翁募四户十八元。(详六月下旬单。)

二○四册梦花山房二元。

二○五册荫奎居士二十元。

二○九册朱子翁募十二户八十元。(详又。)

代收各册:

永二册王雨翁募六户六元、六百文。(详六月中旬单。)

永三册江少翁募六户铜洋三元五角、二十一元、四百文。(详五月下旬单。)

永四册朱逸翁募二户一元、五百文。(详七月中旬单。)

永五册顾云翁募九户十五元。(详六月中旬单。)

永七册顾勤翁募八户十五元。(详十月中旬单。)

永八册王金翁募十四户五十元。(详五月上旬单。)

永九册王忆翁募三户二十七元。(详五月中旬单。)

永十四册于太宜人一元。

永十五册顾荫汪子翁募五户六元。(详五月上旬单。)

永又汪子翁募四户七元、铜一元。(详六月上旬单。)

永十八册恒记五元。

永二十一册有心无力等五户二十元。(详六月中旬单。)

永二十二册陶王氏等三户六元。(详六月下旬单。)

锐六册柏香书屋募念七户四十元。(详七月上旬单。)

锐五十六册张心翁募四户三元。(详又。)

锐五十七册又募二户二元。

锐八十四册得见斋募四户二十元。(详七月下旬单。)

锐一六一册毛声和一百元。

锐一七○册萧惠翁募二户二十元。(详八月中旬单。)

佑册朱明王绍翁募卅九户宝九十三两、洋三十七元、钱一百三十四千文。(详八月下旬单。)

菊五十三册广东孙募卅户规二十七两三钱六分。(详六月下旬单。)

菊七十八册广东募念户规十三两六钱八分。(详又。)

报三十一册葆记等五户八元。(详七月上旬单。)

理十九册程赓翁募二户一元、八百文。(详七月中旬单。)

理四十五册宋佑翁募二元。

步十四册立本堂六元。

步十五册顾慕翁募四户五元。(详八月中旬单。)

步十六册王诗翁募十四户二十千文。(详又。)

电四十一册汕头招商局募念一户十四元三角。(详七月下旬单。)

电一一四册筱荫七百五十文。

电一一六册杨州局盛募卅三户一百十一元、十八千三百文。（详八月上旬单。）

电一一七册又募七户一百三十八千文。（详又。）

电一五六册黄县募十户库平二十两、钱二千文。（详九月上旬单。）

共库银二十两、宝银九十九两二钱、规银四十一两零四分、洋三千四百零六元一角、铜洋十七元五角、钱三百三十四千八百二十二文。

另捐：

张莼翁募无名氏、惜字娄二户，各一百文，共二百文。不书名一百三十四文。徐太太二百文。求是斋三百文。桐荫朱五百二十文。不书名九百零六文。十二户合二千九百文。闵媳吴氏一百千文。陶董氏、许锄梅二户，各五角，共一元。张颂眉铜洋一元。吟梅募无名、左兰右蕙室、古歙方、苏吴忍饿居、吕景山、无名氏、心耕堂田、无名氏、汝姓、邓尉立三、荣桂生、常平安斋、慎耕堂汪、保平安室、许焕臣、徐庆生、双桂草庐、汪培林、汪汝昌、沈鸿年、无名亲寿、古歙方、海阳程、盛调记、汪培林、长青二十六户，各一元，共二十六元。潘孙氏一元五角。德贞、顾一麟、朱蓉舟、尤季卿、徐吟安、勿为善、鼎隆、征义、顾子春募无名、连记、陈蕴璠、钱补过子、韩恩荣、彭募无名氏、圆会酒席、无名氏、李星记、徐姓、陶朱义、邵静安、菊英、水易斋、施介卿、求平安、陆子康、徐募无名氏、施亮亭、器小庐、榕城林、席嘉会、无力子、宋梁氏、隐存堂、论文主人、杨鸿龄、邵有荣、潘陈氏、徐手无名、双桂草庐、潘姓四十户，各二元，共八十元。陈蕴璠、公和竹、程舜翁募无名、无名氏礼斗资、陈蕴璠、慰意轩、无名氏、恒余陈奎、阜东隐名、张靖澜十户，各三元，共三十元。心善居铜二元、钱二十八百二十五文。堂前汪姓、陆同丰、无名氏、心息子、陶秉衡、娄东放生社众姓、移口腹人、合记、陈同敏、吴蒋包磨墨、何公馆、潘培荆、张赞筹、宋梁氏、钱洵余、青记十六户，各四元，共六十四元。蔡陆氏四元，铜一元。慈寿堂、徐翰卿、潘隽翁、吕友根、樊稼圃、岳明山、陶荣记、朱余氏、丕铿、薛来无名、无名还愿十一户，各五元，共五十五元。思过草庐铜洋六元。云义斋、秋水斋、徐司马氏、王鲁门、朱轶帆、俞手无名、彭手无名七户，各六元，共四十二元。众善姓席费、偿愿生二户，各七元，共十四元。王洗马巷无名、补过子、姚寿民、顾复雅堂、王拙安、王拙安、刘赵氏、刘福官、俞竹安、无名氏、吴进和、乐志堂黄、袁铭记、无名氏、兰桂庐、昆记、乐志王、东海氏、周心息、沈来无名、陈俞氏、蒋憩之、张贝氏、姚仰翁捐廉、陆伯沄、蒋仰高、空空子、蒋仰高、济美典友、贝洪氏、骏记、吴和尚二官、金礼记、保安堂、徐陶氏、蒋汪氏、陶忠诰、吴让三、延陵寿萱、稻香书屋、病愈子郭、修竹平安、潘王氏四十三户，各十元，共四百三十元。吴振兴十四元五角。谊记十八元。程湘泉十五元，铜五元。志苗、刘赵氏、隐名氏、静记、陈来隐名氏、金成炜、归安十龄童、修竹平安、无名氏平安、求肝病速愈、彭来无名、潘王氏十二户，各二十元，共二百四十元。无名氏二十八元。诚敬堂众弟子、无名氏合记、张莼溪、潘蒋氏、张廉翁五户，各三十元，共一百五十元。同善、五吉安、稻香书屋三户，各四十元，共一百二十元。曹久椿、王吕氏、强至善、钱玉贞、吴永康、阁庆堂、桑张氏、钱募无名、吴畴诒、王吉如、王锡龄、庙堂苍吴十二户，各五十元，共六百元。谈子威八十元。隐姓信女、王泰氏、徐赞廷、福隆堂、显昌书屋、永萱堂、福隆堂、延陵寿萱、清河寿萱、汪宝书、无名许愿、不书名侯十二户，各一百元，共一千二百元。具庆堂一百四十元。强府钱太恭人一百五十元。程杨氏、王泰氏二户，各二百元，共四百元。豹书氏二百五十元。慧和、盐局王观察二户，各三百元，共六百元。祝洪氏五百元。祝修性一千元。百花庵住持宝七两四钱。广西防营诸公规七十九两零六分。移缓就急规三百两。成德堂规一万两。

共宝银七两四钱、规银一万零三百七十九两零六分、洋六千二百五十三元、铜洋十六元、钱一百零七千九百九十五文。

桶捐 (安节局徐君培之经理)：

柏年长 (五月上旬至八月上旬止) 收七次，共洋二十五元、铜洋一元、钱二千六百二十九文。

太和堂 (五月上旬至十二月止) 收九次，共洋十八元一角五分、铜洋三元、钱三千二百二十文、漕宝银五钱。

安节局门 (五月上旬至六月下旬止) 收四次，共洋二十三元五角、钱二十八文。

人和震记 (五月上旬至十二月止) 收十三次，共洋一百九十元零一角、铜洋十元、钱六千六百三十二文。

吴大有 (五月分) 收二次，共洋三元、钱二百三十六文。

大来堂 (六月上旬至十二月止) 收七次，共洋十四〈元〉五角、铜洋一元、钱二千三百六十三文。

保安坛 (五月下旬) 收一次，共洋五角、钱一百四十八文。

共漕宝银五钱、洋二百七十四元七角五分、铜洋十五元、钱十五千二百五十六文。

广东金陵会馆收款 (周君树三经理)：

七月中旬收卅四户规十九两九钱六分八厘。

七月下旬收十五户规十五两一钱二分。

八月上旬收七户规十四两四钱。

八月中旬收十一户规十七两二钱三分。

九月上旬收十六户规十一两九钱五分四厘。

九月下旬收六十四户规一百六十二两一钱七分。

十月中旬收十一户规十一两六钱零八厘。

十一月下旬收十一户规十两零二钱九分六厘。

共规银二百六十二两七钱四分六厘。

江宁宋文茂号收款 (宋君慎安经理)：

七月中旬收十八户洋二十元、钱五千一百文。

七月下旬收十七户洋九十一元、钱二千零七十文。

八月上旬收卅户洋七十八元一角、钱一千文。

八月中旬收五十一户洋三十三元、宝银四两零三分、钱二十千零三百六十文。

八月下旬收四十户洋八十一元、钱二十八千七百零九文。

九月下旬收念二户洋十九元一角、钱三千三百十文。

十月上旬收泰兴无名氏洋十二元。

十一月上旬收介福昌募三户洋四元、钱二百文。

十一月上旬收老广和募七户洋二十五元、钱一千三百八十文。

十一月中旬收玉融草堂洋二十元。

十二月分收五户洋六元、钱一千一百五十文。

共宝银四两零三分、洋三百八十九元二角、钱六十三千二百七十九文。

大共库平银二十两、漕宝银一百十一两一钱三分、规银一万零六百八十二两八钱四分六厘、洋一万零三百二十三元零五分、铜洋四十八元五角、钱五百二十一千三百五十二文。

施世经堂痧气丸五百瓶、卧龙丹五百瓶、辟瘟丹六百锭、普度茶丹二千二百丸。（附第十批赈银起解。）

徐清河《诗赋采新》九部。（存留待售。）

上海书锦里信昌珠号内平江公所账房经收细数

陈养泉（宗浩）经理

一、四月上旬收规银一百三十七两，又洋一百八十六元，汇合规银二百七十三两三钱四分一厘。

一、四月中旬收洋三百二十二元五角，汇合规银二百三十七两一钱九分七厘。

一、四月下旬收洋四百二十一元，汇合规银三百零九两零三分五厘。

一、五月上旬收洋一千三百五十四元五角，汇合规银九百八十九两三钱零三厘。

一、五月中旬收规银六百四十二两五钱，又宝银三十四两五钱，又洋一千五百二十八元，又铜洋九元，又钱三百三十四千七百七十文，汇合规银二千零二十六两五钱一分五厘。

一、五月下旬收规银三百十五两九钱四分七厘，又宝银四两七钱五分，又洋烂板小洋一千二百四十六元二角五分，又铜洋十八元，又钱八十二千二百二十文，汇合规银一千二百八十五两四钱七分九厘。

一、六月上旬收洋五百七十三元五角，又钱一百六十四千一百六十文，汇合规银五百三十两零一钱二分八厘。

一、六月中旬收规银二十两，又洋一千四百三十八元零七分八厘，汇合规银一千零六十二两三钱四分五厘。

一、六月下旬收宝银二百二十两，又洋一千四百四十七元六角，又铜洋四十一元，又钱二百四十二千五百九十一文，汇合规银一千四百六十八两零四分四厘。

一、七月上旬收银十二两，又洋一百四十四元五角五分，又铜洋一元，又钱十千零七百文，汇合规银一百二十四两一钱四分七厘。

一、七月中旬收洋二百八十四元，汇合规银二百零八两三钱九分五厘。

一、七月下旬收洋七十四元，又铜洋一元，又钱八千五百六十文，汇合规银六十两零六钱一分九厘。

一、八月上旬收洋五十四元，又八串六钱四十三千文，汇合规银六十四两六钱七分三厘。

一、八月下旬收洋一百二十八元，汇合规银九十四两零八分八厘。

一、九月中旬收洋一百六十三元五角，又钱二千三百文，汇合规银一百十九两三钱一分。

一、九月下旬收洋一百元零零四角，汇合规银七十三两三钱七分八厘。

一、十月中旬收银四十六两六钱八分，又洋一百六十元，汇合规银一百六十五两八钱九分。

一、十月下旬收银一千九百七十一两八钱七分，又洋六十六元，又钱四十五千四百文，汇合规银二千一百八十两零八钱五分九厘。（泸州三百七十八两七钱二分在外。）

一、十一月上旬收规银八百四十六两五钱三分三厘，又洋一元，又钱五百三十四千文，汇合规银一千二百二十五两五钱四分二厘。

一、十一月下旬收洋四十元，汇合规银二十九两四钱六分一厘。

一、十二月分收银二千二百二十两零一钱，又洋五十二元，又钱八十九千文，汇合规银二千三百六十一两二钱零九厘。

一、二十年正月分收规银一百三十五两零七分，又洋三百四十六元五角五分，又铜洋两元，又钱三十三千二百八十文，汇合规银四百三十八两四钱三分八厘。

共收漕宝不等平银四千五百零九两九钱，又规银二千零九十七两零五分，又洋一万零一百三十一元四角二分八厘，又铜洋七十二元，又钱一千五百八十九千九百八十一文。汇合规银一万五千三百二十七两三钱九分六厘。细户列后：

信字册：

一册有心无力人十元。

二册胡二梅规三十七两；又鉴湖补拙子二百元。

三册严芝翁募廿五户四十七元。（详七月中旬单。）

五册胡博如五十元；又陈慎德规一百两；又无名氏一百元。

六册志成信募六户银二十两。（详十月中旬单。）

八册无名氏六十元。

九册勤业堂柯五元。

十册朱渭夫等三户四元。（详五月中旬单。）

十一册杨少翁募十八户四十元。（详又。）

十二册赵子翁募五户十三元；（详四月上旬单。）又钱福翁募八户十二元。（详八月上旬单。）

十三册陈兆香等二户七元。（详六月上旬单。）

十四册赵子翁募六户六十元。（详四月上旬单。）

十五册祥记等七户三十元零五角。（详又。）

十六册吟梅仙庐三元。

十七册大丰等三户三十一元。（详四月中旬单。）

十八册谢子翁募三户五十元。（详四月下旬单。）

十九册春晖堂胡等十户五十元。（详五月下旬单。）

二十册黄观翁募三户三元。（详四月中旬单。）

二十一册杨衡江五元。

二十二册杭信源十元。

二十三册寡过未能人二百元。（杭州汇源珠号募。）

二十四册行远楼募五户十元。（详四月中旬单。）

二十八册杨云翁募六户十六元。（详四月下旬单。）

三十册郑明翁募六户七元；（详五月上旬单。）又募二户二元。（详又。）

三十一册周汝翁募廿三户二十九元、十七千文。（详五月中旬单。）

三十三册补过子等三户四元。（详又。）

三十三册席志前四元。

三十四册忘本子五角。

三十六册海粟十元。

三十七册万成病洋二十二元。

三十八册信昌募二户七元。(详四月上旬单。)

四十册周味莲四元。

四十一册和元庄同人二元。

四十二册洪晋翁募二户二元。(详又。)

四十三册余大十元。

四十四册慎思堂二元。

四十六册陈子翁募二户二十元。(详五月上旬单。)

四十七册方子翁募五户二十五元。(详四月下旬单。)

四十九册方敦本二百元。

五十册方继善六十元。

五十七册朝鲜电局募廿八户八十八元。(详五月下旬单。)

六十二册谢文智十元。

六十三册莘照氏三元。

六十四册信昌募二户一元二角;(详五月下旬单。) 又怡源祥等七户三元五角。(详又。)

六十六册滕鉴翁募六户十元。(详四月下旬单。)

六十七册黄涌翁募十五户七十六元。(详六月上旬单。)

六十八册凤祥无名二元六角。

六十九册杨达翁募四户五元。(详四月下旬单。)

七十册魏蓉翁募八户十元零五角。(详五月上旬单。)

七十二册耕莘堂一百元。

七十五册林天颐五元。

七十六册孙菊翁募四户三十元。(详六月中旬单。)

七十七册陈韵翁募二元。

七十八册方达翁募二户二元。(详八月上旬单。)

七十九册许纯翁募三户二元四角。(详六月下旬单。)

八十册张耀翁募二户三元。(详又。)

八十二册陈少山等十三户二元八角。(详又。)

八十三册陈康沈立翁募十五户八元。(详八月下旬单。)

八十四册同德义等九户八元五角。(详六月上旬单。)

八十五册无力人等十九户十九元。(详又。)

八十六册绪公所四十元。

八十七册石经翁募十七户九元六角。(详五月下旬单。)

八十八册陈祝翁募五户一元。(详六月下旬单。)

八十九册秦鹤翁募十户四元三角。(详又。)

九十册马云翁募十九户三元八角。(详又。)

一〇一册容功翁募二户四元。（详六月中旬单。）

一〇二册又募十户三十九元。（详又。）

一〇三册又募十二户八十四元。（详又。）

一〇六册又募四户二十二元。（详又。）

一〇七册又募六户五十一元。（详又。）

一二六册包筱村二十元。

一三一册杭电局募二户二百二十三元；（详五月上旬单。）又蒋姓一元。

一三六册毗陵有心无力四元。

一三七、一三八册方允翁募十二户四十一元、十千零七百文。（详五月下旬单。）

一四〇册蒋小石等十二户十六元，三千文。详十月下旬单。

一五四册王陶翁募四户十元。（详五月中旬单。）

一五九册藩锡堂募廿一户四十三元。（详又。）

一六〇册又募九户十元。（详五月上旬单。）

一六四册全芸翁募二十三元。

一六五册又募四户三元，三千文。详八月上旬单。

一六九册益志堂等二户三元五角。（详六月中旬单。）

一七一册缪蘅翁募二户二元。（详六月上旬单。）

一七三册谢正大募四户七元。（详又。）

一七四册又募六户四元。（详又。）

一七五册余元四元；又悔过祈安十元。

一七六册徐朗翁募三户十元。（详五月上旬单。）

一七七册张寿翁募九户六元二角。（详六月下旬单。）

一八一册朱尹如五元。

一九〇册全节堂募四户五元。（详八月上旬单。）

一九二册鲁吕氏等二户一元。（详五月上旬单。）

一九三册敖晓翁募三户五元。（详又。）

一九四册王卿翁募九户十二元。（详五月中旬单。）

一九五册又募九户三十九元。（详又。）

一九七册许召棠等二户二十元。（详五月上旬单。）

一九九册吴朗翁募七户七十元。（详又。）

二〇一册安省义和祥十元。

二〇三册张星五四元。

二〇六册扬州电局募八户十一元、二千三百文。（详九月中旬单。）

二〇八册金小苏拨掩埋款十元。

二〇九册天津招商局募十户二十元。（详五月下旬单。）

二一〇册永庆堂行平十两。

二一八册泥汉关委等十户十四元。（详六月下旬单。）

二一九册守约山人募廿一户宝银二十两，五十八元。详文。

二二〇册无名刘等廿户一百零九元。（详六月上旬单。）

二二二册丁柏翁募廿户十四元。(详五月下旬单。)

二二五册吴松翁募十八户六十元。(详六月下旬单。)

二二九册怡乐居士五元。

二三〇册王楚翁募十八户二十元。(详五月中旬单。)

二三五册安仰戴冠翁募十八户二十二元。(详五月下旬单。)

二三六册清江谦裕募八十二户十五元、一百八十一千九百文。(详六月下旬单。)

二三九、二四〇册济善社募五十五户四百三十元。(详又。)

二四〇册又募十户一百七 一元。(详七月中旬单。)

二四五册藜映堂等十三户十一元。(详六月中旬单。)

二五二册孙文翁募十户三元八角。(详六月下旬单。)

二五四册胡宝翁募六户五元。(详又。)

二五五册唐午翁募十一户二十五元。(详又。)

二五九册王卿翁募三户五元。(详又。)

二六〇册程仁和号募十五户十五元。(详六月中旬单。)

二六一册又募八户十五元。(详又。)

二六二册姚俞项募六户三十元。(详七月上旬单。)

二六三册姚俞赵募四户十六元。(详又。)

二六四册戴冠翁募廿一户二十五元。(详六月中旬单。)

二六五册李子翁募九户八元。(详八月下旬单。)

二六六册陈培翁募十四户三十五元。(详七月中旬单。)

二七〇册张雪翁来二户漕宝二百两、三十元,(详六月下旬单。)

翼化堂募廿一户规一百零九两六钱、一百七十元;(详五下旬单。)又募十五户规二百零六两三钱四分七厘、宝四两七钱五分、洋二百十四元;(详文。)

又募二户三十元。(详六月中旬单。)

二六九、二七一陈韵翁募二户四元。(详六月下旬单。)

共不等银二百五十四两七钱五分、规银四百五十二两九钱四分七厘、洋四千二百七十四元七角、病洋二十二元、钱二百十七千九百文。

代收各册:

电六册南浔电局募十四户二十五元。(详六月下旬单。)

电七册又募三户三十元。(详六月中旬单。)

电十册杭州电局募十二户三十五元。(详五月上旬单。)

电十二册又募廿七户六十元。(详又。)

电十三册又募十三户二十一元。(详又。)

电十七册宁波电局募二户四元。(详又。)

电一三五册韵氏诚心乐善二元。

电一七九册方允翁募十一户三十九元、二十二千四百七十文。(详五月上旬单。)

吉林电局募第三次规银八百四十六两五钱三分三厘;又募农安县黎劝廿户京钱八十九千文。(详十二月分单。)

兰溪电局十元。

南浔电局募四户三百二十元。(详五月中旬单。)

襄阳电局募银二十六两六钱八分。又来崔季芬军门募卅四户银一百六十两零一钱。(详十一月分单。)

万县电局募规六十二两九钱四分。

夔州电局募规七十二两一钱三分。

贵州电局来二次，二百廿一户，贵平一千两零零零一钱四分；(详十月下旬单。) 又一次，五百七十七户，贵平九百七十一两七钱三分、钱四十二千四百文；(详又。)

又三次，五百四十九户，贵平一千零十五两；(详十二月分单。)

又四次，一百十二户，贵平一千零十五两；(详又。)

又募百川通助汇费贵平三十两。

汉口电局五元。

营口电局募三户二十元。(详六月上旬单。)

共不等银四千二百十八两六钱五分、规银九百八十一两六钱零三厘、洋一千六百四十一元五角七分八厘、钱九百八十三千一百七十文。

菊五十二册^{陶筱翁}十二户二十元。(详四月下旬单。)

菊五十七册杨正源二元。

菊五十八册同源仁二元。

菊九十三册吴延陵募廿三户_{银十二两}，五十三元。详七月上旬单。

菊九十四册王慈翁募廿户七十一元五角五分。(详五月下旬单。)

锐一一九册盛赓翁募七户十三元。(详六月中旬单。)

锐一五五册虞公经手一百元。

锐二二一册王介翁募十六户十二元。(详六月下旬单。)

锐二二二册又募十二户十三元五角。(详又。)

锐二三二册全芸翁募四户四十元。(详六月中旬单。)

锐二三三册隐名氏规二十两。

锐二三五册全芸翁募十二户四十千文。(详八月上旬单。)

锐二四六册张雪翁募十八户一百十元、宝十两，(详五月中旬单。)

锐二四七册又募廿户一百零五元、漕十两零五钱、规一百四十二两五钱。(详又。)

晋一册四十户二十六元。(详二十年正月分单。)

晋二册卅户四十元。(详又。)

晋三册十七户二十元。(详又。)

晋四册廿五户五元、十千零一百文。(详又。)

晋五册廿四户九十元。(详又。)

晋七册廿二户十五元。(详又。)

晋八册卅二户三十元零四角、二千零八十文。(详又。)

晋九册十五户三十二元。(详又。)

晋十二册廿一户四十元。(详又。)

晋十五册卅五户二元、九千七百文。详又。

晋二十六册十五户十二元一角。（详又。）

晋二十七册廿二户五元、铜二元、钱七千五百文。详又。

晋三十二册十三户二元、三千九百文。详又。

晋四十一册六户十一元。（详又。）

晋四十二册五户十三元。（详又。）

晋四十三册二元。（详又。）

共不等银三十二两五钱、规银一百六十二两五钱、洋八百八十七元五角五分、铜洋二元、钱七十三千二百八十文。

另捐：

无名氏二百文。不留名五百文。西塔僧、求平安二户，各一千文，共二千文。盖仲手三千文。自谦室五千文。无名氏、随意人二户，各五分，共一角。勉力子等八户四角。无名氏、孙德荣、黄德记、无名氏、王乃章、隐名氏六户，各五角，共三元。钱季良、王乃章、袁通、黄姓、小孩、唐闻善、蒋无名、江夏文记八户，各一元，共八元。知非子铜洋一元。丁吴杨高、金紫记、悔愆志良祈安、常昭众善姓、悔过子、守拙等八户、无名氏、燕贻堂、周同福、隐名氏香资十户，各二元，共二十元。无名氏铜洋二元。安定心记三元。源泰、诚修阁二户，各四元，共八元。金聘之、周喜保、王汝舟、隐名氏、林馥荪、项福林六户，各五元，共三十元。蔡募无名、诚修阁二户，各六元，共十二元。赵吉人手十三户七元。吴耕堂铜洋七元。陈大宗师八元。多福寿八元四角。不书名九元。徐朱氏、刘玉昌、万成。清河不留名、诚修阁、复安、诚修阁、顾湛丰、诚修阁、吴复初、凌烈光、隐名氏、不书名庄、不求知十四户，各十元，共一百四十元。诚修图、诚修图二户，各十四元，共二十八元。无名氏、黄达翁募二户、陶凤翁募三户三户，各十五元，共四十五元。凌杼云、徐闺女、李手无名、屈绮庄四户，各二十元，共八十元。徐鉴翁募四户二十四元。章鹤汀、李宝臣、徐朗翁募二户、严博施、任氏病愈五户，各三十元，共一百五十元。汇业公所三十二元。王宝斋四十元。金意寿、吴毓翁募廿八户、严待时、张晏农、修竹山人阮五户，各五十元，共二百五十元。溧阳不留名四十九元、铜洋一元。常州老丰裕、慎德堂主、太原伯子、陆吉卿、沈福亭五户，各一百元，共五百元。存心主人二百元。陈铭翁募六十四户三百元。四明存心主人、无名氏二户，各五百元，共一千元。施仲鲁宝四两。镇江柳募规五百两。

共宝银四两，规银五百两，洋二千九百五十四元九角，铜洋十一元，钱十千零七百文。

高邮武庙收款（丁君玉轩经理）：

五月上旬第一次向道人四十元。

五月中旬第二次莲因居士三十元。

又三次隐名氏二十元。

五月下旬四次卅七户四十五元、七十千零六百二十文。

六月上旬五次廿二户九元、一百十六千文。

又六次四户三十三元。

又七次四十二户六十元、四十八千一百六十文。

六月下旬八次六十户六十元、六十千零零五十六文。

七月下旬九次十四户八千五百六十文。

共洋二百九十七元、钱三百零三千三百九十六文。

保安堂收款（瞿君梧生经理）：

五月下旬一次十四户四十元零九角，铜十八元，钱九百文。

六月下旬二次七户三十四元八角，铜十九元，钱六百三十五文。

共洋七十五元七角、铜洋三十七元、钱一千五百三十五文。

大共收漕宝不等银四千五百零九两九钱、规银二千零九十七两零五分、洋一万零一百三十一元四角二分八厘、铜洋七十二元、钱一千五百八十九千九百八十一文。

四明存心主人助辟瘟丹一千二百锭。（附十批银款起解。）

再，六月十二日曾收镇江公所第二批规银六百两，因苏电寓先出收票，故归入苏电寓收款中。（写时镇江公所柳少翁交来规六百两。）又十月二十八日收泸州电局规银三百七十八两七钱二分，因泸州公所另开收解之数，故归入泸电局收解款中。（写明十月下旬收解九七银三百六十两，汇合规银三百七十八两七钱二分。）合并声明。

杭州^{湖墅公信纸行}_{焦棋杆晋义庄}经收细数

彭菊亭
周渭泉 经理

一、四月中旬公信收洋三百七十五元，汇合规银二百七十六两八钱四分八厘。

一、四月下旬公信收洋一百三十一元，又铜洋二十二元，汇合规银九十七两七钱九分三厘。

一、五月中旬公信收洋一百二十四元；又晋义收洋一百二十一元。汇合规银一百七十九两八钱八分一厘。

一、五月下旬公信收洋二百十八元五角；又晋义收洋三十六元。汇合规银一百八十五两八钱二分八厘。

一、六月上旬公信收洋一百二十四元；又晋义收洋一百十元。汇合规银一百七十一两一钱零二厘。

一、六月中旬公信收洋一百四十七元，又铜洋三元；又晋义收洋四元。汇合规银一百十一两二钱五分。

一、六月下旬公信收洋九十一元；又晋义收洋四元。汇合规银六十九两八钱五分二厘。

一、八月上旬公信收洋六十四元，汇合规银四十六两九钱九分。

一、九月下旬公信收洋五百二十元，汇合规银三百八十三两二钱六分五厘。

一、十二月分公信收洋十元，汇合规银七两二钱七分六厘。

共收洋二千零七十九元五角，又铜洋二十五元，汇合规银一千五百三十两零零八分五厘。细户列后：

亭字册：

一册黄广大等十一户十九元。（详四月下旬单。）又大元裕五元。

二册慎裕堂求妻痊二户各十元，彭定记、复源牲二户各八元，傅中和、李武记二户各五元，刘笠三、益裕二户各四元，无名氏、信丰、祥升、无名氏、丽生、恒成六户各两元，椿泰一元。共六十七元。

又^隐^无名氏铜洋三元。

三、四册元大行募廿四户五十六元五角。（详五月下旬单。）

六册胡瑞林募廿户三十五元。（详六月下旬单。）

七册^{始平氏}_{质记}洋^十_二元。

八册冯利泰募廿二户九十三元。（详六月中旬单。）又洗心居、冯于氏二户二十元。

九册又募罗毓记等七户二十八元。（详五月中旬单。）

十一册李幹臣募柳源沧等九户二十元。（详四月下旬单。）

十二册又募汤良标等五户二十元。（又）

十四册又募仁裕等廿户三十二元。（又）

十五册又募孙楚堂等六户二十元。（又）

十六册裕春庄五元。

十八册湖墅厘局募十户十元。（详五月下旬单。）又怀宁王二户十元。（详六月上旬单。）

廿一册遂记陈懋鸿、万航遂记洋二十五元。

廿六册余庆堂徐十元。

廿七册盈丰润募七户十元。（详五月下旬单。）

廿八册隆盛行募八户五十元。（又）

廿九册永泰坤募四户十六元。

卅册思补、乐山铜洋二十二元。

卅一册无名氏等十二户十五元。

卅二册昌记行募五户三元五角。

卅三册张义记募七户八元。

卅四册以义为利等八户二十元。（详五月下旬单。）

卅五册郭韶荣、程养记二户各十元，古虞罗六元、瑞春四元，共三十元。

卅六册程左卿募十户三十九元。

卅七册无名士六元。

卅八册^{豫和}_{皁恒}庄^十_十元。

卅九册王永利五元。

四十一册李幹臣募无锡同信昌等八户十七元。（详五月中旬单。）

四十二册周三福、胡正培二户各五元，胡茂荣三元，陈宜大一元。共十四元。

四十三册沈问渊等十八户十五元。（详五月下旬单。）

四十四册李春记等十一户十一元五角。（详六月上旬单。）

四十八册复元募五户十五元。（详六月上旬单。）

四十九册嘉兴敦厚堂等六户二十七元。（详五月中旬单。）

五十册倚云蓬庐三百元；又敦厚堂三十元。

共洋一千一百三十三元五角、铜洋二十五元。

公信另募：

韵花新居五百元。程左卿五十元。公信各客筵二十七元。王文瑞二十元。乌程冯氏、六友公助、王文瑞慈命三户，各十元，共三十元。杨茂兴八元。榕城女五元。李筹济四元。李云轩、程德仁、程朱氏、叶隐名、胡子敬、程明叔六户，各三元，共十八元。郑荣记、补过轩二户，各两元，共四元。唐士和、谭福记、潭溢泉、退补斋、无名氏五名，各一元，共五元。

共洋六百七十一元。

晋义另募：

四和堂一百元。无名许、许府忏资二户，各五十元，共一百元。绍洛堂周二十四元。公善堂二十元。徐达洪十元。娥石轩五元。谭韵笙三元。寿萱山房、沈朱氏二户，各两元，共四元。双连生、清泉居士、赵勖哉、梦叟、齿德堂、在兹堂、无名氏、顾孙邵、无名氏九户，各一元，共九元。

共洋二百七十五元。

大共洋二千零七十九元五角，铜洋二十五元。

庄 息 细 数

（垫解皆系借款，不支利息。还款须候成数，故暂行存庄生息）

收 款

一、收六月止苏电寓、苏电局、苏复昌、苏赈局暂存庄息漕平二十二两一钱一分七厘，又桃坞同人手九月止汇款平余漕平二十二两八钱一分二厘，（除划出误收捐款规银二十二两九钱外）实收漕平二十四两六钱三分九厘。

一、收六月止沪信昌暂存庄息规银，合漕平十四两三钱二分二厘。

一、收六月止杭公信暂存庄息漕平五两二钱三分四厘。

共收漕平四十四两一钱九分五厘。

支 款

一、支杭晋义手发贴灾区信力漕平七钱八分六厘。

一、支解末批现银轮船上保险费规银合漕平二十四两二钱。

共支漕平二十四两九钱八分六厘。

存 款

一、存漕平十九两二钱零九厘，汇合规银二十两零七钱三分三厘，归入振款起解讫。

（续收马大篆巷赈所暂存复昌庄十九年七月至年底止庄息申规银十四两二钱四分六厘，上海信昌赈所暂存万成庄十九年七月至年底止庄息十七两零七分九厘，又存余大庄七月至二十年正月止庄息二十一两二钱七分四厘。三共规银五十二两五钱九分九厘。刻印《征信录》讫。）

振事三纪

民国二十三年铅印本

（清）林邑 著

邵永忠 点校

镇安县知县子禾林君暨德配袁孺人合葬墓志铭
咸阳刘光蕡撰

前李方伯菊圃先生为予言，陕丞簿中有贤者三人，曰温君叶辰，林君子禾，许君文峰，必为循良者也。时温君浚龙洞渠，不畏水蛇，身入其窟，水道以畅，费小而利巨。与同官龃龉。而君及许君，则予未谋面也。继而温君以忧去官，郁郁死。君继其后，代理紫阳、永寿，委办咸阳振事，调长安丞。而许公又继公后。三人者，乃皆以泾阳丞先后与予相知。公升任镇安知县，未及赴，卒于今年四月二十五日。而许公又继公缺。吁！奇已。公讳邕，福建闽县监生。曾祖天木，妣郑。祖轩开，由进士令浙江泰顺县，妣何继龚。父庆祐，国学生，妣梁。梁太孺人有子五，公齿居四。生有异禀，随兄弟读，聪颖倍恒儿，母族异之。故公又为梁氏婿，原配梁孺人，即太孺人侄也。然公跅弛不羁，为文不屑循绳尺，故兄弟皆登乡会榜，公独落拓不偶。甫成童，粤逆窜扰福建，公结少年，捍桑梓有功，以与其舅。时赠翁及梁太孺人均没，公依舅氏也。庚申，文宗北狩，公又暗结诸少年，为勤王师。舅氏廉得大惊，遏抑之。闻和议成，乃赀遣公为浙沪游，日征逐于酒楼歌馆。梁孺人又没，舅氏令收债于秦，实远之也。公至秦，以授读自给，或佐人治官书。稍入，赀为典史，署蒲城，补定边，升江口主簿，署平利县丞，补泾阳县丞。公虽积劳至县令，然未实任，不得专治民事。循分尽职，所至有声。其蒲城定粮色、定边创、种牛痘，江口创办山蚕，镇坪设代质所，犹身任地方事。而差委所至，于民生利病，知无不为。如八仙河创立义学，北山试办白蜡，而密探河套，欲兴屯田，其关于大局利害者尤巨。惜事重大，不得试。若振荒，则公自为者三，发端者二，至今啧啧人口。云公之为振也，皆事起仓猝，非机芽肆应，即酿变故，否亦振不及饥。公以机警运慈祥，反因难为巧，转败为功。在定边，公兼治花定盐局文案，饥民数百围局索借。公曰：误矣！告灾待振，则为饥民，官必抚恤。恃众强借，则为乱民，官必剿捕。尔等乱耶？饥耶？皆曰：饥。公曰：饥则候振。众纷然散。而时斗米钱已八千，定民购粟灵夏，被阻者牛车二百四十余辆，非开其禁不可。虑往复禀请需时日，乃借定防军粮为词，谒宁夏镇道。曰：防军嗷嗷不溃者，以灵夏粮可旦夕至也。今阻粮车，军民惶惶，变在目前。镇道瞿然，立弛禁牛车，皆载粮归，而定边粮价遂减半。镇坪则公以冬初至，例不得报灾，乃请借籽种，得帑金二千两。而镇俗编籍有费，贫民多寄姻族，甚者且无籍。公则以寄与无者为贫，而振无冒滥。其振咸阳也，则陈公子铭以九月杪任事，十月灾始上闻。公以十月杪至，振否尚未可知，民心惶惶，而吏胥索逋转急。公则截留自甘运省之粟，而民心大定。振六阅月，较他邑反速。公去江口，入省谒陶子方方伯，仍为江口请振，许文峰代公终其事。泾阳振事，亦公先请于张竹辰方伯，盖真民饥犹己者也。公尝谓：近日召募，可以制内寇，不能御外侮。欲用民兵。中日事棘，公与吾邑侯介眉请率民兵入卫，以书约予。予谓：民未练，不可用。谢之。俄而陕治团练，公任咸长，主速成，文峰任泾原，意在持久，故论不合。然使民自强，则今日急务也。公治灞水，堤费省工，固又酷类叶辰。而镇安连岁荒，文峰继公后，必能安辑遗民如江口，公亦可瞑目地下矣。公生于道光二十一年三月二十一日，得年五十有七。继配袁孺人有二子，长玖，次罗，业儒。女一，字朱氏。袁孺人先公八年卒，以二子年幼，将于秋九月初十日未时，同厝于陕西会城西南十五里之茶张村西申山寅申山寅向句。予铭其幽。嗟乎！予初见公，谈榷厘事，意不合，而踪迹日相密。亲见公救吾乡人饥，劳苦倍恒。意公必能得一邑，久行其惠，俾民登仁寿域，公年与俱永，乃自去夏至今，竟以榷厘促其生。悲已！予虽不文，其何能辞？铭曰：

雄于文，科第无闻。民可军，竹帛无勋。矫矫龙性，其终为畎亩勤耶。积资累劳，为宰官身，而民已爱如父母，敬如明神矣。问何以然？曰仁曰勤。埋此石于幽宫，以诏后之人。

振 事 三 记

闽县林 邕子禾

　　予尉定边之明年，盖岁在丁丑，为光绪三年也。历冬经春乃夏，不雨，赤地千里。秦晋毗连，人相食，道殣相望。其鬻女弃男，指不胜屈，为百余年来未有之奇灾。定处极边，去赤道远，地寒冻久。麦皆春播，秋稼为重。春冰未解，幸尚耐旱。夏间稍得雨润，尚期少获，故民情亦觉安谧。迨至八月十四夜陡降严霜，秀者枯，熟者萎。（浆已足，变黑成干。）俗之所谓黑霜者是。颗粒无收，顿失民望。九月中旬，突有盐场堡盐户三百余人，纠集花定总局，藉荒索借。其词曰：局以民盐获利，今因民病而求借，年丰输偿，何害焉？揆其情势，若不允，将恃众而兆祸。时主䃺务者为杨淦卿（名铭浚）观察，予司文案焉。告知县令陈端人（名子楷），令即饬予赴局弹压。盖以予曾总蜀军文案，可函调防营以为护。而予已先期至，慰以温语，且告之俟请地方官相商，以缓众情。一面飞达距城五十里红柳沟所驻之抚标副右旗饶凤梧（名兆麟）直刺，派亲兵四十名衷械来，不动声色，陆续入局。布署定，著来勇披戎衣行走于局中，以示有备。予遂率亲兵四人向众曰：尔求借，必推头目以道情。似此人语嘈杂，下情不能上达，官意何由下宣？群举疲癃老迈四人进，乃告之曰：办振乃地方官事，局员不与焉。其从我到署面谕。率所推之头目并能言者数十人，余众则缩而不前，散而观望矣。于是尉署排列仗堂，见四兵绰刀侍传。呼头目人并随众进，察所同来者又去其半，上堂者廿有余人而已。遂诘曰：八月半始形灾象，距今仅一月。即属丰年，新稼亦在九十月间方堪下咽。何急逼至是耶？尔恃众作要挟计，过矣，徒召祸耳。尔亦知盐厘非局员所能擅借，振事非局员所能作主乎？同民休戚，责在有司。今未及时办，亦不及。喝令亲兵将头目四人反臂扬刀，率余众即刻出城，归农候振。敢逗留滋事者，先斩以徇。事寝，向陈令反命曰：为目前计，似不至再有反侧。第振务为县官事，亦责无旁贷也。然仓无宿储，民鲜盖藏，其何以振？无已，只有乞籴诸邻封耳。最近而最足者，无出灵夏右。近闻将军镇道派兵阻禁綦严，且有五里挡十里抢之示。似此不特筹款难，转运尤难。即据情为民请命，谅蒙层台邀准开禁，如公牍往返需时，迫不及待何？踌躇商酌，计无所出，为之彻夜不寐。昧爽，有绅耆苗郁文扣门请见。郁文名维新，原名兴勃，前此率数万土匪叩军门而投诚，盖黠而豪者也。喜出，与谈曰：我邑牛车赴宁购粮，约有二百余辆。今以禁故，双轮不返。闻有拟卖者，有拟挈孥就食者，计将安出？大局攸关，曷为我谋之？彼此诘难，殊无良策。思之再四，曰：其借营官路票，矫统领命，作购军粮，名重而事捷。语未毕，郁文跃而喜曰：赖此，吾侪小人其有瘳乎？立赞成之。面商印官借资千金，凤梧千金，各商千金，携三千金西迈谒太守，以政归镇道却之。谒观察，色甚厉，婉辞以达曰：不蒙准籴，军因饥溃，职不任过。且咫尺边封，亦非宁郡利。由是得请。遂将濡滞牛车二百四十余乘半载民粮，半装公粟，十月秒陆续起运。冬月廿一日开局平粜，民间黄米每石陡长至八十千。局价三十千，市价亦平至四十千。旋奉各宪批饬，宁郡开禁，即委予为该县办振委员，专司平粜。有交筹振局记奖之誉，得以始终其事。五年告藏调省，六年回任。徒劳跋涉，保奖不与者，则某挟宿嫌尼之也。越光绪十五年，任江口主簿，而有南山极备之灾焉。

光绪十五年，岁己丑，予升江口主簿（簿司民社），五载于是矣。自夏徂秋，霆雨为灾，禾稼萎败。南山专恃洋芋，复行腐烂。民人告曰：八月某夜，雨赤成胶。询之父老，所未闻见，逆计必成大祲。遂于中秋望前，据情禀求厅尊转禀层宪，豫筹赈恤，为未雨绸缪计。讵格不上闻，反批饬赶催义仓之借以备歉。仓政实厅主之，簿署不得过问，并不知所借谁何。且背詈曰：主簿以此讨好上下，吾不为，若愚也。未能获上，何由善下？始且置之，叹息而已。九月有升署镇坪县丞之命（丞有抚民责），踵簿事者为许文峰（名虎炳）。奉张兰圃中丞（名煦）、陶子方方伯（名模）面谕，饬于交卸后晋省，照例衔参。谒方伯曰：不蒙谕召，亦拟趋辕，为民请命。备陈灾状。曰：何不禀知？对曰：格于厅，不得达。曰：渠意何居？对曰：揆其意，据情禀请，准之与否，所未敢期，而差费已不支矣。曰：然两次委员查验，此部章也。对曰：如蒙准赈，何不即派本处厘金委员，不必另给薪水脚费，就近熟知情形，便孰甚焉。如其议为令，又承询曰：顷得渭南令赵孚民禀陈，请于南山各要镇设粥厂，以待饿者。兴安守童劭甫则请挽汉江上下游之粟以平粜。其政奚先？对曰：粥厂治标则善。盖灾出仓猝，如河决火患者。类若旱涝，则未见其可也，于南山尤不宜。何以言之？聚千百人于一处，男女老稚杂沓，人气薰蒸，久则成疫。一餐难果终日之腹，而嗟来有时，未敢远离，别无生计。过路难民，见则停留，稍有川资，日侵月削，久之途穷。恃粥为生，势必同归于尽。其易聚难散，犹其后也。若夫南山人心浮动，情同川楚，群居狎处，饥寒势迫，其不相率为盗者几希。计惟有定期，或月给，或旬发干粮，使彼仍能自食其力，地方官各自为理，政归划一，自免流离，且足以验有司之贤否。即有老幼乞丐需粥者，以本地一绅主之而有余。至山中宜振恤，以食力之民多也。沿江宜平粜，以转徙之民多也。（其说详于镇坪任内夹单，蒙子方方伯通饬照办。）方伯曰：然。子即禀谒中丞，以是说详陈之。如议而行，饬江口主簿宁陕同知即先举办，以该处榷务委员龚达五（名慎徽）襄厥政。乃事竟有出意计外者，宁陕抗不领款。上禀曰：此等山氓，留之徒以滋事。曷任散之便，余可无须振也。方伯批饬，有"虽逭刑章，难逃天谴"语。得札，于是夜无疾而终，以委员代之。谁谓天道之无知耶？而予业已束装之任矣。冬月朔视事，越七日即通禀请振。其词略曰：此番灾情，高山为重镇，处万山之颠，界邻蜀楚，专恃洋芋包谷为生。低山沿流一带，虽有四五分收成，而田壤无多。满计地丁税课银，只十七金。余则高山专产洋芋，半高山兼产包谷，不升科之区，今查全行失收，势必相率而逃。溯自嘉庆间平定教匪后，休养生息，百有余年，积渐开垦，遗此孑余。如蒙赏发籽种，山民尚可采药为生，目下自无流离之苦，日后可免招徕之劳。批奖嘉许，饬由兴安府于各厘金内核发帑银二千金。初不知兴属泥五分成例，不敢以灾上闻，触同官忌，而讼兴焉。郡尊惑于众说，将奉拨之帑扣留。揭禀曰：平利为兴安之一隅，镇坪又为平利之一隅。该处灾务虽系实情，而报收五分，例不准振，非各厅县之玩视民瘼也。（予批有关心民瘼，洵堪嘉尚语。）固知库款支绌，若处处效尤，其何以继？候灾查实，此银拟与平利分发。（某文盖误以振为利也。）未蒙郡尊明察，予禀申明，不升科地为籽种资，故有是举。奉批饬将拨银速发，并嘱首府密谕之。各厅县如章而请，均蒙许可。兴汉二府之振，实始于是矣。予以感知遇恩，又肩拯溺责，二年半于兹，振方亟而苦任，振甫毕而求卸，其办理始末有可略陈者。镇距省十八站，于府六，县四。羊肠鸟道，溪流一线，不可以通舟楫，适可以阻行路，处万山丛涧中，为极瘠极僻之区。计挽运之资，与粟价埒。开垦以来，从未办振，既无成法之可师，又乏接济之来源。前有司物故未及筹，代理者暂局未暇谋，民情恐惶，迫不及待。下车发禀后，于初十日亲历乡村，计十七保，分为廿一处。每处查明有储粮者若干户，传谕自报写存粮若干，计丁留食若干，余储若干，半粜邻里，半卖振粮。有欺查出，以余作捐。售地邻疆，留粟给价。闭关境内，许通有无。通盘筹画，可以本处之储供本地之食。遂定价，包谷每斗不得过四百八十文，粟同之。（二年有半，未敢或逾。平利与镇坪随处接壤，仅一山之隔。而平利每斗则长至二千二百文矣。）斗有大小，颁式以均之。于查粮时随清户口。讵此间乡约，每门牌一纸，按户抽钱百及数十文不等，陋规然也；有侄附于叔，甥寄于舅，避费故也。然此尚可按籍而稽，其无告者，则莫之或考矣。因思彼不取牌，此不向索，则真穷矣。反其术而行之，宣示曰：无门牌者，亲来填名，无惑于乡约之说，无名不给也。次及于附名寄居之户。有门牌者，十不得一。无滥无遗，查易而办速者，以此耳。严稽查也。又出令曰：除官振外，以本保之殷实济该地之穷户，非亲即友，情洽而义当也。客户惟主是赖，息之重轻，听自商之，救急计也。每保官先题捐，为民倡也。于署内开平粜局，每斗减价四百文，官捐廉也。其下乡及册报各费不假吏手，惟官捐给，免扰累也。发振用票，交于乡约，转给花户。票内载明粮拨谁处，定期官自监放，便民取，免废业也。义仓二千二百石，留借春种，备善后，重民时也。于腊晦前一日回署而事集矣。乃十六年之灾，竟有甚于去岁者，殊属棘手。趋郡乞请，蒙发千四百金。因与民商曰：前借之种，勉力尚可交仓。何若存之公府，以备春种？否必花费，何以谋后？众皆乐从。故春种无待他求，以领款给为初次锄地资。然山内耢草，非两番仍秀而不实。无米之炊，更形束手。遂令普布春烟，不为计科。得罪乎上官，自承之。无种子费，事故易集。若有收成，携浆分赴川楚易粮而回。适耢二道草时也，（此地烟割于夏，谷登在秋。）烟果大熟。如法行之，谷又大熟，斗粟百文。因事下乡，民争以酒为官寿。（禁烧锅两年，余今始听之。）慰劳曰：此不足庆，何如将前领振粮全行缴纳，详载于册。来岁尔若不借，方准另借他人。著为令。足于公实足于民，前事有足证者。为尔计，不过少熬锅酒与少喂只猪资。正痛定思痛时，盍亦计及耶？众曰：然。微公言，民等其忽诸？不期月，交者三千余石。并前储粮二千余石，共五千六百余石，建新仓十六处，则非始计之所及也。惟余以是年五月下乡，内子袁孺人误服乌头，晦日不起，为民故无伤也。是役也，辖内未出命盗一案，实为丰年。故得未曾有，遂无陨越羞。彼思掣吾肘者，莫售其技，则天为之也。久于镇，非我志。五请交替，得于十八年三月卸任，超乘而去。幸矣哉！曾几何时，甫履泾阳丞任，又有腹地亢旱之告。岂灾因予而施，抑予遇灾而至耶？

予于壬辰季春解镇任，四月望日还省。诘旦即有平利查案之行，三阅月而差竣，饬履泾阳丞任。自是月至来春，雨旸愆期，二麦不登。询之父老，曰：该处风多雨鲜，苦旱盖已有年，而今岁为甚。说者谓渭以南，地气属陕。泾以北，地脉连晋。故由蒲州至于富、三、迤及咸、醴，同苦凶歉，理或然乎？首夏进省，即行衙参，据状陈之，列宪为之动色。翌晨禀辞，适张竹晨（名岳年）方伯病甚，扶病而见，呻吟之声不绝于口，胁痛气促也。坐定，徐告曰：转达邑宰（令是邑者为涂劼卿，名官俊，丙子进士，贤有司也），能捐者，捐之；不能者，请之。吾不而靳，若无负民。病难多言。切嘱！切嘱！及晚回寓，又奉手札，词与谕同，恐前言之或遗也。俄于六月有代理紫阳之行，遂未与泾阳振事。冬月望日回省，奉太尊文泰初（名启）传见，饬于十七日赴咸查灾。二十日反命，谒方伯曰：咸阳陈令（名丹书，号子铭，亦贤宰。累于病，振未竣而卒）病久事废，吾与中丞（鹿滋轩，名传霖）商酌，以振委子，其毋惮劳。对曰：灾差继此而三，固职志也。二十一日返车，始筹厥政矣。调阅原报，仅及原上之乡，而他不与。事成偏枯，其何以臧〔葳〕？续为请曰：有人居原下，地在原上，有间于原上下其灾同者。若县治逐末，小民似亦均在应振之列。奉方伯批曰：只论灾之有无，不论原之上下。于是民得溥沾实惠矣。先是，予与味经院长刘焕堂（名光贲）孝廉一见倾心，李菊圃（名用清）方伯为予先容也。道及振事，以该县赵某方急催科，无望事此。予有拟开泾源之议，思率其里子弟赴工就食，固知姑言姑听，盖亦无聊之极思耳。而予以振至，咸适符所谈。当据有面达各宪曰：是役非刘焕堂莫属，揆渠亦不肯置身事外，至则早有成。议以函促之。二十三夜，率其徒并刷就之门牌至。牌内田之多寡，分水旱租（买业也）、当租各名目，屋若干楹，畜若干头，女书家，男书业，详而简，无漏无欺，查振而保甲寓焉。乃俗子无知，哗然姗笑，有议其繁者，有訾其迂者，惟与予志合，违众议，力主行之。并曰：天下事惟智者耻为而迂成之，迂即鲁之谓也。（曾镌有学迂章。）使司邑者早师其说于保甲，吾辈今日何事纷繁。遂使其徒更番按户清查，余与绅踵其后。（随带襆具，不择地而寝。晨兴戌息，粒浆始克入口。）计前后共三至。集花户于公所，明告曰：初复查酌以某某为极次，（储生之查，皆以园点为暗记。）众以为允，始加印焉。（刻就极次二章。）滥准揭，漏准陈，互相比较，以定等第。不应振者，除之。即以与待哺之户。及此不言，后不尔准。妄报者按册而诘，词穷自退。流亡准族戚、邻右、乡约按名如章填册，出示招徕，到即给票粮。随之廿余日而事就。趋辕请粟，如情以告，方伯垂泪曰：民困至于此，极迟之过也。咸令误我，罪则在予。需粮几何？对曰：除已截留西来千石之麦，以备急哺外，以户口计之，请再续备万四千石。此盖统筹前后大局而言。曰：现需几何？对曰：先拨九千石可矣。其所请未领之五千石，尚乞宪恩筹备。方伯颔之。于省仓领粮四千石，东路船运五千石，并截留麦共万石。腊月先发高原极贫，正月以后，以次递发。共用粮九千三百余石。余粮禀准借给又次贫户。捐银四千两有奇，除运费、局费、粥厂费，尚存三千余金。经县禀准，半修城工，半储仓粮。事竣得斗余折钱百七十千文，禀准移县作为修仓赏。此支发之颠末也。县有常例，冬开粥厂，腊尽则止。里局主之，官丁监之。约三百余众，人给一勺，捷足则获，后至不继。余与焕堂商曰：此方散振，彼则撤厂，于情不合。踵其例行之，于心未安。焕堂曰：是有术焉，曷弗师古人募兵之章？其法用长桌数张，横排诸厂门，内外局友随带笔墨。委员首坐，诸生以次挨坐标事桌上，各司其职。另印一册，报名鱼贯随册而入。首书名遞及年岁、籍贯、父母、兄弟、姊妹、邻右，事分易办，顷刻而就。入则给牌，以为后此凭，食粥扣振，未振留粥。得百人焉，人皆果腹。留其徒二人，住厂监煮及放。此续办粥厂之章程也。振粮定月一发，先期宣示。票由乡约具领，散给花户。另缮清单，按地张贴。发分两处，悬牌散给，如乡试点名式。发某处则以高脚牌引进，按票照给。载明发至某月，票随粮交，以备再取。此给粮发票之规条也。惟是冬既无雪，春又不雨，尽粮以散，过此何资？遂封大荔李巨富囤粮二千石，为不时需。于二月进省，请拟留粮折钱以发。议尚未决，二月小雨，三月大雨，田畴沾足。遂于四月初十日撤局矣。计自开办迄今，六有阅月，始终未假胥吏，支发则由钱当主之，册籍则归诸生司之。十四日回省销差，并花名清册而皆备。方伯喜迎曰：后来居上，以咸为最。该处章程，三饬各属照办，其知之乎？对曰：上承宪旨，官不掣肘，又有贤绅相助，俾无贻误而底于成。然而扪心自问，抱惭负疚者殊多也。何功焉？方伯曰：善。子其休诸？盖咸，秦墟也。功利之风，儒生不免。焕堂叔侄，（乃侄孟千孝廉，名瑞驹，时主讲渭阳）以孤立之势起而挽之，事以身先。如素好饮，局中先禁酒肉。捐巨金，辞薪水，功归人，过己任，劳逸亦同。其行异，故人亦异而忌之。而后进诸生，则惟师训是遵，有足尚者。所愿继起后贤，无为习俗移。诸贤之幸，亦咸邑之幸也。夫乙未清明，于役长武，危坐驿舍，忆及往事，信笔书成。拟留家乘，或有踵予仕者，资考察焉。

跋

　　此公自记振荒三事。定边、镇坪，蕡弗知。若咸阳，则蕡亲与是役。公词特谦，且若有隐焉，蕡不可无言于后。是役也，陈公以秋杪至，灾始上闻，请缓征，请振。而陈公旋病，公为委员，实无异县主，然权不属，其难有倍于定边、镇坪者。陈公之缓征也，特官缓之，而胥役之催科则倍急。盖胥役惧民知停征，将无词以索取而急饱其囊橐，民遂不堪其虐矣。公始以查灾至，民受胥役之虐，甚于倒悬，而未知官之果振与否。公甫以成灾报，而省宪购粟于西路者，公即截留。民乃晓然，谓上将活我，必不急索租。胥役不能肆虐，民情帖然矣。邑中事，蕡素不与闻，是役迫于陈公命及乡人之求，与邑中诸君子议振事。蕡谓必严核贫富，宁详毋略。面皆唯唯。蕡往味经刊印册式，而同事者哗然矣。盖贫富分明，而司事者不能上下其手，不便于作弊，故必力阻之。非公至力主其说，蕡且不能核户，何有于振？其核户也，咸邑应振者三十五所，公亲核者几半。严冬日行墟落，不获食饮。对鸠面鹄形之众询疾苦，民泣公亦泣，不暇食饮，亦不忍食饮也。是后有询民饥状者，公言之必泣。故宪司感公诚，粟以时发。公驭胥役极严，日给口食，不准分文索于民。有诈民钱千文者，公箠之数千，并锁其头役。收散谷石，公黎明至赈所，有傍晚始归者。司局务者皆年少书生，不习公文式。公亲削稿，且为讲解之。不习算，公为制立成表，虽老吏叹为神奇。诸生事公如师，局内雍雍然无异村塾。诸事躬亲，吏胥不得分毫染指，故恨公刺骨，而无隙可乘。公莅咸六阅月，早惟一粥，午一饭，活饥民数万。公粥饭外，所需用皆出己资。故忌公者亦不能不敬公。方振之殷也，公夜分语蕡曰：子识予之忧乎？振粟仅及麦秋。得春雨沾足，诚万幸。天道不可知，咸已连岁旱，设又无麦，饥民愈众，咸仓无粟，即请之宪司，购之邻省，亦缓不济急。吾已筹至八月，八月后则无可如何矣！因泣下。然则公以食活吾咸民者六月，以心活吾咸民者正无穷也。惜公飘然来，竟飘然去，不获如镇坪亲睹丰登，建仓十六处，为久远之图，则咸民之无福也。咸阳刘光蕡识。

又　　跋

　　曩岁光绪甲午，河湟不靖，中丞邵阳魏公绸缪未雨，饬修城隍。以余及张子侦、寇履端、窦云程诸君任北郭之役，而以候补知县林君子禾督其成。君通脱有器量，与之处甚相得也。无何君榷兴平，继之者鄂人某，性贪而忮，善挑剔，同人弗堪。余不为动，顾念臭味差池，羞与偕作。将去之，君致书力持不可。谓去则堕其术中，功废半途矣。余乃止。当道知其事，亦不直某。某计沮，始得竣工。君由是特重余，榷罢归，情益款密，间日必过从。丁酉元旦，忽衣冠至余斋，订昆季之好。余不获辞，以兄事之。甫数月，君大病。君病时，余方读书终南山中，闻信驰还视。君于卧榻执手唏嘘，窃以为神识清明，疾犹可为。不图越日增剧，比再趋而视之，君目瞑矣。悲哉！君论事有识，酒酣耳热，有不可一世之概。每过余，抵掌移晷，间及国家大政，尤能深中体要。其为文长于公牍，曲尽事理。宦辙所经，衮然巨帙。惜所著今皆不存，仅于冢嗣华甫处觅得《振事三纪》，而其宏材远略，仁民爱物，见诸施行者，亦止此一鳞半爪而已。余自与君诀别垂四十载，宦归展墓，宿草盈阡。回忆前尘，潸然出涕。近顷承乏陕振，无补梓桑。事之进止，虽不得起吾友而问之，犹幸有是编焉，奉为南鍼，不致过丛罪戾。仁人之言，其利甚溥，岂不信然乎哉？亟付排印，用广流传，并以刘古愚师撰君墓志冠诸首。君立身行事，师撰已详，兹不述。述其与余交之始末及其文之切于时用，如此他日者地下有灵，使生平手泽楹书散而复聚，得以次第印行，无或湮废，则又后死之责，馨香祷祀以求之者也。民国二十三年一月，如弟王典章幼农甫识。

云南昭通工赈记

清光绪二十一年刻本

（清）李耀廷　辑

邵永忠　点校

叙

　　余壬辰之春，由川归省。值水荒沛然，公祖督办昭通赈务，往谒时，即知其能为我昭造福。嗣出川作别，惠文伦一编，因刻之以志敬佩。由是鸿来雁往，凡赈昭条议、公牍、诗联，及各大府函札，公靡不寄示。俱一一敬藏之，知其可传可法也。公为民请命，不遗余力，来书屡详灾重情形，闻之恻然。即在川募得万余金助之，迨河工成而民困苏，公荷酬庸，遂权府篆，妥筹善后，使地方永庆安澜，其惠及恩、鲁生民者，岂止一时之利哉？解印之日，闻吾乡父老子弟号泣攀辕，有为碑祠绘像以志不忘者。则余向之知公能造福于我昭，益信不诬也。乃出公寄示各稿，亟捐赀付梓，广为流传，以俟夫筹荒政者采择焉。

　　　　　　　　　　光绪二十一年乙未仲夏月鲁甸李正荣耀廷谨序

云南昭通工赈记

光绪十八年壬辰七月初一日条陈手折

　　谨将卑职奉委办理昭通赈务，其中碍难情形，沥陈宪鉴，伏乞衡核。窃卑职初经禀到，面为昭民请命，即蒙宪恩先给帑银三千两，札委前往赈抚，实为昭民默庆更生。无如此等要差，既不敢辞，又苦难办。若苟且塞责，于心既有未安工中；若仓猝遽行，于事尤多未便。日夕筹画，莫济时艰，因有不能已于言者。缘恩、鲁两属水旱频仍，饥馑荐臻，数十万生灵嗷嗷待哺，伤心惨目，其状难名。虽叠蒙委员发赈，费去银一万余两，其实每家得银数钱，不过苟延数日，而死亡之迟速相等，何益民生？今请以三事并举，十月为期，非三万金不能济事。一曰赈恤。先以万金采买荞麦、米豆，量挽作饵，分择四乡要地，日给老弱贫病之民，以养残生。一曰平粜。尽以万金折耗囤买苞谷，减价出卖，仍如上年之五六十文一升，以平市价，而顾次贫之家，且足养其廉耻，不愿出而领赈。一曰河工。现在一片汪洋之处，再以万金雇夫开挖，以工代赈，可养壮丁数千。俟水涸地平，开春仍望栽种，不致再淹。且水利不兴，来岁天时莫卜，设复如斯，愈难补救。至疾病之医药、死亡之棺木、冬寒之棉衣、春耕之籽种、地方之弹压、难民之安顿，亦须早为措备，民乃不死。尤有要者，此时务暂撤昭厘，疏通商路，俾肩挑背负之民，曰有所资，免致聚党生事。并恳咨明贵抚，于威宁一带设赈，以防流民乱窜，变生仓猝。救时急务，莫逾于此。兹奉委札内开：先将如何买粮、如何赈粜，会同地方官商禀候夺等谕。查昭属路隔千里，动经旬余，人各有心，事权不一。此中掣肘情形，均可意会而得。若非通盘筹备，万难轻易举行。使徒以三千银持往设赈，则老弱、少壮、极贫、次贫之民，势必蜂拥而至，恐人多不能遍给，粮少不能持久。设则易而撤则难，鲜有不偾事者。卑职愚以为，凡事豫则立，况系为保全地方生命起见，不得不缕晰陈明。是否有当，恳请宪台指示遵办，实为公便。

八月二十日函禀

　　敬禀者：窃卑职叩辞时，曾蒙宪台面谕，到昭后，于公牍外，另具小书，禀陈实在情形。兹卑职八月十一日抵昭，当会同该府县，并连日接见绅粮，商办一切事宜。议者有以开河为先，利在久远；有以放赈为急，利在目前。卑职查看情形，两事均关紧要。原拟十六日迅往履勘河道，并派员分赴四梁山查造饥民户口，一面访各囤户采买粮石。无如昭郡自七月下旬，阴雨连绵，昼小夜大，至今霪霖不息，道路泥陷，寸步难行。市上粮价日增，米一斗现价一千二百文，荞子一斗价四百五十文，干苞谷一斗价八百文，涨苞谷一斗价四百七十文。田中谷熟禾倒者已遍生芽，山地晚荞多半渍坏，将来小春尤难栽种。目击心伤，不能出路；万分焦急，无可如何。祗专人函托各乡友，秘为布置，约订买粮三百余石，城中换存钱千钏之谱。若稍涉张皇，必致粮价陡起，银价陡落，事之难办在此。至山民嗷嗷待哺，总在秋冬之交，草木焦枯，新粮食尽，非分别轻重，先后开赈，难望更生。不过本年能缓赈一月，则来春得长赈一月，银粮乃足敷衍。所幸开河风声传遍四野，以工代赈，人心皆有指望，人情遂觉稍安，不然天时人事，良足隐忧。兹十日以来，公事虽粗有端倪，不便具禀。只得抄录各绅公呈，飞报宪辕，仰祈训示。其余恳状太多，不能悉录。一俟晴霁后，即分头勘验，再禀举办情形，肃具芜函。恭请崇安，伏乞慈鉴。

奉抚宪谭批：禀及公呈均悉。据称山民嗷嗷待哺，总在秋冬草木枯焦，新粮食尽之际，似目前放赈可缓，应以履勘河道为急。开河一有端倪，则冬赈、春赈俱可以工代之，不啻若纲在纲也。山民之不能工作者，届时如果无以存活，自应分别抚绥，以全民命。惟买粮既属为难，将来如兼放钱文，俾升合自谋，或视官处之采买数十石、数百石者较易。救荒无善策，在因时因地斟酌行之耳。小春尤难栽种，大略就七月之阴雨言之。昨据蒋守来禀，已于八月十九日开霁。九、十两月正种豆麦之时，迩来晴雨如何，尚不致于愆期否？仰善后局转饬知照。

照得开河设赈，原为救济生灵。
凡我经手人等，不得丝毫侵吞。
明有上台稽察，暗有天地鬼神。
倘或从中舞弊，定然绝了灭孙。
谕尔汉回夷教，大家各发良心。
人多赈难遍给，自须设法经营。
果系饥饿贫困，方准藉养残生。
如其混行领赈，查出倍罚钱文。
有等身强力壮，肩挑背负都能。
同赴河工做活，身家俱可保存。
更谕绅商粮户，此时正好济贫。
捐资为请奖叙，买粮先给现银。
各思挽回天意，毋许强弱纷争。
惟愿民和岁熟，大家同享太平。

九月初六日通禀

敬禀者：窃卑职于八月二十一日，一面派员分路查赈，一面传知沿河绅粮。二十四日，即亲赴老鸦岩下十二里合洒鱼河之出水口起，节次逆流而上，至鲁甸、桃源两海子水源止。二十九日，勘毕回寓。实勘得昭河自鲁甸海子内，一支由都噜山绕城边，一支由马鹿沟下石桥，合流至师人塘。又桃源海子内，一支由大水塘，一支由大宝山，合流至土硐子。此两大支同入恩安界。其恩安之大龙洞、小龙洞、大花树、铁马寨、杨家山、边阱、旧圃七支，历经各地，远近不一，计共九支汇流，俱由老鸦岩出口。是为昭郡正河。从源至尾，约有二百余里。查碑载，嘉庆二十二年恩、鲁争讼酿命，经道府厅县会勘，上溯乾隆二十三年恩人筑埂，鲁水无归，即该河被淹之始。爰断砌石开沟，讼乃结息。逮咸丰六年，兵燹失修，河道淤塞。本年雨多水泛，两属低平处所遂致一片汪洋。所淹田地粮食，不下数千万石。究其故，系由恩属老鸦岩水口石龙过江，上淤沙泥填高至丈，并非石龙作埂。此耳闻不如目睹之实。其下则冷家坝被土人修成石堰，为之一阻。又高鲁桥接连四坝，横亘河心，沿河两岸堤外栽柳倒入河中，层层壅塞。加以河边居民只知顾己，田地日侵月削，以致堤埂低薄，甚有左右无堤者，河浅而窄，不过数尺。鲁海源头同坐此病，俾海水不能下注到塘。此等要害，上下游各存畛域，弗知自咎。无论恩、鲁相争，即鲁与鲁，恩与恩，亦各相争，匪伊朝夕之故。兹拟于九月二十四日巳时祭河，视水势之大小，定兴工之迟速。现今大雨，河流日涨，必俟冬晴水落，始派员并督率该地绅粮，逐节设局。先从正河水口疏浚，上及九支子河，按照故道挖深淘宽，修湾取直，折石坝，去柳树，加堤埂，置桩木。所幸各河均系泥底，间遇斜石插入，不多费工。外有数十条无源沟道，应归民间自筑拦山堰，免泻沙泥入水。约待明年四月水发，工须告竣。至开通后，即饬于两岸堤内另栽桑柳，并年冬新筑土堰，以资灌溉。春水涨时，听其冲去。庶使蓄泄畅流，不致再形壅塞。并筹岁修规款，自可涸出膏腴。虽所费不赀，其利甚溥。况以工代赈，事不宜迟。现于矿务公司买铁铸造锹锄，并预备篾器随后听用。此卑职拟办之大概情形也，除会同府县商酌外，理合缮具清折，肃禀粘呈，恳请逐条批示饬遵。

一、禀请再发赈银一万二千两，分作两次，委员解昭，以便买粮换钱，免涉张皇。其银恳饬交恩安县衙门方令宏纶经收，至时同具印领回销。所有前由卑职随员承领银六千两，业已照数将现银交存县库，以备支用。缘该令到任后，即商请监管账务，酌派一人收发。凡买粮、散赈、开河、雇工及支发薪火银两出入总帐，俱由该署登记，俟后同卑职会衔报销，庶事由地方官经手，免生疑谤。至该署专管赈务帐房一人，任重事繁，自与书识有别，拟由赈款内按月拨给薪火银八两，以专责成。应请示遵办。

一、现经卑职札调云南尽先拨补蓝翎把总周之丰，系大关厅人，历练勤明。已于八月十六日起，派同刘敬、蔡三员分办各事，实于买粮查赈勘河，均资得力。拟由赈款内按月拨给薪水火食银共十二两，与各委员少示区别。至以后各乡买粮转运及各处平粜调委员绅帮办，另再议禀。应请示遵办。

一、拟于恩属沿河选举公正绅粮四人、巡河夫八名，节次设局，不议薪水，每月只酌给局内火食银十二两。鲁属城内绅粮二人、巡河夫四名，桃源回教中绅粮二人、河夫四名，各设分局，仍每月酌给火食银各六两，计共十二两。至昭城将来平粜设局，必须先办保甲，挨户造册，拟选本城绅粮八人、巡丁四名，共给局内火食银十二两。再，鲁甸黄巡检椿龄、昭镇谢守备文科两员弁，均诚实可靠，拟由卑职商请，就近料理赈务河工，按月各给火食银四两，计共八两。应请示遵办。

一、案查夏委员同许倅皮令前禀，河工系由桃源海口勘起，并未指出来源及各支河泛滥之处，故定有九十里路程。兹就鲁甸、桃源两海源头而论，即各多出四十余里，支河尚且在外。其此次修费多寡，不敢遽定成数，总期工归实用，不致虚浮，竭力尽心，神天可质。惟有能撙节处，在水退后拟派附近田民帮工，只给食，不给钱，人亦乐于从事。若外来壮丁，拟择精壮者按丈尺包工，以期速效；微弱者提出点工，以示代赈之意。应请示遵办。

一、河工开时人数众多，良莠不一。其中酗酒、打骂、赌博、盗窃等事，在所必禁。

且强弱有争竞之势，巧拙有勤惰之分，若非兼用恩威，难于统摄。拟请由恩安县衙门，分取绳锁、枷板各刑具，准委员斟酌办理，以示弹压，决不致任性妄为，自干未便。应请示遵办。

一、募捐富户，赈务所需。现拟示谕该地绅商，有能乐捐粮食、棉衣、医药、棺木等项，作银值千两者，禀请奏题建坊；五百两者，院宪给匾奖叙；二百两者，府县分予匾额；百两以下者，酌给功牌。已劝得在籍同知衔分省补用知县李绅正荣认捐棉衣千件，合银五百两，函致重庆采买，准约冬初到昭。盖因先有示谕盟心，群情帖服，急公好义，当不乏人。应请示遵办。

一、遵查昭城厘局是否病民，再禀裁撤。到昭后，即传询该地绅商士民，佥称此厘之害，惟乡人不胜其扰。缘昭郡界连川黔，左有东川、宣威，右有副官、镇雄，而盐井渡尤为滇东门户。一关挡尽，凡系大商巨贾，必从各边局纳厘取票，至此照验。其昭局乃在腹地，所收不过油酒、靛糖、山药、牲畜与本地进关芙蓉各项土产。其外来些须杂货，皆取之肩挑背负小民，每年报解仅得二三千金。现在地方罹此凶灾，萧条已极，深感列宪设法矜全，以数万金抚绥之不暇，岂肯惜此区区小费，听吾民重加剥削？况该厘一撤，商路疏通，无业游民尤能借资生活。此无形之赈恤，足以救灾弭祸，取益良多。如谓撤则易，设则难，该局前撤复设，已有明征。为此据实禀恳速撤昭厘，以苏民困，俟年丰再行复设，庶民心具有天良，赈务自然顺手。惟该厘员尚未满差，拟请移调别局，以昭平允。应请示遵办。

附恩安县方令宏纶禀

敬禀者：窃卑职到任后，当据龙丞商令监管赈务，并送银存库前来。卑职以身任地方，义不容诿。惟卑署墙壁破滥，四面皆空，银钱万不敢存。查龙丞初解到赈银六千两，系交存矿务公司。该坐办谢成林老成可靠，旋与龙丞妥议，拟请以后解款仍存公司，由谢成林经管总帐。卑职拣派一人张品三同住公司经管日行，其龙丞议给薪火银八两，即于九月初一日起，该谢、张二人各得四两，以便分任。合并禀闻。

此次办赈，合再声明；既非救灾，亦非济贫。

开河代赈，一片苦心；委员查户，专造穷民。

壮丁提出，来挣工银；父母妻子，藉此养生。

再设平粜，给飞领存；买粮减价，一体施行。

如果饥饿，九死一生；或系孤寡，方给钱文。

稍有衣食，何肯背名？况无多款，难济众人。

毋生贪想，妄听人云；待河通后，田地现成。

佃耕自种，粮食丰盈。利图久远，其各凛遵。

九月十一日通禀

敬禀者：窃卑职于八月十九日拜发函禀后，是夜大雨如注，次日雨霁。二十一日趁天气晴明，赶派四员弁分赴恩安四乡，逐户查造饥民户册。嘱令各带碎银一百两，药料二包，随处见有饥饿待毙之民，即酌量散给，权宜办理。其余分造极贫、次贫、少贫册各一本，并注明每户壮丁，饬赴河工免赈。俟造齐回寓，汇算各等户口若干，核计每月需银若干，通盘筹画，共该赈银若干。又相度现在时势，应自何月先后起赈，乃能延至明年五六月间小春，量可接济。再于各乡择一适中之地换钱，运彼照册、填票，次第给赈。到各乡粮尽之时，更设平粜以便乡民。故买粮时即拟分布四乡，就近贮存。殊关镇夷民俱谓稻谷苦难，收回杂粮多不可靠，必九月底乃肯作价领银。虽明知价必日增，人情亦不能强。只先行饬具认状，给定五六百石之谱。尽至十月，无论远近汉夷，总能买出一千五六百石。尤幸大关厅尚存仓谷一千京石，鲁甸厅尚存仓谷六百京石，恩安县亦应买存仓谷三百京石，可资借用，将来粮食，当不掣肘。此卑职续办之大概情形也。乃自二十六日，仍复阴雨，寒冷异常。至二十九夜起，一连三日，昼夜滂沱，显见秋行春令。兼以恩属四围计数百里，委员阻滞在途，急难周转。又鲁甸各边界，足有四五站之遥，尚须查遍，方能定局。似此天时大变，人事堪虞。若再使田粮无收，小春难种，则市价腾贵，斯民之贫者愈贫，富者亦贫，害伊胡底？处此万难之会，深知宪意关垂，刻刻在念，又虑旁观谣啄，莫定是非，只得先将踏勘河道情形肃禀外，谨就拟办赈抚事宜，据实函禀，请训饬遵。

奉善后局宪札

为核议饬遵事。光绪十八年九月十八日奉抚部院谭批，据督办昭通赈务委员补用同知龙丞文禀为查勘恩鲁两属河道，并拟办大概情形，粘呈清折，恳请逐条批示遵办缘由，奉批：禀折及另函均悉。查履勘河道情形，现在河流日涨，未能施工，其需银若干，自难预定。冬晴水涸，当可约略计之。务须先行报明，以凭筹画。河工代赈，原为山民之极穷、力能工作者而设。其饥饿待毙之民，前批应分别抚绥。据称散给药料、赈银，所办甚是。省中自初一起阴雨连绵，至初八始获开霁。查验四乡禾稻，受伤约在二三成。昭属若已放晴，晚荞稻谷当不致颗粒无收。次贫、少贫亦须斟酌，以防冒滥。前请赈银十万，现用去将近七万之谱，而昆明及各属工赈尚须二万左右，款项实属不敷。募捐一条，既群情帖服，乐输不乏，应准照办，以辅赈款之不足。其余各条是否悉臻妥协，仰善后局会同布政司、厘金总局核议饬遵。所请赈银一万二千两，该局即查照分为两次，先委解银六千两以资应用。切切！并饬该丞暨蒋守知照，仍候督部堂批示。禀折另函并发。即缴等因。奉此并据具禀到局。查此案前经由局会司筹发赈银六千两，札委该丞带往昭通，会同蒋署守先行采买粮石，办理赈粜，并添委随员补用府经刘昌第等三员，前往帮同办理，呈报札委饬遵各在案。兹据该丞将勘办情形开折禀请查核前来，除开折请奖乐输一条，经抚宪批准，应行遵办外，其折开夏委员等前禀河工，系由桃源海口勘起，并未指出来源及支河泛滥之处，故定有九十里之路程。兹就鲁甸、桃源两海源头而论，即各多出四十余里，支河尚且在外等情。查夏昭培等前估河工长短，原非定论，兹既该丞查明多出两海源头各四十余里，自系亲身阅历。惟来源里数虽多，亦不过间需修浚，未可与下游节节费工并论。且来禀谓修费不敢遽定成数，须知工无定，款有限。本局赈款所余，宪批已明言不过二万两。昭通工赈亦只宜处处觑定来款，酌量办事，安能只顾一面，不顾来源？应即饬由该丞乘此尚未动工之时，将工程约略若干，米粮约需若干，一切经费，以五个月竣事，共约若干，先行查明驰禀，俾早筹接济。转瞬昆阳海口又有工程，本局须通盘核计，不止昭通一郡也。又折开选举员绅帮同办理各条，查当日该丞只请委随员二员，本司当以所请似觉太少，抚宪亦云非六员、四员不可。盖办大事，若惜用人小费，则成千累万之中，转致虚縻侵蚀。然事贵适中，用人过多，流弊即出。且计一局一绅之费，足养贫人百十，安可只顾到处顺手，不一计及耶？该丞所调把总周之丰应即照准，惟系绅士，只能每月准支薪水火食银六两。恩案帐友，亦应准每月支给薪水火食银六两。嗣后委员不得再增，以示限制。又折开恩属沿河设一大局，鲁属又二局，办保甲又一局，未免耗费。应即酌定恩、鲁两属，每月共准支设局经费银二十四两。至用人多少，设局几处，或暂或久，均由该丞酌量撙节办理。其巡检黄椿龄、守备谢文科，均系实任人员，该丞所带委员、绅士，实已不少，似不必再用。及现任开支火食，此端一开，凡昭郡佐杂末弁，将来偶一奔走，皆须援引矣。所请火食应不准行。如果实系可用，著有勤劳，准于事后由该丞禀明，酌予超委记功。又折开请裁昭城厘局一节，本司道等前曾公议再四，皆谓不可。兹又据该丞禀请裁撤，查为政贵有体，非一概宽大，即称爱民。盖厘金为军饷大宗，未可率意轻议。灾果因厘，厘自当撤；撤厘可以省赈，厘亦必撤；厘若有碍于赈，厘亦可以暂撤。今日虽撤，后日尚可复设，厘亦何妨试撤？而无如其皆不然也。该丞禀中大意，所谓因有厘而后商稀，商稀而后用夫少。现在铜务、赈务、河务，处处用人，似不专恃客商之多夫运货。且昭通生意之薄，实因年荒，用货之人太少，虽撤厘金，货亦未必多到。即使多到，又向何人销售？今日若一松手，只图见好地方于一时，将来复设，昭通素称强悍，必兴大狱，徒害吾民耳。所请断难照准。其余各条均准照办。至所请赈银，自应遵批先行筹发银六千两，札委补用盐提举方士铭管解，前往交收，以资应用。奉批前因，除札委并札署昭通府蒋守知照暨呈 报覆督抚 宪外，合行札发。为此札，仰该委员即便遵照查明驰禀核办，并将前项赈银照数查收，仍将收到银数、日期补领报查。毋违。特札。

九月十七日通禀

敬禀者：窃卑职于九月十一日午刻，接奉局宪转奉宪台批札后开，迩来晴雨如何，尚不至于愆期否等因。奉此，深知宪意殷拳，无时或释。迨自初六肃禀后，惟初八九两日晴明；初十仍阴霾四布；十二、十三、十四三夜，竟至淋漓达旦；十五则雨声镇日；十六少息。天道反常，至于此极。爰专人出城查看，河流涨添三尺，田中禾秆倒榻，渐行腐坏；谷熟落水，已尽生芽。眼见不能收入，成数未敢预期。新种豆麦，有初秧者，有含苞者。东北较高，无大害，西南则多霉黑而滥，所坏粮种不下千数石，天晴尚须另补。惟土人云，霜降后虽种不佳，未知明夏何以聊生？现在米价每斗一千四百文，苞谷六七百文不等，雨增晴减，时无定价。各处采买粮石，愈形棘手。至委员查赈赴鲁，以路远必须亲到，又因泥陷难行，尚未归局。现据查回恩册，核有万数千户。将来合计鲁户，总得二万有奇。即从明年春正起赈，到新粮接济，亦所费不赀。若本年河工再迟举动，贫民太多，今冬如何度活？当此人心惶惶，确有不赈不了，而又遍赈不能、遽赈不得之势。筹思五夜，只有遵宪谕因地因时、斟酌行之一法，以后作何办理，容当续禀。特将近十日情形驰报，请训饬遵。再，前次清领赈银，急待买粮换钱之用，祈速委员解昭为望。又闻贵州威宁一带，其灾较重，其势更危。此唇齿之邦，惟宪恩及早图之。

奉矿务宪唐函

叠展手函，并抄各件具悉。昭郡河道淤塞有年，沃壤平畴悉成泽国，旱则沿海沙积，潦则泛滥益宽，即晴雨应时，民食亦难充裕。况当频年灾歉之后，又复雨雪愆期，民生殊堪悯念。刻下不但开河之役未可视为缓图，即赈粜两端亦宜速筹赶办。惟细绎来书，似有难言之隐。大凡地方要事，能办成与否，皆关地方气数，不能免强。吾辈办事只求尽其心力，旁观之毁誉是非，概可置之不问。所幸当道于此举亦甚关切，如此时多尽一分心，则小民少受一分苦，亦阴骘之一助也。

奉护南道刘函

日望先生来滇，而久不见来。忽于八月初接奉手示，知已到滇，即为昭民请命。纸缝中疑有饿莩无数，号泣而出，不啻读贾长沙，痛哭文章也。悲极而慰，以先生之得握救命符，昭民其庆再生乎！然尚有难焉者，荍麦、苞谷从何处购买？昭东既荒，威宁亦荒，大关、永善即不荒，所出有限，再远则购买较难。昭东一带，向无蓄积，即未遭水处，当有新出者，亦所余不多，势不能于未荒之区全数搜括，又使之明春荒歉。一也。荍麦、苞谷即易购买，一切分布散发，事极繁难，何从得许多好官、好绅、好委员妥为照料？一有不妥，变怪百出。二也。极贫、次贫州县平素无名册可稽，全恃现在体察，亦费分别。又饥民不能屯聚一处，如何安置？三也。至开河则尤难上加难。先生到后如何周巡，如何采买，如何散放，如何平粜，如何以工代赈，此中有绝大经济，请一一详以告我。鄙人窃以得握昭篆，则事权归一，可以总揽全局。若只督办赈务，恐终有掣肘之虞。然以先生仁心而兼有仁术，必能了得此件大事，为昭民庆，更为先生贺。我辈无事可做，则以上台不见用为言。若既有事可做，又有绝大事可做，此则无可推诿，尽可好自为之，并督令各委员好自为之，不愁上台无另眼相看人也。祷甚！盼甚！鄙人瘴地三年，不能办妥一事，学问才力，不可强也。亟思脱卸，又尚迟迟？此后能否支持，不可揣测，恐终愧对良朋。尚望随时教我。大抵文官要钱而不要命，武官要命而又要钱，此最是绝大病痛，深入膏肓者也。鄙人无秦越人神术，奈之何哉？途中诗深情雅韵，胜读东坡别徐州诗。百姓识好官，而用人者或转不识好官为何等人物，良可慨叹。承惠选刻《文伦》，则读其文想见其人，不亚于读《太甲》、《说命》诸篇，诸葛《出师》二表也。拜领敬谢。

十月十六日通禀

敬禀者：窃卑职于九月初六日禀勘河工情形，并请赏发赈银一万二千两。至今月余，急待买粮需用，银未见到，亦未奉批。道路迢迢，时殷盼望。惟接据云南府邹守函知宪谕估计工银，再禀核夺，仰见宪台慎重公事至意。卑职窃思小工易估，大工难估，凭虚悬揣，终归无定。即如昭郡正河，以老鸦岩逆转高鲁桥为下截，又高鲁至师人塘为上截。此两截即夏委员会勘之九十里，案注一万二千余丈，前估工银八千六百余两。连年未修，砂益厚，水益高，冲塌益广，此数未必敷用。其余恩属七支子河各有远近，又鲁甸、桃源两大支内共系四支子河。此十一支修费，合计又在正河之上。若专修正河，不修子河，恐水不下注，依然泛滥无归。若尽派田民，不给工食，又不能以工代赈，故其费万难节省。况天时之晴雨久暂、河身之宽窄浅深、人工之多寡迟速，非可先意揣定。今试约略筹画，如遇天时顺利，每日每人能挑一个土，每土工钱八十文，日计六千人，每月该钱一万四千四百余串。且必先量海子深浅，以定水口尺寸，上高下低，面宽底窄，堤归田民自筑，河须一律疏通，合之各子河工程一并约计，大概两月完工，即应需银二万两。倘人愈多，工愈速，需钱愈急，数亦不甚参差。总之，一劳永逸则费多，因陋就简则费少，既不敢巧饰，亦不敢虚縻。时势至今，已难中止，惟有恳请宪恩再发赈银一万二千两，连前请领未到银一万二千两，迅赐委员分起解昭接济。缘赈粜河工，皆靠冬间买粮换钱，预存待用，过此则粮贵而远，钱亦难换。河工日用，尤刻不可缓。每逢事急路遥，徒深焦望。合计前解到银六千两，通共得银三万两，由卑职截长补短，支持三事，以符条议，免致临渴掘井。区区苦心，总期仰副宪台保全地方德意。兹于九月二十四日约同府县前往老鸦岩祭河动土，察看水势，俟冬底腊初乃能兴工。是否有当，除随时会同府县商办外，理合缮具清折并拟河工章程，附呈察核，恳请逐条批示饬遵。

一、开河筑埝，自应于两岸田地堆沙、砌石、钉桩、栽树。闻上年修河，有富绅阻抗，支使贫民妇女，动集数十百人睡卧堤上，不准占越。此等刁风亟宜严禁。拟先示谕，无论何人田地，均照式一律修理。如敢阻拦，定即按名拿究。应请示遵办。

一、开河后势必纷认田地，争占边界，如老契、新契、执照、分关、当约、粮票，均可藉以为凭，徒兹讼累。拟水退时，即先示谕，凡以前所淹田地，各管各业。如有互相争竞者，此地概行充公，以免纷扰。并移请各地方官勘验定案。应请示遵办。

一、本年新淹田地，前经地方官勘明，禀请蠲免钱粮者，来年水退得栽，自应照旧上纳。如系多年被淹，已报荒芜之处，虽经涸出，尚费人工开垦，或定两年、三年后，始行复额。亦宜先有示谕，使民间得所遵守，免怀观望。应请示遵办。

一、据本城绅粮禀请踏勘大龙洞发源，至闸上分支，引到城外大塘子，复流入城中二塘、三塘，以为合城养命之源，别无井水可食。但底塘只有进口，无出口，且久停污浊，致生疫疠。应由西城跟开砌阴沟，并疏通来源，俾有收放，庶可防大水灌城、小水断汲之害。似此关系重大，拟饬由城内绅粮雇工经修，提帮食费银三百两。应请示遵办。

一、据恩属洒鱼河绅粮禀请踏勘，该河系由老鸦岩水口泄出，正当冲要，然后合流至黑石坳等处。一路河身较宽，别无要害。惟合水处及以下两岸堤埂低薄，柳树倒入河中，致本年水溢堤内，田地被淹。拟饬由该处绅粮添派田民，加堤砍树，提帮食费银二百两。应请示遵办。

一、据恩属黑石坳绅粮禀请踏勘，该河系由恩、鲁、永三属合流，大河由此下关，属黄果溪，出盐井渡，入金沙江，一路无阻。惟该处向有石堤一道，约高四尺，本年水泛，堤崩三百余丈，淹坏田禾无数。今正河既通，水势更大，若不将堤修复，难免邻国为壑之患。拟饬由该处绅粮添派田民，择要补砌，提帮食费银三百两。应请示遵办。

一、四员弁分路查赈，远近不一，迟速难期。除各带亲兵三名外，必雇长夫挑抬，乃便以后按月赈粜。查河又须随时周历，不能安坐一处。在雨雪风寒，固不敢辞劳瘁，而所得薪水无多，难支夫价，亦不便按站帮贴。拟每月每人无分班次，均各加给夫马银四两，以示体恤。应请示遵办。

一、委员买粮，人地较生，除饬本地绅粮就近采买，不给资斧外，其由卑职选令关、镇、永三属代办绅管，自不能不酌给夫马川资，以收指臂之效。盖该处斗大价平，距昭较远，俟买定多寡，转运收存，然后量程发给，数亦有限。应请示遵办。

一、前议河工局十二人，每日按土发钱登帐，势难周转。应再另设粮局，派绅经管转运雇夫，执量升斗，并商由恩安县添派提刑差。均不能不给予火食。拟每月酌给粮局银八两，连前禀河工局十二两，共银二十两，作为两局分给。应请示遵办。

一、由卑职札调云南拔补外委张钦胜，系四川人，缘该弁前曾委署鲁甸苏甲泛〔汛〕把总，后随朱镇效力多年，经修鹤庆州河工，询悉情形，颇觉明练。拟派赴河工，帮同料理夫役，兼管做工流民，月给薪火银四两，以资办公。应请示遵办。

一、昭城外西岳庙一带，向有流民一二百人，明则挑负营生，暗亦不免偷窃。又城内乞丐三四百人，每纠众估骗，满街抓拿，名为灶君会。此两种人，安顿无法，亦属可忧。拟商同恩安县就中挑出壮丁若干名，由局照发家俱，饬赴河工，派员管束，作为余夫随用，免致生事。应请示遵办。

一、恩属四乡，分作仁、义、礼、智四号，本城定信字号；鲁甸九里，分作天、地、人三号，本城定和字号。俱编成连二串票，上盖赈粜二字图记。先照户册分注极次，交本人执存，认票不认人。其赈票可兼领粜，惟粜票不能领赈。拟本年专发极贫赈票，其粜票俟来年斟酌，定期再发。应请示遵办。

一、昭城天气大寒，入冬后，贫民死亡甚众。城内向无施棺会，现有三五日不能抬埋者。因于赈款内提出钱五十五千文，赶买棺木百付。甫数日，即抬去二十余付，注簿备查。除派人随时赈救并酌给抬价外，恐以后不能不多为预备。又城外义地，现已棺上重棺，不能进葬。可否另拨数十金，就近添置？应一并请示遵办。

谨将拟定河工章程十条呈请宪鉴：

一、挑河仍照上年乡规，定以横顺各宽一丈、深一尺为一个土。每挑泥土一个，给工钱八十文。遇有石沙硬底，每一个土加给工钱六十文，以一百四十文照算。该局士按土照携，按日给钱。如或扣减分文，许本人自赴委员喊禀，以凭查办。

一、凡赴河工做活，须各带锄头、粪箕、扁担，远者并带碗筷，自用自收。不得妄拿他人借用，致启争端。局中亦不能发给。至到工时，须先由局登报姓名、住址，派定棚数，然后随夫头领牌做活，不得下河乱挖，致滋淆混。

一、河工每十人为一棚，设一夫头，给小腰牌一面，上书十人名姓。由第一棚至第十棚为一保，设一总夫头，给大腰牌一面，上书百人姓名。该局士就中择精壮晓事者为之，随时督饬总夫头，传谕各棚夫头，倘有不遵约束之人，许即指名禀究。

一、远来做工，苦于住宿无处，薪粮难买。今两岸预搭草棚三百个，每棚十人，计可住三千人。新挖一百五十灶，按给铁桥、沙锅，又照发木瓢、水桶，就便河中兼用。两棚一灶，随地搬移，事毕缴局。再由本督办买苞谷、莜子，发各村磨面，并粮米、盐煤，另设一局存贮，按各棚腰牌，照市卖给资用，近者不准分买分住。

一、两岸堤埂，应归附近各圩业主，每十石田地帮夫一名，按段修筑，不给饭食、工资。先由各乡约开造亩数、人名，临期率领赴工，按日查验。缘事关切己，须知各发天良，倘有不遵该乡约，指名禀究。

一、两岸堤埂，应以宽大高厚为佳。凡系堆沙砌石、钉桩栽树，无论何人田地，均照式一律开挖修筑，以全大局。如有徇私顾己、逞刁阻拦者，定即按名拿究。

一、做工人等，不许赌钱饮酒、顽笑打骂及以强凌弱、恃众欺寡，并窃取各棚衣物、妄拿各村柴草小菜。倘有犯者，该巡役立即拿禀该委员究逐不贷。

一、沿河两岸柳树有碍河道者，仰各地主先期自行砍伐，择料存留。凡遇堤埂松沙处，即作为桩木预备听用，免临时被河工人等砍用无存，致滋口实。

一、河工、粮局两处绅管、巡河，自开工时，必须齐住局中，对神盟誓，各照执事名单，认真办理，一秉大公。其节次设局，月给两局火食银两，不得派累民间分文。

一、由恩安县衙门添派掌刑差役四名，协同本局亲兵，随侍委员，每日沿河梭巡，密拿不法。该民等须勤做活，毋作非为，自罹法网也。幸甚。

敬禀者：本月初八至十四等日，各员弁先后回局。计自八月二十一日分路启行，至今五十余日。沿途随赈两属饥民，并补发前委员漏赈灾户，共去银六百二十余两。造存册户，实惠均沾，僻壤穷乡，无处不到。复核查恩册三等共一万一千一百余户，鲁册三等共八千七百余户，通计一万九千八百余户，男女共八万一千二百余丁口，并注明壮丁一万四千余人，均饬赴河工免赈。窃维此时穷黎太多，又因河工费事，钱粮不敷赈给，伤心蒿目，实亦无可如何。且到处遍赈之难，不若河工代赈之便。以卑职愚见，拟专就两属极贫册内，除有壮丁五千五百余户外，尚共得六千一百余户。俟将本城贫户造齐，统于今年冬腊，仍以官就民，派令各员弁亲赴各乡，多择数处适中之地，俾贫民可一日往返，运钱到彼散赈一次。其中酌分人口多寡，定为三等钱数，每户自三百文起至五百文止，高低通以四百文一户合算，实该钱二千四百余串，作银一千七百余两。将来连本城贫户，约需银二千两之谱。大概如此。若按月照放，为数已觉不菲，外有稍贫一千三百余户，似可不赈。其次贫共六千八百余户，应俟河工竣，到本年二月，或随极贫之户接连发赈，抑仍专赈极贫，另设平粜以济其余，出自宪恩高厚，卑职不敢预定。且户口月有增减，时事日有变迁，比照河工，尤难逆料，总须延到五六月间新粮接济，方可歇手。惟是以三万金筹办三事，必俟冬月解齐，通盘合算，预备钱粮，乃敢举动。且除本年先赈极贫，并支发河工外，恐余无几，难敷春夏平粜之用。又河工数千人，事毕应如何设法，至日再为请训饬遵。

敬再禀者：昭郡自前月下旬，天幸开霁，民间正好收获稻谷，补种小春。入后则阴多晴少，粮价渐起。现今每斗米一千四百文，荞子五百余文，苞谷则涨至九百二三十文不等。出者少，食者多，即再晴亦有增无减。以故本城粮行被教民买囤甚众，而城内之民俱分赴各邻邑采买，以备春荒。闻彼乡人传锣遏籴，亦不能禁。惟四处粮价日渐昂贵，当此饥寒交迫，人心又觉皇然。所以卑局只宜远处趸买，不宜近处零收。合计恩、镇、关、永各属买存苞谷、稻、荞，共得一千二百余京石，又五百余大石。荞价三两零，苞谷、稻价四两至五两上下。约只敷河工卖食，尚无平粜之资，不敢遽设粜局。其余认卖未议价者，急望银到，陆续再定给领。惟苞谷极少难买，荞亦不多。稻虽可买，前因雨水过伤，每石碾米不足四斗，较上年二谷一米大相悬殊，价何能减？但求买得出，即无暇计贵贱，亦未知明年从何措备。此恩属实在情形，良切殷忧，而鲁甸为尤甚。将来钱粮，均须由恩运去，赈粜、河工一切费手，更不知作何了局也。合并附闻。

祭 河 伯 文

维神功专水利，泽润生民。河汉江淮，固赖威灵之永镇；沟渠溪涧，亦叨福庇以旁流。维兹昭郡支河，渊源不远，实因多年淤塞，疏浚无能。某等职忝官司，才惭教养。比念万民衣食，潦害堪虞；旷观四野田畴，荒芜可惜。谨诹吉日，敬告神明。率众虔诚，齐开水路。时当蓄泄，总期顺道而行；岁值饥荒，犹是以工代赈。伏冀灵旗闪处，暗佐神工鬼斧之能，从兹水府安然，永昭浪静波平之庆。信官暨阖郡生灵无任激切瞻依之至。

告 土 神 文

维神有灵，职司后土；泽沛生民，功深载物。今为昭河开通水路，择日兴工，籍筹赈务。敬告神明，默为呵护。浪静风平，功成迅速。水不横流，人无惊怖。仰赖鸿慈，同伸祷祝。

奉善后局宪札

为奉批饬遵事。光绪十八年十月初二日，奉督部堂王批，据督办昭通赈务委员、补用同知龙丞禀昭通地方近十日情形，驰报请训饬遵缘由，奉批：据禀已悉九月十五以前晴雨情形，阅之实深悚惧。恩鲁河工在所必办，惟救荒无善策，既难撒手，总属疚心。查阅抄呈二次示稿，只既非救灾四字，不无语病。其壮丁提出来挣工银，或系孤寡方给钱文，况无多款，难济众人等语，却已得其要领，量力尽心，舍此无别法也。请领赈银，现据该局会报，先行筹发银六千两，已札委补用盐提举方士铭星速管解，前往交收，以资应用。威宁灾象尤众，本部堂业已电属黔藩尽力办理。惟黔力更窘于滇，恐筹款益复不易耳。仰云南善后局速饬知照，仍候抚部院批示缴。示稿存等因。奉此查此案，前据该员禀请再行筹发赈银等情，奉抚宪批局，当经由局会司核明，遵批先行筹发银六千两，札委补用盐提举方士铭管解前往交收，以资应用，并呈报札委查收在案。兹奉前因，合行札饬。为此札，仰该丞即便遵照。特札。

为奉批饬遵事。光绪十八年十月初四日奉抚部院谭批，据督办昭通赈务补用同知龙丞文禀昭郡近十日情形缘由，奉批：禀折均悉示。内开河代赈，亦非济贫，如果饥饿，或系孤寡，方给钱文等语，最为切中。缘赈款有限，不能不为区别也。恩属赈册万数千户，是否委员未喻其意，将次贫、少贫一概造入，似须再加确核。河工已开办否？省中畅晴二十余日，昭属想已开霁。另种豆麦，虽霜降以后，然时方十月，亦尚不迟。捐输能否踊跃？所请先发赈银六千两，已由局委解矣。仰善后局饬将续后情形具报，并由该丞转移蒋守知照，仍候督部堂批示。禀折均发。即缴等因。奉此查此案，昨据该丞禀报，奉督宪批局，当经由局查明札饬遵照在案。兹奉前因，除呈覆抚宪外，合行札饬。为此札，仰该委员即便遵照办理，并转移蒋守知照毋违。特札。

　　为查核饬遵事。光绪十八年十月三十日奉督部堂王批，据督办昭通赈务、补用同知龙丞文禀为遵估河工及拟赈务，并请速发赈款，粘呈清折章程，恳请逐条批示遵办缘由，奉批：据禀及另单清折、章程均悉。仰云南善后总局会同布政司迅速核议，详复饬遵，仍候抚部院批示缴。清折、章程存。同日又奉抚部院谭批：同前由，奉批：禀折及另笺均悉。恩、鲁两属赈务，除以工代赈外，该丞拟专赈饥饿待毙之极贫，稍贫不赈，次资缓图，所见甚是。缘博施济众，古圣犹难也。惟委员查赈五十余日，穷乡僻壤无处不到，随赈补赈共用六百余金，是急切应赈之户，当已无滥无遗。何以册内又提出应赈六千余户？想委员赈过之户，未必如此之多，是否开报未能尽实？应即再加确核。支河十一道，既由官办，所费不赀。如能照大龙洞等处酌给帮贴，仍不失以工代赈之意。囤粮遏籴，应由地方官严行示禁。平粜可酌量行之。二次赈款六千，当已收到。所请续发银两，应如何筹给，仰善后局酌核解济。其折开各条是否悉臻妥协，一并查核饬遵，并饬蒋守知照，仍候督部堂批示。禀折另笺并发，即缴各等因。奉此并据具禀到局，查此案前据该委员将勘办各条开折禀请查核，奉抚宪批局，当经由局会司逐条核明，饬遵办理，并遵批先行筹发银六千两，札委补用盐提举方士铭管解，前往交收，以资应用在案。兹据该委员将开办河工及拟定章程分别开具清折，禀请核示遵办等情前来，查所请续发银两，应准由局再行筹发银六千两，札委补用知县黄起凤管解，前往交收，以资接济。至另折请示各条，第一条开河筑埂，两岸钉桩栽树，禁止富绅阻抗等语。查此次兴修水利，有关昭郡各属，倘有豪强因一人一家之不便，敢于挠抗全局，应照准按名严惩，以挽刁风。惟开浚支河时，如遇附岸坟墓及贫民茅屋等，亦应设法绕避，或另迁徙，不得悍然不顾，致人含怨。第二条开河后纷认田地，争占边界，拟以执照、契据、粮票为凭，如水退后互相争竞，概行充公等语；又第三条本年新淹之田，禀请蠲免钱粮，水退照旧上纳，如系多年被水，虽经涸出，尚费人工开垦者，或定两年三年升科，先行示谕周知等语。查此两节，司中九月初即有专劄饬知恩安县。大略言，近年恩、鲁钱粮岁减一岁，固由河水为灾，其中影射隐匿当复不少。此番大修河道，一经水涸，争端必起。亟须地方官早为查办，有无公产学租及逆绝入官之地，有无涸出无主之地，先查契据、管业，再定升科年限。至历年粮票，诚为确据，然亦难十分拘信。盖恩、鲁被水之田，既有伪灾影射之豪强，即有真淹仍纳钱粮之懦弱。此次应通盘筹画，澈底查勘，总以正供复额而不累民为主。其何如调验契据，以杜争端，察看地土，以定年限，查考志乘成案，以清公产，均应责成恩安县，会同委员，随时酌量办理。如实倚绅狡执，或无理互争者，始准将地一概充公，仍专禀请立案。第四条大龙洞由城内绅粮雇工经修，拟给食费银三百两；第五条恩属洒鱼河合水处两岸，由该处绅粮加堤砍树，拟给食费银二百两；第六条恩属黑石坳石堤崩坏，由该处绅粮添派田民，择要补砌，拟给食费银三百两各等语。查滇省民间估报工程，向有以少报多之弊，名曰官帮一半，实则官为全修，甚至尚有盈羡。该丞不可不知。以上三处，既经该丞查勘明确，姑念有关水利全局，照数准发。惟既由官帮给食费，该绅等如何按田派夫之法，应禀明地方官印委出示，不得另摊一文，再资中饱。第七条查赈员弁夫马，难可按站计算，拟每月每人不论班次，各给夫马银四两，应即照准。第八条委员买粮，人地生疏，现令关、镇、永三属绅管代办，请给夫马川资等语。查买粮用各处之绅，就近购买，以免委员受欺贻误，所虑诚是。但既买之后，运粮自当仍用委员，该绅等既不押运，有何夫马川资？如谓该绅在本处下乡采办，略著辛勤，则三属亦只可酌准三人，由该丞议给川资数金，不得滥发。须知此等公正出力之绅，一属一人已足。若人品难问，持论四出，官再给以薪水，恐且别滋流弊。至云为数有限，现在如此大工，应论当用不当用，未可以微而忽之也。第九条另设粮局，派绅专管经收，转运雇夫，执量升斗，拟给局费，每月八两等语。查现在经费已绌，此等零用开支，可省即当从省。惟该丞既以专管为言，姑准照办。嗣后应凛遵前次批示，不得再有增加。第十条剒调外委张钦胜料理夫役，兼管做工，月拟给银四两。查前次本总局核议，该丞初次条陈，即谓该丞所用文武员弁为数已多，嗣后不得再请调委。盖早防及投效之员无穷，而经费只此也。兹又请加兼管做工一人，断难再准。如谓该外委熟习河务，或俟该丞差遣人员内有撤换者，准其补委，已属格外通融矣。第十一条昭城外流民、乞丐两项约三四百人，向颇扰民，现拟挑取精壮编作余夫等语。查此等穷民，平时既为民害，现令挑河，自可照准。至将来工竣之后，应如何设法抚恤约束之处，应由昭通府县另案妥议，禀请示遵。第十二条恩属鲁甸各编字号，于连二票上盖赈枭字样图记，先照户册分注极贫、次贫，交本人执存，将来认票不认人，赈票可兼领枭，枭票不得领赈，拟本年专发极贫，其枭票明春再发等语。查所拟编号一切章程，均应照准。惟认票不认人一节，在该丞之意，人数如此之多，无可稽核，实亦无法防闲。惟穷民只顾目前，预卖赈票、粥签之事，尝亲见之。兹既无可如何，定章认票不认人，即应饬昭通府县，会同委员，多刊简明告示，晓谕不得擅卖私买。倘经邻右绅管查出禀知，定即扣赈重惩。第十三条昭城天寒，死亡甚众，向无施棺会，棺木无多，拟提钱五十五千赶办棺木，并买义地，需拨数十金等语，均可准行。惟现当办理灾赈之时，所动皆系赈款，只可如此敷衍，以救一时。至将来该郡有无公款可筹，能否劝令绅商酌量捐资，或由司酌筹经费，创此善举，应由府县另案妥议，禀复核办。奉批前因，除详两院宪暨札昭通府恩安县遵照办理外，合行札发。为此札，仰该委员即便遵照办理，并将前项银两照数查收，仍将收到数目、日期，补领报查毋违。特札。

奉督宪王函

别后随时接展公牍，藉念心存利济，筹画周详，引企贤劳，良深倚重。恩、鲁两属，一岁三荒，民不堪命。博施固有所难，而此心不可不尽。执事秉性仁厚，而才力又足以济之，其为造福正无涯量。近阅公事中有施棺一条，所称拨钱五十五千，备材百具，是否笔误？抑彼处薄板值价本贱？置地掩埋亦是目前所急。兹特寄来省市平足银二百两，请专备买地施棺之用，作为退圃主人捐助。倘冬深伤亡过多，所置不敷给领，尽可函达弟处，当再续筹奉致也。另有复苏丸一种，省城施送，颇有效验。附寄一万二千服，以备分散。专此手布。

奉矿务宪唐函

展阅大牍，开另笺清折，具见筹画精详，良深钦佩。所谓小工易估，大工难估，自是阅历之言。大凡此等举动，原难惜费，惟视所用之人为何如耳。如其委用得人，费虽多而工归实际，则不得谓之虚糜。倘任使非人，费虽少而款同虚掷，仍于民事无补。夏间散赈万金，则鸿嗷如故，可为殷鉴。此时必欲估定工费者，不过求一限制，不知工未竟而费罄，即将听其中辍耶？或费未半而工完，亦即不问所出耶？况以工代赈，又与寻常工不同，倘能多筹一分费，小民即少受一分苦，亦未始非仁政之一助也。承示请示一折，斟酌无遗。河工各条，亦甚井井。果能就此举行，洵为造福无量也。跂予望之。

奉云南首府邹函

来示读悉。昨谒抚宪，嘱令转告台端，昭通开河一事，务须赶紧估计工银，再禀核夺等谕。想先生胸有成竹，自当措置裕如。前刘雨老函称办赈难，开河尤难。弟谓在他人难，在沛兄不难，以其才优德裕，知之有素也。兹读所拟各条，井然不紊，的属昭通活命恩人。努力为之，以证前言之不谬耳。

十月二十六日通禀

敬禀者：本月二十一日，据方提举解到赈银六千两及紫金锭三千块，当即会同方令验收，暂存公司，印领缴呈。开奉局宪转奉宪台及抚宪批札训示，一切自应遵照办理。卑职原无成见，只求有济于事，无愧乃心而已。惟自十六续禀后，雨雪五日，米价一千五百余文，苞谷一千有零。近日雪止，价已各减百文，而城中啼饥号寒之众，日有死亡。不得已商同府县，于二十一日传知四门流民乞丐，齐集隍庙，查造名册。自辰至酉，挑出老幼孤寡饥民共二百余人。日各给钱五文，五日一发。届期由卑局核定二十五一柱，运彼发给。另饬各员并专造本城极贫户口，仍于冬底腊初，同各乡放赈一次。拟再派周委弁即赴镇、永，协同本处绅管买粮。敬委员先赴鲁甸，查造流民乞丐，并置棺木百具，仿照恩城办法。蔡委员同张委弁沿河及海，丈量水势高下。刘委员暂留城内，照五日赴隍庙，发钱换签。其签用竹剖开，合一圆圈，上书人名，分红黑字，一次一换，俾免混淆。盖赈粜可□□□□□钱粮什物，非在一处可买，亦非一时可办，件件需人，事事需钱，洵非一手一足之烈所能猝办。既蒙宪恩，将来准予超委记功，人亦乐于趋事。卑职惟有遇事认真，实无殊多方搏节。务恳迅赐委员解足赈银三万来昭，以便次第举办。此善事利器之见，惟宪台垂察焉。再，冬寒时症多，需用合香丸药，甚效。恳请再发施济为望。

奉善后局宪札

为查核饬遵事。光绪十八年十一月初五日奉督部堂王批，据督办昭通赈务补用同知龙丞文禀，恳迅赐委员，解足赈银三万来照，以便次第举办，并请再发合香丸施济缘由，奉批：据禀阅悉。仰云南善后局会同布政司，迅速筹款，委员解往，以资赈济。并饬该委员遵照，仍候抚部院批示缴。又于初八日奉抚部院谭批？同前由，奉批：据禀已悉。所办各节均尚妥协，应即如禀照办。省中河工现已开办，需费亦巨，所请解足三万金，应如何筹给，仰善后局会同布政司酌核解济。合香丸亦即多解为要。并饬该丞暨蒋守知照，仍候督部堂批示禀发。即缴各等因。奉此并据具禀到局，查该局奉委督办昭通赈务，所需赈款银两，前经由局初次筹银六千两，交该员带往应用。嗣又二次筹银六千两，交方提举解往交收。兹现又续筹银六千两，札委补用知县黄起凤管解前往交收。计三次已筹解过银一万八千两。所请解足三万两，应俟稍迟，酌量情形，通盘筹画，再行均匀筹解。至需用合香丸，现已由局赶办。一俟办齐，即当解往，以便施济。奉批前因，除呈覆两院宪并移布政司暨札署昭通府蒋守遵照外，合亟札饬。为此札，仰该委员即便遵照毋违。特札。

十一月初五日通禀

敬禀者：十月二十八日接奉局宪，转奉^{督抚}宪批札，敬领一切。惟昭郡自前月雨雪后连下十日，大冷重阴沍寒，冰凝数寸，闻系多年所未有。至二十九夜，仍复大雪。到本月初一二，天晴雪化，河水益高。复查恩、鲁两属，不但成人子女衣不蔽体，且多身无寸缕之民，其死于冻馁者各半，故救饥不得不救寒。除前募李绅正荣及陆续捐备衣裤共得三千余件，俟收齐另单请奖，并蒋守送来自制布裤一千条，均不敷散给外，另由卑职提拨赈银四百两，新制衣裤二千，点交各员，并运赴城乡，随赈酌给。有愿领衣裤，不领赈钱者，各从其便。实缘昭城钱少，换银三千钱，即长价。因与河工卖粮，均可补钱之不足。再，前禀二十一日起，发乞丐流民二百余人，至二十六、初一，两关已增至三百有奇。第每日五文，难养生活，旋经府县会商，就地筹款，另加五文，各得十文，俾延残喘。惟夜间遍处凄惶，雪地冰天，无所安置，府县又别无款筹，当经提拨赈银五十两，添补广仁堂旧屋，并新造栖流所瓦房三间，以便流民住宿。此两事若请示后行，时已迫不及待，只得通融办理。现在米价一千四百余，苞谷仍九百余，河工因蓄水严寒，致迟开办。然如往年十月即已断流，则早做早了，后此更难为继。若缓至春晴，其于代赈饥民尤为得力。总之钱粮不备，不敢举动，务恳宪恩见原接解赈银来昭为感。

奉善后局宪札

为查核饬遵事，光绪十八年十一月十六日奉督部堂王批，据督办昭通赈务、补用同知龙丞文禀昭郡连日大雪，饥民冻馁，提款添制衣裤，并补造广仁堂、栖流所，以便栖止缘由，奉批：据禀昭郡地方，连日大雪，寒冷异常。该处饥民现在死于冻馁者，已属不少。而且乞丐、流民无处安置。阅之殊堪悯恻。既经该委员会商府县，提款添置衣裤，并补造广仁堂、栖流所以便栖止，办理甚是。所有委员黄令接解赈银六千两，已于本月十一日由省起程，不日即可解到。仰云南善后局会同布政司，转饬遵照，仍由局陆续筹款委解，以资接济。仍候抚部院批示缴。又于十八日奉抚部院谭批同前由，奉批：据禀已悉，添制衣裤及添补广仁堂各节，所办甚是。续请赈银如何酌给，仰善后局查核，转饬该丞并蒋守知照，仍候督部堂批示。禀笺并发速缴各等因。奉此并据具禀到局，查此案昨据该委员禀恳迅赐解足三万两来昭，以便次第举办等情。奉两院宪批局，由局查核呈覆移会饬遵在案。兹奉前因，除呈覆抚宪并移布政司查照外，合行札饬。为此札，仰该丞即便遵照毋违。特札。

奉矿务宪唐函

两奉贶书，备悉一切，即审心存利济，擘画精详，至为佩慰。昭郡于水潦相寻之后，继以雨雪愆期，冻馁交加，死亡相继。所有施送药料，制发棺木，增置义庄，修理广仁、栖流等所，均为目前当务之急。其成人子女，身无衣裤，曾为鄙人所亲见，即此已足见昭民之苦。由官绅捐送衣裤数千件，尚不敷分发，益足见贫民之众。倘非此时设法抚恤，此后何堪设想？且非台端续往认真查办，如前虚应故事，于民又复何济？赈、粜、河工三事，均极繁重，共请帑银三万金，自不得谓为过费。且以此三万金易钱购粮，断非咄嗟所能立致。而一经开办，势难中止。必须先将钱粮备齐，方能次第举办，乃无掣肘之虞，亦办事不移之法也。每与当事诸君谈及此举，均甚关切，是款谅亦不惜，何以至今尚未如数启解？亦故作停顿耳。

十一月十七日通禀

敬禀者：窃卑职前三禀尚未奉批。所拟一年放赈一次，现复访察舆情，此举诚不可少，惟早则残年莫度，迟则岁暮难周。且两属幅员辽阔，委员限期了事，不能各处亲到。拟从十二月初一日一齐起放。仍派刘、敬、蔡三员同赴鲁、甸，先由城兑换钱六百串，并运衣裤二千，分里散给。另由卑职赶调大关举人陈永锟、文生曹安德分赈恩属四乡，不给薪水，只量给夫马川资。届时各派亲兵三名，酌带衣裤三千，照前极贫原册酌发。至北乡八处、东乡五处、西南各二处适中之地，俱先换钱数百串，运彼应用外，留衣裤一千，分给昭城赤贫。近日西乡有吃大户之谣，不免人心浮动。当已商同府县，饬派兵差查禁。现更示期放赈，应无别虑。卑职因时画策，因地制宜，倘人足敷布，不敢多用；人非可靠，亦不滥用。处此繁难艰苦之事，思策群材以自效，所费者少，所全者多。仰恳宪恩原情俯准，并早解银到昭接济，不胜叩祷之至。

敬再禀者：本月初一至今，天晴半月，河水渐消。爰饬两岸田民絷堰，并塞沿堤决口，引水入圩。即拟二十一日设局，粘贴章程，并起运钱粮、盐煤、器具到局。由局士先发各村民户，给二百五十文钱一石，将稻谷碾成粮米一分，兼推谷面暨荞麦、苞谷各磨面一分存贮，示期腊月初一开工。惟前禀河工挑土，每个给钱八十文。众以粮贵，议请加价。且恐人多事繁，难于照料，因少为变通，先择沿河应修之处，按土计丈，按丈计段，按段包工。如河身长一丈，宽三丈，深一尺，算三个土；二尺，六个；三尺、四尺，各减半个；五尺、六尺，各减一个。再深，再宽，以次凭算。大概每丈得十五个土者，泥底作价一千三百五十文，合计九十文一个土，石底加倍。定以十丈为一段，量的两头，钉桩注价，准各棚夫头商约承包，免致临时争竞，较为两便。至本处绅管得力者少，然系众望所归，不能不用。是以专派委弁周之丰、张钦胜共带亲兵八名、县差四名，督率两局监工卖粮。卑职不日亲往查看，总期核实，第恐将来赴工人数不少，殊费安顿耳。

奉善后局宪札

为奉批饬遵事。光绪十八年十二月初二日奉督部堂王批，据督办昭通赈务、补用同知龙丞文禀放赈及开工各日期缘由，奉批：查此案，昨已由局筹发银六千两，札饬黄委员解往，计期已应收到。兹据禀及另单所陈各节，均准照办。仰云南善后局会同布政司转饬遵照，并按照该丞所请拨之款，陆续委解接济。仍候抚部院批示缴。又于初三日奉抚部院谭批：同前由，奉批：据禀现办赈务、河务情形，已悉。仰善后局饬仍因地因时，妥筹办理。前批计当奉到。所请赈银三万两，除已解外，余应如何补发，亦即由局酌筹解济。款项仅有此数，该丞须量入为出，毋自形掣肘可也。并饬该丞暨蒋守知照，仍候督部堂批示禀发。即缴各等因，奉此并据具禀到局。查此案前经由局会司，呈覆移会饬遵在案。奉批前因，除呈覆抚宪并移布政司查照及札昭通府遵照外，合行札饬。为此札，仰该丞即便遵照毋违。特札。

奉矿务宪唐函

连接冬月晦日及本月初五日手书，藉悉经营备至，慰甚佩甚。该处旱潦频仍，数来年已无乐岁。本年继以大雨、大雪，田地两无所收，冻馁交加，民事岂复堪问？故前数年所谓小康者，今且贫莫能支矣。即前数月所谓次贫不赈者，当今亦为极贫，亟须加赈矣。以致灾民日见其多，死亡日见其众，固亦势所必至也。此时办赈之法，但期无滥无遗，虽用款增多，似不当惜。乃闻有议及执事开办时铺张太过，以致灾民踵至。不知当日奏请拨款，委员督办，四路查赈，安能禁人之知耶？姑无论增者乃系本地之民，即系邻近之民，同一受灾，闻赈匍匐远来，又安能置之不顾耶？此时为执事计，惟有尽心乃事，以期实惠及民。万勿遇事揣摩，亦勿计及毁誉，宁可拯民水火之中而干浪费之咎，不可负民来苏之望，以冒迎合之愆。高明当不以为河汉也。

十一月二十三日禀督宪

敬禀者：本月二十二日据黄委员附解到宪捐银二百两、药料一万二千服，并奉宪谕，遵即祗领出示，令病者随时取用外，仍照原议市价赶置棺木百具，恰值前项用完，俾资接济。一面谕饬本城绅首采买义地，不日可成。异时能否敷用，再为奉禀。惟前此叠蒙宪恩发款，渐起疮痍，兹复捐廉助赈，恩逾常格。是灾黎有生之日，皆我公再赐之年，当为昭民日夕焚香，恭伸顶祝。至卑职谬以菲材，任惧弗胜，乃蒙优加奖励，感此一番体恤，觉增一副精神，敢不兢业常怀，黾勉从事？为此肃叩崇安，伏乞慈鉴。

十一月三十日通禀

敬禀者：本月二十二日据黄委员解到赈银六千两，当同恩安县方令验收，暂存公司，送交印领，赍呈销差。并奉局宪转奉督抚宪批札，训示周祥，遵即照办一切。惟抚宪批札内开：随赈补赈，共用六百余金，何以册内又提出应赈六千余户？想委员赈过之户，未必如此之多。是否开报未能尽实？仰即再加确核等因。奉此伏查恩属，初委四员弁造册，各交碎银百两，随赈饥民。回局时各剩银二三十两不等。及到鲁属，复各添交碎银五十两，连前又各剩回一二十两。嗣补赈被水灾户，因较饥民数须加多，旋照名册调局，由卑职按名发去银六十余两。故此两项，合银六百二十余两，其中并无浮冒。况所委员弁，俱令举誓后行，想亦未甘不肖。若极贫册注六千余户，实连赈过饥民在内。今腊放赈已隔两月，且恐地阔人稠，前之次贫半成极贫，更不止六千之数。现将原册转发各员绅赍去照赈，未便遽呈花帐，请纾。宪廑。再，奉局宪批札内开因灾影射钱粮、买粮持谕滋弊、绅首藉工中饱、穷民预卖签票等谕，实亦切中昭弊。惟卑职愚见，大凡人肯尽心，则其事多顺手。但立条约，先事防闲，兼选正人，临事斟酌，更勤开导，后事考查，弊虽不能尽除，当亦所利者广。即如衣裤发本城女工，粮食发各村磨面，搭棚置器，发山民造作搬运，事同代赈，人无专利，访之舆论，尚少弊端。至前此因见穷民草鞯裹尸，犬衔遍野，乃拨赈款备棺百具，又因修广仁堂，抬埋停枢四十余起，不能深挖，始知义山重棺，请款添置。现奉督宪捐发银二百两，遵买得东北两处义地，共去银一百四十两。勘界竖碑，契存福禄宫。当谕该首暂收租息，即雇捡骨夫二名支用，并添置棺木百具，去银三十七两零。共敷平银三两。均另数报销，不入赈务，亦不再动赈款。其由卑职商同府县募捐，除俟绅粮另单请奖外，所有井渡厘员唐道，捐银一百五十两，大关厅朱丞毓崧、永善县安令宝辰各捐银一百两，为置衣裤散给，该各员救灾恤邻，实为难得，应如何奖叙之处，出自宪裁。惟前禀调委弁张钦胜，续调委绅陈永锟、曹安德三人，自愿不要薪水，只给饭食夫马，已饬令分赴河工散赈。非卑职敢于冒昧，实因人少事繁，从权办理。如果费不当用，必从节省，务恳宪恩原情俯准，免误公件。是否有当，除随时会同府县外，理合肃具芜禀，仰祈批示饬遵。再，此次收到银两，除买粮发价外，即换钱尽腊月开河支用。恳请本年再发赈银六千两，以备正初河工用钱，急需为望。

同日禀督宪

敬禀者：窃卑职前奉宪谕，并捐银二百两，合昭平银一百九十五两八钱，当发去银三十七两四钱一分半，赶置棺木百具，业经禀覆在案。嗣复遵买得东关外吕国良陆地一契，价银四十两。又买得北关外张国翰一契，价银二十两；张国藩一契，价银八十两。三契合银一百四十两，均勘界竖碑，作为昭属义冢。契存福禄宫，饬首经管。余银十八两三钱八分半，又备材四十八具待用。殊自二十六至三十，连日大雪，雪虐风饕，寒毙饥民，竟消去一百零三具。似此惨伤，难敷给领，只得陆续增置。合无仰恳宪恩再赏捐银二百两，计可支买五百余具，自冬徂春，俾无缺乏，庶宪台泽及枯骨，昭民没齿不忘。

奉督宪王函

顷展惠书，藉悉前交黄大令带去捐项、药材，均已收到，并承详述办理一切情形，具征惨淡经营，佩慰之至。另示东关外吕国良、北关外张国翰等陆地三契，现经阁下议给价值，勒石立记，作为该郡义冢，措置甚属妥协。冬月下旬，风雪交加，饥寒并至，民不聊生，尤为悯恻。请即由尊处暂挪二百金，再行赶办施棺五百具，以济急需，免填沟壑。俟下次饷员起程，再为带还归款也。

十二月初五日通禀

敬禀者：昭郡自前月初一，天晴风燥，温病丛生。突于二十六至初二，冰冷七日，冻毙饥病贫民不少。幸初三阳回，困者复苏。若以时势而论，金谓明岁春荒尤关紧要。睹此情状，已属难堪。故派委各员绅，再照本城内外查册，挨户斟酌，先给赈票，择定东、西、南、北、中五庙，统于二十七日同时散放。约共得二千余户，除□领衣裤外，尚去赈钱五百余串。惟隍祠流民自前月发三关后，续增至一千余人，中多住家贫户，随拥上前，威吓不退，乃从本月初一即将该庙停赈。又除挑赴河工外，所有鳏寡孤独二百余名，概送至栖流所、广仁堂，分别男妇寄住。仍按五日，不分早晚，日各给钱十文，并给炭煤、草鞳，庶可死里求生。至河工，原拟初一开起，因恐赴工人凑，示出初六。恰乃晴明，来者必众，情形容当续禀。再，恩案县方令宏纶处此繁难瘠苦，诸事认真，备极焦劳，现病半月，且复力疾撑持赈务，尤多协济，实为难得。知关宪廑，合并附闻。

十二月十四日通禀

敬禀者：窃卑职前奉抚宪批，准募捐给奖一条，遵即出示晓谕。兹据李绅正荣先捐棉衣一千件，合银五百两，已由重庆买齐，送局转发。嗣因目睹灾黎不敷给领，复捐出现银五百两，凑足一千之数，仍交卑职补还。前拨赈款添置衣裤一项，又据广西州在籍道衔分省补用知府王炽函称，往来昭郡十余年，闻地方重灾，殊深悯恻，自愿捐银一千两，由德盛隆号兑付。卑职以助赈款似此两绅，关怀大局，轸念时艰，求之昭属，更复不可多得。为此禀恳宪恩，先行题奏，以励其余。惟李绅正荣初为直隶水灾捐款，新建乐善坊成，不敢再邀旌奖。卑职以朝廷恩例，自应不没人善。查该绅身膺宠秩，长子已列胶庠。其次子煜阳现在年少读书，另具名条附呈。可否仰恳宪台赏请议叙同知职衔，以昭激劝。至王绅或照予建坊，或议叙何职，应由该地方官查议禀覆，出自宪裁，卑职未敢擅专。再有另捐各户，应俟汇齐请奖。惟数不及百金者，拟请由抚宪各赏发功牌五十张，自九品至五品，由卑职酌量填给，随后注册呈报。至于河工重大，所有实心出力之人，拟请仿照赈捐，一体给予功牌，以示优异。当此用人与财之际，似宜不拘成格，方收指臂之效。是否有当，理合肃具芜禀，请示伤遵。

敬禀者：窃卑职于初六开河，初七亲往查勘。远近络绎赴工，连日已得二百八十五棚，又流民三十八棚，通计三千二百三十人。除各流民日给钱六十文自买粮食外，所有壮丁，计土按段包工。惟夫头领钱买粮，不暇工作，日各给食费钱百文，俾专责成。先由下流冷家坝起挖，至老鸦岩以上，此节砂石积久坚凝，颇多费力。迨初九回局，即夜继日，平地雪深三尺，历年未有质明。即传谕工所，近者各棚给钱一串，暂遣回家；远者及流民，量给口食。十一日幸已开霁，然雪消水涨，仍须停工，遂多耗去钱数十串。盖代赈之工,地段可计,天时、人数难期,经费不能预定。此所为劳心焦思,而莫可如何者也。至粮局较准发推,每一石缴面七斗、荞子五升、苞谷石一,通卖七十文钱一升,藉寓赈粜。工人无不欢欣。惟流民日有病故逃亡,可怜亦复可恨。旋将药料、棺木送存两局,枷锁刑杖,故示威严,亦只随事立法,期尽此心而已。再,前禀请年内再发赈银六千两,换钱待用。如候银不到,则明正开工迟滞,远处流民两多耗费,唯宪台谅之。

奉善后局宪札

为筹发赈银事。光绪十八年十二月十六日奉督部堂王批,据督办昭通赈务、补用同知龙丞文禀为查覆赈款册户,置义地、棺木,并请奖报捐各员,禀调员绅帮办暨请续发赈银缘由,奉批:据禀及夹单,均悉。仰云南善后局会同布政使司核饬遵照,并将唐道、朱丞、安令分别详奖,以昭激劝。至请续发赈银六千两,亦即由局筹发委解,以资接济。仍候抚部院批示缴。先于十四日奉抚部院谭批同前由,奉批:据禀已悉。仰善后局会同布政司查核饬遵具覆,仍候督部堂批示。禀发即缴。又于十二月二十七日奉督部堂王批,据该丞禀为两绅乐捐巨款,请先分别题奏议叙,暨遵批请院宪各发功牌五十张,酌给赈捐,并拟恳河工出力之人,一体给予顶戴,统祈批示饬遵缘由,奉批:据禀及另单,均悉。王、李两绅各捐巨款助赈,洵属好义急公。此项捐款,现已奏请援照顺直赈捐章程给奖,应俟奉到谕旨,再行恭录饬遵。其捐银百两以内,亦有足敷奖叙者,如核计不敷请奖,分别酌给功牌。事属可行,候如禀另行札发。惟部定章程,外省功牌至六品为止,不得填给五品耳。至办理工赈出力之人,应否给奖,自应俟事竣分别等次,据实开报,听候核办,似不宜先给奖而后程工也。所请续发赈款,仰云南善后局会同布政司,迅即于年内再行赶发一批,以资接济。并饬该委员知照,仍候抚部院批示。原禀、另单名条并发。仍缴。又于十二月二十九日奉抚部院谭批同前由,奉批:禀笺名条俱悉。李、王两绅捐输巨款,究应如何奖叙,仰善后局会同布政司查核详办。功牌照章只能给至六品,该局迅刷五十张呈送,盖印转发。所需赈款,亦即由局酌筹解济。并饬该丞暨蒋守知照,仍候督部堂批示。禀笺名条并发。即缴。又奉督部堂王札局刷印空白功牌五十张,克日赍送,以凭印发各等因。奉此并据具禀到局,查唐道、朱丞、安令捐赈银两,现已另案由局会司详请奏奖在案。至所请续发赈银六千两,应准由局照数筹发,札委试用知县田亮勋管解,前往交收,以资接济。除呈覆两院宪,并刷印空白功牌分送盖印转发,及札委管解外,合亟填用本局预印空白札饬。为此札,仰该委员即便遵照查收,仍将收到数目、日期补领报查毋违。特札。

光绪十九年正月初二日通禀

敬禀者:去腊初一分派各员绅往赈两属饥民,计灯节前后方能渐次回局。惟选据飞催需钱添补,除衣裤外,约已运去五千串上下。实缘鸠形鹄面之众,蜂屯蚁聚,遣散不开,查阅册户,均有父母妻儿,九死一生,并非外来冒赈。闻者不过酸心,见者诚堪堕泪,且因怜其饥寒,自难责其廉耻。是非之心原不敌恻隐之心,仁胜义故也。然访之舆论,昭属幸际平安,全赖有此一举。兹卑职愚见,去冬如此,春更难堪。与其糜烂而补救,何如防范于隐微?拟俟银到后,除河工平粜外,即从二月初一日起,尽以六千银换钱,通行再赈一次。此亦万不得已之举。明知济众博施，古圣犹病，而任兹艰巨，必须克尽乃心。其款项不敷之处，除由卑职作序订簿，会同恩案县方令就地募捐外，一面函托李绅正荣向四川官商筹助，许其请咨奖叙，并恳宪台设法矜全，或再以灾情入告，或由局兼饬首府，函劝各府、厅、州、县措资协济，出自宪恩。否则，本地饥民太多，现米增至一千六，苞谷一千二，开春自更昂贵，恐有岌岌殆哉之势。不得不沥陈下情，预为上达，宁蹈铺张之咎，弗甘掩饰之谋。特抄序文一纸，附呈钧览。

募化赈捐公启

昭岁饥，民不堪命。庸流且怨天，识者以为人心不善所致。虽然，亦长民者责也。叔季教养失民，穷俗敝类，不知孝弟、忠信、礼义、廉耻为何事。浸滛岁以久，适召天灾。怜兹瘠贫之区，成人子女，向多身无完缕。今冻且馁病，亡日相继，伤心惨目，情状难名。惟时势至此，亟思尽人以回天，昭其或有瘳乎？现奉大宪札谕就地筹款，藉备春荒，并先以灾情入告，荷蒙圣恩颁来国帑，尤复捐廉助赈，俾执事偕守土者，分给恩鲁灾黎。衣之，食之，医药而瘗埋之。人尽矣，奈力不逮何？伏维诸君子饥溺情殷，自必关怀大局，或指困中粟，或捐囊底金，汇齐列单上闻，同邀奖叙，且足默迓天庥。善哉！愿携率土之民，同拜仁人之赐。东风一度，南无千声。谨启。

正月初七日通禀

敬禀者：窃卑职自去腊查河，回局即病。十四五两日沉重，幸发汗后，渐次痊可，惟咳久乃愈。局中人往来风雪中，病常五六，甚有濒于危者。昭城天变异常，从初九一夜，雪冷瓦上房檐，积至二十七日尚未化尽。即夜仍复雨雪，一连三日。冰山雪窖中，时见冻馁病亡。昭民何辜，遭兹惨毒？至河工三千余人，以雪封山径，河水混流，竟难施工。初十至十三连日遣散，多方安慰，怨叹悲号，面面相觑而去。外剩流民二十四棚，无所依归。因饬张委弁督令砍树、搬石，日给口食。复派两绅收粮礴米，一同在局度岁。拟今正初十再行开工，不识彼时天道又复何如？惟年底银未解到，徒深焦急。盖昭城钱少，必须先一月发银各乡，按街期陆续缴存，乃能应手。前所换银，除囤粮发赈外，余剩无几。今岁赴工人众，必难支持，且非咄嗟所能立办。只得恳恩垂怜，迅赐委员，照前批准银一万二千两，赶二十日以前一起解昭，以资周转，俾免掣肘之虞。其感祷不独卑职一人已也。

敬续禀者：连日接据鲁属蔡委员由水屯禀回，恩属陈委绅由百发溪禀到，大略相同。云现在饥民有食白坭，名观音粉者，不能大解。有以谷壳、荞壳炒焦磨面，和野菜食者，大解亦难，故多胀死。有食红姜蕨根，须宰烂，用水煮漂多日乃能入口，然挖者太多，近亦难觅。该两人目睹口尝，无法可设。地方颇觉警惶。似此情形，赈已莫救，不赈更将何如？再，大关一带，传闻今正运粮出境，有匪徒扬言聚众阻抢之说。实缘饥民太多，不得不防。现令周委弁前去函知朱丞，派差护送，并一面出示严禁。以后能否清吉，再为禀呈。

本局买粮转运，原因救济饥民。

尔等关怀大局，务须各发良心。

倘敢沿途阻滞，纠众抢窃横行，

重则格杀勿论，轻亦拿获严惩。

地方团众坐视，查办决不容情。

为此先行示谕，一切各宜凛遵。

正月初十日通禀

敬禀者：昭属自去腊初九至今，无三日晴，阴气弥漫。到初四复大雪冷，一连三日，城乡死亡甚众。前奉督宪函谕，先拨赈银，办棺木五百具。近每日总得二十具上下，前后已消去三百八十余具。河工阻水，又须暂缓时日。现米价增至一千八百余文，苞谷一千四百文。急同方令会商，先于城中平粜，但为日甚长，粮恐不济。鸿嗷鼠叹，不忍见闻，哀哉昭民，未知何以消此浩劫也。为此据情飞报，万恳宪恩迅发来银一万二千两，庶早赈一日，多救几人，不胜急切待命之至。

奉督宪王函

去腊奉复一缄，计邀察览。献岁发春，敬维仁慈普被，福德日增，引企贤劳，莫名驰系。续需赈款，已饬局于年底筹足，批委田大令亮勋星驰解往。弟处续捐施棺一款，计银二百两，又添置复苏散一万服，一并带交，统希照收。以工代赈，一举两得，办理荒政，计无善于此者。惟道里绵长，事繁人杂，核实稽察，大非易事。想仁人用心周至，必能提纲挈领，为孑遗之民造无疆之福也。

奉善后局宪札

为札饬遵办事。光绪十九年正月十三日奉督部堂王批，据督办昭通赈务、补用同知龙丞文禀陈灾赈情形，并请迅解赈款缘由，奉批：禀笺七纸均阅悉。恩属灾情如此其重，民不堪命，惨何可言！该丞竭尽心力，百计图全，良堪嘉尚。劝办赈捐，拟请奖叙，已于上年十二月二十四日陈奏及之，当可仰邀俞允。准拨之款，尚应解银六千两，仰云南善后局会同布政司迅筹扫解，俾资接济。仍令将此后工赈情形随时据实禀报，以凭查核。切切。并候抚部院批示缴。又于十六日奉抚部院谭批同前由，奉批：禀笺稿启均悉。该丞去腊查河回局，即大感风寒，局中办事诸人病者亦众，闻之曷胜驰系。今虽各就痊愈，尤望加意调摄，以释悬悬。昭属历届大雪封山，天气极寒，兹复岁值大饥，啼号苦情，自有耳不忍闻、目不忍见者。前款未解赈银六千两，仰善后局迅即筹解，以资接济。寄来启稿一纸，亦即由局发交云南府，函致各府、厅、州、县，量力捐助，以资补救。捐数多寡，仍候酌核请奖，不愿者听，勿稍勉强。切切。并饬该丞知照暨候督部堂批示。禀笺启稿并发。即缴。同日，又奉督部堂王批，据该委员禀催解赈款缘由，奉批：昭郡人心风俗，诚不足以感召天和。然自上春至今，旱潦风雪，层见叠出，民不聊生，死亡相继，天之待昭民亦酷矣。厄于天者，以人事补救之，亦求其心之所可安、力之所能及而已。据禀情形，不堪卒阅。所有末批应解银六千两，仰云南善后局会同布政司迅即拨解，以应急需。一俟天气畅晴，河工开办，并饬该丞星速驰报。切切。仍候抚部院批示缴。同日，又奉抚部院谭批同前由，奉批：已于初二日禀内批示矣。仰善后局转饬知照，仍候督部堂批示。禀发。即缴各等因。奉此并据具禀到局，查该委员所请赈款，昨经由局续筹银六千两，札委试用知县田亮勋，于正月初四日筹解交收，计期业已抵昭。兹据禀奉前因，应即遵批将末批应解银六千两，由局照筹札委丁忧候补同知王国江管解赴昭，交该委员查收支用，以足所请三万两之数。除札委管解，并呈覆两院宪暨札云南府遵札办理外，合行填用本局预印空白札发。为此札，仰该委员即便遵照查收，仍将收到银数、日期，具报查考毋违。特札。

正月十七日禀督宪

敬禀者：本月十五据田委员附解到宪捐银二百两、药料一万服，并奉宪谕殷拳，感篆之私，莫可言馨。遵即祇领还前施棺拨款，兼示散药甚效，刚可接济，救生恤死，具征宪恩高厚，尤深钦仰。至河工一事，诚如宪谕，道远人繁，稽查匪易。然自去岁已先事布置，兴工后钱粮器具尚不棘手，颇觉心安理得，另禀详呈。惟此次代赈之工，天时人数难定。且城内挑出流民，不甚得力，其中不免多费。卑职只有实事求是，不敢自欺，庶无负宪台培植地方德意。因蒙恩谕，敬呈诗联，请赐教海。肃此恭叩崇安，伏祈慈鉴。

苦 昭 吟

昭岁罹奇荒，天地愁翻覆。鸿嗷哀复哀，民散走如兽。草根食且枯，白泥实钉饾。命悬呼吸间，眼看儿女售。裹腹值些微，牵衣泪痕透。非不痛生离，沟壑填老幼。遗骸杂弃婴，狗彘争哮斗。风雨近黄昏，人号鬼声凑。目击心暗伤，地谁怜僻陋。为仿郑侠图，条陈无刺谬。秋风送我来，绪纷难急就。殡骨瘗山青，余生遑补救。先无告穷民，糜粥延昏昼。彼鹄面鸠形，饿乡矧多又。赈橐衣食兼，工代河开旧。有众任指挥，支流悉穷究。海水汜西畴，百年无秋收。藉手挽狂澜，沧桑新世宙。其奈食指繁，飞挽车马骤。万事日纷拿，朱墨沾襟袖。惨淡此经营，旧疾新愁遘。苍凉悲壮时，恨天谁补漏。感大府慈仁，据情露章奏。颁帑活灾黎，圣恩尤高厚。鲁有君子人，重资输恐后。义助援邻封，函金千里授。共济仗同舟，群材劝左右。手挥万万钱，旁观增巧诟。焚香誓苍冥，自欺不我佑。日对兹孑遗，寸衷犹孔疚。但祝频年丰，咸与跻仁寿。官瘦为民饥，民肥官益瘦。

赈 务 局

当二千里往返奔驰，别关阳，过鲁甸，再莅昭城。遍地苦荒凉，慨鱼梦谁占，鸿嗷奚息？

为亿万家生灵请命，疏水道，策堤防，兼资赈抚。吁天平浩劫，愿民无夭札，海不扬波。

问桃源今古，几历沧桑？蒿目击时艰，水不东流遗憾。久仗河伯威灵重，开泽国，狂澜争力挽，我刚南渡奉差来。

正月二十一日通禀

敬禀者：本月十五日据田委员解到赈银六千两、丸药二包，及督抚宪各赏发功牌五十张。当即会同方令验收，印领缴呈。并奉宪札批示，遵办一切。查昭城自十二日大晴，出示十六开办河工，是日即得五千余人。接连踵至，现已收到七千二百有奇。人繁事杂，料理难周。因就两局绅管中，除钱粮两项各派二人专司，以重责成外，拣出七人，名为千夫长，各派一千人，分挖一百丈，按土核定包价，各带巡兵一名督工。应各辖百夫头十人，凡打粮支钱，即由各棚头执牌向百夫头开飞，加盖千夫长戳记，赴局照验，统以周委弁一人提调，层层节制，功过攸分。外有流民五十八棚，仍交张委弁管束。初时流民不甚得力，难免多费，近亦强壮可用。其开挖处计长一十六里，派定"风调雨顺、国泰民安"八字号，每二里竖大旗一杆，上书"奉旨开河"四字，以张声势而免滋闹。另派亲兵四名，巡查上流堵坝，以防泛滥。惟老鸦岩一带碑载，当日河定八丈宽、六丈深为度。今计挖宽六丈，深三丈，已费四万余工，不敢再求复旧。然若岁修有款，亦可永保百年。现在日需粮食三十余石，推籴不及，爰定以粮米、谷子、麦面、荍面、苞谷面五等，随买沿途，催夫络绎。适有一二刁徒，主使饥民藉粮阻挠，当请方令拣派兵差前往锁拿一人，守候转运，余皆逃散，后此应可无事。但人数加多，粮恐不继。盖兵无粮自散，工无粮，散且不能，其将奈何？是以未敢大收，难免谤议。所有此次银到，买粮换钱，三日即已销清。后解六千，想已在途，否则备恳宪恩催促委员，当此吃紧之时，星飞火速，以救倒悬。兹于二十日约同府县前往查河，回局诸有条理，成功可必。请纾宪虑。

敬再禀者：本月十四至十九等日，各员绅先后回局。据称饥民太多，赈不胜赈，只择其冻馁不堪者，钱粮、衣裤酌量发给。至前查户册，移时皆贫，不能再分极次。内除全家死亡外，逃徙已不知凡几。又现赴河工若干人，乃犹满目蓬蒿，并非外处流来之众。若交头人按册稽发，早已完工，然弊何可胜言？此员绅等指天誓日以明之者。实缘恩、鲁两属地阔人稠，连年荒歉，往岁交春，全靠虫会养活。去冬雪冷过重，虫树且枯，客商无一来者。兼之各处粮价腾贵，小春除多渍坏外，偶有萌芽出土，辄被摘食，否则坐以待毙。故该民等匍匐乞怜，金谓有此一赈，钱虽不多，或资小贸，或买粮挽菜，或作迁移路费，以百当千，外此一文难得。闻之惨恻已极。是以卑职前禀拟二月初再赈一次，较去年钱数约需加倍，至一万串为率。事势至此，万难歇手。计各处发完时，已在三月半，间更有平粜接济半月，豆麦当可登场。惟今岁买粮较去年增至一二两不等，钱少人多，实非意料所及。然以赈恤、平粜、河工三事，合计除前请三万金外，充其量再得银一万两，想可完结各项。现在会同方令设法劝捐，谅有成数，不过缓急难恃。或藉宪恩先行筹垫，俾资周转，容后捐款归还，乃能济事。此卑职愚昧所及，任千难万难之际，百折不回，因此通盘画出，是否有当，伏候宪裁，并祈远纾锦念。总不至功亏一篑，贻误地方。临禀无任悚惕之至。

敬续禀者：平粜自本月初六日起，先由恩安县仓借出积谷三百余石，发籴粮米，每日计以八石分运四门各行，派人监卖，每升定价钱一百二十文，每人只准买米一升，晚间归钱九十六串到局。开市后，各行自理生意，遂移至考棚设桌，拣选绅粮六人，轮流经管。从二十起，日卖谷十石，定六十文钱一升，每人只准买谷二升。因从民便，且可杜弊。惟谷少人多，只能救饥，不能压平市价。旋与方令再四熟商，拟由卑局先拨银一千两，方令自借垫银一千两，并劝城绅二十人，共凑银二千两，尽以此四千银选派妥人，前往关镇采买白米回昭，到行随卖。每斗定价一千五百文，作为民间平粜，冲抵市价，使囤户无居奇之利，小民免艰食之虞。即使外米不来，内有此米周转，人心亦定。此银米即由该绅等一手经理，事毕报销。计到折完银数时，除局款外，按照摊项，再恳宪恩准作赈捐请奖。可否之处，伏乞衡核饬遵。

奉善后局宪札

为酌核筹发事。光绪十九年二月初二日，奉督部堂王批？据督办昭通赈务、补用同知龙丞文禀为开河筹赈各情，并请速解赈款缘由，奉批：据禀该丞现办赈恤、平粜、河工三事，除前请银三万两外，约尚需银万两。现在劝捐接济，急切未能集事，请先行筹垫，俾资周转等情。仰云南善后局会同布政司速筹，饬遵具复造报。至该绅等凑银买米，作为民间平粜，办理极是。一俟事竣，准其核实造报，作为赈捐请奖可也。并饬知照，仍候抚部院批示缴。又于初三日奉抚部院谭批同前由，奉批：据禀已悉。款项不敷，应如何设法接济，仰善后局会同布政司酌核办理。绅捐米价，作为赈捐请奖，亦即查核饬遵。至如此大饥，尚有囤户居奇，地方官若不严禁，无怪愈赈愈饥也。并饬转移府县知照，仍候督部堂批示。禀发。即缴各等因。奉此并据具禀到局，查该委员前请筹发末批赈银，当经由局会司照筹银六千两，札委同知王国江，于正月二十四日由省管解，起程赴昭交收在案。兹据禀现办赈恤、平粜、河工三事，除前请银三万两外，约尚需银一万。现在劝捐接济，诚恐缓急难恃，恳请先行筹垫，容后劝捐归还等情。应即遵批照准，由局先行设法酌筹银五千两，札委试用知县田亮勋管解，前往交收，以资周转。奉批前因，除札委管解并呈覆两院宪外，合行札发。为此札，仰该委员即便遵照查收，仍将收到银数、日期补领报查，并即遵批转移府县知照毋违。特札。

正月二十八通禀

敬禀者：河工自二十一日发禀后，天气晴明，人无增减。赶派敬委员沿河督工，刘、蔡两委员，陈、曹两委绅并商由方令添差，各处催运，添买接济。惟钱粮两项，均应由局周转，朱墨仓皇，刻无暇晷。所幸职子秉钧去腊由家来局，勷办一切，始得抽身，于二十六日再赴河工指示。现由第一号起移接七号，层递撤换。从老鸦岩逆至高家营、高鲁桥，自发村查拿闸，十日内增修到五六十里，正河工程已得大半。遂觉焕然改观，人心亦颇安静。第下节粮局未便遽撤，上节囤粮急须预备，到处需人，随时增调，不得不从权办理。至此时二批六千银未解到，望眼欲穿。办事之难，不能道其万一。如病者服药，然方虽对症，总宜速医。若三五日始服一剂，病必缠绵，到增剧时反致不可救药。此缓不济急，无可奈何之论。惟望宪台迅赐委员解足三万金，以便再筹善后。

敬再禀者：枭局日千余人，挤闹不堪，门壁、椅橙俱经压坏。虽昭民之刁健，亦饥火之中烧。旋于二十六日改附近之财神、黑神两庙，分别男女专取。粮飞到谷领局，争买零合者极多。足见饥民之众。将来河工完竣，粮日少，人日多，二三两月未知如何得了。至鲁甸饥荒情形，尤不堪问。前经函致罗倅，请以该处积谷六百京石，照设平枭。伊亦以谷少人多，不敢举动。且云贫民鲜食，枭亦无钱。卑局银粮人数俱分拨不开，实亦无法可设。所有前禀请乞宪台于补足三万金外，再借万金，自揣原不敢多渎。因思工无实际，即少亦属虚糜；事果认真，虽多不为浪费。值此水深火热之际，人言喷喷，天鉴昭昭，是非毁誉，亦所不计。卑职惟有质诸神明，剖心无愧而已。可否之处，伏乞宪恩衡夺。

奉矿务宪唐函

叠展来牍并副笺抄折，备述饥民情状，虽郑侠流民图无以过也。就谂勤劳卓著，筹画精详，或虑患而先事绸缪，或开源而广为劝募，实心实政，惨淡经营，当可感召天和，鸿嗷永息。当道诸君亦深知昭郡待赈急迫情形，闻解足三万，如再不敷，尚可续筹接济。得此或不掣肘。惟是粮价腾贵，商货更稀，马户相率逃亡，京运沿途堆积。刻拟仿照黔中运铅章程，于东川至盐井度，一路设立短铺，添用背夫递运，借以养赡饥民，不但有裨公家，抑且可资灾赈。业已疏陈大概矣。

奉藩宪史函

接展手书，备悉勤劳实心为民，不甚欣慰之至。迩维筹祉，安和褆躬，顺鬯是祷。昭郡灾情，屡阅公牍，颇用恻然。但今岁小春如能大有成熟，不惟河工、赈务得裨实济，而地方安谧自可想见。来函拟请垫发万金，以便设施，此间早料及不敷。幸于无可设法之中，预凑万金备济该处收场。然过此再欲分文，皆难矣。

奉开广道陈函

久违雅范，时切遐思。昨奉琅函并抄禀各件，备悉种切。具见台端才大心细，热肠苦衷，办理周详，综核确实。疏百余年壅决之河，活数万家沟壑之众，实属造福无量。自此恩、鲁之民，世世子孙，皆受阁下之赐，夫岂除一时积弊，救一时灾黎已哉？大作联语慈祥，恻怛溢于言表，读之想见仁人怀抱，曷胜钦佩！惟宪批如何拨款，以后办理如何，仍希随时赐示为盼。

二月初八日通禀

敬禀者：昨接李绅正荣自渝来函，据称四川重庆府巴县，有在籍同知衔候选州同夏绅昌乾，乐捐昭赈叙平银一千两，其银已由德盛隆号兑交。卑局拟请为伊父夏安世、母袁氏禀恳奏题建坊。其余捐一二百金者，尚不乏人。窃夏绅以邻省绅宦，自愿捐出巨款，以恤灾黎，且善则归亲，尤征孝义。为此据情转恳宪台先行奏请建坊，及早咨明川督，行知该县，庶使渝城富绅巨贾闻风响慕，则捐款当源源接济，昭民可庆更生，地方幸甚。所有该绅请奖缘由，理合缮具芜禀，请祈批示饬遵。

敬禀者：窃卑职于本月初六日查河回局，适王委员国江解到赈银六千两，当即会同方令验收印领缴呈，并奉宪台批札，优加体恤，感戴莫名。惟此十日河工，因查拿闸下面，于恩属七支子河外，复有新河一道，计长四五里，向为水没不见。兹经撤退，河现淤泥，旋拨二千人赶将该河开挖。并以下黑泥地、自发村、簸箕湾等处，去岁新淹田水，概行撤归大河，俾居民早得耕种。一面饬令张委弁带领流民数百，从老鸦岩上至高鲁，逐节洗刷余土，并将两岸树桩拔尽，再用石工，由县支领加工火药，轰开河内各石包，洵非耳食所云"石龙过江，须用轰药"之比。现在大工已从海口桥、查拿闸直抵土硐子。惟老鸦屯为桃源海子要隘，不免费事。过此，则恩属正河不日可竣。计自开河以来，各员绅俱极勤苦，两委弁尤为得力。赴工七千余人及两岸列摊买卖者，均甚安静，请无远虑。至沿河有桥坝数处，需用石工银一百九十两，所以导水势、顺人心者在此，万难推延惜费，贻误大局。故即时一并包定修理，不及请示，统祈宪鉴。

敬再禀：者本月初一日，先调四员绅回局，即于三日内分查城厢四门。除搬移故绝外，从新补发饥民赈票。初五六日，仍运钱挨户散放，每家二三百文不等，实发钱五百余串。初八日，即派三委员驰赴鲁甸，将去岁发交各处银一千二百两买存苞谷、荞子二百石上下，就近转运，分存九里适中之地。按前饥民册，每家二三升，赈给籽种，正当时令。其有恩属各乡，即将杂粮运齐，照此办法。缘存粮时，初意于各乡均设平粜，因辗转收售，经理难得，其人且饥，民无钱亦不能买，惟赈粮于民较益。至河工，又以谷面为重。盖稻谷一石籯米五斗，人日五合，只发百人。推面则缴七斗，每石多发四十人。自开工后，日需谷面三十余石，核计谷米，日可多发一千数百。且面愈细而愈白，最足养人，尤涨升合，故愿食者众，愿磨者尤众。代赈之法，以此为最。惟栖流所老幼妇女日钱十文，实难养活。如禀辞时抚宪面谕，若能于较场修筑墙垣，搭盖草屋，派人关锁，给粥甚善。但此地此时，凡闻风来者日计五千人，应需米二十五京石，约该市价银一百两。银恐不敷，粮亦无措，且为时甚久，再多则更难遣撤。是以未敢举行，伏乞衡夺。

敬续禀者：窃卑职自奉办赈务以来，叨蒙列宪训诲周详，优加体恤。且天时人事，相反适以相成，私心窃慰。乃今正突闻有人主使刁徒捏造萤语，妄谓河工谷面胀死千人。继见人工争买，其说乃息。嗣复以枭赈刻薄，竟出歌谣，故前禀有人言啧啧，天鉴昭昭等语，当亦置之度外。继思此辈居心，必欲败人名节。在卑职孤诣苦心，原不求谅于人。而方令留心赈务，保全地方，竟复同遭谤议，谁肯再做好人？据帖称不日赴控督宪行辕，势必捏名耸听。此风一开，后将莫测。只得抄录揭帖，分呈宪览，并将原帖赍送督宪行辕。如果有人递呈，恳即将投词人赏发该管州县押解回昭，交胡守严行讯办，追究主使之人，以期水落石出。如卑职果有丝毫弊窦，抑或办理不善，自干参处。否亦请拣派诚实可信人员，密查河工赈务，兼察昭属风俗人情，庶足以纾宪虑而儆刁顽。卑职非欲求胜于人，实堪信其在己。乃局内之艰辛已极，旁观之责备无穷，天理奚存，人言可畏，只得据情剖诉，合并附闻。

奉善后局宪札

为札饬遵照事。光绪十九年三月初一日，奉督部堂王批，据督办昭通赈务、补用同知龙丞文禀为邻省绅宦乐捐巨款，恳先行奏请建坊，早咨原籍，以示嘉奖而励后来缘由，奉批：据禀已悉。邻省绅宦慨捐巨款助赈，其为急公好义，尤倍寻常。所请建坊自属合例，候抚部院会核奏请。另单七纸并清折一扣俱阅悉。沿河桥坝石工及改粜为赈各节，自系因地制宜，因时制宜，均准照办。该丞此次督办昭通赈务，可谓煞费苦心，不遗余力。乃犹有匿名揭帖肆行诟詈者，人心之坏，一至于此。此巨灾之所由来也。凡事尽其在己，悠悠之口，听之而已。倘此种刁徒敢于拦舆捏诉，定当押发严惩，决不轻贷。仰善后局会同布政司一并核饬遵照，并录报抚部院听候批示缴。先于二月二十一日奉抚部院谭批同前由，奉批：巴县夏绅捐助赈银一千两，恤邻高谊，感佩殊深。仰善后局会同布政司核明，详请奏奖。另单工赈情形，应即随时酌办，不必拘泥成法。匿帖例不准理，但使赈抚协宜，问心无愧，蜚语之来，不足与较也。并饬知照，仍候督部堂批示。禀、夹单、清单、抄帖并发。即缴各等因。奉此并据具禀到局，查例载凡士民人等，或养恤孤老，或助赈荒歉，或捐修城垣、公所、道路、桥梁，或收瘗尸骨，与地方有裨益者，其捐银在千两以上，或米粟准值银千两以上者，均准其具题请旨建坊。遵照钦定"乐善好施"字样，由地方官给银三十两，听本家自行建坊等语。兹据该委员禀称，四川重庆府巴县在籍同知衔候选州同夏昌乾，乐捐昭通赈银一千两，已由德盛隆号兑交，请为伊父夏安世、母袁氏恳请奏题建坊等情。查该职绅夏昌乾，以邻省绅宦，为伊父母慨捐巨款助赈，洵属急公好义，核与建坊之例相符，自应详请分别奏咨，准令同知衔候选州同夏昌乾为其父母自行建坊。仍照例赏给"乐善好施"字样，以彰善举而昭激劝。仍遵道光二十八年部议，系属有力之家，毋庸给予建坊银两。奉批前因，除详请两院宪会核奏咨外，合行札饬。为此札，仰该委员即便遵照办理毋违。特札。

二月十六日通禀

敬禀者：窃卑职于本月十一、十二沿河查看大工，分两路挑挖。一抵师人塘，一抵老鸦屯。所有恩界正河一律开通，各圩积潦，撒沟放流。现出两岸田塍，沃壤平畴，弥望无际，应将赴工人众全行遣撤。乃饥民等多伏地乞哀，迟留不去，佥谓此去更无生理，声泪俱下。卑职开谕再三，亦同洒涕。旋就其中择留老弱尤苦者在工，其余或一千，或五百，派各员绅带往分修各处子河，冀可少延残喘。两日之间，计已散去五千余人。叨蒙福庇，幸尚安静，钱粮亦足敷衍。其有通河堤埂，原禀示谕田民自行修理。嗣因东西两岸沙石山积，被淹之民俱推觅食无力，心志不齐，安望成功？只好仍由公处发款，分段包修，再令张委弁督率数百流民洗刷河内余土外，监督加筑，挖高填低，修宽补窄，务使一路平坦。并饬各按地界田边，自行栽树，以期垂久。至鲁甸、桃源两海子及各支河，另派鲁绅新招鲁人两千，分起开挖，免致灾区向隅。现已移知罗倅，借拨积谷，于十二日一齐动工。卑局拣派蒋绅应澍前往提调，以资熟手。又鲁甸之古寨，向有黄沟一道，中修石坝十余处，水分清浊，灌溉田民。嗣为山水冲塌，田尽被淹。前据绅粮等请款开挖，卑职以不在支河之列，业经批驳。后因钱游击大川转移绅等再禀，始派蔡委员发赈时就近查勘。旋据该员禀称，该处地瘠民贫，全赖此水生活。若再听其淹没，附近居民势必迁徙一空。防边保民，在此一举。爰议帮银三百六十两，饬绅首承领兴修，移请游击监督。乘此民生枯窘之时，兼值雨水未发，鲁属有三处工赈，可暂养三千鲁人，借以安饥民而消隐患，亦系权宜善策。是否有当，伏乞宪裁。

敬再禀者：现在河工已将告竣，小春急难接济，偏灾未艾，为日甚长。若不设法补救，该昭民死徙流离，未知伊于胡底。是以前禀遵奉抚宪面谕，拟于较场修筑粥厂，委因钱粮不继，未敢举行。兹见城中饥民麕集，势难再缓，是以会同镇府县再四筹度，意见相同。因迁得南城外寿佛寺，地势宽敞，两厢空屋，计可容二千人；复就周围墙垣补缺加高，搭盖草屋，又可容二三千人。其前后两旁，另盖偏厦瓦屋，能支缸灶一二十眼。遂一面派人置买草料及锅、缸、碗、桶，一面包雇泥木工匠，已于十五日动工修理。俟将诸物预备，粮食推篙运存，仍令周委弁提调厂务，兼派司粮绅管及书识小工人等，同住该庙，外由镇府县各派兵差弹压。约计月内设起，至七月新粮登市，乃能停止。庶使满地哀鸿，可望生全于万一。惟卑职前禀，请于三万金外借垫银一万两，原系万不得已之见。兹际先行举办，计亦无款归还。应恳宪恩赏发银一万，迅赐委员一起解昭，专为设厂给粥之用。其有各处捐款多寡，留赈粜河工收场各费。则昭郡亿万生灵，感戴无极矣。

谕河工、粮务各局官绅等知悉。现在移局高鲁，开挖四十余里，大工已有成效。该官绅等苦心经营，勤劳备至，当不至功亏一篑。仰再加紧督工，认真催粮，细查钱数，立俟完竣时，应据实禀请奖叙，决不负心。且此次办公，实为亿万生灵造福，将使劫运潜消，默邀天眷。本督办尤有厚望焉。此通谕知之。

三月初一日通禀

敬禀者：二月二十八日据田委员解到赈银五千两，当同方令验收印领，转交该员赍呈。兹卑职二十一、二日等日，沿河踏勘百余里，恩属积水全消。至鲁属桃源，据该民等指称，海水已消退三四十丈，涸出田地无数，本年即可栽种。惟各子河民民，前以力不能修，纷纷呈请。随复逐次履勘，所有恩属七支子河，支中分节，上下殊名，支外有支，长短各异，若不乘时疏通，前功尽弃。是以量工帮给粮食银两，或二三百，或四五百不等，并派河局熟手招集饥民，监督开挖，工毕另折呈报。查现在两属各工复招有一万二三千人。昨闻省中有招易散难之说。自叨恩遇，肩兹巨任，去岁于查赈册内，随饬员弁注明壮丁，当嘱各乡约临时率领报验，专为河工之用。该等均有父母家室藉度饥荒，谁肯多事？所以招则易，而散亦匪难。约计春夏之交，小春上市，恰逢一律藏事，地方可无他虞，请纾宪廑。卑职断不敢稍有隐饰，自外生成。惟刻下粥厂、河工、赈粜并举，需粮甚急。恳将蒙准万金余银五千两，迅解来昭，以资采买为祷。

敬再禀者：窃卑职于二月二十五天赦生气日开设粥厂，阖城文武俱到。自辰至午，饥民来者二千余人。饭后封门，散去数百，实有愿住厂妇女七百余口、男丁五百余名，分别安置。先给放盐清粥，以防久饥凑饱之病。越日渐次加稠。缘病者二百三十余人，死者五人，旋就庙侧南坛补筑墙垣，新盖草屋，地垫石灰，上铺草藉，移住病者。仍按名送粥，以免传染。又备苍术、大黄等药，烧以避秽。并派更夫二名，巡防火烛，数日渐即平安。惟远近踵至，日须点验收入。现共男妇三千一百余人。其栖流、广仁、养济等处流民，即于二十一按五日给钱后，停止发款，概令进厂，市廛为之一静。卑职不拘早晚，随时到厂稽查。拟备稻草、线麻，为各饥民捆屦、织席、绹索、缝纫之用，使其各有所事。待壮健后，陆续给钱遣归，庶无他患。再，此次各员绅发给籽种，道远人多，粮苦转运。矿务宪谕将鲁属拖麻地方积炭五十余万，散发附近穷民，必须多延时日。又粜局从三月初起，米每升价一百文，苞谷六十文，市价则米每斗一千五六，苞谷一千一二，实因外处买粮运回，络绎不绝，价乃平减。合并禀闻。

奉善后局宪札

为查核发给事。光绪十九年三月初一日，奉督部堂王札，据督办昭通赈务、补用同知龙丞文禀恩界正河工竣人散，续修子河，加筑堤埂，并开鲁甸、桃源两海子及古寨沟坝，恳恩批示饬遵缘由，奉批：据禀恩安界内正河一律开通，现出两岸田塍，沃壤平畴，弥望无际。阅之良深欣慰。现在接疏子河，修筑堤埂，并开挖鲁甸界内正子各河，即工即赈，办理甚为周妥。及修堤工费，古寨河工，均一体准其开报。另单并悉。设厂施粥，本是赈饥良法。滇南因地方器具诸多不便，是以未便举行。此次该丞设法创办，不惮苦心经营。不特目前之灾黎受惠，亦为后来开此赈济法门。所请续拨银一万两，除解过五千两，应准续发银五千两，以竟全功。仰云南善后局会同布政司，迅即查核饬遵，仍候抚部院批示缴。同日，又奉抚部院谭批，同前由，奉批：禀笺均悉。该丞续请万金，前已解过银五千两，其未解之银五千两，即由局酌筹解济。计四月内外小春，当可成熟也。仰善后局转饬知照，仍候督部堂批示。禀笺并发。即缴各等因。奉此并据具禀到局。查此案前据该委员禀，现办赈恤、平粜、河工三事，除前请银三万两外，约尚需银一万。现在劝捐接济，诚恐缓急难恃，恳请先行筹垫，容后劝捐归还等情。奉两院宪批局，当经由局会司，遵批先行设法，酌筹银五千两，札委试用知县田亮勋管解，前往交收呈覆，札发查收在案。兹据禀奉前因，应即遵批再行由局续筹银五千两，札委补用知县邬振铎管解，前往交收，以竟全功。除札委管解并呈覆两院宪外，合行札发。为此札，仰该委员即便遵照查收，仍将收到银数、日期，补领报查毋违。特札。

三月二十二日通禀

敬禀者：本月二十日，据邬委员振铎解到赈银五千两，当同方令验收印领，交该员赍呈。所有卑局捐款，除前收到王、李二绅及重庆夏绅赈捐银共二千五百两，已经两次禀报在案外，随接据宜宾县知县国令璋函覆，先垫捐银一千两，送交井渡裕盛公号，就地买粮，另募成数，再行续缴。复据李绅正荣自渝来函，除募得川东黎道捐银二百两、重庆府王守捐银一百两、署巴县耿令士伟捐银一百两、巴县知县周令兆庆捐银一千两及富顺县知县陈令锡邕嘱代垫银一千五百两外，又该绅先自垫银二千五百两，陆续由德盛隆号汇兑来昭济急。统俟捐齐，再为开列花名，汇报请奖。又由德盛隆号汇来督宪王三少稚奎捐银五十两、屈中协捐银一百两、陈守宗海捐银一百两、柴守照捐银十两、王穆捐银十两，再昭通张镇捐银二百两、矿务公司捐银二百两、镇雄州孟牧荫桂捐银五十两、大关厅朱丞毓崧续捐银三十两，通计前后实有捐款银九千六百五十两。收到时即支买粮石，以作粥厂、放赈、平粜、河工需用。将来各项收场，全赖捐款源源接济。兹蒙补发银一万两，业经解足。想天时人事诸臻顺手，自亦不敢多请。惟前禀已申明无款归还，务恳宪恩明白批示，以便事后报销。至前奉批准照顺直章程给奖，恳早发下行知，俾免众人观望。

奉善后局宪札

为奉批转饬事。光绪十九年四月初五日，奉抚部院谭批，据督办昭通赈务、补用同知龙丞文禀为领足解款，并募捐本省及邻省官绅赈款，以资接济，无款归还，又恳赏发顺直章程，统祈批示饬遵一案缘由，奉批：禀笺均悉。续解赈银一万两，应免缴还。顺直章程，亦应由局核发。灾民病者甚众，除加意抚恤，多方医治外，亦无他法也。仰善后局转饬知照，仍候督部堂批示。禀及另单二页并发。即缴等因。奉此并据具禀到局。查此案昨据该委员禀，奉督宪批局，当经由局核查，所请顺直赈捐章程，自应移请藩司衙门查照发给，当即移请照发在案。兹奉前因，除呈覆抚宪外，合行札饬。为此札，仰该委员即便遵照毋违。特札。

敬禀者：窃卑职前派鲁绅从交界之师人塘挖起，上至板板房。该处原有新老两河，相离数里，现俱被淹。讵两处居民聚众阻抗，互相争竞，致令停工请示。旋据老河民姚成益、王建标等呈称，新河省费经久。又据新河民余大儒、戈荣恩等呈称，老河复旧免淹。彼此砌词争讼前来。复据城绅刘志瀛、刘光熊等公呈，亦以开新河为请。卑职因于初二日亲任踏勘，老河长六百余丈，高而曲，其费多。新河仅四百余丈，低而直，其费少。开新河固是，然自老河淤后即有新河，何以近年又被淹滞？则新河无益，似仍宜开老河。该两造人等，其中各有隐情，均不免害归于人，利归于己。即公呈人等，亦难保无偏袒意见。卑职细查鲁海来源，系由都噜山、马鹿沟两支合流，水势较大，砂泥亦重。及到下游，一河不能消纳两水，所以顾此失彼，先后皆淤。惟有将新老河一并开挖，水小则各田均资灌溉，水大则两分免致受淹。即使年久沙积，淤一河，尚有一河可保，永无水患。且现值枯月，以工代赈，虽多费公款二三百金，可多养饥民一二十日。但新河宜浅，老河少深，务使海水平分下注。至于土角田边，修湾取直，不得再有异言。两造俱各欢允。即饬局绅就近各募五百人，同起开挖，并请黄巡检监督，免致再起争端。嗣经修好，彼此均请立案，俾以后各筹岁修，永远遵守。除移鲁甸厅备案外，是否有当，理合据情通禀，伏乞批示饬遵。

奉善后局宪札

为奉批饬遵事。光绪十九年四月初六日，奉督部堂王批，据督办昭通赈务、补用同知龙丞文禀为鲁属师人塘以上新老两河居民争讼，当经勘断一并开挖，并恳立案永远遵守，请祈批示饬遵缘由。奉批：据禀已悉。仰云南善后局会同布政司查核，立案饬遵，仍候抚部院批示缴。又于初七日奉抚部院谭批，同前由，奉批：据禀已悉。鲁属新老两河居民争讼，经该丞勘断，一并开挖，工竣各田均资灌溉，免致受淹。足见尽心民事，良堪嘉尚。所请立案，应即照准。仰善后局转饬遵照，并饬将用过工费银两造册，请委验收结报，以昭核实。切切。仍候督部堂批示。禀发。即缴各。等因奉此并据具禀到局，除呈覆移会外，合行札饬。为此札，仰该丞即便遵照，将用过工费银两造册，请委验收结报，以昭核实。毋违。特札。

奉藩宪史批

据禀已悉。所言甚是。大凡山水骤下，无不挟沙带石。多一河分消，即迟数十年淤塞，一定之理也。应准如禀立案，并候两院宪批示缴。

奉粮宪英批：此案既经该丞亲往勘断，新老两河均应开挖，以除水患，以均水利，办理甚是。工竣后，即妥筹岁修，永远遵守。仰即遵照，并候两院宪暨_{藩司善后局}批示祗遵。缴。

敬禀者：案据恩属上中洒鱼绅粮蒋春培、李廷英等呈称，县北四十里，分上、中、下三洒鱼。上、中旧有子河十四支，自妥白楼发源至马隆村出口，合流入于下节，与老鸦岩水同归下洒鱼大河。其地计长五十余里，两坝田地万余亩，藉资灌溉出谷，以供昭城食用十之七八。嗣因岁久河淤，四五十年来田多淹没，近二三载遂成泽国，从未挑挖。兹拟于支河内择其居中一条，开成大河，以容纳十三条去路，使各圩积水撤消，田可耕种，冀免再淹。惟河道既长，沙泥甚重，不免大费工程。现虽公议按亩帮夫，实因饥馑连年，民力困惫，粮食亦极艰难。幸值恩星降临，以工代赈，恳请踏勘发款，藉资修理，沾恩罔极等情。据此，卑职伏查上中洒鱼，虽在正河之外，然该处田地实为恩安全属精华，自不能不俯如所请。因派陈绅永锟就近发赈之便，前往勘明，约费工七八万。除按亩自挑外，尚需银八九百两之谱。旋与众议，帮给食费银四百两，禀请设局督工。招集三千余人，开挖二十余日。完工后，卑职于十五日亲往履勘，十七回局。实勘得新开中河一条，宽二三丈，深六七尺不等，修湾取直，挖高填低，两岸提埂亦甚坚固。各处积水消尽，沿河畅流。现在涸出田地即经耕种，产谷甚多，可保永无水患。其有数处圩埂应开边沟涵洞，上下争讼，亦即时断结，俾敦和睦，均各欢服无异。为此据实禀明，恳祈批示饬遵立案，以垂永久。

敬禀者：昭郡自正二两月久晴无雨，至三月初阴雨连绵。平阳小春大有可望，山地固无暇及此。殊十六七等日霜雪交加，甫萌豆苗、菠子、苞谷，多被伤损。卑职因勘河回局，沿途察看，尚无大害。随派人分查各乡受灾最重之区，酌量补发籽种，以期将来收获接济。此不能不随时补救者。惟各子河十数处，或工竣即撤，或工作复招，俱饬各段局绅赶紧兴修。乃因停工十日，除已撤不计外，两属在工尚有七千余人，又须下月中旬方可竣事。所幸河开水退，逃出难民闻风归籍者尚复不少。至粥厂原病者，多类非医药所能治。近因天气陡寒，病死饥民二百三十余名。连前设厂日起，已故四百余名。前后续置棺木二千数百具，至今为之一空。现计住厂男妇四千一百有余，日食米五六大石，加以平粜苞谷日十余石不等。所有各处采买粮石，除运用外，尚存镇雄之戈魁各夷家苞谷、稻谷一千四百石，大关之盐井渡四五百石，永善之墨石驿二三百石，又鲁甸之江边三四百石。各路掮夫千余人，络绎往来，尚不致形缺乏。再，张委弁所管流民陆续遣散，至今只余三百八十人。十二日量给川资，全行分散。其有病不能行者四十余人，送入粥厂。各皆欢然而去，请毋远虑。

奉粮宪英札

为会饬事。案准善后局移开，光绪十九年四月初六日奉督部堂王批，据督办昭通赈务、补用同知龙丞文禀为案据恩界上中洒鱼绅粮请款新开大河一条完工，勘覆立案，以期永远遵守，恳祈批示饬遵缘由，奉批据禀已悉。仰云南善后局会同布政司查核立案饬遵，仍候抚部院批示缴。又于初七日奉抚部院谭批，同前由，奉批：据禀已悉。该丞新开恩界大河一条，现已完工，勘明两岸堤埂亦甚坚固，各处积水消尽，沿河涸出田地即经垦种。阅之曷胜欣慰。所请立案，应即照准。仰善后局移会粮储道转饬遵照，并饬将用过工费银两核实造册，请委验收。切切。仍候督部堂批示。禀发。即缴各等因。奉此并据具禀到局，除呈覆并札该丞遵照办理外，相应移会，请烦查照会饬施行等由。准此合就札饬。为此札，仰该丞即便遵照办理，并即补禀本道衙门立案。毋违。特札。

奉藩宪史批：据禀恩界上中洒鱼新开大河一条，现已完工勘覆各情，已悉。既经该员亲往履勘，可保永无水患，民生国赋受益无穷，应准如禀立案，仍候两院宪批示缴。

四月初三日通禀

敬禀者：窃卑职于恩属正河筑堤栽树，现已完工，堤上轿马俱可通行。所修各子河自十数里以至六七十里，分支按节，尚有在工三四千人，月半亦可藏事。惟鲁属桃源海子百余年积水已消，内有旧河各支，俱系腐草流沙，漫无堤埂，必须逐一清疏，乃能下注。至老鸦屯水口，尤为隘要。前经饬令督工人等寻觅故道，挖深一丈，宽至二丈，乃淤泥太厚，随开随合。初用木桩编以树条，殊深不及底，继用篾箩装沙堆砌，又站立不稳，实系无可如何。旋禀由卑职亲勘，连日与委弁绅管筹思审处，始议由山脚李姓田内寻出硬土，另开一河，以老河旧址照换新河地基，计长六十余丈，既宽且深，务使水可畅流。但此处周折经营，不免多用公款，然思一劳永逸，亦不能省费误公。核与恩民属之老鸦岩同一费力，盖彼处为石龙过江，石上淤泥，泥中杂石大小鳞立，胶凝可用轰药；此处则一片稠黏，无从下手。若苟且了事，似未免厚恩薄鲁，反滋议论。现计月内工竣，再为列单禀请委员勘验。卑职因受恩深重，决不敢畏难苟安，致负委任。是否有当，理合肃具芜禀，伏祈批示饬遵。

敬禀者：粥厂自二十一日至今，死者又三百余人。每日除稍壮健自愿回家外，随将新添收入，尚有男妇三千六百余名。其中抱病甚多，虽经医药，恐将来不可靠者十居三四。现择老弱男妇百余，就近另佃民房，分别寄住，以示体恤。又有将蓐孕妇二十余人，移入广仁堂，借作寄生所，均照腰牌，日各给米二合，俾可干饭，量付盐炭、草荐，令丐头夫妇分管。产后报局，无论男女，各给包裹、中衣一条，钱二百文，俾免遗弃。仍于赈饥之中藉寓育婴之意，俟粥厂停办，应并遣回。再于厂中挑选壮丁百余名，编作棚数，派夫头领赴炭厂，运炭煮粥。往返四十里，各负五十斤，日给工钱三十文，照常倍粥，以免坐食妄为。其余或三五日统令出游，庙内另烧柏枝药料，打扫一次，晚间照签收入。复就庙中空坝搭盖高架凉棚三个，使放粥时不受晴、燥、雨、湿之病。该司事人等因秽气太重，移住乐楼，楼下装板堆粮，楼外即东西各八灶。凡收粮煮粥，众目昭彰，庶防弊窦。惟四处勘河时，察看小春，平阳虽种，不过十之二三，加以荳损坏，只余两成，恐五六月间不能接济，赴厂尤多，购粮匪易。且牛马死者亦众，掮夫维艰。惟近接川函捐款，尚有成数，当不掣肘。知关宪廑，合并禀闻。

奉藩宪史批：据禀恩属河堤工竣，现修鲁属旧河，并另单禀报粥厂近日情形，均悉。仰将粥厂事宜认真整顿，用意体恤，毋任灾民流离失所，是为切要。至所挖河工，亦应认真督饬在工人役，实力修挖，以期一劳永逸，毋任草率偷减。切切。仍候两院宪批示缴。

四月二十日通禀

敬禀者：现在恩界正河早经开通。除五马海至五寨一河初开不计外，所有各子河，如大龙洞、头道河、利济河、小龙洞、葫芦闸、下红桥、凤凰闸、威宁河、白鱼河、秃尾河、新河、雷祖庙、四甲边河、阴河、黑沟、红泥闸、上下节、旧浦官沟、集将街官沟、大小闸、观音寺中沟、大水塘、布戛石家坝、高山寨及前分次禀案之上中下三洒鱼、黑石坳，一共二十九处。内有三两处，计月底亦可一律完工。又鲁甸桃源两海内各支子河，并前禀古寨黄沟，月内概已竣事。以上各处，或派绅经理，或发款帮修，一再亲勘，群谋独断，钱粮均足敷用，人工亦将散完，种地栽田，丰穰可待。工归实际，款弗虚糜。凡两属灾黎，无不感颂宪恩知明处当，乃得成兹非常之举。卑职亦侥幸从事，可告无罪于昭民，实非初愿所能及此。拟请拣委明练正大之员，迅赐来昭逐条勘验，以便将河工事件先行造册，汇案报销。可否之处，请祈宪恩衡核，批示饬遵。

敬再禀者：粥厂旧病饥民，半月以来又死五百余名。计自开厂至今，病故男妇大小共一千二百有奇。此聚处合计，日形其多。若散在各乡，食不充饥，死者更不知凡几也。近因花烟刈麦，锄种苞谷，纷求暂去。始各给腰牌一面，听其出入，并不关门。有早去晚归者，有早来晚散者，有长住不去者。故每日或三千、二千，及一千数百人不等，死日见少，病日见痊。行止虽属无凭，而一日两餐，总须见牌发粥。谅小春收毕时，人恐复旧加倍。然不能禁其来，亦难遽麾之去。前因病亡日众，不免又生波议。前与镇府县会商，除前提老弱、孕妇两项分别寄住外，嗣复检出寡妇四十余口，移送养济院；幼孩三十余名，交民妇领养，均照发米盐、炭草、衣裤。并于庙中各屋通加木板，以隔潮湿，又点天灯两照，以迓生气。立法如此，似亦毫无遗憾矣。至两属赈已放齐，惟鲁甸厅以无庙宇器具，不能设厂。近则米粮价值较昭腾贵，旋派蔡委员现由永善江边买得粮谷三四百大石，以二百石运赴厅城，令敬委员督同绅管设局平粜。其各乡如水屯、新街、拖溪、龙树、古寨、小寨、梭山、落红、桃源、龙头山等十处，另派刘委员分头选派绅粮，按照地方大小，量给十石、二十石、三十石为止。每逢街期，仍每升示定价钱六十文，辗转售卖，尽以此本谷折完为度。缘鲁地穷胜于昭，且山多于坝，小春甚稀，此次河工赈款又恩多鲁少，似此因地因时，乃足以示公普而服鲁人。是否有当，伏乞批示饬遵。再，缮禀后，接据善后局提调蒋守函知，转奉藩宪发下平安丸一千二百瓶、又二罐，藿香丸二十七斤，甘露饮一千四百块，雇夫专送前来。业经如数收到，以备施济。合并呈明。

敬续禀者：顷接宜宾县国令璋来函，续募得该县绅粮凑集赈捐银一千四百五十两，仍送裕盛公号，就便在普洱渡及川界新场作买粮之用。复接李绅正荣函知，募得仁寿县知县何令履端捐银一百两外，又富顺县陈令锡鬯添募得银五百两，均由德盛隆号兑交卑局。再，牛街厘金局修大使家鏐捐来银二十两。此次计共收入捐款银二千零七十两，以资接济。昭郡城乡乐捐，自五百钱起，亦有愿捐一二百金者，俱俟奉到捐章，乃肯酌定银数，汇收造报。昨奉藩宪札发顺直章程，仅开贡监从九捐例，且不卜可否准其乡试，未便转行。究竟此次捐奖，能否指名照捐各项实官、虚衔、封典，有无先给实收，请祈明白批示，早发简明捐例，以便答复而免悬望。至各处垫捐，尚未明示。捐生何人，愿捐若干，无从臆度，容后开来，再为造册转报请奖。

奉善后局宪札

为奉批饬遵事。光绪十九年四月十三日，奉督部堂王批，据督办昭通赈务、补用同知龙丞文禀办河工、粥厂现在情形缘由，奉批：禀单二件均悉。河工、粥厂随时随地设法，经营可谓无微不至。天鉴此衷，岁事有秋，当可掺券，嘉慰深之。仰云南善后局转饬知照，仍候抚部院批示缴。又于十五日奉抚部院谭批，同前由，奉批：据禀已悉。老鸦屯新河，应俟续禀到日，再行核夺。余俱如禀办理。仰善后局移会布政司转饬知照，仍候督部堂批示。禀单五页并发。即缴各等因。奉此并据具禀到局，除呈覆移会外，合行札饬。为此札，仰该委员即便遵归办理毋违。特札。

奉藩宪史札

为札饬事案据该丞禀为恩、鲁正子各河俱届完工，拟请委员勘验，恳祈衡核，批示饬遵等情到司。据此查昭通河工，前因绅民具禀议开，曾经委员夏昭培前往估勘，嗣以经费太巨中寝。后数年中，虽不乏建议之人，然言之惝恍，终无把握。去岁昭鲁奇灾，初意但思酌办赈粜，救吾民目前之急。不料因此一赈，遂将该处大利兴复，此实该丞不辞劳瘁，不避嫌怨之功也。兹阅来禀，各处现均工竣，请委验收，实深欣慰。除移会善后局委员驰赴昭通，逐细验收结报外，合就札饬。为此札仰该丞遵照，即将此次开办河工各立碑石，叙明原委，一并报司立案。庶杜日后争端而资后来考证。切切。毋违。特札。

奉藩粮总局宪札

为委员勘验河工事。光绪十九年五月十二日奉督部堂王批，据督办昭通赈务、尽先前补用同知龙丞文禀为恩、鲁正子各河俱届完工，拟请委员勘验，恳恩衡核批示饬遵缘由，奉批：据禀已悉。仰云南善后局会同布政司粮储道，迅速派员前往，验收结报。至另单所陈各节，办理甚当，亦即由局会司转饬遵照，仍候抚部院批示缴。另单存。先于初八日奉抚部院谭批，同前由，奉批：据禀已悉。仰善后局移会布政司查核，委员前往勘验所修各河是否坚实，取结报查。另笺所禀各节，应准照办，并即饬遵，仍候督部堂批示。禀笺并发。即缴各等因。奉此并据具禀到局。查该丞所禀开挖恩、鲁两属正河及各子河既俱完工，自应遵批委员前往勘验，取结报查，以昭核实。兹查有补用知州李光舒，堪以委往勘验。至另单所禀鲁甸厅属龙头山等处冰雹成灾，现在查办被灾丁口给粮，暂为救急各节，办理甚是。应即赶紧查明，妥为酌赈具报。除呈覆抚宪并札委外，合行札饬。为此札，仰该丞即便遵照毋违。特札。

四月二十五日通禀

敬禀者：案据恩属粮民王启能、李国太等呈称，西乡自碑天坝至马厂有阴河一道，向因水大不能尽泄，旁设黑沟，以撤田水入河。近年河为沙淤，又被下圩人等于沟中安坝，堵塞上游，以致水淹良田，不能耕种。恳请发款，将阴河中沟一并修复，沾恩上叩。旋据赵大宽、钟开正等呈称，该处并非古沟，若由此沟出水，势必使下圩受害各等情。据此卑职初委河工局往勘，饬照旧规督修。复据城绅马春荣等，以各顾各圩，请停免修补呈前来，并暗支乡民妇女数十人横卧堤上，不准开挖，肆行滋闹。卑职始亲任踏勘。该处原有大沟一条，引水入于阴河。两岸田民上多下少，若非古沟，何以上下皆有桥坝数处？且水不应从沟出，又向何处放流？明系下圩人等恃强占霸，利己损人。当经明白开导，并饬令照沟修理。该绅等自知不合，乃复认折石坝，邀恩免究。惟念下圩田少，将来堤埂坍塌，仍归上圩出夫培补，不与下圩相涉。各具遵依完结，河工亦已竣事。为此据实禀恳批示，立案饬遵。

敬再禀者：案据恩属粮民李启谦、王秉发等呈称，高山寨下地高而平，自雍正年间蒙傅县主于上流创草坝，开官沟，辟田三千余亩后，蒙俞县主重修下流草坝拦水，上沟均沾水利。近因沟阻坝坏，不敷灌溉，恳请修立石坝，并培官沟，另饬由贺姓下围业内开挖一沟，引水下注。复据乐居寨绅粮范士贤、孟泽生等呈称，该处向有草坝拦水入沟，今因沟道淤阻，只须淘开引水，不必用坝堵截。若建石坝锁水，一经泛滥，则两岸田地必致受伤各等情。据此卑职亲往踏勘。该处原有官沟一条，蓄水灌田，今窄而浅。又有古沟一道，从上流分住下沟，全行淤塞。且大河边向系草坝，水小则堵截上坝，水大则听其冲去。该水长李启炳等突于上年改作猪圈，装石砌坝，藉派岁修。况原呈人等因与贺姓有隙，亦不无损人利己之见。查古沟在贺姓上围，山脚太高，且填塞多年，即开未必经久。若由下围新开，有损伊地，伊不乐从。当经断由贺姓中围新开一沟，引水直下官沟，并将官沟挖深取宽，俾得清水灌田，其坝可不再设，免藉敛派。众俱悦服。惟官沟长约六十里，开新培旧，需工甚多。且各河均除水患，惟此处乃重开水利，值此民食维艰之际，不能不酌帮食费。兹拟给银二百五十两，以速成功，但不许原呈人等干预；水长李启炳亦移县革去，不准充当。为此禀恳批示立案，永远遵守。

奉善后局宪札

为札饬事。光绪十九年五月十二日奉督部堂王批，据该丞禀恩界西乡黑沟绅民争讼，断令折坝修沟，并由下圩筑埝息结，请祈批示立案饬遵等情，奉批：如禀立案。仰云南布政司会同善后局粮储道转饬遵照，仍候抚部院批示缴。全日又奉督宪批，据该丞禀恩属高山寨粮民争讼，断令折坝开沟，并酌给帮费银两，以兴水利，请祈批示立案饬遵等情，奉批：如禀立案。仰云南布政司会同善后局粮储道转饬遵照，仍候抚部院批示缴各等因。奉此并据该丞具禀到局，均经由局核明，准其如禀立案，并饬将开挖处所各立碑石，叙明原委，以杜日后争竞。批示在案。兹奉前因，除分移外，合就札饬。为此札，仰该丞即便遵照毋违。特札。

0 敬禀者：案据恩属五马海大小岩洞五寨粮民曾兴义、李克从、窦明先、王世学等呈称，该地有大河一道，上自坡脚发源，下至五寨海子，沿河旧有落水洞十余处，因多年未修，各洞淤塞，加以山沟水来，砂石并下，至河愈宽，地愈窄。每当水泛，上下街场民舍被淹，一片汪洋，道路莫辨。居民固苦陷溺，商贾亦患阻留。今三月初四日，大岩洞场后忽现出落水洞一个，口广三尺余，深不见底。若修砌石埝，水可渐次拦入。但河在上节，下水难消，必须顺河将原洞修复，乃得永无水患。惟岁值凶荒，民食不济，只得恳恩发款督修，农商两利。复据马户卯崇发等呈称，驼运京铜、镰、铅，夏秋间常在五寨一带阻水，不能依期运交。至肩挑背负，每因耽延耗费，人货俱失。兹恩、鲁两属河道概蒙修通，此为川滇要途，商贩络绎，合无仰恩培修，顶祝不朽各等情。据此卑职伏查县北二十里地，名阆沟，高埝横亘。山内即龙洞，水西流由利济河达老鸦岩。山外乃系东流，由五马海至五寨海子泻下关界出水洞。沿河向无堤埝，两岸山地民房随水冲刷，长约五十余里，行人涉水三十余道。卑职前任大关，往返十数次，深知该处情形虽不在正子各河之例，然系北路一大支流，非趁此拨款培修，恐后无机会，害胡底止。且该地不产稻谷，左右凉山现无小春，穷民束手待毙。是以不辞艰苦，当派周委弁并调胡把总希望藉资熟路，同勘修理，务使水不泛流，庶山地得以居耕，行商获免阻滞。况系工赈，全活饥民尤多。虽所费约千余金，一举而三利俱备。是否有当，理合肃具芜禀，仰祈批示饬遵。

敬续禀者：二十三日正封禀间，旋据鲁甸厅罗倅云移称，案据厅属龙头山、白沙坡、月亮田、恩德洪、康家沟、江边、沙坝等处围约冯万顺等报称，初八夜风雷交作，冰雹骤降，大者如罍，小者如卵，约下两时，界将百里。不但已熟豆麦概行打完，并将初种苞谷尽行扫去一千余家。眼见饿毙，恳请转禀，以救生民等情。据此当经敝厅驰往勘明，被灾不虚，饬约逐户造册。除一面通禀并牒昭通府外，为此备移前来。卑职接阅之下，因刘委员先在梭山一带设粜，刻即专函饬令该员前往各处查勘明确。如果灾大，一面将所买粮石，每户按丁口多寡，照给三四五升不等，暂为救急；一面飞禀到局，自宜设法补赈。至该处平粜，暂从缓办。其灾情轻重，应俟禀到后作何办理，再为奉闻。

奉善后局宪札

为奉批饬遵事。光绪十九年五月初七日，奉督部堂王批，据督办昭通赈务、补用同知龙丞文禀为恩界北乡，自五马海至五寨大河，现拟照粮民禀请开修，一举三利，请祈批示饬遵缘由，奉批：据禀阅悉。此次工赈，请帑筹捐，实为难得之机会。但使力所能及，自应一体均沾。此举以工代赈，并利行人，为惠尤溥，应即准如所请办理。惟须谆饬派往各弁绅，实心实力，以收实效，勿稍草率敷衍，或至有名无实，是为至要。仰云南善后局会同布政司、粮储道速饬遵照，仍候抚部院批示缴。又于初八日奉抚部院谭批，同前由，奉批：据禀筹修恩属五寨沿河落水洞等处，应准照办。仰善后局移会布政司转饬遵照，仍候督部堂批示。禀发。即缴各等因。奉此并据具禀到局，除移 布政司 粮储道 查照会饬暨呈覆抚宪外，合亟札饬。为此札，仰该丞即便遵照办理毋违。特札。

为核饬遵办事。光绪十九年五月初十日奉抚部院谭批，据署鲁甸通判罗倅禀龙头山、恩德洪等处，于四月初八夜被冰雹伤坏粮食苞谷情形，禀乞批示饬遵缘由。奉批：据禀该龙头山、恩德洪等处被雹伤坏粮食苞谷各情，应如何赈抚，仰善后局会同布政司查核筹办，仍候督部堂批示缴等因。奉此并据具禀到局。查鲁甸厅属龙头山等处被雹伤坏粮食苞谷，现据督办昭通赈务龙丞附禀，已饬刘委员前往各处查勘。如果灾大，一面将所买粮石，按每户丁口多寡，照给三四五升不等，暂为救急，一面飞禀设法补赈等情在案。兹奉前因，应即饬由龙丞妥筹办理，以恤灾黎，并将应否补赈情形驰禀酌核。除呈覆移会并札该署厅遵照外，合行札饬。为此札，仰该委员即便遵照，妥筹办理。毋违。特札。

五月十四日通禀

敬禀者：昨据刘、敬两委员先后禀称，分勘得鲁属之龙头山、白沙沟、月亮田、沙坝、恩德洪五处，均未被灾。惟叠据苦荍地、大了口、官寨、端寨、大佛山、长礅、沙子厂、灰棚、西瓜地、黄土城、郭家冲十一处居民二百余户，又双水井、雀落海子、大湾洞、新山海子、康家沟、李家山、红石岩、江边八处居民四百余户，通计六百户有奇，该头人等续报灾情，即连日带同勘验。所有十九处地周围数十里荍麦苞谷秋苗，俱被冰雹重伤，房屋亦多损坏。且山石崩裂，土被水冲，平路俱成坑堑。老幼男妇，啼号悲惨，不忍见闻。现将运到粮石按照丁口核给，约需四十石左右，随后造册报销。其各处平粜，因粮贵急于开设，未便停止等因前来。该灾民等亦复呈诉到局。似此次灾上加灾，赈不胜赈？然每家计得粮数升敷食，补种培屋，所益几何？况为日甚长，饔飧莫度，终成饿莩。伏查卑局领到解款无存，所收捐项除禀报有案，陆续支销外，亦无再来接济。现在平粜之钱不敷工厂之用，再四踌躇，徒深悯恻。合无仰恳宪恩优加体恤，赏催云南府邹守募收捐款银两，及早汇昭，俾得加赈之余，藉筹善后。庶虫虫者氓彼苍即欲死之，惟宪台足以生之也。卑职身膺重寄，目击重灾，既已呼救于前，能无乞全于后，只得沥陈下情。幸蒙俯准，先祈飞示，以便遵办。

敬禀者：窃卑职于四月初八、五月初三两次大水后，速专人查看各处河道，均幸畅流无阻，一日辄消。筑埂新泥，虽小有梭塌，迅即培补如前。若在上年，则数千石成熟麦田早经淹没，现俱收获已完，新秧遍插。此河工之初征明效也。惟自河淤桥圮，凡川黔大道，多系叠砖架木以行。兹既开挖宽深，砖木无用，车马尚苦浮沉，妇女尤艰跋涉，稍逢水涨，难免陷溺之虞。兼有就桥作闸关板以备蓄泄者，又有桥上砌沟引水，中过溉田，使泥沙下流者，亦由桥塌阻遏水路，地尽荒芜，现经涸出田亩，旱年恐难栽种，故绅粮等均以无力复旧，呈请培修前来。因思除害兴利，二者皆从民便。据称各情，似不能不俯如所请。旋派委各绅分头勘验，先择其要处，饬该附近田民帮工，并劝捐款，视桥工之大小，量由局拨给银两，赶令兴修。此善后事宜，未便迟回旷日。为此开具清单，禀乞宪恩鉴谅下忱，伏祈批示饬遵。

敬再禀者：粥厂自前月二十一至今，病故三百余人。连前计共一千五百余名。因先买东关外吕姓义地已经埋满，北关地亦葬过半，若非预为之备，则尸横遍野，暴露何堪。兹复买得城东太平寨耿彩章、宪章陆地一契，价银一百零四两；又郭刘氏一契，价银八两。二共合银一百一十二两。契用县印后，仍交福禄宫首士收管。只郭刘氏一契，原载粮银九厘六毫，税苂三京升，亦拨归该庙合柱完纳。其地照前踏明四至界址，刊立昭属义冢碑记。惟棺木自去岁起陆续置备三千二百余具，因近城赴领者多，现只剩存百具。尚须续备，以济急需。拟将来统由捐款内作正报销，以归画一。至枭局自初三阻水，粮运不到，暂停六日。厂中日添千人，市价亦增昂贵。旋于初十日开枭，日需粮二十余石。现计该厂提出老幼男妇发米外，实有二千余人，日需煮米三大石有奇。如天气畅晴，转运均足敷用，堪以远纾宪廑。再查五马海至五寨一带，自改土以来，并未开有河道，随各处山水汜流，漫无定踪，亦无出口。行至五寨低处，浸成海子，全藉落水洞阴消。故水涨时愈溢愈宽，田地无不淹没，行人无不阻滞。害已经久，势所必然。兹据周、胡两委弁禀回并访之舆论，拟由海子横过鹦歌嘴，新开出四百余丈，宽四丈、深三尺，直下大沟，俾水畅流，一劳永逸。惟该地多系石底，恳发铜炮轰药数十斤，即交解员带来听用。

奉善后局宪札

为酌核饬遵事。光绪十九年五月二十五日奉督部堂王批，据督办昭通赈务、补用同知龙丞文禀为查明鲁属重灾，恳赏捐款加赈，速祈批示饬遵缘由，奉批：据禀已悉，查上年至今办理恩、鲁赈务，省局既不遗余力，该丞亦煞费苦心。乃事将就绪，而鲁甸之苦苂地等十九处又被雹灾，小民何幸，迭遭厄运。自应重加抚恤，俾不致终成饿殍。所有邹守经收捐款曾否集有成数，仰云南善后局迅速查明拨解，仍先行核饬该丞知照。另单所陈施棺、义地两项，准于捐款内动支，分晰开报。所需轰药，并即由局酌核发给，饬遵具复。并悉。仍候抚部院批示缴。另单存。同日又奉抚部院谭批同前由，奉批：两禀及另笺清折均悉。仰善后局即饬云南府将募捐款及早汇昭，俾资接济，并先知会，以便办理。补修桥堰亦应照行。惟数千石成熟麦田本年俱经收获，何粮价犹未稍平耶？并饬知照。仍候督部堂批示。禀二件、另笺清折并发。即缴各等因。奉此并据具禀到局。查云南府邹守经收文武各官捐赈，共捐获银三千四百九十二两八钱七分，呈缴到局。业经由局会入奏请赈款银十万两及各官绅捐赈银，先后支发被灾各属赈抚各款。截至本年五月二十六日止，不敷银一百二十二两七钱五分，尚系由局垫发。兹据禀鲁甸之苦荍地等十九处被雹成灾，小民待赈孔急，自不能不于无可设法之中勉为筹赈。兹由局筹垫银一千两，札委准补宜良县典史魏直等解赴昭，交该丞查收，妥为赈抚。事竣并案造册报销。至另单所请轰药，应准由局酌发加工药五十斤，并交该委员解往交收，俾资应用。奉批前因，除呈覆札委并移布政司查照外，合行札饬。为此札，仰该丞即便遵照，将前项赈银、火药分别照数查收，仍将收到数目、日期补领报查毋违。持札。

五月二十九日通禀

敬禀者：昭郡于二十四日未刻大雨倾盆，冰雹交作，幸时浅尚未成灾。及二十五通夜如注，水势铺山盖地而来，禾苗苞谷冲刨无数，但可复生。土人云，上年积雨连绵，未见如此猛涌，若非河道畅流，二日即消，必致淹成泽国。惟正河则水齐老埂，刷扫堤脚，子河则水从埂漫，冲损新堤。旋派人先用口袋盛泥堵住决口，随用桩木篾篓由内砌好，仍将口袋撤去，觉较妥速。窃计此番河工，经数次险中之险，忧劳恐惧，虽天时莫卜，费款少多，犹幸人力尚可弥缝。卑职断不敢故涉张皇，亦不敢希图粉饰，并干查究。至五寨一河，初时原未议及，嗣因机会难逢，约费千余金可得三利，讵经开挖，工程浩大，非三千金不能完竣。又前禀二十九支子河外，续修西溪鲁、慈云庵、元宝山三支，亦从民便。再，粥厂饥民现复将近四千，日需费米五石上下，近半月死者不过百人。巢局则日需粮二十余石，纵新麦登场，市价不减，良由数年来各仓空乏，种出粮少，不能济事。大春虽好，更难逆料，吃紧正在此时。又鲁甸雹灾，于前禀后，续据敬委员报来上下痴菇、马槽沟、树窝、张家院子、已纪明、乐布租、仙人洞、助窝、甲大箐十处居民，二百四十余户，受害较轻，然须分别赈给。以上通盘再算，款项实有不敷。前恳宪恩饬催首府捐款，除加赈外，藉竟全功，计日无多，势难久待。务祈宪恩查核收数若干，迅赐委员凑成解昭，以便始终其事。是所切祷。

六月十八日通禀

敬禀者：本月十六日，据魏委员直解到赈银一千两、火药五十斤，当同方令验收印领，交该员赍呈，并奉宪谕一切自应遵办。惟善后局宪札开，云南府邹守共捐获银三千四百九十二两八钱七分，呈缴到局，业经由局会入奏请赈款银十万两，先后支发被灾各属。现系由局筹垫银一千两解昭等因。奉此窃思恩、鲁罹此巨灾，无论以前所拨请款四万两，要皆出自宪恩，即募捐之项，亦无非高厚玉成，原不敢分彼此。第此项系指名昭捐，出者愿意，受者感恩，似与国帑稍有区别。且卑职前禀恳赏捐款，除加赈外，藉竟全功。昭属绅粮无不闻知盼望。又先于十三日奉到藩宪批，现已札饬邹守将现收捐款银两迅速解昭，添资接济等谕。当即派刘、敬两委员挪运钱六百串，照前发给粮石，灾民逐户加赈，以事等救焚，未便少延时刻。兹各处赈将就绪，而河工、粥厂、平粜紧迫非常，此中挹注，煞费周章。为此再恳宪恩，赏将邹守募捐余银二千四百九十二两八钱七分外，另由局多筹五百余金，添足三千两，委员解昭，抑或由同庆丰号汇兑，以期迅速，免致一年辛苦，功败垂成。此时此景，正两属生灵性命相关，急切之呼，罔知忌讳，唯宪台怜而恕之。再，昭城自前月二十五至今，昼晴夜雨，既大且久，河工无恙，粮价幸不加增。惟病灾甚众，粥厂半月又死七十余人。临禀无任悚惶待命之至。

敬禀者：鲁属桃源海子自水退后，涸出田地数万亩。除系自业满栽外，所有剩余未栽之田，有逃亡故绝而无主者，有押当承佃而两废者，有业户无力而抛荒者。前经卑职勘河时，附近田民多以此等膏腴弃之可惜，拟请拨给暂耕，后仍各归各业。当饬局绅马如璋等传谕各户，现在无论何人田亩，均准招徕耕种。俟将来收获，统以七成归种户，以三成归公。其有主之田，由公处按提一成，转给业户，以示体恤。民皆乐从，嗣是而地无余利矣。惟田经抛荒，已多无契据，不免纷争。且钱粮之飞洒诡寄、界址之欺隐侵凌，地尽回民，弊端百出。询之土人，俱云变乱后夫粮无措，契缴厅署。及向罗倅询称，饬房查检，又片纸无存。所有按户分谷、定界、升科等事，均在八九月间方能措手。计时卑职当回省销差，且未便专擅地方事件。拟请宪恩札谕鲁甸厅，先行勘明具报，或由藩宪衙门给予凭信，或饬该厅发给执照。应如何明定章程，乃无扰累而经久远，统候宪裁。再，此海内原有子河双柳树、兴发村、铁家湾、阮家湾、箐门口、小桃源、岔冲、新冲、邵家闸、落水洞、乾田、小冲、荒冲、岩洞，计共十四支，现已分别发款，一律开通。合并禀闻。

奉善后局宪札

为查核饬遵事。光绪十九年七月初四日，奉督部堂王批，据督办昭通赈务、补用同知龙丞文禀为鲁属桃源海内涸出荒田，先令耕种，恳饬该厅查勘，报请定章，并开子河十四支，统祈批示饬遵缘由，奉批：据禀已悉。鲁甸桃源海子涸出田地至数万亩之多，疏河之明效已著。惟田地不皆有主，争端必多。仰云南布政司迅速妥议章程，饬遵具复。仍候抚部院批示缴。又于初六日奉抚部院谭批同前由，奉批：据禀鲁属桃源海子自水退后涸出田地数万亩，并子河十四支一律开通，尚属办有成效，差堪慰藉。所有按户分谷、定界、升科各事宜，应如何明定章程，以期经久，仰布政司会同善后局妥议，详复饬遵。仍候督部堂批示。禀发。即缴各等因。奉此并据具禀到局，查恩鲁升科一节，去年未动工开河时，司中即首先饬议此事。现在距秋收不远，何以恩、鲁两属均未议及？兹奉前因，自应责成署昭通府胡守督同该厅县公同妥议章程，星驰通禀核办。除呈覆并札昭通府遵照办理外，合亟札饬。为此札，仰该丞即便遵照毋违。特札。

七月十七日通禀

敬禀者：窃查光绪十九年正月二十二日京报顺直灾赈，经直隶总督李、热河都统奎奏，为赈务完竣，谨将用过部帑并据拨解银两，并及赈过民户数目，援案缮具清单一折。

内开：热河从无办过成案，惟有直隶每届赈务报销，均系开具清单，请免造册，历蒙恩准。此次热河报销，自应照案办理。谨将收支各数汇齐清单，仰恳天恩，俯照历届奏准成案，免造细册，以昭核实而省繁费。又称各委员会同印官不辞辛苦，全活甚众，洵属著有微劳，应俟善后一律完竣，归并奏保，请旨施恩等语。奉朱批：着照所请，该部知道。单并发。钦此。钦遵在案。伏思此次恩、鲁奇灾，荷蒙宪恩颁发国帑，并捐廉劝募，为数已复不少。地方又极辽廓，除放赈、散种、施粥、施衣及掩埋骸骨，一切与顺直相符外，尚多平粜、河工两大件。其中买粮、转运、换钱、发工，事极纷繁，造报匪易。拟请仿照顺直章程，免造细册，仍开列清单奏咨报销。卑职只造册一分，按款分柱缴呈善后总局，以便稽核而免迟延。至保奖一节，前奉督宪批札，内有办理工赈出力之人，应否给奖，自应俟事竣分别等次，据实开报，听候核办，似不宜先给奖而后程工也等谕。现计八月，各工告成，在卑职固不敢妄邀奖叙，而各员绅办理工赈一载有余，且新开数十年之淹地，多出数十万之良田，保全灾黎，阴弥祸患，自不忍没其劳苦。合无仰恳宪恩，仍照顺直成案作为异常劳绩，择其尤为出力者数人，随折保举，其余另案汇保，出自逾格鸿慈。统候钧批，再由卑职分别造册呈核。再有本地头人、乡民、兵勇，在河工、放赈、平粜、粥厂、买粮、转运各事立功者，恳即赏由卑局酌给功牌，并填捐赈人名，一律汇缴，以示鼓励。是否有当，伏乞衡核批示饬遵。

敬再禀者：昭郡自六月以来，伏署阴森，霪雨不息。苞谷未熟，菽子难收，禾苗秀而不实，人心惶惧，又几成灾。幸蒙福庇，上召天和，已于七月初五日开霁，连日畅晴。小春、大春仍有七分可望，此开河之效，不仅在多出田地已也。河工自李委员光舒验收后，水虽畅流，而新筑沙泥淋久遽难结实，仍须将坍塌堤埂加工补筑。至五马海上游，水则泛滥无归，堤亦随筑随圮，开出落水洞，所销不多。卑职前往看明，仍饬该弁等只将沿河大路砌高，撇水顺流，不致漫延阻滞，即令收工。五寨海口新挖河道既深且宽，现因雨久人稀，工尚未竣，然不能不作经久之计。城中平粜，自六月二十六日起，苞谷每升减至五十文，以市价只一百文上下。又因苞谷赶运不及，兼粜新麦，每升定六十文，故买麦者较多。拟俟各粮运齐，连鲁属量期停止粥厂，先示期七月初八关门，凡附近不愿住者，听其自去。卑职于初九日赴厂点，名造册给签，尚有男妇二千一百余名，近日死亡亦少。但虑钱粮不敷，当即商同方令，议将恩准存留恩安县银一千一百五十两零，拨归卑局易钱散厂，事毕一律报销。旋谕该饥民等，有愿去者，每人按一站给钱二百文，两站三百，三站四百，缴签领钱。旬日之内，又续散去千余人。现实有七百余人在厂。乘此中元节后，建醮三日，超度厂内亡魂，以防祟厉而杜口实。拟俟八月内，连外住领米之二百余名，一齐遣散。如实系老弱、残废、无家可归者，酌留多寡，再添栖流所房屋，以便安置，另筹口食。此后如何办法，容再续闻。惟前禀请补解捐款银三千两，一月未奉批示，忧疑惧望，与目俱深。万恳宪恩赏准解来，以办善后及归还关鲁积谷。此外亦不敢妄有希冀。再，前奉发平安万应丸极为效验，眼见运粮夫役发痧急症，全活无数。现已发完，要者甚多，可否邀恳宪恩，由局再配一料，解来施济。通用罐装，不必铅饼，并恳将药方刊印寄示，以便广传，尤为功德无量。

奉善后局宪札

为查核饬遵事。光绪十九年八月初三日，奉督部堂王批，据督办昭通赈务、补用同知龙丞文为抄呈顺直赈灾申报，恳恩仿照办理报销，并赏准保举给发功牌，统祈批示饬遵缘由，奉批：据禀及抄件均悉。此次恩、鲁赈务，办理经年，在事员绅实力实心，深堪嘉奖。至免造细册一节，直隶既有成案，自可援照办理。仰云南布政司会同善后局核议详奏。所请功牌，应候抚部院酌核发给，并候批示。再，此项办事出力员绅，酌量请奖，当无不可。惟请作为异常劳绩，随折汇保，全照军务办理，是否可行，并由司局酌核，具复饬遵。此缴。抄件存。先于初二日奉督部堂王批：据该委员禀请补解捐款银两，并请发万应丸解昭济急等情。当即批司报明，应再遵批勉筹银一千两，委员补用州同曾应銮管解交收在案。兹据禀前情，仰云南善后局转饬遵照。前发平安万应丸既有效验，应由局迅速再配一料，解往施济，并将药方刊发，俾广流传。余悉禀发。仍缴。先于七月二十八日，奉抚部院谭批同前由，奉批：禀笺抄件均悉。所请赈务报销，照直隶开具清单，免其造册。出力员绅照异常劳绩，随折请奖，其余另案汇保，及由该赈局酌给功牌各节，能否准行，仰善后局会同布政司核议饬遵。至请发银两，应如何筹解？丸药既有效验，应再配一料，并刊刷药方，一并解寄。均由局核办。切切。仍候督部堂批示：禀笺抄件并发。即缴各等因。奉此并据具禀到局。查该委员所禀，请将此次办理恩、鲁赈务开支银两，拟请仿照顺直章程，免造细册，仍开列清单报销等情，自应遵批照准。俟该委员开报到局，再行汇案详请奏销。至所请将办赈出力员绅，作为异常劳绩，随折汇保，诚如宪谕，全照军务办理，碍难照准。应由该委员将此次办理河工赈抚出力各员绅衔名及劳绩等差，分晰开报，听候酌量给奖，以酬劳勤。其所请赈款，叠据该委员禀，奉两院宪批局，均经由局核明，两次筹发银二千两，先后札委准补宜良县典史魏直及补用州同曾应銮管解，赴昭交收在案，自可无须再行筹解。前发平安万应丸，既有效验，应即遵批再配一料，并刊刷药方一千张，专足送交该委员查收，以资施济。奉批前因。除呈覆外，合行札饬。为此札，仰该委员即便遵照办理，并将送交万应丸及药票查收施济。毋违。特札。

为札饬遵照事。案查昨据督办昭通赈务、补用同知龙丞文禀领到捐款不敷支用，务恳宪恩赏将余银添足三千金，解昭济急一案，奉两院宪批局，当经由局核明，遵批勉筹银一千两，仍委准补宜长县典史魏直管解赴昭，交该丞查收，以资接济，并呈覆移会饬遵在案。兹据该委员魏直因病缴委前来，自应另行委员管解，赴昭交收。兹查有补用州同曾应銮堪以委解，除呈报札委并移布政司查照外，合行札饬。为此札，仰该丞即便遵照，将前项赈银照数目查收，妥为赈抚。事竣并案造册报销，仍先将收到数目、日期，补领报查毋违。特札。

八月十四日通禀

敬禀者：本月初三日，据曾委员应銮解到赈银一千两，当同方令验收印领，交该员赍呈。窃此银未到之先，局中甚形拮据。幸先后收到宜宾县国令璋补解捐款银一百六十九两二钱，昭通府胡守移来镇雄州孟牧荫桂募捐银一百七十九两一钱，又恩安县方令宏纶募捐易世珰二百两，龙在朝五十两，谢定元五十两，龙德源杂粮一百石，付鲁甸平粜，合银五百两，再由卑局捐收施怀藻二百两、贺嘉寿二百两，以上共收得银一千五百四十八两三钱。其中有拟请奖叙者，有不愿领奖者，容俟一律造销。惟当荒极之年，骤成废久之功，虽事事力求撙节，而赈务中应办事宜实亦不少。现除收支各款外，尚不敷还鲁甸积谷六百三十余石，价约五六百两，其应如何弥补之处，容后再陈。合肃芜禀，伏乞批示饬遵。

敬禀者：粥厂自前月初八关门，除本城不愿住庙饥民当散千人，未经给钱外，初九日点名发签，尚有二千一百余名，陆续按站给钱遣散。至二十九日，实剩得四百余名，一并散去。本月初一日，又将外住之寡妇、孕妇、老幼、残废等二百余名口，各给一月口粮苞谷六升、钱三百文，并给中衣，除有家可归外，各处设法安顿，待满月后再为查报。凡此起死回生之民，皆沐宪台威德所及，聚时既皆安静，去后亦未滋非，无劳远虑。前中元节以庙中人多不洁，谨就南坛施食一次，随改至初二起醮，初四散经，初五祭庙，颁胙各衙，与众绅散福。初六七日，司事等撤至局中清赈报销。所有凉棚十二间、瓦灶房八间、天灯架、各门扇等项，送归该庙未折。其余家俱变价给用，地板则改作棺具，仍存福禄宫施发。厂事已毕，平粜则于前月二十示令三日随粜收票。嗣因票未收齐，展限至二十五，粜毕停止。鲁甸粜局亦于是月先后告撤。清回麻布口袋，改作寒衣，仍交福禄宫首士，以备冬间暗地施送。所幸正月初六开粜，至今已逾半载。日数千人，四路运粮又在数千，均得平安完事。此中弹压、经营、督率员绅，时遵宪诲，俱已心劳力瘁矣。现在市粮，苞谷荍子每斗只五百文上下，惟米价仍一千七八，须新谷登场，乃得平减。五寨河工，委因海深草结，人少工多，必须九月乃能就绪。余如各处桥工，亦待水退动工，犹未蒇事。约计十月内当可回省销差。总之，此等大工，如两属正河、子河、粥厂、平粜、放赈五事，原拟各派万金，而其间补偏救弊，亦各需十分之一二，合之实已不少，分之亦未为多。如稍涉模棱，此后遂难收拾。卑职所以实事求是，终始不渝者此耳。是否有当，合肃芜禀，统祈批示饬遵。

粮食登场，粥厂停止。谕尔灾民，从初十起，
陆续散回，各寻生理。先遣壮丁，后撤妇女。
照名缴签，钱粮酌予。毋许混淆，再来拥挤。
养尔半年，今得不死。要有天良，要顾廉耻。
自出厂门，安分守己。倘敢非为，严刑追比。

奉善后局宪札

为奉批饬遵事。光绪十九年九月初四日，奉督部堂王批，据督办昭通赈务、补用同知龙丞文禀为收到解款及续收捐项，除支用外，尚不敷还鲁甸积谷，恳祈批示饬遵缘由，奉批：据禀及另单均悉。此次查办恩、鲁水灾，工赈兼行，事烦任重，非具一片爱民真心，而精神才力又足以副之，诚未易语此也。先自开设粥厂后，灾民病故较多，省中颇有造作浮言，吹求疵类者。本部堂常叹人心不古，而任事之难，凡事非设身处地，固无由知其甘苦耳。兹幸天心悔过，本年收成颇好，所有一切赈务得以次第收功，平安蒇事。地方之福，亦感召之机也。其河工、桥工尚有未竣之处，并借动鲁甸积谷如何另筹弥补，仰云南

善后局会同布政司，即饬该丞始终其事，以竟全功。仍候抚部院批示缴。又于十五日准布政司史移奉抚部院谭批同前由，奉批：禀笺均悉。鲁甸积谷，应饬妥速筹补，以备荒歉。仰布政司移会善后局核饬遵照，仍候督部堂批示。禀笺并发。即缴等因。奉此并据具禀到局。奉批前因，除缴禀并札鲁甸厅及龙委员遵照外，相应移会。为此合移，希为查照会饬施行各等因。准此并据具禀到局，除移布政司查照会饬外，合行札饬。为此札，仰该丞即便遵照毋违。特札。

八月二十日通禀

敬禀者：前据河工提调周委弁之丰禀称，恩界之大水塘河，向同鲁甸桃源三水合归查拿大闸出口。每逢盛涨，此股沙泥极重，壅塞两水，致令上游田地被淹。现经附近居民公议，请将大水塘一河改顺山脚，商以老河旧址，换由邱黄二姓地界开挖，流入观音寺山下荒海。实计上节二百二十余丈，又从下节挑通二百三十余丈，使清水撤入海口桥大河。数年后，沙泥淤海成地，即可耕种等语。当经批令照办，以通水利而顺人情。及完工后，卑职亲往勘明。该海为张、罗、郭、何、臧、陈、赵等七姓粮田，计共八十二分，每分摊工四十五个，该田一千二百余亩，共应出谷二千石之谱，业经报荒多年。俟五六年后流沙淤满，开种原田，仍须报垦、定界、升科，并谕该七姓人等将来自出民工，应从中节各地界内补挖成河，接连上下节，俾得通行免害。该民等均深感激，并无异言。惟事远难稽，恐生他议，为此据情禀恳批示立案，以期久后遵行。

奉善后局宪札

为遵批转饬事。光绪十九年九月初六日，奉督部堂王批，据督办昭通赈务、补用同知龙丞文禀为新开大水塘河引归观音寺荒海，数年后沙淤成田，应开中河，并报垦、定界、升科，恳祈批示立案，以便后日遵行缘由，奉批：如禀立案，仰云南善后局会同布政司转饬遵照，仍候抚部院批示缴等因。奉此并据具禀到局，除移布政司查照外，合行札饬。为此札饬，仰该丞即便遵照。特札。

奉粮宪英札

为会饬事。案准藩司移开，案奉抚部院谭批，据督办昭通赈务、补用同知龙丞文禀，新开大水塘河引归观音寺荒海，数年后沙淤成田，应开中河，并报垦、升科，恳祈批示立案，以便后日遵行缘由一案，除全文司札有案不录外，后开移道查照会饬施行等由。准此，查此案前据该丞具禀到道，当经批示开挖大水塘河，引归荒海，各村民既均遵依，自应如禀立案。即移会恩安县，俟沙淤成田，定界、报垦、升科，并由中开河，以泄水势等因印发在案。兹准前由，合就札行。为此札，仰该同知遵照办理。切切。特札。

奉藩宪史札

为札饬事。案奉抚部院谭批，据该丞禀新开大水塘河，引归观音寺荒海，数年后沙淤成田，应开中河，并报垦、定界、升科，恳祈批示立案，以便后日遵行缘由，奉批：据禀已悉。仰布政司移会粮储道查核，立案饬遵，仍候督部堂批示。禀发。即缴等因。奉此并据具禀到司，查大水塘向同鲁甸桃源三水合归大闸出口，每遇水涨，沙泥壅塞上游，田地被淹。附近居民公议改顺山脚，以老河旧址换由邱、黄二姓地界开挖，流入观音寺山下荒海，使清水撤入海口大河。数年后沙泥淤海成地，即可耕种，以通水道而顺人情。开通后，该丞亲往勘明，为张、罗、郭、何、臧、陈、赵等七姓粮田，按亩摊工出谷开挖，俟五六年后流沙淤满，开种原田，报垦、定界、升科。谕七姓人等，将来自出民工，由各地界补挖，接连成河，俾得通行等情。该民等既无异言，应准如禀立案。奉批前因，除移粮道会饬并呈覆外，合就札饬。为此札，仰该丞即便遵照办理。毋违。特札。

敬禀者：窃查恩、鲁交界之师人塘，自嘉庆年间两属争讼酿命，经道、府、厅、县会勘。维时正河淤塞，又见鲁弱恩强，是以因陋就简，断修得胜桥两硐，并沿山脚开砌边沟，扼定鲁水咽喉，撇由小闸入大闸，以归正河，立案镌碑。从此人心不牢不牢可破。故本年亦只照旧修理，讵知鲁海开通，水势较大，沟小不能放流，水瀼回六七里，新栽秧亩全淹。适卑职勘河至彼，鲁民数百跪道呼冤，当谕将沟埂横开数尺，使水淜由臧、杨、陈、李、赵、吴、萧、贺、陆、卢等姓六十二分半荒田以入大闸，两日而上游始销。一时权宜，事关救急，且今鲁民数十年积忿，为之一平。乃数日后，恩民又欲筑塞沟埂，纷纷投诉。旋经卑职将今昔情形反复开导，此时水有去路，何患其来？上满下流，何分畛域？似此持平之论，众亦俯首无词。惟该十姓人等意存侥倖。据称田虽久荒，不下千亩，今下流既浚，水小仍望耕收。自愿出夫将桥沟加宽，总令鲁水畅流，两得其便。惟民力不敷，恳请帮款前来。卑职复往履勘，该处桥硐仅各宽四尺，海底过高，饬再加宽四尺，挖深三尺，折桥还桥，共宽一丈二尺。拟帮银二十两，边沟计长七百二十丈，原宽八尺，饬再加宽八尺，共宽一丈六尺。该十姓田民，按照田亩摊工开挖，拟帮银八十两。通由赈款内拟发银一百两，交臧履和、赵定国两绅经理，限九月内完工。以后岁修，仍由该十姓田民按亩摊挖，无任阻塞，庶使荒田可复，照旧升科，水道得通，永无争讼。此情理两得其平，两属绅民俱各欢服。为此据情禀恳批示立案，迅赐札谕，以便从新镌碑，永远遵守。

奉善后局宪札

为遵批转饬事。光绪十九年九月初六日，奉督部堂王批，据督办昭通赈务、补用同知龙丞文禀为改修恩、鲁交界师人塘石桥边沟，恳祈批示立案，以便从新镌碑，永远遵守缘由，奉批：据禀已悉。办理甚属妥协，应准如禀立案。仰云南善后局会同布政司转饬遵照，仍候抚部院批示缴等因。奉此并据具禀到局，除移布政司查照外，合行札饬。为此札，仰该丞即便遵照。特札。

奉藩宪史札

为札饬事。案奉抚部院谭批，据该丞禀改修恩、鲁交界师人塘石桥边沟，恳祈批示立案，以便从新镌碑，永远遵守缘由，奉批：如禀立案。仰布政司移会善后局、粮储道查核，给示遵办。仍候督部堂批示。禀发即缴等因。奉此，查此案前据具禀到司，当查师人塘正河淤塞年久，水不畅流，两属争讼，厅县会勘，因陋就简，断修边沟，以资灌溉。虽鲁属略得水利，究竟未能遍及。久荒之田，仍在千亩。现因鲁海开通，水大沟小，漫无归束，以致鲁属田地被淹，又复滋讼。该丞履勘明确，按照田亩摊工开挖，加宽桥沟，以利遄流。不敷之项，由赈款内酌拨银一百两交绅经修，于粮田大有益。应即照准。以后按年岁修一次，仍由臧、赵等十姓田民按亩摊挖，期无阻塞，俾荒渐垦，照旧升科，庶水道流通，永杜争竞，一劳永逸，两得其平。既经该丞持平论断，两皆悦服，应准如禀立案，镌碑遵守，批饬遵照在案。兹奉批前因，除移善后局、粮储道查照会饬并呈覆外，合就札饬。为此札，仰该丞即便遵照办理。特札。

奉粮宪英札

为会饬事。案准藩司移开，案奉抚部院谭批：据督办昭通赈务龙丞文禀改修恩安交界师人塘石桥边沟，恳祈批示立案，以便从新镌碑，永远遵守缘由一案，除全文司札有案不录外，后开移道查照，会饬施行等由。准此，查此案前据具禀到道，当经批示。据禀改修师人塘石桥边沟，使水畅流，恩鲁两属均沾其利，勘断甚为允协。所给帮费即于赈款项下发给等因。印发在案。兹准前由合就札行。为此札仰该同知遵照办理。切切。特札。

八月二十五日通禀

敬禀者：窃此次赈务，先后由恩安县方令宏纶拨来积谷三百五十五市石，每石照买价四两二钱合算，该昭平银一千五百二十三两八钱零二厘，大关厅朱丞毓崧拨来社、积两谷共四百二十京石，每石照历届市价八钱合算，该关平银三百四十八两，均各如数移还归款，以备采买在案。惟鲁甸厅经前任罗倅云拨出积谷六百三十五京石，即付鲁城河绅收用。查当日买价，虽仅去钱五百余串，而地方较苦，卑局若有余银，原可照现时价值多还多买，无如局款不敷，只剩存该厅平桌钱二百串，外无法设。幸得李绅正荣谊笃桑梓，慨捐银四百两为买谷还仓之用，始由卑局收付鲁平银四百两，连前存钱二百串，核与大关京石谷价有增无减，遂一并移交接任许倅祖瑞经收，请随时价贱再买还仓，亦在案。伏查李绅前捐棉衣千件，合银五百两，外捐现银五百两，曾经禀奉批示。嗣伊在重庆劝募，复倡捐银四百两；及该厅雹灾，另捐赈银二百两；兹又捐买积谷银四百两。计共五次捐银二千两，并在川中代募赈捐至万余金之多。似此好义行仁，乐善不倦，洵为合属所难能。除由卑局照章移奖该绅长子光禄寺署正衔文生李湛阳及次子李煜阳，分别汇册请叙外，其在籍蓝翎五品衔分省前先补用知县李正荣，合无仰叩宪恩，以赈务劝捐出力，随折奏保，从优奖叙之处，由自逾格鸿施。所有筹还两厅一县积谷，及李绅乐捐巨款并募多金，邀请奖叙缘由，是否有当，伏乞批示饬遵。

奉藩宪史札

为查核饬遵事。光绪十九年十月初二日，奉督部堂王批，据督办昭通赈务、补用同知龙丞文禀为筹还两厅一县积谷，及李绅乐捐巨款并募多金，邀请随折奖叙，恳祈批示饬遵缘由，奉批：据禀已悉。仰云南布政司会同善后局核饬遵照。李绅正荣乐捐巨款，复又劝募多金，似此慷慨拯灾，洵堪嘉尚。所请从优奏奖，应候抚部院会核办理暨候批示缴。又于初三日奉抚部院谭批同前由，奉批：据禀已悉。李绅乐捐巨款，并募多金，洵属高义可风，深堪嘉尚。应如何从优给奖，仰善后局会同布政司查核详办。余俱如禀办理，并饬知照，仍候督部堂批示。禀发即缴各等因。奉此并据具禀到局，查所禀恩安、大关、鲁甸前拨积社两谷，现既分别如数筹还，自应遵批照准办理。至李绅乐捐巨款，并募多金，洵属高义可风，深堪嘉尚。所请随折保奖，全照军务，碍难照准。应准将该职绅李正荣存俟汇案时，照顺直赈捐章程给予奖叙，以昭激劝。奉批前因，除呈覆两院宪外，合亟札饬。为此札，仰该丞即便遵照办理毋违。特札。

九月十八日通禀

敬禀者：现在恩、鲁两属河工告成，通计涸出田亩不下一二十万。若非明定岁修，恐难垂久。惟地方虽厅县专任，第事繁只能总理，不及分司河道。拟请仿照南关水利章程，年由昭守札委府经修恩安正子各河及城内水塘，典史经修五寨、三洒鱼、黑石坰，巡检经修鲁甸、桃源、古寨。俱定期于正月十六日谕饬两属总理河绅，传知乡约营长及分派各段帮办人等，督率田民出夫，修理一次。深挖河底，厚培河堤，务使各水畅流，免致沙泥淤塞，枉费前功。其河工、绅首、巡水，现由卑局酌定熟手，开列人名，移存两属，以备听用。俟侯三年一迁，由地方保举，随官选择。所有两属河工应办事宜，除各子河另就情形分别增议外，谨将拟定公共条规缮具清折，是否有当，呈请查核批示立案。一面由卑职札发该绅首等镌碑遵守，实为公便。

拟定河工岁修条规

一、凡有田之家，非沾水利，即避水患，不得云以里帮外，致分远近。该河绅等预饬各乡约，于沿河两岸业户，查明地段，按田五亩派夫一名，不及五亩者免摊。至某户有田若干亩，应共出夫几名，细注底册，给予腰牌照验。每年开工之日，自备锄头、粪箕，前赴工所报名，对册缴牌销号。如查号未销，即付议处，违者禀官究治。

一、各河两岸旧植新栽柳树，必须每年修砍，免致芽枝倒入河中。如有空处，应自补栽，以固堤埂。不准擅放牛马践踏，私行开挖耕种，又图放水淤田，随时饬各段自行保护。倘逢决口，该绅等率领巡水，督饬众田民立时堵塞，后仍归地主赔还。违者禀官究治。

一、各河之水原系上满下流，不得阻滞争竞。河中各坝，俱归有水田民自备闸枋，以时启闭。但不准添修石坝、石桥，阻遏水道。其沿河涵洞，除放秧水外，务须早闭。倘任意疏虞，致水由硐浸入，圩田被淹，该河绅等查明何处地主，凭众理饬，违者禀官究治。

一、各处高山流下水沟，须于左右两旁各留一二丈空地，不得开种，以免沙松随水泻入河内。该河绅等随时督饬巡水查阅开导，违者禀官究治。

一、沿河向有聚沙所，不准开挖耕种，希图利己损人。如山水过大之处，向无公地者，该河绅等须率同附近田民，急于设法预备，以顾大局。违者禀官究治。

一、每年按段派工，应由各田民自备口粮，并无工资。惟府经、典史、巡检三员往查督催，不无夫马差费，又绅首等造册经工，亦需纸笔、饭食。统候将无主荒田清出归公，再量出息若干、各河用人多寡，由厅县详府明定章程，饬令河绅经管造册报销，〈不〉准另派民间分文，以杜扰累。违者禀官究治。

奉善后局宪札

为奉批饬遵事。光绪十九年十月初二日，奉督部堂王批，据督办昭通赈务、补用同知龙丞禀为拟定河工岁修条规，缮具清折，呈请查核批示立案，并先行札发饬遵缘由，奉批：如禀立案。仰云南善后局会同布政司迅饬查照办理，并刊立碑石，永远遵守。仍候抚部院批示缴。清折存等因。奉此并据具禀到局，除移布政司查照会饬外，合行札饬。为此札，仰该员即便遵照。特札。

奉藩宪史批：据禀及清折均悉。查所拟岁修各条，尚属周妥。应准如禀立案，并候两院宪批示缴。折存。

奉善后局宪札

为会饬事。光绪十九年十一月初十日，奉粮储道英咨开，案准贵局移开，光绪十九年十月初三日奉抚部院谭批，据督办昭通赈务补用同知龙丞禀为拟定河工岁修条规，缮具清折，呈请查核批示立案，并先行札发饬遵缘由，奉批：据禀已悉。折开各条是否悉臻妥协，仰善后局会同布政司、粮储道核议饬遵，仍候督部堂批示。禀折并发。即缴等因。奉此，查此案昨据该丞禀奉督宪批示，如禀立案，仰云南善后局会同布政司，迅饬查照办理，并刊立碑石，永远遵守等因。移会饬遵在案。兹奉前因，除呈覆饬遵外，相应移会。为此合移，请烦查照核议，饬遵施行等由。准此并据具禀到道，查恩鲁两属河工，经该同知龙丞煞费经营，指示开挖，得以一律通畅。现拟岁修各条，悉臻妥善。惟河中各坝归有水田民自备闸枋，以时启闭一节，即由该府丞等因时导利，酌定日期，令其按时启闭，以杜后衅。余照所拟，刊立碑石，永远遵守。每年派往督工府经各员，工竣后另由昭通府委员验收。如果监督认真，开挖宽深，由府具详请奖，用示鼓励。其余各子河应如何审度情形，即由该府丞等妥议办理。准移前由，除分札该府丞等遵照会办并呈报外，相应咨会。为此合咨，请烦查照，会饬施行等因。准此，合行会饬。为此札，仰该署府即便遵照毋违。特札。

九月二十二日通禀

敬禀者：现在赈务告竣，河工亦渐葳事。所有禀调各员弁，俱先后饬令销差，除府经刘昌第仍暂住矿务公司，及周把总之丰、张外委钦胜仍住昭局外，其敬吏目第芬、蔡巡检胜宇两员，照给夫马，早令回省听候差委。惟该员弁等奉差一年，诸务勤谨，且往来风霜雨雪中，尤复不辞艰苦，洵属著有微劳。在卑职去岁奉委时，同官多以苦差不愿趋赴，荷蒙宪台体恤，曾有事后酬给优差之谕。兹敬、蔡两员回省，合无仰恳宪恩赏委厘金差使。刘委员一家数口，已住公司，差次六年，亦祈就近委一厘差，以均劳逸。至周、张两委弁，均恳照发昭通镇标，随营差遣拔补。再，鲁甸黄巡检椿龄，奉修鲁海亦极勤劳，且与张弁俱无薪水，亦祈调优一次，庶足以资鼓励，而示诚信。缘此次办赈，非得各大宪认真抚恤，不能布此大功德；非藉各员弁绅首助力，亦难成此大工程。卑职督办一切，目击该等辛苦情形，不敢壅于上闻。为此分别呈明，伏乞恩施格外，赏准调剂，批示饬遵。

奉藩宪史札

为录批抄详札知事。光绪十九年十一月初一日，奉督部堂王批，本司呈详调办恩、鲁赈务河工出力各员，详请奖励一案缘由，奉批：如详将该员刘昌第等，各给超委一次，以示奖励。仰即由司注册饬遵，仍候抚部院批示缴。先于十月三十日奉抚部院谭批同前由，奉批：如详分别注册饬遵，仍候督部堂批示缴。禀存各等因。奉此，除由司分别注册并移善后局查照分行外，合亟录批抄详札知。为此札，仰该员即便转饬遵照。特札。

详　　稿

为详请奖励事。光绪十九年十月初五日，奉宪台督宪批，据督办昭通赈务委员龙文具禀调办赈务河工出力各员弁，现已销差，恳恩赏准分别调剂，以资鼓励，伏乞批示饬遵缘由，奉批：据禀已悉。该员弁等随同办理恩、鲁工赈，辛苦经年，洵属著有微劳，自应分别酌予奖励。除把总周之丰等准如所请，发交昭通镇标随营差遣拔补，仍饬取行知呈验外，其余文职各员，仰云南布政司会同善后局酌核详复饬遵，仍候抚部院批示缴。又于初八日奉抚宪宪台批同前由，奉批：据禀已悉。刘府经、敬吏目、蔡巡检、黄巡检，仰布政司存记，查酌办理。周张两弁，候督部堂批示饬遵，禀发即缴各等因。奉此并据具禀到司，查该员弁等随同办理恩鲁工赈，辛苦经年，洵属著有微劳。除把总周之丰、外委张钦胜已奉宪台督宪批示，发交昭通镇标随营差遣拔补不议外，其在事出力之试用府经历刘昌第、试用州吏目敬第芬、试用巡检蔡胜宇、鲁甸巡检黄椿龄等四员，拟请各给超委一次，以示鼓励。奉批前因，所有调办工赈各员拟请奖励缘由，是否有当，理合具文，详请宪台俯赐查核批示，以便注册饬遵。此案应请抚宪宪台主政。除详督抚宪外，为此备由具呈，伏乞照详施行。须至详者。

光绪二十年十月二十四日通禀

敬禀者：窃卑署府上年曾将恩、鲁河道开通后禀呈岁修章程六条，蒙恩批准在案。嗣至本年修毕，复传河工经管，再四商酌，旋据恩属绅首等集议，谨就旧章内前后两条稍为变通禀覆前来。缘该地民情好惰，前由工赈发款，时当饥馑，故易见功。今值丰收，动派民夫，反为费力。且各处均无公款，又鲜无主荒田，即经管等日缺饭食，亦觉呼应不灵。若不另为设法，终恐众人观望，尽弃前功。是以饬查正河两岸海田，约有一万五六千亩，凡三工为一亩，计可出谷二石上下。兹据该绅等所议，每亩愿出谷一升，实只二百分取一，然合之年可得谷一百五六十大石。从本届起，岁以为常，预于前年收贮，以备次年之用，尚可藉备春荒。即使秋谷不登，亦不过暂停一年免修，河亦不致淤塞。现今人心豫服，成效可期。卑署府交卸在迩，除一面示谕并委府经督饬经收外，理合粘呈新章，禀请宪台俯赐查核批示，立案饬遵，以垂永久。

今将恩属河工新拟岁修变通章程二条，缮具清折呈请宪鉴。

一、除山田不议外，凡有海田之家，应由各乡约开明亩数注册，按年秋收。从十月初一起，每亩抽稻一升，海地亦照工均摊。无论公田庙地，一律抽收。至于将业押出，本主进租无多，应责成当主上纳，不得推诿。该绅首等收齐分存，上段自发村小庙，中段三善堂庙，下段老鸦岩庙，以每年正月二十一为期，动工开挖。仍用两岸田民，每工一个，发谷一升，不得克扣。如违禀官究治。

一、正河从源至尾，道路太长。每逢开工，一人难于照料。应饬府经由查拿大闸起，自上修下；典史由老鸦岩水口起，自下修上。该两员会合，一律开通后，再行同修子河，不分畛域。但子河不能筹款，统由河工局分支府经、典史各夫马差费银二十两，以外不得苛索。至绅首等设局经工，不给工资，只给饭食、纸笔等费，统归公谷内开支。工毕报销，不得侵吞升合。倘有余谷，培修各处官沟，年清年款，免滋流弊。如违禀官究治。

十一月十九日通禀

敬禀者：窃卑署府前禀恩安河工岁修，并呈变通章程两条。其时因鲁甸之桃源一带涸出荒田，尚未收租，碍难预定成数。嗣将卸篆，始据鲁绅马如璋等面禀，现已收到归公各佃租谷四十余大石。收齐后，约共得京斗谷一百五六十石，贮存宝山礼拜寺，交首经管，以备开年河工岁修。俟议定章程，再为补禀立案等语。伏查卑署府初禀两属岁修章程六条，不过前后两条，恩鲁稍有变通，余俱无异。拟请札谕新任林守转饬鲁甸厅，速传该绅等妥议定章，据实禀覆，年由该府委员督修，事竣即饬该绅等赴府报销，庶使恩鲁河工事归一律。至明正岁修，已由卑署府先谕两属派夫合挖查拿闸底。此水一开，涸出田土尤众。后添租石，应由该府再议禀陈。为此肃具芜禀，伏乞宪台衡核，批示饬遵，实为公便。

救荒简易书（残本）

清光绪二十二年刻本

《续修四库全书》影印本

（清）郭云升 撰

邵永忠 点校

救荒简易书自序

光绪丙申六月上旬，予作《救荒简易书》成，遂借居大梁书院，拟缮清而求刻工。客有问于予曰：先生之《救荒简易书》，何为而作也？予曰：为救荒而作。客曰：古今救荒书汗牛充栋，令人不胜其烦矣，先生奈何复作，自蹈夫效颦之丑乎？予曰：救荒之心同，救荒之术不同。此予《救荒简易书》所以不揣固陋，不辞冒昧，不度德，不量力，深维苦思五十余年，兼学兼问兼阅历，毅然奋笔而复作也。客曰：敢问何术不同？愿先生明以教我。予曰：施镠虞小补之恩以恩之，用力多而成功少，费而不惠，古今救荒书所操之术也。取在地自然之利以利之，用力少而成功多，惠而不费，《救荒简易书》所操之术也。此其所以不同也。客曰：然则先生之《救荒简易书》因心作，则前无所师乎？予曰：冰出于水而寒于水，青出于蓝而愈于蓝，如斯而已矣。非敢有矜奇立异，惊世骇俗也。客曰：善哉！此喻言之，非质言之也。愿先生质言之，详以教我。予曰：旱、涝、蝗、雹，天之穷也。碱、沙、水、石，地之穷也。遇旱涝蝗雹，及碱沙水石而俱不能救，人之穷也。三才俱穷，而以儒自鸣自命者，亦相与束手无策，泄泄沓沓，共安于无可如何。此唐宋元明之天下，所以因饥馑而起盗贼，因盗贼而致倾覆也。予能持古圣贤古豪杰之经济作用，范围之，曲成之，补救三四分，挽回三四分，而使旱、涝、蝗、雹、碱、沙、水、石去其十分之七八，此《救荒简易书》在宇宙间所以不可无一、不能有二而断断乎不可少也。客曰：古圣贤、古豪杰之经济作用，后人皆不克措之实事，而先生独能范围曲成，补救挽回，使旱、涝、蝗、雹、碱、沙、水、石去其十分之七八，不得复为大灾，复为大害，神乎技矣！敢问其纲目次序，果然若何？予曰：知时为上，知土次之，知物又次之。用其所宜，避其不可为，又次之。因祸为福，化害为利，又次之。惩前毖后，有备无患，以人胜天，又次之。凡此数条，相需相因，相应相求，如用兵之先偏后伍，互承弥缝，彼此互相借力，则旱、涝、蝗、雹、碱、沙、水、石无不受我约束，受我节制，而退处于无权矣。以外无他谬巧也。客曰：善哉！句句醒豁，句句含蓄，句句引人入胜，句句引而不发，如剑在匣，如灯在帷，如玉辉山，如珠照水，此孔子以五美四恶答问政之家风也。敢问何谓五美四恶？何谓惠而不费？愿先生剀切质直，无有所隐，以教我也。予曰：其一救荒月令；其二救荒土宜；其三救荒耕凿；其四救荒种植；其五救荒饮食；其六救荒疗治；此前半篇文章也。遇小荒年，但用空单空本，印送各村各镇，斯救荒之能事毕矣。其七救荒质买；其八救荒转移；其九救荒兴作；其十救荒招徕；其十一救荒联络；其十二救荒预备。此后半篇文章也。遇大荒年，即用实财实力，推行各城各乡，斯救荒之能事毕矣。至若合前与后，十二条俱举，虽遇尧汤九年之水、七年之旱，犹不能为大灾害，而况寻常旱、涝、蝗、雹、碱、沙、水、石乎？客曰：先生之《救荒简易书》仁方智术，诚为尽美尽善矣。然以文法求之，按纲索目，则似有应有不应，敢问何也？或者尚有遗漏乎？予曰：何所遗漏？客曰：救荒月令，知时也；救荒土宜，知土也；救荒耕凿，救荒种植，救荒饮食，救荒疗治，知物也；救荒质买，救荒转移，救荒兴作，救荒招徕，因祸为福，化害为利也；

救荒联络，救荒豫备，惩前毖后，有备无患，以人胜天也。此目与纲相应者也。惟剩"用其所宜，避其不可为"一条二句，流于有纲无目，大似南陔华黍，夏五郭公，空悬题句，未见文章。此目与纲不相应者也。敢问非遗漏而何？予曰：唯唯否否。不然。古文之法，有明应者，有暗应者，有以应为应者，有以不应为应者，变化出没，不可端倪。盖此"用其所宜，避其不可为"一条二句，横亘六纲中间，既为前半篇之束上结笔，又为后半篇之起下提笔，乃六纲十二目之总纲也。子如不信，请将《救荒简易书》所安排所布置之月令、土宜、耕凿、种植、饮食、疗治、质买、转移、兴作、招徕、联络、预备，其中一切实情实事，实物实理，平心静气，细细读之，细细思之，那一条非用其所宜，避其不可为乎？那一段非用其所宜，避其不可为乎？那一谷、那一菜、那一果，非用其所宜，避其不可为乎？笔笔不黏，笔笔不脱，句句有题，句句无题，此文章之天马行空，龙跳虎卧，不可羁勒也。子奈何持刻舟求剑、胶柱鼓瑟之智，以观望而窥测之乎？客曰：先生之《救荒简易书》，其略甚大，其才甚雄，其力量足以斡旋乾坤、参赞化育，洵非世儒所能望其顶背也？吾真五体投地，心悦诚服，甘拜下风矣。然而白雪阳春，曲高和寡，数十年后，数百年后，必有奋其私智轻才，谬托讨论，修饰润色，或增或减，删改此书者。予曰：凫胫虽短，不可续也；鹤胫虽长，不可断也。予之《救荒简易书》虽有疵瘝层出，瑕终不能掩其瑜。正世所谓小事糊涂，不碍其为吕端；百里不治，无害其为庞士元也。如有斲轮老手、扛鼎大笔，逞其神工仙巧，增减删改此书，使失庐山真面目，无论其买椟还珠，点金成铁，图形失貌也，即令字字精详，字字朴茂，字字为吾释回增美，吾亦厌之恶之，怨之怒之。其人而为数十年后之士，吾将效尤孔宣圣，杖此老而叩其胫。其人而为数百年后之士，吾将效尤郑板桥，为厉鬼以击其脑矣。客大笑，拜辞而去。及中秋节，钞胥告竣，刻工前来致词曰：言无文者行不远，愿先生从俗，勉作一序。予诺之。执笔终日，竟无一字。不得已，遂备录答客之言，冠于篇首。未知海内豪杰，张江陵、李赞皇、张乖崖、陈同甫、顾亭林、王或庵辈，以斯言为然焉否也。

　　光绪二十二年岁次丙申中秋后五日，滑县生员郭云升序于河南省城大梁书院圣庙后之据德斋。

鉴 定 姓 氏

太子少保，军机处行走，礼部尚书，谥文清河内李棠阶咸丰甲寅年鉴定。

竹川隐士，经济韬略雄一时，世人比之张乘崖、陈同甫，呼为丹君先生，项城王诜桂咸丰丙辰年鉴定。

太子太傅、武英殿大学士、两江总督、世袭一等毅勇侯爵、谥文正湘乡曾国藩同治戊辰年鉴定。

经筵讲官、文渊阁大学士、管理户部三库事务、谥文端、河南驻防蒙古正红旗倭仁同治己巳年鉴定。

太子少保、吏部尚书、谥文达武陟毛昶熙同治辛未年鉴定。

戊戌会元，隐居不仕，教成进士人才无数，世人比之文中子，后主讲直隶省城莲池书院，新城王振纲同治壬申年鉴定。

太子少保、兵部尚书、山东巡抚、世袭一等男爵、谥勤果虞张耀光绪戊子年鉴定。

署理云南布政司、实授湖南按察司中牟仓景愉光绪己丑年鉴定。

河南分巡彰卫怀等处驿传河务水利兵备道大兴黄振河光绪庚寅年鉴定。

钦定河南提督全省学政、翰林院编修常熟邵松年光绪甲午年鉴定。

荒年豫知图*

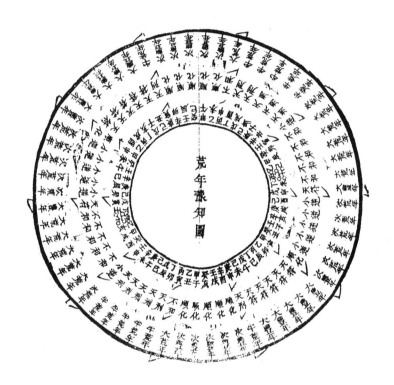

救荒简易书目录

渭县郭云升霖浩辑

卷一　救荒月令

正　月

蚕豆正月种。（小满熟。三月水角可食，食法详后饮食篇。）

豌豆正月种。（小满熟。三月水角可食，食法详后饮食篇。）

小扁豆正月种。（芒种熟。四月水角可食，食法详后饮食篇。）

粗皮大麦正月种。（小满熟。立夏可食，食法详后饮食篇。）

细皮大麦正月种。（小满熟。立夏可食，食法详后饮食篇。）

有芒小麦正月种。（芒种熟。立夏可食，食法详后饮食篇。）

无芒小麦正月种。（芒种熟。立夏可食，食法详后饮食篇。）

春麦正月种。（芒种熟。立夏水包可食，食法详后饮食篇。）

青稞麦正月种。（芒种熟。立夏水包可食，食法详后饮食篇。）

白子包谷正月种。（五月熟。四月水包可食，食法详后饮食篇。）

黄子包谷正月种。（五月熟。四月水包可食，食法详后饮食篇。）

胡秋正月种。（早熟及麦。）

盖下白稻正月种。（五月熟。刈而复生，九月再熟。）

　　以上正月谷类

圆蔓菁正月种。（二月可食，春霜春雪不畏也。）

长蔓菁正月种。（二月可食，春霜春雪不畏也。）

山蔓菁正月种。（二月可食，春霜春雪不畏也。）

洋蔓菁正月种。（二月可食，春霜春雪不畏也。）

出头白萝卜正月种。（二月可食，春霜春雪不畏也。）

埋头白萝卜正月种。（二月可食，春霜春雪不畏也。）

多汁白萝卜正月种。（二月可食，春霜春雪不畏也。）

无汁白萝卜正月种。（二月可食，春霜春雪不畏也。）

圆蛋白萝卜正月种。（二月可食，春霜春雪不畏也。）

黄色胡萝卜正月种。（二月可食，春霜春雪不畏也。）

红色胡萝卜正月种。（二月可食，春霜春雪不畏也。）

油菜正月种。（二月可食，春霜春雪不畏也。）

擘蓝菜正月种。（二月可食，春霜春雪不畏也。）

春不老松菜正月种。（二月可食，春霜春雪不畏也。）

苜蓿菜正月种。（二月可食，春霜春雪不畏也。）

苜苣菜正月种。（二月可食，春霜春雪不畏也。）

冬葵菜正月种。（二月可食，春霜春雪不畏也。）

尖叶苋菜正月种。（二月可食，春霜春雪不畏也。）

圆叶苋菜正月种。（二月可食，春霜春雪不畏也。）

南瓜立春日种。（芒种夏至可食。）

笋瓜立春日种。（芒种夏至可食。）

假南瓜立春日种。（芒种夏至可食。）

搦瓜立春日种。（芒种夏至可食。）

红薯正月掩母种。（夏至可食。）

白薯正月掩母种。（夏至可食。）

乾红薯正月掩母种。（夏至可食。）

乾白薯正月掩母种。（夏至可食。）

罂粟苗菜正月种。（二月可食，春霜春雪不畏也。）

红花苗菜正月种。（二月可食，春霜春雪不畏也。）

芫荽菜正月种。（二月可食，春霜春雪不畏也。）

同蒿菜正月种。（二月可食，春霜春雪不畏也。）

菠菜正月种。（二月可食，春霜春雪不畏也。）

黑菘菜正月种。（二月可食，春霜春雪不畏也。俗名黑白菜。）

小白菘菜正月种。（二月可食，春霜春雪不畏也。俗名小白菜。）

油菘菜正月种。（二月可食，春霜春雪不畏也。俗名瓢儿菜。）

银条菜正月种。（亩收数千斤。）

甘露菜正月种。（亩收数千斤。）

地瓜菜正月种。（亩收数千斤。）

　　以上正月菜类

　　蚕豆正月种解　蚕豆，一名胡豆。（《太平御览》云：张骞使外国，得胡豆种归。李时珍《本草纲目》云：蚕豆、豌豆皆有胡豆之名，今人专指蚕豆为胡豆，而豌豆不复知为胡豆矣。）一名国豆。（《邺中记》云：石勒讳胡，名胡豆曰国豆。）一名大豍豆。（《农政全书·授时篇》指蚕豆为大豍豆，盖因豌豆名豍豆，而加大字别之也。）一名兰花豆。（乡人因其花似兰花，故又呼为兰花豆。）今名蚕豆。（王祯《农书》云：蚕时熟，故名蚕豆。李时珍《本草纲目》云：荚状似蚕，故名蚕豆。）王祯《农书》曰：蚕豆，百谷之中最为先登，蒸煮皆可便食。是用接新，代饭充饱。今山西人用豆多麦少磨面，可作饼饵而食。元扈先生曰：蚕豆此种，极救农家之急，且蝗所不食。元扈先生又曰：豌豆与蚕豆各种，蚕豆之利倍于豌豆，其耐陈则一也。王象晋《群芳谱》曰：蚕豆亦可春种。云在直隶省天寒地方及河南省河滩地方，果见有正月中旬种蚕豆者、正月下旬种蚕豆者。

　　豌豆正月种解　豌豆，一句豍豆。（崔实《四民月令》作豍豆。）一名毕豆。（《唐史》云：毕豆出自西戎回鹘地。）一句䝁豆。（张揖《广雅》云：䝁豆、毕豆，豌豆也。）一名回鹘豆。（《辽志》作回鹘豆。）一名回回豆。（《饮膳正要》作回回豆。）一名淮豆。（李时珍《本草纲目》云：乡人呼回鹘豆为淮豆。回鹘与淮，音相近而转讹也。）一名胡豆。一名青斑豆。（《别录序例》云：丸药如胡豆大者，即青斑豆也。）一名青小豆。一名麻累豆。（孙思邈《千金方》云：青小豆，一名胡豆，一名麻累豆。）一名小寒豆。（徐光启《农政全书》解豌豆云：俗名小寒豆是也。）**今名豌豆。**（李时珍《本草纲目》云：胡豆，豌豆也。其苗柔弱，宛宛然，故得豌名。种出胡戎，嫩时青色，老则斑麻，故有胡戎、青斑、麻累诸名。）《务本新书》曰：诸豆之中，豌豆最为耐陈，又收多熟早。如近城郭摘豆角卖，先可变物。旧时庄农，往往献送此豆，以为尝新。盖一岁之中，贵其先也。王象晋《群芳谱》曰：豌豆亦可春种。云在直隶省天寒地方及河南省河滩地方，果见有正月中旬种豌豆者、正月下旬种豌豆者。

小扁豆正月种解 小扁豆，亦小寒豆之类也。大约来自外国，诸书俱无其名，惟明初周宪王《救荒本草·米谷部》中，有山扁豆。叶似蒺藜、苜蓿，其科甚低、甚矮，结小扁豆角，角中二子三子，少者一子。其子扁而且小，味甘性平。诸豆之中，接新充饱，亚于蚕豆、豌豆。云在直隶省天寒地方及河南省河滩地方，曾见有正月中旬种小扁豆者、正月下旬种小扁豆者。

粗皮大麦正月种解 粗皮大麦，俗人呼为草大麦，即《广志》所云穬麦也。《字书》云：穬之为言广也。谓其广种而广收也。陶隐居《本草》云：穬麦是今马所食者。元扈先生曰：今人皆指穬麦为大麦。徐光启《农政全书·树艺篇》曰：又有春种之穬麦。云在直隶省天寒地方及河南省河滩地方，果见有正月中旬种粗皮大麦者、正月下旬种粗皮大麦者。

细皮大麦正月种解 细皮大麦，俗人呼为米大麦，即《诗经·周颂》所谓牟。《孟子》书所谓䅩也。陶隐居《本草》曰：大麦为五谷长，即今䅖麦也。一名䅩麦，似穬麦，惟无皮耳。王象晋《群芳谱》曰：大麦春秋皆可种。云在直隶省天寒地方及河南省河滩地方，果见有正月中旬种细皮大麦者、正月下旬种细皮大麦者。

有芒小麦正月种解 有芒小麦，即《诗经·周颂》所谓来，《尔雅》及《说文》所谓䅘，《字汇》所谓䅘也。王象晋《群芳谱》曰：小麦秋种夏熟，具四时中和之气，兼寒热温凉之性，继绝续乏，为利甚普，故为五谷之贵。亦可春种，至夏便收，然不及秋种者。云在直隶省天寒地方及河南省河滩地方，果见有正月中旬种有芒小麦者、正月下旬种有芒小麦者。

无芒小麦正月种解 无芒小麦，俗人呼为和尚头小麦、葫芦头小麦，即徐光启《农政全书》所谓落麦秃芒也。河南老农、山东老农与江淮间老农俱云：无芒小麦耐水耐雾，春秋皆可种。云在河南河滩地方，及山东省海近地方，果见有正月中旬种无芒小麦者、正月下旬种无芒小麦者。

春麦正月种解 春麦，别是一种。其粒小，其色红，其面味短而黏，不及寻常小麦面甜美香甘、爽利适口也。道光二十七年丙午、丁未，连遭荒旱，始见有卖此春麦，教人春种者。然汉武帝诏民种宿麦，可见此时民间种麦非八九月，而春种者不少也。云在直隶省天寒地方及河南省河滩地方，果见有正月中旬种春麦者、正月下旬种春麦者。

青稞麦正月种解 青稞麦，熟在小麦前。王象晋《群芳谱》曰：青稞麦与大麦一类而异种。《唐书》曰：吐蕃有青颗麦。杜阳《杂编》曰：唐元和八年，大轸国贡碧麦，形大于中华之麦粒，表里皆碧，气香如粳米。云在直隶省城多见西方土民，闻甘肃新疆等省蕃汉杂处地方，至今犹有正月月底种青稞麦者。

白子包谷正月种解 白子包谷，一名御麦，一名番麦。（《田艺衡留青日札》云：御麦出于西番，旧名番麦，以其曾经进御，故名御麦。）一名西番麦。（王世懋《学圃杂疏》云：西番麦，枝叶奇大，结子累累，煮食之，味亚芡实。）一名戎菽，一名玉蜀黍，一名玉高粱。（王象晋《群芳谱·御麦解》云：一名玉蜀黍，一名玉高粱，一名戎菽，实一物也。）今名包谷、玉蜀黍、玉高粱。（陕西省农民呼为包谷，河南省农民呼为玉蜀黍、玉高粱。）竹川隐士项城王丹君先生曰：白子包谷正月种，得地气早，其熟及于麦后。

黄子包谷正月种解　黄子包谷与白子包谷同类而异种，其科更高，其穗更大，其熟亦略晚，而尤宜于山田。竹川隐士项城王丹君先生曰：黄子包谷正月种，得地气早，其熟在夏至后、小暑前。

胡秫正月种解　胡秫诸书有其名，大约自外国来。贾思勰《齐民要术》曰：胡秫正月种，早熟及麦。

盖下白稻正月种解　盖下白稻，三江两湖俱有其种。贾思勰《齐民要术》曰：盖下白稻，正月种，五月熟。刈而复生，九月再熟。郭义恭《广志》曰：有盖下白稻，正月种，五月获。根复生，九月复熟。王象晋《群芳谱·盖下白稻解》曰：正月种，五月刈，根复生，九月熟。

以上正月谷类解

长蔓菁正月种解　长蔓菁菜，一名葑。（《诗经·卫风》云：爰采葑矣。《诗经·唐风》云：采葑采葑。）一名菁。（《吕氏春秋》云：菜之美者，具区之菁。）一名须。（郑康成《诗经注》云：葑，须也。须，蔓菁也。）一名蕦。（《尔雅》云：蕦，葑，苁。《字书》云：蕦，蕦芜别名。）一名芜，一名芥，一名蕦芜，一名芜菁，一名蔓菁。（郭璞《蕦芜解》云：蕦芜似羊蹄叶而细，味甜可食。一名葑，一名须，一名芜菁，一名蔓菁，一名芜，一名芥，七者一物也。《说文》云：葑，芜菁也。陈藏器《本草》云：芜菁，南北之通称也。《本草衍义》云：芜菁，今世俗谓之蔓菁。《蔬谱》云：蔓菁，一名芜菁。）一名九英菘。（王象晋《群芳谱·蔓菁解》云：塞北种者，名九英菘。其蔓菁根大。）一名鸡毛菜。（《本草衍义》云：芜菁，今世俗谓之蔓菁。夏则枯。当此之时，蔬圃中复种之，谓之鸡毛菜。）一名诸葛菜。（刘禹锡云：蜀人呼蔓菁为诸葛菜。）一名马王菜。（《蛮溪聚话》云：獠猺中所产马王菜，即诸葛菜也。相传马援所遗，故名。）今名蔓菁菜。刘禹锡《嘉话录》曰：诸葛武侯行军所止，必令军士皆种蔓菁，云有六利：才出甲，可生啖，一也；叶舒可煮，二也；久居则随以长，三也；叶不令惜，四也；回即易寻而采之，五也；冬有根可劚食，六也。故蜀人呼蔓菁为诸葛菜。元扈先生曰：人久食蔬，无谷气则有菜色，唯芜菁独否。其茎根皆膏润，故也。芜菁味似芋，两物皆似谷气。故汉诏种芜菁，以助民食，而史称野有蹲鸱，至老不饥。王象晋《群芳谱·蔓菁种植解》曰：供食者，正月至八月皆可种。凡遇水旱，他谷已晚，但有隙地，即可种此，以济口食。

圆蔓菁正月种解　圆蔓菁菜，俗人呼为瓯蔓菁。以其圆而高起，形类酒瓯、茶瓯也。与长蔓菁同类而异种。长蔓菁菜宜种虚软沙地，圆蔓菁菜宜种刚硬淤地，而尤宜于山田。供食者，自正月至于八月皆可种，与长蔓菁同也。

山蔓菁正月种解　山蔓菁菜与长、圆蔓菁迥不相同，生于太行山中。辉县、林县诸山麓皆有之。其苗不能树立，就地拖秧。其结卵与天麻慈姑相类，中有一魁，外有群卵十二，与月数相应，闰月增为十三卵。其数获甚丰，山民赖以充饱。云访问太行山中老农、太行山中樵夫、牧竖，俱云：移于平地，正月种之，其利厚于长、圆蔓菁数倍。

洋蔓菁正月种解　洋蔓菁菜，来自西洋欧罗巴洲及大西洋雅墨利驾洲英、法、德、俄、美、巴等国。韦廉臣《植物学》、李提摩泰《地球养民》、傅兰雅《格致汇编》、《化学》、《卫生》诸书，皆言洋蔓菁菜汁能熬糖，而又形质根颗大于中国蔓菁数倍。云在山东省齐河县等处黄河船中，见奉天海州商人，闻其说洋蔓菁，碾汁做糖，为利甚厚。而其渣为用尤大，丰年能饲牛马，荒年可以养人。云喜，细问源委，则曰奉省海州种洋蔓菁，业已二十余年矣。故能言之详且尽也。王象晋《群芳谱》言中国蔓菁，正月可种。云以为，若洋蔓菁亦正月种，真救荒之一奇也。鼓腹含哺，不可胜言矣。

出头白萝卜正月种解　出头白萝卜菜，一名葵，一名芦葵，一名芦萉，一名芦菔，一名温菘，一名紫花菘。（《格致镜原》云：《尔雅》：葵，芦萉，郭注：萉，宜作菔。邢疏：紫花菘也。俗呼温菘，叶似芜菁，大根。一名葵，俗呼芦葵。一名芦菔，今谓之萝卜。）一名莱菔，一名来服。（《埤雅云》芦菔，一名莱菔，又名来服，言来牟之所服也。《洞微志》云：《医经》言萝卜制面毒。）一名菈蒢，一名萝卜。（孙愐《唐韵》云：鲁人名菈蒢，秦人名萝卜。《方言》云：东鲁呼芦菔曰菈蒢。《字汇》云：东鲁呼萝卜曰菈蒢。）一名土酥，一名夏生，一名破地锥。（王祯《农书》云：北人一种四名，春曰破地锥，夏曰夏生，秋曰萝卜，冬曰土酥。黄山谷：金成土酥净如练。）徐光启《农政全书》曰：蔬茹之中，惟蔓菁与萝卜可广种，成功速而为利倍。《四时类要》曰：萝卜三月下种，四月可食。五月下种，六月可食。七月下种，八月可食。王象晋《群芳谱·萝卜种植解》曰：月月可种，月月可食。云以为由《四时类要》《群芳谱》二书之言，推行见诸实事，出头白萝卜正月种，二月定然可食也。

埋头白萝卜正月种解　埋头白萝卜菜，俗人呼为油瓶萝卜、线穗萝蔔，以上半尖锐而细，下半圆钝而粗，形似农人所用瓦器、大平车上膏油瓶、妇工所纺线蛋、棉花锭上棉线穗也。与出头白萝卜同类而异种。出头白萝卜宜种刚硬淤地，埋头白萝卜宜种虚软沙地，而尤宜种于崔蒲不靖，多盗之乡，多盗之年，以其隐身太深，偷窃难以为力也。云以为，埋头白萝卜正月种之，甚可救荒。

多汁白萝卜正月种解　多汁白萝卜菜，俗人呼为水萝卜。无辛辣气而质松脆，甘美多汁，众人竞喜生食之。王象晋《群芳谱·水萝卜解》曰：形白而细长，根叶俱淡脆，无辛辣气，可生食。亦有大如臂，长七八寸者，则土地之异也。出山东寿光县者尤松脆。《四时类要》曰：水萝卜正月种。云以为荒年多是连岁旱，农民脏腑暗藏瘟疫邪气。多汁白萝卜，若正月种，使之明疗饥而暗疗病，亦救荒中良策也。

无汁白萝卜正月种解　无汁白萝卜菜坚韧而辣，人不生食。云以为凡近村庄宅舍，骚扰太甚之区，宜求无汁白萝卜，于正月种之，亦保护安全，无灾无害，必成不败之道也。

圆蛋白萝卜正月种解　圆蛋白萝卜菜，山东济南府多有种之者。根圆而小，形如鸡卵。其成甚速，其获甚繁，于荒年济饥，颇相宜也。云以为救荒之道，愈速愈妙。圆蛋白萝卜正月种之，功效捷快，甲于常萝卜，亦不奇而奇之策也。

黄色胡萝卜正月种解　黄色胡萝卜菜，《格致镜原》曰：《奇书》云，胡萝卜元时始自胡地来。王象晋《群芳谱·胡萝卜解》曰：元时来自房中，故名胡萝卜。金幼孜《北征录》曰：交河北有沙萝卜，根长二尺许，亦胡萝卜之类也。《群芳谱》又曰：胡萝卜，有黄赤二种，生熟皆可啖。云以为，黄色胡萝卜若正月种，亦救荒之一助也。

红色胡萝卜正月种解　红色胡萝卜菜，即王象晋《群芳谱》所谓赤色胡萝卜也。黄色胡萝卜，宜种沙地。红色胡萝卜宜种碱地。云以为若于黄色胡萝卜种不能成之地，取红色胡萝卜，正月早种，亦救荒策中因地制宜之道也。

油菜正月种解　油菜自外国来，一名胡菜。（服虔《通俗文》云：芸苔胡菜。）一名寒菜。（胡居士《百病方》云：芸苔寒菜。庾信《小园赋》云：寒菜一畦。李时珍《本草纲目》云：羌庞氏胡，其地苦寒，冬月多种此菜，能历霜雪，种自来。故服虔《通俗文》谓之胡菜。而胡治居士《百病方》谓之寒菜，皆取此义也。）一名苔菜。(《埤雅》作苔菜。李时珍《本草纲目》云：此菜易起苔，须采其苔食，则分枝必多，故云。) 一名苔芥。(《沛志》作苔芥。李时珍《本草纲目·芸苔解》云：淮人谓之苔芥。) 一名芸苔。(苏恭《别录》云：芸苔乃人间所嗷菜也。《本草纲目》、《农政全书》同声俱言，或云塞外有地，名芸苔戍，始种此菜，故名。) 今名油菜。(李时珍《本草纲目》云，芸苔方药多用，诸家注亦不明，令人不知为何菜。珍访考之，乃今油菜也。李时珍又云：油菜子灰赤色，炒过榨油，燃熻甚明。近人因有油利，种者颇广。) 寇宗奭《衍义》曰：芸苔不甚香，经冬根不死。王祯《农书》亦曰：芸苔不甚香，经冬根不死。贾思勰《齐民要术》曰芸苔种法与蔓菁同。云以为油菜若正月种，亦不畏春霜春雪，早食之菜也。

擘蓝菜正月种解　擘蓝菜，俗名也，本名芥蓝。诸书言俱略，惟《三农记》能详言之。叶大于菘，根大于芥，名芥蓝者，以其根可为菜，功同青芥、白芥，叶可作靛，功同大蓝、小蓝，因其实而命名也。欲取其叶，宜用手擘，不宜用刀割。手擘者，则皮肤松和，愈擘愈旺。刀割者，则枯带遗害，愈割愈衰。俗呼擘蓝，取此义也。云以为擘蓝菜若正月种，荒年食其叶，丰年打成靛，亦菜中之良者也。

春不老菘菜正月种解　春不老菘菜。陆佃《埤雅》曰：菘性凌冬不凋，四时长见，有松之操。《本草》以为久耐霜雪也。《格物论》曰：菘有二种，有春菘，有秋菘。《菜谱》曰：菜中有菘，最为长食。王象晋《群芳谱·春不老菘菜解》曰：一名八斤菜，叶似白菜而大，甚脆嫩，四时可种，腌食甚美。云以为春不老菘菜若正月种，亦菜中之佳品也。

苜蓿菜正月种解　苜蓿菜（《史记》云：大宛国马嗜苜蓿，汉使得之，种于离宫。王象晋《群芳谱·苜蓿解》云：张骞自大宛带种归，今处处有之。) 一名牧宿，一名木粟。(李时珍《本草纲目》云：苜蓿，郭璞作牧宿，谓其宿根自生，可饲牧牛马也。又罗愿《尔雅翼》作木粟，言其米可炊饭也。) 一名怀风，一名光风，一名连枝草，一名塞鼻力游。(葛洪《西京杂记》云：乐游苑多苜蓿，风在其间，常萧萧然。日照其花，有光采，故名怀风，又名光风。茂陵人谓之连枝草，《金光明经》谓之塞鼻力游。) 今名苜蓿。《庶物异名疏》曰：苜宿，胡中菜，张骞得之西戎。予过临济间，见其花紫而长。初枝可作羹，花已，则刈送驴前矣。时干旱，诸禾悉槁，惟此独茂。何大复诗：沙寒苜蓿短。以其恶水也。王象晋《群芳谱·苜蓿解》曰：三晋为盛，秦齐鲁次之，燕赵又次之，江南人不识也。《元史·食货志》曰：世祖初令各社种苜蓿，以防饥年。云以为苜蓿菜若正月种，月月可食，直到大冰大雪方止。次年二月，宿根复生，又月月可食如前。丰年能肥牛马，歉年能以养人，亦救荒之奇菜也。

莙荙菜正月种解　莙荙菜，诸书俱有此名，南北俱有此菜。一名菾菜。(陶宏景《别录》云：菾菜，即今以作鲊蒸者。苏恭《唐本草》云：菾菜叶似升麻苗，南人蒸食之，大香美。) 一名甜菜。(徐光启《农政全书·甜菜解》云：甜菜古作菾。) 一名莙荙。(刘熙《释名》云：菾菜即莙荙也。) 今名莙荙。(李时珍《本草纲目》云：菾菜，即莙荙也。菾与甜通，因其味也。莙荙之义未详。) 王象晋《群芳谱·菾菜解》曰：煮熟食良，微作土气。正二月下种，宿根亦自生。李时珍《本草纲目》又曰：菾菜正二月下种，宿根亦自生，生熟皆可食，微作土气。云以为，莙荙菜若正月种，月月可擘叶食之。生生不穷，亦救荒之良菜也。

冬葵菜正月种解　冬葵菜，即葵菜。世俗因其嫩苗晚生，忍冬耐寒，故以冬字加之也。一名葵。(《诗·豳风》云：七月烹葵及菽。《周礼》云：醢人供食之豆，其实葵菹。《说原》云：蔬植三百六十葵为之长。) 一名蘬。(《农政全书·葵解》云：《广雅》曰：蘬邱葵也。《说文》：葵菜也。一名菺，一名戎葵，一名蜀葵，一名吴葵。(《尔雅》云：菺，戎葵也。郭璞注云：今蜀葵也。罗愿《尔雅翼》云：蜀葵即吴葵。) 一名菺葵。(解见上蘬字。) 一名露葵，一名滑菜。(《农政全书》云：古人采葵，必待露解，故一名露葵。《本草》云：古人采葵，必待露解，故名露葵。今人呼为滑菜。）一名卫足。（《左传》云：葵犹能卫其足。罗雅《尔雅翼》云：葵，揆也。葵叶倾日，不使照其足，因知足一揆之。陶宏景云：葵子出少石山，以秋种覆养经冬，至春作子者，谓之冬葵。正月种者，为春葵。一名卫足，一名滑菜，言其性也。王象晋《群芳谱》云：葵，阳草也。一名蜀葵，一名吴葵，一名露葵，一名戎葵，一名滑菜，一名卫足。处处有之，本丰而耐旱，味甘而无毒。可备蔬茹，可防荒俭。）一名秋葵，一名冬葵，一名春葵。（《格勿论》云：菜葵为百菜主，味甘性滑。夏种秋采者为秋葵，秋种冬采者为冬葵，正月复种者为春葵。）今名冬葵。苏颂《本草图经》曰：冬葵苗叶，作菜茹更甘美。崔实《四民月令》曰：六月六日可种葵，中伏后可种冬葵。《农桑通诀》曰：葵为百菜之主，备四时之馔，本丰而耐旱，味甘而无毒。供食之余，可为菹腊；枯柄之遗，可为榜簇。咸无弃材，诚蔬茹之上品也。王象晋《群芳谱·葵菜制用解》曰：葵甚易生，地不论肥瘠，宜于不堪作田之地，多种以防荒年。王象晋《群芳谱·葵菜制用解》曰：勿同鲤鱼食，勿同黍米食，食之皆伤人。张华《博物志》曰：陈葵子微炒，令爆咤，撒熟地中，遍蹋之，朝种暮生，迟不过经宿。云以为冬葵菜若正月种，月月可食；次年宿根复生，仍月月可食如前，亦救荒之良菜也。

尖叶苋菜正月种解　尖叶苋菜，于众苋之中科最高，子最多，俗人呼为千穗谷，即《三农记》所谓朱苋菜也。叶尖而枝繁，甚宜擘食，愈擘愈茂。云以为，尖叶苋菜若正月种，月月擘食其叶，留其老枝老干，秋末取子，亩收五六石。亦救荒之良菜也。

圆叶苋菜正月种解　圆叶苋菜，于众苋之中科次高，子次多，俗人呼为米谷菜，即《三农记》所谓白苋菜也。叶圆而根旺，甚宜割食，愈割愈茂。云以为圆叶苋菜若正月种，月月割食其苗，六月以后老不堪食，留以取子，亩收三四石。亦救荒之良菜也。

南瓜立春日种解　南瓜，俗人呼为倭瓜。老而切煮食之，甚能代饭充饱。李时珍《本草纲目》曰：南瓜种出南番，转入闽浙，今燕赵诸处亦有之矣。滑县老农、长垣老农、祥符老农皆曰：南瓜若立春日种，芒种、夏至节，即可食也。

笋瓜立春日种解　笋瓜炒食甚美，味似鲜嫩竹笋，故加以笋名。诸书俱未及收，想亦元明之时来自外国也。滑县老农、长垣老农、祥符老农皆曰：笋瓜若立春日种，芒种、夏至节即可食也。

假南瓜立春日种解　假南瓜，亦笋瓜之类也。炒食次于笋瓜，其肉可镟成条，晒为干菜。滑县老农、长垣老农、祥符老农皆曰：假南瓜若立春日种，芒种、夏至节即可食也。

搦瓜立春日种解　搦瓜与西瓜同类而异种，一名打瓜，一名摄瓜。生食之，其味不及西瓜，而性情温和驯良，止渴、充饥、疗病，久食能消痞块等疾，乃瓜中之圣品也。滑县老农、长垣老农、祥符老农皆曰：搦瓜若立春日种，芒种、夏至节即可食也。

红薯正月掩母种　红薯乃河南省农人所呼俗名也。一名甘薯（稽含《南方草本状》云：甘薯，薯蓣之类也，叶如芋，实如拳，有大如瓯者，蒸食味同薯蓣。生朱崖地，海中人不业耕稼，惟种甘薯。秋熟蒸晒切如米，藏以充饥，名薯粮。《稗史汇编》云：甘薯，或曰芋之类也，根叶亦如芋，大如拳，有大如瓯者。皮紫而肉白，蒸食味如薯蓣。性冷，生于朱崖之地。海中之人，皆不业耕稼，惟掘地种甘薯。秋熟收之，蒸晒切如米粒，作饭食之，藏以充饥，名为薯粮。）一名番薯。（元扈先生《甘薯疏》云：薯有二种，其一名山薯，闽广故有之。其一名番薯，则土人传云，近年有人在海外得此种，海外人亦禁不令出境。此人取薯藤，绞入汲水绳中，遂得渡海。因此分种移植，略通闽广之境地。）一名朱薯，一名玉枕薯。（王象晋《群芳谱·甘薯解》云：一名朱薯，一名番薯。大者名玉枕薯，形圆而长，本末皆锐，皮紫肉白，质理腻润，气味甘平无毒。补虚乏，益气力，健脾胃，强肾阴，与薯蓣同功，久食益人。）一名三家薯。（陶谷《清异录》云：岭外多薯，间有发深山邃谷而得之，或重数十斤者。味极甘香，人多自食，未尝货于外。本名玉枕薯，又号三家薯。）一名山药，一名山芋。（燕赵农人呼甘薯为山药，又呼为山芋。）一名地芋，一名地瓜。（齐鲁农人呼甘藷为地芋，又呼为地瓜。）一名红芋，一名红薯。（韩魏周楚农人呼甘藷为红芋，又呼为红薯。）今名红薯。王象晋《群芳谱·甘藷解》曰：种一亩，收数十石，胜种谷二十倍。闽广人以当米谷。有谓性冷者非。王象晋《群芳谱·甘藷树艺解》曰：人家凡有隙地，但只数尺，仰见天日，便可种之，得石许。此救荒第一义也。元扈先生《甘藷疏》曰：昔人云蔓菁有六利，又云柿有七绝，余续之以甘藷有十三胜。一亩收数十石，一也。色白味甘，于诸土种中，特为优绝，二也。益人与薯蓣同功，三也。遍地传生，剪茎作种，今岁一茎，次年便可种数十亩，四也。枝叶附地，随节作根，风雨不能侵损，五也。可当米谷，凶岁不能灾，六也。可充边实，七也。可以酿酒，八也。干久收藏，屑之旋作饼饵，胜用饧密，九也。生熟皆可食，十也。用地少而利多，易于灌溉，十一也。春夏下种，初冬收入，枝叶极盛，草秽不容其间，但须壅土，勿用耘锄，无妨农功，十二也。根在深土，食苗至尽，尚能复生，虫蝗无所奈何，十三也。元扈先生曰：种甘藷有二法，其一传卵，其一传藤。嘉庆、道光年间，滑县长垣等处初种红薯，有掩母者，即徐光启《农政全书》所谓传卵之法也。元扈先生又曰：甘藷苗二三月至七八月俱可种，但卵有大小耳。云闻河南老农云，红薯若正月掩母种，五月底六月初即可食也。

白薯正月掩母种解　白薯与红薯同类而异种。诸书俱无考及者。曾闻一老儒云，红薯来自琼州府，白薯来自琉球国，本名地瓜，或者然乎？云见直隶老农、河南老农、山东老农俱云，白薯之收丰于红薯，其种法仍与红薯同。

干红薯正月掩母种解　干红薯，乃红薯中之别种，亦红薯中之嘉种也。出河南杞县及新郑县。蒸而食之，甚干甚面，并无许多汁浆，甚能耐饥。又闻河北老农云，长垣县有干红薯，熟食额外耐饥，冬藏额外耐放，其种法仍与红薯同。

干白薯正月掩母种解　干白薯与干红薯大同小异，亦出杞县、新郑县、长垣县。云闻一老农云，干红薯，干白薯，八九月时种在园圃畦中，霜降前用草苫覆之，冰冻前用马粪暖之，到正二月即长大矣，不但正月掩母种也。

罂粟苗菜正月种解　罂粟苗菜，王象晋《群芳谱·罂粟花解》曰：一名米囊花，一名御米花，一名米壳花。艳丽可玩，实如莲房，其子囊数千粒，大小如葶苈子。云以为，罂粟苗作菜可食。苏文忠东坡兄弟皆喜食之。东坡食罂粟菜五言诗，予忘之矣，但记其脆美牙颊响一句。子由食罂粟菜四言诗，予犹能记其全：罂小如罂，粟细如粟，与麦偕种，与穄偕熟。苗堪春菜，实比秋谷。研作牛乳，烹为佛粥。叹我气衰，饮食无几。食肉不消，食菜寡味。柳槌石钵，煎以密水。便口利喉，调肺养胃。三年杜门，莫适往还。幽人投刺，相对忘言。饮之一杯，失笑欣然。细玩子由诗句，罂粟苗之为物，不但可生食，并可烹而熟食也。云今凿破混沌，唱此生食罂粟之法、熟食罂粟之法，令贫民当菜当饭，随意食之，使彼种罂粟者，辄叹馈贫粮，亦即暗断罂粟之善术也。

红花苗菜正月种解　红花苗菜，一名红蓝花。（《博物志》云：红蓝花，张骞得其种于西域。《通雅》云：红蓝即红花。北方有焉支山，山多红蓝。北人采其花染绯，取英鲜者为胭脂。）一名黄蓝花。（《群芳谱》云：红蓝，一名黄蓝，花色红黄，叶似蓝有刺。春生苗，嫩时可食。夏乃有花，花下作球，花出球上，球中结实，白颗如小豆。其花可染真红及作胭脂，为女人唇妆。晚花更鲜明，耐久不黦，胜春种者。其子捣碎煎汁，入醋和蔬食，极肥美。又可为车脂及烛。）一名洎夫蓝。（《本草纲目》云：番红花，一名洎夫蓝，出回回地面。）一名蓝花，一名红花。（《留青日札》云：李益诗"蓝叶郁重重，蓝花石榴色"，是蓝花本红也。红蓝花，中国人谓之红云花。）见直隶大顺、广，河南彰、卫、怀等府，正月有种红花者。

芫荽菜正月种解　芫荽菜，一名荽。（《说文》云：荽注可以香口，其茎柔叶细，而根多须，绥绥然也。一名胡荽。）一名荾。（《韵略》云：荾，香菜也。王象晋《群芳谱》云：根软而白，多须，绥绥然，故谓之荾。）一名胡荽，一名芫荽。（《博物志》云：张骞使西域得胡荽归，俗呼芫荽。）一名香荽，一名盐荽。（《邺中记》云：石勒讳胡，改胡荽为香荽。今呼为盐荽。）《格物论》曰：胡荽，根、苗、茎叶皆细，可作羹，冬蔬也。《博闻录》曰：种胡荽，必于月晦日晚下种。

同蒿菜正月种解　同蒿菜，王祯《农书》曰：同蒿者，叶绿而细，茎稍白，味甘脆。徐光启《农政全书·同蒿解》曰：形气同于蓬蒿，故名。王象晋《群芳谱·同蒿解》曰：茎肥叶绿，有刻缺，微似白蒿，甘脆滑腻。李时珍《本草纲目·同蒿解》曰：八九月下种，冬春采食。

菠菜正月种解　菠菜，《群芳谱》云：一名菠薐，一名婆斯草，一名赤根菜，一名鹦鹉菜。出西域颇陵国，今讹为菠薐，盖颇陵之转声也。《唐会要》云：贞观中，泥婆罗国献菠薐酢菜。刘禹锡云：菠薐本西国中种，自颇陵国将其子来。今呼其名，语颇讹耳。《嘉话录》云：菠薐本自西域中来。韦绚曰：岂非出颇稜国而语讹为菠薐耶？《格物论》曰：菠薐茎微紫，叶圆而长，绿色性冷，利五脏，通肠胃。《种树书》曰：菠稜过月朔乃生。今月初一二间种，与二十七八间种，皆过来月初一乃生。《博闻录》曰：菠菜过月朔乃生，须二十七八间种之，月初即生。种时须以其子研开，易浸胀。《农桑辑要》曰：菠稜作畦下种，如萝卜法。春正月、二月，皆可种。

银条菜正月种解　银条菜，一名菲。（《诗·邶风》云：采葑采菲。）一名地环。（《群芳谱》云：地环。）一名银丝菜。（河北彰、卫、怀等府土人或呼银丝菜。）一名银条菜。（今彰、卫、怀等府土人皆呼银条菜。）王祯《农书》曰：凡种银条菜，宜于园圃阴地，春时种之。用麦糠为粪，地以沾润为佳，至秋乃收。王象晋《群芳谱》曰：凡种银条菜，宜沃土，宜沾湿，宜于园圃近阴处或树荫下疏种之，至秋乃收。生熟皆可食。

甘露菜正月种解　甘露菜与银条菜同类而异种，一名地蛹。（《本草纲目》云：言其形也。）一名草石蚕。（《本草纲目》云：言其形也。）一名甘露子。（《本草纲目》云：言其味也。《农政全书》云：身长四五寸许，根如累珠，味甘而脆，故名甘露。《群芳谱》云：叶上露，滴地即滋生，是以有甘露之名。）其种法、食法皆与银条菜同。

地瓜菜正月种解　地瓜菜与银条、甘露同类而异种，《救荒本草》有此名。其茎科苗叶，俱与银条菜、甘露菜略同。其性情嗜好，则与银条菜、甘露菜迥异。盖银条菜、甘露菜，仅能生湿地，而地瓜菜能生浅水及水底也。云闻一老农云，地瓜菜煮食甚面，可以当饭。种者皆自食之，而不肯货卖与人。故银条菜、甘露菜，常见有卖者，地瓜菜未见有卖者。

以上正月菜类解

二　月

蚕豆二月种。（小满五日熟。三月水角可食，食法详后饮食篇。）

豌豆二月种。（芒种后五日熟。四月水角可食，食法详后饮食篇。）

小扁豆二月种。（芒种后五日熟。四月水角可食，食法详后饮食篇。）

粗皮大麦二月种。（小满后五日熟。立夏水包可食，食法详后饮食篇。）

细皮大麦二月种。(小满后五日熟。立夏水包可食，食法详后饮食篇。)

有芒小麦二月种。(芒种后五日熟。立夏水包可食，食法详后饮食篇。)

无芒小麦二月种。(芒种后五日熟。立夏水包可食，食法详后饮食篇。)

春麦二月种。(芒种后五日熟。立夏水包可食，食法详后饮食篇。)

青稞麦二月种。(芒种后五日熟。立夏水包可食，食法详后饮食篇。)

白子包谷二月种。(小暑熟。)

黄子包谷二月种。(小暑熟。)

胡秫二月种。

盖下白稻二月种。

孤灰稻二月种。(一年再熟。)

稂稻二月种。(今年收获，来年复生。)

黑子高粱二月种。(大暑熟。小暑可食，食法详后饮食篇。)

白子高粱二月种。(大暑熟。小暑可食，食法详后饮食篇。)

红子高粱二月种。(大暑熟。小暑可食，食法详后饮食篇。)

黑子粟谷二月种。(大暑熟。小暑可食，食法详后饮食篇。)

红子粟谷二月种。(大暑熟。小暑可食，食法详后饮食篇。)

白子粟谷二月种。(大暑熟。小暑可食，食法详后饮食篇。)

黄子粟谷二月种。(大暑熟。小暑可食，食法详后饮食篇。)

脂麻油谷二月种。

紫苏油谷二月种。

白荏油谷二月种。

落花生油谷二月种。(亩收十五六石。)

洋落花生油谷二月种。(亩收十五六石。)

　　　以上二月谷类

圆蔓菁二月种。(三月可食。)

长蔓菁二月种。(三月可食。)

山蔓菁二月种。(三月可食，外有群子十二。)

洋蔓菁二月种。(三月可食，又能做糖。)

出头白萝卜二月种。(三月可食。)

埋头白萝卜二月种。(三月可食。)

多汁白萝卜二月种。(三月可食。)

无汁白萝卜二月种。(三月可食。)

圆蛋白萝卜二月种。(三月可食。)

黄色胡萝卜二月种。(三月可食。)

红色胡萝卜二月种。(三月可食。)

油菜二月种。(三月可食。)

擘蓝菜二月种。(三月可食。)

春不老菘菜二月种。(三月可食。)

苜蓿菜二月种。（三月可食。）

莙荙菜二月种。（三月可食。）

冬葵菜二月种。（三月可食。）

扫帚菜二月种。（三月可食。）

尖叶苋菜二月种。（三月可食。）

圆叶苋菜二月种。（三月可食。）

南瓜二月种。（小暑可食。）

笋瓜二月种。（小暑可食。）

搦瓜二月种。（小暑可食。）

红薯二月掩母种。（小暑可食。）

白薯二月掩母种。（小暑可食。）

干红薯二月掩母种。（小暑可食。）

干白薯二月掩母种。（小暑可食。）

罂粟苗菜二月种。（三月可食。）

红花苗菜二月种。（三月可食。）

芫荽菜二月种。（三月可食。）

同蒿菜二月种。（三月可食。）

菠菜二月种。（三月可食。）

银条菜二月种。（亩收三千斤。）

甘露菜二月种。（亩收三千斤。）

地瓜菜二月种。（亩收三千斤。）

旱芋头二月种。

阳芋头二月种。

水芋头二月种。

百果芋二月种。（魁大子亩收百斛。）

百子芋二月种。

博士芋二月种。（蔓生，其根如鹅鸣卵〔卵〕。）

利甫芋二月种。（其大可二三十斤。）

圆山药二月种。（一名蒙古山药，一名蛮山药。）

长山药二月种。

扁山药二月种。

菊柴山药二月种。

百合菜二月种。

山丹菜二月种。

荸荠二月种。

野荸荠二月种。

沃丹菜二月种。

然东菜二月种。（七八日即熟。）

　　以上二月菜类

蚕豆二月种解　云见直隶、江苏、河南、山东等省，蚕豆有二月种者。

豌豆二月种解　云见直隶、江苏、河南、山东等省，豌豆有二月种者。

小扁豆二月种解　云见直隶、江苏、河南、山东等省，小扁豆有二月种者。

粗皮大麦二月种解　云见直隶、江苏、河南、山东等省，粗皮大麦有二月种者。

细皮大麦二月种解　云见直隶、江苏、河南、山东等省，细皮大麦有二月种者。

有芒小麦二月种解　云见直隶、江苏、河南、山东等省，有芒小麦有二月种者。

无芒小麦二月种解　云见直隶、江苏、河南、山东等省，无芒小麦有二月种者。

春麦二月种解　云见直隶、江苏、河南、山东等省，春麦有二月种者。

青稞麦二月种解　云闻甘肃、新疆等省，有青稞麦二月种者。

黄子包谷二月种解　云闻隐士王丹君云：黄子包谷二月种，虽不骤然出土，然而其气更足，其熟益早。

白子包谷二月种解　云闻隐士王丹君云：白子包谷二月种，虽不骤然出土，然而其气更足，其熟益早。

胡秫二月种解　据《齐民要术》所云：胡秫之为物，正月种者，早熟及麦。二月种者，当亦熟在夏至小暑也。

盖下白稻二月种解　据《齐民要术》所云：盖下白稻之为物，正月种者，五月熟；刈而复生，九月再熟。二月种者，当亦五月月底熟；刈而复生，九月月底再熟也。

孤灰稻二月种解　后魏高阳太守贾思勰《齐民要术》云：孤灰稻二月种，一年再熟。

䄝稻二月种解　后魏高阳太守贾思勰《齐民要术》云：䄝稻二月种，今年收获，来年复生。

黑子高粱二月种解　黑子高粱，元扈先生曰：高粱之为物，古无有也，或从他方得种。王象晋《群芳谱》云：一名蜀黍，一名蜀秫，一名木稷，一名芦穄，一名芦粟，一名荻粱，一名高粱。以种来自蜀，形类黍稷，故有诸名。《农政全书》曰：种高粱，宜碱地及卑下地。直隶老农曰：种黑子高粱，尤宜碱地及卑下地。王象晋《群芳谱·蜀黍解》曰：春月早种，得子多。河南老农语予曰：种黑子高粱，荒年可以多得谷，丰年可以多得钱。予问：何故能然？老农曰：黑子高粱又耐风雨，又耐水旱，故能荒年多得谷也。又善酿酒，多出而浓。又善当料，骡马食之不牙酸。酒家车户，争以高价买之。每斗恒多三五十文，故能丰年多得钱也。云闻隐士王丹君云：黑子高粱二月种，虽不骤然出土，然而其气更足，其熟益早。

白子高粱二月种解　白子高粱奉天海州有其种，河南太康县亦有其种，即洋书所谓糖高粱也。子可当谷，秆可熬糖。云闻隐士王丹君云：白子高粱二月种，虽不骤然出土，然其气更足，其熟益早。

红子高粱二月种解　云闻隐士王丹群云：红子高粱二月种，虽不骤然出土，然而其气更足，其熟益早。

黑子粟谷二月种解　黑子粟谷，粟谷字，俗名也。谷者，五谷之总名；粟者，一切米类未舂去皮之总名。后世儒者广搜金石，高谈性命，皆不识黍稷稻粱之粱。日日食其饭，莫名其米，万不得已，无可奈何，乃取五谷之总名与一切米类未舂去皮之总名，捏而名之曰粟谷，而粱之真名遂隐矣。黑子粟谷性能耐碱，又能耐水。云闻隐士王丹君云：黑子粟谷二月种，虽不骤然出土，然而其气更足，其熟益早。

红子粟谷二月种解　红子粟谷即《诗·生民篇》所谓穈，《尔雅》注：所谓赤粱粟也。性能耐碱。云闻隐士王丹君云：红子粟谷二月种，虽不骤然出土，然而其气更足，其熟益早。

白子粟谷二月种解　白子粟谷即《诗·生民篇》所谓芑，《尔雅》注：所谓白粱粟也。性能耐碱，又能耐水，兼能耐旱。云闻隐士王丹君云：白子粟谷二月种，虽不骤然出土，然而其气更足，其熟益早。

黄子粟谷二月种解　黄子粟谷，今北方之带壳小米。为米作饭，即社诗所谓"新炊间黄粱〔粱〕"之黄粱〔粱〕，亦即小说所谓"邯郸道上黄粱〔粱〕梦"之黄粱〔粱〕也。云闻隐士王丹君云：黄子粟谷二月种，虽不骤然出土，然而其气更足，其熟益早。

脂麻油谷二月种解　脂麻，一名胡麻，一名芝麻，一名交麻。（《事物源始》云：张骞使西域，至大宛得其种，植于中国。或向名胡麻，石勒时讳胡字，改名芝麻。隋大业四年，改胡麻曰交麻。）一名油麻。（沈括《笔谈》云：胡麻即今油麻。）一名脂麻。（《谷谱》云：脂麻以名油名麻，作芝麻者非。）一名巨胜。（《尔雅翼》云：巨胜，胡麻之黑者。苏恭云：八谷中，最为大胜，故曰巨胜。）一名藤宏。（张揖《广雅》云：藤宏，胡麻也。）一名方茎，一名狗虱。（《抱朴子》云胡麻，一名方茎。张揖《广雅》云：狗虱，胡麻也。王象晋《群芳谱·脂麻解》云：方茎以茎名，狗虱以形名。）按《三农记》列脂麻于油，以其荒年可以为饭，丰年可以打油也。贾思勰《齐民要术》曰：胡麻宜白地种，二三月为土〔上〕时，四月上旬为中时，五月上旬为下时。王象晋《群芳谱·脂麻解》曰：望前种者子多而肥，望后种者子少而秕。

紫苏油谷二月种解　《三农记》列紫苏于油谷，以其荒年可以为饭，丰年可以打油也。王祯《农书》曰：苏，六畜所不犯，类能全身害者，于五谷有外护之功，于人有灯油之用。《务本新书》曰：凡种五谷如地畔近道者，亦可另种苏子，以遮六名伤践。收子打油，燃灯甚明，可熬油以油诸物。元扈先生曰：二月、三月下种，或宿子在地自生。

白荏油谷二月种解　白荏，亦紫苏类也。一名白苏。《齐民要术》曰：荏宜园畔漫掷，便岁岁自生。收子压取油，可以煮饼。

落花生油谷二月种解　落花生，《三农记》云：初名蕃豆，以其来自外国也。列于油谷，以其荒年可以为饭，丰年可以打油也。云闻隐士王丹君云：落花生油谷二月种，虽不骤然出土，然而其气更足，其熟益早。

洋落花生油谷二月种解　洋落花生近年始入中国，加以洋字，因其来自西洋也。其颗粒甚肥大，其打油略少些。荒年或煮食之，或磨成汁，做如豆沫食之。其功用与落花生等。云以为，若仿隐士王丹君法，洋落花生二月种，当与本地落花生同时早熟。

以上二月谷类解

长蔓菁菜二月种解　长蔓菁菜，王象晋《群芳谱·蔓菁种植解》曰：供食者，正月至八月皆可种。凡遇水旱，他谷已晚，恒有隙地，即可种此，以济口食。王象晋又曰：人久食蔬菜无谷气，即有菜色，食蔓菁者独否。蔓菁四时皆有，四时皆可食。春食苗；初夏食心，亦谓之苔；秋食茎；冬食根。数口之家，莳数百本，亦可终岁足蔬。子可打油，燃灯甚明。每亩根叶可得五十石，每三石可得米一石，是一亩得米十五六石，则三人卒岁之需也。云以为长蔓菁菜二月种，三月苗即可食也。

圆蔓菁菜二月种解　长蔓菁菜，宜种虚软沙地及两和土地。圆蔓菁菜，宜种刚硬淤地及山冈地，或少土多石地。云以为，圆蔓菁菜二月种，三月苗即可食也。

山蔓菁菜二月种解　云以为，山蔓菁菜二月种，三月苗即可食也。

洋蔓菁菜二月种解　云以为，洋蔓菁菜二月种，三月苗即可食也。

出头白萝卜二月种解　云以为，出头白萝卜二月种，三月苗即可食也。

埋头白萝卜二月种解　云以为，埋头白萝卜二月种，三月苗即可食也。

多汁白萝卜二月种解　云以为，多汁白萝卜二月种，三月即可食也。

无汁白萝卜二月种解　云以为，无汁白萝卜二月种，三月即可食也。

圆蛋白萝卜二月种解　云以为，圆蛋白萝卜二月种，三月即可食也。

黄色胡萝卜二月种解　云以为，黄色胡萝卜二月种，三月即可食也。剔其大者食之。

红色胡萝卜二月种解　云以为，红色胡萝卜二月种，三月即可食也。剔其大者食之。

油菜二月〔二月〕种解　云以为，油菜二月种，三月即可食也。剔其大者食之。

擘蓝菜二月种解　云以为，擘蓝菜二月种，三月即可食也。擘其叶食之。

春不老菘二月种解　云以为，春不老菘菜二月种，三月即可食也。

苜蓿菜二月种解　云以为，苜蓿菜二月种，三月即可食也。

莙荙菜二月种解　云以为，莙荙菜二月种，三月即可食也。

葵菜二月种解　云以为，冬葵菜二月种，三月即可食也。

扫帚菜二月种解　扫帚菜，俗名也，即古书之所谓藜。王象晋《群芳谱》云：一名地肤，一名地葵，一名地麦，一名益明，一名落帚，一名独帚，一名王帚，一名王蔧，一名白地草，一名涎衣草，一名鸭舌草，一名丁头了，一名千心妓女。今之独帚也。春间皆可种，处处有之。一本丛生，每窠约二十茎，圃团直上，嫩苗可作蔬茹。云以为扫帚菜二月种，三月即可食也。

尖叶苋菜二月种解　云以为，尖叶苋菜二月种，三月即可食也。宜擘而食之。

圆叶苋菜二月种解　云以为，圆叶苋菜二月种，三月即可食也。宜割而食之。

南瓜二月种解　云闻滑县老农及长垣县老农云，南瓜二月种，小暑即可食也。

笋瓜二月种解　云闻滑县老农及长垣县老农云，笋瓜二月种，小暑即可食也。

假南瓜二月种解　云闻滑县老农及长垣县老农云，假南瓜二月种，小暑即可食也。

搦瓜二月种解　云闻滑县老农及长垣县老农云，搦瓜二月种，小暑即可食也。

红薯二月掩母种解　云闻滑县老农及长垣县老农云，红薯二月种母种，小暑即可食也。

白薯二月掩母种解　云闻滑县老农及长垣县老农云，白薯二月掩母种，小暑即可食也。

干红薯二月掩母种解　云以为，若照种红薯例，干红薯二月掩母种，小暑亦当可食也。

干白薯二月掩母种解　云以为，若照种白薯例，干白薯二月掩母种，小暑亦当可食也。

罂粟苗菜二月种解　云以为，罂粟苗菜二月种，三月即可食也。

红花苗菜二月种解　云以为，红花苗菜二月种，三月即可食也。

芫荽菜二月种解　云以为，芫荽菜二月种，三月即可食也。

同蒿菜二月种解　云以为，同蒿菜二月种，三月即可食也。

菠菜二月种解　云以为，菠菜二月种，三月即可食也。

银条菜二月种解　云闻滑县老农及长垣县老农云，银条菜二月种，每亩可得三千余斤。

甘露菜二月种解　云闻滑县老农及长垣县老农云，甘露菜二月种，每亩可得三千余斤。

地瓜菜二月种解　云闻滑县老农及长垣县老农云，地瓜菜二月种，每亩可得三千余斤。

旱芋头二月种解　旱芋头，一名土芝。（李时珍《本草纲目·芋头解》云：一名土芝。）一名蹲鸱。（《前汉书·食货志》云：卓氏之先为赵富人，秦破赵，迁于蜀，曰：吾闻岷山之下沃野有蹲鸱，至死不〔饥〕。乃求远迁，致之于临功。注：芋魁状若鸱蹲坐，故名。）一名青乌。（张揖《广雅》云：青乌，芋也。）一名博罗。（《蔬谱》云：吴郡所产，大者谓之芋头，嘉定名之博罗，旁生小者谓之芋。）一名天河生。（《词林海错》云：康巢县呼芋头为天河生。）一名莒。（许慎《说文》云：芋，齐人呼为莒。）在在有之，蜀汉为最。李时珍《本草纲目》曰：旱芋山地可种，水芋水由莳之。氾胜之曰：种芋区，方深皆三尺，取豆萁内区中足践之，厚尺五寸。取区土、湿土与粪和之，内区中其土，令厚尺二寸。以水浇之，足践令保泽。取五芋于，皆长三尺。一区收三石。氾胜之又曰：二月注甫，可种芋。《家政法》曰：二月可种芋也。《务本新书》曰：芋宜沙由地，地宜深耕。二月为上时，相去六七寸，下一芋。芋羞三月，众人来往，眼目多且并闻刷锅声处，多不滋生。贾思勰《齐民要术》曰：芋种宜软白沙地，近水为善。（芋畏旱，故宜近水。）区深可三尺许，区行欲宽，宽则过风。芋本欲深，深则根大。（率二尺一根，渐渐加土壅之。）春宜种，秋宜壅。（立夏种不生卯〔卵〕，秋失壅瘦而不肥。）霜降掠其叶，使收液以美其实，则芋愈大而愈肥。《备荒论》曰：蝗之所至，凡草木叶，无有道〔遗〕者，独不食芋桑与水中菱茨，宜广种之。《海录》曰：阁旱山僧，勤种值〔植〕，收芋甚多。杵之如泥，造堑为墙。后遇饥年，数十口俱活。《群芳谱》曰：闻山中人取大芋，曝极干，和土筑墙，经久不坏，荒年取用。或去皮捣烂涂壁，岁岁加之，亦经久不坏。《群芳谱》又曰：锄芋宜浓露未干及雨后，令根旁虚，则魁子多。若日中耘，大热则蔫。云按：芋可救饥，屡有明征。酒客教梁民，种芋防饥。后三年，果遇大饥，梁民得不死。卓氏曰：岷山之沃野，有蹲鸱，至死不饥。朱文公五言诗曰：沃野无凶年，正得蹲鸱力。区种万叶青，深煨奉朝食。陆放翁七言诗曰：陆生昼亩腹便便，叹息何时食万钱？莫诮蹲鸱少风味，赖渠撑柱过凶年。

阳芋头二月种解　阳芋头出山西、陕西、甘肃、四川等省，诸书俱无其名，而民间种者甚广，或插苗而种之，或切片而种之。山谷穷民，其赖此以救饥也。

水芋头二月种解　水芋头，王象晋《群芳谱》曰：南方多水芋，北方多旱芋，总之地皆宜肥。水芋三尺一科，亩为科二千一百六十科。科并魁子二斤，每亩可得四千三百二十斤。以备荒救饥，已数倍于作田矣。

百果芋二月种解　百果芋，王象晋《群芳谱》曰：芋之最善者百果，子多而魁亦大。徐光启《农政全书》曰：有百果芋，魁大子繁多，亩收百斛。

百子芋二月种解　百子芋《农政全书》云：出叶俞县，今云南省地也。

博士芋二月种解　博士芋，周处《风土记》曰：博士芋，蔓生，根如鹅鸭卵。

利甫芋二月种解　利甫芋，一名槟榔芋。云闻一商贾老叟曰，利甫芋出广西省利甫县，故名之曰利甫芋。其魁甚大，可至二三十斤，土人又呼为槟榔芋。

圆山药二月种解　圆山药，一名蛮山药，一名蒙古山药，非山药之正宗也。长山药乃为山药正宗。

长山药二月种解　长山药，一名藷藇。（音同薯蓣，《山海经》云：其草多藷藇。《农政全书》云：藷藇二字，音同薯蓣，后遂转为薯蓣。）一名薯蓣，一名薯药，一名山药。（《负暄杂录》云：山药本名薯蓣。唐代宗讳豫，改名薯药。宋英宗讳曙，改名山药。）一名山芋。（《本草经》云：薯蓣，一名山芋，益气力，长肌肉，除邪气。）一名山薯。（《群芳谱》云：原名薯蓣，一名山藷。一名土藷。（《异宛》云：薯蓣入药，又复可食。野人谓之土藷。）一名藷薯。（《吴氏本草》云：薯蓣，一名藷薯。）一名玉延。（孙思邈《千金方》云：薯蓣，生于山者名山药，秦楚之间名玉延。）一名玉柱。（《曲洧旧闻》云：虎头岩在真君观西，岩北有一谷幽深而险。道人沈天休言顷年采药其中，粮绝，掘山药煮食。见一藤，引蔓甚远而叶特大，疑其非也。乃共掘之，大如柱，长数尺，盖亦山药也。大茎可享半月，戏为玉柱。其后玉粒之名稍著。鬻山药者，利其易售，皆冒玉柱之名。其实不知本末也。）一名银条德星。（候宁《药谱》云：山药曰银条德星。）一名天公掌，一名拙骨羊，一名月一盘。（陶谷《清异录》云：薯药最大者号天公掌，次者号拙骨羊。又属孟昶月旦必素飧，性喜薯药，左右因呼薯药为月一盘。）一名修脆。（《群芳谱·山药解》云：一名修脆。）一名儿草。（吴氏《本草》云：薯蓣，一名儿草。）《山居要术》云：种山药法，择取白色根如白米粒式者，先收子作三五所坑，长一丈阔三尺，深五尺，下密布砖，四面亦侧布砖，防其入旁土中，根即细也。作坑子讫，填粪及土，排行下子种之。坑填满，苗出作架。经年已后，根甚粗，一坑可支一年食，种者截长二寸下种。徐光启《农政全书·山药解》曰：择种须极大者，竹刀切作二寸许，勿用铁刀切。铁刀切者，烂而不生。坑中布种，每相去五六寸，横卧之，入土只二寸，不宜太深。王象晋《群芳谱·山药种植篇》曰：种宜牛粪麻籸，最忌人粪。刘敬叔《异苑》曰：薯蓣若欲掘取，默然则护，唱名便不可得。人有植之者，随所种之物，而像之也。《物类相感志》曰：薯蓣，江南人多植之。手植则如手，锄锹等物值〔植〕之，亦随本物之形状。《砚北杂志》曰：俗传种山药时，以足按之，形如人足。

扁山药二月种解　扁山药乃山药之最良者也。品堪入药，出怀庆府等处。习医道者，竞购求之。徐光启《农政全书·山药篇》曰：新安有一种，形扁而细，性坚实味胜。

菊叶山药二月种解　菊叶山药出山西省北山中，性能耐大寒冰雹，亦山药类中备荒救饥之嘉种也。

百合菜二月种解　百合菜，一名䪫，一名夜合。（《农政全书·百合篇》云：一名䪫，一名夜合。一名摩罗。（《群芳谱·百合篇》云：一名摩罗。）一名强瞿，一名倒仙。（《八闽志》云：强瞿，百合也。俗呼倒仙。）一名中庭，一名重迈，一名重匡。（吴氏《本草》云：百合，一名重迈，一名中庭，一名重匡。）一名蒜脑藷。（陶谷《清异录》云：天成中，进士侯宁名百合为蒜脑藷。）一名玉手炉。（《八闽志》云：百合一名玉手炉。）《四时类要》曰：二月种百合，此物尤宜鸡粪，每坑深五寸，如种蒜法。《华夷花木考》曰：都波国不知耕稼，土多百合，取其根以为粮。《群芳谱·百合篇》：都波国无稼穑，以此为粮。

山丹菜二月种解　山丹菜亦百合之类也。百合色白，山丹色红，亦喜鸡粪，其性与百合同。《群芳谱·山丹篇》曰：一名连珠，一名红花菜，一名红百合，一名川强瞿。根似百合，体小而瓣少，可食。

沃丹菜二月种解　沃丹菜与山丹同类而异种。《群芳谱》曰：沃丹，一名山丹，一名中庭花。花小于百合，亦喜鸡粪。其性与百合略同，然易变化，开花甚红，诸卉莫及，故曰沃丹。

荸脐菜二月种解 荸脐菜，一名荸荠，一名地栗。（《学圃杂疏》云：荸荠即地栗，主浅水，吴中最盛，远货京师为珍品。色红嫩而甘者为上。）一名乌芋。（《农政全书》云：即俗名荸情也。《群芳谱》云：旧名乌芋，以形似芋，而乌燕喜食之也。）一名凫茈。（《尔雅》云：凫茈，凫喜食之，故名。后人讹以为荸脐，音相似也。）一名凫茨。（《群芳谱》云：凫茈，一名凫茨。一名黑三稜，一名芍。郑樵《通志》云：地栗，一名黑三稜，一名芍。）寇宗奭曰：荸荠荒岁多采，可以为粮。

野荸脐二月种解 野荸脐菜似家荸脐而小，其体坚硬，少汁多滓，即周宪王《救荒本草》所谓铁荸脐也。采根煮熟食之，可以备荒救饥。制作粉食，更能厚人肠胃。王磐《野菜谱》诗曰：野荸荠，生稻畦，苦耨不尽心力疲。造物有意防民饥，所来水患绝五谷，尔独结实何累累。文云四时采，生熟皆可食。

染东菜二月种解 云在汴闻曾袭侯劼刚旧随员马微图曰：据福勒格口书云，染东菜，七八日即可长成。其皮似萝卜，以刀切开，则又似白菜，每科重四两余，出英国及美国。云按：英国、美国，于度数为温带。我中国于二、三、八、九月种之，或者气候相宜也。

以上二月菜类解

三　　月

蚕豆三月种。

胡秫三月种。

白子包谷三月种。（大暑熟，小暑可食。）

黄子包谷三月种。（大暑熟，小暑可食。）

黑子高粱三月种。（立秋熟，大暑可食。）

白子高粱三月种。（立秋熟，大暑可食。）

红子高粱三月种。（立秋熟，大暑可食。）

快高粱三月种。（小暑熟，夏至可食。）

黑子粟谷三月种。处暑熟。）

白子粟谷三月种。处暑熟。）

红子粟谷三月种。处暑熟。）

黄子粟谷三月种。处暑熟。）

黑子黍三月种。（夏至熟。）

红子黍三月种。（夏至熟。）

白子黍三月种。（夏至熟。）

黑子稷三月种。（夏至熟。）

红子稷三月种。（夏至熟。）

黄子稷三月种。（夏至熟。）

小子黑豆三月种。（小暑熟。）

大子黑豆三月种。（小暑熟。）

小子黄豆三月种。（小暑熟。）

大子黄豆三月种。（小暑熟。）

长秧绿豆三月种。（小暑熟。）

短秧绿豆三月种。(小暑熟。)

红小豆三月种。(夏至熟。)

白小豆三月种。(夏至熟。)

豇豆三月种。

菜角豆三月种。

盖下白稻三月种。

孤灰稻三月种。

秕稻三月种。

脂麻油谷三月种。

紫苏油谷三月种。

白荏油谷三月种。

落花生油谷三月种。(亩收十石。)

洋落花生油谷三月种。(亩收十石。)

　　以上三月谷类

圆蔓菁三月种。(四月可食。)

长蔓菁三月种。(四月可食。)

山蔓菁三月种。(四月可食。)

洋蔓菁三月种。(四月可食。)

出头白萝卜三月种。(四月可食。)

埋头白萝卜三月种。(四月可食。)

多汁白萝卜三月种。(四月可食。)

无汁白萝卜三月种。(四月可食。)

圆蛋白萝卜三月种。(四月可食。)

黄色胡萝卜三月种。(四月可食。)

红色胡萝卜三月种。(四月可食。)

油菜三月种。(四月可食。)

擘蓝菜三月种。(四月可食。)

春不老松菜三月种。(四月可食。)

苜蓿菜三月种。(四月可食。)

莙荙菜三月种。(四月可食。)

冬葵菜三月种。(四月可食。)

扫帚菜三月种。(四月可食。)

尖叶苋菜三月种。(四月可食。)

圆叶苋菜三月种。(四月可食。)

南瓜三月种。(大暑可食。)

笋瓜三月种。(大暑可食。)

假南瓜三月种。(大暑可食。)

搦瓜三月种。(大暑可食。)

红薯三月种。（大暑可食。）

白薯三月种。（大暑可食。）

干红薯三月种。（大暑可食。）

干白薯三月种。（大暑可食。）

罂粟苗菜三月种。（四月可食。）

红花苗菜三月种。（四月可食。）

同蒿菜三月种。（四月可食。）

芫荽菜三月种。（四月可食。）

菠菜三月种。（四月可食。）

银条菜三月种。（亩收二千斤。）

甘露菜三月种。（亩收二千斤。）

地瓜菜三月种。（亩收二千斤。）

旱芋头三月种。

水芋头三月种。

阳芋头三月种。

百果芋三月种。

博士芋三月种。

利甫芋三月种。

圆山药三月种。

长山药三月种。

扁山药三月种。

菊叶山叶三月种。

百合菜三月种。

山丹菜三月种。

沃丹菜三月种。

荸荠菜三月种。

野荸荠菜三月种。

青茄菜三月种。

紫茄菜三月种。

然东菜三月种。（七日熟，每月四熟。）

　　以上三月菜类

蚕豆三月种解　云闻祥符县老农及鄢陵县老农云，蚕豆三月种，夏至后一日即熟。

胡秫三月种解　云以为，胡秫三月种，小暑、大暑时即当熟也。

白子包谷三月种解　云闻滑县老农及长垣县老农云，白子包谷三月种，大暑即熟，小暑可煮食也。

黄子包谷三月种解　云闻滑县老农及长垣县老农云，黄子包谷三月种，大暑即熟，小暑可煮食也。

黑子高粱三月种解　云闻滑县老农及祥符县老农云，黑子高粱三月种，立秋即熟，大暑可磨凉粉鱼食也。

白子高粱三月种解　云闻滑县老农及祥符县老农云，白子高粱三月种，立秋即熟，大暑可磨凉粉鱼食也。

红子高粱三月种解　云闻滑县老农及祥符县老农云，红子高粱三月种，立秋即熟，大暑可磨凉粉鱼食也。

快高粱三月种解　云闻直隶老农及滑县老农、济源县老农云，快高粱，一名七叶愲高粱，其科只生七叶，其高仅及五尺。三月种者，小暑即熟，夏至可磨凉粉鱼食也。

黑子粟谷三月种解　直隶、河南、山东皆知，黑子粟谷三月种，处暑即熟。立秋嫩青穗可碓捣成泥，煮而食也。

白子粟谷三月种解　直隶、河南、山东皆知，白子粟谷三月种，处暑即熟。立秋嫩青穗可碓捣成泥，煮而食也。

红子粟谷三月种解　直隶、河南、山东皆知，红子粟谷三月种，处暑即熟。立秋嫩青穗可碓捣成泥，煮而食也。

黄子粟谷三月种解　直隶、河南、山东皆知，黄子粟谷三月种，处暑即熟。立秋嫩青穗可碓捣成泥，煮而食也。

黑子黍三月种解　黑子黍即《诗经·生民篇》所谓秬也，所谓秠也。（《尔雅》云：秬，黑黍。秠一稃二米。郭璞云：秠亦黑黍也。氾胜之曰：黍暑口当暑而主暑从后成也。）贾思勰《齐民要术·种黍法》曰：凡黍穄田，最宜新开荒地。三月上旬为上时，四月上旬为中时，五月上旬为下时。

红子黍三月种解　红子黍即郭义恭《广志》所谓赤黍，真珠船所谓丹黍也。黍性耐碱，而黑子黍与红子黍耐碱尤甚。是以诸书贵之，农人贵之。

白子黍三月种解　白子黍诸书皆有之，即寻常农家所恒种之黍也。白六帖曰：邹衍吹律于燕之寒谷，寒谷乃暖，生黍。《孟子》曰：夫貉五谷不生，惟黍生之。《诗》云：我黍与与。又云：芃芃黍苗。又云：其镶伊黍。罗愿《尔雅翼》曰：楚人以菰叶包黍，炊而食之，谓之角黍。又可为酒，关东人谓之黄米酒。《月令》曰：仲夏之月，农乃登黍。天子乃以雏尝黍，羞以含桃，先荐寝庙。云闻长垣县老农曰，河北大名府等处有四十五日快黍，若能三月种之，四十五日即熟，于救荒甚相宜也。

黑子稷三月种解　黑子稷乃稷中之别种也。此黄子稷尤耐碱。稷，一名穄。（罗愿《尔雅翼》云：稷，一名穄。《群芳谱》云：可供祭，故名。）一名粢。（粢，稷形。昺疏云：《左传》粢食不凿。粢者，稷也。《曲礼》云：稷曰明粢。）一名糜，一名䅟。（《七修类稿》云：稷乃一岁中最先种者，关西呼糜，冀州呼䅟，不甚珍贵。农家种之，以备他谷之不熟者也。《群芳谱》云：稷，一名□，一名粢，关西谓之糜，冀北谓之䅟。）许慎《说文》曰：稷乃五谷之长。贾思勰《齐民要术·种稷法》曰：二月上旬及麻菩杨生种者，为上时；三月上旬及清明桃始华，为中时，四月上旬及枣叶生桑花落，为下时。

红子稷三月种解　红子稷，亦稷中之别种也，比黄子稷尤耐碱。

黄子稷三月种解　黄子稷，乃稷中之正宗也。在五谷类中独能耐碱，肥硗皆收，其利最普。故古人推为五谷之长。且又教稼穑者，不曰司农司啬，而曰后稷，敬谷神者。不曰社麦坛、社稻坛，而曰社稷坛，盖隐而显志而晦，暗藏此意也夫。《后汉书》曰：乌丸国，其地宜穄。郭义恭《广志》曰：破藏稷，逼麦稷，此二者以四月熟。《曲洧旧闻》曰：穄，西北人呼为糜子。有两种，早熟者与麦相先后，五月间熟。郑人呼为麦争场。云以为，取破藏稷、逼麦稷及麦争场稷三月种之，于救荒甚相宜也。

小子黑豆三月种解　小子黑豆，亦大豆之类也。王象晋《群芳谱》曰：一名稆豆，一名营豆，一名营菽，一名治营，一名鹿豆，一名驴豆，黑豆中之最细者，即小子黑豆也。本为野生，今下地亦种之。小科细粒，叶如葛。霜后熟，可蒸食。贾思勰《齐民要术》曰：春种大豆，次植谷之后。二月中旬为上时，三月上旬为中时，四月上旬为下时。崔实《四民月令》曰：正月可种稗豆。（即豌豆也。）二月可种大豆。又曰：二月昏参夕杏花盛，可种大豆。《齐民要术》曰：种大豆法，地不求熟。《农政全书》解之曰：地过熟者，苗茂而实少。《孝经·援袖契》曰：赤土宜豆也。滑县老农及长垣县老农、祥符县老农皆曰，淤地宜种豆。又曰：小子黑豆宜种碱地，兼宜种下凹地。氾胜之曰：豆花憎见日，见日，则黄烂，而根焦也。崔实曰：种大豆法，美田欲稀，薄田欲稠。滑县老农曰，种小子黑豆，愈稠密愈茂盛，彼此相遮相蔽，花不见日，而收获益丰也。

大子黑豆三月种解　小子黑豆为豆中之别种，大子黑豆乃黑豆中之正宗。王祯曰：大豆之黑者，荒年食而充饥，丰年可作牛马料。王祯又曰：种大豆，锄成行陇，春穴下种。早者二月种，四月可食，名曰梅豆。湖北锺祥县老农曰，大豆三月种者，小暑时即熟。

小子黄豆三月种解　小子黄豆，其豆可饭可菜，可酱可豉，可油可腐。氾胜之曰：豆生布叶锄之，生五六叶又锄之。大豆、小豆，不可尽治也。古所不尽治者，豆生布叶，豆遂有膏，尽治之则伤膏，伤则不成。今民尽治之，故其收耗折也。

大子黄豆三月种解　大子黄豆比小子黄豆角肥而长。其种耘收获，苗叶荚其，与大子黑豆无异。其豆可饭可菜，可酱可豉，可油可腐，与小子黄豆无异。

长秧绿豆三月种解　长秧绿豆，《群芳谱》曰：绿豆以色名，作荓菲。大者名植豆，粒粗而色鲜者为官绿，又名明绿；皮薄粉多粒小而色暗者为油绿。又名灰绿；皮厚粉少，早种者名摘绿，可频摘也；迟者名拔绿，一拔而已。《湘山野录》曰：宋真宗深念稼穑，闻西天荓豆子多而粒大，遣使以珍宝求其种，得二石。始值〔植〕于后苑，秋成日宣近臣尝之。王祯《农桑通诀》曰：北方惟用荓豆最多，农家种之亦最广。人俱作豆粥豆饭，或作饵为糕，或磨而为粉，盝皮压索，为食中要物，亦可喂牲畜，真济世之良谷也。南方亦间种之。俞贞木《种树书》曰：种荓豆，地宜瘦。四月种，六月收子；再种，八月又收。徐光启《农政全书·授时篇》曰：三月宜种荓豆。云以为，种绿豆者，宜照《农政全书·授时篇》所言，三月将绿豆试种之。滑县老农曰，我于光绪四年大荒未完时候，因所种高粱科苗不足数，曾于空闲处所补种许多绿豆，后来亩收高粱石余，又亩收绿豆石余。三月甚宜种绿豆，不必多疑，更不须言试也。《齐民要术》曰：凡种小豆，（绿豆，赤豆、白豆，皆小豆也。）夏至后十日种者为上时，初伏断手为中时，中伏断手为下时。

短秧绿豆三月种解　短秧绿豆，即直隶农人所谓伏绿豆，河南农人所谓一把抓绿豆、一把箭绿豆也。比于长秧绿豆，其熟甚速甚早。

红小豆三月种解　红小豆，贾思勰《齐民要术》曰：大赤豆三月种，六月旋摘。宋祁《益州方物图》曰：海红豆，春开花白色，结荚枝间，子如缀珠，似大红豆而扁，皮红肉白。蜀人用为果饤。元扈先生曰：有一种米赤豆，最能杀草。《留青日札》曰：雷州思灵岛出米豆，枝叶似柳，花如乌豆。一种之后，数年收实。《淮南子》书：豆之美者，有米豆是也。

白小豆三月种解　白小豆，王象晋《群芳谱》曰：一名白豆，一名饭豆，色白。亦有土黄色者，绞〔较〕绿豆差大。粥饭皆可用。祥符县老农曾于光绪壬午年夏至前四五日，手执新白小豆贻予曰：白羊角豆，熟在麦后，亦救荒之嘉谷也。愿先生留意焉。怀庆府等处有水白豆，性能耐水，未知与白小豆是一是二也。

豇豆三月种解　豇豆，一名戎菽。（《管子书》曰：桓公北伐山戎，以戎菽遍布天下，即荏菽。）一名荏菽，一名胡豆，一名大豆。（《尔雅》云：戎菽谓之荏菽。郭璞荏云：即胡豆也。邢昺疏云：即大豆也。）一名国豆。（《邺中记》云：石勒讳胡，名胡豆曰国豆。）一名蜂蠭。（张揖《广雅》云：胡豆□□也。王象晋《群芳谱》曰：豇豆，一名蜂蠭。徐光启《农政全书》云：豇豆，一名蜂蠭。荚必双，生红色居多，故名也。）今名豇豆。（《群芳谱》《农政全书》《本草纲目》等书皆以豇豆名云。）处处有之，谷雨前后种者，六月便熟。再种之，一年可两收。

菜角豆三月种解　菜角豆，一名刀豆。（《学圃杂疏》云：刀豆可酱食，性能杀虫。）一名挟剑豆。（《群芳谱·刀豆注》云：药浪有挟剑豆。荚生横针，如人挟剑，即此豆也。）一名裙带豆。（《致富奇书》有裙带豆，即菜角豆中纤细而长者也。）人家多种之，生熟皆可食。子大如拇指，顶淡红色，同鸡肉、猪肉煮食，甚美。

盖下白稻三月种解　盖下白稻三月种，初熟当在小暑，再熟当在立冬。

孤灰稻三月种解　抓灰稻三月种，初暑当在小暑，再熟当在立冬。

稆稻三月种解　稆稻三月种，初熟当在小暑，再熟当在立冬。

脂麻油谷三月种解　脂麻油谷三月种，据《齐民要术》、《农政全书》、《群芳谱》等书所云，则犹得为上时也。

紫苏油谷三月种解　紫苏油谷月种，据《农时全书·授时篇》中，三月有种紫苏也。

白荏油谷三月种解　白荏油谷三月种，仿此苏而种之也。荏与苏为一类，仿而种之，最为得宜。

落花生油谷三月种解　落花生油谷三月种，每亩可收十石也。

洋落花生油谷三月种解　洋落花生油谷三月种，每亩亦可收十石也。

以上三月谷类解

圆蔓菁菜三月种解　圆蔓菁菜三月种，据《农政全书》而种之也。

长蔓菁菜三月种解　长蔓菁菜三月种，据《农政全书》而种之也。

山蔓菁菜三月种解　山蔓菁菜三月种，仿长圆蔓菁而种之也。山蔓菁菜与长圆蔓菁为一类，仿而种之，最为得宜。

洋蔓菁菜三月种解　洋蔓菁菜三月种，仿长圆蔓菁而种之也。洋蔓菁菜与长圆蔓菁为一类，仿而种之，最为得宜。

出头白萝卜三月种解　出头白罗卜三月种，据《农政全书》而种之也。

埋头白萝卜三月种解　埋头白萝卜三月种，据《农政全书》而种之也。

多汁白萝卜三月种解　多汁白萝卜三月种，据《农政全书》而种之也。

无汁白萝卜三月种解　无汁白萝卜三月种，据《农政全书》而种之也。

圆蛋白萝卜三月种解　圆蛋白萝卜三月种，据《农政全书》而种之也。

黄色胡萝卜三月种解　黄色胡萝卜三月种，仿白种苟而种之也。黄色胡罗卜与白萝卜为一类，仿而种之，最为得宜。

红色胡萝卜三月种解　红色胡萝卜三月种，仿白萝卜而种之也。红色胡萝卜与白萝卜为一类，仿而种之，最为得宜。

油菜三月种解　油菜三月种，救荒权宜之法也。非遇荒年不可种。

擘蓝菜三月种解　擘蓝菜三月种，据《农政全书》而种之也。《农政全书·种植篇》曰：擘蓝菜叶大于菘，根大于芥，子大于蔓菁。其苗叶根心，俱任为蔬。子可压油，亦四时可种，四时可食，大略如蔓菁也。《农政全书》又曰：凡菜种，多冬荣夏枯，独芥蓝（擘蓝本名芥蓝）干枯收子之后，根复生蘖，经数年不坏。盖一种之后，无论子粒传生，即原本亦供数年采拾。冬月悉取叶，空留根，来年亦生，或并劚去大根，稍存入土细根，来年亦生。

春不老菘菜三月种解　春不老菘菜三月种，据《群芳谱》而种之也。《群芳谱》曰：春不老菘菜，四时皆可种。

苜蓿菜三月种解　苜蓿菜三月种，据《农政全书》而种之也。

莙荙菜三月种解　莙荙菜三月种，据《农政全书》及《群芳谱》而推广种之也。《群芳谱》云：正二月下种，宿根亦自生。

冬葵菜三月种解　冬葵菜三月种，据《农政全书》而种之也。

扫帚菜三月种解　扫帚菜三月种，据《群芳谱》而种之也。

尖叶苋菜三月种解　尖叶苋菜三月种，据《农政全书》而种之也。《农政全书》云：苋菜二、三、四、五月皆可种。

圆叶苋菜三月种解　圆叶苋菜三月种，据《农政全书》而种之也。

南瓜三月种解　徐光启《农政全书·种瓜篇》曰：二月上旬种者为上时，三月上旬为中时，四月上旬为下时。五六月上旬可种藏瓜。元扈先生曰：藏瓜，秋瓜也。小实中坚，故可久藏。

笋瓜三月种解　笋瓜三月种，仿南瓜而种之也。滑县老农及长垣县老农、祥符县老农皆曰，笋瓜三月种，大暑即可食。惟黄白二色，瓜最繁衍。

假南瓜三月种解　假南瓜三月种，仿南瓜而种之也。

搦瓜三月种解　搦瓜三月种，仿南瓜而种之也。

红薯三月种解　红薯用去年老藤剪四寸许，三月插苗种之，大暑即可食也。《农政全书》曰：甘藷苗二三月至七八月俱可种，但卵有大小耳。

白薯三月种解　白薯三月种，仿红薯而种之也。

干红薯三月种解　干红薯三月种，仿红薯而种之也。

干白薯三月种解　干白薯三月种，仿红薯而种之也。

罂粟苗菜三月种解　罂粟苗菜三月种，据《致富奇书》而种之也。

红花苗菜三月种解　红花苗菜三月种，据《农政全书·授时篇》云"种春红花在三月"而种之也。

同蒿菜三月种解　同蒿菜三月种，据《农政全书》"同蒿菜四时皆可种"而种之也。

芫荽菜三月种解　芫荽菜三月种，据《农政全书》"芫荽菜四时皆可种"而种之也。

菠菜三月种解　菠菜三月种据《农政全书》菠菜四时皆可种，而种之也。

银条菜三月种解　银条菜三月种，仿甘露菜而种之也。银条与甘露为同类，仿而种之，最为得宜。

甘露菜三月种解　甘露菜三月种，据《农政全书》而种之也。

地瓜菜三月种解　地瓜菜三月种，仿甘露菜而种之也。地瓜与甘露为同类，仿而种之，最为得宜。

旱芋头三月种解　旱芋头三月种，据《农政全书·授时篇》而种之也。

水芋头三月种解　水芋头三月种，据《农政全书·授时篇》而种之也。

阳芋头三月种解　阳芋头三月种，仿旱芋、水芋而种之也。阳芋头与旱芋、水芋为同类，仿而种之，最为得宜。

百果芋三月种解　百果芋三月种，据《农政全书·授时篇》而种之也。

博士芋三月种解　博士芋三月种，据《农政全书·授时篇》而种之也。

利甫芋三月种解　利甫芋三月种，据《农政全书·授时篇》而种之也。

圆山药三月种解　圆山药三月种，仿长山药而种之也。圆山药与长山药为同类，仿而种之，最为得宜。

长山药三月种解　长山药三月种，据《农政全书·授时篇》而种之也。《农政全书·授时篇》：正二三月俱有种山药。盖隐隐以正月种者为上时，二月为中时，三月为下时也。

扁山药三月种解　扁山药三月种，仿长山药而种之也。

菊叶山药三月种解　菊叶山药三月种，仿长山药而种之也。菊叶山药与长山药为同类，仿而种之，最为得宜。

百合菜三月种解　百合菜三月种，据《农政全书·授时篇》而种之也。《农政全书·授时篇》：二月三月，俱有种百合。

山丹菜三月种解　山丹菜三月种，仿百合菜而种之也。山丹菜与百合为同类，仿而种之，最为得宜。

沃丹菜三月种解　沃丹菜三月种，仿百合菜而种之也。沃丹菜亦与百合为同类，仿而种之，最为得宜。

荸脐菜三月种解　荸脐菜三月种，据《农政全书》而种之也。《农政全书·树艺篇》曰：荸脐二三月种。《本草纲目》又云：荸脐苗三四月出工〔土〕。

野荸脐菜三月种解　野荸脐菜三月种，仿荸脐菜而种之也。野荸脐菜与荸脐为同类，仿而种之，最为得宜。

青茄菜三月种解　茄菜（《群芳谱》云：茄子来自暹罗国。）一名昆仑瓜，一名草鳖甲。（《农桑通诀》云：隋炀帝改茄子为昆仑瓜。《芝田录》云：医家治虐方，名茄子为草鳖甲。）一名落苏，一名酪酥。（《格物论》云：茄凡三色，清、紫、白。一名落苏，五代《贻子录》又作酪酥，盖以其味相似也。）一名紫膨脖。（黄山谷呼紫茄为紫膨脖。）按《农政全书·授时篇》云：茄，正月种。《群芳谱》云：茄，二月种。而云又见河北滑县、浚县及长垣县等处农人种茄，多在三月上旬。俞贞木《种树书》曰：种茄子时，初见□处，擘开揣硫磺一星，以泥培之。结子倍多，其大如盏，味甘而益人。

紫茄菜三月种解　紫茄菜三月种，仿青茄菜而种之也。青茄、紫茄、河北诸郡县多以三月种之。

然东菜三月种解　然东菜三月种，气候寒暖相宜也。七八日即熟，每月能得四熟，救荒真是奇功。

以上三月菜类解

四　月

蚕豆四月种。

胡秋四月种。

白子包谷四月种。（立秋熟，大暑可食。）

黄子包谷四月种。（立秋熟，大暑可食。）

黑子高粱〔粱〕四月种。（处暑熟。）

白子高粱〔粱〕四月种。（处暑熟。）

红子高粱〔粱〕四月种。（处暑熟。）

黑子粟谷四月种。（处暑后十日熟。）

白子粟谷四月种。（处暑后十日熟。）

红子粟谷四月种。（处暑后十四熟。）

黄子粟谷四月种。（处暑后十日熟。）

黑子黍四月种。

红子黍四月种。

白子黍四月种。

黑子稷四月种。

红子稷四月种。

黄子稷四月种。

小子黑豆四月种。

大子黑豆四月种。

小子黄豆四月种。

大子黄豆四月种。

长秧绿豆四月种。（大暑熟。）

短秧绿豆四月种。（大暑熟。）

红小豆四月种。

白小豆四月种。

红子豇豆四月种。

白子豇豆四月种。

华鳖子豇豆四月种。

长秧菜角豆四月种。

短秧菜角豆四月种。

盖下白稻四月种。

孤灰稻四月种。

秕稻四月种。

脂麻油谷四月种。

紫苏油谷四月种。

白荏油谷四月种。

落花生油谷四月种。(亩收七八石。)

洋落花生油谷四月种。(亩收七八石。)

　　以上四月谷类

圆蔓菁四月种。(五月可食。)

长蔓菁四月种。(五月可食。)

山蔓菁四月种。(五月可食。)

洋蔓菁四月种。(五月可食。)

出头白萝卜四月种。(五月可食。)

埋头白萝卜四月种。(五月可食。)

多汁白萝卜四月种。(五月可食。)

无汁白萝卜四月种。(五月可食。)

圆蛋白萝卜四月种。(五月可食。)

黄色胡萝卜四月种。(五月可食。)

红色胡萝卜四月种。(五月可食。)

油菜四月种。(五月可食。)

擘蓝菜四月种。(五月可食。)

春不老菘菜四月种。(五月可食。)

苜蓿菜四月种。(五月可食。)

莙荙菜四月种。(五月可食。)

冬葵菜四月种。(五月可食。)

扫帚菜四月种。(五月可食。)

尖叶苋菜四月种。(五月可食。)

圆叶苋菜四月种。(五月可食。)

南瓜四月种。(立秋可食。)

笋瓜四月种。(立秋可食。)

假南瓜四月种。(立秋可食。)

搦瓜四月种。(立秋可食。)

红薯四月种。(立秋可食。)

白薯四月种。(立秋可食。)

干红薯四月种。(立秋可食。)

干白薯四月种。(立秋可食。)

罂粟苗菜四月种。(五月可食。)

红花苗菜四月种。(五月可食。)

芫荽菜四月种。(五月可食。)

同蒿菜四月种。(五月可食。)

菠菜四月种。(五月可食。)

银条菜四月种。(亩收千余斤。)

甘露菜四月种。(亩收千余斤。)

地瓜菜四月种。（亩收千余斤。）

阳芋头四月种。

利甫芋四月种。

圆山药四月种。

长山药四月种。

扁山药四月种。

菊叶山药四月种。

札实瓜四月种。

　　以上四月菜类

蚕豆四月种解　　蚕豆四月种，救荒权宜之法也。鄢陵老农种者甚多。

胡秫四月种解　　胡秫四月种，救荒权宜之法也。非荒年不可种。

黄子包谷四月种解　　黄子包谷四月种，立秋即熟，大暑嫩穗可食也。

黑子高梁〔粱〕四月种解　　黑子高梁〔粱〕四月种，处暑即熟，立秋嫩穗可食也。

白子高梁〔粱〕四月种解　　白子高梁〔粱〕四月种，处暑即熟，立秋嫩穗可食也。

红干高梁〔粱〕四月种解　　红子高梁〔粱〕四月种，处暑即熟，立秋嫩穗可食也。长垣县农人种者甚多。

黑子粟谷四月种解　　黑子粟谷四月种，处暑后十日即熟，立秋嫩穗可食也。

白子粟谷四月种解　　白子粟谷四月种，处暑后十日即熟，立秋嫩穗可食也。

红子粟谷四月种解　　红子粟谷四月种，处暑后十日即熟，立秋嫩穗可食也。

黄子粟谷四月种解　　黄子粟谷四月种，处暑后十日即熟，立秋嫩穗可食也。

黑子黍四月种解　　黑子黍四月种，大暑即熟，小暑嫩穗可食也。

红子黍四月种解　　红子黍四月种，大暑即熟，小暑嫩穗可食也。

白子黍四月穗〔种〕解　　白子黍四月种，大暑即熟，小暑嫩穗可食也。

黑子稷四月穗〔种〕解　　黑子稷四月种，大暑即熟，小暑嫩穗可食也。

红子稷四月穗〔种〕解　　红子稷四月种，大暑即熟，小暑嫩穗可食也。

黄子稷四月穗〔种〕解　　黄子稷四月种，大暑即熟，小暑嫩穗可食也。

小子黑豆四月种解　　小子黑豆四月种，处暑后十日即熟，立秋嫩角可食也。

大子黑豆四月种解　　大子黑豆四月种，处暑后十日即熟，立秋嫩角可食也。

小子黄豆四月种解　　小子黄豆四月种，处暑后十日即熟，立秋嫩角可食也。

大子黄豆四月种解　　大子黄豆四月种，处暑后十日即熟，立秋嫩角可食也。

长秧绿豆四月种解　　长秧绿豆四月种，大暑即熟，小暑嫩角可食也。

短秧绿豆四月种解　　短秧绿豆四月种，大暑即熟，小暑嫩角可食也。

红小豆四月种解　　红小豆四月种，处暑后十日即熟，立秋嫩角可食也。

白小豆四月种解　　白小豆四月种，处暑后十日即熟，立秋嫩角可食也。

红子豇豆四月种解　　红子豇豆四月种，大暑即熟，小暑嫩角可食也。

白子豇豆四月种解　　白子豇豆四月种，大暑即熟，小暑嫩角可食也。

华鳖子豇豆四月种解　　华鳖子豇豆四月种，大暑即熟，小暑嫩角可食也。

长秧菜角豆四月种解　　长秧菜角豆四月种，大暑即熟，小暑嫩角可食也。

短秧菜角豆四月种解　短秧菜角豆四月种，小暑即熟，夏至嫩角可食也。

盖下白稻四月种解　盖下白稻四月种，救荒权宜之法也。

孤灰稻四月种解　孤灰稻四月种，救荒权宜之法也。

稆稻四月种解　稆稻四月种，救荒权宜之法也。

脂麻油谷四月种解　脂麻油谷四月种，据《群芳谱·种脂麻法》而种之也。《群芳谱·种脂麻法》曰：二三月为上时，四月上旬为中时，五月上旬为下时。

紫苏油谷四月种解　紫苏油谷四月种，据《农政全书·授时篇》而种之也。《农政全书·授时篇》：三四月皆有种紫苏。盖隐隐以二月种者为上时，三月为中时，四月为下时也。

白荏油谷四月种解　白荏油谷四月种，仿紫苏而种之也。二月种者为上时，三月为中时，四月为下时。

落花生油谷四月种解　落花生油谷四月种，救荒权宜之法也。非荒年不可种。

洋落花生油谷四月种解　洋落花生油谷四月种，救荒权宜之法也。非荒年不可种。

以上四月谷类解

圆蔓菁菜四月种解　圆蔓菁菜四月种，据《农政全书》而种之也。

长蔓菁菜四月种解　长蔓菁菜四月种，据《农政全书》而种之也。

山蔓菁菜四月种解　山蔓菁菜四月种，仿长圆蔓菁而种之也。

洋蔓菁菜四月种解　洋蔓菁菜四月种，仿长圆蔓菁而种之也。

出头白萝卜四月种解　出头白萝卜四月种，据《农政全书》而种之也。

埋头白萝卜四月种解　埋头白萝卜四月种，据《农政全书》而种之也。

多汁白萝卜四月种解　多汁白萝卜四月种，据《农政全书》而种之也。

无汁白萝卜四月种解　无汁白萝卜四月种，据《农政全书》而种之也。

圆蛋白萝卜四月种解　圆蛋白萝卜四月种，据《农政全书》而种之也。

黄色胡萝卜四月种解　黄色胡萝卜四月种，仿白萝卜而种之也。

红色胡萝卜四月种解　红色胡萝卜四月种，仿白萝卜而种之也。

油菜四月种解　油菜四月种，救荒权宜之法也。非荒年不可种。

擘蓝菜四月种解　擘蓝菜四月种，据《农政全书》而种之也。

春不老菘菜四月种解　春不老菘菜四月种，据《群芳谱》而种之也。

苜蓿菜四月种解　苜蓿菜四月种，据《农政全书》而种之也。

莙荙菜四月种解　莙荙菜四月种，据《农政全书》而种之也。

冬葵菜四月种解　冬葵菜四月种，据《农政全书》而种之也。

扫帚菜四月种解　扫帚菜四月种，据《群芳谱》而种之也。

尖叶苋菜四月种解　尖叶苋菜四月种，据《农政全书》而种之也。

圆叶苋菜四月种解　圆叶苋菜四月种，据《农政全书》而种之也。

南瓜四月种解　南瓜四月种，据《农政全书》而种之也。四月上旬，为种南瓜之下时。

笋瓜四月种解　笋瓜四月种，仿南瓜而种之也。为种笋瓜之下时。

假南瓜四月种解　假南瓜四月种，为种假南瓜之下时。

搦瓜四月种解　云闻滑县老农及长垣县老农、祥符县老农皆曰，种搦瓜法，二三月为上时，四月上旬为中时，五月上旬为下时。

红薯四月种解　红薯四月种，众人皆知之时也。河北彰、卫、怀等府，以四月种者为早红薯。

白薯四月种解　白薯四月种，众人皆知之时也。河北彰、卫、怀等府，以四月种者为早白薯。

干红薯四月种解　干红薯四月种，杞县及新郑、长垣等县农人皆知之时也。

干白薯四月种解　干白薯四月种，杞县及新郑、长垣等县农人皆知之时也。

罂粟苗菜四月种解　罂粟苗菜四月种，救荒权宜之法也。

红花苗菜四月种解　红花苗菜四月种，据《农政全书·授时篇》而种之也。

芫荽菜四月种解　芫荽菜四月种，据《农政全书》而种之也。

同蒿菜四月种解　同蒿菜四月种，据《农政全书》而种之也。

菠菜四月种解　菠菜四月种，据《农政全书》而种之也。

银条菜四月种解　银条菜四月种，救荒权宜之法也。

甘露菜四月种解　甘露菜四月种，救荒权宜之法也。

地瓜菜四月种解　地瓜菜四月种，救荒权宜之法也。

阳芋头四月种解　阳芋头四月种，救荒权宜之法也。

利甫芋四月种解　利甫芋四月种，救荒权宜之法也。或谓芋羞三月，先生深知，而教民以四月种阳芋、种利甫芋，不亦诬乎？予曰：阳芋生于山田，陕西甘肃之民插苗而种，山西之民切片而种，其生易繁。利甫芋，其大至二三十斤。此二芋者，虽四月种，薄收犹可救荒也。鄙人计之熟矣，洵非诬也。

圆山药四月种解　圆山药四月种，救荒权宜之法也。据诸书所言种山药法，有明言春社时、寒食时者，有浑言二月种、三月种者。合而计之，大约以二月种者为上时，三月上旬为中时，四月上旬为下时也。四月种山药，比于春社寒食，犹不失为下时也。

长山药四月种解　长山药四月种，救荒权宜之法也。

扁山药四月种解　扁山药四月种，救荒权宜之法也。

菊叶山药四月种解　菊叶山药四月种，救荒权宜之法也。

札实瓜四月种解　云闻曾袭候劼刚旧随员马微图曰：据《富勒格全书》云：札实瓜，其大可以专车，出红海东头亚丁岛大沙中，于天文度数，为赤道，为热带。我中国以四五六月种之，或者气候相当相宜也。不知熟期，大约在八九十日内外。

以上四月菜类解

五　月

蚕豆五月种。

白子包谷五月种。（处暑熟，立秋可食。）

黄子包谷五月种。（处暑熟，立秋可食。）

黑子粟谷五月种。

红子粟谷五月种。

白子粟谷五月种。

黄子粟谷五月种。

黑子黍五月种。

红子黍五月种。

白子黍五月种。

黑子稷五月种。

红子稷五月种。

黄子稷五月种。

小子黑豆五月种。

大子黑豆五月种。

小子黄豆五月种。

大子黄豆五月种。

长秧绿豆五月种。

短秧绿豆五月种。

红小豆五月种。

白小豆五月种。

快豇豆五月种。

快菜角豆五月种。

晚稻五月种。

脂麻油谷五月种。

　　　以上五月谷类

圆蔓菁五月种。(六月可食。)

长蔓菁五月种。(六月可食。)

山蔓菁五月种。(六月可食。)

洋蔓菁五月种。(六月可食。)

出头白萝卜五月种。(六月可食。)

埋头白萝卜五月种。(六月可食。)

多汁白萝卜五月种。(六月可食。)

无汁白萝卜五月种。(六月可食。)

圆蛋白萝卜五月种。(六月可食。)

黄色胡萝卜五月种。(六月可食。)

红色胡萝卜五月种。(六月可食。)

油菜五月种。(六月可食。)

擘蓝菜五月种。(六月可食。)

春不老菘菜五月种。(六月可食。)

苜蓿菜五月和黍种。(六月可食。)

莙荙连菜五月和麻种。(六月可食。)

冬葵菜五月种。(六月可食。)

扫帚菜五月种。（六月可食。）

尖叶苋菜五月种。（六月可食。）

圆叶苋菜五月种。（六月可食。）

快南瓜五月种。（处暑后十日可食。）

快笋瓜五月种。（处暑后十日可食。）

快假南瓜五月种。（处暑后十日可食。）

快搦瓜五月种。（处暑后十日可食。）

红薯五月种。（处暑可食。）

白薯五月种。（处暑可食。）

干红薯五月种。（处暑可食。）

干白薯五月种。（处暑可食。）

罂粟苗菜五月种。（六月可食。）

红花苗菜五月种。（六月可食。）

芫荽菜五月种。（六月可食。）

同蒿菜五月种。（六月可食。）

菠菜五月种。（六月可食。）

银条菜五月种。（亩收六七百斤。）

甘露菜五月种。（亩收六七百斤。）

地瓜菜五月种。（亩收六七百斤。）

札实瓜五月种。

胡拉沙枣五月种。（二十一日熟。）

　　以上五月菜类

蚕豆五月种解　蚕豆五月种，救荒权宜之法也。

白子包谷五月种解　白子包谷五月种，众人皆知之时也。

黄子包谷五月种解　黄子包谷五月种，众人皆知之时也。

黑子粟谷五月种解　黑子粟谷五月种，众人皆知之时也。

红子粟谷五月种解　红子粟谷五月种，众人皆知之时也。

白子粟谷五月种解　白子粟谷五月种，众人皆知之时也。

黄子粟谷五月种解　黄子粟谷五月种，众人皆知之时也。

黑子黍五月种解　黑子黍五月种，众人皆知之时也。

红子黍五月种解　红子黍五月种，众人皆知之时也。

白子黍五月种解　白子黍五月种，众人皆知之时也。

黑子稷五月种解　黑子稷五月种，众人皆知之时也。

红子稷五月种解　红子稷五月种，众人皆知之时也。

黄子稷五月种解　黄子稷五月种，众人皆知之时也。

小子黑豆五月种解　小子黑豆五月种，众人皆知之时也。

大子黑豆五月种解　大子黑豆五月种，众人皆知之时也。

小子黄豆五月种解　小子黄豆五月种，众人皆知之时也。

大子黄豆五月种解　大子黄豆五月种，众人皆知之时也。

长秧绿豆五月种解　长秧绿豆五月种，众人皆知之时也。

短秧绿豆五月种解　短秧绿豆五月种，众人皆知之时也。

红小豆五月种解　红小豆五月种，众人皆知之时也。

白小豆五月种解　白小豆五月种，众人皆知之时也。

快豇豆五月种解　快豇豆五月种，救荒权宜之法也。

快菜角豆五月种解　快菜角豆五月种，救荒权宜之法也。

晚稻五月种解　晚稻五月种，众人皆知之时也。

脂麻油谷五月种解　脂麻油谷五月种，据《农政全书》而种之也。《农政全书·种脂麻法》：二三月为上时，四月上旬为中时，五月上旬为下时。

以上五月谷类解

圆蔓菁菜五月种解　圆蔓菁菜五月种，据《农政全书》而种之也。

长蔓菁菜五月种解　长蔓菁菜五月种，据《农政全书》而种之也。

山蔓菁菜五月种解　山蔓菁菜五月种，仿长圆蔓菁而种之也。

洋蔓菁菜五月种解　洋蔓菁菜五月种，仿长圆蔓菁而种之也。

出头白萝卜五月种解　出头白萝卜五月种，据《农政全书》而种之也。

埋头白萝卜五月种解　埋头白萝卜五月种，据《农政全书》而种之也。

多汁白萝卜五月种解　多汁白萝卜五月种，据《农政全书》而种之也。

无汁白萝卜五月种解　无汁白萝卜五月种，据《农政全书》而种之也。

圆蛋白萝卜五月种解　圆蛋白萝卜五月种，据《农政全书》而种之也。

黄色胡萝卜五月种解　黄色胡萝卜五月种，仿白萝卜而种之也。

红色胡萝卜五月种解　红色胡萝卜五月种，仿白萝卜而种之也。

油菜五月种解　油菜五月种，救荒权宜之法也。

擘蓝菜五月种解　擘蓝菜五月种，据《农政全书》而种之也。

春不老菘菜五月种解　春不老菘菜五月种，据《群芳谱》而种之也。

苜蓿菜五月和黍种解　云闻直隶老农曰，苜蓿菜五月种，必须和黍种之，使黍为苜蓿遮阴，以免烈日晒杀。

莙荙菜五月和麻种解　云闻直隶老农曰：莙荙菜五月种，必须和麻种之，使麻为莙荙遮阴，以免烈日晒杀。

冬葵菜五月种解　冬葵菜五月种，据《农政全书》而种之也。

扫帚菜五月种解　扫帚菜五月种，救荒权宜之法也。

尖叶苋菜五月种解　尖叶苋菜五月种，据《农政全书》而种之也。

圆叶苋叶五月种解　圆叶苋叶五月种，据《农政全书》而种之也。

快南瓜五月种解　快南瓜五月种，救荒权宜之法也。

快笋瓜五月种解　快笋瓜五月种，救荒权宜之法也。

快假南瓜五月种解　快假南瓜五月种，救荒权宜之法也。

快搦瓜五月种解　快搦瓜五月种解，救荒权宜之法也。

红薯五月种解　红薯五月种，众人皆知之时也。

白薯五月种解　白薯五月种，众人皆知之时也。

干红薯五月种解　干红薯五月种，众人皆知之时也。

干白薯五月种解　干白薯五月种，众人皆知之时也。

罂粟苗菜五月种解　罂粟苗菜五月种，救荒权宜之法也。

红花苗菜五月种解　红花苗菜五月种，据《农政全书》而种之也。

芫荽菜五月种解　芫荽菜五月种，据《农政全书》而种之也。

同蒿菜五月种解　同蒿菜五月种，据《农政全书》而种之也。

菠菜五月种解　菠菜五月种，据《农政全书》而种之也。

银条菜五月种解　银条菜五月种，救荒权宜之法也。

甘露菜五月种解　甘露菜五月种，救荒权宜之法也。

地瓜菜五月种解　地瓜菜五月种，救荒权宜之法也。

札实瓜五月种解　札实瓜五月种，专车之瓜，每秧得一，即为大利。

胡拉沙枣五月种解　云闻曾袭侯劼刚随员甘肃马微图曰：据《富勒格全书》云：胡拉沙枣，草本所生之枣也。二十一日即熟，二十五六日熟过落地，不可收拾矣。救荒甚有奇功。出红海北岸天方国大沙中，于天文度数为赤道，为热带。我中国以五六七月种之，或者气候相当相宜也。

　　以上五月菜类解

六　　月

蚕豆六月种。

长秧绿豆六月种。（白露熟、处暑可食。）

短秧绿豆六月种。（白露熟、处暑可食。）

红小豆六月种。（白露熟、处暑可食。）

白小豆六月种。（白露熟、处暑可食。）

白子包谷六月种。（白露熟、处暑可食。）

黄子包谷六月种。（白露熟、处暑可食。）

大子荞麦六月种。（九月熟。）

小子荞麦六月种。（九月熟。）

寒粟谷六月种。（九月熟，不畏霜也。）

青子谷六月种。（十月熟，不畏霜也。）

粱禾米六月种。（九月熟，不畏霜也。）

东墙米六月种。（十月熟，不畏霜也。）

六十日快黍六月种。（八月初旬熟。）

六十日快粟谷六月种。（八月初旬熟。）

六十日快稻六月种。（八月初旬熟。）

　　以上六月谷类

圆蔓菁六月种。（七月可食。）

长蔓菁六月种。（七月可食。）

山蔓菁六月种。（七月可食。）

洋蔓菁六月种。（七月可食。）

出头白萝卜六月种。（七月可食。）

埋头白萝卜六月种。（七月可食。）

多汁白萝卜六月种。（七月可食。）

无汁白萝卜六月种。（七月可食。）

黄色胡萝卜六月种。（七月可食。）

红色胡萝卜六月种。（七月可食。）

油菜六月种。（七月可食。）

擘蓝菜六月种。（七月可食。）

春不老菘六月种。（七月可食。）

苜蓿菜六月和荞麦种。

莙荙菜六月和荞麦种。

冬葵菜六月种。（七月可食。）

扫帚菜六月种。（七月可食。）

尖叶苋菜六月种。（七月可食。）

圆叶苋菜六月种。（七月可食。）

红薯六月种。（七月可食。）

白薯六月种。（白露可食。）

干红薯六月种。（白露可食。）

干白薯六月种。（白露可食。）

罂粟苗菜六月种。（七月可食。）

红花苗菜六月种。（七月可食。）

芫荽菜六月种。（七月可食。）

同蒿菜六月种。（七月可食。）

菠菜六月种。（七月可食。）

黄菘菜六月种。（七月可食。）

白菘菜六月种。（七月可食。）

黑菘菜六月种。（七月可食。）

面菘菜六月种。（七月可食。）

札实瓜六月种。

胡拉沙枣六月种。（二十一日熟。）

　　以上六月菜类

　　蚕豆六月种解　蚕豆六月种，救荒权宜之法也。云闻鄢陵县老农及汝阳县老农曰，蚕豆四时皆可种，于救荒甚相宜。

　　长秧绿豆六月种解　长秧绿豆六月种，据《农政全书·授时篇》而种之也。《农政全书·授时篇》：六月有种绿豆。

短秧绿豆六月种解　俞贞木《种树书》曰：种绿豆，地宜瘦，四月种，六月收子。再种之，八月又收。

红小豆六月种解　红小豆六月种，据《农政全书》而种之也。贾思勰《齐民要术》曰：小豆有绿、赤、白三种。

白小豆六月种解　《齐民要术》曰：种小豆，夏至后十日种者为上时，初伏断手为中时，中伏断手为下时，中伏以后则晚矣。

白子包谷六月种解　云见滑县、浚县及长垣、封邱等县，六月种绿豆及白子包谷，甚能丰收也。

黄子包谷六月种解　云见滑县、浚县及长垣、封邱等县，六月种绿豆及黄子包谷，甚能丰收也。

大子荞麦六月种解　王象晋《群芳谱》曰：荞麦，一名荍麦，一名乌麦，一名花荞，一名甜荞。茎弱而翘然，易长易收，磨面如麦，故曰荞而与麦同名。又名甜荞，以别苦荞也。南北皆有之。立秋前后下种，密种则实多，稀种则实少。王祯《农书》曰：荞麦立秋前后种，密种则实多，稀种则实少。《齐民要术》曰：种荞麦，立秋前后皆十日内种也。《洯曲旧闻》曰：麦备四时之气。荞麦叶青、花白、茎赤、子黑、根黄，亦具五方之色。然方结实时，最畏霜。此时得雨，则于结实尤宜，且不成霜，农家呼为解霜雨。云闻洛阳县老农曰，立秋后，闻雷声，则百日无霜，荞麦可广种也。

小子荞麦六月种解　小子荞麦，一名京子荞麦，一名快荞麦，六月种之。比于大子荞麦，其熟更早也。

寒粟谷六月种解　寒粟谷即《群芳谱》、《本草纲目》所谓寒露粟也。云闻光州老农及商水县老农、沈邱县老农皆曰，寒粟谷性耐寒，见霜犹能茂盛。荒年雨不应时，他谷已晚，种此仍然丰收也。

青子谷六月种解　青子谷，即《群芳谱》、《本草纲目》所谓雁头青谷也。云闻兰阳县老农及仪封县老农曰，青子谷冒霜能长，冒雪能长。荒年雨不应时，他谷已晚，种此仍然丰收也。

梁〔粱〕禾米六月种解　据李时珍《本草纲目》：辽东乌桓地有梁〔粱〕禾米，蔓生，九月熟，其实炊饭如稻米。云以为六月种梁禾米，其收稳于他谷。

东廧米六月种解　据李时珍《本草纲目》，东廧谷生河西，苗似蓬，子似葵，可为饭。河西人语曰：贷我东廧，偿尔田粱。张揖《广雅》曰：东廧见相如赋，其实可食。云以为，六月种东廧米，其收稳于他谷。

六十日快黍六月种解　六十日快黍六月种，熟期绰绰有余也。

六十日快粟谷六月种解　六十日快粟谷六月种，熟期绰绰有余也。

六十日快稻六月种解　六十日快稻，即《农政全书》、《群芳谱》及《催耕课稻编》等书所谓拖犁归稻、六旬稻也。云以为，六十日快稻六月种，熟期绰绰有余也。

以上六月谷类解

圆蔓菁菜六月种解　圆蔓菁菜六月种，据《农政全书》而种之，亦众人皆知之时也。

长蔓菁菜六月种解　长蔓菁菜六月种，据《农政全书》而种之，亦众人皆知之时也。

山蔓菁菜六月种解　山蔓菁菜六月种，仿长圆蔓菁而种之也。

洋蔓菁菜六月种解　洋蔓菁菜六月种，仿长圆蔓菁而种之也。

出头白萝卜六月种解　出头白萝卜六月种，众人皆知之时也。

埋头白萝卜六月种解　埋头白萝卜六月种，众人皆知之时也。

多汁白萝卜六月种解　多汁白萝卜六月种，众人皆知之时也。

无汁白萝卜六月种解　无汁白萝卜六月种，众人皆知之时也。

圆蛋白萝卜六月种解　圆蛋白萝卜六月种，众人皆知之时也。

黄色胡萝卜六月种解　黄色胡萝卜六月种，众人皆知之时也。

红色胡罗卜六月种解　红色胡罗卜六月种，众人皆知之时也。

油菜六月种解　油菜六月种，众人皆知之时也。

擘蓝菜六月种解　擘蓝菜六月种，据《农政全书》而种之也。

春不老菘菜六月种解　春不老菘菜六月种，据《群芳谱》而种之也。

苜蓿菜六月和荞麦种解　云闻直隶老农曰：苜蓿菜六月种，必须和荞麦种之，使荞麦为苜蓿遮阴，以免烈日晒杀。

君荙菜六月和荞麦种解　云闻直隶老农曰：君荙菜六月种，必须和荞麦种之，使荞麦为君荙遮阴，以免烈日晒杀。

冬葵菜六月种解　冬葵菜六月种，据《农政全书》而种之也。

扫帚菜六月种解　扫帚菜六月种，救荒权宜之法也。

尖叶苋菜六月种解　尖叶苋菜六月种，救荒权宜之法也。

圆叶苋菜六月种解　圆叶苋菜六月种，救荒权宜之法也。

红薯六月种解　红薯六月种，据《农政全书》而种之也。

白薯六月种解　白薯六月种，据《农政全书》而种之也。

干红薯六月种解　干红薯六月种，据《农政全书》而种之也。

干白薯六月种解　干白薯六月种，据《农政全书》而种之也。

罂粟苗菜六月种解　罂粟苗菜六月种，救荒权宜之法也。

红花苗菜六月种解　红花苗菜六月种，救荒权宜之法也。

芫荽菜六月种解　芫荽菜六月种，据《农政全书》而种之也。

同蒿菜六月种解　同蒿菜六月种，据《农政全书》而种之也。

菠菜六月种解　菠菜六月种，据《农政全书》而种之也。

黄菘菜六月种解　据《农政全书》、《三农记》、《群芳谱》、《致富奇书》、《格致镜原》、《本草纲目》等书，菘菜有松之操，性耐霜雪，凌冬不凋，四时皆见。于诸菜中，最堪常食。其以时命名者，有春菘菜（《格物论》云：有春菘菜）。春不老菘菜。（《群芳谱》云：春不老菘菜，一名八斤菜）、夏菘菜（《农政全书·授时篇》：五月有种夏菘菜。《务本新书》云：种夏菘菜，五月上旬撒子，六月中旬可食。）、秋菘菜（《格物论》云：有秋菘菜。《通雅》云：秋末晚菘。晚菘即今之白菜）、冬菘菜（《农政全书》及《三农记》、《群芳谱》中，八月、九月所种之白菘菜、乌菘菜、油菘菜，至冬月始可食者，皆冬菘菜也）等类诸名目。其以色命名者，有白菜（《群芳谱》云：白菜，一名菘菜。《通雅》云：秋末晚菘。晚菘即今之白菜）、小白菜（直隶、河南、山东等二月底三月初所食之细叶白菜，即小白菜也）、黄芽菜（《群芳谱》云：黄芽菜，白菜别名）、黄矮菜（《戒庵漫笔》云：黄芽菜，菘菜也。杭州俗呼黄矮菜）、青菘菜（《三农记》云：青菘菜，一名春不老菘菜）、乌菘菜、黑菘菜、黑白菜（《农政全书》有乌菘菜，即祥符县、长垣县老农人所呼黑菘菜及黑白菜也）等类诸名目。其遂意命名者，有油菘菜（云闻辽东老农及江南老农曰：油菘菜，俗呼蘵儿菜）、牛肚菘菜、马面菘菜（《本草纲目》云：菘最大音，名为牛肚菘、马面菘）、箭竿菘菜（《正字通》云：今南京京口之菘最为上者，曰箭竿白菘）、蒲叶菘菜（段成式食品，有蒲叶菘菜。或云蒲叶菘菜即今之小白菜也）、水晶菜（《全芳备祖》云：杨诚斋名白菜为水晶菜）、飘儿菜（郑板桥诗集有蘵儿菜，即油菘菜也）、笋奴菜、菌妾菜（陶谷《清异录》云：江右多菘菜，鬻笋者恶之，骂曰：笋奴菌妾）、薹菜、蹋菜（《正字通》云：薹菜，菘之别种，即今蹋菜。岁暮生，皆蹋地不起）等类诸名目。《菜谱》曰：菜中有菘，最为常食。其子可作油，敷头长发，涂刀剑不镭。黄菘菜六月种，众人皆知之时也。黄菘菜即黄芽菜，盖种秋黄芽也。

白菘菜六月种解　白菘菜六月种，众人皆知之时也。白菘菜即白菜，盖种秋白菜也。

黑菘菜六月种解　黑菘菜六月种，救荒权宜之法也。黑菘菜，古人呼为乌菘菜，今人呼为黑白菜，盖种早黑白菜也。

面菘菜六月种解　面菘菜六月种，山东济南府众人皆知之时也。面菘菜出济南府，土人呼为面白菜，能当饭吃，盖种秋面白菜也。

札实瓜六月种解　札实瓜六月种，非不知为时已晚，盖专车之瓜，每秧得半亦利也。

胡拉沙枣六月种解　胡拉沙枣六月种，二十一日熟，救荒真有奇功。

以上六月菜类解

七　月

蚕豆七月种。

秋荞麦七月种。（九月熟。）

寒粟谷七月种。（九月熟，不畏霜。）

青子谷七月种。（十月熟，不畏霜。）

梁禾米七月种。（九月熟，不畏霜。）

东庸米七月种。（十月熟，不畏霜。）

六十日快粟谷七月种。（九月初熟。）

六十日快包谷七月种。（九月初熟。）

六十日快绿豆七月种。（九月初熟。）

六十日快红小豆七月种。（九初熟。）

六十日白小豆七月种。（九初熟。）

六十日快荞麦七月种。（九月初熟。）

五十日快荞麦七月种。（八月熟。）

四十日荞麦七月种。（八月熟。）

六十日稻七月种。（九月初熟。）

五十日稻七月种。（八月熟。）

四十日稻七月种。（八月熟。）

以上七月谷类

圆蔓菁七月种。（八月可食。）

长蔓菁七月种。（八月可食。）

山蔓菁七月种。（八月可食。）

洋蔓菁七月种。（八月可食。）

出头白萝卜七月种。（八月可食。）

埋头白萝卜七月种。（八月可食。）

多汁白萝卜七月种。（八月可食。）

无汁白萝卜七月种。（八月可食。）

圆蛋白萝卜七月种。（八月可食。）

黄色胡萝卜七月种。（八月可食。）

红色胡萝卜七月种。（八月可食。）

油菜七月种。（八月可食。）

擘蓝菜七月种。（八月可食。）

春不老菘菜七月种。（八月可食。）

苜蓿菜七月和荞麦种。

莙荙菜七月种。（八月可食。）

冬葵菜七月种。（八月可食。）

扫帚菜七月种。（八月可食。）

尖叶苋菜七月种。（八月可食。）

圆叶苋菜七月种。（八月可食。）

红薯七月种。（寒露、霜降可食。）

白薯七月种。（寒露、霜降可食。）

干红薯七月种。（寒露、霜降可食。）

干白薯七月种。（寒露、霜降可食。）

罂粟苗菜七月种。（八月可食。）

红花苗菜七月种。（八月可食。）

芫荽菜七月种。（八月可食。）

同蒿菜七月种。（八月可食。）

菠菜七月种。（八月可食。）

黄菘菜七月种。（八月可食。）

白菘菜七月种。（八月可食。）

黑菘菜七月种。（八月可食。）

面菘菜七月种。（八月可食。）

胡拉沙枣七月种。（二十一日熟。）

　　以上七月菜类

蚕豆七月种解　蚕豆七月种，救荒权宜之法也。

秋荞麦七月种解　秋荞麦七月种，据《农（政）全书·授时篇》而种之也。《农政全书·授时篇》：七月有种荞麦。

寒粟谷七月种解　寒粟谷七月种，其性耐寒，不畏风霜。他谷已晚，种寒粟谷，犹能丰收也。

青子粟谷七月种解　青子粟谷七月种，其性耐寒，不畏风霜。他谷已晚，种青子粟谷，犹能丰收也。

梁〔粱〕禾米七月种解　梁〔粱〕禾米七月种，其性耐寒，不畏风霜。他谷已晚，种梁〔粱〕禾米，犹能丰收也。

东廧米七月种解　东廧米七月种，其性耐寒，不畏风霜。他谷已晚，种东廧米，犹能丰收也。

六十日快粟谷七月种解　六十日快粟谷七月种，他谷已晚，快粟谷熟期犹绰绰然有余也。

六十日快包谷七月种解　六十日快包谷七月种，他谷已晚，快包谷熟期犹绰绰然有余也。

六十日快绿豆七月种解　六十日快绿豆七月种，他谷已晚，快绿豆熟期犹绰绰然有余也。

六十日快红小豆七月种解　六十日快红小豆七月种，据《农政全书·授时篇》而种之也。《农政全书·授时篇》：七月有种赤豆。赤豆即今红小豆。

六十日快白小豆七月种解　六十日快白小豆七月种，他谷已晚，快白小豆熟期犹绰绰然有余也。

六十日快荞麦七月种解　六十日快荞麦七月种，他谷已晚，快荞麦熟期犹绰绰然有余也。

五十日快荞麦七月种解　五十日快荞麦七月种，他谷已晚，此快荞麦熟期更绰绰然有余也。五十日熟。快荞麦七月中旬犹可种。

四十日快荞麦七月种解　四十日快荞麦七月种，他谷已晚，此快荞麦熟期更绰绰然有余也。四十日熟。快荞麦七月下旬犹可种。

六十日快稻七月种解　六十日快稻七月种，据《农政全书》而种之也。《农政全书》有六十日快稻七月种。

五十日快稻七月种解　五十日快稻七月种，据《催耕课稻编》而种之也。《催耕课稻编》有五十日快稻七月种。

四十日快稻七月种解　四十日快稻七月种，据林文忠公《催耕课稻编》而种之也。林文忠公《催耕课稻编》有四十日快稻七月种。金陵、姑苏遵行之，为利甚普也。按《隋书》云：婆登国有月熟之稻，每月一熟。《抱朴子》云：南海晋安县有九熟之稻，一岁九登。云以为，月熟、九熟，一溢美，一确数，皆此四十日之印证也。四十日与一月相近，闻者喜其太速，神而奇之，指为一月，则言月熟者，四十日之溢美也。今广东省、南海、晋安等处，草木冬荣，地无冰霜，农夫终岁种植勤动，四十日为一熟，每岁三百六十日，恰得九熟。则言九熟者，四十日之确数也。快稻熟于四十日，闻者可以无疑矣。且此四十日快稻，江南、岭南现今多种之者。

以上七月谷类解

圆蔓菁菜七月种解　圆蔓菁菜七月种，据《农政全书》而种之也，亦众人皆知之时也。河北彰、卫、怀等府农谚曰：处暑不种田，但许种瓯蔓。

长蔓菁菜七月种解　长蔓菁菜七月种，据《农政全书》而种，亦众人皆知之时也。

山蔓菁菜七月种解　山蔓菁菜七月种，仿长圆蔓菁而种之也。

洋蔓菁菜七月种解　洋蔓菁菜七月种，仿长圆蔓菁而种之也。

出头白萝卜七月种解　出头白萝卜七月种，据《农政全书》而种之也。

埋头白罗卜七月种解　埋头白罗卜七月种，据《农政全书》而种之也。

多汁白萝卜七月种解　多汁白萝卜七月种，据《农政全书》而种之也。

无汁白萝卜七月种解　无汁白萝卜七月种，据《农政全书》而种之也。

圆蛋白萝卜七月种解　圆蛋白萝卜七月种，据《农政全书》而种之也。

黄色胡萝卜七月种解　黄色胡萝卜七月种，据长垣县老农、东明县老农种植能成，真有阅历而种之也。

红色胡萝卜七月种解　红色胡萝卜七月种，据长垣县老农、东明县老农种植能成，真有阅历而种之也。

油菜七月种解　油菜七月种，据长垣县老农、东明县老农种植能成，真有阅历而种之也。

擘蓝菜七月种解　擘蓝菜七月种，据《农政全书》而种之也。

春不老菘菜七月种解　春不老菘菜七月种，据《群芳谱》而种之也。

苜蓿菜七月和秋荞麦种解　云闻直隶老农曰，苜蓿七月种，必须和秋荞麦而种之，使秋荞麦为苜蓿遮阴，以免烈日晒杀。

莙荙菜七月种解　莙荙菜七月种，据《农政全书》而种之也。

冬葵菜七月种解　冬葵菜七月种，据《农政全书》而种之也。

扫帚菜七月种解　扫帚菜七月种，救荒权宜之法也。

尖叶苋菜七月种解　尖叶苋菜七月种，救荒权宜之法也。

圆叶苋菜七月种解　圆叶苋菜七月种，救荒权宜之法也。

红薯七月种解　红薯七月种，据《农政全书》而种之也。

白薯七月种解　白薯七月种，据《农政全书》而种之也。

干红薯七月种解　干红薯七月种，据《农政全书》而种之也。

干白薯七月种解　干白薯七月种，据《农政全书》而种之也。

罂粟苗菜七月种解　罂粟苗菜七月种，救荒权宜之法也。

红花苗菜七月种解　红花苗菜七月种，救荒权宜之法也。

芫荽菜七月种解　芫荽菜七月种，据《农政全书》而种之也。

同蒿菜七月种解　同蒿菜七月种，据《农政全书》而种之也。

菠菜七月种解　菠菜七月种，据《农政全书》而种之也。

黄菘菜七月种解　黄菘菜七月种，众人皆知之时也。

白菘菜七月种解　白菘菜七月种，众人皆知之时也。

黑菘菜七月种解　黑菘菜七月种，众人皆知之时也。

面菘菜七月种解　面菘菜七月种，众人皆知之时也。

胡拉沙枣七月种解　胡拉沙枣七月种，于热带气候或者相当相宜也。二十一日即熟，救荒真有奇功。

以上七月菜类解

八　月

四十日快荞麦八月种。（九月熟。）

四十日快稻八月种。（九月熟。）

六十日快绿豆八月种。（九月水角可食，食法详后饮食篇。）

六十日快红小豆八月种。（九月水角可食，食法详后饮食篇。）

六十日快白小豆八月种。（九月水角可食，食法详后饮食篇。）

蚕豆八月种。（九月嫩苗可食，食法详后饮食篇。）

豌豆八月种。（九月嫩苗可食，食法详后饮食篇。）

小扁豆八月种。（九月嫩苗可食，食法详后饮食篇。）

大麦八月种。（九月嫩苗可食，食法详后饮食篇。）

小麦八月种。（九月嫩苗可食，食法详后饮食篇。）

　　以上八月谷类

圆蔓菁菜八月种。（九月可食。）

长蔓菁菜八月种。（九月可食。）

山蔓菁菜八月种。（九月可食。）

洋蔓菁菜八月种。（九月可食。）

出头白萝卜八月种。（九月可食。）

埋头白萝卜八月种。（九月可食。）

多汁白萝卜八月种。（九月可食。）

无汁白萝卜八月种。（九月可食。）

圆蛋白萝卜八月种。（九月可食。）

黄色胡萝卜八月种。（九月可食。）

红色胡萝卜八月种。（九月可食。）

油菜八月种。（九月可食。）

擘蓝菜八月种。（九月可食。）

春不老菘菜八月种。（九月可食。）

苜蓿菜八月种。（九月可食。）

莙荙菜八月种。（九月可食。）

冬葵菜八月种。（九月可食。）

红薯八月种。（立冬后十日可食。）

白薯八月种。（立冬后十日可食。）

干红薯八月种。（立冬后十日可食。）

干白薯八月种。（立冬后十日可食。）

罂粟苗菜八月种。（九月可食。）

红花苗菜八月种。（九月可食。）

芫荽菜八月种。（九月可食。）

同蒿菜八月种。（九月可食。）

菠菜八月种。（九月可食。）

黄菘菜八月种。（九月可食。）

白菘菜八月种。（九月可食。）

黑菘菜八月种。（九月可食。）

油菘菜八月种。（九月可食。）

面菘菜八月种。（九月可食。）

然东菜八月种。（七日即熟，每月四熟。）

　　以上八月菜类

四十日快荞麦八月种解　四十日快荞麦，八月上旬种，犹可收也，再缓则无及矣。

四十日快稻八月种解　四十日快稻，八月上旬种，犹可收也，再缓则无及矣。

六十日快绿豆八月种解　六十日快绿豆，八月上旬种，水角可望也，再缓则无及矣。

六十日快红小豆八月种解　六十日快红小豆，八月上旬种，水角可望也，再缓则无及矣。

六十日快白小豆八月种解　六十日快白小豆，八月上旬种，水角可望也，再缓则无及矣。

蚕豆八月种解　蚕豆八月种，嫩苗九月可食也。

豌豆八月种解　豌豆八月种，嫩苗九月可食也。

小扁豆八月种解　小扁豆八月种，嫩苗九月可食也。

大麦八月种解　大麦八月种，嫩苗九月可食也。

小麦八月种解　小麦八月种，嫩苗九月可食也。

　　以上八月谷类解

圆蔓菁菜八月种解　圆蔓菁菜八月种，据《农政全书》而种之也。

长蔓菁菜八月种解　长蔓菁菜八月种，据《农政全书》而种之也。

山蔓菁菜八月种解　长〔山〕蔓菁菜八月种，仿长圆蔓菁而种之也。

洋蔓菁菜八月种解　洋蔓菁菜八月种，仿长圆蔓菁而种之也。

出头白萝卜八月种解　出头白萝卜八月种，据《农政全书》而种之也。

埋头白萝卜八月种解　埋头白萝卜八月种，据《农政全书》而种之也。

多汁白萝卜八月种解　多汁白萝卜八月种，据《农政全书》而种之也。

无汁白萝卜八月种解　无汁白萝卜八月种，据《农政全书》而种之也。

圆蛋白萝卜八月种解　圆蛋白萝卜八月种，据《农政全书》而种之也。

黄色胡萝卜八月种解　黄色胡萝卜八月种，据《农政全书》而种之也。

红色胡萝卜八月种解　一〔红〕色胡萝卜八月种，据《农政全书》而种之也。

油菜八月种解　油菜八月种，据《农政全书》而种之也。

擘蓝菜八月种解　擘蓝菜八月种，据《农政全书》而种之也。

春不老菘菜八月种解　春不老菘菜八月种，据《农政全书》而种之也。

苣藚菜八月种解　苣藚菜八月种，据《农政全书》而种之也。

莙荙菜八月种解　莙荙菜八月种，据《农政全书》而种之也。

冬葵菜八月种〔之〕解　冬葵菜八月种，据《农政全书》而种之也。

红薯八月种解　红薯八月种，据《农政全书》而种之也。

白薯八月种解　白薯八月种，据《农政全书》而种之也。

干红薯八月种解　干红薯八月种，据《农政全书》而种之也。

干白薯八月种解　或谓：红薯、白薯、干红薯、干白薯，皆五月种。至六月种，已薄收矣。今先生更教民七八月种，敢间别有保护生成之道乎？予曰：七八月种者，霜降前五日用土覆之，小雪前五日火速收之。七月种者，每科可得十两，每亩可得万两。八月种者，每科可得五两，每亩可得五千两。于救荒大有益也。

罂粟苗菜八月种解　罂粟苗菜八月种，据《农政全书》而种之也。

红花苗菜八月种解　红花苗菜八月种，据《农政全书》而种之也。

芫荽菜八月种解　芫荽菜八月种，据《农政全书》而种之也。

同蒿菜八月种解　同蒿菜八月种，据《农政全书》而种之也。

菠菜八月种解　菠菜八月种，据《农政全书》而种之也。

黄菘菜八月种解　黄菘菜八月种，据《群芳谱》而种之也。

白菘菜八月种解　白菘菜八月种，据《群芳谱》而种之也。

黑菘菜八月种解　黑菘菜八月种，据《群芳谱》而种之也。

油菘菜八月种解　油菘菜八月种，河南省农人皆知之时也。

面菘菜八月种解　面菘菜八月种，山东省农人皆知之时也。

然东菜八月种解　然东菜八月种，于温带气候或者相常相宜也七八日即熟，救荒真有奇功。

以上八月菜类

九　　月

大麦九月种。（十月嫩苗可食。）

小麦九月种。（十月嫩苗可食。）

蚕豆九月种。（十月嫩苗可食。）

豌豆九月种。（十月嫩苗可食。）

小扁豆九月种。（十月嫩苗可食。）

　　以上九月谷类

圆蔓菁菜九月种。（十月可食。）

长蔓菁菜九月种。（十月可食。）

山蔓菁菜九月种。（十月可食。）

洋蔓菁菜九月种。（十月可食。）

出头白萝卜九月种。（十月可食。）

埋头白萝卜九月种。（十月可食。）

多汁白萝卜九月种。（十月可食。）

无汁白萝卜九月种。（十月可食。）

圆蛋白萝卜九月种。（十月可食。）

黄色胡萝卜九月种。(十月可食。)

红色胡萝卜九月种。(十月可食。)

油菜九月种。(十月可食。)

擘蓝菜九月种。(十月可食。)

春不老菘菜九月种。(十月可食。)

苜蓿菜九月种。(十月可食。)

莙荙菜九月种。(十月可食。)

冬葵菜九月种。(十月可食。)

干红薯九月初间种。(能在地过冬。)

干白薯九月初间种。(能在地过冬。)

罂粟苗菜九月种。(十月可食。)

红花苗菜九月种。(十月可食。)

芜菁菜九月种。(十月可食。)

同蒿菜九月种。(十月可食。)

菠菜九月种。(十月可食。)

黄菘菜九月种。(十月可食。)

白菘菜九月种。(十月可食。)

黑菘菜九月种。(十月可食。)

油菘菜九月种。(十月可食。)

面菘菜九月种。(十月可食。)

然东菜九月种。(十月可食。)

　　以上九月菜类

大麦九月种解　《齐民要术》曰：种大小麦，八月中戊社前种者为上时，下戊前为中时，八月末九月初为下时。滑县老农语予曰：白露种麦九个头，秋分种麦七个头，寒露种麦五个头，霜降种麦三个头，立冬种麦一个头，小雪种麦不出土。愿先生留意焉。《农政全书》曰：上时种麦，用子二升；中时种麦，用子三升；下时种麦，用子四升。

小麦九月种解　王祯《农书》曰：种小麦在九、十月，其种法与大麦同。

蚕豆九月种解　蚕豆九月种，鄢陵县农人、汝阳县农人所皆知之也。

豌豆九月种解　《务本新书》曰：豌豆二三月种。云见滑县及长垣、祥符等县种豌豆者，大约与麦同时，多用八月、九月。

小扁豆九月种解　小扁豆九月种，滑县、浚县及长垣、祥符等县，众人皆知之时也。

　　以上九月谷类解

圆蔓菁菜九月种解　圆蔓菁菜九月种，据《农政全书》而种之也。

长蔓菁菜九月种解　长蔓菁菜九月种，据《农政全书》而种之也。

山蔓菁菜九月种解　山蔓菁菜九月种，仿长圆蔓菁而种之也。

洋蔓菁菜九月种解　洋蔓菁菜九月种，仿长圆蔓菁而种之也。

出头白萝卜九月种解　出头白萝卜九月种，据《农政全书》而种之也。

埋头白萝卜九月种解　埋头白萝卜九月种，据《农政全书》而种之也。

多汁白萝卜九月种解　多汁白萝卜九月种，据《农政全书》而种之也。

无汁白萝卜九月种解　无汁白萝卜九月种，据《农政全书》而种之也。

圆蛋白萝卜九月种解　圆蛋白萝卜九月种，据《农政全书》而种之也。

黄色胡萝卜九月种解　黄色胡萝卜九月种，据《农政全书》而种之也。

红色胡萝卜九月种解　红色胡萝卜九月种，据《农政全书》而种之也。

油菜九月种解　油菜九月种，据《农政全书》而种之也。

擘蓝菜九月种解　擘蓝菜九月种，据《农政全书》而种之也。

春不老菘菜九月种解　春不老菘菜九月种，据《农政全书》而种之也。

苣荬菜九月种解　苣荬菜九月种，据《农政全书》而种之也。

莙荙菜九月种解　莙荙菜九月种，据《农政全书》而种之也。

冬葵菜九月种解　冬葵菜九月种，据《农政全书》而种之也。

干红薯九月种解　干红薯，九月初间最宜种于畦田中。霜降前五日夜，用秸草苦〔苫〕覆而盖之。冰冻时候，再用马粪、驴粪及碎刍、碎薪厚厚壅培，护而暖之。待到年底年初食，每科可得五六两，每亩可得五六千两。亦救荒之一奇也。

干白薯九月种解　干白薯，其种法、食法俱与干红薯同。九月初间霜期已近，种若再晚，则无及矣。

罂粟苗菜九月种解　罂粟苗菜九月种，众人皆知之时也。

红花苗菜九月种解　红花苗菜九月种，众人皆知之时也。

芜荽菜九月种解　芜荽菜九月种，据《农政全书》而种之也。

同蒿菜九月种解　同蒿菜九月种，据《农政全书》而种之也。

菠菜九月种解　菠菜九月种，据《农政全收》而种之也。

黄菘菜九月种解　黄菘菜九月种，河南、山东等省农人皆知之时也。

白菘菜九月种解　白菘菜九月种，河南、山东等省农人皆知之时也。

黑菘菜九月种解　黑菘菜九月种，河南、山东等省农人皆知之时也。

油菘菜九月种解　油菘菜九月种，河南、山东等省农人皆知之时也。

面菘菜九月种解　面菘菜九月种，山东省济南、泰安、东昌等府，农人皆知之时也。

然东菜九月种解　然东菜九月种，或者于温带气候相当相宜也。

以上九月菜类解。

十　月

大麦十月种。（立冬种者不岔头，小雪种者不出土。）

小麦十月种。（立冬种者不岔头，小雪种者不出土。）

蚕豆十月种。

豌豆十月种。

小扁豆十月种。

　以上十月谷类

长蔓菁十月种。（年底年初食，能在地过冬。）

埋头白萝卜十月种。（能在地过冬。）

黄色胡萝卜十月种。（能在地过冬。）

红色胡萝卜十月种。（能在地过冬。）

油菜十月种。（能在地过冬。）

苜蓿菜十月种。（能在地过冬。）

冬葵菜十月种。（能在地过冬。）

罂粟苗菜十月种。（能在地过冬。）

红花苗菜十月种。（能在地过冬。）

芫荽菜十月种。（能在地过冬。）

同蒿菜十月种。（能在地过冬。）

菠菜十月种。（能在地过冬。）

黑菘菜十月种。（能在地过冬。）

油菘菜十月种。（能在地过冬。）

　　以上十月菜类

　　大麦十月种解　滑县老农语予曰，吾又闻一说，八月科为上时，九月种麦为中时，十月种麦为下时。愿先生留意焉。云诺而志之，为其与"白露种麦九个头，秋分种麦七个头，寒露种麦五个头，霜降种麦三个头，立冬种麦一个头，小雪种麦不出土"言异情同，彼此互相发明也。遂多备一格，以候荒年采用焉。

　　小麦十月种解　小麦十月种，救荒权宜之时，亦众人皆知之时也。旱年雨不应时，滑县、浚县及长垣、祥符等县常见有十月种麦者。

　　蚕豆十月种解　鄢陵县农人、汝阳县农人十月有种蚕豆者。

　　豌豆十月种解　长垣县农人、祥符县农人十月有种豌豆者。

　　小扁豆十月种解　旱年雨不应时，滑县、浚县及长垣、祥符等县，常见有十月种小扁豆者。

　　以上十月谷类解

　　长蔓菁菜十月种解　长蔓菁菜十月种，为其能入土中，在地过冬，不畏冰雪也。圆蔓菁无此力量。

　　埋头白萝卜十月种解　埋头白萝卜十月种，为其能入土中，在地过冬、不畏冰雪也。出头白萝卜无此力量。

　　黄色胡萝卜十月种解　长垣县农人及东明县农人，为明年收子起见，黄色胡萝卜常有十月种者。

　　红色胡萝卜十月种解　长垣县农人及东明县农人，为明年收子起见，红色胡萝卜常有十月种者。

　　油菜十月种解　油菜十月种，为其能在地过冬，不畏冰雪也。

　　苜蓿菜十月种解　苜蓿菜十月种，为其嫩苗深冬方尽，宿根早春即生也。

　　冬葵菜十月种解　冬葵菜十月种，为其能在地过冬，不畏冰雪也。

罂粟苗菜十月种解　罂粟苗菜十月种，为其能在地过冬，不畏冰雪也。

红花苗菜十月种解　红花苗菜十月种，为其能在地过冬，不畏冰雪也。

芫荽菜十月种解　芫荽菜十月种，为其能在地过冬，不畏冰雪也。

同蒿菜十月种解　同蒿菜十月种，为其能在地过冬，不畏冰雪也。

菠菜十月种解　菠菜十月种，为其能在地过冬，不畏冰雪也。

黑菘菜十月种解　黑菘菜十月种，为其能在地过冬，不畏冰雪也。

油菘菜十月种解　油菘菜十月种，为其能在地过冬，不畏冰雪也。

以上十月菜类解

（按：《救荒月令·十月》原书为页一百九至一百十二，但内容错乱。此次核印，已改正之。）

十 一 月

大麦十一月种。

小麦十一月种。

蚕豆十一月种。

豌豆十一月种。

小扁豆十一月种。

雷阳界稻十一月种。

冻粟谷十一月种。（明年麦后即熟。）

冻包谷十一月种。（明年麦后即熟。）

冻高粱十一月种。（明年麦后即熟。）

　　　以上十一月谷类

长蔓菁菜十一月种。

埋头白萝卜十一月种。

油菜十一月种。

罂粟苗菜十一月种。

红花苗菜十一月种。

莴苣菜十一月种。

菠菜十一月种。

黑菘菜十一月种。

油菘菜十一月种。

以上十一月菜类

大麦十一月种解　大麦十一月种，据《农政全书·授时篇》推广比例，举一反三而种之也。

小麦十一月种解　小麦十一月种，据《农政全书·授时篇》而种之也。《农政全书·授时篇》：十一月有种小麦。

蚕豆十一月种解　蚕豆十一月种，据《农政全书·授时篇》推广比例，举一反三而种之也。

豌豆十一月种解　豌豆十一月种，据《农政全书·授时篇》推广比例，举一反三而种之也。

小扁豆十一月种解　小扁豆十一月种，据《农政全书·授时篇》推广比例，举一反三而种之也。

雷阳界稻十一月种解　雷阳界稻十一月种，据《一统志》云：雷阳界稻十一月下种，扬雪耕耘，次年四月熟，与他稻迥异。

冻粟谷十一月种解　冻粟谷十一月种，有冬至前一日种者，亦有冬至本日种者。襄城县农人、新野县农人及裕州、南阳府等处农人种者甚多。小暑即熟，旱蝗不能灾，为利固甚普也。冻粟谷十一月种，土人或称梦谷。

冻包谷十一月种解　冻包谷十一月种，据冻粟谷十一月种，推广比例，举一反三而种之也。九十月间土壤未冻时，豫先将地耕熟。到冬至前一日，将包谷子种入土中，使得子半元阳之气。明年小暑即熟，旱蝗俱不能灾，为利固甚普也。

冻高粱十一月种解　冻高粱十一月种，据冻粟谷十一月种，推广比例，举一反三而种之也。九、十月间土壤未冻时，豫先将地耕熟。到冬至前一日，将高粱子种入土中，使得子半元阳之气。明年小暑即熟，旱蝗俱不能灾，为利固甚普也。滑县老农问于予曰：冻粟谷、冻包谷、冻高粱，旱蝗俱不能灾，农闻甚喜，而未知其所以然也。敢请先生指教。予曰：粟谷、包谷、高粱，凡系年前种者，在地能举草无异。明年春草发苗时，即随草苗出土，无论雨泽多□有无，而彼自能柔韧坚忍，安全完固，秀穗结实，归于成熟。此旱不能为灾也。伏中缺雨，酷热薰蒸，鱼子、虾子变为蝗蝻。三者小暑即熟，收在伏前，此蝗不能为灾也。

以上十一月谷类解

长蔓菁菜十一月种解　长蔓菁菜十一月种，据《农政全书·授时篇》"十一月种油菜"推广比例，举一反三而种之也。

埋头白萝卜十一月种解　埋头白萝卜十一月种，据《农政全书·授时篇》"十一月种油菜"推广比例，举一反三而种之也。

油菜十一月种解　油菜十一月种，据《农政全书·授时篇》而种之也。《农政全书·授时篇》：十一月有种油菜。

罂粟苗菜十一月种解　罂粟苗菜十一月种，据《农政全书·授时篇》"十一月种油菜"推广比例，举一反三而种之也。

红花苗菜十一月种解　红花苗菜十一月种，据《农政全书·授时篇》"十一月种油菜"推广比例，举一反三而种之也。

莴苣菜十一月种解　莴苣菜十一月种，据《农政全书·授时篇》而种之也。《农政全书·授时篇》：十一月有种莴苣。

菠菜十一月种解　菠菜十一月种，据《农政全书·授时篇》"十一月莴苣"推广比例，举一反三而种之也。

黑菘菜十一月种解　黑菘菜十一月种，据《农政全书·授时篇》"十一月莴苣"推广比例，举一反三而种之也。

油菘菜十一月种解　油菘菜十一月种，据《农政全书·授时篇》"十一月莴苣"推广比例，举一反三而种之也。

以上十一月菜类解

十　二　月

大麦十二月种。

小麦十二月种。

蚕豆十二月种。

豌豆十二月种。

小扁豆十二月种。

雷阳界稻十二月种。

冻粟谷十二月种。（明年麦后即熟。）

冻包谷十二月种。（明年麦后即熟。）

冻高粱十二月种。（明年麦后即熟。）

　　　以上十二月谷类

长蔓菁十二月种。

埋头白萝卜十二月种。

油菜十二月种。

罂粟苗菜十二月种。

红花苗菜十二月种。

莴苣菜十二月种。

菠菜十二月种。

黑菘菜十二月种。

油菘菜十二月种。

　　　以上十二月菜类

大麦十二月种解　大麦十二月种，据《农政全书·授时篇》推广比例，举一反三而种之也。

小麦十二月种解　小麦十二月种，据《农政全书·授时篇》而种之也。《农政全书·授时篇》：十二月有种小麦。

蚕豆十二月种解　蚕豆十二月种，据《农政全书·授时篇》推广比例，举一反三而种之也。

豌豆十二月种解　豌豆十二月种，据《农政全书·授时篇》推广比例，举一反三而种之也。

小扁豆十二月种解　小扁豆十二月种，据《农政全书·授时篇》推广比例，举一反三而种之也。

雷阳界稻十二月种解　雷阳界稻十二月种，据《一统志》云：雷阳界稻，十二月下种，扬雪耕耘，次年四月熟，与他稻迥异。

冻粟谷十二月种解　咸丰丙辰年，隐士王丹君语予曰：据《畿亭陈龙正先生全书》有救荒冬月种谷方，谷即带壳小米也。北方或呼为粟谷。冬至前一日，掘地为坑，深四五尺，或用瓦缸瓷瓮等器，盛天谷子若干升斗，再用粗麻稀夏布，将曰蒙住札紧，倒置坑中，使口向下，然后填土入坑，对埋牢固，使谷子在坑，饱受子半元阳之气。待到十二月大寒交节之日，取出谷子，种入土中。虽遇冰雪，无害无水。明年麦后即熟，旱蝗俱不能灾。真救荒之奇策也。云按：冬月种谷方，隐士王丹君刻版印雅，散有拓城、太康、鹿邑、淮宁及祥符、延津、辉县、滑县、淇县、浚县等处。本为冬至前一日瓮养坑中，大寒交节日种入陇底。及其久也，以讹传讹，农人冬月种谷，有冬至日者，有冬至前一日种者，纷纷不一，皆能明年早熟。师其意不泥其迹，成法又何必拘也。云又闻冬月种谷方，丹君所刊以救大河南北亘数百里连年荒旱者也。而近今遗弃净尽，农夫无谈及者，惟远方有新野、襄城、裕州、南阳府等处，奉行甚谨，或十一月种，或腊月种，其人真有心哉！

冻包谷十二月种解　冻包谷十二月种，仿隐士王丹君十二月种粟谷方，推广比例，举一反三而种之也。

冻高粱十二月种解　冻高粱十二月种，仿隐士王丹君十二月种粟谷方，推广比例，举一反三而种之也。

以上十二月谷类解

长蔓菁菜十二月种解　长蔓菁菜十二月种，据《农政全书·授时篇》"十一月种油菜，十一月种莴苣"，推广比例，举一反三而种之也。

埋头白萝卜十二月种解　埋头白萝卜十二月种，据《农政全书·授时篇》"十一月种油菜，十一月种莴苣"，推广比例，举一反三而种之也。

油菜十二月种解　油菜十二月种，据《农政全书·授时篇》"十一月种油菜，十一月种莴苣"，推广比例，举一反三而种之也。

罂粟苗菜十二月种解　罂粟苗菜十二月种，据《农政全书·授时篇》"十一月种油菜，十一月种莴苣"，推广比例，举一反三而种之也。

红花苗菜十二月种解　红花苗菜十二月种，据《农政全书·授时篇》"十一月种油菜，十一月种莴苣"，推广比例，举一反三而种之也。

莴苣菜十二月种解　莴苣菜十二月种，据《农政全书·授时篇》"十一月种油菜，十一月种莴苣"，推广比例，举一反三而种之也。

菠菜十二月种解　菠菜十二月种，据《农政全书·授时篇》"十一月种油菜，十一月种莴苣"，推广比例，举一反三而种之也。

黑菘菜十二月种解　黑菘菜十二月种，据《农政全书·授时篇》"十一月种油菜，十一月种莴苣"，推广比例，举一反三而种之也。

油菘菜十二月种解　油菘菜十二月种，据《农政全书·授时篇》"十一月种油菜，十一月种莴苣"，推广比例，举一反三而种之也。

以上十二月菜类解

卷二　救荒土宜

碱　　地

碱麦宜种碱地。

臭麦宜种碱地。

大麦宜种碱地。

黑子谷宜种碱地。

红子谷宜种碱地。

白子谷宜种碱地。

黑子高粱宜种碱地。

红子高粱宜种碱地。

白子高粱宜种碱地。

黑子黍宜种碱地。

红子黍宜种碱地。

白子黍宜种碱地。

黑子稷宜种碱地。

红子稷宜种碱地。

白子稷宜种碱地。

黄子稷宜种碱地。

小子黑豆宜种碱地。

薏苡谷宜种碱地。

踵子谷宜种碱地。

　　　以上碱地谷类

黄色胡萝卜宜种碱地。

红色胡萝卜宜种碱地。

苜蓿菜宜种碱地。

莙荙菜宜种碱地。

冬葵菜宜种碱地。

扫帚菜宜种碱地。

尖叶苋菜宜种碱地。

圆叶苋菜宜种碱地。

罂粟苗菜宜种碱地。

红花苗菜宜种碱地。

黑皮南瓜宜种碱地。

以上碱地菜类

碱麦宜种碱地解　碱麦出黄河北岸黄陵集、巨岗集、刘广集等村，其性耐碱，宜种碱地。

臭麦宜种碱地解　臭麦出滑县、浚县及长垣县等处。其在野也，六畜不敢食其苗；其入仓也，百日乃敢食其粟。故以臭字名之。其性耐碱，宜种碱地。

大麦宜种碱地解　滑县老农云：大麦性耐碱，宜种碱地。

黑子谷宜种碱地解　中牟县老农曰：吾乡有黑子谷，宜种碱地、水地。

红子谷宜种碱地解　滑县老农曰：红子谷性耐碱，宜种碱地。云按：红子谷即《生民》诗所谓糜，《尔雅》所谓赤粱粟。其性耐碱，宜种碱地，颂为嘉种，盖以此也。

白子谷宜种碱地解　滑县老农曰：白子谷性耐碱，宜种碱地。云按：白子谷即《生民》诗所谓芑，《尔雅》所谓白粱粟。其性耐碱，宜种碱地，颂为嘉种，盖以此也。

黑子高粱宜种碱地解　黑子高粱处处有之，滑县老农及中牟县老农皆曰：黑子高粱性耐碱，宜种碱地。

白子高粱宜种碱地解　白子高粱，直隶有之。丰润、玉田、定兴等县老农曰：白子高粱性耐碱，宜种碱地。

红子高粱宜种碱地解　《农政全书》名高粱为蜀秫。元扈生曰：秦中碱地则种蜀秫。

黑子黍宜种碱地解　滑县老农曰：黑子黍性耐碱，宜种碱地。云按：黑子黍即《生民》诗所谓秬也，所谓秠也。其性耐碱，宜种碱地，颂为嘉种，盖以此也。

红子黍宜种碱地解　滑县老农曰：红子黍性耐碱，宜种碱地。云按：红子黍即郭义恭《广志》所谓赤黍，胡侍真珠船所谓丹黍也。

白子黍宜种碱地解　直隶老农曰：碱轻之地，宜种白子黍。碱重之地，宜种红子黍、黑子黍。

黑子稷宜种碱地解　滑县老农曰：黑子稷性耐碱，宜种碱地。

红子稷宜种碱地解　滑县老农曰：红子稷性耐碱，宜种碱地。

黄子稷宜种碱地解　直隶老农曰：碱轻之地，宜种黄子稷。碱重之地，宜种红子稷、黑子稷。

小子黑豆宜种碱地解　滑县老农曰：小子黑豆性耐碱，宜种碱地。

薏苡谷宜种碱地解　直隶老农曰：薏苡谷出直定府，其性耐碱，宜种碱地。

踵子谷宜种碱地解　山东老农曰：踵子谷出莱州府黄县、潍县海岸。性甚耐碱，虽极重之碱地，种踵子谷亦能收。

以上碱地谷类解

黄色胡萝卜宜种碱地解　阳武县老农曰：黄色胡萝卜性耐碱，宜种碱地。

红色胡萝卜宜种碱地解　阳武县老农曰：红色胡萝卜性耐碱，宜种碱地。阳武县老农曰：碱轻之地，宜种黄色胡萝卜。碱重之地，宜种红色胡萝卜。

苜蓿菜宜种碱地解　祥符县老农曰：苜蓿菜性耐碱，宜种碱地。并且性能吃碱，久种苜蓿，能使碱地不碱。

　　莙荙菜宜种碱地解　长垣县老农曰：莙荙菜性耐碱，宜种碱地。

　　冬葵菜宜种碱地解　祥符县老农曰：冬葵菜性耐碱，宜种碱地。

　　扫帚菜宜种碱地解　滑县老农曰：扫帚菜性耐碱，宜种碱地。并且性能吃碱，久种扫帚，能使碱地不碱。

　　尖叶苋菜宜种碱地解　阳武县老农曰：尖叶苋菜性耐碱，宜种碱地。

　　圆叶苋菜宜种碱地解　阳武县老农曰：圆叶苋菜性耐碱，宜种碱地。

　　罂粟苜〔苗〕菜宜种碱地解　延津县老农曰：罂粟苗菜性耐碱，宜种碱地。

　　红花苜〔苗〕菜宜种碱地解　延津县老农曰：红花苜〔苗〕菜性耐碱，宜种碱地。

　　黑皮南瓜宜种碱地解　延津县老农曰：黑皮南瓜性耐碱，宜种碱地。云按：黑皮南瓜，即群芳谱中番南瓜。

　　以上碱地菜类解

沙　　地

　　豇豆宜种沙地。（立夏前五日种。）

　　菜角豆宜种沙地。（立夏前五日种。）

　　黍宜种沙地。（立夏前五日种。）

　　稷宜种沙地。（立夏前五日种。）

　　快高粱宜种沙地。（立夏前五日种。）

　　黑高粱宜种沙地。（立夏前五日种。）

　　红高粱宜种沙地。（立夏前五日种。）

　　黄子包谷宜种沙地。（立夏前五日种。）

　　白子包谷宜种沙地。（立夏前五日种。）

　　长秧绿豆宜种沙地。（立夏前五日种。）

　　短秧绿豆宜种沙地。（立夏前五日种。）

　　脂麻油谷宜种沙地。（立夏前五日种。）

　　紫苏油谷宜种沙地。（立夏前五日种。）

　　白任〔荏〕油谷宜种沙地。（立夏前五日种。）

　　落花生油谷宜种沙地。（立夏前五日种。）

　　洋落花生油谷宜种沙地。（立夏前五日种。）

　　　　以上沙地谷类

　　圆蔓菁菜宜种沙地。

　　长蔓菁菜宜种沙地。

　　山蔓菁菜宜种沙地。

　　洋蔓菁菜宜种沙地。

　　出头白萝卜宜种沙地。

　　埋头白萝卜宜种沙地。

多汁白萝卜宜种沙地。

无汁白萝卜宜种沙地。

圆蛋白萝卜宜种沙地。

黄色胡萝卜宜种沙地。

红色胡萝卜宜种沙地。

擘蓝菜宜种沙地。

油菜宜种沙地。

苜蓿菜宜种沙地。

莙荙菜宜种沙地。

冬葵菜宜种沙地。

扫帚菜宜种沙地。

尖叶苋菜宜种沙地。

圆叶苋菜宜种沙地。

南瓜宜种沙地。（立夏前五日种。）

笋瓜宜种沙地。（立夏前五日种。）

假南瓜宜种沙地。（立夏前五日种。）

搦瓜宜种沙地。（立夏前五日种。）

红薯宜种沙地。

白薯宜种沙地。

干红薯宜种沙地。

干白薯宜种沙地。

银条菜宜种沙地。

甘露菜宜种沙地。

地瓜菜宜种沙地。

然东菜宜种沙地。（二、三、八、九月种。）

胡拉沙枣宜种沙地。（四、五、六、七月种。）

札实瓜宜种沙地。（四、五、六月种。）

　　以上沙地菜类

豇豆宜种沙地解　沙地所以难种，因风吹沙起，飞场〔扬〕飘忽，打伤五谷苗叶，故出产少，而民益困。兹择于立夏断风之时，使豇豆苗从容舒泰，自土中出，则□然由苗□秀，由秀而实，无灾无害，丰稔频仍，沙田同于良田矣。且又下种入土，定在立夏前五日。□生于夏，而内含许多春□，其熟益早。或有问于予曰：立夏断风之说，吾未前闻，敢问先生有凭据乎？予曰：天地有四断，春分断冰，清明断雪，谷雨断霜，立夏断风。经济家所详言，刖家之所不知也。试观煤窑匠人立夏停工，盖以交谷雨节煤洞风已渐衰，交立夏节煤洞风即全无，将灯间灭，故停工也。所以然者，天地之气分于六十四卦，冬风贴地而行，为地风升；夏风贴天而行，为天风妒。地风升之解，风能挟沙，小风等于大风。天风妒之风，风不挟沙，有风等于无风。此前贤立夏断风说所由起，亦予立夏前五日种豇豆等谷法所由行也。云按：《农政全书》豇豆谷雨后种，六月收子。再种之，八月又收子，一年能得两熟。兹种沙地，酌以立夏前五日，界限犹在谷雨囚〔日〕，六月收，八月再收，仍如故也。

菜角豆宜种沙地解　根横生者性耐水，性耐淤，藕与芦荻，其一斑也。苗横生者，性耐旱，性耐沙，菜角豆与豇豆、绿豆，其一斑也。菜角豆性耐沙，宜种沙地。若于立夏断风前五日种之，则苗不为沙所打，而能早熟。

黍宜种沙地解　黍性喜高燥，宜种沙地。若于立夏断风前五日种之，则苗不为沙所打，而能早熟。

稷宜种沙地解　黍性喜高燥，宜种沙地。若于立夏断风前五日种之，则苗不为沙所打，而能早熟。

快高粱宜种沙地解　快高粱，沙地能成。若于立夏断风前五日种之，则苗不为沙所打，而能早熟。

黑子高粱宜种沙地解　黑子高粱，沙地能成。若于立夏断风前五日种之，则苗不为沙所打，而能早熟。

红子高粱宜种沙地解　红子高粱，沙地能成。若于立夏断风前五日种之，则苗不为沙所打，而能早熟。

黄子包谷宜种沙地解　黄子包谷，沙地能成。若于立夏断风前五日种之，则苗不为沙所打，而能早熟。

白子包谷宜种沙地解　白子包谷，沙地能成。若于立夏断风前五日种之，则苗不为沙所打，而能早熟。

长秧绿豆宜种沙地解　长秧绿豆，沙地能成。若于立夏断风前五日种之，则苗不为沙所打，而能早熟。

短秧绿豆宜种沙地解　短秧绿豆，沙地能成。若于立夏断风前五日种之，则苗不为沙所打，而能早熟。

脂麻油谷宜种沙地解　脂麻油谷性喜高燥，宜种沙地。若于立夏断风前五日种之，则苗不为沙所打，而能早熟。

紫苏油谷宜种沙地解　紫苏油谷性喜高燥，宜种沙地。若于立夏断风前五日种之，则苗不为沙所打，而能早熟。

白荏油谷宜种沙地解　白荏油谷性喜高燥，宜种沙地。若于立夏断风前五日种之，则苗不为沙所打，而能早熟。

落花生油谷宜种沙地解　落花生油谷性喜高燥，宜种沙地。若于立夏断风前五日种之，则苗不为沙所打，而能早熟。

洋落花生油谷宜种沙地解　洋落花生油谷性喜高燥，宜种沙地。若于立夏断风前五日种之，则苗不为沙所打，而能早熟。

以上沙地谷类解

圆蔓菁菜宜种沙地解　圆蔓菁菜性喜燥，宜种高沙地。

长蔓菁菜宜种沙地解　长蔓菁菜性喜燥，宜种高沙地。

山蔓菁菜宜种沙地解　山蔓菁菜性喜燥，宜种高沙地。

洋蔓菁菜宜种沙地解　洋蔓菁菜性喜燥，宜种高沙地。

出头白萝卜宜种沙地解　出头白萝卜性喜润，宜种平沙地。

埋头白萝卜宜种沙地解　埋头白萝卜性喜润，宜种平沙地。

多汁白萝卜宜种沙地解　多汁白萝卜性喜润，宜种平沙地。

无汁白萝卜宜种沙地解　无汁白萝卜性喜润，宜种平沙地。

黄色胡萝卜宜种沙地解　黄色胡萝卜性喜湿，宜种凹沙地。

红色胡萝卜宜种沙地解　红色胡萝卜性喜湿，宜种凹沙地。

擘蓝菜宜种沙地解　擘蓝菜沙地能成。直隶、河南、山东农民有种擘蓝菜于沙地者。

油菜宜种沙地解　油菜沙地能成。直隶、河南、山东农民有种油菜于沙地者。

苜蓿菜宜种沙地解　苜蓿菜沙地能成。冀州及南宫县有种苜蓿菜于沙地者。

莙荙菜宜种沙地解　莙荙菜沙地能成。直隶、河南农民有种莙荙菜于沙地者。

冬葵菜宜种沙地解　冬葵菜沙地能成。直隶、河南农民有种冬葵菜于沙地者。

扫帚菜宜种沙地解　扫帚菜沙地能成。直隶、河南农民有种扫帚菜于沙地者。

尖叶苋菜宜种沙地解　尖叶苋菜沙地能成。直隶、河南农民有种尖叶苋菜于沙地者。

圆叶苋菜宜种沙地解　圆叶苋菜沙地能成。直隶、河南农民有种尖叶苋菜于沙地者。

南瓜宜种沙地解　南瓜性喜燥，宜种高沙地。直隶、河南农民用高沙地种南瓜。

笋瓜宜种沙地解　笋瓜性喜燥，宜种高沙地。直隶、河南农民用高沙地种笋瓜。

假南瓜宜种沙地解　假南瓜性喜燥，宜种高沙地。直隶、河南农民用高沙地种假南瓜。

搦瓜宜种沙地解　搦瓜性喜燥，宜种高沙地。直隶、河南农民用高沙地种搦瓜。

红薯有种沙地解　红薯性喜燥，宜种高沙地。直隶、河南农民用高沙地种红薯。

白薯宜种沙地解　白薯性喜燥，宜种高沙地。直隶、河南农民用高沙地种白薯。

干红薯宜种沙地解　干红薯性喜燥，宜种高沙地。杞县及新郑县有种干红薯于高沙地者。

干白薯宜种沙地解　干白薯性喜燥，宜种高沙地。杞县及新郑县有种干白薯于高沙地者。

银条菜宜种沙地解　银条菜性喜润，宜种平沙地。直隶、河南农民有种银条菜于平沙地者。

甘露菜宜种沙地解　甘露菜性喜润，宜种平沙地。直隶、河南农民有种甘露菜于平沙地者。

地瓜菜宜种沙地解　地瓜菜性喜湿，宜种凹沙地。直隶、河南农民有种地瓜菜于凹沙地者。

然东菜宜种沙地解　然东菜沙地能成，于二、三、八、九月种之平沙地。

胡拉沙枣宜种沙地解　胡拉沙枣性喜燥，宜于四、五、六、七月种之高沙地。

札实瓜宜种沙地解　札实瓜性喜燥，宜于四、五、六月种之高沙地。

以上沙地菜类解

水　地

黑子高粱宜种水地。

黑子谷宜种水地。

穄子谷宜种水地。

稗子谷宜种水地。

稊子谷宜种水地。

薏苡谷宜种水地。

水白豆宜种水地。（以上七谷性能耐水。）

春麦宜种水地。

蚕豆宜种水地。

豌豆宜种水地。

小扁豆宜种水地。

胡秫宜种水地。（以上五谷种在水后。）

快高粱宜种水地。

快粟谷宜种水地。

快包谷宜种水地。

快豇豆宜种水地。

快黍宜种水地。

快稷宜种水地。

快绿豆宜种水地。

快白小豆宜种水地。

七十日快稻宜种水地。

六十日快稻宜种水地。

五十日快稻宜种水地。

四十日快稻宜种水地。（以上十二谷熟在水前。）

　　以上水地谷类

擘蓝菜宜种水地。

黄色胡萝卜宜种水地。

红色胡萝卜宜种水地。

出头白萝卜宜种水地。

埋头白萝卜宜种水地。

多汁白萝卜宜种水地。

无汁白萝卜宜种水地。

圆蛋白萝卜宜种水地。

银条菜宜种水地。

甘露菜宜种水地。

地瓜菜宜种水地。

野荸荠菜宜种水地。

百合菜宜种水地。

山丹菜宜种水地。

沃丹菜宜种水地。

以上水地菜类

黑子高粱宜种水地解　直隶老农语予曰：黑子高粱性能耐水，宜种水地。予问何所见而云然？农曰：其色黑，黑者属水，故耐水。此其理之可见者也。其秆比红高粱又粗又坚，又柔韧，水上二三尺而能特立水中，不折刮不弯。且离地六七寸高，四面生出许多大根，俗人呼为霸王根者。将此粗秆牵拉牢固，虽加以风助水成，摇撼动荡，仍能特立水中，不倒不卧。此其形之可见者也。

黑子谷宜种水地解　中牟县老农语予曰：吾乡临河，素多水患。种有耐水黑子谷，水不越顶□坏；水越顶矣，不愈日而速退，仍不坏。愿先生留意焉。

穆子谷宜种水地解　同治年间，云见真隶省天津、任□等县近水地方，多种穆子谷者。光绪年间，云又见山东省沂水、阳谷等县近水地方，多种穆子谷者。王象晋《群芳谱》曰：穆子谷，一名龙爪粟，一名鸭爪稗，北地荒坡处多种之。苗叶似谷，至顶抽茎三棱，开细花结穗如粟，而分数歧，状如鹰爪子。□黍而细茶褐色，味甘而涩，秆甚薄。碾为米，煮粥炊饭，磨面蒸食皆宜，甚可救荒。周宪王《救荒本草》曰：穆子谷生水田中及下湿地，采其子捣米者□，或磨作面蒸食亦可。

稗子谷宜种水地解　《氾胜之书》曰：稗既堪水旱，种无不熟之时，又特滋茂盛，易生芜秽。良田亩得二三十斛，宜种之以备凶年。稗中有米，熟时捣取而炊食之，不减粟米；又可酿作酒。元扈先生疏曰：稗多收，能（音耐）水旱，可救俭。（俭，荒年也。）且稗秆一亩可赏稻秆二亩，其价亦当米一石。宜择嘉种于下田艺之，岁岁无绝。元扈先生又曰：北土最下地极苦涝，凡种春麦，皆宜杂旱稗耩之。刈麦后长稗，即岁获再熟矣。稗既能（音耐）水旱，又下地不遇异常客水必收，亦十岁可致七八稔也。元扈先生又曰：下田种稗，若遇水涝，不灭顶不坏，灭顶不逾时不坏。春种者先秋而熟，可不及于涝，或夏涝，及秋而水退，或夏旱，初秋而得雨，速种之，秋末亦收。故宜岁岁留种待焉。元扈先生又曰：稗子谷属十得五米，下田种之，甚为有益。元扈先生又曰：稗亦有多种，水曰稗，旱曰稊，水旱皆有植有穄。周宪王《救荒本草》曰：稗有二种，水稗生水田边，旱稗生平野中。今皆处处有之。徐光启《农政全书》曰：稗，禾之卑者也。生下泽中，故古诗云：蒲稗相因依。王象晋《群芳谱》曰：稗子谷野生，苗叶似穆子，色深绿，根下脚叶带紫色，稍头出扁穗，子如黍，茶褐色，功用与穆子同。食之益气宜脾，故曹植有"芳菰精稗"之称。苗根治金疮及损伤，血出不已，捣敷即止，甚验也。

稊子谷宜种水地解　稊子谷，一名蓈。（《孟子》书：五谷不熟，不如蓈稗。蓈即稊也。）一名芙。（《尔雅·释》云：稊，一名芙。）一名乌禾。（李时珍《本草纲目》云：稊，一名乌禾。）罗愿《尔雅翼》曰：稊与稗二物也。皆有米而细小。故《庄子》云：道在稊稗。言比于谷，则细微而不精，道亦在焉。又云：若稊米之在太仓。亦言小也。王象晋《群芳谱》曰：稊苗似稗，而穗如粟，有紫毛，即乌禾也。可救荒，又可杀虫。煮以沃地，蝼蚓皆毙。

薏苡谷宜种水地解　天津、任邱等县，见有薏苡谷或熟于材外水坑中者。是薏苡谷宜水地种也。云按：薏苡谷（《后汉书》：马援在友趾常饵薏苡，云能轻身益阳，胜瘴气。）一名薏苡米。（农家呼为薏苡米。）一名薏苡仁。（医家呼为薏苡仁。）一名慧珠。（《本草纲目》及《群芳谱》皆云薏苡，一名慧珠子。）一名芙蘵珠。（周宪王《救荒本草》云：土人呼薏苡为蘵珠。）一名草珠。（《本草纲目》及《群芳谱》

皆云薏苡，俗名草珠儿。）一名芑实。（《群芳谱》云：薏苡，一名芑实。）一名起实。（《本草纲目》云：薏苡，一名起实。）一名赣。（《本草纲目》云：薏苡，一名赣。）一名赣米。（《群芳谱》云：薏苡，一名赣米。）一名屋菼。（《本草纲目》及《群芳谱》皆云薏苡，一名屋菼。）一名解蠡。（《本草纲目》及《群芳谱》皆云薏苡，一名解蠡。）一名西番蜀秫。（《本草纲目》及《群芳谱》皆云薏苡，一名西番蜀秫。）一名回回米。（《本草纲目》及《群芳谱》皆云薏苡，一名回回米。）周宪王《救荒本草》曰：薏苡谷，生真定平泽及田野。王象晋《群芳谱》曰：形尖面谷薄，米白如糯米，此真薏苡也。可粥可面，可同米酿酒。《群芳谱》又曰：薏苡根叶俱香，可煮为饮。

水白豆宜种水地解　怀庆府老农语予曰：吾河内县有水白豆，性能耐水，灭顶三日，而豆仍不败。愿先生留意焉。云按王象晋《群芳谱》：北方有水白豆。

春麦宜种水地解　正二月种春麦，不如八九月种秋麦，众人皆知之矣。然涝水及秋而涸，固应蓺〔艺〕秋麦，以守经常。涝水及冬而涸，尤宜种春麦，以达权变也。

蚕豆宜种水地解　涝水及冬而涸，宜于春月种蚕豆。

豌豆宜种水地解　涝水及冬而涸，宜于春月种豌豆。

小扁豆宜种水地解　涝水及冬而涸，宜于春月种小扁豆。

胡秫宜种水地解　涝水及冬而涸，宜于春月种胡秫。

快高粱宜种水地解　快高粱伏前熟，涝水之患弗及也。故直隶水乡，多有种快高粱者。

快粟谷宜种水地解　快粟谷伏前熟，涝水之患弗及也。故直隶水乡，多有种快粟谷者。

快包谷宜种水地解　快包谷伏前熟，涝水之患弗及也。故直隶水乡，多有种快包谷者。

快豇豆宜种水地解　快豇豆伏前熟，涝水之患弗及也。故直隶水乡，多有种快豇豆者。

快黍宜种水地解　快黍伏前熟，涝水之患弗及也。故直隶水乡，多有种快黍者。

快稷宜种水地解　快稷伏前熟，涝水之患弗及也。故直隶水乡，多有种快稷者。

快绿豆宜种水地解　快绿豆伏前熟，涝水之患弗及也。故直隶水乡，多有种快绿豆者。

快白小豆有种水地解　快白小豆伏前熟，涝水之患弗及也。故直隶水乡，多有种快白小豆者。

七十日快稻宜种水地解　七十日快稻伏前熟，涝水之患弗及也。故江浙水乡，多有种七十日快稻者。

六十日快稻宜种水地解　六十日快稻快前熟，涝水之患弗及也。故江浙水乡，多有种六十日快稻者。

五十日快稻宜种水地解　五十日快稻伏前熟，涝水之患弗及也。故江浙水乡，多有种五十日快稻者。

四十日快稻宜种水地解　四十日快稻伏前熟，涝水之患弗及也。故江浙水乡，多有种四十日快稻者。

以上水地谷类解

擘蓝菜宜种水地解　擘蓝菜性喜润，宜种濒水地。

黄色胡萝卜宜种水地解　黄色胡萝卜性喜润，宜种濒水地。

红色胡萝卜宜种水地解　红色胡萝卜性喜润，宜种濒水地。

出头白萝卜宜种水地解　出头白萝卜性喜润，宜种濒水地。

埋头白萝卜宜种水地解　埋头白萝卜性喜润，宜种濒水地。

多汁白萝卜宜种水地解　多汁白萝卜性喜润，宜种濒水地。

无汁白萝卜宜种水地解　无汁白萝卜性喜润，宜种濒水地。

圆蛋白萝卜宜种水地解　圆蛋白萝卜性喜润，宜种濒水地。

银条菜宜种水地解　银条菜性喜润，宜种濒水地。

甘露菜宜种水地解　甘露菜性喜润，宜种濒水地。

地瓜菜宜种水地解　地瓜菜性喜润，宜种濒水地。

野荸脐菜宜种水地解　野荸脐性喜润，宜种濒水地。

百合菜宜种水地解　百合菜性喜润，宜种濒水地。

山丹菜宜种水地解　山丹菜性喜润，宜种濒水地。

沃丹菜宜种水地解　沃丹菜性喜润，宜种濒水地。

以上水地菜类解

石　　地

包谷宜种石地。

脂麻油谷宜种石地。

紫苏油谷宜种石地。

白茬油谷宜种石地。

长秧菜角豆宜种石地。

长秧豇豆宜种石地。

长秧绿豆宜种石地。

　　以上石地谷类

圆蔓菁宜种石地。

山蔓菁宜种石地。

圆蛋白萝卜宜种石地。

出头白萝卜宜种石地。

擘蓝菜宜种石地。

苜蓿菜宜种石地。

莙荙菜宜种石地。

冬葵菜宜种石地。

扫帚菜宜种石地。

尖叶苋菜宜种石地。

圆叶苋菜宜种石地。

罂粟苗菜宜种石地。

红花苗菜宜种石地。

南瓜宜种石地。

笋瓜宜种石地。

假南瓜宜种石地。

搦瓜宜种石地。

银条菜宜种石地。

甘露菜宜种石地。

地瓜菜宜种石地。

阳芋头宜种石地。

菊叶山药宜种石地。

　　以上石地菜类

包谷宜种石地解　云上太行山，见辉县侯兆川包谷种于石地，茂盛加倍。其科高七八尺，其穗生四五个，长者九寸，短者七寸。

脂麻油谷宜种石地解　脂麻油谷性喜高燥，而发苗不借多土。故宜种于石地土如屋瓦覆霜者。

紫苏油谷宜种石地解　紫苏油谷性喜高燥，而发苗不借多土。故宜种于石地土如屋瓦覆霜者。

白荏油谷宜种石地解　白荏油谷性喜高燥，而发苗不借多土。故宜种于石地土如屋瓦覆霜者。

长秧菜角豆宜种石地解　田形瓯脱，满山小碎土块，如盆如碗之地，宜种长秧菜角豆。使其有土之处，藏根生苗；无土之处，引蔓结角。亦种石地巧法也。

长秧豇豆宜种石地解　田形瓯脱，满山小碎土块，如盆如碗之地，宜种长秧豇豆。使其有土之处，藏根生苗；无土之处，引蔓结角。亦种石地巧法也。

长秧绿豆宜种石地解　田形瓯脱，满山小碎土块，如盆如碗之地，宜种长秧绿豆。使其有土之处，藏根生苗；无土之处，引蔓结角。亦种石地巧法也。

以上石地谷类解

圆蔓菁菜宜种石地解　圆蔓菁菜，卵在地上平拦，根入土中如线，宜种于石多土少、地如砖墙灰缝者。

山蔓菁菜宜种石地解　山蔓菁菜生于山，长于山，宜种石地，众人之所皆知也。

圆蛋白萝卜宜种石地解　圆蛋白萝卜，卵在地上平拦，根入土中如线，宜种于石多土少、地如砖墙灰缝者。

出头白萝卜宜种石地解　出头白萝卜向上七分，向下三分，宜种于石厚土薄、地如棉被覆床者。

擘蓝菜宜种石地解　擘蓝菜，卵在地平拦，根入土中如线，宜种于石多土少、地如砖墙灰缝者。

苣荬菜宜种石地解　苣荬菜性喜阴寒，宜种于又阴又寒石地。

苣荬菜宜种石地解　苣荬菜性喜阴寒，宜种于又阴又寒石地。

冬葵菜宜种石地解　冬葵菜性喜阴寒，宜种于又阴又寒石地。

扫帚菜宜种石地解　扫帚菜发苗不借多土，故宜种于石地土如屋瓦覆霜者。

尖叶苋菜宜种石地解　尖叶苋菜发苗不借多土，故宜种于石地土如屋瓦覆霜者。

圆叶苋菜宜种石地解　圆叶苋菜发苗不借多土，故宜种于石地土如屋瓦覆霜者。

罂粟苗菜宜种石地解　罂粟苗菜发苗不借多土，故宜种于石地土如屋瓦覆霜者。

红花苗菜宜种石地解　红花苗菜性喜阴寒，宜种于又阴又寒石地。

南瓜宜种石地解　田形瓯脱，满山小碎土块，如盆如碗之地，宜种南瓜。使其有土之处，藏根生苗；无土之处，引蔓结瓜。亦种石地巧法也。

笋瓜宜种石地解　田形瓯脱，满山小碎土块，如盆如碗之地，宜种笋瓜。使其有土之处，藏根生苗；无土之处，引蔓结瓜。亦种石地巧法也。

假南瓜宜种石地解　田形瓯脱，满山小碎土块，如盆如碗之地，宜种假南瓜。使其有土之处，藏根生苗；无土之处，引蔓结瓜。亦种石地巧法也。

搦瓜宜种石地解　田形瓯脱，满山小碎土块，如盆如碗之地，宜种搦瓜。使其有土之处，藏根生苗；无土之处，引蔓结瓜。亦种石地巧法也。

银条菜宜种石地解　银条菜宜种于石土杂揉之地。

甘露菜宜种石地解　甘露菜宜种于石土杂揉之地。

地瓜菜宜种石地解　地瓜菜宜种于石土杂揉之地。

阳芋头宜种石地解　阳芋头宜种于石土杂揉之地。

菊叶山药宜种石地解　菊叶、山药出五台山后及雁门关北涸阴沍寒处石土杂揉之地。

以上石地菜类解

淤　　地

蚕豆宜种淤地。

豌豆宜种淤地。

小扁豆宜种淤地。

小子黑豆宜种淤地。

大子黑豆宜种淤地。

小子黄豆宜种淤地。

大子黄豆宜种淤地。

红小豆宜种淤地。

白小豆宜种淤地。

长秧绿豆宜种淤地。

短秧绿豆宜种淤地。

豇豆宜种淤地。

菜解豆宜种淤地。

以上淤地谷类

圆蛋白萝卜宜种淤地。

出头白萝卜宜种淤地。

圆蔓菁宜种淤地。

大芥菜宜种淤地。

擘蓝菜宜种淤地。

苣荬菜宜种淤地。

莙荙菜宜种淤地。

冬葵菜宜种淤地。

扫帚菜宜种淤地。

尖叶苋菜宜种淤地。

圆叶苋菜宜种淤地。

　　以上淤地菜类

蚕豆宜种淤地解　《孝经》援神契曰：赤土宜豆。云按：今之淤地，即古所谓赤土地。故蚕豆等类，宜推广而多种焉。

豌豆宜种淤地解　滑县老农语予曰：淤地宜种豆麦，故种豌豆于淤地，多丰收者。

小扁豆宜种淤地解　黄河两岸胶泥淤滩地及冬而涸，农人多种小扁豆，因土性也。

小子黑豆宜种淤地解　淤地难犁，小子黑豆不犁而种，故谷土两相宜也。或有问于予曰：湿不分垡，干又结块，淤地所以难犁也。先生教以不犁而种，诚善矣！敢问不犁而种，另有妙术乎？予曰：土太湿，不分垡，用劐耧种之。土既干，能分垡，用平耧种之。雨涝多，水平陇，用手撒种之。知斯三者，以外无他谬巧也。

大子黑豆宜种淤地解　淤地难犁，大子黑豆不犁而种，故谷土两相宜也。

小子黄豆宜种淤地解　淤地难犁，小子黄豆不犁而种，故谷土两相宜也。

大子黄豆宜种淤地解　淤地难犁，大子黄豆不犁而种，故谷土两相宜也。

红小豆宜种淤地解　淤地难犁，红小豆不犁而种，故谷土两相宜也。

白小豆宜种淤地解　淤地难犁，白小豆不犁而种，故谷土两相宜也。

长秧绿豆宜种淤地解　淤地难犁，长秧绿豆不犁而种，故谷土两相宜也。

短秧绿豆宜种淤地解　淤地难犁，短秧绿豆不犁而种，故谷土两相宜也。

豇豆宜种淤地解　淤地难犁，豇豆不犁而种，故谷土两相宜也。

菜角豆宜种淤地解　淤地难犁，菜角豆不犁而种，故谷土两相宜也。

以上淤地谷类解

圆蛋白萝卜宜种淤地解　圆蛋白萝卜，卵在地上平搁，根入土中如线。种于刚硬淤地，刚硬不能为害也。

出头白萝卜宜种淤地解　出头白萝卜，向上七分，向下三分。种于刚硬淤地，刚硬不能为害也。

圆蔓菁菜宜种淤地解　圆蔓菁菜，卵在地上平搁，根下土中如线。种于刚硬淤地，刚硬不能为害也。

大芥菜宜种淤地解　大芥菜，卵在地上平搁，根入土中如线。种于刚硬淤地，刚硬不能为害也。

　　擘蓝菜宜种淤地解　　擘蓝菜，卵在地上平搁，根入土中如线。种于刚硬淤地，刚硬不能为害也。

　　苜蓿菜宜种淤地解　　一劳永逸，生生不穷，苜蓿菜有此力量。种于刚硬淤地，刚硬不能为害也。

　　莙荙菜宜种淤地解　　一劳永逸，生生不穷，莙荙菜有此力量。种于刚硬淤地，刚硬不能为害也。

　　冬葵菜宜种淤地解　　一劳永逸，生生不穷，冬葵菜有此力量。种于刚硬淤地，刚硬不能为害也。

　　扫帚菜宜种淤地解　　刚硬淤地，能成扫帚菜。

　　尖叶苋菜宜种淤地解　　刚硬淤地，能成尖叶苋菜。

　　圆叶苋菜宜种淤地解　　刚硬淤地，能成圆叶苋菜。

　　以上淤地菜类解

虫　地

　　臭麦宜种虫地。（虫不敢食。）

　　稊子谷宜种虫地。（虫不敢食。）

　　气杀蝼蛄谷宜种虫地。（不怕虫食。）

　　翻眼黄谷宜种虫地。（不怕虫食。）

　　紫苏油谷宜种虫地。（虫不敢食。）

　　白荏油谷宜种虫地。（虫不敢食。）

　　脂麻油谷宜种虫地。（虫不敢食。）

　　小子黑豆宜种虫地。（虫不愿食。）

　　大子黑豆宜种虫地。（虫不愿食。）

　　小子黄豆宜种虫地。（虫不愿食。）

　　大子黄豆宜种虫地。（虫不愿食。）

　　长秧绿豆宜种虫地。（虫不愿食。）

　　短秧绿豆宜种虫地。（虫不愿食。）

　　红小豆宜种虫地。（虫不愿食。）

　　白小豆宜种虫地。（虫不愿食。）

　　春麦宜种虫地。（虫不愿食。）

　　蚕豆宜种虫地。（虫不愿食。）

　　豌豆宜种虫地。（虫不愿食。）

　　小扁豆宜种虫地。（虫不愿食。）

　　冻快粟谷宜种虫地。（虫不知食。）

　　冻快包谷宜种虫地。（虫不知食。）

　　冻快高粱宜种虫地。（虫不知食。）

　　冻快黍稷宜种虫地。（虫不知食。）

以上虫地谷类

葱菜宜种虫地。

芥菜宜种虫地。

芜荽菜宜种虫地。

茼蒿菜宜种虫地。

出头白萝卜宜种虫地。

埋头白萝卜宜种虫地。

多汁白萝卜宜种虫地。

无汁白萝卜宜种虫地。

圆蛋白萝卜宜种虫地。

擘蓝菜宜种虫地。

油菜宜种虫地。

苜蓿菜宜种虫地。

莙荙菜宜种虫地。

冬葵菜宜种虫地。

扫帚菜宜种虫地。

尖叶苋菜宜种虫地。

圆叶苋菜宜种虫地。

以上虫地菜类

臭麦宜种虫地解　臭麦出滑县、浚县及长垣、封邱等县，六畜不敢食其苗。虫不敢食可知也。

稗子谷宜种虫地解　据《群芳谱》：稗子谷能杀虫，煮以沃地，蝼蚓皆毙。虫不敢食可知也。

气杀蝼蛄谷宜种虫地解　沂水县老农语予曰：别有一谷，性不畏虫。虫食一苗，更生二苗；虫食二苗，更生四苗。名曰气杀蝼蛄谷。云按气杀蝼蛄谷，即《群芳谱》所谓滑谷也。

翻眼黄谷宜种虫地解　滑县老农语予曰：翻眼黄谷性不畏虫。虫食一苗，仍生一苗；虫食二苗，仍生二苗。愿先生留意焉。

紫苏油谷宜种虫地解　紫苏油谷，六畜不敢食其苗。虫不敢食可知也。

白荏油谷宜种虫地解　白荏油谷，六畜不敢食其苗。虫不敢食可知也。

脂麻油谷宜种虫地解　脂麻油谷，六畜不敢食其苗。虫不敢食可知也。

小子黑豆宜种虫地解　小子黑豆芽上无糖，虫不愿食也。

大子黑豆宜种虫地解　大子黑豆芽上无糖，虫不愿食也。

小子黄豆宜种虫地解　小子黄豆芽上无糖，虫不愿食也。

大子黄豆宜种虫地解　大子黄豆芽上无糖，虫不愿食也。

长秧绿豆宜种虫地解　长秧绿豆芽上无糖，虫不愿食也。

短秧绿豆宜种虫地解　短秧绿豆芽上无糖，虫不愿食也。

红小豆宜种虫地解　红小豆芽上无糖，虫不愿食也。

白小豆宜种虫地解　白小豆芽上无糖，虫不愿食也。

春麦宜种虫地解　春麦种于正月底，虫尚睡而未醒，不知食也。

蚕豆宜种虫地解　蚕豆芽上无糖，虫不愿食也。

豌豆宜种虫地解　豌豆芽上无糖，虫不愿食也。

小扁豆宜种虫地解　小扁豆芽上无糖，虫不愿食也。

冻快粟谷宜种虫地解　冻快粟谷种于十一月腊月，虫尚睡而未醒，不知食也。

冻快包谷宜种虫地解　冻快包谷种于十一月腊月，虫尚睡而未醒，不知食也。

冻快高粱宜种虫地解　冻快高粱种于十一月腊月，虫尚睡而未醒，不知食也。

冻快黍稷宜种虫地解　冻快黍稷种于十一月腊月，虫尚睡而未醒，不知食也。

以上虫地谷类解

葱菜宜种虫地解　葱菜有辛辣之气，虫皆畏避而去。

芥菜宜种虫地解　芥菜有辛辣之气，虫皆畏避而去。

芫荽菜宜种虫地解　芫荽菜有辛薰之气，虫皆畏避而去。

同蒿菜宜种虫地解　同蒿菜有辛臭之气，虫皆畏避而去。

出头白萝卜宜种虫地解　出头白萝卜有辛辣之气，虫皆畏避而去。

埋头白萝卜宜种虫地解　埋头白萝卜有辛辣之气，虫皆畏避而去。

多汁白萝卜宜种虫地解　多汁白萝卜有辛辣之气，虫皆畏避而去。

无汁白萝卜宜种虫地解　无汁白萝卜有辛辣之气，虫皆畏避而去。

圆蛋白萝卜宜种虫地解　圆蛋白萝卜有辛辣之气，虫皆畏避而去。

擘蓝菜宜种虫地解　擘蓝菜有辛辣之气，虫皆畏避而去。

油菜宜种虫地解　油菜芽上无糖，虫不愿食也。

苜蓿菜宜种虫地解　苜蓿芽上无糖，虫不愿食也。

莙荙菜宜种虫地解　莙荙菜芽上无糖，虫不愿食也。

冬葵菜宜种虫地解　冬葵菜芽上无糖，虫不愿食也。

扫帚菜宜种虫地解　扫帚菜芽上无糖，虫不愿食也。

尖叶苋菜宜种虫地解　尖叶苋菜芽上无糖，虫不愿食也。

圆叶苋菜宜种虫地解　圆叶苋菜芽上无糖，虫不愿食也。

　　或有问于予曰：种虫地篇，谷菜与虫为邻，有直云不敢食者，有直云不愿食者，有直云不知食者。敢问先生何所把握，而立言如此确凿乎？予曰：人之饮食，五味兼收；虫之饮食，单吃甜者。人之寝眠，熟睡一夜；虫之寝眠，熟睡一冬。惟其单食甜者，故于香辣苗不敢食，无糖苗不愿食也。惟其熟睡一冬，故于隆冬所种不知食，初春所种仍不知食也。吾深悉其饮食起居，乃能确凿立言耳。

以上虫地菜类解

草　　地

大麦宜种草地。

稗子谷宜种草地。

脂麻油谷宜种草地。

毛柴赤豆宜种草地。（以上四谷以气相制。）

黑子高粱宜种草地。

黄子包谷宜种草地。

千穗谷宜种草地。

万枝谷宜种草地。（以上四谷以形相制。）

春麦宜种草地。

蚕豆宜种草地。

豌豆宜种草地。

小扁豆宜种草地。（以上四谷生在草前。）

　　　以上草地谷类

红薯宜种草地。

白薯宜种草地。

干红薯宜种草地。

干白薯宜种草地。（以上四菜性不畏草。）

圆蔓菁宜种草地。

长蔓菁宜种草地。

山蔓菁宜种草地。

洋蔓菁宜种草地。

出头白萝卜宜种草地。

埋头白萝卜宜种草地。

多汁白萝卜宜种草地。

无汁白萝卜宜种草地。

圆蛋白萝卜宜种草地。

黄色胡萝卜宜种草地。

红色胡萝卜宜种草地。

擘蓝菜宜种草地。

油菜宜种草地。（以上十三菜宜于七月种，乘草之衰。）

苜蓿菜宜种草地。

莙荙菜宜种草地。（以上二菜宜于五六月种，喜借草之阴凉。）

冬葵菜宜种草地。

牛蒡菜宜种草地。

尖叶苋菜宜种草地。

圆叶苋菜宜种草地。（以上四菜以形相制。）

银条菜宜种草地。

甘露菜宜种草地。

地瓜菜宜种草地。（以上三菜喜借草之阴凉。）

以上草地菜类

大麦宜种草地解　滑县老农曰：大麦能杀宿根草。凡一切菖（一名狗秧，一名打碗花）、苣（一名苣苣菜，一名苦麻菜）、蓟（一名蓟蓟菜，一名戚戚芽）莎、（苗名莎莎草，根名香附），等类，锄之不畏，犁之不畏，连种三年大麦，无不殄除净尽者。

稗子谷宜种草地解　据韦廉臣《植物学》：稗子谷能吸食众草汁浆，种于芜莽荒秽中，万卉俱为所殄矣。

脂麻油谷宜种草地解　祥符县老农曰：脂麻油谷善杀草，露自叶滴，草沾无不枯者。

毛柴赤豆宜种草地解　据《授时通考》：毛柴赤豆善杀草，种于芜莽荒秽中，万卉俱为所殄矣。

黑子高粱宜种草地解　黑子高粱肥健壮大，其科高至八尺余。种于芜莽荒秽中，万卉俱为所掩矣。

黄子包谷宜种草地解　黄子包谷肥健壮大，其科高至八尺余。种于芜莽荒秽中，万卉俱为所掩矣。

千穗谷宜种草地解　千穗谷即《三农记》所谓朱苋菜，世俗所谓尖叶苋菜也。茎高至八尺余，下垂之穗多不胜数。种于芜莽荒秽中，万卉俱为所掩矣。武定府老农曰：苋菜子可磨面，蒸为黏糕。兖州府老农曰：苋菜子可脱皮留米□脂麻滚馆。

万枝谷宜种草地解　万枝谷，即古人所谓藜菜，今人所谓扫帚也。《本草纲目》《〈群〉芳谱》等书不但有名，且甚繁多。科高不过五六尺，而群枝丛生，盈千累百，丰茂不可响迩。种于芜莽荒秽中，万卉俱为所压矣。章邱县老农曰：扫帚子磨面蒸窝，其味与红高粱相似。

春麦宜种草地解　夏雨方生众绿。春麦正二月种，其生在于草前，草不能为之害也。

蚕豆宜种草地解　夏雨方生众绿。蚕豆正二月种，其生在于草前，草不能为之害也。

豌豆宜种草地解　夏雨方生众绿。豌豆正二月种，其生在于草前，草不能为之害也。

小扁豆宜种草地解　夏雨方生众绿。小扁豆正二月种，其生在于草前，草不能为之害也。

以上草地谷类解

红薯宜种草地解　红薯枝叶极盛，其力足以敌草，草不能为之害也。

白薯宜种草地解　红薯枝叶极盛，其力足以敌草，草不能为之害也。

干红薯宜种草地解　干红薯枝叶极盛，其力足以敌草，草不能为之害也。

干白薯宜种草地解　干白薯枝叶极盛，其力足以敌草，草不能为之害也。

圆蔓菁菜宜种草地解　圆蔓菁菜宜于七月种，乘草之衰，使此日进而彼日退。

长蔓菁菜宜种草地解　长蔓菁菜宜于七月种，乘草之衰，使此日进而彼日退。

山蔓菁菜宜种草地解　山蔓菁菜宜于七月种，乘草之衰，使此日进而彼日退。

洋蔓菁菜宜种草地解　洋蔓菁菜宜于七月种，乘草之衰，使此日进彼日退。

出头白萝卜宜种草地解　出头白萝卜宜于七月种，乘草之衰，使此日进而彼日退。

埋头白萝卜宜种草地解　埋头白萝卜宜于七月种，乘草之衰，使此日进而彼日退。

多汁白萝卜宜种草地解　多汁白萝卜宜于七月种，乘草之衰，使此日进而彼日退。

无汁白萝卜宜种草地解　无汁白萝卜宜于七月种，乘草之衰，使此日进而彼日退。

圆蛋白萝卜宜种草地解　圆汁白萝卜宜于七月种，乘草之衰，使此日进而彼日退。

黄色胡萝卜宜种草地解　黄色胡萝卜宜于七月种，乘草之衰，使此日进而彼日退。

红色胡萝卜宜种草地解　红色胡萝卜宜于七月种，乘草之衰，使此日进而彼日退。

擘蓝菜宜种草地解　擘蓝菜宜于七月种，乘草之衰，使此日进而彼日退。

油菜宜种草地解　油菜宜于七月种，乘草之衰，使此日进而彼日退。

苜蓿菜宜种草地解　苜蓿菜宜于五六月种，假借草之阴凉，以免烈日晒杀，使其因祸为福，化害为利。

莙荙菜宜种草地解　莙荙菜宜于五六月种，假借草之阴凉，以免烈日晒杀，使其因祸为福，化害为利。

冬葵菜宜种草地解　冬葵菜科苗壮大，笼罩一切。种于草中，草不能为之害也。

牛蒡菜宜种草地解　牛蒡菜，《本草纲目》《农桑辑要》俱有□名，而科苗壮大，笼罩一切。种于草中，草不能为之害也。

尖叶苋菜宜种草地解　尖叶苋菜科苗壮大，笼罩一切。种于草中，草不能为之害也。

圆叶苋菜宜种草地解　圆叶苋菜科苗壮大，笼罩一切。种于草中，草不能为之害也。

银条菜宜种草地解　银条菜喜借草之阴凉，五六月种于草中，便是因祸为福，化害为利。

甘露菜宜种草地解　甘露菜喜借草之阴凉，五六月种于草中，便是因祸为福，化害为利。

地瓜菜宜种草地解　地瓜菜喜借草之阴凉，五六月种于草中，便是因祸为福，化害为利。

　　或有问于予曰：先生教民种草地，有以气相制，使草不为害者；有以形相制，使草不为害者；有种于草先，欺其未盛，使草不为害者；有种在草后，乘其□衰，使草不为害者；更有因祸为福，化害为利，借其阴凉，而愈茂盛使草不为害者。色色俱备，而又头头是道，可谓算无遗策矣。

以上草地菜类解

阴　　地

蚕豆宜种阴地。

豌豆宜种阴地。

小扁豆宜种阴地。

长秧绿豆宜种阴地。

短秧绿豆宜种阴地。

红小豆宜种阴地。

白小豆宜种阴地。

小子黑豆宜种阴地。

大子黑豆宜种阴地。

小子黄豆宜种阴地。

大子黄豆宜种阴地。

豇豆宜种阴地。

菜角豆宜种阴地。

新繁豆宜种阴地。

  以上阴地谷类

苜蓿菜宜种阴地。

莙荙菜宜种阴地。

冬葵菜宜种阴地。

扫帚菜宜种阴地。

尖叶苋菜宜种阴地。

圆叶苋菜宜种阴地。

银条菜宜种阴地。

甘露菜宜种阴地。

地瓜菜宜种阴地。

冬瓜菜宜种阴地。

金针菜宜种阴地。

  以上阴地菜类

  蚕豆宜种阴地解 豆性喜阴。吾尝合《古今书籍事实》而屡行考验矣。据崔寔《四民月令》：种大小豆，薄田欲稠等情云云。据氾胜之《种植书》：豆花憎见日，见日则黄烂而根焦等情云云。是考之于古而喜阴也。又见直隶、河南、山东等省，农民种田，高粱、包谷陇间有夹种红、绿小豆者，有夹种黑黄大豆者；麦陇间有夹种豌豆者，有夹种小扁豆者；树林间有夹种豇豆者，有夹种菜角豆者。是验之于今而喜阴也。征信如此确凿，故敢以蚕豆等类教民种阴地焉。

  豌豆宜种阴地解 田地向阴，或山所遮，或林所蔽，农民辄叹棘手。若种春豌豆，可望成熟。

  小扁豆宜种阴地解 田地向阴，或山所遮，或林所蔽，农民辄叹棘手。若种春小扁豆，可望成熟。

  长秧绿豆宜种阴地解 田地向阴，或山所遮，或林所蔽，农民辄叹棘手。若种长秧绿豆，可望成熟。

  短秧绿豆宜种阴地解 田地向阴，或山所遮，或林所蔽，农民辄叹棘手。若种短秧绿豆，可望成熟。

  红小豆宜种阴地解 田地向阴，或山所遮，或林所蔽，农民辄叹棘手。若种红小豆，可望成熟。

  白小豆宜种阴地解 田地向阴，或山所遮，或林所蔽，农民辄叹棘手。若种白小豆，可望成熟。

  小子黑豆宜种阴地解 田地向阴，或山所遮，或林所蔽，农民辄叹棘手。若种小子黑豆，可望成熟。

大子黑豆宜种阴地解　田地向阴，或山所遮，或林所蔽，农民辄叹棘手。若种大子黑豆，可望成熟。

小子黄豆宜种阴地解　田地向阴，或山所遮，或林所蔽，农民辄叹棘手。若种小子黄豆，可望成熟。

大子黄豆宜种阴地解　田地向阴，或山所遮，或林所蔽，农民辄叹棘手。若种大子黄豆，可望成熟。

豇豆宜种阴地解　田地向阴，或山所遮，或林所蔽，农民辄叹棘手。若种豇豆，可望成熟。

菜角豆宜种阴地解　田地向阴，或山所遮，或林所蔽，农民辄叹棘手。若种菜角豆，可望成熟。

新繁豆宜种阴地解　田地向阴，或山所遮，或林所蔽，农民辄叹棘手。若种新繁豆，可望成熟。河南府老农语予曰：新繁豆出洛阳县南山中，喜生背阴处。予问："新繁"二字作何讲解？农曰：其种由四川新繁县来，故以"新繁"二字名之。

以上阴地谷类解

苜蓿菜宜种阴地解　田地向阴，或山所遮，或林所蔽，农民辄叹棘手。若种苜蓿菜，必能茂盛。

莙荙菜宜种阴地解　田地向阴，或山所遮，或林所蔽，农民辄叹棘手。若种莙荙菜，必能茂盛。

冬葵菜宜种阴地解　田地向阴，或山所遮，或林所蔽，农民辄叹棘手。若种冬葵菜，必能茂盛。

扫帚菜宜种阴地解　田地向阴，或山所遮，或林所蔽，农民辄叹棘手。若种扫帚菜，必能茂盛。

尖叶苋菜宜种阴地解　田地向阴，或山所遮，或林所蔽，农民辄叹棘手。若种尖叶苋菜，必能茂盛。

圆叶苋菜宜种阴地解　田地向阻，或山所遮，或林所蔽，农民辄叹棘手。若种圆叶苋菜，必能茂盛。

银条菜宜种阴地解　田地向阴，或山所遮，或林所蔽，农民辄叹棘手。若种银条菜，必能茂盛。

甘露菜宜种阴地解　田地向阴，或山所遮，或林所蔽，农民辄叹棘手。若种甘露菜，必能茂盛。王祯《农桑通诀》曰：凡种甘露菜，宜于园圃近阴地，春时种之。用麦糠为粪，地以沾润为佳，至秋乃收。

地瓜菜宜种阴地解　田地向阴，或山所遮，或林所蔽，农民辄叹棘手。若种地瓜菜，必能茂盛。

冬瓜菜宜种阴地解　田地向阴，或山所遮，或林所蔽，农民辄叹棘手。若种冬瓜菜，必能茂盛。云按：冬瓜。（《农政全书》云：至冬乃熟，故名。）一名东瓜。（《群芳谱》云呼东瓜者非。）一名越瓜。（《农政全书》云：冬瓜又名越瓜。）一名白瓜。（王祯《农桑通诀》云：冬瓜初生，色青绿，经霜则白如涂，肉子皆白，故谓之白瓜。）一名水芝。（《群芳谱》云：冬瓜一名水芝。《本草经》云：水芝是白瓜。）一名土芝。（《神仙本草》云：冬瓜谓之土芝。）一名蔬蓏。（《群芳谱》云：冬瓜，一名蔬蓏。）一名蔬菰。（郭义恭《广志》云：冬瓜，一名蔬菰。）王祯《农桑通诀》曰：种冬瓜，务傍墙阴地。

金针菜宜种阴地解　金针菜（俗名也，即古人所谓萱草花），一名黄花菜。（《群芳谱》云：山萱花，即黄花菜。）一名萱草。（萱草二字，乃各书之通名也。）一名藼草。（《留青日札》云：萱通作藼。毛诗云：焉得藼草，言树之肯。）一名忘忧草。（《群芳谱》云：萱草一名忘忧。《说文》云：萱，忘忧草也。）一名疗愁花。（任昉《述异记》云：萱草，吴中呼为疗愁花。）一名宜男花。（《本草纲目》云：萱草，华名宜男。若妇人食其花则生男。）一名儿女花。（孟郊诗云：萱为儿女茝，不解壮士忧。）一名鹿葱。（《本草纲目》云：萱草，一名鹿葱，承旧说也。《留青日札》及《群芳谱》皆力辩《本草》注萱即鹿葱为误。）

以上阴地菜类解

粪 田 相 宜

大麦宜用大蓝靛叶、靛秸为粪。
小麦宜用大蓝靛叶、靛秸为粪。
大麦宜用小蓝靛叶、靛秸为粪。
小麦宜用小蓝靛叶、靛秸为粪。
大麦宜用槐蓝靛叶、靛秸为粪。
小麦宜用槐蓝靛叶、靛秸为粪。
大麦宜用绿豆苗为粪。
小麦宜用绿豆苗为粪。
大麦宜用芝麻苗为粪。
小麦宜用芝麻苗为粪。
大麦宜用罂粟苗为粪。
小麦宜用罂粟苗为粪。
大麦宜用红花苗为粪。
小麦宜用红花苗为粪。
大麦宜用干绿豆叶为粪。
小麦宜用干绿豆叶为粪。
大麦宜用干芝麻叶为粪。
小麦宜用干芝麻叶为粪。
大麦宜用黑黄豆苗为粪。
小麦宜用黑黄豆苗为粪。
大麦宜用干黑黄豆叶为粪。
小麦宜用干黑黄豆叶为粪。
　　以上叶、秸、苗为粪相宜

黍稷粟谷宜用破屋坏垣土为粪。
圆菁菁菜宜用破屋坏垣土为粪。
长蔓菁菜宜用破屋坏垣土为粪。
山蔓菁菜宜用破屋坏垣土为粪。

洋蔓菁菜宜用破屋坏垣土为粪。

红薯宜用破屋坏垣土为粪。

白薯宜用破屋坏垣土为粪。

干红薯宜用破屋坏垣土为粪。

干白薯宜用破屋坏垣土为粪。

圆蔓菁菜宜用旧炕土灰为粪。

长蔓菁菜宜用旧炕土灰为粪。

山蔓菁菜宜用旧炕土灰为粪。

洋蔓菁菜宜用旧炕土灰为粪。

红薯宜用旧炕土灰为粪。

白薯宜用旧炕土灰为粪。

干红薯宜用旧炕土灰为粪。

干白薯宜用旧炕土灰为粪。

　　　以上破屋坏垣土、旧炕土灰为粪相宜

韭菜宜用鸡粪为粪。

百合菜宜用鸡粪为粪。

山丹菜宜用鸡粪为粪。

沃丹菜宜用鸡粪为粪。

蕃丹菜宜用鸡粪为粪。

卷丹菜宜用鸡粪为粪。

　　　　以上鸡粪为粪相宜

虚软沙地宜用羊粪为粪。

虚软沙地宜用牛粪为粪。

虚软沙地宜用干靛秸为粪。

虚软沙地宜用玉高粱心为粪。

虚软沙地宜用干脂麻秆为粪。

虚软沙地宜用干黑豆秸为粪。

虚软沙地宜用干黄豆秸为粪。

虚软沙地宜用干罂粟秆为粪。

虚软沙地宜用干红花秆为粪。

虚软沙地宜用炒棉花子为粪。

　　　　以上虚软沙地粪相宜

刚硬淤地宜用猪粪为粪。

刚硬淤地宜用马粪为粪。

刚硬淤地宜用驴粪为粪。

刚硬淤地宜用绿豆苗为粪。

刚硬淤地宜用脂麻苗为粪。

刚硬淤地宜用罂粟苗为粪。

刚硬淤地宜用红花苗为粪。

刚硬淤地宜用干绿豆叶为粪。

刚硬淤地宜用干脂麻叶为粪。

刚硬淤地宜用干黑黄豆叶为粪。

刚硬淤地宜用干油菜叶为粪。

刚硬淤地宜用干蔓菁叶为粪。

刚硬淤地宜用干罂粟叶为粪。

刚硬淤地宜用干红花叶为粪。

刚硬淤地宜用干玉高粱秆为粪。

刚硬淤地宜用干棉花叶为粪。

刚硬淤地宜用耧耩沙土为粪。

　　以上刚硬淤地粪相宜

湿寒凹地宜用鸽粪为粪。

　　以上湿寒凹地粪相宜

大麦宜用大蓝靛叶、靛秸为粪解　滑县、浚县、长垣、封邱等县种大麦者，以大蓝靛叶、靛秸为上等好粪。

小麦宜用大蓝靛叶、靛秸为粪解　滑县、浚县、长垣、封邱等县种小麦者，以大蓝靛叶、靛秸为上等好粪。

大麦宜用小蓝靛叶、靛秸为粪解　滑县、浚县、长垣、封邱等县种大麦者，以小蓝靛叶、靛秸为上等好粪。

小麦宜用小蓝靛叶、靛秸为粪解　滑县、浚县、长垣、封邱等县种小麦者，以小蓝靛叶、靛秸为上等好粪。

大麦宜用槐蓝靛叶、靛秸为粪解　滑县、浚县、长垣、封邱等县种大麦者，以槐蓝靛叶、靛秸为上等好粪。

小麦宜用槐蓝靛叶、靛秸为粪解　滑县、浚县、长垣、封邱等县种小麦者，以槐蓝靛叶、靛秸为上等好粪。

大麦宜用绿豆苗为粪解　上海县老农语予曰：吾乡种大麦，有豫养绿豆苗掩在犁底，以作粪者。

小麦宜用绿豆苗为粪解　上海县老农语予曰：吾乡种小麦，有豫养绿豆苗掩在犁底，以作粪者。

大麦宜用脂麻苗为粪解　上海县老农语予曰：吾乡种大麦，有豫养脂麻苗掩在犁底，以作粪者。

小麦宜用脂麻苗为粪解　上海县老农语予曰：吾乡种小麦，有豫养脂麻苗掩在犁底，以作粪者。

大麦宜用罂粟苗为粪解　上海县老农语予曰：吾乡种大麦，有豫养罂粟苗掩在犁底，以作粪者。

小麦宜用罂粟苗为粪解　上海县老农语予曰：吾乡种小麦，有豫养罂粟苗掩在犁底，以作粪者。

大麦宜用红花苗为粪解　上海县老农语予曰：吾乡种大麦，有豫养红花苗掩在犁底，以作粪者。

小麦宜用红花苗为粪解　上海县老农语予曰：吾乡种小麦，有豫养红花苗掩在犁底，以作粪者。

大麦宜用干绿豆叶为粪解　容城、定兴等县种大麦者，或用干绿豆叶掩在犁底，使化为粪。

小麦宜用干绿豆叶为粪解　容城、定兴等县种小麦者，或用干绿豆叶掩在犁底，使化为粪。

大麦宜用干脂麻叶为粪解　容城、定兴等县种大麦者，或用干脂麻叶掩在犁底，使化为粪。

小麦宜用干脂麻叶为粪解　容城、定兴等县种小麦者，或用干脂麻叶掩在犁底，使化为粪。

大麦宜用黑黄豆苗为粪解　昆山县老农语予曰：吾乡种大麦，有豫养黑黄豆苗掩在犁底，以作粪者。

小麦宜用黑黄豆苗为粪解　昆山县老农语予曰：吾乡种小麦，有豫养黑黄豆苗掩在犁底，以作粪者。

大麦宜用干黑黄豆叶为粪解　广平、真定等府种大麦者，或用干黑黄豆叶掩在犁底，使化为粪。

小麦宜用干黑黄豆叶为粪解　广平、真定等府种小麦者，或用干黑黄豆叶掩在犁底，使化为粪。

以上叶秸苗为粪相宜解

黍稷粟谷宜用破屋坏垣土为粪解　滑县、浚县、封邱、长垣等县种黍稷粟谷者，以破屋坏垣土为上等好粪。

圆蔓菁菜宜用破屋坏垣土为粪解　温县、孟县、修武、武陟等县种圆蔓菁菜者，以破屋坏垣土为上等好粪。

长蔓菁菜宜用破屋坏垣土为粪解　温县、孟县、修武、武陟等县种长蔓菁菜者，以破屋坏垣土为上等好粪。

山蔓菁菜宜用破屋坏垣土为粪解　温县、孟县、修武、武陟等县种山蔓菁菜者，以破屋坏垣土为上等好粪。

洋蔓菁菜宜用破屋坏垣土为粪解　温县、孟县、修武、武陟等县种洋蔓菁菜者，以破屋坏垣土为上等好粪。

红薯宜用破屋坏垣土为粪解　滑县、浚县、封邱、长垣等县种红薯者，以破屋坏垣土为上等好粪。

白薯宜用破屋坏垣土为粪解　滑县、浚县、封邱、长垣等县种白薯者，以破屋坏垣土为上等好粪。

干红薯宜用破屋坏垣土为粪解　滑县、浚县、封邱、长垣等县种干红薯者，以破屋坏垣土为上等好粪。

干白薯宜用破屋坏垣土为粪解　滑县、浚县、封邱、长垣等县种干白薯者，以破屋坏垣土为上等好粪。

圆蔓菁菜宜用旧炕土灰为粪解　温县、孟县、修武、武陟等县种圆蔓菁菜者，以旧炕土灰为上等好粪。

长蔓菁菜宜用旧炕土灰为粪解　温县、孟县、修武、武陟等县种长蔓菁菜者，以旧炕土灰为上等好粪。

山蔓菁菜宜用旧炕土灰为粪解　温县、孟县、修武、武陟等县种山蔓菁菜者，以旧炕土灰为上等好粪。

洋蔓菁菜宜用旧炕土灰为粪解　温县、孟县、修武、武陟等县种洋蔓菁菜者，以旧炕土灰为上等好粪。

红薯宜用旧炕土灰为粪解　滑县、浚县、长垣、封邱等县种红薯者，以旧炕土灰为上等好粪。

白薯宜用旧炕土灰为粪解　滑县、浚县、长垣、封邱等县种白薯者，以旧炕土灰为上等好粪。

干红薯宜用旧炕土灰为粪解　滑县、浚县、长垣、封邱等县种干红薯者，以旧炕土灰为上等好粪。

干白薯宜用旧炕土灰为粪解　滑县、浚县、长垣、封邱等县种干白薯者，以旧炕土灰为上等好粪。

以上破屋坏垣土、旧炕土灰为粪相宜解

韭菜宜用鸡粪为粪解　《博闻录》曰：韭畦若用鸡粪尤好。《事类书》曰：韭畦用鸡粪尤佳。云按：韭字古作韭，（《诗·豳风》：献羔祭韭。《周礼》：醢人其实韭菹。）一名丰本，（《礼记》云：韭曰丰本。）一名草锺乳。（《本草纲目》云：韭是草乳。《农政全书》曰：韭名草锺乳，言其温补也。）一名起阳草，（《群芳谱》云：韭，一名起阳草。《农政全书》曰：韭，一名起阳草。）一名懒人菜，（《群芳谱》云：韭，一名懒人菜。罗愿《尔雅翼》云：韭者，懒人菜。以其不须岁种也。）《汉书》曰：袭〔龚〕遂为渤海太守，躬俭约，劝民务农桑，令人种一畦韭。

百合菜宜用鸡粪为粪解　《四时类要》曰：二月种百合，此物尤宜鸡粪。《群芳谱》曰：种百合法，秋分节取其瓣分种之，五寸一科，宜鸡粪，宜肥地。

山丹菜宜用鸡粪为粪解　《群芳谱》曰：种山丹法，一年一起，以鸡粪壅之则茂，须每年八九月分种。《群芳谱》又曰：山丹亦喜鸡粪，其性与百合同。

沃丹菜宜用鸡粪为粪解　《群芳谱》曰：沃丹菜亦喜鸡粪，其性与百合同。

蕃丹菜宜用鸡粪为粪解　《群芳谱》曰：蕃丹菜亦喜鸡粪，其性与百合同。

卷丹菜宜用鸡粪为粪解　《群芳谱》曰：卷丹菜亦喜鸡粪，其性与百合同。

以上鸡粪为粪相宜

虚软沙地宜用羊粪为粪解　羊粪坚固不散，用于虚软沙地，能助结子有力。

虚软沙地宜用牛粪为粪解　牛粪坚固不散，用于虚软沙地，能助结子有力。

虚软沙地宜用干靛秸为粪解　　干靛秸久沤方烂，用于虚软沙地，能助结子有力。
虚软沙地宜用玉高粱心为粪解　　玉高粱心久沤方烂，用于虚软沙地，能助结子有力。
虚软沙地宜用干脂麻秆为粪解　　干脂麻秆久沤方烂，用于虚软沙地，能助结子有力。
虚软沙地宜用干黑豆秸为粪解　　干黑豆秸久沤方烂，用于虚软沙地，能助结子有力。
虚软沙地宜用干黄豆秸为粪解　　干黄豆秸久沤方烂，用于虚软沙地，能助结子有力。
虚软沙地宜用干罂粟秆为粪解　　干罂粟秆久沤方烂，用于虚软沙地，能助结子有力。
虚软沙地宜用干红花秆为粪解　　干红花秆久沤方烂，用于虚软沙地，能助结子有力。
虚软沙地宜用炒棉花子为粪解　　炒棉花子久沤方烂，用于虚软沙地，能助结子有力。
以上虚软沙地粪相宜解

刚硬淤地宜用猪粪为粪解　　猪粪湿潮，用于刚硬淤地，刚硬去泰去甚。
刚硬淤地宜用马粪为粪解　　马粪虚软，用于刚硬淤地，刚硬去泰去甚。
刚硬淤地宜用驴粪为粪解　　驴粪虚软，用于刚硬淤地，刚硬去泰去甚。
刚硬淤地宜用绿豆苗为粪解　　绿豆苗润泽，用于刚硬淤地，刚硬去泰去甚。
刚硬淤地宜用脂麻苗为粪解　　脂麻苗润泽，用于刚硬淤地，刚硬去泰去甚。
刚硬淤地宜用罂粟苗为粪解　　罂粟苗润泽，用于刚硬淤地，刚硬去泰去甚。
刚硬淤地宜用红花苗为粪解　　红花苗润泽，用于刚硬淤地，刚硬去泰去甚。
刚硬淤地宜用干绿豆叶为粪解　　干绿豆叶，虚软带润泽，用于刚硬淤地，刚硬去泰去甚。
刚硬淤地宜用干脂麻叶为粪解　　干脂麻叶，虚软带润泽，用于刚硬淤地，刚硬去泰去甚。
刚硬淤地宜用干黑黄豆叶为粪解　　干黑黄豆叶，虚软带润泽，用于刚硬淤地，刚硬去泰去甚。
刚硬淤地宜用干油菜叶为粪解　　干油菜叶，虚软带润泽，用于刚硬淤地，刚硬去泰去甚。
刚硬淤地宜用干蔓菁叶为粪解　　干蔓菁叶，虚软带润泽，用于刚硬淤地，刚硬去泰去甚。
刚硬淤地宜用干罂粟叶为粪解　　干罂粟叶，虚软带润泽，用于刚硬淤地，刚硬去泰去甚。
刚硬淤地宜用干红花叶为粪解　　干红花叶，虚软带润泽，用于刚硬淤地，刚硬去泰去甚。
刚硬淤地宜用干玉高粱秆为粪解　　干玉高粱秆虚软，用于刚硬淤地，刚硬去泰去甚。
刚硬淤地宜用干棉花叶为粪解　　干棉花叶，虚软带润泽，用于刚硬淤地，刚硬去泰去甚。
刚硬淤地宜用耧耩沙土为粪解　　耧耩沙土虚软，用于刚硬淤地，刚硬去泰去甚。
以上刚硬淤地粪相宜解

湿寒凹地宜用鸽粪为粪解　　鸽粪燥热，用于湿寒凹地，湿寒去泰去甚。
以上湿寒凹地粪相宜解

茬 地 相 宜

大麦宜种大蓝靛茬。

小麦宜种大蓝靛茬。

大麦宜种小蓝靛茬。

小麦宜种小蓝靛茬。

大麦宜种槐蓝靛茬。

小麦宜种槐蓝靛茬。

大麦宜种瓜茬。

小麦宜种瓜茬。

粟谷宜种棉花茬。

包谷宜种红花茬。

　　　以上靛瓜、棉花、红花等茬相宜

大麦宜种新开荒地百草茬。

黍稷宜种新开荒地百草茬。

棉子谷宜种新开荒地百草茬。

禾赤豆宜种新开荒地百草茬。

脂麻油谷宜种新开荒地百草茬。

出头白萝卜宜种新开荒地百草茬。

埋头白萝卜宜种新开荒地百草茬。

多汁白萝卜宜种新开荒地百草茬。

无汁白萝卜宜种新开荒地百草茬。

圆蛋白萝卜宜种新开荒地百草茬。

　　　以上新开荒地百草等茬相宜

南瓜宜种绿豆茬。

笋瓜宜种绿豆茬。

假南瓜宜种绿豆茬。

搦瓜宜种绿豆茬。

南瓜宜种红小豆茬。

笋瓜宜种红小豆茬。

假南瓜宜种红小豆茬。

搦瓜宜种红小豆茬。

南瓜宜种黍茬。

笋瓜宜种黍茬。

假南瓜宜种黍茬。

搦瓜宜种黍茬。

以上绿豆红小豆黍等茬相宜

大麦宜种重茬。
小麦宜种重茬。
包谷宜种重茬。
粟谷宜种重茬。
棉花宜种重茬。
落花生油谷宜种重茬。
洋落花生油谷宜种重茬。
　　以上大麦小麦包谷粟谷棉花落花生洋落生等重茬相宜

大麦宜种大蓝靛茬解　　滑县、浚县、长垣、封邱等县种大麦者，以用大蓝靛地底为上等好茬。

小麦宜种大蓝靛茬解　　滑县、浚县、长垣、封邱等县种小麦者，以用大蓝靛地底为上等好茬。

大麦宜种小蓝靛茬解　　滑县、浚县、长垣、封邱等县种大麦者，以用小蓝靛地底为上等好茬。

小麦宜种小蓝靛茬解　　滑县、浚县、长垣、封邱等县种小麦者，以用小蓝靛地底为上等好茬。

大麦宜种槐蓝靛茬解　　滑县、浚县、长垣、封邱等县种大麦者，以用槐蓝靛地底为上等好茬。

小麦宜种槐蓝靛茬解　　滑县、浚县、长垣、封邱等县种小麦者，以用槐蓝靛地底为上等好茬。

大麦宜种瓜茬解　　滑县、浚县、长垣、封邱等县种大麦者，以用瓜地底为上等好茬。

小麦宜种瓜茬解　　滑县、浚县、长垣、封邱等县种小麦者，以用瓜地底为上等好茬。

粟谷宜种棉花茬解　　滑县、浚县、长垣、封邱等县种粟谷者，以用棉花地底为上等好茬。

包谷宜种红花茬解　　滑县、浚县、长垣、封邱等县种包谷者，以用红花地底为上等好茬。

以上靛瓜、棉花、红花等茬相宜解

大麦宜种新开荒地百草茬解　　凡宿根草，大麦能除，滑县老农言之矣。故于芜秽难治，新开荒地，酌种大麦。

黍稷宜种新开荒地百草茬解　　凡黍稷田，开荒为上，《齐民要术》言之矣。故于芜秽难治，新开荒地，酌种黍稷。

稗子谷宜种新开荒地百草茬解　　吸众草汁，稗子谷能，《植物学》言之矣。故于芜秽难治，新开荒地，酌种稗子谷。

米赤豆宜种新开荒地百草茬解　　米赤小豆最能杀草，《农政全书》言之矣。故于芜秽难治，新开荒地，酌种米赤豆。

脂麻油谷宜种新开荒地百草茬解　脂麻叶露滴杀百草，祥符县老农言之矣。故于芜秽难治，新开荒地，酌种脂麻油谷。

出头白萝卜宜种新开荒地百草茬解　辟草开荒，能成出头白萝卜。

埋头白萝卜宜种新开荒地百草茬解　辟草开荒，能成埋头白萝卜。

多汁白萝卜宜种新开荒地百草茬解　辟草开荒，能成多汁白萝卜。

无汁白萝卜宜种新开荒地百草茬解　辟草开荒，能成无汁白萝卜。

圆蛋白萝卜宜种新开荒地百草茬解　辟草开荒，能成圆蛋白萝卜。

以上新开荒地百草等茬相宜解

南瓜宜种绿豆茬解　滑县老农曰：南瓜喜种绿豆茬。

笋瓜宜种绿豆茬解　滑县老农曰：笋瓜喜种绿豆茬。

假南瓜宜种绿豆茬解　滑县老农曰：假南瓜喜种绿豆茬。

搦瓜宜种绿豆茬解　滑县老农曰：搦瓜喜种绿豆茬。

南瓜宜种红小豆茬解　滑县老农曰：南瓜喜种红小豆茬。

笋瓜宜种红小豆茬解　滑县老农曰：笋瓜喜种红小豆茬。

假南瓜宜种红小豆茬解　滑县老农曰：假南瓜喜种红小豆茬。

搦瓜宜种红小豆茬解　滑县老农曰：搦瓜喜种红小豆茬。

南瓜宜种黍茬解　滑县老农曰：南瓜喜种黍茬。

笋瓜宜种黍茬解　滑县老农曰：笋瓜喜种黍茬。

假南瓜宜种黍茬解　滑县老农曰：假南瓜喜种黍茬。

搦瓜宜种黍茬解　滑县老农曰：搦瓜喜种黍茬。云于咸丰初年细读《农政全书》，果见有用小豆（有绿、赤、白三种）底种瓜最佳，黍底为次云云。而后知老农之言甚不误也。

以上绿豆、红小豆、黍等茬相宜解

大麦宜种重茬解　滑县老农曰：大麦喜种重茬。

小麦宜种重茬解　滑县老农曰：小麦喜种重茬。

包谷宜种重茬解　滑县老农曰：包谷喜种重茬。

粟谷宜种重茬解　滑县老农曰：粟谷喜种重茬。

棉花宜种重茬解　滑县老农曰：棉花喜种重茬。

落花生油谷宜种重茬解　滑县老农曰：落花生油谷喜种重茬。

洋落花生油谷宜种重茬解　滑县老农曰：洋落花生油谷喜种重茬。

以上大麦、小麦、包谷、粟谷、棉花、落花生、洋落花生等重茬相宜解。

茬 地 避 忌

高粱怕种落花生茬。

高粱怕种洋落花生茬。

黍怕种红花茬。

稷怕种红花茬。

黑豆怕种红花茬。

黄豆怕种红花茬。

南瓜怕种黑黄豆茬。

笋瓜怕种黑黄豆茬。

假南瓜怕种黑黄豆茬。

搦瓜怕种黑黄豆茬。

红薯怕种姜茬。

白薯怕种姜茬。

干红薯怕种姜茬。

干白薯怕种姜茬。

红薯怕种辣椒茬。

白薯怕种辣椒茬。

干红薯怕种辣椒茬。

干白薯怕种辣椒茬。

大蓝靛怕种黑黄豆茬。

小蓝靛怕种黑黄豆茬。

槐蓝靛怕种黑黄豆茬。

　　　　以上落花生、洋落花生、红花、黑黄豆、姜、辣椒等茬避忌

黑黄豆怕种重茬。

脂麻油谷怕种重茬。

南瓜怕种重茬。

笋瓜怕种重茬。

假南瓜怕种重茬。

搦瓜怕种重茬。

红花苗菜怕种重茬。

姜菜怕种重茬。

大蓝靛怕种重茬。

小蓝靛怕种重茬。

槐蓝靛怕种重茬。

　　　　以上黑黄豆、脂麻、南瓜、笋瓜、假南瓜、搦瓜、红花、姜、大蓝、小蓝、槐蓝
等重茬避忌。

高粱怕种落花生茬解　　滑县老农曰：落花生茬种高粱，高粱皆不茂盛。

高粱怕种洋落花生茬解　　滑县老农曰：洋落花生茬种高粱，高粱皆不茂盛。

黍怕种红花茬解　　滑县老农曰：红花茬种黍，黍皆不茂盛。

稷怕种红花茬解　　滑县老农曰：红花茬种稷，稷皆不茂盛。

黑豆怕种红花茬解　　滑县老农曰：红花茬种黑豆，黑豆皆不茂盛。

黄豆怕种红花茬解　　滑县老农曰：红花茬种黄豆，黄豆皆不茂盛。

南瓜怕种黑黄豆茬解　　内黄县老农曰：黑黄豆茬种南瓜，南瓜半路枯萎。

笋瓜怕种黑黄豆茬解　　内黄县老农曰：黑黄豆茬种笋瓜，笋瓜半路枯萎。

假南瓜怕种黑黄豆茬解　　内黄县老农曰：黑黄豆茬种假南瓜，假南瓜半路枯萎。

搦瓜怕种黑黄豆茬解　　内黄县老农曰：黑黄豆茬种搦瓜，搦瓜半路枯萎。

红薯怕种姜茬解　　武陟县老农曰：姜茬种红薯，红薯皆带姜气。

白薯怕种姜茬解　　武陟县老农曰：姜茬种白薯，白薯皆带姜气。

干红薯怕种姜茬解　　武陟县老农曰：姜茬种干红薯，干红薯皆带姜气。

干白薯怕种姜茬解　　武陟县老农曰：姜茬种干白薯，干白薯皆带姜气。

红薯怕种辣椒茬解　　武陟县老农曰：辣椒茬种红薯，红薯皆带辣椒气。

白薯怕种辣椒茬解　　武陟县老农曰：辣椒茬种红薯，白薯皆带辣椒气。

干红薯怕种辣椒茬解　　武陟县老农曰：辣椒茬种干红薯，干红薯皆带辣椒气。

干白薯怕种辣椒茬解　　武陟县老农曰：辣椒茬种干白薯，干白薯皆带辣椒气。

大蓝靛怕种黑黄豆茬解　　长垣县老农曰：黑黄豆茬种大蓝靛，大蓝靛无好颜色。

小蓝靛怕种黑黄豆茬解　　长垣县老农曰：黑黄豆茬种小蓝靛，小蓝靛无好颜色。

槐蓝靛怕种黑黄豆茬解　　长垣县老农曰：黑黄豆茬种槐蓝靛，槐蓝靛无好颜色。

以上落花生、洋落花生、红花、黑黄豆、姜、辣椒等茬避忌解。

黑黄豆怕种重茬解　　滑县老农曰：重茬以种黑黄豆，黑黄豆不能收成。

脂麻油谷怕种重茬解　　滑县老农曰：重茬以种脂麻油谷，脂麻油麻不能收成。

南瓜怕种重茬解　　内黄县老农曰：重茬以种南瓜，南瓜不能收成。

荀瓜怕种重茬解　　内黄县老农曰：重茬以种荀瓜，荀瓜不能收成。

假南瓜怕种重茬解　　内黄县老农曰：重茬以种假南瓜，假南瓜不能收成。

搦瓜怕种重茬解　　内黄县老农曰：重茬以种搦瓜，搦瓜不能收成。

红花苗菜怕种重茬解　　滑县老农曰：重茬以种红花苗菜，红花苗菜不能收成。

姜菜怕种重茬解　　武陟县老农曰：重茬以种姜，姜不能收成。

大蓝靛怕种重茬解　　长垣县老农曰：重茬以种大蓝靛，大蓝靛不能收成。

小蓝靛怕种重茬解　　长垣县老农曰：重茬以种小蓝靛，小蓝靛不能收成。

槐蓝靛怕种重茬解　　长垣县老农曰：重茬以种槐蓝靛，槐蓝靛不能收成。

以上黑黄豆、脂麻、南瓜、假南瓜、荀瓜、搦瓜、红花、姜、大蓝、小蓝、槐蓝等重茬避忌解。

卷三　救荒耕凿

草木茂盛处，其下必有甘泉，可以掘井。

蝼蚁灾多处，其下必有甘泉，可以掘井。

多置水盆于地，夜以望星，若见某盆水中星光独大者，其下必有甘泉，可以掘井。

多掘小坑于地，夜埋琉璃覆盆，中拭以油。清晨取而视之，若见某盆盆中湿露水珠多且大者，其下必有甘泉，可以掘井。

多掘小坑于地，夜埋琉璃覆盆，中藏羊毛。清晨取而视之，若见某坑羊毛潮湿最甚者，其下必有甘泉，可以掘井。

多掘小坑于地，尽纳柴薪焚之。若见某坑火烟能为湿气所滞，旋绕曲折，不肯直上者，其下必有甘泉，可以掘井。

以上认泉诸法

西洋凿井法，如钻钻木然，中国农民可学也。

东洋凿井法，如橛钉地然，中国农民可学也。

以上掘井诸法

编条瓮成圆井，旧法可学。白腊条为上，荆条次之，柽条又次之，柳条又次之。

合版瓮成方井，旧法可学。桑木版为上，榆木版次之，柳木版又次之，杨木版又次之。

以上瓮井诸法

用辘轳汲水灌溉。

用水车汲水灌溉。

用风旋车汲水灌溉。

用西洋水龙车汲水灌溉。

用西洋虹吸筒汲水灌溉。

用西洋上水筒汲水灌溉。

以上汲水诸法

投铅百斤于井中，可使咸水变而为甜，以利灌溉。

投礜石三二十斤于井中，可使寒水变而为暖，灌溉谷菜，能早成熟。

投琉璜三二十斤于井中，可使寒水变而为暖，灌溉谷菜，能早成熟。

投马粪百斤于井中，用布袋盛之，可使寒水变而为暖，灌溉谷菜，能早成熟。

以上变水诸法

旱年新井不旺，可用两根又粗又长竹竿，深入井底数丈，然后将此竹竿各节打通打透，留而勿出，则新井水泉汪洋，灌溉不可胜用矣。

旱年旧井干涸，可以略加淘浚。亦用两根又粗又长竹竿深入井底数丈，然后将此竹竿各节打通打透，留而勿出，则旧井水泉汪洋，灌溉不可胜用矣。

以上旺水诸法

隔沙行水，可铺毛羽毡毯，作甬道以托之，则水不为沙所渗，而能灌溉。

隔沙行水，可铺牛马皮革，作甬道以托之，则水不为沙所渗，而能灌溉。

隔沟行水，可横大粗竹竿，作桥梁以托之，则水不为沙所断，而能灌溉。

隔沟行水，可横大粗木槽，作桥梁以托之，则水不为沙所断，而能灌溉。

以上行水诸法

定田式为畦形，务令隔畦种谷，隔畦种菜，隔畦浇水，使谷与谷相避，而谷茂盛；菜与菜相避，而菜茂盛；水与水相避，而水亦茂盛。三者争为茂盛，荒年如不荒矣。

以上省水畦田种法

草木茂盛，处其下必有甘泉，可以掘井解　尧水汤旱，后世固无。如其有之，将使七年魃虐，殍殣频仍，靡遗孑于惔焚乎？兹取商相伊尹区田旧法变而通〈之〉，师其意不泥其迹，教民择田于野，掘井于田。其先改区为畦，以便行水。其后用畦似区，以便省水。务令举重若轻，事半功倍，耕凿相资，灌溉自由。虽遇异常亢旱，仍能饮食作息，忘帝力于何有焉。故于救荒耕凿篇，先集认泉、掘井诸法云。草木茂盛，下有甘泉，古书本曾言之矣。而今日军营老兵，仍认草木掘井。

蝼蚁穴多处，其下必有甘泉，可以掘井解　蝼蚁穴多，下有甘泉，古书本曾言之矣。而今日军营老兵，仍认蚁穴多处掘井。

多置水盆于地，夜以望星，若见某盆水中星光独大者，其下必有甘泉，可以掘井解　水盆望星，以知甘泉，古书本曾言之矣。而今日穿井匠人，亦有夜摆水盆，引主人以定井地者。

多掘小坑于地，夜埋琉璃覆盆，中拭以油，清晨取而视之，若见某盆盆中湿露水珠多且大者，其下必有甘泉，可以掘井解　覆盆露珠，以知甘泉，古书本曾言之矣。而今日穿井匠人，亦有晨取露珠，引主人以定井地者。

多掘小坑于地夜埋琉璃覆盆，中藏羊毛。清晨取而视之，若见某坑羊毛湿潮最甚者，其下必有甘泉，可以掘井解　羊毛湿潮，能知甘泉，古书本曾言之矣。而今日牧童求水，亦有夜埋羊毛，向湿处以掘土井者。

多掘小坑于地，昼纳柴薪焚之。若见某坑火烟能为湿气所滞，旋绕曲折，不肯直上者，其下必有甘泉，可以掘井解　烟气曲折，能知甘泉，古书本曾言之矣。而今日牧童求水，亦有昼焚柴烟，向曲处以掘土井者。

以上认泉诸法解

西洋凿井法，如钻钻木然，中国农民可学也解　如钻钻木以掘井，西人著书言之甚详。

东洋凿井法，如橛钉地然，中国农民可学也解　如钉钉地以掘井，东人著书言之甚详。

以上掘井诸法解

编条瓮成圆井旧法可学，白蜡条为上，荆条次之，柽条又次之，柳条又次之解　编条瓮成圆井，使井四面不坍不塌。辉县西山煤窑洞中旧法也。

合版瓮成方井旧法可学，桑木版为上，榆木版次之，柳木版又次之，杨木版又次之解　合版瓮成方井，使井四面不坍不塌。汲县南乡小菜圆中旧法也。

以上瓮井诸法解

用辘轳汲水灌溉解　辘轳汲水，用人力也。此法最拙。直隶、河南、山东等省灌园灌田，多有用辘轳者。

用水车汲水灌溉解　水车汲水，用兽（牛、马、骡、驴。）力也。此法路巧。直隶、河南、山东等省灌园灌田，多有用水车者。

用风旋车汲水灌溉解　风旋车汲水，用风力也。此法更巧。浙江、江苏、安徽等省灌园灌田，多有用风旋车者。

用西洋水龙车汲水灌溉解　水龙车汲水，虽借人力，而事半功倍。浙江、江苏、安徽等省灌园灌田，多有用水龙车者。

用西洋虹吸筒汲水灌溉解　虹吸筒汲水，此纯任自然也。不借人力、兽力、风力，而能巧夺天工。浙江、江苏、安徽等省，灌园灌田，多有用虹吸筒者。

用西洋上水筒汲水灌溉解　上水筒汲水，此尤纯任自然也。不借人力、兽力、风力，而能巧夺天工。浙江、江苏、安徽等省灌园灌田，多有用上水筒者。

以上汲水诸法解

投铅百斤于井中，可使咸水变而为甜，以利灌溉解　投铅于井，咸水变甜，西洋各国常用之，而中国人不知也。

投礜石三二十斤于井中，可使寒水变而为暖，灌溉谷菜，能早成熟解　投礜石于井，寒水变暖，以利农圃，经灌家详言之，别家所不留意也。

投琉璜三二十斤于井中，可使寒水变而为暖，灌溉谷菜，能早成熟解　投琉璜于井，寒水变暖，以利农圃，经济家详言之，别家所不留意也。

投马粪百斤于井中，用布袋盛之，可使寒水变而为暖，灌溉谷菜，能早成熟解　投马粪于井，寒水变暖，以利农圃，经济家详言之，别家所不留意也。

以上变水诸法解

旱年新井不旺，可用两根又粗又长竹竿深入井底数丈，然后将此竹竿各节打通打透，留而勿出，则新井水泉汪洋灌溉，不可胜用矣解　大竹深入新井底，能旺水泉，以利农圃，经济家详言之，别家所不留意也。

旱年旧井干涸，可以略加淘浚，亦用两根又粗又长竹竿深入井底数丈，然后将此竹竿各节打通打透，留而勿出，则旧井水泉汪洋，灌溉不可胜用矣解　大竹深入旧井底，能旺水泉，以利农圃，经济家详言之，别家所不留意也。

以上旺水诸法解

隔沙行水，可铺毛羽毡毯，作甬道以托之，则水不为沙所渗而能灌溉解　军营老兵语予曰：毡毯托水，使行沙上，而水不为沙所渗，左文襄侯相在新疆等处广开稻田，善于行水之一法也。

隔沙行水，可铺牛马皮革，作甬道以托之，则水不为沙所渗而能灌溉解　军营老兵语子曰：皮革托水，使行沙上，而水不为沙所渗，左文襄侯相在新疆等处广开稻田，善于行水之又一法也。

隔沟行水，可横大粗竹竿，作桥梁以托之，则水不为沟所断而能灌溉解　怀庆府老农语予曰：竹竿托水，使越沟阻而水不为沟所断，济源县富民在太行深处秘耕陆海，善于行水之一法也。

隔沟行水，可横大粗木槽，作桥梁以托之，则水不为沟所断而能灌溉解　怀庆府老农语予曰：木槽托水，使越沟皿，而水不为沟所断，济源县富民在太行深处秘耕陆海，善于行水之又一法也。

以上行水诸法解

定田式为畦形，务令隔畦种谷，隔畦种菜，隔畦浇水，使谷与谷相避，而谷茂盛；菜与菜相避，而菜茂盛；水与水相避，而水亦茂盛。三者争为茂盛，荒年如不荒矣解　或有问于予曰：细查省水畦田，谷所隔者，即是菜畦，无空间也。菜所隔者，即是谷畦，无空间也。谷菜皆无空间，何云相避，更何云茂盛乎？予曰：种田之法，有明相避者，有暗相避者。吾使雄不见雄，雌不见雌，谷与谷不邻，菜与菜不邻，此明相避，众人之所能知也。吾使阳不碍阴，阴不碍阳，谷与菜为邻，菜与谷为邻，此暗相避，众人之所不知也。明避暗避，兼而用之，又不惊世，又不骇俗，又不劳民，又不伤财，隐括古今公私田制而撮其情华，荒年可以救灾，丰年可以致富，无代田虚名而有代田实利，无区田虚名而有区田实利，无井田虚名而有井田实利，包涵万象，无美不臻，神农后稷复生，不能改此良法矣。

以上省水畦田种法解

井水灌田，以人胜天，莫谓古有今无也。咸丰甲寅年，云居河朔书院，师事李文清公，而见武陟县田中多井，灌溉自由矣。咸丰丁巳年，云赴汜水竹川，送王丹君生先归隐，而又见温县孟县田中多井，灌溉自由矣。光绪戊子等年，云在山东幕府，佐助张勤果公，而又见宁阳县田中多井，灌溉自由矣。光绪丙申等年，云寓汴省大梁，刊刻《救荒简易书》，得广见中州杰士，而又闻偃师县、孟津县、巩县、知县田中多井，灌溉自由矣。

卷四　救荒种植

蚕豆，自正月至二月底皆可种。

豌豆，自正月至二月底皆可种。

小扁豆，自正月至二月底皆可种。

大麦，自正月至二月底皆可种。

小麦，自正月至二月底皆可种。

细皮大麦，自正月至二月底皆可种。

无芒小麦，自正月至二月底皆可种。

快大麦，自正月至二月底皆可种。

快小麦，自正月至二月底皆可种。

油麦，自正月至五月初皆可种。

再熟快胡秫，自正月至五月底皆可种。

再熟快高粱，自三月至五月初皆可种。

再熟快包谷，自三月至六月底皆可种。

再熟快粟谷，自三月至六月底皆可种。

再熟快黍，自三月至六月初皆可种。

再熟快稷，自三月至六月初皆可种。

再熟快大豆，自二月至五月底皆可种。

再熟快梅豆，自二月至五月底皆可种。

再熟快绿豆，自三月至六月底皆可种。

再熟快豇豆，自三月至六月初皆可种。

再熟快红小豆，自三月至七月初皆可种。

再熟快白小豆，自四月至七月初皆可种。

再熟快海红豆，自二月至六月初皆可种。

再熟快白羊角豆，自三月至六月初皆可种。

再熟摭稻，自二月至七月初皆可种。

再熟盖下白稻，自正月至六月皆可种。

再熟孤灰稻，自二月至六月皆可种。

再熟秕稻，自二月至六月皆可种。

再熟火米稻，自二月至六月皆可种。

七十日快稻，自二月至七月初皆可种。

六十日快稻，自二月半至七月半皆可种。

五十日快稻，自二月半至七月底皆可种。

四十日快稻，自二月半至七月底皆可种。

寒粟谷，自六月半至七月初皆可种。

青色粟谷，自六月半至七月初皆可种。

梁〔粱〕禾米谷，自六月半至七月初皆可种。

东膚米谷，自六月半至七月初皆可种。

穆子谷，自六月半至七月初皆可种。

稗子谷，自六月半至七月初皆可种。

稊子谷，自六月半至七月初皆可种。

六十日快粟谷，自二月半至七月初皆可种。

五十日快粟谷，自二月半至七月半皆可种。

四十日快粟谷，自二月半至七月底皆可种。

六十日快荞麦，自六月半至七月初皆可种。

五十日快荞麦，自六月半至七月半皆可种。

四十日快荞麦，自六月半至七月底皆可种。

　　以上种植谷类

圆蔓菁菜，四时皆可种。

长蔓菁菜，四时皆可种。

出头白萝卜菜，四时皆可种。

埋头白萝卜菜，四时皆可种。

多汁白萝卜菜，四时皆可种。

无汁白萝卜菜，四时皆可种。

圆蛋白萝卜菜，四时皆可种。

黄色胡萝卜菜，四时皆可种。

红色胡萝卜菜，四时皆可种。

擘蓝菜，四时皆可种。

莙荙菜，四时皆可种。

苜蓿菜，四时皆可种。

扫帚菜，自二月至五月皆可种。

尖叶苋菜，自二月至五月皆可种。

圆叶苋菜，自二月至五月皆可种。

长秧豆菜，自三月至五月皆可种。（俗呼豆角菜。）

短秧豆菜，自三月至五月皆可种。（俗呼五月先豆角菜。）

快南瓜，自二月至五月皆可种。

快笋瓜，自二月至五月皆可种。

快搦瓜，自二月至五月皆可种。

假南瓜，自二月至五月皆可种。

壶卢头菜瓜，自二月至五月皆可种。

起线菜黄瓜，自二月至五月皆可种。

红薯，自二月至八月皆可种。

白薯，自二月至八月皆可种。

干红薯，自二月至八月皆可种。

干白薯，自二月至八月皆可种。

快芋头，自二月至四月皆可种。

旱芋头，自二月至四月皆可种。

利甫大芋，自二月至四月皆可种。

山陕阳芋，自二月至四月皆可种。

熊耳山芋，自二月至四月皆可种。

油菜，四时皆可种。

菠菜，四时皆可种。

芫荽菜，四时皆可种。

同蒿菜，四时皆可种。

冬葵菜，四时皆可种。

黄菘菜，自六月至十月皆可种。（俗呼黄芽菜。）

白菘菜，四时皆可种。（俗呼白菜。）

青菘菜，四时皆可种。（俗呼春不老菜。）

黑菘菜，自七月至二月皆可种。（俗呼黑白菜。）

面菘菜，四时皆可种。

油菘菜，自七月至二月皆可种。（俗呼薹菜。）

罂粟苗菜，四时皆可种。

红花苗菜，四时皆可种。

脂麻苗菜，三时皆可种。

绿豆苗菜，三时皆可种。

红小豆苗菜，三时皆可种。

白小豆苗菜，三时皆可种。

小子黄豆苗菜，三时皆可种。

小子黑豆苗菜，三时皆可种。

豌豆苗菜，三时皆可种。

小扁豆苗菜，三时皆可种。

大麦苗菜，秋冬皆可种。

小麦苗菜，秋冬皆可种。

胡拉沙枣，自四月至七月皆可种。

札实瓜，自四月至六月皆可种。

然东菜，二三月、八九月皆可种。

　　以上种植菜类

　　蚕豆自正月至二月底皆可种解　直隶省天寒地方，春时种蚕豆，雨水为上时，惊蛰为中时，春分为下时。

　　豌豆自正月至二月底皆可种解　直隶省天寒地方，春时种豌豆，雨水为上时，惊蛰为中时，春分为下时。

小扁豆自正月至二月底皆可种解　直隶省天寒地方，春时种小扁豆，雨水为上时，惊蛰为中时，春分为下时。

大麦自正月至二月底皆可种解　直隶省天寒地方，春时种大麦，雨水为上时，惊蛰为中时，春分为下时。

小麦自正月至二月底皆可种解　直隶省天寒地方，春时种小麦，雨水为上时，惊蛰为中时，春分为下时。

细皮大麦自正月至二月底皆可种解　直隶省天寒地方，春时种细皮大麦，雨水为上时，惊蛰为中时，春分为下时。

无芒小麦自正月至二月底皆可种解　直隶省天寒地方，春时种无芒，雨水为上时，惊蛰为中时，春分为下时。

快大麦自正月至二月底皆可种解　直隶省天寒地方，春时种快大麦，雨水为上时，惊蛰为中时，春分为下时。

快小麦自正月至二月底皆可种解　直隶省天寒地方，春时种快小麦，雨水为上时，惊蛰为中时，春分为下时。

油麦自正月至五月初皆可种解　油麦性阴，出朔平、宁武、大同等府天寒地方，正、二、三、四、五月，皆可种也。

再熟快胡秫自正月至五月底皆可种解　早熟及麦，胡秫正月种也。若能五月再种，即是一年雨〔两〕收。

再熟快高粱自三月至五月初皆可种解　七叶快高梁〔粱〕三月种者，五月底熟。刀刈其种，七月再熟。若能五月初种，熟期绰绰有余。

再熟快包谷自三月至六月底皆可种解　白子快包谷三月种者，五月底熟。若能六月底种，熟期绰绰有余。

再熟快粟谷自三月至六月底皆可种解　快粟谷有六十日熟者，有五十日熟者。迟至六月底种，熟期绰绰有余。

再熟快黍自三月至六月初皆可种解　《农政全书》言：种黍法，三月为上时，四月为中时，五月为下时。长垣县老农又语予曰：四十五日快黍，每岁可得两熟。迟至六月初种，熟期绰绰有余。

再熟快稷自三月至六月初皆可种解　据郭义恭《广志》及《曲洧旧闻》：四月快熟者，破藏稷、逼麦稷也。五月快熟者，麦争场稷也。每岁力量，皆能两次收。迟至六月初种，熟期绰绰有余。

再熟快大豆自二月至五月底皆可种解　《齐民要术》曰：凡种大豆，二月为上时，三月为中时，四月为下时。《农政全书·授时篇》曰：五月种晚大豆。湖北老农语予曰：麦背陇间，夹种大豆，二月种者五月熟。此锺祥县秘诀也。

再熟快梅豆自二月至五月底皆可种解　《农政全书》曰：春种大豆，二月种者，四月可食，名曰梅豆。

再熟快绿豆自三月至六月底皆可种解　《农政全书·授时篇》曰：三月种绿豆。《群芳谱·种绿豆法》曰：宜刈了麻地土种之，太早不生荚。愈贞木《种树书》曰：种绿豆，地宜瘦。四月种，六月收子。再种之，八月又收。

再熟快豇豆自三月至六月初皆可种解　《农政全书》曰：豇豆谷雨后种，六月收子。再种之，八月又收子，一年能两熟。

再熟快红小豆自三月至七月初皆可种解　《齐民要术》曰：赤小豆三月种，六月旋摘。《农政全书·授时篇》曰：七月种赤豆。

再熟快白小豆自四月至七月初皆可种解　快白小豆，一名饭豆，一名水白豆。《群芳谱》曰：白豆四五月种。《齐民要术》：种小豆（负赤、绿、白三种。）法白〔曰〕：夏至后十日，种者为土〔上〕时，初伏断手为中时，中伏断手为下时。济南府老农语予曰：快白小豆一年两熟，七月初犹可种也。

再熟快海红豆自二月至六月初皆可种解　海红豆一年两熟。早者二月半种，晚者六月初种。宋祁《益州方物图》曰：海红豆春开花白色，结荚枝间，子如缀珠，似大红豆而扁，皮红肉白，蜀人用为果饤。

再熟快白羊角豆自三月至六月初皆可种解　白羊角豆一年两熟。早者三月种，晚者六月种。光绪壬午年□至前三日，祥符县老农手执新白羊角豆，语予曰：此最先熟，大可救荒。愿先生留意焉。

再熟撼稻自二月至七月初皆可种解　快熟撼稻一年两收。《群芳谱》曰：撼稻，春种夏获，七月初再插，至十月熟。

再熟盖下白稻自正月至六月皆可种解　盖下白稻一年两收。《齐民要术》曰：盖下白稻，正月种，五月熟。刈而复生，九月再熟。

再熟孤灰稻自二月至六月皆可种解　《齐民要术》自〔曰〕：孤灰稻二月种，一年再熟。

再熟稆稻自二月至六月皆可种解　稆稻一年两收，早者二月半种，晚者六月初种。《齐民要术》曰：稆稻二月种，今年收获，来年复生。

再熟火米稻自二月至六月皆可种解　火米稻一年两收。早者二月半种，晚者六月初种。唐李德裕《会昌一品集》曰：五月田中收火米。宋陈师道《后山丛谈》曰：蜀稻先蒸而后炒，谓之火米。又云：古诗注，土人以五月收米，为火米。

七十日快稻自二月至七月初皆可种解　《群芳谱》曰：二月半种稻为上时，三月为中时，四月初及半为下时。《群芳谱》又曰：乌籼稻，三月种，七月收。其田以时晚稻，可再熟。七十日快稻，一年可两收。

六十日快稻自二月半至七月半皆可种解　六十日快稻，一年可三收。云按：六十日快稻，即《农政全书》及《群芳谱》所谓六旬稻、六十日籼、拖犁归也。

五十日快稻自二月半至七月底皆可种解　五十日快稻，一年可四收。早春三月半种，晚者七月底种。

四十日快稻自二月半至七月底皆可种解　四十日快稻，一年可五收。云按：五十日快稻、四十日快稻，《催耕课稻编》言之甚详。

寒粟谷自六月半至七月初皆可种解　寒粟谷，即《农政全书》及《群芳谱》所谓寒露粟也。光州老农、息县老农皆曰：寒粟谷不畏冷风，不畏冷霜。

青色粟谷自六月半至七月初皆可种解　青色粟谷，即罗愿《尔雅翼》所谓青粱，王象晋《群芳谱》所谓雁头青谷也。考城县老农、仪封乡老农皆曰：青色粟谷，冒霜能长，冒雪能长。

梁〔粱〕禾米谷自六月半至七月初皆可种解 粱禾米谷，六七月种，其性耐寒，不畏风霜。他谷已晚，种此犹能丰收也。《本草纲目》曰：辽东乌桓地，有粱禾米谷蔓生，九月熟。其实炊饭如稻米。

东廧米谷自六月半至七月初皆可种解 东廧米谷六七月种，其性耐寒，不畏风霜。他谷已晚，种此犹能丰收也。《本草纲目》曰：东廧米谷生河西，苗似蓬子，似葵，可炊为饭。河西人语曰：贷我东廧，偿尔田粱。

穄子谷自六月半至七月初皆可种解 穄子谷，晚禾也。种于夏末秋初，其收稳于他谷。

稗子谷自六月半至七月初皆可种解 稗子谷，晚禾也。种于夏末秋初，其收稳于他谷。

稊子谷自六月半至七月初皆可种解 稊子谷，晚禾也。种于夏末秋初，其收稳于他谷。

六十日快粟谷自二月半至七月初皆可种解 六十日快粟谷，一年可三收也。早者二月半种，晚者七月初种。

五十日快粟谷自二月半至七月半皆可种解 五十日快粟谷，一年可四收也。早者二月半种，晚者七月半种。

四十日快粟谷自二月半至七月底皆可种解 四十日快粟谷，一年可五收也。早者二月半种，晚者七月底种。

六十日快荞麦自六月半至七月初皆可种解 六十日快荞麦，晚禾也。迟至七月初种，熟期绰绰有余。

五十日快荞麦自六月半至七月半皆可种解 五十日快荞麦，晚禾也。迟至七月半种，熟期绰绰有余。

四十日快荞麦自六月半至七月底皆可种解 四十日快荞麦，晚禾也。迟至七月底种，熟期绰绰有余。

以上种植谷类解

圆蔓菁菜四时皆可种解 刚硬淤地及山冈石田，四时可种圆蔓菁菜。
长蔓菁菜四时皆可种解 虚软沙地及高平腴壤，四时可种长蔓菁菜。
出头白萝卜菜四时皆可种解 无盗乡村，四时可种出头白萝卜。
埋头白萝卜菜四时皆可种解 多盗乡村，四时可种埋头萝卜。
多汁白萝卜菜四时皆可种解 离城市近，四时可种多汁萝卜。
无汁白萝卜菜四时皆可种解 离城市远，四时可种多汁萝卜。
圆蛋白萝卜菜四时皆可种解 欲求速效，四时可种圆蛋萝卜。
黄色胡萝卜菜四时皆可种解 地带轻碱，四时可种黄胡萝卜。
红色胡萝卜菜四时皆可种解 地带重碱，四时可种红胡萝卜。
擘蓝菜四时皆可种解 刚硬淤地及山冈石田，四时可种擘蓝菜。
莙荙菜四时皆可种解 田地背阴，四时可种莙荙菜。
苢蓿菜四时皆可种解 田地背阴，四时可种苢蓿菜。
扫帚菜自二月至五月皆可种解 地带重碱，自二月至五月，可种扫帚菜。

尖叶苋菜自二月至五月皆可种解　地带轻碱，自二月至五月，可种尖叶苋菜。

圆叶苋菜自二月至五月皆可种解　地带轻碱，自二月至五月，可种圆叶苋菜。

长秧豆菜自三月至五月皆可种解　田地背阴，自三月至五月，可种长秧豆菜。

短秧豆菜自三月至五月皆可种解　田地背阴，自三月至五月，可种短秧豆菜。

快南瓜自二月至五月皆可种解　沙高向阳，自二月至五月，可种快南瓜。

快笋瓜自二月至五月皆可种解　沙高向阳，自二月至五月，可种快笋瓜。

快搦瓜自二月至五月皆可种解　沙高向阳，自二月至五月，可种快搦瓜。

假南瓜自二月至五月皆可种解　沙高向阳，自二月至五月，可种假南瓜。

壶卢头菜瓜自二月至五月皆可种解　沙高向阳，自二月至五月，可种壶卢头菜瓜。

起线菜黄瓜自二月至五月皆可种解　沙高向阳，自二月至五月，可种起线菜黄瓜。

红薯自二月至八月皆可种解　沙高向阳，自二月至八月，可种红薯。

白薯自二月至八月皆可种解　沙高向阳，自二月至八月，可种白薯。

干红薯自二月至八月皆可种解　沙高向阳，自二月至八月，可种干红薯。

干白薯自二月至八月皆可种解　沙高向阳，自二月至八月，可种干白薯。《农政全书》曰：凡甘藷苗（红薯古名甘藷），自二三月至七八月俱可种，但卵有大小耳。

快芋头自二月至四月皆可种解　沃土背阴，自二月至四月，可种快芋头。云按：快芋头，即《农政全书》所谓早芋也。七月即熟，甚可救荒。

旱芋头自二月至四月皆可种解　沃土背阴，自二月至四月，可种旱芋头。

利甫大芋自二月至四月皆可种解　沃土背阴，自二月至四月，可种利甫大芋。

山陕阳芋自二月至四月皆可种解　沃土背阴，自二月至四月，可种山陕阳芋。

熊耳山芋自二月至四月皆可种解　沃土背阴，自二月至四月，可种熊耳山芋。

油菜四时皆可种解　生不择地，肥瘠皆宜，四时可种油菜。

菠菜四时皆可种解　生不择地，肥瘠皆宜，四时可种菠菜。

芫荽菜四时皆可种解　生不择地，肥瘠皆宜，四时可种菠菜。

同蒿菜四时皆可种解　生不择地，肥瘠皆宜，四时可种同蒿菜。

冬葵菜四时皆可种解　生不择地，肥瘠皆宜，四时可种冬葵菜。

黄菘菜自六月至十月皆可种解　冬日尤茂，冬食甚美。自六月至十月，皆可种此黄菘菜。

白菘菜四时皆可种解　冬日尤茂，冬食甚美。四时可种白菘菜。

青菘菜四时皆可种解　冬日尤茂，冬食甚美。四时可种青菘菜。

黑菘菜自七月至二月皆可种解　冬日尤茂，冬食甚美。自七月至二月，皆可种此黑菘菜。

面菘菜四时皆可种解　冬日尤茂，冬食甚美。四时可种面菘菜。

油菘菜自七月至二月皆可种解　冬日尤茂，冬食甚美。自七月至二月，皆可种此油菘菜。

罂粟苗菜四时皆可种解　冬日尤茂，冬食甚美。四时可种罂粟菜。

红花苗菜四时皆可种解　冬日尤茂，冬食甚美。四时可种红花菜。

脂麻苗菜三时皆可种解　变谷为菜，处处皆有。三时可种脂麻菜。

绿豆苗菜三时皆可种解　变谷为菜，处处皆有。三时可种绿豆菜。

红小豆苗菜三时皆可种解　变谷为菜，处处皆有。三时可种红豆菜。

白小豆苗菜三时皆可种解　变谷为菜，处处皆有。三时可种白豆菜。

小子黄豆苗菜三时皆可种解　变谷为菜，处处皆有。三时可种黄豆菜。

小子黑豆苗菜三时皆可种解　变谷为菜，处处皆有。三时可种黑豆菜。

豌豆苗菜三时皆可种解　变谷为菜，处处皆有。三时可种豌豆菜。

小扁豆苗菜三时皆可种解　变谷为菜，处处皆有。三时可种扁豆菜。

大麦苗菜秋冬皆可种解　变谷为菜，处处皆有。秋冬可种大麦菜。

小麦苗菜秋冬皆可种解　变谷为菜，处处皆有。秋冬可种小麦菜。

胡拉沙枣自四月至七月皆可种解　胡拉沙枣，二十一日即熟，甚能救荒充饥。出天方国之墨集蓝，于天文度数为热带。我中国以四正六月种之，或者气候相当相宜也。

札实瓜自四月至六月皆可种解　札实瓜大可专车，子肥如枣，甚能救荒充饥。出红海之亚丁岛，于天文度数为热带。我中国以四五六月种之，或者气候相当相宜也。

然东菜二三月、八九月皆可种解　然东菜，七八日即熟，甚能救荒充饥。出英国及美国，于天文度数为温带。我中国以二三月、八九月种之，或者气候相当相宜也。

以上种植菜类解

天地之道，盈于夏秋，而绌于冬春。故豚蹄禳田，蕃熟五谷，所今不摘固陋，自辑救荒种植，应有尽有，应无尽无，精选贤云祝满篝满车，兼又满家，皆取偿于夏秋，而春冬无希冀焉。豪弥纶缺憾，四时可种之菜二十余种，一年两熟之谷二十余种。务令涸阴沍寒，与甲拆勾萌节候，仍有许多可作饭者，许多可作羹者，许多可卖钱者，厚生利用，层出不穷，鼓腹含铺，乐哉，幸哉。（按：此段文字中，自"精选贤云"句至"豪弥纶缺憾"句疑有错乱。）

湖南赈捐请奖章程

清光绪年间刻本

（清）佚 名 辑

邵永忠 点校

湖南赈捐请奖章程

每例银百两收正项银三十两。钱数收足两数。

每例银百两收部饭食银一两五钱。分数收足钱数。

每捐生一名收照费银三钱。

捐贡监生一名另收国子监饭食银一两五钱。照费银二钱。

捐十成贡监生均照例数收银。

均收四二库平库色上兑。

为移知事：案奉抚部院吴札开，照得本部院于光绪二十一年九月十一日会同兼护督部堂谭恭折具奏，湖南各属被灾甚广，亟应筹款抚恤，拟照直隶现办赈捐章程劝捐接济，以拯民命而广皇仁一折，除俟奉到谕旨，恭录咨行外，所有折稿合行札发。札到该司，即便移行遵照办理等因，奉此合就移知，为此合移贵局烦为查照施行。须至咨者。

计抄折稿

奏为湖南省各属被灾，难民纷纷进省，亟应筹款抚恤。拟照直隶现办赈捐章程，劝捐接济，以拯民命而广皇仁，恭折仰祈圣鉴事。窃臣前因长沙府属之浏阳、茶陵、醴陵、湘乡、湘潭、攸县，衡州府属之衡山、安仁、衡阳、清泉，及宝庆府属之邵阳、新化各州县，均有被旱之区，收成歉薄。诚恐贫民乏食，预筹储备仓谷，以资接济。奏恳天恩，截留漕折银三万两，尚未奉到谕旨。兹据委员会同各该州县履勘灾区，开折呈报，每有一乡数十村庄颗粒无收之处，民情困苦，不能不量予抚恤，禀请筹款拨济前来。正在筹办间，即据长沙、善化两县报称，醴陵等处灾民纷纷来省就食，扶老携幼，每起五六十人至八九十人不等，每日约有四五起，分住城外庙宇，颇形拥挤。臣与司道筹商，省城内外人烟稠密，饥民愈集愈多，难保无匪徒混迹其间，借端滋事。不如资遣回籍，大口每名给钱一千二百文，小口给钱六百文，派员押回本县。在省先给大口二百文，小口一百文，俟其到籍后，再给大口一千文，小口五百文。仍饬各该州县妥为安插，免致流离道路，疾病冻馁。此次来省已有在途病故之人，其情实属可悯。臣查旱灾较重之区有十二州县，访诸父老，今年旱荒为数十年来所未有。现在未交冬令，贫民已有乏食之忧。自冬至春，为日正长。即论极贫户口，每县约有数万人，每口给钱一千文，一县需钱数万串。湘省库款万分支绌，断难筹此巨款，不能不设法劝捐，以备赈抚之需。拟请援照直隶现办赈捐章程，派员分劝各属绅富，量力捐输。湘人之服官外省者，准其一体报捐请奖。请以一年为度，以示限制。如蒙俞允，由臣督率司道刊刻实收，广为劝谕，随时咨报户部、国子监，换给执照。明知各省赈捐，层见叠出，已成强弩之末。然目击灾民困苦情形，除劝捐赈济外，别无救荒之策。臣有抚绥之责，居官一日，当尽一日之心。新任抚臣陈宝箴履任之期，目前即须筹款抚恤。民瘼攸关，臣不敢迁延贻误，致负朝廷委任之恩。所有湖南各属灾区甚广，拟办赈捐缘由，谨会同兼护湖广督臣谭恭折具奏，是否有当，伏乞皇上圣鉴训示。再，赈捐章程，例得请奖封典，此次湘省请办赈捐，拟援照户部现定推广捐输案内加增银数推广虚封一条办理，合并陈明。谨奏

为移知事：案奉抚部院陈札开，照得本部院于光绪二十一年十月二十三日会同兼护督部堂谭恭折具奏，湖南长沙等府被旱歉收，灾民待抚孔亟，急须开办赈捐情形一折，除俟奉到谕旨恭录咨行外，所有折稿合行札发。札到，该司即便移行遵照办理等因。奉此合就移知。为此合移贵局，烦为查照办理施行。须至咨者。

计抄折稿。

奏为沥陈湖南长沙等府被旱歉收，灾民待抚孔亟，急须开办赈捐情形，恭折仰祈圣鉴事。窃照湖南为鱼稻之乡，谷米素称饶裕。惟以地方卑湿，粮食不耐存储，每值秋成，辄即运出售卖，民间向鲜盖藏。自军兴以来，佃耕农氓大半释耒荷戈，久从征戍。逮至凯撤回籍，则已无田可耕，无业可执，遂致生计日促，游手日多。在中稔之年，即难免乏食之虞。顷来南北洋征募湘军，遣散过半。四境之内，既骤增此不耕而食之民，又值长沙、衡州、宝庆等府所属州县雨泽愆期，收成极歉，灾民纷纷就食省城，并逐渐转徙邻境，情事极为可虑。业经前任抚臣吴先后吁恳天恩，于粮道库储本年解部漕折项下截留银三万两，并请仿照直隶省现办赈捐章程，劝谕捐输，以资抚恤在案。臣到任后，谘询在省司道，接据各属守令禀报灾歉情形，均称长衡等府稻谷而外，向不宜麦。乡曲贫民惟借苡豆红薯，稍佐粒食。乃今岁九月中旬，天寒雨雪，继以严冰，苡麦、蚕豆、红薯尽皆萎败。贫苦小民群忧流莩，即小康之户，亦将衣物典鬻渐罄，饬口无术。至来春牛具籽种之资，更不知所以为计。穷檐惨苦愁叹之声，殆不忍闻，此湘省目前民情困苦之实在情形也。臣现在督饬司道，责成地方官率同绅士就地酌盈剂虚，妥筹接济。并酌择廉干耐苦之员，素为绅民信服者，调任灾区，俾资得力。务使远近就食灾黎各归乡里，不误春耕。毋任转徙流离，致令失所之民更滋隐患。惟库储支绌已极，筹款万分艰难。合无仰乞圣慈俯赐，饬部将前任抚臣吴所请仿照直隶省现办章程劝捐助赈一折，迅速核议具覆，俾得早邀俞允，钦遵办理，以拯穷黎，感被皇仁，寔无涯涘。所有灾民待抚孔亟，急须开办赈捐情形，谨会同兼护湖广总督臣谭恭折沥陈，伏乞皇上圣鉴训示。谨奏。

户部为移会事，捐纳房案呈本部议覆，开缺湖南巡抚吴奏，湖南各属被灾，请照直隶现办赈捐章程劝捐接济一折，光绪二十一年十月二十四日具奏。本日奉旨：依议，钦此。相应抄录原奏，飞咨湖南巡抚查照。再查部饭照费银两，应照顺直赈捐章程，每例银百两，收部饭银一两五钱，每照一张，收照费银三钱，随同奖册解部交纳，以资办公。应一并行知该抚查照可也。须至咨者。

户部谨奏，为遵旨议奏事，开缺湖南巡抚吴大澂奏，湖南各属被灾，请照直隶现办赈捐章程劝捐接济一折，光绪二十一年十月初四日奉朱批：户部议奏，钦此。钦遵由内阁抄出到部。查原奏内称，窃臣前因长沙府属之浏阳、茶陵、醴陵、湘乡、湘潭、攸县，衡州

府属之衡山、安仁、衡阳、清泉，及宝庆府属之邵阳、新化各州县，均有被旱之区，收成歉薄。诚恐贫民乏食，豫筹储备仓谷，以资接济。奏恳天恩，截留漕折银三万两，尚未奉到谕旨。兹据委员会同各该州县履勘灾区，开折呈报，每有一乡数十村庄颗粒无收之处。民情困苦，不能不量予抚恤，禀请筹款拨济前来。正在筹办间，即据长沙、善化两县报称，醴陵等处灾民纷纷来省就食，扶老携幼，每起五六十人至八九十人不等，每日约有四五起，分住城外庙宇，颇形拥挤。臣与司道筹商，省城内外，人烟稠密，饥民愈集愈多，难保无匪徒混迹，借端滋事。不如资遣回籍，仍饬各该州县妥为安插，免致流离道路，疾病冻饿。臣查旱灾较重之区有十二州县，访诸父老，今年旱荒为数十年来所未有。未交冬令，贫民已有乏食之忧。自冬至春，为日正长，即论极贫户口，每县约有数万人，每口给钱一千文，一县需钱数万串。湘省库款万分支绌，断难筹此巨款，不能不设法劝捐，以备赈抚之需。拟请援照直隶现办赈捐章程，派员分劝各属绅富，量为捐输。湘人之服官外省者，准其一体报捐请奖。请以一年为度，以示限制。如蒙俞允，由臣督率司道刊刻实收，广为劝谕，随时咨报户部、国子监，换给执照。再，赈捐章程，例得请奖封典，此次湘省请办赈捐，拟照户部现定推广捐输案内加价银数推广虚封一条办理等语。臣等伏查本年六月间，臣部议覆署直隶总督王文韶奏，顺直被灾较重，工赈需款，仍请开办推广赈捐折内陈明，该署督所请开办二十一年顺直赈捐衔封，贡监按三成实银核收，并请仍收应试十成监生各节，查与历办成案，及现行新章相符，拟请准如所奏办理。至道员报捐二品顶戴，并贡监捐盐运使衔，及武监生武生捐副将参将职衔，仍以五成实银上兑等因。奉属被灾，拟请援照直隶现办赈捐章程，派员分劝各属绅富，量为捐输，及服官外省者，准其一体报捐请奖，请以一年为度，以示限制等因。臣等查该抚奏称，该省各属被灾，难民纷纷进省，亟应筹款抚恤，自系实在情形，拟请准如所奏办理。俟一年限满，即行停止。恭候命下，即由臣部行知该抚遵照。至请奖时应将副实收，随同奖册按次咨部请奖。再查本年七月间，臣部奏准推广虚封一条，系为筹济饷需起见，应列入新海防火器新捐、筹饷新捐各案内造报。此次该抚所请赈捐案内，援照办理之处，应毋庸议。所有臣等遵议缘由，理合恭折具陈，伏乞皇上圣鉴。谨奏。

湖南赈捐章程

目　　录

捐　贡　监

一、贡生

由监生、附生捐银一百四十四两。由增生捐银一百二十两。

由廪生捐银一百八两。

一、监生

由俊秀捐银一百八两。由附生捐银九十两。由增生捐银八十两。由廪生捐银六十两。由俊秀已捐从九未入职衔改捐监生，概不作抵，仍缴例银一百八两。

捐　职　衔

一、郎中

由贡监生捐银三千八百四十两。由同知捐银一千八百四十两。

一、员外郎

由贡监生捐银三千二百两。

一、主事、都察院都事、都察院经历、大理寺寺丞，

由贡监生捐银一千六百六十两。

一、光禄寺署正

由贡监生捐银九百两。

一、大理寺评事、太常寺博士、太常寺典簿、通政司经历、通政司知事，

由贡监生捐银七百五十两。

一、銮仪卫经历、中书科中书、詹事府主簿、光禄寺典簿，

由贡监生捐银六百五十两。

一、部寺司务

由贡监生捐银六百两。

一、国子监典簿

由贡监生捐银五百两。

一、国子监典籍、翰林院待诏，

由贡监生捐银三百六十两。

一、翰林院孔目

由贡监生捐银三百二十两。

一、道员

由贡监生捐银五千二百四十八两。

一、知府

由贡监生捐银四千二百五十六两。

一、盐运司运同

由贡监生捐银三千八百四十两。

一、同知

由贡监生捐银二千两。

一、通判

由贡监生捐银一千六百两。

一、布政司经历、布政司理问、州同

由贡监生捐银三百两。由恩拔副贡生捐银一百二十两。

一、按察司经历、布政司都事、盐运司经历、州判

由贡监生捐银二百五十两。由恩拔副贡生捐银七十两。

一、盐库各大使、按察司知事、府经历、县丞、盐运司知事、布政司照磨

由贡监生捐银二百两。

一、按察司照磨、府知事、县主簿、州吏目、茶马大使

由贡监生捐银一百二十两。由从九品未入流，捐银一百八十两。

一、从九品未入流

由俊秀捐银八十两。由未满吏捐银六十五两。由已满吏捐银五十两。

一、各馆誊录举人准捐同知职衔，照常例贡监生报捐银数酌加五成。生监准捐通判职衔，照贡监生报捐银数酌加三成。其余职衔仍按常例银数办理。

一、各馆供事报捐七品，按经布都盐经职衔，各照常例贡监生报捐银数加倍报捐。其捐府经县丞各职衔，应按未满吏递捐例银三百二十五两。捐县主簿州吏目各职衔，例银二百四十五两。

文进士举人报捐京外四五品文职衔，并五贡报捐四、五、六品文职衔，均应扣除原资银数。

已截取进士作银一千二百九十五两。未截取进士作银一千一百五十五两。已截取举人作银一千十五两。未截取举人作银八百七十五两。未拣选举人作银七百三十五两。五贡作银四百三十四两。

一、游击

由监生武生捐银一千八百二十四两。

一、都司

由监生武生捐银九百两。

一、营卫守备

由监生武生捐银六百两。

一、守御所千总

由监生武生捐银四百两。

一、卫千总

由监生武生捐银二百五十两。

一、营千总

由监生武生捐银二百十两。

一、把总

由监生武生捐银一百二十两。由俊秀捐银二百三十两。

以上各项文武职衔，凡小衔加捐大衔，准将原捐小衔银数抵算。惟文京职衔加捐文外官职衔，往往有原捐银数浮于加捐者，只准照对品外衔银数作抵。其文衔改捐武衔，武衔改捐文衔，照例不能作抵银数。

捐 升 衔

一、现任部司务捐六品升衔，应银一千一百三十一两；候补候选应银一千三百四十七两。

一、现任国学正、国学录、国典簿捐六品升衔，应银一千零七十三两；候补候选应银

一千一百八十八两。

一、现任理评事、科中书、阁中书、銮经历、常博士捐五品升衔，应银二千七百七十二两；候补候选应银二千九百四十五两。

一、现任通经历、通知事、常典簿、国监丞捐五品升衔，应银三千一百七十六两；候补候选应银三千三百六十三两。

一、现任副指挥捐五品升衔，应银三千八百九十六两；候补候选应银四千二百十三两。

一、现任光典簿、詹主簿捐五品升衔，应银三千八百三十一两；候补候选应银四千零六十二两。

一、现任京府经历捐提举升衔，应银一千九百五十二两；候补候选应银二千二十四两。

一、现任京通判捐同知升衔，应银一千三十七两；候补候选应银一千二百六十八两。

一、现任光署正捐员外郎升衔，应银二千五百九十二两；候补候选应银二千七百二十二两。

一、现任正指挥捐员外郎升衔，应银二千八百六十六两；候补候选应银三千零七十五两。

一、现任主事、都都事、都经历、大理寺丞捐员外郎升衔，应银一千二百五十三两；候补候选应银一千九百四十四两。

一、现任教谕捐国典簿升衔，应银二百四十五两；候补候选应银三百一十两。

一、现任教谕捐科中书升衔，应银八百二十一两；候补候选应银九百三十六两。

一、现任教谕捐翰待诏升衔，应银一百八十八两；候补候选应银二百四十五两。

一、举人出身现任教谕捐内阁中书升衔，应银八百二十一两；候补候选应银九百三十六两。

一、五贡出身现任教谕捐内阁中书升衔，应银一千一百三十七两；候补候选应银一千二百五十二两。

一、现任训导捐国典簿升衔，应银六百一十三两；候补候选应银六百七十七两。

一、举人出身现任训导捐内阁中书升衔，应银一千二百三十九两；候补候选应银一千三百四两。

一、五贡出身现任训导捐内阁中书升衔，应银一千五百五十五两；候补候选应银一千六百二十两。

一、现任按知事、府经历捐布理问升衔，应银六百六十三两；候补候选应银七百三十五两。

一、现任县丞捐布理问升衔，应银三百二十四两；候补候选应银四百十八两。

一、现任布照磨、盐知事捐布理问升衔，应银五百九十一两；候补候选应银六百二十七两。

一、现任盐库各大使捐运判升衔，应银一千七百二十八两；候补候选应银一千九百五十九两。

一、现任按经历捐提举升衔，应银一千六百四十九两；候补候选应银一千七百六十五两。

一、现任布都事、盐经历、一直州判、州判捐提举升衔，应银一千九百五十二两；候补候选应银二千二十四两。

一、现任知县捐同知升衔，应银一千三十七两；候补候选应银一千二百六十八两。

一、现任通判捐提举升衔，应银五百七十六两；候补候选应银七百十三两。

一、现任运判捐提举升衔，应银一千三十七两；候补候选应银一千一百七十四两。

一、现任布经历、布理问捐提举升衔，应银一千五百五十六两；候补候选应银一千七百两。

一、现任州同捐提举升衔，应银一千四百四两；候补候选应银一千六百七两。

一、现任直州同捐知州升衔，应银一千六百三十五两；候补候选应银二千一百五十三两。

一、现任提举、运副捐运同升衔，应银三千四百五十六两；候补候选应银四千三百二十两。

一、现任直知州捐知府升衔，应银二千九十六两；候补候选应银二千七百八十七两。

一、现任同知捐运同升衔，应银二千四百二十两；候补候选应银二千九百八十一两。

一、现任知州捐运同升衔，应银二千九百九十六两；候补候选应银三千四百四十二两。

以上常例，各官准捐升衔条款大致备载。其余如八、九品递捐各条，查阅本条捐升官阶双月银数减二成，即系报捐升衔例银数目。

捐推广顶戴升衔

一、现任九品未入流京官捐六品顶戴，应银一千四百九十一两；候补候选应银一千五百九十九两。

一、现任八品京官捐五品衔，应银三千八百六十七两；候补候选应银四千零四两。

一、现任七品京官捐四品衔，应银四千六百七十三两；候补候选应银五千二百四十九两。

一、现任编修、检讨、庶吉士捐四品衔，均比照汉京官七品报捐银数办理。

一、现任六品京官捐四品衔，应银四千三百七十八两；候补候选应银四千六百三十两。

一、现任修撰、中允、赞善捐四品衔，均比照汉京官六品报捐银数办理。

一、现任员外郎捐四品衔，应银四千六百八两；候补候选应银四千八百四十两。

一、现任郎中捐四品衔，应银二千五百三十五两；候补候选应银三千九百十七两。

一、现任员外郎捐三品衔，应银九千二百十六两；候补候选应银九千六百八十两。

一、现任郎中捐三品衔，应银五千六十九两；候补候选应银七千八百三十四两。

一、庶子、侍讲、侍读、洗马捐四品三品衔，均比照汉现任郎中报捐银数办理。

满洲蒙古人员

一、现任九品捐六品顶戴，应银二千三百二十六两；候补候选应银二千四百六十三两。

一、现任八品捐五品衔，应银四千二百二十七两；候补候选应银四千三百六十四两。

一、现任七品捐四品衔，应银六千二百六十四两；候补候选应银六千四百零一两。

一、现任六品捐四品衔，应银四千三百七十八两；候补候选应银四千六百三十两。

一、满洲蒙古员外郎、郎中捐四品、三品衔，均比照汉员报捐银数办理。

一、现任九品未入流外官捐六品顶戴，应银一千一百八十一两；候补候选应银一千二百一十两。

一、现任府经历、县丞、盐知事、布照磨捐五品衔，应银二千二百九十七两；候补候选应银二千三百六十九两。

一、现任盐库各大使捐五品衔，应银三千八百二两；候补候选应银四千零三十二两。

一、现任训导捐五品衔，应银二千六百三十六两；候补候选应银二千六百七十二两。

一、现任教谕〈捐〉五品衔，应银三千一百六十一两；候补候选应银三千二百七十六两。

一、现任布都事、盐经历、直州判、州判、按经历、京府经历、京县丞捐四品衔，应银六千二百七十二两；候补候选应银六千三百四十四两。

一、现任外县知县捐四品衔，应银四千七百六十七两；候补候选应银四千九百九十七两。

一、现任府教授捐四品衔，应银七千五百六十两；候补候选应银七千八百四十八两。

一、现任京县知县、通判、盐运判、州同、布经历、布理问捐四品衔，应银四千八百九十六两；候补候选应银五千零三十三两。

一、现任直隶州知州捐三品衔，应银六千一百六十八两；候补候选应银七千二百零四两。

一、现任同知捐三品衔，应银六千九百十二两；候补候选应银八千六百十九两。

一、现任知州捐三品衔，应银九千一百零五两；候补候选应银九千三百一十两。

一、现任盐运同捐三品衔，应银六千零七十一两；候补候选应银六千二百零九两。

一、现任知府捐三品衔，应银四千六百零八两；候补候选应银五千七百四十七两。

一、现任道员捐三品衔，应银四千一百十四两；候补候选应银四千八百零四两。

一、二品顶戴如道员捐三品衔，及盐运使衔者，原定例银五千四百两，现经奏明奉部议准，减五成，合银二千七百两。如无三品衔，准加倍报捐。

以上各项顶戴升衔，毋论京外各官，凡有已保已捐升衔顶戴，俱不准作抵银数。

捐 封 典

一、京外文武现任及候补候选各官，并捐职人员报捐封典：

一品实官捐银一千两。二品实官捐银九百两。三品^{实官}_{捐职}捐银^{八百两}_{九百六十四两}。四品^{实官}_{捐职}捐银^{七百两}_{八百四十四两}。五品^{实官}_{捐职}捐银四百两。六七品^{实官}_{捐职}捐银三百两。八九品^{实官}_{捐职}捐银二百两。未入流^{实官}_{捐职}捐银一百两。

以上实官捐职，各捐封例银数目，其由虚衔人员加级报捐。一二品封者，应照实职捐封银数办理。

一、在京文职加级：

一品捐银二百二十五两。二品捐银二百五两。三品捐银一百八十五两。四品捐银一百六十五两。五品捐银一百四十五两。六品捐银一百二十五两。七品捐银一百五两。八品捐银八十五两。九品以下捐银六十五两。

一、在外文职加级：

一品捐银四百五十两。二品捐银四百一十两。三品捐银三百七十两。四品捐银三百三十两。五品捐银二百九十两。六品捐银二百五十两。七品捐银二百一十两。八品捐银一百七十两。九品以下捐银一百三十两。

一、在京武职加级：

一品捐银一百五十两。二品捐银一百四十两。三品捐银一百三十两。四品捐银一百二十两。五品捐银一百十两。六品捐银一百两。七品捐银九十两。八品捐银八十两。九品捐银七十两。

一、在外武职加级：

一品捐银三百两。二品捐银二百八十两。三品捐银二百六十两。四品捐银二百四十两。五品捐银二百二十两。六品捐银二百两。七品捐银一百八十两。八品捐银一百六十两。九品捐银一百四十两。

以上京外文武职官报捐，寻常加级例银数目，其由文虚衔职衔人员加级请封，其级应按京外文品职加级例银加倍报捐，即所谓随带级。至武虚衔职衔人员加级请封，不分京外，悉照在外武职例银加倍报捐。如有情愿多捐加级者，各照实官职衔品级例定银数，分别报捐，准照所加之级捐封。

一、加级捐封，向例三四品不得逾二品，五六品不得逾四品，七品不得逾五品，八品以下不得逾七品，各照常例捐级捐封银数办理，毋庸加倍。

一、二品实职及虚衔人员捐级，请从一品封，其封典银数应按一品例定银数加倍报捐。

一、三品实职人员加级请封，准捐至二品为止。推广案内，准加级捐至从一品封，应照例定一品封银数加倍报捐。

一、三品虚衔人员捐级，请从一品封，其封银应按一品例定银数加倍，再加五成，其交银三千两核算。

一、三品虚衔人员捐级，请二品封，其封银应按二品例定银数加倍报捐。

一、四品虚衔人员捐级，请二品封，其封银应按二品例定银数加一倍半报捐。

一、五六品实职虚衔人员捐级，请三品封，照常例加倍交封银。其捐至二品封者，照二品例定银数加一倍半报捐。

一、七品实职虚衔人员捐级，请三四品封，其封银各照常例加倍报捐。

一、八品以下实职虚衔人员捐级，请五六品封，其封典银数各照常例加倍报捐。

一、捐封之级准其续行捐请封典。惟不准将捐封之级抵销处分，以示区别。

一、三品以上各官捐请封赠，准赠封曾祖父母。

一、四品至七品官准其貤封曾祖父母，八品官以下准其貤封祖父母，照例加倍交银报捐。

一、三品以上各官欲捐请本生曾祖父母封赠者，准照貤封曾祖父母之例报捐。

一、外曾祖父母、妻祖父母亦准捐请貤封。

一、京外大小各官貤封曾祖父母、伯叔祖父母、伯叔父母、庶母、兄嫂及外祖父母，均准其贻封。

一、捐封人员准其捐请贻封嫡堂伯叔祖父母、嫡堂伯叔父母、嫡堂兄嫂，并从堂各尊长，以广尊崇。

一、官员之母舅、舅母、姑夫、姑母、姨夫、姨母、妻父、妻母、均准捐请贻封，生母应归应封办理，毋庸另请贻封。

一、八品以下职官向例止封本身，如欲封本身及妻室者，应照常例，捐封加倍报捐。

一、京外文武各官例得捐封第三继室，应先封本身及原继配妻室，方能另捐请封。

一、第三继妻以后，谊同敌体，应准其按次递捐，以昭旷典。

一、休致人员亦准按原官品级报捐。

一、子孙为伊祖父、父原职品级追请封典者亦准一体捐请。

一、凡为人妇、为人后者，欲为其已故夫之祖若父捐职请封，并为祖若父贻封其先人者，均准捐请，以遂其报本之忱。

一、贻封世代以曾祖父母为断，即捐至一二品，亦不得贻封高祖父母，以示限制。

添收推广赈捐顶戴衔翎条款

捐 升 衔

一、二品顶戴

如道员有三品衔及盐运使衔者，例银五千四百两。如无三品衔，加倍报捐。今按此数一律减五成收捐。

捐 职 衔

一、盐运使衔

由贡监生捐银七千八百七十二两。

一、副将衔

由监生武生捐银三千六百四十八两。

一、参将衔

由监生武生捐银二千七百三十六两。

以上各项均按五成实银收捐。

湖北筹办推广赈捐章程

清光绪年间刻本

（清）佚 名 辑

邵永忠 点校

湖北筹办推广赈捐章程

光绪二十一年湖北推广赈捐奏案

户部谨奏，为遵旨速议具奏事，兼护湖广总督、湖北巡抚谭奏，湖北被水受旱，各属地广灾重，赈款不敷，援案请开办赈捐，以资接济一折。光绪二十一年十一月初九日奉朱批，户部速议具奏，钦此。钦遵由军机处抄交到部。查原奏内称，窃照本年汉水盛涨，湖北钟祥等州县堤塍漫溃，被淹成灾。业经臣奏蒙恩准截漕、拨款，工赈兼施。各属灾黎感戴鸿慈，莫不沦肌浃髓。惟是此次水势之大，漫堤之多，实较往岁为甚。前经委员会同地方官查勘，著名险要大工，即有十余处，外此较小各工尚难悉数。所需经费本属浩繁，前以库款支绌，仅请拨银十万两，原冀力图撙节，勉敷工赈之用。现在水势渐落，委员复加确勘，各堤工需较之原估既有增无减，待赈老弱妇女亦复众多。加之下游之武昌、汉阳、黄州三府所属江夏等州县，前值初夏，雨泽愆期，收成歉薄。迨大秋后亢旱日久，二稻杂粮多有损伤。曾于请款折内陈明，容饬该管道府查勘，汇同被灾各区一并办理。现经该道府勘明禀覆，各属受旱情形较重，秋收失望，民情困苦。刻下汉阳府暨汉镇地方，已有灾民远来就食，虽经随时资遣同〔回〕籍，但时已冬初，未能补种。瞬届隆冬，饥寒交迫，无以谋生，情实堪悯，亟应一律抚恤。恩俯准开办赈捐，以济要需而苏民困。一切章程，悉照顺直、山东赈捐奏准成案办理，仍以一年为限等语。臣等伏查本年正月间，据山东巡抚李秉〈衡〉奏，请展办山东赈捐，业经钦奉特旨允准。复于本年六月间臣部议覆直隶总督王文〈韶〉奏，顺直被灾较重，仍请开办推广赈捐折内陈明，该督所请开办二十一年顺直赈捐衔封贡监按三成实银核收，并请仍收应试十成监生各节，查与成案及新章相符，拟请准如所奏办理。至道员报捐一品顶戴，并贡监捐盐运使衔，及武监生、武生捐副将、参将职衔，仍以五成实银上兑等因，奉旨允准，行知遵照在案。兹据兼护湖广总督、湖北巡抚谭奏称，本年湖北被水受旱，各属地广灾重，赈款不敷，请援照顺直、山东赈捐奏准成案，开办赈捐，仍以一年为限等因。臣等查该护督奏称，该省水旱灾重，民情困苦，亟应一律抚恤，自系实在情形，拟请准如所奏办理。俟一年限满，即行停止。恭候命下，即由臣部行知该抚遵照。再请奖时，应将副实收随同奖册，按次咨部核办。所有臣等速议缘由，谨恭折具奏，伏乞皇上圣鉴。谨奏。光绪二十一年十一月十三日具奏。本日奉旨：依议，钦此。

光绪二十二年展办湖北推广赈捐奏案

户部谨奏，为遵旨速议具奏事。湖广总督张之〈洞〉、湖北巡抚谭继〈洵〉奏，请将湖北赈捐展限一年一折，光绪二十二年十二月初一日奉朱批，该部速议具奏，钦此。钦遵由军机处交出到部。查原奏内称湖北地方上年被水受旱，奏蒙恩准开捐济赈。原定一年为限，计自光绪二十一年十一月二十六接准部文之日起，除去封印日期，瞬届限满，本应依限停止。惟本年江汉水势之大，较之上年未尝稍减，而秋汛势更汹涌，泛滥为灾。各属堤多漫溃，被淹既广，需款甚多。上年受灾之区，民困未纾，复遭水患。现交冬令，水势渐落。臣等复饬该司委员分赴各属，会同地方官逐一查勘。其高处虽已涸复，为时已迟，未能补种。而低洼处所积水未消，尚难播种二麦，尤恐有误春耕。至于应修各堤，本系民工。但小民叠被水浸，情益困苦。时值隆冬，啼饥号寒，待赈孔急，遑顾堤工。若听其圮而不修，来春汛涨，仍成泽园。灾黎无业可归，势必流离，且虑别滋事端。并将工赈兼筹，庶可补救。但需款甚巨，库储空虚，既乏接济之方，更无可拨之项。惟恃赈捐集腋，藉济工抚要需。且查直隶、山东等省，前因水灾，奏请展办赈捐，业蒙俞允。湖北事同一律，自可援案陈请。仰恳圣恩准将湖北赈捐展限一年劝办，俾得多集捐款，以济工赈，而苏民困。所有章程条款，悉照前案办理。展限届满，即行停止。据湖北筹赈局司道具详请奏前来，除咨部查照外，伏乞饬部速议等语。臣等伏查光绪二十一年十一月十三日，臣部议覆兼护湖广总督、湖北巡抚谭奏，湖北被水受旱成灾，赈款不符。援案请开赈捐，以资接济。俟一年限满，即行停止等因，奏准行知遵照在案。兹据湖广总督张之〈洞〉等奏称，本年江汉水势之大，较上年未尝稍减。受灾之区，民〈困〉未纾，复遭水患。请将湖北赈捐展限一年，所有章程条款悉照前案办理等因。臣等查与直隶、山东等省赈捐展限原案符合，拟请照准。伏候命下，即由臣部行知，遵照办理。所有臣等速议缘由，谨恭折具陈，伏乞皇上圣鉴。谨奏。光绪二十二年十二月初六日具奏。本日奉旨：依议，钦此。

光绪二十三年二月十六日续请开收推广优奖□□湖北赈捐奏案

湖广督宪张、湖北抚宪谭会奏，为鄂省连年被灾，民艰地广，工赈并举，需款浩繁，情形紧迫，无从筹措，拟请援案暂行推广赈捐，以资拯救，恭折具陈，仰祈圣鉴事。窃照湖北地方，自光绪二十一年夏间，襄河两岸堤塍漫溃多口，钟祥、京山、潜江、天门、汉川等县多遭淹浸。下游江夏、武昌、咸宁、蒲圻、黄陂、孝感等县又苦旱荒，小民困苦。曾经奏请开办赈捐，并续请展办，奉旨允准在案。乃上年夏间，江北各县蛟水陡发，山水横流，冲压田庐。应山、罗田、麻城、黄冈、蕲水五县同时受害。嗣以夏秋二汛江汉同时盛涨，汉水内注，江水外灌，泛滥为灾。滨江之归州、东湖、松滋、公安、江陵、监利、石首；滨汉之京山、天门、潜江、荆门、汉川各州县，堤垸溃决更多，下游腹地各湖河不能容受，漫溢四处，附近各州县亦皆蔓延受害，灾民日众，大率多在旦浸之中。江夏、汉阳、沔阳等处江堤、襄堤，均有多处岌岌可危。而宜昌、施南、郧阳三府所属州县，夏间已形干旱，又因秋霖为患，所种杂粮大半皆遭腐烂。该三府地处山乡，运贩难到，时届严冬，饥寒交迫，存粮已尽，以致民食维艰、饿莩枕藉，情形尤惨。虽经臣等督饬司道及地方官，于秋冬以来即已多方筹款平粜赈抚，并先后奏蒙圣恩准，拨地丁、盐课、厘金银两，以资接济，截留漕粮运费，以充工赈，小民无不感颂皇仁。无如灾深地广，所需钱米既多。溯流入山，运费尤巨。应修十数州县各堤，工程又复浩大。且本年入春以来，雨水过多，麦收已恐失望。粮价日昂，加以川省夔州、绥定一带亦系巨灾，适皆与湖北接界。虽经川省拨银运谷，办理赈抚，然沿边饥民顺流而下，其势甚便，麇集于宜荆一带，已有数万，散布各处，亦复不少，势不得不一体妥为赈抚，免滋事端。为日方长，需款甚巨。鄂省连年灾祲，蠲缓频仍，库储本极支绌，近因筹还洋款，各库正杂各款无不罗掘一空。目前即须筹解，其款仍多无着。奉拨地丁一项，司库并无存款可拨。盐厘两项，关系京、甘、本省各饷及洋款所需，必应兼顾，不能多拨。至赈捐一项，仅奖衔封贡监，久成弩末，劝办甚难。陆续收获之款，俱已应时分拨罄尽。收捐未到，先以借垫，以后零星凑集，实不足以救急难。臣等与筹赈局司道等昼夜焦思，再三计议，实无筹款之策，惟于赈捐一项暂请量为推广，准其优奖，庶可以集巨赀而苏民命。伏查顺直赈捐万两，奏请优奖一条，前经户部议奏，奉旨停止，曷敢再行陈请。惟是鄂省连年荒祲，此次灾情之重，灾区之广，实为数十年来所未有。现在灾民嗷嗷，亟待拯救。本省赈务已属自顾不遑，邻境饥黎又须兼筹绥辑。至各堤溃口险工，均系以工代赈。以后固关系十数州县之保障，目前实以安插数十万之灾民。因工程过大，兴修尚未及半，春汛在即，亦应赶修完固，俾灾区早日涸复，小民得以复业定居，无误耕作。值此筹款万难，事机紧迫，不得不为民请命。且部臣之所以议停，原为杜取巧起见。兹拟请嗣后湖北赈捐，如有捐实银一万二千两以上者，即由筹赈局司道详由臣等专案奏请优奖，核其捐款，总当较在部库报捐现行章程银数，有盈无绌，方准请奖。此外，如有愿捐翎枝及举人者，亦暂准查照部章，加一成收捐，仍俟展限期满，即行停止，似与部臣停止原议尚属不相背谬。银数虽较部捐稍多，然朝廷既有优奖之典，臣等当再多方劝导，动其济物好善之忱，名义兼美，必有闻风鼓舞，踊跃输助者。且照此办法捐款多而人数少，似与户部捐款尚无妨碍。据筹赈局司道具详前来，合无仰恳天恩，俯念湖北省接连两年叠被巨灾，与他省之隔遭荒歉者不同，上下各府饥民过众，工赈并举，需款尤□，较之前数年顺直被灾情形尤重。准照从前顺直赈捐优奖成案，暂行推广收捐，并准报捐翎枝及举人，俾臣等赈抚有所措手，得以上广皇仁，下拯民命，地方幸甚。臣等不胜惶悚激切待命之至。谨合词恭折具陈，伏祈皇上圣鉴，敕部迅速核议施行。谨奏。是年三月十九日准户部巧电开，请推广赈捐。捐实银一万二千以上，专折奏请优奖。花翎加一成，三品上一千八百两，四品下九百两，蓝翎四百五十两，举人捐甫经奏请，未便议开。本日复奏奉准，希照办等因。

报捐各项例银，暨添收优奖翎枝银数，开列于后。

计开：

一、湖北赈捐，奉准户部咨行，准照山东捐章，收捐虚衔、封典、贡监等项，统按海防新章，以三成实银上兑。其应试监生，仍收十成实银。并续经议准，报捐巨款，奏请优奖。及翎枝按新海防例，加一成收捐。

一、报捐实银一万二千两以上，准其专折奏请优奖。

一、报捐花翎三品以上，实银一千八百两，四品以下实银九百两，蓝翎实银四百五十两。如蓝翎捐换花蓝，其蓝翎系在海防郑工，以及江、浙、苏、皖、直、东等省赈捐案内报捐者，准其作抵一半。如保举者，不准抵捐。

一、报捐二品顶戴，道员有三品衔及盐运使衔者，应交实银二千七百两。无三品衔者，应加倍交实银五千四百两。

一、由贡监生捐盐运使职衔，正项银七千八百七十二两。一由武监生捐副将职衔，正项银三千六百四十八两。捐参将职衔，正项银二千七百三十六两。

以上两条应以五成实银上兑。

一、捐复衔翎一节，凡因案被议，除实犯脏私，各照款例不准捐复外，其情节可原，因公获咎者，道府以上报捐实银五千两，同通州县以下报捐实银三千两。奏蒙特旨允准，自应钦遵办理。其奉旨交部核议者，仍应查照定章核办。加报捐银数，较例定之数有亏，应令照数补足。

一、捐棉衣，新章须捐办棉袄裤一套者，方准作银一两。其折解实银代为购制者，以应一律核给奖叙。

一、廪增附生，准其捐纳虚衔。封典仍令照捐监银数上兑作为捐免。出学，如先捐免出学报捐虚衔者，续捐实职，仍应补捐贡监。

一、士民捐助实银一千两以上者，由局照例详请奏奖建坊。

湖北赈捐章程

目　　录

捐　贡　监

一、贡生

由监生、附生捐银一百四十四两。由增生捐银一百二十两。由廪生捐银一百八两。

一、监生

由俊秀捐银一百八两。由附生捐银九十两。由增生捐银八十两。由廪生捐银六十两。由俊秀已捐从九未入职衔改捐监生，概不作抵，仍缴例银一百八两。

捐　职　衔

一、郎中

由贡监生捐银三千八百四十两。由同知捐银一千八百四十两。

一、员外郎

由贡监生捐银三千二百两。

一、主事、都察院都事、都察院经历、大理寺寺丞，由贡监生捐银一千六百六十两。

一、光禄寺署正，由贡监生捐银九百两。

一、大理寺评事、太常寺博士、太常寺典簿、通政司经历、通政司知事，由贡监生捐银七百五十两。

一、銮仪卫经历、中书科中书、詹事府主簿、光禄寺典簿，由贡监生捐银六百五十两。

一、部寺司务

由贡监生捐银六百两。

一、国子监典簿

由贡监生捐银五百两。

一、国子监典籍、翰林院待诏，由贡监生捐银三百六十两。

一、翰林院孔目

由贡监生捐银三百二十两。

一、道具

由贡监生捐银五千二百四十八两。

一、知府

由贡监生捐银四千二百五十六两。

一、盐运司运同

由贡监生捐银三千八百四十两。

一、同知

由贡监生捐银二千两。

一、通判

由贡监生捐银一千六百两。

一、布政司经历、布政司理问、州同，由贡监生捐银三百两。由恩拔副贡生捐银一百二十两。

一、按察司经历、布政司都事、盐运司经历、州判，由贡监生捐银二百五十两。由恩拔副贡生捐银七十两。

一、盐库各大使、按察司知事、府经历、县丞、盐运司知事、布政司照磨，由贡监生捐银二百两。

一、按察司照磨、府知事、县主簿、州吏目、茶马大使，由贡监生捐银一百二十两。由从九品未入流捐银一百八十两。

一、从九品未入流，由俊秀捐银八十两。由未满吏捐银六十五两。由已满吏捐银五十两。

一、各馆誊录举人准捐同知职衔，照常例贡监生报捐银数酌加五成。生监准捐通判职衔，照贡监生报捐银数酌加三成。其余职衔仍按常例银数办理。

一、各馆供事报捐七品，按经布都监经职衔，各照常例贡监生报捐银数加倍报捐。其捐府经县丞各职衔，应按未满吏递捐例银三百二十五两。捐县主簿州吏目各职衔，例银二百四十五两。

文进士举人报捐京外四五品文职衔，并五贡报捐四、五、六品文职衔，均应扣除原资银数。

已截取进士作银一千二百九十五两。未截取进士作银一千一百五十五两。已截取举人作银一千十五两。未截取举人作银八百七十五两。未捡选举人作银七百三十五两。五贡作银四百三十四两。

一、游击

由监生武生捐银一千八百二十四两。

一、都司

由监生武生捐银九百两。

一、营卫守备

由监生武生捐银六百两。

一、守御所千总

由监生武生捐银四百两。

一、卫千总

由监生武生捐银二百五十两。

一、营千总

由监生武生捐银二百十两。

一、把总

由监生武生捐银一百二十两。由俊秀捐银二百三十两。

以上各项文武职衔，凡小衔加捐大衔，准将原捐小衔银数抵算。惟文京职衔加捐文外官职衔，往往有原捐银数浮于加捐者，只准照对品外衔银数作抵。其文衔改捐武衔，武衔改捐文衔，照例不能作抵银数。

捐 升 衔

一、现任部司务捐六品升衔，应银一千一百三十一两；候补候选应银一千三百四十七两。

一、现任国学正、国学录、国典簿捐六品升衔，应银一千零七十三两；候补候选应银一千一百八十八两。

一、现任理评事、科中书、阁中书、銮经历、常博士捐五品升衔，应银二千七百七十二两；候补候选应银二千九百四十五两。

一、现任运经历、通知事、常典簿、国监丞捐五品升衔，应银三千一百七十六两；候补候选应银三千三百六十三两。

一、现任副指挥捐五品升衔，应银三千八百九十六两；候补候选应银四千二百十三两。

一、现任光典簿、詹主簿捐五品升衔，应银三千八百三十一两；候补候选应银四千零六十二两。

一、现任京府经历捐提举升衔，应银一千九百五十二两；候补候选应银二千二十四两。

一、现任京通判捐同知升衔，应银一千三十七两；候补候选应银一千二百六十八两。

一、现任光署正捐员外郎升衔，应银二千五百九十二两；候补候选应银二千七百二十二两。

一、现任正指挥捐员外郎升衔，应银二千八百六十六两；候补候选应银三千零七十五两。

一、现任主事、都都事、都经历、大理寺丞捐员外郎升衔，应银一千二百五十三两；候补候选应银一千九百四十四两。

一、现任教谕捐国典簿升衔，应银二百四十五两；候补候选应银三百一十两。

一、现任教谕捐科中书升衔，应银八百二十一两；候补候选应银九百三十六两。

一、现任教谕捐翰待诏升衔，应银一百八十八两；候补候选应银二百四十五两。

一、举人出身现任教谕捐内阁中书升衔，应银八百二十一两；候补候选应银九百三十六两。

一、五贡出身，现任教谕，捐内阁中书升衔，应银一千一百三十七两；候补候选应银一千二百五十二两。

一、现任训导捐国典簿升衔，应银六百一十三两；候补候选应银六百七十七两。

一、举人出身，现任训导，捐内阁中书升衔，应银一千二百三十九两；候补候选应银一千三百四两。

一、五贡出身，现任训导，捐内阁中书升衔，应银一千五百五十五两；候补候选应银一千六百二十两。

一、现任按知事、府经历捐布理问升衔，应银六百六十三两；候补候选应银七百三十五两。

一、现任县丞捐布理问升衔，应银三百二十四两；候补候选应银四百十八两。

一、现任布照磨、盐知事捐布理问升衔，应银五百九十一两；候补候选应银六百二十七两。

一、现任盐库各大使捐运判升衔，应银一千七百二十八两；候补候选应银一千九百五十九两。

一、现任按经历捐提举升衔，应银一千六百四十九两；候补候选应银一千七百六十五两。

一、现任布都事、盐经历、一直州判、州判捐提举升衔，应银一千九百五十二两。候补候选应银二千二十四两。

一、现任知县捐同知升衔，应银一千三十七两；候补候选应银一千二百六十八两。

一、现任通判捐提举升衔，应银五百七十六两；候补候选应银七百十三两。

一、现任运判捐提举升衔，应银一千三十七两；候补候选应银一千一百七十四两。

一、现任布经历、布理问捐提举升衔，应银一千五百五十六两；候补候选应银一千七百两。

一、现任州同捐提举升衔，应银一千四百四两；候补候选应银一千六百七两。

一、现任直州同捐知州升衔，应银一千六百三十五两；候补候选应银二千一百五十三两。

一、现任提举、运副捐运同升衔，应银三千四百五十六两；候补候选应银四千三百二十两。

一、现任直知州捐知府升衔，应银二千九十六两；候补候选应银二千七百八十七两。

一、现任同知捐运同升衔，应银二千四百二十两；候补候选应银二千九百八十一两。

一、现任知州捐运同升衔，应银二千九百九十六两；候补候选应银三千四百四十二两。

以上常例，各官准捐升衔条款大致备载。其余如八九品递捐各条，查阅本条捐升官阶双月银数减二成，即系报捐升衔例银数目。

捐推广顶戴升衔

一、现任九品未入流京官捐六品顶戴，应银一千四百九十一两；候补候选应银一千五百九十九两。

一、现任八品京官捐五品衔，应银三千八百六十七两；候补候选应银四千零四两。

一、现任七品京官捐四品衔，应银四千六百七十三两；候补候选应银五千二百四十九两。

一、现任编修、检讨、庶吉士捐四品衔，均比照汉京官七品报捐银数办理。

一、现任六品京官捐四品衔，应银四千三百七十八两；候补候选应银四千六百三十两。

一、现任修撰中允赞善捐四品衔，均比照汉京官六品报捐银数办理。

一、现任员外郎捐四品衔，应银四千六百八两；候补候选应银四千八百四十两。

一、现任郎中捐四品衔，应银二千五百三十五两；候补候选应银三千九百十七两。

一、现任员外郎捐三品衔，应银九千二百十六两；候补候选应银九千六百八十两。

一、现任郎中捐三品衔，应银五千六十九两；候补候选应银七千八百三十四两。

一、庶子、侍讲、侍读、洗马捐四品、三品衔，均比照汉现任郎中报捐银数办理。

满洲蒙古人员

一、现任九品捐六品顶戴，应银二千三百二十六两；候补候选应银二千四百六十三两。

一、现任八品捐五品衔，应银四千二百二十七两；候补候选应银四千三百六十四两。

一、现任七品捐四品衔，应银六千二百六十四两；候补候选应银六千四百零一两。

一、现任六品捐四品衔，应银四千三百七十八两；候补候选应银四千六百三十两。

一、满洲蒙古员外郎、郎中捐四品、三品衔，均比照汉员报捐银数办理。

一、现任九品未入流外官捐六品顶戴，应银一千一百八十一两；候补候选应银一千二百一十两。

一、现任府经历、县丞、盐知事、布照磨捐五品衔、应银二千二百九十七两；候补候选应银二千三百六十九两。

一、现任盐库各大使捐五品衔，应银三千八百二两；候补候选应银四千零三十二两。

一、现任教谕捐五品衔，应银二千六百三十六两；候补候选应银二千六百七十二两。

一、现任训导〈捐〉五品衔，应银三千一百六十一两；候补候选应银三千二百七十六两。

一、现任布都事、盐经历、直州判、州判、按经历、京府经历、京县丞捐四品衔，应银六千二百七十二两；候补候选应银六千三百四十四两。

一、现任外县知县捐四品衔，应银四千七百六十七两；候补候选应银四千九百九十七两。

一、现任府教授捐四品衔，应银七千五百六十两；候补候选应银七千八百四十八两。

一、现任京县知县、通判、盐运判、州□、布经历、布理问捐四品衔，应银四千八百九十六两；候补候选应银五千零三十三两。

一、现任直隶州知州捐三品衔，应银六千一百六十八两；候补候选应银七千二百零四两。

一、现任同知捐三品衔，应银六千九百十二两；候补候选应银八千六百十九两。

一、现任知州捐三品衔，应银九千一百零五两；候补候选应银九千三百一十两。

一、现任盐运同捐三品衔，应银六千零七一两；候补候选应银六千二百零九两。

一、现任知府捐三品衔，应银四千六百零八两；候补候选应银五千七百四十七两；

一、现任道员捐三品衔，应银四千一百十四两；候补候选应银四千八百零四两。

一、二品顶戴如道员捐三品衔，及盐运使衔者，原定例银五千四百两，现经奏明奉部议准，减五成，合银二千七百两。如无三品衔，准加倍报捐。

以上各项顶戴升衔，毋论京外各官，凡有已保已捐升衔顶戴，俱不准作抵银数。

捐 封 典

一、京外文武现任及候补候选各官，并捐职人员报捐封典：

一品实官捐银一千两。二品实官捐银九百两。三品实官捐职捐银八百两九百六十两。四品实官捐职捐银七百两八百四十两。五品实官捐职捐银四百两。六七品实官捐职捐银三百两。八九品实官捐职捐银二百两。未入流实官捐职捐银一百两。

以上实官捐职，各捐封例银数目，其由虚衔人员加级报捐。一二品封者，应照实职捐封银数办理。

一、在京文职加级：

一品捐银二百二十五两。二品捐银二百五两。三品捐银一百八十五两。四品捐银一百六十五两。五品捐银一百四十五两。六品捐银一百二十五两。七品捐银一百五两。八品捐银八十五两。九品以下捐银六十五两。

一、在外文职加级：

一品捐银四百五十两。二品捐银四百一十两。三品捐银三百七十两。四品捐银三百三十两。五品捐银二百九十两。六品捐银二百五十两。七品捐银二百一十两。八品捐银一百七十两。九品以下捐银一百三十两。

一、在京武职加级：

一品捐银一百五十两。二品捐银一百四十两。三品捐银一百三十两。四品捐银一百二十两。五品捐银一百一十两。六品捐银一百两。七品捐银九十两。八品捐银八十两。九品捐银七十两。

一、在外武职加级：

一品捐银三百两。二品捐银二百八十两。三品捐银二百六十两。四品捐银二百四十两。五品捐银二百二十两。六品捐银二百两。七品捐银一百八十两。八品捐银一百六十两。九品捐银一百四十两。

以上京外文武职官报捐，寻常加级例银数目，其由文虚衔职衔人员加级请封，其级应按京外文品职加级例银加倍报捐，即所谓随带级。至武虚衔职衔人员加级请封，不分京外，悉照在外武职例银加倍报捐。如有情愿多捐加级者，各照实官职衔品级例定银数，分别报捐，准照所加之级捐封。

一、加级捐封，向例三四品不得逾二品，五六品不得逾四品，七品不得逾五品，八品以下不得逾七品，各照常例捐级捐封银数办理，毋庸加倍。

一、二品实职及虚衔人员捐级，请从一品封，其封典银数应按一品例定银数加倍报捐。

一、三品实职人员加级请封，准捐至二品为止。推广案内，准加级捐至从一品封，应照例定一品封银数加倍报捐。

一、三品虚衔人员捐级，请从一品封，其封银应按一品例定银数加倍，再加五成，其交银三千两核算。

一、三品虚衔人员捐级，请二品封，其封银应按二品例定银数加倍报捐。

一、四品虚衔人员捐级，请二品封，其封银应按二品例定银数加一倍半报捐。

一、五六品实职虚衔人员捐级，请三品封，照常例加倍交封银。其捐至二品封者，照二品例定银数加一倍半报捐。

一、七品实职虚衔人员捐级，请三四品封，其封银各照常例加倍报捐。

一、八品以下实职虚衔人员捐级，请五六品封，其封典银数各照常例加倍报捐。

一、捐封之级准其续行捐请封典。惟不准将捐封之级抵销处分，以示区别。

一、三品以上各官捐请封赠，准赠封曾祖父母。

一、四品至七品官准其貤封曾祖父母，八品官以下准其貤封祖父母，照例加倍交银报捐。

一、三品以上各官欲捐请本生曾祖父母封赠者，准照貤封曾祖父母之例报捐。

一、外曾祖父母、妻祖父母亦准捐请貤封。

一、京外大小各官貤封曾祖父母、伯叔祖父母、伯叔父母、庶母、兄嫂及外祖父母，均准其貤封。

一、捐封人员准其捐请貤封嫡堂伯叔祖父母、嫡堂伯叔父母、嫡堂兄嫂，并从堂各尊长，以广尊崇。

一、官员之母舅、舅母、姑夫、姑母、姨夫、姨母、妻父、妻母、均准捐请貤封，生母应归应封办理，毋庸另请貤封。

一、八品以下职官向例止封本身，如欲封本身及妻室者，应照常例捐封加倍报捐。

一、京外文武各官例得捐封第三继室，应先封本身及原继配妻室，方能另捐请封。

一、第三继妻以后，谊同敌体，应准其按次递捐，以昭旷典。

一、休致人员亦准按原官品级报捐。

一、子孙为伊祖父父原职品级追请封典者亦准一体捐请。

一、凡为人妇、为人后者，欲为其已故夫之祖若父捐职请封，并为祖若父貤封其先人者，均准捐请，以遂共报本之忱。

一、貤封世代以曾祖父母为断，即捐至一二品亦不得貤封高祖父母，以示限制。

添收推广赈捐顶戴衔翎条款

捐 升 衔

一、二品顶戴

如道员有三品衔及盐运使衔者，例银五千四百两。如无三品衔，加倍报捐。今按此数一律减五成收捐。

捐 职 衔

一、盐运使衔

由贡监生捐银七千八百七十二两。

一、副将衔

由监生武生捐银三千六百四十八两。

一、参将衔

由监生武生捐银二千七百三十六两。

以上各项均按五成实银收捐。

绍郡平粜征信录

清光绪二十四年铅印本

（清）佚 名 辑

邵永忠 点校

绍郡平粜征信录总目

平枭在事官绅题名

委查前署浙江绍兴府知府补用知府傅泽鸿

特授浙江绍兴府知府熊起磻

署理浙江山阴县知县任曾培

署理浙江会稽县知县孙鼎烈

查造户口册兼晋省领运浙江补用知县秦耀奎

查造户口册前署浙江会稽县丞钱寿恩

查造户口册浙江税课大使蔡承训

查造户口册浙江候补从九高慰曾

查造户口册浙江候补从九仰金端

查造户口册兼司稽察浙江试用按照磨刘云卿

查造户口册浙江试用县丞吴兆棠

查造户口册浙江试用典史尹功廷

查造户口册浙江试用从九刘懋兰

监放浙江绍兴府经历罗人铸

监放浙江绍兴府照磨魏观澜

监放浙江山阴县丞许之鼎

监放浙江会稽县丞向煦

监放楚军水师后营左二哨长守备郭炳楠

弹压浙江绍协中军都司言有能

弹压管带楚军水师后营升用知县候补县丞张绍龄

弹压振字前旗前哨哨官守备贺广梓

弹压护军正旗右哨哨官补用千总范忠发

弹压护军哨官五品军功刘斌斋

弹压振字前旗前哨副哨把总王振杰

赴湖南采买浙江试用县丞孙襄圻

晋省领运浙江试用府照磨陈时夏

杭省解米来绍浙江试用县丞朱其选

经理绅董徐树兰

协理绅董钟念祖

协理绅董鲍临

协理绅董任塍

协理绅董马传煦

协理绅董沈凤墀

协理绅董周岩

协理绅董谢凤书

协理绅董田晋蕃

协理绅董何浚

协理绅董缪祥桢

协理绅董徐碬兰

协理绅董陶浚宣

协理绅董张嘉谋

协理绅董鲍增亮

协理绅董田宝祺

协理绅董杜用康

采买绅商王钦

叙

丁戊之间，海国有歉于米者，贵其直以报，商者趋之。吾沿海诸行省米渐贵，波被吾乡，日异月进，猾民因缘生事。及四月，椎肆夺门，儳焉不终日矣。长官忧之，咨于荐绅，议所以持其平者，贵籴而贱粜，诸荐绅皆勉力焉，而推徐仲凡太守总其成。三阅月乃竣，凡出米四万余石，而诸荐绅各以赒救之谊行于其里党者不与焉。出内相抵，绌泉六万有奇。簿录征信以示元培，元培受而览之。采买之区，转运之人，则量而导禾局罗而日系之。详乎哉，昔之所未录也。太守曰：吾之为此，非直资综核而已，将使览者见其费之巨，为之之不易，一焉而不可再，惕然求于其本也。吾闻欧人之论地，十万里所受日之势力，可以养万六千人。以吾乡人数、田里推之，岂不斜然溢哉？然而岁比有年，尚仰给金衢。诸府秋霖偶不时，阂三江，闸民且狼顾矣。是故农学不劝，水利不兴，而沾沾于平准之所推，抑末也。乌乎！太守则可谓知本矣！今兹之春，太守盖尝以仓谷直买米万斛，为先事之备，而事起仓猝，日不暇给。掊斗之论，舐康之策，外迫闭粜之艰，内抵瞰室之衅。日夕筹羽，电激泉涌，卒以馈贫拯乱，力持而无陨，斯亦盘错之遇别利器矣。乃歉然推赵公救菑之记，而进之吕氏《任地》之论，则泂乎持其本者也。抑元培犹有进者，民知未开，计学之公理未明，则虽有良法美意，而图始为难。谬种传演，腐蚀人心，且会群不识职而偷焉，以苟生为公例。太守尝与海上同志倡农学会矣，而塘闸利病，则又平日所户说以眇论者。独弦孤张，成效可睹。乃者米直一不平，而哄市者响应，平粜作，则鹜而趋矣，不必皆磬室也。或且及（按：通贾）以争稗贩之利，四维不张，游间为业，变本加厉，何所不至，则夫所以白群谊而持风教者，尤不能不加之意焉。太守曰：谅哉！虽然，此非一手一足之烈也。乃叙于录，谂同志焉。光绪二十四年十二月山阴蔡元培叙。

文　案

内阁中书田晋蕃、候选训导杜用康、前贵州贵筑县知县任塍、候选知县张嘉谋、詹事府右中允鲍临、候选通判何浚、翰林院编修马传煦、补用知府分部郎中徐暇兰、前云南盐法道钟念祖、候选同知缪祥桢、补用道候选知府徐树兰、候选理问谢凤书、候选同知沈凤墀、候选训导鲍增亮呈为呈请事。窃山会两邑田少人稠，米不敷食，向赖金衢两郡之米以资接济。乃上年秋收较歉，米价翔昂。入春以来，本地晚米贵至五千五六百文，民间咸苦不支，而邻郡之米又禁贩运，若不先事筹防，诚恐五六月间青黄不接，匮乏堪虞。绀等稔知情形，公同商议，将山会两邑豫仓谷本钱一万五千八百余十串，并义仓谷本钱二万七千二百余十串，商托向在湖墅等处开设米行之王商庆元，不动声色，前往金华衢州一带购买白米或糙米共一万石，俟买齐之后，呈请填给护照运回。豫义两仓存储，由山会两县传集两邑米行，酌拨承领，照本售卖。至应如何酌限升斗，及收取米价，再由县尊核定办理。惟金衢两郡现禁贩运米谷，恐致留难，拟请转禀藩、抚宪俯，念山会两邑向赖金衢之米接济，今因青黄不接，乞籴邻封，务恳一视同仁，札饬该郡地方官凭验护照，护送出境，以免阻滞。除分呈山会两县衙门外，为此具呈大公祖大人察核，速赐转禀地方，幸甚！须至呈者。

右呈绍兴府正堂傅，光绪二十四年闰三月　　　　日

府批：此案现据会邑具禀，并奉抚藩二宪札饬，金衢二府速行开禁，准由绍商执持护照前往采买米石，以济民食，分别批行在案。所呈各节甚为妥善，已由府核明转禀矣。

窃本年春间，绅等察查本境存米不多，米价日贵。呈经傅前署府转禀提集义豫两仓谷本息钱，购米万石，以备缓急等情，准饬遵办在案。四月初一日，城厢各米行铺悉被莠民毁扰，贫户无从籴米。官绅会商，逐将前项购存米石，酌发四城门及各乡镇，设局平粜。当时仓猝济变，爰照光绪十五年水灾办过平粜章程，参酌办理。在昌安、迎恩、偏门、五云四城门外米市，并山邑之漓渚、盛塘、陡亹、南池，会邑之皋步、东关、平水、啸吟各乡镇，各设粜局。由义仓发米，交与该市镇米行承领，减价平粜，量用存仓官斗与省城平粜之斗，大小一式。米经官绅商公同验估，每升定价四十四文。以一人籴五升为限，并照旧章给米行每升钱一文，以作一切开销。出示晓谕，于四月初三日开粜。旋经省委傅前署府到绍清查，以米欠圆洁，重筛风扇。仓斗较小，改用五云市斗。此自四月二十一日始也。维时各路闭粜，商运难通。籴户争得便宜，贪多务得，甚至拥挤不开。日需米四五百石，犹难周给。官绅竭力办米扼注，终患接济不及。幸荷荩筹札委编查阖城贫户，并派员弁赴局弹压，兼蒙台从常莅同善局与搢绅虚衷商榷，擘画周详。而城乡各绅富亦能仰体慈廑，不待劝导，各出钱米，分段平粜。城中除西陶坊无力捐资，由义仓拨款外，其余各坊均照委员清查贫户丁口，醵资粜散，并不请领义仓官米。其在四乡唯蠡坞、骆家葑、皇浦庄系禀准由义仓拨米，此外如山邑之东浦、柯桥、湖塘、阮社、安昌、下坊桥、华舍、马

鞍、楼凫、清水闸、鲍淡，会邑之嫦娥、汤浦、霞齐、鱼家渡、孙墅、吴融、桑盆、宋家
溇、陶堰、高车头、窦姜、永乐、马山、车家衙、绕门山等村镇，均系就地绅商自行捐
办，亦不请领义仓官米。统计城厢绅庶捐资约在六万余元。盖自历办赈济以来，绅富协力
补助，绥靖地方，殆未有如此次之踊跃也。城中各坊平粜自五月十七日起，至六月二十九
日停止。停止后恐四城门粜局转形拥挤，复由义仓拨米展粜半月，四乡绅商捐资平粜，各
局其起止先后各有不同。唯义仓所设，四城各乡十二粜局系直至新米旺出于七月十五日始
一律停止。所用采办平米成本，因义、豫两仓谷本赢利及存谷变价钱，计洋四万五千三百
八十七元一角三分五厘，不敷周转，官绅公议动借修志经费本息钱计洋一万一千三百七十
四元八角九分七厘，同善局相验经费本息洋四千三百二十二元零二分五厘，岁修塘闸亩捐
本息钱计洋六万零零九十三元三角一分三厘，仍不敷周转，又由绅树兰陆续借钱庄洋四万
五千元，绅念祖借钱庄洋三万元，统计付出购买米麦连水脚并归还绅借及开办平粜起截至
八月十一日止，各项费用等共洋三十五万四千四百七十元零七角一分五厘。统计买进并宪
拨原斛米并麦五万二千三百六十五石八斗零六合。统计付出城乡平粜米三万四千九百二十
九石四斗四升五合。粜余变价米一千零七十二石七斗六升。筛扇舂量折耗米五百七十二石
六斗一升七合。又贴坊粜并食用米八十六石六斗。又各米原斛合市斗折蚀米三千四百九十
九石零五升七合。又禁运转售连拨萧邑原斛米四千八百十七石三斗二升七合。又湖南、金
华未运齐变价原斛米六千三百五十七石。又原斛汉麦一千零三十一石。此平粜银米出入大
略也。内唯宁波接济公所欠拚办香港米余洋二千二百零九元四角八分四厘，萧山县欠分拨
香港米找洋四百五十七元三角二分三厘，尚未归款。又湖南、金华原斛米六千三百五十七
石，约须八月钞，方可全数运齐，现未变价，其亏折尚难核实。兹照湖墅评价，每石三元
七八角之谱，估作洋二万四千元。照此综核，所有粜价收回解还各项公款，大约计不敷洋
六万二千余百元。本拟七月十五日停止平粜之后即行禀报，因城乡各局坊领粜平米价钱均
未收清，余米亦未变价，委员尚在途中，湖南之米无从核数，是以稍迟。兹筹办已竣，理
合将大旨情形具禀，以清公事眉目。除将现未运齐变价米石赶理清楚，再行详细报销，并
呈明山会两县备案外，谨开送简明清单，希即察核转禀各大宪查核，实为公便。再四月间
山阴任县尊发交田、胡两绅义仓公款洋一万元，令办米接济平粜，因邻近无米可买，适委
员孙县丞赴湖南办米，该绅因将原洋一万元交与委员，并办湘米。今委员业已办米回绍销
差，所有该绅交办米洋已由委员归入义仓办米公款内一起开报，合并声明。敬请勋安，伏
乞垂鉴。马传煦等谨禀。

计送清单。

光绪二十四年八月　　　日

谨将本年绍郡山会两邑官绅合办平粜动用各项公款，及绅借庄款购办米石，并一切支
用，自四月初三开办之日起，截至八月十一日止，除湖南、金华米未运齐变价，容俟事竣
再行核实详报外，谨先开具简明总数送呈宪鉴。

计开：

一、收义仓谷本及上年盈利钱，计洋二万七千二百八十二元零六分八厘。

一、收豫仓谷本及存谷变价钱，计洋一万八千一百零五元零六分七厘。

一、收纂修府县志书经费成本，及正息滚息钱，计洋一万一千三百七十四元八角九分

七厘。

一、收相验经费，除借支日防团练经费外，本息洋四千三百二十二元零二分五厘。

一、收塘闸亩捐本息钱，计洋六万零零九十三元三角一分三厘。

一、收徐绅借款洋四万五千元。

一、收钟绅借款洋三万元。

一、收城乡十二局，城中各坊，并骆家葑、皇浦庄、刁湖缴回平粜价钱，合洋十五万四千二百零二元二角六分八厘。

一、收粜余并湿水米，及汉麦变价洋八千九百三十元零三角一分一厘。

一、收萧山县解还香港米价洋五千元。

一、收兰溪、上海、湖墅已买禁运仍复变价米洋二万一千一百七十元零三角五分九厘。

一、收上海禁米糯米变价除归本外，赢余洋七百十五元五角五分。

以上统共收洋三十八万六千一百九十五元八角五分八厘。

一、付购买各路米麦价，及水脚洋二十六万七千八百九十五元五角九分五厘。（内湖南、金华米未运齐变价，其水脚现系约估，后再清算细开。）

一、付（开办平粜起，截至八月十一日止。）共收进粜价内角子一百四十六万五千零九十一角，陆续兑换大洋，计贴水洋，二千八百八十五元三角七分二厘。

一、付（开办平粜起截至七月底止。）收进掉息洋七百二十元零七角四分八厘，除抵冲应出掉期息洋外，找洋二百三十六元三角三分三厘。

一、付（开办平粜起，截至八月十一日止。）柴炭、饭菜，及栈房租等杂用洋四百十八元七角五分五厘。

一、付（开办平粜起，截至八月十一日止。）绍兴用电报费洋一百七十四元零三分。

一、付王商在湖墅办米用电报费洋四十七元七角二分。

一、付杨司事在上海办米用电报费洋一百零二元二角九分二厘。

一、付会稽县孙邑尊算去电报费洋九十九元八角。

一、付（开办平粜起，截至八月十一日止，）司事工役辛资及盘川押运等，费洋六百零一元三角八分九厘。

一、付酌给弹压各员弁营兵辛功共洋九百元。

一、付纸笔、升斗、风箱、磅秤等器物洋七十四元五角零二厘。

前十件共计洋五千五百四十元零一角九分三厘。

一、付陆续归还徐钟二绅借洋七万五千元。

一、付各粜局每升贴钱一文，作一切开销钱，合洋三千五百零四元五角九分七厘。

一、付给西陶坊买平米，并贴常禧等坊费耗，计洋二百七十八元二角零八厘。

一、付兰溪禁米变价除归本外，计折阅洋四十二元六角三分八厘。

一、付宁波接济公所欠应缴还办米余洋二千二百零九元四角八分四厘。

以上统共付洋三十五万四千四百七十元零七角一分五厘。

一、收宪拨米七百五十石。（原拨一千石内归上虞县平粜二百五十石，实计七百五十石。）

一、收徐绅经办无锡、上海、汉口等处各路原斛米二万八千零廿四石七斗三升七合。

一、收钟绅经办五云市斗米一千石。

一、收山阴县任邑尊谕柯桥、昌安各米行经办湖墅、柯桥原斛米四千六百五十二石六斗。

一、收会稽县孙邑尊经办无锡原斛米二千四百零一石六斗。

一、收西贡原斛米一千石。（府宪托杭府办。）

一、收香港原斛米七千八百廿七石一斗一升九合。（会稽孙邑尊托，鄞县毕邑尊转托，宁波接济公所代办。）

一、收湖南原斛米五千三百六十七石。（府宪札委，孙县丞办。）

前八件共计原斛米五万一千零二十三石零五升六合。（内除已买禁运转售，及糯米变价并拨萧邑原斛米四千八百十七石三斗二升七合，并湖南金华尚未运齐变价原斛米六千三百五十七石外，其余原斛米三万九千八百四十八石七斗二升九合折合五云市斗米三万六千七百四十九石六斗七升二合。）

一、收柯桥米行捐缴及四城门搜获充公米三百十一石七斗五升。

一、收汉口购回小麦原斛一千零三十一石。

以上统共收米麦五万二千三百六十五石八斗零六合。

一、付（四月初三日起，截至二十日止，发城乡各局平粜仓斗米一千四百五十六石五斗六升）折合五云市斗米一千三百四十石零零三升五合。

一、付（四月二十一日起，截至七月十五日止，发城乡各局）平粜五云市斗米三万二千六百零七石七斗六升。

一、付（七月初一日起，截至十五日止，发城中各坊局）平粜五云市斗米九百八十一石六斗五升。

一、付粜余及落水湿米变价五云市斗米一千零七十二石七斗六升。

一、付（贴中望坊平粜，并仓局上下自食饭米，及四城门当差地保米）五云市斗八十六石六斗。

一、付（兰溪、上海已买禁运仍复变价并拨萧邑）原斛米四千八百十七石三斗二升七合。

一、付各米原斛以五云市斗盘量，共折蚀米三千四百九十九石零五升七合。

一、付筛扇盘量舂白等折耗五云市斗米五百七十二石六斗一升七合。

一、付售与酱园原斛汉口麦一千零三十一石。

以上统共付米四万四千九百七十七石八斗零六合，麦一千零三十一石。（湖南金华未运齐米不在此内。）

一、宁波接济公所欠应还办米余洋二千二百零九元四角八分四厘。

一、萧山县欠应缴还香港米价找洋四百五十七元三角二分三厘。

一、湖南金华已运未齐变价原斛米六千三百五十七石，照时价约作洋二万四千元。（湘米五千三百六十七石，照湖墅估价每石约洋三元七八角，金华米九百九十石至绍，约合五云市斗九百六十石左右，照绍市估价每石约洋四元一二角，两共约作洋二万四千元。）

总计归还公款约不敷洋六万二千余百元。

绍兴府正堂熊为照会事。本年九月二十四日奉藩宪恽札开，本年九月初八日奉抚宪廖批，本府禀绍郡办理平粜完竣，开具收支清折，呈送督核由。奉批：禀单并折均悉，仰布政司核复，饬遵缴折存等因，并据该府禀同前由各到司。奉据此查折开洋元收支数目，核计相符，惟收米项下以散合总计，不符米七石，应饬查明更正。本年米价腾贵，商运不通，该府督同山会两县官绅运米平粜，民食不致缺误，办理尚属得法。钟绅、徐绅尽心筹画，力顾大局，亦尚好义堪嘉。惟动缺谷价，储备攸关，必须首先筹补。现计亏短公款洋六万二千七百余元，内仓款洋四万五千三百余元，应饬该府督同绅士，设法劝捐买谷归仓。此外，各款亦即次第筹补归款，以备公用。奉批前因，除禀批示并呈复外，合行札饬札府立即遵照前指，督同各绅士分别妥筹办理，毋稍违延，切切。同日又奉藩宪恽批，本府禀同前由奉批，此案已据该府禀奉抚宪批司，另札饬遵矣。仰即查照，仍候巡道批示缴折存各等因，奉此查本年春夏之交，米价涌贵，民食艰难，经贵绅董筹运筹粜，不辞劳瘁，深堪钦佩。惟亏短公款，为数较巨，力难急切筹补，但谷价关系储蓄，不可一日无备，转致缓急无恃，自应首先弥补，以备不虞。奉批前因除饬县遵照外，拟合照会，为此照会贵绅董，请烦查照。希即会同各绅分别妥筹复府，望速施行，须至照会者。

照会办理平粜绅董徐。

光绪二十四年十月初二日

窃本年绍郡筹办平粜大旨情形及银米出入大略，已于八月间开具收支清折，禀经核转，奉批在案。维时远省购办之米，尚未运齐变价。故亏短数目，仅能约举其略。旋将委员孙县丞襄圻所办湖南原籴米五千三百六十七石运到上海，当即发行试卖。以米色太糙，未能通销，因提四百四十包交美昌公司春白，由穗祥等行转卖，仍多折阅。因运回湖墅、绍兴，并将购存金华原籴米九百九十石于弛禁后运绍，交各米行分售。时新米旺出，陈米滞销，价亦日落。迨一律售竣，收回洋二万二千四百八十八元二角四分八厘。核与前禀估洋二万四千元之数，计少售洋一千五百十一元七角五分二厘。收清售价后，即将八月十一日至十月底止各项用款结算清讫，除一切开销外，实存足串钱五万五千八百十四千四百文。当即查照山、会、萧三邑原领塘闸亩捐各典，照前存数目发交正德等四十七典，领存生息，仍出具凭折，交同善局收执。归款除交还外，计尚欠塘闸亩捐足串钱三千三百十七千四百二十文，欠义仓九九六串钱，二万七千二百八十二千零六十八文。欠山会豫仓九九六串，钱一万八千一百零五千零六十七文。欠修志书经费足串钱一万一千一百九十二千八百九十九文。欠同善局相验经费洋四千三百二十二元零二分五厘。以上钱洋，统合作足串钱，计共欠钱六万三千四百二十四千一百三十二文。此平粜亏短之实数也。是项欠款均关紧要，自应遵照前奉宪批，设法劝捐弥补。请由职等公同筹议，妥善办法，另禀办理。兹将逐批采办与逐日粜卖并米与银钱之管收，除在分晰详缮，汇为一册，送请督核，转禀销案。此册即拟编刻刷印，作为征信录分散远近，以供众览。一俟刊印告成，即送钧鉴。除禀山会两县备案外，肃此职名具禀，敬请勋安，伏乞垂鉴。

计送清册一本各处账单票信二十四函。

光绪二十四年十一月　　　日

银钱四柱总册

　　谨将本年绍郡山会两邑官绅合办平粜动用各项公款，及绅借庄款，采办米石一切支用，并收回各局粜本，及杂物变价钱洋，造具四柱总册，送呈宪核。

　　计开：

旧管

　　无

新收

　　一、收义仓谷本及上年赢利九九六串钱，二万七千二百八十二千零六十八文（每钱一千文合洋一元）计洋二万七千二百八十二元零六分八厘。

　　前件本年闰三月初一日赵鼎新米行闭歇，缴还存本钱一千二百串，又本年闰三月十五日提到各米行存本钱二万四千八百串，又仓存上年赢利钱一千二百八十二千零六十八文，合符前数。

　　一、收豫仓谷本及存谷变价九九六串钱，一万八千一百零五千零六十七文（每钱一千文合洋一元）计洋一万八千一百零五元零六分七厘。

　　前件本年四月初四日提到各钱庄存钱一万五千五百串，又仓谷变价钱二千二百六十八千一百七十五文，又上年余存钱三百三十六千八百九十二文，合符前数。

　　一、收纂修府县志书成本及正息滚息足串钱一万一千一百九十二千八百九十九文（每钱九百八十四文合洋一元），计洋一万一千三百七十四元八角九分七厘。

　　前件本年四月初一日提到存典本钱五千串，又存钱庄正息滚息钱六千一百九十二千八百九十九文，合符前数。

　　一、收相验经费，除借支团练经费外，本息洋四千三百二十二元零二分五厘。

　　前件本年四月初一日由钱庄提到。

　　一、收塘闸亩捐本息足串钱五万九千一百三十一千八百二十文（每钱九百八十四文合洋一元）计洋六万零零九十三元三角一分三厘。

　　前件本年四月三十日收到暂存钱庄未发典钱六千四百零三千八百二十文，又提到济德、义庆、晋泰、厚生、延康、永兴、泰亨、怀德八典存钱七千三百串。五月初一日提到嘉德、义思、荣德、正德、义和、宝兴、至善、济安八典存钱一万零一百串。初二日提到公益、泰升、怀忍、衍庆、寿宜、泰和、志存、永孚、尊德、德昌、乾章、均益十二典存钱一万三千六百串。初三日提到三泰、聚泰两典存钱一千六百串。初四日提到恒德一典存钱一千八百串。初五日提到同福一典存钱二千串。初六日提到敦复、裕德两典存钱二千八百串。初九日提到源孚一典存钱九百串。十一日提到恒济、敬义两典存钱一千八百串。十五日提到继德、福衡、同庆、德茂、同仁、延庆六典存钱六千八百串。二十九日提到润德一典存钱一千串。六月二十日提到恒豫一典存钱一千串。又提到各典正月起至四月底止息钱一千零二十八千文，合符前数。

一、收各典补息洋四十六元五角九分六厘。

前件各典因缴本逾期，故照掉期补息。

一、收徐绅借垫洋四万五千元。

前件本年四月二十八日借垫洋二万元，五月初五日借庄款垫洋二万五千元。

一、收钟绅借垫洋三万元。

前件本年四月二十八日借垫洋五千元，五月初五日借庄款垫洋二万五千元。

一、收城乡四门八市三村三十八坊缴回平粜米价钱，合洋十五万四千二百零二元二角六分八厘。

一、收粜余并湿水米变价洋五千五百十八元二角五分五厘。

前件系裘咸升、王新茂、陈源茂、茂泰共一票，（徐绅筛扇米一百三十五石，）洋八百三十七元。裕生一票，（徐绅第一批湿水米一百石，）洋四百五十元。震泰、万盛、陈松茂、陈瑞裕各一票，（徐绅湖墅米六十石，）洋三百元。大有年一票，（宪拨米三十石，）洋一百六十二元。万春祥一票，（宪拨米三十石，徐绅湖墅米一百三十六石五斗，毕邑尊代办香港米六十七石五斗，）洋一千一百五十四元八角五分。广源一票，（宪拨米三十石，毕邑尊代办香港米三十石，）洋三百零三元。通裕一票，（徐绅筛扇米一斗二升，又汉口米二十八石八斗，又湖墅米五十二石零五升五合，充公米六斗三升五合，）洋四百四十元零六角九分四厘。衍泰一票，（徐绅湖墅米七十九石，）洋四百二十六元六角。同福一票，（徐绅汉口米十二石七斗五升，毕邑尊代办香港米五石，）洋八十五元四角七分五厘。付涨记三票，（徐绅湖墅米七十五石，毕邑尊代办香港米一百四十七石二斗，）洋一千零六十四元五角二分。瑞泰兴一票，（徐绅白粳米十四石二斗，）洋八十九元零一分六厘。潘顺兴一票，（宪拨米二十四石，）洋一百二十九元六角。天芝一票，（徐绅湖墅米五石，）洋二十五元五角。张正裕一票，（徐绅湖墅米五石，）洋二十五元。任宏盛一票，（徐绅湖墅米五石，）洋二十五元。合符前数。有各号售米票二十纸。

一、收汉麦变价洋三千四百十二元零五分六厘。

一、收萧山县解还府拨香港米洋五千四百五十七元三角二分三厘。

一、收兰溪上海湖墅（已买禁运，仍复变价），归本米洋二万一千一百七十元零三角五分九厘。

一、收上海禁米糯米变价除归本外，赢余洋七百十五元五角五分。

一、收湖南、金华米变价归本洋二万八千六百八十一元八角八分九厘。

一、收钱庄掉息洋一千二百七十九元一角六分八厘。

前件系同乎、和记两钱庄自筹办米起，陆续收付至七月底，计掉期息洋六百七十四元一角五分一厘，又八月起至十月底计掉期息洋六百零五元零一分七厘，合符前数。

此上共收洋四十一万六千六百六十元零八角四分二厘。

开除

一、付购买各路米麦价及水脚洋二十六万八千一百五十七元五角八分九厘。

前件前因湖南、金华米未运齐，变价，故前送折内声明水脚现系约估，后再清算细开等语。现核实计算，计照前估之数溢用洋二百六十一元九角九分四厘，合再声明。

一、付各粜局每升贴钱一文，作一切开销钱合洋三千五百零四元五角九分七厘。

一、付给西陶坊买平米洋二百六十三元二角二分一厘。

前件谢绅等经手，因此坊无殷户捐粜，故议由仓贴给，有谢绅来函。

一、付常禧、都泗、西陶三坊粜价缺少钱，合洋十四元九角八分七厘。

一、付兰溪禁米变价归本不敷，计折阅洋四十二元六角三分八厘。

一、付湖南、金华米变价归本不敷，计折阅洋六千一百九十三元六角四分九厘。

一、付各局粜价角子洋陆续兑换整个大洋，计贴水洋二千八百八十五元三角七分二厘。

前件系城乡各局所缴平粜价内角子洋一百四十六万五千零九十一角，陆续兑换整个大洋，计贴前数，尚有角子洋三千零七十四元角，陆续搭用不贴水。

一、付陆续解还徐绅借垫洋四万五千元。

一、付徐绅垫款掉息洋四百七十元零一角六分五厘。

前两件系五月十八日解还一万元，六月初二日解还一万元，六月初九日解还一万元，七月初八日解还一万元，七月十五日解还五千元。陆续照掉期算息，共成前数。

一、付陆续解还钟绅借洋三万元。

一、付钟绅垫款掉息洋三百二十五元四角一分五厘。

前两件系五月十五日解还五千元，六月初九日解还一万元，七月初八日解还一万元，七月十五日解还五千元。陆续照掉期算息，共成前数。

一、付会稽县孙邑尊算去掉息洋一百六十一元五角。

一、付驻扎龙山兵队犒洋二百二十元。

一、付驻扎开元寺兵队犒洋二百元。

一、付绍协精兵队犒洋一百四十元。

一、付张管带郭哨官弹压酬洋八十元。

一、付府经照厅弹压酬洋八十元。

一、付山阴会稽粮厅弹压酬洋一百元。

一、付刘委员印云卿尹委员印功廷、刘委员印懋兰、吴委员印绍棠弹压共酬洋八十元。

前七件府宪酌派分给。

一、付绍兴用电报费洋一百七十六元四角五分。

前件自四月开办平粜起，至八月十一日止，译发各路电报费洋一百七十四元零三分，又八月十九日催运湖南米电报费洋二元四角二分。合符前数，电稿均存仓。

一、付王商钦驻湖墅办米用电报费洋四十七元七角二分。

一、付杨商理堂驻上海办米用电报费洋一百零二元二角九分二厘。

前件穗祥帐内代付七十五元八角，徐绅友兰代付二十六元四角九分二厘，合符前数。

一、付会稽县孙邑尊算去电报费洋九十九元八角。

一、付东关米行春米工洋十二元五角五分。

前件柯桥米行捐糙米三百石，东关米行代春发粜，除糠秕变价外，计找付前数。

一、付筛扇徐绅经办米工力洋九十六元七角三分六厘。

一、付昌安门栈房烧饭工人洋二元零二分五厘。

一、付昌安门栈房卸米工力洋九元六角六分五厘。

一、付湖墅料理各友酬洋三十六元。

一、付湖墅办米信力及坝上费用洋六十元。

一、付会稽县署算去差往杭宁川费洋十五元八角六分。

一、付搭厂拆厂工洋二十六元六角一分九厘。

前件义仓二门内搭筛米扇米厂，又头门内搭粜厂，试院内设栅栏，后改归各坊分粜不用。

一、付仓廒翻米栈房卸米、畚斛、押运工力洋二百十六元九角八分三厘。

一、付司事工人差遣船川及信力等洋五十八元七角八分。

一、付差徐司事祥麟至金华、兰溪，投文领照督运船川电费洋二十二元九角九分。

一、付仓栈司事修金洋一百八十七元。

前件计傅树扬三十元。王述斋二十元。高佩青四十元。孙联升十六元。尉应昌十六元。高播斋十六元。金翔兴二十元。高子承十二元。王葆康八元。杨秋生三元。冯启相六元。合符前数。

以上十二件系开办起，至八月十一日止，用洋六百零一元三角八分九厘。八月十二日起，至十月底止，用洋一百四十三元八角一分九厘。共合前数。

一、付官绅办公酒席点心洋七十九元三角零四厘。

前件系迁善所代办请客酒席洋四十三元四角七分八厘，义仓请哨官营兵点心洋四元二角六分九厘，同善局代办议事二十一次，点心洋三十一元五角五分七厘。合符前数。

一、付昌安门栈房租洋二元。

一、付昌安门栈房零用饭菜洋十三元二角二分九厘。

一、付五云门栈房租洋二十四元。

一、付五云门栈房饭菜零用洋三十四元九角二分三厘。

一、付盖仓面砻糠洋十七元九角一分。

前件因春夏米易霉变，故用砻糠盖廒面以收潮气。

一、付饭米洋十八元六角八分四厘。

前件闰三月二十日买米二石一斗，计洋十一元六角五分。十月初二日买米一石五斗，计洋七元零三分四厘。合符前数。

一、付仓用饭菜零用洋一百八十一元四角七分一厘。

一、付柴炭洋十六元三角零二厘。

一、付油烛、茶叶、烟火、纸洋二十元零二角四分一厘。

一、付修理一切杂物、零星杂用洋四十四元五角零六厘。

一、付王司事雨香故后亏欠洋三十六元五角五分三厘。

以上十二件系开办起，至八月十一日止，用洋四百十八元七角五分五厘。八月十二日起，至十月底止，用洋七十元零三角六分八厘。共合前数。

一、付买升斗洋三十二元五角九分六厘。

前件计买较官斗两只，五升斗十只，一升桶十只，半升桶十二只。又五云市斗五只，五升斗三十二只，一升桶二十六只，半升桶五十只，湖墅市斗一只，杭省平粜官斗一只。

一、付宁波买磅秤一支，计洋二元五角。

一、付买风箱三部，计洋九元九角六分。

一、付买笆斗十只，计洋三元四角四分九厘。

一、付买算盘两面，计洋八角一分二厘。

一、付仓用碗布草鞋席扇手巾畚兜扫帚灯笼雨盖等洋十一元九角二分一厘。

一、付刻印米票工料洋五元九角。

前件因初议借试院办粜，后改归各坊分粜不用。

一、付笔墨纸簿洋九元九角二分七厘。

以上八件系开办起，至八月十一日止，用洋七十四元五角零二厘。八月十二日起，至十月底止，用洋二元五角六分三厘。合符前数。

一、付归还塘闸亩捐足串钱五万零六百串（每钱九百八十四文合洋一元），计洋五万一千四百二十二元七角六分四厘。

前件十月初一日发存至善、同福、同豫、荣德四典各二千串，恒德一典一千八百串，继德一典一千七百串，义和一典一千六百串，正德、延康、善庆、衍庆、裕德、济和、尊德七典各一千五百串，敦复、乾章、同庆三典各一千三百串，寿宜、泰升两典各一千二百串，大生一典一千一百串，怀德、嘉德、怀忍、恒豫、同仁、延庆、德茂、公益、永孚、均益、润德十一典各一千串，源孚一典九百串，晋泰、宝兴、聚泰、福衡、三泰五典各八百串，义思一典七百串，永兴、泰亨、济安、恒济、志存、泰和六典各五百串。合符前数。

一、付归还塘闸亩捐足串钱三千五百串（每钱九百八十四文合洋一元），计洋三千五百五十六元九角一分一厘。

前件十一月初一日发存聚昌、云和、咸泰三典各一千串，又济安一典添存五百串，合符前数。

一、付归还塘闸亩捐足串钱一千七百十四千四百文（每钱九百八十四文合洋一元），计洋一千七百四十二元二角七分六厘。

前件十月二十五日交同善局解府，转发承修会邑镇塘殿塘工绅士应用。

一、付留支刻印征信录洋二百八十二元一角。

以上共付洋四十一万六千六百六十元零八角四分二厘。

实在

一、计总共亏短洋六万四千四百五十五元四角一分九厘，合作足串钱六万三千四百二十四千一百三十二文。

米麦四柱总册

谨将山会两邑平粜收付出入米石，并食用变价各米数总缮四柱清册送呈宪核。

计开：

旧管

无

新收

一、收各路购买并宪拨原斛米五万一千零二十三石零五升六合。

一、收柯桥各米行认捐糙尖米三百石。

前件钟绅交来，云系裕生、裕大、万丰、万通、美记、同仁、协义、瑞泰兴、全泰九行捐。

一、收皋埠潘阿丰认罚白米十石。

前件会稽县署交来，云系皋埠局粜卖除贴经费外，每升钱四十三文，合洋四十三元。

一、收四城门搜获充公米一石七斗五升。

前件系迎恩门刘委员交来，八次米三斗六升。昌安门刘委员交来，两次米一斗八升五。云门、会稽县署交来，三次米一石二斗一升。共合前数。

一、收汉口购回小麦原斛一千零三十一石。

以上共收米麦五万二千三百六十五石八斗零六合。

开除

一、付（四月初三日起，截至二十日止，发城乡各局平粜义仓官斗米一千四百五十六石五斗六升）折合五云市斗米一千三百四十石零零三升五合。

一、付（四月廿一日起，至七月十五日告竣止，城乡各局平粜）五云市斗米三万二千六百零七石七斗六升。

一、付（七月初一日起，至十五日告竣止，城中各坊平粜）五云市斗米九百八十一石六斗五升。

一、付粜余并湿水米变价五云市斗米一千零七十二石七斗六升。

一、付拨交钟绅贴坊粜米五十石。

一、付四城门及平水当差地保米八石六斗。

一、付义仓及城外栈房上下自食饭米二十八石。

前件系四月初六日起至八月十一日止。

一、付兰溪、上海已买禁运及糯米不合用，仍复变价米三千七百十四石。

一、付拨萧邑原斛香港米一千一百零三石三斗二升□合。

一、付金华已买禁运至八九月运回变价原斛米九百九十石。

一、付湖南于停粜后运回变价原斛米五千三百六十七石。

一、付原斛各米折合五云市斗，共蚀米三千四百九十九石零五升七合。

一、付筛扇舂量共耗五云市斗米五百七十二石六斗一升七合。

一、付售与酱园等原斛汉口麦一千零三十一石。

以上共付米麦五万二千三百六十五石八斗零六合。

实在

无

逐批采买及变价细册

　　谨将官绅采办各米情形，并原斛折合五云市斗蚀耗细数，及买价运脚余米杂物变价收付各款，分批缮呈宪核。

　　计开：

　　第一批徐绅托王商钦采办无锡、湖墅原斛糙白米一万零六百七十九石八斗三升七合，分储义豫两仓，经宪委饬县查验在案。自本年四月初三日起，至二十日止，发各局平粜一千四百五十六石五斗六升。官绅公议，每升平价四十四文，量用义仓官斗，至四月二十一日改五云市斗，并将米筛净碎粒再入风箱飏扇，然后发粜，委员傅前府尊谕也。总批内有原斛糙米二千零九十八石一斗二升八合，亦一律筛净舂白。其筛出谷子仍砻舂筛入，所有糠秕等物，一并变价归入本批计算。统折合五云市斗，计蚀一千一百三十四石七斗三升三合，糙米舂白计耗一百八十七石三斗九升一合，重加筛扇计耗一百四十六石二斗八升三合。除蚀耗过净计九千二百十一石四斗三升。

　　付亿丰行价洋二万六千四百八十五元四角五分七厘。

　　付亿丰行斛川堂捐栈力等洋二百零一元二角零八厘。

　　付洽大行价洋一万九千四百四十五元七角四分九厘。

　　付洽大行用金船力等洋七百四十五元零三分二厘。

　　前四件有亿丰行票三纸，洽大行票三纸。

　　付无锡米至湖墅盘斛驳扎力洋八十五元九角六分二厘。

　　付得胜、西河江干各坝船力洋七百六十六元六角九分一厘。

　　付贳车袋洋一百四十九元四角三分一厘。

　　付绍兴汇杭省费洋四十元零四角二分五厘。

　　付绍兴汇苏洲费洋七十四元三角四分六厘。

　　付临浦新坝潭头各船坝力洋三百九十六元八角二分六厘。

　　付本城驳船力洋八十元零三角四分四厘。

　　付上仓肩力洋九十一元零二分四厘。

　　付带车袋力洋十六元八角三分五厘。

　　付筛舂糙米工力洋二百零九元一角六分六厘。

　　付糙米筛出谷子砻工力洋十二元零三分。

　　收回筛出糙白秕七十九石二斗四升，计洋二百四十二元零九分七厘。

　　收回舂糠八十五石四斗五升，计洋八十七元二角七分九厘。

　　收回扇出白米糠八十三石七斗，计洋四十六元一角八分五厘。

　　收回糙米内谷子砻出糠片瘪谷，计洋七元八角零八厘。

　　收回张德茂船赔米洋七元五角。

　　前十六件有簿存仓。

以上除收回过净付洋四万八千四百零九元六角五分七厘，每石不筛扇合洋五元一角七分三厘二毫三丝五忽，筛扇过合洋五元二角五分五厘三毫九丝。

第二批徐绅托王商钦采办兰溪糙尖米三百袋，合原斛五百四十石。闰三月二十日买就，因奉禁不准出境，原袋变价。

付和盛行价洋二千三百十六元。

付和盛行堂捐洋一元二角六分三厘。

付兰溪驳船力洋三元。

付绍兴汇兰溪费洋五元三角七分五厘。

付客川洋十二元。

以上共付洋二千三百三十七元六角三分八厘，收回原斛变价洋二千二百九十五元。

统批核归本，计折阅洋四十二元六角三分八厘。

前六件有和盛行票一纸，王雨香帐一纸。

第三批徐绅托王商钦采办无锡湖墅碶石，原斛白□□三千二百四十七石八斗。重加筛扇，所有糠秕等一并变价，归入本批计算，统折合五云市斗计蚀三百五十八石四斗五升四合。重加筛扇，计耗六十八石五斗三升六合。除蚀耗过净，计二千八百二十石零八斗一升。

付亿丰行价洋七千七百三十八元七角八分四厘。

付亿丰行斛力驳扎堂捐洋三十一元八角六分七厘。

付洽大行价洋四千六百四十七元三角四分。

付洽大行用金船力等洋一百五十三元六角一分五厘。

付胜顺行价洋二千八百二十八元零一分五厘。

付胜顺行船力捐洋五十一元零六分。

前六件有亿丰行票一纸，洽大行票一纸，胜顺行票一纸。

付无锡米至湖墅盘斛驳扎力洋十七元六角八分三厘。

付西河、江干、海宁各船坝力洋二百五十四元零零三厘。

付碶石客川洋二十元。

付赍车袋洋四十三元二角四分五厘。

付绍兴汇苏杭费洋二十一元二角五分四厘。

付新坝、临浦船坝力洋一百二十五元九角八分九厘。

付本城驳船力洋二十四元四角四分八厘。

付上仓肩力洋十八元七角四分一厘。

付带车袋力洋五元一角一分一厘。

收回筛出米粞六石九斗五升，计洋二十一元三角三分六厘。

收回扇出糠屑三十八石零八升，计洋二十一元零□分二厘。

收邵五六船赔米洋十一元。

收张德茂船赔米洋一元四角六分。

收冯阿牛船赔米洋四元。

收王阿荣船赔米洋六元。

前十五件有簿存仓。

以上除收回过净付洋一万五千九百十六元三角四分七厘，每石不筛扇，合洋五元五角零八厘六毫三丝三忽。筛扇过，合洋五元六角四分二厘四毫七丝四忽。

第四批钟绅托五云门米行采办西路白尖五云市斗米一千石，寄存五云门米行。陆续发粜，计耗二石五斗八升。除耗过净，计九百九十七石四斗二升。

付五云门米行洋五千五百六十五元六角零一厘，每石合洋五元五角七分九厘九毫九丝七忽。

前件有五云门米行抄单一纸。

第五批山阴县任邑尊饬柯桥米行买西路白尖柯斗米三千二百六十石，此米系柯桥米行囤积，买后仍存原行陆续发各局分粜。统折合五云市斗计耗六十七石四斗，除耗过净，计三千一百九十二石六斗。

付柯桥九行价洋一万九千九百零二元。

付柯桥米行肩力洋六十五元二角。

付贴息洋十元零二角。

前三件有各行票十五纸，库书帐三纸。

付各米并堆匀量工力洋十四元四角七分。

收回各粜局贴还肩力洋二十九元七角一分一厘。

前二件有簿存仓。

以上除收回过净付洋一万九千九百六十二元一角五分九厘，每石合洋六元二角五分二厘六毫三丝四忽。

第六批会稽县孙邑尊采办无锡白尖原斛米二千四百零一石六斗，运存五云门栈房，折合五云市斗，计蚀二百五十六石计，耗九石二斗五升，除蚀耗过净，计二千一百三十六石三斗五升。

付价洋一万一千二百十三元七角九分六厘。

付用金、船力、斛手、酒力洋二百六十一元零五分。

付贳车袋洋五十五元三角四分三厘。

付还车袋力洋一元五角。

付湖墅、江干、新坝各船坝力洋二百七十一元六角八分一厘。

付客川辛工洋三十元零四角八分。

付电报费洋十五元四角五分。

付绍兴汇苏杭费洋五十五元四角。

前八件有会稽县署来账一纸。（内少结算洋五分。）

付上栈肩力洋三十三元零二分二厘。

付带车袋船力洋三元三角。

前二件有簿存仓。

以上共付洋一万一千九百四十元零九角十分二厘，每石合洋五元五角八分九厘四毫二丝七忽。

第七批山阴县任邑尊饬昌安米行采办湖墅原斛糙白米一千三百九十二石六斗，运存昌安栈房。内有原斛糙米五百零六石二斗，一律春白筛出谷子，仍籴米入春，所有糠秕均变价归入本批计算，统折合五云市斗，计蚀一百四十七石九斗六升四合，计春耗二十四石三斗七升三合，计量耗十二石零九升三合。除蚀耗过净，计一千二百零八石一斗七升。

付价洋七千五百六十四元七角八分八厘。

付斛力堂捐洋二十九元零七分。

付得胜、江干、潭头各船坝力及客川洋一百九十九元零三分一厘。

付赍车袋连带力洋三十六元九角六分二厘。

付春工除糠秕变价过计不敷洋十元零一角一分。

前五件有裕泰、正大、源顺各号票四纸，昌安米行总帐一纸。

以上共付洋七千八百三十九元九角六分一厘，每石合洋六元四角八分九厘一毫二丝零。

第八批徐绅托王商钦采办湖墅、上海、白尖及上高白粳原斛米一千一百四十五石六斗。内上高白粳米因籴户争购拥挤，任邑尊谕止勿用，与东光坊白尖对掉。其余停籴，后售与米行。其白尖米一律重加筛扇，所有糠秕均变价归入本批计算，统折合五云市斗，计领八十一石□斗五升九合。重加筛扇计耗二十五石二斗□升一合。蚀耗过净计一千零三十八石五斗二升。

付亿丰行价洋二千三百六十七元二角六分九厘。

付亿丰行斛川堂捐洋二十元零五角七分。

付穗祥行价洋四千零十二元零五分。

付穗祥行用金船川洋九十元零零九分。

前四件有亿丰行票一纸，穗祥行票一纸。

付上海米至湖墅过斛力洋十七元八角九分四厘。

付得胜、江干各船坝力洋九十四元零二分二厘。

付赍车袋洋十三元零七分四厘。

付绍兴汇杭省费洋二元一角二分五厘。

付临浦、新坝各船坝力洋四十九元一角二分五厘。

付本城驳船力洋九元一角二分四厘。

付上仓肩力洋七元一角二分六厘。

付带车袋力洋一元八角七分六厘。

收回筛出米秕三石五斗二升，计洋七元八角九分。

收回扇出糠屑十九石二斗四升，计洋七元七角三分一厘。

收回陈阿福船赔米洋十八元。

收回倪同福船赔米洋十六元。

前十二件有簿存仓。

以上除收回过净付洋六千六百三十四元七角二分四厘，每石不筛扇合洋六元二角三分七厘一毫六丝二忽，筛扇过合洋六元二角八分八厘六毫三丝四忽。

第九批徐绅托王商钦采办上海原斛白糯米二百八十石，系与第八批合办，因不合用，挑出就湖墅变价。

付穗祥行价洋一千三百九十九元六角。

付穗祥行用金船川洋三十六元四角。

前二件与第八批穗祥行合票。

以上共付洋一千四百三十六元。

收回亿丰行变价洋一千五百四十一元六角七分。

前件有亿丰行票一纸。

统批除归本外，计赢余洋一百零五元六角七分。

第十批徐绅托王商钦采办上海原斛白米二千八百九十四石，此批与第八、第九两批同时办就，正在装船，适奉道宪禁运。前两批迅驶出境，本批不及，遂扣留上栈。禀请放运，不准，就上海变价。

付穗祥行价洋一万七千一百九十八元四角六分。

付穗祥行用金洋一百十五元七角六分。

付小买费客川栈租洋七十九元。

付道署递禀及旗灯等费洋三元五角。

以上共付洋一万七千三百九十六元七角二分，收回穗祥行变价洋一万八千零零六元六角。

前五件有穗祥行票两纸。

统批除归本外，计赢余洋六百零九元八角八分。

第十一批徐绅采办西路、白尖五云市斗米三百石。此系高车头鲍宗祠平粜，余米重加筛扇，所有糠秕变价，归入本批计算，计筛扇耗七石零九升。除耗过净，计二百九十二石九斗一升。

付价洋一千八百三十九元四角八分。

前件有鲍五思堂票一纸。

付大船驳船力洋六元四角四分。

付上仓肩力洋一元八角。

收回筛出米粞七斗，计洋二元一角四分九厘。

收回扇出糠屑四石，计洋二元二角零七厘。

前四件有簿存仓。

以上除收回过净付洋一千八百四十三元三角六分四厘。每石不筛扇，合洋六元一角四分四厘五毫四丝七忽。筛扇过，合洋六元二角九分三厘二毫八丝。

第十二批徐绅采办西路白尖五云市斗米一百石。此米买补第一批湿水缺数，重加筛扇，所有糠秕变价归入本批计算。计筛扇耗二石四斗，除耗过净，计九十七石六斗。

付瑞泰兴行价洋六百五十元。

付瑞泰兴行用金肩力洋八元五角。

前两件有瑞泰兴行票一纸。

付船力洋一元四角。

付上仓肩力洋五角九分四厘。

收回筛出米粞二斗四升计洋七角三分七厘。

收回扇出糠屑一石三斗计洋七角一分七厘。

前四件有簿存仓。

以上除收回过净付洋六百五十九元零四分，每石不筛扇合洋六元五角九分零，筛扇过合洋六元七角五分二厘四毫六丝。

　　第十三批奉藩宪拨原斛白尖米五百石，由府委员晋省领运，适藩宪已委员解送来绍。折合五云市斗，计蚀七十一石五斗六升。除蚀过净，计四百二十八石四斗四升。

　　付解省价洋二千六百六十三元六角一分四厘。

　　前件送府转解。

　　付秦委员晋省领米川资等洋六十元。

　　前件送府转付。

　　付会署经付省委员川资賫袋等派洋八十七元二角六分。

　　前件有会署交来派帐一纸。

　　付上栈肩力洋五元一角。

　　收回绍兴汇杭省贴进费洋三元三角二分九厘。

　　前两件有簿存仓。

　　以上除收回过净付洋二千八百十二元六角四分五厘，每石合洋六元五角六分四厘八毫五丝零。

　　第十四批徐绅托王商钦采办安南西贡白米二千包，作原斛二千石。由上海禀明道宪，仍经过洋关报税，统折合五云市斗计蚀八十五石七斗，除蚀过净计一千九百十四石三斗。

　　付穗祥行（顶西贡白米二十万零九千一百五十四斤，每百斤洋四元三角七分；次西贡白米□万零二千七百四十七斤，每百斤洋四元一角七分），计价洋一万三千四百二十四元五角八分。

　　付穗祥行用金（每百斤洋三分），计洋九十三元五角七分。

　　付穗祥行（报洋关税银四十两），计洋五十三元零八分六厘。

　　付穗祥行（轮拖船力每百斤洋一角），计洋三百十一元九角。

　　付穗祥行上海肩驳力洋三十一元一角一分。

　　前五件有穗祥行票一纸。

　　付洋关验费洋二十元。

　　付湖墅过磅驳船力洋四十八元。

　　付得胜、江干各船坝力洋一百九十九元六角九分四厘。付买规元（杭州买汇上海七千两，价一百三十三元七角八分二厘；上海穗祥行计价一百三十二元七角一分四厘），计折阅洋七十四元七角六分。

　　付杭州买规元捐费等洋八角九分。

　　付临浦船坝力洋九十五元四角二分五厘。

　　付驳船至栈力洋五元七角二分。

　　付上栈肩力洋二十八元六角七分六厘。

　　收回包皮（二千只，每只售洋九分五厘），计洋一百九十元。

　　收回包皮（内有夹包，拆出二百五十八只，每只售洋九分五厘），计洋二十四元五角一分。

　　前十件有簿存仓。

　　以上除收回过净付洋一万四千一百七十二元九角零一厘，每石合洋七元四角零三厘六毫九丝九忽。

　　第十五批徐绅托王商钦采办汉口白尖原斛米五千石，杨理堂傅树扬经手。原买就八千余石，买后价又腾涨，适奉两湖督宪禁运，由徐绅友兰向宁绅严筱舫观察乞借护照，运五千石回绍。余三千余石，府委孙县丞襄圻至湘办米过汉，以原价售脱。其运回之五千石，统折合五云市斗计蚀六百三十九石八斗六升，除蚀过净，计四千三百六十石零一斗四升。

付孙委员经手道照费规元银计洋九角七分。

付孙委员经手贴费洋例银一千两（伸规元银一千零三十七两三钱九分一厘，每规元七钱四分七厘一毫零合洋一元），计洋一千三百八十八元五角四分八厘。

付孙委员经手洋关换照、道署盖戳各费洋例银十两（伸规元银十两零三钱七分四厘，每银七钱四分七厘一毫零合洋一元），计洋十三元八角八分五厘。

前三件系第二十三批孙委员来帐内摘出，付元丰行价银一万五千七百四十五两九钱六分（每银九钱六分五厘七毫五丝伸规元银一两），合规元银一万六千三百零四两三钱八分五厘（每规元银七钱四分七厘一毫零合洋一元），计洋二万一千八百二十三元四角二分一厘。

付元丰行栈租行用上下力驳船银五百九十九两三钱七分（每银九钱六分五厘七毫五丝伸规元银一两），合规元银六百二十两零六钱二分七厘（每银七钱四分七厘一毫零合洋一元），计洋八百三十元零七角零九厘。

付元丰行（装夹板船三千五百石船力酒使）银五百二十八两六钱三分（每银九钱六分五厘七毫五丝伸规元银一两），合规元银五百四十七三钱四分八厘（每规元银七钱四分七厘一毫零合洋一元），计洋七百三十二元六角六分五厘。

前三件有元丰行票一纸。

付穗祥行（代付一千五百石，汉口至上海轮船装费）规元银一百八十二两五钱二分（每银七钱四分七厘一毫零合洋一元），计洋二百四十四元三角零三厘。

付穗祥行（代付驳力肩力），洋四十七元五角。

付穗祥行取用金规元银一百两计洋一百三十八元零一分一厘。

付穗祥行（代付上海装杭州一千五百石船力），洋一百三十五元。

付穗祥行（代付包皮五千只），连带力规元银五百三十两，计洋七百三十一元四角五分九厘。

付穗祥行（代付司事轮船等费），洋二十六元。

前六件有穗祥行票一纸。

付宁波接济公所（代付三千五百石，镇江用轮船拖至宁波派贴煤油费）规元银三百六十七两五钱合洋四百九十三元一角八分五厘。

前件有接济公所来片。

付过湖墅一千五百石，驳斛力洋四十二元零二分四厘。

付湖墅王长富船偷米禀钱塘县究追费洋八元。

付过西河江干船坝力洋一百三十九元八角八分六厘。

付过宁波三千五百石报关费洋十七元五角。

付又驳船力洋十五元七角五分。

付又催绍船电报费洋三元一角五分。

付又道照费洋三元四角。

付又司事理值一切费洋二十五元一角四分。

付又会稽县署经手马三泰行由宁装绍船力（每石洋一角八分），计洋六百三十元。

付会稽县署经手马三泰行新埠头肩驳力洋三十一元八角二分。

付过临浦、新坝一千五百石各船坝力洋六十八元一角五分五厘。

付上栈肩秤力洋七十元零二角五分。

付宁波汇汉口规元银（派一万八千七百零三两四钱，每千两贴出汇费银三两，合洋四元零一分五厘五毫），计洋七十五元一角零三厘。

收回绍兴汇宁波（派洋二万五千零三十四元五角零一厘，每千元贴进绍洋汇费洋四元七角五分），计洋一百十八元九角一分四厘。

收回倪同福船赔米洋五元六角五分。

收回王长富船赔米洋四十二元。

收回会稽县署经手马三泰船赔米洋四十五元零六分。

收回包皮（九百三十只，每只售洋九分五厘。三千九百七十九只，每只售洋九分八厘。其余会稽县署取去五十只，又破缺四十一只），计洋四百七十八元二角九分二厘。

前十八件有簿存仓。

收回汉口元丰行回用规元银十五两，合洋二十元零七角零六厘。

前件系穗祥行票内摘出。

以上除收回过净付洋二万七千零二十五元二角一分二厘，每石合洋六元一角九分八厘二毫四丝四忽零。

第十六批孙邑尊托鄞县毕邑尊代办香港原斛糙米七千六百八十八石四斗一升一合，汉口原斛白尖米一百三十八石七斗零八合。运存五云门外栈房，计香港米原来司码磅一百三十八万三千九百十四磅，每一百八十磅合原斛一石，计原斛糙米七千六百八十八石四斗一升一合。除奉府谕分拨萧山县原斛一千一百零三石三斗二升七合收进价洋外，其余筛净谷子耷米，所有瘪谷碎糠变价归入本批计算，统折合五云市斗计蚀五百六十一石七斗六升四合。又汉口白米原来司码磅二万五千六百六十一磅，每一百八十五磅合原斛一石，计原斛白米一百三十八石七斗零八合，统折合五云市斗计蚀六石六斗二升八合。除折蚀米及拨萧邑原斛收价外，净计五云市斗糙米六千零二十三石三斗二升白米一百三十二石零八升。

付汇往宁波洋四万元。

前件会稽县署经汇应贴进宁汇费未算。

付宁波汇绍兴贴出费（接济公所交还余洋二千二百零九元四角八分四厘，每千元贴出汇费洋二元一角），计洋四元六角四分。

付会稽县署经手赍车袋五千只，至宁不用折回，计洋六十五元。

付又赍二千只栈房筛扇等用计洋二十元。

付会稽县署经手马三泰行运七千八百十三包，宁至绍船坝力（每包洋一角八分），计洋一千四百零六元三角四分。

付高司事及会稽县署家丁至宁料理川资等费洋五十五元九角五分八厘。

付米船到栈停泊贴各船户饭金洋九元五角。

付上栈肩力洋九十七元五角九分三厘。

付筛扇工力洋一百三十一元五角零五厘。

付筛出谷子耷米工力洋九十一元三角六分三厘。

前九件有簿存仓。

收回接济公所交还洋二千二百零九元四角八分四厘。

前件由会稽县署汇洋四万元至宁办米，旋据宁公所来账，除付糙米价洋三万六千四百四十三元零六分八厘，白米价洋七百七十六元七角六分五厘，余洋二千七百八十元零一角六分七厘。除栈租等洋一百三十六元六角四分八厘应还吾绍，嗣宁公所以米五百八十六石五斗三升三合抵还绍洋，计每石合洋四元七角四分。其时吾绍平粜已停，米已无用，因辞覆宁公所转售。旋据还洋除栈租等外二千二百零九元四角八分四厘，以合前数。实须亏洋四百三十四元零二分五厘，有宁公所前后账两纸。

收回萧山县缴还米价连水脚洋五千四百五十七元三角二分三厘。

前件系原斛一千二百零三石三斗二升七合，每石连运费等合洋四元九角四分六厘二毫四丝三忽，合符前数。

收回筛粞四石三斗五升，计洋十二元二角六分七厘。

收回扇糠十七石二斗五升，计洋九元七角一分五厘。

收回瘪谷三十八石四斗三升，计洋二十三元零五分八厘。

收回砻糠三百七十袋，计洋十九元三角九分一厘。

收回包皮六千八百十二只，每只售洋九分五厘，计洋六百四十七元一角四分。

收回会稽县署经手马三泰行船赔米洋五元五角。

收回会稽县署经手马三泰行（拨萧山县一千包，新埠头交付应除新埠头至五云门船力），计洋四十二元。

前七件有簿存仓。

以上连萧山县缴还价，统收回过净付洋三万三千四百五十六元零二分一厘，每石合洋五元四角三分五厘二毫三丝一忽。

第十七批府委孙县丞襄圻采办汉口小麦一千零三十一包，作原斛一千零三十一石，系向元丰行买成。其价及转运均杨理堂经理，因不合用，发山会两县各酱园分销变价。

付元丰行麦价汉银二千零三十五两零五分（每银九钱六分五厘伸规元银一两），计规元银二千一百零八两八钱六分一厘（每银七钱四分七厘一毫零合洋一元），计洋二千八百二十二元七角一分。

付元丰行用金税费保险栈力银一百九十三两二钱六分（每银九钱六分五厘伸规元银一两），计规元银二百两零零二钱六分九厘（每银七钱四分七厘一毫零合洋一元），计洋二百六十八元零六分。

前二件有元丰行票一纸。

付汉口至上海船力规元银一百七十八两八钱（内银三十五两九钱六分每七钱四分七厘一毫零合洋一元，又银一百四十二两八钱四分每七钱二分四厘五毫八丝合洋一元），共计洋二百四十五元二角六分七厘。

付穗祥行用金规元银二十一两四钱一分（每银七钱二分四厘五毫八丝合洋一元），计洋二十九元五角四分八厘。

付包皮一千零三十一只，连带力规元银一百零九两二钱八分六厘（每银七钱二分四厘五毫八丝合洋一元），计洋一百五十元零八角二分七厘。

付上海肩力驳力洋四十一元二角四分。

付上海至杭州船力洋九十二元七角九分。

前五件系第十五批穗祥票内摘出。

付湖墅驳力洋十六元七角一分。

付得胜江千船坝力洋一百零二元九角四分二厘。

付临浦、新坝。船坝力洋五十五元九角三分九厘。

付宁波汇汉口费（派规元银二千三百四十五两零九分，每千两贴出银三两，合洋四元零一分五厘五毫），计洋九元四角一分七厘。

付售麦盘斛驳力洋四元四角七分。

收回包皮（一千只，每只售洋七分；又三十一只，每只售洋九分八厘），计洋七十三元零三分八厘。

收回绍兴汇宁波（派洋三千一百三十八元九角零一厘，每千元贴进洋四元七角五分），计洋十四元九角一分。

前七件有薄存仓。

收回汉口回用规元银三两二钱一分一厘，计洋四元四角三分一厘。

前件系第十五批穗祥票内摘出。

以上除收回过净，付洋三千七百四十七元五角四分一厘。

收谦豫园售麦（一百零二石八斗，每石洋三元三角六分；一百十三石三斗二升，每石洋三元八角），计洋七百七十六元零二分四厘。

收同兴园售麦（四十六石五斗，每石洋三元三角六分；一百十八石五斗，每石洋三元八角），计洋六百零六元五角四分。

收祥记园售麦（一百零五石，每石洋三元三角六分；六十石零七斗，每石洋三元八角），计洋五百八十三元四角六分。

收谦益园售麦（一百二十八石九斗一升，每石洋三元三角六分；三十六石，每石洋三元八角），计洋五百六十九元九角三分八厘。

收新号园售麦（一百五十八石二斗六升，每石洋三元三角六分），计洋五百三十一元七角五分四厘。

收咸亨园售麦（四十六石五斗，每石洋三元三角六分；三十七石五斗，每石洋三元八角），计洋二百九十八元七角四分。

收万春祥行售麦（十二石，每石洋三元八角），计洋四十五元六角。

前七件系原斛一千零三十一包，五云市斗量售九百六十五石九斗九升，共收洋三千四百十二元零五分六厘，有各酱园及万春祥售票七纸。

第十八批奉藩宪拨原斛西贡白米二百五十石，由府委员领运来绍，折合五云市斗蚀米二十石零三斗九升。

除蚀过净，计二百二十九石六斗一升。

付解省价洋一千五百元。

付投文库力等费洋一元三角五分。

付府委陈照厅晋省领米川资洋二十元。

付湖墅驳船力洋五元。

付得胜江千船坝力洋二十三元三角三分七厘。

付赍袋洋四元一角一分四厘。

付临浦船坝力洋十二元六角五分八厘。

付上栈肩力洋二元三角三分一厘。

付带袋力洋三角九分八厘。

收回绍兴汇杭省贴进费洋一元一角二分五厘。

前十件有薄存仓。

以上除收回过净，付洋一千五百六十八元零六分三厘，每石合洋六元八角二分九厘二毫四丝五忽。

第十九批杭府林太尊分销原斛西贡白米一千石。此米因毕邑尊代办之香港米尚有四千余石未运到，适林太尊来函分销，是以添办。统折合五云市斗计蚀八十一石七斗，除蚀过净，计九百十八石三斗。

付解杭省价洋六千二百五十元。

付投文等费洋一元一角六分六厘。

付湖墅驳船力洋二十元。

付得胜江千船坝力洋九十三元三角四分三厘。

付赍袋洋十六元四角三分一厘。

付临浦船坝力洋五十一元六角九分六厘。

付江千至临浦赶船力洋二元。

付带袋力洋一元五角八分八厘。

付上栈肩力洋九元三角二分四厘。

收回绍兴汇杭省贴进费洋五元八角五分。

前十件有簿存仓。

以上除收回过净，付洋六千四百三十九元六角九分八厘，每石合洋七元零一分二厘六毫三丝。

第二十批徐绅托王商钦采办湖墅原斛白尖米四百八十石。此米因毕邑尊代办之香港米尚有四千余石未运到，特发电赶办，运回接济。折合五云市斗计蚀五十二石四斗四升五合。除蚀过净，计四百二十七石五斗五升五合。

付亿丰行价洋二千七百五十二元。

付亿丰行斛川捐费洋九元三角八分二厘。

前二件有亿丰行票一纸。

付得胜江千船坝力洋四十四元九角三分二厘。

付赍袋洋七元三角九分。

付临浦船坝力洋二十三元二角四分八厘。

付上栈肩力洋四元二角八分六厘。

付带袋力洋七角六分二厘。

收回绍兴汇杭省贴进费洋五元三角。

前六件有簿存仓。

以上除收回过净，付洋二千八百三十六元七角，每石合洋六元六角三分四厘七毫。

第二十一批徐绅采办上虞新糙尖五云市斗米三百六十七石五斗，此米因办就之金华米守候弛禁，不能运回，湖南米又远不济急，故复办此。计核实市斗三百六十七石五斗。

付泰安等七行价洋一千九百九十九元二角七分五厘，付又肩力洋七元三角五分。

前二件有泰安悦兴、鼎泰、裕泰、公泰、源泰、同裕行票共七纸。

付船力洋七元三角五分。

付上栈肩力洋三元四角三分。

前二件有簿存仓。

以上共付洋二千零十七元四角零五厘，每石合洋五元四角八分九厘五毫三丝七忽。

第二十二批徐绅托王商钦采办金华白尖米五百五十袋，作原斛九百九十石。此系六月间购办，守候弛禁，直至停粜后，始放归变价。

付和盛行价洋五千二百六十三元五角。

付又育捐洋二元二角四分六厘。

付栈租、肩力、汇费、电报、客川洋四十八元七角一分四厘。

付兰溪至义桥（一百九十袋）船力洋四十七元五角。

前四件有和盛行票二纸，账一纸。

付贳袋一百九十只洋七元六角。

付义桥船坝力（一百九十袋米行未付），计洋十元零三角二分。

前二件有簿存仓。

以上共付洋五千三百七十九元八角八分。

收回变价洋三千八百四十五元九角五分二厘。

前件万春祥一票（十五石），洋六十八元二角五分。东升一票（十七石零二升），洋七十三元六角九分七厘。同福一票（十七石二斗七升），洋七十四元七角七分九厘。万丰一票（一百十一石九斗二升），洋四百七十三元三角九分。美记一票（一百十一石九斗九升），洋四百七十九元零六分。瑞泰兴一票（五十二石二斗六升），洋二百二十一元二角五分六厘。协义孚一票（三百十五石），洋一千二百二十四元。大有年一票（三百十五石），洋一千二百二十四元。韩大成行赔米一袋（一石七斗二升），洋七元五角二分。以上共斛五云市斗米九百五十七石一斗八升，合原斛量蚀米三十二石八斗二升。有各米行售票八纸。

统批核原本计折阅洋一千五百三十三元九角二分八厘。

第二十三批府委孙县丞襄圻采办湖南原斛米五千三百六十七石，运回已迟，陆续发上海、湖墅、绍兴变价。

付汇钱至长沙电报、轮船湘纹一百零一两（每银九钱四分四厘八毫二丝，伸规元银一两），计规元银一百零六两八钱九分九厘。

付现实亏水每只银三钱一分，湘纹一百六十四两三钱（每银九钱四分四厘八毫二丝，伸规元银一两），计规元银一百七十三两八钱九分五厘。

付装钱至益阳水脚押运船用，湘纹四十七两三钱二分（每银九钱四分四厘八毫二丝，伸规元银一两），计规元银五十两零零八分四厘。

付益阳米价连用金在内钱一万六千九百五十六千九百四十六文，合湘纹一万三千七百九十四两九钱三分一厘（每银九钱四分四厘八毫二丝，伸规元银一两），计规元银一万四千六百两零零五钱九分二厘。

付加取用金三分，湘纹一百六十两（每银九钱四分四厘八毫二丝，伸规元银一两），计规元银一百六十九两三钱四分四厘。

付往来船轿湘纹六十一两四钱三分四厘（每银九钱四分四厘八毫二丝，伸规元银一两），计规元银六十五两零零二分二厘。

付信力专差零用等湘纹三十四两四钱三分七厘（每银九钱四分四厘八毫二丝，伸规元银一两），计规元银三十六两四钱四分八厘。

付益阳办米（石光眉经手酬劳）湘纹一百两（每银九钱四分四厘八毫二丝，伸规元银一两），计规元银一百零五两八钱四分。

付湖南至汉口运米水脚湘纹三百十七两三钱（每银九钱四分四厘八毫二丝，伸规元银一两），计规元银三百三十五两八钱三分一厘。

付湖南慈航小轮管带酬劳湘纹四十两（每银九钱四分四厘八毫二丝，伸规元银一两），计规元银四十二两三钱三分六厘。

付水手酒力洋三十元合湘纹二十一两六钱（每银九钱四分四厘八毫二丝，伸规元银一两），计规元银二十二两八钱六分二厘。

付湖北测海兵轮酒力洋四十元合湘纹二十八两八钱（每银九钱四分四厘八毫二丝，伸规元银一两），计规元银三十两零四钱八分二厘。

付湘鄂各辕门包号房各费湘纹十四两七钱（每银九钱四分四厘八毫二丝，伸规元银一两），计规元银十五两五钱五分八厘。

付应酬费湘纹二十二两八钱二分二厘（每银九钱四分四厘八毫二丝，伸规元银一两），计规元银二十四两一钱五分五厘。

付汉口买包皮六百五十只，洋例纹六十八两二钱五分（每银九钱六分三厘八毫五丝七忽，伸规元银一两），计规元银七十两零八钱零九厘。

付缝袋斛手驳船洋例纹一百四十五两四钱四分（每银九钱六分三厘八毫五丝七忽，伸规元银一两），计规元银一百五十两零八钱九分四厘。

付米袋栈租领照费洋例纹八两二钱（每银九钱六分三厘八毫五丝七忽，伸规元银一两），计规元银八两五钱零七厘。

付电报费洋一百零四元（每洋一元合规元银七钱四分七厘），计规元银七十七两六钱八分八厘。

付司事傅树扬手用洋三十元，伸规元银二十二两四钱八分三厘。

收回售余米洋例纹十二两零四分（每银九钱六分三厘八毫五丝七忽，伸规元银一两），计规元银十二两四钱九分一厘。

前二十件均系孙委员经手，开来总单一纸、行票三纸、陶雨生票一纸照登。

以上除收回过共付规元银一万六千零九十七两二钱三分八厘（照兑往每百两洋一百三十三元八角五分），计洋二万一千五百四十六元一角五分三厘。

付宁波汇汉口费（派此批带往三万一千二百四十八两八钱五分八厘，每千元贴出银三两，合洋四元零一分五厘五毫），计洋一百二十五元四角八分。

前件系宁波源丰银号汇往。

付孙委员川费洋二百零四元一角八分六厘。

付傅司事汉口至益阳川费洋三十五元。

前二件孙委员经手有单一纸。

付上海买往汉口包皮三千九百六十九只，连水脚规元银四百二十两零七钱一分四厘（每银七钱二分四厘五毫八丝合洋一元），计洋五百八十元零六角三分一厘。

前件系第十五批穗祥票内摘出。

付上海买往汉口包皮四百十四只，连水脚规元银四十三两八钱八分四厘，计洋六十元零五角六分六厘。

付汉口至上海轮船力规元银六百四十五两八钱五分（每银七钱二分四厘五毫八丝合洋一元），计洋八百九十一元三角四分四厘。

付傅司事船轿规元银二十三两二钱七分，计洋三十二元一角一分五厘。

付上海肩力、驳力洋一百九十八元一角二分一厘。

付上海至杭州（四千五百六十包，上海过斛四千三百八十石），船力洋三百九十四元二角。

付上海电报费洋七元零九分。

前六件有穗祥行票一纸、元丰行票一纸。

付湖墅装绍（墅斛一千一百七十四石一斗），西河江干船坝力赀袋洋一百三十八元五角四分二厘。

付全泰行未付船力洋一元。

前二件有簿存仓。

收回包皮（四千九百八十二只），售规元银三百九十三两五钱七分八厘（每银七钱二分四厘五毫八丝合洋一元），计洋五百四十三元一角八分一厘。

前件有永成泰票一纸。

收回绍兴汇宁波费（派此批除会署一万元外，计洋三万一千八百二十六元五角九分五厘，每千元贴进洋四元七角五分），计洋一百五十一元一角七分六厘。

收回孙委员买米余银兑洋照买往赢价（规元银一万五千一百四十一两三钱四分三厘，每百两丈价洋一元八角二分，除贴出汇费洋每百元二角八分外），计余洋二百十八元零五分四厘。

前二件有簿存仓。

以上总批除收回过净，付洋二万三千三百零二元零一分七厘。

收回上海、湖墅、绍兴变价洋一万八千六百四十二元二角九分六厘。

前件售与上海穗祥二票（一百一十石），洋五百十一元一角六分六厘。同顺一票（八十五石五斗八升），洋四百十八元。万隆一票（七十石），洋三百四十三元二角三分三厘。宏元一票（五十石），洋二百三十四元六角六分六厘。牲义一票（二十五石），洋一百十六元八角三分三厘。裕大一票（二十一石），洋一百元（因米糙，上海不通销，拨四百四十包发美昌公司春白试售）。以上均海斛盘量。又售与湖墅亿丰九票（二千三百八十四石二斗），洋八千四百八十元零二角四分六厘。正大四票（八百九十四石五斗）。洋三千二百三十元零四角二分一厘。裕泰一票（五十二石八斗），洋一百九十七元五角八分八厘。永济二票（二百二十九石六斗），洋八百五十八元八角四分三厘。脚米（三石六斗），洋七元二角。沈齐庆船户赔湿米（十二石七斗六升），洋三十元。以上均墅斛盘量。又售与本地协义孚三票（二石三十九石一斗二升），洋九百四十五元六角一分四厘。同仁二票（二百零五石四斗），洋八百二十六元四角六分。瑞泰兴一票（九十九石三斗），洋三百九十八元九角九分八厘。全泰二票（二百零九石一斗三升），洋八百十五元零八分一厘。万丰二票（一百九十石零九斗八升），洋七百三十元零一角六分七厘。裕生一票（一百零八石七斗六升），洋四百十三元一角零九厘。以上均五云柯桥市斗盘量。照原斛计算，上海春蚀米六十二石六斗二升，各处斛蚀米三百十二石三斗五升。除上海美昌公司三票春工并除糠栖变价过计不敷洋二元一角八分二厘。又除湖墅小买费洋十二元及由杭汇绍贴出费洋一元一角四分六厘，合成前数。有各号售米票三十四纸，又美昌公司春米票三纸。

统批核原本计折阅洋四千六百五十九元七角二分一厘。

总共采办各路原斛米麦五万一千零五十四石零五升六合，计拨付萧邑原斛米一千一百零三石三斗二升七合。

计折合五云市斗蚀米三千四百九十九石零五升七合。

计筛扇、盘量、舂白等折耗米五百七十二石六斗一升七合。

计上海、兰溪、湖墅、湖南、金华变价原斛米一万零零七十一石。

总共付各路米麦价洋二十六万八千一百五十七元五角八分九厘。

计付兰溪米变价折阅洋四十二元六角三分八厘。

计付湖南、金华米变价折阅洋六千一百九十三元六角四分九厘。

计收回汉口麦变价洋三千四百十二元零五分六厘。

计收回萧邑米价洋五千四百五十七元三角二分三厘。

计收回上海、兰溪、湖墅变价原斛米本洋二万一千一百七十元零三角五分九厘。

计收回上海、湖墅变价归本外，赢余洋七百十五元五角五分。

计收回湖南、金华变价原斛米本洋二万八千六百八十一元八角九分七厘。

各粜局出米收价细册

谨将绍郡、山会两邑平粜处所襄办绅董、行铺名号、逐日发粜各局米石，并收回粜价钱洋，分晰缮呈宪核。

山阴县境内平粜处所

三城门、四市、二村、二十二坊。

迎恩门粜局

襄办：震泰、万盛、陈松茂、陈瑞裕。

逐日发粜米数：（四月初二日起，至二十日止，官绅会议量用义仓官斗。四月二十一日起，傅委谕改用五云市斗。）

四月初三日五十石。初七日三十石。

十二日三十石。十七日十一石。

右无锡等处白尖米徐绅办。（义仓官斗量。）

廿一日十九石。廿一日五十石。

廿二日五十石。廿三日五十石。

廿五日六十石。廿六日三十石。

廿七日四十石。廿八日三十二石。

廿九日六十石。三十日五十石。

五月初一日五十石。初二日六十石。

初三日四十石。初六日六十石。

初七日六十石。初八日六十石。

初九日六十石。初十日六十石。

十一日七十石。十二日七十石。

十三日六十石。十四日六十石。

十五日六十石。十六日六十石。

十八日七十石。十九日六十石。

二十日二十石。

右无锡碤石等处白尖米徐绅办，傅委谕重加筛扇。

二十一日一十石。廿一日六十石。

廿三日七十石。廿四日四十五石。

廿五日六十石。廿六日四十石。

廿七日四十石。廿八日四十石。

廿九日四十石。六月初一日五十石。

初二日七十石。初三日七十石。

初四日六十石。初六日四十石。

初七日五十石。

右柯桥各行囤积西路米五百十五石三斗。任邑尊饬柯桥行办又四十石零零七升。任邑尊饬昌安行办无锡米一百六十石零零五升。孙邑尊办西路米二十八石四斗四升。宪拨无锡等处米三斗零五合。徐绅办重加筛扇，又八斗三升五合，各城门搜获充公。

初八日五十石。

右上海白晚米徐绅办，米色太高，任邑尊谕止勿用，因与东光坊白尖米对掉，仍重加筛扇。

初九日五十石。初十日五十石。

十一日五十石。十二日五十石。

十三日五十石。

右安南白米徐绅办。

十四日七十石。十五日七十石。

十六日八十石。十七日七十石。

十八日七十石。十九日七十石。

二十日七十石。

右汉口白尖米徐绅办。

廿一日七十石。廿二日一百石。

廿三日一百五十石。廿五日八十石。

廿九日一百二十石。七月初二日七十石。

初四日一百石。初六日一百石。

初八日八十石。初十日九十石。

十二日一百二十石。十四日一百二十石。

十五日七石七斗。

右上虞新尖米二百六十七石五斗，徐绅办香港□九百四十石零二斗，孙邑尊托鄞县毕邑尊代办。

四月廿三日起，七月十五日止，共给九廿六都二三图地保王福谢升米二石一斗六升。（奉府谕给每人每□□。）

右西贡米一斗五升，系宪拨。又二石零一升，系杭府分销。

逐日收回，粜价钱文角洋数：

四月初五日二千一百五十角。十二日一千二百九十角。

十七日一千二百九十角。廿一日一千一百四十角，六千六百四十文。

廿二日一千四百九十角，二十千文。廿三日一千六百九十角，十七千文。

廿五日二千六百角，三十千文。廿六日二千二百九十角，二十千文。

廿七日一千二百九十角。廿八日一千五百四十角，十六千文。

廿九日一千二百二十角，十二千文。三十日二千五百角。

五月初一日一千四百八十角，二十四千文。初二日二千四百十八角，二十千文。

初四日二千八百五十一角，六十文。初六日一千四百六十六角。

初七二千二百八十三角，二十千文。初八日二千三百角，三十千文。

初九日二千三百六十角，二十四千文。初十日二千一百八十角，三十二千文。

十一日二千五百七十一角，三十八千文。十二日三千零一十角。

十三日二千五百八十角。十四日二千五百八十角。

十五日二千三百角。十六日一千九百角。

十七日一千五百角。十八日一千二百角，五十千文。

十九日一千五百五十角，三十四千文。二十日一千五百角。

廿一日一千五百三十角，二十六千文。廿三日三千一百六十角。

廿四日一千四百角。廿五日一千八百五十五角，六十三千文。

廿六日一千七百角。廿七日一千六百角，二十八千文。

廿八日一千五百角，八十二千文。廿九日一千九百七十五角。

三十日一千六百九十角，二十九千文。六月初一日二千□角，二十□文。

初三日三千三百八十角。初四日一千四百角。

初五日一千四百八十角。初六日一千四百□角。

初七日二千一百四十角。初八日一千九百□角。

初九日二千角。初十日二千四百六十角。

十一日二千四百五十角。十二日二千六百角。

十三日二千九百角，一十千文。十四日二千六百角。

十五日二千八百四十角。十六日二千五百五十角。

十七日二千八百角。二十日八千六百八十角，五十千文。

廿一日三千一百角。廿二日二千八百角。

廿四日五千零八十角，三十千文。廿七日三千三百角。

七月初一日七千六百二十五角。初四日三千七百角。

初六日四千五百角。初八日四千角。

初十日四千三百五十角。十二日三千七百角，四十五千文。

十四日三千二百角。十六日七千角。

廿一日三千八百七十一角，一十文。

以上共发枭仓斗米一百二十一石，市斗米四千一百七十五石八斗六升。每升枭钱四十四文，计钱一万八千九百零六千一百八十四文。除每升扣除津贴钱一文，及给地保米不计价钱外，共收回角洋十七万六千八百六十五角（每角合钱一百文），作钱一万七千六百八十六千五百文，又钱七百八十千零七百一十文。

昌安门枭局

襄办：聚升昌、恒升、天盛、信余、嘉泰、升大。

逐日发枭米数：（四月初二日起至二十日止，量用义仓官斗。四月廿一日起改用五云市斗。）

四月初二日五十石。初三日五十石。

初四日四十石。初六日四十石。

初七日七十石。初九日三十石。

初十日三十石。十一日三十石。

十二日二十石。十三日二十石。

十四日二十石。十六日三十石。

十九日三十石。

右无锡等处白尖米徐绅办。

廿一日三十六石八斗。廿一日四十石。

廿二日八十石。廿三日二十石。

廿四日四十石。廿五日四十石。

廿六日四十石。廿七日四十石。

廿八日四十石。廿九日六十石。

三十日八十石。五月初一日八十石。

初二日八十石。初五日一百石。

初六日八十石。初七日八十石。

初八日八十石。初九日一百石。

初十日一百石。十一日六十石。

十二日一百石。十三日八十石。

十四日一百石。十五日四十石。

十六日四十石。十七日八十石。

十八日六十石。十九日四十石。

右无锡碳石等处白尖米徐绅办，重加筛扇。

十九日二十石。二十日六十石。

廿一日四十石。廿二日六十石。

廿三日六十石。廿四日六十石。

右无锡白尖米，孙邑尊办。

廿五日六十石。廿六日四十石。

廿七日五十石。廿八日六十石。

廿九日四十石。三十日六十石。

六月初一日四十石。初二日五十石。

初三日七十石。初四日七十石。

初五日七十五石。初六日八十石。

初七日八十九石一斗。初八日一百石。

右西路白尖米七百八十四石一斗，任邑尊饬昌安行办。又白尖米一百石，宪拨。

初九日一百石。初十日一百石。

十一日九十石。十二日一百石。

十三日一百石。

右安南白米，徐绅办。

十四日一百石。十五日一百石。

十六日一百二十石。十七日九十石。

十八日一百石。十九日八十石。

二十日六十八石四斗五升。

右汉口白尖米五百二十六石三斗七升，徐绅办。又汉口米一百三十二石零八升，孙邑尊托鄞县毕邑尊代办。

廿一日一百二十五石。廿二日一百石。

廿三日四十石。廿四日一百石。

廿七日一百四十石。廿九日一百五十石。

七月初一日一百石。初四日一百石。

初六日一百四十石。初八日一百二十石。

初十日八十石。十二日七十七石六斗一升。

右香港糙米，孙邑尊托鄞县毕邑尊代办。

十四日一百石。

右上虞新尖米，徐绅办。

四月廿一日起，七月十五日止，共给一都二图^{张标}三图^{杨左}、四图冯谦地保米二石九斗六升。
（奉府谕给每人每日一升。）

右无锡白尖米一石二斗，孙邑尊办。西贡白米一石七斗六升，宪拨。

逐日收回粜价钱文角洋数：

四月初三日一千七百八十三角，十七千七百文。初四日二千零二十七角，二十一千文。

初五日一千四百九十角，十九千六百六十四文。初六日一千二百四十二角，十五千零四十文。

初七日一千四百零五角，十五千二百十五文。初八日六百五十一角，六千二百四十一文。

初十日二千一百二十六角，十二千七百七十四文。十二日二千零二十二角。

十四日一千七百九十一角，九十九文。十六日一千二百三十四角，八十九文。

十七日五百九十八角，四千五百五十八文。十八日五百九十九角，四千一百九十文。

十九日五百八十四角，九千五百二十文。二十日五百三十九角，四千零二十二文。

廿二日二千九百二十二角，廿三千三百七十二文。廿三日二千二百三十一角，廿五千四百八十文。

廿四日一千六百十二角，十四千三百四十文。廿五日五千二百九十六文。

廿六日二千九百三十四角，三十千零三百七十一一文。廿八日三千一百零六角，三十八千一百五十文。

三十日三千七百五十九角，四十千零九百五十八文。五月初一日二千八百三十五角，二十九千三百文。

初二日二千九百八十角，廿九千三百五十文。初五日五千五百零六角，三十千零五百文。

初七日三百六十角。初八日六千九百零六角，九十□□十六百文。

初十日六千七百八十角，三十七千六百五十七文。十二日六千七百四十九角，三十九千七百廿六文。

十四日七千三百角。十五日二千七百九十八角，廿五千三百七十七文。

十六日二千二百七十角，五千三百四十六文。十七日二千八百六十七角，一百五十七文。

十九日二千七百六十八角，四十五千九百九十文。二十日六千四百零一角，六十六千四百九十八文。

廿一日二十千文。廿二日三千一百七十五角。

廿四日四千三百六十八角。廿五日七十九千二百文。

廿六日四千七百四十八角，三十八千文。廿八日三千三百八十三角，五十七千零六十文。

三十日三千六百六十角，六十四千文。六月初一日三千八百角，五十千文。

初五日五千一百六十角。初六日五千三百七十角。

初七日二百八十角，五十八千五百文。初九日六千一百九十角，一百五十七千一百三十文。

初十日七千二百三十角，八十八千文。十三日七千三百七十角。

十四日八千五百角，九十千文。十六日七千四百角。

十八日七千九百四十角。二十日七千零七十七角。

廿一日六百十三角，一百十四千文。廿二日二十四千文。

廿三日六千七百六十八角，三十五文。廿四日一百五十五千文。

廿五日四千五百二十角，一百五十千文。廿八日三千九百七十角，三十千文。

七月初一日九千六百七十角，三十千文。初四日二千五百三十角，六十千文。

初五日三千七百角。初六日五百二十角。

初七日三千七百八十角。初八日五千二百角。

初九日四千四百六十角，三十五千文。初十日七十千文。

十一日三千四百四十角。十三日三千角。

十四日七百四十角，五十六千文。十五日三千三百三十七角，二十三文。

二十日一千二百角。廿一日一千一百廿五角。

廿七日三百角，十七千文。

以上共发粜仓斗米四百六十石，市斗米五千五百二十四石九斗二升。每升粜钱四十四文，计钱二万六千三百三十三千六百四十八文。除每升扣除津贴钱一文及给地保米不计价钱外，共收回角洋二十三万五千六百九十九角（每角合钱一百文），作钱二万三千五百六十九千九百文，又钱二千一百五十二千五百二十八文。

偏 门 粜 局

襄办：大有年、宝裕、锦丰、同福、万春祥、东升、广源、茂昌。

逐日发粜米数：（四月初二日起至二十日止，量用义仓官斗。四月廿一日起改用五云市斗。）

四月初二日五十石。初七日五十石。

初十日五十石。十三日五十石。

十九日十四石二斗三升。

右无锡等处白尖米，徐绅办。（义仓官斗量。）

廿一日五十石。廿二日五十石。

廿三日六十石。廿四日五十石。

廿五日五十石。廿六日五十石。

廿七日四十石。廿八日五十石。

廿九日五十石。三十日五十石。

五月初一日五十石。初二日五十石。

初三日三十石。初五日七十石。

初六日五十石。初七日九十石。

初八日九十石。初九日六十石。

初十日八十石。十一日九十石。

十二日八十石。十三日八十石。

十四日八十石。十五日八十石。

十六日五十石。十七日三十石。

十八日五十石。十九日六十石。

右无锡碌石等处白尖米，徐绅办，重加筛扇。

二十日六十石。廿一日六十石。

廿二日六十石。廿三日七十石。

右无锡白尖米，孙邑尊办。

廿四日二百二十石。廿六日三百石。

六月初一日二百石。初三日一百石。

初六日一百零七石三斗。

右柯桥米行囤积西路米，任邑尊饬柯桥行办。

初八日一百石。

右白尖米宪拨。

初九日一百石。初十日一百石。

十二日一百石。十三日三十石。

右安南白米，徐绅办。

十四日一百石。十五日一百石。

十七日一百石。十八日六十石。

二十日一百名。

右汉口白尖米，徐绅办。

廿一日一百石。廿二日一百石。

廿五日一百石。廿七日四十石。

廿九日一百石。七月初二日一百石。

初六日一百石。初八日一百石。

初十日八十石。十二日三十石。

十四日六十石。十五日四十六石八斗一升。

右香港糙米，孙邑尊托鄞县毕邑尊代办。

四月廿四日起，七月十五日止，共给廿七都二四图地保付升黄荣米一石四斗二升。（奉府谕，给每人每日一升。）

右无锡米一石一斗四升，徐绅办。又米二斗八升，各城门搜获充公。

逐日收回粜价钱文角洋数：

四月十一日三千九百九十四角。十四日一千九百角。

二十日二千五百角。廿一日六百九十角，五十文。

廿五日六千零十三角。廿八日六千角。

五月初二日六千角。初四日七千角。

初八日五千角。十二日一万角。

十五日一万六千角。十八日五千九百角。

廿二日九千一百角。廿五日九千角。

廿八日一万角。六月初一日一万角。

初四日一万角。初八日八千角。

十一日八千角。十五日一万角。

二十日一万九千三百零一角，八十一文。廿五日八千角。

七月初二日一万角。初六日六千角。

十二日一万角。十八日一万千角。

廿三日一千六百五十九角，三十一文。

以上共发粜仓斗米二百十四石二斗三升，市斗米四千六百九十五石五斗三升。每升粜钱四十四文，计钱二万一千六百零二千九百四十四文。除每升扣除津贴钱一文及给地保米不计价钱外，共收回角洋二十一万一千零五十七角（每角合钱一百文），作钱二万一千一百零五千七百文。又找钱一百六十二只。

盛塘市粜局

襄办：傅涨记、沈广和、升大、松盛、元丰。

逐日发粜数：（四月十二日起至二十日止，量用义仓官斗。四月廿一日起改用五云市斗。）

四月十二日七十石。十五日二十石。

十六日四十石。十八日四十二石五斗。

右无锡等处白尖米，徐绅办。（义仓官斗量。）

廿一日二十七石五斗。廿三日八十石。

廿六日四十石。廿七日八十石。

三十日八十石。五月初二日一百二十石。

初七日八十石。初九日一百二十石。

十二日八十石。十四日八十石。

十六日八十石。十八日一百二十石。

右无锡硤石等白尖米，徐绅办，重加筛扇。

廿一日一百二十石。

右无锡白尖米，孙邑尊办。

廿四日二百石。廿九日八十石。

六月初一日一百二十石。初五日八十石。

右柯桥各行囤积西路米，任邑尊饬柯桥行办。

初七日四十六石四斗二升。

右西路白尖米二十二石四斗二升，钟绅办。又二十四石，任邑尊饬昌安行办。

初九日四十石。十一日四十石。

十三日四十石。

右安南白米，徐绅办。

十五日四十石。十九日五十石。

右汉口白尖米，徐绅办。

逐日收回粜价钱文角洋数：

四月十六日二千五百角。十八日二千角。

廿一日一千五百角。廿三日一千角。

廿六日二千角。廿七日二千八百角。

三十日五千三百角。五月初二日三千四百四十角。

初六日四千五百角。初九日三千角。

十二日五千五百角。十四日三千角。

十六日三千三百角。十八日三千五百角。

廿二日五千八百六十角。廿五日五千八百角。

廿八日七千七百五十角。六月初一日四千角。

初四日四千九百角。初六日三千四百角。

初九日二千角。初十日二千角。

十三日一千四百六十角。十五日一千八百角。

十七日一千九百八十五角。二十日二千一百七十七角。

七月廿九日二百三十四角六文。

以上共发粜仓斗米一百七十二石五斗，市斗米一千八百四十三石九斗二升。每升粜钱四十四文，计钱八千八百七十二千二百四十八文。除每升扣除津贴钱一文外，共收回角洋八万六千七百零六角（每角合钱一百文），作钱八千六百七十千零六百文，又找钱六文。

南池市粜局

襄办：许锦记、许祥记、谢隆茂、陈瑞裕。

逐日发粜米数：（五云市斗量。）

四月三十日三十石。五月初二日三十石。

初三日三十石。初四日三十石。

初六日三十石。初七日三十石。

初八日三十石。初十日三十石。

十一日三十石。十二日三十石。

十六日三十石。十七日四十五石。

十九日四十五石。廿一日五十石。

右无锡硖石等处白尖米，徐绅办，重加筛扇。

廿三日四十五石。

右无锡白尖米，孙邑尊办。

廿七日六十石。廿八日九十石。

六月初二日六十石。初四日六十石。

右柯桥各行囤积西路米，任邑尊饬柯桥行办。

初六日六十石。

右无锡白尖米，任邑尊饬昌安行办。

初十日三十石。十二日三十石。

右安南白米，徐绅办。

十四日三十石。十六日三十石。

十八日三十石。

右汉口白尖米，徐绅办。

逐日收回粜价钱文角洋数：

五月初二日一千二百九十角。初三日一千二百九十角。

初四日一千二百九十角。初六日一千二百九十角。

初七日一千二百九十角。初八日一千二百九十角。

初十日一千二百九十角。十一日一千二百九十角。

十二日一千二百九十角。十六日一千二百九十角。

十七日一千二百九十角。十九日一千九百十五角。

廿一日一千九百五十五角。廿三日二千一百五十角。

廿七日一千九百三十五角。廿八日二千五百角。

三十日八十角。六月初二日三千八百七十角。

初四日二千五百八十角。初六日二千五百四十角。

初十日二千六百二十角。十二日一千二百九十角。

十四日一千二百九十角。十六日一千二百九十角。

十八日一千二百九十角。廿九日一千二百九十角。

以上共发粜市斗米九百九十五石。每升粜钱四十四文，计钱四千三百七十八千文。除每升扣除津贴钱一文外，共收回角洋四万二千七百八十五角（每角合钱一百文），作钱四千二百七十八千五百文。

漓渚市粜局

襄办：张同仁、张顺隆、余恒源、蒋万盛、长春、谢林记、张顺兴、罗长牲、吴牲泰、徐长裕、义和。

逐日发粜米数：（五云市斗量。）

五月初四日一百石。十一日六十石。

十七日七十五石。

右无锡碶石等处白尖米，徐绅办，重回筛扇。

逐日收回粜价钱文角洋数：

五月十一日四千三百角。十七日二千五百八十角。

六月十四日三千二百二十五角。

以上共发粜市斗米二百三十五石。每升粜钱四十四文，计钱一千零三十四千文。除每升扣除津贴钱一文外，共收回角洋一万零一百零五角（每角合钱一百文），作钱一千零一十千零五百文。

陡亹市粜局

襄办：裘咸升、王廷记、王裕大、王新茂、陈源茂、穗成、吕作记、赵鼎新、王锡记、王裕泰、沈茂兴、宋茂盛、茂泰。

逐日发粜米数：（五云市斗量。）

四月廿五日九十石。廿七日三十石。

廿九日七十五石。

右无锡硖石等处白尖米，徐绅办，重加筛扇。

七月十一日收回粜余变价一百三十五石。

逐日收回粜价钱文角洋数：

五月初五日二千五百八十角。

以上除收回粜余米外，共发粜市斗米六十石，每升粜钱四十四文，计钱二百六十四千文。除每升扣除津贴钱一文外，共收回角洋二千五百八十角（每角合钱一百文），作钱二百五十八千文。

鼍坞村平米

（任邑尊谕发张绅嘉谋来函，归杨圣卿经手，附于城内下植坊。）

逐日发粜米数：（五云市斗量。）

五月三十日一百石。

右无锡白尖米，任邑尊饬昌安行办。

六月十二日五十石。

右安南白米，徐绅办。

十六日五十石。二十日二十石。

廿二日三十石。廿五日三十石。

廿七日二十石。

右汉口白尖米一百二十石，徐绅办香港糙米三十石。

孙邑尊托鄞县华邑尊代办。

逐日收回粜价钱文角洋数：

六月初九日四千三百角。十八日四千三百角。

七月初五日四千三百角。

以上共发粜市斗米三百石。每升粜钱四十四文，计钱一千三百二十千文。除每升扣除津贴钱一文外，共收回角洋一万二千九百角（每角合钱一百文），作钱一千二百九十千文。

骆家葑村平米

任邑尊谕归骆庆茂经手。

逐日发粜米数：（五云市斗量。）

六月十七日一百二十石。

右汉口白尖米，徐绅办。

逐日收回粜价钱文角洋数：

六月廿四日一千二百角。廿八日一千七百四十三角。

七月初六日一千零五十角。十一日一千一百六十七角。

以上共发粜市斗米一百二十石。每升粜钱四十四文，计钱五百二十八千文。除每升扣除津贴钱一文外，共收回角洋五千一百六十角（每角合钱一百文），作钱五百十六千文。

迎恩坊粜局

襄办：陶绅恩绥、戴绅森。

逐日发粜米数：（五云市斗量。）

七月初三日八石。初六日八石。

初十日八石。

右西贡白米，杭府分销。

逐日收回粜价钱文角洋数：

七月初六日三百四十四角。初十日三百四十四角。

十四日三百四十四角。

以上共发粜市斗米二十四石。每升粜钱四十四文，计钱一百零五千六百文。除每升扣除津贴钱一文外，共收回角洋一千零三十二角（每角合钱一百文），作钱一百零三千二百文。

美政坊粜局

襄办：胡绅寿震。

逐日发粜米数：（五云市斗量。）

七月初二日八石。初六日七石。

初十日九石。

右西贡白米，杭府分销。

逐日收回粜价钱文角洋数：

七月初十日六百四十五角。二十日三百八十七角。

以上共发粜市斗米二十四石。每升粜钱四十四文，计钱一百零五千六百文。除每升扣除津贴钱一文外，共收回角洋一千零三十二角（每角合钱一百文），作钱一百零三千二百文。

东如坊粜局

襄办：德昌米铺。

逐日发粜米数：（五云市斗量。）

六月廿九日四石。

右汉口白尖米，徐绅办。

七月初二日八石。初六日八石。

初十日八石。

右西贡白米，杭府分销。

十四日三石。

右西贡白米，宪拨。

逐日收回粜价钱文角洋数：

七月初七日三百角。十一日三百角。

十六日七百三十三角。

以上共发粜市斗米三十一石。每升粜钱四十四文，计钱一百三十六千四百文。除每升扣除津贴钱一文外，共收回角洋一千三百三十三角（每角合钱一百文），作钱一百三十三千三百文。

西如坊粜局

襄办：单永兴米铺、德茂米铺。

逐日发粜米数：（五云市斗量。）

六月廿九日四石。

右汉口白尖米，徐绅办。

七月初二日八石。初六日八石。

初十日八石。

右西贡白米，杭府分销。

十四日五石。

右西贡白米，宪拨。

逐日收回粜价钱文角洋数：

七月初七日六百角。十一日六百角。

十六日二百十九角。

以上共发粜市斗米三十三石。每升粜钱四十四文，计钱一百四十五千二百文。除每升扣除津贴钱一文外，共收回角洋一千四百十九角（每角合钱一百文），作钱一百四十一千九百文。

东光坊粜局

襄办：缪绅祥祯。

逐日发粜米数：（五云市斗量。）

七月初二日七石六斗。初四日八石。

初七日八石。

右西贡白米，杭府分销。

十二日八石。

右西贡白米，宪拨。

逐日收回粜价钱文角洋数：

七月初四日三百二十六角，八十文。初八日三百四十四角。

十二日三百四十四角。十六日三百四十四角。

以上共发粜市斗米三十一石六斗。每升粜钱四十四文，计钱一百三十九千零四十文。除每升扣除津贴钱一文外，共收回角洋一千三百五十八角（每角合钱一百文），作钱一百三十五千八百文又找钱八十文。

西光坊粜局

襄办：陶绅浚宣、陈绅颐安、李绅谦。

逐日发粜米数：(五云市斗量。)

七月初二日六石。初五日八石。

十一日八石。

右西贡白米，杭府分销。

逐日收回粜价钱文角洋数：

七月初七日三百角。十二日三百角。

十五日三百四十六角。

以上共发粜市斗米二十二石。每升粜钱四十四文，计钱九十六千八百文。除每升扣除津贴钱一文外，共收回角洋九百四十六角（每角合钱一百文），作钱九十四千六百文。

东中坊粜局

襄办：董绅克智、张绅嘉荫。

逐日发粜米数：(五云市斗量。)

七月初一日八石。

右西贡白米，杭府分销。

逐日收回粜价钱文角洋数：

七月初十日三百四十四角。

以上共发粜市斗米八石。每升粜钱四十四文，计钱三十五千二百文。除每升扣除津贴钱一文外，共收回角洋三百四十四角（每角合钱一百文），作钱三十四千四百文。

西中坊粜局

襄办：张绅嘉荫、董绅克智。

逐日发粜米数：(五云市斗量。)

七月初一日八石。

右西贡白米，杭府分销。

逐日收回粜价钱文角洋数：

七月初十日三百四十四角。

以上共发粜市斗米八石。每升粜钱四十四文，计钱三十五千二百文。除每升扣除津贴钱一文外，共收回角洋三百四十四角（每角合钱一百文），作钱三十四千四百文。

东观坊粜局

襄办：田绅晋蕃、咸和典、胡德兴。

逐日发粜米数：(五云市斗量。)

七月初一日六石七斗。初四日六石七斗。

初七日六石七斗。

右西贡白米，杭府分销。

十二日五石六斗。

右西贡白米，宪拨。

逐日收回籴价钱文角洋数：

七月初五日二百八十八角。初七日二百八十八角。

十一日二百八十八角。十五日二百四十角，一百一十文。

以上共发籴市斗米二十五石七斗。每升籴钱四十四文，计钱一百十三千零八十文。除每升扣除津贴钱一文外，共收回角洋一千一百零四角（每角合钱一百文），作钱一百一十千零四百文，又找钱一百一十文。

常禧坊籴局

襄办：平绅成、何绅家政、孙绅晓云、潘绅毓嵩、潘绅迪、王绅雨辰。

逐日发籴米数：（五云市斗量。）

七月初二日十一石二斗。初五日九石八斗。

右西贡白米，杭府分销。

逐日收回籴价钱文角洋数：

七月初五日四百八十一角。二十日三百二十七角，六十九文。

以上共发籴市斗米二十一石。每升籴钱四十四文，计钱九十二千四百文。除每升扣除津贴钱一文外，共收回角洋八百零八角（每角合钱一百文），作钱八十千零八百文，又钱六十九文。

除收回过，计不敷钱九千四百三十一文。

上植坊籴局

襄办：张绅嘉谋。

逐日发籴米数：（五云市斗量。）

七月初一日七石。初六日五石。

十一日一石五斗。

右西贡白米，杭府分销。

逐日收回籴价钱文角洋数：

七月初六日三百零一角。十一日二百七十九角，五十文。

以上共发籴市斗米十三石五斗。每升籴钱四十四文，计钱五十九千四百文。除每升扣除津贴钱一文外，共收回角洋五百八十角（每角合钱一百文），作钱五十八千文，又找钱五十文。

下植坊籴局

襄办：张绅嘉谋。

逐日发籴米数：（五云市斗量。）

七月初一日七石。初六日五石。

十一日一石五斗。

右西贡白米，杭府分销。

逐日收回粜价钱文角洋数：

七月初六日三百零一角。十一日二百七十九角，五十文。

以上共发粜市斗米十三石五斗。每升粜钱四十四文，计钱五十九千四百文。除每升扣除津贴钱一文外，共收回角洋五百八十角（每角合钱一百文），作钱五十八千文，又找钱五十文。

大云坊粜局

襄办：张绅嘉谋。

逐日发粜米数：（五云市斗量。）

七月初一日七石。初六日五石。

十一日二石。

右西贡白米，杭府分销。

逐日收回粜价钱文角洋数：

七月初六日三百零一角。十一日三百零一角。

以上共发粜市斗米十四石。每升粜钱四十四文，计钱六十一千六百文。除每升扣除津贴钱一文外，共收回角洋六百零二角（每角合钱一百文），作钱六十千零二百文。

大辛坊粜局

襄办：谢绅泰钧、周绅成勋、秋绅、堵绅焕辰、王绅鉴、陈裕昌铜庄。

逐日发粜米数：（五云市斗量。）

七月初一日八石四斗。初五日十二石六斗。

十一日十二石六斗。

右西贡白米，杭府分销。

逐日收回粜价钱文角洋数：

七月初四日三百六十一角，二十文。十一日五百四十一角，八十文。

十六日五百四十一角，八十文。

以上共发粜市斗米三十三石六斗，每升粜钱四十四文，计钱一百四十七千八百四十文。除每升扣除津贴钱一文外，共收回角洋一千四百十三角（每角合钱一百文），作钱一百四十四千三百文，又找钱一百八十文。

朝京坊粜局

襄办：章绅振麟、贺绅祥珍。

逐日发粜米数：（五云市斗量。）

七月初一日十石。初三日十石。

初八日二石。初十日十三石。

右西贡白米，杭府分销。

逐日收回粜价钱文角洋数：

七月初十日九百四十六角。十六日四百六十三角，五十四文。

十八日九十五角，四十六文。

以上共发粜市斗米三十五石。每升粜钱四十四文，计钱一百五十四千文。除每升扣除津贴钱一文外，共收回角洋一千五百零四角（每角合钱一百文），作钱一百五十千零四百文，又找钱一百文。

紫金坊粜局

襄办：胡绅寿恒、许绅锡芬。

逐日发粜米数：（五云市斗量。）

七月初五日十二石。

右西贡白米，杭府分销。

逐日收回粜价钱文角洋数：

七月十六日五百十六角。

以上共发粜市斗米十二石。每升粜钱四十四文，计钱五十二千八百文。除每升扣除津贴钱一文外，共收回角洋五百十六角（每角合钱一百文），作钱五十一千六百文。

南和坊粜局

襄办：沈绅才、莫绅寿缄、孔滋生米铺、王绅澄、蔡绅鸿慈。

逐日发粜米数：（五云市斗量。）

七月初二日五石。初六日五石。

十一日六石。

右西贡白米，杭府分销。

逐日收回粜价钱文角洋数：

七月初四日二百十五角。初七日二百十五角。

初十日二百五十八角。

以上共发粜市斗米十六石。每升粜钱四十四文，计钱七十千零四百文。除每升扣除津贴钱一文外，共收回角洋六百八十八角（每角合钱一百文），作钱六十八千八百文。

下和坊粜局

襄办：沈绅才、李绅乐庵、范绅台、王绅澄、许绅仲卿、李丽泉酒坊。

逐日发粜米数：（五云市斗量。）

七月初三日五石。初六日五石。

十一日六石。

右西贡白米，杭府分销。

逐日收回粜价钱文角洋数：

七月初四日二百十五角。初七日二百十五角。

初十日二百五十八角。

以上共发粜市斗米十六石。每升粜钱四十四文，计钱七十千零四百文。除每升扣除津贴钱一文外，共收回角洋六百八十八角（每角合钱一百文），作钱六十八千八百文。

万安坊粜局

襄办：胡绅稷、沈绅镛。

逐日发粜米数：（五云市斗量。）

七月初二日九石。初六日七石。

初九日八石。

右西贡白米，杭府分销。

逐日收回粜价钱文角洋数：

七月初六日三百八十七角。初十日三百零一角。

十六日三百四十四角。

以上共发粜市斗米二十四石。每升粜钱四十四文，计钱一百零五千六百文。除每升扣除津贴钱一文外，共收回角洋一千零三十二角（每角合钱一百文），作钱一百零三千二百文。

承恩坊粜局

襄办：鲍绅临、同兴酱园。

逐日发粜米数：（五云市斗量。）

七月初一日八石。初四日八石。

初十日八石。十一日一石。

右西贡白米，杭府分销。

逐日收回粜价钱文角洋数：

七月初四日三百四十四角。初十日三百四十四角。

十六日三百八十七角。

以上共发粜市斗米二十五石。每升粜钱四十四文，计钱一百一十千文。除每升扣除津贴钱一文外，共收回角洋一千零七十五角（每角合钱一百文），作钱一百零七千五百文。

戒珠坊粜局

襄办：寿义兴箔铺。

逐日发粜米数：（五云市斗量。）

七月初二日五石五斗。初五日八石三斗。

十一日六石五斗。

右西贡白米，杭府分销。

逐日收回粜价钱文角洋数：

七月初五日二百三十六角。十一日三百五十六角。

十九日二百七十九角，一百九十文。

以上共发粜市斗米二十石零三斗。每升粜钱四十四文，计钱八十九千三百二十文。除每升扣除津贴钱一文外，共收回角洋八百七十一角（每角合钱一百文），作钱八十七千一百文，又找钱一百九十文。

昌安坊粜局

襄办：高绅骞、赵绅麟书。

逐日发粜米数：（五云市斗量。）

七月初二日四石。初五日六石。

十一日四石。

右西贡白米，杭府分销。

逐日收回粜价钱文角洋数：

七月初五日一百七十二角。初十日二百五十八角。

十五日一百七十二角。

以上共发粜市斗米十四石。每升粜钱四十四文，计钱六十一千六百文。除每升扣除津贴钱一文外，共收回角洋六百零二角（每角合钱一百文），作钱六十千零二百文。

会稽县境内平粜处所

一城门、四市、一村、十六坊。

五云门粜局

襄办：衍牲、衍泰、通裕、协义孚、震升信。

逐日发粜米数：（四月初二日起至二十日止，量用义仓官斗。四月廿一日起改用五云市斗。）

四月初二日五十石。初四日五十石。

初六日五十石。初八日五十石。

十四日五十石。

右无锡等处白尖米，徐绅办。

廿一日五十石。廿二日五十石。

廿三日五十石。廿四日五十石。

廿五日五十石。廿六日五十石。

廿七日五十石。廿八日五十石。

廿九日五十石。三十日一百五十石。

五月初一日一百石。初二日一百石。

初三日一百石。初六日一百石。

初九日一百石。初十日一百石。

十一日一百石。十二日一百石。

十三日一百石。十四日一百石。

十六日一百石。十九日一百石。

廿一日一百石。

右无锡硖石等处白尖米，徐绅办，重加筛扇。

廿三日一百石。廿五日三百石。

廿九日一百石。三十日一百石。

右西路白尖米，钟绅办。

六月初一日一百石。初二日一百石。

初三日一百石。初五日一百石。

右无锡白尖米，孙邑尊办。

初十日一百石。十三日一百石。

右安南白米，徐绅办。

十四日一百石。十五日一百石。

十六日一百石。十七日一百石。

十八日一百石。十九日一百石。

廿二日四十三石。

右汉口白尖米，徐绅办。

廿二日五十七石。廿三日一百石。

廿五日一百石。廿九日一百石。

七月初二日一百石。初四日一百石。

初六日一百石。初八日一百石。

十五日三石。

右香港糙米，孙邑尊托鄞县毕邑尊代办。

四月廿五日起，七月十五日止，共给一都二图地保^{陈德}_{胡祥}米一石四斗六升。（奉府谕，给每人每日一升。）

右西路白尖米八斗六升，宪拨无锡白尖米六斗，孙邑尊办。

逐日收回粜价钱文角洋数：

四月初五日二千一百零一角，三十六文。初七日二千一百五十角。

十七日四千三百角。廿三日二千一百五十角。

廿六日八千六百角。五月初一日一万零七百五十角。

初三日一万零七百五十角。十二日一万二千九百角。

十四日一万二千九百角。十九日四千三百角。

二十日八千六百角。廿四日八千六百角。

廿六日四千三百角。廿九日一万二千九百角。

六月初二日四千三百角。初六日四千三百角。

初八日一万二千九百角。十二日八千六百角。

十六日四千三百角。十八日四千三百角。

十九日四千三百角。二十日八千六百角。

廿四日四千三百角。廿五日四千三百角。

廿六日四千三百角。廿八日四千三百角。

七月初四日八千六百角。初七日四千三百角。

初八日四千三百角。廿五日四千三百角。

廿六日八千七百二十九角。三十日四十八角，六十四文。

以上共发粜仓斗米二百五十石，市斗米四千五百零四石四斗六升。每升粜钱四十四文，计钱二万零九百十九千六百二十四文。除每升扣除津贴钱一文及给地保米不计价钱外，共收回角洋二十万零四千三百七十八角（每角合钱一百文），作钱二万零四百三十七千八百文，又找钱一百文。

东关市粜局

襄办：徐悦兴、鼎泰、公泰、同裕、金泰安、裕泰、源泰、顺源。

逐日发粜米数：（四月初三日起至二十日止，量用义仓官斗。四月廿一日起改用五云市斗。）

四月初三日四十石。

右无锡等处白尖米，徐绅办。义仓官斗量。

廿一日八十石。廿二日三百五十石。

廿八日三百石。五月初五日三百石。

十四日三百石。

右无锡碔石等处白尖米，徐绅办，重加筛扇。

二十日三百石。

右无锡白尖米，孙邑尊办。

廿八日三百石。六月初二日二百石。

右柯桥各行囤积西路米，任邑尊饬柯桥行办。

初六日二百八十石。

右柯桥各行捐柯斗糙米三百石，发东关米行舂白，即归东关平粜。除舂耗外，计五云市斗二百八十石。

十二日一百石。

右安南白米，徐绅办。

十六日三百石。十八日三百石。

廿二日一百二十石。

右汉口白尖米，徐绅办。

廿二日三十石。廿四日一百八十石。

七月初一日一百五十石。初三日九十石。

初五日一百二十石。初六日一百二十石。

右香港糙米，孙邑尊托鄞县毕邑尊代办。

逐日收回粜价钱文角洋数：

四月廿一日二百五十元。廿一日二千六百六十角。

廿八日八千六百角。五月初六日一万二千九百角。

十四日一万二千九百角。二十日一万二千九百角。

廿八日一万九千三百五十角。六月初二日一万二千九百角。

十二日一万二千九百角。十六日一万二千零四十角。

廿二日一万二千九百角。七月初一日一万二千九百角。

初五日一万二千九百角。初八日七千七百四十角。

十八日一万四千一百九十角。

以上共发粜仓斗米四十石，市斗米三千九百二十石。每升粜钱四十四文，计钱一万七千四百二十四千文。除每升扣除津贴钱一文外，共收回英洋二百五十元（每元合钱一千文），角洋十六万七千七百八十角（每角合钱一百文），共作钱一万七千零二十八千文。

皋埠市粜局

襄办：新万顺、鲁同兴、万盛、晋泰、滕德兴、金协丰、宝泰。

逐日发粜米数：（四月初九日起至二十日止，量用义仓官斗。四月廿一日起改用五云市斗。）

四月初九日五十石。十九日二十三石八斗三升。

右无锡等处白尖米，徐绅办。（义仓官斗量。）

廿一日二十六石一斗七升。廿二日一百石。

廿七日一百石。五月初一日一百二十石。

初五日一百石。初十日一百二十石。

十四日八十石。十六日八十石。

右无锡硖石等处白尖米，徐绅办，重加筛扇。

十八日七十五石。廿一日一百石。

右西路白尖米，钟绅办。

廿六日一百三十九石五斗。六月初二日一百石。

右无锡白尖米，孙邑尊办。

初五日一百石。

右西路白尖米，任邑尊饬昌安行办。

初八日一百石。

右西路白米，宪拨。

十二日一百石。

右安南白米，徐绅办。

十五日一百石。十八日一百二十石。

廿二日一百二十石。廿四日一百二十石。

廿八日十一石。

右汉口白尖米四百六十一石，墅河白米十石，徐绅办。

廿八日一百零九石。七月初一日八十石。

初三日一十石。

右初三日十石，孙邑尊交来潘阿丰罚米。

初六日九十石。初八日一百石。

十二日一百二十石。十四日三十石。

右香港糙米，孙邑尊托鄞县毕邑尊代办。

逐日收回粜价钱文角洋数：

四月十七日二千一百五十角。廿三日二千一百五十角。

廿七日四千三百角。五月初一日四千三百角。

初六日五千一百四十一角。初十日四千三百一十九角。

十四日五千一百六十角。十六日二千四百零八角。

十八日三千五百七十二角。廿一日四千零三十三角。

廿六日四千三百九十二角。六月初二日五千九百九十八角，五十文。

初五日四千三百角。初八日四千三百角。

十二日四千三百角。十五日四千三百角。

十八日四千三百角。廿二日五千一百六十角。

廿四日五千一百六十角。廿八日五千一百六十角。

七月初一日五千一百六十角。初三日四百三十角。

初六日三千三百四十角。初八日三千九百七十角。

十二日四千三百角。十四日四千七百三十角。

十九日一千七百二十角。

以上共发粜仓斗米七十三石八斗三升，市斗米二千四百五十石零六斗七升。每升粜钱四十四文，计钱一万一千一百零七千八百文。除每升扣除津贴钱一文外，共收回角洋十万零八千五百五十三角（每角合钱一百文），作钱一万零八百五十五千三百文，又找钱五十文。

平水市粜局

襄办：金松盛诚记、金洽记、陈大兴、金松盛昌记、金恒源、冯凌记。

逐日发粜米数：（四月初七日起至二十日止，量用义仓官斗。四月廿一日起改用五云市斗。）

四月初七日九十石。

右无锡等处白尖米，除绅办。（义仓官斗量。）

廿六日一百十一石。五月初一日六十三石。

初二日九十七石。初八日一百五十石。

十一日一百五十石。十八日九十石。

右无锡碌石等处白尖米，徐绅办，重加筛扇。

十八日三十石。廿二日九十石。

右无锡白尖米，孙邑尊办。

廿五日一百五十石。三十日一百五十石。

右柯桥各行囤积西路米，任邑尊饬柯桥行办。

六月初四日一百石。

右西路白尖米，任邑尊饬昌安行办。

初九日九十九石四斗。

右安南白米，徐绅办。

六月初九日给三十都地保米六斗。

右安南白米，徐绅办。

逐日收回粜价钱文角洋数：

四月十二日二千角。廿六日七十元。

廿六日一千角。三十日二千八百角。

五月初七日四千五百五十角。十一日五千角。

十九日五千九百八十角。廿二日六千四百角。

廿五日四千八百五十角。廿九日五千四百三十角。

六月初四日三千七百角。初八日三千八百三十角。

十九日七千一百角。七月初七日八十千文。

十六日八百角。二十日一千五百角。

廿八日五百角。八月初三日一百二十三角，三十二文。

廿九日一百千文。九月十七日八百六十三角，八十八文。

以上共发粜仓斗米九十石，市斗米一千二百八十一石。每升粜钱四十四文，计钱六千零三十二千四百文。除每升扣除津贴钱一文及给地保米不计价钱外，共收回英洋七十元（每元合钱一千文），角洋五万六千四百二十六角（每角合钱一百文），共作钱五千七百十二千六百文，又找钱一百八十千零一百二十文。

啸吟市粜局

襄办：阮隆兴雪记、甘怡茂、天盛、同兴、利源。

逐日发粜米数：（四月十三日起二十日止，量用义仓官斗。四月廿一日起改用五云市斗。）

四月十三日三十五石。

右无锡等处白尖米，徐绅办。（义仓官斗量。）

廿一日十五石。廿五日一百石。

五月初二日一百石。初七日一百石。

十二日一百石。十六日一百石。

右无锡碨石等处白尖米，徐绅办，重加筛扇。

二十日一百石。廿四日一百石。

右无锡白尖米，孙邑尊办。

廿八日二百石。

右柯桥各行囤积西路米，任邑尊饬柯桥行办。

六月初四日一百石。

右西路白米，钟绅办。

初八日一百石。

右西路白米，宪拨。

十二日一百石。十四日一百石。

十六日一百石。十八日一百石。

二十日八十石。廿二日一百石。

廿四日七十石。

右安南白米一百零九石，汉口白尖米五百四十一石，徐绅办。

廿四日三十石。廿五日七十石。

七月初一日八十石。初四日九十石。

初六日一百石。初八日一百石。

十二日七十五石。

右香港糙米，孙邑尊托鄞县毕邑尊代办。

逐日收回粜价钱文角洋数：

四月廿三日二千角。廿五日一百五十角。

五月初二日四千三百角。初七日四千三百角。

十二日四千三百角。十六日四千三百角。

二十日四千三百角。廿四日四千三百角。

廿八日四千三百角。六月初四日八千六百角。

初八日四千三百角。十二日四千三百角。

十四日四千三百角。十六日四千三百角。

十八日四千三百角。二十日四千三百角。

廿二日三千四百四十角。廿四日四千三百角。

廿六日四千三百角。七月初一日三千零一十角。

初四日三千四百四十角。初六日三千八百七十角。

初八日四千三百角。十二日四千三百角。

十九日三千二百二十五角。

以上共发粜仓斗米三十五石，市斗米二千三百一十石。每升粜钱四十四文，计钱一万零三百十八千文。除每升扣除津贴钱一文外，共收回角洋十万零零八百三十五角（每角合钱一百文），作钱一万零零八十三千五百文。

皇浦庄村平米

孙邑尊谕发沈绅凤墀，沈绅祖泽经手。

逐日发粜米数：（五云市斗量。）

五月廿一日一百石。

右西路白米，钟绅办。

七月初九日一百石。

右西贡白米，杭府分销。

逐日收回粜价钱文角洋数：

七月初四日四千三百角。三十日四百三十元。

以上共发粜市斗米二百石。每升粜钱四十四文，计钱八百八十千文。除每升扣除津贴钱一文外，共收回英洋四百三十元（每元合钱一千文），角洋四千三百角（每角合钱一百文），共作钱八百六十千文。

东大坊粜局

襄办：任绅光兰。

逐日发粜米数：（五云市斗量。）

七月初一日七石二斗。

右西贡白米，宪拨。

初五日七石二斗。初九日七石二斗。

十四日七石二斗。

右西贡白米，杭府分销。

逐日收回粜价钱文角洋数：

七月初四日三百一十角。初八日三百一十角。

十三日三百一十角。十八日三百零八角，四十文。

以上共发粜市斗米二十八石八斗。每升粜钱四十四文，计钱一百二十六千七百二十文。除每升扣除津贴钱一文外，共收回角洋一千二百三十八角（每角合钱一百文），作钱一百二十三千八百文，又找钱四十文。

西大坊粜局

襄办：何绅浚、王绅逸安、荣德典。

逐日发粜米数：（五云市斗量。）

七月初一日三石。初二日三石。

初四日六石。初九日六石。

右西贡白米，杭府分销。

逐日收回粜价钱文角洋数：

七月初五日二百五十八角。初九日二百五十八角。

十六日二百五十八角。

以上共发粜市斗米十八石。每升粜钱四十四文，计钱七十九千二百文。除每升扣除津贴钱一文外，共收回角洋七百七十四角（每角合钱一百文），作钱七十七千四百文。

东府坊粜局

襄办：周绅显谟、冯绅永龄。

逐日发粜米数：（五云市斗量。）

七月初二日十四石。初四日二十一石。

十一日二十一石。

右西贡白米，杭府分销。

逐日收回粜价钱文角洋数：

七月初四日六百零二角。初十日九百零三角。

十六日九百零三角。

以上共发粜市斗米五十六石。每升粜钱四十四文，计钱二百四十六千四百文。除每升扣除津贴钱一文外，共收回角洋二千四百零八角（每角合钱一百文），作钱二百四十千零八百文。

西府坊粜局

襄办：言绅如桢。

逐日发粜米数：（五云市斗量。）

七月初一日九石。初四日九石。

初八日八石三斗二升。

右西贡白米，杭府分销。

十二日六石七斗四升。

右西贡白米，宪拨。

逐日收回粜价钱文角洋数：

七月初六日七百七十四角。十七日六百四十七角，五十八文。

以上共发粜市斗米三十三石零六升。每升粜钱四十四文，计钱一百四十五千四百六十四文。除每升扣除津贴钱一文外，共收回角洋一千四百二十一角（每角合钱一百文），作钱一百四十二千一百文，又找钱五十八文。

东陶坊粜局

襄办：李绅德奎、高全盛箔铺。

逐日发粜米数：（五云市斗量。）

七月初一日五石二斗。初四日七石。

初九日七石二斗。

右西贡白米，杭府分销。

逐日收回粜价钱文角洋数：

七月初五日二百二十三角，六十文。十一日三百零一角。

十六日三百零九角，六十文。

以上共发粜市斗米十九石四斗。每升粜钱四十四文，计钱八十五千三百六十文。除每升扣除津贴钱一文外，共收回角洋八百三十三角（每角合钱一百文），作钱八十三千三百文，又找钱一百二十文。

西陶坊粜局

襄办：谢绅凤书、范绅慕文。

逐日发粜米数：（五云市斗量。）

六月廿九日六石二斗二升。

右汉口白尖米，徐绅办。

七月初四日五石三斗。

右安南白米，徐绅办。

初四日三石九斗八升。初九日九石二斗九升。

右西贡白米，杭府分销。

逐日收回粜价钱文角洋数：

七月十一日六百六十二角，六十三文。十五日三百八十四角，八十五文。

以上共发粜市斗米二十四石七斗九升。每升粜钱四十四文，计钱一百零九千零七十六文。除每升扣除津贴钱一文外，共收回角洋一千零四十六角（每角合钱一百文），作钱一百零四千六百文，又找钱一百四十八文。除收回过，计不敷钱一千八百四十九文。

东仰坊粜局

襄办：沈绅凤墀、谢绅凤书。

逐日发粜米数：（五云市斗量。）

七月初一日八石。初五日七石。

右西贡白米，杭府分销。

十四日二石。

右西贡白米，宪拨。

逐日收回粜价钱文角洋数：

七月初五日七百三十一角。

以上共发粜市斗米十七石。每升粜钱四十四文，计钱七十四千八百文。除每升扣除津贴钱一文外，共收回角洋七百三十一角（每角合钱一百文），作钱七十三千一百文。

朝东坊粜局

襄办：夏绅宗彝、程绅丙臣、陶绅汉中、恒济典。

逐日发粜米数：（五云市斗量。）

七月初一日十三石六斗。

右西贡白米，宪拨。

初四日十三石六斗。初八日十三石六斗。

十一日十三石六斗。

右西贡白米，杭府分销。

逐日收回粜价钱文角洋数：

七月初三日五百八十四角，八十文。初七日五百八十四角，八十文。

十一日五百八十四角，八十文。十四日五百八十四角，八十文。

以上共发粜市斗米五十四石四斗。每升粜钱四十四文，计钱二百三十九千三百六十文。除每升扣除津贴钱一文外，共收回角洋二千三百三十六角（每角合钱一百文），作钱二百三十三千六百文，又找钱三百二十文。

上望坊粜局

襄办：胡绅寿恒、谢绅凤书、莫绅廷梁。

逐日发粜米数：（五云市斗量。）

六月廿九日十二石八斗。

右汉口白尖米，徐绅办。

七月初四日十二石八斗。

右西贡白米，宪拨。

初九日十二石八斗。十二日十二石八斗。

右西贡白米，杭府分销。

逐日收回粜价钱文角洋数：

七月初五日五百五十角。二十日一千六百五十一角，六十文。

以上共发粜市斗米五十一石二斗。每升粜钱四十四文，计钱二百二十五千二百八十文。除每升扣除津贴钱一文外，共收回角洋二千二百零一角（每角合钱一百文），作钱二百二十千零一百文又找钱六十文。

中望坊粜局

襄办：宁绅崇德。

逐日发粜米数：（五云市斗量。）

六月廿九日五石八斗。

右汉口白尖米，徐绅办。

七月初二日五石八斗。初四日五石八斗。

右西贡白米，宪拨。

初六日五石八斗。初八日五石八斗。

初十日五石八斗。十二日五石八斗。

十四日五石八斗。

右西贡白米，杭府分销。

逐日收回粜价钱文角洋数：

七月初五日四百九十八角，八十文。初八日四百九十八角，八十文。

十六日九百九十七角，六十文。

以上共发粜市斗米四十六石四斗。每升粜钱四十四文，计钱二百零四千一百六十文。除每升扣除津贴钱一文外，共收回角洋一千九百九十三角（每角合钱一百文），作钱一百九十九千三百文，又找钱二百二十文。

下望坊粜局

襄办：徐绅镇、李绅镛。

逐日发粜米数：（五云市斗量。）

六月廿九日一石三斗。

右汉口白尖米，徐绅办。

七月初一日一石四斗。初二日四石。

初四石一石四斗。初六日四石。

初八日一石四斗。初十日四石。

右西贡白米，杭府分销。

十二日一石四斗。十四日二石七斗。

右西贡白米，宪拨。

逐日收回粜价钱文角洋数：

七月初二日五十五角，九十文。初五日一百二十角，四十文。

初八日三百四十三角，一百文。十六日四百零□角，一百五十文。

以上共发粜市斗米二十一石六斗。每升粜钱四十四文，计钱九十五千零四十文。除每升扣除津贴钱一文外，共收回角洋九百二十五角（每角合钱一百文），作钱九十二千五百文，又找钱三百八十文。

安宁坊粜局

襄办：王绅藻、楼凝云鞋铺。

逐日发粜米数：（五云市斗量。）

六月廿九日三石四斗。

右汉口白尖米，徐绅办。

七月初二日四石。初六日五石。

初十日二石三斗。

右西贡白米，杭府分销。

十三日二石五斗。十四日二石八斗。

右西贡白米，宪拨。

逐日收回粜价钱文角洋数：

七月十一日六百角。廿二日二百六十角。

以上共发粜市斗米二十石。每升粜钱四十四文，计钱八十八千文。除每升扣除津贴钱一文外，共收回角洋八百六十角（每角合钱一百文），作钱八十六千文。

永昌坊粜局

襄办：章绅大纶、袁绅名标、李绅如江、杨绅文炳、唐绅少南。

逐日发粜米数：（五云市斗量。）

七月初一日七石四斗。初四日七石四斗。

初八日七石四斗。

右西贡白米，杭府分销。

十二日六石。

右西贡白米，宪拨。

逐日收回粜价钱文角洋数：

七月初八日九百五十角。十七日二百六十二角，六十文。

以上共发粜市斗米二十八石二斗。每升粜钱四十四文，计钱一百二十四千零八十文。除每升扣除津贴钱一文外，共收回角洋一千二百十二角（每角合钱一百文），作钱一百二十一千二百文，又找钱六十文。

石童坊粜局

襄办：朱绅秉吉。

逐日发粜米数：（五云市斗量。）

七月初一日五石。初三日二石五斗。

初四日五石。十一日五石。

右西贡白米，杭府分销。

十四日二石五斗。

右西贡白米，宪拨。

逐日收回粜价钱文角洋数：

七月初三日二百十五角。初六日一百零七角，五十文。

初八日二百十五角。十六日三百二十二角，五十文。

以上共发粜市斗米二十石。每升粜钱四十四文，计钱八十八千文。除每升扣除津贴钱一文外，共收回角洋八百五十九角（每角合钱一百文），作钱八十五千九百文，又找钱一百文。

都泗坊粜局

襄办：钟绅念祖、韩绅景堂。

逐日发粜米数：（五云市斗量。）

六月廿九日三石二斗。

右汉口白尖米，徐绅办。

七月初三日三石二斗。初四日六石四斗。

初九日六石四斗。

右西贡白米，杭府分销。

十三日六石四斗。

右西贡白米，宪拨。

逐日收回籴价钱文角洋数：

七月初二日一百三十七角，六十文。初三日一百三十七角，六十文。

初十日二百七十五角，二十文。十六日五百十三角，三十三文。

以上共发籴市斗米二十五石六斗。每升籴钱四十四文，计钱一百十二千六百四十文。除每升扣除津贴钱一文外，共收回角洋一千零六十二角（每角合钱一百文），作钱一百零六千二百文，又找钱一百七十三文。除收回过，计不敷钱三千七百零七文。

稽山坊粜局

襄办：何绅浚、徐绅善征。

逐日发籴米数：（五云市斗量。）

六月廿九日六石五斗。

右汉口白尖米，徐绅办。

七月初二日六石五斗。初四日六石五斗。

初六日六石五斗。初九日六石五斗。

初十日六石五斗。

右西贡白米，杭府分销。

十二日六石五斗。十四日六石五斗。

右西贡白米，宪拨。

逐日收回籴价钱文角洋数：

七月初四日五百五十九角。初八日五百五十九角。

十六日一千一百十八角。

以上共发籴市斗米五十二石。每升籴钱四十四文，计钱二百二十八千八百文。除每升扣除津贴钱一文外，共收回角洋二千二百三十六角（每角合钱一百文），作钱二百二十三千六百文。

总共发籴仓斗米一千四百五十六石五斗六升（折合五云市斗一千三百四十石零零三升五合），又市斗米三万三千五百九十八石零一升。每升籴钱四十四文，计钱十五万四千二百四十千零一百零八文。除每升扣除一文津贴，计钱三千五百零四千五百九十七文，并给地保米八石六斗不计价钱，及常禧、都泗、西陶三坊籴价缺少钱十四千九百八十七文外，共收回英洋七百五十元（每元合钱一千文），角洋一百四十六万八千一百六十五角（每角合钱一百文），共作钱十四万七千五百六十六千五百文，又钱三千一百十六千一百八十四文。

常邑社稷庙粥厂记

（又名《常邑社稷庙粥厂征信录》）

清光绪二十四年刻本

（清）汪方洋 撰

邵永忠 点校

常邑社稷庙粥厂记

汪方洋

《礼记·月令》：仲秋行糜粥。此养老，非疗饥。疗饥其昉于汉世乎？考《后汉书·献帝本纪》：真平元年，帝使侍御史侯汶出太仓米豆，为饥人作糜粥。帝亲于御座前量试作糜，是为施粥之权与。又《陆续传》：续仕郡户曹史，时岁荒民饥，太守尹真使续于都亭赋民饘粥，续悉简阅其民讯，以名氏默识其户口之数。此施粥而讯名氏、记户口之滥觞。《宋史·陈尧佐传》：尧佐知寿州，岁大饥，出俸米为糜粥，食饥者。吏人悉献米，至赈数万，此施粥而劝捐米石之肇始。《苏轼传》：轼知杭州。杭大旱，轼请于朝，免本路上供米三之一；复得赐度僧牒易米，以救饥者。明年春，又减价粜常平米，多作饘粥药剂，活者甚众。此又施粥而兼平粜之嚆矢。去秋邑东乡木棉之区，为霪雨漂落，十不获一，今夏二麦又歉收。邑人故勤纺织，每遇歉岁，恒恃纱布以度日。自机器棉纱盛行，小民之利尽为攘夺。又值洋商贩米出口，米价骤增数倍。于是民不聊生，扶老携幼，四出攫米，骚扰城乡。同人恻然悯之，告于有司，设施粥厂于南门外社稷庙。令甫下，慷慨乐输之士，纷纷献米焉。是殆有陈尧佐其人者感化之欤？先施粥之三日，仿陆续遗法，使饥民告姓氏、里居、大小口数，验其老弱，汰其强壮，书而黏于木牌。临发时，视其牌如千口，予如千粥。量之多寡，粥之厚薄，经同人轮流监视，罔有参差。较汉帝量试作糜之意，不啻慎之又慎。官斯土者，设平粜局于四境，助施粥所不及。不数月间，民困大苏，是又有苏氏之遗风。是役也，自六月十一日始，至八月初十日止，事几两月，活民二千五百余口。幸赖乐善君子踊跃输助，司事诸君亦洁身办公。至撤厂之日，犹存十日之粮，乃计口授钱，使为纺纱织布之资本，以示其无余。由是枵腹而来者，靡不缠腰而去。非诸君子提倡之力，曷克至此。虽然子思有言：无征不信，不信民弗从。乃刊《征信录》，布告于众，并述其始末如斯。

光绪丁酉，邑东乡木棉大歉，纺织不足谋生。机器纱浸灌内地，利益夺，民益困。秋禾收成又薄，戊戌之夏，农民积储一空，米珠薪桂，野有道殣，民多菜色。乡妪扶老挈幼，行乞相望。南郭同人归丈廷瑞、宋君泳文、顾君钟麟，目击心伤，创议募资施粥振饥。章君文光、陆君栩、陈君秉钧、王君朝瑞、汪君方洋闻而义之，慨然以募捐为己任。城乡好善士闻风响应，争相输助。乃请于有司，设厂社稷庙东偏之米业公所。六月十一日开局，计就食者二千四百八十余名口，日需粥米五石有奇。共核募得制钱一千七百七十余缗，白米一百三十八石零。乐捐各善姓，值此钱荒米贵之时，复能指囷慨助，其好义急公，实足风励薄俗。募捐诸君，奔走于炎风烈日中，力顾大局，筹集巨资，其劳勤亦未可泯。具书姓氏、钱米、捐数，勒诸贞珉，以彰德而示信。俞南泉常博春沂、庞芷香姻丈鸿济，总理局务；暨陈君名藻、孙君钟祥，管理局中收支账目，均各综核精审，劳瘁不辞。至按日凭牌给粥，则赖米业及各业友相助为理。若轮班督率，昕夕无间，则尤以归、宋、顾三君，与归君钟琨实承其乏。两匝月竣事，饥民赴局领粥，鱼贯出入，绝无拥挤喧攘之苦。使非在局诸同志和衷商榷，实心任事，未易臻此。至善偕弟至诚，随诸君子后，时接绪论，因《征信录》刊成，谨叙缘起，志诸简末云。昭邑设厂东城外，总管庙需经费二千缗，集饥民二千三百七十口，后三日开局，亦两月竣事，合附记之。时维孟冬月，邑人强至善谨识于城南敬胜堂。

常、昭邑尊开局告示　特用府在任候补直隶州特授江苏常熟县正堂随带加二级朱、钦加同知衔署理江苏昭文县正堂加三级纪录十次郁为给示晓谕事，据就职直隶州州判李葆贞、五品衔候选州同汪均、理问衔候选县丞赵仲简、中书科中书钱宗翔、太常寺博士俞春沂、布政司理问章振扬、五品衔监生陈钟秀、廪生庞鸿济、王庆芝、监生归廷瑞、宋泳文、强至诚禀称：窃查去岁秋成歉收，木棉尤甚，是以今春乡间频议抚恤。入夏以来，各乡老妪结队乞食城市者，恒数百人，其中以东北乡人为多。四月中，经在城绅士集款开办施粥，惜仅历一月而止。现在逐队乞食者，仍复如前。且因米价愈贵，人数愈多，职葆贞等目击情形，未忍坐视，爰联合同志，募款筹设施粥局二处，一设南门外社稷庙，一设东城外附郭总管庙，均拟本月十一日开枱。先行试办一月，经费倘裕，再展一月。所施之粥，惟给老妪及童幼者，其壮年有力男子及乞丐人等，一概不给，以示限制。当此开局伊始，恐有地棍无赖、游方痞丐人等，藉端滋扰，强欲乞施，因而生事。为亟联名叩请会同给示悬挂，以全要举而济穷黎等情到县。据此，除批示外，合行会衔给示晓谕。为此示，仰该处地方居民人等知悉，尔等须知：现在设局施粥，专给老妪童幼，至壮年男丁以及乞丐，一概不给。地棍无赖、游方痞丐，尤不许混杂纷扰。如敢抗违，许该保随时扭禀解县，以凭究办。各宜懔遵毋违，切切。特示。光绪二十四年六月初六日示。

具禀就职直隶州州判李葆贞、府学廪生庞鸿济、布政司经历强至诚、太常寺博士俞春沂、五品衔陈钟秀、监生归廷瑞、宋泳文，为南厂施粥告竣，先录清单报销。窃因去岁秋收歉薄，木棉尤甚，本年春夏之交，青黄不接。饥民成群乞食，相属于道。嗣经职葆贞等议办施粥，募资设厂，稍苏民困。旋蒙 朱前仁 宪会同 昭邑朱 常前 宪会衔晓示，准办在案，厂设于常境南城外社稷庙东偏之米业公所。六月十一日开厂，先三日计口给牌，以后凭牌领粥。出入鱼贯，幸无拥挤滋扰等情。至八月初十日撤厂，凡两阅月竣事。邑中米珠薪桂，筹款綦难，同人竭力设法，广为劝募，计收到各捐户洋银一千九百六十余元，白米一百三十八石六斗五升。局中自购粳米、籼米，共一百八十四石三斗六升，计付去洋银一千一十元零。除耗米二石七斗一升外，共实用粥米三百二十石三斗。又撤厂日每口给发纺织资本制钱一百四十文，大小口一律，计二千四百八十口，共实用去足制钱三百四十七千二百文。又逐日代粥钱五十二千八百三十六文，两共核洋银四百四十余元。树柴一项，共用洋银一百四十余元，其余一应用款，另开细数，共用洋银四百元有奇，该存洋银七十余元，以备公制庙中匾额、楹联，及刊印《征信录》并《南厂施粥记》，将各捐户姓氏、捐数书明，勒石之用，俾昭大信而示激劝。谨略陈梗概，先具报销，俟《征信录》刊成，详载捐户细数，再行呈请存档，永备稽核。除具禀 昭常邑宪外，为亟抄黏四柱清单，恭呈公祖大人电核，恩赐存案，批示祗遵。实沾德便。上呈。

九月初八日，奉署常熟县正堂沈批：据禀已悉，希候昭邑批示缴。

九月十二日，奉署昭文县正堂郁批：来牍阅悉，希候常邑批示。清单存。

常熟 县知县 朱 谨禀大人阁下：敬禀者，窃卑二县上年禾棉歉收，民情困苦，加以近来昭文　　　郁

米价昂贵，贫民觅食愈艰。前经卑职等会商绅董，办理东乡抚恤二次。兹又在于西北乡，及在城附郭等处筹办平粜事宜，均经先后禀陈宪鉴在案。惟因现在各处米价仍未平减，而各乡老妪结队成群，乞食于城市者，所在多有。察看情形，殊堪悯恻。是经会商绅董，惟有赶紧筹办施粥，以资补救。旋据就职直隶州州判李葆贞、五品衔候选州同汪均、理问衔候选县丞赵仲简、中书科中书钱宗翔、太常寺博士俞春沂、布政司理问章振扬、五品衔监生陈钟秀、廪生庞鸿济、王庆芝、监生归廷瑞、宋泳文、强至诚禀称：职等遵经，联合同志，募款筹设施粥局二处，一设东门外附郭总管庙，一设南门外社稷庙。先行试办一月，经费倘裕，再展一月。所施之粥，惟给老妪及童幼者，其壮年有力男丁及乞丐人等，一概不给，以示限制。请即给示开办，并拨款协济等情。当经卑职等出示晓谕，以上施粥局两处，定期于六月十一暨十四等日起，次第开粜。每日每局食粥之人，约有二千余口之多，每日各需□□所需经费就地募捐，并由卑职等设法拨济。开办以来，民情尚称安谧，洵足以与平粜相辅而行。除再会商该职等俟施粥一月届满，再当接续展办，以惠穷黎外，所有现在筹办施粥缘由，理合联衔肃泐禀报，仰乞大人俯赐鉴核示遵，恭请钧安，伏祈垂鉴。除禀某宪外云。

一禀抚、藩、臬、本府宪。

俞南泉经捐各户：

克让堂俞捐洋五十元，克让堂俞又捐洋五十元。无名氏捐洋四十元。季近恩捐米五石。太原氏求消灾免病，捐洋二十元。寿康庐周记捐洋二十元。季君记捐洋二十元。俞恒泰捐洋二十元。庞宝君捐米二石五斗。永和勤捐米二石五斗。恒立义捐米二石。顾廷琪捐米二石。周万丰捐米二石。无名氏捐洋十五元。归记捐洋十五元。同记捐洋十五元。留余堂俞捐洋十元。陆鼎怀捐洋十元。王源兴捐洋六元五角。刘藜照捐米一石。钱晚翠捐洋六元二角。周纯一捐洋六元。余庆堂曹捐洋五元。沈环秀捐洋四元。周恒大捐洋四元。宝善堂俞捐洋三元。锄经堂张捐洋三元。洗心书屋捐洋三元。俞养浩捐洋三元。钱德大捐洋三元。马宪臣捐洋三元。程达甫捐洋二元。李琴南捐洋二元。一桂轩捐洋二元。张静之捐洋二元。李蔼如捐洋一元五角。陆仲宽捐洋一元。李冠南捐洋一元。共捐洋三百三十元，米十七石，小洋十二角。

宋雨田经捐各户：

季上卿捐米五石。仲如记捐米五石。顾嘉谷捐米五石。季尚珍捐米五石。惟善堂宋捐米五石。周德大捐洋三十二元五角。季尚宾捐米三石。陆永森捐米二石。洞庭西山严荣廷捐洋十三元。时亨典捐洋十元。裕源典捐洋十元。恒德典捐洋十元。永隆典捐洋八元。积善堂马捐洋八元。顾金芳捐米一石。邹永源捐米一石。曹虚心捐洋五元。信泰典捐洋五元。元兴典捐洋五元。元豫典捐洋五元。时泰典捐洋四元。季培珍捐米五斗。仁寿堂戴捐米五斗。润六轩捐米五斗。姚益丰捐米五斗。周云桥捐小洋三十二角五分。温陈氏捐小洋三十二角五分。金嵩泉捐小洋三十角。吴金诏捐洋一元。共捐洋一百十六元，米三十四

石，小洋一百角。

强子明经捐各户：

常昭各钱庄捐洋六十元。季君周捐洋五十元。敬胜堂强捐白米一石一斗五升，洋银二十五元。一经堂翁捐洋三十元。荣禄弟孙捐洋二十元。常署拨来罚款洋十八元。花祖庚为子求病速愈，捐洋十元。金嵩泉捐米一石。曾仲昭捐洋五元。共捐洋二百一十八元，米二石一斗五升。

章耀云经捐各户：

世耕堂罗捐米四石。贞荫堂章捐米三石。李协和捐洋六元五角，米一石。季尚卿捐米一石。盐公堂捐米一石。吴友记捐洋六元五角。金体仁捐洋六元。无名氏捐米五斗。拜恽庼、萼滨邵合捐米五斗。章协昌捐米五斗。汪益记捐米五斗。丁元裕捐米五斗。洪思诚捐米五斗。乾泰捐洋三元。洪天顺捐洋三元。无名氏捐洋二元。蒋厚记捐洋二元。平天泰捐洋二元。吴仁孝捐洋二元。同吉祥捐洋二元。李义丰捐洋二元。心德堂陈捐洋二元。爱月居捐洋一元。钱叔记捐洋一元。花滨胡捐洋一元。无名氏捐洋一元。周茂亦捐洋一元。俞伯升捐洋一元。刘同槐捐洋一元。董聘记捐洋一元。无名氏捐洋一元。尤耕云捐洋一元。源隆捐洋一元。无名氏捐洋一元。寿萱氏捐洋一元。共捐洋五十一元，米十三石，小洋十角。

陆楚材经捐各户：

横泾裕善堂拨捐洋五十元。田萃亨捐米二石。单敬德捐米二石。冯敬义捐米一石。同和捐米一石。陆致远捐米一石。陶鼎和捐洋六元五角。缪家湾童宅雷醮余款，捐洋四元八角。沈子卿捐洋三元三角。张庆福捐米五斗。屈镜寿捐米五斗。晏仲祥捐米五斗。三让堂捐洋五元。丁达泉捐洋三元二角。万茂捐洋三元。恒泰祥捐洋三元。永祥泰捐洋三元。沈誉生捐洋一元。姚羡仙捐洋一元。广裕昌捐洋一元。信茂盛捐洋一元。震大昌捐洋一元。正泰祥捐洋一元。隐名氏捐洋一元。共捐洋八十七元，米八石五斗，小洋十八角。

顾少樵、归君才经捐各户：

谈永兴捐米三石。徐复顺捐米三石。无名氏捐米二石。周莱峰捐洋十三元。周德昌捐米一石五斗。顾立成捐米一石。黄大隆捐米一石。何湘云捐米一石。陶万丰捐米一石。同源恒捐米一石。袁合兴捐洋五元。归君才捐洋五元。周万兴捐洋四元。虞山寄客捐洋四元。陈润泰捐米五斗。周凤岐捐米五斗。宋雨亭捐洋三元二角五分。信顺义捐洋三元。徐菉峰捐洋三元。杨恒泰捐洋二元。王馨山捐米一石。徐德顺捐洋二元。共捐洋四十四元，米十六石五斗，小洋二角五分。

程芳洲经捐各户：

陆继云捐洋十三元。张敦裕捐洋十三元。钱叔记捐洋九元七角五分。李均记捐洋六元五角。吴馥记捐洋六元五角。无名氏捐洋六元五角。桑留馀捐米一石。桑永修捐米五斗。程源昌捐洋三元二角五分。裕祥恒捐洋三元二角五分。光裕堂捐洋三元二角五分。不留名捐洋三元二角五分。共捐洋六十五元，米一石五斗，小洋三十二角五分。

陈浩如经捐各户：

钱古椿捐洋二十八元。益大捐洋十元。大生号捐洋十元。王森茂捐洋六十角。祝道昌捐小洋六十角。吴源泰捐洋五元。吴恒和捐洋五元。公益兴捐小洋四十角。谢恒顺捐洋四元。西庄逸叟捐洋五元。九如堂捐洋三元。协成号捐洋三元。乾生捐洋三元。西庄贾捐洋三元。义和泰捐小洋三十角。萧春阳捐洋三元。张隐仙捐洋二元。稼书堂曹捐洋二元。王永昌捐洋二元。滋水童捐洋二元。易知堂邹捐洋二元。周公泰捐洋二元。诵芬堂王捐洋二元。张培记捐洋二元。郭稚记捐洋一元。童范记捐洋一元。徐君记捐洋一元。童寿百捐洋一元。永泰祥捐洋一元。共捐洋一百零三元，小洋一百九十角。

俞景初经捐各户：

董太太捐洋一百元。长洲俞捐洋二十元。王仁记捐洋一元。王畊记捐小洋五角。王绥记捐洋五角。王仲记捐小洋三角。共捐洋一百二十一元，小洋十三角。

汪秉之经捐各户：

息庵捐洋五十元。徐纶香捐米四石。均述、亮臣、鹤筹合捐米二石。敦本堂张捐洋六元五角。谈坤砻坊罚款洋四元。浦寿安捐洋三元二角五分。共捐洋六十三元，米六石，小洋七角五分。

邵美如经捐各户：

庆盛号捐洋十二元。童仁泰捐洋六元。合泰号捐洋六元。三茂号捐洋六元。乾泰恒捐洋六元。黄顺泰捐洋六元。合兴号捐洋四元。缪大昌捐洋四元。邵文卿捐洋三元。成昌号捐洋三元。大吉祥捐洋三元。同兴号捐洋三元。万春号捐洋三元。无名氏捐洋二元。李泰和捐洋二元。宝慎祥捐洋二元。丰泰号捐洋二元。康泰号捐洋二元。祥源号捐洋一元五角。共捐洋七十六元五角。

归叔鳌经捐各户：

张竹村捐洋二十元。三省堂黄捐米二石。项履安捐米二石。世善堂胡捐米一石五斗。徐聿声捐米一石。留耕堂张捐洋六元五角。三寿堂蒋捐洋六元五角。李向荣堂捐洋六元。贻益堂高捐洋四元。芋香堂李捐洋三元。唐襕葵捐洋三元。钟蓉卿捐洋三元。祥泰元捐洋二元。李纯义捐洋二元。归锦记捐洋一元。共捐洋五十六元，米六石五斗，小洋十角。

曹似香经捐各户：

姚全芳捐米二石。翁恒益捐米二石。季尚宝捐米一石。查荣棠捐米一石。吴廷华捐洋四元五角。江北王宅捐洋三元七角。姚益丰捐米五斗。季培珍捐米五斗。姚大森捐米五斗。朱永标捐洋二元。王学亭捐洋二元。吕兰泉捐洋二元。石寿记捐洋一元。石伯云捐洋一元。共捐洋十五元，米七石五斗，小洋十二角。

蒋蔚文经捐各户：

敦仁堂蒋捐米三石。映碧堂捐米三石。世乐堂孙捐米三石。虞东义贾捐米二石。赵云记捐洋四元。信裕堂捐洋二元。共捐米十一石，洋六元。

陈莲溪、陈用仪经捐各户：

陈恒茂捐米三石。周金寿捐洋十元。赵宝善堂捐洋八元。姚忠芳捐洋六元。范恭义捐洋六元。杨锦祥捐洋四元。陈用仪捐洋四元。同泰隆捐洋三元。姜源茂捐洋三元。范怀记捐洋三元。陆景福捐洋二元。范玉枝捐洋二元。钱仲英捐小洋十角。马玉泉捐洋一元。共捐洋五十二元，米三石，小洋十角。

邓瀛洲经捐各户：

赵万昌捐洋八元。邓逸记捐洋五元。邓瀛记捐洋三元，小洋五十角。刘文麟捐洋三元。山三珍捐洋五元。叶信记捐洋二元。无名氏捐洋三元二角。周幼甫捐洋三元。章春记捐洋二元。信懋顺捐洋二元。冯晋记捐洋三元。黄裕丰捐洋二元。周鸣记捐洋二元。周东顺捐洋二元。生禄仁记捐洋二元。同信昌捐洋一元。魏塘许再熙捐洋一元。不设名捐洋一元。禄稿荐捐洋一元。谭盛兴捐洋一元。德兴馆捐洋一元。共捐洋五十三元，小洋五十二角。

庞芝香经捐各户：

庞寿记、澧芳室捐洋十三元。丛桂轩、庞信记捐洋十三元。庞椿记捐米一石。无名氏捐洋十元。朱慈福捐米一石。涤虑室捐洋六元五角。洗心处捐洋六元五角。庞诒谷堂捐洋六元。庞寿记捐洋三元。校禄居捐洋二元。共捐米二石，洋六十元。

俞玉卿经捐各户：

姑苏协和衣庄捐洋二十元。予成用捐洋五元。永禄轩捐洋五元。程永裕捐洋五元。俞文茂捐洋五元。孙菊山捐米五斗。黄宝善捐洋三元。王德泰捐洋三元。钱益泰捐洋二元。共捐米五斗，洋四十八元。

赵景廷经捐各户：

昭邑木棉恤灾捐余款拨洋五百角。胡修范捐米五斗。谭成义捐米一石。一松山人捐洋二元。共捐洋二元，米一石五斗，小洋五百角。

卞星轩经捐各户：

瑞昌捐洋四元。怡昌捐洋四元。同新泰捐洋四元。公振恒捐洋四元。豫泰盛捐洋三元。王永裕捐洋三元。陈骏烈捐洋三元。王源昌捐洋三元。王源兴捐洋三元。陆茂昌捐洋三元。宏兴号捐洋三元。信顺义捐洋三元。心长力短捐洋一元，小洋十角。裕成兴捐洋二元。共捐洋四十三元，小洋十角。

徐贞六经捐各户：

时世义鸿记捐洋二十元。徐宝善捐洋四元。徐元善捐洋二元。时宝善捐洋二元。时慰椿捐洋二元。陈育德捐洋二元。吴德让捐洋一元。蒋莅记捐洋一元。时镜清捐洋一元。时王氏捐小洋五角。樊上珍捐小洋五角。共捐洋三十五元，小洋十角。

沈漱兰经捐各户：

琴南未逐子捐米五石。扫花馆主捐洋四元。不书名捐洋五元。

谭松岩经捐各户：

不书名捐洋三十元。

缪含章经捐各户：

瑞丰泰捐洋三元。同丰酱园捐洋三元。义丰酱园捐洋三元。大昌酱园捐洋二元。复通酒坊捐洋二元。共捐洋十三元。

易本卿经捐各户：

内河厘捐局捐洋二十元。

范炳卿经捐各户：

王金德捐米五斗。张竹村捐洋二元。

自愿输捐各户：

蒋项氏捐洋二十元。王颖记捐洋五元。钱润庵捐米一石。沈公茂捐米五斗。范陆氏捐洋三元。俞元宝捐洋三元。汪德大捐小洋三十角。李艾生捐洋一元。李祝萱捐洋一元。张懋记捐洋一元。亲贤书屋捐小洋七角，钱十四文。共捐洋三十四元，米一石五斗，小洋三十七角一分五厘。

陈友三经捐各户：

汇源正记捐洋四元。会源大捐洋三元。同汇源捐洋二元。

赵俊卿经捐各户：

蔡抡卿义庄捐洋五元。

李协和经捐各户：

闵恒盛捐米一石。俞芝记捐洋一元。

丁君湛、陈伯瑜经捐各户：

王丁氏捐洋六元。

庞燕谋经捐各户：

姚赞臣捐洋十元。博济堂拨助洋八十元。陈瑞亭捐树柴二担。顾少樵、归君才、宋雨田、归叔鳌捐圆局饭菜四桌。资福寺捐焰口一坛。魏聚兴捐三号食锅一只。

同善恤贫收付征信清册

计开常邑贫户四百十七口，昭邑贫户二千零六十三口。

旧管：无

新收：

一、收各户输捐英洋一千八百三十八元，又洋二十五元二分五厘。

一、收各户输捐小洋五百三十一角六分五厘。

一、收东乡账余拨助小洋五百角。

一、收各户输捐米一百三十八石六斗五升。

一、收籴见白粳一百零三石一斗一升，〈白〉籼八十一石二斗五升。

一、收兑见钱四百七十一千三百八十文。

共收洋一千八百六十三元，又洋念五元；小洋核见钱九十二千八百四十八文，又钱念二文；兑钱四百七十一千三百八十文；米三百二十三石一升。

开除：

一、付刊刻印票粥牌洋四元，钱一千七百五十五文。

一、付搭盖芦席竹厂工料洋八元，钱五百七十九文。

一、付砌灶工料洋九元，钱三千三百四十二文。

一、付大锅锅盖接口等件洋十七元，钱一千八百十一文。

一、付淘箩篇担等洋二元，钱一千五百八十六文。

一、付火钳火义火超等件钱一千一百七十六文。

一、付树柴洋一百十八元，钱二十六千二百十八文。

一、付烧粥夫辛工洋三十五元，钱八十五千三百十文。

一、付驳船上力钱五千九百零三文。

一、付香烛鞭炮等钱一千六百五十五文。

一、付茶叶钱一千九百零六文。

一、付贫户代粥钱五十二千八百三十六文。

一、付纸头账簿笔墨等洋四元，钱八百九十五文。

一、付开局中元节焚化锡箔洋十元。

一、付开局贴僧香烛佛马等洋一元，钱五百六十文。

一、付开局散局饭食点心洋九元，钱一千八百七十七文。

一、付开局散局各衙差役赏钱七千七百六十一文。

一、付常熟昭文房科给示纸笔费洋三元，钱四百五十文。

一、付零星一应物件等钱三千一百四十八文。

一、付留防局兵勇赏洋念一元，钱一千二百三十文。

一、付局前赏钱地方钱一千二百四十文。

一、付丐头赏钱一千二百四十文。

一、付棉油洋油洋一元，钱二千五百二十文。

一、付帮工赏洋一元，钱一千九百八十文。

一、付钵头碗盏茶钓洋一元，钱六百五十六文。

一、付籴白^粳_籼米^{洋一千零二元。}_{钱七千三百六十六文。}

一、付散局给发贫户纺织资本每口一百四十文，计共二千四百八十口。

共付足卡钱三百四十七千二百文。

一、付散局道士功德洋二元，钱三百零五文。

一、付粥米三百二十石三斗。

一、付耗米二石七斗一升。

一、付兑洋五百十八元。

一、付三十六图庢同坝桥修造拨洋十二元。

一、付附郭洙草浜太平桥修造拨洋十二元。

一、付亏串钱一千四百七十七文。

共付洋一千七百九十元，钱五百六十三千九百八十二文，米三百二十三石一升。

实存洋七十三元，钱二百六十八文。

补捐：

刘藜照捐洋十元。

一、付《征信录》刻资共字七千六百零四个，每百字一百卅文，共洋十一元。

一、付刷印《征信录》共印四百本，每本三分，共洋十二元。

一、付社稷庙匾对工料计洋十五元。

一、付刻风面批头计钱二百六十文。

余存洋四十五元，又钱八文。

老庙衖杭接贤斋刻字店

昭邑同仁粥局征信实录

清光绪二十四年刻本

（清）叶寿松　撰

邵永忠　点校

昭邑同仁粥局征信实录

光绪戊戌春夏之交，青黄不接，民有饥色。爰于六月十四日设粥厂于城东总管庙，以待□□□而食之。日集二千三百□，俾资众米五石余，经费则□不足，更由县拨款协□，□两月告竣。在事经董□□小东门外，襄办各□班挨值，均能实心办事，劳苦不辞。留防水师哨官湖南□光弹压不遗余力，绝无拥挤喧嚷之苦。事竣，因将各捐户乐助钱米，及所用煮粥工柴□□开明，刊刻《征信实录》俾资众览焉。

知昭文县事魏塘郁保章识

劝 募 折 首

本年因客岁歉收，米价腾贵，纱布失利，民食无资。入夏以来，亢旱不雨，农夫尽力桔槔，咨嗟就槁；妇孺伤心瓶罐，涕泣将殍。迩来村妪百十成群，鸠形行乞，扶老携幼，露坐沿门，心衔苦饥，背负烈日，痛心惨目，无过于是。爰集同人，议施薄粥，俾老妇幼孤庶几得食，竭我众人之力，延彼数旬之命。约以两月为期，惟灾黎颇众，经费匪轻，为此普告仁人，冀成义举，愿大发菩提心，共敦桑梓谊。皇天实鉴，幽冥咸知，善与人同，伏维慨助。谨启。

详　　文 *

常熟昭文县知县朱郁谨禀大人阁下：敬禀者，窃卑二县上年禾棉歉收，民情困苦，加以近来米价昂贵，贫民觅食愈艰。前线经卑职等会商绅董，办理东乡抚恤二次，兹又在于西北乡及在城附郭等处筹办平粜事宜，均经先后禀陈宪鉴在案。惟因现在各处米价仍未平减，而各乡老妪结队成群，乞食于城市者，所在多有。察看情形，殊堪悯恻。是经会商绅董，惟有赶紧筹办施粥，以资补救。旋据就职直隶州州判李葆贞、五品衔候选州同汪均、理问衔候选县丞赵仲简、中书科中书钱宗翔、太常寺博士俞春沂、布政司理问章振扬、五品衔监生陈钟秀、廪生庞鸿济、王庆芝、监生归廷瑞、宋泳文、强至诚禀称：职等遵经联合同志募款，筹设施粥局二处，一设东门外附郭总管庙，一设南门外社稷庙。先行试办一月，经费倘裕，再展一月。所施之粥，惟给老妪及童幼者，其壮年有力男丁及乞丐人等，一概不给，以示限制。请即给示开办，并拨款协济等情。当经卑职等出示晓谕，以上施粥局两处，定期于六月十一暨十四等日起，次第开杓。每日每局食粥之人约有二千余口之多，每日各需□石。所需经费就地募捐，并由卑职等设法拨济。开办以来，民情尚称安谧，询〔洵〕足以与平粜相辅而行。除再会商该职等俟施粥一月届满，再当接续展办，以惠穷黎外，所有现在筹办施粥缘由，理合联衔肃泐禀报，仰乞大人俯赐鉴核示遵。恭请钧安，伏祈垂鉴。除禀某宪外云云。

一禀抚、藩、臬、本府宪。

特授常熟署理昭文县正堂朱郁为给示晓谕事。据就职直隶州州判李葆贞、五品衔候选州同汪均、理问衔候选县丞赵仲简、中书科中书钱宗翔、太常寺博士俞春沂、布政司理问章振扬、五品衔监生陈钟秀、廪生庞鸿济、王庆芝、监生归廷瑞、宋泳文、强至诚禀称：窃查去岁秋成歉收，木棉尤甚，是以今春乡间频议抚恤。入夏以来，各乡老妪结队乞食于城市者，恒数百人，其中以东北乡人为多。四月中，经在城绅士集款，开办施粥，惜仅历一月而止。现在逐队乞食者仍复如前，且因米价愈贵，人数愈多。职葆贞等目击情形，未忍坐视，爰联合同志募款，筹设施粥局二处，一设东城外附郭总管庙，一设南门外社稷庙，均拟本月十一日开杓，先行试办一月，经费倘裕，再展一月。所施之粥，惟给老妪及童幼者，其壮年有力男丁及乞丐人等，一概不给，以示限制。当此开局伊始，恐有地痞无赖、游方痞丐人等，藉端滋扰，强欲乞施，因而生事，为亟联名叩请会同给示悬挂，以全要举而济穷黎等情到县。据此，除批示外，合行会衔给示晓谕，为此示仰该处地方居民人等知悉，尔等须知现在设局施粥，专给老妪、童幼，至壮年男丁以及乞丐人等，一概不给。地棍无赖、游方痞丐，尤不许混集纷扰，如敢抗违，许该保随时扭禀解县，以凭究办。各宜凛遵毋违，切切。特示。

一出示二道

昭文县为照会事，照得上年秋收歉薄，东乡棉地尤甚。民情极形困苦，虽经择要酌办抚恤，稍资接济，无如迩来米价腾贵，贫民糊口维艰。察看情形，殊堪悯恻。现经会商绅董，拟即筹集捐款，分设粥厂数处，聊济目前之急。查大小东门外地方相距东乡较近，应先筹设粥厂一二处，克日定期开办，以惠穷黎。合行照会，为此照会贵董，请烦查照，赶紧会同商酌，劝集捐款，议定办法，从速复县，以凭给示开办，幸勿有稽，望切、望切。须至照会者。

一分照会大、小东门外董事章振杨、赵仲简、叶寿松、钱宗翔、王庆芝、汪均

昭邑同仁粥局征信实录
东门外经理同人谨刊

昭邑尊郁经拨

兵书陈少华洋七十元。胡友棠洋一百二十元。浦炳松洋四十元。屈炳炳、三十三图地方沈四茂，各洋三十元。三十二图地方钱仲甫洋二十元。陈永顺洋二十五元。程熙照洋三十五元。

再 经 捐

孙直斋助洋一百元。博济堂经董庞燕梅手助洋八十元。东乡木棉各图民捐抚恤余款，拨来小洋五百角。

徐耕香经捐

同庆堂、仁济堂赵各助洋三元。无名氏助洋十元。无名氏助洋六元。吟风阁助洋二元。丛桂堂顾、隐名浦、邵愿学、不书名、张邹氏、无名氏各助洋一元。袁生生助洋四元。

叶眉士经捐

太原氏心愿助洋三十元。叶容德助洋二十元。思永堂程、不留名各助洋十元。

易本钦经捐

白下朱助洋四元。西乡巡船王明斋助洋二元。锡山陶助洋五元。保泰助洋十元。正泰助洋七元。润泰助洋六元。德泰助洋四元。协成助洋三元。

赵君默、王瑞峰、钱稚兰经捐

季君周助洋五十元。内河总局王、杨献叔、念修堂宗、王清晖、寿康庐周、周怀德各捐洋三十元。萼辉堂钱、沈敦仁、非昔居士、经韵堂丁、惟善堂钱各捐洋二十元。思齐堂张助洋十六元。程达甫助洋十二元。屈退思、严绳武、李怡安义庄、塔影书屋严、古香书屋程、后花园弄季各捐洋十元。温仲贤助洋六元六角。曹明、吴学如各捐洋六元五角。汪逸如、陶蕴辉、萦红馆各助洋六元。南赵弄杨助洋四元。卞正泰、李蔗农、谢玉庭、谢承训、丁子威、张君莲各助洋五元。钱裕和助白粳米五石。自讼斋周助白粳米一石五斗。丁芝孙助白粳米一石。禄野草堂助洋四十元。赵开庆助籼米四石五斗。

石西亭经捐

信泰公典、永隆公典、元兴公典、元豫公典、时亨公典、恒德公典、裕源公典、时泰公典各捐洋八元。

刘谷生经捐

盐公堂助洋十二元。吴克斋、隐名氏各助洋六元。

钱润庵经捐

钱泰和、厚植堂各助白粳米二石。万丰泰、蒋静记、钱怀远各助洋三元二角。平天泰助洋三元。俞昌记、周云孙、瞿厚余各助洋二元。刘心畲、金万顺、刘幼翁各助洋一元。

钱镜华经捐

汪云鹏、陆德修各助洋六元。顾敦裕助洋二元。埽花馆主助洋三元。

顾谓泉经捐

蔚记助洋八元。温敦厚助洋六元。王晋明、顾丛桂各助洋三元。

李叔才经捐

向荣堂助洋五元。五柳村助洋二元。殷复茂助洋一元。

朱宝山经捐

朱仁寿、芮老太各助洋二元。
碧梧轩助洋一元。春霭庐助洋五元。

赵晋卿经捐

拳膺居士、德记、无名氏、深柳仙馆各助洋二元。李秀野助洋三元。福记助洋四元。戈安记助洋十三元。赵憨记助洋二十元。蒋三寿助洋六元。无名氏助洋十元。

强子章经捐

城北了愿助洋二十元。不留名、叶驾一氏各助洋五元。高荻记、叶鼎记各助洋三元。强复昌、天水京兆氏各助洋十元。金庆顺助洋七元。

卢月澄经捐

程义和、谢同茂、晋康、祐罗山馆方各助洋五元。德泰丰、程维德、永德、杨裕泰、余义昌、协隆、裕泰仁、裕丰、协成、王森盛、裕茂、永隆各助洋三元。义隆助洋四元。无名氏助洋三十元。章裕大助洋一元五角。王永昌、曹正隆油栈各助洋二元。信懋顺栈、曹万隆栈、江恒泰栈各助洋一元。钱业思义堂补助洋十六元。

周渔卿经捐

江恒泰、陶震丰各助白粳米二石。复昌吉助白粳米三石。吕义润、朱义顺、支永泰、张万兴各助白粳米一石。陈德兴助白粳米一石五斗。曹同盛助洋三元二角。徐裕顺、徐瑞记、吴源兴、张万丰各助白粳米五斗。项福履助洋十八元五角。卢逊卿、务本堂程、程亦洲各助洋一元。杜永丰、宜雅堂黄各助洋三元。馥贤堂花助洋十元。裕祥恒助洋四元。

汤葆初经捐

丁季英助白粳米一石。邹源盛、王柏记、不留名、颂记、汤祥记、陈泳兴、濮合兴各助白粳米五斗。汤义隆助白粳米二石。徐蔚如助洋一元。

周静卿经捐

信和义、同昌义、万盛各助洋一元五角。永丰助洋六元。不书姓名氏助洋十元。

王尔册、周赓飏、姚御之、姚雨滋经捐

邹永源助白粳米五石。张静之助白粳米二石。赵义成、陆信茂各助白粳米一石。郭鼎源助次元米五斗。周德大助洋三十二元。季尚珍、爱莲居各助洋十六元。宓洽茂助洋十元。同源义、江桓泰各助洋六元五角。沈巧云助洋六元。竹业助竹洋七元。慎裕、正昌各

助洋三元三角。石凤珍、钱仲安、周芝丰各助洋四元。沈成和、金裕顺、杨逸亭各助洋三元。黄万升、协牲各助洋一元五角。姚叔记、金绍祺、屈敦礼、洪天顺、陈永发各助洋二元。各水果行助小洋六十六角。黄源茂、汤中和各助小洋三十二角。邵三房助小洋二十角。郭小米店、冯宅各助洋一元。同德助白籼米五斗。张公盛助白糯米四斗六升。王松记、恒丰各助籼米四斗五升。

丁陀仙经捐

陆德修、丁慎德、寿记、各助洋六元。赵奎孙、李凝远（大房）、剑石各助洋一元。桑君才助洋三元。剑侠助洋二元。丁宝善助白粳米二石。

程子丹经捐

裕兴、徐永茂各助白米一石。□万如、支隆茂、陆源先各助白米五斗。陈长兴助洋三元。同元昌助洋一元。汪泰昌助小洋二十角。程义茂助白米三石。

余芳五经捐

方德修堂、余义大各助洋五元。博雅堂张、恒隆昌、祜记、庆德堂曹、谢贞顺各助洋一元。元寿恒助洋二元。

钱子章经捐

高自省堂助洋五元。钱宏文助洋十三元。唐公顺助洋三元。

缪含章经捐

吉祥、一大、祥丰、成丰、东来各助洋三元。合兴昌、合泰、仁昌、慎兴祥、源昌各助洋二元。吉祥栈、成泰各助洋一元。

章虞臣经捐

胡三多助洋九元。章蔚堂、苏宝成、德忍堂各助洋六元。瞿海大、胡德裕、求自我斋、朱正修堂、隐仙、瑞芝主人、无名氏、周树德各助洋三元。赵复庵助洋五元。登庸书屋助洋四元。节孝庄胡助洋一元二角。无名氏、邹关和、无名氏、张鸿椿各助洋一元。

汤幼卿经捐

□宝臣助洋二十元，小洋七百四十七角。

以上各捐户统共助大洋二千零十八元，粥米五十六石三斗六升。

实核贫户各图细数

南一图贫户口数：大口核共实计八十一口，小口核共实计五十八口。
二图贫户口数：大口核共实计六十口，小口核共实计四十二口。

三图贫户口数：大口核共实计十四口，小口核共实计三口。

二三图贫户口数：大口核共实计二十二口，小口核共实计十三口。

二四图贫户口数：大口核共实计一百二十口，小口核共实计六十一口。

四图贫户口数：大口核共实计十三口，小口核共实计三口。

五图贫户口数：大口核共实计十五口，小口核共实计七口。

五半图贫户口数：大口核共实计三十二口，小口核共实计十六口。

六图贫户口数：大口核共实计十八口，小口核共实计八口。

七图贫户口数：大口核共实计八十九口，小口核共实计四十六口。

八图贫户口数：大口核共实计十三口，小口核共实计七口。

九图贫户口数：大口核共实计三十九口，小口核共实计三十口。

上下十图贫户口数：大口核共实计一百三十五口，小口核共实计八十口。

十一图贫户口数：大口核共实计四十四口，小口核共实计十九口。

十二图贫户口数：大口核共实计六十九口，小口核共实计五十九口。

十三图贫户口数：大口核共实计二十三口，小口核共实计十九口。

十四图贫户口数：大口核共实计一百二十五口，小口核共实计六十八口。

十五图贫户口数：大口核共实计三十二口，小口核共实计十六口。

十六图贫户口数：大口核共实计二十一口，小口核共实计十七口。

十七图贫户口数：大口核共实计二十五口，小口核共实计十口。

十八图贫户口数：大口核共实计二十一口，小口核共实计十七口。

十九图贫户口数：大口核共实计二十口，小口核共实计十五口。

二十一图贫户口数：大口核共实计十口，小口核共实计四口。

二十二图贫户口数：大口核共实计十一口，小口核共实计五口。

二十三图贫户口数：大口核共实计九口，小口核共实计一口。

二十四图贫户口数：大口核共实计十六口，小口核共实计八口。

二十五图贫户口数：大口核共实计三十口，小口核共实计十七口。

二十六图贫户口数：大口核共实计十七口，小口核共实计九口。

二十七图贫户口数：大口核共实计十口，小口核共实计八口。

二十八图贫户口数：大口核共实计十四口，小口核共实计七口。

二十九图贫户口数：大口核共实计十六口，小口核共实计八口。

三十图贫户口数：大口核共实计三十五口，小口核共实计十五口。

三十一图贫户口数：大口核共实计十二口，小口核共实计八口。

三十二图贫户口数：大口核共实计五十一口，小口核共实计二十六口。

三十三图贫户口数：大口核共实计五十五口，小口核共实计三十二口。

三十五图贫户口数：大口核共实计十五口，小口核共实计四口。

三十六图贫户口数：大口核共实计八口，小口核共实计四口。

水北门外头图贫户口数：大口核共实计四十口，小口核共实计三十二口。

水北门外二图贫户口数：大口核共实计二十六口，小口核共实计十八口。

东北一图贫户口数：大口核共实计八口，小口核共实计三口。

东北二图贫户口数：大口核共实计七口，小口核共实计四口。

东北三图贫户口数：大口核共实计六口，小口核共实计四口。

东南头图贫户口数：大口核共实计八口，小口核共实计四口。

东南二上图贫户口数：大口核共实计五口，小口核共实计三口。

东南二下图贫户口数：大口核共实计七口，小口核共实计五口。

负郭二十四图贫户口数：大口核共实计二十八口，小口核共实计十一口。

常境负郭二十三图贫户口数：大口核共实计十四口，小口核共实计八口。

常境负郭头图贫户口数：大口核共实计十二口，小口核共实计七口。

统共大口实计一千六百零一口。

统共小口实计七百六十九口。

两共每日实结大小贫户计共二千三百七十口。

同仁局发粥章程

一、粥局设于总管庙，取其地广，舒于办事。且近东乡贫户赴局领粥较便，庙场搭盖芦席厂棚五大间，贫户麇集，克免烈日焦烁之苦，致有起痧患病等虞。

一、此次贫户，实皆因米价腾贵，纱布失利所致。壮男尚可自谋，惟村妪、妇女、幼孩实难自食，故发粥专发妇孺、残疾，彼壮男、流丐，一概不给。

一、发粥每口给牌一块，正面填写该贫户姓名、年岁、住图，背面写一月日数。发粥时凭牌领粥，即将本日日上打一小圈，逐日如此，以杜重领之弊。

一、发牌先两日，唤齐在城附郭各乡地保认明面貌，并用洋色醋染指，以防一人领两牌之弊。

一、发粥分两门出入，持牌进领，领粥而退。各由各门，不致出入互挤，有喧湧倾跌之虑。

一、所发之粥必须稍厚，大口约米二合余，小口约米一合余，庶可略充饥馁。

一、发粥本拟晨刻，今改午后。因东乡各贫户或距局十数里，或二十余里，恐一时赴领不及，故改午后。

一、本局施粥，不必该贫在局就食。一则热吃恐其致病，一则人多恐其争嚷，所以任其携归家食。且发牌时必须该贫户亲自到局，领粥时尽可遣人代领。因体恤老妪、幼孩及残疾者，路远不易逐日赴局领取也。

一、本局发粥定于一点钟齐集开发，四点钟停发。在局同人每期八家，六日轮转，周而复始，务祈始终不懈，踊跃从公，是所厚望。

发粥各善姓名登左：

第一期

钱裕和　陶震丰　高映梅　邹源盛　叶晋章　汤义隆　程义茂　吕义润

第二期

复昌吉　江恒泰　徐永茂　徐裕顺　汤祥记　支永泰　张万兴　钱乾盛

第三期

谢同茂　程义和　孔裕丰　杨裕泰　余义大　汪裕茂　谢同泰　钱裕和

第四期

永隆　永丰　唐仁记　朱义顺　徐瑞记　濮合兴　永益　九康
第五期
钱萼辉　赵开庆　章敦仁　王诒安　王清辉　王春德　谢诒燕　钱留甘
第六期
汪恊盛　赵义成　姚怀忍　吴信隆　周德大　陆信茂　黄源茂　裕兴　邹永源　汤中和　支隆茂　金同德

核实发粥发米发花细数

发粥四十天，六月十四日起，至七月念三日止。

大口每日每口约用粥米二合五勺，共计一千六百零一口，每日共施粥米四石零零二合五勺；

小口每日每口约用粥米一合二勺半，共计七百六十九口，每日共施粥米九斗六升一合二勺。

四十天共施粥用米一百九十八石五斗四升，除收捐来粥米四十九石五斗外，补籴粥米一百四十九石零四升。价扯六元一角九分，计洋九百念二元五角五分七厘。

改发粥米念二天，七月念四日起，至八月十六日止。

大口每日每口发籼米四合，口数照前，每日共发籼米六石四斗零四合；

小口每日每口发籼米二合，口数照前，每日共发籼米一石五斗三升八合。

念二天共施籼米一百七十四石七斗二升四合。

除收捐来籼米六石八斗六升外，补籴籼米一百六十七石八斗六升四合。价扯三元八角五分，计洋六百四十六元二角七分六厘。

圆局发棉花一天，以资纺织之本。

大口每发二斤，口数照前，共发花三千二百零二斤；

小口每发一斤，口数照前，共发花七百六十九斤。

两共计花三千九百七十一斤。价六元一角五分，计洋二百四十四元二角一分六厘。

支付总数：

一、付募捐经折念五个，计洋六角一分八厘。

一、付做发粥牌松板，计洋五元三角九分五厘。

一、付本作做牌一千九百五十块，每块工钱一分，计洋一元九角五分。

一、付朱文翰刻发粥牌、收捐条纸张、工料，计洋五元。

一、付局用纸、墨、笔、砚、告条、账簿、颜料、醋，一切计洋一元七角零八厘。

一、付局前虎头牌一对，计洋四元二分八厘。

一、付告示板、捐条板、工料，计洋五角七分。

一、付先一日炼度一夜、诵经一天道士饭食、香烛、纸马、斛筵、银锭、草锭、大帛千元，丐头、搭台人工，共计洋五元一角。

一、付搭施粥厂棚五大间竹料，计洋七元。

一、付搭施粥厂棚用萝席四十二件，每件二角四分，计洋十元零零八分。

一、付搭厂人工、油纸、藤黄、驳船、撑力，计洋四元九角。

一、付大粥锅三只，计洋四元二角。

一、付砌灶砖料、土吉、石灰、沙泥、铁条，计洋十三元六角零七厘。

一、付砌灶水作工料，计洋二元一角一分。

一、付发粥铜杓六把、铲刀、担桶、提桶、火义沐布、接口桶，共计洋四元四角三分。

一、付淘箩洗帚一切应用，计洋八角六分。

一、付前二日发牌差人地方饭食，计洋四元零六分。

一、付借粥缸还驳船钱，计洋六角六分一厘。

一、付开局鞭炮、香烛千元，计洋八角五分九厘。

一、付神前两月，每日香烛千元，计洋二元三角八分。

一、付局中两月打水礬、茶叶、煤炭、火纸一切等，计洋二元四角九分。

一、付烧粥杜米共一百四十九石零四升，价扯六元一角九分，计洋九百念二元五角五分七厘。

一、付改发籼米，共一百六十七石八斗六升四合，价扯三元八角五分，计洋六百四十六元二角七分六厘。

一、付各户收米挑力、傲米、驳力、斛力，计洋十一元三角五分。

一、付树柴三百十五担，每担二角九分半，计洋九十二元九角二分五厘。

一、付烧粥水火夫八人两月工钱，共计洋五十三元九角二分。

一、付巡勇弹压照料，共赏洋十六元。

一、付总管庙道士酬仪洋四元。

一、付赏总管庙香伙洋二元。

一、付南一五半二图地方两月照管，赏洋六元。

一、付圆局斋供千元香烛、鞭炮，共计洋三元二角五分五厘。

一、付圆局礼生吹炮手共计五角五分。

一、付各衙役差轿点钱，计洋四元零三分。

一、付圆局发棉花共三千九百七十一斤，价六元一角五分，计洋二百四十四元二角一分六厘。

一、付圆局道士诵经一天香烛、纸马、千元、工食，共计洋一元五角。

一、付刻征信录字七千二百三十个，每一百字钱一百文，计钱七千二百三十文，合洋七元九角四分五厘。

一、付刷印《征信录》一百二十本，每本钱三十五文，计钱四千二百文，合洋四元六角一分四厘。

以上统共付洋二千零九十九元五角四分六厘，共收捐来大小洋二千零九十二元七角，尚少洋六元八角四分六厘，经董垫付。

常熟大东门内吴近秀斋刻

江苏淮徐海义赈第一批

征信录

清光绪二十四年刻本

（清）佚 名 辑

李文海　点校

江苏淮徐海义赈第一批征信录

　　淮徐海义赈，都中刊启劝募，经始于戊戌二月十五日，截至七月十五日，凡六阅月，计得银万五千两有奇，款亦巨矣。诸大善长之慷慨乐施，与经募诸公之任事贤劳，其为盛德实无涯涘。谨刊第一批征信录，以质同人。其有正在经募，或募就而款未齐，应刊入第二批征信录者，概于号下注明"尚未募齐"。至于经募无就，原册已缴还者，则于号下注明"未发"，仍一一胪登，用备稽核。庶乎无骩无佚，与募启原议有合云尔。

　　第一号　段书云、黄以霖经募

　　翁中堂京足一百两　刚中堂京松一百两　无名氏京足二百两　兼尹孙中堂、府尹堂胡拨顺天赈银京足六千两　刑部大堂廖京松一百两　无名氏京松二百两　江、浙海运局京松一百两

　　共收京足银六千三百两，京松银五百两。

　　第二号　翁弢甫经募

　　协同庆松银六两　蔚长厚松银六两　日升昌松银六两　百川通松银六两　新泰厚松银六两　协和信松银六两　蔚丰厚松银六两　蔚盛长松银六两　乾盛亨松银六两　天成亨松银六两　永泰庆松银六两　蔚泰厚松银六两　中兴和松银六两　存义公松银六两　大德通松银六两　三晋源松银六两　长盛川松银六两　大德恒松银六两　大盛川松银六两　合盛元松银六两　长慎涌松银六两　义成谦松银六两　大德玉松银六两　志一堂松银六两　协成乾松银六两　竹云居松银六两　天津英古斋松银六两　广兴隆松银六两　德源成松银四两　乾元亨松银二两　同盛永松银二两　广聚号松银一两　祥义号松银一两　聚雅斋松银一两　双盛号松银六两

　　共收京松银一百八十五两

　　第三号　翁弢甫经募

　　王瑞臣松银五十两　曹中成松银五十两

　　共收京松银一百两

　　第四号　翁弢甫经募

　　汉阳漫土京足一百两　敛玗京足十两　养浩京足十两

　　共收京足银一百二十两

　　第五号　翁弢甫经募

　　吴宝鉴足银十两，松银三十三两。

　　共收京足银十两，京松银三十三两。

　　第六号　翁樵孙经募，尚未募齐

　　第七号　翁樵孙经募

　　孙毓骏京松二两　徐敬立京松二两　晏海臣京松四两　觉罗英启京松二两　黄芷舲京松二两　方廷珍京松二两　熙钰京松二两　程利川京松一两

共收京松银十七两

第八号　翁樵孙经募

寄记京松二十两　霞记京松十两　莲记京松二十两　心如记京松三十两

共收京松银八十两

第九号　未发

第十号　翁樵孙经募

退密斋京松一两　共墨轩京松一两　安雅斋京松二两　孟春华京松二两　映雪居京足三十两　严记京足四十两　温栋甫京松四两

共收京足七十两，京松十两。

第十一号　段书云、黄以霖经募

江苏公局京足二千两　浙江公局书捐五百两，按月抽提，现收到京足一百八十二两。

共收京足银二千一百八十二两

十二、三、四、五、六、七号　黄慎之经募，尚未募齐

十八号　黄慎之经募

徐友稚京松十二两　张子颐京松一百两

共收京松银一百十二两

十九号至二十一号　黄慎之经募，尚未募齐

二十二、三、四、五、六号　吴竹楼经募，尚未募齐

二十七号　冯果卿经募

顾思义京松四两　张允言京松四两　张允褒京松二两，英洋二元。　王景沂京足六钱，英洋二元。　汪瑞阊京足二两　姚鹏图京足二两　陆长俊京松二两　江孔殷京松十两　毛祖模京松二两　王育桐京足二两　张宝鉴京松二两　育桂堂京足一两　珠树山房京松二两

共收京足银七两六钱，京松银二十八两，英洋四元。

二十八号　冯果卿经募，尚未募齐

二十九号　冯果卿经募

张哲夫京松四两　冯果卿京松十两　徐禹门京松五两　李佩卿京松四两　谢栋澨京松一两　吕绶青京松四两

共收京松银二十八两

三十号　冯果卿经募

黄培因堂京松四两　如意书屋京松二两　玉山主人洋一元　拜石小斋京松五钱　畹香室洋二角

共收京松银六两五钱，洋一元二角。

三十一号至四十号　李铁船经募，尚未募齐

四十一、二、三、四、五号　陆竺斋经募，尚未募齐

四十六号至五十号　夏厚庵经募，尚未募齐

五十一号　叶卓斋经募

湖南公局京足银一百两

收京足银一百两

五十二、三、四、五号　叶卓斋经募，尚未募齐

五十六号　钱子良经募，尚未募齐

五十七号　钱子良经募

王小山京松二两　赵崑山京松二两　李序东京松一两　陈荚卿京松一两　无名氏京松一两　宣正前京松一两　无名氏京松一两　翟馨屿京松一两　隐姓氏京松一两　增盛店京松一两　义源号票五千　无名氏票四千　无名氏票二千　无名氏票六千

共收京松银十二两，票十七千。

五十八号　钱子良经募

江苏海运局京足五十两　浙江海运局京足五十两

共收京足银一百两

五十九号　钱子良经募

桂月亭京松二十两　刘厚卿乂三京足六两　黎湘浦乂三京足六两　徐寿廷乂三京足六两　王诚斋乂三京足六两　高蓉斋乂三京足六两　刘眉寿京松十两　蒋勖夫京松十两　赵丹林京松十两　毓丽川京松十两　王松亭京松十两　邵经三京松十两　高荫棠京松十两　王松泉京松十两　张文卿京松十两　吴晋三京松十两

共收京足银三十两，京松银一百二十两。

六十号　钱子良经募，尚未募齐

六十一号　朱古微经募

王树樾京松二两　路伯晴京松二两　振宜堂俞洋一元　丁孟迪京松二两　张亮侪洋一元　张子诚京松四两　经诒斋汝洋一元　朱槃厂洋四元　吴伯琴京松一两　拜经楼王京松五两　玉尺堂殷京松二两　俞襄臣京松四两　檀斗生京松二两　谢□□京松二两　书带草堂郑京松一两　元尚斋吴京松二两　开福堂沈京松二两　吴寄庵京松一两

共收京松银三十二两，洋七元。

六十二号　程履之经募

张钧衡京松十两　许玉农洋四元　有心无力人洋二元，又京松四两　王树蕃京松十两　赵希端京足二两　赵邦彦京足二两　卢楚生京足二两　萃丰永京足二两　陈静斋京足二两　裕源京足二两　义善源京足二两　萃丰永京足一两　瘦山居士洋二元　李宝三京松二两　谢征五洋二元　夏薇卿京足二两　冯轵旭京足二两　蔡玮洋一元　解川子洋一元　李玉宝京足一两　朱重叔京松三两

共收京足银二十两，京松银二十九两，洋十二元。

六十三号　丁子襄经募，尚未募齐

六十四、五号　未发

六十六号至八十五号　崔季芬经募，尚未募齐

八十六号至百五号　崔绥五经募，尚未募齐

百六号至百三十五号　盛杏荪经募，尚未募齐

百三十六号至百五十五号　吴竹楼经募，尚未募齐

百五十六号　张师曾经募

益和泰京松五十两　幼记京松一百九十一两　曾霖生洋四元　凌寿生洋二元　陈永昌京松五两　凌鉴清洋四元　王景棠京松三两

共收京松银二百四十九两，洋十元。

百五十七号　未发

百五十八号　瑜记经募

观乐记京松四十两　合于记京松十两　吴颂记京松十五两　霄引京松十两　绣记京松二十两　安记京松十两　张记京松十两　荣记京松五两

共收京松银一百二两

百五十九号　瑜记经募

先交京松三十二两，原册转募，尚未交回，慨助姓氏，容俟第二批征信录再为补刊。

收京松银三十二两

百六十号　翁泽之锦之经募

祝记京松二百两　沈渭臣京松一百四十两　詹丙生京松七十两　延陵氏京松七十两　刘人熙京松二十两　王芝祥京松十二两　启绥京松十二两　周记京松一百两　承记京松三十六两　鹿瀛理京松十二两　朱翰尊京松五十两　吴宝鉴京松四十二两　罗申田京松八十两　胡眉寿京松三十两　夏午彝京足四十两

共收京足银四十两，京松银八百七十四两。

百六十一号　唐蔚芝经募

曾习经京松二两　曾彭年京松二两　林埔京松一两　林柏虔京松一两　陈祺年京松一两　林枚京松一两　陈倬云京松一两　何寿朋京松一两　萧永康京松二两　林望欧京松一两　谢锡勋京松一两　王延康洋一元　张应元洋一元　陈浩京松二两　李鉴湖京松一两　丁惠康京松二两　袁记京松一百两　闵荷生京松二两　王肇敏京松二两　王迺槃京松一两　孙培元洋六元　孙锦烜洋二元　孙昌烜洋二元　朱诵韩京松二两　周谱琴洋一元

共收京松银一百二十六两，洋十三元。

百六十二号　夏浒岑经募

夏寅官京松二两　兰荫堂京松二两　何联恩京松二两　陈耕三京松二两　杨廷玑京松十两　唐樾森京松二两　陈骧京松二两　张应济京松二两　余宝菱京松四两　张美玉洋二元　朱映清京松二两　屠佩环洋二元　吴孝恺京松十两　周荣期京松一两　林东郊京松一两

共收京松银四十二两，洋四元。

百六十三号　唐蔚芝经募

武迺遇京松二两　王汝翼京松二两　吴咏霓京松一两　余宪菱京松六两　吴菊农京足四两　张黄楼京足二两

共收京足银六两，京松银十一两。

百六十四号　唐蔚芝经募

陆彤士英洋九元、本洋八元　潘铸禹京松四两　张畏钦洋二元　冯仲华洋二元　汪谱薰洋三元　王获百洋三元　王企张京松四两　蒋蕴申洋二元　龚雪岑洋一元　王希林洋三十元

共收京松银八两，洋六十元。

百六十五号　唐蔚芝经募

张允言京松十两　绍彝京松十两　孙梴京松十两　法龄京松六两　瑞璐京松二两　兰

荫堂京松二两　意善堂顾京松六两　兰荫堂田京足二两　毛君实京松二两

共收京足银二两，京松银四十八两。

百六十六号　丁锡丞经募

周铨京足二两　闻溥京足五两　潘兰寯京足一两　田毓璠洋二元　田步蟾京足三两　周寿退京足三两　岩治平洋一元　丁佑申洋二元　程人鹄洋四元　刘鼎臣票六千　何福谦京松二两　孙大鹏洋二元　萧翰臣洋三元　项发荣京足一两　杨殿魁京足二两　刘允生京足一两　朱凤苞京足三两　邵喧洋一元　王镕之洋二元　顾震福洋三元　杨运乾京足一两　林蔚儒京足二两　葛崇穆京足一两　秦子漾洋一元　张叔猷洋一元　刘廷弼洋一元　李鼎京足四两　戴光祖京足二两　丁福申京足八两　丁韵翰记京足二两

共收京足银四十三两，洋二十三元，票六千。

百六十七号　段书云、黄以霖经募

汪以仁京松一百两　韦莲浦京足二两　刘晴田京足二两，松三两。　程雅卿京足二两，松三两。　鲍楚材京足五两　黄以霖京松二十两

共收京足银十两，京松银一百二十六两。

百六十八号　丁衡甫经募

河南公局京足四十两　四川公局京足二百两

共收京足银二百四十两

百六十九号　丁衡甫经募

江西公局京足一百两　云南公局京足二十两　丁衡甫京松四十两

共收京足银一百二十两，京松银四十两。

百七十号　丁衡甫经募

安徽公局京足一百两　广西公局京足四十两　山西公局京足二十两

共收京足银一百六十两

百七十一号　丁衡甫经募

直隶公局京足一百两

收京足银一百两

百七十二、三号　戴菽郛经募，尚未募齐

百七十四、五号　庞炯堂经募，尚未募齐

百七十六、七号　庞劬庵经募，尚未募齐

百七十八号　孙孟延经募

管象颐二两　傅昉安一两　孙周氏一两　大有二两　同善二两　乾义号二两　义兴号二两　合丰号二两　惠丰号二两　聚泰号二两　增茂号二两　顺兴号二两　公义号二两　周恒泰二两　余正大二两　胡广丰二两　雷光甸四两　王绳式四两　冯正元四两　文瑺四两　范德盛四两　同昌二两　宝兴泰二两　东昌顺二两　金兰斋二两　蕙兴号二两　翰林院曹二十两

共收京足银十两，京松银七十两。

百七十九号　唐蔚芝经募，尚未募齐

百八十、八十一号　吴蔚若经募，尚未募齐

百八十二号　顾康民经募

魏柏岩京松一百两

收京松银一百两

百八十三号　未发

百八十四、五号　曹根孙经募，尚未募齐

百八十六、七号　未发

百八十八号　孙子钧经募，尚未募齐

百八十九号　孙子钧经募

李振鹏京足十两　孙子钧京足六两　吴郊京足四两

共收京足银二十两

百九十、九十一号　耿伯齐经募，尚未募齐

百九十二号　吴经才经募，尚未募齐

百九十三号　吴雷川经募，尚未募齐

百九十四、五号　恽薇孙经募，尚未募齐

百九十六、七号　刘葆良经募，尚未募齐

百九十八、九号　夏润枝经募，尚未募齐

二百号至二百四号　冯志先经募，尚未募齐

二百五号　丁丽生经募

户科丁京足四两　户科冯京松四两　户科宗室文京松四两　花好月圆人寿之室京松六两　讱庵居士京松四两　刑部钱京松四两　紫藤花馆京松二两　吏科国京松二两　吏科丁京松二两　吏科蒋京松二两　刑科吴京松二两　刑科富京松二两　存善堂京松二两　刑科胡京松二两　天禄堂刘英洋二元　裕德堂边英洋二元

共收京足银四两，京松银三十八两，英洋四元。

二百六号　丁丽生经募

华双五堂京足四两　璧月楼洋四元　香雪亭洋二元　□莘堂洋二元　海粟主人京松十两　峙莱楼程京松二两　诒谷堂万京松四两　怀德堂刘京足四两

共收京足银八两，京松银十六两，英洋八元。

二百七号　支继卿经募，尚未募齐

二百八号　支继卿经募

卢元樟京松三两　许汝荣英洋四元　周应昌英洋四元　陈元栋京松二两　周缉熙英洋二元　余坤培银二两　胡为霖英洋二元　吴亲臣京松一两　周开忠京松一两　郑宝谦京松二两　宁鹏南京松二两　龙焕纶京松二两　郑元浚京松一两　林师望京松一两　方正京松一两　陈湘涛京松二两　李涛京松二两　又团拜公项京松一两　史悠瑞京松二两　程式谷票十千　任肇新京松一两　薛俟善票十千　傅邦翰京松一两

共收京松银二十两，英洋十二元，票二十千。

二百九号　高葵北经募

高余庆堂京足四两　高雨岩京足二两　高敬斋京足二两　高贞一京足二两

共收京足银十两

二百十号　戴亦云经募

兴义堂洋二元　　德义堂洋一元　　贞义堂洋一元　　利贞祥京松一两　　裕兴号京松一两　　源丰号京松一两　　宝源祥京松一两　　增茂聚京松一两　　聚增号京松一两　　务本堂洋二元　　桂谷孙洋一元　　诚顺堂洋二元　　新东号京松二两　　边霞轩京松一两　　无名氏洋一元　　裕盛兴京松一两　　积善堂洋二元　　无名氏洋二元　　无名氏洋二元

共收京松银十两，洋十六元。

二百十一号　　邹经甫经募

尹彦孙京松八两

收京松八两

二百十二号　　未发

二百十三号　　杨骈卿经募

杨骈卿京松四两　　于安甫京松四两　　李京松四两　　吟昌记京松六两　　陈文壖京足二两　　夏寅官京松二两

共收京_松足银_{三十两}二两，。

二百十四号　　未发

二百十五、六号　　朱蒂丞经募，尚未募齐

二百十七、八号　　薛少方经募，尚未募齐

二百十九号　　朱炳青经募

朱炳青京足六两　　葛振卿京松三两　　黎驭平京松二两　　晏海臣京松一两　　霍竹汀京松一两　　王仙洲京松二两　　陈麓宾京足二两　　沈兰秋京松二两　　桂秋甫京松一两　　张心芸京松一两　　陈香轮京足二两　　孙鲁生京松一两　　张怀清京松二两　　李兰圃京松二两　　张淮生京松四两　　何克斋京松四两　　王月庄京松二两　　黎鸿年京松一两　　金谷元英洋一元　　王宇春京松二两　　吴棣轩京足二两　　刘伟臣京松银二两　　李莘甫又全京足一两　　卫少鹏京松二两　　王采如京松一两　　王次皋京松一两　　何虎臣京松一两　　谭秀亭京松二两

共收京_松足银_{四十二两}十两，洋一元。

二百二十号　　李品端经募

省心堂京松十两　　贵和堂京松十两　　天兴缎店京松十两　　宝兴银号京松六两　　公兴纸店京松四两　　遵义堂京松十两　　述德堂京松十两　　和丰参局京松六两　　乾丰缎局京松十两　　德裕姜店京松四两　　恒兴号京松十两　　李品端京松十两

共收京松银一百两

二百二十一号　　彭伯勤经募，尚未募齐

二百二十二号　　未发

二百二十三号至二百三十号　　沈雨辰经募，尚未募齐

二百三十一号　　沈雨辰经募

世德堂又全京足五两　　燕翼堂又全京足五两　　补过堂又全京足五两　　慎修堂又全京足五两

共收京足银二十两

二百三十二号　　沈雨辰经募，尚未募齐

二百三十三、四号　　韩少衡经募，尚未募齐

二百三十五、六号　程仲皋经募，尚未募齐

二百三十七、八号　朱仙舫经募，尚未募齐

二百三十九、四十号　李虹若经募，尚未募齐

二百四十一号　冯星岩经募，尚未募齐

二百四十二号　张季直经募

张季直京松十两　刘献之京松四两

共收京松银十四两

二百四十三、四号　彭向青经募，尚未募齐

二百四十五号　余寿平经募

周子懿又三京足一两　许受衡又三京足二两　李云庆又三京足二两　何伯□又三京足一两　刘经畲又三京足一两　罗价园又三京足一两　李豫又三京足四两　罗廷桂又三京足二两　刘景熙又三京足一两　萧敷政又三京足四两　夏少村又三京足一两　周翰屏又三京足二两　卢仁山又三京足二两　朱侠平又三京足四两　饶笠夫又三京足一两　饶桢庭又三京足二两

共收京足银三十一两

二百四十六号　余寿平经募，尚未募齐

二百四十七号　刘少岩经募，尚未募齐

二百四十八号　刘少岩经募

李玉舟京松三十两　孔傅勋京松四两　李子深京松二两　奎咏皋京松二两　玉竹楼京松二两　委心任运人京松十两

共收京松银五十两

二百四十九号　刘式甫经募

朱云孙钱六千　培远堂钱四千　朱慎侯钱六千　赵瑞征钱四千　史书田洋一元　傅筑岩钱六千　王心如钱四千　徐新甫京足二两　江雪杭京足一两　江迁生京足一两　左子久洋一元　赵清辅洋一元　孟聿孙京足二两　刘石芙京足四两

共京足银十两，洋三元，钱三十千。

二百五十号　刘式甫经募

李逸农京足二两　赵灵谷京足一两　林小秋京足二两　张仲肃京足二两　井和石京足一两　胡伯莱京足二两

共收京足银十两

二百五十一号　张畹九经募

总署各堂京足三百两

收京足银三百两

二百五十二号　丁衡甫经募，尚未募齐

二百五十三、四号　吴佑之经募，尚未募齐

二百五十五号　顾啸谷经募

怡怡书屋京松二十两　程福田京松四两　丕诚堂英洋十元　信吾氏京松五两　练军右营苏京松五两　武毅右军右营潘京松十五两　八咏堂沈湘平十两八钱　宝善堂萧英洋十元　统领武毅中军总兵冯京松二十两　管带武毅右军后营都司尹京松二十两　管带武毅后军后

营方京松二十两　管带武毅左军左营洪京松三十两　武毅后军右营阮英洋二十元　武毅右军左营胡京松十五两　统领武毅左军杨少农京松三十两　花安远堂京松三两　武毅左军中营帮办王蔚山京松二两　武毅左军中营帮办褚善夫京松二两　武毅左军中营帮带吕缙臣京松八两　留营差遣试用县丞洪京松八两　聂栋臣英洋十五元　郑兴朋京松二两　左军左营帮办县丞衔纪京松五两　后军后营陈京松三两　金伯明京松七钱三分　周少堂英洋一元　后军后营李银五钱　王绛斋英洋一元　薛有春京松三两　左军左营王京松二两　左军左营朱京松三两　务本堂于京松二两　敬业堂倪京松二两　培元堂何京松十二两　紫杨堂朱京松三两　正心堂达京松二两　绍濂堂周京松二十两　怡善堂刘京松二两八钱　仁友堂程京松二两　蓟永分局谢津平三两　统领后军胡洋二十元　武毅后军左营王洋二十元　武毅右军前营孔洋二十元　承志堂张洋三元　至德堂吴洋二十元　师竹斋顾京松十两

共收京松银三百六十七两零三分，洋四十元。

二百五十六号　鲍润漪经募

鲍心增京足十两

收京足银十两

二百五十七、八号　刘震青经募，尚未募齐

二百五十九号　李棨硕经募

张炜洋三元　张懋功洋三元　孙崇纬京足四两　李安京足银四两　刘承均京松二两　顾儒基京足二两　顾鸿阁京松二两　顾似基京足二两　瞿率真堂京足四两　沙元炳京松六两　张藩京松二两

共收京足银十六两，松十二两，洋六元。

二百六十号　李棨硕经募，尚未募齐

二百六十一号　裔子锡经募

吴会云京足二两　赵培庠京足三两　尹斡叔京足四两

共收京足银九两

二百六十二号　裔子锡经募，尚未募齐

二百六十三号　周衡甫经募

周钧京松四两　方桂华京松四两　丁铭学京松二两　培元堂京松四两　荣禄堂京松二两　刘鹗京松四两　贾子咏京松四两　曹子馀京松四两　顾瑗京足二两　方采丞京足二两　樊老太太京松十两　林味唐京松四两　姚作舟京松四两

共收京足银二两，松四十八两。

二百六十四号　周衡甫经募，尚未募齐

二百六十五、六号　水诒生经募，尚未募齐

二百六十七号至七十六号　冯志先经募，尚未募齐

二百七十七号　丁春农经募

耕道堂京足十两八钱

收京足银十两八钱

二百七十八号　黄叔颂经募，尚未募齐

二百七十九号　岑云阶经募

张绍谋二十两　潘森瑞京松二十两　朱师诚京松四两　陈芝诰京松十两　醉石斋京松三十两　谭启瑞京松十两　李循道堂京松五十两　岑简光京松二两　岑存义堂京松四两岑春煊京松一百两　岑春荫京松五十两

共收京松银三百两

二百八十号　顾康民经募

总理衙门章京公捐京足二百两

收京足银二百两

二百八十一号　雷补同经募

雷补同京松四两　秦锡圭洋一元　红荑馆洋一元　章士荃银二两　朱运新京松三两

共收京松银九两，洋二元。

二百八十二号　曹根孙经募，尚未募齐

二百八十三号　程仲皋经募

张占元京松四两　同升堂京松一两　广升号京松一两　庄清吉京松二两　公和长京松四两　倪毓藜京松二两　杨秉善京松二两　玉树堂赵京松二两　源昌德京松一两　福昌厚京松一两　程应闳京松八两　广元金店京松二两

共收京松银三十两

二百八十四号　杨筱村经募，尚未募齐

二百八十五、六号　未发

二百八十七号　袁宝三经募

慎馀斋京松五十两

收京松银五十两

二百八十八号　袁宝三经募

积善堂京足一百两

收京足银一百两

二百八十九号　袁宝三经募

广德号京松三十两

收京松银三十两

二百九十号　袁宝三经募

安定郡京松二十两

收京松银二十两

二百九十一号　袁宝三经募

育生堂京松二两　寡过斋京松二两　慎独斋京松二两　滋德堂京松二两　无愧斋京足二两　王铁珊京足二两　李衡山京足二两　冯季高京松二两　王执斋京足二两　张再卿京足二两　黄树人京松二两　任甫田京松二两　李牧高京足二两　牛蔼云京松二两　顾又衡京松二两　许渔山京足二两　朱肯堂京足二两　高静轩京松二两　徐少山京足二两　吕梦华京松二两　秦再阶京松二两　余仲墀京松二两　余叔庵京松二两　程立斋京松二两　余季樵京松二两　凌秋帆京松二两　蒋丽庵京松二两　杨少春京松二两　杨幼春京松二两　桑雨人京松二两　吴季仙京松二两　施凤生京松二两　郑立斋京松二两　陈叔雅京松二两　赵小周京松二两　胡振三京松二两　志伯平京足二两　余梦芳京足二两　沈小堂京松二两

李寿臣京足二两　韩伸华京松二两　孙仙洲京松二两　无名氏京足二两　无名氏京足二两

自得轩京松二两　吉叔庵京松二两　倚兰室京松二两　槐荫轩京松二两　修竹山房京松二

两　求放心斋京足二两

共收京足银二十八两，松银七十二两。

二百九十二号　罗质庵经募，尚未募齐

二百九十三号　彭子嘉经募，尚未募齐

二百九十四号　秦幼衡经募，尚未募齐

二百九十五号　曹薇亭经募，尚未募齐

二百九十六号　周采臣经募，尚未募齐

二百九十七至三百一号　未发

三百二号　吴棣轩经募

王老太太京足二两　蒋亦璞银二两　王应堂京松二两　张如燕京松二两　张子诚京足二两

共收京足银五两，松银五两。

三百三号　冯伯岩经募，尚未募齐

三百四号　崔鼎臣经募

孔庆晃京松二两　乔保衡京松一两　安雅斋京松一两　兰因馆京松一两

共收京松银五两

三百五号至三百二十四号　黄慎之经募，尚未募齐

三百二十五号　杨叔峤经募，尚未募齐

三百二十六号至三百三十五号　未发

三百三十六、七号　杨少农经募，尚未募齐

三百三十八号至三百四十五号　未发

三百四十六号至三百五十号　杨味春经募，尚未募齐

三百五十一号　杨莲府经募，尚未募齐

三百五十二号至三百六十一号　胡海帆经募，尚未募齐

三百六十二号　窦少村经募，尚未募齐

附刊未经册募自送交宝兴隆经收

许静山京足十两

收京足银十两

共收京平松银四千四百十两零五钱三分；共收京平足银一万零四百八十九两四钱六分；共收洋元二百十六元二角半火，合京平足银一百五十九两九钱九分；又收洋元十元，原交折京平足银七两；共收钱票七十三吊，合京平足银六两九钱四分。

以上五宗统共收京平足银一万零六百六十三两三钱九分，松银四千四百十两零五钱三分，出共捐京松银四千四百十两零五钱三分，折足银去色银八十八两二钱一分。

出黄慎翁汇交严佑翁京平足银三千两

出黄慎翁汇交严佑翁京平足银二千两

出段少翁、黄伯翁汇交严佑翁京平足银六千两

出黄慎翁汇交严佑翁京平足银三千两

出汇交严佑翁六千，汇费京平足银二十四两

出刻赈捐册板二张字七百三十七个，京平足银一两二钱七分。

出刻签子二条，票板一块，格子一块，京平足银一两九钱六分。

出印赈捐册五百本，京平足银九两八钱。

出印收条一千张，京平足银一两九钱六分。

出写募公信笔资，京平足银一两九钱六分。

出收捐赈款短平，京平足银四两三钱二分。

出又收捐赈款短色，京平足银一两五钱三分。

以上十三宗，共用款京平足银一万四千一百三十五两零一分。

除用款，净结存京平足银九百三十八两九钱一分。

绍郡义仓征信录

清光绪二十五年铅印本

（清）徐树兰 编

李文海 点校

序

　　事理之究竟，率与世为对待，而骤达之，不能方其未也。虽有圣哲鼓心力以争，势常绌于见末，由逆窥之以为制，及其箸而瞿然矣。然政俗之成，沦浃于无形，则又为所维系，有新理而莫以变通。此其故，惟计学为甚。故亚丹斯密之策，初不布于远西，而吾国理财之无具，尤寰宇所未觏，是非一人之造言也，若义仓者，是具证也。三代尚矣，其备不得举。周之典，礼为详，荒政十二，曾不豫于先，而汉之耿寿昌乃始有储粜之议。流延至圣清，益嵩高其事，不以僻小而或遗。故虽若绍兴之区区，而豫备大慈，终不让于人。粤寇掩至，其废忽焉。事平而大吏以为言，义仓之基遂肇，而绍兴则实自同治之七年。以万石之积，应一朝之变，苟完而已，不深虑焉。主之者亦觡觡绳墨，一任其腐败，以为职之得，非不知变革也，束于世也。暨光绪七年，而徐仲凡太守为之代，于是核利弊，审中失，采流行之弊，为胖合之度，以其赢为他务。如是者凡十有八年，而积倍焉。其自十八年以降，每于岁之冬，自仲而汔季，为粥于其邽，而瘠者以腴。盖一转移间，而有利无利之别乃如是，是讵不有合于计学者耶？嗟乎！邦以民为本，民以食为天。其初也，茹歠其羽毛，而无所谓不足，降是而树蓄兴矣，又降而通易作矣，又降而平均输捷转运矣。如诚舍之数者，而第据目前推将来，以累积之制防之于前，恐不数传而食指繁兴，不足依然。微特异日之所储，其败坏可虞也，而利之不生，要亦不知其几何。若夫虑一时之疢，而不罄人功以持天行，徒恃此至微之积为足以振时，则必其所直，咸谷疏之不成，而非如尧之水、汤之旱也，否则是眇眇者将奚裨。是故息物之无法，来游之西儒盖详哉其言，而邦之人曾不之省。虽以今之世，其自号为通明者，尚断断于是，而以为不可缓。善夫！吾乡余忠节之言曰：常社本小康之治，以三十之通，有是手而明之者谁乎？若太守者，其殆得其契而不为世拘者乎？戊戌之春，太守既受更，乃出文书、治要以为录，而属序于用锡。用锡以太守之旨美法良，可推行于广宇，而不宜徒局于一区。虽其意若不与本事应，而实则冥符于计学。若复能进而充之，于以祛理财之敝不难也，而胡有于一邑之仓储。故乐箸之，以告后之司存者之毋为墨守，而善与世以消息，且以诫世之人，习知夫亚丹之理，而犹曰承敝为无伤，不悟将以计学之不得而波及国故也。若夫仓廪之兹，什器之益，振救之挹注，纵皆足以考成事，而非宏旨之所系，则咸具于录，读者其自斟之焉。光绪二十有五年夏会稽马用锡序

绍郡义仓征信录前编

会稽徐树兰仲凡甫编刊

文　案

绍兴府正堂奇为照会事。照得郡城义仓，积谷一万石，向派何绅维钧经管。上年因何绅病故，叠据伊子何澄等禀，请另举接管。兹查该绅诚实廉能，堪以接管义仓，并奉藩宪函谕，转令接管到府，合亟照会。为此照会贵绅董，希即转致何绅澄，先将义仓存谷一万石，开具廒口清折及斛斗箩籰各数目，交给贵绅董接收。一面联名覆府，以便亲诣三面盘量，交给经管，具结转报。事关善举，幸勿迁延，是为至要。须至照会者。

右照会义仓绅董徐

光绪五年正月十一日

绍兴府正堂叶为照会事。照得郡城义仓，积谷一万石，前奉藩宪函谕，转令贵绅董接管，奉经前府照会贵绅董转致何绅澄，先将义仓存谷一万石，开具廒口清折及斛斗箩籰各数目，交替贵绅接收，并饬具禀盘量。未据禀覆，此项谷石，曾否交替接收清楚，有无短少，无凭盘查，又经谕催各在案。兹据贵绅面称，义仓事务殷繁，请再添绅会办。查有马绅传煦、余绅恩照，公正廉能，堪以会办，合亟照会。为此照会贵绅董，希即催令何绅澄，赶紧将义仓存谷一万石，开具廒口清折及斛斗箩籰各数目，交替会同马、余二绅接收清楚，刻日联名禀府，立等亲诣三面盘量，具结转报。毋再迟延，是为至要。须至照会者。

右照会管理义仓绅董徐

光绪五年三月初六日

光绪五年五月初十日开送清折一扣

一、嗣后经理，请于每年三、四月间，将存仓谷石一律发售，谷价发存生息，以弥折耗。其息以按月六厘为限，至新谷登场，尽数采买归仓，即请亲莅验收。

一、此次盘存实谷九千五百九十四石五斗，照原额尚缺谷四百五石五斗。拟请照现收实数，详报存案，以重款项而清眉目。

一、售谷后，查看廒座攲斜，仓板朽蠹开裂。年字、丰字两廒，正在盘量之际，墙垣坍倒。各廒盖瓦甚薄，年久损碎。值此仓谷出净之时，亟应赶紧修理。现公同搏节，估计约须钱四五百千文，此项经费，应否由府筹拨，抑在谷价项内开销，统祈裁示遵行。

一、各廒谷石，均奉监盘交接，尚有义仓田亩一应粮额簿据，未蒙发交，应请查核交给。

以上各条，均请裁定，转详立案，以便遵办。

点收何绅移交器目

扛秤	两管	松木椅子	四把
旧颁官斛斗升	一套	松木茶几	两张
垫仓底箅	十二张	松木八仙桌	一张
竹箩	六只	破竹椅子	四把

绍兴府正堂恩为照会事。据职员何澄禀称：窃职故父于同治七年奉前公祖图谕，办仓谷一万石，存储仓廒承管。去夏六月，职父去世，职在闽差次，闻讣请咨回籍，当将仓务禀请另派接办。旋奉前公祖选派徐绅树兰接管，又添派马绅传煦、余绅恩照会办，于本年闰三月二十四日，经前公祖叶亲诣仓廒，会同徐绅等三面盘斛，至月杪竣事。计实存谷九千五百九十四石五斗，计折耗谷四百零五石五斗，当即交割清楚，并蒙转详藩宪准销在案。又绅捐义仓田一百五十八亩零，于光绪元年六月，奉前公祖龚由塘闸局提回，交职故父经管。自光绪元年秋收为始，所有租息，除完纳粮米外，作为仓廒岁修经费等用，并准将元年以前所垫经费等钱四百八十余千文，亦在田租内逐年扣还。每年十月，造册报案。去冬十一月，因藩宪委员葛来绍盘查，职将光绪元年起至四年十二月止收支细册汇造送案。今年四月又将五年正月起至闰三月止支用经费并两次盘仓费用，开折续报。又另禀呈缴新旧田租簿三本，并请将垫用钱三百三十二千四百五十九文候示归垫。因前公祖叶交卸在即，未奉批示。兹值大公祖大人莅任，特再汇造详细总册，呈乞督核。惟职所垫钱三百三十二千四百五十九文，均系奉准在田租项下归款，且本年四月以前经费及两次盘仓费用均在其内，应请今岁冬租，仍由职收花归垫，其本年粮米，亦由职完纳。是否之处，仰乞批示祗遵。再山、会、萧、诸、余、上、新、嵊八县，每县每年向提斗级工食二名，作为义仓管仓司事及巡夫辛工，系奉前公祖通饬，以同治八年秋季为始，按季解府给发。无如近年解数廖廖，积算至五年闰三月止，共欠解银三百九十九两零。兹特开具清折，呈乞札提给领等情到府。据此，除批示并将各县欠解斗级工食银两札催，按数清出批解外，其册开垫用钱三百三十二千四百五十九文，请将今年冬租收花归垫，粮米亦归完纳之处，是否可行，拟合照会。为此照会贵绅董，请烦查照，希即会同妥议，覆候察夺，幸勿稽延，望速施行。须至照会者。

右照会经管仓谷绅董马、徐、鲍

光绪五年十月初五日

经理绍城义仓绅董马传煦、徐树兰、鲍谦禀

窃奉前府尊奇、前署府尊叶迭次照会，以郡城义仓积谷一万石，向派何绅维钧经管，上年何绅病故，奉藩宪函谕，转令树兰接管等因。树兰再三坚辞不许，蒙添派传煦暨已故余绅恩照会同办理，遵于光绪五年三月间，面同何绅之子澄，将存谷一万石由前署府尊监盘交接，计盘收实谷九千五百九十四石五斗，除盘收外，短少谷四百零五石五斗，当由何绅澄自行禀请免赔在案。树兰等接收之后，查看谷石，年久霉变，即遵藩宪面谕，陆续变价。计售得钱一万一千五百六十九千九百二文，发交德泰、正德质当、和记钱铺匀派领存，六厘生息，听候买谷提用，取具领状，并开呈细数清折，酌议善后章程送核。是年七月，树兰晋京，至八月余绅恩照病故，派谦接替。当由余绅之子官浚将德泰当领存谷本钱三千八百五十六千六百三十四文赍交接管前来，谦即如数接收，转发晋豫钱铺领存，照章输息，具领送存亦在案。惟查接管以来，仓厫失修，接连坍倒，报经前署府尊亲临勘估，详由留郡善后经费项下借拨钱四五百千，先行择要修理，以资积储，未蒙宪准。迨十月间新谷登市，屡议修仓进谷，苦无经费。因由谷本存息项下提支钱一百二千余百文，权将坍倒处所，粗粗修补。一面往无锡地方，采买新谷五千七石二斗进仓。六年九月，树兰旋里，又买储兰溪早谷一千九百九十九石五斗，前后共买谷七千六石七斗，俱蒙验收储仓。传煦等本拟再买谷两千五百余石，以符盘收原额，因查看十六厫口皆岌岌可危，不能多储谷石，是以停止。然每遇风雨，各厫辄渗漏不堪，本年正月，是字厫又因久雨崩坍，幸藏谷不多，赶即搬运修理，塴塌〔糟蹋〕尚少。似此情形，若不赶紧筹修，不惟存谷易于霉烂，深恐坍败日甚，将来修理愈难。是以十六厫必须一律拆修，并添造仓屋五间，方足以资存积。是项工程，核实估计，约需工料钱一千五六百串。可否在于供给塘闸局租款盈余项下如数拨济，抑或仍由留郡善后经费项下详请借拨之处，伏候尊裁。至于何绅澄因上年仓用垫钱三百余十千文，屡次禀请由仓算还，否则将仓田归伊收租等情，传煦等查义仓向由该绅一手经理，是项垫用钱文，应否算还，传煦等未便作主。既蒙面谕分年弥补，自应遵筹，但田租系年归年款，一切仓用藉以支销，不能挪用，此外又无进款，正在筹凑为难，适蒙发到各邑补解斗级银七十七两八钱零，本为义仓工役饭食之需，因给予该绅收领，其余未足之数，由谷本存息项下提支钱九十三千九百文，由谦当面付交，作为两清，应请备案。兹缘接管义仓业经两载，虽成效毫无，而一切整顿办理，稍有就绪，理合循章造册报销，以清眉目。惟从前义仓收支各款，向按旧例，现经核实裁节，一切进出，均归实收实用，实报实销，与前略有不同。今将光绪五年三月接管之日起，至六年终止，所有买谷动支本息及经收田租捐项并仓用支销各数目，造具四柱清册，呈核存档。至其中办理各节，有无未臻妥善之处，传煦等不敢自信，尚求随时指饬，以期仓务日有起色，是为幸甚。为此禀祈大公祖大人察核，敬请崇安，伏乞垂鉴。

计送清册一本。

敬再禀者，义仓积谷，向应出陈易新。传煦等初次采买仓谷五千石有奇，系光绪五年进仓，现已储经两载，霉变堪虑。应请于五、六月间青黄不接之时，察看情形，照章出易，俟新谷登场，拣选好谷进储。合并陈明。

光绪七年三月初十日

绍兴府正堂恩批：据禀两次购谷七千六石七斗储仓缘由并另单清册均悉。仓厫存储谷石，必需高燥坚固，俾资经久。该仓既多渗漏崩坍，自应设法筹修完固，以免霉变，以重积储。应否沙租项下拨款济用，仰仍于善后款内借拨修理之处，应俟详请宪示遵办。至初次购存谷五千石零，应否照章出易，俟届时察看情形，会商办理。清册存。

绍兴府正堂霍为照会事。本年二月十七日奉署藩宪端〔瑞〕札开，光绪九年二月初六日奉护抚宪德札开，案据绍兴府禀称：卑郡仓厫建自同治七年，早逾固限，以致樑柱板片间多朽腐，势甚侵圯。若再听其自然，非特放谷徒多霉变，且恐一旦坍卸，需费更巨，谷石尤不可收拾。查有萧山县龚令任内经书欠缴积谷捐钱一千七百八十二千七百四十一文，现经如数追解到府，禀乞准予动作修理添造之费。钱系龚令捐出充公之款，无关库项，他处既不能效尤，而卑郡仓储，从此得以保全等情到院。据此，除批准动用饬令核实估计修造外，札司查照饬遵，计抄禀并单等因，奉此，并据该府具禀到司，除批示外，合行札饬，札府遵照，督同绅士核实修建。务须工坚料实，足资经久，仍俟事竣造册报销。经费如有不敷，即由该府自行弥补，不得另请公款，切切。同日又奉署藩宪瑞批敝府禀同前由，奉批：此案已据该府禀奉抚宪批准行司，另檄饬遵矣。仰即查照遵办，缴，各等因。奉此，查是案前奉护抚宪德批示到府，即经照会在案，兹奉前因，合并照会。为此照会贵绅董，请烦查照，希即遵照抚、藩宪批札办理，幸勿稽延，望切施行。须至照会者。

右照会经理义仓绅董马、徐、鲍

光绪九年二月二十七日

经理义仓绅董徐树兰、马传煦呈

为呈明事：案查郡城义仓，经前后购谷七千六石七斗余，剩钱三千二百三十九千二十五文，循旧分存当铺、钱庄，按月六厘起息。光绪八年四月间，将初次购谷五千七石二斗出粜，计得粜价钱四千五百五十八千三百八十文，发存米行，于五月初一日起，按月八厘生息，当经开折报明在案。上年新谷登场，本拟买谷还仓，因仓廒失修，不堪存储，是以未曾买补。本年六月间，开工修理仓廒，至八月下旬，即遣司事往兰溪上江采买干洁银条籼谷三千一石五斗，以备还仓。正在采办间，接奉九月二十五日照会，因即函催将谷运回，现已陆续进仓，不日可请盘验。其谷连驳运搬驼客身等费在内，每石扯钱一千二百九十七文八毫，计提用钱三十八百九十五千三百五十二文。除提用外，截至本年十月底止，尚有余剩本利钱六千零六十六千四百六十六文，实储新陈仓谷五千一石，开具细数清折呈核。惟查仓谷原存一万石，前董何绅交出九千五百九十四石五斗，计亏短四百零五石五斗，现绅等实储新陈仓谷五千一石，如再添买四千五百九十三石五斗，便可足额。以此次所买价钱计之，每石扯钱一千二百九十七文八毫，只需钱五千九百六十一千四百三十八文，兹余剩钱六千零六十六千四百六十六文，除买补足额外，计尚有余剩钱一百零五千零二十八文。今绅等商议，再由杂用田租项下凑垫钱四百二十一千二百二十四文，合成钱六千四百八十七千六百九十文，作为谷四千九百九十九石补足原额仓谷一万石之数，以符成案而复旧章。其钱照数存储，随时可提，应请据情核转，立案备查。惟是积谷原系备荒，出易存储，折耗在所不免，即使经理得人，亦难保有盈无绌，所以矫其弊者，每言积谷不如存钱，然因噎废食，亦非尽善之方。绅等经理以来，虽不敢贪存钱之便，徒有空名；亦不敢矜积谷之名，坐令销耗。故得复原存之额，弥前董之亏，嗣后办理，即请照一万石之数，以一半存谷，一半存钱，俾得以息钱之有余，弥谷耗之不足。仍复随时出易，以防霉变，庶于仓储日有起色。是否有当，伏乞大公祖大人察核，转请宪示饬遵，实为公便。须至呈者。

计粘清折。

右呈绍兴府正堂霍

光绪九年十月　　　日

经理义仓绅董徐树兰呈

为呈请事。窃树兰于光绪五年奉前府尊奇备文照会，经管义仓，坚不获辞，因添举马绅传煦、余绅恩照会办。其时何绅澄交出仓谷九千五百余石，照原额亏缺四百余石，欠钱三百余十千文。加以仓廒失修坍倒，办理正在棘手，而余绅物故，旋添鲍绅谦帮办。数年以来。竭力整顿，积铢累寸，滴滴归公。又蒙仁台讲求整理，筹款修仓，现在仓廒屋宇，一律修葺完工，并添建六穗告登三农有庆等字号廒屋八间、听事三间，嗣后办公、仓廒，无虑不敷。所有何绅短欠之钱，亏缺之谷，亦代为弥补足额，并无缺欠。惟树兰经理业经五载，马绅居隔城乡，本不甚与闻其事，鲍绅上年辞赴平湖教任，名为三董，实只一人。树兰承乏其中，才力苟可勉支，亦断不敢推诿，无如年未五十，精神竭蹶，鬓发已霜，兼患肝胃不和，每遇辛劳，不时举发。义仓事关积聚，责任匪轻，岂容稍有贻误。乘此钱谷仓廒粗有起色，遴绅循办，不难日起有功。务求俯鉴下忱，另派廉干绅董接替盘交，以重仓储而免贻误，实为幸甚。理合具呈，为此呈请大公祖大人督核，示谕祗遵。专候交替，盼切祷切。须至呈者。

　　光绪九年十月　　　日

　　经理义仓绅董马传煦、徐树兰、许在衡、马濂呈

　　为呈复事。光绪九年二月间，接奉二月二十七日照会，内开本年二月二十七日奉署藩宪瑞札开，光绪九年二月初六日奉护抚宪德札开，案据绍兴府禀称：卑郡仓廒建自同治七年，樑柱板片间多朽腐，势甚圮斜，恐一旦坍卸，需费更巨，谷石尤不可收拾。查有前萧山县龚令任内欠缴积谷捐钱一千七百八十二千四百四十一文，现经如数追解到府，禀乞准予动作修理添造之费等情到院。据此，除批准动用饬令核实估计修造外，札司查照饬遵等因。奉此，并据该府具禀到司，除批示外，合行札饬，札府遵照，督绅核实修建，仍俟事竣造册报销。经费如有不敷，即由该府自行弥补，不得另请公款，切切。同日又奉署藩宪瑞批敝府禀同前由，奉批：此案已据该府禀奉抚宪批准行司，另檄饬遵矣。仰即查照遵办，缴，各等因。奉此，查是案前奉护抚宪德批示到府，即经照会在案，兹奉前因，合并照会等因。准此，当即备储工料，择于光绪九年六月十六日破土开工，将头进台门八间、仪门一座、东西游廊两带、左右廒屋十六间、中进正屋三间，一律见破拆修，门窗、廒板、地阁、墙垣一并添配齐全，油刷见新。头门外添造照墙一座，正屋后面接出檐廊三间，左右添造耳屋各半间。又于正屋之后，新建朝南正屋三间，高二丈四尺五寸，深二丈八尺五寸，中间横阔一丈五尺，边间横阔一丈四尺。左右朝南廒屋二间，高广与正屋同。又建东西廒屋六间，高一丈九尺，深二丈二尺，中间横阔一丈四尺，边间横阔一丈三尺，墙垣石砌，地阁廒板及门窗隔扇装折油漆俱全。并于后进中间，添造神龛一座。十一月间，各工告竣，当蒙亲莅验收，工料相符，应请核饬造报。惟原估经费尚多不敷，经绅等竭力撙节，减而又减，连挑运零费等一切在内，共用钱一千九百九十一千三百六十文。除照案领用钱一千七百八十二千七百四十一文外，净计不敷钱二百零八千六百一十九文。既奉宪批不得另请公款，惟有暂由绅等挪垫，将来归于田租项下陆续弥补。除将做法工费开具细数清折备查外，合行具呈。为此呈请大公祖大人察核施行。须至呈者。

　　计送清折一扣。

　　右呈绍兴府正堂霍

　　光绪十年四月初九日

经理义仓绅董徐树兰、马传煦、许在衡、马濂呈

为呈复事。光绪十一年五月二十五日接准二十三日照会，内开奉署藩宪孙札开，案奉抚宪刘案行准户部咨，光绪十年十一月二十九日内阁抄出吏科给事中万培因奏，各直省年谷顺成，亟宜及时广筹储积，请饬查照川省积谷章程办理一折，奉旨允准，通饬各直省钦遵办理等因。抄录原奏，恭录上谕咨行到院，行司即便通饬遵办，声复详咨计粘单等因，奉此，合亟通饬，札到该府立即遵照等因。奉此，查本郡额存仓谷一万石，初因经理未善，亏短甚多。嗣由贵绅接管以来，粜价存放生息，加以设法补苴，截至九年十月底止，报明存谷五千一石，存钱六千四百八十七千六百九十文，已足一万石原额之数。当经敝府开折转报藩宪，并请嗣后钱谷并存，批准照办。维时沿江适被重灾，沙民待赈急迫，另又禀明将前项存钱尽数借用。上年十二月间，接准贵绅开报筹赈收放各数，其郡仓所借一款，尚有不敷，归还钱二千六百七十九千二百九十五文，声明拟俟补足，再行归仓。旋又准贵绅以放过赈款核计劝集捐项，虽不敷尚多，而移借郡仓谷钱，应先如数归还，请仿照钱江义渡章程，行县饬传山、会二邑各米行到仓具领，于光绪十一年正月初一日起，按月八厘生息，遇闰照加，开单面请办理到府，即饬按户传领各在案。惟前项谷价借动放赈，于何时提用，现还郡仓由各米行领存，于何日起息，有无还足原借之数，奉饬前因，自应逐细查复，拟合照请。为此照会，希将郡仓谷价以九年十月底原报数目作为旧管，后于何时借作赈款提用停息，现在有无还清，于何日交行领存为始，如何起息，截至本年五月十五日止，实存谷若干，存钱若干，生息若干，详细开折送府，以便详复等因。准此，当查义仓自光绪九年十月底止，存谷五千一石，存钱六千四百八十七千六百九十文，补足一万石原额之数。时沿江水灾，树兰与胡绅寿鼎筹办赈济，请将前项存钱尽数借用，具呈后即于十月底为止停息提本，移济赈需。至十年十二月间捐款渐集，始得如数归还。当请饬传各米行具领生息在案。维时已届年终，各行未及遵领，至本年正月开印后，始陆续来仓具领，仿照钱江义渡章程，于本年二月初一日起，按月八厘输息。自提用以至发存，连闰计停息十六个月。兹将本年正月初一日起，截至五月底止，所存谷石本利钱文，开单送核。其八、九、十等年分细数清册，业已分年造报，不复缮送，理合呈复。为此呈请大公祖大人照察，希即复核施行。须至呈者。

计粘清单。

光绪十一年六月　　　日

附录借款赈济沿海沙地原呈

经办赈务绅士花翎四品衔兵部郎中徐树兰、花翎四品衔刑部郎中胡寿鼎呈为陈明办理赈务情形恳请速筹款项以资散放事。窃本年七月间，风潮肆虐，山、会两邑，塘外沙地，尽遭淹没，冲坏堤埂庐舍无算。七月十一日，经生员马濂告知情形，树兰当往察看。其时咸潮初退，木棉遍地，弥望皆枯。灾民荡析离居，伤心惨目。其受灾以会邑之南汇东隅、西隅、残嘴里、小南汇，山邑之三江口、天地清等字号，丁家堰、董家笪、乾坤等字号沙地为最重。会邑之啸唫段，会、上两邑连界之严家舍、沥海所、北门，山邑之直湖头、夹滨、夹沼次之。大连南旺、丈五村、团前、大车路、党山、梅林、白洋西塘、下山西村、屋渡以至山、萧两邑连界之盛林，则受灾轻重不等。其南汇东西隅及乾坤字号三十五丘等地，所有堤埂被潮冲激成坎者百数十处，坍倒残缺仅剩堤脚者不可胜计。树兰当即招集饥

民，分段抢筑，以工代赈。于七月十三日开工，从南汇筑起，以次及于乾坤字号，综计埂身约长一万丈有奇，皆树兰捐资修筑，并不募助分文。但不意廿一、二日风潮猛烈，尤甚于前，灾上加灾，情形愈惨。树兰等因与徐绅友兰、生员马濂商议，各倡捐洋银，制备棉衣，一面添募捐输，设法施赈。事竣编刊征信录。分送各处，以昭核实。商议既定，当将拟办大略情形，面请裁示，并面商山阴曾会稽俞县尊，俱承采纳。旋经县尊颁发捐簿四十本，转交各绅劝捐。嗣又照会各绅，赴乡广劝捐输。又虑缓不济急，蒙饬县传谕各钱庄，酌量通融，以资散放。具见仁台体恤灾黎，无微不至，可胜钦佩。现职等邀同举人许在衡、陈燕昌、陶联琇、寿庆慈、顾庆章、徐澍咸、杨福璋，生员马濂、陶佩贤、陶寿勋、马家泰、马家藻，职员朱曾、朱其轼、徐启周、朱峻润等，酌分地段，亲赴各灾区挨查户口，无论民地、灶地及东江场已未摘赈，一律挨户清查。除将花地尚有收成、堪以勤苦度日，及有潮地晒卤为业者逐一剔除外，其极贫至苦者六千五百廿七户，计大小二万四千一百十八名口，前经酌定大口每名给钱三百文，小口一百五十文，年内先放两次，开年再放一次。三次之后，察看情形，如有款项可筹，再行添放一次，庶麦秋期近，可望转机。现由树兰等议立章程，分为五路，各就适中之地，分派同志，设局散放。所有查户放赈日用缴费，均各乡董自行捐备，其纸笔印工及一切往来舟运等费，均由树兰捐助，不在赈款内开销。其放赈分局，一设盛林，一设梅林，一设党山，一设马鞍，一设桑盆。凡先查者先放，其盛林、梅林、党山三局，已于本月初八、九日放讫。马鞍一局，系十一、二、三日放讫。尚有桑盆一局，定于二十、二十一日散放。各局蒙委文武员弁弹压，尚不拥挤。赈过地方，民情亦称安谧。惟现在已收之捐，连仁台暨山阴曾会稽俞县尊所捐廉洋九百元，上海赈局协洋五百元在内，共只收洋五千六百余元，除还棉衣欠款外，不敷一次放赈之用。现赖通借庄款，以资散放。转眼二次放期又届，放款毫无，年内为日无多，钱庄借款，年底理应归还，开正放款，年内宜先筹备。树兰等公同商议，别无款项可挪，拟请将义仓谷本一项，存钱六千四百余十串，暂行挪借，作为放赈之用。然统盘计算，照此办法，用款不敷尚巨，应如何设法筹捐源源接济之处，尚求仁台妥筹拨给，庶于赈务不致掣肘。除将户口数目开送备查外，合行具呈。为此呈请大公祖大人察核施行。须至呈者。

右呈绍兴府正堂霍

光绪九年十一月　　　日

经理绍郡义仓绅董马传煦、徐树兰等呈

为呈报事。查郡城义仓实存钱谷，截算至光绪十三年十二月三十日止，存谷五千一石，谷本及正息、滚息三项共钱八千五百十千三百五十一文，业经上年开折送核在案。今又自光绪十四年正月起，截至本年九月底止，谷本钱六千四百八十七千六百九十文，计生正息、滚息钱三千四百九十七千五百五十四文。本息两项，通共计钱九千九百八十五千二百四十四文。今于此数之内，提出钱六千五百千文，作为谷五千石，并将实储谷五千一石作为谷五千石，仍合成一万石原额之数。其余利钱三千四百八十五千二百四十四文，照目前新谷价钱核算，可籴谷二千七百二十二石八斗，应即作为实储息谷二千七百二十二石八斗，以清眉目而便勾稽。此项钱谷，均系实储无缺，随时可以应用。现在嵊、新二县骤发蛟洪，灾伤惨酷。树兰业已邀集司马绅樗、章绅廷黻、陆绅传奎等十人，由树兰捐给盘川资斧，前往该二县，会同就地绅耆，查明户口，亟应禀请开仓赈恤，以活饥黎。理合将仓存钱谷细数，开折报案，以备酌拨。为此具呈，请祈大公祖大人照察，希即覆核转报施行。须至呈者。

计送清折。

右呈绍兴府正堂霍

光绪十五年九月　　　日

经理绍城义仓绅董马传煦、徐树兰等呈

为呈复事。本年十一月初七日接准照会，内开本年十一月初二日奉筹赈总局宪札开，钦奉电传谕旨，宁、绍两府，前次办有积谷，饬令迅即开仓发赈。此外各府州县，如有积存备荒钱粮，均着一体散放，不准劣绅把持舞弊，致滋浮冒等因，钦此。查本年浙省被灾，杭、嘉、湖三府最重，宁、绍次之。各该府仓现存积谷，及所属各县实存仓谷或银钱并存，应就目前确数，分别查明，飞速据实具报，赈需紧要，毋稍违延，切切，等因。奉此，拟合照会。为此照会贵绅董，请烦查照。希将截至本年十月底止，实存谷若干，存谷本若干，共有历来息钱若干，迅即查明，开折复府，以便禀复等因。准此，当查本仓钱谷，自光绪十四年正月起，截至本年九月底止，实存早谷五千石，谷本钱六千五百千文，息谷二千七百二十二石八斗，合钱三千四百八十五千二百四十四文，已于本年九月间开送清折呈明在案。现当嵊、新二县被灾甚重，饥民待赈孔殷，前项息谷钱三千四百八十五千二百四十四文，曾经面商台端，尽数动支，解往该二县，作为急赈之需。由司马绅樽、陆绅传奎前往，会同该二县官绅，按户散放。除动支外，现在本仓只存原额实谷五千石，原额谷本钱六千五百千文，阖郡之积储尽在此矣。缘准前因，理合呈复。为此呈请大公祖大人察核转复。须至呈者。

右呈绍兴府正堂霍

光绪十五年十一月　　　日

经理绍城义仓绅董马传煦、徐树兰等呈

为呈请事。窃绍郡自同治七年建造义仓，买储额谷一万石，归前董何绅经理，凡十有二年。至光绪五年，始归树兰等接管，三面盘交，计实谷九千五百九十四石五斗，照原额亏短四百余石。树兰等接收之后，实力经理，因时出易，钱谷并存，树兰并自捐租米钱一百四十余千文，以资仓用。自光绪五年接管之日起，截至九年十月三十日止，计实储谷五千一石，存谷本钱六千四百八十七千六百九十文，作为谷四千九百九十九石，两项合成谷一万石，于是原额之谷，补足无亏。是年沿海一带沙洲适遭大水，由树兰等呈请，将前项谷本钱尽数移借，作为放赈之用。至十年十二月杪，劝捐归还，仍存谷本钱六千四百八十七千六百九十文。嗣后又自九年十一月起，截至十五年九月三十日止，计实储谷五千石，实存谷本钱六千五百千文，又存谷本项下息钱三千四百八十五千二百四十四文。其时绍郡各属同被水灾，奉筹赈总局宪批准，将前项息钱三千四百八十五千二百四十四文拨解嵊、新二县，并入赈款内散放，作正开销在案。兹又自十五年十月起，截至十七年十二月三十日止，除实储谷五千石，实存谷本钱六千五百串外，谷本项下存息钱一千四百五十六千文。此外又有绅捐仓田租息及酌提斗级一项，本为修理看守等需，向归仓董随时动用，不入报销，自树兰经管以来，涓滴归公，除修理仓廒一切杂用核实开销外，所有赢余，仍按年存积，报明贵府查核在案。现此项赢余，自光绪五年接办之日起，截至十七年十二月三十日止，凡十有三年，共积存钱四千六百三十五千二百六十九文，并连谷本项下息钱一千四百五十六千文，约可买谷四千九百余石。因由树兰筹垫钱八十一千五百十二文，合成钱六千一百七十二千七百八十一文，遂于十六、七两年，购买晚谷五千石储仓，并连旧存钱谷，共有一万五千石。其钱发交各米行领存，随时可提，其谷存储在仓，经贵府验明在案。嗣后请即将此次呈报一万五千石之数，作为定额，通禀立案，俾将来有所考证。至于仓廒本属官工，前董盘交之时，倾圮几难收拾，且只有板廒十六间，仓厅三间，不敷存积。嗣经树兰竭力修整，并筹款添建廒屋八间、厅事三间，庶存藏谷石亦无不敷之虑。以上逐渐起色情形，皆由贵府讲求指示，始终不倦，故能至是。兹值贵府入都展觐，受代有期，自应截数呈报，以清界限。而树兰经管斯仓，亦已十有三年，幸无贻误。现在衰病侵寻，精力实有不逮，应请另举廉能，盘交接替，以期益臻妥善，实为感幸。抑树兰更有请者，查谷本钱六千五百串，按年八厘生息，每年可得息钱六百二十余串。绅捐仓田一百五十余亩，照中稔之年约略计算，可得租钱三百余十串。酌提斗级一项，全数解清，可得钱一百二十余串。三项并计，共可得钱一千余十串，除完纳粮米、修理仓廒及司事工食等节省开销外，约每年可得赢余钱八百余十串。再能经理得人，所存谷石因时易换，勿令折耗，则赢余一项可以握定，断不至于缺少。现在绍城开元寺粥厂贫民众多，每年施粥三个月，约需钱一千串左右，全赖厂董募捐兴办，无的款可恃。去年因经费无出，至十一月杪尚不能开厂，贫民麇集待哺，而厂董四处罗掘，迄无就绪。幸承贵府俯纳鄙言，谕拨仓款，始得开厂煮放，贫民藉以安顿。现厂董胡绅寿震等来仓面称，频年募捐，实已山穷水尽，惟义仓岁有赢余，可否设法挹注等语。窃维粥厂与义仓，原皆为振贫而设，有余不足，事固贵乎相通，特未呈明，未敢擅便。可否请于光绪十八年为始，将义仓逐年赢余一项，按年照章报府查核，如数拨归开元寺粥厂，作为每年施粥之用。如有不敷，责成厂董自行添募接济，不涉义仓之事。如是庶粥厂之实惠可长，而义仓之赢余亦归正用，似于地方善举，两有裨益。是否有当，应请转禀请示遵行。除将钱谷数目另具清折报册送请分别存核察转外，理合具呈。为此呈请大公祖大人垂察，希即照请施行。须至呈者。

　　计送折一件册两件。
　　右呈绍兴府正堂霍
　　光绪十八年三月　　　日

　　绍兴府正堂时为照会事。本年五月十五日奉署藩宪黄札开，本年四月十五日奉护理抚宪刘批，该前府霍实禀郡仓实存钱谷各数，请此后生息等款，拨充粥厂经费，造册呈送请示由。奉批：据禀该府仓实储谷一万石，又存谷本钱六千五百串，合谷五千石，共一万五千石，作为定额。其谷本项下生息，暨绅捐田租，除开销外，每年可余钱八百余千，自光绪十八年为始，作为冬间施粥之需等情，应准照办，希布政司核饬遵照，会督绅董，妥为经管，毋任霉变废耗，是为至要。并饬将粥厂收支款项，按年造册通送查考，毋违，此致册存等因。奉此，查此案并据该府禀司，除批示外，札府遵照。同日又奉署藩宪黄批同前由，奉批：此案已据该前府霍守禀奉抚宪批示，另札饬遵矣。仰即查照，缴，册存。又先于五月初七日奉巡道宪吴批同前由，奉批：据禀已悉，仰新任时守候抚宪暨藩司批示录报，缴，册存，各等因。奉此，查是案前准贵绅董造册送府，即经转禀各宪在案，奉批前因，拟合照会。为此照会贵绅董，请烦查照，希即将粥厂收支款项，按年造册，通送查考。至绅捐仓田按年租额若干，斗级工食按年额解若干，并即造册通报，幸勿稽延，望速施行。须至照会者。

右照会经理义仓绅董马、徐、马

光绪十八年六月初九日

经理绍城义仓绅董马传煦、徐树兰等呈

为呈请转报并恳遴绅接替事。窃郡城义仓于光绪二十年八月奉经抚宪廖排递，札查各府仓谷实存确数，有无加增动缺等因，当经仁台查核档案，照十八年三月树兰等所报，十七年终实存谷一万石，谷本钱六千五百千文禀复在案。旋经树兰等将十八年正月起至二十年七月底止出易新陈谷石及本息钱文细数，分年开具清折，并赢余息钱、绅捐田租及岁拨施粥经费，分造清册，一并送请察转亦在案。此后仍因时出易，将钱生息，自二十年八月起至二十一年十二月底止，除将赢余息钱、绅捐田租拨充冬季施粥外，计实储谷五千二百八十二石九斗，实存谷本钱一万二千六百二十二千二百三十文，作为谷九千七百一十七石一斗，合并钱谷两项，共计存谷一万五千石。本年因去岁收成较歉，正月杪即米价渐涨，至三、四月青黄不接，价益腾翔。因思义仓本有常平之义，当此歉岁，未便仍照上年办法，因将存谷全数出粜。至五月底，计共收进谷价钱八千一百三十七千九百八十三文，加以旧存谷本钱一万二千六百三十二千二百三十文，再加谷本钱内九千七百五十串发存米行，至五月底止，按月八厘计息钱三百九十千文加除发存外，余钱合洋听掉并粜谷价钱陆续合洋听掉，亦五月底止，计共掉息洋合钱一百十三千六百二文。以上四款，通共计钱二万一千二百七十三千八百十五文，俱存在米行、钱铺。今照中稔之年酌中估算，每买干洁上江早谷一石，约合钱一千三百文，照禀定加额一万五千石之数，循旧一半存谷、一半存钱办法，应留存谷本钱一万九千五百串，除留存外，尚有赢余钱一千七百七十三千八百十五文，更加二十年八月起至二十一年十二月底之赢余利息及田租等钱，除施粥等动用外，余钱二千三百七十九千九百五十八文。又加二十二年正月起至五月底止之田租，除动支外，余钱四百八十八千五百八十文。三项共计，赢余钱四千六百四十二千三百五十三文。若今冬买谷储仓，每石合钱一千三百文，或有不敷，则前项赢余之钱可以贴补。除贴补外，再有余钱，应作为今冬施粥之用。此义仓谷已粜尽，除留存谷本外，尚有赢余，可以贴补谷价，并今冬施粥亦充足有余之情形也。其自二十年八月起至本年五月底止，出易新陈谷石及本息钱文细数，仍分年开具清折，并赢余息钱、绅捐田租及岁拨施粥经费，分造清册，一并送请察核，存档备查。抑更有请者，树兰自光绪五年准前府尊奇照会经理是仓，当时谷亏厫坍，几有不可措手之势。树兰竭尽心力，设法图维，修葺仓厫，代弥亏短，呈请转禀将原额一万石，一半存钱、一半存谷办法，始有转机。嗣更添建厫宇，增廓规橅，原额万石之外，加增息谷五千石，作为定额。并呈蒙转禀每年冬季将赢余之钱，设厂施粥，近城村集，遂少饿莩。九年十月，沿海沙地水灾，树兰等呈请动借谷本钱六千四百八十七千六百九十文散赈，至十年底归款，虽停息十五个月，而事颇实惠。又十五年十月嵊、新二县水灾，树兰先于未奉谕旨开仓之前，呈请动拨息钱三千四百八十五千二百四十四文，携同垫款，前往散放急赈，亦称得济。是树兰之得以稍有成效者，皆仁台不掣其肘之所致也。树兰苟可效力，断不敢耽安逸。惟是经理以来，屈指十有七年，仓董虽有数人，而任事实只一手，现在衰病侵寻，心悸目眩，遇事健忘，精力实在不能支持，若不据实辞退，恐将来因循废弛，反无以对乡里。惟有仰恳鉴怜，速遴员绅来仓接替，以便交代。至若盘量仓谷，本极费事，今值谷石全数变价，毋庸盘量，所有本息钱文，存在米行、钱铺，随时可点可提，趁此交盘，事最省便。为此呈乞大公祖大人垂察，据情核转，照准施行，不胜待命之至。须至呈者。

计送清折三扣清册三本。

右呈绍兴府正堂霍

光绪二十二年七月初四日

绍兴府正堂霍批：所呈已悉。候即将各年出易新陈谷石及本息钱文收支实数，照案造具清册，转送各宪察核。贵徐绅自经管义仓以来，历年已久，情形固称熟悉，办法亦甚周详，仓内年有盈余，可见实心办事。本府得资臂助，钦佩良深。幸勿以偶抱微疴，遽怀退志。希仍会同妥为经理，以资熟手而免误公。一俟新谷登场，并即采购足数，照章一半存谷、一半存钱，将来仓库充盈，逐渐推广，皆由贵绅董等乐善不倦，始终如一之力也。册折存。初十日

经理绍城义仓绅董马传煦、徐树兰等呈

为呈缴辞退并请立案事。窃郡城义仓，光绪二十二年五月底截止，实存谷本钱一万九千五百千文，合谷一万五千石，又存赢余钱四千六百四十二千三百五十三文，业于二十二年七月间开折呈报，声请遴绅接替等情在案。具呈后满望即派干绅来仓接办，俾树兰可以交替，乃守候日久，未蒙准行，而仓中应办事宜，接踵而至，树兰独手经理多年，责无旁贷，不得已勉策衰荼，仍将收息发存施粥等事照常经理。迨秋间三江淤塞，田禾为涝水所伤，谷不坚好，上江一带又禁新谷出境，故未便买谷储仓。仅将谷本及赢余钱文存放生息，自二十二年六月初一日起，至十二月底止，除施粥等动用钱七百十七千六百七十五文，并存留谷本钱一万九千五百千文外，计赢余钱七百九十三千四百八十三文，并连五月之赢余，计共钱五千四百三十五千八百三十六文。缮开清折，并造具细数清册，送请查核，此二十二年之实数也。查义仓存谷，原额一万石，经前董事亏短四百五石五斗，又亏欠钱三百三十二千四百五十九文。光绪五年树兰接管后，认真经理，涓滴归公，并自捐租米钱一百四十余千文，弥补前董亏欠，仍归足原额一万石。自是呈准钱谷并存，九年十月查放山、会两邑沿海沙地灾赈，借用谷本钱六千四百八十余串，至次年十二月归还，停息一年有零。十五年十月，八邑均遭大水，又提息谷钱三千四百八十余串，以赈新、嵊二邑。迨十八年三月，始得凑集余款，增谷至一万五千石，呈准嗣后如有赢余，按年拨归冬季施粥在案。于是每年赢款，遂不能多。然私悰耿耿，终思增成二万石，使缓急稍有可恃。今查本年息款，自正月起，截至目前四月底止，并将绅捐、田租等款，除司事辛工等开销外，悉数凑入，计赢余钱一千一百九十七千七百文，并连二十二年年终之赢余，计共钱六千六百三十三千五百三十六文，照上年原定谷价每一石合钱一千三百文，提存钱六千五百千文，作为谷五千石，加以原存谷本钱一万九千五百千文，计共钱二万六千千文，合成谷二万石。以此作为定额，即无异一仓成为两仓，拟请覆核通禀立案，嗣后即照此数办理。除提存外，下余钱一百三十三千五百三十六文，拟请另行存储，以作补立碑记、刊刻

征信之用。以上各款，另呈清折报册备核。至今冬办理粥厂，约需钱六、七百千文，查有本年五月起至十二月底止按月八厘、八个月之息，计钱一千六百六十四千文可以济用，无虞不敷。至于仓廒，前董事交出时坍败不堪，且仅有正屋二进，不敷存储，树兰等逐年筹修，至九年间蒙拨萧邑经书欠缴积谷钱一千七百余串，又由仓添凑钱二百余串，遂增建厅事三间、廒房八间，加筑围墙三面，嗣复在开元寺及义仓添造小屋粥灶，现俱完善可用，无庸大修。其在器具，从前接管时仅破椅、板桌数事而已，前董事呈有交单在案。树兰等接管后，陆续添置，凡床厨、桌椅以及斗斛、箩篅等一切应用之物，无不齐全，共计□□余十件，堪以点验。此树兰经理义仓稍有成效之实在情形也。惟是树兰近益衰朽，精力难支，历次退辞，总苦无人接手。或者因树兰未将仓存钱物缴送台端，故接手之绅未免逊谢。兹具送折单清册，并检各米行领状保结及前董事遗交租簿，呈恳核存，速派干绅接办，树兰即于本日告退，并乞据情转禀。嗣后仓中盈亏，俱与树兰无涉。除将仓廒一切器具等件，分派司事杜献臣、仓夫沈长生看守，听候查点接收外，理合具呈。为此呈请大公祖大人鉴核，准照所请施行，不胜感激。须至呈者。

计送折两件、册两件、单两件、领状保结四十六套，租簿三本。

右呈绍兴府正堂霍

光绪二十三年四月十七日

谨将各米行领存义仓谷本钱领状保结四十六套开单送请核收。

计开：

山邑米行

临浦镇

赵鼎新燮记存钱六百串，椿记保；又存钱六百串，穗春鼎记保

柯桥镇

全泰存钱四百串，万通保

瑞泰兴存钱四百串，裕生保

裕生存钱四百串，瑞泰兴保

万通存钱四百串，全泰保

源裕存钱六百串，聚泰保

源昌存钱六百串，仁兴美记保

聚泰存钱六百串，源裕保

长源存钱六百串，聚泰保

裕大存钱六百串，万丰保

仁兴美记存钱六百串，源昌保

万丰存钱六百串，裕大保

陡亹镇

茂盛存钱五百串，茂泰保

昌安镇

恒升存钱四百五十串，聚升昌保

聚升昌存钱四百五十串，恒升保

升大存钱四百五十串，同昌保

源吉存钱四百五十串，信余保

信余存钱四百五十串，源吉保

天盛存钱三百串，嘉泰保

嘉泰存钱三百串，天盛保

偏门镇

大有年存钱五百串，穗春保

宝裕存钱五百串，广源保

广源存钱五百串，万春祥保

万春祥存钱五百串，广源保

安昌镇

震生存钱六百串，徐德盛保

恒春存钱六百串，元和保

徐德盛存钱六百串，震生保

万泰存钱六百串，公义保

元和存钱六百串，恒春保

公义存钱六百串，万泰保

下方桥

屠正昌存钱六百串，钱日新保

钱日新存钱六百串，屠正昌保

会邑米行

五云镇

通裕存钱六百串，衍泰保

衍牲存钱六百串，通裕保

衍泰存钱六百串，衍牲保

协义孚存钱六百串，大有年保

震升信存钱四百串，孔滋生保

啸吟镇

天盛存钱五百串，利源昌保

利源昌存钱五百串，天盛保

东关镇

顺源存钱五百串，同裕声保

同裕声存钱五百串，顺源保

徐悦兴存钱四百二十五串，泰安保

泰安存钱四百二十五串，徐悦兴保

萧邑米行

临浦镇

穗春鼎记存钱一千六百串，乾泰保

乾泰存钱一千六百串，穗春鼎记保

以上共计四十五行，共领钱二万六千串，按月八厘。其本年四月底以前之息，已作为谷本。嗣后之息，应五月初一日算起。

谨将义仓逐年添置各色器具开单呈请检核。

计开：

方斛一只　方斗一只　方升一只　圆斛四只　圆斗两只　扛秤三管　秤架一座　风箱一步　箔篮十只　箔篮架十个　畚斗四只　谷箩三十一只　箩络十二只　簟九十二张　气筒六十六个　翻谷耙六个　踏脚梯两步　石袋十只　笆斗六只　袋装板三块　跳板三块　算盘一面　梯子三步　坑床两张　方椅八把　方茶几四张　八仙桌四张　半桌两张　帐桌一张　小眠床两张　圆桌面一张　马鞍桌一张　板桌一张　方凳四张　一士椅十六把　长茶几八张　骨牌凳六张　长凳十四根　高凳一座　板厨一口　挂厨一口　大淘锅六只　中淘锅六只　糠风箱大、中五口　长条桌十八张　十石缸两只　七石缸两只　五石缸两只　无锡缸大、中、小四只　小摊缸五只　大缸头十四只　盐葫芦一个　盘粥桶两只　水料漏脚桶两只　吊水桶两只　脚桶两只　檐桶六副　淘锅盖十二个　镬盖两个　短扶梯一步　缸架三个　大小镬枪七管　棕棚一张　大小铜杓四个　铁杓三个　挑水扁担连钩五副　桄格箕筛共五面　瓦盘十六只　糠箩一副　高示板三块　匾板挂牌九块　高凳一座　火钳一个　铁丝罩十八个　木栅大、小十八扇　肥缸一只　四斤砖一百五十块　地坪十四个　大、中、小瓦一万三千余张

盐运使衔道员补用候选知府徐树兰呈

为呈请事。窃绅经理绍城义仓暨山、会、萧三县亩捐生息事宜，前缘衰病侵寻，恐致贻误，霍前府尊任内屡次呈辞未准。至本年春间，复恳切呈请派绅接管，所有各行典领结、凭折等件，随呈送缴，当经霍前府尊核收准辞在案。本年九月十三日接奉九月初十日照会内开，义仓并亩捐生息，请烦照旧经理，领结、租簿、凭折及萧邑解到亩捐钱文，一并照送，请烦查收等因。准此，当即具呈沥述下情，并同领结、凭折、萧解钱签，于九月十七日亲赍辞缴。乃适逢政体新愈，未蒙收阅，谕令仍即携归。伏思衰朽屡躯，苟可勉强撑挂，则霍前府尊任内亦断不再四坚辞；霍前府尊若非洞察下情，知其实在不能任事，亦断不准其辞退。今呈准已阅半年，事早置之度外，虽承谕令携归照常经理，在绅不无知己之感，无如弩末不穿，蹇乘难骋，欲图报效，实不从心，惟有谨代封存，静候谕交而已。惟前赍呈文二件，未蒙察阅存档，恐将来无卷可稽。又亩捐存款，本年五月应收春夏之息，尚无人经收，而秋冬收息之期本月已届。又义仓施粥两个月，向章由府出示，于十一月初一日开厂，采储新谷及仓田收租，亦均宜十一、十二两月内办理。绅虽无力图报，然款计十万，责任匪轻，不敢不琐悉陈明，以备芸察。除将各行典领结、租簿、凭折及萧解钱签一并封存候交外，理合具呈。为此呈请大公祖大人察核，遴董速办，实为公便。须至呈者。

计粘前呈原文两件

右呈署理绍兴府正堂傅

光绪二十三年十月十一日

盐运使衔道员补用候选知府徐树兰呈

为呈复缴请事。本年九月十三日接准九月初九日照会内开，窃照积谷为备荒要政，必

先未雨绸缪，按时出陈易新，庶可有备无患。绍郡义仓存谷，初因经理未善，亏耗颇多。自光绪五年正月间，经奇前府照请贵绅董接管以来，竭力整顿，设法补救，从此钱谷并存，年有起色，实为地方造福，钦佩良深。本年夏间所呈各节，虽系实在情形，惟贵绅董经办多年，情形熟悉，未便遽易生手，致误要公，拟合将前缴各米行领保结状及租簿，备文照送，为此照会贵绅董，请烦查收，照旧经理，幸勿固辞。计照送山、会、萧三县各米行领状保结四十六套，又何绅遗交田租簿三本等因。准此，查经理义仓事务，绅于霍前府尊任内屡辞有案，本年四月十七日复捡米行领结及田租簿等件缴请辞退，业经霍前府尊核收准辞在案。绅即于是日交退，由司事等驻仓看守。兹准照会前因，兼荷奖饰，极思勉竭驽驷，藉酬知已，无如自揣衰茶，实不从心，所有沉痼情形及万难效力之处，具陈此次辞管塘闸亩捐呈内，谅蒙亮察，无待复渎。敢望撤销前命，将义仓事务，或改归官办，或另人接管，绅苟蒙庇，不随朝露遽尽，容再衔结以报。现当新谷已登，粥厂将设，派人经理，似不宜迟，理合将前发米行领结及田租簿仍即送缴，以俟接管之员。为此呈复大公祖大人察存，希即照请裁核施行。须至呈者。

计缴前送山、会、萧三县各米行领状保结四十六套，又何绅遗交田租簿三本。

右呈署理绍兴府正堂傅

光绪二十三年九月十七日

附录缴辞总理亩捐塘闸岁修经费原呈

盐运使衔道员补用候选知府徐树兰呈

为呈复缴请事。本年九月十三日接准九月初九日照会内开，案查山、会、萧三县得沾水利田亩项下随粮带收捐钱，存典生息，作为塘闸岁修经费，于光绪十三年九月间经霍前府禀奉卫抚宪奏准办理。又查山、会、萧三县原议章程内开，三县捐存发典生息钱文，宜选公正殷实绅士一人总理其事，以专责成等情，亦经霍前府开折通禀，一面照请贵绅董总理其事，并分札山、会、萧三县邀绅会办在案。复查亩捐生息收支各款，头绪纷繁，幸赖贵绅董运以精心，策以实力，始终不倦，筹画周详，如此公正廉明，实为近时所难得。霍前府之不允告退者，由于信服最深。本府德薄才庸，亦望贵绅董相助为理。拟合将前缴各典凭折并萧邑解到亩捐钱文，一并备文照送，为此照会贵绅董，请烦查收，照旧经理，幸勿固辞。计照送各典凭折六十二扣，又萧山县第十四次解到亩捐钱五十三千一百十三文等由。准此，伏查是项经费，绅早于本年三月间截清数目，捡折开单缴请遴绅接管，经霍前府尊核收，准其缴辞在案。兹准照会前因，过辱奖许，岂所敢承。查塘闸岁修一项，本为从前所无。自光绪十年间钟常卿以前董沈绅办理塘工，动用亩捐，报销不尽不实，奏奉谕旨，饬下浙江巡抚查办。于是人人视塘闸为畏途，不肯与闻，绅独忧之，毅然以补救自任，遂创为塘闸岁修之议，禀请奏明立案，就山、会、萧三县随粮带收亩捐银三万两，发典生息，作为东、西两塘及三江闸岁修经费。自办捐生息以来，皆绅一手经理，历今十年，除还藩库借款及支付历届修费外，积成足钱七万串。绅之苦志经营，务求有备无患者，诚以三县之田庐民命，皆悬于塘闸也。故苟可勉力，断不肯稍自偷安，况士为知已用，叠承奖谕谆拳，复何忍轻言逡谢。无如薄柳哀茶，百病丛生，偶一操劳，辄痰火上升，喘痛交作。从前尚有贱息分劳，今皆饥驱出门，遇事更无旁贷。而且绅新创中西学堂，一切规橅，尚待擘画；府县志书，为二百年文献所关，亟宜修举。崦嵫将暮，能不悚皇。况亩捐、仓谷，两款并计，不下十万，照顾稍或不周，即敝坏生于不觉，迨至因循误事，指摘交加，而后求替无人，尚复有何面目。故唯有恳鉴愚忱，撤销前命，或改归官办，或另举贤绅。拟请邀集城乡各绅，示以此呈，嘱令会议，谅各绅关心桑梓，必有良谋。所有前发各典凭折并萧邑解到亩捐钱文，合行送缴，以俟接管之员。为此呈请大公祖大人察存，希即照请裁核施行，实为公便。再六十二典本年分应缴息钱，绅并不经收，听候新董管理。又山邑同福典业已闭歇，其所领本钱一千串，已于本年七月初一日为始，归山邑济德典照数接存，并无空息，其凭折业经转换发还，合并声明。须至呈者。

计缴各典凭折六十二扣，又萧山县第十四次解到亩捐钱五十三千一百十三文（足串）。

右呈署理绍兴府正堂傅

光绪二十三年九月十七日

附录新仓董徐嘏兰呈批

署绍兴府正堂傅批：该绅董稳练老成，素所钦佩，既经地方公举，自能相助为理，况事关桑梓，更属谊不容辞。希即会同马绅等，将徐绅树兰经手仓谷本息收支各款及器具等件，赶紧分别查点，接收清楚，克日具复核夺，幸勿稍迟。再积谷原所以备荒，势不能少，究应如何设法购办，以期名实相符，并望先与徐绅树兰妥商办理。想徐绅素顾大局，既已经理于前，断不肯以一卸塞责，致贻众绅口实，仍候照会商办，各件仍发。

盐运使衔补用道候选知府徐树兰呈

为呈复事。窃上年十二月初三日接准十一月三十日照会内开，案查绍郡公款，以义仓谷本与存典亩捐为大宗，向系贵绅董经管多年，悉臻妥善，且年有起色，可谓煞费苦心。本年三月间，贵绅董因精力难支，决意告退，将经手仓谷、亩捐本息钱文各行典领状、保结、凭折、租簿，分开册单，呈请另邀贤绅接办。霍前府正在遴选间，因病出缺，存交本府核办。当经照请贵绅董照旧经理，仍难挽留。复经照会马绅传煦、鲍绅临、钟绅念祖择贤公举以照慎重。兹准马绅等复称，以义仓谷本一款，责成徐绅嘏兰接管，至亩捐塘闸经费，交郡中同善局绅董接管。应准照办，除申报各宪，并分别照会同善局绅董及徐绅嘏兰接收会办，一面分饬山、会、萧三县知照外，拟合照会。为此照会贵绅董，请烦查照。希即将封存公款要件，一并交接清楚等因。准此，当即分别遵办，嘱管仓司事，将封存公款等件赍交新仓董徐绅嘏兰接收。该新仓董以恐难胜任为辞，仍未接办，而仓中应办收租、收息、设厂施粥等事，势难延搁，不得已仍由树兰暂为管理，以待接替。本年正月十三日又准正月十一日照会内开，准绅董徐嘏兰呈称，郡仓系八邑公储，非有谙练之才，难期胜任。前经徐绅树兰认真经理，年有起色，今绅才识短浅，欲求驾乎其上，深恐后难为继。况时值年关，已非采新之候，加以谷价骤涨，若再购办仓谷，势必谷价愈昂，民间更形吃苦。应兹重务，深虑贻讥，惟有请另选贤能接办等情到府。准此，除批示外，拟合照会。为此照会贵绅士，请烦查照。希即会同马绅传煦、徐绅嘏兰等妥为商议，应如何将新谷赶紧设法购办存仓，以期名实相符，幸勿推诿迁延，致贻众绅口实，计粘抄府批等因。准此，查光绪二十三年四月树兰辞卸仓务之后，所有谷本息款及一切收支，本应接办之绅经管。兹新仓董既于本年正月始行邀定，自当以上年除夕为前后交接界限。现在彼此商议，光绪二十三年五月初一日起，至十二月三十日止，一切收支并本年正月间续办粥厂等款，均并归上年由树兰报销。二十四年正月初一日以后，俱归新仓董接办。所有二十三年谷本生息钱一千六百六十四千文，又折租并租谷变价及斗级等钱六百六十四千七百九十八文，除完粮、施粥、辛工杂用等共支钱一千四十六千七百三十文外，实计赢余钱一千二百八十二千六十八文，合之旧管谷本钱二万六千千文，共计存钱二万七千二百八十二千六十八文，一并遗交新仓董接收。另具清册，送请查核转报，以清界限。至若购谷存仓，自是当然之事。唯树兰于二十三年七月间出籴陈谷之后，即力求辞退，并呈明盘量仓谷极为费事，今值仓谷全数变价，毋庸盘量，趁此交替，最为省便等情在案。设仍购谷存仓，未免事属两岐，愈令接手者迟疑观望，然初不料转辗迁延，至今日而始获交替。但春夏系青黄不接之时，仓谷宜粜不宜籴，况现值米价翔贵，购谷存仓，恐碍民食，应俟秋收进籴，庶与常平义仓命意相符。至谷本钱每一千三百文合谷一石，系十三年三月禀报之价，自十三年至二十一、二年，谷价均大略相同，是以上年集凑仓款，得钱二万六千千文，即作为谷二万石。目前谷价骤涨，与此虽若悬殊，然原额仓谷一万石，禀定章程一半存钱，应买之谷不过五千石。今有谷本钱二万六千千文，又赢余钱一千二百八十余千文，谷价虽涨，谷本仍充，而绍郡又运河水道节节可通，采买不难，似无所容其口实。况树兰接办之初，仅有成本钱一万一千五百余千文，尚得以勉著小效，今成本多于从前一倍有半，根深力厚，经理似更无难。除与新仓董交接清楚，另由新仓董呈报外，合即备呈具复，为此呈请大公祖大人台鉴，希即覆核施行。须至呈者。

计送清折一扣、清册一本。

右呈署理绍兴府正堂傅

光绪二十四年二月　　　日

绍郡义仓征信录后编

会稽徐树兰仲凡甫编刊

清 目

光绪五年分

计开：

旧管

无

新收

一、收接盘仓谷九千五百九十四石五斗，计变价钱一万一千五百六十九千九百二文。

一、收本年五月初十日起至九月三十日止发存各典铺、钱庄谷本钱一万一千五百六十九千九百二文，按月六厘生息，计钱三百二十三千九百五十八文。

一、收本年十月初一日起至年底止除买谷动用外发存各典铺、钱庄谷本钱五千三百二十二千八百二十五文，按月六厘生息，计钱九十五千八百一十一文。

一、收徐绅捐租米六十九石九斗八升六合，计变价钱一百四十二千一百一文。

开除

一、付买谷五千七石二斗，连水脚运费（每石扯价钱一千二百四十七文六毫一厘八丝八忽），计钱六千二百四十七千七十七文。

一、付开仓祀神祭品及散胙酒席计钱九千九百七十七文。

一、付府署轿班随从饭钱二千七百六十文。

一、付修仓择日钱一百文。

一、付修仓祀土钱二百文。

一、付修仓松板钱五千五十一文。

一、付修仓杉木钱四千八百四十九文。

一、付修仓铁钉钱一千二百四十文。

一、付修仓砖瓦连挑力计钱四十二千二百六十五文。

一、付修仓石灰纸筋钱五千五百二十文。

一、付修仓木匠工钱一十千二百四十文。

一、付修仓泥水匠工钱二十四千文。

一、付修仓砂泥钱四百文。

一、付修仓一切杂用钱二千九百五十七文。

一、付垫仓底簟十六张，计钱七千四百三十七文。

一、付气筒四筒〔个〕，钱二千二百文。

一、付山、会、嵊三邑钱粮南米钱六十千四百十七文。

一、付守仓夫役一人每月工食钱四千文，九个月计钱三十六千文。

一、付夏至、中元、冬至、除夕祭地主、祭菜烛锭钱三千四百十四文。

一、付马绅船钱一千四百文。

一、付帮忙司事工人钱四千文。

一、付府署户书年例纸笔费洋四元，计钱四千六百文。

实在

一、存谷五千七石二斗。

一、存谷本钱五千三百二十二千八百二十五文。

一、存息钱四百一十九千七百六十九文。

一、计捐款除修仓等用外，不敷钱八十六千九百二十六文。

光绪六年分

计开：

旧管

一、存谷五千七石二斗。

一、存谷本钱五千三百二十二千八百二十五文。

一、存息钱四百一十九千七百六十九文。

一、计捐款除修仓等用外，不敷钱八十六千九百二十六文。

新收

一、收五年分各佃租谷三万五千二百二十三斤，计变价钱四百五千六十五文。

一、收五年分各佃折租钱二十八千四百八十八文。

一、收本年正月初一日起至九月初十日止发存各典铺、钱庄谷本钱五千三百二十二千八百二十五文，按月六厘生息，计钱二百六十六千一百四十二文。

一、收本年九月十一日起至年底止除买谷动用外发存各典铺、钱庄谷本钱三千二百三十九千二十五文，按月六厘生息，计钱七十一千二百五十九文。

一、收斗级银七十七两八钱三分二厘，每两折实钱一千六百文，计钱一百二十四千五百三十一文。

开除

一、付买谷一千九百九十九石五斗，连水脚运费（每石扯价钱一千四十二文一毫六厘零），计钱二千八十三千八百文。

一、付山、会、嵊三邑钱粮南米钱六十一千三百九十文。

一、付算还前董何绅垫用钱二百十八千四百三十一文。

一、付修仓石灰工钱二百五十文。

一、付仓内铁销钱四百文。

一、付守仓夫役一人每月工食钱四千文，计钱四十八千文。

一、付帮忙司事工人钱四千文。

一、付夏至、中元、冬至、除夕祭地主、祭菜烛锭钱二千七百六十四文。

一、付府署户书年例纸笔费洋四元，计钱四千五百文。

实在

一、存谷七千六石七斗。

一、存谷本钱三千二百三十九千二十五文。

一、存息钱七百五十七千一百七十文。

一、存捐款、佃租、斗级除支用及弥补上年不敷钱外，计钱一百三十一千四百二十三文。

光绪七年分

计开：

旧管

一、存谷七千六石七斗。

一、存谷本钱三千二百三十九千二十五文。

一、存息钱七百五十七千一百七十文。

一、存捐款、田租、斗级除支用外，计钱一百三十一千四百二十三文。

新收

一、收本年正月初一日起至年底止发存各典铺、钱庄谷本钱三千二百三十九千二十五文，按月六厘计闰生息，计钱二百五十二千六百四十四文。

一、收六年分各佃租谷三万二千六百十四斤，计变价钱三百五十八千七百五十四文。

一、收六年分各佃折租钱三十四千三十二文。

开除

一、付山、会、嵊三邑钱粮南米钱六十三千四百九十三文。

一、付守仓夫役一人每月工食钱四千文，十三个月计钱五十二千文。

一、付气筒六个，计钱三千八文。

一、付修仓石灰泥水工计钱三千六百四十文。

一、付仓中接漏缸头钱九百六十文。

一、付晒谷盘仓夫役工食钱十二千二百十八文。

一、付府署号房传谕各米行船饭钱一千三百七十文。

一、付仓中祀神香烛纸宝等钱三百五十三文。

一、付府县验仓随从轿班折饭钱五千五十文。

一、付验仓一切杂用钱二千四百七文。

一、付夏至、中元、冬至、除夕祭地主、祭菜烛锭钱二千四百文。

一、付府署户书年例纸笔费洋四元，计钱四千五百二十文。

一、付府署号房端午、中秋、年终节费钱六百文。

实在

一、存谷七千六石七斗。

一、存谷本钱三千二百三十九千二十五文。

一、存息钱一千九千八百十四文。

一、存田租、斗级除支用外，计钱三百七十二千一百九十文。

光绪八年分

计开：

旧管

一、存谷七千六石七斗。

一、存谷本钱三千二百三十九千二十五文。

一、存息钱一千九千八百十四文。

一、存田租、斗级除支用外，计钱三百七十二千一百九十文。

新收

一、收本年正月初一日起至四月底止发存各典铺、钱庄谷本钱三千二百三十九千二十五文，按月六厘生息，计钱七十七千七百三十七文。

一、收本年五月初一日起至年底止谷本，连前存谷息，合作谷本，发存各典铺、钱庄谷本钱四千三百二十六千五百七十六文，按月六厘生息，计钱二百七十七千六百七十六文。

一、收巢谷四千五百八十一石二斗八升六合（原存谷五千七石二斗，计耗谷四百二十五石九斗一升四合），计钱四千五百五十八千三百十八文。

一、收本年五月初一日起至年底止发存各米行谷本钱四千五百五十八千三百十八文，按月八厘生息，计钱二百九十一千七百三十二文。

一、收七年分各佃租谷三万七百七十斤，计变价钱三百七十二千三百十七文。

一、收七年分各佃折租钱三十二千八百五十七文。

一、收斗级银五百六十八两五钱一分二厘，除府库费耗外，每两折实钱一千五百九十六文四毫六厘四丝，计钱九百七十七千六百九文。

开除

一、付守仓夫役一人每月工食钱四千文，计钱四十八千文。

一、付府尊莅仓查验一切杂用等钱三百六十六文。

一、付出仓杂物等用钱一千二百十文。

一、付验仓出运仓谷短工钱四千一百五十文。

一、付府署号房值差辛苦钱一千文。

一、付夏至、中元、冬至、除夕祭地主、祭菜烛锭钱二千四百文。

一、付修筑泥墙工食钱二十六千二百六十文。

一、付垫仓底簟两张，计钱八百文。

一、付晒谷簟四张，计钱二千六百四十文。

一、付晒谷短工四十工，计钱五千六百文。

一、付府署户书年例纸笔费洋四元，计钱四千五百六十文。

实在

一、存谷一千九百九十九石五斗。

一、存谷本钱八千八百八十四千八百九十四文。

一、存息钱四百九十九千四百八文。

一、存田租、斗级除支用外，计钱一千五百八十七千九百八十七文。

光绪九年分

计开：

旧管

一、存谷一千九百九十九石五斗。

一、存谷本钱八千八百八十四千八百九十四文。

一、存息钱四百九十九千四百八文。

一、存田租、斗级除支用外，计钱一千五百八十七千九百八十七文。

新收

收本年正月初一日起至八月底止发存各典铺、钱庄谷本钱四千三百二十六千五百七十六文，按月六厘生息，计钱二百七千六百七十六文。

一、收本年九月初一日起至十月底止谷本买谷余剩钱四百三十一千二百二十三文，按月六厘生息，计钱五千一百七十五文。

一、收本年正月初一日起至十月底止发存各米行谷本钱四千五百五十八千三百十八文，按月八厘生息，计钱三百六十四千六百六十六文。

一、收谷本由田租等项拨凑足额钱四百二十一千二百二十四文。

一、收八年分各佃租谷二万七千四百八十八斤，计变价钱四百五十三千五百五十二文。

一、收八年分各佃折租钱四十三千七十一文。

一、收斗级银七十六两九钱八分六厘，除府库费耗外，每两折实钱一千六百文，计钱一百二十三千一百七十八文。

开除

一、付买谷三千一石五斗（每石扯价钱一千二百九十七文八毫零），计钱三千八百九十五千三百五十三文。

一、付本年十月底拨借山、会沙地水灾赈需钱六千四百八十七千六百九十文。

一、付田租等项下拨补谷本足额钱四百二十一千二百二十四文。

一、付山、会、嵊三邑钱粮南米钱九十四千五百三十二文。

一、付守仓夫役一人每月工食钱四千文，计钱四十八千文。

一、付夏至、中元、冬至、除夕祭地主、祭菜烛锭钱二千四百文。

一、付修配厨房门及一切杂用钱七千五百七十六文。

一、付搬运仓谷短工四千文。

一、付纸簿等用钱四百文。

一、付谷箩畚斗钱二千一百文。

一、付晒谷短工四十工，计钱五千六百文。

一、付收租船力钱二千二百文。

一、付府署户书年例纸笔费洋四元，计钱四千五百六十文。

实在

一、存谷五千一石。

一、存田租、斗级除支用外，计钱一千六百十五千一百九十六文。

光绪十年分

计开：

旧管

一、存谷五千一石。

一、存田租、斗级除支用外，计钱一千六百十五千一百九十六文。

新收

一、收九年分各佃租谷三万一千八百五十三斤，计变价钱四百七十七千七百九十五文。

一、收九年分各佃折租钱三十三千五百三十五文。

开除

一、付本年四月折报弥补奉发修造仓屋经费不敷钱二百八千六百十九文。

一、付山、会、嵊三邑钱粮南米钱八十八千三百五十三文。

一、付守仓夫役一人每月工食钱四千文，十三个月计钱五十二千文。

一、付司事一人每月辛俸钱五千文，一个月计钱五千文。

一、付头门换檩砖瓦、木料、工食等，计钱三千八百七十三文。

一、付箩络四只，计钱三百六十文。

一、付铁锁钮攀四副，计钱三百八十文。

一、付修较扛秤，计钱二百三十文。

一、付算盘一面，计钱二百九十四文。

一、付夏至、中元、冬至、除夕祭地主、祭菜烛锭钱二千四百文。

一、付收租船力钱一千五百文。

一、付晒谷短工四十四工，计钱五千七百二十文。

一、付翻谷工钱一百二十文。

一、付府署户书年例纸笔费洋四元，计钱四千五百二十文。

实在

一、存谷五千一石。

一、存田租、斗级除开支外，计钱一千七百五十三千一百五十七文。

光绪十一年分

计开：

旧管

一、存谷五千一石。

一、存田租、斗级除开支外，计钱一千七百五十三千一百五十七文。

新收

一、收拨借山、会沙地水灾赈需归还谷本钱六千四百八十七千六百九十文。

一、收本年二月初一日起至年底止发存各米行谷本钱六千四百八十七千六百九十文，按月八厘生息，计钱五百七十千九百十七文。

一、收十年分各佃租谷二万六千六百九十三斤，计变价钱三百七十三千七百二文。

一、收十年分各佃折租钱六十四千五百六十一文。

一、收斗级银九十两五钱二分二厘，每两折实钱一千六百文，计钱一百四十四千八百三十五文。

开除

一、付山、会、嵊三邑钱粮南米钱五十九千二百文。

一、付守仓夫役一人每月工食钱四千文，计钱四十八千文。

一、付司事一人每月辛俸钱五千文，计钱六十千文。

一、付夏至、中元、冬至、除夕祭地主、祭菜烛锭钱二千四百文。

一、付修筑泥墙工食钱七千九百六十文。

一、付钉窗门风钩十副，计钱二百九十二文。

一、付赈箱一只，计钱七百六十文。

一、付纸笔钱一百十八文。

一、付油灯钱五十文。

一、付开仓看漏短工钱二百三十文。

一、付晒仓面谷短工三工，计钱五百四十文。

一、付修屋泥水工食钱二百文。

一、付骆家葑看田载界石船力钱五百七十五文。

一、付骆家葑田界牌四块，计钱八百文。

一、付骆家葑做田胜短工钱二百文。

一、付收租船力钱一千五百文。

一、付翻谷短工钱一百三十文。

一、付晒谷短工四十六工，计钱五千九百八十文。

一、付府署户书年例纸笔费洋四元，计钱四千五百二十文。

实在

一、存谷五千一石。

一、存谷本钱六千四百八十七千六百九十文。

一、存息钱五百七十千九百十七文。

一、存田租、斗级除开支外，计钱二千一百四十二千八百文。

光绪十二年分

计开：

旧管

一、存谷五千一石。

一、存谷本钱六千四百八十七千六百九十文。

一、存息钱五百七十千九百十七文。

一、存田租、斗级除开支外，计钱二千一百四十二千八百文。

新收

一、收本年正月初一日起至年底止发存各米行谷本钱六千四百八十七千六百九十文，按月八厘生息，计钱六百二十二千八百十八文。

一、收本年六月初一日起至年底止发存各米行旧管息钱五百七十千九百十七文，按月八厘生息，计滚息钱三十一千九百七十一文。

一、收十一年分各佃租谷二万四千六百八斤，计变价钱三百四十六千九百七十三文。

一、收十一年分各佃折租钱五十一千八百二十五文。

一、付山、会、嵊三邑钱粮南米钱五十八千五百九十三文。

一、付守仓夫役一人每月工食钱四千文，计钱四十八千文。

一、付司事一人每月辛俸钱五千文，计钱六十千文。

一、付加贴管仓司事饭食钱每月一千文，计钱十二千文。

一、付夏至、中元、冬至、除夕祭地主、祭菜烛锭钱二千四百文。

一、付府署号房端午、中秋、年终节费钱六百文。

一、付看仓短工钱二百文。

一、付修筑泥墙工食钱一千文。

一、付收租船钱一千五百文。

一、付翻谷短工钱一百三十文。

一、付晒谷短工四十四工，计钱五千七百二十文。

一、付簟二十张，计钱七千二百二十文。

一、付纸簿钱一百九十文。

一、付修仓泥水匠一百九十一工，计钱三十八千二百文。

一、付修仓瓦一万五千一百张，计钱二十一千四百七十五文。

一、付修仓黄泥三船，计钱三千三百文。

一、付修仓石灰纸筋计钱七千二百四十七文。

一、付修仓颜料计钱一千二百十文。

一、付修仓木匠二十一工，计钱四千七百八十八文。

一、付修仓松板杉树，计钱八千八百四十三文。

一、付修仓竹匠七十工，计钱十一千二百八十文。

一、付修仓毛竹九百三斤，计钱三千四百三十一文。

一、付藤钱三百六十二文。

一、付铁钉计钱一千二百四文。

一、付土箕两副，计钱二百文。

一、付扫帚钱四十八文。

一、付府署户书年例纸笔费洋四元，计钱四千三百十二文。

实在

一、存谷五千一石。

一、存谷本钱六千四百八十七千六百九十文。

一、存息钱一千二百二十五千七百六文。

一、存田租、斗级除开支外，计钱二千二百三十八千一百四十五文。

光绪十三年分

计开：

旧管

一、存谷五千一石。

一、存谷本钱六千四百八十七千六百九十文。

一、存息钱一千二百二十五千七百六文。

一、存田租、斗级除开支外，计钱二千二百三十八千一百四十五文。

新收

一、收本年正月初一日起至年底止发存各米行谷本钱六千四百八十七千六百九十文，按月八厘连闰计息，钱六百七十四千七百二十文。

一、收本年正月初一日起至年底止发存各米行旧管息钱五百七十千九百十七文，按月八厘连闰计滚息，钱五十九千三百七十五文。

一、收本年二月初一日起至年底止发存各米行旧管息钱六百五十四千七百八十九文，按月八厘连闰计滚息，钱六十二千八百六十文。

一、收十二年分各佃租谷三万九百七十六斤，计变价钱四百五十二千二百五十文。

一、收十二年各佃折租钱三十六千二十文。

一、收斗级银三百十一两三钱二分八厘，每两折实钱一千五百八十八文四毫六厘，计钱四百九十四千五百三十二文。

开除

一、付山、会、嵊三邑钱粮南米钱五十一千一百二十五文。

一、付守仓夫役一人每月工食钱四千文，十三个月计钱五十二千文。

一、付司事一人每月辛俸钱五千文，十三个月计钱六十五千文。

一、付加贴管仓司事饭食钱每月一千文，十三个月计钱十三千文。

一、付夏至、中元、冬至、除夕祭地主、祭菜烛锭钱二千四百文。

一、付淘掘池塘工食钱四千六百文。

一、付修筑泥墙工食钱二千六百八十文。

一、付瓦钱一百六十六文。

一、付收租船力钱一千五百文。

一、付租谷驳船力钱一千五百文。

一、付晒谷短工四十八工，计钱六千二百四十文。

一、付府署号房端午、中秋、年终节费钱六百文。

一、付府署户书年例纸笔费洋四元，计钱四千一百四十四文。

实在

一、存谷五千一石。

一、存谷本钱六千四百八十七千六百九十文。

一、存息钱二千二百二十二千六百六十一文。

一、存田租、斗级除开支外，计钱三千十五千九百九十二文。

光绪十四年分

计开：

旧管

一、存谷五千一石。

一、存谷本钱六千四百八十七千六百九十文。

一、存息钱二千二十二千六百六十一文。

一、存田租、斗级除开支外，计钱三千一十五千九百九十二文。

新收

一、收本年正月初一日起至十二月底止发存各米行谷本钱六千四百八十七千六百九十文，按月八厘生息，计钱六百二十二千八百十八文。

一、收本年正月初一日起至年底止发存各米行旧管息钱一千二百二十五千七百六文，按月八厘生息，计滚息钱一百十七千六百六十八文。

一、收本年三月初一日起至十二月底止发存各米行旧管息钱七百九十六千九百五十五文，按月八厘生息，计滚息钱六十三千七百五十六文。

一、收十三年分各佃租谷二万五千一百九十二斤，计变价钱四百十七千一百二十文。

一、收十三年分各佃折租钱四十四千六百八十一文。

一、收斗级银七十六两一钱四分，每两折实钱一千五百八十六文三毫八厘，计钱一百二十千七百八十七文。

开除

一、付山、会、嵊三邑钱粮南米钱六十九千三百十一文。

一、付守仓夫役一人每月工食钱四千文，计钱四十八千文。

一、付司事一人每月辛俸钱五千文计钱六十千文。

一、付加贴管仓司事每月饭食钱一千文，计钱十二千文。

一、付夏至、中元、冬至、除夕祭地主、祭菜烛锭钱二千四百文。

一、付府署号房端午、中秋、年终节费钱六百文。

一、付修仓泥水匠十三工，计钱二千七百文。

一、付修仓砖三百五十块，计钱八百三十四文。

一、付修仓石灰钱三百文。

一、付修仓木匠七工，计钱一千七百十文。

一、付修仓松板钱一千六百十四文。

一、付修仓铁钉钱五百四十四文。

一、付修仓铁攀钱一百六十文。

一、付簟三十张，计钱十一千五百五十文。

一、付铁扭扛秤一管，计钱四千二百四十文。

一、付气筒二十二个，计钱十千文。

一、付箩络六副，计钱四百二十文。

一、付畚斗四个，计钱八百文。

一、付收租船钱一千五百文。

一、付晒谷短工四十八工，计钱六千二百四十文。

一、付翻谷工钱二百八十文。

一、付府县验谷祀仓轿班随从钱五千五十文。

一、付祀仓神祭品胙席钱八千四百五文。

一、付祀仓神香烛、纸宝、火炮计钱七百二十六文。

一、付酒、米、茶叶、柴炭等杂用钱一千二百六十二文。

一、付府署户书年例纸笔费洋四元，计钱四千二百十文。

实在

一、存谷五千一石。

一、存谷本钱六千四百八十七千六百九十文。

一、存息钱二千八百二十六千九百三文。

一、存田租、斗级除开支外，计钱三千三百四十三千七百二十四文。

光绪十五年分

计开：

旧管

一、存谷五千一石。

一、存谷本钱六千四百八十七千六百九十文。

一、存息钱二千八百二十六千九百三文。

一、存田租、斗级除开支外，计钱三千三百四十三千七百二十四文。

新收

一、收本年正月初一日起至九月底止发存各米行谷本钱六千四百八十七千六百九十文，按月八厘生息，计钱四百六十七千一百十四文。

一、收本年正月初一日起至九月底止发存各米行旧管息钱二千八百二十六千九百三文，按月八厘生息，计滚息钱二百三千五百三十七文。

一、收谷本项下由息款拨入凑数钱十二千三百十文。

一、收本年十月初一日起至年底止发存各米行谷本钱六千五百串，按月八厘生息，计钱一百五十六千文。

一、收十四年分各佃租谷二万九千四百十七斤，计变价钱五百一千三百五文。

一、收十四年分各佃折租钱四十千五百七十一文。

一、收斗级银七十一两六分三厘，每两折实钱一千五百六十文零，计钱一百十千九百二十六文。

开除

一、付息款项下拨凑谷本钱十二千三百一十文。

一、付息款项下解往嵊、新两县凑放冬赈钱三千四百八十五千二百四十四文。

一、付山、会、嵊三邑钱粮南米钱五十三千七百四文。

一、付守仓夫役一人每月工食钱四千文，计钱四十八千文。

一、付司事一人每月辛俸钱五千文，计钱六十千文。

一、付加贴管仓司事每月饭食钱一千文，计钱十二千文。

一、付夏至、中元、冬至、除夕祭地主、祭菜烛锭钱二千四百文。

一、付府署号房端午、中秋、年终节费钱六百文。

一、付修仓泥水匠五十八工，计钱十一千六百文。

一、付修仓木匠二十工，计钱四千六百七十四文。

一、付修仓砖瓦、石灰计钱十二千三百八十九文。

一、付修仓杉树松板计钱五千三百文。

一、付修仓铁钉十斤零八两，计钱七百五十六文。

一、付修筑泥墙土工工食钱五千五百三文。

一、付修筑泥墙石条、猪头石钱八千文。

一、付看田及催行款船力钱四百二十文。

一、付高凳一座，计钱一千文。

一、付收租船钱一千五百文。

一、付搬仓谷短工钱四百文。

一、付晒谷短工工食钱三千九百六十文。

一、付府署户书年例纸笔费洋四元，计钱四千一百五十六文。

一、付平粜搭厂篁二十张，计钱十一千八百八十文。

一、付平粜添买竹笋二十只，计钱一千六百文。

一、付平粜风箱一口，计钱三千文。

一、付平粜箔篮十个，计钱九千文。

一、付平粜箔篮架十个，计钱四千文。

一、付平粜镬大小四只，计钱二千一百文。

一、付平粜镬盖大小五个，计钱一千八百五十六文。

一、付平粜树烛台四十只，计钱八百文。

一、付平粜样盘两面，计钱一百十二文。

一、付平粜斗夹十支，计钱一百八十文。

一、付平粜菜刀一把，计钱一百四十文。

一、付平粜饭汤碗三十只，计钱六百七十五文。

一、付平粜紫砂壶两把，计钱三百八十四文。

一、付平粜水缸一只，计钱一千六百九十文。

一、付平粜便壶八把，计钱四百五十六文。

一、付平粜水板两块，计钱一百七十六文。

一、付平粜印色盒、砚瓦计钱一千七百四十七文。

一、付平粜小箩四只，计钱一百八文。

一、付平粜木面盆三个，计钱二百五十三文。

一、付平粜钱板一百六十块，计钱二千八百六十文。

一、付平粜算盘一面，计钱三百八十九文。

一、付平粜松板三百六十五片，计钱六十六千五百六十文。

实在

一、存谷五千石。（前项原存谷五千一石，应请此后作为五千石，以免奇零而成整数。）

一、存谷本钱六千五百千文。(前项原存钱六千四百八十七千六百九十文，今于息款内提补钱十二千三百一十文，合成前数。)

一、存息钱一百五十六千文。

一、存佃租、斗级除支用外，计钱三千六百五十千一百九十八文。

光绪十六年分

计开：

旧管

一、存谷五千石。

一、存谷本钱六千五百千文。

一、存息钱一百五十六千文。

一、存田租、斗级除支用外，计钱三千六百五十千一百九十八文。

新收

一、收本年正月初一日起至六月底止发存各米行谷本钱六千五百串，按月八厘连闰计息，钱三百六十四千文。

一、收本年七月初一日起至年底止发存各米行谷本钱六千五百串，按月八厘生息，计钱三百十二千文。

一、收十五年分各佃租谷二万二千二百五十三斤，计变价钱三百六十九千四百文。

一、收十五年分各佃折租钱二十千七百二十六文。

一、收斗级银四十四两八钱三分八厘，每两折实钱一千五百六十九文五毫零，计钱七十千三百七十四文。

一、收本年嵊邑佃租钱五千文。

一、收本年各佃租谷三万一千二百七十九斤，计变价钱三百八十一千七百二十七文。

一、收本年各佃折租钱二十八千一百三十六文。

一、收斗级银四十二两三钱，每两折实钱一千五百四十六文二毫，计钱六十五千四百四文。

开除

一、付息款项下买谷六百八十一石七斗五升(每石扯价钱一千二百二十文三毫八厘八丝七忽)，计钱八百三十二千文。

一、付田租、斗级项下买谷三千三百六十九石二斗五升(每石扯价钱一千二百二十文零)，计钱四千一百十一千八百二十文。

一、付山、会、嵊三邑钱粮南米钱五十一千五百九十四文。

一、付守仓夫役一人每月工食钱四千文，十三个月计钱五十二千文。

一、付司事一人每月辛俸钱五千文，十三个月计钱六十五千文。

一、付加贴管仓司事每月饭食钱一千文，十三个月计钱十三千文。

一、付夏至、中元、冬至、除夕祭地主、祭菜烛锭钱二千四百文。

一、付泥水匠五工，计钱一千文。

一、付石灰纸筋钱四百八十四文。

一、付搬仓谷短工钱七百二十文。

一、付府署号房端午、中秋、年终节费钱六百文。

一、付晒谷簟四十张,计钱二十一千七百九十文。

一、付气筒八个,计钱三千六百文。

一、付修灶砖灰钱八百三十二文。

一、付修仓泥水匠十七工,计钱三千四百文。

一、付竹匠五工,计钱八百五十文。

一、付毛竹四支,计钱三百文。

一、付收租船钱一千五百文。

一、付帮租船短工八工,计钱一千四十文。

一、付驳租谷船力钱三千一百八文。

一、付府署户书年例纸笔费洋四元,计钱四千一百二十文。

实在

一、存谷九千五十一石。

一、存谷本钱六千五百千文。

一、存田租、斗级除买谷支用外,计钱二百五十一千八百七文。

<h2 style="text-align:center">光绪十七年分</h2>

计开:

旧管

一、存谷九千五十一石。

一、存谷本钱六千五百千文。

一、存田租、斗级除买谷支用外,计钱二百五十一千八百七文。

新收

一、收本年正月初一日起至年底止发存各米行谷本钱六千五百串,按月八厘生息,计钱六百二十四千文。

一、收本年各佃租谷二万六千九百五十斤,计变价钱三百四十九千六文。

一、收本年各佃折租钱三十二千五百一文。

一、收斗级银七十四两四钱四分八厘,每两折实钱一千五百四十七文五毫五厘,计钱一百十五千二百十二文。

开除

一、付息款项下买谷四百八十一石八斗五升（每石扯价钱一千二百九十五文零）,计钱六百二十四千文。

一、付田租、斗级垫款项下买谷四百六十七石一斗五升（每石扯价钱一千二百九十五文零）,计钱六百四千九百六十一文。

一、付山、会、嵊三邑钱粮南米钱五十八千五百四十六文。

一、付守仓夫役一人每月工食钱四千文,计钱四十八千文。

一、付司事一人每月辛俸钱五千文,计钱六十千文。

一、付加贴管仓司事饭食钱每月一千文,计钱十二千文。

一、付夏至、中元、冬至、除夕祭地主、祭菜烛锭钱二千四百文。

一、付祀仓神香烛、纸宝、火炮计钱一千一百九十一文。

一、付祀仓神祭品胙席计钱八千二十文。

一、付祀仓神酒、米、茶叶、柴炭等计钱一千五百七十六文。

一、付府县验谷祀仓轿班随从七十一名折饭计钱三千五百五十文。

一、付修仓木匠三工半，计钱七百九十八文。

一、付杉树一支，计钱二百文。

一、付铁钉、铁攀计钱二百九十文。

一、付修仓泥水匠五十八工，计钱十一千六百文。

一、付颜料计钱二百三十五文。

一、付春灰短工六工半，计钱一千三百文。

一、付砖瓦、石灰、纸筋计钱四千六百九十七文。

一、付竹匠十五工，计钱二千四百文。

一、付毛竹藤计钱一千十四文。

一、付收租船钱一千五百文。

一、付帮租船短工八工，每工工食钱一百三十文，计钱一千四十文。

一、付府署号房端午、中秋、年终节费钱六百文。

一、付府署户书年例纸笔费洋四元，计钱四千一百二十文。

实在

一、存谷一万石。

一、存谷本钱六千五百千文。

计净不敷钱八十一千五百十二文。

光绪十八年分

计开：

旧管

一、存谷一万石。

一、存谷本钱六千五百千文。

一、计不敷钱八十一千五百十二文。

新收

一、收籴谷四千六百四十六石二斗四升（原存谷五千石计耗谷三百五十三石七斗六升），计钱七千二百六十八千六百四十六文。

一、收本年正月初一起至年底止发存各米行谷本钱六千五百串，按月八厘连闰生息，计钱六百七十六千文。

一、收本年八月间起至年底止籴谷价钱七千二百六十八千六百四十六文，掉息计钱二百十九千七百三十四文。

一、收本年各佃租谷二万七千八百三十四斤，计变价钱四百七十一千一百五十六文。

一、收本年各佃折租钱三十一千一百文。

一、收斗级银五十六两八钱九分三厘，每两折实钱一千五百六十八文零，计钱八十九千二百五十二文。

一、收生息及盈余项下照章拨作施粥经费钱一千六百六十四千三百八十文。

开除

一、付施粥经费照章由生息盈余项下拨出计钱一千六百六十四千三百八十文。

一、付山、会、嵊三邑钱粮南米钱五十七千九百四文。

一、付守仓夫役一人每月工食钱四千文，十三个月计钱五十二千文。

一、付司事一人每月辛俸钱五千文，十三个月计钱六十五千文。

一、付加贴管仓司事饭食钱每月一千文，十三个月计钱十三千文。

一、付夏至、中元、冬至、除夕祭地主、祭菜烛锭钱二千四百文。

一、付祀仓香烛、纸宝、火炮计钱一千七十三文。

一、付祀仓祭品胙席计钱十三千八百二十七文。

一、付祀仓酒、米、茶叶、柴炭等钱一千三百五十一文。

一、付祀仓添雇短工钱一千九百文。

一、付府县验仓轿班随从折饭钱五千五十文。

一、付荐大仓十六间上高匠洋二十二元，计钱二十二千八百九十七文。

一、付泥水匠三百二十四工半，计钱六十四千九百文。

一、付木匠二百十工，计钱四十七千八百八十文。

一、付春灰七十二工，计钱十四千四百文。

一、付修仓盘古十厫夫役工食钱十三千二百五十八文。

一、付石匠八工，计钱二千四百文。

一、付竹匠十二工，计钱二千一百六十文。

一、付砖一万八千四百五十块，计钱二十一千九百五十九文。

一、付瓦二万二千九百五十张，计钱二十七千三百十六文。

一、付大瓦六百张，计钱六千二百十文。

一、付石灰五千九百六十斤，计钱二十七千七百十四文。

一、付纸筋一百八十斤，计钱三千九十六文。

一、付栗树十四支，洋六元，计钱六千三百文。

一、付杉树五十八支，洋二十六元二角四分，计钱二十七千四百二十一文。

一、付松板二十六丈，洋四十四元二角，计钱四十六千一百八十九文。

一、付松板杉树栈力洋三元五角二分二厘，计钱三千六百九十八文。

一、付毛竹十七支，计钱一千三百十文。

一、付毛石一百九十块，计钱六千六百五十文。

一、付钉一百九十四斤半，计钱十一千四百二十八文。

一、付垫柱铁片三十斤，计钱一千七百八十五文。

一、付铁板铁拳七十七个，计钱四百二十二文。

一、付辟蚁青矾五十斤，计钱一千五十文。

一、付载树板砖瓦船力钱一千四百八十文。

一、付灰筛、灰桶、扫帚计钱六百七文。

一、付黑煤、牛皮膏计钱二百文。

一、付收租船力钱一千五百文。

一、付帮租船短工八工，工食钱一千四十文。

一、付晒谷短工三十八工，工食钱四千九百四十文。

一、付府署号房端午、中秋、年终节费钱六百文。

一、付府署户书年例纸笔费洋四元，计钱四千一百六十七文。

一、付粥厂白米一百九十二石三斗（每石扯价钱三千六百七十三文五毫），计钱七百六千四百十四文。

一、付粥厂盐七石六斗三升一合（每石扯价钱一千七百七十一文零），计钱十三千五百十九文。

一、付粥厂粃糠七百二十三袋（每袋扯价钱五十六文四毫四厘四丝），计钱四十千八百九文。

一、付粥厂稻草三千六百七十九斤，计钱五千九百八十一文。

一、付粥厂棠柴十五担，洋三元，计钱三千一百三十五文。

一、付粥厂司事下乡给票船力钱四百八十文。

一、付粥厂米力、糠力计钱七千六百五文。

一、付粥厂载黄泥等船力钱七百七十一文。

一、付粥厂箍桶匠五工，工食钱一千一百文。

一、付粥厂修缸工料钱八百五十文。

一、付粥厂舂灰十二工，计钱二千四百文。

一、付粥厂木匠二十六工半，计钱六千九十五文。

一、付粥厂泥水匠修屋造灶三十三工，计钱七千二百六十文。

一、付粥厂泥水匠修灶、开天窗工钱六百四十九文。

一、付粥厂木匠钉直椇工料钱七百九十八文。

一、付粥厂箍桶匠修淘锅工料钱八百四十文。

一、付粥厂高司事修金洋十元，计钱十千四百五十文。

一、付粥厂薛司事修金钱七千文。

一、付粥厂工役三百九十九工，计钱三十九千九百文。

一、付粥厂司事折菜每人钱五十文，二人各七十天，计钱七千文。

一、付粥厂工役每人折菜钱三十文，计钱十一千七十文。

一、付粥厂司事二人押岁钱一千二百文。

一、付粥厂工役六名押岁钱六百文。

一、付粥厂大淘镬八只，计钱十千七百文。

一、付粥厂风箱两口，计钱三千一百文。

一、付粥厂镬二只，计钱一千六百六十文。

一、付粥厂缸二只，计钱二千九百八十四文。

一、付粥厂铜杓两个，计钱六百八十四文。

一、付粥厂大镬铲六把，计钱四百三十八文。

一、付粥厂包做桶盘、吊桶、镬盖计钱八百四十文。

一、付粥厂糠箩畚斗计钱八百七十文。

一、付粥厂铁丝罩十八个，计钱一千六百二十文。

一、付粥厂铁钉拳攀计钱八百三十五文。

一、付粥厂棕棚一张，计钱八百文。

一、付粥厂铁条、铁板计钱一千四百七十四文。

一、付粥厂开天窗玻璃二百九十二文。

一、付粥厂石板钱二千一百文。

一、付粥厂砖瓦钱十一千三百三十六文。

一、付粥厂毛竹十三支，计钱一千三十五文。

一、付粥厂松板杉树计钱八千八百五十九文。

一、付粥厂石灰一千二百斤，计钱六千二百七十文。

一、付粥厂纸筋三十六斤，计钱六百七十七文。

一、付粥厂笓帚、埽帚、小箩计钱二百四十六文。

一、付粥厂煤膏计钱一百九十文。

一、付粥厂青油、洋油计钱二千六百二十二文。

一、付粥厂纸簿计钱二百六十六文。

一、付粥厂放焮口，冬至、除夕祭地主、祭菜烛锭等计钱六千八百七十六文。

一、付粥厂另星杂用等计钱十千五十文。

一、付粥厂油壶、瓦盘、灯盏计钱六百六十七文。

实在

一、存谷五千石。

一、存谷本钱一万三千千文。

一、存田租、斗级盈余除支用及弥补上年不敷钱外，计钱五百六十八千四百七十七文。

光绪十九年分

计开：

旧管

一、存谷五千石。

一、存谷本钱一万三千千文。

一、存田租、斗级盈余除支用及弥补上年不敷钱外，计钱五百六十八千四百七十七文。

新收

一、收本年正月初一日起至年底止发存各米行谷本钱六千五百串，按月八厘生息，计钱六百二十四千文。

一、收本年正月起至年底止未发存米行谷本钱六千五百串，除中间提用买谷往来外，计掉息钱四百五十二千四百七十三文。

一、收本年各佃租谷三万一千七百八十三斤，计变价钱三百八十一千三百九十六文。

一、收本年各佃折租钱四十千六百五文。

一、收斗级银七十八两六钱七分八厘，每两折实钱一千五百九十六文一毫，计钱一百二十五千五百七十八文。

一、收生息及盈余项下照章拨作施粥经费钱八百八十二千六百十六文。

开除

一、付买谷二千九百三十二石六斗七升（每石扯价钱一千三百六十六文一毫零），计钱四千六千三百二十八文。

一、付施粥经费照章由生息盈余项下拨出钱八百八十二千六百十六文。

一、付山、会、嵊三邑钱粮南米钱五十八千五百三十六文。

一、付守仓夫役一人每月工食钱四千文，计钱四十八千文。

一、付司事一人每月辛俸钱五千文，计钱六十千文。

一、付加贴管仓司事饭食钱每月一千文，计钱十二千文。

一、付夏至、中元、冬至、除夕祭地主、祭菜烛锭计钱二千四百文。

一、付簟三十一张，计钱十七千一百三十文。

一、付毛竹十四支，计钱九百三十文。

一、付藤钱一百六十九文。

一、付竹匠二十一工，计钱三千七百八十文。

一、付收租船力钱一千五百文。

一、付帮租船短工八工，计钱一千四十文。

一、付府署号房端午、中秋、年终节费钱六百文。

一、付府署户书年例纸笔费洋四元，计钱四千二百四十文。

一、付粥厂白米一百十六石（每石扯价钱三千三百七十二文七毫九厘三丝），计钱三百九十一千二百四十四文。

一、付粥厂盐四石五斗九升（每石扯价钱一千七百八十九文七毫六厘），计钱八千二百十五文。

一、付粥厂栊糠五百九十九袋（每袋扯价钱五十七文六毫零），计钱三十四千五百六文。

一、付粥厂稻草三千一百十八斤，计钱五千七十三文。

一、付粥厂棠柴二十五担，计钱四千七百五十六文。

一、付粥厂米力、糠力计钱七千六百五十五文。

一、付粥厂清油、洋油计钱四千五百六十八文。

一、付粥厂箍桶二十四工半，计钱五千三百九十文。

一、付粥厂泥水匠二十工，计钱四千四百文。

一、付粥厂泥水匠造灶加工钱一千文。

一、付粥厂木匠五工，计钱一千一百文。

一、付粥厂石匠工钱二百文。

一、付粥厂修缸工料钱三百八十文。

一、付粥厂高司事修金洋十元，计钱十千六百文。

一、付粥厂陈司事修金钱七千文。

一、付粥厂工役工钱三十五千文。

一、付粥厂司事二人加折菜钱六千文。

一、付粥厂工役折菜钱十千五十文。

一、付粥厂司事二人押岁钱一千二百文。

一、付粥厂工人两名押岁钱二百文。

一、付粥厂春灰杂役工食钱八千八百二十文。

一、付粥厂铁条、铁板计钱一千二百八十二文。

一、付粥厂砖瓦、石灰计钱二十一千六百二十四文。

一、付粥厂镬四只，计钱六千三十六文。

一、付粥厂石板钱二百文。

一、付粥厂碗钵计钱一千二百二十九文。

一、付粥厂紫竹篾钱二百七十五文。

一、付粥厂长凳四根，计钱二百八十文。

一、付粥厂风箱一口，计钱一千一百文。

一、付粥厂兑换铜杓等计钱四百八十五文。

一、付粥厂饭桶一只，计钱一百七十文。

一、付粥厂篷簟、畚斗计钱七百九十文。

一、付粥厂钉计钱二百八十六文。

一、付粥厂杉木计钱五千二百十四文。

一、付粥厂毛竹钱一千一百六十文。

一、付粥厂笕帚、扫帚、灰筛、草纸、黄泥头计钱一千二百六十五文。

一、付粥厂笔墨纸簿钱一百四十七文。

一、付粥厂冬至、除夕祭地主、祭菜烛锭钱三千七百四十二文。

一、付粥厂草鞋杂用等计钱七四千六百八十四文。

实在

一、存谷七千九百三十二石六斗七升。

一、存谷本钱九千一百八十七千五百二十九文。

一、存田租斗级盈余除支用外，计钱一千一百九十一千二十一文。

光绪二十年分

计开：

旧管

一、存谷七千九百三十二石六斗七升。

一、存谷本钱九千一百八十七千五百二十九文。

一、存田租斗级盈余除支用外，计钱一千一百九十一千二十一文。

新收

一、收籴谷一千二百四十五石八斗九升（原存谷一千二百八十一石五斗三升，计耗谷三十五石六斗四升），计钱一千七百四十九千二百一十九文。

一、收籴谷八百五十九石四斗四升（原存谷九百十八石二斗四升，计耗谷五十八石八斗），计钱一千二百七十八千九百五十八文。

一、收本年正月初一日起至七月底止发存各米行谷本钱六千五百串，按月八厘生息，计钱三百六十四千文。

一、收本年三月初一日起至七月底止发存各米行谷本并籴价钱三千二百五十串，按月八厘生息，计钱一百三十千文。

一、收本年正月起至七月底止籴卖谷本并发存外余款，计掉息钱三十六千一百十六文。

一、收本年八月初一日起至年底止发存各米行谷本钱九千七百五十串，按月八厘生息，计钱三百九十千文。

一、收本年八月起至年底止谷本钱除发存外余款并中间提用买谷往来，计掉息钱八十一千六百七十二文。

一、收斗级银八十一两二钱一分六厘，每两折实钱一千五百六十七文四毫二厘，计钱一百二十七千三百文。

一、收生息及盈余项下照章拨作施粥经费钱六百十三千三百五十六文（正月至七月底止）。

一、收本年各佃租谷二万六千七百八十七斤，计变价钱三百四十二千三百三十八文。

一、收本年各佃折租钱二十九千七十二文。

一、收斗级银二十两三钱四厘，每两折实钱一千五百六十三文二毫三厘八丝，计钱三十一千七百四十文。

一、收生息及盈余项下照章拨作施粥经费钱四百九十九千四百三十一文（八月至年底止）。

开除

一、付施粥经费照章由生息盈余项下拨出钱六百十三千三百五十六文（正月至七月底止）。

一、付买谷九百十一石五斗四升（每石扯价钱一千三百六十三文零），计钱一千二百四十二千四百八十九文。

一、付施粥经费照章由生息盈余项下拨出钱四百九十九千四百三十一文（八月至年底止）。

一、付山、会、嵊三邑钱粮南米钱五十六千八百九十三文。

一、付守仓夫役一人每月工食钱四千文，计钱四十八千文。

一、付司事一人每月辛俸钱五千文，计钱六十千文。

一、付加贴管仓司事每月饭食钱一千文，计钱十二千文。

一、付盘仓谷一廒工食钱一千八百文。

一、付石灰九十斤，计钱五百六十三文。

一、付杉树十支，计钱一千二百九十二文。

一、付板一丈五尺，计钱一千五百七十文。

一、付钉四斤，计钱二百八十八文。

一、付木匠七工，计钱一千五百九十六文。

一、付泥水匠七工，计钱一千四百文。

一、付淘池荡二十工，计钱四千六百文。

一、付夏至、中元、冬至、除夕祭地主、祭菜烛锭钱二千四百文。

一、付府署号房端午、中秋、年终节费钱六百文。

一、付石灰一千二百四十六斤，计钱七千四百七十六文。

一、付纸筋四十斤，计钱八百文。

一、付泥水匠三十八工，计钱七千六百文。

一、付油漆工料计钱二十千八百三文。

一、付瓦一万八千张，计钱二十三千四文。

一、付松板二丈八尺，计钱四千九百三十七文。

一、付钉十二斤，计钱八百六十四文。

一、付木匠七工，计钱一千五百九十六文。

一、付毛竹五百八十六斤，计钱三千二百二十三文。

一、付藤麻钱四百八十五文。

一、付竹匠三十九工，计钱六千六百三十文。

一、付竹箩二十只，计钱一千六百文。

一、付畚斗四只，计钱一千文。

一、付纸簿钱二百九十六文。

一、付收租船钱一千五百文。

一、付帮租船短工八工，计钱一千四十文。

一、付府署户书年例纸笔费洋四元，计钱四千二百六十文。

一、付粥厂白米一石四十五石（每石扯价钱三千七百三十四文二毫一厘四丝），计钱五百四十一千四百六十一文。

一、付粥厂盐六石八斗一升四合（每石扯价钱二千九十三文七毫八厘），计钱十四千二百六十七文。

一、付粥厂粞糠七百六袋（每袋扯价钱五十文二毫零），计钱三十五千四百四十五文。

一、付粥厂稻草五千八百八十三斤，计钱十一千九百三十七文。

一、付粥厂用米力、糠力计钱十一千四百七文。

一、付粥厂驳船赁钱一千四百文。

一、付粥厂毛竹钱一千一百二十文。

一、付粥厂砖灰、地平、纸筋计钱十千一百八十七文。

一、付粥厂搭厂纸、竹篾、绞棍计钱二千九十七文。

一、付粥厂搭厂借树来往力钱二千五百文。

一、付粥厂箍桶匠二十二工，计钱四千八百四十文。

一、付粥厂泥水匠二十二工，计钱四千四百文。

一、付粥厂上高匠搭厂三十六工，计钱十千八百文。

一、付粥厂木匠十一工半，计钱二千六百二十二文。

一、付粥厂挑水钩、火钳、炉栅、铁板、水溜钩等计钱三千五十六文。

一、付粥厂铜汤锅计钱一千二百八文。

一、付粥厂洋铁水溜计钱二千一百八十四文。

一、付粥厂水桶、水杓计钱二百二十文。

一、付粥厂盐坛、粥缸各一只，计钱一千三百四文。

一、付粥厂十石缸两只，计钱五千八百二十四文。

一、付粥厂小摊缸八只，计钱七百八十六文。

一、付粥厂木栅九扇，计钱十八千七百三十八文。

一、付粥厂帐桌一张，计钱三千八百三十四文。

一、付粥厂洋手照、铁丝罩计钱五百四十六文。

一、付粥厂铜杓兑换计钱四百九十六文。

一、付粥厂修风箱计钱一百六十文。

一、付粥厂洋油、青油计钱四千五百九十六文。

一、付粥厂冬至、除夕祭菜烛锭计钱四千四百三文。

一、付粥厂纸簿、笔墨、草鞋、茶叶一切杂用计钱九千四十二文。

一、付粥厂工役工钱五十三千三百三十文。

一、付粥厂工役折菜钱十八千六百文。

一、付粥厂工役押岁钱五百文。

一、付粥厂高司事修金洋十元，计钱十千六百五十文。

一、付粥厂田司事修金钱七千文。

一、付粥厂司事折菜钱七千文。

一、付粥厂司事押岁钱一千二百文。

实在

一、存谷六千六百四十四石四斗四升。

一、存谷本钱一万八百六十二千二百二十八文。

一、存田租斗级盈余除支用外，计钱一千七百四十四千九百八十二文。

光绪二十一年分

计开：

旧管

一、存谷六千六百四十四石四斗四升。

一、存谷本钱一万八百六十二千二百二十八文。

一、存田租斗级盈余除支用外，计钱一千七百四十四千九百八十二文。

新收

一、收粜谷一千二百九十七石七斗七升（原存谷一千三百六十一石五斗四升，计耗谷六十三石七斗七升），计钱一千九百九十三千二百三十八文。

一、收本年正月初一日起至年底止发存各米行谷本钱九千七百五十串，按月八厘连闰生息，计钱一千十四千文。

一、收本年分谷本钱除发存外余款并粜价，计掉息钱一百一千九百二十八文。

一、收斗级银七十五两二钱九分四厘，每两折实钱一千五百二十九文一毫二厘五丝，计钱一百十五千一百三十四文。

一、收生息及盈余项下照章拨作施粥经费钱一千三百三十九千一百六十四文。

开除

一、付施粥经费照章由生息盈余项下拨出钱一千三百三十九千一百六十四文。

一、付山、会、嵊三邑钱粮南米钱五十六千三百二十文。

一、付守仓夫役一人每月工食钱四千文，十三个月计钱五十二千文。

一、付司事一人每月辛俸钱五千文，十三个月计钱六十五千文。

一、付加贴管仓司事饭食每月钱一千文，十三个月计钱十三千文。

一、付夏至、中元、冬至、除夕祭地主、祭菜烛锭钱二千四百文。

一、付府署号房端午、中秋、年终节费钱六百文。

一、付瓦三千七百五十张，计钱六千九百八十文。

一、付收租船力钱一千五百文。

一、付帮租船短工八工，计钱一千四十文。

一、付晒租谷工食钱四千八百十文。

一、付府署户书年例纸笔费洋四元，计钱四千一百四十文。

一、付粥厂白米一百十八石四斗三升五合（每石扯价钱三千四百六十六文六毫三厘五丝），计钱四百十千五百七十一文。

一、付粥厂盐七石二斗七升八合（每石扯价钱二千二百文零），计钱十六千十七文。

一、付粥厂柈糠六百袋（每百袋扯价钱四千二百十三文三毫三厘），计钱二十五千二百八十文。

一、付粥厂稻草七千三百十六斤，计钱十四千一百二十一文。

一、付粥厂米力、糠力计钱二十千六百七文。

一、付粥厂毛竹钱九百九十文。

一、付粥厂砖灰、太甫、纸筋计钱十一千一百三十七文。

一、付粥厂搭厂绞棍、纸、竹篾计钱一千九百十七文。

一、付粥厂搭厂借树来往力钱二千文。

一、付粥厂树钱五百四十文。

一、付粥厂箍桶匠十六工，计钱三千五百二十文。

一、付粥厂泥水匠六工，计钱一千二百文。

一、付粥厂上高匠搭厂三十四工，计钱十千二百文。

一、付粥厂宁波带风箱两口，计钱三千六十五文。

一、付粥厂铜杓、铜瓢钱五百五十五文。

一、付粥厂箕筛四面，计钱五百文。

一、付粥厂碗钱五百五十五文。

一、付粥厂镬铲钱三百二十文。

一、付粥厂铁丝罩钱六百七十文。

一、付粥厂七石缸一只，计钱二千二百三十三文。

一、付粥厂淘镬一只，计钱一千五百五十文。

一、付粥厂石杵两乘，计钱七百十六文。

一、付粥厂青油、洋油计钱二千三百十文。

一、付粥厂冬至祭菜烛锭钱一千四百三十九文。

一、付粥厂纸薄、草鞋、茶叶一切杂用钱九千三百八十四文。

一、付粥厂工役工钱三十五千三百五文。

一、付粥厂工役折菜钱十一千七百三十文。

一、付粥厂高司事修金洋十元，计钱十千三百五十文。

一、付粥厂徐司事修金钱六千文。

一、付粥厂司事折菜钱六千七百五十文。

实在

一、存谷五千二百八十二石九斗。

一、存谷本钱一万二千六百三十二千二百三十文。

一、存田租斗级盈余除开支外，计钱二千三百七十九千九百五十八文。

<h2 style="text-align:center">光绪二十二年分</h2>

计开：

旧管

一、存谷五千二百八十二石九斗。

一、存谷本钱一万二千六百三十二千二百三十文。

一、存田租斗级盈余除支用外，计钱二千三百七十九千九百五十八文。

新收

一、收巢谷四千九百石五斗五升（原存五千二百八十二石九斗，计耗谷三百八十二石三斗五升），计钱八千一百三十七千九百八十三文。

一、收本年正月初一日起至五月底止发存各米行谷本钱九千七百五十串，按月八厘生息，计钱三百九十千文。

一、收本年正月初一日起至五月底止谷本钱除发存外余款并巢价，计掉息钱一百十三千六百二文。

一、收本年六月初一日起至年底止发存各米行谷本钱九千七百五十串，按月八厘生息，计钱五百四十六千文。

一、收本年六月初一日起至十二月十五日止谷本钱，除发存外，又存钱九千七百五十串，计掉息钱五百二十四千二百二文。

一、收本年十二月十六日起至年底止发存各米行谷本钱九千七百五十串，按月八厘生息，计钱三十九千文。

一、收二十一年分各佃租谷二万七千五百九十九斤，计变价钱五百二十四千五百六十二文。

一、收二十一年分各佃折租钱三十二千二百七十文。

一、收斗级银二十一两一钱五分，每两折实钱一千五百六文六毫，计钱三十一千八百六十五文。（正月至五月。）

一、收生息及盈余项下照章拨作施粥经费钱一千七百七十三千八百十五文。（正月至五月。）

一、收斗级银八十七两九钱八分四厘，每两折实钱一千四百九十九文八毫五厘，计钱一百三十一千九百六十三文。（六月至十二月。）

一、收本年六月初一日起至十二月十五日止旧管田租、斗级、盈余等项计掉息钱二百四十九千五百九十三文。

一、收本年十二月十六日起至年底止田租、斗级、盈余等项发存米行钱五千一百串按月八厘计息钱二十千四百文。

一、收谷本生息照章拨作施粥经费钱一千一百九千二百二文。（六月至年底。）

开除

一、付施粥经费照章由生息盈余项下拨出钱一千七百七十三千八百十五文。（正月至五月。）

一、付施粥经费照章由生息项下拨出钱一千一百九千二百二文。（六月至年底。）

一、付山、会、嵊三邑钱粮南米钱四十九千三百十七文。

一、付守仓夫役一人每月工食钱四千文，计钱四十八千文。

一、付司事一人每月辛俸钱五千文，计钱六十千文。

一、付加贴管仓司事每月饭食钱一千文，计钱十二千文。

一、付夏至、中元、冬至、除夕祭地主、祭菜烛锭钱二千四百文。

一、付府署号房端午、中秋、年终节费钱六百文。

一、付府署户书年例纸笔费洋四元，计钱三千九百二十文。

一、付瓦三千三百八十张，计钱六千七百六十文。

一、付毛竹四百八十斤，计钱二千七百四十文。

一、付竹匠五十二工，计钱八千八百四十文。

一、付收租船力钱一千五百文。

一、付帮租船短工九工，计钱一千五百三十文。

一、付粥厂白米一百十石五斗五升（每石扯价钱三千九百六十八文一毫八厘），计钱四百三十八千六百八十二文。

一、付粥厂盐六石六斗六升四合（每石扯价钱二千四十一文八毫五厘），计钱十三千六百七文。

一、付粥厂粃糠五百七十二袋（每百袋扯价钱四千五百五十八文零），计钱二十六千七十四文。

一、付粥厂稻草七千九百九十斤，计钱十五千九百八十文。

一、付粥厂米力、糠力行用计钱十八千三十文。

一、付粥厂缸头十只，计钱七百五十二文。

一、付粥厂铁杓、铁丝罩、玻璃计钱二千五百七十五文。

一、付粥厂毛竹笰计钱一千三百二十文。

一、付粥厂修淘锅计钱三百五十文。

一、付粥厂盐盘碗计钱四百八十文。

一、付粥厂箕筛两面，钱二百五十文。

一、付粥厂笆斗六只，计钱一千六百十七文。

一、付粥厂洋毛车袋十只，计钱二千二百五十四文。

一、付粥厂砖灰、太甫计钱五千三百九十九文。

一、付粥厂洋油、青油计钱二千三百六十文。

一、付粥厂搭厂绞棍纸、竹簔计钱一千九百四十文。

一、付粥厂搭厂借树往来力钱二千文。

一、付粥厂搭厂拆厂上高匠三十四工，每工工食钱三百文，计钱十千二百文。

一、付粥厂泥水匠十四工，计钱二千八百文。

一、付粥厂箍桶匠十二工，计钱二千六百四十文。

一、付粥厂工役工钱三十九千八百七十文。

一、付粥厂徐司事修金钱六千文。

一、付粥厂工役折菜钱十千一百十文。

一、付粥厂冬至祭菜烛锭钱一千九百四十文。

一、付粥厂纸簿、草鞋、菜蔬一切杂用计钱十二千九百五十五文。

实在

一、存谷无。

一、存谷本钱一万九千五百千文。

一、存田租、斗级、盈余除支用外，计余钱五千四百三十五千八百三十六文。

光绪二十三年分

计开：

旧存

一、存谷无。

一、存谷本钱一万九千五百千文。

一、存田租、斗级、盈余除支用外，计钱五千四百三十五千八百三十六文。

新收

一、收本年正月初一日起至四月底止发存各米行谷本钱一万九千五百串，按月八厘生息，计钱六百二十四千文。

一、收谷本由田租、斗级利息盈余凑拨钱六千五百千文。

一、收本年正月初一日起至四月底止发存各米行旧管田租等项钱五千一百串，按月八厘生息，计钱一百六十三千二百文。

一、收本年二月十六日起至四月底止发存各米行旧管田租等项及垫凑钱四百串，按月八厘生息，计钱八千文。

一、收本年五月初一日起至年底止发存各米行谷本钱二万六千串，按月八厘生息，计钱一千六百六十四千文。

一、收二十二年分各佃租谷二万三千一百二十三斤，计变价钱三百六十九千九百六十八文。

一、收二十二年分各佃折租钱四十六千五百五十一文。

一、收本年各佃租谷二万六千八百二十斤，计变价钱五百六十八千五百八十四文。

一、收本年各佃折租钱五十八千一百五十二文。

一、收斗级银二十两三钱四厘，每两折实钱一千四百八十二文零，计钱三十千一百一文。

一、收斗级银十五两二钱二分八厘，每两折实钱一千四百八十四文六厘九毫，计钱二十二千六百九文。

一、收斗级银十两一钱五分二厘，每两折实钱一千五百二十二文零，计钱十五千四百五十三文。

一、收谷本生息项下照章拨作施粥经费钱六百二十四千文。

一、收谷本生息项下照章拨作施粥经费钱一千六百六十四千文。

开除

一、付山、会、嵊三邑钱粮南米钱五十七千九百五十一文。

一、付留提刊刻征信录碑记钱一百三十三千五百三十六文。

一、付守仓工役一人每月工食钱四千文，计钱四十八千文。

一、付司事一人每月辛俸钱五千文，计钱六十千文。

一、付加贴司事每月饭食钱一千文，计钱十二千文。

一、付施粥经费照章由谷本生息项下拨出钱六百二十四千文。

一、付施粥经费照章由谷本生息项下拨出钱一千六百六十四千文。

一、付田租、斗级利息盈余拨作谷本钱六千五百千文。

一、付夏至、中元、冬至、除夕祭地主、祭菜烛锭钱二千四百文。

一、付收租船钱一千五百文。

一、付帮租船短工八工，计钱一千二百八十文。

一、付晒租谷工役工食钱四千一百二十文。

一、付晒租谷工役工食钱三千七百八十文。

一、付府署号房端午、中秋、年终节费钱六百文。

一、付府署户书年例纸笔费洋四元，计钱四千文。

一、付粥厂白米一百五十七石八斗三升八合（每石扯价四千三百十一文六厘三毫），计钱六百八十五千二百七十四文。

一、付粥厂盐八石三斗三升（每石扯价钱二千七百十九文零），计钱二千□千六百五十文。

一、付粥厂桄榔七百十四袋（每袋扯价钱六十八文零），计钱四十八千五百四十文。

一、付粥厂稻草五千八百七十斤，计钱十六千四百七十文。

一、付粥厂米力行用钱九千七百二十八文。

一、付粥厂桄榔力钱五千四百六十五文。

一、付粥厂青油、洋油钱二千八百五十文。

一、付粥厂铁丝罩十二个，计钱一千一百五十文。

一、付粥厂树一支，计钱一百七十三文。

一、付粥厂小缸四只，计钱四百文。

一、付粥厂毛竹六支，计钱一千四十文。

一、付粥厂粥缸一只，计钱四百文。

一、付粥厂粥桶一只，计钱四百五十文。

一、付粥厂铁杓、镬铲计钱四百四十文。

一、付粥厂油笆斗六只，计钱六百文。

一、付粥厂兑淘镬二只，计钱二千三百十六文。

一、付粥厂上高匠搭厂三十四工，计钱十千二百文。

一、付粥厂泥水匠十五工半，计钱三千一百文。

一、付粥厂箍桶匠十五工，计钱三千三百文。

一、付粥厂徐司事修金钱六千文。

一、付粥厂工役工钱三十七千九百八十四文。

一、付粥厂工役折菜钱十一千五百五文。

一、付粥厂搭厂借树来往力钱二千文。

一、付粥厂搭厂绞棍、纸、竹篾钱二千文。

一、付粥厂冬至祭菜烛锭钱一千五百三文。

一、付粥厂砖灰、纸筋钱四千八百九十六文。

一、付粥厂纸笔、饭菜等一切杂用钱十四千五百八十五文。

实在

一、存谷无。

一、存谷本钱二万六千千文。

一、存田租、斗级盈余除拨作谷本及开支外，计钱一千二百八十二千六十八文。

毕节振录

清光绪二十七年铅印本

（清）刘大琮 编

李文海 点校

序

屠维大渊献之岁，秋霖谷歉，其明年毕阳涝饥。琼时摄篆于兹城之官寮，邑之人士哀悯流亡，义扶捐瘠，榷会之谋，颇垂意焉。然而经国大业，必取则于老谋，盛德不朽，必探源于太上。是诸君子虽集所长，而琼不无所短矣。观察使严公，秉节按辔而临斯土，目击阽危，势嗟槜绝，恫然谓得寸失尺，非圣王清化之原，引剑斩丝，岂仁人安乱之本。宜举近以图远，贵率辞而揆方。当是之时，量多少者，虞圭撮之差，司廪给者，来冗食之累。拥积都市，则奇货竞居，贷种穷阎，则劝农不给。而又陿陋弗接于五都，爨炊已竭其半菽，饿者盈涂，岁无嚼类。乃欲匮余财而推范公之仁，给贩运而效周忱之策，岂易言哉。然而公曰：大府吾已请矣，转饷吾已筹矣。以地著为宗，则农畮不苦其芜废，以负俗为累，则挢虔不至于侵牟。习诸葛君簿籍之冗，为诸子总其劳；法富郑公出纳之详，为万民纾其力，是予所不敢辞尔。于是调盈虚而计奇羡，殚人力而驱辒车，郑侯之颣若画一，彦博之活无万数。当是之时，道路结辙而抢攘患消，郡邸谐价而腾踊风息。向琼所迁延邪睨而不能申者，公独游刃，民得按〔安〕堵。夫岂非盲者昧于咫尺，而离娄烛千里之隅，下驽困于阨隒，而飞黄奋绝尘之足哉。且公自普枯荄之泽，欢春台之游，数月以还，寻得大熟。譬诸望舒穷没，而扶桑睹曜灵之辉，悬黎既淹，而池隍矜继起之宝。去否来泰，如步斯趋。然使勤恤之隐非真，则感召之机奚速。昔成汤旱而民无泮涣，帝尧水而国不濒危者何哉？推诚之虑深而贪功之念浅也。读公释经一首，其感应有由来矣。琼皇然听蔀，禀承大猷，因得成功，幸免终戾。乃谨次其文牒计册，付诸手民，以贻邦人，昭征信焉。敢缀荒言以为前马。

光绪二十有五年孟冬月上瀚知府衔署毕节县知县刘大琼序

跋

己亥秋霖，毕邑岁歉。观察桂公，请缓征，乞发赈，力既殚矣，大府厚颁赈金，允借仓谷，则严公绍光观察之力也。豸绣未临，鸿泽先逮，邑人感焉。刘杏城司马权邑篆后，发义仓，设城局，附廓之众，乞籴有方，而四乡之悬罄兴嗟，弃庐远遁者，比比也。庚子孟春，襜帷茬止，目击饥况，论采舆人，于是陈民瘼而章达九重，告官僚而裘成千腋。乃增北之局一，西南之局各三，东之局十有一。缘地近蚕丛，人多鸥集，大虑赤眉之扰，匪亶颊尾之伤。巢局增多，赈金给遍，转沟可免，兼无迁徙之劳，安堵如常，复见升平之象。矧夫耕者贷以种，殁死者施以棺，惠使枯滋，政难枚举。夫户口纷繁之地，国储匮乏之秋，出纳每吝于有司，流亡将至于无告。公乃泽施不漏，变弭未形，此岂拘拘者所及知，靡靡者所能任哉。赈灾竣后，报册纷如，夕考朝稽，条分缕晰。灾区罗列，如图雁户之形；计簿纵横，恍读龙门之表。至于度支有羡，数合归公，输转多人，或伤陵食。公以身无五仓化色之术，计惟九变复贯之从，丛有抵谰，悉为挺缓。官家用吏，小不妨大，理无自扰，此又反侧子之所由愧也。于是邑侯刘君以为历时既久，费帑孔多，合众绪之如麻，汇一编而付梓。嗟乎！展采错事，欲取信于茅阎；推毂多功，当明征于竹素。剞劂告成，端绪就理，圭撮无失，遐迩咸知。立荒政之规，补禄州之志。播诸舆诵，此召公棠舍之编，载入他书，胜梁氏草堂之记。爰疏短引，以志徽猷。

光绪二十六年岁在庚子十一月上旬毕邑杨绂章跋

毕节赈录目录

毕 节 振 录

赈 灾 记

二十有五年春，三月不雨。秋，众雨，秋罢。邑侯荒无储，豪资酤贩，益闭谷为久计，斗米值二缗。民家日食草具，所掘成麋畯，旦夕饥死。冬，桂雨香观察以灾告缓征。十二月，宁湘刘司马来作令，得帑锢二千两。始兴发，不足，杨绅汝偕又称贷益之。城中民差鲜食艰食，而乡井羸疾老稚，走四方嗣颐颣者，犹日数百计，皲瘃趑趄，流冗道路。越明年春，余奉天子命，权巡道，蒙袂辑履，贸贸来者，日遇诸途，心恻恻以伤。乃进邦人士谋所以处业赈赡之，佥曰：固宜尔，奈款绌仓瘏虚何！率相视泣下。余曰：今荒甚，匪赈民胡苏，匪赈乡里，则农病，农病将不耕获，不菑畲，饥馑益无极而患滋甚。朝廷重民，莫不惜出禁钱施舍，余当乞大府入告。诚匪颁累巨万，则益开十场，不且劝分粟，匪我任枭。诸邻皆曰：善。乃状诸大府，毗之。诸员绅于是乞枭、劝枭，转运均井，分乡料民区户，贷种授食。置局二十有五，翔实其章程。有布缕本者，枭之绝本之家，温拯之。婴娅者收育，茕独者予红贴粮。始余之来巡也，得局款三千两，至是增一万五千两。寻奉颁内帑二万五千两，益之以义捐万两，而大定。黔西、威宁、平远、水城咸歉，以一万五千两补助之，毕节实四万两，移粟于川、滇、贵阳，人日饩食七两，稚子半之，凡五万人，以工代赈者又二万人。自三月迄八月，支粮六千石，费款三万六千两。秋大熟，荒政于是毕。既刊布会计于众，乃属其耆老，告之曰：若毕号望邑，地大人众，而仓廪府库虚匮，家无接新之畜，农耕外无他伎力自赡，又没没于嚣粟妨嫁穑。不幸水旱，则坐而仰食县官，官吏虽晓夜奔走补救而无备，而官办者犹拾沈尔。今荷圣恩，以出沟壑，予其惩而毖后患继，自今其畎尔田，积尔粟，检而狼戾而务，锄而非种以力，勤余九三。吾更以羡金，俾遗人为若掌委积以备。众顿首谢受命。余曰：止天之灾也，犹人之疾也。人心怒则气逆，和则气平，天亦如之。民者天之心，勇威怯，知诈愚，众暴寡，不得平，则愤愤积而阴阳之气逆，沴厉于是作。是故古先王茂对时育，必纳民于睦姻，任恤以翔洽太和，而寒暑雨旸，无愆伏时。今富豪拥陈粟任朽蠹，而视其同井流离转徙，终靳不恤。里中年少，疾视颓怒，所在呼召辈类，操白挺侵牟，俗偷薄甚矣，吾惧岁星不常左也。民和则神降福，尚念㳺哉。于是诸绅毕进曰：信如教。则备豫至风俗厚，而水旱夭扎，其庸戕乎。敢请次为记，以觉我黎蒸。斯役也，孳孳怀保以能恺惠畅通者，刘司马也。而劳来循行诸员绅实襄厥成，得备记衔名如左。

告城隍神文

维大清光绪二十有六年秋，闰月朔庚子越二十有八日丁卯，署贵西兵备道严隽熙，率署毕节县知县刘大琮、毕赤营游击蒋福珍、管带梁正瑞、守备龚绍樑，赈务委员萧珍、王文燮、朱瑞章、赵逢春、谢典琪、张起璜、闵世荣、李树献，邑绅杨汝偕、杨楸林、刘成南等，谨以羊一、豕一，致告于城隍之神曰：嗟哉赈荒，任大责重，亿万生灵，性命与共。不实于宣，民用殿屎，况奸其食，况利其资，是曰民贼，是曰贪夫。憯不人畏，神胡可诬。使者不才，适丁其责，力竭心瘅，罔敢泄泄。敦琢其旅，计口授食，哀鸿嗷嗷，其丽维亿。自春徂秋，以日以月，增增斯民，其究安宅，侯粜侯赈，曰三万六，孰忍无良，而或干没。赢绌必书，豪厘无忒，粒粒丝丝，民膏民血。皇天后土，上下神明，册籍具在，鉴此寸心，乃奸乃欺，惟神之殛，崇降弗祥，自贻伊戚。哀我黎蒸，亦孔之痗，雹阴霜繁，饥成不遂，惟神默相，迄用康年，既夷既怿，是用告虔。祗率员绅，载拜稽首，陟降在庭，荐此牲酒。尚飨。

释经遣员绅

博施济众，尧舜犹病者何？心诚求之也。心诚奈何？不自满假也。尧舜何不自满假？圣人之心无穷，世虽治，而天下之大，岂其必人尽得所？施即博，济即众，终觉未博未众。只知为施济，不自信为博众，故犹病。犹病者，欿然不自足，非退然其不能也。一夫不获，时予之辜，所以犹病也。此圣人治心之学也。然则孔子何为以是抑端木子也？端木子言仁以事功，孔子言仁以心德。事功有尽，而心德无尽。则言仁当自求近始，为施济之实，不务博众之名。吾施济所可及者，不敢或遗；所不可及者，不必务广。所谓欲立立人，欲达达人，能立人达人，则自积施而博，积济而众。否则矜言博众，匪不能博众，且不能施济，况亦既矜为博众矣，将遂无事施济，而仁之事毕，而视民如伤之仁心亦截然以止。惟犹病，故愈施济；愈施济，故不敢言博众。斯道也，何道也？斯即中庸。尽其性以尽人性物性，至于可以赞天地之化育，而必本于至诚之道也。诚之至斯，知歉歉之深，斯无矜伐，无虚假间断，则虽至于赞天地化育无不可，而况博施济众乎！然而心无尽，施济亦与之无尽，辟如天斯昭昭之多，及其无穷，日月星辰系焉，万物覆焉，天不见其大也，不息不贰，施济者亦不自见为博众也。惟日不足，所谓犹病也。且夫天下事，无不成于知病，而隳于不知病。立德也、功也、言也，以至一材一艺也，始未至则病之，病之而孜孜焉赴之，则克几于成。苟几于成而慊然自足，则将自封其程，以日退于无有。然则不病者，不诚者也，犹病者，诚之至也。诚者物之终始，不诚无物，是故君子诚之为贵。《大学》言诚意，《中庸》言至诚，皆此犹病意，一以贯之他日。孔子语子路脩已以敬，以至安人、安百姓，而仍终以尧舜犹病何，莫由斯道也。吾故曰：心诚，求之不自满假也。俗子不通经，以未能释犹病，遂使天下任拯灾捍患之责者，咸借口尧舜自宽，而天下拯灾捍患之事，遂敷衍塞责而无实际。余惧群言淆乱之贻误灾黎也，为释经语之。

乞助义捐启

径启者：黔号瘠土，大定属毕节、威宁，尤厥赋下下。年即大有，民犹仰食荍麦。去岁始因亢旱失时，继则霪雨伤稼，秋成荒歉，斗米几二千钱。蔀屋茆檐，竟有掘食草根者。虽蒙方伯拨款粜赈，而为日方长，库储恐难为继。隽熙不自度，拟举义捐，禀商院司，咸谓曰可。夫天降饥馑，灾由人生，毕、威之饥，殆亦民心所致。吾辈荷天庥，鼓腹含铺，幸免饥饿。今视斯民饥饿，则体天心仁爱，固宜胞与为心。况救灾恤民，行道有福，凡诸善果，具在目前，与其乞灵神祇，曷若推恩黎庶。只捐银一两，即赈一命，惠而不费，万善同归。谨启以闻，不胜翘企之至。如蒙乐捐，祈寄交善后局支发所汇收为盼。

请筹巨款城乡同办赈枭禀

敬禀者：窃署道于正月二十二日行抵大定府城接印，二十二日抵署，沿途查看荒情，曾将大略电达在案。查经过州县，黔西斗米重四十斤，需制钱一千四、五百文。大定斗米重六十斤，需钱二千一、二百文。毕节斗米重四十斤，需钱一千八、九百文。黔西虽荒，所属八里，上四里秋收尚可，犹能挹注。且米昂之故，半由大定购运所致，大定则以与毕节毗连之北乡为最。署道道出其乡，菜色饥民，环跪路旁，泣求赈济。当即批发戴守，设法筹办。其东、南、西三乡，田少土多，杂粮犹有收成，故其荒稍次，毕节则阖邑皆灾。又素无积储，即遇丰年，尚赖水城接济，今则邻境之大定、水城、镇雄、永宁接壤地方同歉，以致采买维艰，故荒情尤甚。刻下采办枭米，始至四川永宁，继则远至沪州，此外专恃省仓售谷万石。威宁地方向不产米，皆食杂粮，平时较毕节为苦，今亦接壤之昭通、东川、宣威又皆自顾不遑，不能接济。署道电询乔牧办法，据称现就本地土目，设法采办，详细情形，尚未禀覆。然以署道途中所遇饥民，扶老携幼，彳亍于途者，日三、四百人。雪地冰天，无食可买，冻馁之况，既令人目不忍睹，更有以及笄女子，求易苞谷五斗，人犹不乐易者，流离之情，尤令人耳不忍闻。其中则威民居其六，毕民居其四，是威宁之荒，更有甚于毕节也。毕节经刘署令会商绅士，开设枭局，然存米无多，仅设办城厢，不能遍及乡里。而四乡艰窘，更甚城中。访闻乡间，有掘食蕨根者，因饿而毙，日每数人。现在春耕伊迩，籽种无出，民心尤觉惶惶。署道以捐廉助赈银二百两，札委毕赤营梁管带正瑞，前赴归集黄河，采买净谷，运毕分售四乡，以资耕种，并将所借保路费银二千两，分发该管带顺便采买，运毕平枭。一面传谕乡中有米之户，令其出谷枭赈，然非先给谷价，始能冀其输谷。但此只能济及次贫，极贫之户，无资助可枭，仍不免于饥饿，势非赈济不可。近据赤水汛兵吴振光呈报，被饥民陈兴发等五人，劫夺苞谷一石五斗案，经刘令将犯获讯，供称饥饿难忍，借贷不遂，是以劫夺等语。以强劫论，法所难宽；以饥饿言，情实堪怜。然此等情形，他处亦有报案者。似此灾荒，若不急筹赈恤，则老弱转乎沟壑，壮者将流为贼盗。虽乘荒强劫，律有明条，但严定其劫夺之罪，而不予以存活之路，且界连滇、蜀，匪徒滋多，恐铤而走险，诛不胜诛。窃维荒政之要，极贫赈济，次贫枭赈，稍贫赈贷，粮或不足，继以赈钱，一切章程，具有成法。然须筹有经费，而后可以举行。各属赈款，虽蒙发过大定一千，威宁二千，毕节五千，署道又筹借保路费银二千两，款非不多，而灾区太广，办枭尚觉不足，势非数万金不易言赈。此次毕、威全荒，非偏灾可比，饥饿之民，数以万计。圣朝视民如伤，遇有水旱，一经奏闻，无不恩膏立沛，拟恳奏请发帑赈济，庶有的款而后可以措手。惟当此库帑支绌，势难全赖公款，救灾恤邻，古人有告枭之义。署道在省，曾启告官绅劝捐义赈，但黔本瘠土，集腋恐亦无多。近年直隶、山西、安徽、湖北水旱迭告，一电飞来，黔中立助，揆以交际之义，知各省必有以报施。可否仰乞电告各省协济，则众擎易举，灾黎可广复苏。惟是救荒赈饥，急于星火，方今毕、威各属望赈甚殷，若待发帑之恩旨奉到，邻封之协赈解来，始议放赈，恐已途有饿殍。拟恳先于局款或厘金项下借拨银二万两，陆续发下，以便分饬各属，及时举办，俟各省及本省义赈收齐，随拨归款，似此转移，则款项可期有著，贫民可免流亡。署道以荒政重大，筹款维艰，不得已于无可筹办之中，勉为筹措，以应急需，而安民志。是否之处，伏乞批示饬遵，除禀督抚部堂院并咨善后局外，须至禀者。

致两司再启

再肃者：正封函间，适奉钧电，承续发款三千，仰见宪台恫瘝在抱，感佩莫名。蒙谕实力办理，无论隽熙忝巡兹土，与民休戚相关，即无官守言责，而睹此哀鸿，苟可效其棉薄，正当藉以积善。邑有流亡愧俸钱，隽熙盖三复斯言矣。毕绅患在无米，诚为可虑。隽熙已饬梁管带赴水城设法购运，又饬平远州龚牧，就该州酌量采买杂粮接济，一面劝谕各乡米户出粜。惟毕绅之意，专重在粜，而以赈为难，盖恐款或不继，一发难收，所虑诚是。鄙意则以局设城厢，不及乡里，同是灾民，无乃有阙。况乡间之苦，更甚城中，救荒原以救农，舍乡不救，则农病莫耕，恐饥馑益甚。四乡绅民，咸以两宪台皆由此地升迁，深知民隐，纷纷禀求转达。隽熙目睹其苦，尤不能专就城中徒事补苴，是以欲于各乡设粜，而查其极贫者赈之。虽采买为难，米或不继，但筹有款，可仿照赈钱之法，俾其自行采买，此隽熙以筹款为急务也。灾荒既重，粜、赈皆以审户为先。隽熙刻已分派员绅，襄同刘令查实户口，即当举办，俟有端倪，再令威宁州照办。今已函致乔牧，禀商镇台先查户口矣。并以奉闻。

通饬各属严禁遏粜告示

为严禁遏粜事。照得去岁霪雨为灾，大定所属，类多收成歉薄，而毕节为尤甚。风闻各属四乡陈粮尚多，邻邑休戚相关，自应听民购买。况钱米交易，各得其所，何得闭粜自私，坐视不救。乃各属绅衿首人，良莠不齐，其好义者固多，而贪利忘义之辈，竟敢勾通土棍，拦夺灾民采买米粮，实属幸灾乐祸，罔有仁心。除通饬各地方官严禁，并移镇转行营汛一体查究外，为此剀切示谕尔军民人等，须知天灾流行，地方代有，救灾恤邻，行道有福。当此天降饥馑，各当省身修德，好善为心。如其家有积蓄，尚宜慨然捐赈，积善求庆，况此为灾民平价运购，更宜听其互粜，如再拦阻，无论遏粜定例，罪以军流。即因此发财，而不仁居心，果报昭彰，断不容其安受，转瞬荡柝离居，苦有甚于灾民者矣。自示之后，敢有仍前拦阻者，该团甲约保，即速照数清还，一面将拦米之人，报官究办。倘敢徇庇，定即分别按律重惩，决不姑贷，其各凛遵毋违。切切特示。

劝谕绅民输米平粜条教

为剀切劝谕事。照得尧水汤旱，虽盛世不无荒年。然天降饥馑，究亦灾由人兴，毕威饥荒，为近百年未有，今奇灾如此，殆亦民之无良有以致欤。值此上天降戒，凡我绅民，正宜恐惧修省，力敦任恤，以冀挽回天心。况乡党好施，例有旌奖。于此而以其所有，补其不足，诚救荒之仁心，积德之嘉会也。本道每念灾黎，恫瘝时切，欲登斯民于衽席，愧乏补救之良谟。虽筹米筹银，力图拯济，而采运之艰，当为尔民人共晓。欲筹善术以起疮痍，势不能不望民间自相补助。特拟劝惩六条，合行刊布示谕。为此示，仰道属殷富绅商粮户人等知悉，恻隐之心，人所同具，毕、威绅民，好义尤多。当此灾祲，念彼艰难，既生长之同方，宜丰啬之共济。匪特交易两益，抑且积善余庆。况救贫即以保富，使贫者得遂所生，不致流为盗贼，亦保家良策，是一举而数善备也。自示之后，如其慷慨乐输，定当予以奖叙，倘仍始终闭粜，亦必照例严惩。各条胪列于左：

计开：

一、劝减价平粜，以敦任恤也。救灾获报，善书所载甚夥。即本道先世，于顺治乙酉、乾隆乙亥，苏州两次大饥，毁家拯救，梦神曰：汝家乙年种德，当于乙年受报。自是高曾而降，咸于乙岁掇巍科、入词馆，《池上草堂笔记》所谓洞庭严氏，世有阴德者也。即以本道筮仕黔中，今四十载，仰承祖德，每值乙年，无不升迁。前岁乙未，复荷天恩，放遗缺，补首府，署粮道，足徵天鉴孔昭，报施不爽。目今粮价昂贵，转瞬青黄不接，尤恐日甚一日。凡在城在乡富厚之家，务当心存惠济，如仓箱充溢，应将所积稻谷杂粮，减价平粜，切勿居奇长价，希图获利。倘仓无余粟，亦即解囊买米捐粜，使贫民无食贵之虞，福泽所贻，其食报知必有甚于本道家者。

一、劝移款助赈，以乞神庥也。里中亲友，寿诞称觞，当共计其费，买米赈粜，为之祈寿。其欲为人称觞者，亦可以其费助粜。夫省酒食之浮费，以利济饥民，此祝寿之上策也。又有疾病及一切祈祷，亦可于神庙发愿，出赈米若干，夫省斋醮之虚文，以利济贫苦，此祈神之上术也。盖天地鬼神，原以爱人为心，能爱人者，神亦爱之。以此祝寿，寿必永；以此祷病，病必愈；以此求名利子息，名利子息必得。一转移间，人己两利，夫何惮而不为耶！

一、劝慷慨捐助，以求荣名也。定例凡捐银千两，为地方善举者，奏明朝廷，予以乐善好施匾额，建坊旌奖。名誉所播，路人皆知。今与尔绅商约，如有捐毕节市斗米至七十石以上或杂粮一百石者，本道立即详请照例奖叙。其余但有捐数，本道亦必量其捐之多少，详请予以匾额、或冠带、或功牌示奖。

一、劝照价出卖，以助公中也。乐善好施，原难相强。然推闭粜之意，不过欲居奇获利，夫人孰不欲利，本道亦不能强令减价。但其有米及杂粮若干，应即报明地方官，即查照民间市价与之购买，决不扣克分厘，亦不移运至城，即就该乡设局平粜。如此办理，在公中免采运之难，在该富户亦如其获利之愿，公私两便，当亦可乐从矣。

一、惩闭粜不出，必予充公也。以上四条，谆谆劝谕，有心人当憬然知悟矣。若再闭粜，是毫无人心，不可教训，不知善言，势不能不继以严法。今与尔等约，如其家有米粮，除该户自食外，有存粮至二十石者，既不肯自行减价平粜，又不肯照市卖与公中，准乡民举发，本道必饬该地方官将其谷充公示惩，虚告者反坐。本道言出法随，勿谓言之不预也。

一、惩乘荒贪色，离人夫妇也。逃荒饥民，不得已将其幼女求易米粮，在存心慈祥者，尚当设法周济归还，全人骨肉。即或留之，而此女尚无夫家，其父母既忍心抛弃，但能加意抚育，尚不失为厚道。乃本道访闻，有以女子求易米谷，而该户必欲其少妇，致饥民不得已勉将少妇易米，似此流离情况，尔等设身处地，其何以堪。自示之后，倘仍有此等情事，一经查觉，必予重惩不贷。

噫！人之好善，谁不如我。知尔绅粮，必有以副本道之劝，不使本道至于用法，是则本道所厚望也。其各凛毋违，特示。

委员会绅审户札

为札委会绅审户事：照得毕邑饥荒，现经该县会同绅士开粜，而有米无多，仅及城厢，势难及于各里。现经本道在省会商司局，购买省仓存谷万石，辗米运毕，以资平粜。一俟省米运到，粮食较多，自应于四乡分设粜局，以便乡民就近购买。惟办理粜赈，审户为先。除札饬毕节县派绅查办外，合行札委。为此仰该员即便会同毕节县绅，分赴各乡，查明各该地方，极贫民户大小若干丁口，次贫民户大小若干丁口，废疾无业之民若干丁口，计每场需米若干石，其本地粮户除自食外，能有余粮若干，每石市价需银若干，并劝令该户照价售谷平粜。至各乡粜局，应在何处设立，始为适中，限札到十日内，逐起查明，禀覆核夺。事关荒政，务须会同绅士认真确查，勿滥勿冒，是为至要。切切特札。

行知员绅审户法程札

为札知事：照得办理赈粜，审户为要。审户非难，使无滥遗为难。且于今灾荒已久之时，求无滥无遗则尤难。今委该员绅等分驰查户，诚恐清查无法，虚縻公款，惠不及民，甚非本道救荒意也。合将见及之法，饬知该员绅等，再扩以己意，实事求是焉。该员绅此去查户，先令各团团首，将往年办理保甲旧册呈出，命其将册中所有户口，分上户、中户、下户、下下户凡四等，向年上户收租若干，中户收租若干，作何生理，下户有无恒产，作何生理，下下户其贫苦如何，平日有无生业，有无老弱，该员等询明团首，亲注于册。然此保甲之户口，不无以少报多之事，而团首之对答，又难免信口称说之词，殊难据为左券。该员等姑作底籍，再亲携册，带同乡保，逐户挨查。询其人口，询其田房，询其租谷，询其生理，而又默度其房宇，亲验其锅灶，相其丁壮，相其畜产，查与保甲册籍是否相符，亲记于格眼册籍，某为粮户，某为次贫，某为极贫。至赈灾定例，十二岁以上为大口，十二岁以下为小口，襁褓者不计。无己田又无佃田，并无手艺，专藉佣工糊口，或小本营生，今因荒无工可佣，无本可买卖，而有家室之累者为极贫，孤身为次贫。其四茕无业无依，未编入孤贫者为极贫，然非乞丐也。但定例亦有未可尽泥者，该员绅果查其实在困苦，应编入极贫者，亦可酌量编入。分别何户应粜，何户应赈，悉心考查，勿有冒遗，庶本道得按册核办。事关荒政，将来办理，实惠之能否及民，胥于该员绅等审户基之。能查实一户，即多活一家，作德作孽，出此入彼。本道每念饥民，恫瘝时切，不惮烦缕，惟冀员绅等实心实力，相助为理，是则本道所切属而企望者。再各乡如无保甲底册，该县粮册亦可考镜。合并饬知。除札行毕节县转饬委绅知照外，为此札，仰该员即便遵照办理，切切毋违。特札。

粜赈分局章程

一、择地设局

邑凡四里，里分乡伍。每里计其伍之多寡，酌设数局。一局粜赈之地，至多不得过五伍，以免人多拥挤。局设之地，与应粜之伍，相距至远在二十里内，以免小民往返。

一、员绅分职

局设一员监理赈粜，总司局事，即以查户之员充之，以其既经查户，即知其户之极、次，如有冒替，便于稽查也。设卖米所专司粜米，支钱所专司折赈，收钱所专司米价，即以帮同查户之绅团充之。卖米、收钱、支钱均各须亲自料理，不得另请他人。如米有亏折，或发卖升合短少，或收钱支钱苛刻短数，均惟该经管之绅是问，仍由委员随时稽查。

一、赈粜期限

查三、四两月，乡间青黄不接，民情最为艰窘，应即赈粜。然不能无所限制，定以两个月为率，俟限满后，查看情形，酌核办理。

一、计口授食

城乡户口，经员绅清查，约六万余人，应需米粮甚多，势难从丰赈粜。今定大口每日粜米半筒，按日算给，计每月每口支米十五筒，折合京斗一斗。虽不充足，聊可糊口，小口折半，赈粜一律。

一、发米局期

城局粜期，定赶场次日。乡间场期，远近不同，如依场期发粜，则日期较近，局务既繁，小民逐日往返，亦易荒生业。如日期稍远，则粜米积多，转运难继，且恐穷黎难凑多钱，致难如额买粜。今定三日一期，则每局所运米不过十余石，每户所买价不过二百文，似觉官民两便。各局均以开办之日为始，按照三日赴局领买赈粜。

一、悬旗定序

每局卖米，少亦四伍，计千余户。户以一人买米，亦千余人。如不分次序，则互争先后，拥挤堪虞。今仿乡试点名之法，高悬色旗，上书某伍字样。该伍之人，按照示定先后旗色，即入局粜米，以距局最远之伍为第一旗，稍远者第二、三旗，设局之伍为尾旗，最后粜米。伍旗悬出，买米者以三十人为一班，先侭妇女老稚之人入粜，依次而进，此伍粜毕，他伍再进，不得争入，以免拥挤。

一、领签入局

乡间设局之所，未必宏厂，虽旗书伍名，分示先后，外间可免拥挤，然一伍买米之人，少亦三、四百人，如皆入局门，不特人众拥挤，且此验票、彼领飞，人众我寡，员绅亦不暇给，势必耽延致误。今定发签之法，每局设签三十枝，凡买米之三十人入局，于看门处每人领竹签一枝，始准入局，买米缴签，无签者不得进。俟此班买毕，下班领签再入，庶免拥挤，易于发卖。

一、收钱给飞

粜赈贫民，持票赴局买米，先将印票呈收钱所验明，收讫米价，盖印发给图章，将原给印票发还，另给本局小飞，填明应给米数。该民以此小飞赴卖米所照数领米，仍将小飞缴呈卖米所收存。俟本日粜毕，卖米所以所收小飞，与收钱所当同委员核算，如有小飞而无钱文，或无小飞而误发米，均惟该经管米钱之人责赔。

一、赈济折钱

赈济例发米粮，惟采买维艰，不得不继以折钱。今定应赈之户，如枭局此期粮不敷发，苞谷一升，即照市价折给钱一百二十文，自行赴市买食。

一、赴城运米

各局枭米，皆由城中转运，转运夫马，即由该局委员备具领飞，责成团首雇发民夫赴局领运。每斗每里给脚价钱三文，应支脚钱，即由该局支销汇报查核。

一、扣足底串

零星入钱，皆系十足，应有底串。惟米一升钱一百一十六文，每人枭米半筒，一期三日，该米筒半。一户以四口约之，该米六筒，合一升五合，查照枭价约一百七、八十文。钱数整百，似无底串，惟公中已减价枭赈，应饬买户补足底数，在每户多出尽〔仅〕一、二文，取之无伤，该局缴钱，仍将底钱扣数册报。

一、局用额支

员绅在局办理公务，不能枵腹从公。每期早晚二餐，员绅同食，及应需烟茶钱串，每局共准支钱一千二百文，此项钱文，即于底串开支。

一、缴解枭价

每期所枭之钱，除将下期折赈之钱扣存局中，留待支放外，余钱即于次日尽数解交城局，掣取回收。

一、报单查考

各局每期领运枭米数，与枭入及留支解缴各钱数，均分列四柱，开明报单，送本道衙门查核。

一、严定赏罚

赈枭之事，民膜〔瘼〕攸关，办理员绅，亦极劳瘁。如员绅等不辞劳苦，实事求是，将来事竣，员则咨司即予优差，绅则详请旌奖。如有奸刻私贪等事，委员轻则记过停委，重则详参。委绅轻则罚儆，重则刑革不贷。

審戶格眼冊式

里	伍						
戶	名	糧	戶	次貧		極貧	
		男丁 大人 小人 女口 存糧 約餘糧	男丁 大人 小人 女口 石右 石除 自食 自貪外	男丁 大人 小人 女口 生理		男丁 大人 小人 女口 生理	
		男丁 大人 小人 女口 存糧 約餘糧	男丁 大人 小人 女口 石右 石除 自食 自貪外	男丁 大人 小人 女口 生理		男丁 大人 小人 女口 生理	
		男丁 大人 小人 女口 存糧 約餘糧	男丁 大人 小人 女口 石右 石除 自食 自貪外	男丁 大人 小人 女口 生理		男丁 大人 小人 女口 生理	

米 票 式

存根	畢節縣正堂 會同委員勘明 里 伍 圖 一戶貧 男女饑口 共大小 口 每場應 口 光緒二十六年三月 日存
	驢字第 號
執照	畢節縣正堂 會同委員勘明 里 伍 圖 一戶貧 男女饑口 共大小 口 每場應 口 光緒二十六年三月 日給

月			月			月		

分局报单式

單　報

畢節縣　里　糶賑分局今將第　期收支錢米數目開報

查核
計開
舊管存　米
　存　錢
新收入城運米
入探買米
入糶入錢
入底串錢
開除支平糶米
支折賑錢
支局用錢
支挑米錢
支折賑錢
實在存　米
存折下期錢
存糶入錢
存底串錢
支放米
道龍兴支放錢
紋局錢

光緒二十六年　月　日委員　　委紳　　具報

移请蒋游府办理及幼育婴堂文

　　为移请总办堂务事。窃照毕邑饥馑，民食维艰。刻虽四乡办理赈粜，而道途流亡，遗弃子女，日有所闻。敝道睹此婴孩流离失所，无衣无食，良深怜之。查去岁荒歉之初，贵游府心存保赤，即捐廉收养数十人，维持保护，备极妥善。兹承贵游府复倡捐百金，以为堂用，其好善实心，尤令人钦佩无已。除敝道筹拨米粮外，拟即就贵游府所办之法，推广办理。惟将来人数既多，不能不拟定章程，另设堂所。兹拟于小校场演武厅借设堂所，并拟章程十条，仍藉重经营，庶期事归核实。相应移请贵游府总理堂务，督饬司事，认真经理。至于章程有未妥之处，仍请随时商改。应支口粮，即随时执折由粜局支取，事竣核实报销。除札毕节县遵照外，为此移请贵府，请烦查照施行。须至移者。

及幼育婴堂章程

一、设堂

及幼育婴，毕节向无堂所。今因荒举办，若新创修建，既无隙地，尤难筹款。兹查小校场演武厅前后六间房宇轩厂，堪以借设，且与游署相近，易于稽查。

一、收孩

送入堂者，亦查其怀内有无姓名、生辰，以便查考分别。幼孩留堂收养，婴儿发乳妇寄养。如有无子女之家，欲乞养为子女，准赴堂声明，查其家足饔飧，许具领收养，仍将收领之人姓名、住址、年月登记。至僧尼等类来历不明之人，不准呈领。

一、寄养

未离襁褓之婴，非哺乳不能全活，应雇乳媪抚育。惟堂宇无多，且少艾乳妇，留堂住宿，诸多未便，应仿寄养之法，择其强壮有乳之人，领婴归养，月给米六升，以为工资，仍将乳妇姓氏、居址记册。责令每十日均抱赴堂中，请经管官查验婴儿，有未得所者亟易之，饿损者扣其工资，如有疾病，即报堂给予医药。

一、口粮

现在赈荒，极贫之户，大口日赈米半筒，小口折半，计米一筒养四小口。今收养之孩，日食口粮，亦照赈米核给。共计孩之多寡，照数发米，共煮稠粥，加盐少许，按口散放。仍由游府亲查，以免掺杂等弊。

一、司事

收养婴孩，支发米粮，皆须登记。应设司事一人，专司其事，即以现充医士之张士康充之，月给薪水三两。设堂丁一人，专司挑水、煮粥、洒扫、散粥等事，月给工食一两。如有扣刻凌虐等弊，查出即行重惩。并视收养幼孩之多寡，雇贫妇一、二人入堂照料，专司栉沐、浣濯及煎药、服药等事，每名月给工银五钱。

一、置器

收养之孩，原可地铺。惟毕地卑湿，小孩体质柔脆，又饥饿之余，尤易生疾。应于房内四壁，用木坊修置围炕，高一尺五寸，宽三尺，铺以草荐，加以竹席，铺设高厚，免侵寒湿。每孩各给一粗碗，以资盛粥。

一、洒扫

收养之孩，污垢可知，益以践踏溲溺，则积气鬱蒸，尤易致病。日中应令各孩出堂嬉游，吸受养气。该管堂丁，即于此时洒扫洁净，燃爇药料，薰除秽恶，再令各孩入堂，以免疾病。

一、医药

幼孩衣食不给，寒暑不时，疾病在所不免。遇有患病，即由医士调治。应需药料，开单折取，煎药、服药等事，即由堂丁照理。若时疫流行，即将患病之孩另置一处，以免传染。如有夭殇，给予木匣，免致抛露。

咨呈善后局办理赈务情形文

　　为咨呈事：窃照敝署道于二月初一日，将查看毕威荒情并拟办赈粜缘由，咨报贵局在案。咨发后，敝署道旋即通饬各属，严禁遏籴，示劝绅粮，开仓平粜。一面刊刷格眼表册，拟定章程，札委随员巡检萧珍、赵逢春、谢典琪、从九、朱瑞章、吏目王文爕、闵世荣、张起璜，候选县丞李树猷，管带梁正瑞，把总车振声，邑绅刘成南，并移请毕赤营蒋游击等员弁，分驰四乡，躬亲审户。其粮户除自食外，余则劝令照市售局，无则听之。其艰食小民，则查其极、次贫户，分别赈粜。计县属凡四十八伍各屯甲，该员弁等往返驰查，共查得次贫、极贫大小丁口，并计约六万余人，册报到道。敝署道督同署毕节县刘令大琮亲加稽核，计口授食，人日予米七两零，即毕斗所谓半筒，煮试可得饭三中碗，稠粥可六中碗，一人日食，差可充饥。计月合京斗一斗，小口半之。惟丁口较多，粜入之米不敷支放。各乡户口，虽经委员躬亲查验，然一闻赈粜，即不无倩人顶验之弊。况乡村小民，其能弟兄伯叔同居共爨者，则家必小康，不至贫窘。其至次、极贫户，则必各谋衣食，茅檐蔀屋，妇子相依，至多不过四、五口而已。敝署道与刘令大琮再三筹酌，拟以大、小并计，赈户不过三人、粜户不过四人为限，虽立法少严，然浮报者无从滥领，即真实四、五口之户而得此三、四口赈粜之粮，和以蔬菜，全家匀食，亦可糊口。仍饬委员于放米时随时查考，如果无浮冒，仍量予加给。人给印票，按期领取。粜则照市价七折，每升售钱一百一十六文。赈如米谷不敷，则遵荒政条例，折给钱文。苞谷一升，照市折钱一百二十文，粮继仍实给之。于各伍远近适中设局，每局粜赈不过五伍，各伍距局，至远不过廿里。董之以员，襄之以绅。凡三日一期，自三月初三，次第设办。城厢去腊原设五局，只办平粜，今兼放赈。四乡凡十四局，每期共须赈粜米二百二十余石。距城较远地方，现尚陆续添办。乡间类皆农民，小春登场，即可自食。拟普赈办至五月，至时再查度情形，酌量摘赈。城厢居民，则皆待农而食，小春虽登，仍虞食贵，城局拟办至八月截止。计城乡先后核计，共须毕斗米五千余石，此支数也。入则有省谷一万石，折合毕斗米三千石，又川米一千二百余石。出入相较，不敷尚多，且长途转运，时虞不继。幸自开办以来，次贫粜户，购买不齐，又经示劝之后，绅粮知照市采购，非同勒抑苛派，渐肯出售，然独未能遽信官之果无抑勒苛派也。迨交易数次，大信既昭，有问售至局者，有捐赈一、二石多至十石者，有愿出力代买者。敝署道量其捐米多寡，酌给匾额，以示旌奖。一月以来，就地采办，及附近交界处所，约购得杂粮六百余石，合以川、黔运至之数，每月出入不甚悬绝，间以折赈，或不致有中辍及缺粮之虞。仍随时采买，并饬川、黔两局设法加运，以资接济。至寒生当此饥馑，同属困苦，未便令其向隅，仍仿赈济办法，一律放赈。孤贫流氓，约三百余人，无食可乞，竟有将田中粮种窃掘而食，若不设法安集，匪特饿殍堪怜，抑且有害田禾。原拟开设粥厂，第恐闻风纷至，拒之则不忍，赒之则难继，且时近溽暑，尤恐麇聚致疫。仍照农民口粮折半赈米，以恤茕独。道路遗婴，尤堪悯恻，亦拨给经费，开堂收养，现约七十余人，日有所增。施舍槥具，为荒政应有事，亦制备给予。惟医药未备，刻无疫症，无从制药，然大荒之后，必有大疫，将来恐仍不能少也。窃维毕邑饥荒，蕨根土粉，莫不掘食，荒情之重，为近百年未有。赈粜之广，口逾数万，亦为黔省救荒以来所未有。加以乡民散处山隈，则审户难；邻境同兹荒歉，则筹米难；山路崎岖窎远，则转运难；赈栗男妇杂沓，则支放难；司事贤不肖不一，则稽查难。若或畏难，稍事敷衍，则必虚縻公款，惠不及民。敝署道晤商员绅，时以戒欺求实相勉，以办理不善相惧。刘署令尚能认真擘画，出入银米，靡不清厘，皆令官绅咸知。蒋游击福珍、委员萧珍等查户尚不惮跋涉，户必亲到，放赈亦有条不紊，得免拥挤，又能逢人劝善，民不抑勒，转能乐输。邑绅杨汝偕等筹办转运采买，任劳任怨，不遗余力，该员绅等又能和衷共济，择善而从，故办理尚有头绪，流亡渐有闻赈归者。但饥民太多，保无有遗漏人户与不得民隐处，敝署道一有所闻，即商同刘令随时查明，添补更改，务尽此心，以求便民。春耕籽种亦经购运，或借或买，悉听民便，现已发讫。刻下小春畅茂，民心幸尚安恬。惟三月中半月不雨，今则滂沱浃旬，雨旸尚欠调匀。若能莪麦丰收，即可无虞。惟委员等办理勤劳，将来自应给予优差，以示调剂。而各乡团绅，襄办赈务，不无微劳，既未支取薪水，若仅旌以匾额，则只属虚文，且多不为贵，敝署道拟请俟事竣后，仰恳抚宪酌给功牌，俾之顶戴荣身，以资观感。所有办理毕节赈务情形，相应抄录章程，除禀督抚部堂院外，咨呈贵局，请烦查照。再威宁办理情形，容另咨陈。须至咨者。

覆四川叙永厅李

湛轩仁兄大人阁下：廿二日又奉初二所发华函，仰蒙饬县开仓分济，尤深铭感。敝属灾情久邀洞鉴，前犹可支持者，以省局拨济万石，贵厅亦复源源接济，亿万灾黎，救全实多。乃天降雹灾，会垣亦大见荒象，当道重顾根本，爰将赈毕谷二千余大石俦数截留，电川拨济，而贵厅亦适有退价之举，来源顿绝，赈栗几停，数日之间，价昂倍蓰，饥民环泣于敝署者，往来络绎，不忍闻睹，弟诚莫如何也。幸承护院司道电蒙奎帅允拨贵厅京石谷五千石，饬即派绅领运，一电飞来，如鱼得水，感戴仁德，官民同深。细绎电意，其必由长宁填还者，奎帅固知贵厅输济已久，虽太仓陈陈，绅民究不无口实，将以填还者以缄其口。其仍由叙永拨者，盖诚知毕节急于然〔燃〕眉，惟叙永相去较近，易于雍绛相继，周转挹注，意至深远。弟曾于廿一午刻电达台端，旋于戌刻专足至，奉到台械，顷又复读祃电，承先拨济五百石，甚感甚感。嘱饬王绅径赴长宁领运，在敝属势同涸鲋，但得仁粟，拜赐已深，或永或长，何必择食。无如雹灾之后，又适当青黄不接，群黎待泽，望若云霓，公中补救，甚于拯溺。若径赴长宁领运，则事属创始，人地两生，必多迁延掣肘。而由长至永，由永至毕，道里之遥，弥月难至，嗷嗷鸿雁，势难画饼充饥，千里馈粮，君知其难矣，何况更出千里外乎？此即奎帅无拨叙永之电，长宁无拨还填仓之谷，而敝属势处倒悬，犹不能不乞助仁人，今奎帅固明指拨叙永，又长宁固明有以填还，弟奉护院转准督宪电饬，此中苦情，诸求原谅，实难舍近图远。毕节屡拜君赐矣，泸州遏籴，惟君调停；匪人阻运，惟君惩儆。数月以来，毕幸饥不为乱者，皆出君之大造。今复局开助籴，代购接济，惠邻高谊，无已有加，岂区区者而不予畀，固知阁下迫于绅民多言，不得不作此曲笔文字。然宪有明电，务祈开导绅民，恪遵宪谕，查照指拨成数，发交王绅承领。俾早到一日，即早全一日，救毕即济会垣也。如或势处艰窘，未能照数全拨，或陆续酌拨，以济急需。若贵厅实难拨付，或请改永宁，亦同为感祷。弟救荒无术，良自愧赧，舍阁下无可祈援，恃爱敢违命渎请，惟始终矜全为荷。个电容议定详覆。

赈务事竣报销各项数目册

为咨请核销事。案据署毕节县知县刘令大琮详称，毕节赈务，自光绪二十五年腊月城厢各团开办平粜，又自二月奉饬四乡设局，计口授食，分别赈粜，均于七月底秋收成熟，一律停办。计赈极贫一万九千二百九十余丁口，收养育婴二百名，减价粜给次贫民户二万八千八百余丁口，以工代赈运夫一万九千余人，津贴绿、练两营勇丁三百九十余名，与夫赈贷籽种、施药施棺、拯救火灾、员绅查户差盘、城乡二十五局局用火食、员绅司事丁役薪工，及刊刻米票工料纸张秋成报赛各杂用，又发给大定赈款威宁办赈委员差盘各项，通共支用局平三万六千一百一十六两五钱九分。入款除毕节义仓谷价本息及借贵阳府保路费、本地官绅借垫各银均应行归还不计外，计领赈款银二万五千两，库平平余五百零四两，局款五千两，本地绅商捐款三千二百一十两零九钱二分二厘，阖省官绅义捐六千八百零二两九钱，共入局平银四万零五百一十七两八钱二分二厘。出入相抵，实存局平银四千四百零一两二钱三分二厘。造具清册，详请核销到道。敝署道覆查此次赈务，采买米粮籽种至五千七百余市石，粮价、运费至七万三千余两，赈粜遍于城乡，办理历乎八月。极次贫民丁口凡六万七千余人，极贫领赈每人多者至一斗三升，约值银一两九钱零，少者六、七升，亦值银一两零，而育婴、施药、施棺诸事，靡不举办。办理之初，似极大费，究之事竣，实只支银三万六千一百余两，皆由刘令大琮督同局绅杨汝偕等实心实力，经营周转，各员绅亦皆洁己奉公，力除中饱，故能实惠及民，款不多用。所支各款，均经敝署道覆核，实支实销，毫无浮冒。除将在事各员绅遵批另文详请给奖外，合将收支银两数目及核计赈粜丁口米粮细数，造具详细清册，分别列表，咨请贵总局查核备案。至余存银四千四百零一两二钱三分二厘，自应留存毕节，办理积谷，以备不虞。惟敝署道风闻下游各属尚有偏灾，当此库款支绌，赈济又时需款，拟将此项存余银两，仍以一千四百零一两二钱三分二厘留存毕节储谷，其余三千两移存贵总局备拨他属赈粜，是否之处，尚祈核示见覆。所有毕节赈务事竣报销，理合备具文册，咨请贵总局请烦查核，实为公便。除详督抚部堂院外，须至咨呈者。

计咨报销清册一本、米石丁口表册一本。

毕节县督同局绅册报采买米粮收发银钱各细数清册

计开采买米石价值数目

一、采买省仓谷七千八百石，合毕斗米二千三百六十六石三斗二升正。
支谷价银一万零九百二十两正。
支运脚、搔工银一万九千零九十六两二钱七分二厘正。
支局用口袋、火食、挑力等银四百八十四两三钱五分三厘正。
以上省米总共支银三万零五百两零零六钱二分五厘正。
一、采买川米一千九百七十七石九斗七升正。
支谷价银一万四千八百四十五两零二分正。

支运脚、擂工银一万一千二百五十四两二钱四分五厘正。

支局用、口袋、招募等项银九百九十一两二钱八分正。

以上川米总共支银二万七千零九十两零五钱四分五厘正。

一、本地采买米四百七十三石五斗七升二合五勺。（内除捐米一十九石八斗五升，实买米四百五十三石七斗二升二合五勺正。）

支米价、运脚银五千五百五十五两二钱三分，又擂价银一十六两正。

一、就地采买苞谷八百一十四石四斗四升正。

支买价、运脚银八千五百四十一两四钱八分五厘正。

一、各处采买籽种八十七石五斗三升五合正。

支买价、运脚银九百零三两八钱七分正。

一、支运付各乡局挑力钱合银六百八十二两五钱五分正。

以上总共支银七万三千二百九十两零三钱零五厘正。

计巢项入银五万零零六十五两九钱二分。（内除短数钱三十三千八百八十文。）

实入银五万零零三十二两零四分正。

相抵外，赈、巢两项，实亏折银二万三千二百五十八两二钱八分五厘，赈、巢各若干，详细分列支款项下。

计开收支银两数目

一、旧管

义仓本银毕平一千两正。

义仓息银毕平一千零五十七两六钱八分正。

义仓谷价毕平银一千四百四十两正。

以上共入毕平银三千四百九十七两六钱六分八分，合局平银三千五百四十一两七钱四分正。

一、新收

恩赈局平银二万五千两正。

善后局加赈银五千两正。

赈款库平平余银五百零四两正。

各官捐款银六千八百零二两九钱正。

本地绅商捐款毕平银三千一百七十两零九钱八分，申合局平银三千二百一十两零九钱二分二厘正。

借贵阳府保路费银二千两正。

借城乡官绅商号毕平银五千六百九十四两八钱三分，申合局平银五千七百六十六两五钱二分四厘正。

以上共入局平银四万八千二百八十四两三钱四分六厘正。

总共旧管、新收入局平银五万一千八百二十六两零八分六厘正。

开除

一、赈米五百七十五石六斗八升，每石本银一十三两五钱五分三厘，共支银七千八百零二两一钱九分正。

一、赈粮四百八十八石四斗四升，支银五千三百零一两零四分正。

一、赈脚夫米三十八石七斗二升，支银五百二十四两七钱七分正。

一、折赈共支钱六千三百零六千二百八十二文，合银六千三百零六两二钱八分正。

一、赈籽种杂粮一十六石，支银一百七十一两三钱二分正。

一、粜米四千一百四十七石四斗二升，共折银八千一百零四两五钱零二厘正。

一、粜粮三百一十六石六斗，共折银一千零三十两零五钱三分正。

一、支育婴粮一石，支银一十两零八钱五分三厘正。

一、支育婴米二十三石一斗，该支银三百一十三两零八分正。

一、支育婴盐菜、炭火、席荐、床架等银四十六两五钱二分正。

一、支育婴堂丁三名，计六个月工食银一十八两正。

一、支育婴乳媪，计六个月工食银六两正。

一、支遣散育婴二百名，用银四十两正。

一、支城乡施棺抬埋银六百三十四两四钱六分正。

一、支施药银一百两正。

一、赈林口王大伦伍火灾银一百一十七两正。

一、城乡赈粜局二十五局，局用火食银一千六百八十三两二钱正。

一、二十五年年终赈孤贫银一十七两五钱正。

一、支朱委员瑞章查东里十五伍户口，往返八十四日，差盘银一百二十四两五钱正。

一、支车把总振声查东里十五伍户口，往返八十四日，差盘银九十一两一钱正。

一、支赵把总泗海查南里五伍户口，往返十日，差盘银一十两零五钱正。

一、支蒋游击覆查南里户口，书差差盘银八钱正。

一、支刘参将成南查南里六伍户口，往返二十日，差盘二十两正。

一、支陈外委少卿查南里三伍户口，差盘银六两正。

一、支唐外委占元查南里三伍户口，差盘银六两正。

一、支萧委员珍查西里八伍户口，往返三十日，差盘银四十二两五钱正。

一、支闵委员世荣查西里二伍户口，往返十九日，差盘银三十一两正。

一、支王委员文燮查北里七伍户口，往返三十日，差盘银五十两零一钱正。

一、支谢委员典琪查西里二伍户口，往返十四日，差盘银二十二两五钱正。

一、支梁将官正瑞覆查林口赤水户口，差盘银一十八两正。

一、支陈占标查林口五团户口十七日，差盘银一十两零二钱正。

一、支调王萧委员、谢赵委员由省至毕路费银五十一两二钱正。

一、支王委员八个月薪水银一百二十八两正。

一、支朱委员七个月薪水银一百一十二两正。

一、支赵委员六个月薪水银九十六两。

一、支闵委员五个月薪水银八十两正。

一、支谢委员五个月薪水银八十两正。

一、支张委员起璜四个月二十日薪水银七十四两六钱正。

一、支李委员树猷四个半月薪水银六十三两正。

一、支医士张士康六个月薪水银一十八两正。

一、支做各粜局斗量、升筒、竹签、风车、簸箕、垫席银二十六两正。

一、支义仓局士三人薪水银九十两正。

一、支仓丁斗纪工食计十个月，七十六千，合银七十六两正。

一、支义仓火食茶炭银一百一十六两四钱四分三厘正。

一、支钱局司事薪水，计八个月银八十两正。

一、支钱局局丁工食钱一十八千文，合银一十八两正。

一、支钱局火食杂用银二百三十三两二钱二分正。

一、支整仓银二十九两七钱正。

一、支刊刷告示、米票、户口册，纸张、刊工银六十四两二钱五分正。

一、支书手工食银一十二两正。

一、支驻省转运局士王德照、吴步青二人薪水共银三十两正。

一、支驻省转运局司事工资银二十九两正。

一、支驻永转运局绅薪水银三十八两五钱正。

一、支叙永厅代运长宁县未用仓谷盘脚银四十两正。

一、支津贴绿营兵丁米，折银五百六十一两八钱六分正。

一、支津贴练军米，折银四百三十两零一钱三分正。

一、支开局绅耆集议酒水费用银三十两正。

一、支赈务事竣，城乡员绅士庶秋成报赛用费银九十五两正。

一、支专足赴省、永及各局信力钱一十九千一百文，合银一十九两一钱正。

以上共支毕平银三万五千三百八十二两四钱五分，申合局平银三万五千八百二十七两七钱七分正。

一、发大定赈款银一百两正。

一、发威宁办赈委员史鸾书由省赴威路费银四十二两二钱正。

一、发威宁办赈委员何光炳、周濂由省赴威路费银四十一两六钱正。

一、发省局赈捐所书办笔墨纸张银六两正。

一、支义捐短平银二十五两八钱二分正。

一、支义捐折色银七十两零六钱正。

一、支送孙家祥捐款赴威夫价银二两六钱正。

以上七款，支局平银二百八十八两八钱二分正。

总共支局平银三万六千一百一十六两五钱九分正。

一、支还贵阳府保路费局平银二千两正。

一、支还毕节义仓本息谷价三款，共局平银三千五百四十一两七钱四分正。

一、支还绅商借款局平银五千七百六十六两五钱二分四厘正。

以上共三款，共支还银一万一千三百零八两二钱六分四厘正。

以上通共赈、粜各款并归还借款，共支银四万七千四百二十四两八钱五分四厘正。

实存

存局平银四千四百零一两二钱三分二厘正。

棠赈各局米粮丁口数目表

查饥馑方甚之时，各先酌发米粮平棠，一面审户开局，始计口授食。故所发米粮，不能概以丁口计。又开局日期先后不同，饥民领赈数目亦不能一概计，特详细列表。丁口则以审户后所发核计，棠米则分别未核丁口及按口发给两项。经理员绅亦并详列，以备查考。

局名	员绅	开办日期	丁口	棠米、粮	赈米、粮	折赈	局用
丰备义仓	委绅 杨汝偕　王德元 卯昭汉　姜鼎南 驻省转运 委绅 刘然青　杨楸林 路承鉴　王德昭 吴步青 驻永转运 委绅 刘应魁　王炳奎 官钱局 委绅 刘桐南　陈永昌	自腊月十八日起至闰八月底止	受雹灾后及农忙平棠未核户口，随人棠买。 省运、川运脚夫计一万八千一百五十三名，马脚八百九十四匹，随时棠买。	雹灾加棠中户练团米二百三十一石八斗三升 秋收农忙加棠米九十八石二斗四升 脚夫棠米四百四十四石七斗八升 中户及马脚棠包谷七十四石三斗四升 棠子种廿四石三斗八升五合 贷出子种四十四石七斗五升	赈脚夫米三十八石七斗二升	折赈无	义仓、钱局、省局、川局四起局用分列正册
城内一团	洪永焯　樊　瑷 葛　偲　葛　俩 葛　俛　杨连三 杨百川　杨念如 杨式如　吴岐三 吴元钊　吴海澄 罗德三　罗茂林 张　灿　张云程 陈焕章　陈绍虞 陈次五　萧祥瑞 李养泉　辛洪顺 赵树廷　邱勋臣 唐亮臣　王惠清 谭佩玉　谭玉亭 葛次南　黄铭章 王小云　王会之 卯星槎　姜鼎南 王茂先　傅冕臣 刘云樵	自腊月十八日开棠起。至三月，未核丁口，随人棠买，计三十期。自四月初一起，至七月止，按口棠赈，计三十六期，人各九升，小口折半。	棠口大口六百九十九名小口二百零一名 赈大口四百六十名小口二百二十七名	腊月至三月棠米九十九石零三升棠包谷八石六斗六升 四月至七月按口发棠米七十一石九斗五升	四月初一起按口发赈米四十三石二斗二升赈包谷八石四斗一升	折赈无	局用钱六十六千四百七十七文

局名	员绅		开办日期	丁口	粜米、粮	赈米、粮	折赈	局用
城内二团	委绅 冯撰 徐同春 高荣 赵佩兰 袁华廷 刘登庸 张礼兴	周正发 萧春山 张谅斋 杨彦臣 万进呈 罗启明 刘星坦	开局、停局日期同前	粜口大口一千零九十名小口二百六十四名 赈口大口六百零五名小口一百一十五名	腊月至三月粜米一百一十五石三斗三升 粜包谷十一石五斗二升 四月至七月按口发粜米一百零九石九斗七升	赈米五十三石六斗八升 赈包谷十石零四斗三升	折赈无	局用钱五十九千四百五十三文
城内三团	委绅 杨蕃英 赖继康 高振铣 瓦光福 阳荣先 刘应中 万光裕 周培棻 张炳林 周益昌	沈世霖 罗士勋 阮光明 汪其惠 王精武 唐俊杰 顾福昌 邓登锦 葛亮谋 汪炘元	开局、停局日期同前	粜口大口一千四百四十三名小口二百零一名 赈口大口三百七十二名小口一百一十二名	腊月至三月粜米一百二十九石 粜包谷一十一石七斗六升 四月至七月按口发粜米一百二十八石九斗三升	赈米三十二石一斗赈包谷六石五斗一升	折赈无	局用钱五十七千七百五十文
东团 下陈宗伍 下宋表伍 殷伍	委员吴泰元 委绅 王玉汝 梁星枢 曾云波 魏文顺 姚大经 王克斋 袁湘 谢桂和 刘长发 王敬之 万利亨 李恒昌 谷兴顺 肃大兴 孙和兴 洪志顺 唐金和 尹三和	陈益三 颜昆三 刘肃庵 邹子洪 姚仲先 聂庆云 万裕丰 徐国田 福盛隆 张存心 樊湘林 王裕盛 许文光 廖春廷 陈炳三 曹星武 廖仲光 贺晴高	开局、停局日期同前	粜口大口二千二百五十五名小口二百六十九名 赈口大口四百九十二名小口一百三十三名	腊月至三月粜米一百二十三石四斗一升 粜包谷一十一石九斗五升 四月至七月按口发粜米二百一十五石零三升	赈米四十四石一斗赈包谷六石一斗	折赈无	局用钱六十千零三百九十三文

局名	员绅		开办日期	丁口	粜米、粮	赈米、粮	折赈	局用
西团	委绅 宋朴山 刘希周 刘子章 胡义和 沈世安 范复太 刘义昌 郑辉茂 赵大兴 胡承恩 樊明荣 谭敬斋 宁士彬 卯益昌 蔡治安 张名有 郑永盛 刘春山 蔡伦三 糜玉亭 彭瑞昌 李锦云 熊少先 夏青和 曹义兴 冉世兴 陈义兴 彭裕发 林闰卿	陈殿修 刘广源 李松茂 吴绍周 颜鼎丰 张万兴 孙一心 唐三合 唐永丰 罗裕廷 王华斋 宋次瑶 宁鱼轩 白同兴 萧同泰 刘荣山 刘复顺 彭全忠 卢洪发 曾西山 蒋子云 张月生 唐裕盛 王竹轩 胡福星 陈道生 粜正先 洪志顺 肃次瑶	开局、停局 日期同前	粜口大口 一千七百 一十名小 口二百四 十九名 赈口大口 七百五十 二名小口 一 百 零 四名	腊月至三月 粜米一百五 十二石七斗 四升 粜包谷十六 石七斗二升 四月至七月 按口粜米一 百六十五石 一斗六升 粜包谷四斗 二升	赈米五十 九石五斗 赈包谷十 二石八斗 八升	折赈无	局用钱六十 千零三百九 十三文
东里 小坝局 陈相伍 熊伍 顾伍 税上 坝上	委员赵逢春 委绅 陈子英 王岐山 邓敦义 李国柄	彭品三 泰焕章 潘应科 陈汉勋	三月二十六 日开局。七 月底撤局, 计三十四 期,粜赈人 各九升,小 口折半。	粜口大口 六百五十 三名小口 一百三十 三名 赈口大口 七百一十 一名小口 一 百 一 十名	粜米四十七 石四斗八升 粜包谷十七 石三斗四升	赈米二十 石零九斗 一升 赈包谷二 十九石二 斗九升 赈 豆 种 一石	折赈米 十八石 七斗九 升七合 支钱二 百二十 五千五 百六十 八文	局用钱九十 三千文

局名	员绅	开办日期	丁口	粜米、粮	赈米、粮	折赈	局用
小鸡场局 台二甲 台三甲 台四甲	委员朱瑞章 委绅 罗吉士　王绍周 宋邦彦　宋　箴 章华亭　赵　铨 章　云　陈济周 陈正坤　陈茂枝 王懋昭　曹鸣山 唐育安　刘星焕	五月初四日开局，七月底撤局，计二十六期，粜赈人各五升，五合，小口折半。	粜口大口六百九十一名小口六十三名赈口大口九百一十九名小口一百一十八名	粜米三十九石七斗三升	赈米四十五石七斗赈包谷四石二斗	折赈无	局用钱七十千零七百文
五里坪局 王纳伍 赵吉伍	委员梁正瑞 委绅 糜燮之　糜鸿樑 范崇德　糜炳绪 萧德馨　王炳魁	三月十一日开局，七月底停局，计四十二期，人各粜赈一斗一升，小口折半。	粜口大口一千二百人小口一百四十六人赈口大口一百四十人小口六十一人	未查丁口以前，先粜米二十四石七斗六升。又府地田坝桥十六石巴折坪二十石三月十一日开局，计口发粜，米一百三十七石五斗四升，粜包谷六石五斗。	赈米三斗赈包谷五石八斗五升	折赈米十二石六斗三升支钱一百五十一千五百七十三文	未查丁口以前，糜燮之领办，支局用钱九千零五十六文。田坝桥林柏恭领办，五千四百五十四文。开局以后，支局用钱五十一千八百九十四文。
王章官局 张平伍 卜刘伍 袁朱伍 郑伍 赵新伍 五十亩 十三亩	委员李树猷 委绅 吴馥三　孙哲轩 孙鹤轩　吴季英 孙耀堂　胡占彪 靳志概　孙允升 李遇春　李澍生 黄甫臣　吴金声 王浦然　胡占卿 傅杰之　吕兆昌 吕兆熊　吕兆宾 史德斋	三月十七日开局，七月底停局，计四十期，人各粜赈一斗，小口折半。	粜口大口一千四百一十人小口三百七十人赈口大口一千三百八十人小口二百五十九人	粜米八十八石三斗五升粜包谷七十一石一斗六升	赈米五十三石七斗九升赈包谷四石八斗赈子种二石五斗	折赈九十二石三斗五升支钱一千一百零八千二百八十三文	局用钱一百五十九千六百四十五文

局名	员绅		开办日期	丁口	籴米、粮	赈米、粮	折赈	局用
海子街局 周汉伍 黄拱伍 新黄伍 邵伍 前所伍 野朗沟 木稚铺	委员张起璜 委绅 吴澍 王靖南 周作人 沈怀山 周竹村 吴子云 吴立卿 吴泽浦 刘海山 吴治廷 朱光廷	张必达 王冕之 陈金枝 顾理堂 周承斋 张汉臣 吴万臣 周小沛 吴泽民 黎笠丞	三月十一日开局，七月底撤局，计四十二期，每人一斗一升，小口折半。	籴口大口一千三百一十人小口二百九十四人赈口大口九百五十六人小口三百二十八人	未核丁口以前，先籴米四十五石六斗二升，又滥泥田四石。三月十一日开局，计口发籴米一百六十石零二斗六升。	赈米七十七石二斗五升	折赈三十四石零六升支钱四百零八千七百文	未核丁口以前，周承斋领办，支局钱十千零五百九十四文。三月开局，支局用钱一百七十一千五百五十八文。
层台局	委员谢典琪 委绅 贾席珍 吕湘 罗升 赵承祐 贾云廷	支朝宸 吕嗣昌 支朝瑞 王朝品	四月二十七日开局，七月底停局，计二十八期，每人六升，小口折半。	籴口大口七百九十人小口九十三人赈口大口五百零八十人小口二百二十一人	籴米四十六石籴包谷四石四斗九升	赈米九石九斗八升赈包谷二十五石零二斗五升	折赈六石六斗八升支钱八十二千五百五十文	局用钱八十千零五百三十六文
白岩局 清水铺 燕子口 镇江团	委绅 阎志书 阎宝珍 江兴顺 阎庆三 王兆熊 龙长太 吴万全 邵世杰 孟世斌 王友章	阎广纶 叶秀山 叶廷轩 阎大林 张子俊 谢兴文 张兴顺 王玉山 王占鳌	五月初一日起，七月底止，计二十七期，人各籴赈五升五合，小口折半。	籴口大口七百五十人小口一百四十八人赈口大口一百一十人小口二十七人	籴米四十五石三斗三升	赈米十三石六斗六升	折赈无	局用钱六千文
小河局	委员张槿 委绅 黄朝纲 彭肇杰	廖恒松 薛福堂	五月初一日起，七月底止，计二十七期，人各籴赈五升五合，小口折半。	籴口大口四百八十人赈口五十五人	籴米小河斗十五石八斗六升合毕斗二十六石四斗	赈米小河斗一石八斗三升合毕斗三石零五升	折赈无	局用无

局名	员绅	开办日期	丁口	粜米、粮	赈米、粮	折赈	局用
对坡局	委员车振声	五月初一日起，七月底止，计二十七期，每人粜赈五升五合，小口折半。	粜口大口八十三人赈口大口一百九十人小口五十三人	粜米四石七斗三升	赈米十三石五斗八升赈包谷五石八斗九升	折赈米四石支钱四十七千七百八十九文	局用钱四千七百二十文
孙家铺局	委绅陈邦治　陈绍周宋家校　范自生陈海清　赵崇章	五月初一日起，七月底止，计二十七期，每人粜赈五升五合，小口折半。	粜口一百四十三人赈口六十五人	粜米七石八斗七升	赈米粮无	折赈米三石五斗一升支钱四十四千二百一十二文	局用钱四千文
林口局北肇法朗湾大渡口三义团	委员陈占标委绅杨思栋　杨淦康笃志　康笃惠王伟卿　江合兴潘玉顺　罗洪发康洪太　刘恒发康炳南　梁礼臣许必顺　汪兴顺陈青云　周俊卿王玉廷　张荣华李廷忠　康裕后崔炳南　陈兴发李焕章　李茂生	四月二十七日起，七月底止，计二十八期，每人粜赈六升，小口折半。	赈口大口四百二十人小口一百一十二人	粜米粮无	赈米十六石一斗八升赈包谷十二石四斗	折赈无	局用钱九千零四十文
南里头铺桥局王大伦伍赵铁伍八十亩	游击蒋福珍守备龚绍㰖委绅武纯休　邓兴忠陈和声　陈国治陈鸿椿　傅绍桢范德昌　徐三合甘廷勋　王发秀甘廷辉　刘源瀚甘大任	三月二十七日起，七月底止，计三十八期，人各粜赈九升七合，小口折半。	粜口大口一千九百一十人小口四百六十四人赈口大口一千二百五十二人小口三百四十四人	未核丁口以前先粜米瓦窑二石吴家沟七石赵铁伍十八石头铺桥二十五石八斗一升牛场桥九石三月开局以后按口粜米二百零七石七斗五升	赈米九斗九升赈包谷二十四石八斗五升	折赈米一百一十二石一斗二升支钱一千三百三十六千零九十三文	未核丁口以前各伍局用十三千二百二十五文三月开局以后共支局用五十五千零八十八文

局名	员绅	开办日期	丁口	粜米、粮	赈米、粮	折赈	局用
袁伍局 袁伍 李芄伍	委员陈道清 唐占元 委绅 路朝彤　路朝勋 路朝鉴　胡光远 萧廷燮　罗攀一 杨逢春　邵宝昌 吴之杞　杨载湘 杨光会　刘冠南 秦承湘　秦克任 秦丞基　熊松英 章茂兰　萧文焕 聂永兴　傅连芝	三月十一日起，七月底止，计四十三期，人各粜赈一斗一升，小口折半。	粜口大口一千九百四十人小口二百九十八人赈大口一千一百九十人小口三百二十二人	未核丁口以前先粜米德沟二十五石半边街十二石三斗五龙桥四十六石四斗包谷八石三月开局以后计口粜米二百三十二石一斗二升包谷三石二斗	赈米十七石四斗五升赈包谷三十六石四斗一升赈包谷子种五石五斗一升	折赈米九十四石八斗四升支钱一千一百三十七千五百三十文	未核丁口以前各伍局用十五千二百二十文三月开局以后支局用钱七十千零三百文
大猪场局 康伍 宋伍	委绅 刘成南　王铭玖 丁世钰　丁乃安 陈应龙　陈维藩 龚祉云　丁奎安 李喆士　阮兴邦 龚在德　王玉焯 黄作宾	三月二十四日起，七月底止，计三十八期，人各粜赈九升七合，小口折半。	粜口大口一千零八十人小口三百二十七人赈口大口一千二百三十人小口三百八十人	粜米一百二十石零六斗	赈包谷三十八石四斗二升	折赈米九十三石三斗二升支钱一千零二十三千九百八十文	局用钱八十八千二百文
西里 **清水塘局** 王六伍 丰乐伍 长胜伍 宋表伍 高山铺	委员萧珍 委绅 杨汝杰　杨泮林 杨炘之　卯廷瑢 卯昭先　翟继谦 张树声　钟民卫 钟炳森　魏士珍	三月初三日起，七月底止，计四十八期，人各粜赈一斗三升，小口折半。	粜口大口一千一百五十二人小口三百七十八人赈大口六百三十人小口一百七十九人	未核丁口以前先粜米清水塘二石八斗丰乐街四石三月开局以后计口发粜米一百五十五石六斗二升粜包谷十九石七斗六升	赈米十二石二斗六升赈包谷四十五石八斗三升赈子种七石	折赈二十二石三斗六升支钱二百六十八千三百零七文	未核丁口以前支局用钱四千二百文三月开局以后支局用钱九十七千七百一十五文

局名	员绅	开办日期	丁口	粜米、粮	赈米、粮	折赈	局用
西岳庙局 丁伍 邹伍	委员萧珍 委绅 吴荣灿　陈十尧 罗嘉善　吴维忠	三月十四日起，七月底止，计四十四期，人各粜赈一斗一升五合，小口折半。	粜口大口九百八十二人 小口三百零五人 赈口大口三百三十六人 小口一百零二人	未核丁口以前先粜米邹伍八石 丁伍四十四石 粜包谷十五石 三月开局以后计口发粜米一百二十石零七斗三升 粜包谷九石七斗七升	赈米三石七斗七升 赈包谷二十五石九斗二升	折赈十四石八斗六升 支钱一百七十八千九百七十九文	未核丁口以前支局用钱十八千五百六十八文 三月开局以后支局用钱七十四千二百三十五文
下五溪局 李贞伍 徐伍 方伍 糜伍 王洪伍 上丁伍	委员闵世荣 委绅 邱学恂　赵仁山 吉同章　罗继周 张敬六　张　驹 周国栋　吉庆余 孙程九　赵大魁 徐季章　李冕臣 张树敏　周元臣 李甫臣　李彤轩	四月十一日起，七月底止，计三十六期，人各粜赈八升五合，小口折半。	粜口大口八百八十二人 小口二百一十四人 赈口大口一千二百二十人 小口三百六十二人	未核丁口以前先粜米三石 三月开局以后计口粜米八十一石七斗七升 粜包谷二石三斗二升	赈米四十七石四斗三升 赈包谷六十三石七斗九升	折赈七石八斗七升 支钱九十五千七百八十二文	未核丁口以前支局用钱一千五百文 四月开局以后支局用钱一百五十千零一百文
北里 天生桥局 陈殷伍 何伍 曹伍 李伍 张箕屯 魏家屯 白果屯	委员王文燮 委绅 黄璨章　王启中 朱培钟　聂河清 黄奎章　常荣忠 熊祥垓　聂天位 聂宠三　聂作舟 彭子春　张树芳	三月十四日起，七月底止，计四十一期，人各粜赈一斗零七合五勺，小口折半。	粜口大口一千四百二十人 小口三百五十人 赈口大口一千二百二十人 小口三百三十九人	未核丁口以前先粜米北镇关十三石九斗 粜包谷十三石 曹伍十二石 各里米二十四石三斗五升 包谷十六石八斗 三月开局以后粜米一百七十石零八斗二升 包谷六斗四升	赈米六石六斗八升 赈包谷一百二十六石三斗	折赈米十六石四斗二升 支钱一百九十六千九百八十二文	未核丁口以前支局用钱三十八千三百文 三月开局以后支局用钱一百零二千七百八十文

局名	员绅	开办日期	丁口	籴米、粮	赈米、粮	折赈	局用
及幼所	游击蒋福珍	三月初一日起，至闰八月底止。	男女幼孩二百名	籴米粮无	赈米二十三石一斗赈包谷一石	折赈无	局用列正册
以上通共籴赈城乡二十五局，计共四十伍三十二屯甲		籴赈日期，城局则自腊月至七月，凡七阅月，乡局则自三月至七月，凡五阅月，其间查户口稍迟者，亦先行酌发米粮籴赈。	以上通共籴口大小二万八千八百四十人赈口大小一万九千二百九十二人又省运川运人夫一万八千一百五十三名马八百九十四匹又及幼所二百名以上总共赈籴丁口四万八千一百三十二人	以上通共籴赈四千一百四十七石四斗二升籴包谷三百一十六石六斗贷子种四十四石七斗五升籴子种二十四石三斗八升五合	以上通共赈米五百七十五石六斗八升赈包谷四百八十八石四斗四升赈子种十六石赈脚夫米三十八石七斗二升赈及幼所米二十三石一斗赈及幼所包谷一石	以上通共折赈米粮五百三十四石零一升七合共支钱六千三百零六千二百八十二文	以上通共支局用钱一千六百八十三千二百文

计籴、赈各项，米四千七百八十四石八斗九升七合五勺，又鸭池河沈渡及脚夫逃亡米十石零三斗七升，又折耗米二十二石五斗七升二合五勺，出入相抵无存。

计籴、赈各项，包谷八百零八石七斗八升，又折耗包谷五石六斗六升，出入相抵无存。

计籴、赈借贷子种八十五石零三升五合，又折耗二石五斗，出入相抵无存。其借贷一项，俟届限还仓，理合声明。

禁止送万民衣伞告示

为示谕禁止事。照得八月十五日，据海子街绅民吴德亿、吴澍、张必达、陈尊三等以赈务事毕，制送万民德政衣伞来辕。在吾民之意，岂不可以感叹嘉慰乎。道德之衰，吏不甚爱其民，民亦易雠其上，官民之间，每膜视不相亲爱而情日睽。今本道督办赈务，不过宣布皇仁，于吾民饥渴之际，稍稍煦育，而民遽感而思报，此于民为三代直道之行，本道何必矫情不收，而拒人太甚乎！然本道则有不敢收、不愿收、不忍收、不当收者。查定例，凡民送万民衣伞脱靴等事，一概伤禁。是收受衣伞，有违令甲，所不敢也。本道仕黔四十年矣，民之情伪尽知之矣。衣伞之送，固有官民相得，出于百姓肫诚者，亦有官授意于绅以博虚名，绅仰体夫官以为结纳者。甚且不肖团甲，藉此敛钱渔利，因而控案累累者。本道有鉴于此，故历任必申严禁。今吴德亿等或不致藉端苛派，然此风一开，势必相率制送，则贤不肖不一，即难免滋扰闾阎，是在本道仅博颂德之虚声，遂使小民转受颂德之扰害，德政也无异厉政矣，本道甚不愿也。且善为政者，清静无为，化成而人不知，若至拯灾捍患，非常之政，此好名之士所贪，君子谓其不幸，盖乘民九死一生之余，吾乃因而享仁人之号，民之死者不知几千人矣，方增痛之不暇，忍干誉乎！况民甫苏息，元气未复，纵团甲不致苛敛，本道不能使吾民休养，转使吾民因本道耗财，尤不忍也。且赈款者，朝廷之恩帑也。救灾者，吾分内应办之职事也。本道不过上宣皇上之仁恩，下赖诸员绅之襄助，补苴罅漏，究何尝大裨民生。方自憾筹措未周，致后来运米不济折半桨赈，抚衷自问，有何德政而敢当吾民颂扬乎。凡此由中之言，初非矫枉过正。所以于吴德亿等制送来辕，峻拒之则大违来意，令人难堪；收受之则重拂己意，心实不可。故饬其送至城隍神前，以为吾民代祈福祐，以示本道不需此物，以杜他里转相仿效。诚恐未能周知，用特示谕禁止，为此示仰毕节绅民人等知悉，尔绅民人等，须知此番赈务，幸荷天恩，今日沟壑垂尽之余生，皆吾皇九天雨露之滋养。则当此时事多艰，惟宜各安耕业，勉为善良，人相戒勖。勿作非为，勤耕稼以备积储，敦任恤以召天和，为盛世之良民，答皇仁于万一，则本道忝官斯土，得吾民和亲康乐，实与有荣焉，初不在此衣伞虚文而始见为官民亲爱也。自示之后，如再敢制送来辕者，定即照例严办不贷，其各凛遵。切切特示。

毕节县劝民多种杂粮告示

为劝民多种杂粮以资生养而裕盖藏事。照得民以食为天，一日不得食则饥，数日不得食则死。五谷杂粮，均天地生以养人之物，南多禾稻，北尚麦粱，此外豆菽芋薯，均可充饥。各视其土之宜，以尽力于稼穑，毋违其时，毋逆其性，春秋所获，一夫可养八口，九耕自有三余，何致凶岁偶遭，遂尔同称匮乏。推原其故，皆由小民嗜种罂粟，辄将良田改为山土，以为烟利倍于粮食，群趋若鹜，愈种愈多，徒有室家之累，并无升斗之储，毋怪乎一遇灾祲，遂难存活。查毕节上年秋霖伤稼，禾谷歉收，彼时吾民如肯广种春粮，则二麦登场，即资接济。乃唯知贪利，不顾身命，蚩蚩愚氓，无远虑而罹大患，吁可慨已。幸蒙巡宪请筹巨款，办理赈桨，复蒙护院宪奏乞皇恩发帑赈济，始能展限办至秋间，否则春夏之交，吾民坐以待毙，其转于沟壑者，尚可以数计乎！使果全种二麦，不但举室早得饱食，即以其余售卖，如本年麦价，其获利且十倍于罂粟，吾民试一回想，应亦自怨自艾，废然知返矣。当此时局艰难，帑项支绌，水旱事所恒有，恩泽势难期必。况此次赈桨之米，皆远自黔省、川永购运而来，采买之难，辗运之费，可一而不可再，邑人谅已周知，毋烦详告。若不惩前毖后，力筹补救，设遇偏灾，从何得食？本县兴言及此，动魄惊心，不禁为吾民大声疾呼，剀切劝谕，为此示仰县属民人知悉：尔等收割之后，务将名下所耕田土，以一半种二麦、豆菽，不准罂粟多于粮食，违则究罚。如能将本己田土全种二麦，收数在十石以上者，本县当奖给花红，以示优异而资观感。至士为四民之首，平时化导愚顽，其言易入，本县于小民之种罂粟，虽不悬为厉禁，惟冀渐知悔悟，使罂粟日少而二麦日多，则民食足，纵遇凶荒，可无饿殍，尔多士与各团甲，当共体本县为民一片苦心，趁此广为开导，毋惮烦言告诫，以觉迷途而挽锢习，庶几户有盖藏，民咸鼓腹，是则本县所厚望也。自示之后，如有仍敢将田改土，则是冥顽无知，断难宽恕，定即提案严惩，并将田业充公不贷。其各凛遵毋违。特示。

筹办淮沂义赈征信录

清光绪二十六年刻本

（清）唐洪培　唐锡晋　编

李文海　点校

筹办淮沂义赈征信录

经办义赈梁溪唐洪培、锡晋汇刊

目　　录

卷　　上

卷　下

卷　上

序

今上御宇二十有三年，岁在丁酉，江苏淮、徐、海三属大小为灾，居民失所，扶老携幼就食南下者，相属于道。大宪以灾状上闻，钦奉俞〔谕〕旨，截漕留赈，想见圣主贤臣，拯饥若溺，遐迩传闻，额手交颂。安东毗连海、沭，水患维均，而令委会勘，报不成灾，定征尚六分有奇。迨大宪籍遣流民，安东不减于海、沭，乃提积谷钱二万缗，挑浚民便、一帆等河，以工代赈，恤其丁壮，并拨银五千两，由县分给，抚其老幼。惟灾巨款微，所济者寡。工赈既但及近河居民，银赈又给董分放，未能核实，居民尚百不获一，何论流民。戊戌春，闻赈归来，填郊塞路，风餐露宿，日有死亡。晋手无寸柄，不能援水火登之衽席，顾坐视其死，心实难安。于是上书请赈，刊启劝捐，并修函南邦诸君子，遣子宗杰持归以商子良从兄，从兄以商华子才孝廉，华少梅知事与长兄履卿司马、从子锡九上舍首捐四千余元，以为提倡。复由锡赴沪，以商施子英观察、杨子萱观察与周舜卿、祝兰舫两司马，并再侄晋斋上舍，集款购粮运浦。是时晋奉两江督宪刘制军、江苏抚宪奎中丞批，知已电致严佑之义绅拨款协济，并奉淮扬道谢观察批给赈捐实收寄沪劝募。又承邹渭清观察、汪荇生刺史由浙劝捐，钱夔孙广文由苏劝捐，汪子砚学博由淮劝捐，龚少渤上舍由浦劝捐，一时络绎汇寄官、义二赈，合银四万有奇，而诸生分镇查户，亦次第就竣，遂设厂六处，分放一十二镇。自二月二十六开查，迄四月十六放毕，凡七十余日。事竣，以所余运浦，封缴严绅汇核南北收支造报。而安邑秋禾被水，灾象又成，不得已由安旋锡，另刊洊饥告灾图募启，续筹己亥春赈。正月下旬，由锡而沪，而镇，而淮，而浦，而安，上请官项，下劝义捐，得银三万有奇。二月十九开查，四月二十二放毕，凡六十余日。迨南北往来，稽核义捐各数，而山左又告灾矣。爰再修函遣子持商子良从兄，集款由苏购置棉衣。十月，晋自旋南载之北运，晤严绅于扬，询悉盐河水涸，陆运维艰，乃遣子回淮，邀请汪闰孙广文，并约安学孙、胡二生，先诣日照查户以待。晋偕高、沈、孙、倪诸生，督衣由镇乘轮赴沪，电取留浦赈余二千元，并施子英观察协助二千元，航海达照，分运莒、沂、蒙、兰散放。目击灾黎饥寒，于风雪中颠连垂毙者，比比皆是，知非区区衣币所能遍济，遂留款开办粥厂，上书东抚袁蔚廷中丞，移平粜银接济，以待南赈。乃由沂回安，分函南邦诸君子，集捐五千两，先汇沂州，以济粥厂之不足。禀奉护抚宪陆春江师电致严绅，集款同往，请拨劝筹之外，益以息贷，合银五万有奇，分赈莒、沂。四月初七开查，五月十八放毕，凡四十余日。事竣旋安，编录征信，盖三年于兹矣。回念戊戌之春，饥黎塞于途，暴客啸于野，越人夺货之事，层见迭出。当是时，室悬磬者转沟壑，冻馁无以自全；家栖粮者乘垣墉，忧危不能自保，其势岌岌不可终日。若非朝廷轸恤民艰，大宪恫瘝民瘼，与夫南邦诸君子泛粟捐金，不惮为被发缨冠之救，则两载洊饥，情形何堪设想。今虽死者长已矣，而生者犹得宅尔宅，田尔田，鼓腹含饴，吹豳饮蜡于尧天舜日之下者，伊谁之赐哉！刊竣为述其缘起，著之简端，以志勿谖云。时光绪二十有六年八月之望。梁溪唐锡晋书于涟东学舍

条　例

一、捐户浩繁，收款丛杂。逐名全列，则散漫而易舛讹；合数总登，则疏略而难征实。兹于各宪拨款后，分列逐捐各户，其零捐则分锡、淮、苏、浙汇登总数，另于后页逐户详登，以供义捐诸君按类稽核。

一、输捐善士，散处四方，住址未能尽悉。所分锡、淮、苏、浙名目，特以经募人住处为主，须认定何人经募，某字捐册，按类推寻，庶不致漫无实落。

一、所收赈款，不独银洋钱数不齐，且银平不等，未便核算。兹将收支各款，于结尾皆折足库平银核计，以归一律。

一、折兑库平价目，凭戊戌、己亥、庚子镇、浦等处钱庄出入各价通扯定码，与现在市价稍有不同。

一、戊戌淮北粮贵，由义赈款内拨购米、面、干薯运安散放，若将此项列入收管，则与银洋重复，兹于支款结尾照原价作银核销。

一、米、面、干薯皆照原来净数列入，中途稍有遗漏，概归分拆折耗项下开除，总结仍合原来数目。至前申各宪报销册，皆以到局过秤毛重收列，每包去麻袋二斤，净重即符今数。

戊戌安东春赈募捐启

敬启者：安东地近海滨，土皆斥卤。雨旸时若，民尚不免流亡，两年来叠被水灾，弥形奇窘。去岁自秋徂冬，民随徐、海饥黎就食南方者，相属于道。大宪虑其挟众滋事，沿江截留，令归乡邑。仰体圣天子轸恤民艰之意，于无可筹款之时，力筹巨款，拨银五千两，抚恤老幼。又提积谷钱二万缗，挑浚境内民便、一帆等河，以工代赈，养其丁壮。具征意美法良，无如灾巨款微，难均难遍。河工既由近河各董承雇居民一万余夫，开工赴役，其赈银五千两，亦由故县赵令于去腊给董分放，二赈皆有益居民，而流民未及焉。统计安邑十万烟户，流亡者半，入春以来，闻赈而回，日多一日。青黄不接，既无家可归；散放已空，亦无赈可就。十百为群，四乡觅食。居民中稍有力者，或以糠麸为糊，杂以菜根、草实，人分一杯，辍釜而止，该饥民扶老携幼，日则风餐难求果腹，宵则露宿无可容身，疾病死亡，朝不谋夕。屈指麦熟，尚隔三月有余，设非力筹续赈，势将道殣相望。惟是阖邑少殷实编户，罕可劝捐；邻境多转徙灾黎，鲜能协助。不得已代效沿门托钵之求，藉为集腋成裘之计，敬告同心，共襄善举。倘得慨输百两，诚堪多活百人；即令乐助一金，亦复获全一命。看今日桃花煮粥，风前调屑玉之糜；卜他年桂子飘香，月里织登科之记。恭疏短引，聊代长言。此启。

己亥淮徐海洊饥告灾图募捐启

敬启者：淮、徐、海三属叠被水灾，饥民载道，辛苦万状，惨不忍言。虽经朝廷发帑拊循，大宪捐廉协济，而地广户繁，不得不仍资义赈。至三至再，愧数见之不鲜；斯万斯千，冀诚求之有应。固知发棠请复，不免冯妇诒讥，所期泛粟重输，当有穆公仗义。亿万众流离颠沛，将为出手之援；一十图摹绘疮痍，再代沿门之乞。此启。

第一图

室庐半作河中沚
禾稼全成水上苹

暑雨霑霡，秋涨陡发，田禾庐舍，漂没水中。出入波涛，不免其鱼之叹；飘零禾黍，难期乃粒之歌。坐华堂拥高廪者，思之当为惨然。

第二图

刷露半筐茅有脊
迎风一路树无皮

比岁不登，举家乏食，树皮草实，强以充饥。所谓岸头挑尽无名草，树上劙光未死皮也。食费万钱者，盍分以杯羹。

第三图

薪桂难谋厨断火
米珠无措釜生尘

穷檐嫠妇，矢志抚孤，朝夕饔飧，全凭十指。被灾以来，米薪腾贵，告贷无门，束手待毙。廿年苦节，空怀漆室之忧；一线宗桃，几坠若敖之祀。伤哉！

第四图

辗转沟内孩索母
号咷路侧妇寻夫

转徙流离，易遭疾疫。相守则同归于尽，于是有母遗其子，夫弃其妻者。号啼之声，不绝宵昼。合家团聚享天伦乐者，盍举手援之。

第五图

鬻书莫赡三餐计
煮字难充八口饥

诗书士族，不受嗟来，坐守空庐，甘心槁饿。有一门并死者，有半延残喘者。气类之感，弥觉惨心。安得分仁人之粟，用以代义士之薇。

第六图

卖妇暂延姑喘息

鬻妻莫慰子哀啼

被灾之民，流离失所，有鬻妇以资事育者。卒之母延残喘，仍为沟壑之填；儿习号咷，终作道途之瘠。噫！

第七图

死别已捐儿委壑

生离难遣女牵衣

死者长已矣，生者仍不能相守，往往有鬻女以谋朝夕者。牵衣惜别，惨不忍言。凡在儿女团圞者，盍慨解腰缠，使之骨肉完聚耶！

第八图

犬衔白骨筋犹在

鸟啄新尸血未干

疾病颠连，道殣相望，有埋不胜埋、掩不及掩者。模糊碧血，供鸟雀之馋余；风雨黄昏，任狗彘之夺食。谁为谋三寸棺、五寸椁耶？

第九图

急则生变

间阎户口，良莠不齐。被灾以来，朴而愿者，坐以啼饥，犹作兔株之守；剽且悍者，铤而走险，遂多蠢动之虞。祸势蔓延，不可扑灭。有坐拥厚赀而不能终保者，曷不稍分余润，以遏此燎原之势耶！

第十图

行道有福

天灾流行，国家代有。惟拯人厄者，自不罹于厄。去年大江以南，几成旱灾，而卒收双穗者，其明效大验也。天道好还，所以报施善人者，岂独一枝椿、五枝桂耶！

庚子山左洊饥告灾募捐启

敬启者：山左登、莱、青、沂所属各州县，去春亢旱，夏麦歉收，入秋虫蚀禾稼殆尽。粮价腾贵，斗米千钱。饥民就食西行，又经豫抚檄饬截留，毋许越境。穷闾坐困，益复无聊。冬来身少絮衣，面多菜色，甚或临风欲倒，卧雪旋僵。虽经沂州府杨卓斋太守请有冬赈五千两，并承上海施子英观察拨助赈洋二千元，安东唐桐卿广文移济棉衣万四千件，赈洋二千元，而地广户繁，仍属车薪杯水。今者春日方长，麦秋未至，不筹赈抚，势且道殣相望。所期乐善诸君子，重输义粟，再捣仁浆，齐黔敖捧食而来，秦任好泛舟而至。桃花煮粥，俾延残喘于三春；梅子流酸，庶获尝新于五夏。敬凭尺素，敢布寸丹。

谨启。

戊戌查赈安东告神疏

惟光绪二十有四年，岁在戊戌二月乙卯朔越二十有二日丙子，安东县知县杨增芳、教谕唐锡晋、训导李振禧、典史胡树兰、千总吴志明、把总陈煜坤，暨同邑绅士盐经历郭恩浩、巡检周宗杰、岁贡生井星聚，监生阎镛、郭家鹏、郭宝善、廪生马澄、朱荣、侯广平，附生刘学余、唐浩然、唐晬然、阎丙南、胡金声、乔利金、刘雨亭、濮雅颂、李俊卿，武生薛奎元、童生孙寿亭、何庭芬、张应坦、季庆普、吴天培、胡世瑜、刘象贤、李福来、孙际昌等，敬昭告于关圣帝君、城隍尊神座下。伏以安东四境，迭被水灾，载道饥黎，辛苦万状。锡晋不忍坐视，上禀请赈，刊启劝捐，函致堂兄洪培由南募款购粮，运安散放。恩浩等咸愿自备资爷〔斧〕赴乡查户。深知剔留之际，生死攸关，自应熟审权衡，慎防遗滥。犹惧精神不继，耳目难周，警觉提撕，实资神佑。倘敢去留任意，高下随心，有偏憎偏爱于其间，致畸重畸轻于其际。或足未入户而笔光〔先〕书，或口未及问而票已给。甚且安居旅店，全凭庄长报名，遥指村墟，即与流亡补票，已至者目迷五色，几若比户可登，未至者心惮重行，不惜全庄尽弃。斯自贻夫咎戾，断难逃夫神诛。敢竭丹忱，仰祈青睐。谨疏。

己亥续赈安东告神疏

惟光绪二十有五年，岁在己亥二月己卯朔越十有六日甲午，安东县知县杨增芳、教谕唐锡晋、训导李振禧、典史胡树兰、千总吴志明、把总陈煜坤，暨同邑绅士监生阎镛、周寿同，廪生马澄、朱荣、廪贡生侯广平，附生刘学余、朱承宪、唐浩然、唐晬然、谷元黼、吴顺亲、阎丙南、乔利金、朱继之、孙寿亭、何庭芬，武生张炳元、薛奎元、童生张应坦、季庆普、吴天培、唐广居等，敬昭告于关圣帝君、城隍尊神座下。伏以安东迭遭水患，屡遘凶饥，邑有流亡，民多冻馁。增芳、锡晋不忍坐视，上请官项，下募义捐，集款运安，设局散放。镛等愿任分乡查户。深知厘剔之间，死生攸系，滥既惧虚糜赈项，遗又虞致蹙民生。自宜熟审去留，慎权多寡，所虑精神不继，耳目难周，警觉提撕，实资神佑。倘有徇情喜怒，任意剔留，足未入户而笔先书，口不及问而票已给，甚且安居旅店，但凭庄长报名，遥指村墟，即与流亡补票。或混径涂之枯菀，已至者比户皆登；或惮道路之阻修，未至者全庄尽弃。斯即草菅夫人命，敢忘咫尺之天威。敬布愚忱，仰祈慈鉴。谨疏。

庚子查赈沂水告神疏

惟光绪二十有六年，岁在庚子四月壬申朔越二十有二日癸巳，山东沂州府沂水县知县方奎、江南淮安府安东县教谕唐锡晋，暨寓邑绅士从九职朱炳然、藩库大使彭荫桓、县丞袭云骑尉王朝黻、典史陈翰屏，监生高松、方瑛、倪家骥，附生唐宗愈等，敬昭告于关圣帝君、城隍尊神座下。伏以沂水县北境被灾缓征之三十三社饥民，困苦颠连，实堪悯恻。

经奎函晋携赈来沂，炳然等愿任赴乡查户。深知剔留之际，生死攸关，自应熟审权衡，慎防遗滥。苟或精神不继，耳目难周，警觉提撕，尚祈神佑。倘有随心喜怒，任意去留，足未入户而笔先书，口未及问而票已给。甚且安居旅店，全凭庄长报名，遥指村墟，即与流亡补票。或则胸涌泾渭，已至者比户皆登；或则路隔冈峦，未至者全庄尽弃。斯罔顾夫天良，断难逃夫神谴。敢凭素简，用矢丹心。谨疏。

戊戌二月初六日告灾请赈上督漕抚学藩道府宪禀

大人阁下，敬禀者：安东地近海滨，土皆斥卤。雨旸时若，民尚不免流亡。两年来叠被水灾，弥形窘迫。去岁自秋徂冬，民随徐、海饥黎就食南方者，相属于道。所过地方，有司虑其挟众滋事，禀请沿江截留，令归乡邑。赖宪台轸念民艰，于无可筹款之时，力筹巨款，拨银三万抚恤徐、海，提五千两分恤卑县老幼，并准淮扬海道宪提卑县积谷钱二万贯，饬海分转，督浚境内民便、一帆等河，以工代赈，养其丁壮。仰见加惠灾黎，法良意美。无如被灾地广，难遍难均。河工既由近河各董承雇居民一万余夫开工赴役，其恤银五千两亦由故卑县赵令从鼎、代理卑县杨令增芳于去腊新正，尽数给董分放。二赈皆有益居民，而流民未与焉。统计安东八万烟户，流亡者三万，入春以来，闻赈而回，日多一日。青黄不接，既无家可归；散放已空，亦无赈可就。十百为群，四乡觅食。居民中稍有力者，或以糠麸作糜，杂以菜根、草实，人分一杯，轸釜而止，该饥民扶老携幼，日则风餐难求果腹，夜则露宿无所容身。疾病死亡，朝不谋夕。屈指麦熟，尚隔三月有余，设非力筹续恤，势且道殣相望。卑职伏查阖邑少殷实编户，罕可劝捐；邻境多转徙灾黎，何能协助。不得已刊刻捐启，分寄苏、沪同人，劝捐协济。诚恐为时既迫，集款无多，难支大局，伏读宪台咨汇苏抚宪奏请开办江苏赈捐接济春赈一折，仰见体恤穷闾，无微不至。第必待捐有成款，始行散放，尚恐缓不济急，惟有仰叩鸿慈，筹移他项拨银派委，径下卑县察看情形，监督散放，并量发江苏赈捐实收，劝捐解抵。夫流民之困惫，更甚于居民，矧今日之颠连，倍惨于往日。卑职目击倒悬，情难坐视，不敢避越俎代谋之咎，聊以尽为民请命之心。拟以款至为设厂放粥之始，两月可望麦熟，大小通计，每口约费一金，苟得筹银万两，已堪普救万人；即能拨款千金，亦可幸全千命。伏惟大人念切恫瘝，量宏胞与，用敢直陈前恤但及居民，未及流民，并现在流民麇集，颠连待毙情形，仰叩宪恩，移款续恤，并量发实收。厂事告竣，卑职锡晋愿赴苏、沪劝捐，陆续批解，以清筹移之款。不胜迫切待命之意，统祈垂鉴。除禀漕抚学藩道府宪鉴核外，肃此谨禀，恭请钧安。卑职锡晋、振禧谨禀

敬再禀者：大江以南各州县，自同治六、七年清粮以后，皆有鱼鳞清册，履亩勘荒，胥吏无能上下其手。安东自乾隆间黄水汜溢，图籍尽为漂没，历年税银，皆由胥吏包征。去年夏、秋间，邑城东北百余里，田庐禾稼，并在水中，秋杪水势方退，而征银尚六分一厘，致灾状壅于上闻，赖大人明烛千里，拨银抚恤，而转徙流亡，尚如是之众，设泥征而不赈成例，民生其何以堪。新任卑县李令瀚鋆系实缺人员，当能实力辨事，倘得大人饬下卑县筹办清粮，绘造鱼鳞清册，庶永远粮归的户，豪猾绝欺隐之私，茕独免浮征之累，即遇灾年，勘丈亦有依据，不致授权胥吏，则造福穷闾，更非浅鲜。又前恤之发，委员付之有司，有司委之乡董，既非设厂放粥，亦不示期散粮，暗中摸索，任意分给，迨散尽后，

始将宪示揭帖，虽亦造册具报，谁复逐户稽查，其中染指之嫌，冒滥之弊，在所不免，而载道饥黎，转觉呼天无路。故赈饥莫如设厂，放粥流弊，不过拥挤，但令多设分厂，即可散布饥黎，既无冒滥，亦便稽查。苟得一耐苦干员，周巡各厂，已能百弊俱除。有鉴于前，不得不豫防于后。再查安东积谷，除二万拨入河工外，尚余万贯，第半由官绅移用，苟非简派廉明干员，会同新任卑县监督拨放，亦不能实惠均沾。合并声明，统祈大人鉴核施行，万民幸甚。肃此再请钧安。卑职锡晋谨再禀

头品顶戴兵部尚书两江总督部堂硕勇巴图鲁刘批：

据禀及另单均悉。饥民待毙，悯念良深。查谢道回任，已带银一万两，赈捐实收五百张，为捐办淮海各属灾区春赈之用，并有严绅作霖筹办各属义赈。昨日钦奉恩旨，饬再截留漕米万石，业将此项漕米全数解交严绅，分赈徐、淮、海各属灾民。该教谕、训导应即就近禀商谢道及严绅，拨款抚恤，仍候分行遵照。至应造鱼鳞清册及清查仓谷，并候饬令淮扬海谢道督同新任李令认真办理，一面查明挪欠仓谷官绅，据实禀追。仰即遵照，缴。（二月十六日到，十七日批排递行学。）

头品顶戴兵部侍郎兼都察院右副都御史江苏巡抚部院奎批：

据禀已悉。徐、淮、海被灾甚重，急应拯救。昨已由苏续筹银三万两，汇交严绅作霖，妥为散放在案。该教谕等所请拨款续恤并请发实收劝捐，仰淮扬海道即速核明，分别酌办饬遵。禀内所称前恤但及居民，未及流民，与本部院访察情形相同，拯饥如拯溺，该道其迅速酌行，切勿辗转饬查，耽延时日，是为至要。缴。禀抄发。（三月十一日录批径行。）

钦命内阁部堂江苏督学部院瞿批：

详阅来禀，深堪悯恻。能否移款续恤，已据情咨商矣。至量发实收，由该教谕赴苏沪劝捐之处，既据该员通禀，应候督抚部堂院核示办理，此缴。（三月初五日到，初六日批。）

头品顶戴江南江宁等处承宣布政使司布政使松批：

查安东县上年被水歉收，民惰〔情〕困苦，业经汇案报明，分拨款项，由淮扬海道饬发该县银五千两查放抚恤，并兴挑民便、一帆等河以工代抚各在案。兹核该学来禀，以烟户流亡者多，入春闻赈归来，散放已空，无可得食，待恤急迫，自是实情。现在已由淮扬海道续请拨银一万两为接济淮、海抚恤之用，除电咨在前款内酌量从多拨给，以资抚恤流亡归来之户，委员会县核实查放，该教谕等请发赈捐实收，愿赴苏、沪劝捐一节，亦请由道酌核饬遵外，仰淮安府立即督饬安东县杨令，赶将抚恤事宜认真经理。该令现已改为接署，责无旁贷，究竟现在待恤饥民实有若干，应否如该学所禀设厂煮赈，抑仍宜按口给资，务先体察情形，妥定办法，一俟拨款发到，即会委核实散放。如尚须借拨积谷，亦即从速禀办，总期实惠均沾，毋任流离失所。另单禀前次恤款，系委之乡董暗中摸索，任意分给等语，究竟其中有何情弊，应即由府严切访查，据实禀复。其请清粮造册，乃地方官应行整顿之事，应饬该县筹议办理，均毋任延，并行该教谕知照，仍候督漕抚宪暨巡道批示，缴。（二月十七日到，二十二批排递发府。）

钦命二品顶戴江苏分巡淮扬海等处河漕盐驿兵备道谢批：

据禀续拨恤款分设粥厂，事属可行。惟一时挪移无款，前经本道在省禀奉督宪批发赈捐实收五百张，以备劝捐接济，兹先发去空白实收五十张，仰即查收，劝谕绅富乐善之家，慷慨输将，随时报明，以便拨给。另禀请发护照，亦已照缮十张，同实收随批饬发。一俟新任李令到任，即会同妥为办理。仍将设厂劝捐事宜，随时通禀查考，并候督、抚宪

暨藩司批示录报，此缴。计发赈捐实收五十张，运米护照一十张。（二月十四日到，十五日批。）

钦加盐运使衔二品顶戴补用道江南淮安府正堂张批：

此案现据该县通禀，应候各宪批示遵行，仰安东县转移知照，缴。另单并悉。（十一日到，廿二日批。）

戊戌二月二十二日请拨积谷再上督宪暨道宪禀

大人阁下，敬禀者：二十二日午刻奉到排递禀批，捧诵再三，仰见圣天子轸恤灾黎之意，我大人恫瘝民瘼之心。一片慈祥，万方怙冒，下风引领，钦感难名。卑职自初六日分上通禀后，初十日由安赴淮，十一日大雪中谒淮安府张宪。十四日由淮赴浦，十五日谒淮扬海道谢宪，允拨干薯千石，约在三月初旬到安，当发赈捐实收五十张劝捐接济。十七日由浦赴西坝谒徐分转，允拨花生饼百石，亦在三月初旬到安。并由卑职于正月抄遣子持函回商从兄洪培，由籍劝捐，近接来禀，得洋肆千圆购米，已请谢道宪给发护照，寄南分运，亦在三月初旬可到。今拟邀集在城同寅并在学同志诸生，恭诣关圣、城隍两庙拈香焚疏，各矢冰心。随偕同志亲赴卑县东北被灾最重潮河一带最下之区，逆查而上。查户既清，则散粮放粥，皆有把握。但俟薯、米一到，即可查清一镇、先放一镇，急其所重，缓其所轻，先后尚非倒置。惟是集款无多，难支大局。伏思积谷原以备灾，至涂有饿莩，灾状亦云已甚，倘得大人扎饬卑县拨积谷钱万贯，亦可多活万人。再恩旨截留漕米万石，已由大人全数解交严绅，分赈徐、淮、海各属灾黎，则安东亦在其中，似亦宜邀恩赉。伏求大人函谕严绅，拨员持款，来安分赈，以接济卑职，庶不至半途中辍，虚掷前劳。除就近另禀道宪鉴核并函商严绅分恤外，合亟禀请大人鉴核分谕施行，灾黎幸甚。附缴排单一纸，统祈垂察，恭请钧安。卑职锡晋谨禀

头品顶戴兵部尚书两江总督部堂硕勇巴图鲁刘批：

据禀已悉。查该县地方，前因灾重人多，已饬据严绅拨给赈银一万两，以资赈济。至该县积谷款项，前据杨令禀，除拨挑河道外，所余之款，系生息为学校之用，亦经饬令先其所急，提取济用在案。仰淮扬海道即饬遵照，会同该地方官及各绅董妥为核实查放，是为至要，缴。排单存销。（闰三月初四由道扎行。）

钦命二品顶戴江苏分巡淮扬海等处河漕盐驿兵备道谢批：

已扎饬安东县杨令拨借积谷钱文购粮续放矣。至本道所办干薯，已预备二千石，俟运到即发给该县散放。严绅亦允万金拨济。仰即遵照，会县妥为办理，仍候督宪批示录报，缴。（二月廿九日到，三月初三日批。）

戊戌三月二十五日续请拨款再上督抚宪禀

大人阁下，敬禀者：安东灾户，业经卑职督卒〔率〕廉干生员二十四人，亲赴各镇履户清查，力加淘汰，得非抚不生者一十六万口，以两小口折一大口计之，约减二万，折净一十四万口。现筹之款，大人电谕严绅拨银一万两，卑职再三函恳，续拨银五千两。卑职堂兄洪培持启由锡赴沪劝捐，得洋二万余元。益以卑职分启劝捐零星各款，共得三万四千余两，每口仅摊制钱三百，散米散钱，为数则一，断不能支持以望麦熟。除现已办米六千

石，陆续转运，随到随放，先散一期，每口四升，仅支十日外，余钱一万数千串，已不足第二期散放。救人救彻，是用隐忧。卑职与堂兄洪培搜索枯肠，凡年世戚友间已无可再捐，不得已再为安东十六万灾黎作垂毙之呼，伏乞大人恩鉴，曲予矜全，再行电谕严绅，于一万五千两外，续加接济。倘得严绅酌派妥人，赍钱与米会同卑职履镇散放，俾阖境蒙再生之恩，卑职免半涂之废，灾黎幸甚，卑职感甚。统祈垂鉴，恭请钧安。卑职锡晋谨禀

头品顶戴兵部尚书两江总督部堂硕勇巴图鲁刘批：

据禀，安东灾户共查出十四万口，现筹之款，除办米散放一期，仅支十日，余钱不敷再放，自系实情。除已电饬严绅再行酌量拨济外，仰仍妥为函商办理，以资赈济而全民命。一俟加拨之款寄到，即一并核实妥散具报，仍报明淮扬海道查考，缴。（三月三十日到，闰月初三日批。）

头品顶戴兵部侍郎兼都察院右副都御史江苏巡抚部院奎批：

据禀已悉。该教谕协办赈务，不遗余力，深堪嘉慰。所请续筹接济，应如何酌拨，仰淮扬海道即速会商严绅，斟酌办理具复，缴。禀抄发。（闰三月初九日录批径行。）

戊戌四月十六日赈务告竣上督漕抚学藩道府宪禀

大人阁下，敬禀者：卑职筹办春抚，前经禀奉宪台批示遵行在案。兹卑职自二月二十六日督率同志诸生赴乡查户，一面督造各镇饥民户口册及散赈序进牌榜，三月二十八日会同杨令增芳先赴潮河，次至百禄沟，次至五港，次至陈溪，次至时家码头，次回本城，分厂六处，散放一十二镇。至四月初六日竣事，凡三十有九日。初七、初八两日放海、沐、赣、阜由南回籍各饥民，始行撤厂。十一、十四两日在县补放潮河闻赈归来未入正册各贫户。现当二麦齐收，凡流寓城厢内外各饥民，已共归安业，间有病不能行，尚拟续办留养，俟其病痊，再行资遣回家。除汇集苏、沪、锡、镇、清、淮收捐购粮各帐及散放各镇钱洋、米、面、薯饼细数，督造清册，呈送宪核外，合将开办告竣日期先行禀报，仰慰宪廑，除通报漕抚学藩道府宪查考外，肃此谨禀，恭请钧安。卑职锡晋谨禀

头品顶戴兵部尚书两江总督部堂硕勇巴图鲁刘批：

据禀已悉。查该教谕办理安邑赈务，井井有条，各饥民皆得实惠均沾，深堪嘉尚。据称二麦现已齐收，所有流寓各饥民亦均回归安业，尤为欣慰。至留养有病之人，应即饬医赶紧医痊，妥为资遣回籍，以终其德。仰江藩司即转饬遵照，仍候各院批示，缴。

头品顶戴兵部侍郎兼都察院右副都御史江苏巡抚部院奎批：

览禀慰悉。该教谕会办赈抚，不遗余力，深堪嘉尚。应如何酌予奖励，仰江藩司核明详夺，一面饬令造具收支款册，通送查核，仍候各衙门批示，缴。

钦命江南江宁等处承宣布政使司布政使松批：

据禀查明户册，会县分厂散放春抚事竣，及留养病黎另行资遣各情已悉。该教谕尽心筹济，始终不倦，实堪嘉赖。仰淮安府即饬遵照，将经收散放各款造册报销。至应如何给予奖叙，并即由府议详察办，仍候各院宪暨巡道批示，缴。

钦命二品顶戴江苏分巡淮扬海等处河漕盐驿兵备道谢批：

据禀并另单均悉。查前发实收，多由委员带赴各处劝捐，现请续发，尚未奉督宪批示，仰即知照。俟奉发到日，再行给发，仍候各院宪暨藩司、淮安府批示，缴。

钦加盐运使衔二品顶戴补用道江南淮安府正堂张批：

据禀已悉。仰安东县会同该教谕核实造具报销清册，通送查核，仍候各宪批示，并移该教谕知照，缴。

头品顶戴兵部侍郎漕运总督部堂松批：

据禀已悉。仍候各院批示，缴。

钦命内阁部堂江苏督学部院瞿批：

据禀具悉，仍候督漕抚部院指示，缴。

戊戌六月二十六日造册报销上督漕抚学藩道府宪禀

大人阁下，敬禀者：卑职筹办春抚，自正月下旬刊刻捐启，遣子宗杰回籍劝捐，旋由卑职堂兄都察院都事唐洪培携启赴沪劝募。二月初六日卑职具禀通详，请款接济。初十日由安赴淮，谒前淮安府张宪。十四日由淮赴浦，谒淮扬海道谢宪，面陈饥民载道，颠连待毙情形，当奉批给空白实收五十张，寄南劝捐，并蒙给谕候选同知周廷弼、祝大椿在沪劝募。十七日谒海运判徐宪，奉拨花生饼、红黑枣、疗饥丸。十八日由浦回安，随邀同志诸生刊刷户口票，并刻心似玉壶冰五字，分极、次贫。二十六日分赴各镇查户。三月中旬奉谢道宪拨济赈米三万六百斤水运来安，下旬卑职堂兄洪培由南集款二万有奇，购米易钱，督运至浦。旋奉宪台并抚宪叠电严绅三次，拨济赈银二万两，其五千两由谢道宪拨购赈米，其一万五千两由徐运判处兑易钱洋。复经周廷弼、祝大椿由沪捐募，购办面、薯，水陆运安。自闰月初二日始，迄四月十四日止，分厂六处，散放一十二镇并邻境流寓各饥民。事竣撤厂，尚有病不能归，续办留养，前经报明在案。现已调养就痊，资遣回籍，合行核办报销，除将散赈原册与户口票封储备案，并将所余钱洋，南款则缴还严绅，邑捐则购储仓谷，以期赈归赈用，恪践前言外，合将收支款项及饥民户口谨缮清册，呈请宪核。至苏、沪、锡、镇、淮、浦收捐细数与捐户姓名，及购办米、面、干薯价目，由南装运舟车各费，并协济沭阳春赈与江阴寿星沙疏河代赈诸项，俟卑职送过府试回籍，汇齐再行呈报。除禀漕抚学藩道府宪查考外，肃此谨禀，恭请钧安。卑职锡晋谨禀

敬再禀者。卑职此次筹办春抚，因南款有余，未曾动用积谷，事竣并将所募本邑赈款拨存城中裕通公典，移请卑县杨令增芳谕董购麦储仓，岁丰则平粜，岁歉则济饥，以期赈归赈用。惟是为款无多，无关大局。查前存积谷款项，除提拨河工外，尚余万贯，倘将挪欠清查，一律购麦储仓，秋籴春粜，永守常平遗法，虽不能遍济穷阎，然于赈荒实大有裨益。若临赈查追，仍恐缓不济急。应否饬下厘查存储之处，仍祈鉴核施行。水患不除，杞忧方切，统希大人裁之。肃此附禀，再请钧安。卑职锡晋谨再禀

头品顶戴兵部尚书两江总督部堂硕勇巴图鲁刘批：

据禀并另单及清册均悉。查此次安东赈务，由该教谕及唐洪培等分投募捐筹办，亲自查放，该教谕并自捐俸洋四百元济赈，实属好义急公。现在所余赈洋，南款则缴还严绅，邑捐则购储仓谷，办理尤极妥洽，深堪嘉赖，仰江宁布政使转饬遵照。至所请将该县积谷款项清查挪欠，一律购麦储仓，秋籴春粜，永守常平遗法一节，自为备荒起见，并应由司即将该前县周故令等亏欠积谷钱文，赶速查追清款，酌量饬令提拨采购存储，妥为议章办理。仍候各辕批示，缴。册存。

头品顶戴兵部侍郎兼都察院右副都御史江苏巡抚部院奎批：

据禀并另单均悉。仰江藩司核明汇案详办，仍候督漕学部院批示，缴。册存。

钦命内阁部堂江苏督学部院瞿批：

据禀已悉。具见尽心赈务，甚属可嘉。仍候督漕抚部院批示，缴。册存。

钦加盐运使衔补用道署江南淮安府正堂达春巴图鲁罗批：

据禀，送饥民户口及收支款项各册存查。至所称前存积谷款项，究竟除提尚存若干，候扎饬安东县查追具复核夺。仰将收捐细数各册赶紧汇造送核，仍候各宪批示，缴。另单并悉。

己亥二月初十日请款续赈上督漕抚学藩道府宪禀

大人阁下，敬禀者：去冬卑职续筹今年春赈，仲冬初旬送毕院试，即由淮旋南，绘刻淮徐海洊饥告灾图捐启，分投劝募。并接卑职杨令增芳来书，知奉发赈捐实收百张，可以官、义并劝。无如由淮赴镇，由镇抵锡，由锡诣沪，由沪回淮，两月以来，搜罗殆遍，官、义两赈，仅募得六千余元。伏思去年安邑春抚，查户给票，凡一十二镇，计饥民二十四万余口，散放钱洋、米、面、薯饼，核银四万余两。分厂六处，自闰三月初二开厂，至四月十四撤厂，仅支四十余日，已及麦熟。今年灾象较甚去年，区区六千元，只及十分之一，普赈则难餍众心，偏赈则易生觖望。且潮河、大飞、五港三镇，地势低洼，受灾固重，而鱼场、长乐、岔庙、陈溪、阜民、金城六镇，毗连海、沐，被灾亦复非轻。所可稍缓者，惟东、西二路与本城一镇。必再筹银三万两，方能拯此一邑灾黎。虽从兄洪培留南劝募，而势成弩末，难望穿杨，力短心长，搔首无策。惟有仰叩鸿慈，筹款拨济，或电谕严绅协助，或径由赈局酌拨，拯有象之疮痍，弭无形之变故，惟大人垂鉴而熟权焉。卑职即日旋安，督同诸生赴乡查户，一俟宪款拨到，即将前募六千元并入，设厂散放。再今春粮食价目，南北相等，似以散钱为便。是否有当，伏乞训示遵行，除禀漕抚学藩道府宪鉴核外，肃此谨禀，恭请钧安。卑职锡晋谨禀

头品顶戴兵部尚书两江总督部堂硕勇巴图鲁刘批：

查昨据安东县请拨银一万两接办抚恤，业经批饬该司局酌核筹拨在案。兹据禀称，官、义两赈，仅募洋六千余元，不敷分散，自系实情。惟严绅现办徐、海各属振抚，尚且自顾不遑，何能协济他邑。振捐总局现在亦未有多款，该员所请再筹银三万两，究竟能否照数筹拨，仰江宁布政司即会同赈捐局汇合前批，赶紧酌核筹议，详复饬遵，仍候各辕批示，缴。

头品顶戴兵部侍郎兼都察院右副都御史江苏巡抚部院德批：

昨据安东县禀请拨款筹办春赈，即经批司饬遵在案。据禀前情，应如何筹拨，仰江藩司速即酌核饬遵具复，仍候各衙门批示，缴。

钦命礼部右侍郎江苏督学部院瞿批：

既据通禀，仰候督漕抚部院批示办理，缴。

钦加二品顶戴署江南江宁等处承宣布政使司布政使胡批：

据禀已悉。该员上年筹办抚恤，实力实心，并劝集义捐济用，全活甚众。此次续筹春抚，又劝募洋六千余元，仍留人在南续募，具见乐善不倦，深堪嘉赖。本署司前因该县上

年被歉，毗连灾区，乏食贫民，今春应须抚恤，饬据淮安府查覆，除上年赈余钱洋外，请先拨银八千两，当经移由赈捐总局如数拨汇清江德生钱庄，饬知该县领取，并先批令该县商同该员查办。旋据县禀，该员回南劝捐未返，饥民待赈孔亟，又饬一面函催，一面会同府委赶紧清查户口，及时开放，拨款如有不敷，先以上年赈余钱洋查明提用，再有短少，并准酌量续请在案。今该员既已回安，应仍会同妥速议定办法，及早散放，以期贫民均沾实惠，仰即遵照办理。至上年赈余，邑捐洋三百五十三元，钱四千零七十文，系属存典，自可提用。另洋五千七百五十三元四角，钱二千三百三十六千四百三十九文，该员前送册内，登明缴还严绅，赈归赈用字样，核之严绅开送清单，未经列有收归之款，究竟现存何处，前经饬查，应再由该员会县查覆。又奉漕宪函谕，拨款交由工赈局邓道台购办豆饼，先放大飞、五港、沈集、古寨等处，自系择尤济急，是否仍须接续抚恤，亦即确切查明妥办。仍移县知照，报明本府，并候各院宪暨巡道批示，缴。另单并悉（二月十五日到，二十二日批，排递行学。）

己亥三月初一日续请拨款上藩宪禀

大人阁下，敬禀者：本月初一日接奉前月二十五日宪台排递批，卑职募赈无多，请款接济，由体恤臻至，区画周详，想见安东廿余万灾黎，日往来于大人之心，环诵再三，莫名钦佩。卑职自前月初九由淮赴浦，函请严绅拨回去年缴还赈余钱洋，初十回安，晤卑县杨令增芳，得审宪台拨银八千两已汇清江，合以卑职所携南来赈款，三项以洋核计，共得二万六千元，当即束邀同志诸生，商办查户。诸生以今年灾状较甚去年，而赈项不及去年之半，即欲严加厘剔，而能剔其尚有生机之次贫，不忍剔其颠连垂毙之奇贫，辗转踌躇，不敢奉命。嗣卑职谕以大人恫瘝在抱，度越寻常，续请拨济，必当允准，诸生始肯随同赴乡分查。惟查户虽视去年减之又减，而黧无人色、四壁萧然者，终不忍不赈。以去年被赈二十四万余口三去其一计之，尚须一十六万口，口给四角，须洋六万四千元，口给三角，须洋四万八千元。除现到三项赈款二万六千元外，以四角论，尚缺洋三万八千，即以三角论，亦缺二万二千。前与卑职杨令增芳会禀，请于前发八千两外，续拨银万两，实以南来义赈尚多余望，故从减禀请。兹卑职北来已二十余日，两接家书，并言捐无成款，不得不再叩宪恩，加拨五千，并前请万两，电汇清江，俾资接济，拯坐以俟〔待〕毙之疮痍，弭铤而走险之变故，灾黎幸甚，卑职感甚。至邓道台查放豆饼五千片，诚属择尤济急，卑职续查此项领饼之户，只能减等给票，不忍扣除不赈，合并声明，并将排单申缴。肃此谨禀，恭请钧安。卑职锡晋谨禀

钦加二品顶戴署江南江宁等处承宣布政使司布政使胡批：

查该县抚恤银两，前已于原拨八千两之外，续拨银五千两，又两次购运薯干二千二百七十五袋，计重三十四万一千二百五十斤，亦系凑济赈需。兹核来禀，既因待抚户口较多，劝捐又无成数，沥请加拨接济，自应通盘核计。准再加拨银七千两，仍由清江德生钱庄给领，除先电知外，仰安东县转移遵照，会同妥速查放。应将钱洋、薯干酌量配搭，总期贫民得沾实惠，不至失所，是为至要，此缴。排单存销。（三月十二到，十七批，排递发县。）

己亥八月十六日分别辞奖上督宪禀

大人阁下，敬禀者：卑职上年筹办安东春赈，禀奉宪台电谕严绅三次，拨济镇平银二万两，并由卑职刊启寄南，劝募钱洋核库平银二万余两。除奉淮扬道谢宪在前领宪台赈捐实收五百张内，拨发卑职五十张，寄沪留安，核银照例填给册报道宪核转奖叙外，其余皆系义赈，当已询明各捐生，不请奖叙，此项捐银并入严绅拨济赈项，购办米、面、干薯，配搭钱洋，履查散放，业于上年六月、八月两次造具收支清册并户口总册通禀报销在案。今年续办春抚，奉江藩司胡宪三次拨济库平银二万两、干薯三千余石，并收回上年赈余钱洋，又经卑职另刊捐启，由南续募洋一万余元，除陈国兴另册禀请赈捐局填收核奖外，其余均系义赈，亦已询明各捐生，不请奖叙，此项捐洋，并入藩宪拨济赈项履查散放，业于七月十一日会同卑县杨令增芳造具细册清折详销在案。实存洋二千六百六十四元三角三分四厘，钱八千八百八十四文，暂储浦典，合亟请示，缴归何处。至上年填收五十张之捐生，将来应领部照，是否即在宪辕祗领，今年捐生陈国兴应给实收，合请宪台扎行赈捐局填发，俾得转给捐生，以清经手。用再造具履历清册，呈请鉴核，统祈训示祗遵。肃此恭请钧安。卑职锡晋谨禀

头品顶戴兵部尚书两江总督部堂硕勇巴图鲁刘批：

禀单均悉。查该教职关心民瘼，办理赈务，任劳任怨，且劝捐至三万余金，几与官项相埒，实属难得。捐生陈国兴所捐洋元，与请奖衔封章程是否相符，杂项银两须缴若干，候饬赈捐局核明，分别填发实收，饬知由该教职转给收领，以清经手。赈余之款，即仍存备地方之用，或听储拨灾区。上年已填实收捐生五十名，该局曾否汇奖奉到部照，并候饬令查明，分别办理具复，仰即遵照，缴。履历册存。（八月廿二到，九月初二批。）

己亥十月初四日将赈山左上督漕宪禀

大人阁下，敬禀者：比接山左友人来书，沥陈沂州府属日照等县亢旱为灾，饥民载道，转瞬冰霜，必多冻毙。卑职另集义捐四千余元，函嘱堂兄洪培由苏沪购办棉衣一万二千件，禀请漕宪给发护照。卑职送毕院试，即由淮旋南，装运棉衣到浦，起车陆运，径赴日照等县查户散给，取该县印收，具报宪鉴。查该处地近海滨，民风强悍，若非官长弹压，恐有攘夺之虞，应请先咨山东抚宪饬知沂州府日照等县查照，会同办理。所惜车薪杯水，拯救无多，拟请拨用安邑赈余，藉资接济。迹若舍近图远，情实移缓就急，大人为国养民，九州一体，用敢直抒臆见，是否有当，伏乞训示遵行。肃此谨禀，恭请钧安。卑职锡晋谨禀

头品顶戴兵部尚书两江总督部堂硕勇巴图鲁刘批：

据禀东省日照等县被灾，已另集义捐四千元，购办棉衣，解往查放，具见乐善不倦，所请拨用安邑赈余之款，藉资接济，应准照办，仰即遵照，仍候咨请山东抚部院查照饬遵，缴。（十九日到，廿一日批。）

头品顶戴兵部侍郎漕运总督部堂提督海防军务大臣松批：

仰候咨会淮安关部暨行常镇、徐州二道及金陵、清淮各厘局，如遇前项棉衣到卡，刻

速验放，毋得留难阻滞。兹缮就护照拾张，随批发给查收，一俟运竣，即行缴销，切切此缴。（初五日到，初九日批。）

己亥腊月初九日冬赈抵沂杨卓斋太守上南省督漕宪禀

大人阁下，敬禀者：窃卑府各属，环山滨海，土瘠民贫，乐岁尚乏盖藏，凶年更虞空匮。比岁叠次歉收，邑有流亡，人多饥冻，加以教案迭出，民不聊生。前经卑府电致南绅，请筹东赈，旋奉漕宪宪台扎开，安东唐教谕集捐四千余元，购办棉衣一万二千件，运送山东沂州府日照等县散放。饬遇棉衣到境，立刻护送，毋许停留，仍将入境、出境日期报查等因到府。正在盼望，适唐绅运衣到日，单车来沂，缅述九月抄函嘱堂兄洪培购办棉衣一万二千件，堂兄自行捐助二千件，又禀请宪台督宪移拨安东赈余二千元，协助东省。十月禀奉漕宪宪台给发护照，由苏装衣，北运抵扬，晤严绅作霖，询悉盐河水涸，清淮以上，陆运维艰，改由镇江乘轮赴沪，并晤施绅则敬，筹洋二千元，交带来东查放。遂雇沙船，遵海而北，风潮不顺，折驶难前，腊朔始抵日照。舍舟登陆，又值积雪满山，辙深车缓，节节转运，尚须多日，面请扎饬分运前来。准此，卑府查莒州灾重地广，酌分四千件；沂水次之，分三千五百件；蒙阴又次之，分二千五百件；兰山、日照被灾较轻，各分二千件。其赈洋四千元，除开支装运舟车查放车辆约费四百余元外，其余三千五百余元，留充郡城设厂放粥之用，即于本月十六日开放。伏思宪台勤求民瘼，无间遐荒，轸恤民艰，罔分畛域。际此冰天觳觫，共嗟卒岁无衣，何期雪窖荒寒，顿使万人挟纩。不先不后，诚哉当厄而施，无滥无遗，敢勿称情而予。在大人痌瘝在抱，用广德意于朝廷；俾卑府绥辑有资，藉弭寡端于民教。除查放事竣，例取受抚各州县印结交来员赍回销委外，所有铭感下忱，合先修禀奉申，上慰宪厪，下鸣谢悃，统祈慈鉴，恭请勋安。卑府建烈谨禀

己亥腊月初九日冬赈抵沂上淮安府宪禀

大人阁下，敬禀者：卑职十月十二日禀辞后，随赴漕辕面领护照，乘轮旋南，督运棉衣。由苏抵扬，晤严绅作霖，询悉盐河水涸，清、淮以北，陆运维艰，改由镇江乘轮赴沪，航海徂东。深恐辗转耽延，有稽时日，命子宗杰邀请山阳学汪教谕曾荫暨安学孙、胡二生，禀奉漕宪派兵四名护送，先赴日照查户以待。卑职由镇电取前留浦典安东赈余洋二千元汇沪，抵沪往见施绅则敬，又承筹洋二千元，交带东省查放。遂雇沙船，遵海而北，风潮不顺，折驶难前，腊朔始抵日境。单车入城，见缪令润缓，询悉汪教谕诸人于十八到照，该令以未奉东省宪扎，不敢查放，力辞南返。卑职即促车西行诣府，积雪满山，辙深行缓，九日始达沂州。进署诣杨卓斋太守，乃知早奉漕宪扎行，盼望已久，优加礼接。留宿郡斋，面定查放章程，分扎被灾各州县，雇车分运。莒州灾重地广，分四千件；沂水次之，分三千五百件；蒙阴又次之，分二千五百件；兰山、日照被灾较轻，各分二千件。其赈洋四千元，除开支装运舟车查放车辆约费四百余元外，其余三千五百余元，留充郡城设厂放粥之用，即于本月十六日开煮施放，以济各灾邑来郡就食饥民。至查放棉衣，由县饬城乡各董，传谕各庄贫民，公举正直绅士，查造极、次贫清册，送交卑职，带同查户诸生

分路抽查，核数给票，衣到即放，放毕南旋，将在腊尽。际此风饕雪虐，卒岁共叹无衣，顿令泥壁蓬窗，万户齐欣挟纩。只惜车薪杯水，未能遍惠乎闾阎；犹幸鉴空衡平，不致任情于遗滥。同感者施当其厄，咸服者济择其尤。故虽惊涛掀舶，二千里航海而来，峻坂摧轮，数百里逾山而去，而尚及收功于残腊，差无负趋事之初心。除赈毕回安另行禀覆外，合先禀报到沂查放情形，上慰宪廑。至浙省余、上等县义赈，已未派员批解，尤深驰念。所幸绅商捐助陆续南行，不至如东省义赈，几于绝无仅见，此则尚堪仰纾宪系。肃此谨禀，恭请钧安。卑职锡晋谨禀

特授江南淮安府正堂加十级纪录十次许批：

据禀已悉。该教谕水陆劳顿，拯济灾民，乐善之诚，溢于言表，实堪嘉慰之至。仰即知照。（二十一日到，二十七日批。）

庚子正月初九日续筹东赈上东抚宪禀

大人阁去，敬禀者：卑职去秋接山左友人来书，缕述东省被灾，登州以海阳、招远为最，莱州以平度、即墨为最，青州以诸城、安邱为最，沂州以莒州、沂水、日照为最。春间亢旱，二麦歉收，入秋虫食禾稼殆尽，粮价昂贵，饿殍枕藉。目前如此，经冬徂春，更复何堪设想。将来不独流亡可悯，山林伏莽，所在多有，民教素不相安，值此洊饥，尤易煽惑。嘱以筹赈协济，藉拯民命，并系人心。当经卑职函致家乡，集捐四千余元，购办棉衣一万四千件，禀请漕宪缮发护照，并两江督宪请移安东赈余二千元协济东省。十月督运棉衣由苏抵扬，晤严绅作霖，询悉盐河水涸，清、淮以北，陆运维艰，改由镇江乘轮赴沪，航海徂东。深恐辗转耽延，有稽时日，命子宗杰邀请山阳学汪教谕曾荫暨安学孙、胡二生，禀奉漕宪派兵四名护送，先赴日照查户以待。卑职过沪，又承施绅则敬筹洋二千元，交带东省查放。遂雇沙船遵海而北，风潮不顺，折驶难前，腊朔始抵日境。单车入城，见缪令润缓，始悉以未奉宪扎，不敢查放，已将汪教谕诸人辞谢南旋。卑职即促车西行诣府，积雪满山，辙深行缓，数日始达沂州。进署谒见杨守，乃知早奉漕宪扎行，盼望已久，优加礼接。留宿郡斋，面定查放章程，分扎被灾各州县，雇车分运。莒州灾重地广，分四千件；沂水次之，分三千五百件；蒙阴又次之，分二千五百件；兰山、日照被灾较轻，各分二千件。其赈洋四千元，除开支装运舟车查放车辆约费四百余元外，其余三千五百余元，留充郡城设厂放粥之用，即于腊月十六日开煮施放。惟卑职带同查户诸生察看莒沂等邑灾情，有一村七十余家而仅存幼稚四、五者，有一家五口而靡有孑遗者，鸠形鹄面，日有死亡，实属指不胜屈。今年春赈，断不能已。卑职南旋，拟即函致南绅，劝筹义赈，上禀^{两江漕运}督宪，请款协济。屈指道途往返，筹劝曲折，必至二月中、下旬方能到沂，窃恐南赈未来，东民先毙，缓不济急，实所怆心。惟有仰叩宪台，恩施逾格，飞饬被灾各州县，迅将前由赈捐局所发平粜之每邑三千两，改设粥厂，先活此朝不谋夕、奄奄待毙之人，以待南赈之至。款多则履户查放，款绌则接济粥厂。其自今日以往至宪饬未到之前，相去两旬有余，卑职在途已函请沂州府杨守，将卑职所留三千五百元，分拨莒、沂两属，先开粥厂，以待宪檄之来。惟海、招、平、即、诸、安等处，尚无区处，伏惟大人勤求民瘼，有隐必彰，轸恤民艰，无微不至，当荣戟未临之日，东民已延颈跂踵，以望破格鸿

施。卑职观爱戴之民情，知凤孚之仁望，用敢布陈胸臆，仰叩恩施，显以广德意于朝廷，即隐以弭衅端于民教。不胜迫切待命之意，谨肃禀以闻，恭请钧安，统祈慈鉴。卑职锡晋谨禀。

敬再禀者。前在郡署，杨守缅述沂属歉收，本非一载，今秋各属秋禾，先受旱伤，后被虫蚀。前经督同覆勘，旱灾则高岭与低洼歉丰迥异，虫灾则偏伤与全蚀轻重悬殊，欲全征则恐促民生，欲全缓则恐妨国课，理宜摘征摘缓，方能补不足而取有余。然履勘稍有未周，即轻重不免倒置，民情愚悍，势且是非蜂起，致酿事端。不得已一律缓旧征新，非民力之能任全征，实事势之不能偏缓也。况今涂有饿殍，灾象亦云已重，更不容泥征而不赈成例，致屯下沛恩膏。伏查山东赈抚赈捐总局，本为通省灾黎而设，则登、莱、青、沂即在其中。矧去年三汛安澜，别无他顾，更可出其全力，以活此四郡灾黎。除由卑职禀请两江督宪移拨江苏赈捐局余款奏明协济外，合再恩请宪台扎行东省赈捐局，将所存赈款，悉数分拨灾区，则先罄本省未竭之储，以求普济，即后受邻省协筹之款，可告无惭。散朝廷有限之货财，拯草野无穷之民命，惟大人垂鉴而熟权焉。肃此再请钧安。卑职锡晋谨再禀

钦命工部右侍郎兼管钱法堂事务署理山东巡抚部院袁批：

据禀并另单均悉。棉衣分别州县灾情轻重散放，捐款则留济郡城粥厂，不惮隔省跋涉而远振邻饥，义勇可风，良深感佩。至拟续筹义赈，到尚需时，请以各州县平粜本银，改设粥厂，并由赈抚局出全力以赡饥黎，业已飞饬赈抚局及沂州府查照酌办。仰即知照，此缴。（廿五日到，廿六日批。）

庚子正月二十续筹东赈上督漕抚学藩臬局道府宪禀

大人阁下，敬禀者：卑职去秋接山左友人来书，缕述登、莱、青、沂所属海阳、招远、平度、即墨、诸城、安邱、莒州、沂水、日照各州县，春间亢旱，夏麦歉收，入秋虫食禾稼殆尽。粮价腾贵，饿殍枕藉。目前如此，经冬徂春，更复何堪。设想将来，不独流亡可悯，山林伏莽，所在多有，民教素不相安，值此洊饥，尤易煽惑，嘱以筹赈协济，藉拯民命，并系人心。当经函致家乡，集捐四千余元，购办棉衣万四千件，禀请漕宪缮发护照，并禀宪台请移安东赈余洋二千元以资接济。十月中旬，由苏运衣过扬，晤严绅作霖，询悉盐河水涸，清、淮以北，陆运维艰，改由镇江乘轮赴沪，又承施绅则敬筹洋二千元，交带东省查放。遂雇沙船遵海而北，风潮不顺，折驶难前，腊朔始抵日照。单车赴沂，积雪满山，辙深轮缓，数日抵郡，谒见杨守。留宿郡斋，面定查放章程，分扎被灾各州县，雇车分运。莒州灾重地广，分四千件；沂水次之，分三千五百件；蒙阴又次之，分二千五百件；兰山、日照被灾较轻，各分二千件。其赈洋四千元，留充郡城设厂放粥之用，即于腊月十六日开煮施放，以济各邑来郡就食饥民。至查放棉衣，由该州县饬城乡各董，传谕各庄贫民，公举正直绅士，查造极、次贫清册，送交卑职，督同诸生抽户厘查，核实散给。旬月以来，遍历莒、沂、蒙、兰、日五州县，旁经青之诸城、安邱各边境，察看灾黎，类皆身无絮衣，面有菜色，甚且临风欲倒，卧雪旋僵，知断非前项衣洋所能遍给，拟再续劝义捐，备筹春赈。屈指道途往返，筹劝曲折，尚恐缓不济急，即于归途具禀山东抚宪，请以前发被灾各州县平粜银每邑三千两，改添粥厂，暂济此朝不谋夕饥黎，以待续筹赈抚。独是前筹虽定，苟延残喘于疮痍，其如后顾无穷，谁展生机于亿兆。查东省办灾案

卷，叠经登、莱、青、沂各府请赈，赈捐局以捐款支绌，仅准每州县发平粜银三千两，且有顾惜成本之语，今既改办粥厂，耗其成本，此外似难请益。即卑职函致南绅，筹捐接济，而至三至再，仍恐集款无多。且有浙省上虞、余姚等县被灾待赈，诸绅皆乐于南行，惮于北顾，筹捐支绌，势所必然。窃思臧孙请籴，自鲁来齐，秦穆泛舟，由雍及绛，古者各君其国，各子其民，尚有救灾恤邻之义，况今普天率土，四海一家，尤将酌盈剂虚，九州一体。伏惟大人为国养民，罔分畛域，与民捍患，无间疆隅。方今赈捐总局款有赢余之日，幸值江苏全省毫无灾祲之年，所望推救饥如溺之心，为移缓就急之举。如须璧返，不妨由东省州县积岁以筹捐；无俟珠还，尤足见南省宪台轻财而仗义。施之草野，下以慰云霓望泽之情；奏之朝廷，上可纾宵旰勤民之念。在大人只殚一举念、一援笔之劳，而小民实关得则生、失则死之重。倘得俯如所请，恳即行知赈捐局拨款协济，并电知扬州严绅作霖、上海施绅则敬携款往赈，将见仁风广被，寒谷回春，闾泽旁流，枯鱼沾润，不胜迫切待命之意。谨肃禀以闻，恭请钧安，统祈慈鉴。卑职锡晋谨禀

　　敬再禀者。窃卑职两年筹办安东春赈，除奉拨官赈四万两外，另筹义赈三万余两，已将寅年戚友搜索殆遍。现虽分函劝募，恐再三之渎，集款无多。前年捐俸四百元，接济安东春赈，列入报销，亦既罄数年余蓄。今念东民之待赈如此其亟，南方之筹赈如此其难，检寻篋笥，得贽见条纸百余张，伏思新生贽见，为教官应得之项，上达九重，通行各省，各官皆有养廉，而教职独无者，职是之故。无如安邑士风，吝财蔑礼，视爽约为故常，以狡展为得计。卑职莅任十有三年，办考八次，除寒士送印不问外，其殷实户收有贽条，亦从无依期致送之事。今核所存，尚得千有余元，拨作赈项，亦可多救千有余命。惟面加催取，殊伤雅道，拟移县传催，即由县批解灾区，充作义赈。取之有道，不过使各啬者破其悭，济焉无穷，实足为垂毙者苏其死。由县收即由县解，无因染指，不得谓假公以济私；悯人厄即济人危，似此居心，又何致苛求而滥取。行之无弊，固犹是不侮鳏寡不畏强御之心；继之有人，并可广与不伤惠取不伤廉之义。夫推救灾恤邻之道，即无此贽，尚宜酌盈以剂虚，若论有约必践之心，业有成言，尤当移缓以就急。曩者叠遭饥岁，或藉口于自顾之不遑，今兹幸值丰年，更快意于代谋之有力。但使设身以处，亦当深已饥已溺之怀，诚能易地而观，何弗扩民乐民忧之抱。易继富以成周急，固心公理得之为；责后报以答先施，亦强恕求仁之事。在卑职不啬捐廉以充赈，在诸生自应竭力以奉公，苟有天良，讵忘帝鉴。从此渐仁摩义，未始非转移风俗之权，庶几革薄从忠，亦藉收变易人心之效。是否有当，伏乞训示祗遵，肃此布臆，再请钧安。卑职锡晋谨再禀

　　头品顶戴兵部尚书都察院右副都御史署两江总督部堂鹿批：

　　据禀山东灾民困苦情形，殊堪悯恻。惟金陵赈捐项下，有无存款堪以酌拨协济，仰江宁布政司作速察核办理具复。至另单所禀该教谕拟将所存贽见条洋一千余元拨充赈款，送由安东县催缴收解，究竟能否一律收齐，并即由司转饬该县查明催收办理，仍录批转行该教谕知照，缴。禀抄发。（二十七日到，二月初一日批司行县。）

　　头品顶戴兵部侍郎漕运总督部堂提督海防军务大臣松批：

　　阅来禀，以莒州灾重，沂水、蒙阴次之，兰山、日照被灾较轻，将棉衣分别散放，并将洋圆留充郡城设厂放粥之用，深为可嘉。至青州府属，本系东抚部院辖境，自必就近拨赈，金陵赈局有无余款，本部堂未能深悉，碍难转咨。另单请将安东生员贽敬作为赈款，应仍由该教官自行会商印官催取，此缴。护照印收存。（二十五日到，二十七日批。）

钦命护理江苏巡抚部院陆批：

据禀及另单均悉。该教谕因东省亢旱，禾麦歉收，劝办义赈，接济灾黎，殊堪嘉佩。据禀前情，仰江藩司饬候扎行苏省善后局酌拨协济。至所称淮徐海赈捐局款有赢余，能否协拨若干，并即由司移局查明详覆饬遵，一面并候电致严、施二绅，能否携款往赈，以期多多益善，并饬遵照。此致（二月二十五日由司扎县。）

赏戴花翎钦命江南江宁等处承宣布政使司布政使恩批：

此案现奉督宪批示到司，已另扎饬遵矣。仰安东县转移知照，此缴。另单并悉。（二十七日到，二月初八日批。）

钦命二品顶戴署江南江苏等处提刑按察使司按察使朱批：

东省待赈情形，曾据该教谕禀奉护院饬知，业经本署司议覆，在善后局拨洋一千元聊资接济。另禀以历年诸生所欠贽仪充作赈需，一举两得，诚属妥善，仰即遵照办理，此缴。（二月初八日到，初九日批。）

督办江苏淮徐海等属赈捐总局司、道批：

据禀山左灾情孔棘，筹赈维艰，请拨款协济等情。查上年本局曾因山东水灾，饬属劝捐接济，迄未办有成数。来禀所陈各节，自系实在情形，现已于淮徐海赈捐款内借拨银二千五百两，汇交严绅查收济赈矣。仰即知照，缴。（二月十一日到，三月初四日批。）

钦加二品顶戴署江苏分巡淮扬海等处河漕盐驿兵备道丁批：

另禀并悉，已扎饬安东县照办矣。仰即径禀金陵赈捐局核示，并函致严、施二绅往赈，毋庸由道转致，以免稽延，并着知照，缴。（二十五日到，二月初三日批。）

特授江南淮安府正堂加十级纪录十次许批：

据禀东省灾重地广，款项难筹，拟请江苏赈捐总局拨款协济，藉资春赈，是否可行，仰候据情转禀赈捐总局宪核示饬遵。另单均悉，此缴。（二十三日到，二月初三日批。）

庚子二月抚电到镇严绅覆陆春江中丞书

春江中丞大人阁下，敬禀者：顷奉宪台电谕并向太尊示，恭悉东省灾重，已饬善后局筹款，委霖前往协办赈务，仰见我宪台忧深君国，泽惠邻封，饥溺为怀，不分畛域，庄诵之下，钦佩难名，当将筹赈需款各情详细电复。夫以霖值迟暮之岁，肩艰巨之任，逾越险阻，奔驰风露，筋力迥不如前，然而未敢自安者，则以东省逼近强邻，密迩畿辅，具强悍之性，迫饥馑之年，反侧易生，大局攸系，况与此间实为唇齿，霖所以不揣颓迈而思收识涂之效者也。顾无米之爨，巧妇难欺，乞籴之书，将伯谁助。居今日而筹振务，已成弩末，即有一二好施乐善，杯勺之水，莫救舆薪，自顾轻微，何补毫末，此又霖欲前且却，东望欷歔而不敢躁进者也。伏念振灾之事，其势最急，必待款齐往振，而沟壑盈满，补救已迟。从前霖赴灾区，自盛京卿以下，二三同志，筹垫巨款，俾霖奔往，其后必有源源接济，亦不料其所自来。及办振已终，而前募之数往往符于前垫，屡试屡验，曾无差谬。矧我宪台恫瘝在抱，声誉尤隆，登高一呼，众响斯应。倘蒙先行筹垫振银十万两，霖敬呈募启千册，由宪台扎发江南、北所属各州县劝募绅富，人之欲善，谁非同情，其必望风而趋，争先输助，即谕各县派缴二三千金之数，轻而易举。其款申解宪台，扎发镇江府[向]，转发筹振公所柳绅昕汇解灾区接济，是我宪台为一时之提倡，解万姓之倒悬，大天地之生成，培国家之元气。霖虽颓老，敢不勉犬马，竭力驰驱，携款聘人，自备资斧，立时就道，以副我宪台宏济之心，惟宪台实图利之。临颖怆怀，曷胜翘企。肃此敬禀，恭请钧安。治晚严作霖顿首

庚子三月十四日将赴沂州面上督宪暨藩宪禀

大人阁下，敬禀者：前因山左灾情孔棘，禀请宪台行知金陵赈局拨款协济，当经并禀藩、局宪未奉批示。昨沂州使来，面述东省饥民经豫抚截留，毋许越境，麇集莒、沂、蒙、兰等处，虽经东抚宪批准卑职前禀，飞饬被灾各州县以平粜本银改添粥厂，而人多厂少，散给难周，厂外涂中，往往倒毙。且因款绌，不能待至麦熟。伏查山左东逼强邻，北迩畿辅，民多桀悍，境迫饥寒，老弱则填壑堪伤，强壮则铤险可虑。仰惟大人为国防边，统筹全局，与民捍患，无间邻疆。用再赴辕面请，可否饬下金陵赈局垫款，电谕严绅携往查赈，拯有象之痏疮，弭无形之变故。卑职即日乘轮赴镇集款，徂东接济沂属粥厂，以待严绅续赈。肃此谨禀，恭请钧安。卑职锡晋谨禀

头品顶戴兵部尚书都察院右都御史署两江总督部堂鹿批：

已行司拨济矣。仰即遵照，缴。（十四日到，十五日批。）

赏戴花翎钦命江南江宁等处承宣布政使司布政使恩批：

已面禀督宪，准由徐海赈捐局拨银二千两，汇清江交严绅作霖，携往沂州一带核实散放，以资接济矣，仰候移知赈捐局如数拨汇可也。此缴。（十四日到，十五日批。）

庚子三月二十七日携赈抵沂上督漕抚学藩臬局道府宪禀

大人阁下，敬禀者：卑职去腊由沂回安，续筹山东春赈。正月上禀东抚宪，请以前发被灾各州县平粜银每邑三千两，改设粥厂，并通禀宪台与漕抚藩臬道府宪请款协济，遣子宗杰回藉劝捐。旋奉东抚宪批，如禀飞饬各州县，将平粜本银改添粥厂，并接家乡电汇洋陆千元，另筹千余元，凑足漕平银五千两，汇送沂州，先济粥厂之不足。又奉护抚宪饬司核议，由善后局拨助千元，电谕严绅携款往赈。严绅电致盛京卿协助万两，另由镇、扬捐募万两，仍以款绌难行，电知卑职赴沪劝募。旋由施绅则敬拨助二千两，杨绅廷杲拨助一千两。卑职即由沪赴省，先谒前署宪台，次谒藩宪，次谒赈捐局宪，知已电拨二千五百两协助东赈，至此加拨二千两一并汇交严绅。卑职由省回镇，电约严绅速往。严绅复电以十八由扬起程，卑职先行回淮，谒见府宪，知善后局所拨千元已汇清江，并奉捐廉协助百元。至浦晋谒漕宪，又奉捐廉协济千元，卑职另措八百余元，凑足漕平银二千两，钧〔均〕由德生提现交严绅一并转运。卑职轻车先往沂州，查核莒、沂、蒙、费及郡城所设粥厂留养饥民实数，一面接济煮赈，一面函致莒州葛牧，饬董赶造极、次贫清册，俟严绅到沂，同往凭册履户清查，分别剔留，给票领赈，以期迅速竣事。由莒而沂，由沂而蒙，所虑济款无多，为时尤迫，能否如愿办理，尚在未定之天。除事毕回南另行详禀外，合将到沂接济各属粥厂并赴莒查放缘由，先行具报，以慰宪廑。肃此谨禀，恭请钧安。卑职锡晋谨禀

头品顶戴兵部尚书两江总督部堂硕勇巴图鲁刘批：

据禀已悉。该教谕乐善不倦，施济有方，深堪嘉尚。仰江藩司饬仍努力为之，本部堂有所厚望焉。仍候各辕批示，缴。

头品顶戴兵部尚书兼都察院右副都御史江苏巡抚部院鹿批：

据禀已悉。该教谕办赈不遗余力，洵属饥溺为怀，深堪嘉许。仰江藩司转饬遵照，仍将散放情形随时禀报，缴。

头品顶戴兵部侍郎漕运总督部堂总理各国事务大臣松批：

据禀已悉。仰候各部院堂批示，缴。

赏戴花翎钦命江南江宁等处承宣布政使司布政使恩批：

据禀已悉，仰淮安府饬候各院宪暨臬司、赈捐局批示，缴。

特授江南淮安府正堂加十级纪录十次许批：

据禀已悉。仰即会同严绅核实查放，总期无滥无遗，俾穷黎均沾实惠。事竣另行禀报，仍候各宪批示，缴。

庚子四月十三日会同严绅开查莒赈上东抚袁蔚廷中丞书

蔚廷中丞大人阁下，敬禀者：晋自去腊来沂查放棉衣，察看灾情，急需春赈，留洋三千五百元开办莒沂粥厂，并禀宪台，请以前拨被灾各州县平粜银每邑三千两改添粥厂，接济灾黎，以待续筹春赈。正月即通禀督漕抚藩臬府各宪，请款协济，并请电霖携往查放。二月初十日，霖奉护抚院陆电，据晋禀招霖往赈。霖念东省逼近强邻，密迩畿辅，大局攸系，未敢即安。又恐筹款需时，沟壑已满，因请垫银十万，赈后筹还。护院以库款支绌，难如所请。又念东省灾情孔棘，未忍膜〔漠〕视，下晋禀饬司核议，由赈捐局拨助二千五百两，善后局拨助千元，函镇江府向太守致意，仍勉霖行。霖遂电致盛杏生京卿，并镇、扬戚友，集款协助。旋据盛京卿电拨万两，镇、扬戚友集款万两，霖仍以款绌难行，电晋赴沪劝募。是时晋已由籍捐银五千两，汇送沂州府分济粥厂，随由浦赴沪，见施绅则敬拨助二千两，杨绅廷杲拨助一千两。由沪赴省，晋谒鹿制军，疏陈灾状，奉谕恩方伯再由赈捐局加拨二千两。晋遂由省回淮，时善后局千元已汇淮安府，复奉许太守捐助百元。由淮赴浦，谒见漕帅，又奉捐助千元。晋以东省不行洋元，由浦化银筹垫，凑足二千两。约计所携，只及三万，深恐户众款微，不敷分放，由霖息借三万，转运来东。月杪抵沂，先查兰山粥厂，南北两处，共五千余人，另设栖流所，留养病黎六百余人，中有病疫者二百余人，投以立生丹，经宿皆汗，汗后调养，嘱咐司厂之人。霖等已由沂赴莒，首查粥厂，东南两处，共七千余人，大半皆城厢内外，罕及居乡。露宿街衢，纵横枕藉，秽气所蒸，酿为时疫。因就龙王庙别设栖流所，留养露宿病黎，虽饮以汤药，冀得生机，而日有死亡，惨难坐视。因念灾民宜散不宜聚，粥厂本救荒中迫不及待无可如何之下策，冬春犹可，入夏非宜，遂与葛牧熟商定议，分别资遣回家。晋拟由莒而沂、而蒙、而费、而兰，逐办资遣。霖已分布同人，在莒查户。近接来书，逃亡者十居二、三，在家者亦多环堵萧然，惨无生计。惟是携款无多，为时尤迫，查放只能及莒，势难再及沂、蒙。所望天降时雨，二麦有秋，而莒、沂一带，所种只十之三、四，即庆丰收，难纾久困。惟有仰叩鸿慈，飞饬莒、沂、蒙、费各属，以上忙缓至秋后再议，宽裕民生，正所以预筹国计，霖等为民命时

局起见，是否有当，伏乞鉴核施行。恭请钧安，统惟垂察不宣。晚生严作霖、唐锡晋顿首

庚子五月二十日沂水赈毕方星聚大令上南省各宪禀

大人阁下，敬禀者：上年山左沂属虫旱为灾，前沂州府宪杨函致南绅请赈，腊月办理义赈，唐绅锡晋捐购棉衣万四千件，赈洋四千元，来沂查放。奉前府宪分拨卑县棉衣三千五百件散给灾黎，本年正月复奉分拨赈洋一千七百元开办粥厂，又经唐绅禀请东抚宪袁飞饬卑县将前拨平粜本银三千两改添粥厂。二月唐绅禀奉江苏抚宪陆电致严绅作霖赴东查赈，先筹义赈漕平银五千两，汇送沂州，接济粥厂，当奉前府宪分拨卑县银一千五百两。三月唐绅邀请严绅同来沂属查赈。四月卑县函请唐绅由莒分携监生倪家骥、附生唐宗愈来沂查赈。上年被灾较重、缓征上忙之三十三社，与未经缓征、民情较苦之官良一社，当因查户人少，经卑县邀约从九朱炳然、藩库大使彭荫桓、县丞袭云骑尉王朝黻、典史陈翰屏、监生高松、方瑛帮同履查，合三十四社给票四千四百八十三户，计大四千六百八口，小三千三百三十九口，随查随放。东则设局沐水，西则设局东里，每大口给京钱二千，小口减半，共放京钱一万二千五百五十五千，另给急赈六十千。自四月二十三日开查，至五月十八日放毕，凡二十五天。其散放局用及倪、唐二生查户资斧，由唐绅自备，其运钱车力往来队饭与朱、彭、王、陈、高、方六人查户资斧，由卑县捐廉，均不支赈项分文，以符严、唐二绅办赈旧例。当将散放赈钱出具印收，交唐绅携回备案。所有履查散放情形及自备资斧不支正项缘由，合行具禀。除禀漕抚学藩臬道府宪鉴核外，肃此谨禀，恭请钧安。卑职方奎谨禀

庚子五月二十二日莒沂赈毕上东抚袁蔚廷中丞书

蔚廷中丞大人阁下，敬禀者：霖等三月杪由南来沂，四月初赴莒设局分乡查户，中旬沂水县方令奎以沂境灾黎困苦，非城厢粥厂所能遍济，函请分人查赈，于是霖查莒州，晋查沂水。莒自四月初七开查，至五月十五放毕；沂自四月二十三开查，至五月十八放毕，当将收回赈票，分送莒州、沂县存储，即由葛牧、方令出具印收，交霖、晋携回，另缮清摺呈案备查。其散赈局用、查户川资及南北往来舟车旅费，皆由霖、晋自备，不支正项，以符同人旧约。惟霖、晋查户旧章，凡至一庄，必传地保、庄长询明逃亡几何，户籍记之，以备闻赈归来稽核补票之用；再询现存若干户，分极、次贫，以备履户清查稽核剔留之用。今莒州所查十二牌，逃亡约七万余口，沂水所查三十四社，逃亡约一万余人。走河南者十不及一，闯关东者十不止九。走河南者可望生还，闯关东者并无死耗，盖近则流而为寇，远且没而为夷。故若父若母若妻若子女述及之，无不失声堕泪。询其去日，有以去年七八月、九十月出者，有今春二、三月出者。至霖、晋分历莒、沂，巡行粥厂，同人攀逾岭峤，遍陟山陬，耳目所及，有手持瓢粥而倒毙在厂者，有食草根树叶被毒而头面拥〔臃〕肿以死者，有忍饿枯瘠染疫而死者，甚有合家全毙、一村仅留数口者。晋自惭儒缓，谋事迂疏，致死者不可复生，亡者不能复返，俯念泉下，远望天涯，扼腕拊膺，徒呼负负。正在追悔，适接沂府胡守抄示宪扎，据郝守禀，灾情虽有轻重之分，尚无饿毙人口之事，何所见之不同若是。乃叹凶年饥岁，有司莫告，上下相蒙，古今同慨。然无可挽回于

既往，犹思补救于将来。查南省各州县积谷一项，仿朱子社仓法变通损益，实为备荒最要之善政。上年圣训煌煌，饬各直省严加整顿，虚者实之，缺者补之，庶几有备无患。而东省各州县多未举办，故一遇凶饥，则束手待毙，似宜饬下各州县，自今日以始，实力劝捐兴办。商定谷额，建造仓房，不必专设城厢，并宜分堆乡社。秋则籴谷储仓，春则开仓粜谷，常可以平市价，变可以赡饥黎，备荒之政，莫善于此。伏惟大人为国筹边，远绥必由近抚，与民捍患，居安犹复思危。本痛定思痛之情，为精益求精之治。但得尺书下赍，为闾阎代计其盖藏，行见仓粟分储，合草野自谋其蓄聚。霖等不胜翘企之意，谨具禀以闻。再息借一款，前经电请赈后移奖归还，业奉电复照准在案，即请扎饬赈抚局立案，并请先发实收三千张，扎递沂州府，专送扬州花园巷霖寓，以凭陆续劝捐，分批册报，并乞随时专案咨部给照，藉清经手。至霖等办赈，向不敢仰邀奖叙，合并声明。肃此恭请钧安。晚生严作霖、唐锡晋顿首

庚子五月二十二日莒沂赈毕上护抚陆春江中丞书

大公祖、夫子大人阁下，敬禀者：霖于二月奉宪台电，据晋禀山左沂属虫旱为灾，需霖携款往赈。霖念东省逼近强邻，密迩畿辅，大局攸系，未敢即安。上年徐、海办赈，并承东抚协助，礼尚往来，更觉不容漠视。惟仓猝筹捐，难集巨款，劝募、请拨之外，不得不益以息借，合银五万有奇。三月霖、晋同抵沂州，四月初赴莒设局，分乡查户。经沂水县方令奎函求分赈，于是霖查莒州，晋查沂水。莒自四月初七开查，五月十五放毕；沂自四月二十三开查，五月十八放毕，当将收回赈票，分送莒州、沂县存储，即由葛牧、方令出具印收，交霖、晋携回，另缮清折，呈案备查。其散赈局用、查户川资及南北往来舟车旅费，皆由霖、晋自备，不支正项，以符同人旧约。查莒州受赈十二牌中，逃亡约七万余口；沂水受赈三十四社中，逃亡约一万余口。走河南者十不及一，闯关东者十不止九。走河南者可望生还，闯关东者并无死耗，盖近则流而为寇，远且没而为夷。故若父若母若妻若子女道及之，无不失声堕泪。至霖、晋分赈莒、沂，周巡粥厂，同人攀逾岭峤，遍历山陬，耳目所及，有手持瓢粥而倒毙在厂者，有食草根树皮被毒而头面拥〔臃〕肿以死者，有忍饿枯瘠染疫而死者，甚有合家全毙、一村仅留数口者。邻省灾情如此，霖、晋方欲为披发缨冠之救，以广我朝廷四海一家、九州一体之仁，藉此风励将来，庶几一省灾而数省协赈，灾状朝报，赈款夕来，复何赈之不敷，亦何灾之不弭。而议者顾以东抚未有文来，致疑灾情之不重，试问霖、晋诚何所取，而筹捐不足，继以请款，请款不足，继以息借，必移此十余万贯金钱，掷之莒、沂之山阿岭曲间乎？乃叹凶年饥岁，老弱转沟壑，壮者散四方，上下相蒙，古今同慨。伏惟大人为国推恩，罔分畛域，与民捍患，无间遐荒，持民胞物与之怀，准救灾恤邻之义，皎皎之心，当不掩于悠悠之口也。肃此谨禀，恭请钧安。治晚严作霖、受业唐锡晋谨禀

庚子六月十一日山左回安上督漕抚学藩臬局道府宪禀

大人阁下，敬禀者：卑职以山左洊饥，流民载道，三月邀同严绅，由南集款，携同志十六人赴沂，月杪抵郡。是时兰山粥厂两处，领粥者五千余口，另设栖流所，留养病黎六

百余口。莒州粥厂两处，领粥者七千余口，沂水粥厂一处，领粥者四千余口，蒙阴、费县粥厂各一，领粥者各三千余口。适值疫气流行，饥民多死。卑职即督同厂董，料理方药汤糜与死亡掩埋各事。因念粥厂乃救荒中迫不及待无可如何之下策，不如早行资遣，俾得自遂其生。遂与兰山杨令、莒州葛牧、沂水方令商办资遣，就前筹粥厂余款内，口给一月之粮，遣归田里，自谋生计。其染病者留养就痊，再行资遣。并函致蒙阴陆令、费县谢令照此办理。严绅以莒州灾重，先率同人赴莒查户。四月中旬，沂水方令以境内灾重缓征之三十四社民情凋敝，函请查赈。于是严绅查莒，卑职查沂。莒自四月初七开查，五月十五放毕；沂自四月二十三开查，五月十八放毕。当将收回赈票，分送莒州、沂县存储，即由葛牧、方令出具印收，携回另缮清折，呈案备查。其散赈局用、查户川资及南北往来舟车旅费，皆由严绅与卑职自备，不支正项分文，以符同人旧约。兹严绅已由莒回镇，卑职亦由沂回安，所有查办沂属粥厂情形，与查赈莒、沂缘由，合行具禀通报。除禀漕抚学藩臬道府宪鉴核外，肃此谨禀，恭请钧安。卑职锡晋谨禀

头品顶戴兵部尚书两江总督部堂硕勇巴图鲁刘批：

据禀查放莒、沂等处灾赈情形，具见好义勇为，深堪嘉尚。仰江藩司转饬知照，仍候各辕批示，缴。折存。

头品顶戴兵部侍郎漕运总督部堂提督海防军务大臣松批：

据禀已悉，仰候各部堂、院批示，缴。折存。

钦命护理江苏巡抚部院聂批：

该教谕会同严绅查办东省莒沂等州县灾赈事宜，实心实力，泽及哀鸿，深堪嘉尚。希江藩司转饬知照，仍候督漕学部堂批示，此致。折存。

钦命礼部右侍郎江苏督学部院瞿批：

据禀具悉，仍候督、漕部堂、抚部院批示，缴。折存。

赏戴花翎钦命江南江宁等处承宣布政使司布政使恩批：

据禀查办山东沂属粥厂情形与查放莒、沂赈钱缘由，具见办事核实，洵属好义可嘉。仰淮安府转饬遵照，仍候各院宪暨臬司、巡道批示，缴。折存。

钦命二品顶戴署江南江苏等处提刑按察使司按察使朱批：

禀折均悉。仰淮安府饬候各院宪暨各司道批示，缴。

督办江苏淮徐海等属赈捐总局司、道批：

据禀已悉。仰候各院宪暨藩臬司、巡道衙门批示，缴。清折存。

署理江苏分巡淮扬海等处河漕盐驿兵备道范批：

禀折均悉。淮安府饬候各院宪暨两司批示，此致。

特授江南淮安府正堂加十级纪录十次许批：

据禀送查放东省莒、沂赈款收支清折存查，仰候各宪批示，缴。

筹办淮沂义赈任劳诸人姓氏录

龚少渤上舍树森，江苏无锡人。在浦筹捐，并转发南来米、薯、钱洋，监制各种丹丸，收支赈项出入。自戊戌二月举办，迄庚子六月竣事，凡二十有九月，资斧自备。

全子苄司马毓瑛，江苏无锡人。戊戌三月在盐河转运赈米，资斧自备。后偕宋培之大

令治基往赈海州，嘱其友人赵翥秋、陈焕如、李定章转运二十余日，资斧列入支销。

华耀廷司马步照，江苏金匮人。在籍劝捐，自戊戌迄庚子，两载有余。

唐履卿司马俊培，江苏金匮人。在籍劝捐，自戊戌迄庚子，两载有余。

徐子云盐尹文渊，江苏金匮人。戊戌三月，由锡运钱至浦，襄办转运，南北往返凡五十余日，资斧自备。

陶箓苏上舍淇，江苏金匮人。戊戌三月，由锡赴六合购米运浦，南北往返凡二十余日，资斧自备。

华觉堂上舍坚，江苏金匮人。戊戌三月迄闰三月，由锡赴镇购米运浦，由浦来安，诣五港赈厂协办散放。南北往返凡五十余日，资斧自备。

唐韶九上舍华镇，江苏金匮人。戊戌三月迄闰三月，由锡赴六合购米运浦，由浦运洋来安，南北往返凡五十余日，资斧自备。

杨春圃大令增芳，云南人。戊戌筹办春赈，自二月迄四月，凡往来淮浦，巡行各厂，一切舆马夫役饭食共钱一百六十八千余文，均系自备。己亥续办春赈，资斧由正项支销。

李福清广文振禧，江苏仪征人。戊戌三月带同刘净秋茂才雨亭、濮赓三茂才雅颂、李锡五布衣福来分查贫庙全镇户口，凡二十五日，资斧自备。

胡子芳廉尹树兰，浙江山阴人。戊戌二月分查潮河镇户口，凡二十五日，资斧自备。

罗艺卿二尹树森，浙江上虞人。戊戌二月迄四月，在县幕办理春赈文件，凡八十余日，不支薪水。

郝心之二尹祖田，直隶人。己亥二月迄五月，在县幕办理春赈文件及散放牌榜，并报销文册，凡九十余日，不支薪水。

郭石庵提举恩浩，直隶天津人。戊戌三月迄闰三月，分查大飞镇户口，在城转运，并赴时家码头赈厂协办散放，凡五十九日，资斧自备。

郭鹭云上舍家鹏，直隶天津人。戊戌三月，分查大飞本城等镇户口，凡二十四日，资斧自备。

郭伯楚上舍宝善，直隶天津人。戊戌正月，建议筹办义赈，分函淮、浦戚友劝捐，督造十二镇散赈册籍、序进牌榜，并约阎少庵茂才丙南、季小波布衣庆普、胡握之布衣世瑜、吴云轩布衣天培、刘星垣布衣象贤覆查鱼场全镇户口，虽凤抱沉疴，仍力疾视事，不少辍迨。晋赈竣南旋，犹恳恳以续筹来年春赈为请。己亥二月来安查赈，生已疾笃，自恨不能助理，四月赈将竣，而生奄然逝矣。编录至此，重为黯然。

周炳然少尹宗杰，直隶人。戊戌三月迄闰三月，分查五港、鱼场等镇户口，并在五港、百禄沟、时家码头等厂验收赈米，资斧系杨春圃大令代备。

阎拙庵上舍铺，江苏萧县人。戊戌三月迄闰三月，分查陈溪镇户口，并在麻垛赈厂协办散放，凡二十六日，资斧自备外，津贴洋陆元、钱肆百文，并列支销。

井雪堂明经星聚，安东人。戊戌三月分查长乐镇户口，并在五港赈厂襄办散放，凡四十一日，资斧自备。

马月潭上舍澄，安东人。戊戌三月分查阜民镇户口，凡十五日，资斧自备。

朱伯符上舍荣，安东人。戊戌三月迄闰三月，分查阜民镇户口，并在五港、本城赈厂协办散放，凡五十六日，资斧自备。

侯履坦上舍广平，安东人。戊戌三月迄闰三月，分查五港、西路等镇户口，并在本城赈厂襄办散放，凡五十六日，资斧自备外，津贴洋五元五角并列支销。

唐养之茂才浩然，安东人。戊戌三月迄四月，在尖集、五港、本城赈厂协办散放，凡五十六日，资斧自备。

唐泽匀茂才睟然，安东人。戊戌三月迄四月，分查五港、陈溪、东路、西路等镇户口，本城赈厂襄办赈务，凡六十二日，资斧自备。并约武生薛奎元帮查四十二日，资斧自备外，津贴洋四元五角，并列支销。

刘足三茂才学余，安东人。戊戌二月迄四月，分查潮河、五港等镇户口，并在尖集、百禄沟、五港、时家码头等厂襄办赈务，凡六十二日，资斧自备外，津贴洋四元，另洋五元，查户时分给垂死饥民，并列支销。

李哲夫茂才俊卿，安东人。戊戌二月迄四月，分查潮河、五港、大飞、金城等镇户口，并在时家码头赈厂襄办赈务，凡七十日，资斧自备外，津贴洋九元、钱二千文，另洋五元，查户时散给垂毙饥民，并列支销。

孙小涵茂才寿亭，安东人。戊戌三月迄闰三月，分查潮河、大飞、本城等镇户口，凡三十一日，资斧由郭石庵提举代备外，津贴洋二元、钱二千八百文，并列支销。

阎少庵茂才丙南，江苏萧县人。戊戌三月，分查大飞镇户口，凡九日，资斧由郭石庵提举代备，津贴钱一千一百文，并列支销。

乔少仪茂才利金，安东人。戊戌三月，分查五港、西路等镇户口，凡二十三日，资斧自备外，津贴洋二元、钱一千文，并列支销。

何子香茂才庭芬，安东人。戊戌三月，分查五港、东路等镇户口，凡二十日，资斧自备外，津贴洋三元，并列支销。

张子平上舍应坦，安东人。戊戌三月，分查五港、金城等镇户口，凡十三日，并在本城赈厂襄办赈务，资斧自备。

虞雨春上舍德兴，江苏清河人。戊戌闰三月，在尖集、百禄沟、麻垛等厂襄办赈务，并分查本城镇户口，凡二十七日，资斧自备外，津贴钱二千文，并列支销。

胡玉和茂才金声，安东人。戊戌闰三月，分查本城镇户口，凡四日，资斧自备。

李小波布衣庆普，安东人。戊戌三月，分查五港镇户口，凡十三日，资斧自备外，津贴洋三元、钱一千九百文并列支销。

阎拙庵上舍镛、周春山上舍寿同、马月潭上舍澄、朱伯符上舍荣、侯履坦上舍广平、刘足三茂才学余、朱文甫茂才承宪、唐养之茂才浩然、唐泽匀茂才睟然、谷子文茂才元黼、吴孝轩茂才顺亲、阎少庵茂才丙南、乔少仪茂才利金、朱绍甫茂才继之、孙小涵茂才寿亭、何子香茂才庭芬、张子平上舍应坦，武生张炳元、薛奎元，童生季庆普、吴天培、唐广居，己亥二月迄四月，分查十二镇户口，襄办五厂散放，资斧制钱四百三十千零九十二文，杨令定议由正项支销。

张蓉初守戎锡馨，江苏无锡人。己亥正月迄五月，在局督造十二镇查赈票榜，并赴五厂协办散放，南北往来，凡百二十日。舟车资斧自备，洋三十元。

汪闰孙广文曾荫、孙小涵茂才寿亭、胡握之布衣世瑜，己亥十月迄十二月，由淮赴沂查户，往返凡三十余日，舟车旅费并营兵长随饭食洋十九元一角、制钱七十七千一百七十五文，由锡晋代备。

高用康上舍文典、沈永孚袭职祖基、孙若川上舍荣培、倪轶群上舍家骥，己亥十月迄庚子正月，转运棉衣，由苏抵镇，乘轮赴沪，航海达照，陆运莒、沂、蒙、兰各州县散放，舟车资斧，由正项支销。

严佑之义绅，筹垫赈款，挈同志十四人，庚子三月迄六月，查赈沂属莒州十二牌户口，设局本城井邱散放，凡资斧局用及南北往来舟车旅费，均系自备。

朱履三少尹炳然、彭蓉斋库使荫桓、王稚书二尹朝黻、陈伯藩廉尹翰屏、高耐寒上舍松、方子舟上舍瑛，庚子四月迄五月，分查沂水县三十四社户口，凡二十五日，资斧由沂水县方星聚大令奎代备。

倪轶群上舍家骥，庚子四月迄五月，分查莒、沂户口，凡四十日，资斧并南北往来舟车旅费由锡晋代备。

洪培、锡晋率子明镇、宗杰自戊戌正月迄庚子六月，筹办淮、沂义赈，凡南北往来舟车旅费并赴乡查户、在署造册、诣厂放赈资斧，与查赈沂水局用，均系自备。

卷　下

收　管　项　下

一、收严绅协济镇平银二万两，内五千两由淮扬道谢宪购米二十一万六千一百零五斤，一万五千两兑洋二万一千零二十二元五角，制钱二百七十八千文。

一、收施子英观察协济规银五千两。

一、收杨子萱观察协济规银五千两。

一、收周舜卿司马经募沪捐官、义二赈共规银八百六十九两，洋四千零三十二元九角一分七厘。（逐户捐数，前已刊入申报，兹不复赘。）

一、收祝兰舫司马经募沪捐官、义二赈共规银九百九十一两八钱八分，洋二千七百七十二元一角。（逐户捐数，前已刊入申报，兹不复赘。）

一、收淮扬道谢宪转发赈捐实收五十张，除由周、祝两司马劝募所收官赈已入沪捐项下外，其由晋捐募库平银七百八十四两七钱二分。

一、收华子才义绅捐助洋一千元。

一、收华少梅义绅捐助洋一千元。

一、收徐承庆善士捐助洋五百元。

一、收廉茂园善士经募洋一千元。

一、收唐履卿司马经募洋五百元。

一、收唐锡、韶九上舍经募洋七百元。

一、收全子芗司马捐助洋二百元。

一、收守如居士以古玩编彩票售款捐助足制钱二百千文。

一、收则心子捐助洋一百元。

一、收邹渭清观察、汪苟生刺史经募浙捐共洋六百三十五元七角五分，库平银一百两。（清数列后）

一、收钱夔孙广文经募苏捐共洋四百七十二元二角。（清数列后）

一、收孙乐山广文经募松捐共洋六十元零五角。（清数列后）

一、收唐景襄广文经募扬捐共洋二十五元，制钱四百文。（清数列后）

一、收汪子研广文、郭石庵提举、罗凤洲善士经募淮捐共洋三百九十四元九角三分，制钱三千九百文。（清数列后）

一、收龚少渤善士经募浦捐共洋三百五十元零九角，制钱二百二十九千七百二十文。（清数列后）

一、收锡捐共洋四千一百十五元二角五分，补水银三百两，茶规银二百两，制钱五百文。（清数列后）

一、收邑捐共洋三百五十三元，制钱四千零七十文。（清数列后）

一、收淮扬道谢宪拨济赈米三百零六包，每包去皮二斤，净重二万九千七百八十二斤。

一、收徐星槎分转协济花生饼二百七十五斤。红黑枣一百斤，查户诸生在途作点。疗饥丸二千颗，查户时分给饥民。

一、收和乐堂唐经募洋一千元

一、收安东学唐捐俸洋四百元

右戊戌年筹办安东春赈收数

一、收江藩司胡宪拨济库平银二万两，干薯三十四万一千二百五十斤。

一、收华子才义绅捐助洋一千元。

一、收华少梅义绅捐助洋一千元。

一、收徐承庆善士捐助洋一千五百元。

一、收徐_{景余}庆善士捐助宝四只，兑洋二百九十六元。

一、收陈祖福善士捐助洋一千元。

一、收唐履卿司马经募洋三百元。

一、收余恭人求病愈捐助洋五百元。

一、收祝兰舫司马捐助洋一百元。

一、收钱葵生广文经募苏捐洋三百八十元。（清数列后）

一、收汪_{子砚闰孙}广文经募淮捐洋三百九十七元五角。（清数列后）

一、收锡捐官赈库平银一千五百七十六两零六分。

一、收锡捐义赈洋六百四十二元四角，制钱七千五百文。（清数列后）

一、收大洋兑小洋申色洋四百五十八元九角六分一厘。

一、收无锡广盛收解捐款暂存拆息洋一百十四元七角八分二厘。

一、收清江惠源暂存捐款拆息浦平银一百十七两九钱一分一厘，洋六十元。

一、收清江履祥暂存捐款拆息制钱二百零二千七百八十四文，洋七十三元一角二分五厘。

一、收清江德生暂存捐款拆息镇平银十四两六钱九分三厘

一、收销售装米麻袋浦平银三百七十七两九钱一分，布袋制钱十二千文。

右己亥年筹办安东春赈收数

一、收施子英观察协济洋二千元。

一、收华子才义绅捐助洋一千元。

一、收华少梅义绅捐助洋一千元。

一、收还愿氏捐助洋一千元。

一、收时长公记捐助洋一千元。

一、收公义记捐助洋一千元。

一、收唐晋斋司成捐助洋二百元。

一、收锡、常、淮、浦协济山左冬、春二赈共洋八百八十四元一角，制钱十七千八百十九文。（清数列后）

一、收和乐堂唐经募洋五百元。

右己亥庚子筹办山左冬、春二赈收数

一、收盛京堂协济规银一万两。

一、收金陵赈捐局协济省平银二千五百两，折镇平银二千四百七十八两七钱五分。

一、收金陵赈捐局协济库平银二千两。

一、收护抚院陆宪批饬苏州善后局济洋一千元。

一、收护抚院陆宪扎拨浙省赈余洋二千三百八十八元三角一分六厘，银四十五两四钱四分一厘，由淮安府许宪合兑卄一亠漕平银一千六百八十五两五钱三分四厘，照卄亠每百两毛二钱应去折色银三两三钱七分一厘。

一、收漕督松宪捐廉协济洋一千元。

一、收淮安府许宪捐廉协济洋一百元。

一、收施子英观察协济库平银二千两。

一、收杨子萱观察协济库平银一千两。

一、收焦乐山善士捐助镇平方银四百两，洋一百元。

一、收张绅捐助漕平银二百两。

一、收莒州葛牧交回开办粥厂洋一千八百元。

一、收莒州葛牧交回前济粥厂漕平银二千两。

> 莒州粥厂后经东抚续拨款项，临撤时尚有赢余，故将前济银洋移回，并入资遣散放。

一、收严绅借垫漕平银二万五千九百二十八两六钱。

右庚子年会同严绅筹办山左春赈收数

共收库平银二万七千四百六十两零七钱八分。

共收镇平银二千八百九十三两四钱四分三厘，又亖卄亠折库平银二千八百四十三两三钱八分六厘。

共收漕平银三万零一百十两零七钱六分三厘，又亖〇乂折库平银二万九千五百二十两零五钱九分二厘。

共收规银二万二千零六十两零八钱八分，又丨一乂折库平银二万零一百零六两二钱八分六厘。

共收浦平银四百九十五两八钱二分一厘，又亖卄三折库平银四百八十二两零三分七厘。

共收洋六万一千零四十一元九角一分五厘，亠亖亖折库平银四万一千九百九十六两八钱三分七厘。

共收制钱九百五十六千六百九十三文，丨三亖兑库平银七百五十三两三钱零一厘。

共收赈米二十四万五千八百八十七斤。

共收干薯三十四万一千二百五十斤。

共收花生饼二百七十五斤，干薯三十四万一千二百五十斤，库平银十二万三千一百六十三两二钱一分九厘。

通共收管赈米二十四万五千八百八十七斤，花生饼二百七十五片。

开 支 项 下

一、支潮河镇饥民并补查流亡六千一百零一户，大小二万九千七百九十九口，散洋七千零五十七元八角。

一、支五港镇饥民九千八百二十九户，大小四万六千五百五十六口，散米二十四万六千九百二十七斤，洋五百八十七元一角。

一、支长乐镇饥民二千三百九十七户，大小一万二千三百九十五口，散米六万六千零二十六斤。

一、支大飞镇饥民九千六百五十六户，大小四万六千八百五十五口，散米二十万零八千五百八十三斤，洋一千三百四十二元七角。

一、支陈溪镇饥民三千二百九十六户，大小一万四千九百四十口，散洋二千七百三十八元一角。

一、支岔庙镇饥民六千二百四十二户，大小二万四千二百六十口，散米二万零一百三十一斤，洋三千零八十二元七角。

一、支鱼场镇饥民二千三百四十六户，散洋一千五百九十元。

一、支金城镇饥民二千零零三户，大小七千九百五十四口，散米四万七千四百三十八斤。

一、支阜民镇饥民一千二百六十九户，大小三千六百九十四口，散米二万四千八百六十七斤。

一、支东路镇饥民四千九百十六户，大小二万一千四百三十五口，散米七万二千二百十九斤，面九千零五十斤。

一、支西路镇饥民一千一百三十一户，大小二万五千五百六十四口，散米六万四千二百十六斤，干薯四万三千七百十八斤。

一、支本城镇饥民二千六百四十四户，大小八千三百八十五口，散面三万零三百八十五斤，干薯八千五百三十三斤，花生饼一千一百角合二百七十五片。

一、支各镇新归流亡七百二十七户，大小二千三百六十三口，散制钱三百零一千九百文，洋七十八元四角。

一、支城厢流寓饥民大小四千零四十一口，散米一万一千六百零七斤，干薯一万六千零六十三斤，制钱一百千文。

一、支尖集、麻垛赈厂流寓邻境饥民大小五百八十七口，散洋一百二十五元六角。

一、支各厂流丐大小二百六十七口，散洋二十一元八角，制钱六千七百五十文。

一、支散给过浦流民路费洋二十二元七角。

一、支各厂掩埋路毙芦席制钱二十八千四百文。

一、支尖集、五港等厂散给饥民疗饥九六石，配合洋六十一元五角三分四厘。

一、支放米七十六万二千零十四斤，分拆折耗米一万三千二百六十二斤。

一、支放面三万九千四百三十五斤，分拆折耗面五百六十五斤。

一、支放薯六万八千三百十四斤，分拆折耗薯二千零四十二斤。

一、支由沪购办装米麻袋三千八百十七只，计镇平银三百二十五两九钱二分陆厘，缝绞袋口青麻由沪运袋至镇船力镇平银七两九钱四分九厘。

一、支装运钱、米、面、薯由无锡、镇江、邵伯、六合等处至浦，船力共洋五百十元零九角七分五厘，由浦起岸至西坝过船，车力共制钱九十三千八百七十五文，由浦起米一千三百二十一石，陆运安东，车力共制钱二百二十一千四百文，由浦起面四百包，陆运安东，车力制钱四十五千五百文，由浦运钱至安，骡力制钱三十四千三百六十文。

一、支由浦转运钱、洋、米、面派人押送车骡饭食并各处信电杂费，共镇平银十两零零七分八厘，洋六元八角，钱三十二千一百九十三文。

一、支周舜卿司马购办装薯麻袋五百三十三只，每只七分，计规银三十七两三钱一分。干薯上轮驳船巡捕水捐并助赈各户登报共规银十二两八钱一分一厘。

一、支祝兰舫司马购办装面布麻袋四百只，每只一钱五分，计规银六十两。由沪运面四万斤至镇，船力规银二十六两。助赈各户登报洋九元四角。

一、支全子芗司盐河转运赈米三千八百九十七石，由西坝至蔡工、时家码头等处，船力每石五十四，计制钱二百十千零四百三十八文。装疗饥丸船力制钱一千文。购办米袋秤旗共制钱二十五千七百四十四文。安浦往来车骡饭食米船犒赏坐船住日共制钱七十三千八百八十三文，洋十元。

一、支龚少渤上舍在浦刊刻捐启票戳刷印纸张工料及配造竹筹米印共制钱二十六千零十五文。干薯七万斤，由镇而浦、而安，舟车运费洋二十九元，制钱六十四千一百四十文，续运赈钱车力制钱四千一百十文。镇、沪等处往来信电专差饭食并郑、徐二君安浦路用共洋四元四角一分，制钱十五千三百六十二文。赈后配施化痞膏散各种丹丸，计制钱八十五千二百四十四文。

一、支安浦水陆押运钱、米、面、薯六厂弹压差队营兵饭食，共制钱三百四十千零九百二十文，洋四十四元。

一、支六厂地保、更夫、厂丁饭食，共制钱二十六千九百十六文。

一、支米、面、干薯由蔡工、时家码头起岸运厂，由大关南门运仓，车力并六厂来往舟车，共制钱二百四十六千二百三十文，洋一元四角。

一、支盐河水浅米滞，大关、严家码头筑坝蓄水夫役工食洋三十元。

一、支设厂六处局用共制钱一百四十八千三百六十五文，洋十元零五角。

一、支津贴查户诸生资斧洋四十九元，制钱十一千二百文。（原议自备资斧，嗣因诸生中有力不足者，随时酌贴。）

一、支协济孙有卿广文沐阳急赈洋六百元，另由孙乐山广文携启募交洋六十元零五角。

一、支协济廉茂园善士江阴寿星沙疏河代赈洋三千元

一、支协济周舜卿司马经办无锡扬名乡平粜折本洋一千元

一、支华少梅义绅分恤金匮东南乡洋二百五十元

一、支分抚金匮严家桥、陈墅、黄土塘、黄庄等处籼米四百三十二石，计洋一千六百三十五元一角二分。

右戊戌年筹办安东春赈支数

一、支潮河镇饥民一万一千二百六十口，散洋四千五百四十九元。

一、支五港镇饥民一万九千九百三十口，散洋七千七百三十三元，干薯一万四千六百斤。

一、支大飞镇饥民二万六千七百零九口，散洋七千五百四十二元四角，干薯十七万七千四百九十斤。

一、支贫庙镇饥民一万一千一百八十七口，散洋三千二百十九元五角，干薯六万三千九百六十斤。

一、支鱼场镇饥民四千二百三十二口，散洋一千六百九十元零二角，干薯二千零二十斤。

一、支长乐镇饥民六千九百六十三口，散洋二千八百元零零二角。

一、支陈溪镇饥民一万一千四百六十一口，散洋四千五百七十二元六角。

一、支金城镇饥民三千七百六十四口，散洋一千四百八十二元七角，干薯一千七百四十斤。

一、支阜民镇饥民三千一百三十九口，散洋三百九十二元八角，干薯四万三千三百八十斤。

一、支东路镇饥民七千七百六十二口，散洋三千一百三十元零四角，干薯三百斤。

一、支西路镇饥民七千六百三十二口，散洋三千零二十元零八角，干薯二千七百斤。

一、支本城镇饥民五千七百三十九口，散洋一千六百六十元零三角，制钱八十五千六百文，干薯二万五千五百六十斤。

一、支放薯三十三万一千七百五十斤，分拆折耗干薯九千五百斤。

一、支十二镇急赈洋五百二十七元一角。郝心之二尹经放流寓城厢饥民急赈制钱三十五千二百三十文。

一、支资遣海、沭流寓饥民洋六百十八元四角，小麦丨三丿市斗二十七石五斗，计洋一百二十三元七角五分，制钱十二千文。

一、支资遣本境流寓饥民制钱五百六十四千二百五十文，米五十四石四斗七升，计制钱二百十四千零九十四文。

一、支城乡各厂资遣流丐洋一百九十五元九角五分，制钱二十四千六百五十文。

一、支津贴粥厂制钱二百二十五千四百三十三文。

一、支配施丹丸并医局方药共制钱一百八十一千八百十六文。（内由浦配合丹丸七十一千五百六十五文，设局延医施药二十一千四百六十七文，余系由县开支，汇列报销。）

一、支掩埋路毙芦席制钱六千一百五十文。

一、支省拨干薯由淮、浦水陆运安舟车各费洋二百十二元八角，制钱一百二十七千六百六十文。（由县开支，汇列报销。）

一、支押运干薯城厢弹压差队饭食制钱三百三十八千文。（由县开支，汇列报销。）

一、支五厂弹压营兵饭食制钱九十二千八百文。

一、支帮办赈务积劳病故府委戴慧臣经历嘉谋薪水丧赙运柩费共洋二百六十四元。

一、支查户诸生二十余人月余车队饭食制钱四百三十千零零九十二文。

一、支赈票四万五千张纸料印工制钱五十四千三百文。

一、支各厂榜册纸张，添置护勇衣号，共洋五十五元五角六分八厘，制钱八十四千零七十四文。（由县开支，汇列报销。）

一、支五厂来往舟车各费制钱五十九千七百三十文。（由县开支，汇列报销。）

一、支地保、更夫、厂丁饭食制钱二十二千一百七十文。

一、支五厂及城局薪米并县用书识八名饭食制钱二百四十七千零八十文。

一、支赈后郝心之二尹购施痧丸、修补监狱加给犯人口粮共制钱一百十三千九百四十四文。

一、支赈后龚少渤上舍经配各种丹丸，由县施送，计制钱八十千零八百五十六文。

一、支石印告灾图千册洋十八元。

右己亥年筹办安东春赈支数

一、支查放莒州棉衣四千件。

一、支查放沂水棉衣三千五百件。

一、支查放蒙阴棉衣二千五百件。

一、支查放兰山棉衣二千件。

一、支查放日照棉衣一千九百五十四件。

一、支转运棉衣，由苏赴沪，航海抵照，陆送莒、沂、兰、蒙等处舟车各费，洋五百二十元，库平银十二两。

一、支开办莒州粥厂洋一千八百元。

一、支开办沂水粥厂洋一千七百元。

一、支接济沂属粥厂洋七千二百六十八元，合兑漕平银五千两。内接济莒州粥厂漕平银二千两，接济沂水粥厂漕平银一千五百两，接济兰山粥厂漕平银一千五百两。

一、支汇解沂属赈银票费漕平银五十七两五钱。

一、支赈后散给莒、兰粥厂病黎制钱八十五千七百文。

右己亥庚子筹办山左冬、春二赈支数

一、支莒州十二牌饥民二万八千七百十六户，大四万九千二百五十五口，小三万六千零三十三口，每大口一千六百，小口八百，共赈足京钱十万零七千六百三十四千四百文。

一、支莒州急赈京钱一千零五十六千三百文。

一、支莒州男粥厂资遣大小二千五百七十九口，每口八百，共放京钱二千零六十三千二百文。

一、支莒州女粥厂资遣大小四千六百十五口，每口一千，共放京钱四千六百十五千文。

一、支莒州养病所医药、掩埋、资遣共京钱一百三十七千六百零八文。

一、支莒州平粜高粱、菉豆十三万九千五百斤，每斤折本十二，共折京钱一千六百七十四千文。

一、支沂水三十四社饥民四千四百八十三户，大四千六百零八口，小三千三百三十九口，每大口二千，小口一千，共赈京钱一万二千五百五十五千文。

一、支沂水急赈京钱六十千文。

一、支兰、郯、沂、费磁运钱车力京钱一千一百九十一千九百九十八文。

右庚子年会同严绅筹办山左春赈支数

共支洋七万九千零五十七元零零七厘，乚〓〓折库平银五万四千三百九十一两二钱二分一厘。

共支制钱五千二百二十九千五百七十四文，｜〓〓兑库平银四千一百十七两七钱七分五厘。

共支京钱十三万零九百八十七千五百零六文，〢一兑漕平银五万零三百七十九两八钱一分，夊〓〇乂折库平银四万九千三百九十二两三钱六分五厘。

共支镇平银三百四十三两九钱五分三厘，夊〓〢〓折库平银三百三十八两零零二厘。

共支规银一百三十六两一钱二分一厘，夊｜一乂折库平银一百二十四两零六分。

共支赈米七十七万五千二百七十六斤。内淮扬道谢宪拨济赈米二万九千七百八十二斤；淮扬道谢宪在严绅协济银内支购赈米二十一万六千一百零五斤；

由镇江、邵伯、六合等处采办赈米五十二万九千三百八十九斤，每斤扯〢〇〢乂，计镇平银一万零七百六十七两七钱七分二厘，夊〓〢〓折库平银一万零五百八十一两四钱八分九厘。

共支干薯四十一万一千六百零六斤。内江藩司胡宪拨济干薯三十四万一千二百五十斤；周舜卿司马由沪购办干薯七万零三百五十六斤，每斤扯｜乚〓〓乚，计规银一千一百八十六两七钱，夊｜一乂折库平银一千零八十一两五钱五分八厘。

共支干面四万斤，祝兰舫司马由沪购办，每斤二分，计规银八百两，夊｜一乂折库平银七百二十九两一钱二分。

共支花生饼二百七十五片。

共支棉衣一万三千九百五十四件。正副号通扯，每件〢二〢〓乚〢δ，计洋三千一百二十二元，乚〓〓折库平银二千一百四十七两九钱三分六厘。此项棉衣照市沽价，每件合扯三角有奇，由经办廉茂园善士劝典平售，故扯此数。

干薯三十四万一千二百五十斤。

库平银十二万二千九百零三两五钱二分六厘。

通共开支赈米二十四万五千八百八十七斤、花生饼二百七十五片。

除米薯饼收支相抵无余外，实存库平银二百五十九两六钱九分三厘。其二百二十两汇交严绅协济秦赈，余银三十九两六钱九分三厘备刻征信录，分布同人，以昭核实。

赈后沭阳唐益记捐洋一千元，由龚少渤上舍汇交严绅，归抵前垫。

锡捐清数　戊戌

吴保三善士，捐洋三百元；唐玉九善士，捐洋三十元；马培之善士，捐洋一百元；温恭俭堂，捐洋二十元；高公记，捐洋一百元；高志先善士，捐洋二十元；唐忠敬堂，捐洋一百元；无名氏，捐洋二十元；唐忠信堂，捐洋一百元；西米行，捐洋二十元；安仲芬善士，捐洋一百元；北里面庄，捐洋二十元；再生氏，捐洋一百元；张隐名，捐洋二十八元；求资冥福，捐洋六十元；许榴仙善士，捐洋十元；裘菊筵善士，捐洋八十元；胡和梅善士，捐洋十元；余瑞丰号，捐洋七十元；高慎德堂，捐洋十元；袁鸿成号，捐洋五十元；郑谷诒堂，捐洋十元；高广泰号，捐洋十元；孙芾棠善士，捐洋五元；洽大号，捐洋十元；生泰裕号，捐洋五元；恒大号，捐洋十元；长裕泰号，捐洋五元；隆泰号，捐洋十元；隆大号，捐洋五元；高宝纶堂，捐洋十元；亨泰号，捐洋五元；无名氏，捐洋十元；庞鉴斋善士，捐洋五元；晋记，捐洋十元；施贞夫善士，捐洋五元；长兴泰号，捐洋十元；朱善士，捐洋五元；王晋记，捐洋十元；王敷敬善士，捐洋五元；邹志成善士，捐洋十元；丁维年善士，捐洋二元五角；佑亲堂朱，捐洋十元；柯永年善士，捐洋二元五角；张泾桥顾，米二石作洋九元；汪隆茂号，捐洋二元。

右救灾恤邻折，募洋一千五百二十九元。

无名氏，捐洋二百元；无名氏，捐洋五十元；无名氏，捐洋一百元；无名氏，捐洋五十元；无名氏，捐洋五十元。

右沈仙记经募洋四百五十元。

惠禄卿善士，捐洋五十元；无名氏，捐洋二十元；王月亭善士，捐洋二十五元；不书名，捐洋十元；沈秋泉善士，捐洋二十五元；补过氏，捐洋十元；无求氏，捐洋五十元；过念先善士，募洋十元。

右华觉堂善士经募，洋二百元。

吴介眉善士，捐洋二元；亨泰行，捐洋两元；刘筱唐善士，募洋二元；积善堂朱，捐洋一元；梁风墀善士，捐洋一元；陆右丰行，捐洋五角；顾德周善士，捐洋一元；徐告卿善士，捐洋五角；顾绵初善士，捐洋一元；潘德山善士，捐洋五角。

右锡字第四十五册，鲍朗周善士经募，洋十一元五角。

仁德堂徐，捐洋十元；张瑞初善士，捐洋一元；余庆堂张，捐洋十元；郑荣昌善士，捐洋一元；徐薇生善士，捐洋一元；章震丰号，捐洋五角；徐仁宝善士，捐洋一元；吴张氏善女，捐洋一元；张蕙芬善士，捐洋一元。

右锡字第四十七九册，张镕初善士经募，洋二十六元五角。

无求人丁，捐洋十元；乐善生丁，捐洋二元；赵洪珠善士，捐洋二元；有心乏力人张，捐洋二元；王梅生善士，捐洋五元；蓉湖居士丁，捐洋一元；李伯琴善士，捐洋一元；张泰记，捐洋五角。

右锡字第六十册，金逸臣、张念赓善士经募，洋二十三元五角。

徐达三善士，捐洋五十元；无名氏，捐洋五十元；陈慎修堂肇梅记，捐洋二十元；丁浩荣善士，捐洋五元；徐允大号，捐洋二十元；汪宝兴号，捐洋五元；蔡衣点善士，捐洋十元；潘培堃善士，捐洋一元；许仪卿善士，捐洋八元；无名氏，捐洋一元；何府，捐洋二元；不求人，捐洋八角。

右锡字第六十三册，张子惠善士经募，洋一百七十二元八角。

无名氏，捐洋五元；六梅氏，捐洋一元；华无名，捐洋二元。

右锡字第七十册，募洋八元。

元吉代典，捐洋五元；李全福善士，捐洋一元；程惇裕号，捐洋五元；周德茂善士，捐洋二元；程位思善士，捐洋三元；顾士达善士，捐洋二元；顾元顺善士，捐洋一元；李荣轩善士，捐洋一元；李欲仁善士，捐洋一元；周福培善士，捐洋一元。

右锡字第一百三十三册，唐保谦善士经募，洋二十二元。

周心田善士，捐洋二元；徐元恒善士，捐洋二元；周渭纶善士，捐洋五元；许祖宝善士，捐洋二元；周庆祥善士，捐洋三元；余永宁善士，捐洋二元；陆湘洲善士，捐洋三元；余永康善士，捐洋二元。

右锡字第一百三十四册，募洋二十一元。

李瑞和堂，捐洋二十元；胡恒泰号，捐洋二元；程专溱记，捐洋五元；朱遵德堂，捐洋二元；须新泰号，捐洋五元；顾合茂号，捐洋二元；殷志远堂，捐洋四元；赵源茂号，捐洋一元；胡尚德堂，捐洋三元；李德盛号，捐洋一元。

右锡字第一百三十五册，唐保谦善士经募，洋四十五元。

杨云山善士，捐洋二元；知难氏，捐洋二元；保安记，捐洋一元。

右锡字第一百三十六册，张朗如善士经募，洋五元。

隆茂行，捐洋一元；张觐记，捐洋五角；仁兴坊，捐洋五角，杜少清善士，捐洋五角；信昌同事，捐洋一元七角；吴中人，捐洋五角；恒昌同事，捐洋一元五角；苏州龚，捐洋五角；丰泰裕号，捐洋五角。

右锡字第一百三十七册，张朗如善士经募，洋七元二角。

陇西，捐洋五角；容记，捐洋五角；德记，捐洋五角；有记，捐洋五角；蚨记，捐洋五角；可记，捐洋五角；沽记，捐洋五角；子记，捐洋五角；孙记，捐洋五角；延记，捐洋五角。

右锡字第一百四十册，募洋五元。

陈绍周善士，捐洋十元；张礼文善士，捐洋五角；王子柳善士，捐洋一元；陶洪泰善士，捐洋五角；张万和善士，捐洋五角；无名氏，捐洋五角；王聚兴善士，捐洋五角；王大宝善士，捐洋五角；陆菊友善士，捐洋五角；王二宝善士，捐洋五角。

右锡字第一百四十二册，王干臣善士经募，洋十五元。

薛余仁堂，捐洋三元；陈素行堂，捐洋二元；薛立本堂勇记，捐洋二元；陈应余堂志记，捐洋一元；薛敬义堂应记，捐洋二元；唐嘉会堂，捐洋一元；俞经德堂，捐洋一元；无名氏，捐洋一元五角；俞锺秀善士，捐洋一元；王廷泰善士，捐洋一元。

右锡字第一百四十三册，薛卓如望暹善士经募，洋十五元五角。

廉庭芝善士，捐洋一元；钱子和善士，捐洋五角；陈茂亭善士，捐洋一元；李诰卿善士，捐洋五角；林伯英善士，捐洋五角；冯竹云善士，捐洋五角；周义兴善士，捐洋五角；无名氏，捐洋五角。

右锡字第一百四十四册，王干臣善士经募，洋五元。

不书名祈典平安，捐洋五元。

右锡字第一百四十七册，募洋五元。

王绍先善士，捐洋五十元；敩拙生，捐洋二元；无名氏，捐洋五十元；无名氏，捐洋三元；王静荪善士了愿捐洋十元；棉力人，捐洋一元；不留名，捐洋五元；王葆仁堂，捐洋一元；保赤子，捐洋一元；丁康苹善士，捐钱五百文。

右锡字第一百五十册，顾棐生善士经募，洋一百二十三元，钱五百文。

顾洛记，捐洋三十元；薛敬修堂，捐洋三元；陆慎怀善士，捐洋三十元；严肇记，捐洋二元；过亦贤善士，捐洋十元；陆伯庠善士，捐洋三元；戈仲翔善士，捐洋十元；王传绪善士，捐洋二元；强保生善士，捐洋十元；孙轶千善士，捐洋二元；施启后堂，捐洋五元；秦寿记，捐洋一元；俞锺记，捐洋三元；曹子汶善士，捐洋五角。

右锡字第一百五十一册，募洋一百十一元五角。

薛德修堂，捐洋十元；孙伟卿善士，捐洋五元；薛敬修堂，捐洋七元；通源典，捐洋三元；薛宝善堂，捐洋六元；陈合顺号，捐洋二元；华厚余堂，捐洋二元；唐永记，捐洋一元；薛永善堂，捐洋一元；薛居善堂，捐洋一元。

右锡字第一百五十三册，薛卓如善士经募，洋三十八元。

钱石荪善士，捐洋五元；钱孟瑚善士，捐洋一元；钱绍起善士，求母康宁，捐洋五元；钱颂莲善士仝子，捐洋一元；钱华氏善女仝子道舆，捐洋四元；窦清华善士，捐洋一元；滕茂之善士仝室钱氏，捐洋二元；窦祠义，捐洋一元；钱翰臣善士，捐洋二元；窦江姨娘，捐洋一元。

右锡字第一百五十四册，窦晓湘善士经募，洋二十三元。

徐子伟善士，捐洋一百元；无名氏，捐洋八元；池上草堂杨，捐洋十元；无名氏，捐洋六元；容德堂祝，捐洋十元。

右寿字册，张朗如善士经募，洋一百三十四元。

保记，捐洋二十元；隐名氏，捐洋十元；胡殷氏善女，捐洋二十元；隐名氏，捐洋五元；殷敬修善士，捐洋十元；陈无名，捐洋一元；亨茂庄，捐洋十元；不留名，捐洋一元；无名氏，捐洋三元；振茂号，捐洋一元。

右同字册，张朗如善士经募，洋八十一元。

俞子康善士，捐洋二元；季星培善士，捐洋一元；汪逸泉善士，捐洋二元；汪福宝善士，捐洋一元；杜少清善士，捐洋二元；唐正生善士，捐洋一元；无名氏，捐洋二元；范阳德基，捐洋一元；隆茂行，捐洋一元；张代和善士，捐洋五角；赵桂官，捐洋一元；王砚记，捐洋五角。

右松字册，张朗如善士经募，洋十五元。

杨平记，捐洋十元；杨协记，捐洋十元；杨仲记，捐洋十元；王叔记，捐洋五元；杨梅记，捐洋十元；杨仁记，捐洋五元；杨成记，捐洋七元；杨聚记，捐洋三元；吴子记，捐洋八元；吴楚记，捐洋二元。

右柏字册，吴子言善士经募，洋七十元。

凤记，捐洋四十元；无名氏，捐洋二元；吴耕记，捐洋十元；无名氏，捐洋一元；蒋慎余堂，捐洋二元；无名氏，捐洋一元；蒋宝纶堂，捐洋二元；升昌行，捐洋一元；王逸记，捐洋一元；无名氏，捐洋五角；陶望记，捐洋一元；无名氏，捐洋五角。

右富字册，吴子言善士经募，洋六十二元。

潘耀模善士，捐洋五十元；无名氏，捐洋六元；鲍允执善士，捐洋十元；俞合盛号，捐洋四元；江西夏布客，捐洋十元；乾泰和号，捐洋二元；汪善光善士，捐洋五元；无名士，捐洋一元；蒋友兰善士，捐洋四元。

右贵字册，张朗如善士经募，洋九十二元。

协泰昌北号，捐洋三角；华星葵善士，捐洋二角；协泰昌誉记，捐洋三角；无名氏沈，捐洋二角；顾万昌号，捐洋三角；无名氏，捐洋二角；陶东升盈，捐洋二角；同泰丰号，捐洋一角；源茂裕号，捐洋二角；姚竹甫善士，捐洋二元一角。

右长字册，姚竹甫善士经募，洋四元一角。

升昌行，捐洋五角；恒吉号，捐洋二角；涌泰行，捐洋五角；施德官，捐洋三角；振昌裕行，捐洋三角；王三元官，捐洋二角；陶谦益泰，捐洋三角；无名氏，捐洋二角；荣泰号，捐洋二角；无名氏，捐洋二角。

右春字册，姚竹甫善士经募，洋二元九角。

仁记，捐洋一元；恒森源号，捐洋一元；万和号，捐洋一元；源茂泰号，捐洋一元；仁茂号，捐洋一元；王仪廷善士，捐洋一元；茂记，捐洋一元；无名氏，捐洋一元；无名氏，捐洋一元；无名氏，捐洋一元。

右金字册，募洋十元。

保记，捐洋二元；无名氏，捐洋五角；五官，捐洋一元；无名氏，捐洋五角；伯大官，捐洋五角。

右生字册，张朗如善士经募，洋四元五角。

陶子威善士，捐洋五元；张道庆善士，捐洋三角三分三厘；张鸣洲善士，捐洋一元；潘耀清善士，捐洋三角三分四厘；陶仲明善士，捐洋一元；屠圣元善士，捐洋三角三分三厘；陈幼山善士，捐洋一元；曹干甫善士，捐洋二角五分；陈英标善士，捐洋一元；李祥吉善士，捐洋二角五分；无名氏，捐洋一元；胡兆荣善士，捐洋二角五分；袁耀伦善士，捐洋二角五分。

右丽字册，张朗如善士经募，洋十二元。

何永德善士，捐洋一元；盛昌土栈，捐洋一元；祝廷记，捐洋二元；华藩屏善士，捐洋五角；祝佐记，捐洋一元；马晁泰善士，捐洋五角；保和记，捐洋一元。

右水字册，张朗如善士经募，洋七元。

无名氏，捐洋一元；无名氏，捐洋五角；无名氏，捐洋一元；无名氏，捐洋五角；姚二官，捐洋五角；无名氏，捐洋五角；无名氏，捐洋五角；无名氏，捐洋五角；无名氏，捐洋五角；无名氏，捐洋五角。

右玉字册，募洋六元。

合茂号，捐洋一元；王恒泰号，捐洋一元；合茂各友，捐洋一元；永泰兴号，捐洋七角；王善士，捐洋五角；永大号，捐洋七角；吴善士，捐洋一元；无名氏，捐洋三角；无名氏，捐洋五角；无名氏，捐洋三角。

右出字册，募洋七元。

王淡安善士仝子复春，捐洋十元；王福祥善士，捐洋一元；吴云记，捐洋四元；杜乐山善士，捐洋一元；有美堂，捐洋三元；朱蕙记，捐洋一元；无名氏，捐洋二元，丁懋记，捐洋一元。

右昆字册，杨鉴三善士经募，洋二十三元。

严垂裕堂，捐洋十元；吴三乐堂，捐洋二元；严垂裕堂（铜洋五元销见），捐洋二元六角；王务本堂，捐洋二元；严星渚善士，捐洋一元；无名氏，捐洋一元；华孟记，捐洋一元；兴茂庄（铜洋二元销见），捐洋一元；镜三氏，捐洋一元。

右元字册，募洋二十一元六角。

江有容善士，捐洋二元；章恒源号，捐洋一元；许继歙善士，捐洋二元；吴锡蕃善士，捐洋一元；胡亦青善士，捐洋一元；周湘坪善士，捐洋五角；陈履平善士，捐洋一元；祈典平安，捐洋一元；李茂功善士，捐洋一元；义泰号，捐洋五元。

右亨字册，募洋十一元。

也无名氏，捐茶规银二百两；无名氏，捐补水银五十两；力不从心人，捐补水银一百两；无力子，捐补水银五十两；不留名，捐补水银一百两；程汪氏善女，捐洋二十元（厚仁交来）。

右天字第四十六册，马翠山善士经募，补水银三百两，茶规银三百两，洋二十元。

顾碧珊善女寿仪捐洋五十元；邹振远永记，捐洋十五元；归临安邹道明率翰臣第荣捐洋三十元；邹志成善士，捐洋十元；华小宝求却病延年捐洋二十元；钱抡之善士，捐洋十元；归临安金善女率若孙如渊捐洋十五元；周莘农善士，捐洋五元；归临安顾德明率颂莲捐洋十元；邹福记，捐洋十元；钱翰臣善士仝弟荣捐洋十元；周缉熙堂，捐洋七元；钱翰臣善士率贵生捐洋一元；周世德堂，捐洋五元；周渭纶善士率增兴捐洋二元；润通典，捐洋五元；邹受之善士，捐洋一元；朱梦蝶善士，捐洋三元；邹甫卿善士，捐洋一元；邹子英善士，捐洋二元；李信源善士，捐洋一元；王清泉善士，捐洋一元；陆恂记，捐洋二元；沈桂辛善士，捐洋一元；邹成兴号，捐洋二元；沈荣生善士，捐洋一元；邵恒泰号，捐洋一元；顾介侯善士，捐洋一元；陆万隆号，捐洋一元；邹吉卿善士，捐洋一元；陆万生号，捐洋一元；邹少泉善士，捐洋一元；徐瑞隆号，捐洋一元；曹少卿善士，捐洋五元；高善士，捐洋一元；曹建侯善士，捐洋一元；无名氏，捐洋一元；陆锦美善士，捐洋二元；邹补过氏，捐洋一元；邹宾门善士，捐洋四元；邹永清善士，捐洋一元；求则得之，捐洋一元；朱麒麟善士，捐洋二元；邹森宝善士，捐洋一元；邹敬斋善士，捐洋一元；邹荫记，捐洋一元；钱耘菘善士，捐洋二元；邹仰儒善士，捐洋二元；邹湘庭善士，捐洋五元；钱慧之善士，捐洋一元；邹永福善士，捐洋二元；钱锡之善士，捐洋一元；钱义贞善士，捐洋二元；诚记，捐洋一元；钱仲珍善士，捐洋一元；信记，捐洋一元；心记，捐洋一元。

右天字第五十册，邹振远善士经募，洋二百六十七元，铜洋一元销四角五分。

胡雨记，捐洋四元；陆鲁斯善士，捐洋二元；嵇绍周善士，捐洋二元；侯铁梅善士，捐洋一元；侯余氏善女，捐洋一元；如意子，捐洋一元；胡紫绶善士，捐洋一元；余小禅善士，捐洋五角；胡文记，捐洋一元；黄淡如善士，捐洋五角；王菊泉善士，捐洋五角。

右天字第八十册，胡少斋善士经募，洋十四元五角。

延康庄，捐洋五元；桂仁山善士，捐洋二元；朱虞臣善士，捐洋五元；颐寿老人，捐洋二元；徐佐唐善士，捐洋二元；翁沅青善士，捐洋一元；姚春生善士，捐洋二元；徐殿臣善士，捐洋一元；宋丽生善士，捐洋二元；节酒席费，捐洋一元七角。

右天字第九十三册，汪苻生善士经募，洋二十三元七角。

虞琴轩善士，捐洋一元；虞韵泉善士，捐洋一元；不书名，捐洋四元；强吕氏善女，捐洋一元；永和号，捐洋一元；强杨氏善女，捐洋一元；益三氏，捐洋一元；强顾氏善女，捐洋一元；裕通号，捐洋一元；李炳九善士，捐洋五角；陇西李，捐洋一元；李五卿善士，捐洋一元；梦渔，捐洋一元；孔继大善士，捐洋一元；怡丰号，捐洋一元；源裕锡号，捐洋五角；无名氏，捐洋一元，纫兰轩王，捐洋一元。

右天字第九十四册，汪苻生善士经募，洋二十元。

益智斋，捐洋五元；无名氏，捐洋四元；不书名，捐洋十元；无名氏，捐洋三元；无名氏，捐洋七元；无名氏，捐洋二元；联芳居，捐洋五元；王次记，捐洋五元；杨根记，捐洋三元；无求氏，捐洋二元；无名氏，捐洋五元；无名氏，捐洋三元；无名氏，捐洋三元；王保记，捐洋二元；不书名，捐洋二元；秦经畲堂，捐洋二元；顾亦记，捐洋五元；漱石居，捐洋二元；杨佩记，捐洋四元；王荷记，捐洋二元；不书名，捐洋一元；梅雪轩，捐洋二元；杨照记，捐洋一元；镜湖馆，捐洋二元；无名氏，捐洋一元；华丽记，捐洋一元；不书名，捐洋五角；无求氏，捐洋五角。

右天字第一百零四册，杨砚云善士经募，洋八十五元。

黄庆裕善士，捐洋六元；匡粟轩善士，捐洋二元；计爕堂善士，捐洋十元；唐秀慧善士，捐洋二元；黄盛茂善士，捐洋十元；强宏绪善士，捐洋四元；黄公茂善士，捐洋十元；戈佩清善士，捐洋二元；祝诒鼎善士，捐洋十元，高圣大善士，捐洋二元；周世兴善士，捐洋十元；安推，捐洋二元。

右天字第一百零九册，袁步云善士经募，洋七十元。

无名氏凌，捐洋三十元；无名氏顾，捐洋十元；无名氏孙，捐洋二十元。

右天字第一百十一册，孙友亮、鲍朗周善士经募，洋六十元。

久思堂容记，捐洋五十元；曹仲蓉善士，捐洋十元；薛慈明善士，捐洋二十元；许寿贞善士，捐洋八元；薛鼎铭善士，捐洋五元，杨涵生善士，捐洋三元；薛荣照善士，捐洋五元；程子舟善士，捐洋一元；杨献夫善士，捐洋五元；沈敦义善士，捐洋一元；杨子厚善士，捐洋五元；程恒裕号，捐洋二元；杨子铭善士，捐洋五元；无名氏，捐洋四元；杨凤翔善士，捐洋三元；无名氏，捐洋二元。

右天字遗失册，募洋一百二十九元。

共收锡捐洋四千一百十五元二角五分，补水茶规银三百两，钱五百文。

浙捐清数　戊戌

邹自召善士，捐洋四十元；嘉乐主人，捐洋二十元；全乐居主人，捐洋二十元；中和主人，捐洋二十元；思补轩主人，捐洋二十元；叶乾甫善士，捐洋八元；可舟轩主人，捐洋二十元。

右杭字第一册，募洋一百四十八元。

双溪使君，捐洋八元；资深堂，捐洋二元；清风明月主人，捐洋四元；济美堂，捐洋二元；楼园居士，捐洋二元；诵芬书屋，捐洋一元；世外道人，捐洋二元；随鹤居士，捐洋一元；惜阴书屋，捐洋一元；凌霄煮茗使，捐洋一元。

右杭字第二册，石樵居士经募，洋二十四元。

大来行，捐洋四元，祥和行，捐洋二元；昼锦堂，捐洋二元；瑞兴行，捐洋二元；茂林行，捐洋二元；公位行，捐洋一元；玉兴行，捐洋二元；公茂行，捐洋一元；元茂行，捐洋二元；春荣，捐洋二元；清宜堂，捐洋二元；锡明，捐洋一元。

右杭字第三册，募洋二十三元。

徐六也堂，捐洋十元；宏远堂，捐洋二元；钟敦睦堂，捐洋十元；保康庄，捐洋二元；孝友堂张，捐洋四元，保昌庄，捐洋一元；谢去矜堂，捐洋一元。

右杭字第五册，募洋三十元。

强恕斋，捐库平银一百两，澹远堂，捐洋二十元。

右杭字第八册，募洋二十元，库平银一百两。

湖墅船局，捐洋二元；胡正培善士，捐洋一元；赐锦书屋，捐洋一元；陈金祥善士，捐洋一元；沈应云行，捐洋一元；周凤翙善士，捐洋一元；沈士珍行，捐洋一元；王渭卿善士，捐洋一元；沈大年行，捐洋一元；无名氏，捐洋一元；袁二房行，捐洋一元。

右杭字第九册，募洋十二元。

厚载轩，捐洋二元；沈荣寿善士，捐洋一元；钱花记，捐洋一元；无名氏，捐洋四元；最暖堂，捐洋一元；无名氏，捐洋三元；无名氏，捐洋三元；无名氏，捐洋二元；无名氏，捐洋二元；无名氏，捐洋二元。

右杭字第十一册，募洋二十一元。

从善局，捐洋十元；江晓记，捐洋三元；邹少记，捐洋十元；张凤记，捐洋三元；范玉记，捐洋三元；朱凤记，捐洋三元。

右杭字第十二册，募洋三十二元。

恒顺行，捐洋二元；程英伯善士，捐洋一元；协记行，捐洋二元；王衡山善士，捐洋二元；源兴行，捐洋二元；鲍裕后堂，捐洋二元。

右杭字第十三册，募洋十一元。

秦念秾善士，捐洋四元；虎相西善士，捐洋二元；周诒经堂，捐洋二元；章嘉乐善士，捐洋一元；杨承志堂，捐洋一元；孙式轩善士，捐洋一元；孙真乐堂，捐洋一元；吴佩周善士，捐洋一元；邹清宜堂，捐洋一元；汪含誉善士，捐洋一元。

右杭字第十六册，募洋十五元。

云陀，捐洋十元；平官，捐洋五元；畹香，捐洋十元；志成，捐洋二元；同裕，捐洋五元；老农，捐洋三元；通济，捐洋五元；农丈人，捐洋三元；四爱，捐洋二元；左杨氏善女，捐洋五元。

右杭字十八册，募洋五十元。

联捷，捐洋一元；明寿，捐洋一元；增喜，捐洋一元；崇良，捐洋一元；庆年，捐洋一元；荣奎，捐洋一元；多福，捐洋一元；龄昌，捐洋一元；万春，捐洋一元，长清，捐洋一元。

右杭字第二十二册，募洋十元。

知昨非轩主人，捐洋十元；宝善堂，捐洋一元；致远堂，捐洋十元；宝经堂，捐洋一元；全乐主人，捐洋十元；忆梅轩，捐洋一元；运百甓斋，捐洋八元；璧珽，捐洋二元；杨承志堂，捐洋一元；克刚，捐洋一元；邓致川善士，捐洋二元。

右杭字第二十三册，募洋四十七元。

缄斋，捐洋一元；茂声，捐洋一元；恭度，捐洋一元；祉延，捐洋一元；厚余，捐洋一元。

右杭字第二十四册，募洋五元。

无名氏求病愈，捐洋二十元；双奎堂严，捐洋二元；求眼目清亮，捐洋十元；邓慎记，捐洋一元；不书名，捐洋十元；邓杭记，捐洋一元；不书名，捐洋十元；不书名，捐洋一元；不书名，捐洋四元；不书名，捐洋一元。

右杭字第二十五册，募洋六十元。

毛春林善士，捐洋四元；稽山闻人氏，捐洋四元；李景峰善士，捐洋四元；力不从心人，捐洋一元；俞凤笙善士，捐洋一元；祀福堂，捐洋二元；蔡楚宝善士，捐洋一元；宝仁堂俞，捐洋一元；茅王氏善女，捐洋一元；求寡过子，捐洋一元；王陈氏善女，捐洋一元。

右杭字第二十六册，募洋二十一元。

严州胡涤生善士，捐洋十元；浙省晋泰庄，捐洋十元；严州方幼卿善士，捐洋三元；浙省鼎记庄，捐洋十元（寄沪汇解）；常州薛念持善士，捐洋三元；丛桂主人，捐洋四元；山阴胡谷生善士，捐洋一元；不书名，捐洋一元；严州邓熺善士，捐洋二元；不著名，捐洋一元。

右杭字第一册，除汪苻生刺史寄交施子英观察洋十元并入沪捐外，实募洋三十四元，铜洋一元销四角。

芝兰竞秀之室，捐洋五元；丛香积翠之室，捐洋五元。

右杭字第二册，募洋十元。

致远堂朱，捐洋二十元。

右杭字第三册，募洋二十元。

开泰庄，捐洋十元，退省主人，捐洋四元；裕源庄，捐洋十元；怡怡书屋，捐洋一元；公记，捐洋八元；苏道人，捐洋二元；爱萱居，捐洋四元；棉力子，捐洋一元；居仁堂，捐洋二元；吴名世，捐洋一元。

右杭字第四册，募洋四十二元，铜洋一元销三角五分。

共收浙捐洋六百三十五元七角五分，库平银一百两。

苏捐清数　戊戌

五峰书屋，捐洋十元；任免笙善士，捐洋四元；信善士，捐洋十元；钱春斋善士，捐洋四元；不留名，捐洋十元；无名氏，捐洋五元；岩南子，捐洋五元；无名氏殷，捐洋五元；容膝居，捐洋五元；无求人丁，捐洋三元。

右洲字第一册，募洋六十一元。

汪国烜善士，捐洋二十元；王肇模善士，捐洋四元；杨光烈善士，捐洋十六元；浦友记，捐洋二元；王思仁善士，捐洋十元；小隐庐顾，捐洋一元。

右洲字第二册，募洋五十三元。

强怒堂，捐洋二元；机捐公所，捐洋一元；彭师仁善士，捐洋一元；蟾窟，捐洋八角；味菜轩，捐洋一元；寄舫，捐洋五角；无名氏，捐洋一元；知愧轩，捐洋二角；折桂居，捐洋五角；七龄童子（节糖果钱），捐洋二角。

右洲字第四册，募洋八元二角。

钱同乐善士，捐洋一百元；吴卓记，捐洋二十元；尤爱日善士，捐洋一百元；汪干卿善士，捐洋十元；沈居易善士，捐洋三十元；汪国焯炯善士，捐洋二十元；椿荫居士，捐洋三十元；钱祝氏善女，捐洋十元；培佳书屋，捐洋二十元；祝虑氏善女，捐洋十元。

右洲字第五册，募洋三百五十元。

共收苏捐洋四百七十二元二角。

松捐清数 戊戌

兰言次善士，捐洋一元；项宾笙善士，捐洋三角；邵致敬善士，捐洋一元。

右汇字第一册，募洋二元三角。

吴秉钧善士，捐洋二元；隐鹤山房，捐洋二元；友兰师竹居，捐洋二元；竹梧小舍，捐洋一元；盛心畲善士，捐洋二元；裕泰松号，捐洋一元；龚善甫善士，捐洋一元；留余书屋，捐洋一元；倪南浦善士，捐洋一元；积善堂马，捐洋二元；胡藕仙善士，捐洋一元；菉猗居徐，捐洋一元；穆雁汀善士，捐洋一元；醒非居，捐洋一元；顾义升善士，捐洋一元；求平安，捐洋一元；王汉初善士，捐洋五角，鞠秋亭善士，捐洋五角；宋士香善士，捐洋五角，姜彩山善士，捐洋五角；邢诚斋善士，捐洋五角，陶蒙泉善士，捐洋五角；王濂嵩善士，捐洋五角，马长泰，捐洋五角；张莲舟善士，捐洋五角；钱合兴，捐洋五角；庄泮香善士，捐洋五角；品莲号，捐洋四角；庄砚花善士，捐洋五角；永新楼，捐洋四角；祈家慈康健，捐洋一元；抱璞生，捐洋四角；王有梅善士，捐洋三角；黄琴堂，捐洋二角；顾宜孙善士，捐洋三角；宝善堂，捐洋一元；二知轩，捐洋一元。

右汇字第二册，募洋三十二元。

韩文祥善士，捐洋一元；傅文郁善士，捐洋一元；胡荣寿善士，捐洋一元；于香草善士，捐洋一元；计锦埙善士，捐洋一元；顾同陆善士，捐洋一元；黄桂松善士，捐洋一元。

右汇字第三册，募洋七元。

张寿萱善士，捐洋一元；顾仲开善士，捐洋三角；叶澹远善士，捐洋五角；姚欣木善士，捐洋二角；周吉人善士，捐洋五角；盛岩，捐洋二角；王长啸善士，捐洋五角。

右汇字第四册，募洋三元二角。

张鑫善士，捐洋二元；黄庭诵善士，捐洋二元；张永修堂，捐洋二元；周宝训善士，捐洋二元；王留余善士，捐洋二元；夏廉让善士，捐洋一元；潘润余善士，捐洋二元；夏梅舫善士，捐洋一元；盛宝善善士，捐洋一元；笑轩，捐洋一元。

右汇字第五册，募洋十六元。

共收松捐洋六十元零五角。

扬捐清数 戊戌

陈宣谷善士，捐洋五角；不留名，捐洋二元；戈伯鸿善士，捐洋五角；不留名，捐洋三角；王楚白善士，捐洋五角；不留名，捐洋二角。

右台字第一册，吴锡祺善士经募，洋四元。

三余堂，捐洋一元；木安，捐洋一元；大吉，捐洋一元；隆记，捐洋一元。

右台字第二册，吕佐之善士经募，洋四元。

不留名，捐洋十元；小辆川庄，捐洋一元；不留名，捐洋一元；不留名，捐铜洋二元；不留名，捐洋一元。

右台字第三册，吕佐之善士经募，洋十三元，铜洋二元销钱四百文。

徐子衡善士，捐洋一元；刘见三善士，捐洋五角；杨简青善士，捐洋一元；费玉符善士，捐洋五角；杨耽石善士，捐洋一元。

右台字第四册，杨简卿善士经募，洋四元。

共收扬捐洋二十五元，制钱四百文。

淮捐清数 戊戌

醉经堂，捐洋一元；无名氏，捐洋一元；无名氏，捐洋一元；无名氏，捐洋一元；无名氏，捐洋一元；谭培远善士，捐洋一元；无名氏，捐洋三元三角；无名氏，捐洋二角；无名氏，捐洋四角，戴举安善士，捐洋一角。

右淮字第一册，汪子砚学博经募，洋十元。

汪子砚善士，捐洋十四元；顾范氏善女，捐洋五元；李顺生善士，捐洋八元；悔迟轩主，捐洋二元；周调之善士，捐洋八元；无名氏，捐洋二元；王沛霖善士，捐洋四元；无名氏，捐洋一元。

右淮字第二册，汪子砚学博经募，洋四十四元。

懒农，捐洋十元；平仲后人，捐洋二元；孀鹤，捐洋四元；敦彝堂潘，捐洋一元；味蔗堂，捐洋六元；芝生氏，捐洋一元；无名氏，捐洋六元；浣云氏，捐洋一元；自在轩主人，捐洋四元；无名氏，捐洋一元；双桥居士，捐洋四元；无名氏，捐洋一元；顾善堂，募洋四元。

右淮字第三册，汪子砚学博经募，洋四十五元。

丁树善善士，捐洋十六元；吴树德善士，捐洋五元；无名氏，捐洋十元；程崇厚善士，捐洋四元；无名士，捐洋十元；双树氏，捐洋四元；卷石山房，捐洋五元；伯仲季，捐洋四元；片玉斋，捐洋八元；念劬氏，捐洋三元；彦臣氏，捐洋四元；鸿善居，捐洋三元；戟临氏，捐洋四元。

右淮字第四册，汪子砚学博经募，洋八十元。

刘映钟善士，捐洋三元；厚德堂，捐洋一元；胡文蔚善士，捐洋二元；树德堂，捐洋五角；蔡炳华善士，捐洋一元；敬善堂，捐洋三角；无名氏，捐洋二元；四本堂，捐洋五角；无名氏，捐洋一元；张瑞夫善士，捐洋五角。

右淮字第六册，侯筱仙善士经募，洋十一元八角。

和平堂，捐洋六元；朱西记，捐洋五元；周笙记，捐洋五元；侯筱记，捐洋五元；蒋石卿善士，捐洋二元；无名氏，捐洋二元；张松山善士，捐洋二元；无名氏，捐洋一元；陈贞一善士，募洋三元；无名氏，捐洋二元；张辅之善士，捐洋二元；殷大有，捐洋一元。

右淮字第七册，侯筱仙善士经募，洋三十六元。

陶氏壮容，捐洋五元；吴子文善士，捐洋二元；龚永大善士，捐洋二元；邹厚亭善士，捐洋一元；无名氏，捐洋二元；胡小年善士，捐洋一元；无名氏，捐洋一元；陶氏，捐洋两元；无名氏，捐洋一元。

右淮字第八册，侯筱仙善士经募，洋十七元。

鼎源新号，捐洋一元五角，光裕堂，捐洋一元；诒谋堂，捐洋一元；广源号，捐洋七角；诒正堂，捐洋一元；复泰号，捐洋三角；江世昌号，捐洋一元；人工矢，捐洋五角；乾泰昌号，捐洋六角；无民氏，捐洋四角。

右淮字第十册，侯筱仙善士经募，洋八元。

周焕农善士，捐洋四元；郝勤余善士，捐洋四元；郝荷舫善士，捐洋三元；郝星樵善士，捐洋二元。

右淮字第十一册，郭石庵善士经募，洋十三元。

王肇庆善士，捐洋二元；存养堂，捐洋二元；味诗主人，捐洋一元；无名氏，捐洋二元；我舫主人，捐洋一元；学海堂，捐洋二元；幼兰氏，捐洋二元；月楼堂，捐洋一元；树南堂，捐洋一元；德本堂，捐洋一元。

右淮字第十二册，郭石庵善士经募，洋十五元。

法古堂，捐洋一元；无名氏，捐洋二元；树德堂，捐洋一元；三省堂，捐洋一元；传经堂，捐洋一元；无名氏，捐洋五角；慎余堂，捐洋一元；无名氏，捐洋五角；慎思堂，捐洋一元。

右淮字第十三册，郭石庵善士经募，洋九元。

志道斋，捐洋二元；映雪堂，捐洋一元；无名氏，捐洋二元；无名氏，捐洋一元；聚星堂，捐洋一元；无名氏，捐洋一元；三慎堂，捐洋一元；瑞云斋，捐洋一元。

右淮字第十四册，郭石庵善士经募，洋十元。

尊德堂唐，捐洋十元；彭城氏，捐洋十元；让德堂吴，捐洋五元；紫阳氏，捐洋二元；崇德堂唐，捐洋五元；无名氏，捐洋一元；留余堂陈，捐洋四元；无名氏，捐洋一元；卧雪山房，捐洋五元；约守堂，捐洋一元；荣德堂杨，捐洋二元；无名氏，捐洋一元；补足主人程，捐洋二元；宝善堂，捐洋一元。

右淮字第十六册，罗凤洲善士经募，洋五十元。

培德堂何，捐洋四元；钱本让善士，捐洋一元；无名氏，捐洋十元；吴有仁善士，捐钱二百文；明远堂何，捐钱二百文，吴小亭善士，捐钱二百文；无名氏，捐钱六百文，方幼亭善士，捐钱四百文。

右淮字第十七册，罗凤洲善士经募，洋十五元，钱一千六百文。

周公馆，捐钱一千文，程雨之善士，捐洋六角；崇善堂，捐钱六百文，吴铭世善士，捐洋二角；唐姓，捐洋一元；武敏事善士，捐洋二角。

右淮字第十八册，罗凤洲善士经募，洋二元，钱一千六百文。

太古堂黄，捐洋十元；河南张氏，捐洋五元。

右淮字第十九册，罗凤洲善士经募，洋十五元。

戴恩堂缪，捐洋八元；翰记，捐洋一元；东海吕氏，捐洋一元；何姓，捐钱二百文；承善堂何，捐洋一元二角；无名氏，捐洋九角三分；松心堂，捐洋二元。

右淮字第二十册，罗凤洲善士经募，洋十四元一角三分，钱二百文。

何仁怒堂，捐钱五百文。

右淮字第二十二册，募钱五百文。

共收淮捐洋三百九十四元九角三分，钱三千九百文。

浦捐清数　戊戌

屠荫堂善士，捐洋一百元；祝友三善士，捐钱二百二十九千；戴沅仙善士（求妻病愈）捐洋五十元；陈远记，捐洋十元；吴荷醒善士（移妻寿仪）捐洋二十元；马维高善士，捐洋十元；龚怀璞善士，捐洋十二元；董汤氏善女，捐洋三元；龚怀璞善士，捐洋十元；王勉记，捐洋二元；郭松山善士，捐洋十元；顾仁诒堂，捐洋六元；胡亦青善士，捐洋十元；恒丰号，捐洋二十元；孙勉之善士，捐洋十元；谦泰号，捐洋十元；杨星翘善士，捐洋二元。

右不列册募洋二百九十三元，钱二百二十九千文。

李宝记，捐洋四元；董云贞善士，捐洋一元；不书名李，捐洋六元；郑含贞善士，捐洋五角；不书名李，捐洋一百文，不书姓名，捐钱四百七十文。

不书名陶，捐洋三元；不书名沈，捐洋二角；不书名陶，捐钱一百五十文。

右邮字册，沈钧真善士经募，洋十四元七角，钱七百二十文。

孙顺恕善士，捐洋一元；薛仰山善士，捐洋五角；侯绍衣堂，捐洋四角，维记，捐洋一元；修竹居，捐洋一元；德记，捐洋五角；白云室，捐洋五角；源记，捐洋五角；通茂行，捐洋五角；大亨，捐洋四角。

右锡字册，孙景寿善士经募，洋六元三角。

华善记，捐洋二元；杨珍记，捐洋一元；陈见龙善士，捐洋一元；致和堂钱，捐洋一元；钱凤仪善士，捐洋一元；建香，捐洋二元；华三乙善士，捐洋一元；尤钰堂善士，捐洋五角；华凤池善士，捐洋五角；华万源善士，捐洋五角。

右锡字册，孙景寿善士经募，洋十元零五角。

秦平甫善士，捐洋五元；胡门善女，捐洋一元；陶德记，捐洋三元；秦清卿善士，捐洋四角；积记，捐洋三元；龚范我善士，捐洋四角；平记，捐洋二元；侯菊卿善士，捐洋四角；大记，捐洋一元；正昌号，捐洋五角。

右锡字册，陶赞臣善士经募，洋十六元七角。

陈云栽善士，捐洋一元；永昌号，捐洋一元；俞经德堂，捐洋一元；尚吉记，捐洋六角；顾九思善士，捐洋五角；元兴泰，捐洋四角；居易室，捐洋七角；侯振西，捐洋五角。

右锡字册，孙景寿善士经募，洋五元七角。

严理记，捐洋一元；吴叔记，捐洋一元；华亮记，捐洋一元；范蕙记，捐洋一元。

右锡字册，募洋四元。

共收浦捐洋三百五十元零九角，钱二百二十九千七百二十文。

邑捐清数　戊戌

胡玉和善士，捐洋三十元；福源号，捐洋五元；胡泽卿士善，捐洋二元；广泰号，捐洋二元；蒋增和善士，捐洋二元；龙凤斋号，捐洋一元；胡镜溪善士，捐洋一元；汪福兴号，捐洋一元；胡金芝善士，捐洋一元；胡子香善士，捐洋一元。

右安字第一册，胡玉和善士经募，洋四十六元。

仁和衣庄，捐洋三元；王广源号，捐洋一元；义源烟庄，捐洋三元；习公盛号，捐洋一元；涌济衣庄，捐洋二元；裕盛染坊，捐洋一元；德丰烟庄，捐洋二元。

右安字第二册，贾衡堂善士经募，洋十三元。自收自放，未经缴局。

甡茂永号，捐洋二元；殷培金善士，捐洋一元；无名氏，捐洋三元；无名氏，捐洋二元；同裕号，捐洋二元；无名氏，捐洋一元；恒顺号，捐洋一元；无名氏，捐洋一元；义和永号，捐洋一元；无名氏，捐洋一元；裕源永号，捐洋一元。

右安字第三册，王梦白善士经募，洋十六元。除自放七元外，实缴洋九元。

姚仲卿善士，捐洋五元。

右安字第四册，募洋五元。

姚志远善士，捐洋一元。

右安字第五册，刘雨亭善士经募，洋一元。

张云桥善士，捐洋二元；石广宝善士，捐洋一元；张万新善士，捐洋一元；姚竹甫善士，捐洋一元。

右安字第六册，张理斋善士经募，洋五元。

孙鹤如善士，捐洋三元；周爱堂，捐洋二元；孙信甫善士，捐洋二元；陈广扬善士，捐洋一元；张尊三善士，捐洋二元；无名氏，捐洋二千文。

右安字第七册，孙鹤如善士经募，洋十元，钱二千文。自收自放，未经缴局。

朱春阳善士，捐洋十元；张小平善士，捐洋二元；张子平善士，捐洋十元；张小平善士，捐洋二元；王兴泰号，捐洋四元；彭蔼堂善士，捐洋二元；宋圣传善士，捐洋四元；濮慎和善士，捐洋一元；张子能善士，捐洋五元。

右安字第八册，张子平善士经募，洋四十元。

王少曾善士，捐洋二元；毛裕泰号，捐洋一元；张应忠善士，捐洋一元；于义成号，捐洋一元；蒋文魁善士，捐洋一元；邱兴隆号，捐洋一元；王石卿善士，捐洋一元；无名氏，捐洋一元；周永年善士，捐钱五百文，无名氏，捐洋一元。

右安字第十册，毕月三善士经募，洋十元，钱五百文。

朱少堂善士，捐洋一元。

右安字第十一册，募洋一元。

唐桢善士，捐洋十元；梁守元善士，捐洋一元；朱继之善士，捐洋二元。

右安字第十二册，唐养之善士经募，洋十三元。

王荣轩善士，捐洋二元；胡学仁善士，捐洋二元；濮鄞城善士，捐洋一元；濮鄞城善士，捐钱八百七十文；厉陶之善士，捐洋一元；王蕴山善士，捐〢兰钱九百文；卜自安善士，捐洋一元。

右安字第十三册，濮赓三善士经募，洋七元，钱一千七百七十文。

德丰号，捐〢兰钱九百文，汪复兴号，捐〢兰钱九百文。

右安字第十七册，李道生善士经募，〢兰钱一千八百文。

钱德斋善士，捐洋二元。

右安字第十九册，募洋二元。

梁士林善士，捐洋二元；王兆传善士，捐洋二元。

右安字第十一册，李哲夫善士经募，洋四元。

袁子素，捐洋一百元；周尚德，捐洋十元；吕立峰、王佩实、王士兰三人合捐洋一百元。

右捐洋二百十元。

共收邑捐洋三百五十三元，钱四千零七十文。

锡捐清数　己亥

宋英华善士，捐洋十元；盛履贞善士，捐洋一元五角；过凤生善士，捐洋五元；盛履贞善士，捐洋五角（铜洋一元销见）。

右锡字第十一册，孙翊千善士经募，洋十七元。

孙虞记，捐洋二元；不书名，捐洋二元。

右锡字第二十六册，募洋四元。

不书名，捐洋四元；乌有先生，捐洋一元；子虚氏，捐洋一元；无名氏，捐洋一元；隐名氏，捐洋二元；无名氏，捐洋一元；执舆者，捐洋一元。

右锡字第二十八册，募洋十一元。

杨叙记，捐洋十元；徐允大号，捐洋五元；无名氏，捐洋五十元；谢元益号（印度洋二元售）捐洋一元九角。

无名氏，捐洋五十元；无名氏，捐洋二元；陆唅秋善士，捐洋十元；无名氏，捐洋一元四角；无名氏，捐洋一元。

右锡字第三十六册，募洋一百十一元三角。

朱渭云善士，捐洋一元；金氏善女，捐洋五角；朱渭陇善士，捐洋一元；太和士，捐洋五角；廉仁福善士，捐洋一元；勉女子，捐洋二元；唐仁初善士，捐洋五角；郁大菽，捐洋五角；陶金林善士，捐洋五角；朱费氏善女，捐洋三角；华和林善士，捐洋三角，朱兴兴，捐洋二角；荣昌官，捐洋二角；朱双林善士，捐洋二角；汪才生善士，捐洋二角；曹仁卿善士，捐洋二角；赵仁金善士，捐洋二角；苏元初善士，捐洋一角。

右锡字第五十一册，朱渭云善士经募，洋九元四角。

朱缙云善士，捐洋一元；沈善祥善士，捐洋一元；张顺龙善士，捐洋一元；汪仲英善士，捐洋五角；过滨海善士，捐洋一元；朱兆丰善士，捐洋四角；严少卿善士，捐洋一元；无名氏，捐洋五角；严茂基善士，捐洋一元；无名氏，捐洋三角。

右锡字第五十二册，朱渭云善士经募，洋七元七角。

周轶千善士，捐洋一元；张耀廷善士，捐洋一元；张慎余堂，捐洋一元；唐明如善士，捐洋一元；震德裕行，捐洋一元；徐仲虎善士，捐洋一元；张守贞善士，捐洋一元；华仲英善士，捐洋一元。

右锡字第五十七册，募洋八元。

思饥溺者，捐洋四十元；唐汝舟善士，捐洋五元；薛敬修堂，捐洋十元；唐协丰善士，捐洋三元；薛余仁善士，捐洋十元；华复旦善士，捐洋三元；唐世丰善士，捐洋五元；薛镇铨善士，捐洋二元；薛勇记，捐洋五元；唐培潮善士，捐洋二元；薛应和善士，捐洋五元。

右锡字第五十九册，薛望暹善士经募，洋九十元。

无邑氏，捐洋三元；蒋绛古善士，捐洋五角；惠吉人善士，捐洋五角；许松泉善士，捐洋五角；惠麟元善士，捐洋五角；许梅泉善士，捐洋五角。

右锡字第七十四册，张子惠善士经募，洋五元五角。

秦翠凝善士，捐洋五元；存仁堂，捐洋一元；黄宝善善士，捐洋三元；杨台记，捐洋一元；邱荣恩记，捐洋二元；无名氏，捐洋一元；无名氏，捐洋五元；王少记，捐洋二元；无名氏，捐洋二元；无求氏，捐洋一元；无名氏，捐洋二元；王保记，捐洋二元；自怡轩，捐洋二元；黄文记，捐洋二元；漱芳斋，捐洋二元；亲仁堂，捐洋一元；杨赓记，捐洋二元；黄宜庆善士，捐洋一元；刘宝琳善士，捐洋一元；养云轩，捐洋五角；杨坤记，捐洋一元；无名氏，捐洋五角。

右锡字第八十三册，高景泉善士经募，洋四十元。

侯振西善士，捐洋二元；无力子，捐洋五角；唐子勤善士，捐洋二元；兰孙女史，捐洋五角；杨云甫善士，捐洋二元；杨明月，捐洋五角；杨范甫善士，捐洋一元；杨周氏善女，捐洋五角；病骥老人，捐洋一元。

右锡字第八十四册，侯保三善士经募，洋十元。

许厚余善士，捐洋二十元；邹博雅堂，捐洋六元；龚雨栽善士，捐洋三元；无名氏杨，捐洋一元。

右锡字第九十五册，募洋三十元。

王锡庆善士，捐洋一元；蒋创基善士，捐洋五角；虞子英善士，捐洋一元；虞文煜善士，捐洋五角；钱子裕善士，捐洋一元；范祖宝善士，捐洋五角；曹械卿善士，捐洋一元。

右锡字第一百二十二册，王干臣善士经募，洋五元五角。

朱钟麟善士，捐洋一元；朱尧赓善士，捐洋一元；朱伯华善士，捐洋一元；蒋伯华善士，捐洋五角；朱耀卿善士，捐洋一元；张云亭善士，捐洋五角；周渭纶善士，捐洋一元；赵省三善士，捐洋五角；朱克振善士，捐洋一元；范世德善士，捐洋五角。

右锡字第一百二十三册，王干臣善士经募，洋八元。

薛求已善士，捐洋五十元。

右锡字第一百二十六册，薛善士经募，洋五十元。

蒋欣如大令，捐洋十元；韵兰女史蓝宁夹衫售钱七千五百文。

右常字册，张伯卿司马经募，洋十元，钱七千五百文。

仁记，捐洋十五元；朱积记，捐洋三元；种德，捐洋三元；俞善记，捐洋三元；积福，捐洋三元；无名氏，捐洋二元；悔过，捐洋二元；广泰祥，捐洋一元；应记，捐洋二元；朱霁岩善士，捐洋一元；永大，捐洋二元；梁凤皋善士，捐洋一元；德记，捐洋一元；沈逸香善士，捐洋一元；源记，捐洋一元；顾和乐善士，捐洋一元；春记，捐洋一元；顾荣益善士，捐洋一元；恒茂，捐洋一元；无名氏，捐洋五角；恒义，捐洋五角；无名氏，捐洋五角；同茂，捐洋五角；无名氏，捐洋五角；鸿盛，捐洋五角；德基，捐洋二元。

右章字册，施瑞亭善士经募，洋五十元。

过示俭善士，捐洋五十元；王传经善士，捐洋二十元；余恭人，捐洋五十元；张念根善士，募洋二十元。

右不列册，募洋一百四十元。

无名氏，捐洋三十元。

右不列册，孙翊千善士经募，洋三十元。

共收锡捐洋六百四十二元四角，钱七千五百文。

苏捐清数　己亥

姚春茂善士，捐洋十五元；仁寿堂，捐洋一元；冯旭初善士，捐洋五元；仁寿堂，捐洋一元；毛永茂善士，捐洋二元；静惕堂，捐洋一元；朱祥发善士，捐洋二元；静惕堂，捐洋一元；王利和善士，捐洋一元；无名氏，捐洋一元；裕丰仁正，捐洋二元；无名氏，捐洋一元；延年堂，捐洋二元；无名氏，捐洋一元；公记号，捐洋一元；仪兴顺号，捐洋一元；义兴顺号，捐洋一元。

右苏字第一册，募洋三十九元。

江国璋善士，捐洋六元；自愧氏，捐洋五元（铜洋十二元销）；江春晖善士，捐洋四元；待草人，捐洋一元；彭清栋善士，捐洋四元；张善士，捐洋一元；朱宜振善士，捐洋二元；养余斋，捐洋五角；王盖之善士，捐洋一元；范李记，捐洋一元；卞和黼善士，捐洋一元；无名氏，捐洋五角；徐忆萱善士，捐洋五角；无名氏，捐洋五角。

右苏字第二册，募洋二十八元。

渭塘渔者（求病脱根），捐洋五十元；怀仁氏，捐洋十元；娄江老叟，捐洋十元；三仁氏，捐洋五元；濂溪山樵，捐洋十元；素琼氏，捐洋五元；钱同乐善士，捐洋五十元；莲桂童，捐洋四元；陆景山善士，捐洋五十元；吕子，捐洋四元；汝水钓居，捐洋五元；申昌号，捐洋五元；苏台隐名士，捐洋五元；信记号，捐洋二元；周恒山善士，捐洋二元；恒昌号，捐洋三元；陆松泉善士，捐洋一元；同昌号，捐洋一元；钱敬义善士，捐洋一元；协泰号，捐洋一元；沈万顺号，捐洋一元；复源号，捐洋一元；许奎记，捐洋二元；聚发号，捐洋一元；敦善堂，捐洋一元；泰记号，捐洋一元；王怀德栈，捐洋一元；赵姓，捐洋一元。

右苏字第三册，募洋二百三十三元。

从善居，捐洋五元；无名氏，捐洋五元；环翠轩，捐洋四元；譬如医药，捐洋二元。

右苏字第四册，募洋十六元。

严荫庭善士，捐洋十元；李松泉善士，捐洋五角；丁保誉堂，捐洋十元；吴德卿善士，捐洋五角；张叔美善士，捐洋五元；裕丰泰号，捐洋五角；范汇如善士，捐洋一元；施锦泰号，捐洋五角。

右苏字第七、八册，募洋二十八元。

许刘氏善女（求病速痊）捐洋十元；汪家培善士，捐洋五元；许汪氏善女，捐洋六元；汪国烜善士，捐洋五元；彭潘氏善女，捐洋五元；胡念椿善士，捐洋一元；许寿贞善士，捐洋四元。

右苏字第九册，募洋三十六元。

共收苏捐洋三百八十元。

淮捐清数　己亥

丁含记，捐洋二十元；程丁氏善女，捐洋五元；补过子，捐洋二十元；程孙氏善女，捐洋四元；丁汪氏善女，捐洋十元；程李氏善女，捐洋二元；无名氏，捐洋十元；程徐氏善女，捐洋二元；丁寿记，捐洋五元；鸿源庄，捐洋二元；程笏记，捐洋四元；无名氏，捐洋二元；吴忆洪记，捐洋八元；无名氏，捐洋一元；片玉斋，捐洋四元；蒋达记，捐洋一元。

右淮字第一册，汪子砚学博经募，洋一百元。

咬菜居，捐洋十二元；顾复雅善士，捐洋二元；随安轩，捐洋二元；顾登书善士，捐洋一元；张存仁善士，捐洋一元。

右淮字第二册，汪子砚学博经募，洋十八元。

汪乐寿善士，捐洋五十元；蒋楠记，捐洋五元；汪自怡善士，捐洋二十元；蒋锡记，捐洋五元；陈悦研善士，捐洋二十元；汪还苕善士，捐洋二元；汪拜玉善士，捐洋十八元；张东升善士，捐洋一元；汪廉记，捐洋十元；朱益茂号，捐洋一元；汪福幼善士，捐洋十元；许嘉藻善士，捐洋一元；钱思永善士，捐洋十元；施积善堂，捐洋一元；汪渊素善士，捐洋八元；戴怀盛善，捐洋一元；汪渊素善士，捐洋二元；唐安吉善士，捐洋一元；蒋姚氏善女，捐洋十元；潘培荆堂善士，捐洋一元；顾星联善士，捐洋一元；顾馨士善士，捐洋一元；顾兰生善士，捐洋五角；陈达夫善士，捐洋五角。

右淮字第三册，汪闰生广文经募，洋一百八十元。

沈存仁堂，捐洋三十元；叶潜修善士，捐洋一元；钱菊人善士，捐洋十元；陈循修善士，捐洋三元；翟惠夫善士，捐洋五元；陈循善善士，捐洋二元；梅志轩善士，捐洋五元；顾积善堂，捐洋五元；梅成章善士，捐洋一元；倪翰卿善士，捐洋三元；梅永泰号，捐洋一元五角；宋素行善士，捐洋二元；施协丰号，捐洋三元；龚汉臣善士，捐洋一元；施怀德善士，捐洋二元；杨善德善士，捐洋二元；郁若涛善士，捐洋一元五角；施佐平善士，捐洋一元；郁顺奎善士，捐洋一元五角；无名氏，捐洋二元；庆和堂，捐洋一元；敏慎堂，捐洋一元五角；仁记，捐洋一元；积善堂，捐洋一元五角。

右淮字第四册，汪闰生广文经募，洋八十七元五角。

谷诒堂，捐洋十元；程凝阶善士，捐洋一元；曹良辅善士，捐洋一元。

右浦字第一册，全子芗司马经募，洋十二元。

共收淮捐洋三百九十七元五角。

锡常淮浦协济山左捐数

蔡兼三善士，捐洋一百元；无名氏（陶望卿善士募），捐洋五十元；薛慈明善士，捐洋三十元；补过氏陈，捐洋二十元；桐阴书屋，捐洋二百七十五元三角。

右锡捐洋四百七十五元三角。

董子履善士，捐钱十七千八百十九文。

右常捐钱十七千八百十九文。

江淑人，捐洋一百元；祝寿榆善士，捐洋七十元；吴恭人，捐洋三十元；西莲居士，捐洋五元；听月山房博记，捐洋五十元；汪鲁门司马，捐洋二十元。

右浦捐洋二百七十五元。

澹怡轩，捐洋十元；李顺生广文，捐洋十元；平阳伯氏，捐洋二元；周进吾广文，捐洋一元；平阳仲氏，捐洋二元；水木双清室，捐洋一元一角；济阳平阳氏，捐洋一元；张秋舫广文，捐洋七角；闻恭人佛事费，捐洋八元；张秋舫广文，捐洋六元；昭文王善女（售棺移助）捐洋十元；弇西赘民，捐洋四元；汪子砚学博，捐洋二元；彭城仲氏，捐洋四元；胡秜香善士，捐洋五十元；花寿轩，捐洋四元；张子能善士，捐洋十六元；无名氏，捐洋二元。

右淮捐洋一百三十三元八角。

共收洋八百八十四元一角，制钱十七千八百十九文。

山西赈捐章程

清光绪年间刻本

（清）佚 名 辑

李文海 点校

山西赈捐章程

札饬开办赈捐事

钦命山西巡抚部院兼提督军门节制各镇太原城守尉兼理盐政毓为札饬开办赈捐事。照得前因晋省亢旱日甚，民食维艰，拟请开办赈捐，以资接济。经前护院何奏奉朱批：户部议奏。钦此。当经转行司局遵照在案。兹于光绪二十六年四月二十九日准户部咨捐纳房案呈本部议覆，护理山西巡抚布政司何奏晋省亢旱日甚，民食难艰，拟请开办赈捐一折，光绪二十六年四月二十一日具奏，本日奉旨：依议。钦此。相应抄录原奏，飞咨山西巡抚查照。再，查此案应交部饭照费银两，照湖北等省赈捐章程，衔封贡监等项，每例银百两收部饭银一两五钱，翎枝每正项银百两收部饭银三两，每照一张收照费银三钱，随同奖册解部交纳，以资办公，应一并行知该抚查照可也。计原奏等因到本部院，准此，除分行外，合亟札知。札到该局，即便会同布政司，遵照部咨，将山西赈捐，遴委妥员，设局开办。其收捐条款，凡请奖虚衔封典贡监翎枝等项，既经户部指明援照湖北赈捐章程办理，即由该司局查明鄂章，逐条开列，刊刷成本，并将办法通饬各属一体遵办，并详请咨明各省督抚部院饬属劝办，仍将委员衔名并开局日期报查。切切毋违，此札。

计粘原奏一纸：

户部谨奏为遵旨议奏事。护理山西巡抚布政使何枢奏晋省亢旱日甚，民食维艰，拟请开办赈捐以资接济一折，光绪二十六年三月二十四日奉朱批：户部议奏。钦此。钦遵由内阁抄出到部。查原奏内称，晋省上年干旱之后，收成歉薄，米价叠增，小民困苦情形，日甚一日。当经由司筹款购粮，以资接济，并请索还湖北借款，暨声明如果灾广赈繁，即请开办赈捐等因。当经奏蒙俞允在案。本年入春以后，虽得雪泽，不甚深透。近又亢旱日久，麦难播种长发，民情不无惶虑。现值青黄不接之时，小民乏食，待赈孔殷。前此购粮银两，实不足以济事。鄂借之款，接准湖广督臣张之洞来电，目前无从提还，晋灾需款，拟俟鄂捐停办后，即饬原办各员，代办晋捐，巨款不难立集等语。是晋款本属无多，鄂款又难提拨，思维再四，似惟开办赈捐，筹集米石，较易集事。拟请援湖北及光绪十八年分晋省办捐成法，办理晋赈捐输等情。据署布政使李廷箫会同清源局司道会详请奏前来，臣查晋省上年歉收，今春又复亢旱，麦难布种，民食艰难。况当青黄不接之时，非宽筹抚恤，难纾民困。而司库十分支绌，筹备实为不易，惟有援照湖北等处章程，开办赈捐，方足以资接济。该司等所议，自系实在情形，仰恳天恩，俯念晋省亢旱日甚，民食艰难，准予开办赈捐，藉资补救，限一年即行停止等语。臣等伏查光绪二十一年十一月间，臣部议覆兼护湖广总督湖北巡抚谭继洵奏湖北各属被灾请开办赈捐等因一折，奉旨允准。又查前山西巡抚胡聘之奏晋省迭被水灾请援照顺直赈捐推广章程就地劝捐一折，光绪十八年八月十九日奉朱批：著照所请，该部知道。钦此。均经臣部行知遵照各在案。兹据护理山西巡抚布政使何枢奏称，晋省上年欠收，今春又复亢旱，麦难布种，民食艰难，非宽筹抚恤，难舒民困，请援照湖北省及光绪十八年晋省办捐成案，开办赈捐，以资接济等因。臣等查该护抚所奏晋省上年欠收，今春又复亢旱，麦难布种，民食艰难，自系实在情形，应准其开办捐输，妥筹赈济。其收捐条款，凡请奖虚衔封典贡监翎枝等项，均准援照湖北赈捐章程办理。仍令自接奉部文之日起，以一年为限，限满即行停止。所有臣等遵议缘由，谨恭折具陈，伏乞皇太后、皇上圣鉴，谨奏。

光绪二十一年湖北推广赈捐奏案

　　户部谨奏为遵旨速议具奏事。兼护湖广总督湖北巡抚谭奏湖北被水受旱各属地广灾重，赈款不敷，援案请开办赈捐，以资接济一折，光绪二十一年十一月初九日奉朱批：户部速议具奏。钦此。钦遵由军机处抄文到部。查原奏内称，窃照本年汉水盛涨，湖北锺祥等州县堤垸漫溃，被淹成灾，业经臣奏蒙恩准截漕、拨款，工赈兼施，各属灾黎，感戴鸿慈，莫不沦肌浃髓。惟是此次水势之大，漫堤之多，实较往岁为甚。前经委员会同地方官查勘，著名险要大工，即有十余处，此外较小各工，尚难悉数。所需经费，本属浩繁，前以库款支绌，仅请拨银十万两，原冀力图撙节，勉敷工赈之用。现在水势渐落，委员复加确勘，各堤工需，较之原估，既有增无减，待赈老弱妇女，亦复众多。加之下游之武昌、汉阳、黄州三府所属江夏等州县，前值初夏，雨泽愆期，收成歉簿，追入秋后亢旱日久，二稻杂粮，多有损伤，曾于请款折内陈明，容饬该管道府查勘，汇同被灾各区一并办理。现经该道府勘明禀覆，各属受旱情形较重，秋收失望，民情困苦。刻下汉阳府暨汉镇地方，已有灾民远来就食，虽经随时资遣回籍，但时已冬初，未能补种，瞬届隆冬，饥寒交迫，无以谋生，情实堪悯，亟应一律抚恤。恩恩俯准开办赈捐，以济要需而苏民困。一切章程，悉照顺直、山东赈捐奏准成案办理，仍以一年为限等语。臣等伏查本年正月间，据山东巡抚李秉衡奏请展办山东赈捐，业经钦奉特旨允准。复于本年六月间，臣部议覆直隶总督王文韶奏顺直被灾较重，仍请开办推广赈捐折内，陈明该督所请开办二十一年顺直赈捐，衔封贡监按三成实银核收，并请仍收应试十成监生各节，查与成案及新章相符，拟请准如所奏办理。至道员报捐二品顶戴并贡监捐盐运使衔及武监生、武生捐副将、参将职衔，仍以五成实银上兑等因，奉旨允准行知遵照在案。兹据兼护湖广总督湖北巡抚谭奏称，本年湖北被水受旱各属，地广灾重，赈款不敷，请援照顺直、山东赈捐奏准成案，开办赈捐，仍以一年为限等因。臣等查该护督奏称该省水旱灾重，民情困苦，亟应一律抚恤，自系实在情形，拟请准如所奏办理，俟一年限满，即行停止，恭候命下，即由臣部行知该抚遵照。再，请奖时应将副实收随同奖册，按次咨部核办。所有臣等速议缘由，谨恭折具奏，伏乞皇上圣鉴。谨奏。光绪二十一年十一月十三日具奏，本日奉旨：依议。钦此。

所有准照新章报捐各项例定银数开列于后

计开：

一、湖北赈捐，奉准户部咨行，准照山东捐章收捐，虚衔封典贡监等项，统按海防新章，以三成实银上兑。其应试监生仍收十成实银。

一、翎枝一项，案奉^{抚督}宪会折奏请开办推广翎枝赈捐，经户部核议，花翎三品以上捐银一千八百两，四品以下捐银九百两，蓝翎捐银四百五十两。于光绪二十三年三月十八日具奏，本日奉旨允准。

一、收捐二品顶戴道员，有三品衔及盐运使衔者，应交实银二千七百两；无三品衔者，应加倍交实银五千四百两。

一、由贡监生捐盐运使职衔，正项银七千八百七十二两。

一、由贡监生捐副将职衔，正项银三千六百四十八两；捐参将职衔，正项银二千七百三十六两。

以上两条应以五成实银上兑。

一、捐复衔翎一节，凡因案被议，除实犯赃私各照款例不准捐复外，其情节可原、因公获咎者，道府以上报捐实银五千两，同、通、州、县以下报捐实银三千两。奏蒙特旨允准，自应钦遵办理。其奉旨交部核议者，仍应查照定章核办。如报捐银数较例定之数有亏，应令照数补足。

一、捐棉衣新章，须捐办棉袄裤一套者，方准作银一两请奖。其折解实银代为购制者，亦应一律核给奖叙。

一、廪增附生准其捐纳虚衔封典，仍令照捐监银数上兑，作为捐免出学。如先捐免出学报捐虚衔者，续捐实职仍应补捐贡监。

捐 贡 监

一、贡生

由附生、监生，捐银一百四十四两。

由增生，捐银一百二十两。

由廪生，捐银一百零八两。

一、监生

由俊秀，捐银一百零八两。

由附生，捐银九十两。

由增生，捐银八十两。

由廪生，捐银六十两。

京 官 职 衔

一、郎中

由贡监生，捐银三千八百四十两；由同知，捐银一千六百五十六两。

一、员外郎

由贡监生，捐银三千二百两。

一、主事、都察院都事、都察院经历、大理寺寺丞由贡监生，捐银一千六百六十两。

一、光禄寺署正

由贡监生，捐银九百两。

一、大理寺评事、太常寺博士、太常寺典簿、通政司经历、通政司知事

由贡监生，捐银七百五十两。

一、銮仪卫经历、中书科中书、詹事府主簿、光禄寺典簿

由贡监生，捐银六百五十两。

一、部寺司务

由贡监生，捐银六百两。

一、国子监典簿

由贡监生，捐银五百两。

一、国子监典籍、翰林院待诏

由贡监生，捐银三百六十两。

一、翰林院孔目

由贡监生，捐银三百二十两。

外官职衔

一、道员

由贡监生，捐银五千二百四十八两。

一、知府

由贡监生，捐银四千二百五十六两。

一、盐运司运同

由贡监生，捐银三千八百四十两。

一、同知

由贡监生，捐银二千两。

一、通判

由贡监生，捐银一千六百两。

一、布政司经历、布政理问、州同

由贡监生，捐银三百两，由恩拔副贡生捐银一百二十两。

一、按察司经历、布政司都事、盐运司经历、州判

由贡监生，捐银二百五十两，由恩拔副贡生捐银七十两。

一、盐库各大使、按察司知事、府经历、县丞、盐运司知事、布政司照磨

由贡监生，捐银二百两。

一、按察司照磨、府知事、县主簿、州吏目、茶马大使

由贡监生，捐银百二十两，由从九品、未入流捐银一百八十两。

一、从九品、未入流

由俊秀，捐银八十两；由未满吏，捐银六十五两；由已满吏，捐银五十两。

一、各馆誊录举人准捐同知职衔，照常例贡监生报捐，银数酌加五成。监生准捐通判

职衔，照贡监生报捐，银数酌加三成。其余职衔，仍按常例银数办理。

一、各馆供事报捐七品按经、布都、盐经职衔，各照常例贡监生报捐银数加倍报捐。其捐府经、县丞各职衔，应按未满吏递捐例银三百二十五两，捐县主簿、州吏目各职衔例银二百四十五两。

文进士、举人报捐京外四、五品职衔，应扣除原资银数。

一、进士

已截取者作银一千二百九十五两，未截取者作银一千一百五十五两。

一、举人

已截取者作银一千零十五两，未截取者作银八百七十五两，未拣选者作银七百三十五两。

一、五贡报捐职衔原资作银四百三十四两

以上各项文武职衔，凡小衔加捐大衔，准将原捐小衔银数抵算。惟文京职衔加捐文外官职衔，往往有原捐银数浮于加捐者，只准照对品外衔银数作抵，其文衔改捐武衔、武衔改捐文衔，照例不能作抵银数。

京官暨教职报捐升衔

一、现任部司务捐六品升衔，应银一千一百三十一两。候补候选，应银一千三百四十七两。

一、现任国学政、国学录、国典簿捐六品升衔，应银一千零七十三两。候补候选，应银一千一百八十八两。

一、现任理评事、科中书、阁中书、銮经历、常博士捐五品升衔，应银二千七百七十二两。候补候选，应银二千九百四十五两。

一、现任通经历、通知事、常典簿、国监丞捐五品升衔，应银三千一百七十六两。候补候选，应银三千三百六十三两。

一、现任副指挥捐五品升衔，应银三千八百九十六两。候补候选，应银四千二百十三两。

一、现任光典簿、詹主簿捐五品升衔，应银三千八百三十一两。候补候选，应银四千零六十二两。

一、现任京府经历捐提举升衔，应银一千九百五十二两。候补候选，应银二千零二十四两。

一、现任京通判捐同知升衔，应银一千零三十七两。候补候选，应银一千二百六十八两。

一、现任光署正捐员外郎升衔，应银二千五百九十二两。候补候选，应银二千七百二十二两。

一、现任正指挥捐员外郎升衔，应银二千八百六十六两。候补候选，应银三千零七十五两。

一、现任主事、都都事、都经历、大理寺丞捐员外郎升衔，应银一千二百五十三两。候补候选，应银一千九百四十四两。

一、现任教谕捐科中书升衔，应银八百二十一两。候补候选，应银九百三十六两。

一、举人出身现任教谕捐内阁中书升衔，应银八百二十一两。候补候选，应银九百三十六两。

一、五贡出身现任教谕捐内阁中书升衔，应银一千一百三十七两。候补候选，应银一千二百五十二两。

一、举人出身现任训导捐内阁中书升衔，应银一千二百三十九两。候补候选，应银一千三百零四两。

一、五贡出身现任训导捐内阁中书升衔，应银一千五百五十五两。候补候选，应银一千六百二十两。

外官报捐升衔

（部章升衔上不准再加升衔，属员不准加本管上司衔，外官不准加京官衔，教职不在此例。）

一、道员衔

由现任知府，例银一千八百两，折银一千四百四十两。

候补候选者，例银二千五百二十两，折银二千零一十六两。

由现任运同，例银四千二百四十八两，折银三千三百九十九两。

候补候选者，例银五千六百八十八两，折银四千五百五十一两。

一、知府衔

由现任直隶州，例银二千六百一十九两，折银二千零九十六两。

候补候选者，例银三千四百八十三两，折银二千七百八十七两。

由现任同知，例银三千二百四十两，折银二千五百九十二两。

候补候选者，例银四千六百六十二两，折银三千七百三十两。

一、运同衔

由现任同知，例银三千零二十四两，折银二千四百二十两。

候补候选者，例银三千七百二十六两，折银二千九百八十一两。

由现任知州，例银三千七百四十四两，折银二千九百九十六两。

候补候选者，例银四千三百零二两，折银三千四百四十二两。

由现任运副、提举，例银四千三百二十两，折银三千四百五十六两。

候补候选者，例银五千四百两，折银四千三百二十两。

一、同知衔

由现任知县，例银一千二百九十六两，折银一千零三十七两。

候补候选者，例银一千五百八十四两，折银一千二百六十八两。

由现任直隶州州同，例银二千六百一十九两，折银二千零九十六两。

候补候选者，例银三千二百六十七两，折银二千六百一十四两。

由现任通判，例银一千九百一十七两，折银一千五百三十四两。

候补候选者，例银二千四百四十八两，折银一千九百五十九两。

一、运副衔

由现任通判，例银一千六百一十一两，折银一千二百八十九两。

候补候选者，例银一千八百五十四两，折银一千四百八十四两。

由现任知县、运判，例银二千四百四十八两，折银一千九百五十九两。

候补候选者，例银二千五百九十二两，折银二千零七十四两。

由现任州同，例银二千八百三十五两，折银二千二百六十八两。

候补候选者，例银三千零八十七两，折银二千四百七十两。

一、提举衔

由现任通判，例银七百二十两，折银五百七十六两。

候补候选者，例银八百九十一两，折银七百一十三两。

由现任运判，例银一千二百九十六两，折银一千零三十七两。

候补候选者，例银一千四百六十七两，折银一千一百七十四两。

由现任布经历、州同、布理问，例银一千七百五十五两，折银一千四百零四两。

候补候选者，例银二千零七两，折银一千六百零六两。

由现任盐经历、直隶州州判、州判，例银二千一百八十七两，折银一千七百五十两。

候补候选者，例银二千五百二十九两，折银二千零二十四两。

一、布经历、布理问、州同衔

由现任布都事、盐经历，例银三百三十三两，折银二百六十七两。

候补候选者，例银四百五十两，折银三百六十两。

由现任直隶州州判、州判，例银三百七十八两，折银三百零三两。

候补候选者，例银四百八十六两，折银三百八十九两。

由现任县丞，例银四百零五两，折银三百二十四两。

候补候选者，例银五百二十二两，折银四百一十八两。

由现任按经历，例银五百八十五两，折银四百六十八两。

候补候选者，例银六百六十六两，折银五百三十三两。

由现任盐知事、训导、布照磨、按照磨、府知事、府照磨、县主簿，例银六百二十一两，此在推广例内，不准减成。

候补候选者，例银七百八十三两，此在推广例内，不准减成。

由现任从九、未入流，例银七百四十七两，此在推广例内，不准减成。

候补候选者，例银九百五十四两，此在推广例内，不准减成。

教职捐京官职衔

一、翰林院待诏衔

由现任学正、教谕，例银二百三十四两，折银一百八十八两。候补候选者，例银三百零六两，折银二百四十五两。

一、国子监典簿、国子监典籍衔

由现任学正、教谕，例银三百零六两，折银二百四十五两。候补候选者，例银三百八十七两，折银三百一十两。

一、翰林院孔目衔

由现任训导，例银三百二十四两，折银二百六十两。候补候选者，例银四百八十六两，折银三百八十九两。

推广顶戴升衔

现任九品、未入流京官捐六品顶戴，应银一千四百九十一两。候补候选者，例银一千五百九十九两。

现任八品京官捐五品衔，应银三千八百六十七两。候补候选，应银四千零四两。

现任七品京官捐四品衔，应银四千六百七十三两。候补候选，应银五千二百四十九两。

现任编修、检讨、庶吉士捐四品衔，均比照汉京官七品报捐银数办理。

现任六品京官捐四品衔，应银四千三百七十八两。候补候选，应银四千六百三十两。

现任修撰、中允、赞善捐四品衔，均比照汉京官六品报捐银数办理。

现任员外郎捐四品衔，应银四千六百零八两。候补候选，应银四千八百四十两。

现任郎中捐四品衔，应银二千五百三十五两。候补候选，应银三千九百一十七两。

现任员外郎捐三品衔，应银九千二百十六两。候补候选，应银九千六百八十两。

现任郎中捐三品衔，应银五千零六十九两。候补候选，应银七千八百三十四两。

庶子、侍讲、侍读、洗马捐四品、三品衔，均比照汉现任郎中报捐银数办理。

满洲、蒙古人员

现任九品捐六品顶戴，应银二千三百二十六两。候补候选，应银二千四百六十三两。

现任八品捐五品衔，应银四千二百二十七两。候补候选，应银四千三百六十四两。

现任七品捐四品衔，应银六千二百六十四两。候补候选，应银六千四百零一两。

现任六品捐四品衔，应银四千三百七十八两。候补候选，应银四千六百三十两。

满洲、蒙古员外郎、郎中捐四品、三品衔，均比照汉员报捐银数办理。

现任九品、未入流外官捐六品顶戴，应银一千一百八十一两。候补候选，应银一千二百一十两。

现任府经历、县丞、盐知事、布照磨捐五品衔，应银二千二百九十七两。候补候选，应银二千三百六十九两。

现任盐库各大使捐五品衔，应银三千八百零二两。候补候选，应银四千零三十二两。

现任教谕捐五品衔，应银二千六百三十六两。候补候选，应银二千六百七十二两。

现任训导捐五品衔，应银三千一百六十一两。候补候选，应银三千二百七十六两。

现任布都事、盐经历、直州判、州判、按经历、京府经历、京县丞捐四品衔，应银六千二百七十二两。候补候选，应银六千三百四十四两。

现任外县知县捐四品衔，应银四千七百六十七两。候补候选，应银四千九百九十七两。

现任府教授捐四品衔，应银七千五百六十两。候补候选，应银七千八百四十八两。

现任京县知县、通判、盐运判、州同、布经历、布理问捐四品衔，应银四千八百九十六两。候补候选，应银五千零三十三两。

现任直隶州知州捐三品衔，应银六千一百六十八两。候补候选，应银七千二百零四两。

现任同知捐三品衔，应银六千九百十二两。候补候选，应银八千六百十九两。

现任知州捐三品衔，应银九千一百零五两。候补候选，应银九千三百一十两。

现任盐运同捐三品衔，应银六千零七十一两。候补候选，应银六千二百零九两。

现任知府捐三品衔，应银四千六百零八两。候补候选，应银五千七百四十七两。

现任道员捐三品衔，应银四千一百十四两。候补候选，应银四千八百零四两。

以上各项升衔顶戴，无论京外各官，凡有已保、已捐升衔顶戴，俱不准作抵。

武 官 职 衔

一、游击

由监生武生，捐银一千八百二十四两。

一、都司

由监生武生，捐银九百两。

一、营卫守备

由监生武生，捐银六百两。

一、守御所千总

由监生武生，捐银四百两。

一、卫千总

由监生武生，捐银二百五十两。

一、营千总

由监生武生，捐银二百一十两。

一、把总

由监生武生，捐银一百二十两；由俊秀，捐银二百三十两。

捐 封 典

一、京外文武现任及候补候选人员

一、二品捐银一千九百两，三品捐银八百两，四品捐银七百两，五品捐银四百两，六、七品捐银三百两，八品以下捐银二百两，均给与应得封典。未入流捐银一百两，亦给予从九品封典。

一、捐纳京外文武职衔人员

三品捐银九百六十两，四品捐银八百四十两，五品以下照现任候补候选人员一律报捐。

一、京外文武现任及候补候选人员加级请封，应分别京职、外职，各照寻常加级银数报捐。

在京文职：

二品捐银二百零五两，三品捐银一百八十五两，四品捐银一百六十五两，五品捐银一百四十五两，六品捐银一百二十五两，七品捐银一百零五两，八品捐银八十五两，九品以下捐银六十五两。

在外文职：

二品捐银四百十两，三品捐银三百七十两，四品捐银三百三十两，五品捐银二百九十两，六品捐银二百五十两，七品捐银二百十两，八品捐银一百七十两，九品以下捐银一百三十两。

在京武职：

二品捐银一百四十两，三品捐银一百三十两，四品捐银一百二十两，五品捐银一百十两，六品捐银一百两，七品捐银九十两，八品捐银八十两，九品捐银七十两。

在外武职：

二品捐银二百八十两，三品捐银二百六十两，四品捐银二百四十两，五品捐银二百二十两，六品捐银二百两，七品捐银一百八十两，八品捐银一百六十两，九品捐银一百四十两。

一、捐纳文职衔人员加级请封，亦分别京职、外职，各照随带加级银数报捐。武职衔不分京外，悉照在外武职捐寻常级银数加倍报捐。

在京文职：

五品捐银二百九十两，六品捐银二百五十两，七品捐银二百十两，八品捐银一百七十两，九品以下捐银一百三十两。

在外文职：

四品捐银六百六十两，五品捐银五百八十两，六品捐银五百两，七品捐银四百二十两，八品捐银三百四十两，九品以下捐银二百六十两。

武职：

三品捐银五百二十两，四品捐银四百八十两，五品捐银四百四十两，六品捐银四百两，七品捐银三百六十两，俱准其加一级。再有情愿多捐加级者，悉照此数报捐，准照所加之级捐封。

一、京外大小各官赀封曾祖父母、伯叔祖父母、伯叔父母、庶母兄嫂及外祖父母，均准其赀封。

一、八品以下职官，向例止封本身，不封妻室。如八品以下至未入流等官，欲封本身及妻室者，准照常例捐封银数加倍报捐，给予本身及妻室封典。如止封本身，不封妻室，仍照常例银数报捐。

一、京外文武各官以及捐职人员，有为第三继妻捐封，俱照本身品级，一体交银，给予应得封典。如为第三继妻捐封，应令先封本身及原配、继配妻室，再照本身品级捐封银数，另为第三继室请封。如本身及原配、继配本有封典，亦毋庸重复捐请。

一、子孙为伊祖父、父原职品级追请封典者，亦准一体捐请。

一、京外各官及捐职人员由加级及捐加之级捐封者，准照加级给封限制报捐。（八品以下不得逾六品，七品不得逾五品，五、六品不得逾四品，三、四品不得逾二品。）惟捐职四品人员止准捐至三品，现任及候补候选三、四品人员，准其捐至二品，其五、六品以下京外各官及捐职人员有加等捐封者，照常例加倍交银，各准其加一等捐，仍定限制，五、六品准捐至三品、七品准捐至四品，八品以下准捐至六品。

一、加等请封人员，无论现任、候补、候选职衔，概令按品照现定捐请封典银数加倍报捐，其捐衔人员请封，仍不得至二品。

一、三品以上各官，欲捐请本生曾祖父母封赠者，准照貤封曾祖父母之例报捐。

一、官生有自幼受外家抚养之母舅、舅母、姑夫、姑母、姨夫、姨母、妻父、妻母，均照恩抚伯叔父母例，准其具呈捐请貤封生母应归、应封办理，毋庸另请貤封。

一、议叙四品职衔人员加级捐请二品封典，准其加倍交银，照现任及候补、候选人员例，一体给封。

一、捐纳分发各部院学习行走人员，恭遇覃恩例不及封，应令具呈户部，照常例报捐封典。

一、例载捐职四品人员止准捐至三品封典，议叙四品职衔人员加级捐请二品封典，准其加倍交银，照现任及候补、候选人员例，一体给封各等语，此次量为变通，捐职四品人员应请援照道光二十五年吏部会议推广封典案内各项捐纳。四品职衔人员令照常例银数加一倍半报捐，准其照议叙四品人员一体加级捐请二品封典，议叙四品职衔人员请二品封典例银一千八百两，捐职四品人员请二品封典例银二千二百五十两。以上二条，系捐封银数，应捐加级仍按品级呈缴。

一、例载四品至七品官不得貤封曾祖父母，八品官以下不得貤封祖父母等语。查捐封人员伯叔祖父母、伯叔父母均准捐封，至曾祖父母、祖父母一脉相承，限于品级，不得貤封显扬，尚有未备，此次量为变通，四品至七品官，准其貤封曾祖父母，八品官以下，准其貤封祖父母，照常例之数，加倍交银报捐。

一、例载报捐加级捐封者，其旧捐之级不准计算，应令另捐新级，作为捐封之级，并于呈内声明"专为请封"字样。每一次捐级，准其捐封一次，捐封后即行豁除等语。此次量为变通，本局捐级请封人员，准其将所捐之级续行捐请封典，毋庸豁除。惟不准将捐封之级抵销处分，以示区别。

一、例载捐封人员有貤封曾祖父母、伯叔祖父母、伯叔父母、庶母兄嫂及外祖父母者，均准其捐请貤封等语。查外姻有服尊属均准捐封，而同堂亲属服制较近，不得貤封，未免向隅。此次量为变通，应请准其捐请貤封嫡堂伯叔祖父母、嫡堂伯叔父母、嫡堂兄嫂。

一、告假、告病、服满各员，如有捐封及捐级捐封者，应各按原官品级，照例定银数，准其于覃恩期内一体捐请，仍给于覃恩字样。

一、查常例内载嫡堂伯叔祖等尊长均准貤封，此次推广所有从堂、再从堂尊长，准其一体貤封。又例载五、六品以下各官及捐职人员有加等捐封者，照常例加倍交银，各准其加一等报捐，仍定限制，五、六品止准捐至三品，此次推广准捐至二品，其银数应照道光二十八年推广封典案内捐纳四品职衔准捐二品封之例，加一倍半办理。七品向止准捐至四品，此次推广准捐至三品，八品以下向止准捐至六品，此次推广准捐至五品。其推广封典银数，各照常例加一倍之条办理，毋庸加至倍半，以示区别。五、六品人员请二品封，例银二千二百五十两，三品封例银一千九百二十两，七品人员请四品封例银一千六百八十两，三品封例银一千九百二十两，八品以下人员请六品封，例银六百两，五品封例银八百两，以上各条，均系捐封银数，应捐加级，仍按品级呈缴。

一、外曾祖父母、妻祖父母，亦准其按例定品级银数捐请貤封。至捐封各员，仍不准越次捐请，以示限制。

一、休致人员，应各按原官品级照例定银数报捐。

一、为人妇者知追荣其故夫，以伸恩义，为人后者欲曲显其先代，以尽孝思。如有急公报效，愿为其已故夫之祖若父捐职请封，并为祖若父貤封其先人者，应准呈请，以遂其报本之忱。

一、第三继妻以后谊同敌体，应准其按次递捐，以昭旷典。

一、一品至三品，不得貤封高祖父母，推广章程，准为已故祖若父捐职请封，并貤封其先人，自应以现在捐请之人核计世代至曾祖为断，不得貤封高祖。

一、三品虚衔人员捐二品封，应令按二品例定银数加倍交银一千八百两。

一、京外捐纳候补及各项捐输议叙职衔人员，于恩诏给封期内捐封者，准加与覃恩字样。

一、凡升官在恩诏之后者，各按所升之级，照常例补交加级银两，即入覃恩例内，以升衔给封。

一、捐职人员捐级捐封，如只捐加一级，应交随带加级银数，此外多捐之级，即照寻常加级办理。

一、实任各官，京官之外，向来只照本任品级封赠，此次量为推广，嗣后凡遇恩诏给封期内，准令京外实任各官，均照随带加级银数捐级请封。其所捐之级，准其续行捐封，不准抵销处分。

永义仓记（外二种）

清光绪二十六年刻本

（清）林志仁 辑

李文海 点校

永义仓记（外二种）目录 *

永 义 仓 记

永固贫瘠邑也，中邑无仓储。余戊戌秋奉檄莅兹土，辄愀然曰：贫而无盖藏，何以备凶年。然甫下车，未遑谋及此，因少闲，冀先为永去其病而后兴其利也。永之粮向由胥役挈串催征，民苦其勒索，无以自理。永人沿闽恶习，为花会所惑，无男妇老幼，堕其术中。之二者，地方之大病。譬父兄谋子弟，恶癞不除，招诱不禁，虽长田宅厚积聚，不能保其不败散也，亟起为之改。投柜完纳，不假胥吏手；严禁花会，不令百姓坏其财产。越明年而积弊革，案牍亦稍暇，窃私计仓储要政，可以乘此谋议矣，不可缓矣。夫医者祛邪发表，不固正气，则虚又致病，故攻散之后，必投补剂。仓储者，地方之正气也。《礼·王制》有云：国无九年之蓄曰不足，无六年之蓄曰急，无三年之蓄曰非其国。三年耕，必有一年之食；九年耕，必有三年之食。以三十年之通，虽有凶旱水溢，民无菜色。诚以备荒储粟，缓急所恃，非此则老羸转乎沟壑，壮者散之四方，未有不狱讼繁兴、盗贼滋至者也。是故《周礼》仓人藏余以待颁，汉耿寿昌白令边郡皆筑仓，谓之常平。自是而广惠仓、折中仓、常平社仓，凡以谋歉岁，赈贫民，而最便闾阎者，莫如隋开皇义仓。每秋家出粟麦一石，以下贫富差等，储之里巷，盖其法为尤善矣。今各省府州县义仓，即其遗意。国家累颁明诏，慎重积谷，虽完富地不能阙，况贫瘠如永乎。永仓之不建，有司之过也。于是谋诸都人士，佥谓永瘠薄，不堪以饥馑，偶一旱潦，上下交困，某等怀此久矣。今幸明公创而举之，永将百岁焉赖。议既定，乃相与度地醵资，得永署东荒墟一区，则昔县丞衙署之旧址也，今移八宝山，其地瓦砾壅积，草木蓊杂，除而弓之，得五亩余分。余捐廉为邑人倡，邑之有余储者，皆量力以助焉。源源乐输，五月而就。然后诹吉日，委群材，会众工，邪许声喧，人争趋事，阅二十许日，而斯仓也巍然落成矣。夫永邑历二百数十年未尝议建仓者，岂其筑室道谋不会于成耶？抑岂土之官吏、邑之父老咸以为无用，此民有所不欲耶？不然何以久付阙如，成功一旦又如此其易且速也。今而后，储偫有所矣，凶荒有备矣，永之民庶其无缺乏矣。余不敢曰余为斯民谋其利也，余以尽吾分内事耳。余亦体天时，顺人情，合众擎，以遂初志耳，于余焉何功。是役也，邑绅应钟灵、徐宝琛、姚济人皆与有力不可没。凡仓正南向，前后各三间，后三间楼设三廒，东西各八廒，可储谷万石。余往乡劝出粟得四千八百石储之，以当蒿矢。自此年积一年，永永无废，为永幸复为永冀，永其无忘此义欤。在永谋永，名之曰永义仓。

光绪二十六年四月朔日锡山林志仁撰

敬禀者：案奉宪札，钦奉谕旨，饬令筹备仓储等因，转行遵照。下县奉此，卑职伏查足民之政，积谷为先，而积谷以建仓为要，有仓廒而始能实储。卑邑地方，原有积谷三千七百四十九石，历经开报有案。此系散储城乡各归各管之社谷也。上年夏间，米缺价昂，民食维艰，当经卑前县胡令谕饬绅董酌量平粜，藉资接济，是积储之有益，于此见矣。惟社仓之分置各乡，劝建非易，不若义仓之设于城内，增备缓急。兹卑职邀集绅董会商，皆以义仓积谷，同为备荒而设，无不乐于从事。公议分上、中、下等户，上户捐洋五十元，为建仓之需，中户捐谷十石，其余各户亦量力捐谷，悉听其便，不强人难。此乃轻而易举，事在必成，业已设立印簿，分别书捐，并由卑职捐助廉洋一百元，以为之倡。其上户捐洋，先行陆续收缴，其中户以下捐谷，一俟义仓落成，即收燥谷上仓。如果捐谷有限，每年秋收，再照此法行之。卑职愚见，不亟求取数之多，而期于积累不骤，冀见功之速而要诸久长，总使民间丰年有仓箱之庆，凶岁无庚癸之呼，此举办义仓之筹思者也。所有建置之处，卑职勘明县署头门内左首尚有隙地，拟造仓厅三间，东西仓厫各十间，名之曰永义仓。至前项原存社谷，将来并不归并一处，仍听各自积储，庶与义仓储备并行不悖。除传匠估计，先筹款项，鸠工庀材，择日兴建，并妥议一切章程另行禀报外，合将筹建义仓劝捐储备各缘由，先行肃泐禀陈，是否有当，仰祈宪台察核批示。再，建仓空地系县丞衙门旧基，县丞业已移驻八保山，建有分防衙署矣，合并声明。恭请崇安，伏乞垂鉴。卑职志仁谨禀。

抚宪批：积谷备荒，多多益善，即仓有存谷，亦宜续捐增益，本部院昨经通饬催办在案。据禀，该县集绅筹议，分别捐资、捐谷，建立义仓，与积谷名异实同，如果众议佥同，悉出乐输，似尚可行，仰布政使核饬遵照，仍饬将劝办及勘估情形随时禀报。至该县原存积谷三千七百四十余石，上年据该前县禀办平粜，究竟出粜若干，曾否买补，迄无具报。现在是否实储，有无亏缺，来禀亦未声明，并饬查明，限十日内先行禀复。此缴。

署金华府永康县知县林志仁谨禀。

大人阁下，敬禀者：窃卑职筹捐兴建义仓，业经禀陈宪鉴在案。兹已捐集成数，先行垫款购料，于五月初四日破土开工，择定六月初二日上梁，督饬绅董，克期经营，赶于秋成以前一律完工，庶几收谷上仓，以实储备。除俟工竣并妥议章程另行禀陈外，所有建造义仓兴工日期，肃泐禀报，仰祈宪台察核。再，此次工程，系择其乡评素孚之绅董应钟灵、姚济人、徐宝琛等亲自经理，一切收付事宜，均与该绅等当面交代，毫不假胥吏、家丁之手，合并声明。恭请勋安，伏乞垂照。除禀抚宪暨藩、巡宪外，皇职志仁谨禀。

永康县禀义仓开工日期，奉院批：据禀已悉。仰布政使转饬督率绅董，核实经理，务使工坚料实，毋稍草率偷减。仍俟工竣开折绘图禀报查考，缴。

署金华府永康县知县林志仁谨禀

大人阁下，敬禀者：窃卑邑筹建义仓及劝捐积谷一案，业经工程告竣，捐谷收兑情形，先后禀陈宪鉴在案。惟卑邑地处山陬，四乡多系旱道，舟楫不通。各户将谷上仓，全赖人夫挑送，是以兑收未能迅送〔速〕。计自上年十一月开兑起，至本年三月二十止，共收捐谷三千零三百四十九斤，又原存育婴堂提并谷五百十四石，原存应毓广提并谷五十石，吕际虞提并谷四十五石，又卑县学堂经费项下购备谷六百石，统计储仓实谷四千二百一十二石零四十九斤。尚有未缴谷五百九十余石，催据各经董，佥称卑职任内均可一律清缴，且已酌给脚力，决不至于短延等语。第卑职交卸伊迩，未便日久稽待，惟有先行截数禀报，以凭查验。除将未缴谷石仍由卑职赶紧催缴，俟有续收，再行申报外，合将已缴上仓谷石截清确数、酌议章程，并将仓厫工程照就图片详细贴说，开具收支清折，肃泐禀陈，仰祈宪台察核，俯赐转请委员查验，实为公便。再，原存积谷，前年悉数出粜，颗粒无存。经卑职迭次饬催买补，已据应崇朴陆续买完谷二千四百九十五石，内除五百九十五石业已提归城仓外，其余谷一千九百石，仍由各户照旧分存，取领备案。计尚未买完谷一千三百七十石，现复严催，应俟买补齐全，另行禀报。兹先开折呈送，买还之谷，有盈无绌，合并声明。恭请崇安，伏乞垂鉴，除禀抚宪暨藩、巡宪外，卑职志仁谨禀。

计禀呈：禀呈捐款收支清折各一扣，仓图照片一张，并附贴说，原存积谷已未买补清折一扣。

院批：据已悉。所拟章程，均尚切实，仰布政使覆核饬遵。并饬将未缴积谷，妥速催收上仓，同未还平粜之谷，催令一律买补还仓，禀候同所建仓廒一并委验结报。此缴。图折存。

申抚藩巡府宪

署金华府永康县为申报续收事。窃卑职筹建永义仓，劝捐积谷，业经截至三月二十日止，将实在上仓谷数并照片图说、拟就章程，开折详细具禀宪鉴在案。兹自三月二十一日起，至四月初七日交卸前一日止，续收谷三十三石，连前共收谷三千三十六石零，又原存提并谷六百九石，又学堂经费购备谷六百石，统计上仓实储谷四千二百四十五石零。除专案移交现任赵令接收，并将已捐未缴谷五百六十三石零一并移请催收上仓外，兹当交卸，理合备文申报，仰祈宪鉴察核。除申抚、藩宪外，为此呈乞照验施行，须至申者。

林任应缴学堂经费，除购谷六百石外，余钱六百五十五千九百三十一文，于二十六年九月二十三日解呈藩库，掣给库收，移交赵任，理合登明。

劝永邑绅民捐谷建仓启

窃维本邑地居上游，民贫土瘠，户鲜盖藏，丰稔之年，尚可勉强支给，偶遇水旱偏灾，无不立形告匮。即如去年夏间，米缺价昂，民情已觉惶恐，若非胡前县将城乡社谷酌量平粜，何以接济，是积谷之有益可见矣。惟查原存之谷为数无多，且社仓之分置各乡，转不若义仓之设于城内，增备缓急，有所依赖。本县抵任，即思举办，现奉宪札，钦遵谕旨，饬令筹备仓储，并以官捐学堂经费留半移用，除禀请留县办理外，及是时也，官为提倡，绅富士民共相捐助，以期集腋成裘。为此设立印簿，公议分作上、中等户，上等之户，每户捐洋五十元，以为建仓之需。中等之户，捐谷十担，其余各户，亦须量力捐谷，多寡听便，不强其难。此固轻而易举，事在必成，一俟仓廒建就，即收燥谷上仓。倘捐谷无多，明年秋收，再照此法行之，庶几丰年有仓箱之庆，荒岁无庚癸之呼，是则本县所厚望，抑亦地方之深幸也。

光绪二十五年四月　日署永康县事林志仁谨识

今将永义仓一切收放事宜筹议章程开列于后

计开：

一、义仓积谷须择董经理也。查积谷经理不得其人，每致日久侵亏，仍属有名无实，是择董经理，实为第一要义。兹卑邑义仓一切事宜，议请户部主事应绅振绪为总董，此外收放各事，以附贡徐宝琛、应钟灵、生员姚济人帮同料理。该绅等品望素隆，家道殷富，以之董理仓事，自必出纳有经，不致日久废弛。

一、义仓存谷应出陈易新也。查仓谷积储年久，霉变堪虞。拟于每年夏至后，察看情形，粜出陈谷，秋后新谷登场，如数买补，以免朽腐。惟是项积谷本为预备荒歉而设，若夏间尽数出粜，秋后设遇凶荒，将何措施。现经公同商酌，无论存谷多少，每年只粜一半，甲年出此，乙年出彼，周而复始，似此轮流翻易，既无霉坏之患，亦无掣肘之虞。

一、积谷粜价宜发典存放也。查积谷为合邑公物，所有出粜价值，无论官绅，均未便一已收藏，致涉嫌疑。现经公同商酌，出粜之后，即由经董交给典当，或发殷实铺户暂行存放，利息按月一分之则，发款后存折由经董缴署官为收藏，俟买谷时领折支取。其折载明官凭折不支，绅无折不取，似此互相箝制，以杜腾挪之弊。

一、仓廒门户须分别封锁也。查两箱仓廒十六间，楼仓三间，以及头、仪、后门等处，应由经董上锁，官加封条，其锁匙由经董收管。倘遇县中新旧交接盘验，以及仓董有事欲开，均须互相关会，眼同启封，事毕仍旧锁封，无论官绅，均不准私自擅开，并不得通融借住。其棹〔桌〕椅器具等物，亦不得借用，以昭慎重。所有锁匙、印簿等件，由经董徐宝琛、应钟灵、姚济人轮流收管，每人收管一年，以每年致祭仓神之日交替。今年庚年，应徐宝琛值年，次年应钟灵，再次年姚济人，如此周而复始，以均劳逸而免猜忌，合并议载。

一、义仓存谷应按年盘验也。查是项积谷，既经官、绅公同经理，应不致有亏缺。第各乡绅民并不目睹，难保不生猜疑。拟于每年十月十六日致祭仓神之日，由仓董择各乡乡望素隆之绅，公举二人来仓，会同致祭，并盘存仓谷石，兼算出入赈目。盘算相符，仍由经董加锁，官加印封。祭神香烛、牲醴等项，每年由县捐钱六千文，仓董具领办祭后，即备盘谷绅董午餐三桌。本年正月二十四日仓神开光，已由本县捐发前数领状附案。

一、义仓岁修必预筹经费也。查仓廒为储谷之所，不能稍有渗漏，自应随时查察。兹定每季仲月望日，官绅会同开验，如有应修之处，立即修补，免致存谷霉朽。所需经费，拟于粜价存息项下动支，每年岁修不致有缺。倘有余剩，由董收存，以备下年之用。如或大熟年成，谷难出粜，又值急应修理之处，无款可以挪垫，自当官绅会议筹办。

一、存谷赈目应立簿分执也。查仓中积谷，何廒存储若干，若不分别登簿，必致漫无稽考。兹拟设立印簿两本，将每廒积存谷数，逐一登列其簿，一存县署，一存仓董。凡遇出陈易新，并将出入各款会同登注，以备查考。

一、仓中杂用应分别核定也。查义仓设有仓夫一名，正、副仓书两名，均不能责令枵腹从公，自宜酌给津贴。至于经理之董事，专司出纳，事繁责重，既宜优以礼貌，更须聊申敬意。至仓董三人，自上年开仓收兑起，逢年终各送节敬洋六元。仓夫自上年十一月起，按月给予工食钱一千文。仓书本系县书兼办，按节各给钱二千文，以为津贴纸笔之需。其款均系由县捐给，不支仓中分文。至二十五年年敬各项，与夫本年正、二、三月仓夫工食，已由本县分别捐给，合并声明。

一、积谷遇荒应核实赈济也。查积谷原为备荒而设，将来设遇水旱偏灾，当由董查明户日〔口〕，分别极贫、次贫，造册送县。县中会同仓董，察看该乡被灾重轻，酌量赈抚，各乡不得以当时之捐谷多寡争执。如无灾荒，米缺价昂，亦须减价平粜，藉资周济。惟此项积谷，本系就地筹劝，只济就地贫民，此外铺户、书役以及有力之家，均不准颗粒侵冒，违者察出罚究。

一、积谷备荒宜多多益善也。兹查本邑义仓存谷，连官捐并计，仅止四千二百余石，为数无多，将来设遇灾荒，深恐不敷接济。拟将本邑每年应提学堂改作筹备仓谷之款，另行禀请免提几年，以备购谷，庶几仓箱足而水旱无虞。至于仓廒房屋，现因经费有限，不能多建。惟仓后尚有余基四亩五厘，本属官地，如果将来廒屋不敷，亦可推广建造，合并议及，以备查考。

永义仓图说（附载用器）

一、永义仓建造县署仪门内东首，县丞衙门移驻八保山之旧址也。

一、朝西头门三间半，头门一间，右一间水龙公所，再右一间仓夫往宿，再右半间厨房。高二丈二尺，共阔四丈五尺，深二丈七尺半，计地二分六厘，此县署余基也。

一、头门内晒场一片，南北十一弓半，东西十九弓，计地九分一厘五毫。

一、朝南仓厅，前进畅三间，名之曰民依堂。高二丈八尺，共阔四丈一尺，深二丈八尺。

一、后进三间，高二丈四尺，共阔四丈一尺，深二丈六尺。中间设仓神位，左右住房各一间，厅楼三间，编天、地、人三廒，共可储谷一千余石。

一、东边寒、来、暑、往、秋、收、冬、藏八廒，高二丈四尺，每廒阔一丈二尺，深一丈九尺，共计约可储谷四千五、六百石。

一、西边闰、余、成、岁、律、吕、调、阳八廒，高二丈四尺，每廒阔一丈二尺，深一丈九尺，共计约可储谷四千五、六百石。

一、前后仓厅东西仓廒以及中间天井，南北二十一弓，东西十九弓，计地一亩六分六厘二毫五丝。

一、仓后余基，南北五十四弓，东四十八弓，计地四亩五厘。

神龛并桌一座、广漆画桌一张、广漆八仙桌四张、广漆帐桌二张、广漆茶几四张、广漆一字十二张、广漆板凳八张、广漆钱柜一件、黄油丈二长凳二张、竹气龙十九件（大小不等）、大小秤各一把并秤架一副二件（较准十六两）。

今将筹建永义仓劝捐洋银以及一切支付工料等项开载于后

计开：

收捐项下

一、收正堂林倡捐廉洋一百元

一、收各户原捐建仓经费洋二千二百六十元

一、收各户续捐建仓经费洋三百四十元

　　以上共收捐洋二千七百元

支给项下

一、给石匠包料洋二百七十元四角一分

一、给木匠包料洋七百零二元

一、给砖瓦包料洋五百八十五元六角三分二厘

一、给内木料板片洋四百九十六元八角八厘

一、给条钉铁器共洋四十八元三角一分

一、给石灰共洋六十七元六角四分

一、给廒内气笼等件竹价洋八元五角七分

一、给各匠工价洋四百八十元七分五厘

一、给兴工、祀神、赏犒以及一切零星杂用，共洋六十一元九角九分二厘

一、给仓内一切装修油漆等项共洋四十五元四角

一、给仓内置备桌椅等项器具共洋三十九元一角二分

以上共给洋二千八百零五元九角五分七厘

一、大、小秤二条　计洋三元六角

一、林公祖垫用挑力　计洋三百七十五元零三分二厘

一、仝垫用开光请仓礼物　计洋七元六角七分一厘

一、仝垫用戏金　计洋六元七角二分五厘

一、仝垫用各项零用　计洋五元三角三分二厘

共用洋三百九十八元三角六分以上全垫

杂项收付

一、收僧元龙充公　计洋八十元

一、收马阿火充公　计洋四十元

一、收方作新充公　计洋二十元

一、巡防局提拨存款　计洋八十元

共收洋二百二十五元

一、付各乡捐谷折席　计洋八十元

一、付各乡［各乡］劝捐轿夫　计钱八千八百文

一、付六月请绅士会议酒席　计钱十五千文

一、付十一月至二月止仓用伙食　计钱十七千三百十九文

一、付开光酒八席　计钱十二千八百文

一、付演戏二本　计洋十三元五角

一、付照相物料　计洋十七元二角

一、付赏^郎_蔡书办纸工　计洋四元

一、付赏门房　计洋二元

一、付绅士写捐五次门房伙食　计钱六千文

一、付亲兵催积谷伙食　计钱一千二百六十文

一、付徐绍昌催积谷轿夫　计钱五千八百二十文

一、付开光绅士亲兵伙食　计钱八百四十文

一、付各绅赴乡催谷轿夫　计钱二十三千六百文

一、付仝亲兵下乡伙食　计钱二千二百四十文

一、付做夹板十副　计钱一千四百文

一、付送风水姚先生　计洋四元

共付洋一百二十元零七角、钱九十六千六百七十九文，熨合共洋二百二十三元四角七分。

一、补付赈簿　计洋一元六角

对除外，垫用洋七分

计开：

义丰乡　原捐积谷五百二十石，至四月初六止，共兑收谷四百九十五石三十四斤。

长安乡　原捐积谷三百八十石，至四月初六止，共兑收谷二百九十九石三十一斤。

升平乡　原捐积谷三百八十石，至四月初六止，共兑收谷二百七十四石十七斤半。

游仙乡　原捐积谷六百石，至四月初六止，共兑收谷五百二十一石七十零半斤。

泰平乡　原捐积谷三百三十石，至四月初六止，共兑收谷二百六十一石三十五斤半。

义和乡　原捐积谷四百八十石，至四月初六止，共兑收谷四百三十五石一十斤。

武平乡　原捐积谷四百三十石，至四月初六止，共兑收谷三百三十九石三十一斤半。

合德乡　原捐积谷二百四十石，至四月初六止，共兑收谷二百零二石三十七斤半。

承训乡　原捐积谷二百四十石，至四月初六止，共兑收谷二百零八石零七斤半。

以上共计原捐积谷三千六百石，本年四月初六日止，共兑收已缴谷三千零三十六石七十五斤。

建仓劝捐花户

徐大宗五十元　黄东衢一百元　应三妹五十元　吕宗祠四十元　应三妹五十元　应宗祠五十元　胡振昌一百元　童继忻四十元　成法侃四十元　吕如金五十元　胡凤朝四十元　姚亨齐三十元　王忠恕三十元　胡敬田三十元　楼启龄三十元　舒海扬二十元　陈金满二十元　金世恩二十元　徐新登二十元　王吾权三十元　童尔铭三十元　姚方正五十元　陈振铨提五十元　胡济巨五十元　童士谞四十元　程逢壬四十元　王修吉四十元　徐宇常二十元　王甲常二十元　徐寿昌三十元　李万年四十元　周福梯二十元　徐彝顺三十元　王承道二十元　应世昌一百五十元　施道金四十元　吕如金五十元　施美士三十元　胡振魁四十元　沈荣卿五十元　朱坤初二十元　应世昌三十元　胡丙标三十元　鲁文扬二十元　余子多三十元　胡振奎四十元　施文学三十元　吴荣睦四十元　徐其淮三十元　吴阿迟三十元　徐文照二十元　田孝德四十元　徐华佩四十元　程飞九四十元　楼荣华三十元　李双金二十元　姚方明五十元　朱克仕四十元　朱春年二十元　胡崇定五十元　胡尚岳二十元　徐桂丁三十元　徐昆山二十元　黄纪藩五十元　童继忻一百五十元　永康县林一百元

以上共总捐集洋二千七百元。

水 龙 会 记

民非水火不生活，是民之于水火，固不能须臾离也。然水火能养民，水火亦能害民。以水较火，而火之害为尤甚。始燃则甚微，及燎于原，不可向迩。其尤可扑灭，然则何术以制之乎？曰有水。在水不能无所凭，则水龙之制，于是乎兴。于水龙之中，求其简而便者，又莫如泰西所制之洋龙焉。永邑城市狭隘，人烟稠密，一旦失慎，皆仓皇无所措。余特捐廉，购洋龙四具，其体至轻，其用至灵，如法试之，其水直上而狂喷。余曰：此诚足以制火也。遂命置太平缸二十八口，以储水，及水桶、火钩，凡救火所需者，一一具备。复于县署东建屋一所，以藏此龙也。藏之不欲其用之也，不用而复藏之，备之也，书曰有备无患。

光绪二十六年三月　日锡山林志仁撰

捐置水龙通禀稿并折

敬禀者：窃查卑县地方，为温、处两府必由之路，行旅往来，络绎不绝，县城街市，人烟稠密。如遇失慎之事，虽有建绍客帮土龙，难应缓急。因此卑职创立水龙会，购置洋式水龙四具，名曰永安会水龙。凡属应用器物，如拉钩、铁叉、长梯、水桶、得胜帽等件，咸备应用。遂于光绪二十五年九月间，演龙成会，附储于永义仓头门右首公所，从兹闻惊驰救，军民称便。但是规模虽创于一时，经理必期于久远，现在会始成立，经费有限，将来如有间款，可为水龙会加增经常之费者，再行筹拨。其余未尽事宜，亦当随时禀办。所有卑职捐置水龙酌议规条缘由，是否有当，理合开折据实禀陈，仰祈宪台察核，俯赐立案，训示祗遵，实为公便。虔请勋安，伏乞垂鉴。

今禀呈清折一扣。

计开：

一、永安水龙会簿一本，发交首事经管，所有应用器具，逐一登载。

一、永安会洋式水龙，双皮条两具，单皮条两具，应用器具齐备，在于永义仓右侧附建房屋一间存储，由首事照管。首事即谕饬徐宝琛、应钟灵、姚济人经理。

一、置备太平水缸二十八口只，常储清水三百担，安放县署头门内西首，筑墙设门，启闭锁钥，交绅士朔望二次查看。如遇水少，立即挑满，以备不虞。又二丈长梯二架，拉钩六把，水桶二十副，得胜帽四十顶，号锣一面，水签二百支。

一、鸣锣报警，不论远近，首事立即出龙。一切指点照料之人，均由首事预先派定。回龙之后，每人筹给点心钱五十文，把龙头人加倍，不愿要者听。

一、挑水力夫，由首事选择年壮诚实情愿效力之人，预先认定。一闻锣警，各赴公所，持器随龙赶救。龙回之后，每人筹给点心钱五十文，不愿要者听。

一、官出救火，督率三班差役及亲兵救护，系属奉公之事，内中如有十分出力者，由官自行犒赏，不须会中筹给。

一、折断火路，最为要紧。必须看定上下风势松动，官为临时看明指挥督拆，不得卤莽从事。事后察看贫富，由官酌量津贴，以示公允。

一、经费宜筹，别无巨款。查有县署头门外左右空地，素来荒弃，现在由县筹款，于空地各搭朝东、朝西板棚二间。又县署头门前照墙里亦有空地，惟当中有前明程天官石牌坊一座，因地在署前，摆摊负贩、觅利蝇头者日趋集于其间，皆思霸踞，屡次肇衅。然欲杜其争端，必先收其地利。当经量明，东西直长十三弓，南北横阔九弓，合算得空地四分八厘七毫五丝，并即筹款，在于空地亦搭朝北板棚四间，核计搭棚之处，约用空地四股之一，于官坊不相干碍。以上各棚，一律出租于小本贸易之人，俾免雨淋日晒，兼得从容停息。统计每年租价，约可得钱四、五十千文，作为水龙会常年经费，由首事召租经收，立折为凭，归县察核。至于能否敷用，此时尚无把握，缘天灾不定，难以预料，倘有盈余，随时妥筹办理。

一、水龙会赈簿并收发事件，应由徐绅宝琛、应绅钟灵、姚绅济人自庚子年起，按照现开名次，轮值三年为一轮，即于夏至日结算交接。

一、水龙并一切器具，附储义仓头门另屋一间，自必专管有人，兹拟即交仓夫就近照料，按月酌给津贴钱五百文。

一、水龙上象皮管最要收拾得好，受湿即霉烂不可用，以晒极干为是，千嘱千嘱。

一、每年于夏至日，择近水畅地集演一次，经董以及襄理之徐绍昌等七人，由董事备午膳一桌，其余水夫人等，每人酌给点心面一碗，或折钱二十四文亦可。约计演习一次，须用人夫三十名。

一、每年春、秋两季，应在水龙会内各提英洋六元，作为永邑乡贤程文恭公春秋祭祀之资，按年由经董于正月二十九日、七月二十九日两期，将前款缴呈县署帐房，届丁祭之日，凭折给领，计发印折一扣，交文恭公嫡派子孙生员程逢壬、程灿赓、监生程维锜执收。

今将捐置水龙器具收支细数开列于后
计开：

光绪二十五年分

一、收许马头屋价洋二十元
一、收县前赁铺上期洋二十四元
一、收赈房领来洋九十元
　　以上共收洋一百三十四元
一、给棕绳竹担油水桶洋三元七角
一、给素灯笼并写旗号四十盏洋一元五角三分
一、给山枝黄钱六文
一、给刊洋印钱四十文
一、给粗洋布一丈钱四百八十文（做旗用）
一、给篾筹三百支钱七百文
一、给油篾筹钱九百文
一、给筹桶一只钱一百八十文

一、给白藤竹钱二百八十八文

一、给做旗四十条工线钱一百六十文

一、给篾篷七块洋二十二元五角

一、给碑石并刊字洋二元八角

一、给街沿石板三块钱三千八百文

一、给四尺石板一块钱四百文

一、给砌塝石板二块钱八百文

一、给礶盆钱六百文

一、给打柱磹盆工钱一百文

一、给簸箕绳千筋钱五百九十四文

一、给木匠包料工洋四十八元

一、给泥水工洋六元五角九分

一、给铁钉洋六角

一、给编壁毛竹洋一元六角三分

一、给杉木洋二元五角

一、给行用洋五分

一、给稻草钱二百二十文

一、给石灰洋五角

一、给泥水七十一工洋十元四角

一、给木匠八工洋一元二角

一、给水龙公所匾额一个洋四角

一、给桃钉铁条洋一角六分

一、给蹈步石板十七块洋七元零八分三厘

以上共给洋一百零九元六角四分三厘、钱九千二百六十八文、申洋九元八钱五分。合洋一百十九元四角九分三厘。对外净存洋计一十四元五角零七厘。

一、给做得胜帽四十顶钱八千文

一、给油得胜帽配绳子钱一千四百文

一、给拉钩六根钱一千八百四十文

一、给做云梯二架钱二千八百文

以上四项，共给钱十四千零四十文，夂乂合洋十四元九角三分六厘

连前总共给洋一百三十四元四角二分九厘

对外缺需洋四角二分九厘

永邑修道记

　　永康隶金华府，其地据浙之上游，为温、处各属至省之所必经，行李往来，肩摩毂击。城厢内外，道路纷歧，旧皆以石子砌成，年久失修，时虞倾踬，一遇雨雪，兼苦泥泞，行者病焉。戊戌岁余承乏斯土，下车伊始，顾瞻周道，怒焉伤之。乃首先倡率，旋集邦人士筹款兴修，自东至西一百九十五丈，由南至北二百三十三丈，复自北迤西九十六丈，自西门迄三里亭，又六十丈，凡五百八十四丈，一律改铺石版，阅十四月而告成，计费钱二千余缗。于是险者易，陂者平，坦荡共遵，行人称便。工既竣，爰缀数语，以志岁月。

　　光绪二十六年三月　　日锡山林志仁撰书

　　捐修街道夹单禀稿

　　敬再禀者，窃查卑县城厢一带街道，实为往来大路，旧用卵石砌就，只因年久，坍陷难行，每逢天雨，泥潦不堪，若遇雨雪冰冻之时，行走更为吃苦。当经卑职逐加勘量，自行筹款，催匠兴修。计自望春门起至大桥头止，量长一百三十七丈；又自大桥头起至西近圣街止，五十八丈；又自南十字街起止〔至〕北十字街止，二百三十三丈；又自十字街起至西门头止，九十六丈；又自西门起至三里亭止，六十丈。统共积长五百八十四丈，概用宽厚石板，一律铺平，行人称便，可冀垂久。惟事关官街大路，不敢壅于上闻，理合据实禀陈，仰祈宪台察核。虔请勋安，伏维垂鉴。除奉督抚宪暨藩臬巡宪外。卑职志仁谨载禀。

　　永康县禀捐置洋龙酌拟规条请立案，院批：据禀及另单并折开各条均悉。仰按察使会同布政使核饬妥筹经费，认真办理，毋稍观望延误，切切。仍候督部堂批示，缴。

华娄义仓征信录

清光绪二十六年刻本

（清）佚　名　辑

李文海　点校

华娄义仓征信录

（己亥四月起，康子三月止，第一届）

具呈华娄义仓职董奚、杜

呈为遵谕拟章呈请核示事。切职等于望前接奉照会，谕令董理华娄义仓事宜，旋晋署谒见，复蒙面谕谆谆，试办一年，不准推辞，仰见郑重仓储至意。其租务如何整顿，用款如何搏节，并令悉心会同妥议。职等既承斯乏，当与顾绅莲、姚绅肇瀛一再会商，谨拟章程十条，呈请裁择，是否有当，伏祈大公祖大人批示遵行。再，职等应于何时到仓接办，并祈示遵，公便上禀。

计粘呈章程十条：

一、移交印单，俟录成细号一册，其单悉数缴库，有遗失者，禀请饬县备案。

一、华邑田亩，前经勒石娄邑，潘推蔡置各田亩，似应续刊，庶无歧异。

一、租册花名，相沿已久，恐多今昔不符，俟按户查明，据实更正，方有把握。

一、各佃虽有图分可稽，并无村庄字样，拟将各佃住居村庄一律查明，填注租册，将来后董接办，庶几一目了然。

一、仓租向章统收本色，仍须粜变，现拟本折兼收，悉随佃便，似较简捷。

一、向章粜变须待秋成，现拟除预备漕米、酌留食米外，价值相宜，即将余米粜售，以便报销时将粜价呈缴。

一、收租拟用联票，无论本色、折色，有欠、无欠，只将某日收到钱米若干实数填票，一付该佃收执，一为存根，以昭凭信。

一、仓用器具杂物，俟前董立册点交后，一律填写镌刻义仓字样，以后续置器物，并写刻年月，以备日后移交点验。

一、盘谷晒谷章程，拟仿照华娄积谷仓办理。其所储年久之谷，俟宪委盘验后，倘须出易，应请选董领粜，归款另买新谷。

一、前董报销，截至本年三月底止。此后即以每年三月底为报销之期，并另刊征信录，将收支各款，逐一开列呈送宪案、县案，并送同城各善局，以备考核。

光绪二十五年四月二十七日呈奉府宪濮批：据禀已悉。所拟章程均甚妥善，应准照办。惟出易陈谷，仍由贵董等一手经理，毋庸选董领办，以一事权而便稽核，希即知照。刻日赴仓，将存储谷石盘收清楚，出具实储无亏结状呈查，并将收租帐据、器具什物逐一接收具报。一面督率司事，查照现拟章程，认真稽查整顿，但期事事核实，庶备荒要举，一归于有利无弊，本府实所厚望。所有常年支销各款，尤须力求搏节，是为至要。粘章附。

具呈华娄义仓职董奚、杜

呈为谷多霉蛀求详核示事。切职等前奉府宪谕令，董理华娄义仓事宜，嗣奉台谕，将存仓谷石会同核实盘收等因。蒙于本月十六日起，临仓监盘。职等即于十六日雇工从千字廒盘起，至是日午后，见谷中多糠片虫蛀，间有霉粒，业已封样呈明府宪。十七日接盘斯字、仓字等廒，更多霉变，磨轧成灰。询之前董顾思恺，据云实缘廒底潮湿所致。十八、十九日盘乐字、利字等廒。计自十六日至今，共盘七廒，斛见一千六百八十六石，虽霉蛀多少不同，而干洁之谷，要不及十分之五。窃思仓谷所以备荒，似此霉变虫伤，难资民食，一旦偶遇灾歉，需用此谷，必至大拂民情，职等何能膺此重咎。且据前董云某处围墙迸裂，刻下仓谷堆积，无从修葺，计惟有将现储之谷悉数粜变，一面赶紧修理，俟秋后买储新谷，可冀有备无患。因于二十日暂停盘收，除禀娄华廉外，为亟迫求宪公祖大人恩赐转禀府宪，迅将此项谷石，谕令前董顾思恺速行邀同牙行估价变粜，以重仓储，至为公便。是否有当，伏候钧裁上禀。

光绪二十五年五月十九日奉华宪刘批：来牍阅悉。查义仓存谷，昨奉府宪扎饬会盘具报，遵经会娄邑照会贵绅董，将原储廒口谷石查开清册送候，订期诣仓会同盘验，迄尚未准具覆。现经贵绅董查见内多霉蛀朽坏，难资民食，自未便再行会盘。应如何办理之处，希候府宪核夺饬遵，并候娄邑批示，此覆。

娄宪屈批：日前临仓，会同贵董盘收存谷，虫伤霉变，实在不堪适用，业已面禀府宪在案。据呈前情，希候主稿移会华邑转详示遵，并候批示可也。此复。

府宪濮批：据禀已悉。存储仓谷，竟至虫蛀霉朽，显系前董经理不善，实堪痛恨。兹据奚董等面禀，已谕令会同顾董思恺，赶将通仓谷石，分盘风扇，确查实有霉蛀谷若干石，开折禀候核办。现尚未据禀报，候分别照谕奚、顾各董迅速遵照办理，禀覆察核，仰即知照，缴。

具呈华娄义仓职董奚、杜

呈为盘谷报数缕陈请示并缴单帐事。切职等奉谕风盘义仓陈谷，遵于七月初五日起，会同前董顾思恺，除霉谷五廒外，逐廒雇工风扇。至本月初三日风竣，初四日起盘斛，初九日盘竣，计实收制斛籼谷三千六百六十四石五斗。此项谷石，虽有霉蛀在内，风扇所不能去，究竟干洁稍多。其未风五廒，则干洁之谷无几，风扇徒费工力，前董亦所目见，因此尚未盘收，应请仍饬前董粜变缴钱买补，以符原额。惟谷石致变之由，有不能不为仁宪详陈之者。查义仓堆谷之廒，共二十三间。头门之内，积厚堂之外，计十二间，北向者二，东西向者各五。积厚堂西偏院内又十一间，东向者五，南北向者各三。现在头门内十二间及偏院内坐南向北之三间，虽屋面间有渗漏，而墙壁尚多完好。其坐西向东之五间，则背后一带墙垣，均有迸裂形迹。又坐北向南三间，外无损坏之形，而一经将谷腾空，见墙砖均已霉黑，衬算亦皆潮湿，子细审视，始悟墙土松薄，每遇北风，雨雪浸潴入内，是以受病尤甚。其屋漏则多少不等，又地沟浅窄，内外皆同。若欲修改如式，所费必巨。前董惮于兴作，殆由于此。然若仍旧不修，将来即易新谷，势必依然霉蛀。刻下已盘之谷，分储头门内十二廒，偏院内北向、东向、中间各一廒，业已储满。其余九廒，中有五廒为霉谷所占，倘〔尚〕应拆墙修理，当即唤匠核实估计工费，一俟前董将霉谷粜变出廒，赶紧兴修，以备新谷储廒之用。是否有当，伏乞大公祖大人俯赐察核批示遵行。所有风扇、盘斛、工食等费，开呈清帐，应于何项动支，统祈示遵，至为公便。再、义仓田亩方单，已由前董交出，拟仿照育婴堂、云求景三书院之例，于方单上盖小图章为记，悉数缴存宪库，以免遗失。其原缺方单五纸，另行开明，来赐檄县备案。又前董移交器用各件，业已点收，一并开单附呈，此禀。

计粘呈华邑印单二百一张，娄邑印单四十八张，又小票二张。

光绪二十五年八月二十二日呈奉府宪濮批：据禀已悉。查义仓积谷，原报实储四千九百九十八石四斗四合，现据会同前董盘收谷三千六百十四石五斗，尚有五廒未能风扇霉蛀之谷，照数核计，应一千三百八十三石九斗四合。候谕饬前董顾思恺邀同牙行，悉数估价粜变，勒限半月内将价缴府，听候饬发买补。如粜价不敷买补，即由夏故董家属与顾前董如数分赔，以重仓储。该仓廒房渗漏，墙垣鼓裂，地沟浅窄，自应赶紧兴修，希即督匠核实勘估，开具估册，禀候察夺。风扇、盘斛等费洋二百十九元五角四分一厘，准于义仓存款内照数动支，出具领状，呈候核给。仍先将盘收谷三千六百十四石五斗出具收管切结呈查。至方单系执业要件，应由经董慎密收藏，据称查有原缺，究于何时因何缺少，是否顾前董等接收业已遗失，应即确查，以昭核实。其所缺华邑方单一纸，粘单内仅载三十六保三十图倪案官田，并无圩号亩分，未便含糊饬县备案，并希遵照分别查明，据实禀复核办。新旧方单二百四十八张，小票二纸，存候储库清册粘单附。

前董移交印单租册及器用各件

华邑印单二百一张。

娄邑印单新单二十六张，旧单十八张，又小票二张。

租册三本。

车笭二只（内一只脱底破碎），笭箕九只（内六只破碎），大筛子一只，小筛子二只，三笆一只，风车二把（内一把无用），大小栈底六只（内三只破碎），大小栈条八条（内二条破碎），上臼三只（内一只无用），下臼二只（内一只脱箍），斛子四只，方斗一只，赈升一只，斛单一条，麻袋三十三只（内十六只破碎），筹筒一只，竹筹一百支，排跳八条，大踏步二个，小踏步一个，大台子二只（内一只碎面），小台子二只，竹台子一只，赈台一只，松树椅子四只，松树茶几二只，竹椅子二只，长凳二只（内一只脱脚），杌子四只，柜箱一只（锁镳铰链均无），竹碗橱一个，大小扶梯二乘，竹垫子十五块（内八块破碎），担桶一对，木盘一个，木饭桶一只，木面盆一只，筛米架二个，紫铜罐一个，锡酒壶一把，大镬子二只，小镬子一只，碎汤罐一个，大小铜杓三个，铲二把，刀一把，水缸一只，磁茶壶一把，粗大碗五只，粗工碗五只，饭汤盏四只，盆子三只，酒钟十二只，汤瓢九只，茶碗四只，木算盘一个，水板二块（内一块破碎），印色缸一只，白米四斗，霉坏泥秕三石五斗

具呈华娄义仓职董奚、杜

呈为奉批陈明求檄备案事。切职等前将华娄义仓印单缴呈宪库，并有无单田亩求请檄饬备案，内有华邑三十六保三十图一田，荷蒙饬令查明圩号亩分等因。遵即向县房清粮册上查得三区珍字圩一百五十八号田五亩正，并询之前董顾思恺，据云此项缺单，当时接管，李董并未移交前来，亦未知何时遗失，抑或清粮局未经给领，一时无从稽考。至仓廒渗漏，已雇匠修葺，所有墙垣鼓裂、地沟浅隘等工程，容俟顾前董将霉谷粜变，再行督匠估工，禀请委勘，遵谕兴工。为特将华邑缺单圩号亩分查明具陈，伏乞大公祖大人恩赐檄县饬房备案，至为公便。更有收管谷石切结风扇等费领状，一并粘呈上禀。

计粘呈收管谷石切结一纸，风扇等费领状一纸。

光绪二十五年九月初八日呈奉府宪濮批：据禀已悉。原缺方单，候分饬华、娄二县备案。应修墙垣、地沟，一俟顾前董将霉谷粜出，希即督匠核实勘估，开具估册，禀候詧夺。风扇等费洋二百十九元五角四分一厘，如数给领。结状附。

盘斛风扇谷石工食及各项零用清帐：

五月十六日起十九日止盘斛共计四十工每工六十、一百吃饭一顿。计钱六千四百文

又伙食，计钱三千六百六十文

又水烟粗高茶叶开水及一切零用等，计钱二千四百五十一文

又看斛记筹辛工四天，共十二工，每工廿、一百，计钱一千四百四十文

　　以上共用钱十三千九百五十一文

七月初五日起八月初三日止风扇共五百三十工，内有二十工吃饭、〈吃〉点心一顿，每工一百六十五百四工，吃饭三顿、〈吃〉点心一顿，每工一百十二，计钱六十千六百八文

八月初四日起初九日止盘斛，其斛三千六百十四石五斗，每石四文，吃饭三点心一顿，计钱十四千四百五十八文

又捐谷上廒共四十八工，每工一百十二，吃饭三点心一顿，计钱五千三百七十六文

又加斗级夫头三十四工，每工六十百，吃饭一点心一顿，计钱五千四百四十文

又看斛记筹辛工六天，共十八工，每工一百廿，计钱二千一百六十文

又伙食计钱四十七千二百五十四文

又水烟粗高茶叶开水及修理物件一切零用等项，计钱十二千八百七十三文

又二次稻柴，计钱五千七百六十七文

又二次吃米，共七石五斗计洋三十三元

　　以上共用钱一百五十三千九百三十六文，又洋三十三元。

以上二次共用去钱一伯六十七千八百八十七文，以洋兑用每元扯钱九百文，合洋一百八十六元五角四分一厘，又米洋三十三元。

两共用去洋二百十九元五角四分一厘。此款于九月廿二日由府署领出。

钦加三品衔江苏松江府正堂濮为照会事。案照华娄义仓积谷，原报实储四千九百九十八石四斗四合，前据贵董等禀报，会同前董盘收谷三千六百十四石五斗，尚有五廒霉变虫蛀，未能风扇，应饬前董粜变等情。照数核计，霉蛀之谷，应一千三百八十三石九斗四合，即经谕令顾前董悉数粜变，将价缴府买补。嗣据顾前董先后四次禀缴谷价洋九百四十三元七角一分，共粜见谷一千一百三十七石，计短谷二百四十六石九斗四合。内除该前董十八年经买归补李董亏短谷六百七十五石六斗八升，照章应耗谷二十七石二升七合二勺外，尚短谷二百十九石八斗七升六合八勺。且现粜谷价，据报每石只八角五分，当此谷价腾贵，就款买补，不敷甚巨，皆因该前董经管多年，并不照章按年两次翻晒，徒知滥开经费，任令霉变，以致粜价耗折。即照十八年该董买补谷价，每石一元一角六分核计，尚少洋三百五十二元四角七分。所有短缺谷石及粜缺谷价，本应责令原办经董赔补，因念夏董

已故，该董独赔，不免藉口，应如何妥议分赔，设法归补，合行照会。为此照会贵董，希即遵照，刻日会同顾、姚二董，妥为筹议，禀候察核饬遵，勿稍诿延。须至照会者。

右照会华娄义仓绅董奚、杜

光绪二十六年正月二十四日

具呈华娄义仓职董奚、杜

呈为遵谕陈明求赐批示事。切职等于上年四月间奉宪饬董理义仓事务，旋经宪谕谆谆试办一年，遵即到仓接管，曾将前董移交器用各物及盘收籼谷实数呈报具结在案。职等奉谕迄今，已将试办期满，现正赶紧造报缮写信录底稿，预备三月内呈报。惟历届存典钱款本息多寡，职等未能深悉，如应列入信录，尚乞批示。所有前董短缺谷石及枭短谷价，谕令妥议分赔，查无向章，质之顾、姚二绅，亦无从悬拟。为特遵谕陈明，覆求大公祖大人恩赐电鉴明晰批示，俾有遵循，实为公便。上禀。

光绪二十六年二月初三日呈奉府宪濮批：义仓前董短缺谷石，候移会新任核明，扎饬华、娄二县妥议归补。历届存典生息钱文究有若干，并候查案，照会刊入征信录，以昭大信。

钦加三品衔江苏松江府正堂舒为照会事。查接管卷内，准贵董等以筹议顾前董短缺谷石及枭缺谷价一案，查无向章，无从悬拟等情，禀经前府批，候核明扎饬华、娄二县妥议归补，除将顾前董枭见短缺谷石、亏缺谷价应如何归补，查案扎饬华、娄二县会同妥议外，所有义仓项下历届发存各典本息钱文，合行抄单照会。为此照会贵董，希即遵照，将前项发存各典本息钱文，刊入征信录，以昭大信。须至照会者。

计抄单。

右照会华娄义仓绅董奚、杜

光绪二十六年二月十五日

华娄义仓项下光绪元年起历届发存华、娄各典本息钱文开列于后

计开：

一、存各典光绪元、二两年正本钱一千四百千文

一、存各典光绪六年正本钱一千二百七十八百九十五文

一、存各典光绪七年正本钱六百一十二千七百四十四文

一、存各典光绪八年正本钱七百二十六千六百四十八文

一、存各典光绪九年正本钱六百九十六千一百七十一文

一、存各典光绪十年正本钱四百八十八千一百五十九文

一、存各典光绪十一年正本钱五百三十八千八百二十六文

一、存各典光绪十二年正本钱五百一十七千六百七十七文

一、存各典光绪十三年正本钱五百三十千七百五十六文

一、存各典光绪十四年正本钱五百一十一千四百八十文

一、存各典光绪十五年正本钱五百十六千一百八十三文

一、存各典光绪十六年正本钱三百九十八千文

一、存各典光绪十七年正本钱四百七十一千八百四十八文

一、存各典光绪十八年正本钱六百二千八十六文

一、存各典光绪十九年正本钱五百六十一千八百五十六文

一、存各典光绪二十年正本钱五百七十五千一百六十六文

一、存各典光绪廿一年正本钱六百十一千六百二十文

一、存各典光绪二十二年正本钱七百三十二千六百七十文

一、存各典光绪二十三年正本钱九百三十六千五百八十文

　　以上共存各典正本钱一万二千六百九千三百六十五文

一、存各典光绪三年息本钱三十一千二百六十六文

一、存各典光绪四年息本钱一百六十八千文

一、存各典光绪五、六年息本钱二百八十千文

一、存各典光绪七年息本钱一百四十千文

一、存各典光绪八年息本钱二百九千八百九十文

一、存各典光绪九年息本钱三百三十千七百八十八文

一、存各典光绪十年息本钱四百二十四千八百二十文

一、存各典光绪十一年息本钱四百五十二千七百六十八文

一、存各典光绪十二年息本钱四百五十二千七百六十八文

一、存各典光绪十三年息本钱三百五十七千二百四十一文

一、存各典光绪十四年息本钱四百二十二千八百二十二文

一、存各典光绪十五年息本钱六百十九千五百六十六文

一、存各典光绪十六年息本钱六百七十千四百三十文

一、存各典光绪十七年息本钱七十四千五百十一文

一、存各典光绪十八年息本钱八百七十七千四百二十四文

一、存各典光绪十九年息本钱八百六十七千八百三十七文

一、存各典光绪二十年息本钱九百五十三千二百二十九文

一、存各典光绪廿一年息本钱一千五百九千二百八十八文

一、存各典光绪廿二年息本钱一千一百四十三千二百七十四文

一、存各典光绪廿三年息本钱三百三十一千二百二十五文

一、存各典光绪廿四年息本钱四十六千二百八十四文

　　以上共存各典息本钱九千九百十三千四百三十一文

统共存典本息钱二万二千五百二十二千七百九十六文，内除于光绪二十三年陈前府详准，拨归华、娄二县浚河常款经费，由府详奉赵抚宪批饬，前项钱文系为备荒而设，万一遇荒需赈，则此项本款，仍宜提还买谷，应由府饬令绅董，将来每年疏浚河道，只准提息贴补工需，不准动本，以重公款等因，奉经遵办在案。所有存典钱文，正本常年八厘起息，息本常年五厘转息，取有各典图领送府存案，理合登明。

一、存府库光绪二十四年租钱一千零六十二千八百八十文

一、存府库顾前董缴呈谷价钱八百二十四千二十八文

一、存府库顾前董缴还舆马费钱四十四千文

前款暂存府库，一俟取有典领，即行发典生息，合并登明。

具呈华娄义仓职董奚、杜

呈为奉谕再陈并求檄查事。切职等因缮刻征信录，禀请前府宪将历届存典钱款本息查示奉批移交在案。今于十六日接奉宪谕，所有历届存本、息本，均蒙开单明示，惟息中转息钱文，是否并入各年息本之内，又存典月日及各典牌号，职等未能深悉，如应列入信录，尚乞大公祖大人迅赐饬房查明，一并谕知，以重公款。再查嘉庆二十三年，义仓碑石勒有华邑各图田七百八十六亩六分七厘四丝，去年前董移交同治二年印单二百一张，又原缺印单一纸，只有七百六十九亩四分三厘一毫四丝，职等除将单内亩分细数钞存外，当将原单悉缴宪库。今因缮刻征信录，将所钞单内亩分之数与碑文核对，亏四十七亩二分三厘九毫。是否印单尚有遗漏，抑或同治年间清粮重丈，致与原数不符，现当义仓清理之际，不得不实事求是，据实陈明。为特开单粘求檄行华廉清查给谕，至为公便。上禀。

光绪二十六年二月廿二日呈奉府宪舒批：征信之造，原所以见核实而昭大信，据禀各节，具见该董等办事认真，殊堪嘉许。候即饬承查案，将该仓存款年月、典号抄单谕知，仍札县查单开所短田数，有无稽考，查明具覆。至息中转息钱文，向本田典缴县解府，仍随正本息款，一并发典生息，毋庸另行并入。再前据该董等禀，拟每年以三月底为报销之期，究竟两年搭跨，年款不清，所有二十五年报销，该董等应从四月初一起造至该年年底止，以后可整年造报，以清眉目，着即遵照。粘单附此，批。

义仓勒石田亩细数
华邑十字一图　共粮折田一百九亩九分八厘四毫（内亏三亩七分二厘）
　又　　三图　共粮折田十四亩二分九厘九毫
　又　　四图　共粮折田一百八十六亩七分二厘一毫二丝
　又　　五图　共粮折田四十三亩四分七厘一毫
　又　十五图　共粮折田七亩九分三厘六毫（内亏一毫）
　又　十六图　共粮折田五十亩八毫（内亏三亩九分五厘九毫）
　又太平六图　共粮折田六十四亩四分二厘三毫
　又赵家十图　共粮折田三十五亩一分八厘三毫（内亏七分一厘七毫）
　又新桥十二图　共粮折田一百二十九亩一分八厘三毫（内亏三亩三分四厘）
　又　十三图　共粮折田十二亩四分九厘四毫（内亏八分九厘一毫）
　又陈家十一图　共粮折田四十七亩二分六厘八毫二丝（内亏四亩三分二厘二毫二丝）
　又　廿七图　共粮折田七十亩八分二厘四毫（内亏七分三厘七毫）
　又　三十图　共粮折田五亩
　又　三十一图　共粮折田九亩八分七厘七毫（内余四厘八毫二丝）
以上共田七百八十六亩六分七厘四丝，亏十七亩二分三厘九毫。

署理江苏松江府正堂张为照会事。查接管卷内，准贵董来牍，以缮刻征信录，请将义仓项下发存各典本息钱文存典月日及各典牌号查明谕知，并将该仓所亏田亩，檄行华邑请查等情抄单到府，当经前府批示在案。嗣因交卸，未及核办，将前项禀件移交前来，除札饬华亭县将单开所短田亩有无稽考查明具复察核外，所有领存该仓本息钱文各典牌号及起息日期，合行抄单照会。为此照会贵董，希即查照办理。须至照会者。

计抄单。

右照会华娄义仓绅董奚、杜

光绪二十六年三月二十五日

义仓项下发存各典本息钱文，除改拨浚河经费起息外，实存各典铺牌号及起息日期开列于后

计开：

华　亭　县

天和　信元　鼎丰　大德　启新　同康

以上六典，共领租钱一千一百四十千四百三十五文，息钱七百六十千三百九十二文。前款据报于二十五年七月十六日起息。

天和典又领存租钱十千五百七十四文。（此款据报于二十三年四月初一日起息。）

鼎丰典又领息租息钱一百七十五千文。（此款据报于三年十月二十四日起息。）

大德典又领租息钱一百七十五千文。（此款据报于四年正月初一日起息。）

娄　县

全大　恒和　恒益　恒升　全体　仁康

以上六典，共领租钱一千一百四十千四百三十五文，息钱七百六十千三百九十一文。前款据报于二十五年七月十六日起息。

全大典又领存息本钱一百二十千文。（此款据报于三年十月二十四日起息。）

恒益典又领存租钱一百十千文。（此款据报于三年十月二十四日起息。）

恒升典又领存息本钱一百二十千文。（此款据报于三年十月二十四日起息。）

峰大典领存租钱十千五百六十九文。（此款据报于二十三年四月初一日起息。）

以上共存本息钱四千五百二十二千七百九十六文。

义仓本息钱文改拨河工经费起息各典铺牌号

计开：

华　亭　县

天和　信元　鼎丰　大德　启新　同康

以上六典，共领租钱四千八百三千六百七十四文，息钱四千一百九十六千三百二十六文。

娄　县

全大　恒和　仁康　裕康　峰大　恒升　全丰　恒益　仁泰　瑞和

以上十典，共领租钱四千八百三千六百七十八文。

峰大　裕康　瑞和　仁康

以上四典，共领息钱四千一百九十六千三百二十二文。

查全丰一典，据娄邑申报，因营运维艰，于上年十二月初一日止当，并将典帖详缴在案。所有该典领存公款，已交司年恒和典分派各典领存生息等情，现尚未据取领抽换，是以仍列该典牌号登明。

统共改拨河工经费本息钱一万八千千文，查此项改拨，于光绪二十三年陈前府详准，拨归华、娄二县浚河常款，奉赵抚宪批饬，前项钱文，系为备荒而设，万一遇荒需赈，则此项本款，仍宜提还买谷，应由府饬令绅董，将来每年疏浚河道，只准贴补工需，不准动本，以重公款等因。奉经遵办在案，登明。

具呈华娄义仓职董奚、杜

呈为试办期满缴呈余款陈求准退事。切职等于上年四月间，奉前府宪濮照会董理华娄义仓事宜，自揣迂拘，未能胜任，当经一再缴委。旋蒙面谕谆谆，试办一年，职等辞不获已，遵即拟呈新章十条，并盘收谷石实数，具报在案。迄今已届一载，所有上年租米项下，共收英洋二千九百七元一角三分二厘，糙米五十二石三斗三升，除开支各项洋七百二十九元七角四分七厘，糙米六十石三斗三升，实余洋二千二百二元四角八分。查上年收成减色，租米按照原额所收约及八成以外，幸催收较早，米价犹未大跌，其用款则实用实销，虽溢于碑刊旧章，而用余之数，尚非历年所有。今特总缮清折，呈报宪案。惟职等试办期满，且职文彬上有八十五岁老母，本系告养家居，近更难离左在。职崇祺现因择地葬亲，尚未就绪，事毕后拟赴都供职，应试北闱。再四踌躇，仓储重务，势难兼顾，设有疏虞，上无以答宪知，下无以慰民望。为敢沥陈下情，并缴呈余款庄票英洋二千二百二元四角八分，伏祈大公祖大人电核，将余款洋银发县存典生息，并俯鉴下情，准予交卸义仓事务，另谕新董接管，以专责成而重义举，实为公私两便。至钱米出入细数，正在刊刻征信录，一俟刊竣，另再呈送，合并声明上禀。

计粘呈庄票二纸，共英洋二千二百二元四角八分，又清折一扣，收租存根票一百五十八张。

光绪二十六年三月二十八日呈奉府宪张批：来牍阅悉。缴到票洋二千二百二元四角八分，存俟提现储库，饬县传领生息。至贵董经理仓务，甫及一年，而收租大有起色，报销余款，为历年所无，具见办事认真，实深钦佩。义仓为备荒要政，董理得人，其有益于地方，良非浅鲜。贵董情殷桑梓，务须照旧会同妥办，身任其劳，不得遽萌退志。所有折开支用各款数均核实，应准照销。希将所收田租米折及用款细数，赶刊征信录，送府转呈藩宪查核，此覆。清折存，存根票发还。

华娄义仓田亩租额佃户细数

计开：

华三十六保一图天字圩，共中田三十四亩一分七厘七毫，五钱田十一亩二毫。

元字圩，共中田一亩一分三厘六毫，五钱田十六亩九分一厘六毫。

洪字圩，共中田二十九亩九分四厘三毫，五钱田十三亩九厘。

实租十三石五斗七升　佃陈和尚

实租十四石　佃徐永和

实租十一石一斗八升　佃潘茂松

实租十石　佃吴福生

实租六石六斗　佃陈坤成

实租三石二斗三升　佃陈秋山

实租三石四斗　佃陈小弟

实租五石六斗五升　佃朱大海

实租五石　佃富南根

实租四斗　佃徐桂和

实租五石五斗　佃吴少楼

实租一石八斗　佃潘浩坤

实租一斗五升　佃吴小弟

实租四石一斗　佃傅茂倌

实租六石二升　佃潘德松

实租四石五斗　佃张五倌

三图宙字圩，共五钱田十四亩二分九厘九毫

实租七石五斗　佃朱长根

实租五石八斗八升　佃张五泉

四图月字圩，共五钱田十二亩七分八厘八毫

盈字圩，共五钱田十二亩六厘三毫

南昃圩，共中田二亩

四钱田四亩八分四厘八毫

版五钱田八分二厘七毫二丝

五钱田四十亩二分一厘四毫

北昃圩，共五钱田二十七亩一分八厘八毫

辰字圩，共中田二十九亩七分七厘

四钱田三十八亩三分八厘五毫

五钱田十八亩六分三厘八毫

实租十五石　佃施关祥

实租十石七斗五升　佃施蓉江

实租六石六斗　佃唐长根

实租七石六斗五升　佃陆木松

实租三石九八斗二升五合　佃陆文炳

实租二石一斗七升　佃陆大根

实租二石一斗七升　佃陆得胜

实租四斗　佃金世荣

实租二石一斗六升　佃陆可咸

实租四石二斗　佃俞永兴

实租四石五斗　佃宋银和

实租四石二斗五升　佃施永和

实租二石三斗　佃施洪生

实租二石五斗　佃施福泉

实租四石一斗　佃施炳新

实租十三石三斗　佃施福棠

实租三石一斗　佃施照生

实租四石七斗　佃施秋泉

实租七石二斗　佃施浩生

实租八石七斗（照成原减半色）　佃吴同桂

实租五石一斗　佃张嘉麟

实租六石六斗　佃俞长发

实租三石四斗　佃张胜全

实租三石二斗五升　佃张云生

实租十二石二斗五升　佃顾四五棠

实租三石七斗五升　佃倪虎金

实租二石　佃沈福棠

实租三石八斗二升五合　佃章桃倌

实租五石七斗五升　佃倪关荣

实租五石一斗　佃陆坤全

实租四石五斗　佃黄焕明

五图辰字圩，共中田一亩五分一厘四毫，五钱田四十一亩九分五厘七毫。

实租十二石七斗五升　佃金应村

实租四石六斗五升（原免四斗）三石三斗五升（向照成色九折收）　佃黄锡田

实租四石六斗五升（原免四斗）　佃金根和

实租三石三斗五升（向照成色九折收）　佃金德忠

实租四石三斗　佃戴三和

实租四石二斗五升　佃金春海

六图辰字圩，共五钱田六亩五分

张字圩，共五钱田五十七亩九分二厘三毫

实租十石七斗　佃黄二和

实租七石五斗　佃顾大倌

实租五石二斗　佃顾新春

实租五石三斗　佃黄金和

实租三石一斗　佃王祥生

实租五石九斗　佃吴秋山

实租三石八斗　佃张四喜

实租六石　佃张大宝

实租五石　佃张书升

实租三石一斗　佃朱长根

十图秋字圩，共中田十三亩七分四厘二毫

四钱田七亩八分四厘一毫

五钱田一亩九分

收字圩，共四钱田十一亩三分八厘三毫

实租八石八斗　佃高书根

实租三石六斗　佃杨才根

实租三石四斗四升　佃陆书堂

实租六石五斗　佃相树生

实租一石五斗　佃刘瑞和

实租七石六斗（向照成色九折收）　佃刘书棠

十一图珠字圩，共准中田二亩七分八厘

四钱田十九亩二分七厘四毫

五钱田二十亩八分九厘二毫

实租十石二斗　佃沈关昌

实租三石五斗　佃徐鉴春

实租六石　佃沈松寿

实租一石七斗　佃何文祥

实租九石　佃屠淡祥

实租四石五斗　佃袁寿康

实租二石四斗　佃何玉书

实租四石五斗　佃何锦棠

十二图藏字圩，共中田三十二亩九分五厘六毫

准中田七亩五厘九毫

四钱田五亩九分八厘四毫

闰字圩，共中田二十七亩四分二毫

四钱田三亩三分三厘

五钱田四十九亩一分一厘一毫

实租四石七斗　佃朱四大

实租五石四斗　佃陆生云

实租一石八斗　佃钱金成

实租四石二斗五升　佃孙同生

实租四石二斗五升　佃孙和尚

实租十石　佃张关福

实租十石二斗　佃张福根

实租三石　佃张锡昌

实租八石八斗　佃费方云

实租五石七斗二升　佃施永泉

实租五石　佃富秋山

实租七石七斗　佃富小和

实租二石　佃富友三

实租二石八斗　佃富关昌

实租五石七斗　佃钱德荣

实租五石四斗　佃钱耕荣

实租二石三斗五升　佃计耕芳

实租二石三斗五升　佃计桂棠

实租九石七斗　佃刘金和

实租二石四斗　佃刘根发

实租五石一斗五升　佃张锡荣

实租二石　佃钱金南

十三图成字圩，共中田三亩四分六厘三毫

五钱田八亩一分四厘

实租五石七斗一升　佃周新庚

实租三石二斗一升　佃周长庚

实租一石八斗　佃刘茂芳

十五图岁字圩，共中田二亩一分

五钱田王亩八分三厘五毫

实租四石九斗／三石一斗　佃谈正扬

十六图吕字圩，共中田十一亩二分七厘六毫，五钱田三十四亩七分七厘三毫。

实租十三石一斗七升五合　佃夏大才

实租三石二斗　佃夏金松

实租三石　佃夏小弟

实租二石二升五合　佃夏照生

实租一石八斗　佃夏大宝

实租八石五斗　佃杨咸根

实租二石七斗　佃杨德盛

实租五斗　佃杨东海

实租九石　佃张爱如

廿七图剑字圩，共中田二亩七分三厘

四钱田四亩四厘

五钱田五十二亩七厘六毫。

北号圩，共五钱田十一亩二分四厘一毫

实租十七石五斗（原免一石八斗）／六石六斗　佃陈子亭

实租二石二斗　佃陈兰生

实租十石五斗　佃陈芝川

实租二石二斗　佃王昌佾

实租六石五斗　佃王德狗

实租一石五升　佃俞小荣

实租六石一斗五升　佃俞福庆

实租十石三斗　佃吴茂生

实租三石二斗　佃陈芳倌

实租二石七斗　佃汪永明

三十图珍字圩，共中田五亩

实租四石五斗　佃屠福生

三十一图淡字圩，共中田九亩九分二厘五毫二丝

实租四石四斗　佃费珍祥

实租四石四斗　佃张和尚

以上华邑倪案官田共七百六十九亩四分三厘一毫四丝，额租共六百九十九石一斗一升。

娄一保四、五图慕字圩，共上田三十六亩五分三厘八毫二丝

正租六石　佃任方庆

正租六石　佃王二倌

正租十石六斗　佃沈大倌

正租六石　佃严胜英

正租六石　佃曹二倌

又三保廿一图北吊圩，共上田二亩

中民圩，共上田二亩

正租二石四斗　佃朱秀高

正租二石四斗　佃王龙庆

廿二图西谷圩，共上田四亩

正租四石四斗　佃倪庚裕

又四十一保二十图制字圩，共上田十二亩四分

东南文圩，共上田三亩四分

东北文圩，共上田五亩八分

西北文圩，共上田二亩三分

小字圩，共上田四亩

正租六石三斗　佃黄卧舟

正租四石五斗　佃方秀涛

正租二石二斗五升　佃李木倌

正租六石　佃姚廉棠

正租五石五斗　佃杨亦三

正租三石　佃彭友胜棠

正租五斗五升　佃彭象余

正租五斗五升　佃吴全甫

正租一石一斗　佃毛月琴

正租一石一斗　佃毛耀生

廿三图大翔字圩，共上田三亩七分七厘六毫

正租五石　佃李九和

廿五图薄字圩，共上田二亩三分六厘三毫

正租三石五斗二升五合　佃赵顺秀

廿六图始字圩，共上田二亩八分四厘八毫

临字圩，共上田四亩六分一厘

正租五石三斗　佃夏友棠

正租三石六斗　佃唐德高

三十四图阳字圩，共上田四亩八分九厘七毫

正租六石　佃顾茂荣

三十七图重字圩，共上田十亩八分七厘一毫

准田二分九厘一毫六丝

正租五石一斗　佃顾富三

正租五石一斗　佃顾荣倌

三十九图伏字圩，共上田三亩三分九厘八毫

正租三石六斗（原减四斗）　佃钱永莲、顾应棠

六十一图爱字圩，共上田一亩九分四厘六毫

正租二石七斗　佃金象山

以上娄邑潘推官田共一百七亩四分三厘八毫八丝，额租共一百十四石五斗七升五合。

娄四十保正又十九图宿字圩，共中田十二亩三分九厘八毫

正租七石一斗　佃薛晋方

正租三石六斗　佃薛根倌

正租三石五斗　佃薛咸虎

以上娄邑蔡置官田共十二亩三分九厘八毫，额租共十四石二斗。

华娄义仓征信录

光绪二十五年四月接办起，至光绪二十六年三月止，一年期满，所有实收实用及余存数目，除开折报府呈缴外，理合照章刊刷征信。

计开：

旧管

秘谷三千六百十四石五斗（分储头门内十二廒，偏院内北向、东向、中间各一廒。）

泥秕三石五斗，枭洋一元又钱七十七文

新收

十月十六日起至三月底止

𤓰𤓰收陈和尚╳三乚兑租洋五十一元六角钱三十八文，又小洋贴水钱三十文　　　清讫

𤓰𤓰收陈坤成╳三乚兑租洋二十五元二角钱七十五文，又小洋贴水钱十文　　　清讫

亖亖收陈秋山乄亖乚兑租洋十二元三角钱三十六文，又小洋贴水钱十五文　　清讫

亖亖收陈小弟乄亖乚兑租洋十三元钱六十四文　　清讫

亖亖收朱大海乄亖乚兑租洋二十一元七角钱十三文，又小洋贴水钱三十五文　　清讫

亖亖收徐永和乄亖乚兑租洋五十二元九角钱六十八文，又小洋贴水钱四十五文　　清讫

亖亖收吴少楼乄亖乚兑租洋二十一元钱六十二文　　清讫

亖亖收潘浩坤乄亖乚兑租洋七元二角钱二十一文，又贴水钱十文　　清讫

亖亖收吴福生乄亖乚兑租洋三十七元八角钱三十六文，又小洋贴水钱四十文　　清讫

亖亖收傅茂馆乄亖乚兑租洋十五元五角钱五十九文，又小洋贴水钱二十五文　　清讫

亖亖收潘茂松乄亖乚兑租洋四十二元三角钱八十七文，又小洋贴水钱十五文　　清讫

亖亖收潘德松乄亖乚兑租洋二十二元七角钱八十文，又小洋贴水钱三十五文　　清讫

亖亖收张五馆乄亖乚兑租洋十七元二角钱七十六文，又小洋贴水钱十文　　清讫

又亖收富南根乄亖乚兑租洋十九元九角钱八十五文，又小洋贴水钱四十五文　　清讫

实收徐桂和乄亖乚兑租洋一元七角钱十八文，又小洋贴水钱三十五文　　清讫

实收吴小弟乄亖乚兑租洋六角钱四十文，又小洋贴水钱三十文　　清讫

亖亖收朱长根乄亖乚兑租洋二十八元六角钱三十四文，又小洋贴水钱三十文　　清讫

亖亖收张五泉乄亖乚兑租洋二十二元七角钱四文，又小洋贴水钱三十五文　　清讫

亖亖收唐长根乄亖乚兑租洋二十五元二角钱七十五文，又小洋贴水钱十文　　清讫

亖亖收俞永兴乄亖乚兑租洋十五元九角钱八十五文，又小洋贴水钱四十五文　　清讫

亖亖收施关祥乄亖乚兑租洋五十六元七角钱五十四文，又小洋贴水钱三十五文　　清讫

亖亖收施蓉江乄亖乚兑租洋四十一元钱五十八文　　清讫

亖亖收施浩生乄亖乚兑租洋二十七元三角钱四十三文，又小洋贴水钱十五文　　清讫

亖亖收施永和乄亖乚兑租洋十六元一角钱九十九文，又小洋贴水钱五文　　清讫

亖亖收施洪生乄亖乚兑租洋八元八角钱五十二文，又小洋贴水钱四十文　　清讫

亖亖收施福泉乄亖乚兑租洋九元七角钱十六文，又小洋贴水钱三十五文　　清讫

亖亖收施炳新乄亖乚兑租洋十五元五角钱五十九文，又小洋贴水钱二十五文　　清讫

亖亖收施福棠乄亖乚兑租洋五十元四角钱七十三文，又小洋贴水钱二十文　　清讫

亖亖收施照生乄亖乚兑租洋十一元七角钱七十三文，又小洋贴水钱三十五文　　清讫

亖亖收施秋泉乄亖乚兑租洋十八元一角钱四十一文，又小洋贴水钱五文　　清讫

亖亖收陆木松乄亖乚兑租洋二十九元二角钱七十四文，又小洋贴水钱十文　　清讫

亖亖收陆文炳乄亖乚兑租洋三十元一角钱十九文，又小洋贴水钱五文　　清讫

亖亖收陆大根乄亖乚兑租洋八元二角钱八十八文，又小洋贴水钱十文　　清讫

亖亖收陆可咸乄亖乚兑租洋八元二角钱五十文，又小洋贴水钱十文　　清讫

亖亖收陆坤全乄亖乚兑租洋十九元三角钱四十五文，又小洋贴水钱十五文　　清讫

亖亖收张嘉麟乄亖乚兑租洋十九元三角钱四十五文，又小洋贴水钱十五文　　清讫

亖亖收张胜全乄亖乚兑租洋十三元钱六十四文　　清讫

又δ亖亖收顾四五棠租米三石乄亖乚兑租洋三十四元一角钱七十六文，又小洋贴水钱五

文　　清讫

亖亖收宋银和乄亖乚兑租洋十七元二角钱七十六文，又小洋贴水钱十文　　清讫

茸芏收俞长发乂三乚兑租洋二十五元二角钱七十五文，又小洋贴水钱十文　清讫

茸芏收倪虎金乂三乚兑租洋十四元五角钱六十九文，又小洋贴水钱二十五文　清讫

茸芏收倪关荣乂三乚兑租洋二十二元一角钱四十文，又小洋贴水钱五文　清讫

茸芏收黄焕明乂三乚兑租洋十七元二角钱七十六文，又小洋贴水钱十文　清讫

茸芏收章桃倌乂三乚兑租洋十四元八角钱八十九文，又小洋贴水钱四十文　清讫

茸芏收沈福棠乂三乚兑租洋七元五角钱六十文，又小洋贴水钱二十五文　清讫

茸芏收吴同桂乂三乚兑租洋三十一元尚欠洋五角六分二厘

茸芏收张云生乂三乚兑租洋十三元钱六十四文　清讫

又三收陆得胜乂三乚兑租洋八元七角钱二十六文，又小洋贴水钱三十五文　清讫

实收金世荣乂三乚兑租洋一元七角钱十八文，又小洋贴水钱三十五文　清讫

茸芏收戴三和乂三乚兑租洋十六元四角钱二十三文，又小洋贴水钱二十文　清讫

茸芏收黄锡田乂三乚兑租洋二十七元七角钱六十九文，又小洋贴水钱三十五文　清讫

茸芏收金根和乂三乚兑租洋十六元二角钱十文，又小洋贴水钱十文　清讫

茸芏收金德忠乂三乚兑租洋十一元五角钱六十文，又小洋贴水钱二十五文　清讫

茸芏收金春海乂三乚兑租洋十六元二角钱十文，又小洋贴水钱十文　清讫

茸芏收金应村乂三乚兑租洋四十八元六角钱二十九文，又小洋贴水钱三十文　清讫

茸芏收顾新春乂三乚兑租洋十九元七角钱七十一文，又小洋贴水钱三十五文　清讫

茸芏收顾大倌乂三乚兑租洋二十八元六角钱三十四文，又小洋贴水钱三十文　清讫

茸芏收黄二和乂三乚兑租洋四十元八角钱四十四文，又小洋贴水钱四十文　清讫

茸芏收黄金和乂三乚兑租洋二十元二角钱九文，又小洋贴水钱十文　清讫

茸芏收王祥生乂三乚兑租洋十一元七角钱七十三文，又小洋贴水钱三十五文　清讫

茸芏收吴秋山乂三乚兑租洋二十二元七角钱八十文，又小洋贴水钱三十五文　清讫

茸芏收朱长根乂三乚兑租洋十一元七角钱七十三文，又小洋贴水钱三十五文　清讫

茸芏收张四喜乂三乚兑租洋十四元七角钱八十二文，又小洋贴水钱三十五文　清讫

茸芏收张大宝乂三乚兑租洋二十二元七角钱四文，又小洋贴水钱三十五文　清讫

茸芏收张书升乂三乚兑租洋十八元九角钱十八文，又小洋贴水钱四十五文　清讫

茸芏收高书根乂三乚兑租洋三十三元七角钱十一文，又小洋贴水钱三十五文　清讫

茸芏收杨才根乂三乚兑租洋十三元九角钱二十八文，又小洋贴水钱四十五文　清讫

茸芏收陆书棠乂三乚兑租洋十三元二角钱三十九文，又小洋贴水钱十文　清讫

茸芏收刘瑞和乂三乚兑租洋五元九角钱三十文，又小洋贴水钱四十五文　清讫

茸芏收刘书棠乂三乚兑租洋二十六元五角钱六十六文，又小洋贴水钱二十五文　清讫

茸芏收相树生乂三乚兑租洋二十四元八角钱四十八文，又小洋贴水钱四十文　清讫

茸芏收徐鉴春乂三乚兑租洋十三元五角钱二文，又小洋贴水钱二十五文　清讫

茸芏收屠淡祥乂三乚兑租洋三十四元钱五十文　清讫

茸芏收袁寿康乂三乚兑租洋十七元二角钱七十六文，又小洋贴水钱十文　清讫

茸芏收沈松寿乂三乚兑租洋二十二元七角钱四文，又小洋贴水钱三十五文　清讫

茸芏收沈关昌乂三乚兑租洋三十八元七角，又小洋贴水钱三十五文　清讫

茸芏收何玉书乂三乚兑租洋九元二角钱七十八文，又小洋贴水钱十文　清讫

又δ收何文祥租米一石五斗一升乂三乚兑租洋六角钱二文，又小洋贴水钱三十文　清讫

兰兰收何锦棠╳三乚兑租洋十七元二角钱七十六文，又小洋贴水钱十文　　　　　清讫

兰兰收朱四大╳三乚兑租洋十八元一角钱四十一文，又小洋贴水钱五文　　　　　清讫

兰兰收陆生云╳三乚兑租洋二十元六角钱三十六文，又小洋贴水钱三十文　　　　清讫

兰兰收钱金成╳三乚兑租洋七元二角钱二十二文，又小洋贴水钱十文　　　　　　清讫

兰兰收钱金南╳三乚兑租洋七元五角钱六十一文，又小洋贴水钱二十五文　　　　清讫

兰兰收钱德荣╳三乚兑租洋二十一元九角钱二十七文，又小洋贴水钱四十五文　　清讫

又三收钱耕荣╳三乚兑租洋二十一元七角钱十三文，又小洋贴水钱三十五文　　　清讫

兰兰收张关福╳三乚兑租洋三十七元八角钱三十六文，又小洋贴水钱四十文　　　清讫

兰兰收张福根╳三乚兑租洋三十八元七角，又小洋贴水钱三十五文　　　　　　　清讫

兰兰收张德坤╳三乚兑租洋十一元三角钱四十六文，又小洋贴水钱十五文　　　　清讫

兰兰收张锡荣╳三乚兑租洋十九元五角钱五十八文，又小洋贴水钱二十五文　　　清讫

兰兰收费方云╳三乚兑租洋三十三元七角钱十一文，又小洋贴水钱三十五文　　　清讫

兰兰收富友三╳三乚兑租洋七元五角钱六十一文，又小洋贴水钱二十五文　　　　清讫

兰兰收富关昌╳三乚兑租洋十一元钱七文　　　　　　　　　　　　　　　　　　清讫

兰兰收富小和╳三乚兑租洋二十九元四角钱八十七文，又小洋贴水钱二十文　　　清讫

兰兰收富秋山╳三乚兑租洋二十一元钱六十二文　　　　　　　　　　　　　　　清讫

兰兰收孙同生╳三乚兑租洋十六元二角钱十文，又小洋贴水钱十文　　　　　　　清讫

兰兰收孙和尚╳三乚兑租洋十六元二角钱十文，又小洋贴水钱十文　　　　　　　清讫

兰兰收刘金和╳三乚兑租洋三十七元钱五十九文　　　　　　　　　　　　　　　清讫

兰兰收刘根发╳三乚兑租洋九元二角钱七十八文，又小洋贴水钱十文　　　　　　清讫

兰兰收施永泉╳三乚兑租洋二十二元钱十四文　　　　　　　　　　　　　　　　清讫

兰兰收计耕芳╳三乚兑租洋九元钱六十五文　　　　　　　　　　　　　　　　　清讫

兰兰收计桂棠╳三乚兑租洋九元钱六十五文　　　　　　　　　　　　　　　　　清讫

兰兰收周长庚╳三乚兑租洋十二元二角钱四十九文，又小洋贴水钱十文　　　　　清讫

兰兰收周新庚╳三乚兑租洋二十一元九角钱六十五文，又小洋贴水钱四十五文　　清讫

又三收刘茂芳╳三乚兑租洋七元钱十七文，尚欠洋四角二分

兰兰收谈正扬╳三乚兑租洋三十元七角钱七十八文，又小洋贴水钱三十五文　　　清讫

兰兰收夏大才╳三乚兑租洋四十九元九角钱四十文，又小洋贴水钱四十五文　　　清讫

兰兰收夏金松╳三乚兑租洋十二元二角钱十一文，又小洋贴水钱十文　　　　　　清讫

兰兰收夏小弟╳三乚兑租洋十一元三角钱四十六文，又小洋贴水钱十五文　　　　清讫

兰兰收夏照生╳三乚兑租洋七元六角钱六十七文，又小洋贴水钱三十文　　　　　清讫

兰兰收夏大宝╳三乚兑租洋七元二角钱二十一文，又小洋贴水钱十文　　　　　　清讫

兰兰收杨咸根╳三乚兑租洋三十二元钱三百七十六文　　　　　　　　　　　　　清讫

兰兰收杨德盛╳三乚兑租洋十五元五角钱六十九文，又小洋贴水钱二十五文　　　清讫

兰兰收杨东海╳三乚兑租洋二元一角钱四十五文，又小洋贴水钱五文　　　　　　清讫

兰兰收张爱如╳三乚兑租洋三十四元钱五十文　　　　　　　　　　　　　　　　清讫

兰兰收陈子亭╳三乚兑租洋八十五元钱四十九文　　　　　　　　　　　　　　　清讫

兰兰收陈兰生╳三乚兑租洋八元四角钱二十五文，又小洋贴水钱二十文　　　　　清讫

兰兰收陈子川╳三乚兑租洋三十九元九角钱八十文，又小洋贴水钱四十五文　　　清讫

三三收陈芳倌 ×三乚兑租洋十二元二角钱十一文，又小洋贴水钱十文　　　　清讫

三三收王昌倌 ×三乚兑租洋八元四角钱二十五文，又小洋贴水钱二十文　　　清讫

三三收王德狗 ×三乚兑租洋二十四元八角钱四十八文，又小洋贴水钱四十文　清讫

三三收吴茂生 ×三乚兑租洋三十九元一角钱二十七文，又小洋贴水钱五文　　清讫

三三收汪永明 ×三乚兑租洋十五元五角钱六十九文，又小洋贴水钱二十五文　清讫

又三收俞小荣 ×三乚兑租洋四元二角钱十三文又，小洋贴水钱十文　　　　　清讫

三三收俞福庆 ×三乚兑租洋二十三元三角钱四十四文，又小洋贴水钱十五文　清讫

三三收屠福生 ×三乚兑租洋十七元二角钱七十六文，又小洋贴水钱十文　　　清讫

三三收张和尚 ×三乚兑租洋十六元八我钱五十文，又小洋贴水钱四十文　　　清讫

三三收费珍祥 ×三乚兑租洋十六元八角钱五十文，又小洋贴水钱四十文　　　清讫

三三收任方庆租米四石六斗八升　　　　　　　　　　　　　　　　　　　　清讫

三三收曹二倌租米四石六斗八升　　　　　　　　　　　　　　　　　　　　清讫

三三收沈大倌租米八石四斗　　　　　　　　　　　　　　　　　　　　　　清讫

三三收严胜英租米四石六斗八升　　　　　　　　　　　　　　　　　　　　清讫

三三收王二倌租米四石五斗尚欠米一斗八升

三三收李木倌 ×三乚兑租洋七元七角钱七十四文，又小洋贴水钱三十五文　清讫

三三收彭友胜棠 ×三乚兑租洋十元三角钱三十八文，尚欠洋一角三分三厘

三三收黄卧舟 ×三乚兑租洋二十二元，尚欠洋一元九角九分四厘

又成收杨亦三 ×三乚兑租洋二十一元五角，又小洋贴水钱二十五文　　　　清讫

又成收方秀涛租米三石七斗九升，×元兑租洋一元二角钱三十六文，又小洋贴水钱十
文　　　　　　　　　　　　　　　　　　　　　　　　　　　　　　　　清讫

实收吴全甫租米五斗五升　　　　　　　　　　　　　　　　　　　　　　清讫

实收姚廉棠租米六石，又陈租洋六元　　　　　　　　　　　　　　　　　新讫

实收彭象余 ×三乚兑租洋二元三角钱五十八文，又小洋贴水钱十五文　　清讫

又成由毛月琴租米一石　　　　　　　　　　　　　　　　　　　　　　　新讫

又成收毛耀生 ×元兑租洋四元　　新讫

三三收朱秀高 ×三乚兑租洋八元六角钱四十六文，又不洋贴水钱三十文　　清讫

三三收王龙庆 ×三乚兑租洋八元二角钱二十八文，又小洋贴水钱十文　　　清讫

三三收李允和 ×三乚兑租洋十七元四角钱二十七文，又小洋贴水钱二十文　清讫

三三收赵顺秀 ×三乚兑租洋十二元三角钱十七文，又小洋贴水钱十五文　　清讫

三三收夏友棠 ×三乚兑租洋十八元钱五十三文　　　　　　　　　　　　　清讫

三三收唐德高 ×三乚兑租洋十二元六角钱三十七文，又小洋贴水钱三十文　清讫

三三收顾茂荣 ×三乚兑租洋二十元一角钱二十一文，又小洋贴水钱五文　　清讫

三三收顾荣倌 ×三乚兑租洋十七元二角又小洋贴水钱十文　　　　　　　　清讫

三三收顾富三租米四石 ×三乚兑租洋一元钱四十五文　　　　　　　　　　清讫

三三收钱永莲、顾应棠 ×三乚兑租洋十元九角钱二十文，又小洋贴水钱四十五文 清讫

三三收金象山租米二石一斗四升 ×三乚兑租洋九角钱二十一文，又小洋贴水钱四十五
文　　　　　　　　　　　　　　　　　　　　　　　　　　　　　　　　清讫

䒕三收薛晋方乂三乚兑租洋二十五元四角钱十二文，又小洋贴水钱二十文　　　　清讫

䒕三收薛咸虎乂三乚兑租洋十二元八角钱五十一文，又小洋贴水钱四十文　　　　清讫

乂δ收薛根佰租米三石四斗乂三乚兑租洋二角钱十四文，又小洋贴水钱十文　　　　清讫

䒕三收倪庚裕乂三乚兑租洋十五元九角钱八十五文，又小洋贴水钱四十五文　　　清讫

收倪虎金回赎陈租洋八元二角

以上共收英洋二千八百三十八元，小洋六百二十四角（δ⊥合英洋五十八元八角六分八厘），钱十千一百二文（䒕乂合洋十一元三角五分一厘），糙米五十二石三斗三升，内筛出二、三米六石一斗八升四合，泥秕、杂籽三石入斗七升，枯谷头四石九升，又籴光糙米八石，付下砪光糙米十四石五斗，碾见白米十一石七斗四升，又籴饭米六石。实存光糙米三十一石六斗八升六合，白米十七石七斗四升，又旧管白米四斗。

租米支变项下：

付完华邑漕米丨○δ二十二石六斗二升一合，合租斛光糙米二十石三斗五升九合

付完娄邑漕米丨○δ十二石五斗八升六合，合租斛光糙米十一石三斗二升七合

付二、三米六石一斗八升四合，变价洋十二元五分九厘

付泥秕、杂籽三石八斗七升，变价洋三元六角七分七厘

付枯谷头四石九升，变价洋四元二角九分五厘

付米糠二石八斗二升，变价洋三元一角二厘

付白秕三斗五升，变价洋八角七分五厘

付管廒夫白米四石

付本仓食米十一石三斗（上年四月起本年三月止）

共收洋二十四元八厘，除支变外，存白米二石八斗四升

开支各款（二十五年四月起，二十六年三月止）

付完华邑上、下忙条银丨○亠库纹银一百二十一两二钱一分八厘，合洋一百八十元九角二分二厘

付完娄邑上、下忙条银丨○亠库纹银十六两四钱六分三厘，合洋二十四元五角七分二厘

付华、娄二邑漕米代运驳船洋一元，钱三百五十九文

付又驳漕米租船钱二百文

付又漕米下力钱五百十二文

付又漕米斛手钱二百四文

付抚房纸笔费洋二十元

付藩房纸笔费洋二十八元

付府仓房纸笔费洋十八元

付府库房纸笔费洋一元

付府简房通年规费洋二元

付府号房通年规费钱一千四百文

付府门皂通年规费钱四百二十文

付府茶房通年规费钱四百二十文

付华仓房纸笔费洋六元

付华简房三节规费钱二千五百二十文

付娄仓房纸笔费洋二元

付娄简房三节规费钱一千六百八十文

付华娄铺司通年规费钱二百二百文

付华、娄二县经承开租请牌转牌费钱一千二百文

付华、娄开租差酬费洋八元

付各图保正年规钱八千九百七十八文

付各佃折饭钱十三千九百二十五文

付正又十九图河工捐钱九百五十八文

付管廒夫辛工钱七千文

付司赈薪水洋四十元

付外赈催租薪水洋十八元

付又催租渡船点心钱一千九百七十九文

付烧饭辛工钱二十一千六百文

付籴糙米八石（每石川二δ）洋三十元

付籴饭米六石（每石扯××）洋二十六元四角

付添置榆树台子二只、小十景椅子六只、方茶机四只、单靠椅子六只、长茶机四只、连刻字洋五十六元七角

付又黄铜水烟筒二枝钱五百文

付又红花三号碗八只、红花饭碗四只、红花盆子三只、粗大碗五只、粗工碗五只、粗钵头二只钱一千三百七十二文

付又棕榈三付洋六元三角

付又退光漆斋匾一只工料洋一元八角

付又刻封条板工料钱二百文

付又刻收租票板工料钱二百九十一文

付刷印租簏收租票封条工料钱五百三十文

付缮写征信录笔资洋四元

付征信录刻工刷印装订工料洋四十元

付修理蛎壳二千二十四张（每张洋二厘半）洋五元六分

付修理米袋（人工大麻）钱一千六百五十文

付抹各间门窗槅等抹原洪油二十五斤（每斤｜三）钱四千五百文

付抹油小工四十三工（每工钱七十文）钱三千十文

付沟匠修补泥墙及通阴沟等十二工（每工｜一）钱一千九百二十文

付各廒刷脊捉漏及修理仓廒等水匠四十四工（每工彐卅）钱十千一百二十文

付值匠小工十四工（每工三十加酒浴钱十四文）钱一千三百十六文

付修理木匠八工钱一千八百四十文

付砖瓦灰纸木煤钉灰钵泥络竹帚茅帚蒲鞋草鞋铁钮等零件钱七千四百八十一文

付仓工十八工（每工卅十）钱一千四百四十文

付砑工十工（每工卅十）钱八百文

付伙食钱五十九千四百七十六文

付稻柴钱十一千四百二十文

付烟茶叶油烛粗纸粗高等钱五千八百六十九文

付账簿、笔墨、砚子、纸张、饭篮、饭箩、提篮、粪箕、扫帚、洗帚、铁锁、手巾、碗架、盘香、线香、矾灯笼、换汤罐、镬子、修镬盖、箍桶等钱九千五百四文

以上共付洋五百十九元七角五分四厘，共付钱一百八十六千八百九十四文（以洋兑用，每元扯卅夂），合洋二百九元九角九分三厘。

两共付洋七百二十九元七角四分七厘，除付外，实余洋二千二百二元四角八分。（三月廿八日缴呈　府署。）

鼠疫汇编

清光绪二十六年重刻

（清）罗汝兰　吴宣崇　合辑

李文海　点校

序

重刻《鼠疫汇编》序

瘟疫者，时气也，时气偏行，所以人感之而即病。夫瘟者温也，疫者役也，故瘟疫之作，始必发热，无分男女少长，率皆相似，如役使然，是又谓之温役也。刺法论黄帝曰：五疫之至，皆相染易，无问大小，病状相似。且病是症者，多起于冬不藏精及辛苦饥饿之人，盖冬不藏精，则邪气乘虚易入；而饥饿劳倦之流，则受伤尤甚。故大荒之后，必有大疫，正谓此也。但此辈疫气既盛，势必传染，又必于体质虚浊者先受其气，以渐遍传，若不施救疗，蔓延滋甚。余家世歧黄，留心考述，每临编得其法，未必见其病；临病见其证，未必合其方。适岭南雨山世丈以是编见示，展诵之余，其于治疫之法，明如指掌，且经屡验。时值泉郡是疫又作，思制药施送，恐难普遍。居停彦先谭明府仁爱为怀，毅然创首，爰集同人，付梓惠世，诚为活人之要术也。是为序。

光绪二十六年庚子冬月东阳周树梓桐甫志于丰州署斋

第 五 刻 序

是书已四刻，前序言之详矣。兹何为而复刻也，以近更有所得，不敢秘也。二十一年夏，四刻初成，秋渡琼候委，得悉是春海口以疫毙者数千，族人和隆号，电催此方过海，曾著效验，而琼医未之信也。予虑其复，而及他处，遂出四刻分赠同乡各位，皆以较前更详。公捐洋银三十大员，嘱代办分赠。予遂付信高郡联经堂印六百本，并撮其要，付省经韵楼刻印一千本。旋以听鼓多暇，复购书数种，以考其详，更加添注。冬至后，琼州府城疫作，先将所存分派，琼医或从而笑之，甚从而訾之。予知其误于李时珍红花过服之说，并误于景嵩崖桃仁、红花不可过用三钱之说也。二十二年春，疫大作，群医各出手眼，百无一效，以至死人无数。及二月底，始有信避之法者，迁居海口，延予调治，并参新法，连救重危症数人，救医者踵相接也。每视病开方，即赠书一本，并嘱照医，而十愈八九。一时并救数十人，群疑始息，遂信是方。幸海口为症无多，不致大害，因补前刻所未及，而求其详，爰为之序。

光绪二十二年五月署理儋州学正石邑罗汝兰芝园氏志

再续治鼠疫方序

疫由阴阳愆伏而作也，或中血，或中气，感其毒者，皆足以害人。顾其时同，其地同，其症同，其药亦宜无不同。（观方书所载，每次止立一方可知。）必拘拘切脉施方，（原文眉注：治病切脉，古法必兼，惟瘟疫一症，邪闭清窍，脉伏而涩，亦有闭甚无脉者，且当壮热，血脉绞偾，切亦不准。况此明系血壅不行，更不必切。所以昔贤治瘟疫，多舍脉而从症也。）无当也。鼠疫者，鼠死而疫作，故以为名。其症为方书所不载，其毒为斯世所骇闻。乡复一乡，年复一年，为祸烈矣，为患久矣。予初闻此，遍阅方书，无对症者。光绪十五六年，延及邑之安铺。十七年春，延及县城。偶见《医林改错》一书，论道光元年京师时疫，日死人无数，实由热毒中于血管，血壅不行，夫已壅不行，必然起肿，予始恍然焉。盖鼠疫一症，初起红肿，结核如瘰疬，或忽起于不自知，或突起于所共见，其溃者流瘀血，非热毒成瘀之明验乎？其甚者热懵而毙，非热毒瘀血攻心所致乎？及观其方，专以治血为主，略兼解表，信能治此症矣，试之八人皆验，因录示人，人疑谤也。十七年冬，遇吴川友人吴子存甫于郡，出所辑治鼠疫法一编。予读而善之，遂与茂名许子经畬论列此方，随症加药，嘱书其后，而附于诸君子之末，爰捐赀付刻，以广其传。十九年春，城乡疫复作，同时屡用此方，以起危症，一时哄传，求者踵相接。乃即人疑谤者，再加辩解，且取俚启沃所经验涂擦一方以补之，俚启观复刻印发，远近流传，用之多效。二十年，予族陀村，感此症者数百，用之全效。故旧岁宏丰号有辩惑说之刻，本年友人丈子凤笙有同育堂之刻，安铺医局有敦善堂之刻，化州局亦有刻，人愈信传愈广焉。予思此方虽妙，惟一误于医者之蛊惑，再误于病家之迟疑，以致死亡相继，实堪痛恨。予留心此症久矣，数年所历，更有闻见。前缘平棐之暇，补原起、释疑二则，并将陀村治疫之善法，与所传之奇效及改方之贻误，就吴刻而增损之。二十一年陀村疫复作，按治未效，加药方效。故于施药之时，续而增之，复将十年前疫毒中气之经验方，附诸卷末，俾知疫毒中于血气者皆有所救，则阴阳虽有愆伏，而血气实可调和，庶几消灾疹于无形，跻民生于仁寿，则区区之心稍慰也。如有不逮，还期高明指示。爰述其本末而为之序。

光绪二十一年蒲月广东石城罗汝兰芝园续志于村堡别业之前轩

辨 误 弁 言

戊戌芝园氏补志

　　治病之道，不知其误，即不得其真，凡治病皆然，而治鼠疫为尤甚。盖鼠疫一症，前无所依，后无所仿也。是编因比类而得其方，且屡经而详其法，时历八载，板已五刊，虽云有误，谅亦寡矣。乃作者无误，而用者多误，推求其故，缘人多囿于常见，狃于常习，每以轻药试重病，缓服治急疾，无怪其多误也。此其说于邻乡人得其详焉。本年邻乡多疫，皆来求书，赠即嘱曰：必依法方效。数日后多来问曰：贵乡用之极效，某等用之不效，何也？予细询之，曰：轻病乡人多不服药，迨至重危，然后服药。应加石膏者，亦用五六钱；应加大黄者，亦用三四钱，其余各症，亦照法加入。每日追二剂，热稍退者每日仍一剂，迨至于甚，乃不服药，予曰：噫，子误矣。此重症亦急症也，初起不服药，已失之迟，一误也。重危之症，每日二服，已失之少，二误也。石膏、大黄改轻，复失之轻，三误也。热退尚有微热，至少二服，多则三服，日止一服，以至病翻，四误也。尚可服药，即不服药，坐视其死，五误也。若疫症初起之时，凡喉微见燥，头微见晕，体微见困，即中毒之渐，急宜服药。或服白茅根数味，或服本方二三服，此治于未萌，更人所易忽，六误也。有此六误，尚云依方照法乎？嗟乎！近者尚误如此，远者可知。补弁数言，以免辗转相误也。

凡　例

一、是编就吴存甫原本增删。其首二方统以大黄为主，初症必致邪内陷，故删之。其原起、避法、治法、生药各方，实有可采，故存之。

一、是方本于《医林改错》，原为吐泻抽筋而设，然移用此症恰合，故以为主。

一、吴本有疏漏处，参以己见，补原起论症及禁忌释疑二则，与陀村两年轻重治法及各处轻重治案十二条。兹又汇集前四刻而次第之，并补原起论、各家脉论、症治论及已悟活法，采用古法俱见效者添入数法，与琼、廉、雷治案共五条，务求简明，人人易晓，庶稍有准则，不致大误。

一、是编所载有未备者，间于头批补之，祈为遍阅，方知其详。

一、是编重复处不删，以皆关紧要，故存之，以寄反覆丁宁之意。

一、病有舍脉而从症者，以脉微而症显也。况鼠疫起核红肿，大热大渴，明系阳症，属热何疑。然人每以热渴无核之症致误，故略辑脉论数则，以明其初起亦与中风伤寒之异，所辑不多，亦以符疫症不切脉之例。

一、时疫以吐泻为最急，辑验方附后，有先见热渴者，有先见瘰疹者，宜于鼠疫治法条寻方加入。

《鼠疫汇编》总目

岭南吴宣崇子存、罗汝兰芝园合著

治疫气传染法 　　　　　　刀伤续指方

辟疫香粉方 　　　　　　　止血补伤方

辟疫灵符 　　　　　　　　治汤火伤方

避疫法 　　　　　　　　　救癫狗咬伤方

避疫常服药方 　　　　　　戒阿片烟方

附应验杂症药方 　　　　　调经种子奇方

救吞阿片烟膏方 　　　　　吕祖师菩提丸方

救食砒霜方 　　　　　　　治蛇咬伤方

跌打刀伤方 　　　　　　　跌打破损伤风方

鼠 疫 汇 编

辨 脉 论

《伤寒论》辨脉篇曰：寸口脉阴阳俱紧者，法当清邪（天气也），中于上焦（肺与心也），浊邪（地气也），中于下焦（肝与肾也）。清邪中上，名曰洁也。浊邪中下，名曰浑也。阴中于邪（中焦脾与胃也），必内栗也（栗，竦缩也）。经文止此，首句论脉，下数句言邪中三焦，阴阳为邪搏激，寸口之脉必紧。仲景论热症止此数句，而不见方，想当时必有其书，但久经兵燹，故散亡耳。此后人所凭以诊温症之脉，即凭以诊瘟疫之脉也。

吴又可论瘟疫之初起，其脉不浮不沉而数，昼夜发热，日晡益甚。头痛身痛，其邪在伏脊之前，肠胃之后，热邪传表则脉浮而数，传里则脉沉而数。

吴鞠通论瘟疫初中上焦，脉不缓不紧而动数，或两寸独大，尺肤热。（注：不缓则非太阳中风，不紧则非太阳伤寒，动数者风火之象，经谓之躁，两寸独大，火克金也。尺肤热尺部肌肤热甚，火反克水也。）传至中焦，在表则脉浮洪躁甚，在里则脉沉数有力，甚则脉体反小而实，更甚则脉沉伏，或并脉亦厥。传至下焦，或见沉实，或见躁盛，或见沉数，或见虚大，或结代，或见细促，甚有两至与无者。

杨玉甫论瘟疫初起，脉不浮不沉，中按洪长滑数，右手反盛左手，总由怫热郁滞，脉结于中故也。凡浮诊中诊，浮大长而有力，伤寒得此脉自当发汗，麻黄桂枝症也。温病初发，虽有此脉，切不可发汗，乃白虎泻心症也。死生关头，全分于此。若热之少阴，则脉沉伏欲绝，非阴脉也，阳邪闭脉也。凡伤寒始本太阳，发热头痛，而脉反沉，太阳症而见少阴脉，故用四逆汤温之。若温病始发，未尝不发热头痛，而脉见沉涩而小急，此伏热之毒滞于少阴，不能发出阳分，所以身大热而四肢不热，此名厥正，杂气怫郁，火邪闭脉而伏。急以碱寒大苦之味，大清大泻之，固不可误为伤寒见少阴，而用四逆汤以温之，温之则坏事矣。亦不可误为伤寒见阳厥，而用四逆散以和之，和之则病甚矣。盖热郁亢闭，阳气不能达于四肢，故脉沉而涩，甚至六脉俱绝，此脉厥也。手足逆冷，甚至通身冰凉，此体厥也。即仲景所谓阳厥，厥浅热亦浅，厥深热亦深是也。下之断不可迟，非见真守定，通权达变者，不足以语此。手足微厥者不可下，凡温病中诊洪长者轻，重则脉沉，甚则闭绝，此辨温病与伤寒异治之要诀也。

按：温病始于太阴肺，肺为右寸，仲景先师曰寸脉紧，紧者即后人所谓数，见汪切庵素难经注，吴又可云不浮不沉而数，吴鞠通云不缓不紧而动数，杨玉甫云不浮不沉，中按洪长滑数，右手脉盛于左手，则初症之脉数，诸说所同，惟右盛于左，玉甫所独。则诊鼠疫初症之脉，如见不浮不沉，不缓不紧而数，右盛于左，兼初起四肢酸痹，可知无核之鼠疫矣。至传变诸脉，三家大略相同，故不赘。

症 治 论

温疫者，天地之戾气浊气，酿为热毒，中于人亦症见热毒，故曰瘟。家家如是，若役使然，故曰疫。其病皆热无寒，有表症，无表邪，宜解肌，禁发表，其轻者如赤眼发颐（俗名猪头腮）之类，其重者如头肿（俗名大头温）、头胀（俗名虾蟆温）之类，然只见于一处一年，未有见于处处年年如鼠疫之甚者，噫，可云异矣，亦云惨矣！其初起也，有先恶寒者，有不恶寒者，既热之后，即不恶寒。有先核而后热者，有先热而后核者，有热核同见者，有见核不见热者，有见热不见核者，有汗有不汗者，有渴有不渴者，皆无不头痛身痛，四肢酸痹。其兼见者，疔疮瘢疹，衄嗽咯吐，甚而烦躁懊𢘆，昏愦谵语，瞀乱颠狂，痞满腹痛，便结旁流，舌焦起刺，鼻黑如煤，目瞑耳聋，骨瘘足肿，舌烈唇烈，脉厥体厥，种种恶症，几难悉数，无非热毒迫血成瘀所致。故古方如达原饮、消毒饮、解毒汤、败毒散、霹雳丹，近方如银乔散、桑菊饮、升降散、清化汤等方，皆能清热解毒，然用之间有效而多不效，何哉？以有清热解毒之药，而无活血去瘀之药也。可知用清解者尚误，更可知用温补者益误矣。或曰有用凉剂愈者，此必热毒初起，血未成瘀之时。或曰有用补剂愈者，此必热毒已解，瘀血已下之后。然可偶效，断不可常效。惟王勋臣先生《医林改错》活血解毒汤，虽制以治吐泻抽筋之时疫，然移治此症，实为得宜。观其论症曰，热毒自气管达于血管，将气血凝结，壅塞不行，恰与此症合。观其制方，则解血毒，清血热，活血瘀，亦恰与此症合。十七年阅得此方，于无可救药之时，偶一试之，不意其竟著奇效也。夫治病以本病为重，标病为轻，此症热毒本也，阏血标也，而标实与本同重。故标本未甚者，原方可愈；标本已甚者，又非原方可愈。故于重危之症，传表宜加白虎，传里宜加承气，传心胞宜加羚犀，是不欲以轻剂治重病也。自后详求博访，十九年访知西藏红花去瘀捷效，又得涂核验方，并试出重危之症，必要连追三服，遂增前法，是又不欲以缓服治急病也。廿年访知生竹茹止吐，与漫用艾火，初用黄朴，见下瘀，遽用参术并各药之弊，又见重危之症，三服人多置手，遂将吴刻增损，除其统用下法二方，分别重危症服法，补原起释疑二则，治案九则。廿一年，试知误艾火，误参术，误时日，皆有可救，强壮之重危症，三服仍热，与热退复热，及初起症见至危，又非前法所能效。并访知复病猝死之故，又增前法，并治案三则，是又合重剂急服以治重急病也。以上所立之法，大约已具，可十愈八九矣。秋初渡琼，赋闲无事，购书数种，悉心研究，更有所悟，而著效益奇。前谓不可减少、减轻者，为初症言耳，如连追后汗出热清，可减除柴葛。毒下瘀少，可减轻桃红，并可加减以滋阴退热，亦可加减以补虚消核。更得清心热法、清营热法、表里双解法、三焦合治法、增液助汗法、增液助下法、复脉救危法、厥症急下法，并善后二法，稍为增入，以补前法之未备。虽未及详细，只取简明，庶治鼠疫者不混于他疫，于世不无小补焉耳。详细载下各症治法条内。

此症初起，热渴痛痹，一时并见，重病也，重症而用轻药，必无望矣。且死人甚速，亦急症也，急症而事缓服，亦无望矣。故法用急追多服，所以因其势也。况重急之症，古亦有日二夜一、日三夜二服法，急追多服，并非自创。尤要初起即急服药，盖此时元气未弱，病根亦浅，药力易行，病势易除。一、二日间能追至七、八服，则热毒或从汗解，或阏从嗽出，或从下行（或下瘀血，或下黑粪），如仍未效，第三日仍追数服，无不见效者。盖病在上焦，故易治也。且病愈而人不弱，倘迟服误时，至四日传入中焦，纵能治愈，病久人弱，财费忧深，生者病者，已受无穷苦累矣。倘再误至七日，传入下焦，则病人愈弱，病势愈危，纵遇明医，恐难得半，所以治病亦贵乘势因时也。三焦传变，大概如是。虽然亦有无定者，死人不必定在下焦，三焦皆有死症，病重药误，纵不即死，亦有一二日即传中焦，二三日即传下焦者。吴又可云：病机之变幻无常，病情之反覆无定，有由表而入里，由里而出表者，总视其脉症如何，以定其疾病所在，斯医治乃为不误耳。谨按列三焦症于左：

上焦　金鉴以寸关尺三部分上、中、下三焦，何部大属何焦，脉不缓不紧，不浮不沉而动数，尺肤热（尺部肌肤热也），头痛身痛，微恶风寒，热渴自汗，日午后热甚，间有不恶风寒，不汗不渴者，舌胎白。

中焦　面目俱赤，语声重浊，呼吸俱粗，大便闭，小便涩，舌胎老黄，甚则黑有芒刺，但恶热，不恶寒，日晡益甚。

下焦　热邪久羁，或下或未下，或夜热早凉，或热退无汗，或身热面赤，口舌燥，甚则舌蹇囊缩，痉（角弓、反张）厥（身冻）神昏，循衣摸床，舌缩耳聋（与二三日耳聋者异），齿黑唇烈，脉见结代，或二至或无。

重危之症，初起重剂急追，约十剂左右效。迟半日必加半，迟一日必加倍。应重用轻，应急用缓者，亦如是。

原 起 论

昔之论瘟疫者，皆曰风寒暑湿燥火之六气。自明末时，吴又可起从而辟之曰：六气者，天地之淫气，常有者也。疫气者，两间之戾气、浊气，不常有者也。斯言也，征之老子而可见。老子云：大兵之后，必有凶年；凶年之后，必有瘟疫。是知以兵燹而致旱涝，以旱涝而酿疵疠，此瘟疫所由起也。自后论疫气者，皆主其说。陈修园先生更添病人之毒气，又兼言夫继起，不第言夫初起也。友人吴子全甫，据鼠死疫作，直断为地气，言之凿凿，亦不为无见。然律以动静互根之义，无天气之鼓荡，焉能使地气之发舒，则言地气者，必兼言天气，其说乃全。但天气远而清，人所难见，地气近而浊，人所易见耳。统而言之，曰天地之气足矣，言疫气所从入。吴又可、吴鞠通、杨玉甫皆谓独从口鼻入。玉甫又据天气为清邪，独从鼻入；地气为浊邪，独从口入。修园谓天地之气，暗中摩盪，从毛孔入；病人之气，当面喷薄，从口鼻入。似不必拘。盖自其分而言，则曰天地人之气；自其合而言，则曰混杂之气。何能隔别，使何气从口入，何气从鼻入，何气从毛孔入乎？主口鼻入者，对风寒由毛孔入而言，别样疫症可说得去。惟鼠疫，实说不去。其先起核而后身热者，必由毛孔入，由外而入内；其先身热而后起核者，必由口鼻入，由内而出外。此症之犁然各别者也。所论虽属探原，究无关治病之轻重。管见偶及，用以质诸高明。

鼠 疫 原 起

光绪十六年冬，鼠疫盛行。鼠疫者，疫将作则鼠先死，人感疫气。辄起瘰疬，缓者三五日死，急者顷刻。医师束手。问〔间〕有打瘀割血，用大苦寒剂得生者，十仅一二而已。先是同治间，此症始于安南，延及广西，遂至雷、廉沿海城市。至是吴川附城作焉。

明年正月，梅菉黄坡及信宜东镇皆有之。三月后，高州郡城亦大作，毙者每以二三千计。离城市稍远者，染得病归，村乡亦有之。四月后，则瘰疬者鲜死，死者又变为焦热、衄血、疔疮、黑斑诸症。初有知广西雷廉之事者，劝诸人亟逃，人皆迁之。久之祸益剧，乃稍信前说。见鼠死则尽室以行，且多服解毒泻热之品，由是获免者甚众。越端午，乃稍稍息。事后细询中疫之家，乃叹曰：信哉！此地气，非天气也。何者？同一邑也，城市者死，山林者免焉；同一宅也，泥地黑湿者死，铺砖筑灰者免焉；暗室蔽风者死，居厅居楼者免焉。况一宅中，婢女小儿多死，坐卧贴地，且赤足踏地也；妇人次之，常在室也；男子静坐，又次之，寡出不舒散也。且疫作时，其宅每热气从地升，猛者如筒烟上喷，缓者如炉烟缭绕，触之则头晕目赤而心燥。急取凉风吹解，病乃可救。当其时，宅中人为气所感，懵然不觉也。旁观者见热气，自足而胫而股而腰。若不出见风，热气逼至胸膛喉舌间，则病作矣。有平时在墟市得病者异归家，其轿门逆风者愈，闭轿门者竟死。且有棺敛将葬，盗尽窃其衣服，夜得风露凉解遂生者。其故亦瞭然矣。所可恨者，富贵之人，珍重太过，不敢见风，不肯服寒峻之品，遂至韫热不救。至婢女得病，又虑其传染，病未甚即弃置不顾。此真俗见之误也。夫鼠穴于土中，受地气独早也。顾其死者，目必突而赤，顷刻有蛆，气极臭秽。移置他处，转面向风，勿触其气。尝有鼠朽腐箱内，妇女开箱，触其臭，即晕跌死。有见死鼠甚巨，舞摩玩弄而后瘗之，归坐即死。（原书眉注：埋鼠须择荒避之地，塜要三尺余深，使其气不能出而感人。此是第一要紧，切勿抛置路上及粪草堆里。）有鼠将死而猫噬之，猫死。人食其猫，人死。高州城外瘗鼠处，牛龁其草，牛死。犬亦如是。彼鼠之生者，则渡水远逃，常衔青草，但不知此草何名，可以作治疫之药否？所逃之处，则皆清凉近水之区也。既而匪徒遍传放药，藉端滋事，人心惶惑。或谓是疫皆毒药所致，识者非也。所虑者，广西雷廉二十年来，皆十一月疫起，五月疫止。城市者重，村落者轻。恐高州亦难免后祸。吾不知医，无从剖析方剂。姑就所闻于朋友者，述其避法治法于后。

光绪十七年冬初，广东吴川吴宣崇识。

避 法 医 法

避 法 第 一

（原书眉注：凡看疫症，切勿对面。盖男子疫毒自口出，妇女疫毒自阴出也。说见陈修园《医录》）

避之之法，当无事时，庭堂房屋，洒扫光明；厨房沟渠，整理洁净；房间窗户，通风透气。凡黑湿处，切勿居住。闻近邻有鼠死，即要时时照察。埋鼠时掩鼻转面，勿触其气。如误触其气，急取逆风吹散之。此《内经》所谓避其毒气，天牝（鼻也）从来，复得其往之法也。并宜时常用如意油拭鼻，以避邪气。家中人不可坐卧贴地，奴婢、小儿，俱要穿鞋。农人亦宜穿草鞋，以隔地气。（分界各村，赤脚者多死。后俱穿鞋，遂平安。）疫势稍急，即宜遽避。得大树下阴凉当风处为妙，（树下避疫，外夷法也。验之本地，屋在树下，俱平安。）或泛舟水上尤妙，否则居近水当风处亦佳。雷廉十余年，凡船户及蛋家棚，（原书眉注：蛋家，即渔户也。）从无犯此症者，可知也。水以大江大塘为胜。若止水小塘，当疫发时，无不翻底黄浊者，然仍胜于无水处。若不得近水，则岭顶四面当风处亦好。（各乡避居岭坳者有祸，居岭顶者平安，得风故也。）居城者，能上城堞避之亦可。（高州居城堞者俱平安。）（原书眉批：此法尤妙。）倘无处可避，则每日全家男女，俱出屋外有树木处，高坐吹凉。夜间回家，仍要开窗透风，且用极幼细之沙，厚铺床底，将房间屋瓦拆开见天，自然平安。（此神授方，用之有验。）（原书眉批：香港患疫洋人，将铺户瓦面折开，以泄地中毒气。）设避居他宅，必须清凉疏爽，不可众人拥杂一处，反易致病。倘或感病，即时移出大树下当风处，必要高床高凳，切勿近地。若近地，则感受毒气，更速之死。观避出而睡平地者，死反多于在家，其故可知也。平时不可食煎炒大热物，不可饮冷冻汤水。男女或因房事感起者难救，尤宜戒慎，节欲为是。（原书眉批：己亥夏，惠郡当疫气盛时，有患夹色伤寒症而误投治疫凉剂，以至死者甚多。房事尤宜戒慎。李雨山志。）

四句要语：居要通风，卧勿黏地，药取清解，食戒热滞。

医 法 第 二

医治之法，金鉴外科面部，名曰时毒（他处呼为痒子疮，即此症）。首用荆防败毒散，继以连翘消毒饮、透脓散，然不甚效。陈修园医书用白莲须、白鸽屎、螺𦠿菜诸方，然亦不甚效。总之此症热毒在血分，必以凉血解毒泻热为主。（自原起至此，皆吴原本。）

补原起论症及禁忌

疫由天地之气固矣，然天气下降，地气上升，此常理也。何如变而为疫？吾尝验于城市村乡间而知其故矣。盖城市污秽必多，郁而成沴，其毒先见。乡村污秽较少，郁而成沴，其毒次及。故热毒熏蒸，鼠先受之，人随感之，由毛孔气管入达于血管，所以血壅不行也。（原书眉批：热毒中血，血壅不行，实为病原。对此用药，方免于误。）血已不行，渐红渐肿，微痛微热，结核如瘰疬，多见于颈肋、腌膀、大腿，间亦见于手足头面腹背。尔时体虽不安，犹可支持，病尚浅也。（原书眉批：此时急治，百不失一。过此非重即危，断〈难〉保全。然按症加药，急追多服，十可救八九。）由浅而深，愈肿愈大，邪气与正气相搏，而热作矣。热作而见为头痛身痹，热甚而见为大汗作渴，则病已重矣。若热毒愈深，瘀血愈甚，泛见于外，则有疔疮等病；逆而妄行，则有衄咯等症；上攻心包，则有谵语等症；下扰肠腹，则有胀痛等症。皆乃危症也。（原书眉批：危症以下，若误时误药，非双剂急追，断难挽救。久误多误，更难措手。）若疫气由口鼻气管入，热毒直达脏腑，初病暴作热渴痛痹昏愦等症。或疫症盛时，猝不省人事，手足抽搐，面目周身红赤，皆未见有核。（此初起至危症。）与病四五日，即见目瞑耳聋，唇焦舌黑等症，（此因误之至危症。）其病为更深，其症为更危。甚而服药即吐，牙关紧闭，亦可救。救法见下各症治法条。至脉厥体厥，面青面蓝，与喷血不止者，更可知矣。至危之症，有热后见核者。其初实与伤寒、伤风同，然绝不同也。盖此由热感，嗽咳无鼻涕，头痛无项强，渴甚喜饮冷，热后不怕风，并见神气昏迷，手足痿痹，且脉右盛于左，相类而实不类。其猝不省人事，手足抽搐，亦与风症、脱症异。盖风症、脱症，面目周身不红赤也，细辨自知。见核作热在出麻痘之时，亦宜服此方。以此症至危至速，此方亦兼治麻痘。即有热无核，而虑其出麻痘。验之两耳尾、两中指尖不冷，知非麻痘也。服药后，口嗽瘀血，小便如血，大便下血，妇女非月信血至，系瘀血外行为顺症，不必虑。初愈后，手足微冷，气血未达也。与本症之热厥异，与虚寒之寒厥亦异，对时自暖。愈后七八日不大便，精液未充也。与前之热毒秘结异，愈后身与足浮肿，气复而血未复，气无所依附也。与气滞而郁之气肿异，与水泛而溢之水肿亦异，二三日血复自消。重危之症，初不急追多服，日夜惟二服。至六七日汗出瘀下，病愈人困，几无人色，昏昏熟睡，脉亦和缓，无汗，困也，非脱也。以上四症，皆足骇人。切勿湿补寒下破气利水，以致虚而又虚，热退复热。予见多矣，无庸慌张。惟食取清润，药用滋阴，安静调养，十余日愈矣。症已属热，药忌温散，如麻黄、桂枝、细辛、羌活、独活、防风、荆芥、陈皮、半夏、香薷、香附及姜附、桂参、术芪，凡一切焦燥温补之药，初不宜用，即热未尽除，核未尽消，仍不宜用。芩莲苦寒，清热必用。然苦寒化燥，固不可多次用，亦各有专经，尤不可紊乱用。见于吴又可吴鞠通之书。黄硝善下，攻邪必用，然亦未可骤用。盖初病发热，邪尚在表，遽下必陷入里，必见胀痛结流及脉厥体厥。六症有一，方可速下。宜速下者不宜迟，宜重下者不宜轻。若老弱宜酌下，切勿迟疑自误。即退热之药，亦有未可误用。如地骨皮能治骨蒸虚热，何首乌能退入里阴邪。此症误用，必引邪深入，热难退而足肿矣。热清核未尽消，仍宜戒口。鸡鸽牛羊，虾蟹葱蒜，糯米面酒，凡生冷热滞有毒等物，切不可食。（原书眉批：历观不食牛犬之家，不患此症。惠郡患疫，误用艾炙，死者甚多。）初起微热，固忌艾火、房事。及热初退，尤忌冷粥、热粥（此最易犯）、荞麦（俗名三角麦）、悲伤恼怒吵闹（犯必即死），亦忌饱食炙火厚味（犯必复病）。夫鼠疫阴也，血亦阴也，以阴感阴，最为易入。妇女属阴，中毒尤多。故其症每起于阴盛之时，而消于阳盛之候。今将验方症治列后。

历 验 良 方
（初起切勿减少药味，减轻等分）

连翘（三钱）、柴胡（二钱）、葛根（二钱）、生地（五钱）、当归（钱半）、赤芍（三钱）、桃仁（八钱，去皮尖，打碎）、红花（五钱）、川朴（一钱）、甘草（二钱）。

（原书眉批：此方关键全在归、朴二味。盖归为血中气药，朴为气中血药。血气流通，而病安有不愈乎？文风山志）

此方《医林改错》名曰解毒活血汤。（原书眉批：加西藏红花二钱，更为速效。）原方用枳，兹改为朴。均行气药，以朴色赤，取其入血分耳。至轻重之数，翘改重而柴改轻，亦以热毒重邪气轻之故，非敢谬为更改也。方内生地，有热用小的，无热用晒干大的。甘草有热用生的，无热用炙的。一取其清热，一取其滋阴也。治法条所谓加者，加于原方之内也；并加者，加外又加也；照加者，照上加也。所谓轻加白虎者，石膏五钱、知母三钱也。重加者，石膏壹两两余，知母五钱也。余俱详治法条。桃仁、红花必重用。（原书眉批：孕妇加王芩、桑寄生各三钱，以安胎。若疑桃仁、红花坠胎，可去桃红，改用紫草茸、紫贝、天葵各三钱。）石膏、大黄有时必重用。详释疑说条。至重危之症，必照方照法，加重急追方效，尤以不误药不误时为要。煎药尤宜得法。一、二、三日病在上焦，药味取其轻清，煎宜六七沸。四、五、六日病在中焦，药味取其稍重，煎宜十沸。七日以后，病在下焦，药味取其浓重，煎十余沸。此方药已大剂，水用二碗半。先用大罐煎合沸数，倾入小罐。复入水大罐，再煎再倾，煎回大半碗服。大黄、朴硝，不宜久煎。煎药将好，方入同煎二三沸可矣。羚羊角、犀角、石膏，宜另煎久煎，方能出味。西藏红花，另用开水泡透，以全气味，均去渣和药服。

各症加法、病退减法及善后法，俱详治法条。复病治法，详复病条。

治　法

各　病　列

核小色白不发热，为轻症。宜戒口戒色，切不可忽，亦宜急治。

核小而红，头微痛，身微热，体微痿痹，为稍重症。若面目红赤，旋必大热渴痛痹，照重症治。

单核红肿，大热大渴，头痛身痛，四肢痿痹，为重症。

多核焮红，随时增长，热渴、痛痹，疔疮（起泡或白或黑，破流黄水，或突起如奶头）及瘢（黑片如云）、疹（红粒如麻）、衄（鼻、牙、舌出血）、咯（咯痰带血）、谵语（说懵话）、颠狂，腹痛腹胀（稍痛，胀不必甚），大便结，热结旁流（有粪汁，无粪渣，勿误为泻），皆危症。若服药后嗽（咳嗽出瘀块）、下（大便下瘀），妇女非月信来血，系毒外出，佳兆也。不在此例。

或陡见热、渴、痛、痹四症，或初恶寒，旋见四症，未见结核，及舌黑起刺，循衣摸床，手足摆舞，脉厥（无脉可按）、体厥（身冷也），与疫症盛时，忽手足抽搐，不省人事，面身红赤，不见结核，感毒最盛，坏人至速。皆至危症。

治　法　列
（内宜服药，外宜涂敷（方附后），忌贴膏药。）

轻症，照原方日一服；稍重症，日夜二服，加银花、竹叶各二钱。如微渴微汗，加石膏五钱、知母三钱。少则二三剂愈，多则六七剂愈。未愈不妨再服，以愈为度。（原书眉批：病时忌食粥饭米气。只宜食山东粉及山薯、地瓜、绿豆汤。）重症、危症、至危症，初起恶寒，照原方服，柴胡、葛根各加一钱。若见大热，初加银花、竹叶各三钱；西藏红花一钱，危症钱半。如无西藏红花，本方红花可用八钱，或加紫草茸三钱，或加苏木三钱亦可。若热渴至憒有汗，并加白虎汤。强壮者，石膏（少七钱，多一两）、知母（少三钱，多五钱）、粳米五钱，（原书眉批：石膏、大黄，谁肯重用连用？然屡试必多用方效，故特改重。）本方甘草改三钱是也。疔疮，加紫花地丁三钱。疔黑者，用针围刺，括出毒血，外用药粉频涂，以拔疔毒。小便不利，加车前草三钱。痰多，加贝母三钱。危症，本方翘芍地草各加一钱至危症四味各加二钱并加重白虎竹叶银花各三钱，羚羊角、犀角、西藏红花（原书眉批：西藏红花去瘀最捷。瘀未外出，皆宜酌加。）各钱半，皆宜日夜连三服。服后热渴仍不退，照原方双剂合服，日夜各一服。惟柴葛归可照加倍，各酌减一钱，朴酌减五分，余俱加倍。仍加重，石膏、知母、竹叶、银花、羚羊角、犀角、西藏红花也。（原书眉批：羚去恶血，犀解百毒，皆能清热驱邪。不独衄、咯、谵语等症为尤宜，即热渴烦燥之时，皆宜三味皆有。财者所宜酌加也。）双剂服后，热渴仍不减，不妨双剂照加，再服数剂，以热渴退为度。热渴退而未清，切不可止药，用单剂日夜二服。（止服多复病。）仍按症加药，稍为酌减。热初退时，切忌食冻粥热粥。（忌食各物，见上补原起条。）若外热减而内热不减，热在胸（两乳对中处），热毒入包络，必神昏谵语，加清宫汤，日夜三服。（原书眉批：此谵语热毒在上焦，故以治上焦为主。）元参、心麦冬（不去心）各三钱，丹竹叶心（如无，用笋竹叶心亦可）、羚羊角、犀角各二钱，莲子心五分（如无不用），是也。并加西藏红花钱半，日夜连三服，以退为度。热退未清，间有谵语，仍日夜二服，加药酌减。贫难备药，可加竹叶心、生灯草、紫草茸各三钱，或加苏木三钱亦可。服法照上。若见颠狂双剂合服。（原书眉批：颠狂危极矣，非大剂急服，断不能挽。贫难备药，可除羚羊三味，加黄芩、麦冬各五钱。下有治案可查。）加重白虎并竹叶心、羚羊角、犀角、西藏红花各三钱，照上服法。颠者捉住灌药，牙关紧者撬开灌药。皆要扶起，牵仰其首，用锡壶入药灌之自易。病稍退后，要接服药。若服药即吐，热毒攻胃，取生丹、竹茹三钱（如无，即用芍竹），湿盐轻搓，洗煎先服，服药不吐。或用姜汁点眼角，并擦禾柱骨亦可。（原书眉批：无汗，宜加紫背浮萍三钱。）热在膈（胸下凹处），热毒入营，舌绛而干，反不渴，加清营汤，犀角、元参、麦冬、银花各三钱，丹参二钱，合本方连翘、生地是也。并加西藏红花钱半，日夜连三服。未愈再照服。血从上逆，见衄、咯等症，加犀角地黄汤。犀角丹皮各三钱，本方生地改一两，赤芍如旧是也。并加西藏红花钱半，日夜连三服。（原书眉批：若贫而无资，不能备羚羊、犀角、西藏红花等药者，可改用竹叶心、生灯草、紫草茸、苏木以代之。）未愈照再服。见癍，加化癍汤，即白虎汤（见上），加元参三钱、犀角二钱是也。见疹，加银翘散，银花、牛蒡子各三钱，竹叶、大青叶、丹皮各二钱，合本方连翘、甘草是也。二症多见于大热后。当大热时见，宜日夜三服。微热时见，日夜二服。若舌胎微黄，外微热而内烦恼懊憹（烦闷，坐卧不安也），加元参、沙参、枝子、黄芩各三钱，或并加淡豆豉二钱，日夜三服，皆以愈为度。以上皆二三日内上焦症也。若敢按症加药，按时服药，服药已多，热毒必解。其瘀或从经络散，或从咳嗽出，或从二便下，其病必轻。纵核未消，将原方加减接服（加减法在本条之下），便可收功。过此传入中焦，有体壮毒盛而传者，有误服忌药助毒致盛而传者，有改轻改缓积毒致盛而传者。此时犹不按症加重急追多服，必无望矣。其症核愈肿大，面目红赤，舌胎老黄，午后热甚，若兼见渴，强壮者加重白虎汤（见上）；脉浮而促，加减味竹叶石膏汤。竹叶五钱，石膏八钱，麦冬六钱，本方甘草改三钱是也。二症能加羚羊角、犀角、西藏红花各钱半更好，或加枝子、黄芩各三钱亦好。皆宜日夜连三服。未愈再照服，以热退为度。热退未清，忽恶寒旋大热，是谓战汗，汗透热解。若人虚汗出未透，致热未清，宜加增液汤以助其液，汗出自透。元参一两，麦冬与本方生地各八钱是也。日夜二服。余热未退，小便闭而谵语，加车前、木通各二钱，羚羊角、犀角各钱半，贫者加车前、木通淡竹叶、丹竹叶心各二钱，日夜二服，以小便利、热退清而度。（原书眉批：此谵语由小便闭，故以通小便为主，兼治心肺。）热退清，间有谵语，亦无妨矣。加淡竹叶、竹叶心各钱半，每日一服，数服可愈也。甚而大热大渴，舌黑起刺，腹胀腹痛（胀痛不必大甚，微有胀痛即是），大便结而谵语，热结旁流（纯流稀汁，绝无粪渣），体厥（手足身冷）脉厥（脉伏而无），六症见一，皆宜下。（原书眉批：此谵语由大便结，故以治大便为主，兼治心肺。）此时危在旦夕，宜急不宜缓，亦宜重不宜轻。故人属强壮，脉沉数有力，或沉小而实，宜用双剂加大承气汤。大黄（少七钱，多一两）、朴硝（少三钱，多五钱）、枳实，合本方川、朴各二钱是也。能并加羚羊角、西藏红花各二钱更好。一服不下，不妨双剂照加再服，以下为度。此系屡试，必重用方效，故特改重。（原书眉批：重下之症，有陀村治案三则可查。）重用未见有直泻者，不过大便稍利耳，亦并未见有连来二次者。如虑多泻，可备老盐王瓜皮粥以俟。（原书眉批：王瓜，福州呼为菜瓜，泉州呼香瓜。）再泻食之可止。下后热仍不退，痛、胀、结、流四症见一，余毒未清，仍宜用下。药用单剂，加大黄（五钱）、朴硝（二钱）、川朴（钱半）接服。若下，热必退矣。下后仍有微热，间有谵语，加羚羊、犀角、西藏红花各一钱，日夜二服，以热清为度。贫者可加淡竹叶、竹叶心各二钱。无热仍有谵语，本方柴葛减半，加元参、麦冬各二钱，淡竹叶、竹叶心各一钱，日夜二服可矣。若大热大渴，兼见痛、胀、结、流四症之一，人壮脉实，不妨重加白虎承气同服。药用双剂，以下为度。此表里双解法。富贵之家，惧石膏、大黄之多，可加羚羊、犀角、西藏红花各三钱，熊胆一分半，竹叶心二钱，药用双剂，连二服。如仍热不退，便不下，可并加石膏、大黄各五钱，以下为度。以上皆六日以前，中焦症也。若至七日，则传下焦（其症见上症治条）。治法兼滋阴，本方加元参六钱。若前失治仍热，渴不退，人属强壮，可重加白虎汤（见上），日夜三服，以热退为度。若见痛胀结流等症，人属强壮，可重加大承气汤（见上）一二服，以下为度。仍有微热，独见燥结，可加增液汤以润之（方见上），日夜二服，仍不下，可加小承气汤，大黄五钱，川朴、枳实各一钱是也。一服不下，不妨再服，以下为度。若口燥舌干，齿黑唇烈，不甚热渴，脉见虚大，本方除柴葛加一甲复脉汤，本方生地改用大乾生地六钱，甘草改用炙草六钱，赤芍改用白芍六钱，余药照旧，并加麦冬不去心五钱，阿胶、芝麻仁各三钱是也。日夜二服，液仍不复，可并加调胃承气汤以和之，大黄三钱，朴硝五钱，合本方甘草二钱是也。日夜二服，以液生为度。若无别症，惟核未消，余时不热，独见子午潮热，本方除柴葛改用大乾生地，各药照旧，加元参五钱，日夜二服，约三四服，热可清矣。潮热谵语，并加竹叶心十枝为引，以上皆下焦症也。若夫直中（直中者初起即直中三焦）之症，初起大热大渴（上焦症），二三日即见痛胀结流（中焦症），舌色金黄，痰涎壅甚（下焦症）等症，此三焦俱急也。人壮脉实，药用双剂，重加白虎、承气（二方见上）小陷胸汤，半夏、栝蒌根各三钱，黄连二钱是也。半夏宜减半，日夜连二服，以病退为度。能加犀角、羚羊角、西藏红花各三钱更好。凡白虎、承气同用，即取石膏、知母、大黄、朴硝可也。原方不必用全，若疫盛行时，忽手足抽搐，不省人事，面目周身皆赤，此鼠疫之急症，非风非脱，切忌艾火与参，（原书眉批：忌用艾火，并忌服参。）急用大针刺两手足拗处，约半分深，捻出毒血，其人必醒。或用生姜十余两捣烂，手巾包裹，蘸热酒周身重擦，自上而下亦醒。或拈痧或刮痧亦可醒。醒后即照原方连服二三剂，若见结核发热，照上法治。老弱幼小，急追只用单剂，日夜惟二服，加石膏、大黄减半，所加各药，小儿皆宜减半，五六岁者，一剂同煎，分二次服。重危之症，一剂作一服。幼小不能服药，用针刺结核，三四刺，以如意油调药末（方见下），日夜频涂十余次亦可愈，但药末要各药等分方效。妇女同治，惟孕妇加黄芩、桑寄生各三钱以安胎，初起即宜急服，（原书眉批：孕妇去桃红加王芩桑寄生，热久必坠胎，故宜急服。）热甚尤宜急追，热久必坠胎也。若疑桃仁、红花坠胎，可改用紫草茸、紫背、天葵各三钱，惟宜下者除朴硝。诸症皆除，惟核未消，仍宜服药，瘀去未尽，必成疮也。原方除柴葛改用大乾生地六钱，甘草改用炙草，与当归俱加倍，其余减半，加元参五钱，气虚可加生芪二三钱，每日一服，三四服核必渐消。如消未尽，当归四钱，大乾生地、元参各六钱，翘芍、桃红减三分之二，生芪四钱，川朴五分，炙草三钱，再数服，或消散，或破流黄水愈矣。初愈改用原方，实滋阴去瘀善后之良方也。人虽虚弱，切忌温补，盖热症伤阴，初愈古法惟滋阴，戒温补，况结核未消，即热毒未清，温补助热，其毒必发，此时体虚，再病必无救矣。惟质素虚寒，偶感热毒，调治既清，复回本质，症见虚寒，然后用补，亦宜阴阳两补，勿遽温补，峻补贻害也。病时热结旁流，初愈昏昏迷睡，手足微冷，核消后微有浮肿，愈后六七日不大便，（详见补原起论症条），皆宜小心体认，切勿仓皇误事。

愈后六七日不大便用六成汤：当归钱半、生地五钱、白芍一钱、天冬一钱、麦冬一钱、元参五钱。二服，大便自易。

愈后手足微有浮肿用补血汤：生芪八钱，当归四钱。原方芪一两、归二钱，改用似较相配。

是症除十分老弱难救外，余皆可救。惟误药误时，与不小心调养者，较难措手。要先移病者置通风处为要，盖此症不怕风，正宜借风吹散其热毒耳。

（原书眉批：惠郡初染疫时，而患病家已无主意，医生又不敢用此重剂，加以旁人浮言，以此自误者，十居其七，可不痛哉。）

是方桃仁、红花多用，已骇人耳目。石膏、大黄又复多用，更骇人耳目。试思此症本无多时，迟疑轻用，药不胜病，必致贻误。况此系屡试屡验，传之已广，慎勿听旁人浮言，致受自己实祸。

以上诸法，俱从屡次试验得来。症以强壮者为多，故于人属强壮，病盛热毒，家复有余者，每于重危之症，必加羚羊角、犀角、西藏红花，取其见效较捷耳。无如人情多俭，富者闻而退缩，贫者更可知矣。兹为推广，分别热盛、毒盛两途，随症加药，亦足以治病。如初起系热盛之症，加石膏、知母、淡竹叶，或雷公根、地胆头、白茅根之类，便可以清热。如兼有毒盛之症，加金银花、牛蒡子、人中黄之类，便可以解毒。若热毒入心包也，羚犀花虽属紧要，然加生竹叶心、生灯心、黄芩、栀子、麦冬、莲子心、元参心之类，便可除心包之热毒。若热毒入里也，加大黄、朴硝、枳壳以泻之，便可去肠腹之热毒。如此则贫者亦费无几矣。老弱幼亦可类推酌减，惟要照方按法，急服多追，方可见效。若改轻改缓，固属自误，即每日一服，一二服即以为不效，何异以杯水救车薪之火，即谓水不胜火也。方受冤而病者更受冤，不诚可痛哉。

复 病 治 法

此症最易反覆，有微热未清而复，有微热方清而复，以伏邪未尽也，谓之自复。（原书眉注：凡当疫气流行之际，无病之人，亦切戒食煎炒热滞麦酒之物及房事。）查所覆何症，照方按症加药，以清余邪，自然获愈。有瘥后或因饱食而复，或因厚味而复，以食物阻滞，谓之食复。轻则捐谷自愈，重则消导方痊，加神曲、山查、麦芽以去滞，自然获愈。有因梳洗沐浴、多言妄动而复，谓之劳复。脉和症轻，静养可愈；脉虚症重，调补血气方愈，勿用寒削。因服参、桂而复，急服绿豆山查汤以解之，用清补滋润药以调之。以上各症，有核无热，照方酌减服。若因怒气房劳而复，最为费手。愈后六七日，见胀痛吐泻等症，已非原病，宜按脉症调治。愈后宜调补，尤宜静养，节饮食，慎言语，谨起居，戒恼怒，寡嗜欲也。

此方以桃红为君，而辅以归，去瘀而通壅；翘芍为臣，而兼以地，清热而解毒。朴甘为佐使，疏气而和药，气行则血通；柴葛以解肌，退热而拒邪，邪除则病愈。惟其对症用药，故能投无不效。他乡用之，十愈八九。惟我陀村，著效极多。以用法有善、不善之分，尤在服药有急与缓，多与少之别也。统计见效之处，石城以陀村、石岭一方为最，城内安铺及各乡次之。化州以新安一方为最，州城及各乡次之。廉府以城厢内外为最，山口、北海及各乡次之。琼府以海口为最，海田及府城次之。雷府以平石为最，城月及各乡又次之，救人不知凡几矣。省垣西关众善士，将第二次存高郡联经堂刻本刊发，钦州李直刺将第三次存省垣圣经堂增刊发，海口众善士将第四次存高郡联经堂增本刊发，印送已多，流传亦远。方到之处，苟无蛊惑迟疑，即敢急追多服，勿以小愈而中止，必以全愈为收功，庶几有济耳。夫鼠疫死症也，此方生方也，以必死之症而不敢一用可生之方，吾固惑矣。以必死之症而不敢尽用可生之方，吾愈惑矣。（有一二服未效而弃置者，有数服稍效亦弃置者。）众曰气数，吾亦曰气数而已矣，夫复何言。

药　方

经验涂核涂疔疮方（凡小儿平时生疖白泡、黄水疮，涂之均效）　口米朱砂五钱、木鳖仁八钱、雄黄五钱、大黄五钱、冰片二钱、蟾酥二钱、紫花地丁五钱、山茨菇八钱。切忌麝香，涂必暴肿。

共为细末，调茶油频涂，清茶亦可。琼州鲍游府用此方，各味等分，调如意油频涂甚效，须先四面轻针结核。（原书眉注：小孩不能服药，用鲍游府涂法甚妙。）

又方　木鳖仁。（研末调醋频涂。）

经验敷药方　羊不挨瓢（三敛者佳，土人种作园篱，有微刺，多白汁，去皮取瓢，泉州呼为火苍刺、待膏刺）、酒糟（如无，用隔宿粥）、生盐。三味同捶频敷。

又方　天仙子。（研末调醋，厚敷频涂，药汁日易五六次。）

又方　木芙蓉花（无花，用叶）、指甲花（无花，用叶。泉州呼金凤花）、红花（家种的）、马齿苋。同捶频敷。

以上各方均效，多列以便随取，涂敷皆以多次为妙。（核涂敷均可，疔疮独宜涂之。）

治　法

附陀村治鼠疫毒轻法
（初起少而缓，少大热大渴痛痹等症，照此条治。）

一专信方（免误药），二急服药（免误时），三广施药（免传染）。

此症坏人甚速，误药固死，误时亦死，无钱服药亦死。我村惟不忽人所忽，绝无怀疑，专信此方，于疫初起时，早晚必慎视小儿，详询婢仆，见有微核身未热者，急用涂药，一二日愈矣。有核而头微痛身微热者，急服、涂兼施，亦一二日愈矣。故于初起时，已十愈八九，间有重症，按症加药，照日夜连追法，亦二三日愈矣。即有一二危症，照即时连追法，亦四五日愈矣。贫贱复得所救，亦无传染，故患病虽以百数，而贻误曾无一人。惟兼此三法之善，所以能收全功也。是年见症几二百，施药共钱七十余千，卒能保全无一坏者，实为各处所无。

增治鼠疫毒盛法
（初起多而急，多大热人渴痛痹等症，照此法治）

二十一年陀村疫复作，毒盛症重，见核未热，服涂兼施，照方三四剂愈。见核微热，日夜二服，五六剂愈。重症危症，照方加药，老弱用单剂连追法，石膏、大黄用$\frac{三}{五}$钱，强壮用双剂连追法，石膏、大黄用七钱、一两两余，外用布包药渣温熨周身，或刮痧拈痧，或疬肿大放血更好。有三四服热渐退者，有五、六、七服热渐退者，初稍误时，有十余服热渐退者。热退未清，即缓服药，反复迁延，甚有三四十服然后痊愈者。强壮毒盛，合计石膏有服至七八两者，大黄有服至三四两者，羚羊、犀角有服至四五两者，西藏红花有服至二三两者，桃仁、红花有服至斤余、二斤者。强妆病重，乘其元气尚盛，三四日即服至十一、二剂，虽至危至重，约十余二十剂必愈，热清而核亦消，元气少损，愈后而人不弱。若迟缓服药，多至误事，即不误事，日久病深，服药必加，热清而核不消，元气渐损，愈后而人亦弱。初愈时必昏昏思睡数日，若初起误炙误参，必壮热昏愦，随见谵语，其死必速。是年亦试有救法，急用双剂加朴硝三四钱，大黄七钱二两，能加羚羊、犀角、西藏红花各二三钱更好，难取亦不必用。泻出瘀血涎沫，十可救七八。若不急下，百无一生。（是年本乡疫初起时，一日见十余症，医者不知，误炙五人，误参四人，次日皆死。后邻乡有误教以重下，多得生者。）最可怜者，重危之症，少服未效，即行置手，以致于死，实可痛恨。有气服药，尚可救生，切勿置手。（石岭一刘姓中疫甚危，手足腹背六处起核，气喘如牛，热甚渴甚。一人告以双剂连服法，每双剂加石膏一两，知母五钱，羚羊、犀角、西藏红花各二钱，大罐共煎，随渴随饮。连进二服，已奄奄一息矣，三更后大下毒阕而苏，再用单剂热清，核溃而愈。）是年见症几三百，施药二百七十余千，共死四十余人。除误医与不服药二十余人外，尚救九成有余。合观二年，上年鼠死少毒轻，少服药亦收全效，本年鼠死多毒重，倍服药止救九成。（二则皆亲经验。）

简便服药方

此方前刻分为二，以二人所传，兹合为一。加入行血去瘀解肌药，则合所传而功乃全矣。

绿豆一大杯、丹竹茹三钱、柴胡二钱、葛根二钱、生地五钱、红花五六朵、坡雪麻（一名地棉，一名坡银麻叶梗，均可用。泉州呼白田根又名遍地锦）、红蛤屎扉叶（一名红毛粪箕督，一名红丝线，别名见下）。俱一撮，红花、红蛤屎扉叶（别名蛤督叶），有一已可。如无，加桃仁八钱，打碎，红花五钱。要连服多服，以愈为度。热甚渴甚，加下生药三味，核多加红花。（俱各一撮。）

生药方　螺靥菜（一名钱凿菜，公根，泉州名满地坡）、地胆头（即龙胆草）、白茅根（即丝茅根）。右三味为君，此外随其地之所有，如金银花、土茯苓、山鸡谷（即淡竹叶）、坡菊、白莲叶、马齿苋之类，用大瓦锅熬水。未病者先服，清其源；既病者急服，解其毒。虽平日虚寒之人，得病亦须服此，然后可救。

黄坡经验方　红蛤屎扉叶一裹（一名蛤君，一名散血丹，叶底微红，有毛，底青者非，生药摊有卖。无叶，用根）、蛋蚨（名偷油婆，一名臊甲，泉州呼为夜游，又名家仙）七只（去头足肠翼）。二味共杵烂，用赤小豆煎滚水冲入，去渣澄清饮之。轻者三四时泻青绿屎即愈，重者对时乃泻亦愈。此方救人甚多。

水东经验方　蚌螺花（或呼北京蚌，或呼抱心莲，人家花盆栽之），无花用叶，煎水饮之。不论其病为瘰核，为黑斑，为红瘀，为疔疮，为衄血，服之皆极效。亦有用生紫背天葵、生铁树叶煎水服，俱有效。

治疔疮方　生白菊花连根，捶取自然汁一杯，滚酒兑服，渣敷患处，留疮头不敷，盖被出汗，其毒自散。无生者即用干白菊花四两，甘草四钱，酒煎温服，此方见《验方新编》。

治出癥方 紫背天葵、紫花地丁、金银花、生枝子、浦公英、牛子（各三钱）净水煎服。忌食粥饭米羹，全愈身凉，方可食米气。

以上诸方，生药宜于贫家，熟药宜于富家，均可备用，故列之以备采择。此症发时，势甚猛速，必须急用猛剂，不必听医师评量斟酌，揣脉论方，延迟片刻，遂致难救。（原书眉注：此论甚是，遇危症而稍涉迟疑，必无望矣。）所谓宋人议得定，金兵已渡江也。依此法治之，庶几百无一失，切勿迟疑自误也。（自生药方起至此，亦原本。）

释 疑 说

此方针对病源用药，故能投无不效。或者不察，疑桃仁、红花过多败血，实误会李时珍《本草纲目》之赘说，且误于景嵩涯之臆说耳。（原书眉注：读景嵩涯《尊生集》者，更怕二味。噫，神农本草经与各名医本草注俱在，请详尽阅之，自知《尊生集》之误人不浅也。）《纲目》云：桃仁补少而攻多，红花合当归能生血，多服能行血。夫曰补、曰生、曰行，明谓去瘀生新矣。又云：过服能使血下行不止，此赘说也。夫病除药止，凡药皆然。况二味非当食之品，何必虑其过服而开后世之疑乎，亦读者之不善悟矣。景嵩涯谓桃仁、红花止可用一二钱，亦未细读本草经之故。经云：主症瘕，徐灵胎，于桃仁断曰去旧而不伤新，古方多用于伤后、产后，可知二味为去瘀，非败血也。又疑当归助血毒，抑知去瘀必须活血，尤宜生血，然用于凉血解毒剂中，犹不多用，制方者未始无斟酌也。又疑生地引邪入阴，更不可解。考之本草经，谓作汤可除烦热，积聚除痹，《本草纲目》谓能凉血滋阴，时医见有阴字，遂疑其引邪入阴。夫阴血也，热毒中血管，邪已在阴，故内外烦热，四肢痹痛，用此正对症良药，而反疑其引邪入阴，是认滋阴阴字作表里里字解矣，更为可笑。又疑羚羊角、犀角为至寒，抑知犀解百毒，羚去恶血，皆能清热辟邪，热憒呷咯谵语颠狂等症，用之尤宜，况为血肉之品，清而不削也。石膏、知母微寒无毒，主燥热，除干渴，仲景白虎汤用以止渴生津。大黄、朴硝苦寒无毒，除寒热，去积聚，仲景承气汤用以救阴存液，盖热渴热结等症，阴枯则死，非此无以除热而救阴，故不得不权其重轻而用之，求一生于百死也。然热退瘀下则止，亦不可过用。高明者自能辨别，惟无知浅识，肆口狂言，误己误人，实堪痛恨。特为辨之，以释其疑。

治 案

十七年春县城疫作，初阅得此方，赞与症合。（原书眉注：初得此方，试皆效捷，意者尔时症轻，故易见效欤，抑或天心仁爱，予传救人，故初试为独神欤。予不得而知其故矣。）尔时黄木生为予雉发，即求抄用，予嘱初起即用，定易见功。及后询之，知伊家救此症者五人，皆一剂愈。其时林子干兄在座，伊村初疫，抄治三人，亦一剂愈。一工人持药回家，延医诊视，医者愦愦，教服半剂，竟毙。

十九年春，城乡皆疫。予回横山泰兴当早饭，李子碧林至，云有二婢，大热谵语，腿核如卵，是早长者已死，次者现危，求录此方。照方加羚羊角、犀角各三钱，初服小便如血，热减核小，然腹满便结，热毒传里，复加积实一钱，朴硝二钱，大黄五钱，同渣煎服。是晚间下二次，次早全愈。

何氏妇，横山人，与婢同病。其子闻婢已愈，亦来求方。以其贫，教以连服三剂之法，次日热退，惟核未消，即行止药，后成疮溃烂。

石城宏丰苏杭店，主人梅仿生，龙山人也。店内陆、刘二司事患此症，服时医药濒于危，壮热谵语二日矣。予由横山回城，仿生告以故。予因言此方之效，众伴皆疑而置之。次早延医不至，不得已用之，仿生见红花枯索，加西藏红花二钱，一服病退，再服热除核消，三服全愈，此加西藏红花之始也。二司事愈后，恨时医之误，信此方之神，故刻陈情辨惑说传之。陀村用合剂法传至县，李碧林亦寄信至县，此方之效，一时哄传，信者遂众焉。

族弟让阶之子，在外染病回，热憒大渴痛痹，自顶至踵，起核卅余颗，危症也。族人共酌曰：如此危症，非轻剂可挽，遂合二剂为一剂，加石膏一两，羚羊、犀角各三钱，一服热退渴止，仍合剂服，热除核消，单剂再服四五剂全愈。可知危症责效一二剂，必无望也。

安铺廪生李荫棠之侄，年十四岁，患此症甚危，热憒颠狂，牙关紧闭，皆谓不救。荫棠闻此方之效，即催其父母照方加羚羊犀角、西藏红花各二钱，取四剂回，撬而灌之，吞下即吐，频频灌之始不吐，连尽四剂病减，再服数剂而愈。惟误听时医之言，减去当归，其核不消而溃。

许旺，宜兴栈伙计也，年十五，骨气正壮。初患此症，壮热头痛无核，危症也。教以连服之法，二剂热退。次早煮粥热服，遂微热谵语，四肢痹痛，（原书眉批：疫症最忌粥饭米粉。）急加羚羊、犀角各二钱，西藏红花一钱，一服病如故，兼见胸腹满痛。急用下法，一服仍如故，并闻药欲吐。一老医曰：此热毒攻胃也。教先服丹竹茹汤，然后服药，果不吐，再照方加下药一服，病稍退，仍加羚羊、犀角各二钱，连二服，并服生灯草心、雷公根、龙胆草、白茅根、白莲叶等药，兼服绿豆汤数次始愈。

黎涵智，白藤山人也。在石岭贸易，每好谈医，得此方，常录以治人。嘱曰：切不可减少桃仁、红花。及己与妻患此症，反疑曰：我夫妻年六十余矣，恐不能受此重药。遂改轻桃仁、红花，二剂即毙，妻亦垂危。人阅所开之方，始知改轻，即照原方开服，其妻得不死。

补二十一年陀村治案

次儿启基，年及壮，三月初二晚，饮酒后壮热头痛口渴身痹，左腿腌连二核，照方一服，次三四日照方加西藏红花钱半，二服未效。初四下午，予由城回，热憒之甚，急用双剂连追，加石膏一两，知母五钱，羚羊、西藏红花各二钱，柱犀三钱，三服仍未效。鸡鸣后谵语，频流屎汁，毒入脏矣。初五早照前加朴硝二钱，大黄三钱，连二服，已无屎汁，头痛亦顺，惟壮热未退，心胸烦燥，大便转闭。初六仍照前石膏、知母减三分之一，归减半，另加摩犀一钱，生竹叶心、生灯心各一撮，生枝子、淡豆豉各三钱，大黄加至五钱，连二服，热稍减，便仍未通。及晚照前大黄加至七钱，一服便通，热始退，谵语仍未尽除。初七、八、九用单剂，加羚犀各二钱，西藏红花一钱，竹叶心、灯心为引，每日二服，微热谵语始清，独核不消，坚硬径寸而痛。以后照方日一服，六七日坚硬已软小成疮，以痛未止，仍日一服，又三四日始穿流黄水，用托里透脓汤二服，疮已成脓，而颈起微核，复照原方二服核消，仍涂敷数日始愈。此症初热邪在表，失在不重加白虎，迫已入脏，又失在轻用承气，以致于甚，其核不散，又失在减轻当归。诚以大热不退时，惑于常说，虑当归助血热，大黄损元气故耳。所幸误用轻而不误用药，不致大误。自后遇症，宜用石膏、大黄，人又强壮者，初用必七钱，次用一两，多于二三服见效。

一后生年十七，初热渴痛痹，见核数处，依方二日三服，已热懵矣。次用双剂，加知母五钱，石膏一两，羚羊、摩犀、西藏红花各三钱，一服稍效。主人虑白虎大寒，羚、犀大贵，用双剂加西藏红花二钱二服，随用单剂二服，甚至谵语奄奄一息，移至厅事，备棺将殓矣。家人迁避，留人看视，原方日一服，二日后有老妇来告曰：此子稍苏呼救，能食米汤。予细询之，知尚微热谵语，并手摆舞，大便闭结，已形销骨立矣。姑予二剂，加羚、犀各二钱，西藏红花一钱，朴硝三钱，大黄七钱，连二服未通，已能食稀粥一碗。再用双剂，加羚羊、摩犀、西藏红花各二钱，朴硝四钱，大黄一两，一服即通，诸症皆减，惟核溃烂，调治廿余日愈。此症虽误时，幸无误药，卒能保全。然以迟疑，致苦累已不少矣。

一少妇脏素寒，时服温，初起壮热头痛大渴身痹，颈核嫩红，随时加肿。急用双剂连迫，加知母五钱，石膏两半至二两，羚羊、摩犀、西藏红花各三钱，日夕四服，肿已定，痛渴稍顺，惟热未退，以大便未通故也。次早仍用双剂，加知母四钱，石膏一两，朴硝五钱，大黄一两，羚羊、摩犀、西藏红花如故。一服未通，日中照前大黄加至两二，便通瘀下，热稍减。晚仍照服，以后用单剂，加羚羊、摩犀、西藏红花各二钱，日夜二服，五六服全愈。此症加药至重，迫药至急，其愈亦至速。

二十二年琼府治案

黄圣征兄，年将五十，海口会隆行股东也。家琼城，以疫死者已四人，伊始病，避居海口，延往诊视。其症稍热渴，腿夹各一核，足面一疗疮，毒甚而热不甚也。轻加石膏、知母，并紫花地丁，嘱日夜三服，并外涂。伊答云敢二服，亦听之。次日畏石膏之寒，不得已加羚羊角、犀角、西藏红花各一钱，并紫花、地丁嘱二服。是晚稍见谵语，加羚羊角三味各钱半，并地丁、竹叶心，嘱二服。次早谵语已无，除竹叶心，照上加法，连服数日，皆嘱二服。至六七日，瘀下热清，而人弱矣。初愈照初改原方法，嘱每日二服，五六服疗溃腐脱，核亦渐小。再照次改原方法（俱见上治法条）加生芪三钱，每日一服，四五服始稍精神，核穿出黄水，疗疮愈而足微肿。再照次改法，加芪，间服补血汤，又数服始愈。愈后始知以家人阻止，初二日止服剂半，以后每日止一服。噫，以缓服而至久延，倘非年将弱而热未甚，必误事矣。

海口潮行公成号杨子敬兄长孙十岁，身热无核，右脉盛左，疫症也。原方减三之二，加竹叶银花，嘱日二服。伊日一服，三服后两腿见核，加西藏红花二服，症见热结旁流，核愈大。原方全剂加黄朴减半一服，下后腹微痛，又加黄朴酌减，服后腹仍痛，再加酌减，一服病愈，而核未消。照改方三服，核消无痕。伊次子年二十余岁，热渴痛痹，有汗无核，危症也。宜重加白虎，主人惧寒，减半，日夜三服，病如故。次日迫改加羚、犀、花各钱半，三服仍如故。第三日三味加至二钱二服，是晚主人持别医之方来商，予谓其方重用清解之药无碍，但无桃红，恐不中肯耳。二服如故，稍见谵语。第五日复求治，加三味至二钱半，是晚下毒瘀如烟膏，但微热而已。第六日照第二日方，日夜二服，复下瘀一次，诸病皆除，惟昏昏迷睡，手足微冷。主人着急，诊其脉，已见和缓，知其为困也。着备稀粥以待，将晚醒，稍精神，复照一服。第七日两手臂始见微核数粒，以后照初改方日一服，五六日不大便，服六成汤一服即顺。以后照次改方，间日一服，数服愈。

一婢微热，痛痹无核，初轻加白虎二服，再少加西藏红花，二服愈。一工人微热有核，原方四五剂愈。

海口贞记号，有工人邱姓，文昌人，年廿余。鸡鸣起病，黎明大热渴痛痹，有汗无核，已不省人事矣，为至危症。重加白虎，日夜三服，次日热稍退。伊戚虑寒，予笑谓仍宜重用，迫顺其意，用五钱，又三服。第三早热稍增，始信前言不诬。用七钱，加犀角、西藏红花一钱，又三服，即咳出瘀血数块而愈。此以重用急追见效之速也。

府城西门外下田村，有黄姓夫妇，齐来求治伊子。细询其状，曰：儿名亚就，年十岁，形瘠弱，现已热渴谵语，周身数十核。予讶其多，曰：初腿夹二核，身微热，第四日医以为虚，用花旗参二钱，遂致如此。此加羚犀花症也，伊谓贫难办此，赠以众备西藏红花三钱，初用全剂，即小儿双服法，加元参心、麦冬、连心、竹叶心各二钱，西藏红花八分，日夜二服，病已减半。继用原方三之二，加药减四之一，二服病已十去八九，惟鸡鸣时微有热渴谵语，此潮热阴虚也。用初改原方法，加重大乾地并元参五钱，二服病愈。后知其足面一疔疮，用次改原方法，加紫花地丁三钱，数服并外涂始痊。其余海口治效甚多，难备录。

廉雷治案

二十一年，四刻初成，即过琼候委。有孔姓来琼，交五十本带回廉州分送。二十二年二月，孔姓复来琼。询之，知汉军薛蓉裳孝廉叹赏此方，廉城内外现有此症，皆用此方，敢照法者无不效。及四月接孝廉三月十五寄琼索书之信，云廉城自正月至三月，染症二百余人，惟十余人不敢服致误。刻下各乡亦有此症，来城取书，已无以应，特求多寄，以便广传。据此，则廉之治效亦多也。雷州遂溪平石村初得此方亦效，雷、廉亦皆有征也。

此方救人无数，实难尽录，姑录其缘起与奇效及贻误十余则，以备法戒耳。

疫毒中气分验方列后：

吕祖师时疫肚痛吐泻经验方（初起即宜急服）

（原书眉注：先见热渴，然后吐泻，宜用此方。热渴甚者，宜加白虎汤，方见上。）

茅山苍术二钱、藿香二钱、柴胡二钱、神曲二钱、泽泻二钱、羌活二钱、木通二钱、旧清远茶三钱、老葱头连根二个，同煎。（即旧茶叶。）

其症初起微热肚痛，上吐下泻，家家传染，乃为疫症。坏人甚速，或半日或对时，盖缘感受湿热与不正之气而成。治法于初起时，即急含服菩提丸二个，随服此方，症轻者照方服，稍重者加半剂服，至重者双剂合服，俱一、二服效。初起及愈时，皆宜戒食米气厚味，即食亦不宜遽饱。所谓至重，就初起言，若误时病甚，宜服后回阳汤。（菩提丸方附后。）

治 案

光绪七年，方勇往钦堵御，军中疫作，到处传染。路过石城、石岭、青平，皆感是症。次日石城死五人。公局与县署登即捐钱施药，用菩提丸二个，与此方二剂，投无不效。飞送至石岭、青平，用之皆效，救二百余人。此方各处著效甚多。凡感不正之气，吐泻皆宜，惟虚寒与病后吐泻不可用。

又《医林改错》救疫毒吐泻转筋二方（转筋即抽筋）

解毒活血汤

此方原用以治疫毒吐泻转筋症，予见其论与鼠疫结核症合，移用极效。但疫毒吐泻，未曾经用，如用吕祖师方不合，即用此方，想制方者未尝无所见也。故依原方录之。

（原书眉批：先见斑疹，然后吐泻，宜用此方。）

连翘二钱、葛根二钱、柴胡三钱、当归三钱、生地五钱、赤芍三钱、桃仁八钱、红花五钱、枳壳一钱、甘草二钱。

此方用于初吐泻时。若见汗多肢冷，眼塌筋抽，虽有舌干口燥大渴饮冷等症，非热毒也。盖吐泻已久，热毒必清，斯时元阳已衰，真阴将竭。阳衰故有冷塌抽筋等症，阴竭故有干燥渴等症，实与大热大渴之为热异也。此时非急救阳以维阴，则阴阳俱绝矣。宜急用回阳汤，方列后。（照原本录）

党参八钱、附子八钱、干姜四钱、白术四钱、甘草三钱、桃仁二钱、红花二钱。（有力者宜改党参，用丽参三钱。）

服后手足暖回，诸症皆止。不可多服，宜按脉治。

语云：瘟疫不入忠孝之门。积善之家，诚以正气可以驱邪，和气亦可以辟邪也。忠孝励于己，积善及于人，其道多端，尤莫善于时症之施药，盖一施药而三善备焉。施药则善行积，善积而吉祥集，可免灾患矣。施药则所救多，救多则疫气减，可免传染矣。且施药并可资历练，历练则胆识生，遇症可免旁人之蛊惑，自己之迟疑矣。为人实以为己，积善亦以全吾忠孝之道而已矣。

治鼠疫法，皆予数年来详考博访细体而得，故其中利弊，言之独详。亲用救人不止千矣，传用救人不止万矣，无如方初到处，人多疑之。夫已疑此方，必误用别方，所愿诸君于一误之后，不可再误，即宜及早回头，急依方照法以治之。所列稍轻、稍重之症，可救十全；至重、至危之症，可救七八。若医者任意更改，以逞神奇，病家率意煎调，以至焦灼，或中道改图，或半途即止，仍系自误，毋谓言之不早也。

新 采 验 方
（南海宗人罗蒲溪所传）

生紫背，浮萍去根，取叶茎三四两，绞汁冲开水服，煎服亦可。

送 书 感 应 说

戊戌春，省中患疫，每日死者以数百计，里中迁避为之一空。余家母年已八十余矣，眷口四十余人，其时城厢内外均染是症，无地可迁。数日间，老母及兄弟、子侄、妻妾、婢女、家丁、仆妇，一时患病者廿余人。余焦心疚首，无以为计，急取此方与众服之，并诣禺山关帝君前祷告，愿印送此书五千卷，并施药五千剂，印药方一万张。越宿，老母各人，次第而愈，岂余一念善心之感动所至耶？戊戌〔戌〕初夏花翎候选道南海徐履端谨志。（以上罗广文原本。）

闽 粤 治 案

丁酉夏五，（按：原文如此。）汉珍家兄绾符惠安。其时适该县城乡患疫，医生处方皆不对症，死者日以十数计。余闻之戚戚焉。后以加减解毒活血汤方刊刷广送，遍贴城乡，并制药施送，邑人赖活者甚众。己亥四月，余郡惠州城亦染是症。当鼠疫初作时，余有聘媳何氏，年十龄，陡患此症。余深知此方之验，商之瑞云亲家，拟以此方与服之。医者疑桃仁、红花过重，狃于偏执，避而不用，又误抽搐为内风，（惠俗有女医者，专医小儿科，故误为风而炙以艾。）炙之以艾，越宿已不治矣。六月间，有堂弟年廿五，自外乡染病回，昏闷痛痹，起核数颗，屡投清凉剂，未能见效。越二日，热憒颠狂，牙关紧闭，金谓不救。余以此方加剂合煎，撬而灌之，连服八剂而愈。盖吾郡初染是症时，病家多误听时医之言，以此方过重而不敢用，以至病者十不救二。才四阅月，计殁者千一百有奇，遂至医生束手，病者委命而已。伤心惨目，何以为情。余遂集同人，捐资备药施送。后之病者，服此辄痊。于是郡县合乡，始坚信此方之效验，即医生亦佩服而不疑矣。藉此方活者二三千人。近年广东省城，香港、澳门各处，服此方得活者亦亿万余。余去腊游幕南安，适馆时，正值城乡患疫，余抄录各方，遍贴城乡，闻服者甚效。今秋于役溪尾，有邻居六岁小孩染疫起核。余赠以此方，两服即愈。足见此方之效，又奚止吾粤一省已哉。庚子秋李雨山甫志。

药 方

粤省鼠疫之患，起自己丑春，传染流行，遍延各府，迄今十有二年矣，藉此方活者亿万众。兹将历验之方，列表于左：

鼠疫毒核消毒散　连翘一两、薄荷三钱、马勃四钱、牛蒡子六钱、芥穗三钱、僵蚕五钱、板蓝根五钱（即青黛）、元参一两、苦桔梗一两、银花一两、甘草五钱，共为粗末。每服六钱，病重者八钱，用干芦根四钱（即芦荻竹之根）先煎水碗半，以芦根水熬药末，三两滚去渣服。轻者一日三二服，重者一时许一服。己亥夏，惠郡患疫，江密淹农部制此散施送，赖活者甚众。如仓猝不及研末，则用下方煎服亦可，另敷毒核药方注在下文。

消毒饮方　连翘四钱、薄荷七分、马勃钱半、牛子二钱五分、芥穗钱二、僵蚕一钱、板蓝根一钱、元参四钱、银花四钱、甘草一钱、苦梗四钱，用干芦根四钱熬水，取水煎药。照上服法，以常服急服为贵。如有生芦根更妙，宜用八钱。

经验疫症丸　制苍术二两、山查肉二两、川麝香一钱、炒元胡索一两二钱、正桔红两五钱、真蝉苏四钱、青皮四两、明雄黄精四钱、胆南星二钱、木香八钱、大朱砂五钱，加正建神曲八两，共研细末为糊，加入丹末为丸，如黄豆大。大人每服三丸，小儿一丸，开水送下。如无入丹末，将此丸研三、两瓶为末，作引亦可。孕妇最忌服。

应验疫症方　黄花地丁三钱、紫贝天葵二钱、甘草节二钱、荆芥二钱、大黄二钱、穿山甲二钱、牙皂钱半、土银花三钱、野菊花三钱、西藏红花六分、熊胆（贫者不用亦可）六分净煎服。（原书眉批：熊胆或用三分亦可。）如有起毒核现红色者，即将黄花地丁、紫贝天葵，每味加多二钱，银花野菊，每味加多七钱，同煎服。

吕祖乩示疫症方　银花一钱五分、花粉一钱、青黛一钱五分、淡竹叶一钱、生地三钱、牛子二钱、干葛二钱、知母一钱五分、蟛蜞草三钱、粉丹皮二钱、生石膏三钱、蜈蚣（一条去头足同煎，取其以毒攻毒，切勿除去）。此症初起系乌痧，成标瘤，其毒重者为标蛇，有作呕，或屙黄尿水，心胸作闷。在其胃前以手一摔，有数核标起者，即是此症。服此方后，尚有红黑疬出者，则照方除去蜈蚣，加摩犀角、羚羊角各一钱，一二剂即愈。

岳武穆王时疫活命丸 专治时疫毛疔、瘟痧、标瘤、标蛇、猪毛癫等症。川连五钱、锦纹大黄四钱、黄芩五钱、正牛黄一钱、正珍珠末五分、琥珀四钱、冰片三钱、雄黄五钱、黄柏五钱、连翘五钱、甘草五钱、朴硝四钱、巴豆一钱、生地四钱、牛子五钱、银花四钱、神砂二钱，十七味共研末，蜜为丸，每重一钱五分，淡盐汤送下。轻者服一丸，重者三、二丸，取其泻出热毒即愈。如仓卒不能研末，则照方取十分之二药煎服亦可。孕妇忌服。

关圣帝君 文昌帝君 乩示疫方 巴豆霜一钱、牛子二钱、淡枯芩三钱、川连二钱、旧枳壳钱半、生地二钱、连翘三钱、川朴一钱后下、麦冬一钱五分不去心、白芍四钱、甘草一钱，净煎服。此方专治痧疹癫、猪毛癫，无论有无毒核，服之能清解五脏热毒。如起毒核，则用黄芩、川连、黄柏各五钱，大梅片一分，共为末，加熊胆调擦之。忌服寒凉疏散之药，则难救矣。或用龙眼肉包熊胆，以紫草茸煎汤送下亦愈，愈后永戒食牛犬。

经验鼠疫方 初起发热谵语，过一日则舌苦焦黄口渴，六脉数大，因其先有内热，再感天令火而发。每起则传里，内攻阴分，故以生地、龟甲先实其阴，再以连翘、银花、苦瓜干泄里热，又以竹茹、黄芩解其外热，白芍平其肝气，每服三、二剂必愈。生地八钱、竹茹三钱、龟甲一两、连翘二钱、白芍二钱、银花三钱、黄芩三钱、苦瓜干三钱，净煎服。

治疫奇方 金银花三钱、生甘草二钱、小粒乌豆五钱微炒勿焦、白矾二钱、净黄土五钱。右药五味，用饭碗量两碗半水，煎至一碗水，临睡时温服。次早天亮，计合六个时辰，必汗出即愈。如不愈，次日临卧时照服一剂，无不见效。此方系仙人传授王相国，救活多人，无论已传经、未传经、阴症、阳症皆愈。或用蜜为小丸，每服三钱亦效。

鼠疫毒核散 生芪一两、半夏二钱、杭菊二钱、车前二钱、归尾五钱、明朱砂三钱、甘草五钱、连翘五钱、防风二钱、苍术一两、生地五钱、白芍二钱、木通二钱、花粉三钱、黑参二钱，加熊胆二钱，共研细末。每服三钱，开水冲服（另加熊胆二分冲服更妙），并涂毒核。（如仓卒不及研末，则酌量减轻煎服亦可。）（原书眉注：加黑栀三钱，同研末。）

经验时疫毒核方 原荽菜（又名香菜，泉州呼为筵绥菜）煎汤服，连服三四次即愈。

治疫核瘟痧方 蛇癫角（形如犀角，出安南国。此兽喜食毒蛇，香港药铺有可购）磨水饮，极为效验。

应验疫核散 存济堂普济消毒散，每樽价银一角，铺在广东省城惠爱街八约。前年广东善后局制散十万樽，分送各县，存活者以数万计。

治疫雷击散 牙皂三钱五分、细辛三钱五分、明雄二钱五分、朱砂二钱五分、藿香三钱、枯矾钱半、白芷钱半、防风二钱、木香二钱、贯众二钱、陈皮二钱、桔梗二钱、法夏二钱、薄荷二钱、甘草二钱，共研细末，贮瓷瓶中勿泄气。凡遇疫症，忽然肚痛，手足厥逆，面色青黑，上吐下泻，霍乱等症，及吐泻不出干霍乱，急取末一二分，先吹入鼻内，再用末一、二钱，冲阴汤水服即愈。凡遇此等症，宜用红纸卷成纸条，蘸灯油点着，照病人身。如身上有起红点者，即是癍痧，不可服此散。须用银针挑破出血，另用荞麦五钱煎服。孕妇忌服。

疫症霍乱两腿转筋方　木瓜六钱煎服，外用大蒜头捣烂，敷两足心。

鼠疫痧症方　生白矾二钱，阴阳水冲服即愈。须周身刮痧，以刮透为止。

鼠疫验方　大青三钱、青黛二钱、黄芩三钱、花粉三钱、人中黄三钱、紫草茸三钱、连翘三钱、忍冬三钱、枝子二钱，净煎服。此方屡验，活人多矣。

鼠疫标蛇方　近年有新起标蛇之症，最易伤人，倘过一二日则难救也。如误作疮科治，必至不能救。初起身似寒热，或乱言乱语，或生在头上及四肢，见有些微痛，起一团肉肿者是也。急用假菊花（又名野菊花俗名路边菊），春酒擦之，以止标病，再服后开之方。先食正熊胆二分，然后服药。青天葵三钱、野菊花三钱、黄柏钱半、蒲公英二钱、川连钱半、黄芩钱半、甘草二钱、尘栀三分，净煎服，将标蛇用银针挑破，流出毒血即愈。

治疫方　黄沙糖一杯，生姜自然汁一杯，用白滚水一大杯，调匀乘热急服，盖被出汗即愈。又方苍术、良姜、枯矾，各等分为末，每用一钱，以葱白二大个，捣匀，涂手心，男左女右，将手掩肚脐，手须窝起，勿使药着脐，又以一手兜住外肾前阴，女人亦如之，急煎绿豆汤一碗饮之。点线香半柱久，可得汗。如无汗，再饮绿豆汤催之，汗出即愈。大头瘟症，照法治之即愈。

辟疫散　专治伤寒、伤风、风热、班疹等症，并治朱痧症（又名心经疔）。其症初起脉散、牙紧、手足麻木发软，闭目不语，喉肿、心疼、心慌。急视前后心有红点，速用针刺破出血，如内有红丝，即挑出，可保无患。此症传染甚急，顷刻不救。用制苍术五钱、桔梗三钱、神曲三钱、贯众二钱、滑石二钱、熟大黄二钱、明雄二钱、厚朴二钱羗汁炒、生甘草二钱、法半夏二钱、川芎二钱、藿香二钱、羗活一钱、白芷一钱、柴胡一钱炒、防风一钱、荆芥一钱、细辛一钱、前胡一钱、枳壳一钱炒、薄荷一钱、陈皮一钱去白、皂角一钱去筋子、朱砂一钱、石菖蒲一钱、公丁香一钱、广木香一钱、草果一钱煅用子、香薷一钱，共研极细末，磁瓶收贮，勿令泄气。每遇患者，先用二三分吹入鼻内，再以三钱滚姜汤冲服。如体虚者，加党参四钱姜汤冲服。小儿每服一钱，病重者三服即愈。

除疫救苦丹　治一切时疫、伤寒、感冒，无论已传经、未传经均愈。麻黄一两二钱、干姜一两二钱、明天麻一两二钱、绿豆一两二钱宜研粉、松萝茶一两二钱、明朱砂八钱、生甘草八钱、明雄黄八钱、生大黄二两，共研末，蜜为丸，如弹子大。大人一丸，小儿半丸，凉水调服，出汗即愈。重者连进二服，服后未汗。切忌食热汤热物，汗后不忌。此丹寒热并用，功极神效，百试百愈。

吕祖乩示辟瘟丹　雄黄四两、川连二两、藿香三两、贯众二两、白芷二两、沉香八钱、羗活两半、僵蚕二两、降香一两、独活两半、钩藤四两、清菊两七，共研细末，每服三钱，小儿二钱，温水调服。或用作香粉烧，可解疫气。

治阴症疫核方　初起面青，心闷谵语者，决为阴症，若服苦寒药则不治矣。宜用升麻、归身、龟甲、甘草等分，加西藏红花、熊胆等药煎服。如重症，升麻、龟甲，有加至八钱、一两不等，宜酌用之。

治鼠疫毒核法　（原书眉注：此方简便效验异常）初起身热，面红口渴，心闷谵语者，决是此症。其毒核有起在头面、四肢及身上，初起如豆大，过两刻则如龙眼核大。起在皮内，以手按之，应手而动。急用仙人掌半个（又名神仙掌，泉州呼仙巴掌），切碎煎水服之，如见效则再服。又以仙人掌春烂敷毒核，留顶上一小孔，以出毒气。有身上起核而无身热、口渴等症者，其毒气较轻，有先起核而后身热者，病亦较轻，若先发热谵语而后起核者病较重。核起在头面及上焦要穴处则较重，起在四肢及下焦与不关穴道者则较轻。亟宜急敷药，药热则换药，其见效自速也。（原书眉注：敷核要频换药不歇）或服菊花饮亦可。（方见下文羊毛疔内）

敷毒核方（原书眉注：补治核方：用蛇顶骨一粒，贴在核上，俟两点钟久。用人乳半杯，将蛇顶骨用竹箸夹起，浸在乳内，两点钟久取出再贴。频浸频贴以核消为度。）生蒲公英二钱、生柏树叶二钱、生水浮萍二钱、天仙子一钱、雄黄一钱、冰片五分，共春烂和蜜糖敷之。抑或用大土烟膏，和药敷患处亦可。或用梅花点舌丹调烟膏敷之，或用半边镰（即如凤尾草半边样子）春烂敷之，或用独脚莲擂烂敷之，或用七叶一枝花根磨水涂之，或用竹树米和白纸菜擂烂涂之（竹树米，泉州呼竹垂麦。或单用白纸菜敷之亦可），或用水芙蓉叶，有花更佳，和生盐春成膏，加大上烟膏为心敷之，每一点钟换药两次。或用连须葱头春烂，加雄黄末冰片调敷。或将毒核用银针挑破，刮出毒血，用生蟾蜍一只，活剖开肚，连五脏敷在核上，用布轻轻札住，日换三数次，俟流出毒水即愈。（蟾蜍眼红、腹无八字纹者勿用，又名癞虾蟆。）或先刮痧，周身刮透，再用银针挑破毒核，流出血水，后用布蘸童便，频频擦之。或用归尾枯矾、雄黄、牡砺、红花（生者更佳）、连须葱头，六味配合，捣烂敷之。或用臭草、雄黄末、仙人掌、蜜糖共捣烂敷之。或用雄黄末、朱砂、乌梅各数文，加人乳好烧酒少许，共捣烂敷之。或用紫苏叶（生者更佳）、红糖，同捣烂敷之。

急救转筋针法　凡患霍乱吐泻，转筋，及猝然昏倒不省人事者，速即细看两足，上至腿，下至脚底，周围看遍。皮间有红紫青筋，如小蚯蚓、蚂蟥样，粗细不等，横直屈曲无定，与人身脉络不相连属，较人身脉络稍为明亮，以手楷之，俨同蠕动，或以冷水拍之亦然。如见此筋，或数处或数十处，便是此症。速用银针向其筋上平中，逐一刺之。针入半分，即有血出，轻者色淡，重者紫，最重者如墨水。刺后，其如蚯蚓者即缩拢一团。又有受病久而未发，其筋隐入肉内，而皮间只见数点青黑之影。针刺必须一两分深，方能出血。血出任其直流，不可揸动，盖从上揸则吐，从下揸则泻。俟毒血尽，以生姜蘸桐油擦之，其血即止。随后以生姜三片，体虚者二片，泡水服之，稍为温暖，静坐一刻，遍身俱有微汗即安。务要避风，忌荤腥生冷等物。此症每因疫气流行，传染甚多，以此法治，立试立效。

救疫症刮痧法　凡遇此等急症，先用清水拔喉榄，并两旁跳筋，拔出红紫之痧，及周身遍刮痧，顺刮方可。勿怜其痛而忽之，以误大事。要刮至病人知痛大叫哭，使其肝气松，而病可救矣。

急救疫症熨法　凡遇霍乱急症，速用生盐半斤，炒热，用布分作两包。患肚痛者，将热盐轮流熨肚；患抽筋者，定必四肢抽搐，以热盐轮流熨两手湾，及两脚湾，并脉门。领即更换，以筋舒为止，见效甚速，仍需服药。或用樟木子数枚打碎，和午时茶或药茶饼，煎浓温服即愈。或用独脚柏树叶，擂烂开水冲泡，用阴阳水调服，以渣敷心胸处。

治疫症酒熨法　专治时疫伤寒，或饭后气脑心口胀满，填塞不舒。急用上好烧酒燉热，将布两块蘸酒，自胸向下擦抹，布冷再换热布，轮流擦抹。如此数次，其气自通而愈矣。

治鼠疫白泡子法　近来疫症传染流行，有人身上四肢陡起小白泡，如黄豆大，似被汤火伤处所起之泡子是也。初起甚痛（亦有不痛，）身有寒热。（原书眉注：此症最易忽略，患者宜急治之。）急用冷水一盘，加生盐少许，以手蘸盐水，在四肢软凹骨湾处频频拍之，以见红痧浮面为止。左手起泡则拍左手湾，右手则拍右手湾，仍用治毒核之药敷之。

急救鼠疫毛癍法（原书眉注：此方甚验，活人甚多。）用生雄鸡一只剖开，不要洗水，去肠杂，用净水煎鸡，至两个字钟之久。摘取鸡毛，用新京青布包裹鸡毛，蘸煎鸡之汤，连擦病人前后心十余次。再用糯米粉，调冷水搓成汤圆样，分作十余条，搓擦病人前后心，定见有毛出，其毛插入粉内，擦至毛出尽为度。再搓手腕、脚腕、脉门等处，亦俟毛出尽而后止。随即用熊胆三分调蜜糖服，服后再服下开之药方，一两剂即愈。服方：黄芩二钱、黄柏一钱、木通钱半、连翘二钱、大生地二钱，净煎服。如有毒核，则用归尾、枯矾、雄黄、牡砺、红花、葱头捣敷。

救猪毛癍法　用生雄鸡仔一只（约十一二两）生剖开，并鸡血鸡毛煎汤，用京青布包好，照上方法擦之。已擦后，即服后开两药方，分先后服之。（以接连服之为妙。）先服方：天葵、蒲公英、地丁、银花、甘菊共五味，约共买二三十文。后服方：苦瓜干、狗肝菜、鬼羽箭、路兜菊、榕树须，共买三十文煎服。

救疹痧癍等症法　用冷水拍病人两臂作黑痧，即用青篙叶碱水，在病人胸背擦出红癍即愈。如口渴，以苦瓜干煎水代茶饮，生苦瓜水更佳。

急救毛疔毛癍法　初起多昏闷胀痛，（亦有不胀痛，）最忌刀割，一二日必死。须急看头顶，直到鼻梁，下至心胸，如见有红毛，急为拔去。若见有红子红癍，即用针挑破，出去毒血，用醋汤薰之，并食熟烟筒油即愈。制醋汤法，用好醋一斤，或二斤，入瓦钵内，取砖石烧极红透，淬入醋内，（或铜铁木炭均可，）扶住病人向鼻熏之，用布围住，勿令泄气，立刻能起死回生。或熟烟筒油敷四围亦可。（凡实火症食烟油不知苦辣味，虚火则不能用也，虚火食之必吐，其知味苦耳。）或用鲜鸡蛋去黄，用蛋清，以少许入旁人手心，在病人胸前揉擦，如见有毛出，即用薄薄棉花盖住，少刻毛落棉上，则又擦之。有擦前心而毛竟入后心者，须用两人合前后心两处擦之，照前用棉盖住，俟毛落下，又擦之，以擦至毛尽为止。

时疫大热症毛疔癍疹标蛇猪毛癍毒核方　此症初起头痛，身热，沉重，急宜刮痧多次，戒食弱饭米气。西秦艽三钱、柏子三钱、大黄三钱后下、丹皮钱半、菖蒲钱半、没药钱半、红花二钱、黄芩钱半、甘草八分，净煎服。又方　连翘四钱、黄柏二钱、锦黄三钱后下、生栀三钱、生地三钱、云连钱半、白芍三钱、忍冬钱半、甘草钱半，净煎服两服见功。又方：川连三钱、蒲公英四钱、银花四钱、地丁二钱、甘菊三钱、黄芩三钱、郁金三钱、柴胡二钱五分、天葵四钱、绿豆二两，净煎服。又药散方：当归五钱酒洗、柴胡一两二钱、京三稜五钱酒炒、连翘五钱去心、莪术五钱酒炒、炙草六钱、黄芩一两二钱，一半生用，一半酒炒、黄连三钱酒炒、土瓜根一两酒炒、赤芍一钱、龙胆草一两酒洗、苍术三钱炒，共研细末，每服七钱，净煎服。如遇急症，则用开水冲服。若仓卒不及研末，则照方取十分之二药煎服亦可。孕妇忌服。

救癍痧法　凡疹痧癍等症，初起必见身热沉重，即用青篙叶蘸碱水，擦前后心。如见有斑点如蚊虫咬口形，红色擦至黑色，以擦破流出毒水为度。即用朱砂搽在破口之上便可。如无生篙叶则篙梗亦可。

又生草药方　布狗尾廿文、路兜强六文、芦荻竹笋八文、白茅根廿文、榕树须六文、垂丝柳六文、车前草六文、地胆草三文、生桑叶七文、柏树叶三文、鬼羽箭十文，净煎服。

治大头瘟　此症头面肿大，咽喉闭塞，急用延胡索钱半、皂角一钱、川芎一钱、藜芦五分、踯躅花二分半，共研细末，用纸卷蘸药，吹入鼻中取嚏，日三、五次甚效，嚏出脓血者更妙。无嚏者难治。左右看病之人，用此取嚏，亦不传染。又方：取蚯蚓（又名曲鳝）十余条，以白糖拌之，放入碗内，用碟盖好，半日即化为水，至迟一日必化。用鸭毛蘸水涂之即消，百发百中之仙方也。若无白糖之处，用蚯蚓粪，井水调敷亦可。愈后须戒杀生。又方　用燕子窝连泥带粪，捶融调醋敷之，立愈。又方　靛花三钱，以福建靛为佳，鸡蛋清一个，烧酒一盏，调服甚神效。

救时疫羊毛瘟法　凡男妇大小，陡然心腹疼痛，不过一两时即死。医药不及用，针灸亦不及施，惟有速往十字街心，或十字路心，千万众人日逐往来之处，挖泥土数升，以冷水和丸，如鸡蛋大，即在病人脐旁及心窝内外，摩擦良久。俟泥丸稍热，破开看之，若丸中有羊毛，则是此症无疑矣。另换泥丸再擦，以不见羊毛为度。虽已绝气而身未冷者，皆可救活。若擦之并无羊毛，即非此症，当另求医治。或用荞面照上法治之更妙。或用白毛乌骨鸡，破开去肠杂（勿用水洗），扑在病人心上即愈。或再以鸡血涂心上亦可，并用鸡肉煮汤食极效。或用癞虾蟆（即蟾蜍），破开扑心上亦愈，愈后须戒杀放生，免再传染。（虾蟆眼红、腹无八字纹者勿用。）

治时疫羊毛疔法　初起头痛，身发寒热，前心坎、后背心有红点如疹子形，急先用针挑破，取出羊毛，再用明雄末二钱青布包扎，蘸热酒在前心坎疮上一二寸外，四围团团擦之，渐渐擦入疮眼。其毛即奔至后背心再发，于后背心照前擦之。其羊毛俱拔于布上，即埋入土中。内服菊花饮，或葱白饮、地丁饮等药即愈。菊花饮方，用白菊花叶连根捣取自然汁一碗，或一茶盅，滚酒冲服，或用酒煮服亦可，以生汁为妙。如毒重者多饮，盖被取汗，其毒自散。并用渣敷患处，留头一孔不敷，无花叶则用根，无根则用药店之干白菊花四两，甘草四钱，酒煮温服。

辟疫法　用硫横、银朱二味等分，（不可用水。）以新瓦烧药，放在房内关闭窗户门熏之，可除疫气，及死鼠气味。

治疫气传染方　凡人患疫之家，感其气入鼻内，即时布散经络，初觉头痛喉干，急用芥菜子研末，温水调末填入肚脐中，隔衣一两层，以壶盛大热水（开水亦可）频频熨之，至汗出自愈。

辟疫香粉　生大黄钱半、甘草五分、皂角一钱、丁香二钱、苍术一钱、檀香二钱、山奈一钱、甘松二钱、细辛一钱、雄黄一钱，共研末用绸小袋，佩戴身上。

辟疫灵符　用黄纸朱书"玉清文昌大洞真经赦解"十字，贴门上，并佩戴身上，戒食牛犬肉，可无灾疫。

避疫法　平时用贯众一两条，白矾一两，乌豆一撮，同放水缸内。白矾、乌豆宜用夏布小袋装贮放缸内，三四日取出一换。凡到病家看病，先用如意油擦鼻，方可入门。或用雄黄末入鼻亦可。出病家门后，要当逆风处，引鼻取嚏，则疫气不能入矣。或用屈臣氏药房之辟疫丹一二粒，佩载衿前，可避疫气。（辟疫丹色白如莲子样，每粒十文，到西药房有卖。）或用雄黄末水调，多敷鼻孔中，与病人同床，亦不传染，此神方也。或用马骨一块，装红布小袋内，佩带身上，男左女右。又方：五更时，投乌豆一大握于井中，勿令人见。凡饮水家，俱无传染之虑。又方：雷丸、大黄各四两，飞金薄三十张，朱砂三钱（水飞净），生明矾一两共研末，以水为丸，每服二钱，屡试神效。（原书眉注：余素畏凉药。当疫作时，每日服此方亦不觉其寒，足见地气之热毒所致也。）

避疫常服方　凡附近处发疫时，而地必有毒气，宜用白菊花、连翘、绿豆、银花、甘草，每味三数文加净黄土五钱、白矾少许，每日煎汤，合家大小均饮之。体弱者稍少饮，或隔日一饮，以解毒气。

以上皆吾粤历年各处经验之方也。窃愿医者守其成法，用以起死人而肉白骨，其功顾不伟哉，亦余之所厚望云尔。

光绪庚子大寒日归善李澍青雨山氏志于丰州署斋

附应验杂症药方
（守平庵主瞿侗辑）

救吞阿片烟膏方　凡食生阿片烟者，身冷气绝，似乎已死，但身尚软，则脏腑经络之气尚在流通，实未死也，乃阿烟性烈醉迷耳。急将其人移放潮湿阴地，撬开牙关，牙用乌梅擦腮边可开，急以活鸭血多灌之，或用甘草一斤煎汤灌之，或用木棉花絮（即芦花，凡椅垫、茶壶桶内多有之）六七钱烧灰，加生盐四五钱冲滚水，候冷饮之。此方服之，不吐亦活。广东用此方救活多人，诚仙方也。凡服之药，切忌热饮，必须候冷饮之。

救食砒霜方　用防风一两研末，调冷水服，或用冷水调石青亦可解。

跌打刀伤方　用龙眼核，剥去光皮，取仁捣研极细末，按敷伤口即止血。此西秦巴里坤军营急救方也。或用生松香、熟松香和匀，加半夏末敷之。忌食热粥，恐血涌出而死。

刀伤续指方　真降香（切片，火上炙去油）、荔枝核、血竭三味等分，研细末敷之，虽手足指断亦能续也。或用真苏木研极细末，掺于断指处接定，外用蚕茧包缚牢固，数日即效。或用老姜嚼烂敷，用旧棉包裹亦愈，此少林接指方也。

止血补伤方　生白附子十二两，白芷、天麻、羌活、防风、生南星各一两，以上六味俱用生的，不可用火烘炒，就大阳晒干，每样分研细末，择天医日和匀再研，用磁瓶封固。凡遇跌打刀伤或破处敷上，伤重者黄酒浸服数钱，青肿者水调敷，一切破烂皆可敷，止痛上血，真妙方也。近年刑部以此方颁行各省地方官制造，以便救人之用。若乡间更宜制备，遇有人跌打刀伤，即可与药敷之，功德无量矣。

治汤火伤方　汤泡火浇虽痛极，万不可用水泥各冷物，使其火气深入，轻者挛缩，重者火毒攻心而死。急取白糖调热水多饮之，饮童便更妙。外用芝麻油，或桐油，先从四面沿边层层扫入，痛楚自减。或用鸡蛋清调大黄末涂之。或用糯米淘水，去米取水，加真麻油一茶杯，用筷子顺搅三四千下，切勿倒搅，可以挑起成膏，以旧笔蘸涂之，立刻止痛。

救癫狗咬伤方　犬嗅虫蛇之毒即成颠，人或被咬，或被衔衣，即触犬毒，速则七日发作，迟则七七至百日，定必发作。猝病心腹疼痛如刀割，神识不清，心烦意乱，自抓胸膺，嚼舌啮齿，甚至嚼衣吞瓦，如犬形状，不过两三日即死。欲辨病症是否，但用葵扇向病人大力扇之，如见风即身缩战栗，再鸣以锣，病人闻锣声即惊惕不安，则中颠犬毒无疑。急以药服，若牙关已闭，宜用筷子撬开灌之，一剂神清，两三剂可愈。服此药后七日，以生黄豆数粒与嚼之，若不嫌生欲吐，如食熟豆者，是毒尚未尽，须再服一剂。至二七日仍以生豆试之，如知生味欲吐，则毒已尽，不必服药矣。倘仍不嫌生欲吐，到三七日再服一剂，服至六七剂，永无后患。至验好狗，亦照法试之，其狗未颠之先，宜用此方加乌药一两，浓煎拌饭与食，断不至颠。药方　潞党参、羌活、独活、前胡、红柴胡、茯苓、甘草、生姜各三钱，桔梗、枳壳（炒）、川芎各二钱，生地榆、紫竹根各一两（即紫色竹之根，系制烟筒捍、两伞柄之竹，该店觅之），浓煎温服。又方：初被狗咬时，先看头顶，如有红发急拔去，随于无风处，刮出毒血（用银器刮）。以童便洗净污血，用杏仁、桃叶槌烂敷之。再饮生韭菜汁一碗，隔七日再饮一碗，四十九日共饮九碗。伤口上用煮熟鸡蛋白盖上，用艾火在蛋上烧数十次即愈。或用砂酒壶两个，壶内盛好烧酒，荡滚去酒，以壶按在伤口，拔出黑水污血，壶满则自落，再以一壶去酒，仍轮流提拔，以污血尽为度，奇效无比。切不可误食斑蝥毒药，以致小便疼痛。若服斑蝥，终身忌近苎麻处，否则即发。欲解斑蝥毒，用冷水调六一散八钱，连服两三次，其病立愈。百日内忌食盐醋，一年内忌食猪肉、鱼腥、酒面、发糕、房事，终身忌食犬牛肉、蚕虫红饭豆，方得保全，否则十有九死。此葛仙翁妙方，屡见效验也。

戒阿片烟方　酸杨桃二斤、老姜一斤、旧广陈皮二两，以上三味，用清水煎至八个时辰为度，另加木棉花絮一两（即芦花烧灰），生蜜糖八两调入。每日早起服一杯，服至月余，自能断引。此方最简便，百试百中也。

调经种子奇方　山萸肉、木通各二两四钱、远志肉、甜苁蓉、大茴香、巴戟肉、牡蛎、兔丝子、澄茄、大当归、车前子、炒干漆各二两，母丁香、龙骨、威灵仙各三两，桑螵蛸、广木香、云茯苓、蛇床子各一两四钱，大熟地三两四钱、马兰花八钱、川萆薢四钱、南沉香二钱、灯草五分、全蝎五分去头尾、蜘蛛十四个，阴干研。以上共研末，炼蜜为小丸，每服三钱盐汤送下。此方屡验，诚为种子仙方也。

吕祖师乩授菩提丸方　紫苏、甘草、扁豆炒、薄荷、霍香、陈皮、半夏、砂仁、麦芽、苍术、山查、枳壳、神曲（炒）、香附、厚朴、黄芩、茯苓，以上各八两，于五月初五日共研细末，用鲜荷叶煮浓汁拌透，将药晒干，炼蜜为丸，每个重三钱。大人每服一丸，小儿半丸。此药每料价值二元半，可制丸四百五十余个。（原书眉注：服丸后忌食粥饭米羹。）各症治法列后：一、瘟疫时症，发热恶寒，头痛身痛，胸腹胀满，用姜汤调服。一、暑症肚痛泻，口渴发热，小便不利，大便下血，用霍香一钱煎水服。一、霍乱吐泻搅肠痧，腹痛转筋，加胡椒七粒，绿豆四十九粒，共打碎煎汤调服。一、疟症寒热往来，用生姜汁和滚水冲服。一、咳嗽多痰，加百部五分煎水，入生姜汁调服。一、红白痢腹痛下坠，加车前子煎汤调服。一、伤食痞满，泄泻，用姜茶煎水调服。一、感冒风寒，或水土不服，山岚瘴气杂症，用姜汤调服。孕妇忌服。此乃吕仙乩授粤东梁斗南殿撰之太封翁方也。太封翁每年以此方制丸施送，活人甚众。辛未科斗南先生得状元，咸谓其太封翁施药之报。近今粤省富家多以此丸施送，获报甚速。惠郡裘家，亦每年制丸施送，至今科名极盛也。凡偏隅僻壤，仓猝患病，觅医最难，如有力之家，能制丸施送，每年所费十余元，而活人不少，其功德自无量矣。

治蛇咬伤方　用假茨菇（又名野茨菇）和生盐，捶烂敷伤处，留伤口一小孔，以出毒气即愈。

跌打破损伤方　用南杏仁捣烂，和小麦粉，调浓茶做成饼，照伤处大小贴之。留损口勿贴，连贴数日即愈。此乃浙〔浙〕江东阳周香荃孝廉家传良方，救人甚多，切勿以药力薄而忽之也。

医之为术所以寄死与生，医之书必详且尽，而后可以济人匡世者也。若吾粤罗芝园广文所著《鼠疫汇编》一书，出率十年，活人甚众。如是书之议论醇正，推究病源洞肰有见一方之眼，窃谓近日治疫者，无能出其右也。惜其书未行于闽，人犹有所憾焉。客冬我居停彦先明府不吝秉金，倡为锓板，以广流传。庶使仓卒遘疾，顷刻得以更生，荒僻乏术，不毙于庸医之妄，何便如之，未尝不为济世之一助也。喜今梓事告成，爰书数言于简末。辛丑元月中九守平庵主李澍青跋。（板存泉州道口街郁文堂。如有人印送，不取板租，印扣纸连装钉，每本钱四十五文。）

捐 题 芳 名

谭彦先捐银三十员；倪珠峰、邵冰士各捐银十员；陈子铭、周桐甫、颜沛蕃、方慕韩、李雨山各捐银四员；本署执帖书禀各捐三员；钱粮堂事税契用印各捐一员；郑高升捐银三员；洪国华、陈怡泰各捐银二员；汪祖珍、萧丕荣、陈荣华、陈瑞进各捐银一员。

以上南署共捐银九十一员

鲁惺予、朱德辉、王慎五各捐银六员；吕韫轩、张玉堂、殷岳乔、骆芗舫、黄守仁、林弼士各捐银四员。

张敬庄、倪汝封、韩礼庭、陈晴岩、陈瑞伯、杨凤轩、林襀会各捐银二员；林永进、林翌藤各捐银三员。

初次刷送药方四千张，施药散八百剂，刷送医书千五百卷。

上海县积谷钱款借给各乡贫农籽种征信录

清光绪二十六年刻本

（清）佚 名 辑

李文海 点校

上海县积谷钱款借给各乡贫农籽种征信录

（光绪二十六年）

办理积谷官董衔名

钦加二品衔江南分巡苏松太兵备道　余联沅

钦加同知衔代理江苏松江府上海县知县　戴运寅

钦加同知衔特授江苏松江府上海县知县　汪懋琨

同仁辅元堂兼管普育堂董同知衔湖北试用通判　曹基善

果育堂董盐运使衔刑部郎中　王宗寿

钦加同知衔代理江苏松江府上海县正堂戴为遵札照会事。本月十一日奉苏抚部院陆札开，据上海县绅董秦荣光等呈称，上年棉收歉薄，请援案酌借谷息，散给贫农等情一案到本护院。据此，除批示印发外，诚恐转辗行知，有需时日，合行抄禀径饬札县，即便遵照，并将如何变通办理，由县查议，仍妥订借给章程，通禀察夺等因，并奉抄粘禀批下县。奉此，合行照会贵绅董，烦为查照，希即会集各乡董，体察情形，悉心妥议如何变通办理，仍妥订章程，刻日具复，以凭通禀察办，幸勿有稽。望切，须至照会者。

计抄粘禀批

右照会

同仁辅元堂兼管普育堂、果育堂绅董曹、王

光绪二十六年二月十七日照会

具禀：上海县各乡镇局董秦荣光、王萃龢等为岁歉民困，求援成案，准提积谷息款，借给贫农籽种事。窃上年秋雨成灾，棉收大歉。禀蒙准减条漕一成，具仰体恤民隐之至意。惟是民间食用百物，无不腾贵，独土产之布价日形贱。贫农当此荒春，不惟种作无资，亦且衣食不给，匮乏情形，实堪怜悯。伏查光绪九年及十五年两次大歉，均于十年、十六年春间准提积谷息款，借给贫农籽种，藉抒民困，有案可证。二十四年夏间，米贵病农，复经援案借给一次。今查上年秋歉情形，实与九年、十五年不相上下，而米自复抽厘捐后，自冬至春，价又有涨无跌。不急筹维持救护之方，深恐良懦者多苦流离失所，而不肖棍徒藉端滋闹，易贻地方隐患。敢亟据实陈求大公祖大人恩准，援案饬提积谷息款，借给贫农，济民困而杜乱源，万民感德。再上届借给款，由荣光等在县禀准以工代赈，改挑支港，计陈家行局领钱二千二十九千六百文，浚港二十六处，佐以就近劝输，共挑四千六百八十四方，计十一万六千一百二十七方，绘图开折，报县有案。上年植稻较多，虽遇秋霖，幸免浸没，颇收微效。此次倘蒙准借，仍拟变通仿办，冀广稻田，俾免贫农缺米。是否可行，合附声明上呈。

护苏抚部院陆批：该县上年棉收歉簿，际此青黄不接，贫民衣食不给，种作无资，殊属可悯。据请援案酌借谷息以资接济，应准照办，仰苏藩司速饬上海县遵照。至应如何变通办理，并即由县查议，仍妥订章程，通禀察夺，原禀抄发。

办理积谷事务同仁辅元堂董曹基善，呈为会议借支积谷钱款陈请核转事。窃奉照会，本月十一日奉苏抚部院陆札开，据上海县绅董秦荣光等呈称，上年棉收歉薄，请援案酌借谷息，散给贫农等情，据此，除批示外，诚恐转辗行知，有需时日，合行抄禀径饬札县即便遵照，并将如何变通办理，由县查议，仍妥订章程，通禀察夺等因，并奉抄粘禀批下县。奉此，合行照会，希即会集各乡董，体察情形，悉心妥议，刻日具复，以凭通禀察办，计抄粘禀批等因。遵此，即日邀集各乡镇董到堂，悉心妥议。均称积谷项下，历届借给籽种口粮成案，系提息不动本。自前年米贵，接济民食，动支谷息五万余串，截至上年十二月止，仅存息款钱二万余串，寸长尺短，数尚相悬，不得不于正本项下借支尾积，权济目前。拟照按田百亩借钱八千之例，酌减四成核计，合亩四五十文成数通筹，专为贫农穷极之区，借资耕作。应需钱三万三千五百七十余千，除提现息外，均计不敷钱一万千，暂请动支谷本，凑成散放。该亏此项，尽在年内察看秋收获稔，即令冬漕带征，每亩钱十五文，其无漕田亩，应俟明年上忙开征日起，一律普还，照章取结备案等语。董等再三商榷，佥谓如此变通办理，穷民既可稍苏涸鲋，而积谷正本，仍能分毫无损，具见各该乡董筹画周详，贫民咸沾利益。除该乡董等自行具禀外，理合陈覆，伏乞公祖大人鉴核，迅赐转详通禀，实为公便。再，王董宗寿现丁外艰，因未会衔，合并声明。谨呈。

光绪二十六年二月　日呈
一呈戴邑尊

钦加同知衔特授江苏松江府上海县正堂汪为录批照会事。查接管卷内奉本府正堂张札奉署布政使司吴札奉署督部堂鹿札，上海县详遵札饬，据经董议复，乡董秦荣光等请援案动支积谷，酌借贫农，藉资接济筹办情形请示由，奉批：据详已悉。仰苏州布政司确核饬遵具复，一面仍令该县督董，将借谷各户何人、借给若干，分晰造册，通送查核，并候护抚院批示，缴。又先于三月二十七日奉护抚院陆批开：据详已悉。该县所议借给贫农籽种，每亩给钱五十文，核计共需钱三万三千五百七十余千，除提谷息外，不敷钱一万千，请动谷本凑济，事竣于本年冬漕及来年上忙银项下察看带征归款，事属可行，希苏藩司核饬遵照，仍候督部堂批示，此致各等因到司。奉此，并据该县具详前来，除批示外，合并转饬札府遵照确核饬遵具覆。一面饬县督董，将借谷各户何人、借给若干，分晰造册，通送查核，毋令稍有中饱，查出定行严惩。俟事竣于本年冬漕及来年忙银项下察看带征归款，毋任宕延，速速。同日又奉藩批：该县详前案由，奉批：此案现奉督、抚宪批司，已另札行知矣。仰松江府查照另札办理毋违，缴各等因到府。奉此，查此案前据该县并详，即经批示在案。兹奉前因，合并札饬，札县督董，将借谷各户何人、借给若干，分晰造册，通送查核，毋令稍有中饱，查出定行严惩。仍俟事竣，于本年冬漕及来年忙银项下察看带征归款，毋任延宕，特札等因下县。奉此，除照案分别谕饬各乡局董暨各图董保查造实在贫户清册，呈候榜示，提款借给外，合行照会贵绅董等，烦为查照，希即会同各乡局董，督同各图董保，赶紧查明图中实在贫农应行借给之户，详晰造册，呈候核明，照章榜示借给，幸勿有稽。望切，须至照会者。

总办积谷事务三善堂绅董曹、王

光绪二十六年四月二十九日照会

经办借给积款正息钱款城局乡局各图董事姓名

城 局 总 董

同仁辅元堂兼管普育堂董　曹基善
果育堂董　王宗寿

闵 行 局 董

顾言、李祖锡、吴良谟、蒋庆和、黄宗麟
十六保图董：
范广域（十八图）、陈祺标（二十六）、马轶群（二十八）、金式玉（二十九）、周益三（三十一）、聂孝贤、吴补金（北三十一）、朱思伦、李云山（三十二）、丁行素（二十五）、乔世德（二十七）、丁倬云、丁济臣（三十三、八）、顾云亭（三十九）、董宗坚（四十二）、沈旭初（东四十四、五）、董禹钧（西四十四、五）、屠亦溪（上四十六）、顾长庚（下四十六）、金秋龄（上下四十七、九）、沈文惠（五十一）、朱士芳（五十二）
二十一保图董：
洪赓斋（一图）、李祥发、尹鸿芳（六九）、蒋周（东五十四、五）、华增贤（西五十四、五）

北 桥 局 董

黄金照、周同德
十八保图董：
乔锡增（十四图）、乔朝宗（十七）、朱世安、陆文标、朱岐泉（十九）、朱家鼎（二十）、凌纪堂（二十一）、沈福卿、周芹香、姜景敷（二十二）、徐荣滋（二十四）、刘丕武（三十九）、曹德懋、郭尚卿（东五十）、陆贻德（中五十）、乔镇云、张春涛（西五十）

马 桥 局 董

耿光觐、王平、王廷奎
十八保图董：
张秀实（一、二图）、沈蒋第（二、三）、张选青、张承基（五、七）、焦杰、张彦垣（四三、十六）、孙庆芬（十）、刘书庚、金光裕（十一）、朱惠嘉、何锡麒（十二）、王子卿、钮锡三（十三）、杨维邦、许邦士（四十一）、陆秋田（四十八）

颛 桥 局 董

杨森、徐上林、何其章、孙鸿藻
十八保图董：
俞槐卿、庄济川（七八图）、何稼田、刘治平（九）、徐钟秀、徐绍唐（十五）、张维荣、孙上达（十六）、赵竹香、陈士元（十八）

高家行局董

顾泽尧

二十二保图董：

瞿庆安（三图）、侯允生（二十一）、陆茂千、陆华甫（二十二）、印光裕（二十三）、曹士煦（二十四）、张近仁、陈兆梅（二十六）、高正卿、顾荫堂（二十八）、杨炎、陶锡周（二十九）、陈嘉猷、顾元兴、万镜沐（三十四）、袁印孙、吴殿元（三十五、六、八）、倪建卿（五十）、陆允香、张理卿、凌善来、陶洪庆（五十三）

引翔港局董

王增禧、周树莲、王增祺

二十二保图董：

沈介眉（五十一图）

二十三保图董：

严赓虞、王少卿（一、二图）、邢柳堂、王旭升（三、五）、王冬荣、张绥之（六）、金树彬（四、七）、徐桐春（八）、黄省三、徐云亭（九）、邢月樵（十）、王少堂、沈子梅（十一）、杨静圃（十二）、辛味香、周志、姚凤祥（十三）、凌雪斋（十五）、徐晋臣、董鲤庭（十六）、徐杏圃（正十九）、唐晋升（分十九）

江 桥 局 董

徐维孝、金士林

二十七保图董：

周文邦（十一图）

二十八保图董：

归桂馨、陈梅溪（十并十一）、许秋帆、宋森庭（南十二）

三十保图董：

王梦儒（九）、何月楼（十）、金照临、曹允升（十二）

虹 桥 局 董

王萃稣、蒋恩

二十八保图董：

沈仲昌（一图）、丁其上、丁其秀、张采臣（二）、薛凤九（十七）、诸光祖、顾孝莲（十九）

二十九保图董：

王治（一图）、陈纲（东二）、陈锦鱼（西二）、丁殿魁（南三）、黄企庭（北三）

漕河泾局董

史国升、张彦勋、杨立诚

二十四保图董：

汤泰（一区九图）

二十六保图董：

吴式金、胡恩培、潘和标（十并十三）、陈祖欢、顾惠钦（十四）、张霖生（十五）、张孝忠、薛九阜（二十二）、张秀樵、慕邦基（二十三）、沈文豹、张凤祥（二十四）、许守梅（二十五）、梅宗泰（二十六）、王绍裘、潘宗桂、金汝砺、朱俭庵（十一、二十七）

曹家行局董

刘增祥、刘增善

十八保图董：

蔡云舟、邹广元（二十三、五）、孙达钦、王雪卿（二十九、三十一）、潘有声（三十二）、汤羽祥（三十三）、叶芳、金士荣、顾亦江（三十四、五）、金其福、吴莲生（三十三、八）、严觐光、赵桂卿（六并三十七）

二十六保图董：

丁竹卿、刘国香（二十一、三十一）、陈汉英（二十八、九）

塘湾局董

钱椒

十八保图董：

彭宗濂、翁梦熊（二十六）、杨庆云、王长秀（二十七、八）

二十一保图董：

蒋云浦、张篆香（五）、何殿楼、蒋仪林（七）、周晋昌、李邦达（四十二）、王鼎新、朱邦昌（十三）、孙景康、潘钦焘（八十）、王杰、丁庆凤（九十一）

法华局董

李鸿模、张光豫

二十八保图董：

顾新章、徐玉樵、叶书卿（五、六）、杨锡生（东七）、王明扬（八、九）、徐听贻（北十二）、胡云仪（十六）、王明山（东十八）

塘桥局董

严尚洙

二十四保图董：

连步青（十三）、丁云桥（盖十二）、潘瀛洲（十四）、戴少卿（正十五）、卫明高（副十五）、严春山（二区十六）、盛茂祥（二区十七）、徐建邦（四区十七）

新泾局董

潘上珍、沈宝寅

二十八保图董：

金有斐、金守智、赵元锦（三）、徐经邦（四）、宗书堂（西七）、马沁堂、马羲卿（西十八）

二十九保图董：

陈标（四）、徐昌淇、钱凤冈、严焕文（五）、庄光照、金慎志（东六）、陈上达、严省三（西六）

三十保图董：

范崧、张观澜、张光照（八图）

洋 泾 局 董

潘伟绩、赵清源

二十三保图董：

傅庆涛（十四）

二十四保图董：

陈宝英（四区十六）、姜友贤（十八）、薛景斋（十九）、陆秋桥（二十）、杨星阶、蔡云峰（二十一）、沈海泉（二十二）、庄鼎勋（二十三）、赵懋宗、潘步青（二十四）、金国棠（二十五）、张学礼、唐锡朋（二十六）、马如宾、姜瑞卿（四十七）、丁瑞甫（四十八）

江境庙局董

张鸿祁

二十四保图董：

陈良才（方十二）

二十五保图董：

马堃（九）、顾继锤（十二）、李茂坤（十三）、钱安邦（十四）、宋宪文（十五）

二十七保图董：

张良试（一）、黄纪卿（二）、王嘉宾（四）、曹福康、顾渊甫（五）、计永祥（六）

诸 翟 局 董

沈宗懋、张焜

三十保图董：

高近阳、陆竹卿、张维纲（二）、戴祝尧（三）、张希蠡、杨凤达（四）、诸尔锴（五）、候霁、陈茂松（六）、张启元、张祥福（七）

三 林 塘 局 董

赵履福、汤学钊

二十四保图董：

张子清（天一）、乔竹亭（黄二）、计墨斋（南三）、王家珍（北三）、徐宗俭（三区四）、陈春泉、蒋景山（三区六）、庞允谐（方二）、胡汉文（列四）、任思勤（方一）、沈裕卿（三区三十一）、赵承基（三区五）

陆家行局董

陶德懋

二十二保图董：

谢锡祉、徐学道（四）、王照、张锦（五）、陶汝杰（六）、徐耕山、顾梦松（七十一）、张景韩（八）、赵增兰（十七）、陆容甫、庄端甫、陆日新（三十八）、庄锡彭（三十九）、陈洪昌（四十三）、凌国安、闵起凤（四十四）

杨师桥局董

周希濂

二十四保图董：

孙桂椿（正八）、朱焕卿（副八）、杨晴初、黄秀亭（一区五）、马莲斋（二区六）、周晓峰（二区七）、赵咸全（二区九）、陈月舟（三区三）、胡晓峰、周兆骐、周惇耀（三区七）、黄钧卿（十并十一）

陈家行局董

秦荣光

奉准提取发存各典积谷正息钱数开列于左

计开：

一、收同昌典钱六百十四千三百二文。

一、收安定典钱四百四十九千六百文。

一、收恒德典钱三百八十六千四百七十文。

一、收源来典钱三百八十三千五百二十三文。

一、收益昌典钱四百九十九千三百六十文。

一、收同源典钱三百六十一千六百文。

一、收公协泰典钱三百十二千文。

一、收同德典钱三百六十七千二百文。

一、收滋泰典钱四百十五千一百七十六文。

一、收恒大典钱二百十七千七百七十六文。

一、收鸿裕典钱二百四十七千四百四十文。

一、收萃昌典钱二百十二千七百八十四文。

一、收源盛典钱二百五十五千七百九十四文。

一、收德润典钱三百三十三千一百二十文。

一、收晋泰典钱三百八十八千六百四十文。

一、收益茂典钱一百五十六千八百文。

一、收元丰典钱三百九十千十二文。

一、收公泰典钱二百六十三千三百八十二文。

一、收济宏典钱一百六十三千三百三十三文。

一、收泩泰典钱一百二十千文。

一、收恒丰典钱五百七十一千七百八十三文。

一、收乾昌典钱一百六十千四十四文。

一、收德生典钱二百千三百九十六文。

一、收厚生典钱四十千文。

一、收仁大典钱二十二千四百文。

一、收复来典钱九百八十二千四百文。

一、收广大典钱九千五百五十五千一百四十四文。

以上共收正息钱一万八千七十千四百七十八文。

奉准提取广大典正本暨^{马家厂房租留局备用}项下本息钱数

计开：

一、收广大典正本钱一万三千一百三十四千一百八十文。

一、收广大典（房租项下）本息钱九百七十四千五十八文。

一、收广大典（备用项下）本息钱三千四百二十千四十五文。

共收本息钱一万七千五百二人千二百八十四文。

又收恒丰典马家厂房租正息钱十七千六百五十文。

遵章按亩核借由各乡局董领交各图董
贴给贫户籽种钱数开列于左

计开：

闵　行　局

一、支十六保十八图借给籽种钱九十七千七百五十文。

一、支十六保二十六图钱一百三十三千二百五十文。

一、支十六保二十八图钱一百五十九千四百五十文。

一、支十六保二十九图钱一百六十九千二百五十文。

一、支十六保三十一图钱二百七十五千五十文。

一、支十六保三十二图钱一百五十九千六百文。

一、支十六保（二十五、七，三十三、八图）钱二百四十五千七百文。

一、支十六保三十九图钱三百十九千二百文。

一、支十六保四十二图钱九十千五百文。

一、支十六保四十四、五图钱一百九十三千文。

一、支十六保四十六图钱一百四十九千一百文。

一、支十六保四十七、九图钱一百四千八百五十文。

一、支十六保五十一图钱七十五千二百文。

一、支十六保五十二图钱七十八千二百五十文。

一、支二十一保头图钱一百三十三千五百文。

一、支二十一保六、九图钱二百三十二千二百五十文。

一、支二十一保五十四、五图钱二百四十二千五十文。

以上共十七图，田额五万七千一百六十一亩，按每亩五十文核借，计借钱二千八百五十八千五十文。

北　桥　局

一、支十八保十四图借给籽种钱一百十八千四百文。

一、支十八保十七图钱六十八千四百文。

一、支十八保十九图钱一百十三千九百文。

一、支十八保二十、二十一图钱一百六十九千二百文。

一、支十八保二十二图钱一百三十一千六百文。

一、支十八保二十四图钱一百八千二百文。

一、支十八保三十九图钱八十四千二百五十文。

一、支十八保五十图钱三百五十六千三百文。

以上共八图，田额二万三千五亩，按每亩五十文核借，计借钱一千一百五十千二百五十文。

马 桥 局

一、支十八保一、二图借给籽种钱二百二十九千五十文。

一、支十八保二、三图钱一百四十四千三百五十文。

一、支十八保五、七图钱二百五十九千八百五十文。

一、支十八保四、三十六图钱一百七十七千六百文。

一、支十八保十图钱一百四十四千文。

一、支十八保十一图钱九十五千五十文。

一、支十八保十二图钱九十八千六百文。

一、支十八保十三图钱一百三十五千四百文。

一、支十八保四十一图钱一百五十五千七百五十文。

一、支十八保四十八图钱一百五十七千三百文。

以上共十图，田额三万一千九百三十九亩，按每亩五十文核借，计借钱一千五百九十六千九百五十文。

颛 桥 局

一、支十八保七、八图借给籽种钱二百十七千一百文。

一、支十八保九图钱一百七十一千三百五十文。

一、支十八保十五图钱七十二千文。

一、支十八保十六图钱一百四十七千八百五十文。

一、支十八保十八图钱一百四千九百文。

以上共五图，田额一万四千二百六十四亩，按每亩五十文核借，计借钱七百十三千二百文。

曹 家 行 局

一、支十八保二十三、五图借给籽种钱一百八十五千一百文。

一、支十八保二十九、三十一图钱一百九十八千七百五十文。

一、支十八保三十二图钱一百五十千九百文。

一、支十八保三十三图钱四十六千四百五十文。

一、支十八保三十四、五图钱二百十一千五百文。

一、支十八保三十三、八图钱一百四十五千八百五十文。

一、支十八保（六、并）三十七图钱二百二千二百文。

一、支二十六保二十一、三十一图钱二百三十一千九百五十文。

一、支二十六保二十八、九图钱二百五十四千三百九十文。

以上共九图，田额三万二千五百四十一亩，按每亩五十文核借，计借钱一千六百二十七千五十文。

塘　湾　局

一、支十八保二十六图借给籽种钱八十四千五百文。

一、支十八保二十七图钱一百六十千二百五十文。

一、支二十一保五图钱一百九十一千五百文。

一、支二十一保七图钱二百五十千五十文。

一、支二十一保四十二图钱二百六十八千六百五十文。

一、支二十一保十三图钱二百七千八百五十文。

一、支二十一保八十图钱一百七十四千五十文。

一、支二十一保九十一图钱二百二十九千二百五十文。

以上共八图，田额三万一千三百二十二亩，按每亩五十文核借，计借钱一千五百六十六千一百文。

新　泾　局

一、支二十八保三图借给籽种钱二百四十千一百文。

一、支二十八保四图钱八十八千七百五十文。

一、支二十八保西七图钱一百四十八千八百文。

一、支二十八保西十八图钱一百三十一千一百文。

一、支二十九保四图钱一百九十二千四百五十文。

一、支二十九保五图钱二百八十六千五百五十文。

一、支二十九保六图钱三百三十六千三百文。

一、支三十保八图钱二百十六千三百五十文。

以上共八图，田额三万二千八百八亩，按每亩五十文核借，计借钱一千六百四十千四百文。

诸　翟　局

一、支三十保一图借给籽种钱一百六十三千四百五十文。

一、支三十保二图钱二百五十五千一百五十文。

一、支三十保三图钱一百二十八千一百五十文。

一、支三十保四图钱二百三十千七百五十文。

一、支三十保五图钱二百一千八百文。

一、支三十保六图钱二百六十一千三百五十文。

一、支三十保七图钱一百五十六千二百文。

以上共七图，田额二万七千九百三十七亩，按每亩五十文核借，计借钱一千三百九十六千八百五十文。

江　桥　局

一、支二十七保十一图借给籽种钱一百十五千五十文。

一、支二十八保十并十一图钱二百六十六千一百文。

一、支二十八保南十二图钱一百七十二千二百文。

一、支三十保九图钱一百六十六千八百五十文。

一、支三十保十图钱二百八十四千九百文。

一、支三十保十二图钱一百七千五百五十文。

以上共六图，田额二万二千二百五十三亩，按每亩五十文核借，计借钱一千一百十二千六百五十文。

虹 桥 局

一、支二十八保一图借给籽种钱二百三十六千一百文。

一、支二十八保二图钱二百三十九千九百文。

一、支二十八保十七图钱二百九千九百文。

一、支二十八保十九图钱二百二十五千九百文。

一、支二十九保一图钱二百六十八千八百五十文。

一、支二十九保二图钱三百九千二百五十文。

一、支二十九保三图钱四百二十二千文。

以上共七图，田额三万八千二百三十八亩，按每亩五十文核借，计借钱一千九百十一千九百文。

漕 河 泾 局

一、支二十四保九图借给籽种钱六十七千三百五十文。

一、支二十六保十并十三图钱一百九十七千文。

一、支二十六保十四图钱一百八十千六百文。

一、支二十六保十五图钱一百三十一千一百文。

一、支二十六保二十二图钱三百七千三百五十文。

一、支二十六保二十三图钱二百三十四千文。

一、支二十六保二十四图钱二百四十三千文。

一、支二十六保二十五图钱二百二千一百文。

一、支二十六保二十六图钱一百二十二千文。

一、支二十六保十一二十七图钱三百八十五千一百文。

以上共十图，田额四万一千三百九十二亩，按每亩五十文核借，计借钱二千六十九千六百文。

引 翔 港 局

一、支二十二保五十一图借给籽种钱八十一千一百五十文。

一、支二十三保一、二图钱一百八十三千六百文。

一、支二十三保三、五图钱二百二十八千一百文。

一、支二十三保六图钱二百四十千八百文。

一、支二十三保四、七图钱二百二十千三百五十文。

一、支二十三保八图钱一百六十一千四百文。

一、支二十三保九图钱一百四十三千四百文。

一、支二十三保十图钱一百七千一百文。

一、支二十三保十一图钱一百四十五千五十文。

一、支二十三保十二图钱一百十八千文。

一、支二十三保十三图钱二百二十四千六百五十文。

一、支二十三保十五图钱一百十六千六百文。

一、支二十三保十六图钱一百六十九千三百文。

一、支二十三保正十九图钱一百三十七千二百文。

一、支二十三保分十九图钱四十七千五十文。

以上共十五图，田额四万六千四百七十五亩，按每亩五十文核借，计借钱二千三百二十三千七百五十文。

三 林 塘 局

一、支二十四保天一图借给籽种钱一百四十八千七百五十文。

一、支二十四保黄二图钱一百四十七千五百文。

一、支二十四保方一图钱一百九十一千六百五十文。

一、支二十四保方二图钱一百十一千一百五十文。

一、支二十四保列四图钱一百二十二千四百文。

一、支二十四保（二区）三图钱三百三千五百文。

一、支二十四保（三区）四图钱一百三十一千五百文。

一、支二十四保（三区）五图钱一百四十七千六百五十文。

一、支二十四保（三区）六图钱一百八十四千一百五十文。

一、支二十四保（三区）三十一图钱一百四十八千九百文。

以上共十图，田额三万二千七百四十三亩，按每亩五十文核借，计借钱一千六百三十七千一百五十文。

塘 桥 局

一、支二十四保十三图借给籽种钱一百十四千一百文。

一、支二十四保盖十二图钱一百五十九千文。

一、支二十四保十四图钱一百十千一百五十文。

一、支二十四保正十五图钱八十千二百五十文。

一、支二十四保副十五图钱一百三十六千四百五十文。

一、支二十四保（二区）十六图钱六十三千六百文。

一、支二十四保（二区）十七图钱一百三十三千二百五十文。

一、支二十四保（二区）十七图钱一百二十八千二百五十文。

以上共八图，田额一万八千五百一亩，按每亩五十文核借，计借钱九百二十五千五十文。

高 家 行 局

一、支二十二保三图借给籽种钱八十三千文。

一、支二十二保二十一图钱一百八千九百五十文。

一、支二十二保二十二图钱九十一千九百五十文。

一、支二十二保二十三图钱九十八千四百五十文。

一、支二十二保二十四图钱一百五十一千五十文。

一、支二十二保二十六图钱一百五十六千三百文。

一、支二十二保二十八图钱一百十一千八百文。

一、支二十二保二十九图钱二百四千五百五十文。

一、支二十二保三十四图钱一百九十二千七百五十文。

一、支二十二保三十五、六、八图钱二百五十五千五十文。

一、支二十二保五十图钱二百四十八千八百五十文。

一、支二十二保五十二图钱一百二十四千五百文。

一、支二十二保五十三图钱一百二十五千九百五十文。

以上共十三图，田额三万九千六十亩，按每亩五十文核借，计借钱一千九百五十三千一百五十文。

洋 泾 局

一、支二十三保十四图借给籽种钱四十八千文。

一、支二十四保十六图钱七十五千三百五十文。

一、支二十四保十八图钱一百九十六千三百五十文。

一、支二十四保十九图钱一百三十三千四百五十文。

一、支二十四保二十图钱一百五十八千九百文。

一、支二十四保二十一图钱一百二十六千六百五十文。

一、支二十四保二十二图钱一百三十三千七百五十文。

一、支二十四保二十三图钱六十六千一百文。

一、支二十四保二十四图钱九十六千八百文。

一、支二十四保二十五图钱一百二十五千五百五十文。

一、支二十四保二十六图钱一百二十九千四百五十文。

一、支二十四保四十七图钱一百八十八千六百文。

一、支二十四保四十八图钱一百六十四千六百五十文。

以上共十三图，田额三万二千七百五十二亩，按每亩五十文核借，计借钱一千六百三十七千六百文。

法 华 局

一、支二十八保五、六图借给籽种钱二百六十五千五百文。

一、支二十八保七图钱一百三十一千一百五十文。

一、支二十八保八、九图钱一百五十千五十文。

一、支二十八保十二图钱一百八十九千四百五十文。

一、支二十八保十六图钱二百十六千八百五十文。

一、支二十八保十八图钱一百十千三百文。

以上共六图，田额二万一千二百六十六亩，按每亩五十文核借，计借钱一千六十三千三百文。

杨 师 桥 局

一、支二十四保正八图借给籽种钱五十一千七百五十文。

一、支二十四保副八图钱二百二十二千三百五十文。

一、支二十四保（一区）五图钱一百四十二千三百五十文。

一、支二十四保（二区）六图钱九十三千三百文。

一、支二十四保（二区）七图钱一百十一千五百文。

一、支二十四保（二区）九图钱一百五十九千五百文。

一、支二十四保（三区）三图钱五十六千文。

一、支二十四保（三区）七图钱一百九十五千二百五十文。

一、支二十四保（十并）十一图钱一百五十一千七百文。

以上共九图，田额二万三千六百七十四亩，按每亩五十文核借，计借钱一千一百八十三千七百文。

陆 家 行 局

一、支二十二保四图借给籽种钱一百十千八百五十文。

一、支二十二保五图钱一百二十三千五百文。

一、支二十二保六图钱一百三十五千八百五十文。

一、支二十二保（七并）十一图钱二百六十五千四百五十文。

一、支二十二保八图钱一百四十六千七百文。

一、支二十二保十七图钱一百四十九千八百文。

一、支二十二保三十八图钱二百二十五千三百文。

一、支二十二保三十九图钱一百六十三千六百五十文。

一、支二十二保四十三图钱一百七十二千二百五十文。

一、支二十二保四十四图钱三百三十二千五百五十文。

以上共十图，田额三万六千五百十八亩，按每亩五十文核借，计借钱一千八百二十五千九百文。

陈 家 行 局

一、支二十一保十六图借给籽种钱一百三十千六百文。

一、支二十一保十七图钱一百五十四千五十文。

一、支二十一保二十图钱二百二十千五百文。

一、支二十一保二十五图钱一百七十五千六百文。

一、支二十一保二十八图钱二百四十四千八百五十文。

一、支二十一保二十九图钱一百八十二千六百五十文。

一、支二十一保三十图钱一百六十千二百五十文。

以上共七图，田额二万五千三百七十亩，按每亩五十文核借，计借钱一千二百六十八千五百文。

江境庙局

一、支二十四保方十二图借给籽种钱三十四千四百文。

一、支二十五保九图钱七十二千三百文。

一、支二十五保十二图钱七十八千文。

一、支二十五保十三图钱一百七行八百文。

一、支二十五保十四图钱五十二千九百文。

一、支二十五保十五图钱一百十五千七百文。

一、支二十七保一图钱二百三十六千二百文。

一、支二十七保二图钱六十八千八百文。

一、支二十七保四图钱一百三十四千九百五十文。

一、支二十七保五图钱一百二十二千一百五十文。

一、支二十七保六图钱五十一千七百五十文。

以上共十一图，田额二万一千五百亩，按每亩五十文核借，计借钱一千七十五千文。

以上统共田额六十五万七百二十二亩，核计借钱三万二千五百三十六千一百文。

各乡局领到积谷正息，照章分别极次贫户，
分交各图董保借给籽种细数
（计户计口悉照各乡原报抄载）

计开：

闵行局 （计户）

十六保十八图：贫户一百三十五户，每户借给钱七百二十四文，计九十七千七百四十文，收余钱十文。

二十六图：贫户一百四十六户，每户借给钱八百五文；优给十三户，每户借给钱一千二百九文。计一百二十三千二百四十七文，收余钱三文。

二十八图：贫户一百五十三户，每户借给钱八百九十八文；优给十六户，每户借给钱一千三百五十文。计一百五十八千九百九十四文，收余钱四百五十六文。

二十九图：贫户一百七十七户，每户借给钱八百二十七文；优给十九户，每户借给钱一千二百三文。计一百六十九千二百三十六文，收余钱十四文。

三十一图：贫户一百九十户，每户借给钱六百二十二文；优给三十户，每户借给钱九百三十二文。南图贫户一百八十一户，每户借给钱六百二十四文；优给十七户，每户借给钱九百三十六文。计二百七十四千九百九十六文，收余钱五十四文。

三十二图：东半贫户一百十六户，西半贫户一百十五户，每户借给钱七百五十、六百三十二文，计一百五十九千五百六十五

文，收余钱三十五文。

二十五图：贫户八十九户，每户借给钱六百七十三文，计五十九千八百九十七文，收余钱三文。

二十七图：贫户三十八户，每户借给钱八百三十四文，计三十一千六百九十二文，收余钱八文。

三十八图：贫户二百二十三户，每户借给钱六百九十一文，计一百五十四千九十三文，收余钱七文。

三十九图：贫户三百三十四户，每户借给钱九百五十六文，计三百十九千三百四文，垫找钱一百四文。

四十二图：贫户一百五十二户，每户借给钱五百九十五文，计九十千四百四十文，收余钱六十文。

四十^四五图：贫户二百七十六户，每户借给钱六百九十九文，计一百九十二千九百二十四文，收余钱七十六文。

四十六图：贫户一百八十四户，每户借给钱八百十文，计一百四十九千四十文，收余钱六十文。

四十^七九图：^{上半}_{下半}贫户一百^{十一}_{六十七}户，每户借给钱^{五百}_{七百三十五}文，计一百四千七百四十五文，收余钱一百五文。

五十一图：贫户九十九户，每户借给钱七百五十九文，计七十五千一百四十一文，收余钱五十九文。

五十二图：贫户九十七户，每户借给钱八百六文，计七十八千一百八十二文，收余钱六十八文。

二十一保头图：贫户一百七十九户，每户借给钱七百四十五文，计一百三十三千三百五十五文，收余钱一百四十五文。

五十^四五图：贫户三百十三户，每户借给钱七百七十三文，计二百四十一千九百四十九文，收余钱一百一文。

六九图：贫户二百八户，每户借给钱一千五十九文，又带丈贫户十六户，每户借给钱七百十五文，计二百三十二千二百七十二文，收余钱七十八文。

以上计借给籽种钱二千八百五十六千八百十二文，又计收余除找实收回钱一千二百三十八文。

北桥局（分极、次贫、计大、小口）

十八保十四图：极贫一百五十户，^{大口三百五十二口}_{小口二百五十六口}，每口借给钱^{二百三十文}_{二百十六文}；次贫二十七户，^{大口八十六口}_{小口三十七口}，每口借给钱^{一百八十五文}_{九十三文}，计一百十八千四百七十文，垫找钱七文。

十七图：极贫七十八户，^{大口一百五十七口}_{小口六十二口}，每口借给钱^{二百四十五文}_{二百二十三文}；次贫三十六户，^{大口九十二口}_{小口四十三口}，每口借给钱^{二百九十七文}_{二百文}，计六十八千四百十五文，垫找钱十五文。

十九图：极贫八十五户，^{大口一百八十三口}_{小口六十八口}，每口借给钱^{三百七十五文}_{二百八十九文}；次贫三十五户，大口八十七口、小口四十二口，每口借给钱三百文、二百五十文，计一百十三千用八百七十七文，收余钱二十三文。

二十图：极贫九十四户，大口二百三十口、小口八十四口，每口借给钱二百十九文、二百十二文；次贫十户，大口三十三口、小口三十口，每口借给钱一百七十九文、九十文，计六十七千四百一文，垫找钱一文。

二十一图：极贫八十五户，大口一百八十六口、小口七十三口，每口借给钱三百六十六文、二百八十二文；次贫十九户，大口五十七口、小口二十五口，每口借给钱二百九十四文、二百四十七文，计一百一千七百九十五文，收余钱五文。

二十二图：极贫一百五十八户，大口三百四十九口、小口二百三十五口，每口借给钱二百八十二文、二百四十三文；次贫十八户，大口五十三口、小口二十二口，每口借给钱二百二十六文、二百十三文，计一百三十一千五百九十文，收余钱十文。

二十四图：极贫一百六户，大口二百四十六口、小口二百二口，每口借给钱三百四十文、二百七十文；次贫七户，大口二十一口、小口十一口，每口借给钱二百七十二文、二百三十七文，计一百八千一百九十九文，收余钱一文。

三十九图：极贫六十七户，大口一百四十一口、小口五十八口，每口借给钱三百九十六文、二百九十八文；次贫十七户，大口四十六口、小口十五口，每口借给钱三百三十七文、二百五十六文，计八十四千二百四十二文，收余钱八文。

五十图：东图：极贫一百六十四户，大口三百三八口、小口二百三十口，每口借给钱三百四十文、二百七十文；次贫五十六户，大口一百五十六口、小口七十二口，每口借给钱二百七十二文、二百三十七文。中图：极贫七十六户，大口一百五十六口、小口六十九口，每口借给钱三百四十四文、二百七十二文；次贫十九户，大口四十九口、小口三十三口，每口借给钱二百七十五文、二百三十七文。西图：极贫一百二户，大口二百二十四口、小口二百五十口，每口借给钱二百八十六文、二百四十三文；次贫七户，大口十三口、小口十二口，每口借给钱二百三十二文、二百二十二文。计三百五十六千二百七十一文，收余钱二十九文。

以上计借给籽种钱一千一百五十千一百九十七文，又计收余除找实收回钱五十三文。

马桥局（计户）

十八保一、二图：贫户二百九十三户，每户借给钱七百八十文，计二百二十八千五百四十文，收余钱五百十文。

二、三图：贫户一百八十三户，每户借给钱七百八十八文，计一百四十四千二百四文，收余钱一百四十六文。

五、七图：贫户三百三十七户，每户借给钱七百七十一文，计二百五十九千八百二十七文，收余钱二十三文。

十图：贫户二百四十九户，每户借给钱五百八十文，计一百四十四千四百二十文，垫找钱四百二十文。

十一图：贫户一百十户，每户借给钱八百六十四文，计九十五千四十文，收余钱十文。

十二图：贫户一百五十五户，每户借给钱六百三十六文，计九十八千五百八十文，收余钱二十文。

十三图：贫户一百五十八户，每户借给钱八百五十七文，计一百三十五千四百六文，垫找钱六文。

四、三十六图：贫户一百九十五户，每户借给钱九百十文，计一百七十七千四百五十文，收余钱一百五十文。

四十一图：贫户二百三十六户，每户借给钱六百六十文，计一百五十五千七百六十文，垫找钱十文。

四十八图：贫户二百二十户，每户借给钱七百十五文，计一百五十七千三百文。

以上计借给籽种钱一千五百九十六千五百二十七文，又计收余除找实收回钱四百二十三文。

颛桥局（计口）

十八保七八图：贫户三百四十一户，大口八百六十四口 小口三百七十七口，每口借给钱二百六文减半，计二百十六千八百十五文，收余钱二百八十五文。

九图：贫户二百九十三户，大口七百五十一口 小口三百四十三口，每口借给钱一百八十六文减半，计一百七十一千五百八十五文，垫找钱二百三十五文。

十五图：贫户一百三十一户，大口三百三十五口 小口二百三十口，每口借给钱一百八十文减半，计七十二千文。

十六图：贫户一百八十七户，大口四百六十口 小口二百一口，每口借给钱二百六十二文减半，计一百四十六千八百五十一文，收余钱九百九十九文。

十八图：贫户一百八十户，大口四百四十五口 小口二百三十口，每口借给钱一百九十二文减半，计一百四千九百二十八文，垫找钱二十八文。

以上计借给籽种钱七百十二千一百七十九文。又计收余除找实余钱一千二十一文。（拨在保甲局油烛费内。）

曹行局（计口不计户，两小口合一大算）

十八保三十二图：贫户合大口八百七口半，每口借给钱八十七文，计一百五十一千二文，垫找钱一百二文。

三十三图：贫户合大口九十八口，每口借给钱四百七十四文，计四十六千四百五十二文，垫找钱二文。

二十$\frac{三}{五}$图：贫户合大口六百九十八口半，每口借给钱二百六十五文，计一百八十五千一百二文，垫找钱二文。

三十$\frac{三}{六}$图：贫户合大口四百二十八口半，每口借给钱三百四十五文，计一百四十五千七百六十二文，收余钱八十八文。

$\frac{二十九}{三十二}$上图：贫户合大口五百六口，每口借给钱二百七文；下图：贫户合大口四百九十五口，每口借给钱一百九十文。计一百九十八千七百九十二文。

内除姚金中等二十四口半，补给夏沈氏等十七口半，除补给外，收余钱一千二百八十八文。

三十$\frac{四}{五}$图：贫户合大口七百五十二口，每口借给钱二百八十一文，计二百十一千四百五十二文。

内除许长倌等十三口半，补给朱秋江等十九口半，垫找钱一千六百三十二文。

六并三七图：贫户合大口七百五十六口半，每口借给钱二百六十七文，计二百一千九百八十五文。

内除三十七口，补给十二口半，摊给二百五十户，每户二十三文，计收余钱一千七文。

二十六保三十二图：上图贫户合大口六百六十七，每口借给钱一百六十四文；下图贫户合大口四百五十口，每口借给钱二百七十二文。计一百三十一千七百八十八文，收余钱一百六十二文。

二十八九图：贫户合大口一千八十四口，每户借给钱二百三十四文，计二百五十三千六百五十六文，收余钱六百九十四文

以上计借给籽种钱一千六百二十五千九百九十文，又计收余除找实收回钱一千七百四十四文。

塘湾局 （按户计口）

十八保二十六图：贫户一百二十二户，大口二百九十九口 小口二百三十二口，每口借给钱二百三十四文 二百十七文，计八十五千四百十文，垫找钱九百文。

二十七八上图：贫户一百二十六户，大口三百五口 小口二百二十七口，每口借给钱二百四十五文 二百二十二文，计九十千二百十九文，垫找钱十九文；下图：贫户九十一户，大口二百三口 小口九十五口，每口借给钱二百八十文 二百四十文，计七十千一百四十文，垫找钱九十文。

二十一保五图：贫户三百八十二户，大口八百七十八口 小口三百七十二口，每口借给钱一百七十七文 八十九文，计一百八十八千五百十四文，收余钱二千九百八十六文。

七图：贫户三百十四户，大口七百六十四口 小口二百六十三口，每口借给钱二百八十二文 二百四十二文，计二百五十二千五百三十一文，垫找钱二千四百八十一文。

十三图：贫户二百八十八户，大口七百六十一口 小口二百九十三口，每口借给钱二百三十文 二百十六文，计二百八千九百二文，垫找钱一千五十二文。

东四十二图：贫户二百九十二户，大口四百八口 小口二百十四口，每口借给钱二百七十三文 二百三十七文，计一百四十千七百二文，收余钱一千八百九十八文。

西四十二图：贫户一百六十八户，大口三百七十二口 小口二百五十一口，每口借给钱二百七十七文 二百三十八文，计一百二十五千二百六十二文，收余钱七百八十八文。

八十图：贫户二百四十八户，大口五百四十五口 小口二百四十三口，每口借给钱二百六十二文 二百三十二文，计一百七十四千六百二十三文，垫找钱五百七十三文。

九十一图：贫户三百五十九户，大口八百三十五口 小口三百八十七口，每口借给钱二百二十三文 二百十一文，计二百二十九千一百六十七文，收余钱八十三文。

以上计借给籽种钱一千五百六十五千四百七十文，又计收余除找实收回钱六百三十文。

新泾局 （计户）

二十八保三图：极贫二百六十三户 次贫八十六户，每户借给钱七百二十四文 五百七十八文，计二百四十千一百二十文，

垫找钱二十文。

四图：贫户一百七十六户，每户借给钱五百四文，计八十八千七百四文，收余钱四十六文。

西七图：贫户二百三十四户，每户借给钱六百三十六文，计一百四十八千八百二十四文，垫找钱二十四文。

西十八图：极贫一百八十二户 次贫六十五户，每口借给钱五百六十文 四百四十九文，计一百三十一千一百五文，垫找钱五文。

二十九保四图：极贫二百四十一户 次贫三十八户，每口借给钱一千一百二十三文 八百九十七文，计一百九十二千四百二十九文，收余钱二十一文。

五图：极贫一百八十七户 次贫三十四户，每口借给钱二千三百三十八文 二千七十文，计二百八十六千五百八十六文，垫找钱三十六文。

东六图：极贫九十二户 次贫九十六户，每口借给钱九百九十六文 七百九十七文，计一百六十八千一百四十四文，收余钱六文。

西六图：极贫一百二十七户 次贫九十二户，每口借给钱八百四十二文 六百七十三文，计一百六十八千一百七十七文，垫找钱二十七文。

三十保八图：极贫八十七户 次贫四十二户，每口借给钱二千七百四十九文 二千三百九十九文，计二百十千九百二十一文，收余钱七十九文。

以上计借给籽种钱一千六百三十五千十文，又计收余除找实收回钱四十文。

诸翟局（计户）

三十保一图：极贫一百五户 次贫三十七户，每口借给钱一千二百十四文 九百七十二文，计一百六十三千四百三十四文，收余钱十六文。

二图：极贫一百四十八户 次贫一百八户，每口借给钱一千八十九文 八百七十文，计二百五十五千一百三十二文，收余钱十八文。

三图：极贫六十六户 次贫二十七户，每口借给钱一千四百六十三文 二千一百七十文，计一百二十八千一百四十八文，收余钱二文。

南四图：极贫六十三户 次贫六十三户，每口借给钱一千一百六十八文 九百三十四文，计一百三十一千四百九十地文，收余钱四十三文。

北四图：极贫一百十五户 次贫十七户，每口借给钱七百七十一文 六百十七文，计九十九千一百五十四文，收余钱六十一文。

五图：极贫一百八十五户 次贫六十五户，每口借给钱八百五十一文 六百八十三文，计二百一千七百六十五文，收余钱三十五文。

南六图：极贫一百八十五户 次贫三十二户，每口借给钱一千六百十一文 八百四十九文，计二百十四千九百六十三文，收余钱三十七文。

北六图：极贫二十六户／次贫十二户，每口借给钱二千三百二文／二千四十二文，计四十六千三百四十四文，收余钱六文。

七图：极贫一百四十三户／次贫四十二户，每口借给钱八百八十四文／七百文，计一百五十六千一百四十八文，收余钱五十二文。

以上计借给籽种一千三百九十六千五百八十文。又计收余除找，实余钱二百七十文。（补给瞽目一名讫。）

江桥局（计户）

二十七保十一图：贫户一百三十六户，每户借给钱八百四十六文，计一百十五千五十六文，垫找钱六文。

二十八保十并十一图：贫户四百十二户，每户借给钱六百四十六文，计二百六十六千一百五十二文，垫找钱五十二文。

南十二图：贫户二百八户，每户借给钱八百二十八文，计一百七十二千二百二十四文，垫找钱二十四文。

三十保九图：贫户一百五十三户，每户借给钱一千九十文，计一百六十六千七百七十文，收余钱八十文。

十图：贫户二百七十八户，每户借给钱一千二十五文，计二百八十四千九百五十文，垫找钱五十文。

十二图：贫户八十二户，每户借给钱一千三百十一文，计一百七千五百二文，收余钱四十八文。

以上计借给籽种钱一千一百十二千六百五十四文，又计收余除找实不敷钱四文。

江桥局（计户）

二十七保十一图：贫户一百三十六户，每户借给钱八百四十六文，计一百十五千五十六文，垫找钱六文。

二十八保十并十一图：贫户四百十二户，每户借给钱六百四十六文，计二百六十六千一百五十二文，垫找钱五十二文。

南十二图：贫户二百八户，每户借给钱八百二十八文，计一百七十二千二百二十四文，垫找钱二十四文。

三十保九图：贫户一百五十三户，每户借给钱一千九十文，计一百六十六千七百七十文，收余钱八十文。

十图：贫户二百七十八户，每户借给钱一千二十五文，计二百八十四千九百五十文，垫找钱五十文。

十二图：贫户八十二户，每户借给钱一千三百十一文，计一百七千五百二文，收余钱四十八文。

以上计借给籽种钱一千一百十二千六百五十四文，又计收余除找实不敷钱四文。

虹桥局（计户）

二十八保一图：极贫六百十五户／次贫九十八户，每口借给钱三百四十文／三百七十四文，计二百三十五千九百五十二文，收余钱一百四十八文。

二图：极贫四百二十户／次贫七十九户，每口借给钱四百九十七文／三百九十四文，计二百三十九千八百六十六文，收余钱三十四文。

十七图：贫户三百一户，每户借给钱六百九十七文，计二百九千七百九十七文，收余钱一百三文。

十九图：极贫二百二十九户／次贫七十九户，每口借给钱七百七十三文／六百十九文，计二百二十五千九百十八文，垫找钱十八文。

二十九保一图：贫户三百六十八户，每户借给钱七百三十一文，计二百六十九千八文，垫找钱一百五十八文。

二图：极贫二百户／次贫三百十八户，每口借给钱八百二十六文／六百六十一文，计三百九千二百九十八文，垫找钱四十八文。

三图：极贫三百十六户／次贫二百八十二户，每口借给钱九百十四文／七百三十二文，计四百二十二千四十八文，垫找钱四十八文。

以上计借给籽种钱一千九百十一千八百八十七文，又计收余除找实收回钱十三文。

漕河泾局 （按户计口）

二十四保九图：贫户一百六十九户，大口四百十四口／小口二百十六口，每口借给钱二百二十八文／六十四文，计六十六千八百十六文，收余钱五百二十四文。

二十六保十并十三图：贫户四百十三户，大口一千七口／小口五百八十七口，每口借给钱一百五十一文／七十五文，计一百九十六千三百七十五文，收余钱六百二十五文。

十四图：贫户二百十户，大口四百八十八口／小口二百三十二口，每口借给钱二百九十八文／二百四十九文，计一百七十九千九百九十二文，收余钱六百八文。

十五图：贫户一百六十四户，大口三百九十一口／小口二百八十六口，每口借给钱二百七十文／二百三十五文，计一百三十千六百八十文，收余钱四百二十文。

二十二图：贫户三百七十二户，大口九百口／小口三百七十六口，每口借给钱二百八十二文／二百四十二文，计三百六千八百十六文，收余钱五百三十四文。

二十三图：贫户三百六十九户，大口八百二十九口／小口四百一口，每口借给钱二百二十七文／二百十三文，计二百三十三千六百九十七文，收余钱三百三文。

二十四图：贫户三百六十户，大口八百六一口／小口四百一口，每口借给钱二百二十七文／二百十四文，计二百四十二千八百二十八文，收余钱一百七十二文。

二十五图：贫户四百五户，大口一千一百一口／小口四百十口，每口借给钱二百五十四文／七十七文，计二百一千一百二十四文，收余钱九百七十六文。

二十六图：贫户一百六十二户，大口四百二十六口／小口二百六十七口，每口借给钱二百三十八文／二百十九文，计一百二十一千二百六十一文，收余钱七百三十九文。

十二二十七图：贫户六百三十八户，大口一千五百六十五口 小口七百五十七口，每口借给钱一百九十八文 九十九文，计三百八十四千八百十三文，收余钱二百八十七文。

以上借给籽种钱二千六十四千四百三文，又计收余钱五千一百九十七文。（分给各图荣民讫。）

引翔港（计口）

二十三保一图：贫户八十四户，大口二百十七口 小口二百三十六口，每口借给钱一百七十六文 减半。

二图：贫户二百九十八户，大口九百九十三口 小口七百八十二口，每口借给钱一百文 减半，计一百八十四千六百十文，垫找钱一千十文。

三图：贫户四百四十一户，大口一千四百十八口 小口六百三十七口，每口借给钱七十九文 减半；五图：贫户二百二十四户，大口七百五十二口 小口三百八口，每口借给钱一百文 减半，计二百二十七千七百八十三文，收余钱三百十七文。

六图：贫户五百二十六户，大口一千五百二十八口 小口七百九十口，每口借给钱一百二十八文 减半，计二百四十千三百八十四文，收余钱四百十六文。

四七图：贫户三百六十一户，大口一千七十九口 小口五百八十五口，每口借给钱一百六十文 减半，计二百十九千六百八十文，收余钱六百七十文。

八图：贫户二百九十六户，大口一千三百十六口 小口四百三十二口，每口借给钱一百五文 减半，计一百六十千八百六十文，收余钱五百四十文。

九图：贫户三百十四户，大口一千四百四十一口 小口四百三十口，每口借给钱一百十四文 减半，计一百四十三千一百八十四文，收余钱二百十六文。

十图：贫户二百十三户，大口五百四十八口 小口三百四十四口，每口借给钱一百四十八文 减半，计一百六千五百六十文，收余钱五百四十文。

十一图：贫户一百八十八户，大口一千二百六口 小口六百九十六口，每口借给钱九十三文 减半，计一百四十四千五百二十二文，收余钱五百二十八文。

十二图：贫户四百二十四户，大口一千二百二十九口 小口五百六十口，每口借给钱七十八文 减半，计一百十七千七百二文，收余钱二百九十八文。

东十三图：贫户三百四十一户，大口一千四百三十七口 小口五百七十八口，每口借给钱八十三文 减半；西十三图：贫户一百七十一户，大口三百九十口 小口二百三十四口，每口借给钱一百六十文 减半，计二百二十四千三百七十八文，收余钱二百七十二文。

十五图：贫户二百九十八户，大口九百四十一口 小口四百六十八口，每口借给钱九十九文 减半，计一百十六千二十八文，收余钱五百七十二文。

十六图：贫户五百六十五户，大口一千七百二十口 小口九百九十六口，每口借给钱七十六文 减半，计一百六十八千五百六十八文，收余钱七百三十二文。

正十九图：贫户二百四十九户，大口七百三十七口 小口三百八十七口，每口借给钱一百四十七文（减半），计一百三十六千七百八十四文，收余钱四百十六文。

分十九图：贫户一百十二户，大口二百六十一口 小口二百六十八口，每口借给钱一百三十六文（减半），计四十六千九百二十文，收余钱一百三十文。

二十二保五十图：贫户三百六户，大口九百二十五口 小口四百三十口，每口借给钱七十一文（减半），计八十千六百二十文，收余钱五百三十文。

以上计借给籽种钱二千三百一十八千五百八十三文。又计收余除找，实收回钱五千一百六十七文。

三林塘局（计口）

二十四保天一图：贫户二百二十四户，大口五百七十八口 小口二百九十八口 寡独十三口，每口借给钱一百九十五文 九十九文 五百文，计一百四十八千七百十二文，收余钱三十八文。

黄二图：贫户二百六十九户，每户借给钱五百四十八文，计一百四十七千四百十二文，收余钱八十八文。

方一图：贫户三百四户，大口六百八十九口 小口三百四十六口，每口借给钱二百二十二文 二百十二文，计一百四十七千四百十二文，收余钱八十八文。

方二图：贫户二百四十九户，大口四百五十二口 小口三百四口，每口借给钱一百八十四文 九十二文，计一百十一千一百三十六文，收余钱十四文。

列四图：贫户二百三十户，大口六百三十七口 小口二百八十三口，每口借给钱一百五十七文 七十九文，计一百二十二千三百六十六文，收余钱三十四文。

南三图：贫户二百四十七户，大口六百三十五口 小口二百七十八口，每口借给钱二百四文 二百三文，计一百五十八千一百七十四文；北三图：贫户二百十四户，大口五百三十三口 小口一百九十六口，每口借给钱二百三十文 二百十五文，计一百四十五千一百三十文，收余钱一百九十六文。

三区四图：贫户二百十五户，大口六百十一口 小口二百七十五口，每口借给钱一百七十五文 八十八文，计一百三十一千三百文，收余钱二百文。

三区五图：东圩贫户一百五十三户，大口四百十一口 小口二百三口，每口借给钱一百八十七文 九十四文，计九十五千九百三十九文，收余钱二百八十一文。

三区五图：西圩贫户一百五十一户，大口三百六十口 小口二百二口，每口借给钱一百十二文 五十五文，计五十一千四百三十文。

南六图：贫户一百九十九户，大口四百九十七口 小口二百四口 寡妇六口，每口借给钱一百四十七文 七十五文 五百文，计九十一千三百二十九文；北六图：贫户一百五户，大口二百三十七口 小口一百三十三口 寡妇三口，每口借给钱三百文 一百五十文 五百文，计九十二千五百五十文，收余钱二百四十一文。

三十一图：贫户二百七十三户，大口八百十六口 小口三百五十九口，每口借给钱一百四十九文 七十六文，计一百四十八千八百六十八文，收余钱三十二文。

以上计借给籽种钱一千六百三十五千七百四十文。又计收余除找，实收回钱一千四百十文。

<h3 style="text-align:center">塘桥局 <small>(计户)</small></h3>

二十四保十六图：贫户三百三十二户，每户借给钱一百九十一文，计六十三千四百十二文，收余钱一百八十八文。

正十五图：贫户三百八十六户，每户借给钱二百七文，计七十九千九百二文，收余钱三百四十八文。

十二图：贫户四百八十户，每户借给钱三百三十文，计一百五十八千七百三十文，收余钱二百七十文。

副十五图：贫户三百二十七户，每户借给钱四百十七文，计一百二十六千三百五十九文，收余钱九十一文。

十三图：贫户二百八十八户，每户借给钱三百九十六文，计一百十四千四十八文，收余钱五十二文。

四区十七图：贫户二百九十二户，每户借给钱四百三十八文，计一百二十七千九百四十六文，收余钱三百六文。

十四图：贫户四百九十三户，每户借给钱二百二十三文，计一百九千九百四十文，收余钱二百十一文。

二区十七图：贫户四百三户，每户借给钱三百三十文，计一百三十二千九百九十文，收余钱二百六十文。

以上计借给籽种钱九百二十三千三百八十六文。又计收余，实收回钱一千七百二十六文。

<h3 style="text-align:center">高行局 <small>(计户)</small></h3>

二十二保二十四图：贫户三百七十九户，每户借给钱三百九十九文，计一百五十一千二百二十一文，垫找钱一百七十一文。

三图：贫户二百九十八户，每户借给钱二百七十八文，计八十二千八百四十四文，收余钱一百五十六文。

二十一图：贫户一百十七户，每户借给钱九百三十一文，计一百八千九百二十七文，收余钱二十三文。

二十二图：贫户三百三十五户，每户借给钱二百七十四文，计九十一千七百九十文，收余钱一百六十文。

二十六图：贫户六百二十户，每户借给钱二百五十二文，计一百五十六千二百四十文，收余钱六十文。

二十八图：贫户三百十九户，每户借给钱三百五十文，计一百十一千六百五十文，收余钱一百五十文。

二十九图：贫户六百三十九户，每户借给钱三百二十文，计二百四千四百八十文，收余钱七十文。

三十四图：贫户六百六十二户，每户借给钱二百九十一文，计一百九十二千六百四十二文，收余钱一百八文。

三十五、六、八图：贫户九百四十户，每户借给钱二百七十一文，计二百五十四千七百四十文，收余钱三百十文。

五图：贫户八百五十六户，每户借给钱二百九十一文，计二百四十九千九十六文，垫找钱二百四十六文。

五十二图：贫户四百十六户，每户借给钱二百九十九文，计一百二十四千一百八十四文，收余钱一百十六文。

五十三图：贫户三百七十二户，每户借给钱三百三十八文，计一百一十五千七百三十六文，收余钱二百十四文。

以上计借给籽种钱一千九百五十一千九百九十文。又计收余除找，实收回钱一千一百六十文。

洋泾局 <small>（计户）</small>

二十三保十四图：贫户四百四十七户，每户借给钱一百七文，计四十七千八百二十九文，收余钱一百七十一文。

二十四保十六图：贫户四百三十七户，每户借给钱一百七十二文，计七十五千一百六十四文，收余钱一百八十六文。

十八图：贫户六百八户，每户借给钱三百二十三文，计一百九十六千三百八十四文，垫找钱三十四文。

十九图：贫户六百二户，每户借给钱二百二十二文，计一百三十三千六百四十四文，垫找钱一百九十四文。

二十图：贫户七百七十一户，每户借给钱二百六文，计一百五十八千八百二十六文，收余钱七十四文。

二十一图：贫户六百三十四户，每户借给钱二百文，计一百二十六千八百文，垫找钱一百五十文。

二十二图：贫户八百三十三户，每户借给钱一百六十文，计一百三十三千二百八十文，收余钱四百七十文。

二十三图：贫户五百三十二户，每户借给钱一百二十四文，计六十九千九百六十八文，收余钱一百三十二文。

二十四图：贫户六百十户，每户借给钱一百五十七文，计九十五千七百七十文，收余钱三十文。

二十五图：贫户八百十七户，每户借给钱一百三十六文，计一百二十六千六百三十二文，垫找钱八十二文。

二十六图：贫户七百四十四户，每户借给钱一百七十四文，计一百一十九千四百五十六文，垫找钱六文。

四十七图：贫户八百二十三户，每户借给钱二百二十九文，计一百八十八千四百六十七文，收余钱一百三十三文。

四十八图：贫户七百二十户，每户借给钱二百二十九文，计一百六十四千八百八十文，垫找钱二百三十文。

以上计借给籽种钱一千六百三十七千一百文。又计收余除找，实收回钱五百文。

法华局 （计户）

二十八保五图：贫户二百五十户，每户借给钱六百十八文，计一百五十四千五百文。

六图：贫户一百六十八户，每户借给钱六百六十文，计一百十千八百八十文，收余钱一百二十文。

七图：贫户二百三十户，每户借给钱五百七十文，计一百三十一千一百文，收余钱五十文。

八九图：贫户二百六十七户，每户借给钱五百六十二文，计一百五十千五十四文，垫找钱四文。

十二图：贫户二百三十二户，每户借给钱八百十六文，计一百八十九千三百十二文，收余钱一百三十八文。

十六图：贫户四百二十六户，每户借给钱五百九文，计二百十六千八百三十四文，收余钱十六文。

十八图：贫户二百九十四户，每户借给钱三百七十四文，计一百九千九百五十六文，收余钱三百四十四文。

以上计借给籽种钱一千六十二千六百三十六文。又计收余除找，实收回钱六百六十四文。

杨思桥局 （按户计口分极、次贫）

二十四保正八图：极贫八十八户，大口二百六十四口 小口二百二十三口，每口借给钱一百二文减半；次贫五十四户，大口二百八十二口 小口八十九口，每口借给钱八十二文减半，计五十一千七百七十四文，垫找钱二十四文。

一区五图：贫户二百五十九户，大口七百五十一口 小口三百九十九口，每口借给钱一百五十文减半，计一百四十二千五在七十五文，垫找钱二百二十五文。

三区七图：极贫四百十五户，大口一千九十七口 小口四百六十九口，每口借给钱一百三十二文减半；次贫四十五户，大口一百三十一口 小口七十口，每口借给钱一百十文减半，计一百九十五千三百四十九文，垫找钱九十九文。

二区九图：极贫四百二十五户，大口九百九十二口 小口五百八十三口，每口借给钱一百二十四文减半，计一百五十九千一百五十四文，收余钱三百四十六文。

副八图：极贫四百二十三户，大口九百六十七口 小口五百十三口，每口借给钱一百三十文减半；次贫一百七十三户，大口四百八十四口 小口三百二十口，每口借给钱一百五文减半，计二百二十五千七百三十文，垫找钱三千二百八十文。

三区三图：极贫八十五户，大口一百九十六口 小口二百二十一口，每口借给钱一百三十四文减半；次贫六十户，大口一百六十口，小口八十口，每口借给钱一百七文（减半），计五十五千七百七十一文，收余钱二百二十九文。

十并十一图：极贫三百一户，大口八百四十九口，小口三百八十二口，每口借给钱一百三十文（减半）；次贫三十七户，大口一百十八口，小口六十一口，每口借给钱一百四文（减半），计一百五十千六百四十四文，收余钱一千五十六文。

二区六图：极贫二百三十户，大口六百十四口，小口二百八十六口，每口借给钱一百三文（减半）；次贫四十七户，大口一百四十四口，小口八十七口，每口借给钱八十二文（减半），计九十三千三百四十六文，垫找钱四十六文。

二区七图：极贫一百九十九户，大口五百十八口，小口二百五十五口，每口借给钱一百三十九文（减半）；次贫四十七户，大口一百六十一口，小口六十八口，每口借给钱一百十一文（减半），计一百十一千三百六十九文，收余钱一百三十一文。

以上计借给籽种钱一千一百八十五千七百十二文。又计收余除找，实不敷钱二千十二文。

西安义赈征信录

清光绪二十七年刻本

（清）佚 名 辑

李文海 点校

西安义赈征信录

西安义赈征信录条例

一、局中散出捐册尚未收齐，故有仅列总捐数目而捐助芳衔未能详细开列者，俟捐册收齐，再行登列。

一、此册系截至六月底止，以前收支款目，胪列无遗。如有续行收支之款，统归下次开造。

一、局中银款，均按议平出入，册中不再声叙。议平码每百比库平小四两，比京平大二两。凡收库平、京平，均按议平申折，不再声叙。原平散放钱文，则各县钱色不同，均于各条声叙。

一、本局银款，初由新泰厚经手，嗣归协同庆经手。凡申扣平色，均按该号底赈登列，以照核实。

一、未经交还之册，尚十余册，无论有无收款，均祈将原册陆续交局，以便销号。

收支银钱米石各款

谨将西安义赈局自光绪二十六年十月起，至二十七年六月止，收支银钱、米石各款，造具征信录，恭呈台览。

收 款 项 下

赏还燮济赈局归公库平银三万七千两，合银三万八千四百八十两。

户部拨济库平银一万两，合银一万四百两。

陕西筹赈局拨济库平银一万三千两，合银一万三千五百四十两。

户部拨济米六千四百六石，又余米一百六十六石七斗七升。

荣中堂捐银四百两。

王中堂捐银四百十六两。

户部大堂鹿捐银四百两。

兵部左堂贻捐银四十两。

浙江抚台恽捐募银三千一百二十两。

漕运总督张捐募银二千四百四十四两一钱六分。

樊云门捐银一千两。

夏菽轩捐银九百九十九两四钱。

沈幼兰捐银一千两。

山东义赈局捐银二千九百九十二两七钱。

蒌济赈局捐银八百九十三两，又（傅衡堂交）捐银七十五两。

无名氏捐银八百两。

浙江赈余（樊介轩寄）捐银七百十六两四钱六分（洋一千四十元折合）。

黎教忠堂捐银五百两。

京师镇江馆赈款捐银四十八两八钱（京平五十退色鲍交），又四次捐银四百五十三两五钱。

江西辅善公所捐银一千四十两。

原任护理甘督李捐银二百两。

汪棣圃捐银二百两。

陈筱石捐银一百九十九两六分（二百两扣平色）。

湖北赈余（涂元甫交）捐银一百五十六两。

沈淇泉捐银一百四两。

吴仲贻捐银一百两。

吴炯斋捐银一百两。

马梅卿捐银一百两。

孙慕韩捐银一百两。

连聪肃捐银一百两。

沈絜斋捐银一百两。

桂记捐银一百两。

无名氏捐银一百两。

孙树臣捐银九十六两（京平百两除平色）。

山东运署捐库平银一千两。内：运台丰捐银二百两，知州谢端捐银二百两，候补县刘维翰、王鸿陆、何蕃瀛、县丞韩瑑森各捐银一百两，候补分司陈宪、大使穆文开、联辉、候补县水政清各捐银五十两。共申合银一千四十两。

川东道署捐募渝平银五百两。内：川东道宝捐银四十两，霍勤炜、张铎各捐银三十两，天顺祥捐银一百两，至公会捐银五十两，天泰正、恒升元、义和永、祥发公、祥发和、谦泰益、恒裕公、恒源祥、庆丰昌、德生义各捐银二十两，裕通祥、同盛长、人和祥、瑞昌和、和记各捐银十两。共折合银四百九十九两八钱

湖南学署捐募京平银四百十两。内：训忠堂柯捐湘平银一百两，各学（廪生五十一名）公捐银一百二两，怡敬斋捐银五十两，慎厚堂、赐福堂、华秾堂、敦信堂、清德堂各捐银三十两。共折合银四百一两八钱。

汉镇两次会〔汇〕来泾平银三百两。内：无名氏捐洋五十元，蓝聚真捐洋七十元，蓝鸿钧捐洋十九元，源成永、不书名、胡二美堂各捐洋二十元，刘亦生、吴福、严云昌、瑞泰和、永昌祥、刘春英、王立轩各捐洋十元，无名氏、忠恕堂捐洋六元，简启祥捐京平银六十一两五钱，胡赓堂捐泾平银五十两。除会〔汇〕水外，共收银三百七两六钱八分。

湖南印结局捐银六十四两。

王惠堂捐银五十两。

湖北粮道谭捐银四十九两七钱二分（五十两退色）。

吴经才捐银五十一两八钱（库平五十退色申平）。

顾姺谷两次捐银九十九两六钱三分（一百扣平色）。

同心氏捐银四十两。

张伯讷两次捐银五十四两。

无名氏捐银四十两。

许稚筠捐银三十两。

刘少岩捐银二十九两四钱。

易实甫捐银三十二两七钱七分。

崇素堂捐银三十两（短四分）。

公善余款捐银二十五两四钱八分。

高熙廷捐银十九两六钱。

赵聪甫捐银二十两八钱。

钟筱舫捐银二十两。

江西赈捐捐银二十两（咸宁县董交），又捐银二十两（记佩交）。

赵芝珊捐银二十两。

武惠后人捐银二十两四钱。

徐梧生捐银十九两六钱。

课选楼主人捐银十二两二钱四分。

屺思子捐银十一两九钱八分。

党鲁泉捐银十二两。

不自弃生捐银十二两。

甘少南、钟石泉、李莘甫、姚释筠、陈麓宾、罗子元堂、陆书城、孟黼臣、闵少窗、涂元甫、袁季九、于梓生各捐银十两。

曹薇亭、张翼辰、马松生、夏涤庵、徐鞠人各捐京平银十两共银四十九两。

黄伯香捐银九两五钱三分（京平十两扣平色）。

高仲珹、傅复庵各捐银八两。

江西赈捐无名氏捐银七两七银八分。

汪伯唐捐银六两二钱。

耕莘堂来、为善堂各捐银六两。

乘骢书屋捐银五两三钱。

中记捐银四两五钱。

自求居捐银四两一钱九分。

敬业堂捐银四两一钱三分（钱六串合）。

孙博臣、王士杰、赵星楼、槐荫堂、无名氏、吴华轩、李东瀛各捐银四两。

孙春圃、易丞午、王肖庭、张馨庵、吕卫生、王步庭、张哲夫、裴韵珊、薛峻峰、马渔樵、方琴堂、陈鸿恩、清阶平、斌小川、和聘卿、何云帆、俞云生、董树藩、夏闰枝、杨少泉、聪记各捐银二两。

英子恭捐银一两三钱八分（钱二千合）。

博固卿、张汝燨、陆仁熙各捐银一两。

陕西藩台捐运豆谷三百石，在醴泉县平粜，入钱一千四百八十八千。

以上共收银八万四千八百八十一两七钱五分，米六千五百七十二石七斗七升，钱一千四百八十八千。

三原粥厂交米脚袋价，存银七十四两二钱九分。

麻袋变价，存银六十二两三钱六分，又存银四十三两八钱。

以上共银一百八十两四钱五分。

急赈捐款项下

张伯讷捐银一百两。

易实甫捐银五十两。

万进之、岳平叔、王捷三仝捐银五十两。

罗紫垣捐银二十两。

清阶平、李椒园各捐银十两。

李海璘捐银八两。

赵子特、荆纯甫、吴子修、孙燕聊各捐银四两。

以上共银二百六十四两。

收捐经费项下

管士修捐银三十两六钱。

连聪肃捐银十两。

王小东捐银十两。

柯凤孙捐银十两八钱。

胡用康捐银七两。

高仲瑊捐银三十五两，又捐银四两二钱（清钱五千六百三十八文合）。

无名氏捐银十两。

吴子修捐银四十四两。

左笏卿捐银十两四钱。

曾寿亨捐银十两。

夏存庵捐米四石。

鲍润漪、刘菊农、马松生、刘幼云、柯凤孙各捐米二石。

刘蔚如捐米一石五斗。

朱炳青、李平臣、许鲁山、李西园、唐毓麟、王筱东、袁季九各捐米一石。

卖米十七石五斗，存银一百七十八两六钱八分。

以上共收银三百六十两六钱八分，实存米五石。

以上统共收银八万五千六百八十六两八钱八分，米六千五百七十七石七斗七升，钱一千四百八十八千。

支 款 项 下

置备大小棉衣五百套，支银四百八十九两九钱四分。

　　查放醴泉县通境四百六十村，一万六千七十九户，大口三万三千六百口，小口一万五千四百五十七口。每大口放四六钱一千，小口减半，计放钱四万一千三百二十八千五百文。又支经费钱二百五千五百文，内用平粜钱一千四百八十八千，换银钱四万四十六千，合支醴平银二万四千九百六十六两二钱五分，申合银二万五千五百九十两四钱。又支经费银一百八十四两四钱七分，共支银二万五千七百七十四两八钱七分，钱一千八十八千。

　　查放咸阳县北原一百九十村及县城四关五千八百八十四户，大口九千九百四十七口，小口六千一百五十二口。每大口放米一斗，小口减半，计放米一千二百七十四石一斗五升，补放四六钱二百八十一千五百文。又支二百石运米车脚钱九十六千，合支咸平银一百七十五两六钱，申合银一百七十九两五钱五分。又支经费银九十两四钱五分，又支省局运米车脚护送兵役口粮银四百七十七两六钱八分，并仓袋价银四十两，共支银七百八十七两六钱八分。

　　查放三原县通境五百五十三村及县城四关九千九百七十一户，大口二万三千一百三十二口，小口一万九百四十二口。每大口放五五钱一千，极贫贴放米六升，次贫贴放米五升，小口减半。计放钱二万八主百三千，米一千五百三十二石四斗七升，补放钱二百二十六千，经费支钱二百五十四千，运米车脚支钱一千三十千，合支泾布平银一万七千二百七两四钱三分，申合银一万七千六百六十四两三钱三分。又支补放城里漏户银一百两，经费支银一百十八两八钱六分，交仓袋介支银六十两一钱，共用银一万七千九百四十三两二银九分。支拨粥厂米二百石，共支米一千七百三十二石四斗七升。

　　查放耀州通境一百八十二村及城内四关五千三百十五户，大口一万三千二百七十一口，小口六千一百二十六口。每大口放倒四六钱二千，小口减半，计放钱三万二千四百五十八千，经费支钱二百九十千一百十四文，合支耀平银一万五千五百九十四两三钱四分，申合银一万五千九百十一两一钱六分，经费支银五十九两四钱，共支银一万五千九百七十两五钱六分。

　　查放临潼县一千二百八十二村及县四关二万二千一百七十一户，大口四万九百四十口，小口二万八千一百十一口。每大口放米一斗，小口减半，计放米三千五百六十六石五斗，米一斗加放钱五十文，计放钱一千七百八十一千五百文。又每大口放制大钱一千，小口减半，放钱一万九千三百二千五百文。又极贫加放急赈，支钱四百十一千六百五十文，雨金屯局米脚役食支钱一百八十八千七百七文，经费支银五百七十四千七百八十四文，交县查放南山钱一千九百六十四千四百九十四文，合支临平银二万二千四百三十一两一钱九分，申合银二万二千六百四十三两八钱八分。又舍药支银二十五两，经费支银七十九两七钱三分，共支银二万二千七百四十八两六钱一分，经费支米五名。

　　赈济关中书院贫生，支银一百两。（柯凤孙手）

　　赙助丁忧局绅赵树箴，支银四十两。

　　赙助临潼收米病故委员许玉山，支银一百两。（张伯讷手）

　　以上共用银八万三千九百五十四两九钱五分，米六千五百七十七石七斗七升，钱一千四百八十八千。

　　实存银一千七百三十一两九钱三分，钱、米二款除支无存。

义赈局题名

荣禄、王文韶、鹿传霖、贻谷、孙宝琦、樊增祥、胡湘林、夏敦复、管廷献、钟润、唐承烈、彭述、鹿浔理、王会厘、马吉樟、李云庆、刘嘉斌、连文冲、鲍心增、左绍佐、涂国盛、段书云、王国桢、刘果、王旭东、汪大燮、洪嘉与、张允言、傅秉鉴、曹垣、柯劭忞、张星吉、闵荷生、于宗潼、傅运生、高松生、李经野、马毓桢、姚舒密、孟庆荣、杨宝森、管象颐。

查放义赈题名

管廷献、柯劭忞、高熙喆、王会厘、吕正斯、陈应昌、吴横、殷学训、刘元朴、孙德忠、赵树箴、袁受益、刘荫昌、吴辰中、吴辰宏、杨年镛、秦勋周、殷承铨、张益昌、王廷选、刘廷选、郭秉钧、阎书麟、何应辉、尚联章、刘秉涛、张仲杰、吴辰升、潘西林、朱寿松、李凤冈、孙传桀、傅秉鉴、李宝洵、林金镜、于龙勋、张凤麟、曾寿亭、程丹卿、王振俊、潘荣森、张耀洲、万立锐、许玉山、梁振纪。

济荒粥赈章程

清光绪二十七年铅印本

（清） 余治原 辑

（清） 葛兴钊 编

李文海 点校

序

　　各省频年饥馑，海内诸善士集巨款力筹赈济，灾民蒙其惠，庆更生者奚止亿万计。奈去年西北恒旸，今岁东南久雨，计非同志数人竭力劝募所能澹厥沈灾。因历稽办赈善法，见《得一录》中汇载开设粥店章程一通，惠不必在大，事尽人可行，施之今日财力支绌之秋，诚善举也。用特广印分送，以备恫瘝在抱者采择仿行。鄙人敢手此一编，而为斯民请命焉。

　　光绪二十七年七月　葛兴钊识

济荒粥赈章程

济饥莫善于粥，而设厂施粥，流弊极多。故施粥厂中，病毙者累累无数，本欲救之，反以害之，固董理者所不及料，亦未始非墨守旧章，不善变通者滋之咎也。拟粥赈章程。

粥店十便说

一、省厂费　施粥必须设厂，公所大房，局面既大，上下人等，伙食工料，一应费用不少。粥店则不必设厂，但就地觅数间空屋，除锅灶缸杓器用外，其余各费俱可从省。

一、可接续　施粥有出无入，当大荒之年，集捐不易，经费恐难为继。开店卖粥，则半施半卖，卖出钱文，又可以资转运，相济源源。在灾民已得便宜，在我亦堪接济，便可多延日月，不致半途中止。

一、免奔命　粥厂必俟人集给发，守候多时，比及吃完散放，为时已晚，数里往返，仍然枵腹。每日为两碗之粥，奔命不遑，老弱妇女，固不能堪，即年壮丁男，亦难强忍。日久疲乏难行，或宿穷檐野冢，古庙荒庵，势必流为乞丐，甚至风霜染病，僵仆道傍，最为可惨。粥店则随到随发，不必守候时刻，自无此等流弊。

一、免废业　粥厂见人数给粥，十口之家，必十口偕来，遂至扶老携幼，冲风冒雨，触目可怜。终日役役，男荒其耕，妇荒其织，有妨将来活计。将欲济之，适以累之，奈何！若粥店则一家只须一人来买，其邻右不能行者，并可托以带买，在家者仍可勤其故业，即来买者，往返甚速，归后仍可操作，本业两无妨碍。

一、全体面　施粥一事，顾体面者，虽朝不谋夕，往往甘心穷饿，不屑嗟来。而爱好妇女，又恐出乖露丑，不肯赴厂，其情最苦。此则以买为名，与者非惠，受者无嫌，且可带买，则妇女并可不必亲来，全人体面，体恤最至。

一、少拥挤　设厂施粥，必俟人集方给，人数既众，拥挤必甚，老幼病弱，受伤必多，甚至倾跌陨命。粥店则自晨至晚，络绎发付，随即散去，可多可少，听人自便，自无拥挤之弊。

一、易筹办　施粥不分界限，须各处一时并举，否则远近偕来，尤难支应。且经费必须广集，方能举事，而估费过大，势必人人畏难，反阻善举。粥店则可以渐次开设，经费亦可渐筹，可收不〔可〕放，可大可小，可暂可久，办理自易。且施粥必须将粥煮齐，方可散放，而粥多时久，每易清坏。粥店则随煮随买，可无清坏之虞。

一、免疾疫　粥厂既设，人迹杂沓，厂旁臭浊，秽气薰蒸。即饱暖之人，尚易染成疾病，故司役者，往往易生怠心。而灾民以寒饿之躯，早起跋涉，道路风霜，外邪乘虚而入，守候既久，厂中再受秽浊，无论老弱，即强壮者必生疾病，此中性命关系不少。粥店则既无薰蒸之气，即跋涉远来，到局即有粥吃，以充饿肠，不必守候，自无疾疫之虑。

一、省司役　粥厂督理烦杂，必须多请司事，多佣夫役，所费甚多。况以人多而忙在一时，尤易生弊，董理者耳目难周。粥店则只须主枢一二人，夫役三四人，一店已可兼办二三图。自晨至晚，陆续打发，无甚匆忙。况夫役少则耳目易周，自然难于作弊，所费亦属无多，以逸待劳，以简御烦，此为最善。

一、多暗助　粥店既设，则极贫、次贫一一呈露，倘实系极苦之户，无钱买粥，局董须另备粥筹，暗中送给，自无向隅之憾。而且目击情形，动人最易，往往有有心人预买粥筹，就中冷眼相看，酌量给予，令其到局领粥，或给钱令买者，自无苦乐不均之弊。如实系经费不敷，难于为继，则不妨用间日卖粥法，否则三日中卖一日亦可。惟须先行贴出，方不贻误。或用糠秕麦糊粥，或米汤，或炒米姜汤，附局散施极贫之户，庶调济灾民，无微不至。逢雨雪之候，则用粥担法遍送，或看天气有久雪之象，则米麦、糠秕、杂粮按户分给，或施不饥丸，亦可使有余粮，以待晴霁，自可免多少杜门饥莩矣。此事最系饥民性命，集资稍有端绪，即当赶办。若必待经费充足，而后举行，则日延一日，待托空言，灾民待哺嗷嗷，恐已多填沟壑。宜先就最荒之镇，先行开办，邻镇见有成效，自必奋兴继起，其好善者亦必乐于续捐。从此劝行，愈推愈广，可以遍及四乡。有志竟成，自古若是。若虑有本非饥户，亦来卖食，有碍极贫地步，可先查明户口，分别极贫、次贫，给票填明人口，其次贫之户，或人口折半亦可，准其买粥几碗，自无浮冒矣。此法始于锡邑青城乡，于道光二十一年大水为灾，义赈之外，又添粥店，以二百千为始。其时不分界限，十里之近，均来买食，计饥口三千余，延至七月之久，所费一千七百余千，人皆称善。嗣后道光二十九年，水发更大，合邑成灾。遂合邑通议，分图开设粥店，一时并举，劝图内稍可自给者，勉力输捐，其图内无大户者，总局协济，酌贴粥米若干。计合邑粥费六万余千，合活灾民数十万众。可见善有同心，所患赴之不勇，为之不诚耳。能勇能诚，何事不济。

道光二十九年常州府通饬合郡劝行刊发规条

救饥之法，惟粥最宜。而施粥之弊，前人有极言之者，以其有拥挤守候之劳，且有接济为难之虑也。道光二十一年，锡邑被水成灾，北乡芙蓉、杨家各圩尤甚。有青城乡北七房镇同人，集资开设粥店，半价发卖。（先查给粥票，照票发筹，照筹发粥，临早随晚，或多或少，听其自便。）其实系极贫之户，无钱买粥者，许照票半给，如平粜之给余钱者，或暗与钱，或许暂赊一碗、半碗，聊可充饥。此举无施粥之名，有救饥之实，煮粥之本，日有所亏，则逐捐逐补。故延至经年，事半功倍，人皆称善，近乡仿行者不少。至二十九年常郡合属大水，特将粥店章程，由府通饬各属，一体照办。一时郡属各乡城，仿照旧章遵办者数百处，饥民便焉，全活无算，谨拟粥店简便说如左，冀有心人采择行之，幸甚。

从来救荒之策，自恩赈抚恤外，莫善于煮赈。然煮赈难善，要亦不能无弊。盖设厂煮赈，必俟远近饥口齐集，方可给发，不至日中必不得食，彼枵腹者恐不及待矣。且煮赈必按口给发，凡一家有数口者，不得不扶老挈幼而至，始则奔走恐后，继则拥挤争先，势所不免，其疲癃残疾，不胜奔走拥挤者，不得食也。此煮赈之弊也。故有心救荒者，莫如去赈之名，而寓赈之实，于被灾之区，开设粥店，减价发卖。较之煮赈，其便有四：随到随买，不须等候，则无拥挤之患，其便一也。一人来买，两三家可以安坐而食，无事万人空巷，以致废时失业，其便二也。煮赈经费浩繁，难于久远，以故人人畏难，以煮赈一处之费，可以分设三处；以煮赈一月之费，可以延至三月。费少则易成，三也。且显有赈饥名目，在自爱者或有甘心穷饿而不肯食，至于以钱买之，则不以为耻矣，其便四也。前于道光二十年，无锡青城乡六一图曾行此法，周围十数里之内，人人称便，已有成效。今岁水灾尤甚，民不聊生，好善君子，倘能放〔仿〕其大概，斟酌行之，或十里、五里，随便开设粥店，以至麦熟为期，则起死肉骨，彼嗷嗷者均沾实惠于无既矣。谨将煮卖条规详开于左：

一、每米一斗，加粉二升五合，煮粥百杓。

一、煮粥须用新米（南米最好），粉米不拘，每粥一杓，定价四文，半杓二文。

一、每作灶一副，头二锅煮粥，梢锅贮水。俟粥出锅后，既将梢锅滚水，匀入头二锅内，便省柴火。

一、粥米每锅须有一定之数，预先量准，将两锅米并在一处，用小缸水浸半日。

一、头二锅须用极大者，名平三尺，梢锅次之。

一、风箱要大，且要新，既省砻糠，出粥又快。

一、煮粥水须用矾打洁净。

一、继出锅后贮大缸内，不可任其上面结盖，倘结盖则热气不能外达，易变清水。须用长柄扒头，时时兜底搅之。

一、先后出锅冷热之粥，断不可贮放一缸。

一、煮粥之锅，须先烧滚水二三次，然后煮粥。

一、粥不可过热，亦不可过冷。

一、煮粥宜旧锅，旧传新锅煮菜粥、煮饭菜，饥民食之，未有不死者。故厂中须用旧锅，万一旧锅不足，须将新锅，或向庵堂寺院，或向饭铺酒家，换取旧锅备用，庶不致捐人之命，此又一要法也。

粥不可过饱过热

明崇祯庚辰年，浙江海宁县双忠庙赈粥，人食热粥方毕即死，每日午后必死数十人。又，宋湖州赈粥，粥方离釜，犹沸滚器中，饥人急食之，食已，未百步而即死者无异〔疑〕。后杭人何敬德知之，遂于夜半煮粥，置大缸中，明旦分给，死者寡矣。其所以必死之故，人知之乎？凡食粥者，身寒腹馁，必然之势。身寒则必喜热粥，腹馁则必贪饱餐，殊不知此皆杀身之道，立死无疑。故赈饥民，其粥万不可过热，令其徐徐食之，戒其万勿过饱，始可得生。赈粥时尤须大书数纸，多贴于粥厂左右，上书饿久之人，若食粥骤饱者，立死无救。若食粥太热，亦立死无救。犹当令人时时高唱于粥厂之中，便瞽目者与不识字之人皆知之，庶可共警。人之生死系焉，仁人幸无忽也。

因里设厂赈粥

魏叔子禧曰：施粥者必须因里设厂，若劳其远行，恐半途仆毙。又须立人监理，令饥民至者，随其先后，来一人则坐一人，后至者挨坐，已坐者不许再起。一行坐尽，又坐一行，以面相对，以背相倚，空其中路，可令担粥人行走，坐至正午，击梆一通，高唱给第一次食，令人次序轮散，有速食先毕者，不得混与。一次散讫，然后击梆二通，高唱给二次食，如前法，其三次即止。盖久饥之人，肠胃枯细，骤饱即死。再，饥民中称有父母妻子卧病在家者，酌量给与携归。处分已讫，方令散去。散去之法，令后至坐外边者，先行挨次出厂，庶不致拥挤践踏。又多人群聚，易于秽染生病，须多置苍术醋碗薰烧，以逐疫气。又不时察验，严禁管粥者克米，将生米搀稀，食者暴死。其碗箸各令饥民自备。米虽多亦不得施饭，久饥食饭，有立死者。

一 担 粥 法

赈粥者聚而待哺，冷气薰蒸，更防变生意外，莫若用担粥法。无定期亦无定所，每晨用白米数斗煮粥，盛以有盖桶，外备小篮，贮碗十只，筷十双，盐菜小许，分挑至通衢，若郊外，凡遇贫乞，令其列坐，人给一杓。每担需米五六升，可给五六十人之餐，十担便延五六百人一日之命。或数日，或旬日，若有仁人继之，更可暂延多命。无设厂之劳，有活人之实。既可时行时止，又且无功无名，量力而行，随人能济，每日有仁方矣。此崇祯辛巳嘉善陈龙正赈粥之法也。如四月后天炎，不可用粥，不拘粞米、麦豆，磨粉为蒸饼、汤团之类，照散粥法分给亦便。

陆桴亭施米汤约

陆桴亭世仪劝施米汤约曰：荒岁米贵，民多食豆粞、麸粮、草根诸杂物，涩滞塞肠，久饥者每每致死。尝考方书，惟谷性最养人，人但得谷气，即累日可以不死。因思今素封家，虽无余力可以活人，然朝夕炊粥饭时，幸少增勺米，汤沸必挹取数盏，盛大瓮中，多多益善。明晨以汤再烧，量入麦粉少许，使成稀粥。更以水姜三四块，捣碎调和，各就门首施之。或一次，或早晚二次，汤尽为度，用以稍润饥民肠胃。凡有活人之心，宜无不以为然者。

董慎斋澄煮麦粥法

黄慎斋澄煮麦粥法曰：用大麦磨成面子，每面八升，加以碎米二升，调成糊粥。遇饥年择一傍庙宇空处，对面搭棚十间，两头设立木栅门，门派二役把守。栅内砌土灶五眼，用大锅五口，满贮清水，烧冷〔令〕滚沸。预将米粉、麦面二八拌匀，堆贮棚内，一锅水滚，入麦、面搅匀，顷刻浓熟可吃。用大杓约一大碗，自东栅门放饥民鱼贯而入，即与一大杓，挨次给散，令其由西栅而出。一人掌杓施粥，其调煮之人，即于第二锅内，下面调搅，顷刻又熟。二锅散完，即散三锅，次第以至四、五锅，而第一锅又早水滚可用矣。锅不必洗，人不停手，灶下十人，灶上十人，共二十人替换，中供是役。计面粉每升可调三四杓，济三四人，计三四石可济千人。每日调粥十余石，可济四五千人，初不虑拥挤也。自卯末辰初，散至午末竣事。计麦面、米粞之价，较米价止十分之五，而人工费用器具，又省十分之七八矣。其便有五：一、价贱则经费可充可久。一、面粉粗于米粥，非实在饥民，不来争食。一、米粞拌入麦面之中，厂内人不能侵克，搀熟可现吃，非若冷粥伤人脾胃。一、顷刻成熟可吃，非若米粥必隔夜烧煮，费人工时候。如境遇大荒，城乡分设四厂，可无受饥之民矣。但须预于半月前发米磨牺，发大麦磨面，责成磨坊碾部，陆续磨运，堆贮以供应用无缺。查大麦面子，淮、扬、徐、海贫民藉以日食，收买甚易。江以南则须买麦，焙熟方用，以免伤人脾胃。

道光二十九年，锡邑大水，各乡设粥店数十处，而吃粥者多，博济为难。因设糠牺糊粥，权宜补救。其糊用糠六分，牺四分，共磨细粉入锅，将滚水调糊，略煮数沸，倾于缸内，缸外用草鞯围之，上覆以盖，经时不冷。如无牺，以大、小麦粉代之，或用小豆饼磨粉掺入。盖因施卖米粥，尚有滥吃之人，若此糠牺糊，则非真极饿者，必不屑食，所来就食者，尽属极贫之辈，是以人皆称善，而助捐者源源不绝。凡救饥时而以经费为忧者，可仿办也。（时有以煮粥必须好白米，且言必须极干极厚，皆但知其一，不知其二，不知经办者之苦心也。）

米麦之外，一切杂粮，如包谷、豆粒、番茹，亦堪作粉果腹。但各粉只可调糊，切不可作糕饼干食，恐伤脾胃也。

山东赈抚赈捐总局改章收捐章程

收捐章程

清光绪二十七年刻本

（清）山东赈抚赈捐总局 撰

李文海 点校

山东赈抚赈捐总局改章收捐章程

遵照部议改章收捐事

山东赈抚赈捐总局为遵照部议改章收捐事。光绪二十七年九月初四日奉巡抚部院袁案验光绪二十七年八月二十一日准行在户部咨捐纳房案呈本部议奏遵旨停止实官捐输酌拟常例准捐各条一折，光绪二十七年八月初七日具奏本日奉旨：依议。钦此。相应刊录原奏清单飞咨山东巡抚查照可也等因到本署部院，准此合就檄行。为此仰局官吏即便钦遵查照办理毋违。计粘抄原奏内开虚衔封典贡监翎枝等项，各省遇有水旱偏灾，多藉此项捐输以资赈济，且与实官有别，自不在应行停止之列。第成数过减，殊不足以示郑重，应令嗣后各省赈捐，凡衔封贡监，均以五成实银上兑，各项翎枝，仍准按赈捐章程上兑等因到局。奉此，当经详请咨部立案，并分别咨行各省局及本省各属一体查照劝办。所有遵照部议准捐各项例定银数，开列于后。

计开：

一、收捐虚衔封典贡监等项，统按例定银数，以五成实银上兑；其应试贡监生仍收十成实银。

一、道员捐二品顶戴，有三品衔及盐运使衔者，例银五千四百两，无衔者例银加倍。

一、由贡监生捐盐运使职衔，例银七千八百七十二两。

一、由监武生捐副将职衔，例银三千六百四十八两。

一、由监武生捐参将职衔，例银二千七百三十六两。

以上四条，均以五成实银上兑。

一、四品以下各官报捐花翎，收实银九百两，蓝翎减半。

一、捐棉衣章程，须捐办棉袄裤一套者方准作银一两请奖建坊，其折解实银代为购制者，一律核给奖叙。

每奖衔封贡监，例银一百两，收部饭银一两五钱。每收捐一名，收照费银三钱。贡监两项，每名另收国子监饭食照费银一两七钱。翎枝每正项银一百两，收部饭银三两，每名照费银三钱。再每收捐实银百两，随收公费银六两。此款系令捐生随同捐银交纳，不得于正项内扣支。

捐 贡 监

一、贡生

由附监生，捐银一百四十四两。

由增生，捐银一百二十两。

由廪生，捐银一百零八两。
一、监生
由俊秀，捐银一百零八两。
由附生，捐银九十两。
由增生，捐银八十两。
由廪生，捐银六十两。

京 官 职 衔

一、郎中
由贡监生，捐银三千八百四十两；由同知，捐银一千六百五十六两。
一、员外郎
由贡监生，捐银三千二百两。
一、主事、都察院都事、都察院经历、大理寺寺丞
由贡监生，捐银一千六百六十两。
一、光禄寺署正
由贡监生，捐银九百两。
一、大理寺评事、太常寺博士、太常寺典簿、通政司经历、通政司知事
由贡监生，捐银七百五十两。
一、銮仪卫经历、中书科中书、詹事府主簿、光禄寺典簿
由贡监生，捐银六百五十两。
一、部寺司务
由贡监生，捐银六百两。
一、国子监典簿
由贡监生，捐银五百两。
一、国子监典籍、翰林院待诏
由贡监生，捐银三百六十两。
一、翰林院孔目
由贡监生，捐银三百二十两。

外 官 职 衔

一、道员
由贡监生，捐银五千二百四十八两。
一、知府
由贡监生，捐银四千二百五十六两。
一、盐运司运同
由贡监生，捐银三千八百四十两。
一、同知

　　由贡监生，捐银二千两。

一、通判

　　由贡监生，捐银一千六百两。

一、布政司经历、布政司理问、州同

　　由贡监生，捐银三百两；由恩拔副贡生，捐银一百二十两。

一、按察司经历、布政司都事、盐运司经历、州判

　　由贡监生，捐银二百五十两；由恩拔副贡生，捐银七十两。

一、盐库各大使、按察司知事、府经历、县丞、盐运司知事、布政司照磨

　　由贡监生，捐银二百两。

一、按察司照磨、府知事、县主簿、州吏目、茶马大使

　　由贡监生，捐银百二十两；由从九品、未入流，捐银一百八十两。

一、从九品、未入流

　　由俊秀，捐银八十两；由未满吏，捐银六十五两；由已满吏，捐银五十两。

一、各馆眷录举人准捐同知职衔，照常例贡监生报捐银数酌加五成。生监准捐通判职衔，照贡监生报捐银数酌加三成。其余职衔，仍按常例银数办理。

一、各馆供事报捐七品按经、布、都、盐经职衔，各照常例贡监生报捐银数加倍报捐。其捐府经、县丞各职衔，应按未满吏递捐例银三百二十五两，捐县主簿、州吏目各职衔例银二百四十五两。

文进士、举人报捐京外四、五品职衔，应扣除原资银数

一、进士

已截取者，作银一千二百九十五两；未截取者，作银一千一百五十五两。

一、举人

已截取者，作银一千零十五两；未截取者，作银八百七十五两；未拣选者，作银七百三十五两。

以上各项文武职衔，凡小衔加捐大衔，准将原捐小衔银数抵算。惟文京职衔加捐文外官职衔，往往有原捐银数浮于加捐者，只准照对品外衔银数作抵。其文衔改捐武衔、武衔改捐文衔，照例不能作抵银数。

京官暨教职报捐升衔

一、现任部司务捐六品升衔，应银一千一百三十一两。候补、候选，应银一千三百四十七两。

一、现任国学正、国学录、国典簿捐六品升衔，应银一千零七十三两。候补、候选，应银一千一百八十八两。

一、现任理评事、科中书、阁中书、銮经历、常博士捐五品升衔，应银二千七百七十二两。候补、候选，应银二千九百四十五两。

一、现任通经历、通知事、常典簿、国监丞捐五品升衔，应银三千一百七十六两。候补、候选，应银三千三百六十三两。

一、现任副指挥捐五品升衔，应银三千八百九十六两。候补、候选，应银四千二百十

三两。

一、现任光典簿、詹主簿捐五品升衔，应银三千八百三十一两。候补、候选，应银四千零六十二两。

一、现任京府经历捐提举升衔，应银一千九百五十二两。候补、候选，应银二千零二十四两。

一、现任京通判捐同知升衔，应银一千零三十七两。候补、候选，应银一千二百六十八两。

一、现任光署正捐员外郎升衔，应银二千五百九十二两。候补、候选，应银二千七百二十二两。

一、现任正指挥捐员外郎升衔，应银二千八百六十六两。候补、候选，应银三千零七十五两。

一、现任主事、都都事、都经历、大理寺丞捐员外郎升衔，应银一千二百五十三两。候补、候选，应银一千九百四十四两。

一、现任教谕捐科中书升衔，应银八百二十一两。候补、候选，应银九百三十六两。

一、举人出身现任教谕捐内阁中书升衔，应银八百二十一两。候补、候选，应银九百三十六两。

一、五贡出身现任教谕捐内阁中书升衔，应银一千一百三十七两。候补、候选，应银一千二百五十二两。

一、举人出身现任训导捐内阁中书升衔，应银一千二百三十九两。候补、候选，应银一千三百零四两。

一、五贡出身现任训导捐内阁中书升衔，应银一千五百五十五两。候补、候选，应银一千六百二十两。

外官报捐升衔

（部章升衔上不准再加升衔，属员不准加本管上司衔，外官不准加京官衔，教职不在此例）

一、道员衔

由现任知府，例银一千八百两，折实银一千四百四十两。候补、候选者，例银二千五百二十两，折实银二千零一十六两。

由现任运同，例银四千二百四十八两，折实银三千三百九十九两。候补、候选者，例银五千六百八十八两，折实银四千五百五十一两。

一、知府衔

由现任直隶州，例银二千六百一十九两，折实银二千零九十六两。候补、候选者，例银三千四百八十三两，折实银二千七百八十七两。

由现任同知，例银三千二百四十两，折实银二千五百九十二两。候补、候选者，例银四千六百六十二两，折实银三千七百三十两。

一、运同衔

由现任同知，例银三千零二十四两，折实银二千四百二十两。候补、候选者，例银三千七百二十六两，折实银二千九百八十一两。

由现任知州，例银三千七百四十四两，折实银二千九百九十六两。候补、候选者，例银四千三百零二两，折实银三千四百四十二两。

由现任运副、提举，例银四千三百二十两，折实银三千四百五十六两。候补、候选者，例银五千四百两，折实银四千三百二十两。

一、同知衔

由现任知县，例银一千二百九十六两，折实银一千零三十七两。候补、候选者，例银一千五百八十四两，折实银一千二百六十八两。

由现任直隶州州同，例银二千六百一十九两，折实银二千零九十六两。候补、候选者，例银三千二百六十七两，折实银二千六百一十四两。

由现任通判，例银一千九百一十七两，折实银一千五百三十四两。候补、候选者，例银二千四百四十八两，折实银一千九百五十九两。

一、运副衔

由现任通判，例银一千六百一十一两，折实银一千二百八十九两。候补、候选者，例银一千八百五十四两，折实银一千四百八十四两。

由现任知县、运判，例银二千四百四十八两，折实银一千九百五十九两。候补、候选者，例银二千五百九十二两，折实银二千零七十四两。

由现任州同，例银二千八百三十五两，折实银二千二百六十八两。候补、候选者，例银三千零八十七两，折实银二千四百七十两。

一、提举衔

由现任通判，例银七百二十两，折实银五百七十六两。候补、候选者，例银八百九十一两，折实银七百一十三两。

由现任运判，例银一千二百九十六两，折实银一千零三十七两。候补、候选者，例银一千四百六十七两，折实银一千一百七十四两。

由现任布经历、州同、布理问，例银一千七百五十五两，折实银一千四百零四两。候补、候选者，例银二千零七两，折实银一千六百零六两。

由现任盐经历、直隶州州判、州判，例银二千一百八十七两，折实银一千七百五十两。候补、候选者，例银二千五百二十九两，折实银二千零二十四两。

一、布经历、布理问、州同衔

由现任布都事、盐经历，例银三百三十三两，折实银二百六十七两。候补、候选者，例银四百五十两，折实银三百六十两。

由现任直隶州州判、州判，例银三百七十八两，折实银三百零三两。候补、候选者，例银四百八十六两，折实银三百八十九两。

由现任县丞，例银四百零五两，折实银三百二十四两。候补、候选者，例银五百二十二两，折实银四百一十八两。

由现任按经历，例银五百八十五两，折实银四百六十八两。候补、候选者，例银六百六十六两，折实银五百三十三两。

由现任府照磨、县主簿、府知事、训导、按照磨、布照磨、盐知事，例银六百二十一两，此在推广例内，不准减成。候补、候选者，例银七百八十三两，此在推广例内，不准减成。

由现任从九流_{未入}，例银七百四十七两，此在推广例内，不准减成。候补、候选者，例银九百五十四两，此在推广例内，不准减成。

教职捐京官职衔

一、翰林院待诏衔

由现任学正、教谕，例银二百三十四两，折实银一百八十八两。候补、候选者，例银三百零六两，折实银二百四十五两。

一、国子监典国子监典^簿_籍衔

由现任学正、教谕，例银三百零六两，折实银二百四十五两。候补、候选者，例银三百八十七两，折实银三百一十两。

一、翰林院孔目衔

由现任训导，例银三百二十四两，折实银二百六十两。候补、候选者，例银四百八十六两，折实银三百八十九两。

武　官　职　衔

一、游击

由监生武生，捐银一千八百二十四两。

一、都司

由监生武生，捐银九百两。

一、营卫守备

由监生武生，捐银六百两。

一、守御所千总

由监生武生，捐银四百两。

一、卫千总

由监生武生，捐银二百五十两。

一、营千总

由监生武生，捐银二百十两。

一、把总

由监生武生，捐银一百二十两；由俊秀，捐银二百三十两。

捐　封　典

一、京外文武现任及候补候选人员

一、二品捐银一千九百两，三品捐银八百两，四品捐银七百两，五品捐银四百两，六、七品捐银三百两，八品以下捐银二百两，均给与应得封典。未入流捐银一百两，亦给予从九品封典。

一、捐纳京外文武职衔人员

三品捐银九百六十两，四品捐银八百四十两，五品以下照现任候补、候选人员一律报捐。

一、京外文武现任及候补、候选人员加级请封，应分别京职、外职，各照寻常加级银数报捐。

在京文职：

二品捐银二百五两，三品捐银一百八十五两，四品捐银一百六十五两，五品捐银一百四十五两，六品捐银一百二十五两，七品捐银一百五两，八品捐银八十五两，九品以下捐银六十五两。

在外文职：

二品捐银四百十两，三品捐银三百七十两，四品捐银三百三十两，五品捐银二百九十两，六品捐银二百五十两，七品捐银二百十两，八品捐银一百七十两，九品以下捐银一百三十两。

在京武职：

二品捐银一百四十两，三品捐银一百三十两，四品捐银一百二十两，五品捐银一百十两，六品捐银一百两，七品捐银九十两，八品捐银八十两，九品捐银七十两。

在外武职：

二品捐银二百八十两，三品捐银二百六十两，四品捐银二百四十两，五品捐银二百二十两，六品捐银二百两，七品捐银一百八十两，八品捐银一百六十两，九品捐银一百四十两。

一、捐纳文职衔人员加级请封，亦分别京职、外职，各照随带加级银数报捐。武职衔不分京外，悉照在外武职捐寻常级银数加倍报捐。

在京文职：

五品捐银二百九十两，六品捐银二百五十两，七品捐银二百十两，八品捐银一百七十两，九品以下捐银一百三十两。

在外文职：

四品捐银六百六十两，五品捐银五百八十两，六品捐银五百两，七品捐银四百二十两，八品捐银三百四十两，九品以下捐银二百六十两。

武职：

三品捐银五百二十两，四品捐银四百八十两，五品捐银四百四十两，六品捐银四百两，七品捐银三百六十两，俱准其加一级。再有情愿多捐加级者，悉照此数报捐，准照所加之级捐封。

一、京外大小各官赐封曾祖父母、伯叔祖父母、伯叔父母、庶母兄嫂及外祖父母，均准其赐封。

一、八品以下职官，向例止封本身，不封妻室。如八品以下至未入流等官，欲封本身及妻室者，准照常例捐封银数加倍报捐，给予本身及妻室封典。如止封本身，不封妻室，仍照常例银数报捐。

一、京外文武各官以及捐职人员，有为第三继妻捐封，俱照本身品级，一体交银，给予应得封典。如为第三继妻捐封，应令先封本身及原配、继配妻室，再照本身品级捐封银数，另为第三继室请封。如本身及原配、继配本有封典，亦毋庸重复捐请。

一、子孙为伊祖父、父原职品级追请封典者，亦准一体捐请。

一、京外各官及捐职人员由加级及捐加之级捐封者，准照加级给封限制报捐。（八品以下不得逾六品，七品不得逾五品，五、六品不得逾四品，三、四品不得逾二品。）惟捐职四品人员止准捐至三品，现任及候补、候选三、四品人员准其捐至二品，其五、六品以下京外各官及捐职人员有加等捐封者，照常例加倍交银，各准其加一等捐。仍定限制，五、六品准捐至三品，七品准捐至四品，八品以下准捐至六品。

一、加等请封人员，无论现任、候补、候选职衔，概令按品照现定捐请封典银数加倍报捐，其捐衔人员请封，仍不得至二品。

一、三品以上各官欲捐请本生曾祖父母封赠者，准照貤封曾祖父母之例报捐。

一、官生有自幼受外家抚养之母舅、舅母、姑夫、姑母、姨夫、姨母、妻父、妻母，均照恩抚伯叔父母例，准其具呈捐请貤封生母应归应封办理，毋庸另请貤封。

一、议叙四品职衔人员加级捐请二品封典，准其加倍交银，照现任及候补、候选人员例一体给封。

一、捐纳分发各部院学习行走人员，恭遇覃恩例不及封，应令具呈户部，照常例报捐封典。

一、例载捐职四品人员止准捐至三品封典，议叙四品职衔人员加级捐请二品封典，准其加倍交银，照现任及候补、候选人员例，一体给封各等语，此次量为变通，捐职四品人员应请援照道光二十五年吏部会议推广封典案内各项。捐纳四品职衔人员令照常例银数加一倍半报捐，准其照议叙四品人员一体加级捐请二品封典。（议叙四品职衔人员请二品封典。例银一千八百两，捐职四品人员请二品封典。例银二千二百五十两。以上二条系貤封银数，应捐加级。仍按品级呈缴。）

一、例载四品至七品官不得貤封曾祖父母，八品官以下不得貤封祖父母等语，查捐封人员伯叔祖父母、伯叔父母均准捐封，至曾祖父母、祖父母一脉相承，限于品级，不得貤封显扬，尚有未备，此次量为变通，四品至七品官，准其貤封曾祖父母，八品官以下，准其貤封祖父母，照常例之数加倍交银报捐。

一、例载报捐加级捐封者，其旧捐之级不准计算，应令另捐新级，作为捐封之级，并于呈内声明"专为请封"字样。每一次捐级，准其捐封一次，捐封后即行豁除等语。此次量为变通，本局捐级请封人员，准其将所捐之级续行捐请封典，毋庸豁除。惟不准将捐封之级抵销处分，以示区别。

一、例载捐封人员有貤封曾祖父母、伯叔祖父母、伯叔父母、庶母兄嫂及外祖父母者，均准其捐请貤封等语。查外姻有服尊属均准捐封，而同堂亲属服制较近，不得貤封，未免向隅。此次量为变通，应请准其捐请貤封嫡堂伯叔祖父母、嫡堂伯叔父母、嫡堂兄嫂。

一、告假、告病、服满各员，如有捐封及捐级捐封者，应各按原官品级，照例定银数，准其于覃恩期内一体捐请，仍给予覃恩字样。

一、查常例内载嫡堂伯叔祖等尊长均准貤封，此次推广所有从堂、再从堂尊长，准其一体貤封。又例载五、六品以下各官及捐职人员，有加等捐封者，照常例加倍交银，各准其加一等报捐。仍定限制，五、六品止准捐至三品，此次推广准捐至二品，其银数应照道光二十八年推广封典案内捐纳。四品职衔准捐二品封之例加一倍半办理，七品向止准捐至四品，此次推广准捐至三品，八品以下向止准捐至六品，此次推广准捐至五品。其推广封典银数，各照常例加一倍之条办理，毋庸加至倍半，以示区别。（五、六品人员请二品封，例银二千二百五十两，三品封例银一千九百二十两，七品人员请四品封，例银一千六百八十两，三品封例银一千九百二十两，八品以下人员请六品封，例银六百两，五品封例银八百两。以上各条均系捐封银数，应捐加级，仍按品级呈缴。）

一、外曾祖父母、妻祖父母，亦准其按例定品级银数捐请貤封。至捐封各员，仍不准越次捐请，以示限制。

一、休致人员应各按原官品级，照例定银数报捐。

一、为人妇者，知追荣其故夫，以伸恩义，为人后者欲曲显其先代，以尽孝思。如有急公报效，愿为其已故夫之祖若父捐职请封，并为祖若父貤封其先人者，应准呈请，以遂其报本之忱。

一、第三继妻以后谊同敌体，应准其按次递捐，以昭旷典。

一、一品至三品不得貤封祖父母，推广章程，准为已故祖若父捐职请封，并貤封其先人，自应以现在捐请之人核计世代至曾祖为断，不得貤封高祖。

一、三品虚衔人员捐二品封，应令按二品例定银数加倍交银一千八百两。

一、京外捐纳候补及各项捐输议叙职衔人员，于恩诏给封期内捐封者，准加与覃恩字样。

一、凡升官在恩诏之后者，各按所升之级，照常例补交加级银两，即入覃恩例内以升衔给封。

一、捐职人员捐级捐封，如只捐加一级，应交随带加级银数，此外多捐之级，即照寻常加数办理。

一、实任各官，京官之外，向来只照本任品级封赠。此次量为推广，嗣后凡遇恩诏给封期内，准令京外实任各官均照随带加级银数捐级请封，其所捐之级，准其续行捐封，不准抵销处分。

赈榆录

民国七年铅印本

（清）王继鼎 撰

张玮 点校

叙

　　盖闻明盛启自殷忧，危疑能断大计，事所必至，理有固然。应城宣胪公王老伯以战绩得保知县，班需次秦垣垂三十余年。每遇一事有关国计民生者，莫不忧其不克奏功，疑其不能尽善也，宵旰勤求济而后已。是固上峰时加特眷，同僚咸仰师资也。如榆林天旱，已逾周年，灾区辽阔，赈济维艰。大府因事择人，檄公权斯邑篆。经几番经营惨淡，榆民始庆再生。足征我公办事勤恳之一班，其时蜀之酆都、长寿诸邑久旱大荒，寿为四川备员，奉委办赈，煞费心力，苦难就绪。幸同寅诸君赞助有方，草草蒇事。抚心自问，甚有愧于川民。迨游历滇南，与宣胪公之次公子王协戎荩臣共事一方，偶谈及公之平时政绩及赈榆颠末，殊觉恍然悟，豁然明。爰欲补牢，窃叹羊已早亡矣。去岁卸蒙邑篆，晋京觐见，路出汉皋，绕道来应。访同年王芝伯选拔暨故旧荩臣协戎，拟作平原长日谈。闻宣胪公已由秦之乾州直牧解组归田矣。抠衣进谒，谈次出《赈榆录》见示。盥诵回环，详细辩论，更有胜于荩臣在慎所述者。益信公之办赈，以殷忧启其盛，以危疑决其计也。噫嘻！榆民何幸而得公，蜀民何不幸而不得公耶。吾不禁抚卷之叹。谨志数语，聊伸钦佩云尔。

　　民国七年新正世愚侄刘寿丰鞠躬敬叙

序

民国三年，余宰应城。夏秋值大旱，荒歉待赈。至冬会绅筹议，乃上请国帑，下劝捐输。群策群力，幸藏厥事。夫水旱偏灾，何时蔑有。荒政诸书，无法靡备。当事者要须以己饥己溺之心，如肤剥肤切己之痛，官绅相维，急起直追，因时制宜，未可徒守陈法也。王君宜庐于此次赈务，虽未躬亲其事，每于接谈之顷，借箸代筹，实多赞助。复出所著《赈榆录》见示，盖其令榆时办赈之成绩也。其时，先叔祖子俊公官山西之临县。戊寅夏，冒暑放赈，积劳道殂。大府请以知府赠恤，袭云骑尉。临民至今私祀焉。秦晋壤地相接，灾重赈薄，同一困难。是时，王君在榆贤劳况瘁，其情状固重可念也。今者溜览是编，始悉其思虑之精，拊循之善，成竹在胸，有条不紊，虽不泥守古法，而事事辄合机宜。出水火而登衽席，榆民何幸而得此贤长官耶！今王君已解组归田，年近花甲，精神强健，为善爱民之心，孜孜不倦。时复本其平日之经验，相助为理，造福梓乡。固非徒榆民昔日之幸，亦应民今日之幸也。特书数言，以志佩仰。

民国四年五月朔潞河白抵拜叙

序

天灾流行，何代蔑有。救荒之策，散见群书。然每有治法而无治人，非承办中饱，即激酿变端。国家虽有殊恩，黎庶鲜沾实惠。考古证今，救荒何若是之难也。本年春，余因办理清乡，驻防应城。邑绅王公宜胪，前清知陕西榆林县事，手出《赈榆录》见示，余悚然起敬曰：此救荒政也，昔人恒难之矣。及溜览一周，凡劝捐、散赈、转运、平粜诸大端，皆殚精竭虑，措施咸宜。榆林士民感其惠而歌颂者，若无一夫之不获。余至此始知救荒之不果难，顾为政者力行何如耳。王公以己饥己溺心，行博施济众政，庸止囿于榆林一邑乎？观是录所载叠请赈乡，未允即欲辞职，不忍流亡愧食厚禄之遗意也。是谓爱国之心挚。委婉劝导，民皆踊跃纳捐，襄成义举。是谓得民之心深。雨雪奔走，弗辞劳瘁，义务克尽，驼户运粮私分，立加追惩，而民无怨言。饥民麕集成疫，立予分遣，而疫不成灾，是其心严而慈。至若标记饥尸，加粮育婴，是又文王泽及枯骨，孔子关怀少者而并行不疑也。有此仁爱，具以毅力，郑介夫流民之图手不暇绘。梁惠王移民之粟口不乐言。可以宰榆林即可以宰天下，榆林安得限我王公也！今天下之啼饥号寒者众矣，而拯救者卒不闻善政。胡彼苍独爱一榆林，使王公限于榆林之一方，而不得展志于天下以普济穷民也。胡彼苍并不爱一榆林，使王公不久于榆林之一方，致天下虽有不忍于穷民。愿施普济之谋者竟无榆林为之表率也。余武人，不谙民政，偶阅是录，好善之心油然而生。盖其实心实政，足以感发于无形耳。彼身受其惠之榆人，度已检阅志乘，勒诸碑碣，摩挲赡礼，使槐荫手泽，永留甘棠遗爱也。又岂余桑梓之荣也欤！是为序。

民国六年三月湖北陆军第一师步兵二旅三团三营营长殷贞祎

自　序

　　光绪丙子二月，余授榆林县篆。时河南、山西等省岁荒已二年矣。乞籴于关内，盖藏一空。丁丑，陕西全省大旱，榆郡幅员辽阔，灾情尤重。惟虑质本儒素，深恐不识民艰，悚惶不能自己，醴泉宋伯鲁侍御与余道义交，尝谓饥馑一事，足以亡国。前明庄烈帝元年，陕西大饥，府谷贼王嘉允、宜川贼王左掛、白水贼王二等一时蜂起，攻城杀官。安塞马贼高迎祥自称闯王，饥民王大梁等应之。崇祯末，李自成陷王都，清兵薄燕京，天地震惊，明祚遂亡。是饥民之易于蠢动而不易于赈安也。余有鉴于前明之覆车，求全饥民之生命，考之荒政诸书，既属赈无善法，商之同舟诸君，亦皆措手无方。窃谓道不嫌于创，事不病于因，通权达变，向时制宜，或能奏其效果矣。曾文正公云：人有何才？诚心即其才。余虽忝列帮办，而职掌雷封，责无旁贷，百计求维，只有诚心将事，以冀感通耳。于是躬亲斯举，历有年余。若何劝捐开赈，若何转运平粜苦费心神，始竣厥事。曩于公余，一一笔之《宦游备采》，如古人思补过之遗意焉。迨庚子、辛丑，陕又大祲。余躬逢其会，奉委转运，比往湖北老河口采买赈粮，运陕赈需，目击小民荡析离居，前后一辙。俯仰今昔，不禁潸然。至《宦游备采》，尚待纂辑，兹将赈输事宜摘编成帙，卷分上下，颜之曰《赈榆录》，非敢言功，不过追述劳心尽事，未轻膜〔漠〕视民命之梗概尔。

　　光绪二十七年辛丑季秋王继鼎

赈榆录卷上

　　榆林府，古朔方地郡治，即汉五原郡，辖榆林、葭州、怀远、神木、府谷五州县。北倚长城，东襟黄河，陕北之雄镇也。以故其地文官设延榆绥兵备道、榆林府知府、照磨教授、榆林县知县、典史训道各一员；武弁设延榆绥挂印总兵一员，中左右三营游击，后营都司各一员，守备、千把、经制、外委等官备焉。虽云国家版图驾唐轶汉，而旗蒙牙错，时资镇摄。榆林县不毛乱山，乡无巨镇，地无膏腴，所辖有归德鱼河镇，川、常、乐、保、宁等五堡及十三柴塘，县治隶设郡城。

　　孟子曰：夫貉五谷不生，惟黍生之。榆林近之矣。一望沙漠，黄尘蔽目，最宜种黍，民食以黍为大宗。黍籽俗呼黄米。其佳者曰香黄米，播种于惊蛰前而成熟于白露节。大抵气候严寒，历时较久，以视内地大为不侔。此外则惟麦。麦分二种，一种种于秋分前后，一种种于春。土人有冬麦、春麦之称焉，

　　光绪丙子岁，雨泽愆期经年。余捧檄权榆林县事。至丁丑，又数月不雨。即出示禁止屠沽，斋宿默祷，不应。乃设坛于城隍庙。拣三月朔，率绅耆拜叩坛前，如是者三焚香，申意：官斯土如有失德，应使伏辜。为神亦宜好生，何堪迁怒下民。仍不应。

　　四月中旬，去三月则又月余矣。甘霖不降，乃移坛龙神祠。斋戒沐浴，宿于庑下。请延榆绥镇道暨榆林府三宪率文武官僚绅耆等竭诚合祷。当是时，黍苗未立，二麦日就枯萎，仰视彼苍，依然日赤天青，绝无油然沛然之作，天人相通之意。董子岂欺我哉！榆郡广有仓储，藏凤富。自同治兵燹，藉食一空。如此景象，诚所谓室如悬磬，野外绝无青草，为之奈何？

　　城南一百二十里有黑龙潭，传闻祷雨辄应。每值旱魃为虐，城市乡村悉往祈请。以瓶向潭承水，取得一滴，即雷雨大作，瞬息间土膏三尺。五月初，余青衣麻履，同诸父老步至黑龙潭，瓶于潭口。潭口俗名龙口。焚香读祝毕，视青泉一缕由龙口出，滴入瓶中。众忻曰：得雨矣。负瓶出潭，则彤云四合，细雨湿衣。文武官僚郊迎入城，以为银河倒泻，指顾间矣。乃二小时许，云阴斑驳，日光穿漏，顷之碧空万里，火伞高擎。乃者两次祈祷，俱无一应。此次虽应，与不应等。抑龙神恐失灵怪之名，不能重违天意，故为是如丝如尘者，以示卒不得雨之意乎？农民齐声呼曰：黑云密布，正盼雨施，又被毒龙夺去。余曰：非也。人心即天心，天之爱民甚于民之自爱。各宜修省，以回天意。

　　去黑潭取水又经一月，节交季夏，盖至是不雨已半年矣。日光益烈，二麦槁死，贫民乏食，乃剥榆皮、镢瓜藤为羹以充饥。击目郊原，裸树无数。如此情形，恻人肺腑。诗曰"哿矣富人，哀此茕独"者，并将哀此富人矣。

　　七月，旱象已成，嗷嗷待赈。余即禀请镇道府三公转请抚藩臬宪俯允设厂赈恤，并附呈劝捐情形及一切办法。既得请后，道府会议分任职务，以专责成。观察嵩公任劝捐太守，童公任总办，余任帮办。不十日，规模粗具。

　　八月初一日，于府城内设厂开赈。煮粥放饭，加盐少许，毋令淡食，致有黄肿。先是

示期开赈时日，令贫民预至考院报名注册，给票以便领食。分别大口、小口，大口小瓢三，小口小瓢二，以故散赈时尚无贱〔践〕踏之虞。名曰榆林赈厂，其实不限定榆林一府。于是延安府属之延川、延长、定边、安塞等县，绥德州之清涧、米脂等县，乞赈饥民以万计。盖皆国家赤子，何忍歧视。夫本年之荒，奇荒也。陕北所同，非榆林所独也。不得此一大赈厂，则饿莩盈野，不堪设想矣。

山西所属之太谷、汾州、孝义、兴县等州县及碛口、柳林等处饥民纷至沓来，拥挤日甚。乃商请总办于郡城添设东、西、南、北四赈厂，以疏通之，并请镇台派委镇标中营游击陈国珍、左营余成龙、右营慕寅、后营都司王守基，分赴四厂监散，以专责成。前者不以府界民，今并不以省界民，所谓有分土者无分民也。

余请四营监散员会议曰：散粥固成法，然饥民奔走齐来，司粥者按次发给，一时难遍，竟有候至日西不得一粒入口者。领赈原为疗饥，反受其饿，兼又不能别求生计，民实不便。不若改粥为米，诸君以为何如？佥谓甚善。于是大口日给小米三合，小口日给二合，议以五日一放。予五日米，既可免饥民奔走之苦，司事者亦不致手忙足乱。乃于九月初一日按法散米，饥民称便。

周官荒政无育婴之条，国家平时有育婴之政。平时育婴乃属善举，凶岁育婴更为紧要。荒政中略之，疏矣。每散粮时，妇人襁负婴儿，面黄肌瘦。体察情形，怀抱中物以母乳汁不充，呱呱呜呜，则莫不俯视饮泣，仰面领粮，泪痕如绘。乃与总办商，谕五岁以下婴儿按大口给米，母子日给六合，但须抱儿到厂亲领，以杜虚冒。于赈务中，则育婴之道寓焉。

办赈岂易言哉。一有不慎，交涉蜂起，祸至杀身。拜读抚院通饬，不禁骇然。通饬云：蒲城灾情极重，知县办理未能妥善，刀匪藉事裹协饥民，聚众塞署，杀伤县官黄令，传绅于二堂檐前。白水县知县左令祷雨出署，饥民围轿求赈，受惊致病辞职。各州县等即须妥筹赈需，毋稍疏懈，酿成巨祸等因。黄君，四川华阳人也，任蒲以严拿刀匪、重刑惩办为安良之治。左君，吾楚人也，仁心仁闻，执法以宽。饥民求赈，仓猝受惊，去白未久而逝。噫！黄君治蒲，严之甚耶？左令白水，宽之过耶？非也。大荒已起，是两公慢毋戒心，既不预筹赈款，复不广备仓粮，临事束手无策，竟以身殉，可慨也。夫抚宪以黄令死事惨烈，奏请赐恤，蒲民至今祠祀焉。

阅辕门抄，省外饥民，日常食饭藏于地窖中，否则村中贫民前来夺食，熟视莫敢谁何。又近省州县，人死不敢即埋，埋即被人掘食。又有手提人肉出卖，喝叫曰：活人肉！活人肉！买者则又喝曰：此死人肉。极力摘辩，以争价之高下。亦有喝卖死人肉者。此数条闻之下泪，夫矜臂得食，圣人恶之，率兽食人，罪不容死，何竟至于此其极也。痛心哉！

城赈虽开，而四乡赈饥阙如。灾黎难支，扶老携幼逃往蒙古。经过城边者，如线贯索。嗟乎！设来春雨水沾足，则种麦种黍，劳徕不易。即商请总办，于五堡十三柴塘，每处分设一局，计十八局，便民领食。如小康家捐出粮石，亦可就近送交，以免驮运之劳。每分局派正绅二人任放赈事，并请委员轮局稽查，以防克冒。请示期十月初一日开赈，以免逃离，并拟一月一发，否则逃亡殆尽矣。总办以时日尚早，不准，惟令于城外经过逃民，每名发给路粮三升，至十月底停止。此等善举，非恤民，乃驱民也。周余黎民，靡有孑遗。孟子读诗而不信，惜未见此时之情况耳。

嵩观察派员赴乡劝捐，自劝城中绅商富户。初时酒论茶谈不遵，继而令于道署大堂奉设牌位，令跪堂前。如是者数日，仍不遵。观察怒甚，即传在事局绅八人住署密室，将阖城商民富户一律查出，按名派写，造册钤印，札发总办，设局照收，仍令八绅到局经理，加委训导宋竹生监收。办法可谓周矣，而十余日无一到局交纳者。八绅等计无复之，直请总办按名传追，提堂比责，并发县押交杖责。镇标实缺经制贺钊三百催追，可谓严矣，而仍无一到局缴纳者。按八绅俱挟资累万，富甲一邑，而互相掩饰，以他人为贡献品，希图抵塞。此抗捐所由来也。一日晚堂，总办饬传捐户宋天贵、龚连喜比款，而二人到堂，赤身爬伏案下，激呼求责，愿作享祭之牺牲，且曰：我们以榆林府堂上有青天，奈何如黑暗地狱。要命则有，要钱则无。总办几难下堂。

尝怪劝字与勒字只偏旁不同，其用力则一。如此捐法，无乃误认劝、勒二字，而用力之过欤？宋、龚求责之次日，余接总办函，令至府署，缅述昨日晚堂比捐宋、龚咆哮一节，且曰：君有帮办之责，权衡并重。职司斯土，民信相孚，散米已有端倪。宋训导收捐无效，请与对调办理。余曰：劝捐者以活民也。今若此，是以捐殃民也。贫民未受其惠，富民先受其害，岂赈荒之本意乎？迩来物议沸腾，皆谓不责八绅私，而独责我等捐，有是理乎？吾侪乃地方长官，又何苦代人为怨府乎？太守曰：然则不捐乎？不捐何以赈？曰不平之鸣，由于不平也。平其不平，则不鸣矣。今请另派主讲慕滋，商量董教监生高士魁、李廷辉等到局经理财政，妥议捐款。如应加捐者，加之。如八绅之类，请其自愧。如八绅加，则类八绅者皆加矣。于应减者减之，则不平者平矣。安有鸣冤之事乎？且请将在押捐户五十三名，全行开释，发交捐局，如此必有以报命也。若徒以桁杨缧泄为劝，具恐无以善其后矣。太守曰：好为之。吾听君。

余虽向总办如此痛陈情形，然事之济否未能预必。方开释捐户时，各捐户齐声呼冤于本署大堂前。余乘机一一抚慰，并面谕所以加减之故。且曰：道府得吾言，深知尔等屈，又恐尔等归家，仍置捐款于度外，俱成吾一律收清。吾知限若一期，缴诚不易，限若三期，缴势不难。尔等勿负吾，掣吾肘也。众喜而退，按法办理。甫将一月，果如数缴齐。初，道宪印册，派捐之数共银一万六千五百余两。加减后，所收之数适与相符，银不加少而事已集。劝、勒二字予以相较，孰得孰失哉！城捐甫竣，乡捐又起抗捐之户。总办谕传陆续来避，饬余劝导。于是于捐户意中所欲言而不能言者，为之揭出，加以多方譬晓。捐户喜悦，曰：地方人本应有无相通，反劳公心，我等非人乎！以故所派粮捐，无论三百石、五百石之多，皆踊跃交局。甫半月，局中所收之数，除杂粮外，聚米二千有奇。夫捐款业已就绪，请款亦有成数，而乡赈尤宜急行矣。

博施济众，《论语》云然。吾侪当体此意，以救饥民，而究不易臻此也。前于九月，乡赈未开，灾黎群逃蒙古。余前请总办于十月初一日设乡局赈，总办以时尚早，未准。余亲履四乡，查勘灾情如何情形。见老者弱者受饥不过五日，则一日肿一日尫，即可拯救，如再肿，再尫无救矣。强者壮者，受饿不得过七日，则三肿三尫即死矣。白骨撑天，目不忍睹。余又呈请分局赈乡，至再至三，犹不准行。不禁抚膺流涕曰：吁嗟乎！禹视天下溺者犹己溺，稷视天下饥者犹己饥。说者谓榆林乃一隅地，虽然，而乡间饥民亦不下数万众，敢可坐视其陷于饥饿而待毙哉！自愧末吏肩此重任，何不能力争于上台之前，以至此耶？何不能急救其饥民以至此耶？即欲辞职让贤，奈赈务正值吃紧，恐无以活我赤子。虽受诃责，唯再缓时日以请命耳。

赈榆录卷下

山西旱灾，迄今三年。所属之汾州、太谷、孝义县等州县，壤接榆境，界分黄河，年来乞籴于我陕之延、榆、绥一带，富民仓储皆空，我荒无粮，若不及早图维，赈从何来？查长城外之包头镇，毗连蒙古准葛尔等旗，数年丰稔，粮集包头镇，价颇平允。小米刻下价值，连运费每斗不及八百文。余于是诣请镇道府专员驰赴包头，购籴粮石。镇台当发银一万两，札委左营守备杨升解往该镇，采买小米，随带土仪数色，函致防军马玉山军门保出境。三公之计昼〔画〕，可谓远虑矣；三公之纳谏，可谓仁德矣。

山西之包头镇，积粮虽足，而乞籴救荒者非一州一邑也。杨升至包，遽见粮价腾贵，每斗涨至九百余，不敢籴买，即将原银解回。自杨升之乞籴于包头镇也，榆林饥民皆引领东望，计程曰：榆郡至包头九百余里，解银十余日可达也。包头之积粮如山，籴米数日可就也。水路至葭州一千余里，顺黄河下放，数日内即可到也。月内粮到，我辈皆得生矣。初不虞杨升将原银解回，粮不能籴得一粒也。饥民闻之皆痛哭流涕，骂不绝口，群恨杨升之无识也。

十一月，杨升自包头镇回，原银缴还镇署，三公嘉之。似此则为赈务之大害也。余宰斯邑，责任匪轻何敢坐视？往见三公曰：杨升智识狭隘，触见价浮于前，遂将原银解回。乡赈无粮，饥民难保无闹赈情弊。县官不足惜，宪台仁慈万不忍听民饿死。况榆郡地方千里，仓无颗粒。价涨日甚一日，备粮可缓耶？且购粮救饥，非牟利也，须赶紧派员再往籴归。要知今日之大价，即来日之小价矣。三公恍然大悟，云：君思虑过人，宜急早图维，庶无束手之虞。镇台当发银二万两，总办借饷银一万两，另委中营游击陈国珍带百军前赴包头镇再籴，嘱其好自谋之，勿效杨升胶柱之不才也。夫天下有事不遂意，惮于再为者，无忠诚之心也。无怪不能回天，而一蹶遂止也。幸三公鉴余诚笃，允如其请，发银籴米，备办乡赈，吾为万民幸。

陈国珍解银三万复至包头镇，旬日内买得小米三千二百余石，仿商人混它装油法装载小米，札筏二十四驾，由黄河运归。混它法附后：

混它法：以整剥羊皮为袋，用油浸透，俗名混它。每袋可容三斗余。

扎筏法：以丈余长椽系混它十二只，以十椽一层，纵横四层，计椽四十。每筏系混它四百八十支，约载米一百五六十石。浸于水中，水不能入。

驾筏法：筏排上搭席棚，为水夫炊宿之所。驾桡八把，左右分划，尾用刀形长椽为舵。由河下放，急驶如飞。

扎筏运粮，省费亦属妥协，而仅派兵十数名，未派官长押运。一日晚间，风雪交加，至山西临县之采莲渡（《通志》：山西临县之宁河渡，俗呼采莲渡，水疾滩险），三筏落后，齐搁滩头。采莲渡西即神木县地。匪首王怀义、贺保宁子等纠约黄河东岸山西之临县、兴县，陕之神木、府谷等县附近饥民，藉筏搁滩，视为野物，任意抢劫，并将兵丁私禁。迨逃兵回报，始悉匪劫情形。镇台以葭州营余千总熟悉匪境，令其带队前往，相机捕拿。余千总假清粮名义，邀怀义等帮同清查，许以优赏。清粮既毕，将怀义等诱至河边，就而擒之。两岸锣声震地，土块齐发，而获匪之舟已疾发如矢矣。至葭州城抵岸，拿获抢匪王怀义、贺保宁子等十余名，清获劫粮三百余石。贺保宁子中途脱逃，缉拿无获。镇道府会议，中营游击陈国珍本应详参，姑采买粮石价无虚冒，扎筏河运意在省费，著与石营游击余成龙对调署理，以示薄惩。至抢犯王怀义等十余名，派余至榆林府署审讯。维时大雪三昼夜，地冻破裂，酷冷异常，遂将匪等隔别提审，悉心研鞠，始得确情。供出临兴、神府等县饥民一百数十名，呈请三公，恩施免究，抑亦网开三面之旷典也。余匪录供通详，奉陕甘总督左文襄批，匪首王怀义枭首，悬杆采莲渡示众。余党分别年限，锁系巨石，依拟完案。夫三公之发银籴米，盖恐饥民之饿死也。饥民等数不该死，何致籴而不籴，不籴而籴，往返迟延，致将三筏运米五百余石，竟劫失二百石耶？论法，抢劫官粮，不分首从，例当骈首。窃念为救民而杀民，弗忍也。只重办王怀义一名，从犯从轻发落，乃于匪党不能得生之中求其一线生路耳。

　　陕西遇瘟疫，饥馑死而众，甚者多掘深坑，排尸掩土，叠排叠掩，名"万人坑"。虽有孝子慈孙，异日奔丧，其祖父母、父母之尸骸，而岂可得哉！本年十一月，大雪时降，饥民冻毙者多。各坊乡约先后开单呈报已掘"万人坑"请埋尸坑内。单查灾死之尸，有山西之汾州、孝义；有本省之延绥等处之民，不禁悄然悲曰：嗟乎！各该处饥民求生于榆，非求死于榆也。求赈于榆，非求坑于榆也。今一旦身死他乡，掩埋无主，若置"万人坑"则不但天阴鬼哭，惨不忍闻，如来岁转歉为丰，饥尸有后，临穴哀吊，奠酒招魂，谁不叹骸，骨淆乱，精魂无依哉！如欲全其孝思，非制板浅瘗，标记注册，难锡尔类。若禀知总办，事必掣肘，愿将廉俸捐出，担任此项。于是饬令木匠先造棺板一百副，议价五十串文，取用多寡，事后定数。每板加长三尺，宽三寸，厚一寸，板一条为标记，具上书死者姓名、年貌、籍贯（照领账〔赈〕照票书写）、身死日期。或有票失无名可查者，亦即注明容貌、年岁、衣履、身长、籍贯，大概登册，均书木板之上，插在墓前。其尸棺雇土工二名，抬至南关外，顺城脚编号，依次厝之。数日后，总办闻而问故余以自愿捐瘗据实呈明。总办云：省城求赈饥民七八万众，无处存身，夜立家户、铺户檐下，日饿夜冻死者无数。日每三套骒马大车数辆沿街收检，拉至南门外，置"万人坑"内。我处饥尸虽不填"万人坑"亦宜卷之以席，何用棺板为哉？事竣收尸千余，合抬埋夫价，共用钱八百六十余串。总办饬由公款项下报销，毋庸捐廉。册存府署一二年，即有人至榆查册，按号标记，搬尸还乡，三年几尽。心窃慰焉。夫晋有九原，汉有北邙，皆丛葬地，未闻其置尸于深坑也。若夫栉比鳞次，板葬标记，公款之取用有限，死者尸骨得还故土，为民上者又何乐而不修此阴骘哉！

　　不察民隐者，非为事之道；不识民时者，亦非为吏之道。夫民之饥寒交迫，死亡相继，此何隐也？地方粮价腾贵日甚，绝无出粜，此何时也？若不急筹补救，奚可哉！榆林刻下粮价，每斗涨至三串余。冬深岁残，集市竟无粮籴。百姓饥死不旋踵，万不能再缓时日。即往总办力求开局赈乡。总办曰：我意年内听民自行觅食，候来年青黄不接时，开局赈乡，不几事半功倍乎？余曰：请容再谏一言，然今岁凶荒，荒非寻常。此时死亡参半，救之已经不及，如候青黄不接再议赈恤吾恐此时领受无人矣。且转瞬立春，东作方兴，籽种有人借贷，少者有人雇请。况抚院发有巨款，复拨宁夏之米七百石，包头采买三千余石，拨兵粮外，实存二千石。又，本城绅商捐银一万六千两，乡富捐小米二千余石，小康之家捐米可足乡赈半月之粮，统计银米不为少矣。若早于十月赈乡，此时何至死亡有如此之多哉！前奉谭文卿抚军通饬云：倘不肖之员侵赈款数至五两，即索一人之命，定予纠参。况我处银米有盈无绌，与其他上缴银公家，何若今日赈米于四乡也。总办闻之赞曰：良哉！准于十二月十五日委员赴乡开赈，一切仍照前议办理。

赈务者，救饥之善政也。得其法则饥民生，不得其法则饥民死。然有赈法无赈人，则饥民求生不得，赈务所以不行也。总办示期十二月十五日，委榆林府照磨王秉钧轮赴五堡十三柴塘一十八局监督收放，并察有无徇私冒滥、挟嫌匿报情弊。盖以所劝乡捐米石，就近各交各局谕绅收放，其无粮与粮不足者，著驮运葭州屯粮以补之，法至善也。而照磨先至南乡三十里之三岔河，饥民闻委员至，遮道求赈，谓本村有捐存米石尚未交局，请以各庄之粮救各庄之饥。王秉钧极称甚善，饬差传交按名给发。所过村庄，如前办理。至五十里之归德堡第一分局，小康之家均以未闻总办有各庄救各庄之示，既不交局，亦不交庄。诸庄皆然。照磨无策，即以捐户抗粮不纳，禀请总办严拿究追夫总办之委王照磨也，令其催督各庄之粮交局，谕绅散放，初不令其以各庄之粮救各庄之饥，而照磨轻听民言，不加体察，误放误听，保无他虞乎？而其后致使政令多不行焉，用人者顾可忽哉！

余自十月请赈于乡，至十二月十五日始令开办，时已迟矣。而王照磨擅更前令，放赈不行，延至十二月二十六日报明总办，则迟之又迟矣。今大雪两日，四乡饥民有赴局领粮死于道路者；有至局守候两三日，无粮可领，归去而死于道路者；有受饿难支，住局找寻领粮之人，而亦死于道路者。狼拖尸头，弃于沟壑，鸟衔尸肠，挂于树梢，尸横遍野，惨状难言。驿夫不忍目睹，据实回报。总办以言之过甚，初不介意。嗣接王秉钧禀报，捐户抗粮不缴，不能开赈，情词仓皇。总办警异，大怒曰：竖子误我矣。乡赈为若所滥，道殣相亡，委用非人，我罪难辞。仅予严参，不足蔽辜。即传局绅尚万桌、董牧、高士魁、慕滋等到署，总办告之以故，曰：非我亲往督赈，民不能活。局绅等曰：总办乃赈务全体之维绪，咫步难离，请令榆林县王帮办前往督散可乎？总办曰：凡重务不能了结者，王帮办俱完全之。其督收之城乡捐输已有成数，无如腊尽雪深，渡岁正可休息。再派往赈十八分局，须明正下旬回城，令其代我，心实不安。又曰：民事不可缓也，舍王君其谁。传余至府署，时已午后二句钟矣。诸绅备述前事，余曰：日昨颇有所闻，诚不意有如此之惨也。总办留余便餐，即差本役秦喜、刘祥、李喜、杨升执谕传知各局绅去后，并饬家人至本署，收拾行李、食物等事，及火夫从人先行，嘱余曰：事出紧急，不必回署，就此乘骑。总办送马，曰：大雪纷纷，六鳌来矣。今之大雪纷纷，六鳌往矣。冒雪出署，策马长行。出城时天已昏黑，朔风凛烈，冷冻难支，疾追家丁等。马夫落后，远望觉白光在前，忽隐忽现。至三岔岽三十余里沙梁，山陡路曲，雪深径灭，人马困乏，如王尊之行羊肠坂、九折坡，尚不致有如此之险也。而更有险于此者，前有二三尺宽数里下坡石碥，左临悬崖，石挨高山，下即三岔河（《水注》无定河，一名黑水，南流至延川县之圁水关，入于河。一曰圁水），设一失足，人马俱亡。马蹄冰滑不稳，而白光倏忽不见，天地晦明。自叹曰：余命休于此矣。若天怜民命，吾当免。夫不施鞭勒，信马由缰，不知谁为沙梁，谁为石碥，谁为三岔河。踏雪履冰，皆不觉也。约行十数里，闻前有瘁冰声（秦喜木竿扶手杵冰声），诧问谁何，应者乃秦喜等也。又问尔等何犹在此，答曰：疾风卷雪，沙梁遇狼，石碥难下，三岔河无渡，绕过上流冰桥，黑夜行险迟滞故耳。曰：险处我已过乎？曰：过矣，余如梦忽醒，警叹曰：吾得生矣。匹马无从，何幸临危而如行坦途也。马欤！马欤！尔之力欤。差等望灯投止，见土窑三座，扣扉则翁媪未睡。炸豆腐作年菜，迎余入，登火坑。衣冻袍冰，身僵手拳，得暖犹不温也。移时翁罗酒浆，具蔬菜，煮面条，请余受餐。食毕蹉卧，瞬息天明。饬秦喜、刘祥前往归德，分途传捐户绅，约饥民，余到即散。旋家人等至，问曰：追尔等何故不获？答云：家人等由小道进雪堆中寻路，形色困顿。令其少息，着给翁媪青蚨二竿。余带李喜、杨升行抵归德堡分局，按名即以一月粮散之。凡经过地方死尸，心甚怛恻，随箕踞其处，饬传乡约殓埋，毋得暴露。次日，至鱼河堡，放亦如前。二十九日，拟赴镇川堡，总办专差至函，令余速往第一柴塘之龙华寺分局，迅将饥民等控告该处局绅尹乐道徇私吞赈，拿交本役，解府究办。事属紧要，遵即前往。查有附生尹乐善公正诚朴，堪接局事，赶造饥民切实花册，毋滥毋遗。尹乐道罪状属实，拿解回城。总办讯明拟斩，文武官绅乞免，杖责保释。越明年，部铨乐道为清涧县训导，旋以前案被褫。吁！王照磨、尹乐道皆以赈务见绌，司赈者岂可玩忽哉！

戊寅元日，局绅尹乐善至，云更造新册已齐，即请散放。旋有老民七八人，衣帽不整，盘擎羊腿猪脯、萝葡、豆腐及豆面条，壶盛酒浆，入寺叩拜。曰：我们地方苦瘠，遭此荒灾，赖公赈救，得以全活。今逢新岁，备陈食物，聊申寸敬。余谦揖扶起，辞之不去。始命厨夫烹调如法，留众共饮，宾主两忘，至晚方归。初三日转赴镇川堡，途次有农夫耕于南亩，见而大悦，此勤农也。唤至马前问种，则曰：小人有父母妻小，种麦救荒，乘润故耳。余嘉之，饬给青蚨四缗，归饷家人，藉以劝勉惰农向勤奋耳。

正月初三日抵镇川堡。正放赈时，总办专差又至。开函读悉，第二柴塘局绅张文进禀控驮户何长泰等带领骡马驴头前赴葭州屯粮分所领粮一百石，并不送局，驮归私分，形同抢劫，即请迅速拿追等情，希即就近速往拿追，勿令散失等因。随带丁役连夜驰往，晤张文进，具述粮失缘由。当差李喜执签拘拿东路驮粮各夫。秦喜西路，刘祥南路，杨升北路。一面查取粮石，勿延干咎。两日内，遂将原粮如数追齐。驮户就惩，专差回报。总办覆函云：伟矣哉！此行也。粮石无失，赈期未误，雷厉风行，殊深钦佩。阁下一事在手，轻重缓急，操纵裕如。功在民生，万口欢腾。春寒野宿，珍摄为盼。读悉兢惕尤甚。其有长乐、保宁二堡十一柴塘依次挨赈无故，何幸如之。

自去腊念六日赴乡放赈，今正念七日回城，时已阅月。至本署头门，有朱色纸对联一副云：百十里封疆，在周为子男蒲谷；千万人系命，惟公是父母神明。后款书：山西饥民等恭颂。询及门役，备述本月初五日，饥民数十人到此，贴对放爆，向内叩头，一哄而去。自问藐躬德薄，赠我此联，益增惭愧。次日，晋谒镇道府三宪，面呈各分局放赈情形，商请东作方兴，农需籽种传，谕各捐户，有麦豆黍粟杂粮者，准照小米交捐，于赈粮之中寓以搭发籽种之意。并请出示，招复流亡，均蒙俞允。嗣会同寮，各叙别况。据云三宪以放赈有君，令于元宵日大花灯三昼夜，各官晋酒介眉。惜君公出，未逢此会耳。余曰：诸君只知一家乐，顿忘一路哭耶！

二月，乡局赈期又至。初八日，轻骑减从，仍由归德、鱼河、镇川、长乐、保宁五堡转赴十三柴塘，按日放粮。民有逃往蒙古草及包头河套者，闻有招民复业恩示，陆续归来。余照章溥发赈粮而兼籽种，饬令各安本业，赶紧耕种，勿怠勿荒。

自去〔年〕九月议定改粥为米，凡五岁以下小儿与其母日领六合粮，则赈饥之中保赤之道备焉，似不必更筹育婴也。三月初，余毕二赈回城，镇台嘱即设局，速办育婴。余以祸福说之，镇台不悦。出见总办，曰：镇台意定，俟君举行，切勿阻止。不数日，镇台札委右营游击慕寅咨请榆林府加委教授杨清臣设局会办，并饬米厂将领米小儿查出六十五名交局育之，招雇乳母十五名、老媪十五名，分任鞠育。派又府署家丁吴荣经理各项事务以及杂役人等，各专责成。夫婴儿丛集，饥饱之不时，寒热之不调，粪溺之不洁，管理之不周，甫经月余，瘟疫大作，医治无效，不次夭殇五十余名。杨教授、吴荣及乳母亦先后瘟死。局中人等均求出局，镇台即令撤之，查点婴儿仅存九名。总办分养五名，我署四名，皆无恙，后听领归。盖有善念而反成恶事者，其谋为不藏，施行不当，如镇台设局育婴是也。夫儿依其母抚育，则顺其自然之理，固无患也。胡为使数小儿望哺于一乳母，而致令其触秽染疫，至于死也。岂不悲哉！

三月，赈期又至，挨赈到长乐堡。放粮过半，而饥民未散，恐有他虞。乃于局内外暗查，见粮袋五竖于门外，问之该堡所管各乡约庄头，齐称：小人们进城领粮无费，按领粮之数，每斗抽提二升补之。此即抽提费用之粮袋也。当饬绅照名开单，按数呼与，入座复散，而众犹未散。又出查看，饥民等诉曰：现抽米袋匿藏邻家，饬差追出。仍照呼与乡约庄头，对众责革：尔等抽赈作费，初犯以无知免究，当共体此意。乃敢既散复提，实属胆大妄为。在地方藉事扰民，已可概见。即着妥选举充，至领粮费用，亦着各与绅耆另筹开支，无致偏累。切切。此谕。

米脂县距榆林府南一百七十里，延榆绥道之辖县也。县令焦雨田，山东人，身高魁伟，食量过人。以进士即用授米脂县事，有循吏风。晋豫数年奇荒，丁丑秦省岁凶，购粮匪易。焦君未能预筹，款亦不充。十一月，势急燎燃，以钱作赈，每饥民初发钱三百文。戊寅二月，每名再发钱二百文。饥民等跪地求粮，不愿领钱，焦令一筹莫展。至三月，百姓聚众到署求赈，则钱又无矣。以致塞署闱堂，两日不解。焦令专差到榆告急，求镇道府派兵弹压。委镇标后营都司王守基带队一营，道台委余同往查办。正起程间，该县差至，请免弹压等情前来。道台以事务重大，檄余驰该县筹办善后事宜，赶备赈粮，妥安民心，知尔奉公不分畛域，当不致以米民而歧视也。凛之慎之！此札等因。遵至米脂晤焦君，述云：敝县饥民数千人，聚众塞署，喧嚷汹汹，数日不散。我将重门洞开，手提大刀，大吼一声，猛勇冲出。该饥民等畏而奔窜，至县东六十里之乌龙堡解散。此后不敢再来矣。余曰：书不云乎，食为民天。孔子曰：足食足兵。可见民无食不能活也。今饥民聚众到署闹赈，追之不过暂去，明日重来，君将何法御之。如再禀请发款，或再行加捐绅富，固缓不济急，而事成亦非容易。何若与余会禀本道暨榆林府，先行借用榆林赈小米三百石，并提用存商生息公款，事后筹还。焦令欣慰，同示期传谕饥民到县领粮，以安人心。至于购籴粮石，尤不可缓，民无怨讟，是则余即回榆销差矣。焦君于去夏旱象既成，请免钱粮，并奉发赈银，劝捐绅富，自觉周至。不知事务重大，并不预筹接济之法，临渴而不掘井，无怪乎酿成闹堂之举也。

灾情现象，抚字有方者必从储粮入手。焦令不求购籴，即以钱作赈，于遇偏灾者则可也。赈款又绌，忽于戊寅正月谋设育婴局，陆续收养婴儿二百七十余名，雇妇、雇奶，派绅、派役，虚糜公款至二千串之多。至四月，局婴感疫，先后夭亡二百有奇。立时撤局，仅存小儿十分之二，可慨也夫。余思焦令之设局育婴，镇台如之，盖因善堂之育婴无恙而起也。不知善堂育婴，收儿无几，从容抚育，可以无恙。若遇大荒，婴儿先受饥饿，继使麕集，后染杂病，求如善堂育婴之安然无恙者，何可得也。戊寅四月，瘟疫大作，陕北之延绥，山西之孝义、太谷、碛口等处，流寓于榆郡者万人焉。均受其灾，有患流水伤寒、黑红瘢症，又有疟疾、霍乱、绞肠痧等症，一发即死，甚属危险。医以伤寒方治之，不以瘟疫方治之，而死亡尤多。延榆绥道嵩眉生观察亦染疫而逝，榆林府童绍甫太守兼护道篆。窃思饥民麕集，郁而为毒，瘟疫之传染不已，欲少杀其势，不如加发两月赈粮，兼以药饵，遣而散之，各归故里。总办准予所请。陕北及山西一带之民，均各加发药粮，尽令归农。人既离开，药治得宜，疫气自减，民命遂生。医书云：春温夏热，秋凉冬寒，乃天地之正气。人感之而病者，为正病。久旱亢旸，霆霖苦潦，雨旸寒燠之不得其正者，为四时之沴气。气轮岁会，运值天符，水火木金之各据其偏者，为八方之厉气。合厉与沴，酿而为毒，人感之而病者，为瘟疫，又为杂气病是也。医者不明此理，率意施治，勿怪乎其值瘟疫之时，用药不效，死亡相枕籍也。盖伤寒杂症，治法不同。如遇瘟疫杂病，不以伤寒之法治之，则得之矣。

　　榆林为陕北极边之区，地接蒙古，气候甚迟，二麦非至六月后不能成熟。今于五月半，麦甫出穗结泡。百姓有以粮不足食，刈泡磨羹而食者。割肉补疮，良可叹也。拟将本城及五堡十三柴塘之民，商请总办，于开放五月赈粮之期，加发六月一个月之粮。然以时考之，五月正青黄不接，自未便撤局停赈。兹经加发，俾饥民领归，即可专务稼穑，再毋跋涉失时之苦也。余与各分局晓之曰：尔等从未闻有此奇荒，习而不察，岁岁平稳，用度靡常，仓无储蓄。今遇凶岁，室家流离。若遵古训，耕九余三，何至岁逢饥馑，上不能以事父母，下不能以保妻子乎？百姓闻之，涕泗横流，有叩谢得赈粮而全家存活者；有悲哀其室家而流离转徙者；有怒骂其子孙平日浪费，致父母妻小灾死不能完全者。余一一抚恤曰：尔等既明此义，归家勤耕苦作，切勿忘了今日。乡赈既毕，时已六月，二麦将熟，粮价不减，每斗籴钱三串有余。呈请总办以赈余粮石设局出粜，平其市价，按八折节次递减，使囤户不得居奇。悬牌出示，民皆遵循。由是小麦平至七百文，粟米六百文，始将余粮存仓，平粜撤局。

　　六月麦熟豆成，民皆得食，不复见有鹄面鸠形者。余心大悦。查经赈饥民之数，山西之孝义、太谷、汾州、碛口等处，约五千六百有奇；陕北之延安府、绥德州并所属各处，约四千八百有奇；榆郡附廓，约五千二百有奇；五堡十三柴塘，三万八千有奇。统计其数，约共五万三千六百有奇。其镇台之发银与总办之借银派员包头采买小米若干，陕甘总督左文襄公暨陕西巡抚谭文卿公由宁夏拨米若干，本城绅商捐银及四乡绅富捐米各若干，均由总办总理其成，度支报销，毋庸赘载。戊寅八月，赈务告藏，帮办难免无疏失之虞，总办乃慰劳之曰：君治榆邑已三年矣，民气含和，而帮办赈务，全活饥民数万众。君之功绩，寸衷未忘，即应缕陈入告请叙。余谢曰：末吏叨承盛眷，授事之后，常有临渊履冰之惧。虽云日在左右，时蒙教诲，静夜自思，诸多陨越。然不以菲材见绌，时赖宽容，而乃叨沐奖励，实在无地自容。辞谢再三，遂止。

书　　后

　　余录赈榆一书，是救荒于已然，非防患于未然 [也] 也。盖赈饥需粮，荒年难购，购得粮来，民多饥死。务遵成法，复常平于城仓，劝义社于乡厂，一遇凶岁，有粮可赈，此所谓有备无患者之义也。夫尧有九年之水，汤有七年之旱，未闻有嗷嗷待哺之事，而民皆安全，必预筹于丰年，虽逢大祲亦不觉也。身膺民社者，慎勿怠忽于平居，尤须储粮于岁稔，是所厚望。光绪戊寅秋季继鼎。

后　拔〔跋〕

　　秦廷哭耶，婺妇泣耶。为国为民，一片慈祥忠尽之心，溢于言表，觉今救荒策犹有道未尽处。光绪壬辰仲冬，同邑王宣庐大令奉讳旋里葬亲。后陕西巡抚鹿滋轩大帅札调入秦，临别出《赈榆录》见示，捧读之余，景仰弥深。谨拔数语于后。弟杨曜芝云甫。

　　活绘一幅流民图，见者伤心，闻者堕泪。即使请得吴道子来画，也画不出。芝云氏再。

拔〔跋〕

拜读是帙，如观越州救灾记，而详赡过之。非有经世之学，何克臻此？凡所涉历皆可为后来者之师法，岂可为一时之功而已。抚卷叹息，敬志岁月。

时丙辰立秋日贵筑杨通记。

两宫幸陕灾异并录

　　光绪二十七年庚子岁九月初四日，皇上奉慈禧皇太后銮舆西幸长安，王公大臣六部九卿随扈焉。陕抚岑春萱中丞布政使冯遹方伯、按察使李绍芬廉访、盐法道严金清观察，率大小臣僚迎驾于灞柳之侧。余七品知县，亦随班跪接，得觐天颜。跸道遮护，鼻息无喘。道旁节节老民，设棹上献枣梨等物跪迎者，皇太后必呼至舆前，垂询民事。每棹赏四两重银锞一锭。天语温洽，万口欢腾。迩值陕西大饥，望赈于两宫者几千万众。巡抚司道会筹赈需，唐道承烈督办全省赈务。候补道吴树梅转运，驻商州之龙驹寨，转运各省运至赈粮。余驻湖北老河口，采买粟麦，水运郧阳，转运山阳县之漫川关，骡运入省，共济赈需。各督抚以两宫巡幸秦拜，天下正供齐解行在。今之灾与丁丑灾同重，赈竣报销千万余两，全活无算。兹际之灾黎何幸，余又逢其时，不禁有今昔之感。若办赈非粮足款充，当事法善，则哀鸿难求其生矣。余于运输蒇事之下，遂将榆林府赈饥轶事检齐编辑，以存其状概焉。

　　辛丑暮春月宣庐志。

山东赈捐条款

清光绪年间刻本

（清）佚 名 辑

李文海 点校

山东赈捐条款

山东巡抚周附片

再，查此次被淹村庄，以惠民为最重；其余滨州、济阳、阳信、沾化、利津、商河、乐安等州县，轻重不等。共计被淹一千数百村，大半房屋坍塌，粮食漂没，情殊可悯。附近居民皆知抢险多日，早有迁避，是以淹毙人命只数名口。业由藩司委派二十余员，携银分往各州县，会同地方官查放急赈。一面择高阜处所，俾暂栖身糊口，一面招集丁壮工作，以工代赈，不使流离失所。惟是冬赈春抚相继而来，难以截数预计，万众嗷嗷待哺，自应及早筹画。查赈捐本捐衔封贡监等项，自户部定章改收五成实银，报捐者甚属寥寥。今臣不敢请部减成收捐，惟山东河患极重，历年民不聊生，非别省偶被偏灾可比。拟恳圣恩饬下户部与国子监发给空白执照，俾臣派员持往外省通商大埠及南洋各岛广为劝募，庶几集捐较易，灾黎早沾实惠，于部章无仍出入。谨附片具陈，伏乞圣鉴，饬部速议施行。谨奏。

光绪二十八年九月十五日奉朱批：著照所请，该衙门知道。钦此。

山东赈捐援案奏请武职参游报捐二品顶戴条款

一、二品顶戴

由参将报捐，作例银五千两。

由游击报捐，作例银六千两。其部司在任，以参游升用者，准加一倍报捐（计应例银一万二千两）；以参游补用者，加五成报捐（计应例银九千两）。

以上各项，遵章各以五成实银上兑。

添收推广赈捐顶戴衔翎条款

捐　升　衔

一、二品顶戴

如道员有三品衔及盐运使衔者，例银五千四百两；如无三品衔，加倍报捐。今按此数一律减五成收捐。

捐　职　衔

一、盐运使衔

由贡监生，捐银七千八百七十二两。

一、副将衔

由监生武生，捐银三千立百四十八两。

一、参将衔

由监生、武生，捐银二千七百三十六两。

以上四项，均按五成银数填写实收。

捐　翎　枝

一、花翎

三品以上，捐银一千八百两；四品以下，捐银九百两。

一、蓝翎

捐银四百五十两。

如蓝翎捐换花翎，其蓝翎系由捐资者，准其扣抵；若由劳绩保举者，不准抵算。

捐　贡　监

一、贡生

由监生附生，捐银一百四十四两；由增生，捐银一百二十两；由禀生，捐银一百八两。

一、监生

由俊秀，捐银一百八两；由附生，捐银九十两；由增生，捐银八十两；由禀生，捐银六十两；由俊秀已捐从九、未入职衔改捐监生，概不作抵，仍缴例银一百八两。

捐　职　衔

一、郎中

由贡监生，捐银三千八百四十两；由同知，捐银一千八百四十两。

一、员外郎

由贡监生，捐银三千二百两。

一、主事、都察院都事、都察院经历、大理寺寺丞

由贡监生，捐银一千六百六十两。

一、光禄寺署正

由贡监生，捐银九百两。

一、大理寺评事、太常寺博士、太常寺典簿、通政司经历、通政司知事

由贡监，捐银七百五十两。

一、鉴仪卫经历、中书科中书、詹事府主簿、光禄寺典簿

由贡监生，捐银六百五十两。

一、部寺司务

由贡监生、捐银六百两。

一、国子监典簿

由贡监生，捐银五百两。

一、国子监典籍、翰林院待诏

由贡监生，捐银三百六十两。

一、翰林院孔目

由贡监生，捐银三百二十两。

一、道员

由贡监生，捐银五千二百四十八两。

一、知府

由贡监生，捐银四千二百五十六两。

一、盐运司运同

由贡监生，捐银三千八百四十两。

一、同知

由贡监生，捐银二千两。

一、盐提举、知州

由贡监生，捐银一千八百两。

一、通判

由贡监生，捐银一千六百两。

一、布政司经历、布政司理问、州同

由贡监生，捐银三百两；由恩拔副贡生，捐银一百二十两。

一、按察司经历、布政司都事、盐运司经历、州判

由贡监生，捐银二百五十两；由恩拔副贡生，捐银七十两。

一、盐库各大使、按察司知事、府经历、县丞、盐运司知事、布政司照磨

由贡监生，捐银二百两。

一、按察司照磨、府知事、县主簿、州吏目、茶马大使

由贡监生，捐银一百二十两；由从九品未入流，捐银一百八十两。

一、从九品、未入流

由俊秀、捐银八十两；由未满吏、捐银六十五两；由已满吏，捐银五十两。

一、各馆腾录举人准捐同知职衔，照常例贡监生报捐银数，酌加五成；生监准捐通判职衔，照贡监生报捐银数，酌加三成；其余职衔，仍按常例银数办理。

一、各馆供事报捐七品按经布都盐经职衔，各照常例贡监生报捐银数，加倍报捐；其捐府经县丞各职衔，应按未满吏递捐例银三百二十五两；捐县主簿州吏目各职衔，例银二百四十五两。

文进士、举人报捐京外四、五品文职衔，并五贡报捐四、五、六品文职衔，均应扣除原资银数。

已截取进士，作银一千二百九十五两；未截取进士，作银一千一百五十五两。已截取举人，作银一千十五两；未截取举人，作银八百七十五两；未拣选举人，作银七百三十五两。五贡，作银四百三十四两。

一、游击

由监生武生，捐银一千八百二十四两。

一、都司

　　由监生武生，捐银九百两。

一、营卫守备

　　由监生武生，捐银六百两。

一、守御所千总

　　由监生武生，捐银四百两。

一、卫千总

　　由监生武生，捐银二百五十两。

一、营千总

　　由监生武生，捐银二百十两。

一、把总

　　由监生武生，捐银一百二十两；由俊秀，捐银二百三十两。

　　以上各项文武职衔，凡小衔加捐大衔，准将原捐小衔银数抵算，惟文京职衔加捐文外官职衔，往往有原捐银数浮于加捐者，只准照对品外衔银数作抵。其文衔改捐武衔、武衔改捐文衔，照例不能作抵银数。

捐　升　衔

　　一、现任部司务捐六品升衔，应银一千一百三十一两；候补候选，应银一千三百四十七两。

　　一、现任国学正、国学录、国典簿捐六品升衔，应银一千零七十三两；候补候选，应银一千一百八十八两。

　　一、现任理评事、科中书、阁中书、銮经历、常博士捐五品升衔，应银二千七百七十二两；候补候选，应银二千九百四十五两。

　　一、现任通经历、通知事、常典簿、国监丞捐五品升衔，应银三千一百七十六两；候补候选，应银三千三百六十三两。

　　一、现任副指挥捐五品升衔，应银三千八百九十六两；候补候选，应银四千二百十三两。

　　一、现任光典簿、詹主簿捐五品升衔，应银三千八百三十一两；候补候选，应银四千零六十二两。

　　一、现任京府经历捐提举升衔，应银一千九百五十二两；候补候选，应银二千二十四两。

　　一、现任京通判捐同知升衔，应银一千三十七两；候补候选，应银一千二百六十六两。

　　一、现任光署正捐员外郎升衔，应银二千五百九十二两；候补候选，应银二千七百二十二两。

　　一、现任正指挥捐员外郎升衔，应银二千八百六十六两；候补候选，应银三千零七十五两。

　　一、现任主事、都都事、都经历、大理寺丞捐员外郎升衔，应银一千二百五十三两；候补候选，应银一千九百四十四两。

　　一、现任教谕捐国典簿升衔，应银二百四十五两；候补候选，应银三百一十两。

一、现任教谕捐科中书升衔，应银八百二十一两；候补候选，应银九百三十六两。

一、现任教谕捐翰待诏升衔，应银一百八十八两；候补候选，应银二百四十五两。

一、举人出身现任教谕捐内阁中书升衔，应银八百二十一两；候补候选，应银九百三十六两。

一、五贡出身现任教谕捐内阁中书升衔，应银一千一百三十七两；候补候选，应银一千二百五十二两。

一、现任训导捐国典簿升衔，应银六百一十三两；候补候选，应银六百七十八两。

一、举人出身现任训导捐内阁中书升衔，应银一千二百三十九两；候补候选，应银一千三百四两。

一、补五贡出身现任训导捐内阁中书升衔，应银一千五百五十五两；候补候选，应银一千六百二十两。

一、现任按知事、府经历捐布理问升衔，应银六百六十三两；候补候选，应银七百三十五两。

一、现任县丞捐布理问升衔，应银三百二十四两；候补候选，应银四百十八两。

一、现任布照磨、盐知事捐布理问升衔，应银五百九十一两；候补候选，应银六百二十七两。

一、现任盐库各大使捐运判升衔，应银一千七百二十八两；候补候选，应银一千九百五十九两。

一、现任按经历捐提举升衔，应银一千六百四十九两；候补候选，应银一千七百六十五两。

一、现任布都事、盐经历、直州判、州判捐提举升衔，应银一千九百五十二两；候补候选，应银二千二十四两。

一、现任知县捐同知升衔，应银一千三十七两；候补候选，应银一千二百六十八两。

一、现任通判捐提举升衔，应银五百七十六两；候补候选，应银七百十三两。

一、现任运判捐提举升衔，应银一千三十七两；候补候选，应银一千一百七十四两。

一、现任布经历、布理问捐提举升衔，应银一千五百五十六两；候补候选，应银一千七百两。

一、现任州同捐提举升衔，应银一千四百四两；候补候选，应银一千六百七两。

一、现任直州同捐知州升衔，应银一千六百三十五两；候补候选，应银二千一百五十三两。

一、现任提举、运副捐运同升衔，应银三千四百五十六两；候补候选，应银四千三百二十两。

一、现任直知州捐知府升衔，应银二千九十六两；候补候选，应银二千七百八十七两。

一、现任同知捐运同升衔，应银二千四百二十两；候补候选，应银二千九百八十一两。

一、现任知州捐运同升衔，应银二千九百九十六两；候补候选，应银三千四百四十二两。

以上常例准捐升衔条款，大致备载。其余如八、九品递捐各条，查阅本条捐各项官阶双月银数减二成，即系报捐升衔例银数目。

捐推广顶戴升衔

一、现任员外郎捐四品衔，应银四千六百八两；候补候选，应银四千八百四十两。

一、现任郎中捐四品衔，应银二千五百三十五两；候补候选，应银三千九百十七两。

一、现任员外郎捐三品衔，应银九千二百十六两；候补候选，应银九千六百八十两。

一、现任郎中捐三品衔，应银五千六十九两；候补候选，应银七千八百三十四两。

一、庶子、侍讲、侍读、洗马捐四品三品衔，均比照汉现任郎中报捐银数办理。

满洲蒙古人员：

一、现任九品捐六品顶戴，应银二千三百二十六两；候补候选，应银二千四百六十三两。

一、现任八品捐五品衔，应银四千二百二十七两；候补候选，应银四千三百六十四两。

一、现任七品捐四品衔，应银六千二百六十四两；候补候选，应银六千四百零一两。

一、现任六品捐四品衔，应银四千三百七十八两；候补候选，应银四千六百三十两。

一、满洲家古员外郎郎中捐四品三品衔，均比照汉员报捐银数办理。

一、现任九品未入流外官捐六品顶戴，应银一千一百八十一两；候补候选，应银一千二百一十两。

一、现任府经历、县丞、盐知事、布照磨捐五品衔，应银二千二百九十七两；候补候选，应银二千三百六十九两。

一、现任盐库各大使捐五品衔，应银三千八百二两；候补候选，应银四千零三十二两。

一、现任训导捐五品衔，应银三千一百六十一两；候补候选，应银三千二百七十六两。

一、现任教谕捐五品衔，应银二千六百三十六两；候补候选，应银二千六百七十二两。

一、现任布都事、盐经历、直州判、州判、按经历、京府经历、京县丞捐四品衔，应银六千二百七十二两；候补候选，应银六千三百四十四两。

一、现任外县知县捐四品衔，应银四千七百六十七两；候补候选，应银四千九百九十七两。

一、现任府教授捐四品衔，应银七千五百六十两；候补候选，应银七千八百四十八两。

一、现任京县知县、通判、盐运判、州同、布经历、布理问捐四品衔，应银四千八百九十六两；候补候选，应银五千零三十三两。

一、现任直隶州知州捐三品衔，应银六千一百六十八两；候补候选，应银七千二百零四两。

一、现任同知捐三品衔，应银六千九百十二两；候补候选，应银八千六百十九两。

一、现任知州捐三品衔，应银九千一百零五两；候补候选，应银九千三百一十两。

一、现任盐运同捐三品衔，应银六千零七十一两；候补候选，应银六千二百零九两。

一、现任知府捐三品衔，应银四千六百零八两；候补候选，应银五千七百四十七两。

一、现任道员捐三品衔，应银四千一百十四两；候补候选，应银四千八百零四两。

以上各项顶戴升衔，毋论京外各官，凡有已保已捐升衔顶戴，俱不准作抵银数。

捐 封 典

一、京外文武现任及候补候选各官并捐职人员报捐封典

一品实官捐银一千两；二品实官捐银九百两；三品实官捐银八百两，捐职捐银九百五十六两；四品实官捐银七百两，捐职捐银八百四十两；五品实官捐职捐银四百两；六、七品实官捐职捐银三百两；八九品实官捐职捐银二百两；未入流实官捐职捐银一百两。

以上实官、捐职各捐封例银数目，其由虚衔人员加级报捐一、二品封者，应照实职捐封银数办理。

一、在京文职加级

一品捐银二百二十五两；二品捐银二百五两；三品捐银一百八十五两；四品捐银一百六十五两；五品捐银一百四十五两；六品捐银一百二十五两；七品捐银一百五两；八品捐银八十五两；九品以下捐银六十五两。

一、在外文职加级

一品捐银四百五十两；二品捐银四百一十两；三品捐银三百七十两；四品捐银三百三十两；五品捐银二百九十两；六品捐银二百五十两；七品捐银二百一十两；八品捐银一百七十两；九品以下捐银一百三十两。

一、在京武职加级

一品捐银一百五十两；二品捐银一百四十两；三品捐银一百三十两；四品捐银一百二十两；五品捐银一百十两；六品捐银一百两；七品捐银九十两；八品捐银八十两；九品捐银七十两。

一、在外武职加级

一品捐银三百两；二品捐银二百八十两；三品捐银二百六十两；四品捐银二百四十两；五品捐银二百二十两；六品捐银二百两；七品捐银一百八十两；八品捐银一百六十两；九品捐银一百四十两。

以上京外文武职官报捐寻常加级例银数目，其由文虚衔职衔人员加级请封其级，应按京外文品职加级例银加倍报捐，即所谓随带级。至武虚衔职衔人员加级请封，不分京外，悉照在外武职例银加倍捐报。如有情愿多捐加级者，各照实官职衔品级例定银数分别报捐，准照所加之级捐封。

一、加级捐封，向例三四品不得逾二品，五六品不得逾四品，七品不得逾五品，八品以下不得逾七品。各照常例捐级捐封银数办理，毋庸加倍。

一、三品实职及虚衔人员捐级，请从一品封。其封典银数，应按一品例定银数加倍报捐。

一、三品实职人员加级请封，准捐至二品为止。推广案内，准加级捐至从一品封，应照例定一品封银数加倍报捐。

一、三品虚衔人员捐级请从一品封，其封银应按一品例定银数加倍，再加五成，共交

银三千两核算。

一、三品虚衔人员捐级请二品封，其封银应按二品例定银数加倍报捐。

一、四品虚衔人员捐级请二品封，其封银应按二品例定银数加一倍半报捐。

一、五六品实职虚衔人员捐级请三品封，照常例加倍交封银；其捐至二品封者，照二品例定银数加一倍半报捐。

一、七品实职虚衔人员捐级请三四品封，其封银各照常例加倍报捐。

一、八品以下实职虚衔人员捐级请五六品封，其封典银数各照常例加倍报捐。

一、捐封之级准其续行捐请封典，惟不准将捐封之级抵销处分，以示区别。

一、三品以上各官捐请封赠，准赠封曾祖父母。

一、四品至七品官，准其貤封曾祖父母；八品官以下，准其貤封祖父母，照例加倍交银报销。

一、三品以上各官欲捐请本生曾祖父母封赠者，准照貤封曾祖父母之例报捐。

一、外曾祖父母、妻祖父母亦准请貤封。

一、京外大小各官貤封曾祖父母、伯叔祖父母、伯叔父母、庶母兄嫂及外祖父母，准均其貤封。

一、捐封人员准其捐请貤封嫡堂伯叔祖父母、嫡堂伯叔父母、嫡堂兄嫂并从堂再从堂各尊长，以广尊崇。

一、官员之母舅、舅母、姑夫、姑母、姨夫、姨母、妻父、妻母，均准捐请貤封。生母应归应封办理，毋庸另请貤封。

一、八品以下职官向例止封本身，如欲封本身及妻室者，应照常例捐封加倍报捐。

一、京外文武各官例得捐封第三继室，应先封本身及原继配妻室，方能另捐请封。

一、第三继妻以后，谊同嫡体，应准其按次递捐，以昭旷典。

一、休致人员，亦准按原官品级报捐。

一、子孙为伊祖父，父原职品级追请封典者，亦准一体捐请。

一、凡为人妇、为人后者，欲为其已故夫之祖若父捐职请封，并为祖若父貤封其先人者，均准捐请，以遂其报本之忱。

一、貤封世代以曾祖父母为断，即捐至一二品，亦不得貤封高祖父母，以示限制。

一、一品至三品，不得貤封高祖父母。推广章程准为已故祖若父捐职请封并貤封其先人，自应以现在捐请之人核计世代，至曾祖为断，不得貤封高祖。

文武职品级考

文 职 品 级

正一品：太师、太傅、太保、大学士。

从一品：少师、少傅、少保、太子太师、太子太傅、太子太保、各部院尚书、都察院左都御史、右都御史（总督、加衔）。

正二品：太子少师、太子少傅、太子少保、各省总督部院左右侍郎。

从二品：内阁学士、翰森院掌院学士、各省巡抚、布政使司、布政使。

正三品：都察院左副都御史、右副都御史（巡抚、加衔）、宗人府府丞、通政使司通政使、大理寺卿、詹事府詹事、太常寺卿、顺天府府尹、奉天府府尹、按察使司按察使。

从三品：光禄寺卿、太仆寺卿、盐运使司盐运使。

正四品：通政司副使、大理寺少卿、詹事府少詹事、太常寺少卿、会同四驿馆少卿、太仆寺少卿、鸿胪寺卿、顺天府府丞、奉天府府丞、各省守巡道。

从四品：国子监祭酒、内阁侍读学士、翰林院侍读学士、侍讲学士、盐运使司运同、各府知府。

正五品：左右春坊庶子、宗人府理事官、通政使司参议、光禄寺少卿、六科掌印给事中、给事中、各部院郎中、顺天府治中、奉天府治中、钦天监监正、太医院院使、各府同知、各直隶州知州。

从五品：翰林院侍读、侍讲、司经局洗马、宗人府副理事官、鸿胪寺少卿、各道监察御史、各部院员外郎、各州知州、盐运使司运副、盐课司提举。

正六品：内阁侍读、左右春坊中允、国子监司业、各部院主事、宗人府主事、经历、都察院经历、都事、理藩院主事、大理寺左右寺丞、太常寺寺丞、太医院院判、钦天监监副、五官正、京府通判、兵马司指挥、京县知县、神乐观提点、各府通判、圣庙管勾厅赍奏厅。

从六品：左右春坊赞善、翰林院修撰、光禄寺署正、满五官正、布政司经历、理问、盐运使司运判、直隶州州同、州同、僧录司阐教、道录司演法。

正七品：翰林院编修、太常寺评事、太常寺博士、典簿、国子监监丞、内阁典籍、通政司经历、各部院寺司库、各部院七品笔帖式、太仆寺主簿、京府教授、四氏学教授、兵马司副指挥、京县县丞、七品朝鲜通事、太医院御医、通政司知事、按察司经历、各县知县、各府卫学教授、圣庙启事、伴官、司乐、典籍、知印、书写。

从七品：翰林院检讨、中书科中书、内阁中书、詹事府主簿、光禄寺典簿、署丞、国子监博士、助教、鉴仪卫经历、太常寺礼祭署奉祀、钦天监灵台郎、布政司都事、直隶州州判、州判、盐运司经历、顺天奉天二府经历、各卫经历。

正八品：翰林院五经博士、国子监学政、学录、理藩院知事、钦天监保章正、主簿、太常寺协律郎、各部院八品笔帖式、八品朝鲜通事、布政司库大使、按察司知事、各府经历、各县县丞、盐课司大使、批验大使、运库大使、各州学正、各县教谕、僧录司讲经、道录司至灵、各部院司务。

从八品：翰林院典簿、国子监典簿、鸿胪寺主簿、钦天监挈壶正、太常寺祀丞、神乐观知观、布政司照磨、盐运司知事、各府州县卫学训导、僧录司觉义、道录司至义。

正九品：礼部太常寺读祝官、赞礼郎、会同馆大使、钦天监、五官监候、五官司书、太医院吏目、按察司照磨、各府知事、茶马大使、各县主簿。

从九品：翰要院待诏、国子监典籍、四驿馆正教序班、鸿胪寺序班、鸣赞、工部制造库司匠、刑部司狱、太常寺司乐、钦天监博士、五官司晨、按察司检校、司狱、府照磨、府司狱、仓大使、税大使、道库大使、宣课司大使、都税司大使、各州吏目、巡检、土司逼巡检、僧纲司都纲、道纪司都纪、府阴阳正术、府医学正科。

未入流：翰林院孔目、各部院无顶带笔帖式、各部乌林大、铸印局大使、崇文门大使、兵马司吏目、各府检校、长官司吏目、府库大使、州县税课大使、茶引批验大使、州库大使、河泊所所官、各县典史、各闸闸官、驿丞、道州县仓官、州阴阳典术、县医学训科、僧纲司副都纲、僧正、僧会、道纪司副都纪、道正、道会。

武 职 品 级

正一品：领侍卫大臣。

从一品：内大臣、八旗满洲蒙古汉军都统、外省驻防将军、乌鲁木齐都统、察哈尔统、热河都统、提督九门巡捕五营、步军统领、各省提督。

正二品：左右翼前锋统领、八旗护军统领左右翼总兵、八旗满洲蒙古汉军副都统、外省驻防副都统、銮仪使、总兵、从二品、散秩大臣、副将。

正三品：一等侍卫、冠军使、火器营翼长健锐锐营翼长、步军翼尉、包衣护军统领、圆明园营总、鸟铪营总、前锋参领、获军参领、鸟铪获军参领、骁骑参领、陵寝总官、围场总管、黑龙江管船炮水手总管、察哈尔总管、城守尉、王府长史、参将。

从三品：圆明园包衣营总、包衣护军参领、包衣骁骑参领、吉林参领、黑龙江参领、察哈尔参领、驻防协领、一等护卫、游击。

正四品：二等侍卫、云麾使、前锋侍卫、副护军参领、副鸟铪护军参领、副前锋参领、副骁骑参领、佐领、步军协尉、信炮总管、南苑总管、陵寝副总管、陵寝司工匠、围场翼长、尚都达布逊诺尔达里岗嗳总管、太仆寺马厂驼厂总管、黑龙江吉林等处管水手四品官、防守御、司仪长、圣庙百户、都司、林庙守卫司。

从四品：城门领、包衣副护军参领、包衣副骁骑参领、包衣佐领、四品典仪、一等护卫、察哈尔副参领、察哈尔副佐领。

正五品：三等侍卫、治仪正、步军副尉、步军校、监守信炮官、南苑门章京、陵寝防御、陵寝管理烧造砖瓦官、分管佐领、盖州牛庄二处满洲掌印防御、关口守御防御、黑龙江吉林等处管水手官、守备。

从五品：四等侍卫、委署前锋参领、委署护军参领、委署鸟铪护军参领、委署前锋侍卫、五品典仪、三等护卫、下五旗五品包衣参领、守御所千总、印务章京。

正六品：蓝翎侍卫、整仪尉、亲军校、前锋校、鸟铪护军校、骁骑校、护军校、陵寝祭祀供应官、太仆寺马厂驼厂翼长、黑龙江吉林等处管水手六品官、营千总、门千总、委署步军校。

从六品：六品典仪、内务府六品翎长、卫千总。

正七品：城门吏、弓匠固山达、盛京游牧正尉、太仆寺马厂驼厂固山达、七品荫监生、把总。

从七品：盛京游牧副尉、七品典仪。

正八品：盛京养息枚左右翼长、八品荫监生、外委千总。

从八品：八品典仪、委署亲军校、委署前锋校、委署护军校、委署骁骑校、副护军校。

正九品：各营蓝翎长、小委把总。

从九品：太仆寺委署固山达、额外外委。

外办折收简明数目

（五月复刊）

计开：

工捐

一、免补本班离任以升阶仍留原省试用、免坐补、免试俸历俸、免实授、离任、分发指省、离省等七项，按筹饷例十成实银填写实收。每例银一百两，连部饭总局公费，折收实银三十六两。

赈捐

一、由俊秀捐^{减成}⁄_{十成}监生，例银一百八两，填实收银^{四十三两二钱}⁄_{二百零八两}，折收实银^{十四两四分}⁄_{四十三两二钱}。

一、由俊秀捐^{减成}⁄_{十成}贡生，例银二百五十二两，填实收银^{一百两八钱}⁄_{二百五十二两}，折收实银^{三十二两七钱六分}⁄_{一百两八钱}。

一、由俊秀捐从九品未入流职衔，例银八十两，填实收银三十二两，折收实银九两六钱。

一、捐升衔、职衔封典，每例银一百两填实收银四十两，折收实银十二两。

一、廪增附生准其捐纳虚衔封典，仍令照捐监银数上兑，作为捐免出学。

一、道员捐二品顶戴，填实收银五千四百两，折收实银二千两。

一、参将捐二品顶戴，填实收银二千五百两，折收实银九百二十二两。

一、游击捐二品顶戴，填实收银三千两，折收实银一千一百两。

一、由贡监生捐盐运使衔，填实收银三千九百三十六两，折收实银一千四百十八两四钱。

一、由监生武生捐副将职衔，填实收银一千八百二十四两，折收实银六百七十九两。

一、由监生武生捐参将职衔，填实收银一千三百六十八，折收实银五百零五两。

一、由监生武生捐游击职衔，填实收银九百十二两，折收实银三百三十七两。

一、花翎四品以下，填实收银九百两，折收实银二百四十两。

一、蓝翎，填实收银四百五十两，折收实银一百二十两。

以上各项，部饭等费均在内。

报效优奖专条

一、凡报效一万两，以专案具奏，请旨优奖。

以上所收银两，统照二四平三八宝，不得稍有低次。分劝委员，准按核收正项实银百两，坐扣公费四两，以资贴补办公汇费之用。

（按：以上"外办折收简明数目"，系原书夹页，特此录入，以备考。原稿自前文"赈捐"项下第二条至第九条"由监生武生捐副将职衔"，内容重复，此处不录。）

皖浙赈征信录

清光绪二十八年刻本

（清）浙江西湖协德堂 编

张玮 点校

皖浙赈征信录

浙省协德堂筹赈启

敬启者：本年五月上旬梅雨成灾，皖江蛟水骤发，休宁、歙、绩并叹其鱼。复以建瓴之势，由屯溪、威坪两镇顺流直驶，波及浙中严属淳、遂、建、桐四县，杭之富春并罹是祸。浪涌湍急，愈涨愈高，沿江要镇若港口、东馆、榨溪，尽成泽国。地越六百余里，尸棺逐浪，漂驶如舟，田禾杂粮，淹没殆尽。被灾未死之乡民随地露宿，枵腹待援。同人筹赈有责，惊闻灾状，当经公请姚君用孚、吴君养仁买棹上驶，沿江勘灾，捞获尸棺，暂行放赈，然后规地设厂，视灾散赈。兹已叠奉告急来函，撮要录后。惟此次灾情蔓延甚长，非节节办赈，深患不均。同人绵力既竭，急须筹款，敢为灾黎大声疾呼。敬乞诸大善士协力济助输赀，随愿集腋，求速捐项，姓氏登报征信，能以巨款援手者，则更造福靡涯矣。临颖急迫，措语不文，诸君子同具恻隐，共鉴此心，不胜为灾黎呼吁待命之至。谨启。浙省协德堂筹赈同人公具。

附来函灾情：

一、入富春境，目击岸坯树折，破槽沈浮隐现沙土间。

一、富城水尚覆足。居民金谓江水冲涨三大次，计时浸没旬余，最高时齐屋六七尺。

一、富地诸善长于二次水涨，见沿江浮尸约积六七百具，棺木无数。甫拟捞获，以三次水冲且急，又遭浪逐，漂流过半。刻约捞获柩二百余口，尸身百余具。冲入沙土积压腐烂者，不得已就土掩埋。

一、富春乡间被水沙田秋收无望，非买秧分给不可。农家啼声载路，极贫灾民查遍各村，约在千数百以上。现已散放至百六十余口矣，将来无论设厂散赈，并形竭蹶。奈何！

一、富桐交界处尚有漂存棺木二三百具，槽空尸失者无数。

一、榨溪冲坍铺居百余户。土人金称水涨三丈余；地最高处，水涨丈余。

一、榨溪极贫难民约五十余户，离江三、四里之遥，田禾均须复种。其余待查。

一、闻桐庐城隍庙难民麕聚千百余人，嗷嗷待哺，赈抚为难，殊深焦灼，故急欲赴桐一勘。

一、闻屯溪灾重，茶栈冲刷至二十余家，其余可想。俟由桐、严、淳、遂、威、坪逐路勘灾，再告。

光绪辛丑年五月　日

皖浙义赈乐助姓氏

辛丑五月十五起至三十日止

江苏藩库公款、江苏善后局公款、江苏丝捐局振余公款、施子英观察拨助，四户各助洋一千元；江苏藩宪陆、江苏臬宪朱，二户各助洋五百元；无名氏、贤贤堂，二户各助洋三百元；仁和县萧、钱钟虞明府、静一草堂、滋德堂高，四户各助洋二百元；颐寿老人、鼎记庄、赵问轩、王达夫、开泰庄、秦明轩、时楚卿司马、潘赤文，八户各助洋一百元；樊介轩助银五十两，合洋七十四元；朱稚村、吴太太、知非子、孟春如、韩甘棠、舒莲记、心记、惇叙堂锺，八户各助洋五十元；孙文彬助洋一百元（汤饼仪移助）；配昌陈、张恒源（保父母康健），二户各助洋四十元；敬聚堂、张熊祥，二户各助洋二十元；裘似琳、彭旭初，二户各助洋十元；亟济户助洋十五元，小洋六角；寿椿草堂、李庚姑、升恒堂、广大裕庄，四户各助洋五元；不书名葛、黄晋安、隐名氏、金承记、三槐堂王，五户各助洋二元；征瑞轩助洋一元；四德堂夏助小洋二百十六角；陈竹舟（保疮疾安痊）助小洋二百角；协善集锡记拨助白米十二石。

以上第一批共收洋七千九百六十元，小洋四百念二角，白米十二石正。

六月初一至初十日止

程觐岳助漕平银五百两合洋七百念四元；许春卿、莲记、朱子涵，三户各助洋二百元；乆山善愿助洋一百六十五元；隐名氏、安定胡、元昌庄、仁和幼童、陆肇德经募、张蕙生、长元吴盐栈，七户各助洋一百元；其昌土栈、怡怡堂、藏经阁于、震泰永绸庄、锦云成绸庄、豫丰泰绸庄、徐则初、金云台、叶听松、秦子春、鲁锦香、杜范庄，十二户各助洋五十元；俞曲园助洋四十元；刘张氏（求病愈）、戴齐氏，二户各助洋三十元；黄秉钧助洋二十元；延康庄、储仲康，二户各助洋十六元；宝成恒丝行、周望孟，二户各助洋十五元；无名氏、张莼生、王绪曾、与高堂、畚经堂徐（求母康健）、鲁荣泉、余庆堂桂、胡汝翼、南祥盐号、新和兴丝行、敦厚堂陆、鼎余典、鼎余典众友，十三户各助洋十元；无名氏、王鉴、王沈氏、环紫堂顾，四户名助洋五元；求免忧子、董凤来、有庆典、畚经堂徐氏（求合家平安），四户各助洋四元；王景堂、池杨氏、王安候，三户各助洋三元；拙颓子、潘受于、无力子、宝泰、项华卿、沈竹斋、善兴典、贻经、傅承基，九户各助洋二元；董成义、钱沈氏、三余主人、黄友仁、汪子祥、方子才、冯伯笙、禾家子、方德昌、致远、万丰、金心柏、叶秉忠、茹成、沈幼槎、吴述光、桂林郑、江吉甫、蒋立撰、蒋关增、孙延寿、汪侣笙、宁远堂翁、程翰卿、胡念祖、陈永安、程茂如、恭寿堂姚、知愧子、鼎泰典、叶力田、王俊甫、乐勤堂、鼎泰庄、汪仲笙、胡光裕、何子和、王文浚，三十八户各助洋一元；敬承堂、振声堂、米琴鹤、不书名、无力子、养性书屋、棉力氏、积庆堂余、赖元元、隐名氏、兆记、孝友堂冯、谷贻堂朱、新记、尚义堂孙、叶耕遇、江琴舫，十七户各助洋五角；砚香书屋、王顾氏、陈池氏、陈铭斋、夏宪楠、庆余轩、洪滋园、陈哲铭、王立圻、吴慎修、叶梦德、周惠允、龚信楠、公和东号，十四户各助小洋五角；沈照灿、敬修堂王，二户各助洋四角；怡福林氏、进修书屋、隐名氏、三槐堂、逸奇居士、汪秋鸣、王锡章、大树氏，八户各助小洋二角；宛平吴绍唐助白米五石，合洋念二元；觉悟生助洋一元三角；无名氏助洋八角；贺氏助洋六角；邵菊如助洋三角。

以上第二批共收洋三千二百三十五元，小洋九十九角正。

六月十一至二十日止

前任浙江巡抚恽助漕平银一千两合洋一千四百五十八元；苏州留名氏（求病速痊）助漕平银七百两，合洋一千另念元另六角；高晴记助洋五百元；前署江苏崇明县沈助洋一百四十六元；上海贤贤堂助洋一百零八元；上海崇余庄、袁联清、张尊德堂、童铜井、心庄子（求消病魔）、代他作福、苏州府向太尊、长洲县苏明府、元和县王明府、吴县田明府，十户各助洋一百元；上海源丰润号、陆吴氏、欲寡过子、上海余大庄、上海钜元庄众友、慎思堂，六户各助洋五十元；夏竹斋助洋念二元；升源、丁马氏、贻远堂晋昌氏、无名氏、苏州仁昌裕庄、歙西金鸣谦堂，六户各助洋二十元；经世书屋邵助洋十五元；平湖丝业公所助洋十二元；忠恕堂、苏州裕源庄、颍川忠恕子、公善记、敦睦堂刘、蟾仙氏、嘉兴裕大庄、高让德、湖州德源庄、成记庄、信成庄、叶克寿（祈病痊）、叶锵（关煞开通）、如愿子、安豫庄、王门蔡氏、姚继琴、无名氏、义桥公记庄、王研斈、王潘氏、善质堂、居易堂、谦吉典、谦吉典众友、高敦仁堂、恭寿堂，二十七户各助洋十元；同济典、永睦堂陆、无名氏，三户各助洋六元；求善子、仁和童长庚、久福绸庄、朱焕章、俞燕臣、嘉兴源康庄、星叙堂周、玉润园、王家麒、王祝氏、王小秀、无名氏、章蔡吴三善士、李树德堂、洪玉福、无名氏，十六户各助洋五元；信女（求平安）、阜兴典、郭溪缦斋、苏德泰、复号典众友，十一户各助洋四元；萍州榷吏、保安堂、叶得谷、徐度心香室、启泰园、张恒昌园、庞元记、元泰园、同裕庄、留余居士、隐陀名善士、程张氏、沈子寿，十三户各助洋三元；晚香堂周、求福先亲顾、宓陈氏、鼎茂行、守拙居、同春祥、同兴典、协馨余丝行、蒋逸亭、谷吉甫、顺泰行、源来行、徐楚记、张恒泰、张裕隆、无名氏、葛增远、陈门毛氏、酒痴、陈锡孙、福寿堂姚顺兴、河东轩、承庆堂、无名氏、项槐记、程章氏、孙敬修堂、何培之、沈祥泰、继德堂余、王日章、衣德堂、若愚氏、黄中和堂静记、王春滤、汪善之、方杏，三十七户各助洋二元；惺修、述古堂彭、济阳江、西陵刘、范绍卿、乐善堂王、咏春堂曾、胡养田、叶兰卿、豫昌春、义大申、安吉、义昌典、恒益、源春、大来、茂林、无名氏、恒昌、镒丰、颐记庄、成豫兴、无名氏、三兴生、鼎兴、胜茂、维德堂、徐鼎丰、听彝书屋徐、徐张氏、敦余堂徐、撷英草芦、徐诵荪、邵子菁、周子翁、刘正茂、高蟾记、无名氏、兴泰、义泰、源元、升源、林德泰、升源裕、孙德泰、沈德顺、鼎盛和、鼎盛顺、慕寿康庄、邢承志堂、森义、得隆坊、聚源行、裕记、汪诚斋、诚美斯、胡绶卿、寿松卿、中和、汝号纯记、孙福生、洪长裕、聚隆行、汝号绂记、黄源泰、豫晶春记、镒丰、傅萃勋、恒昌、傅其枢、泰丰、韩玉兴、方士选、吴笃翁、鼎丰庄、恒益、谦益、陈洽义高记、永和、豫康、日生、孙慎记、陈艺记、程莲塘、耕余堂、吴绍光、项程氏、项汪氏、程氏、张茂生、章金寿、周阿林、程锦泉、宝善堂周、邵菊如、饶连生、温阿延、济大典、恒记庄、鲍虞臣、茹世遗堂、求平安、三省书屋、程荫章、三省书屋，一百另五户各助洋一元；正泰号、玉润号、裕丰园、宋吉甫，四户各助小洋六角；韩田氏助小洋二十角；章李氏、黄裕大，二户各助小洋十角；林春泉、河汉斌、雷青云、章采五、庞梅身、傅余棠、陈门倪氏、陈祖尧、藕香书屋、无名氏、陶福田、周苇南、云溪逸史、黄湘帆、唐南辉、张子祥、方极泰、守善士、朱子岐、孙善庆，二十户各助洋五角；陶福田、周苇南、陈毓记、沈云青、欧阳春涛、朱仲筠、万学青、吴云峰、汪耀斋、陈祖鋆、陈祖荣、何韩氏、章升标、寿雨亭、大森号、魏万盛、胡淦亭、施醴泉、孙寅初、孔宪标、吴敬甫、吴子固、汤许氏、五昌、吴慎康、德兴庄、沈镙昌、洪纯一、程桂生、詹绅富、汪瑞昌、万懋隆、朱寿榕，三十三户各助小洋五角；黄润泉助小洋四角；胡养田助小洋三角五分；韩氏、闻安庆、丁耀堂，三户各助小洋三角；叶宝儒、程登鳌，二户各助小洋二角五分；汪鞠如、王筱山、汪名立、赖凌生、不书名、无名氏，六户各助小洋二角；清河刘氏助纯阳正气丸二千服；协善集锡记助藿香正气丸三千二百服；又助卧龙丹六百瓶、又助痧气丸五百瓶。

以上第三批共收洋五千三百四十一元六角，小洋念六元二角五分，纯阳正气丸二千服，藿香正气丸三千二百服，卧龙丹六百瓶，痧气丸五百瓶正

六月二十一至二十九日止

施子英观察拨助洋二千元；高晴记助洋五百元；桂荫轩助洋三百元；华亭林、张云达观察、江苏娄县屈明府、赵门吴氏（延生），四户各助洋二百元；宝山金、祝少英，二户各助洋一百元；无名氏助洋九十元；钱伯愚、张右企、朱访梅（求平安），三户各助洋五十元；歙西金鸣谦堂、沈肇权（保父母康健），二户各助洋四十元；临海县毕明府、杨葆铭太守、许星箕太守、景方升太守、周志靖太守、叶寿松太守、邵补堂太守、薛凤墀太守，八户各助洋三十元；补过、戴小溪、无名氏、高仰记、庄人宝太守、雍睦堂，六户各助洋二十元；陆有恒助洋十五元；自省助洋十三元；朱筱笏观察、联建候太守、徐承礼太守，三户各助洋十二元；瑞源庄助洋十一元五角；思亲氏、屠柏筠、刘品三、宝厚堂、诗礼堂章、敬胜堂、敦怡堂俞、张门刘氏、曹顺林、田道润、陈允豫明府、徐致章明府、潘恩荣太守、保庆堂、震丰园、听涛轩、问心子、朱源（求女病速愈）、容保堂潘、振昌园，二十户各助洋十元；顺兴土栈助洋八元；德源土栈助洋七元；颐号经募、春和园、平陆氏、补读山房、王恒裕，五户各助洋六元；恒和庄、王安庆、钱桂林、王廷臣、雅涵堂王、四丰泰、一经堂、裕源庄、晋义庄、杨乃心、萧石筠山庄，十一户各助洋五元；贻安室主人、兰学邵庆辰、贻安室、敦厚堂王、知非子、善庆典、恒升、泰丰庄、通裕庄、方慎德、同吉典、隐名氏、聚和典、戴文修堂，十四户各助洋四元；隐名氏、天香主、聚兴堂陈、增号坊、无名氏，五户各助洋三元；第一溪隐氏、双山韩、董翰轩、怀德堂、得且居、河庄廒、恕可堂祝、张中和、余庆堂、允利、叶观澄、复昌土栈、世昌土栈、五康号、泰兴土栈、鼎泰庄、同福泰、绢香居、沈正和、西鼎丰、古记庄、延陵氏、不具名、勉力轩、亿和庄、程敦叙堂、玉照堂吴、亿成庄、程尔炽、裕和庄、皖江张金氏、晚菘园、棣华堂、王静甫、潘友兰、张万成、程春泉、龚宝信堂、褚衍庆堂、王瑞记、复裕庄，四十一户各助洋二元；不留名、涌源、森昌，三户各助洋一元五角；勉力子、无名氏、张渊合、郭周、文蔚堂、增大升、大顺昌、高通源、草重、仁德堂、无力子、元裕、陈怡记、张双桂、隆泰顺、元兴祥、生泰、泰记、协馨森、南瑞泰、瑞泰协、正昌、鼎记胜、盛记、裕成兴、崔蓉记、金棠记、大生协、燕友堂、无名氏、福生祥、元成土栈、聚昌土栈、萃余绸庄、吴文明、陈门沈氏、无有记、近圣居、不留名、王义森、濮阳焕伯氏、世德堂、洪黼臣、汪雨亭、程荣孙、詹介眉、汪韵农、傅荆茂、宣氏、程光祖、周荣、吴焕然、龙溪居隐名

氏、吴起发、仇定波、吴炳耀、叶立生、江福春、亦西卿、补不足斋、胡惠卿、叶祥云、朱紫泉、倪氏、张氏、严氏、胡美如、沈晓亭、无名氏、柳雨香、程德涛、寿芝堂丁、仇德昌、张履贞、补拙氏、春晖堂、宝厚堂、沈秀昌、胡长增、严锦和、林长庚、无名氏、吴松华、树德堂、力违氏、鲍景珪、吴长泰、江裕和、沈少兰、陈裕记、濮忍吉、汪子衡、汪焕明、程倍之、三锡堂，九十五户各助洋一元；同善堂放生疏移助洋二元小洋二角；杨悦顺、鼎盛和、少梅轩、其顺堂、义盛、洪寿生、汪金祥、郑宜生、张式如、吴永锡、正义堂、胡玉峰、不书名、沈谨如、恒和、林有根、顾子玉、程存畊、朱楚衡、方明辉、文山堂、王成景，二十二户各助洋五角；隐名氏助小洋六十角；张马氏助小洋五十角；刘张氏助小洋二十角；方炳启募助小洋三十角；章荣斋助小洋六角；无名氏、临川子、胡兆昌、环笏堂、存德堂、叶吉如、唐双喜、程邦彦、庄氏、汪迪封、敦裕堂、吴蕴三、无名氏、无姓名、未苦生、程子初、王星伯、程瑞征、王德仁、杨子亭、吴兰生、洪祥记、吴锦泉、汪锦章、彝庆堂、范心如、叶济梁、王森楷、盛积甫、王松泉、不书名，三十一户各助小洋五角；吴桂云助小洋十角；树风堂、程厚存、金云门，三户各助小洋四角；汪延福、范添喜、程子堂，三户各助小洋三角；范邦达、陈润泉，二户各助小洋二角；何嘉进助小洋三角；高思泉、维公馆，二户各助小洋一角；有余轩助洋一角；吴山永济坛助纯阳驱疫丸三千包。

以上第四批共收洋五千一百念二元，小洋三百五十四角，纯阳驱疫丸三千包正。

七月初一至初十日止

孙大善士（天津来）助规元七千两合洋九千四百六十四元；陆仲英太守助司平银一千两合洋一千四百八十八元；吴江县宗明府、震泽县夏明府，二户各助漕平银一百两，总合洋二百九十一元六角；新阳县陈明府、昆山县诸明府，二户各助洋一百五十元；章诗礼堂、胡右阶太守，二户各助洋二百元；吴述古堂、许怀蕉、川沙厅陈、嘉定县章明府、青浦县汪明府、海防厅刘、荆溪县薛、钱少轩直刺、金隐名，九户各助洋一百元；谦记、同记、养志草堂、枕善居士、高太夫人，五户各助洋五十元；江菊辅助洋四十元；倪锡记、尹渭记、棠隐居、朱尧卿、敖嘉乐、高乐皋、陈继通、太湖厅程、沈陈氏，九户各助洋三十元；雅记、庆记、润记、韩德记、义质堂丝租、不留名、湖州清河氏，七户各助洋二十元；曾荷合记助洋十六元；亿昌义记助洋十元五角；葆记、方和记、朱松记、姚安雅堂、江梅生、杨诚斋、吴珮记，七户各助洋十元；叶心田助洋十元小洋八角；田道润助洋九元；庆泰、信和、培心田集、学忍子、董政孚，五户各助洋六元；拳石山房、升源栈、豫源庄、张人和、留余堂、慎余堂、叶世德堂，七户各助洋五元；鲍南记、陈肆总、守勤堂、程锡瓒为扶柩旋里平安、宋焕文、隐名氏、葛玉记、汪鲁卿，八户各助洋四元；瓶山居、陈慎记、咏裳、本同、杨履清、澹成堂朱、柴锡龄、平安氏、昭德堂、张诵先，十户各助洋三元；清河翔、永征坊、恒泰兴、许泰隆、丰盈行、陈泰记、陈联莩、王裕丰、王敬业、李鲜记、吴让记、朱径记、福生居士、佑生小子、燕珍、淑德、程文浚、同泰桶捐、俞云轩、张守之、程春记、朱仰庐、程荫堂、忠恕堂范、沈敦本堂、鲁谢氏、夏屏山、祥泰、王印溪、篁南吴、朱泾鼎记、沈子卿、孙正国、王正丰、求愿氏、永庆氏、心原氏、程大源、馐余移助、朱吉庆、程文澜，四十一户各助洋二元；庆福桶捐助洋三元八分二厘；孙庆宜助洋二元小洋二角；王启泰、王心愿，二户各助洋一元五角；祥顺森、义盛、吉泰、张圣源、顺泰、顺泰磁号、天孙锦、协源、尚友堂蔡、朱陈记、华省记、龚履记、程沁记、汪洪氏、吴绍曾、顾筱阁、邵子如、祝石氏、孙礼仁、叶一渔、孙廷柱、陈施氏、孙甫章、沈敬吉、陈福海、吴嵩山、寿玉泉善、善记、补过氏、许间小筑、同和、胡立川、丰泰、祈安、平阳芹记、江禹九、滋福堂、益丰、邵芝秀、朱圣丰、黄四如堂、太和、钟炳初、合润、吴心愿、倚云生、张干臣、宝厚堂吴、玉鉴堂张、润记、凌润记、裕兴庄、程泽孚、绩邑无名氏、严星高、广心堂、徐锦鳌、惜荫主人、莫如宝、无名氏、同福楼、亿丰行、冯丽川、余双人、胡筱帆、同新、无力子、汪福泰、汪同泰、朱紫珩、汪子业、荣盛号、吉庆居、汪元记、朱燮臣、汪衡舟、世善堂金、李吉村、端六生、闻子侯、朱幼亭、程培煌、陈森记、谢广明、毛敬炎、瑞记、慎思堂、春生典勉力、不书名、宏裕典、勉力氏子求病速痊、嘉泰号、宋梅轩、叶振大、姜益大、倪梦霄、合成、烬余子、汪左田、朱杰记，一百户各助洋一元；鼎记桶捐助小洋九角英洋三角七厘；敦睦堂高助小洋五百角；谷万顺助小洋四十八角铜角二角；昌光善伯助小洋十一角；陈承发、不留名保平安、王老寿、初馥庆笙、俞杏山、陈信氏、胡品梅、梁迎春、求源堂、无名氏、宋恒兴、合盛，十二户各助小洋十角；休邑无名氏助小洋十二角；李福兴助小洋九角；大昌、朱溥泉、查以功、吴天福、金纯昌、朱花女、无名氏、邱永泉、金咸吉、程义诚，十户各助洋五角；沈衔仁、胡长秀、卢文卿、项耐青、吴仲衡、杨益诚、隐名氏、老正太、达昌、圣昌、程德峻、任守中、无名氏、乐天士、程钰、苕溪厘隐、朱锦堂、培植堂、碧湖居士、无名氏、元兴栈干、顾莲性、炳记、庄君子、金添瑞、无力子、周联芳、无名氏、姚公寿、新市无名氏、省病费、不书名、泰昌、程士伟、无力氏、黄存心、同德经收桶捐，三十七户各助小洋五角；张志翔、吴祥甫、汪国坚、震号、泰和、隆盛源、徐济贤堂、钱永泰、高致和、张振声、查益省、再生子、世经堂，十三户各助小洋四角；歙邑无名氏、汪竹汀、绮园、余庆堂、黄新城、鲍肇基、孙尔康、仁昌、吴惠卿、怡怡书屋、六经堂、祥源号、张荣辉，十三户各助小洋三角；维记、濮幼甫、李翰臣、无名氏、蒋鼎昌、林春堂、孔氏、宝记、无名氏、程秉铨、随息居、怡绿堂、蒋新顺、王义生、诸葛仁和、崔少卿、方式如、程德铭、无名氏、余顺兴、元泰、戴穗仁，廿二户各助小洋二角；许奇珊、曹鉴臣、杨邦杰，三户各助小洋一角；汪西氏助洋五角。

以上第五批共收洋一万三千九百八十一元九角八分九厘，小洋一千零四十二角次二角。

七月十一至二十日止

崇明县查助漕平银一百两合洋一百四十五元八角；沈陈氏求病愈助洋三百元；沭阳县高明府助洋二百元；金坛县郑明府助洋一百元；燕贻主人、南京宝善源、芜湖宝善长、忏红，四户各助洋五十元；金匮县方明府助洋八十元；拥翠山房、王存记，二户各助洋三十元；觉叟助洋念四元；兰桂书屋、无名氏、俞曲园经募、俞士麔，四户各助洋二十元；补过子助洋十二元；太原王、张云记、余氏、金源泰、亦园主人、无名氏、绿荫书屋、适庵主人、心照不宣、许宝刚、致和堂、九思堂、思义堂、秀芝堂、沈元炳，十五户各助洋十元；朱亦政、隐名氏、安泰典、唐广丰、隐名氏，五户各助洋六元；平湖晋泰庄、和记庄、豫昌祥、池南草堂、报恩子、匡济典、贻康典、宝善典、宝善众友、吕成泰、杨友财、杨永和、苕溪逸士，十三户各助洋五元；平湖信成庄、恒通庄、退补斋主人、涤瑕生、山阴县何明府、瑞昌庄、有心无力、沄鹤子、同庆典、公和典、师善堂、怡盛厂、留余隐名氏、德生园，十四户各助洋四元；市井人、馥记庄、生记庄、同顺昌、李敦裕、燕翼堂、老益记衣庄、义泰厂、长安久征园、袁沛记，十户各助洋三元；胡史记、震泰庄、震记庄、恒瑞庄、厉受之、通源庄、无名氏、吴必昌、余义大仁记、善长典、宝成典、济恒典、敦厚堂程、友子堂朱、爱莫能、补过子、东海、慎修堂、鼎益典、余纪堂、永义典、信义典、无名氏、方光镛、滋兰室、俞增茂懋记、季聚美、宏裕盛、均记、承德堂、叶复盛、赵正源、萃丰厂、吕国祥、公裕厂、如玉厂、李玉记、潘宝成、万泰典、乾元典、不留名、德茂园、八六老人、昌泰典、开源源，四十五户各助洋二元；仁大典助洋三元八角八分八厘，经募无名氏助洋二元六角；无名氏助洋一元四角；陈筱舫、张子莲、严树棠、戴德帆、沈漱之、蔡慕除、诸叙之、胡筱卿、朱子俊，九户合助洋十六元；天锦绸庄、春和恒绸庄、同成、鼎慎、陆济美、周恒盛、符协和、东益记、周述濂、协昌成、曹子梃、魏瑞麟、骆祥麟、梅会庆、泰吉祥、鸿源、洪义盛、裕大茂、金子记、张瑞泰、戈秋记、葱佩子、张忆莼、双山番佛侍者、胡森开、胡至德、唐裕森、汪子丰、方彩荣、洪禹文、汪裕茂、程义和、钱裕和、孔裕丰、余义大、沈巧云、谢同茂、戴厚德堂、陈念祖、不留名、玉德堂汪、端木潘氏、余王氏、亦愚道人、黄鹿五轩、均一轩、倪啸云、西同盛、余徐氏、方秋圃、滋兰室、陈稷卿、汪心如、程楳仙、无名氏、晋益典、无名氏、余福田、隐名氏、叶月帆、观略堂、范新甫、王醒斋、孙荣贵堂、求自谦斋、魏心兰、双桂轩、德余堂、鼎号、义丰厂、人和厂、无名氏、信泰厂、谢睦记、无名氏、萃和厂、同泰厂、吕光照、吕福林、沈奎记、沈楚记、天宝楼、邓宏昌、陆懋修、汪德源、虞啸谷，八十六户各助洋一元；戴定安助洋一元二角；无名氏、温兰芬、邵子政、喜耕子、程杏村、叶有声，六户各助洋五角；程普卿经募助小洋七十角；陈子仙、郦增福，二户各助小洋二十角；敦厚堂、敦复堂，二户各助小洋五角；无名氏助小洋三角；汪锦记、詹正印，二户各助小洋二角五分；无名氏、张通斋、同泰兴、锦和、义昌成、陈恒昌、杨万兴、王培卿、杜鸿源、协和、无名氏，十一户各助小洋二角；协善集锡记二次助白米六石。

以上第六批共收洋一千七百三十六元八角八分八厘，小洋一百五十角，白米六石正。

七月二十一至三十日止

高晴记、浩波室主、亭云山人，三户各助洋五百元；诵清堂李助洋六十元；张藕塘、严惠记（求母延寿），二户各助洋五十元；隐居士助洋三十元；浏河掣验总局助洋二十元；苏州仁和庄助洋念五元；嘉瑞堂郑助洋八元；成志堂邢、懋昌典、协和典、懋生典、益泰典，五户各助洋六元；宝生典、怡记、杨秀卿、杨伟伯、徐斗庐愿合家平安、王凤池、源通典、陆林富、德润身、华震源，十户各助洋五元；林叔琴、方畔砚、张鲁斋、胡彩明、董钦华、张逸云、守约居王、程子叔、裕和园，九户各助洋四元；恒春生助洋四元小洋五角；谢美良佃助洋三元小洋五角；鼎兴园助洋三元；保安堂、积善堂金、锄经堂陈、陈瑞贵、赖永龄、勇师曾、孙筱秋、承志堂、顾伯超、朱杏园，十户各助洋二元；吴同裕、山房氏、临泰栈、信元号、怡怡书屋、胡陈生、金记、王清卿、天和号、存仁、不留名，十一户各助洋一元；张春记、复成、赵鼎新、源兴祥、陈协兴、查记、平阳氏、项南亭、程泽人，九户各助洋五角；无名氏助铜洋二元。

以上第七批共收洋一千九百另二元，小洋三元五角，铜洋二元正。

八月初一至初十日止

两广总督陶大人助司平银四百两合洋五百九十二元；通州汪剑星助洋二百元；盐城县刘明府、同利济、合余庆、公积昌、全椒分销局朱席臣，五户各助洋一百元；利和庄助洋四十元；镒丰庄助洋三十元；无锡北下扇助洋念二元小洋九十一角；无锡新安扇、屯溪茶税总局张、蝶影山房、寿萱堂刘、邵嘉甫喜事移助，五户各助洋二十元；江述节、退园、小憩斋、屏偰、槑庵刘、慎修堂、安吉堂刘、敦本堂高、晋福堂武、谦益堂、畿南天水氏、管家坝缉私万，十二户各助洋十元；悌仁集助洋五元五角；吴振兴、江泰丰、金裕和、胡成美、顺义隆、泰昌、同和、戴生昌，八户各助洋五元；无名氏、胡兆潢、陈云楼、胡一乐居、胡时敏居、胡悯时、筱培氏，七户各助洋四元；同德经收桶捐助洋三元角洋三角；胡文新居、永慎泰，二户各助洋三元；吴惇本、陈彤记、陈启记、陈曾记、陈安记、陈笙记、陈刚记、胡月香居、陈以安、源昌、万昌、许愚庐、楼学斋、自闲斋，十四户各助洋二元；守拙居士、朱谦记、孙敦厚、徐凝远堂、朱祥业堂、胡日新堂、陈省三、怡昌、李怡丰、益昌永、义兴成、童海记、同裕、九思堂、源记、杜慎之、天水庄氏、李炳夫、吴东泽、李灿欣、耕读堂，二十一户各助洋一元；王茂芝、陶天成，二户各助角洋十角；宓志英、陶天仁、张兆昌、蒋邦直、庆成，五户各助角洋五角。

以上第八批共收洋一千七百三十六元，小洋一百三十四角正。

八月十一至三十日止

王文彬（为父母请匾建坊）助司平银一千两合洋一千四百七十四元；三松老人助洋五百元；甬江富康庄助洋一百元；苏州隐名氏助龙洋一百元，合英洋九十九元；江寿萱助洋五十元；陇西惺庵助洋三十六元；张容深、谢修言、陈杨瑛，三户各助洋十元；侯淮臣、毛鹿坪、胡竹生，三户各助洋五元；倪金生（祈平安）、沈舜年，二户各助洋二元；庆福经收桶捐助小洋三角。

以上第九批共收洋二千三百零八元，小洋三角正。

九月初一至三十日止

汪柳门侍郎经募助规元五十两合洋六十七元七角五分；恽莘耘观察陕捐移助洋五百元；无名氏助洋二百另七元；窄溪吴竹贤、恒丰典众友、无名氏，三户各助洋一百元；余维周、詹树芬，二户各助洋三十元；申江各行客助洋十五元；楼万盛助洋十二元；久康庄、洪元庄、甬江众米行、余羽丰、吴敬熙、王著文、天昌、钱湖林、许蓉翁、知足不自足斋主、有心无力人（为孙求病愈），十一户各助洋十元；大生园、彬花堂李，二户各助洋六元；鼎源典、补过子、树德堂陈、席季公、同信昌、钱江寄迹氏、沈福遐、仁泰、臧利祥、同义兴、大和典众友，十一户各助洋五元；祝嘏公筵移助、信昌行、安泰典、徐济翁，四户各助洋四元；乾泰、和源泰、生泰、朱幼兰、鲁深翁、万康庄，六户各助洋三元；许村森泰园、宝顺典、汪德泰、王怡成、方嘉畀、大昌典、汪德源、汪怡盛、俭余堂、大和典、人和典、谦益典、汪怡泰、益和庄、汪合兴、夏容伯、日丰恒、人和号、宓大昌、通裕庄、源昌润、万永兴、兰风樵子、孙游茂、秦宝乾、蔼记、刁咏笙、广丰成记、大集成、萃丰、钱福林、姜炳炎、受昌、一枝轩、无名氏，三十五户各助洋二元；一壶子、因莲氏，二户各助洋二元五角；余昌庄、无名氏、胡福泰、裕丰、永丰、仁兴典、程鲁堂、方敦纯、方吉甫、葛裕成、葛裕隆、恒锠典、方秉和、怡丰、永升恒、福生祥、慎昌、恒久昌、仁昌生、聚顺协、阳泰、胡友卿、隐航子、范群峰、凌塘书屋、敦崇堂孙、存仁堂钱、杨万丰、元昌、戴家妈妈、汤锦翁、沈顺翁、唐仓周、新安会馆、四明会馆、仁泰典、严伦叙、汪交泰、汪锦林、鼎泰庄、无名氏、谭柳记、生茂、志成泰、万成、兆成、饴新、源源福、鼎兴典、叶廷琛、强金培、黄汝霖、徐祝年、陆雨润、徐老福、熊子臣、胡葆泉、闫玉泉、茗源，五十九户各助洋一元；潘企唐助洋一元角洋三角；来紫堂冯、临春号、沈安翁、李燕翁、陆焕翁、永裕堂、信和盛、峻德堂、冯仰之、张藕庄、汪益兴、恒源绸庄，十二户各助洋五角；大丰助洋九角五分；周镜、周信修，二户各助角洋一百角；周锻助角洋四十角；骆锦荣、森泰、刁裕生，三户各助角洋十角；益昌助角六九角；得彩客助角洋八角；许惠堂助角洋七角；万昌土栈助角洋六角；同德经收桶捐、源大、曹志章、宋新田、程锡记、孙朗三、同泰益、胡幻桥、汪星槎、程鼎泰、信义公、大森、骆义兴、丰大、仁记糖公所、赵子峰、于维彬，十七户各助角洋五角；沈鸿只助角洋四角；沈月梅、存仁堂戴、金荣全、冯成明，四户各助角洋三角；叶宝生、李长生、聚丰，三户各助角洋二角；汤书翁助玉杯一樽。

以上第十批共收洋一千五百十四元七角正，小洋四百十角，玉杯一只正。

十月初一至三十日止

朱润身募、王晋叔募，二户各助洋五百元；杭嘉松三所甲商助洋三百元；招商甬局顾助洋三十二元；裕长隆、树德堂孙，二户各助洋二十元；梨花乡人助洋十六元；春晖堂、泰和典众友、颐兴巽、惠迪堂、鼎余庄、罗毓记、公信行、白鱼潭渔隐、周步云、慎生号、永康行、薇瑞堂、受诸乐斋主，十三户各助洋十元；无可无不可轩助洋十五元；信丰行助洋六元；冶园旧主、青山氏、无名氏、补过轩、德和予、大元光、余庆堂、允升吉、吴茂荣、力不从心人、裕隆行，十一户各助洋五元；刘本立、敬心集、长兆新、读我书庐、锄经阁、面圃居、新顺号、乾环号，八户各助洋四元；无名氏、戴隐氏、十炉斋叶、白岳山樵、程滋伯，五户各助洋二元；雷溪氏、基和堂、敦叙堂、思补堂、诚义堂、务修堂、文善堂、余庆堂、退思堂、慎思堂、孙心田、金楚青、杜鉴平、吴胡氏、叶龙涛、叶竺三、吴柳记、鼎和园、旋吉园、元吉号、范春和、同泳丰仁、郑元茂、同丰庄、金南宾、学记、平阳汪、耕本堂、敦复堂沈、叶至振、陈教章、秦志华、吴开元、王吉卿、孙长庆、怀仁堂、雷溪氏，三十七户各助洋一元；大元裕、锦裕德堂、励志堂、世德堂、忠孝堂、无名氏、宝善堂、爱敬堂，十户各助洋五角；礼安堂、陈蟠溪、赵秋田、沈悦昌、钱源泰、钱德兴、恒昌、万亨栈、生和、怡雅斋、济远氏、孝友堂、明德堂、古槐堂程、查立氏、中和堂黄三房、寒溪生、平阳汪，十八户各助角洋五角；尺云居、晋端氏、泉姑、唐家珍、唐家钰、森义，六户各助角洋四角；性初居士、汪庆甫、马松泉、梅升甫、贤云道人、何有发、毛炳之、韩叙记、许合记、徐兆昌、赵景福、费阿荣、余信芳、叶夏氏、矩斋氏、竹书氏、梅氏、连弟、彭颂如、贞卿氏、董之械、赵升记、无名氏、承德堂张，二十四户各助角洋二角；王维新、无名氏，二户各助角洋一角；同德庄助铜洋十三元；协善集助白米八百零八石；觉世坛助白米二百石；钱仲虞司马经募助棉衣二千件。

以上第十一批共收洋一千六百八十三元，小洋一百六十四角，铜洋十三元，白米一千零零八石，棉衣二千件正。

<h3 style="text-align:center">十月初一日至三十日止</h3>

胡慎德堂助洋一百念元；不书名同人助洋八十元；督学部院助洋二十元；凝禧堂、鼎和众友、毛鸿吉、胡寿庆，四户各助洋十元；徐履庄助洋八元；四方于宣、公记号、之气山房张求病愈、思危子，四户各助洋五元；静芳、戴三和，二户各助洋四元；朱敬孚、俞门何氏、万祥、徐三本、洽源典、洽济典、徐泰祥、永泰典、仁泰典、李源大、李仁大、潘乾复、吴万隆、程鼎泰、程隆泰、程德泰、张恒源、张恒益、柯永盛、李源复、和洋丰、吉羊和、德源典、德隆典、温源昌、江逢春、朱豫生，二十七户各助洋二元；叶坦夫、叶廷吉，二户各助洋一元五角、吴心如、叶宗唐、叶儒林妻戚氏、叶茂甫、叶德政妻张氏、无名氏、唐绎如、朱恭兴、和大行、和昌行、万永和、同安典、俞兰谷、洪童氏、藏拙轩、徐拔人、魏凝森，十七户各助洋一元；吴长龄、夏春海，二户各助洋五角；聚奎助角洋三十角；福裕氏和储翁、绵力子，二户各助角洋十角；徐锡荣助角洋六角；王利宾、王豹臣、鲍国珍、吴卓云、王梅生、钟康文、夏永兴、源仁、郭恒丰，九户各助角洋五角；郑善征助角洋四角；王英发、无名氏，二户各助角洋三角；许雨生、沈兰亭，二户各助角洋二角；天记、地记、齐钓国翁，三户各助角洋一角。

以上第十二批共收洋三百六十九元，小洋一百三十八角。

<h3 style="text-align:center">十二月初一日至三十日止</h3>

周有恒介记助洋十六元；娄东翼记、留耕堂星记，二户各助洋十元；吉心记、平安室，二户各助洋四元；李作梅、王敬甫、夏辅卿、姚亮甫、沈则卿、不留名、太平增记、心余主人、沈仁和、芸村氏、袁少梅、叶子厚、怡怡堂、隐名氏、朱鳌生、钱幼仑、张培之、皖怀居士、保安子、有心无力、无名氏、韫涵居士、庐江逸士、东鲁居士、百尺楼、潘杰人，二十六户各助洋二元；公信行、清莹居士，二户各助洋三元；玉趾堂助洋一元五角；也是园、萱兰室、马赠漳、不书名、大兴和、万和新、林三和曾、林仲卿、陈景村、无名氏、赖运庭、卢清泉、赖德兴、阮明山、袁庚香、熊芷七馨、王氏、力行子、赖凤煊、简德馨堂、简振福、九思堂、简俊卿、协康祥、白少濮、曹小轩、沈纪嘉、孙仲衡、公勤主人、咏粿居士、旅僧、友于氏、陈仲衡，三十三户各助洋一元；无名氏、宏农杨，二户各助洋六角；无名氏、舒锦桂，二户各助洋五角；彭城刘助洋四角。

以上第十三批共收洋一百三十九元一角。

十三批止，统共捐洋四万七千零念九元二角七分七厘，小洋三千二百十五角五分正，白米一千零念六石棉衣二千件正。

<h2 style="text-align:center">购办赈米清数</h2>

一、湖墅永济买米五千三百九十六石八斗。

一、湖墅正大买米一千九百零二石。

一、湖墅亿丰买米五百五十二石。

一、湖墅裕泰买米四百念九石。

一、泗安仁昌东买米五百石。

一、无锡正泰买米九百五十六石五斗。

一、碳石源盛买米二百五十七石四斗。

一、临浦大昌裕、同昌买米二百四十三石六斗。

一、屯溪买米一百十八石六斗。

一、杭州元大、源源、衡康、鼎裕买票米五十三石。

共购米一万零四百零八石九斗正。

各处散赈给米清数

计开：

休宁县屯溪镇拨公济局并散给灾民，共给米十一石五斗四升。（项华卿经放。）

淳安县港口镇五十六村一千十七户，共给米四百四十九石四斗。（俞湘泉经放。）

又茶园镇一百三十四户各乡三十六村七百十户，共给米二百六十六石九斗三升。（范小槎何厚之经放。）

又威坪镇各乡一千八百七十七户，共给米七百三十石零三斗四升。（叶香谷经放。）

又淳邑城内灾民流丐共给米一百三十三石九斗三升。（又——按：此处"又"字意指同上，即指"叶香谷经放"。下文同此意。）

又淳邑城乡加赈共给米二百七十四石二斗。（又。）

建德县城内外孤贫院流丐共给米一百五十二石八斗五升。（沈蟾卿经放。）

又四乡一百十二村一千六百二十四户共给米五百八十九石四斗。（又。）

又又第二次续放户口全前共给米五百七十四石五斗一升。（又。）

桐庐县各乡八十六村二千三百五十四户共给米五百十四石零五升。（沈芹波经手。）

又各处客民一百四十户共给米十五石四斗四升。（又。）

又又各乡第二次续放户口全前共给米四百十石零五斗一升。（又。）

富阳县拨助救急公所代散共给米六百九十石。（周古三经放。）

钱塘县四乡六十二村一百五十六户共给米四十石。（茹漱春经手。）

又又各乡冬赈共给米一百石。（刘佐卿经放。）

又本城内外岁终散赈米票共给米五十三石。

萧山县五甲沙地八十八户共给米四十石。（茹漱春经放。）

山阴县丁家堰散赈施粥共给米四百二十石。（丁以成经放。）

共支散给白米五千四百六十六石一斗。

各处平粜米清数

休宁县屯溪局，共粜米一千三百三十七石八斗六升。

率口局，共粜米四百七十六石二斗。

南源口局，共粜米七百七十四石。

王村街局，共粜米二百三十九石。

深渡局，共籴米一百石。

建德县总局，共籴米四百八十八石四斗四升。

钱塘县四乡局，共籴米七百八十三石二斗。

共支籴米四千一百九十八石七斗。（籴米洋数详见收款。）

皖浙赈米石收支总数

一、收各处购米一万零四百零八石九斗。

一、收各户乐助米一千零二十六石。

共收白米一万一千四百三十四石九斗。

一、支各处散赈米五千四百六十六石一斗。

一、支各处平籴米四千一百九十八石七斗。

共支白米九千六百六十四石八斗。

除支散过净余米一千七百七十石零一斗（留备春赈），实存湖墅、正大、永济、宝泰各行米一千七百石，江干、曹泰来行米七十石零一斗。

棉衣收支清数

一、收钱仲虞司马募助棉衣二千件。

一、收添买棉衣四十件。

一、支拨散京津棉衣一千七百件。（陆纯伯经手。）

一、支拨散绍丁家堰棉衣二百八十件。（丁以成经手。）

一、支杭散给棉衣六十件。

收支两讫。

皖浙赈银洋收支分款清数

收款：

一、收江苏陆春江方伯、朱竹石廉访募助共洋七千八百十一元一角五分。

一、收天津孙观察募助规元七千两，合洋九千四百六十四元。

一、收上海施子英观察拨助洋三千元。（内一千指赈桐庐，内一千指赈淳安。）

一、收前任浙江巡抚恽中丞募助漕平一千两，合洋一千四百五十八元。

一、收王文彬太守为父母建坊，助司平一千两，合洋一千四百七十四元。

一、收恽莘耘观察陕捐移助洋五百元。

一、收各善士乐助（自五月望起至十二月终至）共洋二万三千三百念二元一角二分七厘，又小洋三千二百十五角五分，合大洋二百九十九元零四分二厘，又铜洋十五元正。（各善士花名另刊。）

一、收屯溪平籴价洋八千八百七十三元九角六分七厘。

一、收建德平籴价洋一千三百九十九元四角一分三厘。

一、收钱塘四乡平粜价洋二千七百六十六元七角一分四厘。

大共收洋六万零三百六十八元四角一分三厘，又铜洋十五元正。

支款：

一、支采办赈米价洋四万二千四百八十四元一角四分六厘。

一、支运米贳袋过塘水脚洋三千六百零一元九角零六厘。

一、支运米江干船局捐洋七十六元九角一分九厘。

一、支运米屯溪街口初次厘捐洋四十八元八角九分八厘。

一、支查赈办赈往来船只川资洋三百六十元零七角五分。

一、支淳安散赈逐日伙食杂用洋二百十五元三角七分九厘。

一、支淳安散赈司事薪水洋九十七元四角五分九厘。

一、支淳安散赈夫役工食洋十一元六角八分二厘。

一、支建德散赈逐日伙食杂用洋一百八十一元八角七分二厘。

一、支建德散赈司事薪水洋一百零四元七角。

一、支建德散赈夫役工食洋二十九元二角。

一、支桐庐散赈逐日伙食杂用洋一百十七元零七分一厘。

一、支桐庐散赈司事薪水洋五十四元。

一、支桐庐散赈夫役工食洋十六元七角五分。

一、支屯溪平粜总局逐日伙食杂用洋一百五十九元一角九分三厘。

一、支屯溪平粜司事薪水洋一百五十七元四角零五厘。

一、支屯溪平粜夫役工食洋一百四十九元七角三分八厘。

一、支建德平粜局逐日伙食杂用洋一百十一元五角六分七厘。

一、支建德平粜司事薪水洋八十四元六角零八厘。

一、支建德平粜夫役工食洋六十三元零八分。

一、支钱塘四乡平粜局逐日伙食杂用洋七十四元四角三分一厘。

一、支钱塘四乡平粜夫役工食洋十二元一角六分。

一、支杭总局总赈司事酬劳洋一百三十三元二角七分九厘。

一、支杭局电报费专足往来信资洋力洋三十五元九角四分六厘。

一、支杭局纸张刊刷捐册征信录洋九十四元三角三分五厘。

一、支拨助富阳救急公所散赈洋一千四百元。（周古三经手。）

一、支拨助山阴丁家堰施粥经费洋二百元。（丁以成经手。）

一、支拨助淳安掩埋漂枢经费洋一百五十元

一、支严属杨溪急赈洋六十七元三角四分九厘。（姚用孚、范开成同经手。）

一、支拨助严州修建东馆路亭洋一百元。（沈蟾卿交王凤林经手。）

一、支建德善举洋三十九元（沈蟾卿经手）。

一、支歙邑各乡散赈洋一千五百八十七元六角二分五厘。（项华卿经手。）

一、支休邑有散赈洋六百三十四元一分九厘。（又。）

一、支拨助太平府石埭县修老鸦桥经费洋二百元。（又。）

一、支拨助率口修路经费洋十元。（又。）

一、支桐庐散赈洋二十六元五角。（沈芹波经手。）

一、支桐庐窄溪急赈洋一百零八元三角二分。（姚用孚、丁庆玉同经手。）

一、支添买棉衣价洋二十元。

大共支洋五万三千二百十九元二角八分七厘。

余款：

一、收款除支，净余洋七千一百四十九元一角二分六厘，又铜洋十五元正。（暂存鼎记钱庄，留备春赈之用。）

江苏协善集诸大善士经募义赈收支总数

一、收经募义赈共洋六千五百零四元三角九分二厘。

一、收年终止赈款生息洋一百三十元五角五分六厘。

一、支协善集自行散赈富阳等处灾民洋一千零念六元。

一、支买助本堂赈米八百八石价洋三千一百十四元八角。

以上收款，除支散给买米外，净余洋二千四百九十四元一角四分八厘正。（款存鼎记钱庄，留备春赈之用。）

自来灾眚之流行，未有不急赖赈抚者。然有心无力，则筹款为艰；人地生疏则查放不易。以云办赈，戛乎难已。辛丑五月间，皖江蛟水横发，波及浙中，四府八县，猝成巨浸，灾民遍地，惨不可言。敝堂同志谊切邻封，情关桑梓，不得不代为呼吁援手。因即日倩友上流查察灾情，一面书启登报，不匝月而海内诸善士解囊相助，纷至沓来，得以购办米石，买舟上驶。先择屯溪等镇灾重之区，悉心查放，继以平粜，复次第于淳安、建德、桐庐各乡访察情形，按村散给。虽炎风热暑，所不敢辞。各灾区就地绅商，嘉敝堂同志之诚，亦皆戮力相辅。是役也，助款几五万金，赈米至万余石，午夏起，冬季止，泰然无事。虽曰天佑，然非诸善士解囊相助，则同志有心寡力，欲救无从。非各绅商戮力相辅，则同志人地生疏，必多棘手，安能拯济灾民有如是之广且速哉？然则诸善士绅商之功德，诚不可及也已。至于敝堂同志，不过因人成事，稍效微末之劳耳，功德云乎哉！时光绪壬寅年春王月西湖协德堂同人谨书